长篇小说

王阳明

天机破

（上）

吕峥 作品

中国出版集团 现代出版社

图书在版编目（CIP）数据

天机破：王阳明 / 吕峥著. --北京：现代出版社，2018.5

ISBN 978-7-5143-6994-6

Ⅰ.①天… Ⅱ.①吕… Ⅲ.①历史小说—中国—当代 Ⅳ.①I247.5

中国版本图书馆 CIP 数据核字（2018）第059425号

天机破：王阳明

作　　者　吕　峥
责任编辑　张　霆　袁子茵
出版发行　现代出版社
地　　址　北京市安定门外安华里 504 号
邮政编码　100011
电　　话　010－64267325　010－64245264（兼传真）
网　　址　www.1980xd.com
电子信箱　xiandai@vip.sina.com
印　　刷　长沙市鸿发印务实业有限公司
开　　本　710mm × 1000mm　1/16
印　　张　51.5
字　　数　1062千
版　　次　2018年5月第1版　2018年5月第1次印刷
书　　号　ISBN 978-7-5143-6994-6
定　　价　98.00元（全2册）

目录

上册

引子 001
第一章 大旱云霓 005
第二章 生死之间 016
第三章 福兮祸伏 033
第四章 灭顶之灾 045
第五章 无言之伤 056
第六章 沉默是金 066
第七章 天马行空 078
第八章 大家风范 099
第九章 塞外浪子 118
第十章 死里逃生 134
第十一章 情为何物 145
第十二章 洞房之夜 159
第十三章 格物致知 173
第十四章 风云际会 188
第十五章 惊天大案 203
第十六章 牛刀小试 211
第十七章 暗查盐法 223
第十八章 善恶之间 238
第十九章 一念成佛 249
第二十章 人欲滔滔 266
第二十一章 杀机重重 277
第二十二章 你死我活 292

第二十三章　图穷匕见　303
第二十四章　弃卒保车　315
第二十五章　功亏一篑　329
第二十六章　舍我其谁　342
第二十七章　午门廷杖　355
第二十八章　智计脱险　369
第二十九章　九死一生　386
第 三 十 章　黑暗森林　400

引子

紫禁城上空的云低得像要掉下来一样，一盏写有“咸熙宫”字样的灯笼发出微弱的光，映照着宦官张德子慌乱的脚步。他捂着被打肿的脸在红墙夹道间飞奔，一边跑一边惊恐回望。

乾清门外的广场上，一个杀气腾腾的太监快步走着，却是永宁宫总管钱能。其身后跟着一众宦官，走在末端的是后来名噪一时的权宦刘瑾。

钱能在一队东厂番子前停下，劈头便是一句：“这么多人看不住一个张德子，养你们有什么用！”

领队的番子上前两步，赔笑道：“钱总管，咸熙宫已经让弟兄们围得比铁桶还牢，苍蝇也甭想飞出来。您就放心吧！”

钱能不吱声，望向咸熙宫的方向。众宦官低眉顺眼，只有刘瑾壮着胆子抬头四望。

咸熙宫内，灯火通明。

柏贤妃不知所措地来回踱步，语无伦次道：“万贞儿知道啦？她怎么会知道？谁走漏了风声？是谁？”柏贤妃忽然奔向跪在地上的奴婢，抓住其头发，怒道：“我平日怎么待你的！为什么要出卖我？”

奴婢哭喊道：“娘娘，奴婢没有啊！奴婢什么都不知道。”

一婢进来通报：“娘娘，张德子逃回来了！”

正说话间，张德子快步入殿，扑到柏贤妃身前跪下，带着哭腔道：“娘娘，保命要紧，到外面避避风头，等皇上回宫再做计较吧！”

柏贤妃凄然道：“避？万贞儿一手遮天，去哪儿避？索性鱼死网破！”

张德子叩首道：“娘娘，为了四皇子，您就忍一忍吧！”

柏贤妃勃然色变，叱道：“你说什么？！四皇子已经死了，后宫上下，尽人皆知。来人！把这胡言乱语的狗奴才拖出去扔到井里！”

张德子提高声音道：“娘娘！我张德子要是贪生怕死之徒，就不会让他们打成这样了！”

进来的两个宦官闻听此言，一时站住了，柏贤妃也犹豫不决。

张德子道：“我们这样的阉人，活在宫里就像蚂蚁，任人践踏。”

那两个宦官感同身受，黯然低下了头。

张德子续道："我什么都没有，可还有一点良心，看得出谁好谁坏。万贵妃是权势熏天，但她没有孩子。娘娘有四皇子，将来能母仪天下。小的如果有幸活到那时，就算熬出了头。如果死了，大明有娘娘保驾护航，也是社稷之福。为了天下苍生，娘娘无论如何也要带着四皇子活下去呀！"言毕，泣不成声地叩首。

柏贤妃彷徨无计，让旁人先下去。

张德子压低音调劝道："娘娘，您要是不走，万贵妃肯定会像篦子一样把后宫篦个遍，到时候四皇子就没有一点儿活路了。"

柏贤妃下定决心道："怎么走？"

张德子悄声道："走暗门，西华门有人接应。"

柏贤妃凝神不语。

半炷香后，柏贤妃在张德子的带领下从一道暗门钻了出来。两人在红墙甬道间发足狂奔，被远处的东厂番子发现。

番子喝道："谁？站住！"

夜幕下，番子紧追不舍，柏贤妃与张德子奔至甬道拐角处的一口水缸边，气喘吁吁。

张德子扭头低声道："娘娘，我去引开他们！"

柏贤妃脸色惨白地点了点头，躲到水缸背后。张德子折返回去，引开追兵。柏贤妃东张西望，见四下无人，蹑手蹑脚地离开。

不远处，钱能带着刘瑾和另一个宦官从暗影中闪出，一脸冷笑。

明制内廷有二十四衙门，即所谓十二监、四司和八局。柏贤妃此刻跑到了掌管宫中制衣的针工局门口，扭头打探了一下，确认无人后钻了进去。

夜已深，针工局空无一人。柏贤妃挨个房间默数，在其中一间的门前停了下来。她摸出钥匙，慌乱开锁，推门而入。

柏贤妃心潮起伏，一步步走到正对面的柜子前，双手颤抖，将之打开。但见一个婴儿睡得正香，柏贤妃一把抱起了襁褓。

她转身出门，只见钱能带着两个宦官围了上来，后面还跟着心虚的张德子。

钱能冷冷道："娘娘这是要去哪儿啊？"

柏贤妃恍然大悟，冲张德子咆哮道："你——你这叛徒！无耻！"

张德子面露愧色，无地自容。

钱能冷笑道："娘娘连自己人都防，却忘了一句古话。"

"什么话？"

"机深祸亦深。"

刘瑾和另一个宦官逼近。

柏贤妃抱紧孩子，惊恐道："你想干什么？"

钱能正色道："把朱祐极交给小的，小的替您向贵妃娘娘求个情。"

柏贤妃冷笑道："向万贞儿求情？她一个流放边疆的小吏之女，罪奴出身，也配？"

突然，一个凌厉的声音从空中劈了下来："放肆！"

众人循声望去，只见环佩叮咚，杏目圆睁的万贵妃山一般压了过来。

众宦官下跪，齐声道："娘娘。"

万贞儿走到离柏贤妃一尺远的地方，眼看二人鼻尖就要撞到一起。

万贞儿盛气凌人道："柏含香，今日就是你母子的死期。"

柏贤妃恨声道："万贞儿，你祸乱六宫，毒害龙种，天必殛之。"

万贞儿笑道："呵呵，本宫头上只有一片天，那便是皇上。"

柏贤妃高声道："皇上若知道你手上沾满鲜血，也饶不了你！万贞儿，你杀得了我们母子，却杀不尽后宫。上天要是想让一个孩子来到世上，谁也拦不住！"

万贞儿怒道："动手！"

钱能给刘瑾使眼色，刘瑾冲上去控制住柏贤妃，以便钱能给她灌毒药。与此同时，另一个宦官夺过襁褓，给朱祐极也喂下毒药。婴儿大声啼哭，张德子惊恐万状。

柏贤妃毒发，吐了万贞儿一口秽物。万贞儿退后两步，厌恶道："脏！你们料理吧。"

钱能道："是。"

万贞儿扬长而去，柏贤妃绝望地看着张德子："为什么出卖我？"

张德子慌乱不已："为……为什么？因为你得罪了万贵妃，对！跟着你一天好日子都没过过，夏天直殿监不来洒扫，冬天惜薪司克扣木炭，小的熬了这么些年，受尽了白眼，挨够了板子，看不到希望也就罢了，总得给自己攒些养老钱啊！

柏贤妃凄然道："原来是钱闹的。你不是说你有良心吗？拿我们母子的命换钱叫有良心？"

张德子："我……我是被逼无奈啊！"

柏贤妃："各人有各人的无奈，怪不得这世上纷争不息。张德子，我就要死了，你知道人死之前最后的心愿是什么吗？"

张德子："是……是什么？"

柏贤妃环顾四周，无限留恋："怎么证明来过这世上一遭？"

张德子震撼。

柏贤妃："你说活得像蚂蚁，可这不是境遇造成的。太史公什么样的遭遇，不也活出了自己？怕只怕不明白因何而生，为何去死，那活再久都没用，死了也轻如鸿毛。煌煌青史，豫让、聂政、荆轲、要离，那么多义士，为了证明活过，心甘情愿地赴死……"

柏贤妃的声音越来越小，终至咽气，张德子呆若木鸡。

接到钱能的暗示，杀害朱祐极的宦官将一沓银票轻蔑地塞到张德子手中。钱能抱起朱祐极的尸体，塞银票的宦官和刘瑾抬起柏贤妃的尸体，扬长而去。

张德子失魂落魄，朝不远处的枯井走去，一边走一边撕银票，喃喃道："我猪油蒙了心，我不是人……"

刘瑾等人走到院门口，忽闻"咚"的一声，转身望去。钱能示意，宦官提着灯笼冲到井边探视片刻，回身道："钱总管，他死啦！"

刘瑾震惊，眼眶不由自主地湿润起来。

第一章　大旱云霓

大明成化八年，浙江遭遇了前所未有的大旱，禾苗枯死，井水干涸。为了一口水，男人以命相搏，女人以身相许。

绍兴府的余姚县是重灾区。这天夜里，武顺门西边的一座深宅大院里，一个名叫王华的年轻人伏案而睡，被急促的敲门声惊醒。他抬起头，睡眼惺忪，冲门外喊了声“谁呀”。

家仆王欢的声音传了进来：“少爷，快，有动静了！”

王华愣了愣，如梦初醒，蓦地跳了起来，急匆匆拉开门冲进院子，向柴房奔去。另一间屋子里，王华的父亲王伦听见动静，不声不响地起身。

柴房的门被猛然推开，只见室内狭小脏乱，墙边的破床上躺着一个孕妇，嘴唇干裂见血，正是王华的妻子郑青莲。

王华冲到床前，激动不已：“青莲，怎么样？是不是要生了？”

郑青莲有气无力道：“水……”

王华：“你等着！”

王华瞥了眼床头的碗，只见空空如也；查看水缸，亦空空如也。又跑出柴房来到厨房，揭开锅盖，还是不见一滴水。王华绝望地走到门口，大喊道：“水——水都到哪去了？！”

声音在夜空中回荡，王伦披着衣服，站在房间门口面无表情地看着儿子。

同一时间，余姚的高门大户邓府外人头攒动，火把通明。富人举着银票，穷人扛着梭镖，众人齐声高呼：“卖水！卖水！卖水！”一派山呼海啸，天崩地裂之势……

王华向王伦下跪：“爹，您把水藏哪了？拿些出来救救青莲吧！”

王伦怒道：“混账，是我不救吗？方圆百里，连着两个月没落一滴雨，县太爷府上的井也是干的，只有邓员外家还打得出水，我已经派王喜去买了。”

王华沮丧道：“可青莲她等不了了……”

王伦叹了口气，向柴房走去，王华紧随其后。柴房里，岑氏一脸焦虑地站在儿媳身旁。郑青莲昏迷不醒，脸色苍白。

岑氏忧心道：“这都什么时辰了，王喜怎么还不见回？”

王伦望着奄奄一息的郑青莲，突然从柴垛上拿起一把砍刀。王华大惊，跑到妻子床前，张开双手道："爹，你要干什么？！"

王伦看着眼前的一切，二话没说，转身出门。

这王伦乃书圣王羲之之后，当地王氏一族的族长。他生性爱竹，在自家后院种了一片毛竹，长势奇盛，其中一棵高耸入云的"竹王"还是开国宰相刘伯温亲手栽种的，远近闻名。加之王伦乐善好施，颇具人望，故时人尊称其为"竹轩翁"。

此刻，王伦正用砍刀劈竹子。家仆王喜扛着扁担，大呼小叫地步入后院："死啦，死啦！老爷，死啦！"

王伦手持竹节，怒斥道："瞎嚷嚷什么！谁死了？"

王喜吐了吐舌头："邓员外死了。"

王伦："邓员外怎么会死？"

王喜："随意涨价，惹了众怒。"

王华走出柴房："众怒？被人打死的？"

王喜咽了口口水："好多人排了一整天的队，结果被告知邓员外要养泉，水不卖了。毛屠户急了，带几个人冲进去，把邓员外给砍了，霸占了水井。现在他们按人头分配，就给了我不到半桶。"

王华抱过桶，往柴房冲去。

王华："青莲，水来啦！"

王华被门槛绊了一跤，水洒了一地。

岑氏埋怨道："你说你除了会读书还能干点啥？"

王华起身，懊恼不已。王伦不紧不慢地走入，一面将劈砍的竹节中的水倒入空碗，一面对王华道："你赶紧给我赶考去，家里的事不用你管。"

王华走到床前，把水端给妻子，轻声问道："有感觉吗？"郑青莲无力地摇了摇头。王伦皱眉，岑氏一把将他拉到跟前，小声道："都这么久了，一点反应也没有，不会是个死胎吧？"

王伦变色。

月色朦胧，门匾上"余姚县衙"四个字依稀可辨。

满桌佳肴，三人环坐。两人蓝袍，一人绿袍。从官服上的补子来看，当中一人为正五品，左右两人一个正七品，一个正八品。

中间那人是绍兴同知张彩，他叹了口气，搁筷道："旱情这么严重，杭州、绍兴、宁波、台州无一幸免。咱们绍兴是重灾区，府尊已经连着几日茶饭不思了。"

七品的余姚知县陈有光愁道："下官也三天没合过眼了。余姚全县的井，九成都打不出水来，上上下下勒紧了裤腰带，还望府上多多照拂，再接济一二。"

张彩用筷子指着丰盛的菜肴："大灾之年，难得你这么费心。我就直说了吧，这次来是调查上个月那档子事，你们县一伙暴民跑到上虞抢粮，打死人家十几个人。陈大人作为一县之主，管束不力，是不是该有个交代？"

陈有光道：“首犯业已落网，不日便押送府上。只是大人明鉴——当初分配赈济粮时，给余姚的也太少了，跟上虞一比，老百姓心里难免失衡，再有那么几个奸人一挑唆……”

张彩道：“上虞出了个户部侍郎，上面有所倾斜也是人之常情。但你作为知县，负有教化之责，理应维系一方安定。”

这时，主管一县治安的典史许璋神色匆匆地进来，看了眼那个一直没开腔的八品官员马鸣图。作为余姚县丞，马鸣图在二把手的位子上坐了好些年，以至于县衙里的人还不太习惯向新上任的一把手陈有光汇报工作。

但马鸣图不能不注意那些微小的细节。他赶紧向许璋使眼色，示意他有话直说，对陈有光说。

许璋犹豫道：“堂尊……”

陈有光脸上掠过一丝不快：“这么晚了，什么事？”

许璋鼓起勇气：“邓府出事了！”

陈有光变色，张彩与马鸣图对视了一眼。

毛屠户立于邓府的门匾下，鹰视狼顾，左右各站着四个凶狠的护卫。领水之人挨个进入，点头哈腰。

忽然，人群中冲出一个手持匕首的青年，却是邓府的长子。他朝毛屠户奔去，被护卫拦下。

邓府长子挣扎道：“你敢杀我爹，我弄死你！”

众人停下，纷纷望向毛屠户。

毛屠户高声道：“乡亲们，邓掌柜为富不仁，仗着有水欺压百姓，死有余辜！这水是地里冒的，天上落的，龙王爷赐的，谁听说过还得使银子买。”

“不买难道用抢？”

毛屠户一惊，众人循声望去，只见许璋带着衙役，簇拥着一顶轿子走来。一衙役拉长了声音：“知县大人到——”

众人自觉下跪。

陈有光下轿，努了努嘴，许璋立刻率衙役逮捕了垂头丧气的毛屠户等人。陈有光走到门口，邓府长子扑倒在他腿前，不住磕头，连呼“青天老爷，为民做主”。

陈有光将之扶起，环视众人，一脸悲怆道：“乡亲们受苦了！陈某十年寒窗，两榜进士，本想造福一方，兼济百姓，讵料上任伊始便遭逢天灾。耳闻啼饥号寒，眼见生灵涂炭，眠食俱废，五内俱焚。乡亲们，县署一样缺水，我跟你们一样渴，但是不能哄抢！今日你抢我，明日他抢你，谁也安生不了。官府正在千方百计地抗旱，大家勠力同心，共克时艰，没有过不去的坎！至于邓府的水井，就由县署暂时接管，定个合理的价钱，谁也不委屈，好不好？”

言讫，看了看身旁的邓府长子，只见他默默地点了点头。

百姓神色木然。

陈有光一走，马鸣图便放得开了，一边给张彩斟酒一边道：“大人勿忧。堂尊虽不熟悉余姚的情况，但好歹也是三甲的进士。保境安民，当有余力。”

张彩不屑道：“哼，进士怎么啦？我看未必有你这个举人强。”

马鸣图摆手讪笑道：“大人过奖，卑职受宠若惊。”

张彩直言道：“言归正传。去年你给了我一幅虞世南的字，府尊爱不释手，可惜他没干多久就被调走了。新上任的这位以廉洁自居，古玩字画一概不收。下个月他过寿，为了这贺礼的事你嫂子都快愁死了。”

马鸣图灵机一动，问道：“大人听说过竹王吗？”

张彩皱眉道：“竹王？”

马鸣图点头道：“余姚什么都不奇，唯独竹轩翁王伦家那株五丈高的毛竹最奇，乃诚意伯刘伯温亲手栽种，人称‘竹王’。竹王的竹尖上有自然纹理形成的‘天’字，若做成笔筒，必是一件惊世骇俗之礼。大人若首肯，我去替您求得此物。”

张彩赞叹道：“果真如此，那可真是造化钟神秀啊——只是，恐怕那王伦未必肯割爱。”

马鸣图拍着胸脯许诺道：“此事包在我身上。”

张彩举杯一饮而尽，道：“先干为敬，兄弟量力而行！”

马鸣图赶忙喝酒，豪气干云道：“老大放心，小弟一定不辱使命！”

明月高悬中天，浑圆皎洁，散着清冷的光。王家后院，术士任伯戚正在开坛做法，摇铃撒纸。

忽然，因操作失误，符咒起火，整个“祭坛”付之一炬。

王伦大惊道：“大师？”

任伯戚一副元气大伤的样子，故作神秘道：“不简单，不简单哪！你若真想抱孙子，就照我的话去做。”

王伦恭敬道：“大师请讲。”

任伯戚低声道：“用竹子搭个生子亭，将孕妇置于其中，以子夜之风吹拂。”

王伦沉默。

“怎么？舍不得？”

王伦叹息道：“为掩人耳目，柴房都睡了一个多月了，还有什么舍不得？”言讫拎斧砍竹，被任伯戚制止。

任伯戚手一抬：“得用这棵。”

王伦见其指向竹王，不禁一愣，忙道：“这……不行不行。这株竹王是祖传的，庇佑王家已逾百年，不能有任何闪失。”

任伯戚冷冷道：“那你自个儿定吧，要是不灵，可别怪我。告辞。”

见任伯戚欲走，王伦赶紧递上一个竹筒，赔笑道：“大师，一点水，不成敬意。”

任伯戚拿了竹筒离去，岑氏经过，问道：“你搞这些乱七八糟的做什么？”

王伦拍了拍竹王，劈倒它旁边的一棵竹子，道：“要不是为了让你儿子快点去考试，我还用操这份心？”

岑氏不屑道：“你这是白费心思。那个任伯戚又没生过孩子。”

王伦停手，看着她道：“没生过孩子怎么啦？任大师是多少达官显要的座上宾，红白喜事都请他去。再说，大夫都瞧了不下十个了，一点动静没有，你说怎么办？”

岑氏试探道：“请谢恩啊，再怎么说他也当过御医。”

王伦冷笑道：“让我求他？做梦！那老不死的，盼我出事盼得胡子都白了！”

岑氏气到语塞：“你——”摇头而去，王伦继续伐竹。

次日，邓府热火朝天。后院的水井旁，陈有光亲自上阵，挽起袖子帮邓员外的儿子给百姓打水。他一抬头，看见王华，立刻停了下来，问道：“王华，院试马上开考了，你怎么还在余姚？”

王华毕恭毕敬道：“拙荆胎象不稳，家里的井又打不出水，哪儿也不敢去。”

陈有光急道：“糊涂！你爹是族长，王家上下那么多口人，还用得着你？我告诉你，咱们县这帮童生，我就看好你，还指望着你考个案首回来。赶紧走，瞎耽误工夫。”冲身旁一衙役道：“给他装满！”

“多谢大人！”

王华一边掏银子一边低声道：“水不可全放啊，要是这口井也枯了怎么办？”

陈有光反问道：“县署尚有三十缸储水，这口井差不多还能打十缸。你有什么好法子？”

王华沉思道：“如果最后井干了，不得不用到储水时，可以全县百姓每日最低用水量为准绳，划分若干等份，每天只放一份。百姓用过的浑水一律由县署回收。储水放过后再放回收之水，以此类推，兴许能撑些时日。”

陈有光点头道：“好。你去吧，快快动身。流民当道，路不好走。”

王华道谢，转身离去。

夜色沉沉，紫禁城笼罩在一片阴云之下。

乾清宫的暖阁里，透过缕着青烟的紫铜香炉，只见一身着葛布宽袍的胖青年正冲着一面绢帛屏风作画，却是成化帝朱见深。朱见深画的是弥勒佛，每画两笔便退后打量一番。

身穿蟒服、腰系鸾带的司礼监掌印太监李荣缓步走了进来，轻声道：“皇上。”

朱见深没有回头：“说。”

李荣禀报道：“万贵妃在大殿跪了半个时辰了。”

朱见深立刻停笔，转身道：“怎么不早说？”

李荣平静道："她不让奴婢通传。"

朱见深快步出，李荣随即跟上。

锃光瓦亮的青石上，但见万贞儿戴着个枷，脚上锁着镣铐，一动不动地跪着。

朱见深赶忙上前搀扶，心疼道："你这是干什么呀？"

万贞儿执拗不起："皇上，您就不必瞒我了。那些御史说柏贤妃之死和四皇子下落不明跟妾身有关。您这就把妾身送到诏狱去吧。"

朱见深柔声道："言官喜欢风闻言事，做不得准。东厂正在调查，据汪直奏报，柏贤妃十有八九是因酒醉坠入御花园的池子溺亡的，你就不要胡思乱想啦。"

万贞儿眼珠一转，道："那您可一定要还妾身一个清白，不然妾身再舍不得皇上，也只好以死明志了。"言毕，竟哭了起来。

朱见深搀扶道："好了好了，谁要敢再乱嚼舌头，朕决不轻饶——来来来，看看朕新画的《一团和气图》。"

万贞儿破涕为笑，打趣道："皇上是财迷！就知道和气生财。"

朱见深搂万贞儿入阁，李荣无奈皱眉。

同一时间，王伦在他的竹林边搭好了一间竹亭。王喜和王欢将郑青莲架了出来，不想，被起夜的王华发现。

王华大喝道："你们干什么？"

王喜停下脚步，王伦走了过来，对王华道："吼啥吼？把你媳妇抬到生子亭助产。"

王华不解道："爹，亏你教了一辈子书，这些愚夫愚妇的名堂也信？"

王伦置气道："我叫你一声爹，你给我去考试好不好？"

王华低头不语。

王伦盯着他："说呀！"

王华犹豫道："除非……"

"除非什么？"

"除非你能放下面子，请谢御医过来看看。"

王伦色变，断然拒绝："请谁都可，唯独谢恩不可！"

王华气得浑身发抖："你……"

担架里的郑青莲虚弱道："相公。"

王华俯身，听妻子无力道："要是因我误了赶考，那我便成了王家的罪人，一辈子都不会安心。"

王华感动不已："青莲……"

王伦使了个眼色，王喜将郑青莲抬走。

王华恨恨地看着父亲，决心自救。其实他早已找过谢恩，只是还差一味药。

翌日，王华背着竹篓到龙泉山采药，忙活了一整天，却一无所获。直到太阳落山，才在峭壁上发现一朵红花，不禁惊喜交加。

王华用藤条绑住自己，小心翼翼地攀爬过去，奋力够着红花，一把摘了下来。

正高兴间，王华一脚踩空，摔了下去。幸亏藤条结实，有惊无险。他艰难地爬了上来，一瘸一拐地下山，往谢府走去……

须发皆白的谢恩接过王华递来的红花，眯着眼睛瞧了瞧，点头道：“不错，正是凌霄花。”

王华大喜道：“谢御医，眼下药也齐了，这六合返精散……”

“急什么？炼药又不是烧饭，你以为锅一盖就熟啦？”

“是是是。”

谢恩注意到王华脸上剐蹭的伤，漫不经心道：“要不是看在我儿谢迁的分上，这个忙我还真不想帮。不过话说回来，你可比你老子强多了。”

王华揉了揉脸，不好意思道：“谢御医不计前嫌，悬壶济世，才是我辈的楷模。”

谢恩不以为然道：“谁说我不计前嫌？我要的东西，你能帮我搞到手吗？搞不到，这药你也甭想！”

王华一愣，随即笑了：“您放一百个心，我爹再倔，他也想抱孙子啊！”

铜钱大小的月亮像宣纸上落下的一滴泪，陈旧而模糊。静谧的永宁宫里，藏着一段并不平静的梦……

阴风阵阵，万贞儿路过已变作灵堂的咸熙宫，发现一黄袍术士正在作法招魂。

她小心翼翼地进去，看到一大一小两口棺材。忽然，术士转头，但见其满脸血污，凶神恶煞，朝万贞儿吐了一身血，狞笑道：“你害死我们母子，我饶不了你！”

万贞儿大惊，后退道：“别过来，别过来！”

“娘娘，娘娘！”

钱能的呼唤把万贞儿拉回现实。她满头大汗，惊魂未定地望着一脸担忧的钱能，只见他端过一碗，轻声道：“娘娘，做噩梦了吧？来，喝口紫米粥。”

万贞儿望着紫红色的粥，直犯恶心，一把打翻了碗：“脏死了！”

钱能愕然，万贞儿灵机一动道：“你去告诉皇上，就说本宫做了个梦，等不及想说给他听。”

钱能一愣，道：“是！”

只一炷香的工夫，朱见深已赶至永宁宫，悉心陪伴比他年长十七岁的万贞儿。

当值的两个宦官，其中一人正在酣睡，另一人却是刘瑾。他偏着脑袋，聚精会神地偷听殿中的对话。

“胸闷好些了吗？”

“还是老样子。”

“钱能说你做了个梦，想告诉朕。梦见什么啦？”

“水德星君。”

“哦？说来听听。”

“星君交给臣妾一把木梳，说若想祛除邪祟，洗尽愁闷，当汇百川之水沐浴。臣妾还欲再问，星君已飘然而去。”

刘瑾正听得入神，忽闻一声断喝：“刘瑾，你发什么愣！”

他赶紧站直了，打盹儿的宦官也被惊醒，下意识道：“钱总管。”

钱能训斥道：“都给我精神点！”

朱见深推门而出，缓步走下台阶。李荣忙不迭跟上，替他披披风。待走到院落正中，朱见深仰望星空，喃喃道：“百川之水……”

李荣上前道：“皇上？”

“吩咐下去，娘娘要洗个大澡，内阁拿方案，户部、工部会同混堂司从速办理。”

“是。”

刘瑾好奇而紧张地打量着这一切……

千里之外的余姚，一盏写有“王”字的灯笼影影绰绰地穿过长廊，来到一间特意在帘子上注明“男眷不得入内”的竹亭前。

帘子揭开，岑氏和一名中年妇女一前一后地步入。那妇女瞧见了什么，一个踉跄摔倒在地，叫唤道：“我的天，杀猪呢这是？”

但见郑青莲被绑缚在高大的竹架上，奄奄一息。

岑氏扶起中年妇女，歉疚道：“瞿婆勿怪！我们家那口子听信术士妖言，盖了这间生子亭助产。”

瞿婆惊道：“助产？催产也没这么催的！”

郑青莲被惊醒，张开干裂见血的嘴唇，有气无力道：“娘……”

岑氏关切道：“青莲，怎么样，有感觉吗？”

郑青莲摇头。

岑氏叹息道：“娘知道你受苦了。大伙儿都很关心你，你王氓叔特意把他表嫂瞿婆从杭州请了过来。瞿婆是咱浙江最有名的稳婆，布政使家生孩子都叫她去。让她瞧瞧，准没事。”

郑青莲木然地点了点头。

院子里，王氓叉着手，伸长了脖子远眺生子亭。须臾，只见岑氏和瞿婆从亭中出来，王氓赶忙迎了上去，问道：“怎么样？”

瞿婆摆手道：“没事没事，不是死胎！”

王伦从竹林里现身，咳嗽了一声，把岑氏三人吓了一跳。

王氓恭敬道：“族长。”

王伦点头道：“唔。这位是？”

“这是我表嫂，瞿婆。”

“哦？原来是瞿婆呀，久仰久仰。”王伦指着生子亭道：“可有分娩迹象？”

瞿婆皱眉道：“真是咄咄怪事。老身接生过的产妇，没有一千也有八百，像今天这种情况，早就该生了。她有孕多久啦？”

岑氏犹疑道：“十——”

王伦抢白道：“十个月。”

王伦紧张的情绪被王氓察觉。

瞿婆疑惑道：“不可能啊——您还是另请高明吧。”

王伦叹了口气，将一锭银子交给瞿婆。

瞿婆佯拒道：“无功不受禄。”

王伦硬塞给她：“瞿婆舟车劳顿，辛苦了。多亏有你，不然老夫还真以为胎死腹中了。”说罢，笑着看了看王氓。

王氓讪笑道：“积善之家，必有余庆，怎么会是死胎呢？”

瞿婆接了钱：“还是马虎不得，再请大夫看看吧。”又对岑氏道：“蓖麻二两，与鸡蛋同炒，有催产之效。”

岑氏应声道：“哎。”

瞿婆道：“那老身就告辞了。”

王氓拱手道：“族长早些歇息。”

王伦冲岑氏道：“送送瞿婆和王氓。”

三人离去，王伦望着王氓的背影，面如寒冰。

次日一早，王氓在自家宅院前送别瞿婆。王氓之妻拿着一只皮水囊急急出门，走到马车前递予瞿婆。

王氓嘱咐道：“路上解渴。”

瞿婆接过水囊，道：“好嘞。都回去吧！”

王氓凑近，俯身低声道：“那郑青莲到底怎么回事？”

瞿婆左右看了看，附上去耳语，王氓脸色一变。

车夫扬鞭，马车离去。王氓喃喃自语：“老哥呀老哥，这一关我看你怎么过？”

这时，王氓之女王天娇抱着一只兔子跑了出来，叫道：“爹爹，爹爹，小花要渴死了！”

王氓妻拍拍女儿的头，道：“天娇乖，家里快没水了，让小花先忍一忍。”

王天娇闻言，委屈得哭了起来。

王氓心疼道：“不差这一口。舀水去。”

王氓妻愤愤离去：“让你给惯的！”

王氓抱起天娇，把她逗乐。

一街之隔的王伦此刻却乐不起来。他拍案高声道：“王喜！谁是一家之主？”

王喜手足无措，看看岑氏，又望向王伦，低眉顺眼道：“老爷是。”

岑氏盯着王伦，不悦道：“你发什么淫威？这么大的事，等王华回来商量了再定。”

“商量？你让王氓把瞿婆引到家里来跟我商量过吗？”

“瞿婆怎么啦？瞿婆比你请的妖道可靠多了！”

“什么妖道？那是任大师！”

岑氏不屑道：“任大师，呵呵。就算是大师，也没有自己人可靠！”

王伦冷笑道：“自己人？别告诉我说是王氓。他觊觎族长的位子可不止一天两天了！”

王华归来，见王喜身边堆满了行李，停下脚步，打趣道：“王喜，你这是脚底抹油，准备溜之大吉吗？”

岑氏直言道：“你爹要把你媳妇送回娘家去。”

王华震惊道：“什么？这不是草菅人命吗？”

王伦怒喝：“胡言乱语！不送走你能静得下来？今科考是不考？这都什么时候了！”

“爹，余姚到南昌，将近两千里，青莲颠簸不起啊！”

“她颠簸不起，你爹这张老脸就丢得起？要怪就怪她自己不争气。”

王华缓了口气，道：“那您也没必要置气呀。这一路赤地千里，万一遇到流贼打劫怎么办？”

王伦手指门外，道：“瞿婆已经起疑，万一让王氓知道了底细，大做文章，我这个族长还怎么当？王喜——”

“老爷。”

王华急道：“爹，万万不可啊！”

王伦对王喜道：“还不快去？”

王华“咚”的一声跪下，坚定不移道：“孩儿决定了，明日就动身，去府上给咱家考个秀才回来！”

王伦愣住。

岑氏趁势道：“这就对啦！老头子，你想让儿子专心考试，就把青莲照顾好，免得他分心。”

王伦半晌无语，叹了口气道：“王喜，把东西都收了吧。”

烈日凌空高照，肆无忌惮地向大地抛洒着无穷无尽的热力。

余姚县衙，陈有光正在清点库房里的储水，衙役依次揭开缸盖让他查看。验毕，陈有光开始训话：“这缸里装的不是水，是老百姓的命。你们要严加看管，一滴都不能少！”

众衙役齐声道：“是！”

许璋匆忙入内，禀报道：“堂尊！”

陈有光急切道：“怎么样？”

许璋垂头丧气道：“都打不出水。”

陈有光叹息道：“看来，这五十缸水就是咱们最后的家底了。传令下去，县署自本官起，每人每日用水减半。”

许璋应道：“是！”

这时，马鸣图走到门口，见此严肃阵势，不由得站住。

陈有光问道：“什么事？”

马鸣图呈上一封信，道：“府里急函，可能是放赈之事。”

众人闻言，顿时打起了精神。谁知陈有光拆阅后脸色却越来越难看，最后，信纸竟从他颤抖的双手上飘落。

第二章　生死之间

陈有光一边就着咸菜吃馒头一边看书，桌上的小碗里盛着少许水。许璋把背着书篓的王华带进来，禀告道："堂尊，王华来了。"

陈有光搁筷抬头，热情道："来来来。"

许璋退下，陈有光打量了王华一番，道："这就对了嘛！以你之才，为何要排斥举业呢？把你爹给急的。盘缠够吗？"

王华忙道："绰绰有余，多谢大人。只是拙荆临盆在即，家中缺水。"

陈有光安抚道："不用担心。竹轩翁是余姚的耆宿大贤，竹王是余姚的稀世珍宝，渴了谁家也不能渴了你家。今日叫你来，是另有要事相托。"

王华抱拳道："大人请讲。王华赴汤蹈火，在所不辞。"

陈有光摆手道："没那么严重。水员外你还记得吗？咱们一起喝过酒。"

王华回忆道："大人是说深谙麻衣相法的那位？"

陈有光点头："对，就是他！他说你有帝师之相。"

王华脸红道："笑谈，笑谈而已。"

陈有光正色道："先不说这些。水员外寄存了一批货物在余姚，正好你要去府里，帮我押运怎么样？我调两个衙役和几个脚夫给你。水员外对你仰慕已久，你也不必找客店了，就住他府上，安心备考。"

王华谨慎道："敢问大人是什么货物？如若贵重，让许典史走一趟或许更为稳妥。"

"许璋带队反倒招摇，引起不必要的麻烦。"

"既然大人信得过，王华一定不辱使命。"

陈有光拿出一封信函，道："把它交给水员外。时辰不早，你这就上路吧。"

武顺门外，热浪滚滚。

五辆推车盖着苫布，包裹严密。每辆车要三个脚夫才能推动，显是不轻。

眼见王华带着两个身穿便衣的衙役上路，马鸣图和一个胖衙役从暗中闪出。

胖衙役嘿嘿一笑："好一招瞒天过海。"

马鸣图冷笑道："呵呵，想暗度陈仓？恐怕没那么容易。"

绍兴府府治在山阴和会稽，两县同城而治，距余姚不过百余里。一路所见，骄阳似火，庄稼枯死。大地龟裂，衰草凄迷。

王华一行匆匆赶路，个个满头大汗。忽然，草丛里钻出十几个灾民，扶老携幼，拦路跪下。为首一学究模样的灾民道："老爷们行行好，给口水喝吧。"

衙役大声道："闪开！我们这么多行李，自己的水还不够喝呢！"

学究灾民拿出一张字画，双手奉上，央求道："这是老朽祖传的赵孟頫的真迹，只换一壶水，求您了！"

王华摸出桦皮水壶，递给学究灾民，温言道："既是传家宝，还是收起来吧。这点水大家将就着喝。"

学究灾民感激涕零道："谢谢，谢谢！"他打开塞子，喝了一小口，传给后面的人。

人群中，灾民甲小声嘀咕："那车上装的不是粮食就是水。"

灾民乙瞟了一眼，道："你确定？"

"赌一把！"

灾民甲起身冲出，跑到车旁，用力扯开苫布，激动道："水缸！"

人群骚动，灾民纷纷起身。衙役抽刀，进攻灾民甲，一刀砍在缸上，铮然作响。

王华大喝："住手！"

衙役把刀架在灾民甲的脖子上，双方僵持。王华抚摸水缸刀印，心生疑窦。他打开缸盖一瞧，果然有水，不禁疑惑道："怎么回事？"

衙役回禀道："王公子，堂尊没跟你说吗？这是府里调配的水，用来赈济灾民的，先运到水员外家统一消毒，免得变质。"

学究灾民磕头道："我们就是灾民啊！"

众人纷纷叩首："就是灾民啊！"

王华朗声道："乡亲们，在下余姚士子王华，深知我县知县陈有光之为人，可以人格担保，其所言非虚。大伙再忍忍，相信官府一定有办法解此倒悬之苦！"

衙役斥道："散了吧！抢劫赈灾物资，都不想要脑袋了吗？"

学究灾民看了看衙役手中明晃晃的刀和脚夫们孔武有力的身板，无奈起身。

王华摇头叹息……

绍兴水府，门户大开，推车次第进入，水员外拱手相迎，满面春风道："王公子辛苦了！走，去里面吃茶。"

王华取出信，道："多谢水员外。这是陈大人托我转交给您的。"

水员外接信："哦？"

二人步入花厅落座，水员外拆信浏览。

仆人入禀道："老爷，王公子的房间已经收拾好了。"

水员外收信，微笑道："还有三日，你先歇息歇息，养足精神。今科院试，我和陈大人都认为案首非你莫属。"

王华拱手道：“谢员外吉言。既如此，叨扰了。”

水员外点点头，目送王华随仆人离去，自言自语道：“这个陈有光，打肿了脸充胖子。”

一美女从后院走入屋内，却是水员外的侧室减兰。

减兰娇声道：“老爷，方才那人就是你说的王华？”

水员外坏笑道：“怎么，动心啦？

减兰白了他了一眼，道：“模样是俊，但跟老爷的气度还是没法比。”

水员外意味深长道：“你懂什么，此人天庭饱满，地阁方圆，前途无可限量。”

三年一考的大比开始了。

院试虽说是从童生中遴选秀才的初级考试，但究属为国取士，谁也不敢掉以轻心。考生必须接受严格的检查，才能进入考棚。

王华拿到考卷，舔了舔干裂的嘴唇，准备答题。这时，不知哪家的家丁贿赂了监考官，推着水车进来卖水。他提着桶，经过王华的号房，舀了碗水，道：“一两银子一碗，要吗？”

王华抬头道：“这么贵？”

家丁不屑道：“这贵不贵嘛，它得看供求关系。搁平常，白送你也行呀！来一碗？”

王华咽了咽口水，摇头拒绝。家丁不悦，扭头就走。

扛到第一场结束，交了卷子，王华同所有的考生一样，出号透气。突然，“有人晕倒啦”的声音传来，王华循声望去，只见远处一人躺在地上，周围围满了士子。

王华走了过去，只听一人道：“肯定是中暑了。”

另一人道：“真可怜，居然这会儿倒下了。谁给买碗水喝？”

众人默不作声，王华注意到考棚正中的牌匾上写着“人能弘道”四个大字。众目睽睽之下，王华走到门外的水车旁，看着正在扇扇子凉快的家丁。

王华掏出一两银子，道：“来一碗。”

家丁不耐烦道：“涨价了，三两。”

王华怒道：“你……你趁火打劫！”

家丁眉毛挑得老高：“这叫随行就市，懂不懂做买卖？”

王华无言以对。忽然，他注意到水缸的缸壁上有刀印，不禁伸手去摸。

家丁阻拦道：“哎哎哎，干吗呢你？不买别乱碰！”

王华恍然大悟道：“陈有光！”

原来，陈有光倒卖余姚的储水，自己不知不觉竟成了他的帮凶！王华强忍怒火，完成了后面两天的考试，打算向水员外摊牌。

是日，夜凉如水，水员外设席。王华坐在酒桌旁，心事重重。

水员外给他夹了块醉鸡，满脸堆笑道：“雄鸡一声天下白，总算考完了。贤弟此番必能拔得头筹，到时寒舍也跟着蓬荜生辉啊！”

王华苦笑道：“员外过谦了。水府称寒舍，那绍兴府家家都是陋室了。”

水员外讪讪地摆手，王华闷头饮酒，发现寡淡无味，不禁皱眉。

“哈哈，贤弟勿怪！灾年缺粮，以水代酒。”水员外举杯示意。

王华一饮而尽道：“打搅多日，心下有愧，在下明日便要启程回余姚了。”

水员外笑道：“见外，见外了不是？贤弟安心住下，我那药铺正缺个大总管，白天你帮我管人，晚上备战乡试，一举两得。怎么样？”

王华推辞道：“多谢美意，只是王华志不在此，员外还是另择贤能吧。”

水员外搁杯劝道：“贤弟呀，人生在世，名利二字。有钱有势，这个世界就是你的。名，你自个儿去争；利，我来保障。如何？”

王华叹气道：“无穷名利无穷恨，有限光阴有限身。近日在下风闻了一些传言，还望赐教。”

“请讲。”

“员外的药铺叫‘济世堂’，您可知这‘济世’二字怎么写？”

水员外不悦道：“贤弟言下何意？”

王华面罩寒霜道：“员外料定大灾之后有大疫，命人到灾情最重的萧山将柴胡、葛根和甘草等收购一空，就地囤积。时疫果至，您以十倍的价格售药，买不起的病患只能送往邻县，有的半道上就死了。萧山知县下令对药材限价，您去省城打点，使之遭黜，忧愤而亡。”

水员外冷漠道：“哼，他是被自己蠢死的！这盘子里的菜、铺子里的药，价值几许，都由买主与卖主决定，你情我愿，谁也限制不了。你可以说我唯利是图，但四面八方的药贩见萧山的药卖得起价，纷至沓来，最后反倒能救更多的人，药价也势必跌落。”

王华厉声道：“所以死者泉下有知，还应该感谢你了？荒谬！”

水员外反唇相讥：“荒谬？汉武帝时，大农令桑弘羊想搞垄断专营，管制物价，结果如何？天下困弊！盗贼群起！”

“员外！咱们今日不是要开盐铁会议。我只问你一句，是不是这世上的一切都可以拿来买卖？”

水员外语塞。

王华起身道：“听说上虞已经有人易子相食。人成了商品，这样的世界，没劲！”继而拱了拱手，道：“多谢款待，后会有期！”

言毕，作势欲走。

水员外断喝道：“站住！”

王华傲然道：“员外还有见教？”

水员外正色道：“这么急着走，到底所为何事？”

王华犹豫片刻，道：“拙荆快生了。”

圆月当空，百里俱寂。余姚王宅，郑青莲痛苦呻吟。

靠在生子亭外打盹儿的岑氏一个激灵醒来，冲了进去。

“青莲！”

“娘，我肚子疼。”

岑氏一愣，惊喜道：“快，快起来走走，许是要生了！”

百里之外，王华似有感应，望着明月出神。夜色渐沉，他转身进屋，准备就寝。

在拨开帷幔的一瞬，王华惊叫了一声，瘫倒在地。

原来，一轻汗薄衣的美艳女子正坐在他床上，面泛红霞，呼吸湿润。

王华惊道：“你……你是谁？”

“贱妾减兰，是水员外的侧室。”

“为何在我床上？”

减兰低眉道：“这事实在难以启齿。老爷年近花甲，膝下只有一个脑子不好使的呆儿，所以……”

她将一把折扇交给王华，暗送秋波道：“这是信物，请公子过目。”

王华打开扇子，默念扇面上的题字：“欲借人间种。”再瞧减兰，只见她粉面含春，目光迷离，羞涩道：“老爷断定公子是状元之才，还请圆了他这个夙愿。”

王华面红耳赤道：“小姐还是赶快出去吧，免得惹人误会。”

减兰急道：“公子发发善心，权当做件好事。老爷年轻时也是读书人，只因家境贫寒，不得不中道辍学。现在虽置了些薄产，但终究有个遗憾，见了那些功名在身的秀才、举人，总感觉矮人半头。”

王华又看了看扇面，径直走到书案边，提笔在背面写下“恐惊天上神”五个字，还给减兰，道：“他可以不尊重你，但我不能对不起糟糠之妻。小姐请便！”

减兰念道：“恐惊天上神？公子为人……减兰佩服。”

郑青莲摸摸肚子，皱眉摇头。

岑氏安慰道：“没事，总比一点动静都没有好。”

郑青莲愣愣地望夜空，牵挂道：“也不知相公怎么样，考得可好？”

“你就别操心他了。走，娘扶你进去。”

郑青莲忧心忡忡。

次日，王华背着书篓，踏着清晨的第一缕光，走出绍兴城门。他归心似箭，马不停蹄地赶路，来到一座荒村。只见家家门户洞开，静得让人不寒而栗。

王华想讨口水喝，好不容易发现一户大门紧闭的，于是上前敲门。

“有人吗？”

没有回应。

用力一推，门竟然开了。一只母鸡扑腾而起，把王华吓了一跳。

更惊悚的画面在推开房门后出现，那是两个悬梁自尽的老人的尸体。王华将其中一人抱下，认出乃之前拦路求水的学究灾民。

王华替他合上双眼，不禁悲从中来："老先生，是我害了你……"

他抱起尸体，瞥见墙上挂着一幅"上善若水"的书法横轴。

王华在院子里掩埋了尸体，恓惶离去……

抵达余姚，已是第二天一早。王华发现愤怒的百姓正在围攻县衙，高呼"陈有光，滚出来"。许璋率衙役拉了个人墙，勉力维持现状。

一只兔子在人群中乱窜，王天娇边追边喊："小花。"

王氓妻跑来，上气不接下气道："天娇，别跑，回来！"

这时，一人瞅见王华，大声道："那不是王华吗？"

人群骚动。

王华置之不理，径自走到许璋跟前。

一百姓怒道："王华你个杀千刀的，把水运走，让我们在这等死！"

百姓谩骂不休，王华被一只鸡蛋砸中，头上沾满蛋清。

王华冷静道："我要见陈大人。"

许璋示意衙役放他进去。

陈有光在书房练字，故作镇静。他的身后挂着一副对联，上书："尔俸尔禄，民膏民脂；下民易虐，上天难欺。"

一个下人阻拦不及，让王华冲了进来。

陈有光搁笔，平静道："你先下去吧。"

下人应道："是。"

陈有光起身道："怎么不看了榜再回？一路可还顺利？"

王华强压怒火道："陈大人，满满三十缸水，运到水员外家做什么？"

陈有光似有所料，轻描淡写道："府里调配，赈济灾民。"

王华质问道："这话恐怕你自己都不信吧！到底是赈济灾民还是发国难财？"

陈有光驳斥道："宵小之徒的无耻谰言你也信？"

王华愤然道："我亲眼所见！水员外得了你的水，转眼便拉出去卖。你若真无暗室亏心，中饱私囊，怎么不敢面对外面那些人？"

陈有光走到窗边，叹了口气道："渺渺茫茫青云路，洋洋洒洒圣贤书。减不轻黎民百姓苦，救不了灾荒万骨枯。也罢，也罢。"从书柜里取出一封公函交给王华，道："此乃机密，切勿泄露。"

王华拆阅，越看越惊，念道："万贵妃突染邪祟，要汇百川之水，沐浴祛疾……我县姚江在列。不对，这上面只说要十缸啊！"

陈有光振振有词道："食君之禄，分君之忧。我初来乍到，岂能按部就班，上面要十缸就真的只给十缸？”

“那水员外的那缸又是怎么回事？”

“水员外之妻与府尊大人的夫人情同姊妹，我原本打算给上面交二十缸，水员外送五缸，府尊送五缸，一共三十缸。没想到这家伙不缺水，转手就给卖了。”

“呵呵，说到底还是怕同僚知道了忌恨，所以要走水员外的路子。陈大人，我一直以为您清廉自守，心系苍生。今日方知有些清官，比贪官还恶。”

“王华！事非经过不知难。绍兴一府八县，余姚位置最偏，毫不起眼，如何脱颖而出？你要是我，你又能怎么干？”

“我不知道怎么干，但我知道什么事绝对不能干！”

“你……”

“告辞！”

王华扬长而去，气得陈有光将公函撕得粉碎。

县衙门口，人声鼎沸。见王华出来，一百姓道：“王华，我们的水呢？”

王华撂下一句“不知道”便即疾走，另一人道：“别让他跑了！”

众人一拥而上，许璋指挥衙役保护王华，双方大打出手。

王氓妻急唤：“天娇，快跟娘回家！”

“小花，小花！”

王天娇发现已被踩死的小花，抱着尸体哭了起来。

众百姓高呼：“我们要吃水，还我们水！”

推搡中，王华被撞倒，书篓里的书滑了出来。一双双杂乱的脚把一本《四书章句集注》踩得七零八落，纸张随风飘荡。王华茫然四顾，目之所及，皆是扭曲的表情。一声撕心裂肺的尖叫让众人安静下来，也惊醒了王华。

但见王氓妻抱着王天娇，放声大哭。

众人窃窃私语：“踩死人了！”

一声凄厉的尖叫划破天空，王氓妻喃喃道：“天娇、天娇……”

王华呆立，如木雕泥塑……

王氓狠抽妻子耳光，将其打倒在地，泣不成声道：“天娇，天娇啊……到底怎么回事！”

王氓妻眼神涣散道：“县衙门口……衙役跟老百姓打起来了……”

王氓咆哮道：“谁干的？！”

王氓妻逐渐清醒，捂着脸道：“谁干的？王华……对，是王华！”

王氓疑惑道：“王华？”

王氓妻哭诉道：“王华一出来，现场就乱了，衙役跟老百姓打了起来。这一打，天娇，天娇她就……”恸哭起来。

王氓恨声道："王华！"

马鸣图带领挑着两只水桶的胖衙役步入县衙仓库，命令道："装满！"

看守为难道："大人，堂尊有令，没有他的手谕，库房的储水只进不出。"

马鸣图骂道："混账东西，敢拿堂尊压我？"

看守怯道："小的不敢。"

不情不愿地装水。

王家竹林，王伦正在弹奏《酒狂》，王喜慌里慌张地跑来，急道："老爷，王氓来了！"

王伦手指不停："王氓来了你慌什么？"

"他带了一大帮人来！"

王伦闻言，猛然抬头。

花厅里站满了人，王伦快步走入，只见王氓气势汹汹地坐着，倒茶的岑氏战战兢兢。

王伦抱拳道："诸位有何贵干？"

王氓冷冷道："族长，请把王华交出来。"

王伦缓缓落座，徐徐道："犬子去府上考试，尚未归来，不知你找他有何贵干？"

族人甲高声道："王华同陈有光沆瀣一气，把咱们县的储水拉到府上行贿！"

王伦不动声色道："那些捕风捉影的谣言，你们也信？"

王氓拍案而起："天娇因此事而亡，尸骨未寒，这也叫捕风捉影吗？！"

王伦倒吸一口冷气，岑氏更是大惊失色。

马鸣图和挑水的胖衙役随王喜来到花厅外，听见里面的争吵。王喜正要通传，被马鸣图拦下。

"我先等等，不打紧。"

王喜想了想，把马鸣图带到隔壁的屋子，道："您先坐，我带他去灶房。"

胖衙役随王喜离去，马鸣图立刻起身，把耳朵贴到墙上倾听。

王氓盛气凌人道："舐犊之情，人皆有之，但王华是我族的祸胎，如果你不能大义灭亲，就不配当这个族长！"

王伦大声道："祸胎？王氓，无凭无据，你不要血口喷人。"

王氓冷哼一声，道："你要凭据？好！我问你，你那个儿媳妇，到底生没生？"

岑氏色变。

王伦强作镇定："胎象有些不稳。大夫说了，也就这一两个月的事。"

王氓冷笑道："是吗？今日我请来一位神医，要不让他瞧瞧？"

王伦绵里藏针道：“多谢好意，只是大夫特意交代，不让她见生人，免遭疠气侵扰。”

王氓大笑：“疠气？哈，哈哈！各位！你们有谁见过怀妊十一个月而不生产的？”

王伦与岑氏对视了一眼。

族人甲想了想，道：“虽不常见，但天下之大，无奇不有。”

王氓走到他跟前，伸出两根手指：“十二个月呢？”

族人甲迟疑道：“这……这不可能。”

王氓又伸出一根手指，道：“那十三个月呢？”

室内静得落针可闻，岑氏惊恐万状。

王氓转身对众人道：“郑青莲有孕已达十四个月。这岂止是祸胎，简直就是怪胎！”

众人大哗，隔壁屋的马鸣图也惊得摔了茶碗。

族人甲严肃道：“王氓，这种玩笑可不能乱开啊！”

王氓娓娓道来：“半个月前，瞿婆曾替郑青莲验胎，事后她亲口告诉我，那胎儿已在腹中待了十四个月。以瞿婆的经验和声望，族长，你该不会说她也冤枉了你吧？”

王伦无言以对。

族人甲提议：“既如此，我看还是让神医验一验，真相自然大白。”

众人点头称是。

王氓趁机煽风点火：“没错，要是验出是个怪胎，必须当场堕掉，否则我王氏一族的脸往哪搁！”

众人附和，岑氏焦急地望着王伦，只见他额上早已涔出汗来。这时，厅外突然传来一个声音：“我看谁敢？”

循声望去，只见王华大步走来。

王氓怒目而视。

王华站定，道：“神医再神，也神不过御医。人命关天，不可不察。”

族人甲道：“御医？你说的莫非是谢恩？”

王华微笑道：“不错。谢御医已在门外恭候多时。”

王伦拂袖道：“不可！我王家的事，不劳外人插手！”

“郑青莲是我的妻子，她怀的是我的孩子，让谁验，我说了算！”王华冲厅外道：“有请谢御医！”

一矍铄老者傲慢地走进来，向众人拱拱手，算是打了个招呼。

王伦盯着谢恩：“我信不过此人！”

谢恩一脸不快：“要不是你儿子苦求，你以为我愿意来？”作势欲走。

王华拦住谢恩，向王伦道：“要是青莲有什么三长两短，我一辈子不进这个家！”

王伦怒不可遏：“你——”

岑氏小声劝道："儿子这么做，肯定有他的道理。"

族人甲也附言道："族长，你就让他还你儿媳妇一个清白，有何不可？"

王华趁势道："爹，你不放心可以跟我一块进去。谢御医，碍不碍事？"

谢恩闭目养神道："无妨。"

王伦"哼"了一声，算是默许。王氓死死地盯着王华，双目喷火。

三人来到后院竹林，王伦行色匆匆，谢恩却停下仰望竹王，啧啧称奇。

王伦没好气道："谢大御医，病人还在里面等着呢！"

谢恩随口道："不用看了，不就是怀了十四个月不生吗？你儿子早就告诉我了。"

王伦惊讶地望着王华，只见他拿出一包药："这是谢御医开的催产药——六合返精散。"

谢恩不紧不慢道："早晚煎服，十日之内，保证你抱上孙子。"

王伦惊喜交加，却又不敢轻信："此话当真？"

谢恩"哼"了一声，扭头去看竹子。

王华把父亲拉到一边，小声道："谢御医有一事相求。"

"什么事？"

"他儿子谢迁去年不是中了状元嘛，现在京城需要打点，看上咱家的竹王，想取竹尖做个礼物。"

王伦指着儿子："好你个王华，串通外人算计你爹？"

王华忙道："这不是为了给您传宗接代吗，怎么能叫算计？"

"你——"

"爹，韭菜割了还能再长，人没了可就真没了。"

"混账，我的竹子是韭菜吗？"

"是什么不重要。眼下形势比人强，您不向谢恩低头，就得向王氓低头。谢恩是外人，但有时候自己人比外人更狠啊！"

王伦气呼呼地看着谢恩，老半天才下定决心，道："那他得随我出去做个证人。"

王华高兴道："这个自然。"

回到花厅，只见王氓踱来踱去，岑氏焦虑不安，屋子里静得让人烦闷。见王伦三人归来，众人精神为之一振。

岑氏急切道："怎么样？"

谢恩轻蔑道："生个孩子，兴师动众！我道是什么大不了的病？气血不足而已。"

王氓一愣，追问道："那胎儿不是十四个月？"

谢恩高声道："你见过十四个月的胎儿？一个个迷信偏方谣言，不问苍生问鬼神，出了事想起找大夫，害死人才满意？"

王华上前一步，躬身道："王氓叔，天娇意外身亡，大伙都很悲痛。此事因我而起，我必登门谢罪，要杀要剐，绝无怨言。但一码归一码，谢御医已替拙荆开药，不日便能见效。您大人有大量，就不要再为难我爹了。”

王氓情绪激动：“王华，你媳妇的事咱们按下不表，你就说说为什么助纣为虐，跟陈有光串通一气，坑害百姓？”

王华叹息道：“我被陈有光骗了！”

众人面面相觑。

“陈有光说水是府里调配的，要送去京城。这么远的距离，送过去早就馊了，可见他在撒谎。我打算去省城告状，省城告不动就告御状，你们谁愿与我同去？”见众人不语，王华走到族人甲跟前，盯着他看，直看得他心里发毛，起身道：“既然是一场误会，我看就这么算了。你们说呢？”

众人连道：“是是是。”

族人甲抖了抖衣袖：“家里还有事，不多叨扰了。告辞。”

众人纷纷辞别。

王氓怒火中烧，待人都走光了方才离去。经过王华身边时，恶狠狠道：“还没完，完不了。”

王伦瞥了眼谢恩，不冷不热道：“多谢！”

谢恩扬手道：“不必。各取所需而已。”转身离去。

王华感觉有所失礼，追了出去。

王喜入内道：“老爷，马县丞在隔壁等了半个多时辰了。”

“哦？没说什么事？”

“没说，只送了咱两桶水。”

王伦想了想，出门去往隔壁。

见王伦进来，马鸣图赶忙起身，拱手道：“竹轩翁别来无恙？”

王伦笑容满面：“马大人真是我王家的龙王爷！正缺着水呢，就降下了甘霖。”

马鸣图摆手道：“你家有孕妇，照顾一下也是应该的。只是这日后吃水怎么办，竹轩翁可有打算？”

王伦愁道：“家里的井枯了，除了买水一时也没有别的办法。”

马鸣图敲了敲茶杯：“僧多粥少，水价只会越来越贵，买水不是长久之计呀！”

王伦会意，求教道：“马大人有何良策？”

马鸣图直言道：“我也不绕弯子了。下月初五是绍兴同知张彩的贵诞，我想借竹王一用，把竹尖锯下来做支笔筒送给张大人。”

王伦暗暗心惊。

马鸣图拍着胸脯道：“竹轩翁若肯帮这个忙，吃水的事包在我身上。”

王伦为难道：“既是给张大人做寿，本不应推辞，只是实在不凑巧，竹尖已许给了别人。”

马鸣图惊愕道：“什么人这么大面子？”

王伦叹气道：“此事不足为外人道，还望马大人理解。”

马鸣图大失所望，继而有些愤怒，不过仍佯笑道："好说，好说。"

气氛顿时有些尴尬，幸亏王喜进来解围。

"马大人，门口有人找您。"

马鸣图就坡下驴："公务繁忙，改日再叙。"

王伦摸出一块金元宝，塞给马鸣图，致歉道："让您白跑一趟，实在过意不去。这点心意，烦劳大人替我转交张大人。"

"万万不可，张大人素来不收陋规。竹轩翁的好意，我代他心领了。"说完，头也不回地走了，王伦忧心不已。

王宅门口，许璋见马鸣图脸色铁青地出来，赶忙迎了上去："大人？"

"什么事？"

"堂尊让您回去商议求雨之事。"

"求雨？"

"围攻县衙的暴民迟迟不散，堂尊只好向他们许诺，三日后请任伯戚开坛求雨。"

马鸣图凝思。

约莫一盏茶的工夫后，马鸣图迈入县衙书房。

陈有光不悦道："出了这么大的事，你倒悠闲，跑去竹轩翁家喝茶？"

马鸣图早已打好腹稿，神秘道："堂尊有所不知，出事了！"

陈有光蹙眉道："什么事？"

马鸣图凑到跟前，低声道："王伦的儿媳怀了个怪胎，十四个月都生不下来。"

陈有光厌恶道："马鸣图，你一个乙榜的举人，也信这些无稽之谈？"

马鸣图信誓旦旦道："此事确凿无疑，王氏一族尽人皆知。"

陈有光不耐烦道："就算是真的，与你何干？与我何干？"

"当然有关系。听说堂尊要求雨？"

"事已至此，除了求雨，还能怎么办？"

"万一到时候天公不作美呢？"

陈有光陷入沉默。

马鸣图续道："眼下吃水是头等大事，要是百姓的希望再次落空，一些刁民就会借机生事，说苍天示警，说您德行有亏。届时人心动荡，祸机潜发，势必难以收场啊！"

陈有光试探道："那你的意思是……"

马鸣图俯身耳语。

陈有光勃然色变："荒谬！我陈有光是那样的人吗？"

马鸣图沉声道："堂尊，我思虑再三，此乃万全之策。人情汹汹，民变在即，不可掉以轻心哪！"

陈有光霍然起身，正色道："那也不能滥杀无辜！"

马鸣图劝道："圣人不仁，以百姓为刍狗。堂尊不为社稷着想，也该为仕途着想，切勿因一念之差断送了前程。唐末黄巢之乱，即滥觞于中原大旱啊！"

陈有光踱来踱去，踌躇良久。最后一转身，凛然道："此事有悖天理，有违孔孟之道，休要再提！"

马鸣图不甘心道："可是堂尊——"

陈有光喝道："够了！"

马鸣图不服不忿。

夜久无云，月华如水。

北京小汤山，一场盛大的沐浴正在御汤宫举行，长廊水道直通浴池。

万贞儿沿水道款款走去，两旁的宦官提着水桶，依次往道中倒水。

钱能扯着嗓门喊道："长江之水、珠江之水、湘江之水、赣江之水……"

贵妃沐浴，云蒸霞蔚。只见巨大的水池边环绕着九根石柱，雕以"九龙子"的形象，均为出水孔。撒满花瓣的水面，万贞儿惬意地靠在池边，长发散成九缕，平铺在光洁如镜的大理石地面上，由九名宫女认真梳洗。每洗一遍，所用木梳皆不相同。混堂司的宦官健步如飞，往来穿梭，将木梳交到宫女手中。

刘瑾在宫外站岗，好奇地望着往来人等。终于，他忍不住抓住一个宦官，小声道："我替你跑一趟怎么样？"

对方笑道："怎么？想看贵妃洗澡？"

刘瑾从怀里摸出一块饼，指了指他手中的托盘。那人犹豫片刻，夺过饼，交出托盘。

金碧辉煌的御汤宫让刘瑾震惊不已。这是他第一次近距离目睹"权力"的模样，美轮美奂，光彩夺目，如痴如醉，欲仙欲死。

刘瑾沉浸在幻想之中，没留意脚下，滑入水池。万贞儿被惊醒，尖叫了一声，钱能条件反射般冲到池边，把刘瑾提溜出来，死命掌嘴。

万贞儿愠道："拉出去砍了！"

两颊被打肿的刘瑾魂飞魄散，赶紧下跪道："娘娘息怒！小的刚才一抬头，看见雾气里有个神仙，吓了一跳，脚一滑，便跌进了池子。"

万贞儿饶有兴趣道："哦？神仙，长什么样？"

刘瑾想了想，道："青色，对！青色的。手里拿着个木梳。"

万贞儿两眼冒光："水德星君！真的是他？"

钱能兴奋道："哎呀娘娘，星君显圣啦，大吉大利啊！要不要禀告皇上？"

万贞儿欢喜道："当然。你快派人去。"又问刘瑾："你叫什么？"

刘瑾小心翼翼道："回娘娘，小的叫刘瑾。"

万贞儿干脆道："赏！"

刘瑾赶忙磕头："谢娘娘天恩！"

钱能对左右道：“还愣着干什么？换水啊！”

池水排放声势浩大，形成一个巨型漩涡。“九龙子”同时排水，水柱喷涌而出，发出沉闷的怒吼。

与此形成鲜明对比的，是正在步入深渊的余姚。

姚江河床干枯，死鱼翻着肚子，苍蝇环绕。两个年轻人手持拐杖搀扶而行，看上去就像八十多岁的老头儿。一些女人跪在路边插标卖首，其中不乏十几岁的小姑娘。

几个流民在路边行乞，忽然半个馒头从天而降。一人抢到，正准备下嘴，另一人乘其不备，一把夺走胡乱填到口中吃着跑开。众流民追了上去，那人见势把鼻涕、唾沫抹在馒头上，结果遭到群殴。

通济桥上设了个香案，任伯戚双目紧闭，左手持香，右手握着柳枝，嘴中念念有词。烈日当空，围观者众，个个举着瓢碗，等待接雨。

任伯戚突然睁眼，点燃一张符纸，赤手将其掷入身旁的一堆杂草，朗声道：“魔草丛生，魔气四溢。纲常沦丧，人界失序！”他接二连三地点符纸，终于引燃草堆，又挥舞着枝条，绕圈疾走。须臾，杂草成灰，任伯戚把香伸入案上的一碗水，用水泼洒草灰。

百姓甲仰望天际，问道：“大师，到底什么时候下雨？”

人们的脖子伸得很长，仿佛一只只鸭子被无形的手捏住了颈项往上提。

任伯戚大汗淋漓，百姓甲看出他强作镇静，发难道：“你这大师该不会是假的吧？”任伯戚底气不足道：“休得胡言乱语！”

百姓甲指着他的鼻子，道：“你是官府请来的，官府就会糊弄老百姓！”

众人起哄，任伯戚露怯。

“骗子！”百姓甲说着，冲上去揪住任伯戚的衣领。局面失控，众人三拳两脚往任伯戚身上招呼。任伯戚拼命挣脱众人，夺路而逃。

这时，陈有光正在县衙里不安地走来走去，时不时看看天，只见毫无降雨迹象，不禁愁容满面。一旁的马鸣图察言观色，伺机而动。

突然，许璋急入，道：“堂尊，任伯戚来了！”

陈有光惊道：“他来干什么？他不是在求雨吗？”

许璋低头不语，马鸣图上前一步道：“怎么回事？”

许璋鼓起勇气道：“雨没求到，任伯戚被打，逃了回来。老百姓现在围在外面，让官府交人。”

陈有光瘫坐在椅子上，六神无主。

马鸣图谨慎道：“堂尊，要不试试我说的那个法子？”

陈有光眼中闪过一道寒芒。

县衙大门紧闭，十个衙役严阵以待。门外喊杀震天，任伯戚胆战心惊地缩在墙角。

马鸣图走来，轻蔑地笑了笑，道：“任大师。”

任伯戚一惊转头，只见马鸣图带着许璋出现在眼前，赶紧上前跪下，道：“马大人，您可不能见死不救啊！”

马鸣图扶起任伯戚，道：“按我说的做，保你无虞。”

百姓喊打喊杀，大门毫无征兆地开了，衙役分左右列队出。

马鸣图走了出来，厉声道：“嚎什么嚎？干旱的起因，任大师已向堂尊说明了。”转身道：“任大师。”

任伯戚缓缓走出，泰然自若，与刚才的窘状判若两人。他威严道：“魔气充塞天地，扰乱云层。云不聚，雨不降。”

人们的表情从期待变为失落。

百姓甲上前道：“余姚有舜帝护佑，哪来的魔气？”

任伯戚深吸一口气，道：“舜帝也挡不住来自竹轩翁家的魔气啊！”

众人震惊，议论纷纷。

王氓从人群里钻了出来，转身对众人道：“竹轩翁的儿媳郑青莲怀胎十四个月而不生产，我可以做证！”

现场立时如炸了锅般，人声鼎沸。

王氓煽动道：“只有拿郑氏祭天，天乃可雨！”

百姓甲问道：“大师的意思呢？”

任伯戚不疾不徐道：“祭天。”

“祭天、祭天”的呼声顿时一浪高过一浪，马鸣图和王氓暗自得意。

王伦站在竹林前，望着少了竹尖的竹王，心疼不已。突然，王喜惊恐万状地跑来，带着哭腔道：“老爷，大事不好啦！”

王家的门前围满了群情激愤的县民，还有一个不知何时架起的柴堆，上面浇满了油。大门拉开，王伦现身，后面跟着王喜。王氓迎了上来，两人怒目相对。

王伦嘲讽道：“为了族长的位子，你可真是煞费苦心！”

王氓高声道：“今日之事与你无关，把妖妇郑青莲交出来！”

王伦诧异道：“妖妇？”

百姓甲昂首道：“怀了魔胎，不是妖怪是什么？”

族人甲愤然道：“十四个月，真是亘古未有的奇谈！”

众人七嘴八舌，王伦难堪至极。

王氓振臂高呼：“交出妖妇，祭天求雨！”

所有人都鹦鹉学舌，步步紧逼。王伦汗流浃背，无计可施。正在这时，王华手持火镰，抱着坛酒风一般冲了出来。他把酒浇了一地，用火点燃，吓阻众人。

王华高呼：“谁敢过来，我就跟他同归于尽！”

“知县大人到——”

众人散开，只见陈有光与马鸣图并肩而来，纷纷跪下。

王华以为得救，也冲过去下跪，道："草民见过大人，求大人主持公道。"

陈有光漠然以对。

马鸣图环视众人，朗声道："余姚三月不雨，田地荒芜，皆因郑青莲身怀怪胎。"又对王伦道："竹轩翁身为一族之长，年高德劭，还望顾全大局，以身作则。"

王华膝行到马鸣图身前，急切道："大人，我查了县志，自汉代以来，像今年这样的大旱余姚只有三次，最长的一次不过四个月，我想很快就会下雨的！"

马鸣图假慈悲道："要是不下呢？又要白死多少人！杀一人而救全县，功莫大焉。"

王华一愣，起身道："亏你还念圣贤书，竟说出这样的混账话！"

马鸣图震怒，对衙役道："大胆！把他给我抓起来，重打三十大板！"

衙役行刑，王华一声不吭。

王伦走到陈有光跟前，哀求道："陈大人，此事蹊跷，还是调查清楚再下定论不迟。"

陈有光阴郁道："竹轩翁，民意不可违。你知道你儿子做了什么吗？"

王华惊讶抬头。

陈有光对众人道："王华勾结奸商，倒卖我县储水。"

王华大怒："陈有光，你的良心被狗吃了吗？我瞎了眼，今日才看透你！"

陈有光对王伦道："姑念这些年你对余姚的贡献，本县给你两条路。"他拿出一张文书，道："要么你在这上面签字画押，拿郑青莲祭天。王华之事，既往不咎；要么咱们就把这笔账算清楚，一查到底，绝不姑息！"

王华被打得皮开肉绽，虚弱道："欲加之罪，何患无辞！爹，不能签啊！"

王伦老泪纵横，痛苦地闭上眼睛。这时，一声凄厉的"住手"从门中传来，一个挺着肚子的孕妇正艰难地迈过门槛，却是郑青莲。

郑青莲绝望道："所有的灾难，就让我一个人承受吧！来啊，烧死我，替余姚解祸！"

众人不语，神情麻木，王伦走到郑青莲跟前跪下。

"青莲，王家对不住你！你去以后，爹会亲手把你的神位摆进宗祠。每逢清明岁尾，爹都亲自祭奠！"

"爹，您折煞青莲了，快快请起！"

郑青莲转身对陈有光道："拿我祭天好了，放了我相公！"

马鸣图对左右道："还愣着干什么？"

几个衙役七手八脚地把郑青莲抬上柴堆，绑缚于木桩之上。

郑青莲摸着肚子，怆然道："孩子，为娘还没来得及与你见面，就要去下面了。咱娘儿俩命苦啊……"

王华拼尽全力挣脱控制，哀求陈有光道："大学之道，在明明德，在亲民，在止于至善。你还记得吗？"

陈有光的头扭向一边。

王华冲上柴堆，拉起妻子的手，道："生死契阔，与子成说。要死一起死！"

郑青莲泪流不止，嗫嚅道："相公……"

王伦走到柴堆前，跪下道："王华，爹求你了，快下来！"

王华大声道："爹，不能认命，认命输一辈子！"

王喜悄悄绕到柴堆后方，冷不防扑上去，把王华推了下来。衙役一拥而上，控制了王华。许璋点燃火把，王华哀号"天理何在"。谁知火把被风吹灭，再点又灭，如是者三。

众人惊诧莫名，王氓眼珠一转，站出来道："天公震怒！这火，除了王华，谁也点不燃！"

王伦震惊，众人呆愣。

王华歇斯底里道："你不是人！你不是人……"

王氓阴阳怪气道："心诚则灵！"

不少人附和："对，心诚则灵！"

马鸣图使了个眼色，众衙役扶起瘫在地上的王华，掰开其手掌，将火把塞给他。王华被拉扯到柴堆前，唤着妻子的名字，痛哭流涕。郑青莲淡然一笑，全无惧色。

衙役抓住王华的手，操控他点火，居然真的不再熄灭。火苗即将燎到柴堆，众人屏息凝视，王华面如死灰，双目紧闭。

忽然，岑氏跑了出来，大喊："冒水啦！"

众人不解地望着她。

岑氏急道："井里冒水啦！"

众人面面相觑，郑青莲痛苦地呻吟起来。

谢恩喃喃自语："怎么像是要生啦？"

王华趁衙役发愣，扔了火把。一柴堆附近的妇女眼尖，指着郑青莲道："腿，腿！"

谢恩蹦得老高，也指着郑青莲道："寤生，寤生，寤生！"

随着一记响雷，豆大的雨粒落了下来，清脆地敲打着地面，速度越来越快，瞬间便成倾盆之势。

百姓惊呼："下雨啦！"

众人欢声雷动，仰面张口，享受久违的恩泽。

王伦大哭："苍天有眼啊！"

王华跑过去一把抱住妻子。

岑氏热泪盈眶道："祖宗保佑，王家有救了！"

这时，一个信使穿过人群，大声道："谁是王华？"

王华转头道："我是。"

信使递过榜文，道："恭喜王秀才，高中案首！"

所有人都愣住了，表情各异。

一声婴儿的啼哭划破天际，响彻云霄。

第三章　福兮祸伏

暴雨肆意地冲刷着饥渴的大地。姚江奔涌，眼看水位就要漫过通济桥。任伯戚的香案还在，法器符纸散落一地。

岑氏在屋里支了许多架子，边晾衣服边抱怨："旱时旱死，涝时涝死。连着下五天，也不喘口气。"

王伦道："别怨了，收拾一下，跟我到前面迎客。"

岑氏擦手，道："这么大的雨，谁会来？"

花厅里，王华正陪一众族人喝茶。连曾经向王家发难的族人甲都到场了，独不见王氓。

王伦和岑氏入，众族人起身道："恭贺族长，喜获麟孙。"

王伦笑道："同喜，同喜！大家坐。"

族人甲逢迎道："旱了这么久，孩子一出生便天降甘霖，这岂止是我族的吉星，简直就是绍兴府的救星！族长可向县太爷建议，将此事载入县志，让后世知晓王族之功。"

众人附和，王伦颔首，王华面无表情。

族人乙笃定道："此子非比寻常，异日必定贵不可言。在下忝为族叔，愿献丑赋诗一首。"

众人叫好。

族人乙起身踱步，像煞有介事道："天赐石麟照门庭，弄璋之喜满门辉。贵如雨后有春笋，安邦治国好须眉。"

族人乙念一句，众人便喝彩一声。王伦乐不可支，王华冷眼相看。

族人甲捋须道："仰赖族长如天之德，大伙都跟着扬眉吐气。只是，孩子的名儿敲定了吗？"

王伦呷了口茶："名以订实，我正犯愁呢。"

族人甲一拍大腿："这有何难？大家群策群力一块想。"

众人交头接耳。

族人乙建议："既然苍天庇佑我族，不如叫'天佑'如何？"

王伦摇头道："天字太大，我怕他承受不起。"

族人甲似是有备而来："我族乃琅琊王氏后裔，尊王羲之为始祖。不如叫'洪绪'，取'世代相传，继承大业'之意，族长意下如何？"

众人频频点头，王伦皱眉思忖，忽闻一个声音"娘，那天您不是做了个梦吗"，却见郑青莲走了进来。

岑氏皱眉道："临盆头一晚？"

郑青莲笑道："对，您说梦见了神仙。"

众人面面相觑。

岑氏拍手道："哎呀，我怎么把这茬给忘了！那晚梦见锣鼓喧天，出去一瞧，你们猜我看到了什么？"

所有人都好奇地望着她，等待下文。

王伦急道："快说呀你，卖什么关子！"

岑氏回忆道："我看见一朵祥云停在竹林上空，一个身穿红袍、腰悬宝玉的仙人捧着襁褓，伴着鼓乐冉冉降临，说'贵人来也'。仙人踏云飘到跟前，要把手中的孩子送给我……"

族人甲急切道："然后呢？"

岑氏续道："我说我有儿子了，儿媳妇孝敬公婆，能不能给她？仙人想了想，说'也好'。没想到第二天青莲就生了……"

众人啧啧称奇。

族人乙道："这就叫……呃，这就叫什么来着？"

"瑞云送子！"

众人循声望去，见陈有光快步走入，相继跪拜道："见过大人。"

王华却坐着不动，岑氏使劲拉他。

陈有光挥挥手，道："无妨，德辉现在是秀才了，见官不拜。诸位也快快请起。"

王伦起身，趋前道："陈大人，这暴风骤雨的，不知您大驾光临，有失远迎，罪过，罪过啊！"

王华冷眼旁观。

陈有光低声道："竹轩翁，那日情势危急，本县只能俯顺民意。此事皆因任伯戚而起，县署已将他抓捕归案。"

王伦愕然道："抓捕归案？"

"嗯，有人举报任伯戚私造妖书，图谋不轨。"

"私造妖书？依《大明律》，这可是死罪呀！"

"没错。你就放心吧，这回官府一定还你个公道。"

陈有光示意身后挑扁担的衙役过来："略备薄礼，聊表歉意。"

"大人顾念百姓，乃余姚之福，我王家这点委屈，又何足挂齿？王喜——"

王伦命王喜带衙役把礼物抬进去，谁知王华却道："王喜！"

王喜站住。

王华硬邦邦道："大人的东西太烫手，还是自己留着吧。"

众人大惊。

王伦疾言厉色："王华，不得无礼！"

陈有光摆手道："本县误信小人谗言，冤枉了德辉，还望不计前嫌。"说罢拱手。

王华岿然不动，冷若冰霜。

王伦作势欲打："你个目无尊长的东西！"

陈有光拦下王伦，道："人之常情，人之常情。竹轩翁，今日来是想与你商量一件要事。"

王伦示意王喜带衙役进去，把陈有光请到上座，道："大人请讲。"

陈有光环顾在场之人，道："把终结大旱归功于世侄的降生是有些武断，但当日几百双眼睛都看见了，孩子一出生，马上天降甘露，这一点谁也无法抹杀。因此，本县决定向朝廷奏报此事，再由县署出资，重修郑青莲待产的屋子以示纪念。皇天眷佑，余姚出了福星，自当传布四方，告知天下。"

王华满脸不屑。

王伦感动道："承蒙大人看得起，伦愿效犬马，但凭驱策，只是这钱不能让县署来出。"

族人甲点头道："竹轩翁所言极是。此事我等族人与有荣焉，大伙分摊一下就解决了。"

众人踊跃表态。

陈有光微微一笑，道："既如此，本县就不跟你们争了。修一栋'瑞云楼'怎么样?

王伦思忖道："瑞云送子，大吉大利，好！"

"那就这么说定了。衙门还有事，不多叨扰了。"陈有光起身离去，众皆起立。王伦要送，陈有光坚持让他留步，众人只好目送。

待陈有光的背影消失，族人甲打破沉默："族长，继续讨论名字？"

王伦已拿定主意："还讨论什么？就叫'王云'！"

众人齐声道："王云？"

天幕低垂，乌云密布，京城一派山雨欲来之势。

工部尚书刘健督造过无数楼阙，自家宅邸却毫不起眼。他是个冷面人，目光严厉，不苟言笑，当年刚进翰林院时人称"刘木头"。不过这绰号早就没人叫了，因为他很快便显露出刚毅果断，无人能及的办事能力。

礼部侍郎李东阳恰恰与之相反，沉稳冷静，好谋寡断。

这日，两人身穿绯袍官服一前一后进入刘府花厅。刘健心急火燎，端起桌上的茶就喝，结果被烫得差点摔了茶碗。他气呼呼地坐下，胸口起伏。

李东阳则慢悠悠地踱入，手里转着一对文玩核桃。

刘健不满道：“封个悼恭太子，一了百了。这昏君被万贞儿灌了什么迷药？”

李东阳笑道：“这就叫掩袖工馋，狐媚惑主。也是一门学问，不比你老刘挖渠治水盖房子容易。”

刘健愤慨道：“纪淑妃白死，柏贤妃白死，朱祐极是皇子，也白死？她万贞儿干脆把昏君一并杀了，自己当武则天好了。”

“你说万贞儿是凶手，你有证据吗？”

“东厂都是他们的人，你找我要证据？还有那个万安，一件正事不干，就会磕头喊万岁，叫他‘万岁阁老’我看都嘴下留情了。”

李东阳打趣道：“不止于此，坊间还有新说法，叫‘纸糊三阁老，泥塑六尚书’。哎老刘，好像也包括你呀。”

刘健皱眉道：“你还笑得出来？要是万贞儿再对老三下手怎么办？”

李东阳道：“三皇子素来机警，太后又百般回护，能活到今日绝非偶然，这个心咱们倒不必操。只是立储之事，不能再拖了。”

刘健思虑道：“皇上只剩老三一个儿子，别无选择，可问题是他最不喜欢的就是朱祐樘。如之奈何？”

李东阳摇头道：“悼恭太子新丧，今上痛惜难过之余，慈父之心必然大起。如果不趁此机会搏一把，以后变数愈多，恐怕会更难办。”

刘健点头道：“唔。三日后是陛下的寿筵，莫非你已有打算？”

李东阳笑道：“知我者，希贤兄也。你听说过谢迁这个名字吗？”

刘健回忆道：“去岁那个状元？”

“对，现在在翰林院当修撰。三日后，皇上大宴群臣，我要让他献上一份厚礼。”

“什么厚礼，能让皇上改变心意？”

李东阳把核桃往桌上一放：“天命。”

刘健眯着眼睛道：“哦？”

余姚的王家祠堂，一场盛大的祭祖活动正在举行。王伦身着华服，带领族人行叩拜之礼，第二排的王氓脸色阴沉。

王伦的家门口则排了一条长不见尾的队，王喜和王欢维持秩序，挨个盘问。

队首一人抱着贺礼，满脸堆笑道：“我三姑的公公的舅姥爷，是你们家老爷外甥的堂叔，这是宗谱，请大爷过目。”

王喜懒得翻看，指着一个方向道：“去那边候着吧。”

那人顺势望去，只见高墙边立了一堆人，个个手捧贺礼，不禁为难道：“大爷行个方便吧！奇婴满月，为了一睹真容，我大老远从宁波府赶过来，天不亮就排上了。”

身后一人道：“宁波怎么啦？我还嘉兴过来的呢！”

另一人道：“我还温州过来的呢！”

随着一阵“来了、来了”的声音，人群骚动。只见王伦率领王氏族人径直走来，意气风发。

大门开启，人们伸长了脖子，推搡起来。

又一阵惊呼传来，只见许璋带着一手持上书“瑞云送子”的大纛的衙役走来，身后还跟着八九个衙役。

许璋走到门口停下，高声道：“余姚知县陈有光大人赐字——”

爆竹声中，锣鼓喧天，在后院竹林读书的王华似乎跟这一切毫无关系，只张望了一下迎风招展的“瑞云送子”旗，便又埋头沉浸在《仁宗实录》之中。

王伦走来，道：“别看了，跟我去前面见许典史。”

王华抬头道：“爹，一幅字就把您收买啦？”

“你懂什么，那是字吗？那是护身符！”

“护身符？当初是谁逼您签字画押，拿青莲祭天的？变脸比翻书还快。”

“人要往前看，谁都不容易，至少没人再喊云儿怪胎了，你还想怎么样？”

王华沉默片刻，道：“许典史就来送个旗？”

“谁说的？商量瑞云楼破土动工之事。”王伦注意到王华所读之书，道：“你看这些乡试都不考的书有什么用？”

“无用之用，方为大用。”

“别扯淡了，快去看看你儿子吧！”

前院，郑青莲盛装打扮，抱着王云坐在高台上接受四方道贺。众人排着长队经过，抚摸王云的脚，如拜佛般虔诚。王云望着这一切，眼睛扑闪扑闪，不知在想什么。

紫禁城，夜未央。

群臣在奉天殿依次排座，给朱见深过寿。

六部九卿的堂官东西相向而坐，身前一案。级别略低的官员则宛若参加殿试的士子，每人身前一个小几，面北而坐。

朱见深望着堆满寿礼的御案，道：“糊里糊涂的，就而立之年了。国家多事，负重如牛，朕本来不想大费周章，难得万阁老有心，非要办这么个寿筵。让列位爱卿破费了，今日无君臣之别，大家开怀畅饮！”

言毕，举杯。

一个六十多岁，身着绯袍官服，胸前绣着仙鹤补子的官员出列跪拜道：“皇上万岁万岁万万岁！”

此人便是没事就喊“万岁”，基本只会磕头的内阁首辅万安。

所有人都在饮酒，万安突然搞这么一出，朱见深只好问：“万阁老有事要奏？”

万安奏报道：“臣近日听闻京城百姓家中，多有猫鼠同乳而不相害之事。此乃祥瑞之兆，臣谨为陛下贺。”

李东阳一脸鄙夷。

刘健嘀咕道："物反常为妖，何瑞之有？"

朱见深注意到刘健的表情，道："刘爱卿，你怎么看？"

刘健起身走到万安身旁跪下，道："启奏陛下，捕鼠乃猫天职，今同乳，妖也。宜戒法吏之不察奸，边将之不御寇者，以承天意！"

朱见深不悦道："刘爱卿言之有理，万阁老所言亦不差。归根结底，无非一个福祸相依之理。不惜福，福中藏祸机；能知势，祸亦化作福。"

万安高呼："圣明天纵无过皇上。"

群臣齐呼："圣明天纵无过皇上。"

朱见深欢喜道："君臣一心，协和万邦。喝酒，喝酒！"

万安、刘健退回座位，百官饮酒。朱见深放下酒杯，看见桌上的镇纸，饶有兴趣地拿起来把玩，发现竟是由竹子雕刻而成的，上面有个自然纹路形成的"天"字。

李东阳瞥了眼皇帝身边的李荣，发现他冲自己点了点头。

朱见深唤道："李荣。"

李荣应道："奴才在。"

朱见深指着镇纸："这是谁送的？"

李荣想了想，道："翰林院修撰谢迁。"

"哦？"朱见深大声道："谢迁今日来了吗？"

谢迁从门口的位置弯腰走到近前，下跪道："臣谢迁参见陛下。"

"这方竹镇纸，谢爱卿从何处觅得？"

"回皇上，这是由微臣的家乡绍兴府余姚县的竹王雕刻而成的。"

朱见深好奇道："竹王？"

谢迁徐徐道来："此竹高约五丈，乃诚意伯刘伯温亲手栽种，闻名遐迩。多少人出重金求购，竹子的主人一概不允。微臣与他们家的公子王华是发小，也用了千方百计，才求得竹王的竹尖，制成这麒麟镇纸。伏愿陛下福寿延绵，永镇江山万万年。"

朱见深道："麒麟送子，难得你有心。唉，老四命不该绝啊！"

李东阳和刘健对视。

谢迁忙道："陛下节哀，您还有三皇子。"

朱见深一愣："三皇子？"

谢迁磕头道："为大明国祚计，微臣斗胆请陛下早订国本，册立太子，以安天下之心。"

刘健跪拜道："臣附议。"

李东阳跪拜道："臣附议。"

群臣见万安没动，皆不作声。

朱见深向万安投去目光："万阁老，你的意思呢？"

万安含糊其词道："呃……启奏陛下，册封太子既是国事也是家事，还请陛下圣裁。"

朱见深蹙眉道："兹事体大，容朕想想。都起来吧，喝酒！"

宴罢群臣，夜色阑珊，朱见深在李荣的陪同下来到仁寿宫。一宦官见他走入，正要出声，被李荣制止。

庭院里，皇三子朱祐樘正对着月亮发呆。朱见深凝视了一会儿他的背影，默默离去。

走到奉天殿广场时，朱见深停下脚步，李荣欲言又止。

朱见深问道："镇纸是李东阳让你放的吧？"

李荣垂首道："皇上圣明烛照，什么事都逃不过您的眼睛。"

朱见深不悦道："这个李东阳，煽动御史跟朕过不去，自己却躲在幕后，比玻璃球还滑。"

"皇上息怒。言官要求刑部介入，会同东厂办案，说到底也没错，毕竟一个妃子、一个皇子，去得不明不白，还恰恰是趁您出宫的日子。"

"哼，他们的意思朕懂。你是不是也认为万贵妃是凶手？"

"奴婢不敢。"

"好一个不敢。"朱见深叹了口气，道："当年父皇被景帝幽禁于南宫，朕如草芥般挣扎求生，朝不保夕，要不是万贵妃悉心照料，焉有今日？这高大冰冷的宫墙里，唯有她，与朕心意相通，生死与共。你们可以怀疑万贵妃做了任何事，但有一件她绝对不会做，那就是背叛朕。"

李荣半晌无语，岔开话题："皇上，要堵住科道官员的嘴，也不是没有办法——"

朱见深打断道："不必说了，朕已经想清楚了。老三吃了不少苦，资质虽然差点，但也不是不能当太子。况且那麒麟镇纸上有个'天'字，或许真的是天意。"

"皇上圣明。"

"朕是心软的人，你们都别闹了，以和为贵。"

李荣躬身道："是。"

瑞云楼破土动工，王家张灯结彩。

陈有光与王伦一人一把铁铲，在生子亭的原址上象征性地铲土。

衙役递上毛巾，陈有光擦了擦手，漫不经心道："马鸣图被上面撤了。"

王伦震惊道："啊？这是为何？"

陈有光漠然道："勾结任伯戚，装神弄鬼，妖言惑众。这两个人不日便会押解入京，由刑部查办。说起来任伯戚诬陷你家，幕后指使正是马鸣图。"

王伦感激道："多谢大人主持公道。"

陈有光笑道："竹轩翁不必客气，本县的喜报也已发往通政司，相信'王云'两个字很快便能上达天听。"

王伦下跪，道："大人再造之德，王伦没齿难忘。"

陈有光将其扶住："哎，风雨共打一把伞，安危同坐一条船。以后县里的大事小情，竹轩翁还要多多献计献策啊！”

王伦拱手道：“但听大人吩咐。”

人群中，郑青莲走到谢恩身后，小声道：“谢御医。”

谢恩回头，道：“是你？”

“能借一步说话吗？”

谢恩点点头，随郑青莲走到僻静处。

郑青莲愁眉不展道：“谢御医，云儿不哭不笑，不作不闹，有点不太正常。”

谢恩不以为意道：“不正常才正常嘛。”

“啊？”

“什么叫福星？跟别的孩子一样，那能叫福星吗？”

“这……”

仁寿宫，李荣展开圣旨，朱祐樘跪拜。

李荣宣旨道：“奉天承运，皇帝诏曰。皇三子祐樘明睿神敏，恭俭仁恕，恢恢有人君之度，深肖朕躬，必能克承大统……”

当晚，万贵妃在永宁宫设宴招待万安之妻颜氏。席间，她百无聊赖地用筷子翻鱼，道：“这些天大尾的鲻鱼很少见到。”

颜氏谄媚道：“臣妾家有，下回给您带一百尾来。”

钱能入内，走到万贵妃身畔耳语。

万贵妃蛾眉轻蹙：“谢迁？”

钱能道：“一个翰林院的修撰。”

万贵妃怒道：“混账，从六品的芝麻官也想兴风作浪？”

颜氏小心道：“娘娘，怎么啦？”

万贵妃气呼呼道：“朱祐樘当上太子啦！”

“皇三子？”

“这孩子打小敌视本宫，我给他吃的，他不要，说怕有毒。若让他即了皇位，还有我的活路吗？”说着，把鱼头夹给颜氏，道：“你呀，回去告诉万安，让他查查这个谢迁的底，看是谁在背后捣鬼，都骑到咱们头上来了。”

颜氏坐直了道：“娘娘放心，万安是您的干儿子，谁要敢跟您过不去，他头一个不答应。”

余姚通济桥。

王伦和王华在桥头给乡亲们派发竹笋。队伍缓慢地移动着，一老太婆接过竹笋，要给王华钱。

王华婉拒道：“大娘，这笋是白送的，不要钱。”

队伍后方某人道："头一回领吧？竹轩翁是咱余姚的大善人，每年都给大伙派笋，分文不取。"

老太婆激动道："这年头还有这样的活菩萨？好啊！谢谢，谢谢！"

王华又塞给她一棵，道："再来一个！"

王喜气喘吁吁地跑来，望着威严的王伦，欲言又止。见王华注意到了自己，王喜凑上去耳语。

队伍停了下来，众人一齐望向王喜。

王伦见状，微愠道："怎么了？"

王华走到他跟前耳语，王伦色变，沉思片刻后对众人道："乡亲们，鄙府有贵客造访，今日先到此为止。怠慢之处，还望海涵。"

众人散去。

远方拐角处，王氓正阴鸷地看着王伦。

王家竹林，王伦父子和王喜匆匆赶来，只见大部分竹子的枝条上都挂满了白色的小花。乍看之下，怪异可怖。

王伦大惊道："还有谁看见了？"

王喜道："没听别人说，我应该是第一个发现的。"

王华摘下一朵白花，喃喃道："竹子开花，百年难遇。王喜，你知道这预示着什么吗？"

王喜道："虫害？天灾？少爷，我读书少，你就别考我了。"

王华看着手中的白花，道："《晋书》记载，晋惠帝时天下竹林曾大片大片地开花，其后不久，匈奴反叛，八王作乱。"

王喜看了看王伦，只见他脸色惨白。

王华下令道："王喜，把开花的竹子都砍了！"

王伦急道："慢着！"

王华劝道："爹，不能犹豫，会通过竹鞭传染的，到时候整片竹林全都枯死啦！"

王伦默默地走到竹王跟前，拉过竹枝，摘下一朵不显眼的白花。

王华和王喜面面相觑。

当夜，王喜拉着架子车来到龙泉山脚，暗中将满车的竹枝倒入事先挖好的一个大坑，并铲土掩埋。他自以为神不知鬼不觉，谁知前脚刚走，王氓便摸到坑边，从土里扒拉出一条竹枝。

望着上面的白花，王氓的嘴角露出一丝不易察觉的阴笑。

京城万府。

万安气道："就你能，娘娘没有的东西你有！"

颜氏委屈道："不就一百条鲻鱼吗，至于发那么大火？"

万安训斥道："什么叫见微知萌？你这么做娘娘一时是高兴了，可她会怎么想？皇上都吃不上的东西，我万安有的是？"

颜氏低头不语。

"娘娘还说什么了？"

"让你查谢迁的底细。"

万安沉思道："谢迁嘛，一个余姚考上来的穷书生，攀上了刘健、李东阳的大树，还不心甘情愿地当棋子？不过，若能从麒麟镇纸上找到突破口，倒是可以顺藤摸瓜把这帮人一锅端，以绝后患。"

颜氏道："镇纸？算了，问你也白问。那——鱼还送吗？"

万安想了想，道："送，但得换个送法。"

余姚武顺门，马鸣图站在囚车里，蓬头垢面，车上挂满了百姓投掷的烂菜叶。

王氓见四下无人，迎上去轻唤道："马大人。"

马鸣图睁眼，诧异道："是你？"

王氓将手中挂着白花的竹枝放到囚车上，道："竹王开花了。"

马鸣图睁大了眼睛，旋即恢复平静，道："我能否从刑部大牢活着出来尤未可知。你若有心，就把它插在我的坟头吧。"

王氓微微一笑，道："宦海无常，天意难测，还是留给你逢凶化吉吧。"

言讫离去，马鸣图注视着竹枝，不知在想什么。

紫禁城内的内阁签押房，三个大学士一个在打太极，一个在临摹朱见深的《一团和气图》。首辅万安则闭目养神，手指转着佛珠，身前的香炉里氤氲着青烟。

官员甲入内，禀报道："阁老，这是刑部报上来的秋决名单。"

万安并不睁眼，只道："放那吧！"

"是。"

官员甲放下离去。

万安大声地咳了把痰，调整了一下气息，翻看名录。突然，他眼前一亮，目光聚焦在"余姚马鸣图"五个字上。

刑部大牢，几个狱卒聚在一起，围观一张名单。

狱卒甲指着一个名字道："老胡，你输了！"

老胡不解道："怎么会没有呢？倒卖漕粮明明是死罪啊！"

狱卒甲哈哈一笑，道："这你就不懂了吧？杀人放火金腰带，修桥补路无尸骸。给钱，给钱！"

忽然，一声咳嗽传来，众狱卒回身，只见万安和一个三品官站在身后，无不大惊跪下。

万安道：“洪大人，你这个刑部侍郎要是被抓了，值多少赌注啊？”

洪侍郎跪下，股栗道：“卑职失察，阁老恕罪。”万安“哼”了一声，径直走入牢区。洪侍郎赶紧跟了上去，来到马鸣图的监舍。

万安问道：“你是余姚来的？”

马鸣图抬头，道：“你是……”

洪侍郎厉声道：“大胆！阁老在上，还不跪下！”

马鸣图一怔，叩首道：“罪囚马鸣图，原系余姚县丞。”

万安道：“你知道竹王吗？”

马鸣图抬头，眼前一亮，道：“知道，太知道了！”

是夜，颜氏又到永宁宫做客。万贵妃一边查看颜氏交给她的白花，一边道：“办得漂亮！”

颜氏一脸狠相道：“奏疏已经上了，那个谢迁插翅难逃。”

万贵妃嘱咐道：“趁热打铁，我再去皇上跟前添把柴。”

“那臣妾就先告辞了。”

“去吧。”

颜氏出门，钱能带着一个挑扁担的宦官进来，道：“娘娘，颜氏送的鱼。”

万贵妃过去揭开桶盖，冷笑了两声，道：“土婆子，把糟青鱼当成鲻鱼。摆驾！”

乾清宫，朱见深一把扔了万安的奏疏，拿起麒麟镇纸瞧了瞧，摔得老远。

万贵妃入内，见镇纸差点砸到自己的脚，道：“哟，谁惹你不高兴了？”

朱见深沉默。

万贵妃捡起镇纸，佯装好奇道：“咦？这上面有个‘天’字。这是稀罕物啊，扔它作甚？”

朱见深不快道：“什么稀罕物？不祥之物。”

万贵妃假装惊慌，扔掉镇纸，道：“不祥之物？”

“这是用开花的竹子做的。”

“开花的竹子？那可是凶兆啊！谁这么大胆，敢诅咒陛下？”

“谢迁，还有一个浙江的秀才。”

“谢迁？那个在你寿筵上大出风头的状元？”

朱见深点头。

“竟然把这样的东西当做寿礼献给天子，太过分了！皇上打算怎么处理？”

“抓起来，三法司会审。”

“皇上，你还记得去岁京城的‘妖狐夜出案’吗？”

“你的意思是……”

“刑部、都察院那帮人，官官相护惯了，要不是你让汪直办了一个‘西厂’，案子根本就破不了。现在西厂没了，生出这么多幺蛾子。这事摆明是冲皇上来的，要审就御审。”

“御审？”

“皇上你想啊，谢迁初涉官场，羽翼未丰，一定有人幕后指使。如果不做成钦案，以儆效尤，歪风越刮越盛，日后谁都敢欺负皇上，那还了得？”

朱见深想了想，道：“没错！来人！”

李荣入内，瞥了眼万贵妃，道：“皇上。”

朱见深道：“传旨！把谢迁给我抓起来。还有奏疏里提到的那个秀才，拿解入京！”

“是，皇上。抓到刑部大牢还是——”

“下诏狱！”

李荣惊惧道：“是。”

万贵妃得意。

第四章　灭顶之灾

春寒料峭，阳光灿然。

衙役鸣锣开道，队首是一面盖着红布的牌匾，队尾是陈有光的轿子。

一群童子跟着队伍小跑，欢快道："天佑余姚民有光，瑞云送来王家郎……"

王家门口，王伦率族人恭候多时，见陈有光下轿，赶紧迎了上去，作揖道："恭迎大人。"

陈有光笑道："诸位免礼。竹轩翁，这是焦知府托本县转交给你的。"

衙役揭开红布，只见匾上写着四个大字：簪缨世家。

众人啧啧称奇，王伦激动不已。

陈有光关切道："牌位都迁进去啦？"

"嗯。我说就放祠堂，可他们都不答应。"王伦指着一众族人道："非要摆到瑞云楼，说是让祖宗保佑王云一世平安。"

陈有光指着牌匾道："好好好。正好挂上。"

"蒙大人如此抬爱，王家真是三生有幸。"王伦爱不释手地看字，赞道："铁钩银划，苍劲有力。焦大人不愧是英宗钦点的探花。"

族人纷纷点头。

陈有光对众人道："天佑余姚，贵子降世。本县顺应民意，主持修建瑞云楼以兹纪念。今日落成，恰逢贵子百日，可谓物华天宝，双喜临门。"

王伦恭敬道："就等大人揭牌了！"

陈有光兴奋道："好！同去一睹风采。"

王伦做了个手势："请！"

众人入内，王伦引陈有光到瑞云楼前，另一张挂着红布的牌匾已由两个下人抬着等候多时。

王欢一身司礼官的打扮，高声道："有请余姚县知县陈大人揭牌——"

陈有光拉下红布，"瑞云楼"三个字出现在眼前，却是那日他写在旗上的字。

鞭炮齐鸣，众人叫好。

王伦引陈有光入座，道："略备薄酒，请大人入席。"

陈有光对众人示意："诸位请！"

一时间觥筹交错，热闹非凡。

忽然，王喜拿着一块红布冲出来，身边跟着两个下人，一个抱着一大堆杂物，另一个抬着一张小床。

王喜将布铺在小床上，大声道："小少爷试晬（抓周）啦！"

众人齐齐望去，只见岑氏把王云抱出来放在床上。

族人乙小声问族人甲："才一百天，试什么晬？能爬吗？"

王氓走近，阴阳怪气道："娘胎里多待了四个月，会爬有什么奇怪的？"

族人甲、乙见是王氓，有些尴尬。

族人甲转移话题："这年头，怪事还真是一桩接着一桩。听说了吗，大王庙来了个云游的道士。"

族人乙好奇道："大王庙？那不是个废弃的破庙吗？"

族人甲道："对啊！所以说怪嘛……"

王氓自觉没趣，阴郁地走开了。

下人将东西一字摆开，分别是毛笔、算盘、《三字经》和一支箭。

众人安静下来，静静地看着王云。谁知等了半天，王云东瞧西看，一动不动。

王喜叫道："不好，尿啦！"

王云把《三字经》尿湿了，王欢上前抱起他，结果被王云一脚踢中下体。

王欢吃不住疼，手一松，王云掉在了地上，咯咯直笑。

众人惊呼，王云则欢快地在酒桌下、腿脚间爬来爬去，王欢与王喜穷追不舍，一时间鸡飞狗跳。

王云爬进了瑞云楼，只见室内还残留着施工的痕迹。一堆石灰赫然在目，一长条木板搭在一空水桶上，一端高高翘起。

王云爬到"跷跷板"上，把翘起的一头压了下去，另一头抬升起来。王喜冲得太快，收不住脚，正好被抬起的木板击中下巴，疼得嗷嗷直叫。

王云乐不可支，扭头又爬，哈喇子流了一地。王欢急追，踩到地上的口水，站立不稳，溜冰般滑了出去，栽倒在地，脸正好撞到那堆石灰。

王欢抬头，似京剧丑角，一脸沮丧的表情。

王云闹够了，不再乱窜，仰面愣愣地望着王羲之的画像出神。

这时，大门外传来马群的嘶鸣声。众人望去，但见四个锦衣卫校尉簇拥着一个锦衣卫百户大步流星地走了进来。

百户出示驾帖，询问道："谁是王华？"

王华起身道："我是。"

百户朗声道："王华接旨！"

众人面面相觑，王伦与陈有光对视，以为好事降临。

百户宣旨："奉天承运，皇帝诏曰。翰林院修撰谢迁包藏祸心，以开花之竹制成镇纸，诈献祥瑞，诅诋圣躬。经查，浙江布政司绍兴府余姚县秀才王华系其同谋，着即拿解至京。钦此！”

众皆震惊不已，唯独王氓扬扬得意。

族人乙惊呼：“谢御医，谢御医！不好，谢御医晕倒啦！”

郑青莲冲上前道：“上差，夫君忠孝之名远近皆知。平生所愿，唯报效朝廷而已。是不是弄错啦？”

百户冷酷道：“你敢说皇上错了？”

王伦赶紧过来，解释道：“竹子是我种的，与我儿无关，你们抓我吧！”

王华对百户道：“别听他的，我跟你们走！”

百户下令：“带走！”

两个锦衣卫扭住王华，往门口押去。岑氏哭喊着跑来，被王伦拦住。

百户转身，厉声道：“扰乱办案，罪加一等！”

王伦带着哭腔道：“陈大人，这……这可怎么办啊？”

陈有光无奈道：“朗朗乾坤，清者自清。这里面的是非曲直，相信皇上会查清的。”

王华突然挣脱，转身下跪：“陈大人，我走之后，必定飞短流长，求大人善待我的家人。王华在此谢过了！”

王华磕头。

陈有光道：“你放心去吧，身正不怕影子斜。”

王华叮嘱道：“青莲，照顾好爹娘，等我回来！”

郑青莲泪流满面地点头，忽然想起什么，把王云抱了过去：“云儿乖，让爹抱抱。”

王华接过王云，亲亲他的脸颊，泪水止不住地流了下来。王华一狠心，将王云塞给郑青莲，起身便走。

王云冲着王华的背影“嘿嘿嘿”地笑了起来，郑青莲大惊，王伦怒容满面。

宾客甲感慨道：“真邪乎！”

宾客乙嘀咕道：“这是福星吗？我看怎么像灾星？”

瑞云楼的匾没挂稳，斜了下来……

当夜，宾客散去，酒桌撤走，只留下一桌给王伦。他自斟自饮，醉眼蒙眬地望着“瑞云楼”的牌匾，冷笑道：“瑞云？我看是乌云！”气得摔杯。

王喜过来收碗，劝道：“黄河尚有澄清日，岂可人无得运时？老爷您就别上火了。”

王伦苦笑道：“得运？命运要伤你，就是随便伤。”继而提高音调道：“屈贾谊于长沙，非无圣主；窜梁鸿于海曲，岂乏明时？”

王喜摇了摇头，退下。

王伦提着酒壶，晃晃悠悠地来到竹林，悲愤道：“没想到养了个祸根！”

他提起林中一斧，冲竹王砍去：“留你何用！”

眼看就要砍中，一声“失火啦”传来。王伦罢手，转头望去，只见瑞云楼烧了起来。

王家登时大乱，王喜带人端水救火。

王伦放声大笑，举起酒壶，比画起来："对酒当歌，人生几何？譬如朝露，去日苦多。慨当以慷，忧思难忘。何以解忧，唯有杜康！"

岑氏和郑青莲吓得不轻。

借着风势，大火很快便将瑞云楼烧成废墟，并向东边蔓延，最后把邻居族人甲的宅子也烧了一半。

一个时辰后，王伦的酒醒了，被族人围在中心。

族人甲愁眉紧锁，犹豫道："城门失火，殃及池鱼。烧就烧了吧，谁叫咱们两家是邻居呢？"

王氓发难道："烧就烧啦？刮的东风，火反倒往东蔓延。分明就是鬼火！"

众人窃窃私语。

王伦斥道："鬼话连篇！"

王氓不依不饶："各位，这是烧了栋楼那么简单吗？一夕之间，列祖列宗的牌位焚烧殆尽！不是鬼火，又是什么！"

王伦见族人无不黯然低头，问道："王喜，失火前有谁进过瑞云楼？"

王喜想了想，道："回老爷，王欢和王云。"

王伦皱眉道："叫王欢过来。"

"是！"

须臾，王喜把王欢带了过来。

王伦道："着火前你在瑞云楼做什么？"

王欢道："回老爷，夫人让我擦洗牌位。"

王伦又问："王云呢？"

王欢下跪道："老爷，王欢该死！"

众人不解。

王伦道："起来回话。"

"是！"王欢起身道，"我擦到一半，看见小少爷趴在一堆族谱上冲我笑。我没在意，出去换水，结果再进来就发现他打翻了烛台，引燃了族谱。"

"王云人呢？"

"不知道，可能夫人抱走了吧。"

王喜小声道："老爷，我刚才问过夫人和少奶奶了，小少爷不在她们房中。"

王伦变色道："什么？那还不快去找！"

话音刚落，一阵"咯咯咯"的笑声传来。众人望去，只见王云满面尘灰，从残垣断壁中爬了出来，趴在"瑞云楼"的牌匾上冲众人笑。

王喜赶紧过去把他抱了下来。

王氓喊道："灾星！"

王伦愤然道："你说什么？"

王氓对众人道："我说余姚大旱，竹子开花，王华被捕，宗谱遭焚——桩桩件件，皆因灾星而起。王云就是我族之祸，全县之害，万恶之源！”

众人小声议论，点头称是。

王伦道：“那依你之见，该当如何？”

王氓大叫道：“灾星不能留！”

至少一半的族人附和：“对，不能留！”

王伦指着王氓道：“你这是公报私仇！”

王氓道：“族长，王家声誉，重于一切，这可是你说的。平日里你对触犯族规之人从不手软，怎么，轮到自己家就下不去手啦？”

王伦脸色铁青。

王氓又对众人道：“王华生死未卜，本族命运堪忧。万一明日再来道圣旨，保不齐就是诸位的灭顶之灾。王云断不能留，同意的站过来！”

众人陆续走过去。

族人乙瞧了瞧王伦，有些不好意思地站到王氓一边。族人甲见只剩他一人，摇头叹气，也走了过去。

王伦叹息道：“罢罢罢，明日我便将他送回娘家！”

王氓高声道：“不是送走，是铲除！”

王伦大怒：“王氓！你的女儿死于意外，就要拿我的孙子偿命吗？！”

王氓嚷道：“不要顾左右而言他！再执迷不悟下去，王氏一族就被你毁了！”

“我要是不答应呢？”

“那你就是本族的罪人！休怪我们不客气！”

“你想干什么？”

王氓向左右使了个眼色，两个族人上前，从王喜手中夺过王云。

此时，岑氏抱着烧毁得只剩“瑞云”二字的牌匾冲到近前，大喊一声“我看谁敢”，驱散那两个族人。

王氓道：“我们王家的老爷们议事，你一个外姓人掺和什么！”

岑氏凛然道：“你议我孙子的事，我当然要说道说道！告诉你王氓，王云是天神送子送来的，你们敢动他，不怕遭雷劈吗？！”

众人小声议论，王氓强词夺理道：“谁知道你那个梦是真是假？”

岑氏骂道：“混账！县太爷都认的事，你不认，你算老几？”

王氓眼珠一转，道：“既如此，听天由命吧。”

他的意思是鸡卜。

片刻，一个族人端来清水，等着另一个提着公鸡的族人杀鸡。公鸡挣扎扑腾，脖子被抹开一道口子，鲜血如注，滴入清水。

众人屏息凝视，观察血在水中的细微变化，连王云都好奇地盯着碗。年纪最大的族人甲披上了占卜师的衣服，走到碗前看了一眼，忧心忡忡。

众人小声道：“怎么样啊？是凶是吉？”

族人甲眉头紧锁，缓缓吐出一个“凶”字。人群骚乱，岑氏几欲昏厥。

王氓得意地看着王伦，只见他呆立在原地，于是再次给抱着王云的族人使眼色，催促其出门。

王伦阻拦道：“慢着！”

族人停步，目光聚焦于王伦。

王伦环顾众人，道：“你们眼里还有没有我这个族长？”

王氓道：“是你心里没有大家！今日不除掉这个祸害，我看散伙得了，免受牵累，反正祖宗牌位也没了！”

附和之声此起彼伏，抱王云的族人也抬脚往门外走去。

王伦的大脑一片空白，蓦地断喝道：“好！我自己来！”

众人被镇住，王氓也是一惊。

王伦一把抱过王云，低头看了看，只见他正笑着搓手。王伦胡须颤抖，一狠心，迈着大步出门而去。

岑氏哭喊道：“老头子你疯了吗？”欲追，被族人拉住。

她泪流满面，大呼“作孽”，王喜也默默流泪。

王伦抱着王云来到龙泉山脚下的一条河边，自言自语道：“云儿啊，这世上没有任何人能永远陪着另一个人，无论相伴多久，最后的结局都是别离。不是死别，就是生离。世间固然有令人欢喜之事，但莫不是过眼云烟。生命太过短暂，死亡才是所有人的归宿。人活着到底为了什么？为什么要挣扎奋斗？为什么要受苦受难？为什么不得不接受难逃一死的残酷真相？”

王伦的眼前浮现出郑青莲被架上祭天柴堆的画面；王华被锦衣卫带走和自己被王氓逼迫的画面。

“与其承受无尽的伤痛与绝望，不如就这么无悲无喜地去了……”

王伦把王云轻轻放在草丛里，哽咽道：“你爹不知道能不能回来，王家也被你折腾得差不多了。不要怪爷爷心狠，你若命不该绝，怎么着都能活。”王伦放下王云，一步三回首，泪奔而去……

一阵野猪的哼哼声打破寂寥，一双瘆人的亮眼在夜色里打探着什么，襁褓中的王云东张西望，充满好奇。

脚步渐近，王云的眼中流露出惊恐的神色。

野猪走到近前，用鼻子去拱王云的脸，打算饱餐一顿。

正在这时，一身穿斗篷的黑衣人挥舞着一根粗树枝冲了过来，死命拍打野猪。野猪被激怒，与之搏斗。黑衣人几次被扑倒，危在旦夕，但强大的意志驱使她再三再四地爬起来，同野猪恶斗。

突然，野猪的左眼被刺中，嗷嗷直叫，夺路而逃。黑衣人累得瘫倒在地，直喘粗气。她顾不上休息，扑到王云身边，将之抱起，紧紧地贴到胸口，浑身颤抖。

一炷香后，黑衣人抱着王云来到龙泉山的山腰处。这里有一间破庙，唤作大王庙。她进到庙中，只见一个道长坐在蒲团上闭目养神，于是捧着王云，上前跪下。

道长睁眼，接过王云，笑道："若连这关都过不了，如何成王成圣？"

月光洒在庭院里，卧室传出岑氏撕心裂肺地哭喊："儿子回来，我看你怎么跟他交代？儿子回不来，你就断子绝孙了你！"

室内，王伦木然地站着，灵魂被抽空了一般。岑氏坐在床边，伤心欲绝道："我看将来谁给你养老送终！"

一阵敲门声让王伦回过神来。开门后，只见王喜怀里抱着王云，道："老爷。"

岑氏的哭声戛然而止，王伦一把夺过王云，惊得说不出话来，半晌方抬头道："怎么回事？"

王喜道："一个道士，自称'无极'。敲开咱家门，把小少爷交给我，不声不响地走了。"

王伦喃喃道："无极？无极？天意，这是天意呀！"

院子里，郑青莲远远地看着王伦的卧室，下意识地摸了摸手上的伤口。

一双戴着镣铐的脚沉重而缓慢地移动着。

朱门开启，发出"吱吱呀呀"的声音，似乎从遥远的历史深处传来。

王华蒙着脑袋，被带进空空荡荡的大殿。日光透过窗纸打了进来，空气里的粉尘清晰可见。

殿门重重关闭，王华吓了一跳。

侍卫摘去面罩，只见两侧侍立着六部九卿的堂官。远远望去，朱见深陷在一把宽大的龙椅里。

氛围肃杀，幽暗孤寂。

刑部洪侍郎出列，先拜朱见深，再转身道："王华，见到天子，还不下跪！"

王华跪拜，战战兢兢道："草民王华，拜见皇上。"

朱见深没有回应。

洪侍郎审问道："王华，你可知罪？"

王华道："草民——不知。"

洪侍郎道："谢迁将开花之竹制成镇纸，献给皇上。此竹出于你家，是，还是不是？"

王华扫了眼群臣，只见李东阳一边盯着他看一边微微摇头。

洪侍郎逼问道："是不是？"

王华犹豫不决。

万安示意，洪侍郎道："带人证！"

马鸣图被带上，看见王华，怪笑起来。

洪侍郎深深看了马鸣图一看，问道：“罪囚马鸣图，谢迁所献之竹，是否出于王家？”

马鸣图斩钉截铁道：“是！”

洪侍郎又问：“王华，你有什么话要说吗？”

王华鼓起勇气道：“竹子的确出自我家。”

李东阳、刘健失望。

万安进言道：“罪囚既已招供，此案真相大白，还请陛下圣裁。”

朱见深下令道：“拉往西市，斩首示众。”

王华大惊，汗水浸湿了衣襟，索性拼死一搏，高声道：“陛下！”

朱见深道：“你还有什么遗言吗？”

“竹子是最近才开花的，与镇纸无关。”

“这么说是朕冤枉了你？”

“草民不敢。陛下英明神武，德被四海，想必能明察秋毫，还草民一个清白，还士林一个公道。”

万安插言道：“王华，你还敢说自己清白？晋惠帝元康四年，天下竹林相继开花，而后灾荒四起，兵连祸结。没想到时隔千年，异象再现于今。”

李东阳出列道：“万阁老此言差矣。晋惠帝颟顸无能，庸懦惧内，是以苍生涂炭，社稷倾颓。而今明君在上，海晏河清，岂可同日而语？”

万安忙道：“陛下，臣并无作比之意。”

李东阳不慌不忙道：“皇上，礼部收到通政司转呈的余姚知县的奏报，称浙江旱情缓解，皆因余姚出了个福星。”

朱见深奇道：“福星？”

李东阳道：“王华之子王云出生前，其祖母梦见天神送子。出生时，天降暴雨，一扫当地三月不雨之晦气。”

朱见深示意李东阳将奏报呈上，翻看起来。

马鸣图大声道：“皇上，罪臣有事禀告。”

朱见深道：“讲。”

马鸣图脱口而出：“这王云不是福星，是个怪胎，在娘肚子里待了十四个月才生出来。”

群臣交头接耳。

刘健出列道：“马鸣图，朝堂之上，岂容你信口雌黄？”

朱见深问道：“马鸣图，你可有证据？”

马鸣图一时语塞道：“这……皇上，王云是寤生的，就在大庭广众之下，找几个余姚人一问便知。”

朱见深冷冷道：“寤生？哼！王华，你作何解释？”

王华回禀道：“陛下，是寤生，但不是怪胎。”

朱见深道："哦？呵呵。《郑伯克段于鄢》你还记得吗？"

王华愣住了，李东阳不安。

朱见深指着万安道："万安，你来说。"

万安应道："是。郑庄公欲擒故纵，养其弟共叔段之恶，导之以逆而反诛其逆，教之以叛而反讨其叛。其人阴鸷虚伪，冷血残暴，乃史载'寤生'的第一人。"

朱见深道："王华，你听清楚了吗？"

王华正色道："陛下，请恕草民不敢苟同。庄公饮鸩止渴，兄弟阋墙，却是两害相权取其轻的无奈之举。共叔段仗着母亲溺爱，欲壑难填，多行不义。若不除之，只会留下更大的隐患，何来日后郑国霸业？《郑伯克段于鄢》，看似在讲骨肉相残，实则彰显了'不以家事废王事'的《春秋》大义。"

众皆不语，李东阳暗暗赞许。

朱见深不以为然道："王华，不管你如何摇唇鼓舌，强词夺理，也改变不了竹子开花、寤生怪胎的事实。"

王华坚毅道："皇上，任何罪名草民都可以认，唯独说我儿是怪胎，打死我也断不能认，否则他一辈子都将忍受无端的歧视与指责。您也有孩子，若有人诬陷皇子是怪胎，请问您将作何感想？"

"大胆，谁敢诽谤朕的儿子？"

"陛下如此激动，可见人同此心。"

朱见深沉默无语。

万安挑拨道："陛下，王华目无君上，藐视朝廷。此人不杀，天理难容！"

李东阳劝谏道："寤生不祥，乃民间传言，毫无根据。人命关天，请皇上三思。"

刘健亦道："王华罪不至死，求陛下开恩。"

大殿死一般沉寂。

朱见深拍案道："推出午门，斩立决！"

刘健、李东阳大惊失色。王华忽然放声大笑，声振屋瓦。

万安斥责道："王华！你死到临头，还敢猖狂！"

王华青筋暴露道："陛下，您当真认为寤生的就是怪胎？"

朱见深淡淡道："当然。"

王华一字一顿道："好！《仁宗实录》记载，我大明洪熙皇帝之母仁孝文皇后，寤生帝！"

群臣都傻了，待回过神来，朱见深问道："万安，可有此事？"

万安支支吾吾道："呃，此事、此事……"

朱见深急道："到底有没有？"

万安无奈道："好像……有。"

朱见深进退维谷。

"大胆王华，陛下岂不知仁宗皇帝是寤生？方才只不过有意考校你罢了！"言罢，李东阳冲王华眨眼。

王华会意道："原来如此！皇上，请恕草民无知之罪。"

朱见深尴尬一笑，道："呃——呵呵，江南自古多才俊，今日一见，果真如此。"

万安、马鸣图愣住。

王华忙道："草民愚钝，未能领会陛下之良苦用心，冒犯天颜，罪该万死。圣主在上，社稷幸甚，百姓幸甚。"

李东阳高呼："皇上万岁万岁万万岁！"

刘健赶紧附和："皇上万岁万岁万万岁！"

百官跟着山呼万岁，万安气恼不已。

朱见深敛容道："列位爱卿，平身吧。谢迁、王华死罪可免，活罪难逃，朕有些倦了，你们议。"

群臣齐呼："陛下圣明。"

王华逃出生天，王云却还没有脱离险境。

这天夜里，王喜偷偷出门，警惕查看。见四下无人，回屋向王伦汇报。

王伦的打算是把郑青莲和王云送回娘家，等过两年事态平息了再接回来。谁知郑青莲刚抱着儿子上马车，王氓便带着一帮族人闪出。

"大半夜的这是要去哪儿啊？"

王伦一惊。

王氓道："族长这几日闭门称病，看来得的是心病。"说着一把拉开车帘，惊恐万状的郑青莲出现在众人眼前。

众人七嘴八舌，质问王伦为何王云还活着。

王伦沉默不言。

王氓甩下"公堂见"三个字，扬长而去。

陈有光一拍惊堂木，道："升堂——"

王族人入，纷纷跪下。

陈有光询问道："谁是原告，状告何人？"

王氓叩首道："回大人，我等均是原告，状告王伦。余姚三月不雨，竹子开花，皆因王家出了个灾星。瑞云楼失火亦因他而起，族谱牌位焚烧殆尽。经全族公决，王伦表态，达成一致共识——处决灾星王云。可王伦阳奉阴违，瞒着全族将王云养在家中。"

陈有光再拍惊堂木，道："子曰'父为子隐，子为父隐'，王云要是你孙子，你怎么做？"

王氓急道："可是大人，王云让我们全族的人都抬不起头，走在路上被人戳脊梁骨。"

“那你想怎么样？让本官判他死刑？荒谬！自己蠢还想拉上本官。退堂！”陈有光转身离去，堂上死一般寂静。

王伦起身道：“我身为族长却损害了全族的声誉，自知有愧于列祖列宗。为王氏一族计，这个族长我不当了，你们另选贤能吧！”

王氓不依不饶道：“一码归一码。王云连累族人，若不除去，贻害无穷。”

众人附言：“对，贻害无穷！”

“哈哈哈哈！你们怕被连累，大可把我开除族籍！我一直为家族荣辱隐忍不发，你们一个个却只盘算自己的利弊得失！我王伦可以退让，但绝不是孬种。今天我把话撂这儿，就算王云是个魔星，老子也要养到底！不服的放马过来，我奉陪到底！”言毕，王伦扬长而去，留下错愕的族人面面相觑。

第五章　无言之伤

岁月如梭，一晃五年过去了。

这天，龙泉山脚下，一群孩子正在河边嬉戏，王华背着行囊走来，舀水洗脸。讵料起身时不慎，钱袋掉落，被附近的王云瞧见。

王华离去，王云假意到河边玩耍，机智地将钱袋扔进水里。

一个叫倪宗正的孩子好奇道：“你扔什么呢？”

王云捡起一块石头，装模作样地打水漂。

倪宗正嘲笑道：“笨蛋！打水漂都不会。”

说罢，亲身示范。

王云捡起一块石头，模仿他的样子，不小心摔倒。

另一个叫胡世宁的大孩子笑道：“理他干吗？我们走！”

一群孩子远去。

王云失落地坐在河边，忽见一条大鲤鱼从眼前游过。他挽起衣袖，一把抓住鲤鱼。

王华急匆匆地跑回，四下寻找钱袋，不见踪影，问道：“孩子，你看没看见一个布袋？”

王云受惊，鲤鱼从手中滑落，恼怒地瞪了王华一眼。

王华自言自语道：“一路小心翼翼，没想到家门口给丢了。应该在这儿的啊……”

王云见他着急，指了指河面，捡起一块石头，投入水中。王华一想，试探着捞了捞，居然捞上来了钱袋。他赶紧从里面掏出两只玉镯，见完好无损，才放下心来，道：“你帮我把它藏在水里？”

王云点头。

王华感激道：“我明白了！你怕那帮孩子看见，故意不声张。小小年纪，这么机灵。你叫什么？”

王云沉默。

王华拿出两块碎银子，递给王云道：“给。”

王云摇头。

王华讶异道：“你不会说话？”

王云微笑。

“可怜的孩子，拿着吧！”

王云指指钱袋，笑着跑远。

王华看了看钱袋，恍然大悟：“他要是图财，早拿着钱袋走了，又何必等我回来？”望着王云的背影，王华不由得感慨道：“到底是谁家的孩子？”

人言近乡情更怯，王华在家门口犹豫了半天才鼓足勇气砸响门环。

王喜开门的一刹那惊呆了。

王华笑道：“王喜，是我呀！”

王喜扭头跑了进去，大喊道：“老爷，少爷回来啦！少爷回来啦！”

王伦和岑氏出门相见。王伦衰老了很多，与儿子相顾无言。岑氏喜极而泣，过来摸王华的脸，心疼道：“怎么瘦了这么多？”

王华跪下道：“爹、娘，孩儿不孝，这些年让你们担惊受怕了！”

岑氏扶起他道：“回来就好，回来就好！”

王伦情绪起伏，欲言又止。

满桌佳肴，王伦、岑氏、王华和郑青莲在座。

王华举杯道：“爹，孩儿敬您一杯。”

爷儿俩干杯。

王伦问道：“御审后你就杳无音信。我去过一趟北京，想打探你的消息，结果两眼一抹黑，什么都没问到，只好打道回府。你到底怎么出来的？”

王华感慨道：“我本来要关十年，但去岁皇上有意废除太子，结果诏旨还没下，泰山便地震了。”

王伦沉吟道：“泰山主东宫，皇上肯定怕了。”

王华点头道：“工部尚书刘健、礼部侍郎李东阳等大臣趁机上疏，皇上担心触犯天怒，打消了废太子的念头，还大赦天下，我与谢迁就这么出来了。本该早些回来，怎奈刘健、李东阳与孩儿一见如故，便多留了些时日。”

岑氏插嘴道：“尚书、侍郎，这是多大的官儿啊？”

王伦不睬她，道：“想当初高祖王纲年逾古稀才捞着一个兵部郎中，你小子有福气，年纪轻轻便结交朝廷重臣。”

王华脸一红，回过神来：“对了爹，云儿呢？”

王伦色变，支吾道：“他……他出去玩儿了吧！”

王华察觉到异样：“云儿还好吧？”

王伦似有难言之隐：“聪明伶俐，挺好的。”言毕，自斟自饮。

王华瞧了眼郑青莲，只见她神情恍惚，于是对王伦道：“爹，您怎么啦？”

王伦遮掩道：“没什么！高兴，高兴！王喜——”

王喜入内，道：“老爷有何吩咐？”

“去，放几挂鞭炮，崩一下这五年的晦气。”

“好嘞！”

王喜离去。

“对了！”王华说着，拿出两只玉手镯，道：“这是给娘和青莲打的。”

岑氏接过手镯，对王伦道：“儿子就是孝顺，比你对我好多了。”

见郑青莲还在发愣，王华唤了她一声。

郑青莲反应过来，接过镯子道：“多谢相公。”

王华眼含歉意道：“这几年，让你们母子受苦了。”

郑青莲微微一笑：“回来就好，一家人说什么苦不苦的。”

王伦转换话题：“既然皇上不再追究，你也平安回来了，重整旗鼓，好生读书，准备来年的乡试吧！”

王华正色道：“爹……孩儿不打算考了。”

王伦搁筷：“为什么？”

“庙堂之上，朽木为官。殿陛之间，禽兽食禄。狼心狗肺之辈，滚滚当道。奴颜婢膝之徒，纷纷秉政。即使考上进士，又能如何？不是同流合污，便是束手无策。孩儿早已看透，心灰意懒。”

“你爹我看了一辈子，也不敢说看透，你才看了多少？”

“反正那个暗藏汹涌、尔虞我诈的庙堂，我不喜欢，也不适合。”

“你把朝廷想简单了。如果真的那么不堪，那刘健、李东阳这样的好官是怎么上去的？再说，你是读书人，不科举不出仕，难道在家种地吗？”

王华不吭声。

岑氏劝道：“儿子刚回来，你就少说两句，让他先调养调养吧。”

鞭炮声传来，王华望向门外，道：“云儿怎么还不回来？”

王伦与岑氏对视。

大门外，王云捂着耳朵观看响炮。王华出门，走过去道：“是你？”

炮声骤歇，王喜瞥见王云，道：“小少爷，你回来啦？”

王华震惊，问道：“他是云儿？”

王喜欲言又止道：“是啊。小少爷他……”

王华严肃道：“他不会说话。”

王喜尴尬道：“你，你知道呀。”

在王华的逼问下，王伦承认自己这些年遍访名医，替王云看病，已确认他是个哑巴。王华不信，追问父亲找没找过谢恩。

王伦气道：“少跟我提姓谢的，要不是他打竹王的主意，会惹出这么多乱子？”

王华怼道：“你管他姓王姓谢，能治好云儿的病不就结啦？”

于是拉着王云去谢府……

当晚，王华垂头丧气地回来，岑氏问他谢恩怎么说，王伦从门外经过，停下来偷听。

“娘胎里带的，他也没辙，只开了方药让试一试。”

王伦流露出失望的表情，推门而入。

王华怯声道：“爹……”

王伦叹了口气道：“天意如此，你就别折腾了，眼下最要紧的是乡试。咱们王家已经连续四代无人入仕，你是唯一的希望，不能再耽搁了。”

“你望子成龙，我也望子成龙！去煎药了。”言毕离去。

王伦气结：“你——”

一转身发现王云在身后。

“什么事？”

王云捧上一杯热茶，蹦蹦跳跳地跑远。王伦摇头，一脸惋惜。

灶房，王华亲自煎药，王云和郑青莲站在门口观看。

王喜欲插手：“少爷，还是我来吧！”

王华摇头道：“不用！就快好了。”

郑青莲摸着王云的脑袋道：“喝了药，云儿就能跟小伙伴们一块玩了。”

王云吐舌头，做药苦状……

王云畏药如虎，郑青莲无法喂药，求助于王华。

王华做了个鲤鱼造型的风筝，在王云眼前放飞，成功地勾起他的兴趣，继而以教放风筝为条件，诱使他喝药。

这日，王云从王华手中接过线轴，拼命飞奔。岂料一阵狂风刮过，风筝把他带了起来，越过围墙，摔进了余姚知名的“孤愤学堂”里。王华大惊，赶了过去。

只见风筝挂在一棵大树上，王云立在教室窗前，艳羡地看着里面的学生上课。

众学生朗诵道：“舆人成舆，则欲人之富贵。匠人成棺，则欲人之夭死。”

这是《韩非子》中的一句，王华颇感讶异，因为从未听说哪个学堂会教授不在四书五经之列的《韩非子》。

乌飞兔走，王华不得不承认一个残酷的事实：谢恩的药无效。

这天，王伦见儿子坐在院中整理草药，眼神空洞，故意上前刺激他道：“有用吗？”

王华不语。

“你这是打算学岐黄之术吗？天天捣鼓草药，我看还不如当个教书先生！”

王华眼前一亮，停手起身。

王伦问道：“去哪儿？”

“送云儿到学堂念书。”

“他是哑的，念了有什么用？你几时见过朝廷命官是个哑巴？”

“是没见过，但我见过很多不聋不哑却装聋作哑的官！云儿就是个瞎子，也要读书明理。”

王伦语塞。

为了见到塾师张孟宁，王华牵着王云淋着大雨在孤愤学堂门外等了整整一个下午。

张孟宁的房间堆满了贺礼，墙上挂着幅字，上书“行为世范”。他指着一把被礼盒包围的椅子，请王华入座，问道：“王秀才有何贵干？”

王华拱手道：“先生学养深厚，桃李满门，不知可否收下我儿王云？”

张孟宁看了看王云，婉拒道：“张某才疏学浅，恐误了令郎前程。你还是另择名师为好。”

“先生过谦了，谁不知道您是状元郎谢迁的启蒙恩师？”

“学生中了状元，我这个当先生的却还在教书，王秀才这是在讥笑我吗？”

王华急道：“王华并无此意，还请先生收下云儿。”说着，摁住王云的头，把他按跪下来。

张孟宁皱眉道：“我就直说了吧。你儿子是个哑巴，读了书也没用。”

“我别无所求，只求他懂得如何做人。”言罢，拿出束脩。

张孟宁不屑一顾道：“王华，实话告诉你吧，孤愤学堂只收超常儿童。”

“超常儿童？”

“《罗织经》十二卷，《长短经》二十万言，我这里的学生个个会背。他有什么天赋？”

王华无言以对。

“没有天赋，那总得有点什么吧？”

“先生的意思是……”

张孟宁指着窗外在雨中嬉戏的孩子，道：“你看那边。”

王华望去。

张孟宁一边指点一边道：“那是绍兴同知张彩张大人的堂孙，那是郝通判的侄子，那是贾推官的外甥……”

王华如梦初醒道：“原来如此。云儿，我们走吧，这里不是咱们该来的地方。”

“恕不远送！”

自此，王华亲身教导儿子。王云也争气，经常彻夜苦读。郑青莲看着心疼，藏了他的灯，王云就悄悄爬到屋顶，借着月光读《诗经》，哪怕冻得瑟瑟发抖也手不释卷。

王云越是如此，王伦越是痛心。偏偏郑青莲又迟迟怀不上二胎，王伦便开始同岑氏计议了。

这天，王华教王云“永字八法”。岑氏路过书房，听见里面传出“中锋为主，侧锋为辅。中侧并用，方圆兼施。若想把字写好，笔法一定要丰富多彩”的声音，赶紧来到郑青莲的房间。

郑青莲起身道：“娘？”

岑氏拉过她的手，道：“青莲，王家待你如何？”

郑青莲一愣，道：“自从我嫁到王家，没受过一天委屈。娘，为什么这么问？”

岑氏眼眶红润，跪了下来。

郑青莲大惊，搀扶道：“您这是做什么？”

岑氏执意不起道：“青莲，王家这一脉不容易，我跟你爹年届不惑才有了王华，可如今云儿……”

郑青莲再次搀扶道：“娘，您起来吧，折煞女儿了。您放心，我和王华一定让你们再抱一个孙子。”

岑氏依旧不起：“娘知道你孝顺，可要是再生一个还像云儿这般，如何是好？”

郑青莲似乎意识到了什么：“那您说怎么办？”

岑氏沉默片刻，道：“让王华纳个小的吧！”

郑氏愣住。

当晚，王华就此事同王伦爆发了激烈的争吵。郑青莲委屈地坐在屋里，王云哀愁地看着她。

“不可能！你就死了这份心吧！”

“我是对你死心了，可王家怎么办？”

“怎么办？把云儿教好。”

“你教好他有什么用？他又不会说话。”

“那我也要管到底，谁叫他是我儿子？”

郑青莲暗自抹泪，王云递上手帕，郑青莲一把搂过儿子。

受不了压抑的气氛，第二天，王云跑到孤愤学堂，躲在窗外偷听。

张孟宁讲解道：“万般皆下品，唯有读书高。但这书，也分有用之书和无用之书。来，随为师一起读——贫穷则父母不子，富贵则亲戚畏惧。”

学生朗读：“贫穷则父母不子，富贵则亲戚畏惧。”

张孟宁：“此话出自战国纵横家苏秦之口。话说苏秦游说秦王失败，回家后嫂子不给他做饭，父母妻子不与他说话。苏秦知耻而后勇，发奋读书，终于成功劝说赵王合纵，一时间挂六国相印，位极人臣。衣锦还乡之日，父母在城外三十里跪迎，妻子毕恭毕敬，嫂子惶恐不安。苏秦感慨之下，便说了这句话。亲人还是那些亲人，态度则前倨后恭，你们可知为什么？

众生沉默。

张孟宁提高嗓门，张牙舞爪道：“盖因权势富贵所向披靡，无人能敌。谁敢质疑，谁便死无葬身之地。”

倪宗正发现王云，举手报告：“先生，有人偷听！”

张孟宁走到窗前，瞪了王云一眼，关窗继续讲：“所以，记住为师的话，有钱有势，就有一切。来，一起念。”

众生跟读：“贫穷则父母不子，富贵则亲戚畏惧。”

…………

放学了，学生们欢笑着跑到龙泉山脚下河边的空地玩耍。

胡世宁道：“来来来，促织，促织！”

群孩围成一圈斗蟋蟀，王云远远瞧见，羡慕不已。

当夜，王云把王喜拉到竹林边，向他鞠了一躬。

王喜为难道：“小少爷，这可是老爷的心爱之物。”

王云比画睡觉的手势。

“我知道老爷睡了——唉！好吧，小祖宗，咱们砍一支不显眼的。”

两人寻找合适的竹子，忽然发现蛇。

王云恐惧，躲在王喜身后。

王喜安慰道：“别怕，这是赤练蛇，没毒。它要是敢咬你，就打它的七寸。喏，脖子最细的地方便是。”他亲自示范，赶走了蛇，并砍下一支细小的竹子。

翌日傍晚，王云来到河边，在草丛中翻石头，捉到两只蟋蟀，放入新做好的竹筒。

远处传来欢声笑语，王云抬头望去，只见胡世宁一扬手，围观的孩子们静了下来，屏息凝视。倪宗正手捧瓦盆，全神贯注地看着胡世宁。

胡世宁翻开一块石头，但闻“哧”的一响，一只大蟋蟀跳了出来。胡世宁纵身扑上，双手按住，欢声大叫。

胡世宁揭开倪宗正的瓦盆盖，道：“给你！”

倪宗正细瞧，只见这蟋蟀方头健腿、巨颚粗腰，甚是雄骏，不禁高兴道：“哈哈，你们的‘蟹壳青’都靠边站吧，这只是‘大将军’。”

胡世宁羡慕道：“大将军？这名字不错。”

王氓之子王贵一副小学究的模样，摇头晃脑道：“倪宗正，你的‘油利挞’被大胖抢了，这只可要看好了。”

胡世宁叫嚣道：“谁敢与大将军一战？”

群孩纷纷捂着瓦盆，无人应战。

王贵指着王云，道：“你们看！”

王云大惊，拔腿就跑，被胡世宁追上，提溜到群孩跟前。

胡世宁望着他的竹筒，道："王云，跟我的大将军比比呗。"

倪宗正提醒道："表哥，他是灾星，别跟他玩。"

胡世宁想了想，道："王云，你要是打赢大将军，我就让你跟我们一块玩儿。你要是不敢，就别让我再看见你。"

王云迟疑点头，倒出蟋蟀。

只斗了两个回合，大将军便张开巨口将王云的蟋蟀拦腰咬住，摔出盆外，随即振翅而鸣，扬扬得意。群孩叫好，王云气恼。

胡世宁大笑道："哈哈，不服气吗？再来！"

王云拿出另一只，又败。

胡世宁道："大将军威武盖世，天下无敌！哈哈哈哈！"

王云沮丧不已，转身离去。

突然，草丛中传出"叽叽叽"的叫声，颇为古怪。

"你们听！又来一只送死的。"胡世宁拨开草丛，讵料一惊跌倒。

"蛇蛇……有蛇！"

一条花纹斑斓的毒蛇，正昂首吐舌地盘在草中。倪宗正吓哭了，胡世宁双手撑地往后挪，眼看就要被蛇咬中，孩子们大乱。

王云冷静四望，发现一根树枝，捡起后悄悄走近，猛戳蛇的七寸，立毙之。王云在蛇的尸体旁抓到一只小蟋蟀，相貌奇丑，展翅发出"叽叽"之声。

倪宗正止啼，道："你捉这只小黑鬼做什么，想跟大将军斗一斗吗？"

孩子们起哄："斗一斗，斗一斗！"

王云面红耳赤，将黑蟀放到瓦盆之中。

没想到大将军见到小黑蟀竟有畏惧之意，不住退缩。倪宗正与胡世宁大声吆喝，为大将军加油助威。小黑蟀昂头纵跃而前，大将军不敢接战，想跃出盆去。小黑蟀也即跃高，在半空中咬住大将军的尾巴，齐齐落下。大将军抖了几抖，翻转肚腹而死。

孩子们震惊。

王贵叫道："我想起来了！有一种蟋蟀喜欢跟毒虫共居，与蜈蚣共居的叫'蜈蚣蟀'，与蛇共居的叫'蛇蟀'。因为染了毒气，一般蟋蟀根本不是它的对手。"

胡世宁泄气。

倪宗正换了个口气，道："王兄，把小黑鬼让给我吧？"

王云摇头。

倪宗正思忖片刻，道："我用三只蟋蟀跟你换。"

王云还是摇头。

倪宗正悻悻道："不给就不给，有什么稀罕的！"说着拿起瓦盆一抖，将小黑蟀倒在地上，右脚一踹，登时踏死。王云又惊又怒，气血上涌，按捺不住，一把将倪宗正推倒在地。

胡世宁照着王云的胸口就是一拳，道："你敢打人？"

王云回手也是一拳，胡世宁闪避。王云追上扑击，倪宗正伸脚在他腿上一钩，王云扑地倒了。

胡世宁转身跃起，骑在王云身上，拳头雨点般落下，直打得王云口吐鲜血。

“叫声爷爷就放了你！”

王云哼都不哼一声，胡世宁打得更狠了。

王贵不忍道：“他是个哑巴。”

倪宗正不屑道：“装的！”

王云咬牙强忍，双手在地下乱抓乱扒，突然抓到一件冰凉滑腻之物，正是适才砸死的毒蛇，于是当即握起，回手挥舞。众人齐声惊呼，王云乘机翻身，回手狠狠一拳，打得胡世宁鼻流鲜血。王云爬起身来，发足狂奔。胡世宁大怒，率众追去。王云跑了一阵，一回头，只见胡世宁满脸鲜血，模样甚是凶狠，心虚不已，不住足地朝龙泉山上爬去。

来到山腰，才发现前方是个断崖，无路可走。王云转过身来，望着凶神恶煞的胡世宁。

胡世宁大喊：“臭小子，你死定了！”

王云惊惧交加，瞥见身旁有块大石，悬在一堆石子之上，貌似不太稳当。他试着推了推，果然微微晃动。于是跃到大石后面，作势欲推。

胡世宁停步，奚落道：“推得动，爷爷跟你姓！”

王云被逼急，用力一推，但听“轰隆”一声，大石滚下山去。胡世宁大惊，急忙缩身闪避。那大石带着无数泥沙，从众孩身侧滚过，砰砰巨响，一路上压倒许多草木。忽闻一声凄厉的尖叫“砸死人啦”，胡世宁脸色惨白，慌乱下山。王云大骇，隐约听见“胡世宁，快来看看你弟弟”“去报官吧”“先让大夫瞧瞧”的人声。

王云缩身到岩石的一个缝隙中，抽泣起来。哭了一阵，又累又饿，昏昏沉沉地睡着了……

不知过了多久，王云被山风冻醒，只见四下里阒然无声，天空中繁星点点。

“云儿，云儿……”

王云起身，望见王华。走出两步，看见王伦，又缩了回去。

王伦提着灯笼走近，骂道：“这个惹事精，非扒了他的皮不可！”

王华无奈道：“砍您一根竹子，至于吗？”

王伦怒道：“竹子事小，人命关天！倪宗正还躺在床上，昏迷不醒，你就等着倪家来闹吧！”

“闹就闹，谁欺负了谁还不一定呢！先找到云儿问清楚。”

“我倒是想问，我问得出来吗我？你不好生看着他，让他瞎跑什么？”

“还不是你非要给我纳妾，搞得我心烦意乱！”

“你——”

王喜打断二人：“老爷、少爷，找小少爷要紧，别吵啦！”

王伦气尤未消："哼！"

王华继续呼喊："云儿，云儿……"

三人从王云面前经过，渐渐远去。王云走出石缝，向山下张望，从万家灯火中找到自己家，不禁心潮起伏，泪流满面。山风吹冷了泪痕，王云用手抹了把脸，无意中瞧见头顶上方的大王庙。

庙中大殿，中无极道长闭目端坐。

王云走进殿内。

无极睁眼，道："这么晚了不回家，所为何事？"

王云走近。

无极端详他的脸，道："哟，跟小伙伴打架啦？"

王云看见一口水缸，过去蘸了些水，在地上写下"道长助我"。

无极笑道："凤兮凤兮，故是一凤。"说着拿出一枚小八卦镜交给他，王云躬身行礼。

第六章　沉默是金

天边现出了鱼肚白，王云朝孤愤学堂走去。

教室里传出读书声。

张孟宁朗声道："己欲立而立人，己欲达而达人。"

群孩跟读："己欲立而立人，己欲达而达人。"

"己所不欲，勿施于人。"

"己所不欲，勿施于人。"

王云一愣——没想到张孟宁竟教起《论语》来了。他摸到窗边，偷偷望去，只见来了个几个官员听讲，却是府学的教谕和训导。

倪宗正额上贴着膏药，看见王云，恐惧地移开目光。

教谕鼓掌道："好！张先生果然名不虚传。"

张孟宁拱手道："多谢大人。"

教谕道："本官考考孩子们，如何？"

张孟宁打趣道："这是他们的荣幸。不过大人可得往难了出，不必手下留情，这些孩子都是余姚的超常儿童。"

教谕来了兴致，道："是吗？好啊！那咱们来对对子吧。"

两个训导在讲案上备好笔墨纸砚，教谕提笔速写，念道："上联是'昨夜敲棋寻子路'。"

倪宗正小声问王贵："怎么对？"

王贵苦思道："题眼在'子路'上，一语双关，既指'棋路'，又是孔子弟子的名字。不好对。"

教谕问道："怎么样，有人能对吗？"

群娃愁眉不展，张孟宁尴尬不已。王云突然举手，教谕瞥见。

教谕奇道："这位学生怎么在外面？"

张孟宁灵机一动，道："大人，他扰乱课堂，被我责罚了。王云，快进来！"

王云愣了愣，走进教室向教谕作揖。礼毕，径直到讲案旁，提笔就写。

教谕疑惑道："他怎么不说话？"

张孟宁低声道："禀大人，王云是个哑巴。"

教谕惊讶道：“哦？”

王云在纸上写下“今朝对镜见颜回。”

教谕走近一瞧，喜道：“今朝对镜见颜回。好，好！”

张孟宁松了口气。

教谕兴致高涨，指着窗外的大树道：“佳木由来堪作器。”

王云思虑半晌，又写了起来。

教谕期待地看着，念道：“良工自古不遗材。妙，妙！再来！”他略一沉思，道：“士农工商角徵羽。”

王云转了转眼珠，再次写起来。

教谕一字一顿道：“寒热温凉恭俭让？哈哈哈哈，好你个张孟宁，握灵蛇之珠，抱荆山之玉。孤愤学堂，不简单，不简单啊！”

张孟宁趁机道：“大人，王云虽是哑巴，但在下深信‘有教无类’，于是另辟蹊径，悉心调教。今日观之，一片苦心总算没有白费。”

教谕激赏道：“不愧是名师，本官钦佩之至。”

张孟宁奉承道：“端赖大人领导有方。”

教谕给两个训导使了个眼色，一幅卷轴被拉开铺在桌上。他提笔濡墨，写下“桃李不言，下自成蹊”八个字。

张孟宁兴奋道：“多谢大人赐字！”

为了瞒天过海，张孟宁把王云安排到最后一排坐下。不久，教谕一行离去，快到放学的时间，家长们陆陆续续来到学堂接孩子。

一个眼尖的家长发现王云，对身旁的王氓道：“那不是你们王家的王云吗？”

王氓不满道：“谁说是我们王家的？王伦早就跟王氏一族没有任何关系了！”

放学后，张孟宁收拾东西准备离开，被王氓叫住。

张孟宁道：“王族长？有何见教？”

王氓指着王云道：“他为什么会在这儿？”

群孩齐刷刷地望向王云，直看得他一脸委屈。

张孟宁一脸无所谓的表情：“哦，暂时旁听一下，无妨。”

倪宗正的父亲倪忠祥火了：“什么无妨？他是个灾星，看他把我儿子害的！”说着指了指倪宗正额头上的伤。

另一个家长道：“一个哑巴，听了也白听！”

众人纷纷附和。

王氓施压道：“张先生，孤愤学堂远近闻名，可不要因为一条鱼腥了一锅汤啊！”

倪忠祥道：“就是！要么他滚，要么咱们退学！”

“退学”的呼声此起彼伏。

见群孩看着自己，张孟宁有些尴尬——这些孩子毕竟见证了他们的老师在官员面前谄媚的表演。

张孟宁眼珠一转，道："王云，你过来。"

王云走了过去。

张孟宁指着教谕的赐字，道："你能念出这八个字，我便让你留在学堂。"

胡世宁与倪宗正相视一笑，王岷冷笑，倪忠祥也一脸嘲讽。

王云盯着横轴，嘴唇微启。众家长以为他要开口，都露出惊讶的表情，连王岷和倪忠祥都变了脸色。谁知王云只是微微一笑，朝张孟宁作了个揖，转身离去。

王云回家，王华喜怒交加，罚他抄写《千字文》。王云从果盘里摘了一颗葡萄塞进王华嘴里，冲他笑。

王华边吃葡萄边道："嘿嘿——四遍！"

王云瞪大了眼睛。

"写不完不许出门！"

王华离去，王云闷头思索，忽然灵光一现，将毛笔折断，用指缝夹住四支断笔，左右各两支，如此便能同时写四份。于是不亦乐乎地写了起来。

王华回到卧室，交给郑青莲一张纸。

郑青莲诧异地看了他一眼，念道："自别后遥山隐隐，更哪堪远水粼粼？见杨柳飞绵滚滚，对桃花醉脸醺醺……没来由的抄什么《西厢记》？"

王华慨叹道："这是我在京城身陷囹圄时写的。那会儿真想你啊，怪不得贺铸要把思愁比作'一川烟草，满城风絮，梅子黄时雨'。"

郑青莲娇嗔道："说这些没羞没臊的做什么？"

王华深情款款道："青莲，我心里只有你。除了你，谁也不要。"

郑青莲红着脸点头，两人相拥。王云闯入，二人惊慌分开。

王华斥道："云儿，进屋为什么不敲门？"

王云递上写毕的《千字文》。

王华讶异道："这么快？"

王云跑开。

王华看字，发觉异样："不对，怎么一模一样？混小子，给我回来！"

大门口，王云一阵风似的从王伦身边跑过，惹得老头儿颇为不快。

这时，王岷家的下人从远处走来。

下人禀告道："大爷，四爷请您过去议事。"

王伦疑惑道："什么事？"

"族长任期将满，商议重选之事。"

"不去。"

"大爷，四爷说您毕竟是前任族长，若不到场，外人会说闲话的。"

王伦想了想，决定走一趟。

王云到河边练习打水漂，忽闻欢声笑语——胡世宁等人又来斗蟋蟀了。

胡世宁从瓦盆中拿出一只蟋蟀，道："这叫'青丝额'，山顶才有。为了捉它，我差点摔下悬崖。"

群孩钦佩不已。

这时，一个胖男孩儿带着两个跟班走了过来，大叫道："胡世宁！"

群孩悚然退后，倪宗正两眼喷火。

胡世宁喊道："大胖，你想干什么？"

大胖挑衅道："促织啊！青丝额是吧？敢不敢跟我的大公鸡一斗？"

胡世宁嘲笑道："哈哈，这是什么蟋蟀，名字真土！"

"少废话！你就说敢不敢？"

"有何不敢？放马过来！"

大胖示意，小伙伴拿出一只公鸡，群孩大惊。

胡世宁骂道："你有病啊？拿真的公鸡斗蟋蟀！"

大胖挥舞拳头，道："我都说过是大公鸡了，你不是也答应了吗？想反悔？没那么容易！"

胡世宁硬着头皮道："来就来！"

胡世宁俯身凑近青丝额，小声道："咬它眼睛！"

放下蟋蟀。

公鸡径直向青丝额啄去，青丝额跳开。公鸡大步追了过去，把青丝额压在爪下。众人惊慌失措，胡世宁急得直跺脚。

忽见公鸡伸长了脖子扭摆着头，仔细一看，原来青丝额已蹲在鸡冠上用力叮着不放。

见公鸡疼得咯咯直叫，大胖伸手去捉。谁知青丝额又是一跳，蹦到鸡眼睛上，狠狠地来了一下。公鸡大惊，死命甩开蟋蟀，扑棱着翅膀朝河边奔去。

王云眼睁睁看着公鸡扑到自己怀里，一时愣住了。见大胖张牙舞爪地跑来，情急之下把公鸡抛到了河里。河流湍急，公鸡顺流而下，再也追不回来。

所有人都惊呆了，大胖怒不可遏，冲上来痛扁王云，尖叫道："死哑巴，还我鸡！"

王云虽弱，却毫不服软。几次打倒，几次站起，满脸血污，倪宗正吓得闭眼。

胡世宁看不下去，制止道："大胖，住手！"

大胖骑着王云猛揍，对胡世宁吼道："关你屁事！走开！"

胡世宁发号施令："一起上！"

群孩冲上厮打，大胖不敌，对胡世宁道："你给我等着！"悻悻离去。

王云鼻青脸肿地站起来，胡世宁收好青丝额，道："王云，我们之间的旧账——"

王云显露出害怕的神情。

"一笔勾销了。"胡世宁对群娃道，"从今往后，谁要是敢欺负他，我就揍谁！"

倪宗正不好意思地递给王云一个竹筒，向他示好。

王云笑着接过。

王氏一族的换届选举在王氓家举行。

王伦进入会场，族人们斜眼瞧了瞧，又扭过头去各聊各的。王伦有点尴尬，自己找了个空位坐下。

王氓清清嗓子，道："诸位——"

众人停止议论。

王氓续道："本族长任期将满，五年来自觉愧对我族。今日，趁着咱们这些骨干都在场，选出个接班人。我呢，也好退下来颐养天年。"

众人交头接耳，王氓给族人甲使了个眼色。

族人甲起身道："我推举王伦担任族长。"

现场一片哗然，齐齐望向王伦。

王伦沉默片刻，起身道："好啊，那我就当仁不让了！"

族人乙讥讽道："先治好家里的哑巴再当不迟啊！"

满堂大笑。

族人乙嘲弄道："钟鸣鼎食之家，翰墨诗书之族，还需老成稳重之人主持大局。我建议族长连任！"

几个安排好的托儿异口同声："连任！连任！连任！"

王氓得意扬扬，王伦愤然而去。

河边，胡世宁等人已然离去，王云打开倪宗正的竹筒，发现一只蟋蟀。

他一抬头，瞧见王伦正向这边走来，于是拿起无极送他的八卦镜，冲半山腰的大王庙反射起阳光来。

过了一会儿，王伦走近，道："你怎么一个人在这儿？走，跟我回家。"

王云捂着脸，纹丝不动。

"走——"王伦猛然拉起王云，惊讶道："脸上怎么搞的？又跟人打架了！"

王云不语。

王伦咆哮道："谁干的？"

王云委屈流泪，王伦火气更大。

"哭有什么用？是谁你说呀！"

王云泪流不止。

王伦感慨道："我王家从曾祖王彦达开始，三代均不出仕，过着息影林泉的日子。祖父王与准为了应对有司'访求遗逸'，甚至躲到四明山，把脚给摔了。"

王云擦了擦脸。

"先父王世杰也尝试过科举，但因考前要脱衣检查是否夹带，认为有辱斯文，连考场都没进就走了。祖母去世前，拉着他的手说，‘咱家越来越穷了，我死之后，你一定要出仕。切记，切记’。可惜天不遂人愿，他和我都没能光宗耀祖。”

王云仰脸聆听。

王伦丧气道：“你爹原本最有可能光耀门楣，但他为了你，变成现在这个样子。”王伦提高声调道：“你要真是我王家的子孙，你就给我说话，说话呀！”

说着用力去摇王云的肩膀，可王云只呆呆地看着他。

王伦怒火中烧：“我王伦造了什么孽，老天要这样惩罚我！”

王云指了指自己，又指了指河水。

王伦蒙了：“你什么意思？”

王云再次指指自己，指指河水。

王伦不可思议道：“你想让我溺死你？”

王云点头。

王伦怒不可遏道：“你以为我不敢吗？你以为我不敢嘛！”

王伦把王云的脑袋摁进水里，又提起来，直呛得他连连咳嗽。

这时，一声断喝传来：“住手！”

王伦撒手，王云的脸涨得通红，无极缓步走来，道：“你在做什么？”

王伦悔恨，支吾道：“我……我……”

无极厉声道：“五年前贫道云游至此，曾送还过一个被遗弃的孩子。没想到世风日下，今日又碰到一个要杀害自己孙子的混蛋！”

王伦惊讶道：“啊？原来是你——”

无极反应过来：“什么？弃婴的也是你？”

王伦脸红道：“不不不，不是。”

“你草菅人命，贫道这便去报官。”

“道长，我一时急火攻心，导致失态，还望恕罪。”

“你急什么？”

“我急。我急他不会说话。”

无极看着王云，道：“有何可急？贵人语迟而已。”

王伦不解道：“求道长指点迷津。”

无极抚摸着王云的脑袋，道：“好个孩儿，可惜道破！哈哈哈……”

王伦：“好个孩儿，可惜道破？好个孩儿，可惜道破……”突然，他灵光一现，激动道：“对呀！云者，说也。莫非云儿不说话是因为道破了‘瑞云送子’的天机？”再一抬头，发现无极已飘然而去。

王云笑而不语。

当晚，王伦在书房疯狂地翻书。

王华道：“爹，你还真信改了名字云儿就能说话啊？”

“宁可信其有，不可信其无。高祖王纲曾跟终南山的道士学习卜筮和相面之法，给刘伯温算过命，料定他能飞黄腾达。现在云儿也跟道士结缘，不如就叫王守道如何？”

“王守道？再取个道号，真成道士了。”

王伦放下书，道：“那你想一个。”

王华思忖道：“万法无常。云儿这么小便渡尽劫波，不如叫‘王守常’好了。只望他这一生平平淡淡，不要遭遇那么多坎坷。”

王伦自言自语道：“守常？”

王云忽然跑了进来，捧上一本摊开的《论语》，交给王伦。

王伦定睛一看，念道：“知及之，仁不能守之，虽得之，必失之……”

王华重复道：“仁不能守之，虽得之，必失之？”

两人异口同声：“守仁！”

王华提议道：“云儿是长子，表字……伯安如何？”

王伦微笑点头：“好！”

王云笑了起来，王华拉着他道：“云儿，来，跟我念，王，守，仁。”

王云张嘴，发王字口形，欲说还休。

王伦也燃起一线希望，轻声道：“不急，慢慢来。王……王……说，你说呀！”

王云张大嘴，打了个喷嚏。

王伦、王华大失所望……

这天清晨，王云在河边摸鱼。忽闻大胖的声音“看你往哪跑”，不禁大惊转身。

原来，大胖在追倪宗正。他将之扑倒，拳头雨点般落下。王云害怕，躲进草丛。

这时，胡世宁携王贵等人赶到，制止大胖。

大胖咬牙道：“怎么，你也皮痒吗？”

胡世宁拿出一只精致的竹筒，柔声道：“害你丢了大公鸡，对不起。我不想再斗了，咱们和好吧！这只青丝额送给你。”

大胖错愕接过。

胡世宁温言道：“后天是我的生日，一起去泛舟怎么样？”

大胖不知所措道：“哦……好。”

胡世宁莞尔一笑：“后天见。”

大胖狐疑而去。

倪宗正不满道：“表哥，你为什么不帮我，还送他青丝额？”

胡世宁望着大胖的背影，冷笑道：“先生不是教过咱们‘将欲取之，必先与之’吗？要活学活用。你们过来……”

群孩围在一起密谋，王云感到蹊跷，跟踪大胖而去。

大胖来到集市，找到自己的“装备”，拉开架势摆摊。

“走过路过，不要错过！上好的促织。”

路人甲盯着青丝额，饶有兴趣：“怎么卖？”

大胖伸出三根手指，道：“三两。”

“三两？你怎么不去抢？最多一两。”

“不成，少于三两不卖。”

路人甲挥舞拳头道：“信不信大爷我揍你？”扔下碎银子，强行拿走竹筒。

大胖嘟囔着捡起钱，收了摊，跟鱼贩子买了条小鱼，离开集市。

王云一路跟踪，随大胖来到一间破败不堪的茅草房。大胖推门进入，王云靠近窗户，只见一个女孩儿憔悴不堪地躺在床上。

女孩开心道：“哥哥，你回来啦！”

大胖一边摸她额头一边道：“云锦，好些了吗？还是有点烫。今天发了笔小财，咱们吃鱼。”

云锦惊喜道：“怎么发的财？”

大胖吹牛道：“胡世宁被我揍怕了，把他的蟋蟀送我了。”

云锦失望道：“你又去欺负人？”

大胖故作老成道：“这不是欺负人，这叫讨生活。”

“我们想想别的办法吧。”

“好啦！他已经与我和好了。”

云锦高兴道：“哦，是吗？太好啦！”

王云不小心发出声响。

“谁？”大胖急出，看见撒腿就跑的王云，冲将上去擒住了他。

“你来我家干什么？”

王云比画手势，暗示大胖胡世宁等人在河边密谋对付他。大胖看不懂，作势欲打，云锦强撑病体走了出来，道：“哥哥住手……”

大胖心疼道：“你快进去，小心着凉。”

“哥哥，你不要再打人了，传出去他们又不跟你玩了。”

“他是个哑巴。”

“那就更不能打了。哑巴已经够可怜的了，要是还被人欺负，活着有什么意思？”

王云感动，大胖松手。

“滚吧！”

言毕，扶云锦进屋。

王云呆立。

两天后的河边，大胖东张西望。

胡世宁唤道：“大胖！这里！”

大胖走了过去。

胡世宁道："你带这么大个包做什么？"

大胖憨笑。

胡世宁会心一笑道："我明白了。今天好吃的多的是，上船吧！"

群孩迫不及待地登船，胡世宁撑橹，船向河心划去。

岸边树林，王云随船一路小跑。但见孩子们七嘴八舌地说着什么，虽因离岸颇远，听不清声音，不过王云似乎能读懂唇语。

原本握手言和的友好场面逐渐演变为剑拔弩张。不知何故，胡世宁和大胖扭打起来，倪宗正上前劝架，不小心挨了大胖一拳。倪宗正大怒，失手将大胖推到了河里。

大胖扑腾挣扎，宛如此前他那只落水的大公鸡。群孩吓傻了，愣是眼睁睁地看着大胖溺水而亡。

倪宗正大哭起来，胡世宁四下张望，似乎想求援。

王云赶紧躲到一棵大树后。

县衙大堂，陈有光怒拍惊堂木。

大胖的尸体盖着白布，摆在厅中。云锦跪在一边，啜泣不已。

陈有光道："云锦，你说你兄长是被胡世宁他们害死的，可有证据？"

云锦哭道："没有证据……但胡世宁与我哥哥结怨已久，却突然请他去泛舟，事有蹊跷。"

陈有光沉思片刻，道："许典史，那日在场的孩子都有谁？"

许璋回忆道："胡世宁、倪宗正、王贵……"

陈有光下令道："传他们过来。"

许璋躬身道："是。"

王氓宅邸，一帮家长急得团团转。

倪忠祥道："王老爷，您见多识广，快给拿个主意呀！"

王氓道："怕什么？小孩子之间，打打闹闹很正常。"

倪忠祥急道："可如今闹出人命了呀！"

众家长附言道："是啊，出人命啦！"

王氓淡定道："都别慌。让孩子们咬定大胖是失足落水，死于意外，反正又没人证。"

倪忠祥想了想，道："对！就这么办！"

众家长点头称是，下人入内禀告道："老爷，许典史来了，叫少爷去县衙回话。"

王氓对众人道："好。诸位，咱们就一块儿走一趟吧。"

县衙被百姓围得水泄不通，王喜带着王云路过，停下来看热闹。

王云瞥见围墙拐角处有棵大树，走了过去。王喜转身，不见了王云，大呼"小少爷”，没有应答。

王喜嘀咕：“难道进去啦？”继续往里挤。

县衙大堂，以胡世宁为首的群孩被带到。

陈有光一拍惊堂木，疾言道：“大胖究竟因何溺亡？尔等从实招来！”

王贵看着倪宗正，倪宗正看着胡世宁。

胡世宁胆怯道：“回大人。大胖……大胖失足掉进了河里。”

云锦大喊道：“你胡说！”

倪宗正强辩道：“我亲眼所见，他就是失足落水的。”

“如果我哥哥失足落水，为何他脸上有伤？分明是被人推下去的！”

“水性不好的人，落水时四处乱抓，有些擦伤，也不奇怪啊！”

“不可能！”

王贵插嘴道：“那你什么意思，我们害了他？胡世宁早就跟大胖和好了，还把自己最心爱的青丝额送给他。那天泛舟，也是邀请他来给胡世宁过生日的，这件事大家都可以做证。”

群孩点头。

陈有光无从判断，烦躁不堪，对围观百姓道：“各位父老乡亲，谁有线索提供？或者谁知道究竟发生了什么？”

百姓神情麻木，无人应答，王氓和倪忠祥的脸上掠过得意的神情，云锦默默流泪。忽然，一声清脆的“我知道”打破了死一般的沉寂，众人只闻其声，不见其人，纷纷张望。

王云从人堆里钻了出来，冲到大胖的尸首旁边，跪下。

王喜讶异道：“小少爷？”

王云磕头，看着陈有光道：“我知道！”

群孩震惊，众人色变，王喜更是不敢相信自己的眼睛。

倪忠祥喃喃道：“他不是哑巴吗？”

王氓的脸变成了猪肝色。

陈有光镇静道：“你知道什么？”

王云一字一顿道：“大胖是被倪宗正失手推下河的。”

倪宗正大惊。

王氓拱手道：“大人，王云一直不会说话，今日突然开口，想必另有隐情。”

王云大声道：“第一，我叫王守仁，不叫王云；第二，我是不想说，不是不会说，想说自然就说了。”

现场喧哗起来，陈有光不得不再拍惊堂木，道：“王守仁，速速讲来。”

王守仁应道：“是。大胖是上虞人，五年前浙江大旱，绍兴府分配赈灾款时偏心，给上虞的多，给余姚的少。所以，余姚的一些灾民跑到上虞抢劫。混乱中，大胖的父母被人打死了。”

云锦泪流满面。

王守仁继续道："大胖带妹妹流落到余姚，靠抢东西为生，倪宗正就被他抢过好多回。胡世宁假装请大胖泛舟，其实是想借机教训他。谁知大胖上船后，大家知道了他的身世，非常同情，胡世宁的计划得不到支持，落空了。"

胡世宁恨意盎然地盯着王守仁。

王守仁话锋一转道："但是大胖毛手毛脚惯了，一跟大家熟络起来，又开始胡闹，泼水打湿了倪宗正的衣服。胡世宁趁机提出玩猜拳，谁输了谁就要回答赢家的提问。大胖赢了好几盘，不待输的人回答，就口无遮拦地揭对方的短，犯了众怒。胡世宁忍无可忍，说出邀请大胖的真实目的。大胖恼羞成怒，与胡世宁大打出手。倪宗正上前劝架，被大胖误伤。情急之下，他失手把大胖推到了河里。"

众人没想到孩子的世界这么复杂，个个惊得无以复加。倪宗正忽然大哭，不打自招。

陈有光厉声道："倪宗正！王守仁说的可是实话？"

倪宗正哆嗦道："我不是故意的……"

家长们像霜打的茄子，顿时蔫了。

陈有光一拍惊堂木，高声道："养不教，父之过。胡世宁、倪宗正、王贵，还有你们几个，今日尔等的父亲都在场，本县宣判，所有参与此案者，均摊大胖的丧葬费以及云锦的抚恤费，具体数额，另行合议。云锦——"

"大人。"

陈有光询问道："你可还有亲人在世？"

"有一个舅公在萧山行乞。"

"县署出面，替你找到舅公，由他抚养你成年。你可愿意？"

"多谢大人主持公道。"

"退堂！"

王喜拉着王守仁疯跑回家。

"老爷，少爷！"

王伦、王华从房中出来。

王华道："什么事？"

王喜激动道："小少爷说话了，小少爷说话啦！"

王伦不耐烦道："王喜，你喝酒啦？"

"没喝呀！"

王华对他道："你过来。"

王喜走近。王华摸摸他额头，又摸摸自己的。

"哎呀少爷，我没病！小少爷今天在县衙大出风头，小少爷！"王喜转身，发现王守仁正站在身后。岑氏和郑青莲也被惊动，围了过来。

王喜推推王守仁，道：“小少爷，你说呀，你快说呀！”

王守仁愣愣地看着众人。

王伦彻底失去耐心：“王喜，你要是太累，我可以给你放几天假。”

王喜无辜道：“我……我冤不冤啊我！”

众人准备散去，谁知王守仁突然跳上桌子，大声：“大学之道，在明明德，在亲民，在止于至善。知止而后有定，定而后能静，静而后能安，安而后能虑，虑而后能得。物有本末，事有终始。知所先后，则近道矣……”

王华震惊、王伦激动、岑氏和郑青莲也一副难以置信的表情。

王华一把抱过儿子，兴奋地抛了起来，王守仁兀自喋喋不休……

次日，王守仁到大王庙找无极，却发现早已人去庙空。他在蒲团上发现一张字条，捡起来细瞧，只见上面写着七个字：道本无为只在人。

第七章　天马行空

纷纷扬扬的大雪给一眼望不到尽头的殿銮披上了一层银装，俯瞰下去，往日金碧辉煌的宫殿显现出一种别样的美。

乾清宫暖阁，一个宦官正在用铜火钳拨弄炉子里的炭火。虚弱的朱见深强撑病体，从龙床上坐了起来，倚着李荣递过来的垫子，环视跪在床边的万安、刘健、李东阳等重臣和太子朱祐樘。

朱祐樘关切道："龙体关乎社稷，还请父皇多多保重。"

朱见深欣慰道："好，好，我儿长大了。"

一阵凤冠銮铃的声响由远及近地传来，钱能弯腰引路，万贞儿盛气凌人地走来，刻薄道："太子殿下，皇上春秋鼎盛，身子骨硬朗着呢！你用'保重'二字，是何居心？"

李东阳与刘健对视了一眼。

朱祐樘反驳道："母妃此言差矣。儿臣读书时看到欧阳修写给梅尧臣的《与梅俞圣书》中说'早热可畏，千万保重'，由此知'保重'二字实有拳拳之情，殷殷之意。"

万贞儿气结："你——"

朱祐樘不予理会，道："父皇，太医瞧过了，说是个男孩儿。还请您给赐个名字。"

朱见深顿时容光焕发，欢喜道："好啊！李荣，传朕旨意，重赏太子妃。"

李荣躬身道："是。"

万贞儿气得七窍生烟。

朱见深思忖片刻，道："就叫朱厚照吧！"

朱祐樘磕头道："儿臣叩谢父皇。"

万贞儿恼怒地回到永宁宫，快步走入，脸色铁青。一个洒扫的宫女避让不及，与之撞了个满怀，将盆中水泼了她一身。

宫女大惊下跪，连道："奴婢该死，娘娘恕罪。"

万贞儿勃然大怒："狗奴才，你活腻了！"疯了般对其拳打脚踢，钱能苦劝无效。

另一个宫女道："娘娘您别打了，千万保重自个儿的身体啊！"

万贞儿一愣，道："你说什么？"

宫女紧张道："奴婢说娘娘千万保重……"

万贞儿听见“保重”二字，皱眉捧心，表情扭曲。

钱能大惊道：“娘娘，娘娘！”

万贞儿晕厥过去。

钱能赶紧扶住，对左右道：“快，快传太医！”

紫禁城上空，乌雪纷飞。

绍兴的秋，阳光灿然，万里无云。

府衙，一方砚台被人摔到地上，只砸得地面碎屑横飞。绍兴知府焦芳弯腰欲捡，手还没碰到，就见一把大笤帚朝自己袭来。他跌坐在地，惊慌后挪。

一个悍妇一手叉腰，一手拿着笤帚，杏目圆睁地逼近，却是焦芳的妻子。

焦妻气道：“你还敢躲？”

焦芳恐惧道：“你……你放下凶器，好好商量。”

“商量个屁！”作势欲打，焦芳慌忙逃到书架后方，与之对峙。

“瞧你那怂样，怪不得官越当越小！”

焦妻追到书架那头，焦芳绕回到这头，继续对峙。

焦芳央求道：“有话不能好好说吗？”

“好好说有用吗？打不出粮食的东西！”

“不就是三年一考的‘大计’吗？我不贪不占，身正不怕影子斜。”

焦妻气得追了过去，焦芳又跑到书架的另一头。

焦妻胸口起伏道：“你再给我装！我这就回老家去，让你一个人在这两袖清风。焦芳，你好意思吗你？余姚的那个知县陈有光跟你几乎同时上任，现在已经接到调令去陕西当同知了，人可比你小了快二十岁。你就混吧你！”

说曹操，曹操到。师爷正巧带着陈有光走到书房外，听见争吵声。

师爷尴尬道：“陈大人，咱们还是去外面等吧。”

陈有光和颜悦色道：“不急不急，今日只是来辞行。”

二人朝外走去。

师爷叹气道：“唉，我家老爷什么都好，就是太直。不跑不送，这个知府已经干了八年了。”

陈有光眉头一挑，道：“哦？我听说焦大人之前在京城当太仆寺卿，怎么……”

师爷徐徐道：“此事说来话长。那年今上刚刚即位，号召‘文官不爱财，武将不惜死’，鼓励百官上疏直陈朝政之弊。老爷首先响应，在奏疏中说，如今何处不是用钱之地？哪位官员不是爱钱之人？大家都责备府县的长官不廉洁，可俸禄微薄，上司要打点，过客要招待，晋级考核，进京朝见，样样都耗资不菲。这些钱非从天降，非从地出，一分一厘，可都是民脂民膏啊！”

陈有光赞叹道：“焦大人这是剖肝沥胆之言啊。我朝陋规，遍布肌体，牵一发而动全身，大到快要改不了了。”

师爷点头道：“当时，皇上览疏大喜，召见群臣，让老爷当众念他的奏章，并说这样的耿介之臣应该当都察院左都御史。”

“哦？这可是连升三级呀！”

“没错，所以老爷当场就遭忌恨。老爷疏中举例说自己交游不广，一月之内竟也辞却了五百两银子的贿赂，其他官员，可想而知。结果吏部尚书万安让他指名道姓，揭发这五百两银子都是谁送的。老爷直是直，但不傻啊！这要是说了，岂不是自绝于同僚？”

陈有光表示认同。

师爷边走边道：“皇上给了个台阶，让老爷密奏。可等了五天，交上去的奏疏还是没有告发任何人。皇上很生气，召集百官，当庭质问他这五百两银子到底出自何人之手，老爷东拉西扯，逼急了便推说是风闻有人要送。皇上大怒，就把他贬到了杭州当知府。”

二人来到前厅坐下。

陈有光一脸可惜状：“唉，那为何又到了绍兴？”

师爷苦笑道：“还不是因为得罪了豪强莫老大。初到杭州，衙门里的门子建议老爷去看看此人，结果老爷非但不去，还搜集了一堆莫老大的罪行，把他给抓了。莫老大倒是主动服软，送上五个装满珍珠的石榴。老爷不收，将他罪加一等，押往臬司衙门。谁知人家真能通天，没几日便放了出来。过不多久，老爷就被不明不白地被贬到了绍兴。”

陈有光摇头叹息，忽然眼前一亮，道：“‘大计’将至，焦大人若不想请托，我倒是有个法子。”

师爷惊喜道：“什么法子？”

陈有光得意道：“我县出了个神童，叫王守仁。焦大人知道此子，还给他家题过匾。前年，这王守仁破了一桩奇案，当时还不到六岁。”

“此话当真？”

“千真万确。王守仁颖悟绝伦，余姚尽人皆知。眼下万贵妃重病不起，各地都在争献祥瑞，若将王守仁打造成一颗福星，大张旗鼓地宣扬出去，何愁焦大人与绍兴府声名不著？”

师爷想了想，道：“确实是个好主意。我这就告诉老爷去！”

会稽山的山道上，两匹快马一前一后飞驰而过，却是王华和王喜。

王喜一边追赶一边道：“少爷，你等等我呀！你倒是‘春风得意马蹄疾’了，我这跟不上啊！”

王华兴奋道：“王喜，大明有两个人‘连中三元’，你说我做不做得这第三人？”

“考秀才你中了个案首，这回考举人你中了个解元，下次考进士——”

“考进士还把你带上，谁叫你的名字取得好啊。哈哈哈哈，驾！”

与此同时，余姚近郊的一辆马车里，一个三十岁上下的男子正在翻看《吴子兵法》，时不时瞥一眼对面。只见他身前摆着三个案几，每个案几上都有一局象棋。三名弈手抓耳挠腮，当中一男孩儿灵机一动，抓棋落子。

看书男子眼不离书，道："孙燧，兵者诡道也，能而示之不能，用而示之不用。你可想清楚了？"

唤作孙燧的男孩儿疑虑地盯着棋盘看了半天，发现破绽，大惊失色，继而灰心道："舅舅，您一个人把我们五个杀得落花流水。这棋，根本没法下嘛！"

男子放下书，笑盈盈地看着孙燧，道："善战者以迂为直，以患为利。怎么，这么快就放弃了？"

此人名叫王琼，后来历任户部、兵部和吏部尚书，连进"三孤"（少保、少傅、少师）与"三辅"（太子太保、太子太傅、太子太师），同于谦、张居正并称"明代三重臣"。

马车停了下来，管家敲门。

王琼道："什么事？"

管家急道："老爷，您快下来看看吧！"

王琼一愣，搁书下车。

只见不远处一男子左手持刀，右手扯着一个女人的头发急行，围观者哄笑不已。

男子没好气道："别以为县衙这会子青黄不接你就能逍遥法外。王法不管，我管！"

王琼迎了上去，道："敢问这位小哥，她犯了什么事？"

"关你屁事！"

管家上前一步，被王琼拦住。

王琼笑呵呵道："说出来让大伙评评理嘛！"

男子犹豫。

百姓甲嘲笑道："孔二狗，你该不会是看上你弟妹了吧？"

众人大笑。

孔二狗恨声道："滚！这贱人害死我弟弟，我要拿她偿命。"

女子大哭道："我没有哇！"

王琼问道："口说无凭，你有证据吗？"

孔二狗扬着脑袋道："怎么没有？十日前，我和我弟弟孔三儿相约去温州做生意，定好了船。出发那天早上，我在码头等了半个时辰也不见孔三儿，便让船家罗六去催。这贱人谎称我弟弟一大早便出门了，其实谁不知道她跟孤愤学堂的张孟宁眉来眼去已不是一天两天。现在人失踪了这么久，肯定被他们杀害了！"

王琼对女子道："怎么称呼？"

"三娘子。"

"三娘子，罗六去找你时说了什么？"

三娘子回忆道："他没进屋，只敲着大门喊话说'三娘子，孔三儿怎么这么久还不来’。我说他天不亮就出门了，难道还没上船吗？罗六没说别的就走了。”

王琼思忖片刻，道：“孔二狗，三娘子若真想谋杀亲夫，何必选他与你会合之际，这不是自找麻烦吗？”

孔二狗语塞道：“她……她有恃无恐！”

王琼笑着摇了摇头，道：“凶手另有其人。”

孔二狗意外道：“什么人？”

王琼笃定道：“罗六。他见财起意，趁你没到码头、孔三儿在船上打盹儿之机将其谋害，尸体想必就在水底。”

众人惊愕不已。

孔二狗道：“口说无凭，你有证据吗？”

王琼沉吟道：“敲门就叫‘三娘子’，他怎么知道当家的不在？除非他便是凶手。”

众人点头认可。

孔二狗还是不信：“即便如此，那也只是你的推测。你又不是神童，我干吗信你？”

王琼好奇道：“神童？”

管家斥道：“放肆！知县大人断案，什么时候轮到你来评判？”

众人面面相觑，难以置信，管家从包袱中摸出官印，道：“擦亮你的狗眼看清楚，我家老爷乃是新任的余姚知县王琼王大人！”

孔二狗傻眼了，条件反射般跪了下来。众人皆跪，三娘子热泪盈眶道：“青天大老爷啊！”

王琼忙道：“诸位快快请起。孔二狗，你说的神童是什么人？”

孔二狗抬头道：“回大人，他叫王守仁。”

王琼喃喃自语：“王守仁？”

王家大门此刻被围得水泄不通，百姓自觉排成长队，鸦雀无声。一人气喘吁吁地赶来，大呼小叫，只因自己的位子被人霸占了。结果遭到众人的横眉冷对，一致鄙视，只好讪讪地到队尾重新排队。

王华牵马走近，疑惑不解，小声道：“你往家里写信啦？”

王喜否认道：“没呀，你不是说要给老爷一个惊喜吗？我哪敢泄露啊！”

大门“吱呀”一声开了，王欢举着一沓废纸出现，大声道：“神童墨宝，一两银子一张！”

众人立时炸了锅，疯狂抢购。

王华哭笑不得道：“嘿！这个王欢，不去做买卖还真埋没了他！”

余姚武顺门，王琼的车队停了下来。

但见一帮小孩儿个个手持红缨枪，排在城门下，围着一个四轮车。车上，一少年身穿斗篷，手持羽扇，额头被帽子遮住。

王琼下车远眺，对外甥道："孙燧，你知道那是什么吗？"

孙燧看了看，道："一帮小破孩儿。"

王琼笑道："那是锥形之阵。且看我用钩形阵破它！"

管家接到指示，命一众下人摆出一个钩形阵。王琼得意地望着四轮车上的少年，只见他一挥羽扇，开始变阵。

王琼大喜道："哈哈，想用鱼丽阵克我！孙燧，冲锋阵！"

孙燧点头，跑到管家跟前耳语。谁知冲锋阵刚摆出来，少年便再次变阵。

王琼兴奋道："好一个玄囊阵！"

他光顾着看前面，没发现自己已中了埋伏。一群小孩儿在王贵的带领下，悄悄摸到他的马车旁。王贵一声令下，忽然杀出，将王琼等人包围。

王琼一愣，道："这是作甚？"

王贵神气道："保境安民，擒贼擒王。说，哪里来的？"

王琼道："京城来的。"

管家带人冲了回来，见王贵用红缨枪抵着王琼胸口，不敢轻举妄动。

王贵又道："来做什么？"

王琼觉得有意思："做官。"

"什么官？"

"知县。"

"有何凭证？"

王琼使了个眼色，管家气呼呼地把官印拿给王贵看。王贵瞧了半天，确认无误后冲四轮车上的少年吹了个口哨。

少年一挥羽扇，群孩罢手，有条不紊地离去。

王琼指着四轮车，对王贵道："那是什么人哪？"

王贵回身道："王守仁啊。"

王琼两眼放光道："王守仁！"

这天夜里，王家张灯结彩，在院子里摆了十几桌，热闹非凡。

王伦端着酒杯，笑吟吟地走到正中央，道："诸位！"

待众宾客安静下来，王伦接着道："犬子叨天之幸，考了个解元回来。咱们余姚英才辈出，他这点成就不值一提，但也算不负众望。有赖大家多方照拂，老夫先干为敬！"

王伦一饮而尽，众人鼓掌。

"不要客气，开怀畅饮！"

无人动筷。

宾客甲忍不住道："竹轩翁，神童在哪儿？让我们见见啊！"

王华望向王伦，只见他神色尴尬。席间一人满脸期待，却是郑青莲的表弟诸养和。

后厨，王喜催菜，厨子、用人忙作一团，五个小孩围着王守仁坐在灶台边的墙角里。

王守仁道："我没听错吧，你要叫我'老大'？你不怕被你表哥揍吗？"

边说边从灶台上的盘子里掰了个鸡腿吃。

倪宗正目光炯然道："不怕，只要你能帮我出头！"

王贵道："这有何难？那些大人，个个都服老大！"

王守仁环视了一眼小伙伴，道："你们也一样？"

说着从灶台上摸下一个吃的，见是猪蹄，递给了王贵。

众小孩儿点头。

王守仁道："你们过来，一个个说。"

群孩凑近，窃窃私语。

院子里，酒过三巡，筵席半残。

王华拿着酒壶，已然微醺，一老翁抓着他的手不放，道："我钱希宠果然没看错人。王华呀，你还记不记得小时候在我的私塾念书，有一回县太爷出巡，路过咱们那儿，排场很大？大伙听见鸣锣声，都跑出去看，只有你一动不动，高声读书。我见声音直传门外，担心你惹出事端，制止说'小声点，外头是县太爷，你不怕吗'，你说'县太爷也是人，怕什么？况且我读的是圣贤书，何错之有'。当时我就认定你是可造之材，告诉你爹，假以时日你必成大器。"

钱希宠啰啰唆唆，王华有点不耐烦，加之发现王守仁正在坐在自己座位旁胡吃海塞，更是急于脱身，便道："老师恩重如山，王华无以为报，一切尽在酒中。"他干了杯中酒，示意钱希宠坐下，自己则赶忙归位，用筷子指着少了只腿的鸡、没头没尾的鱼，脸色阴沉道："你在厨房干什么啦？"

王守仁笑眯眯地看着他。

诸养和注意到王守仁，端着酒杯走了过来，故意高声道："哟，这不是咱们的小神童吗？"

众宾客被点了穴般停止喧闹，齐刷刷地望将过来。

王华对王守仁道："叫表舅。"

王守仁乖巧道："表舅。"

诸养和赞道："我远在南昌，却久闻守仁神童之名。不过，到底有多神，今日还想开开眼。"

王守仁笑道："怎么开？"

王华呵斥道："不得无礼！"

诸养和不以为意道："姐夫，大喜的日子，就让孩子闹腾闹腾吧。"

众宾客附和，王华瞅了眼王伦，只见他微微点头。

诸养和提议道："便以这当空的明月和远处的龙泉山为题，赋诗一首，如何？"

众人拍手叫好。

王守仁满不在乎道："这也太简单了，没意思！"

王华色变。

诸养和道："那你说如何？"

王守仁灵机一动道："曹子建七步成诗，我若能在五步之内做出你的题目，那么——"

所有人都露出怀疑的表情。

王守仁续道："大家须得听我讲几句。"

诸养和笑道："各位意下如何？"

众人齐声叫好。

王守仁抬头望月，又远眺了一下龙泉山，边踱步边念诗道："山近月远觉山小，便道此山大于月。若人有眼大如天，当见山高月更阔。"

王伦仔细聆听，初时不以为意，但渐渐流露出赞许的表情。众人惊呆了，掌声稀稀拉拉地响起，瞬间便成雷鸣之势。

诸养和笑着冲王守仁点点头，王守仁跑到一张空桌子跟前，爬了上去。

王华瞪大了眼睛。

王守仁高声道："我想说的是——"

院子里静得落针可闻。

"倪忠祥，中天阁本来是免费开放的藏书楼，穷人家的孩子也能去那看书。可自打被你买下，收钱不说，还分个三六九等，出钱最多的居然能把古籍善本借走，致使许多重要藏书损毁，甚至出现在黑市上。你儿子倪宗正为此没少挨小伙伴的骂，你自己反省反省吧！"

倪忠祥面无人色。

王华大怒道："你给我下来！"

王守仁置之不理道："裴名，县衙准许百姓旁听审案是为了彰显律法公正。可你倒好，三天两头踏着月色去排队，占那名额。"

裴名面红耳赤，王华冲了过去。

王守仁加快语速："如此积极皆因有人使钱雇你这么做，为的是让许多像你这样的人升堂时制造舆论，干扰判案。你有田不耕，非要挣这偏财，叫你儿子都抬不起头！"

王华一掌拍去，王守仁跳下桌子逃跑。王华回身拱手，面红耳赤道："让各位见笑了。"

王华急追，诸养和跟了上去，来到后院竹林。只见王守仁已被王华逮住，狠命抽打，诸养和上前阻拦道："姐夫，姐夫，此事因我而起，要打你就打我吧！"

王华手上不停，道："这混账东西，小小年纪，无法无天！你什么都不用说，我今日非把他打服为止！”

诸养和道：“好好好，别的我不说，咱们就说说定亲的事怎么样？”

王华一愣，道：“什么？”

诸养和道：“我那闺女诸芸玉，比守仁小一岁。其实这次来，我……我是想给两个孩子说个娃娃亲。”

王守仁回身问道：“有画像吗？”

王华骂道：“闭嘴，没你说话的份！”

这时，王伦走来，道：“我准了。”

诸养和拱手道：“伯父。”

王伦对王华道：“养不教，父之过。我的孙子有什么毛病，病根都在你这儿。当初让你教那是权宜之计，后来孩子越来越好，你也有了心劲，考上了举人。可小孩儿就应该跟小孩儿待在一块，去学堂念书。明日便操办此事，不能拖了！”

王华担忧道：“他这个样子，怕是没人敢收。”

王伦怼道：“哪个样子啦？我看他说的很在理嘛。告诉爷爷，想去哪个学堂？”

王守仁脱口而出：“孤愤学堂。”

王华急道：“不行！那个张孟宁心术不正。”

王守仁失望道：“那我哪也不去了。”

王伦教训道：“王华，你怎么比我这个老头子还死板？人才不是管出来的，要顺着孩子的习性引导。守仁将来的成就必定在你之上，你一时理解不了也就罢了，别阻碍他发展。”

王守仁偷笑。

王华无奈道：“爹，你就惯着他吧！”

王伦不睬他，问道：“守仁，明日是自己去孤愤学堂，还是爷爷送你去？”

王守仁道：“我自个儿去。”

“好，有志气！”又对王华道，“你准备银子吧。”

王华一脸苦相，诸养和与王守仁相视一笑。

次日，王伦目送王守仁远去，一脸慈爱之情。族人甲和族人乙朝王家门口走来。

族人甲唤道：“竹轩翁。”

王伦警觉道：“哟，什么风把二位给吹来了？”

族人乙瞟了族人甲一眼，道：“呃，是这样的。新知县上任有些时日了，咱们王氏一族名重一方，理应前去拜访拜访。”

王伦语带嘲讽：“谁是族长你让谁领着去就是了，来我这做什么？”

族人甲奉承道：“您威望高，是咱的大旗，关键时刻得扛出来呀！”

族人乙亦道：“对对对！”

王伦冷笑道：“少跟我绕弯子，王氓吃闭门羹了吧？”

族人甲、乙尴尬对视。

“知县大人到！”

三人吃惊望去，只见一顶轿子停在不远处。身着官服的王琼下轿，朝这边走来。三人赶紧迎了上去，跪下齐声道：“叩见大人。”

王琼忙道：“快快请起！哪位是竹轩翁？”

王伦上前道：“草民便是。”

王琼道：“王守仁在家吗？”

王伦一愣，道：“他去学堂报到了。大人要不屈尊到寒舍等等？我这就派人把他叫回来。”

王琼摆手道：“不不不，报到要紧。衙门还有事，改日再来叨扰。”言毕上轿离去，族人甲和族人乙目瞪口呆。

孤愤学堂，张孟宁点头哈腰，一直把王守仁送到大门外，叮嘱道：“明日早些来啊！”

王守仁笑呵呵地点头，张孟宁毕恭毕敬地目送，直到他的背影消失在拐角处才停止假笑，转身进门。

穿过热闹的街市，王守仁在一个人烟稀少的巷口忽然挨了一闷棍，眼前一黑，失去知觉。

也不知过了多久，王守仁悠悠转醒，发现眼前的景色是上下颠倒的——原来自己被吊在了一棵树上。

王守仁呼喊：“喂！有人吗？快来人啊！”

胡世宁手持皮鞭，闪了出来，道：“号什么号？”

说着，一鞭子抽在王守仁身上，发出响亮的声音。

王守仁争辩道：“胡世宁！事情过去那么久了，你表弟都不记仇了，你有什么想不开的？”

胡世宁怒道：“我能跟他比吗？他爹有钱，我爹没钱！赔云锦赔得倾家荡产，我爹现在喝了酒就打我！”

王守仁劝道：“穷人的孩子早当家！你与其在这浪费光阴，不如去摆摊赚钱。将来如果发了财，说不定还要感谢我呢！”

“混蛋！抽不死你这坏怂！”

胡世宁一直打到手软，方才罢休，气喘吁吁道：“我都没学上了，你还想上学？以后见一次打一次！”

说完，转身离去。

王守仁大叫道：“放我下来，别走啊！救命呀——”

日落西山，四周渐渐黑了下来，草丛中传出不知什么动物的怪叫。

王守仁胆战心惊，拼命挣扎。两声狼嚎传来，他急了，手忙脚乱，结果更解不开绳子了。

两只恶狼从草丛中扑出，绕着王守仁转圈。王守仁紧闭双眼，心道："完了完了，今日要命丧于此了！"

一狼目露凶光，奋力跃起，眼看就要咬中王守仁的脖子，却哀号了一声摔倒在地。

王守仁小心翼翼地睁开一只眼睛，但见县衙典史许璋用水火棍打跑了狼。另一只狼扑了上来，许璋棍法娴熟，也将之赶走。

王守仁看呆了，无比钦羡。

许璋把他放了下来，嘲笑道："咦？这不是神童吗？怎么阴沟里翻船啦？"

王守仁阿谀道："许典史，你棍法这么好，教教我吧。"

许璋笑道："你都能指挥千军万马把县太爷给围了，还用什么棍法？"

"我得防身啊——对了许典史，这么晚了你来这做什么？"

"山顶盘踞着一伙土匪，我来摸摸情况。"

言讫，许璋眼珠一转，忽然想到了什么，道："你真的想学棍法？"

王守仁赶紧点头。

"好，那我出题考考你，要是你能答上来，也不是不能考虑。"

王守仁翘首以待。

许璋望向山顶，道："这帮土匪都是因灾年抢劫上了官府黑名单的，昼则下山耕作，夜则躲入山寨。王大人上任后，不愿强攻，一来县衙武装薄弱，担心伤亡；二来毕竟都是余姚子民，亲友俱在山下。可由于对峙已久，这些匪根本不信官府，反对招安，拒绝下山。你有法子让他们投降吗？"

王守仁皱眉思索，半晌无语。

许璋笑道："哈哈，想到了我就教你棍法。走吧，一会儿狼群该来了！"

翌日，王守仁坐在孤愤学堂的教室里，无心听讲。他以手托腮，望着窗外的龙泉山，苦思冥想。

王贵道："老大，放学了，还不走吗？"

王守仁如梦初醒，道："你先走吧。"

王贵离去。

王守仁又发了会呆，叹了口气，起身出门。路过一个房间时，只见一男孩儿趴在地上下象棋。他一人分饰两角，一会儿执红子，一会儿执黑子，跑来跑去。

王守仁悄无声息地站在他身后看了会儿，大喝道："嘿！"

男孩儿受惊，吓得摔倒在地，棋盘被打乱。王守仁定睛一看，发现是孙燧。

孙燧气急败坏道："你、你，棋子都被你搞乱了！"

王守仁气定神闲道："你起来，我帮你摆好。"

"你能记得？"

"这有何难？"

孙燧半信半疑地让开，王守仁凭记忆复盘。孙燧仔细瞧了瞧，大惊道："厉害，分毫不差！来一局？”

“好啊！”

两人下棋，王守仁大败亏输，孙燧沾沾自喜。

王守仁努了努嘴，道：“你怎么不去上课？”

孙燧看看门外，压低声音道：“我告诉你，你可得守口如瓶。”

王守仁点头。

“我舅舅是知县王琼。”

王守仁佯惊。

孙燧悄声道：“这个学堂的先生为了巴结他，免费让我过来念书。见我喜欢下棋，又把这间屋子腾给了我。”

王守仁微笑道：“原来如此。”

“你也是新来的吧？趁早换个学堂！这个先生很敷衍，误人子弟！”

“我知道呀，我就是冲他来的。”

孙燧不解道：“什么？”

王守仁眨眼道：“这么好的学堂，打着灯笼都找不到，想干什么干什么。”

孙燧想了想，道：“也是。”

“以后我陪你下棋吧！”

“真的吗？太好了！”

“来，再杀一局！”

两人摆棋。

王守仁从此迷上了象棋，一天到晚痴痴呆呆。王华看在眼里，愈发不满。

这天夜里，王华推开书房的门，发现空无一人，桌上的笔墨纸砚原封不动地摆着。他气呼呼地走到后院，瞧见王守仁坐在竹林边的亭子里发呆。走近一看，方知其正借着烛光参悟石桌上的象棋残局。

王华怒道：“让你抄《礼记》，你在这搞什么！”

王守仁不屑道：“我都会背了，还抄它作甚？”

“好，那就抄一个不会背的，《近思录》！”

“啊？”

“还不快去？”

王守仁噘着嘴走了，王华坐下来参详残局。

王喜走了过来，道：“少爷，老爷让您去前厅。”

王华来到前厅，只见王伦正陪着王琼喝茶。

王伦介绍道：“大人，这是犬子王华。”

王华作揖道：“见过大人。”

王琼赞赏道：“百闻不如一见，咱们县的文曲星果然一表人才！”

王华拱手道："多谢大人。"

王琼懒得再寒暄，道："呃，王守仁在吗？"

王华道："正在书房练字，我去把他叫过来。"

王琼高兴道："好好好。"

王华来到书房，发现王守仁又不在，气恼出门，撞见王喜，便询问道："那混世魔王去哪儿啦？"

王喜道："抱着一盒象棋出去了。"

王华跺脚道："你怎么不拦着他？！快告诉王大人，就说王守仁出门买墨去了，我这就去找他。"

王喜不明所以道："哦。"

王华忽然想到了什么，喊住离去的王喜道："要是王大人有事，也可以先走，就说我明日带王守仁到县衙向他赔罪。"

河边的一间破亭子里，王守仁抡起锤子，把一枚钉子钉到"帅"棋上，将之固定于棋盘。

孙燧奇道："什么意思？"

王守仁夸口道："这几天我突飞猛进，让让你，不动老帅。"

孙燧笑道："等赢了我你再狂！"

正要摆棋，忽然愣住。王守仁顺着孙燧的目光转身望去，只见王华正提着灯笼怒不可遏地看着他，不由得颤声道："爹……"

王华冲上来踹翻棋盘，抓起棋子就往河里扔，孙燧吓得脸色惨白。

王华怒道："整天鼓捣这些雕虫小技，把圣贤经典抛到九霄云外！"

王守仁顶撞道："谁说的？我遵循的就是圣贤教诲！"

"十三经哪一本哪一页，圣贤让人玩象棋？"

"子曰'虽小技，必有可观者焉'，象棋虽是'小技'，但也不是没有可取之处嘛。"

"断章取义！夫子这句话后面还有一句，你可记得？"

王守仁佯装不知。

孙燧小声提醒说"致远恐泥"，王守仁冲他眨眼。

王华冷笑道："学艺不精还敢班门弄斧？你听好了，'致远恐泥，是以君子不为'。古往今来，哪个干大事的人会沉迷于象棋？"

王守仁半信半疑状："孔夫子是性情中人，后面那句话不像是他说的，弄不好是后人画蛇添足加上去的。"

王华气结："你……跟我回家！"

王守仁朝孙燧吐了吐舌头，随王华离去。

当晚，王守仁被罚写检查。谁知他鼓捣了一宿，第二天却交了首诗，名曰"哭象棋"：

象棋在手乐悠悠，苦被严亲一旦丢。
兵卒坠河皆不救，将军溺水一齐休。
马行千里随波去，士入三川逐浪流。
炮响一声天地震，象若心头为人揪。

王华哭笑不得，催促王守仁洗漱出门。

父子俩来到县衙，等待门卫通报。王守仁百无聊赖，忽见不远处的路边有堆蒿草随风摇摆，不由得心中一动。

许璋出门，拱手道："久候。堂尊外出公干，特意交代说如果你来了，请到书房等他一等。"

王华恭敬道："有劳许典史带路。"

许璋礼让道："请。"

王华父子随许璋来到书房，待他掩门而出后环顾四周，只见墙上挂着把大弓，桌上摆着本《华阳国志》，批注密密麻麻。王华好奇地翻看起来，王守仁趁机溜走。他来到后院，见亭子里有盘象棋残局，上前思忖半晌，举棋落子，把它给破了。

许璋经过，打趣道："神童，我出的题你有解了吗？"

王守仁成竹在胸道："当然。你过来，我告诉你。"

许璋将信将疑地走过去，俯身听他耳语，皱眉道："能成吗？"

王守仁认真地点了点头。

这时，王琼的轿子在县衙门口停下。

随着管家的一声"落轿——压轿"，王琼掀帘而出，走进县署。他经过后院，瞥了眼亭子，走过去盯着棋盘看了看，道："谁破的？"

许璋道："王守仁。"

王琼眼前一亮。

"堂尊，有个法子，说不定能把龙泉山上那伙土匪给逼下来。"

"哦？说来听听。"

"龙泉山不高，可以派人大量收集蒿草粒，拴在去镞的箭上，让长弓手射到土匪的窝点附近。"

"没啦？"

"没了。"

王琼踱步思考，忽然拍手道："等上几个月，山顶将被蒿草覆盖，届时只需看准风势，发射抹有松油的火箭，贼巢必定陷入火海之中。贼人除了下山，别无他法——这又是王守仁出的主意吧？"

许璋脸红道："是。"

"走，去书房！"王琼来到书房，发现王守仁不在。王华看书入神，一问三不知。

于是出门去寻，门卫告知看见王守仁和孙燧往龙泉山方向去了。

龙泉山脚，王守仁与孙燧坐在相距不远的两棵大树上，用卷成圆筒的书当扩音器，对树下三十二个后背贴着“车马炮”标签的孩子喊话。

王守仁下令道：“炮二平五！”

“人肉象棋”按指令移动。

孙燧下命道：“马八进三！”

王华、王琼与许璋赶到，瞠目结舌。

王华连道“荒唐”，冲到树前咆哮道：“逆子，你给我下来！”

王守仁起身挥舞双手，道：“暂停！”

他滑下树来，孙燧看见舅舅，也赶忙下树。

王华正要扇守仁耳光，被王琼拦下。王琼对王守仁道：“残局因何而破？”

王守仁直言道：“因为比设局人看得远。”

王琼道：“与我对弈一局如何？”

王守仁摇头。

王华忍无可忍：“放肆！”挥拳欲捶，王琼再次制止，对守仁耐心道：“为什么？”

王守仁故作高深道：“棋盘太小，局限太大，不能随心所欲。我决定金盆洗手，告别棋坛。”

王琼忍俊不禁道：“哈哈哈哈，余姚的天地已经容不下你了。王守仁，你帮我化解了难题，说吧，你想要什么？”

王守仁一指许璋。

王琼不解道：“许璋？”

王守仁点头：“我想学棍法和骑射。”

王华斥责道：“胡闹！许典史公务繁忙，哪有工夫跟你瞎折腾？给我回家念书去！”

王守仁振振有词：“儒者患不知兵。仲尼有文事，必有武备。区区章句之儒，平日叨窃富贵，以词章粉饰太平，临事遇变，束手无策，此通儒之所羞也！”

王琼拊掌大笑，对王华道：“虎父无犬子。你这个解元，也理屈词穷了吧？许璋！”

许璋道：“堂尊。”

王琼严肃道：“悉心教导，不得有误。”

许璋抱拳道：“是！”

从此，王守仁跟许璋学了起来。第一次骑马，他费了九牛二虎之力才踩稳马镫，却在爬马鞍时摔下马背。许璋笑着摇摇头，一把拉起他，将之抱上马。马狂奔起来，王守仁吓得抓紧鬃毛，不敢抬头。第一次射箭，许璋指着靶场的稻草人，王守仁信心十足地点头，结果连弓都拉不开。望着他龇牙咧嘴的表情，许璋哈哈大笑。

这天，王守仁削了一根竹棍，在自家后院的竹林里以竹为靶，使开许璋教的棍法。他辗转腾挪，身形潇洒，竹叶纷纷飘落。王喜路过，大惊失色，正欲上前制止，结果被人拉住。他转身一看，却是王伦。

两年后，王阳明武艺大增，一棍便能戳破寸余厚的水缸。这天，他一身精干打扮，来到通济桥，把一面大旗往望柱旁一立，立马吸引了路人的围观。旗帜迎风招展，上书八个大字：有冤诉冤，替天行道。

倪宗正和王贵路过，倪宗道："那不是老大吗？"

王贵望去，只见一个身背长剑、大侠模样的人上桥抱拳道："敢问少侠怎么称呼？"

王守仁脱口道："我叫王——"

忽觉自己的名字不够霸气，环顾四周，瞥见一个"阳春面"的店招、一块"明月楼"的牌匾，于是脱口而出道："在下王阳明，阁下有何见教？"

"大侠"取下佩剑，却不出鞘，道："看你不顺眼，想切磋切磋。"

"好啊，亮剑吧！"

"我比你大，再拔剑出鞘，对你的棍，岂不让人笑话？"

"无所谓！"

一棍劈出，"大侠"格挡，两人打了起来。不到三个回合，"大侠"便扛不住了，脸上挨了好几棍，恼羞成怒地抽出了剑，引来一片嘘声。

"大侠"愈发恼怒，乱了章法，终被王守仁打得落荒而逃。

众人鼓掌，王守仁在人群中发现了惶恐的胡世宁。四目相对，胡世宁心虚地移开目光，悄悄离去。

王守仁高声道："父老乡亲们！罪恶必须被惩罚，否则它将继续作恶；正义必须被张扬，否则它将被活埋。你们有什么冤屈，都说出来吧！"

远处传来一阵喧闹，众人望去，只见赌坊外三个赌棍正在群殴一个老人，一女孩儿边劝架边哭喊。

王守仁奔了过去，发现女孩儿竟是云锦，赶忙制止道："住手！"

赌棍甲嚣张道："少管闲事！"

王守仁一字一顿道："我让你住手！"

赌棍甲挑衅道："想逞英雄？来啊，动大爷一根头发试试！"

王守仁动手，把三个赌棍打得屁滚尿流。

赌棍甲带着哭腔道："真是没天理了！愿赌服输，他欠钱不给，你还打我们！"

王守仁扶起老人，看了看云锦，只见她如行尸走肉一般，两眼无神。

老人道："多谢少侠。不是我不给，只是外甥女病了，钱还得留着给她抓药啊！"

赌棍甲讥讽道："得了吧你，装什么圣人？谁不知道你外甥女的抚恤费都让你赌光了？"

王守仁道："原来你就是云锦的舅公。他说的是真的吗？"

老人羞愧道："再也不敢了，不敢了。"

王守仁掏出几文铜钱，递给他："去买些跌打药吧。"

老人接过钱，灰溜溜地走了，云锦也冷若冰霜地离去。

王守仁冲众赌棍道："还不滚？"

众赌棍如丧家犬，惶惶而逃。

王贵举拳高呼："王阳明！王阳明！王阳明！"

倪宗正也跟着高呼，越来越多的人加入进来，一片山呼海啸之势，王阳明得意非凡。

王阳明声名鹊起，王华却忧从中来。他打算跟儿子谈谈心，于是带阳明去划船钓鱼。

河心的扁舟上，王华从盒子里取出一团鱼饵，固定在鱼钩上。王阳明坐在他身旁，托着下巴望着自己那根小一号的鱼竿发呆。

王华问道："听说你最近在江湖上混得风生水起？"

王阳明随口应道："哦。"

王华奋力将鱼钩甩了出去，悠悠道："儒者患不知兵？呵呵，你所谓的'知兵'就是到处打架吗？"

"哦。"

"给你讲个故事吧。"

"哦。"

王华缓缓道："当年，于谦于少保临刑前被关在诏狱里。一天，一个男孩儿随他父亲到诏狱看望故人。父亲与故人一聊起来就没完没了，男孩儿觉得无趣，闲逛逛到了于谦的牢门前。于谦主动与他攀谈，两人越说越投机。可惜时间有限，男孩儿的父亲来找他了。临别前，于谦告诉男孩儿自己在朝阳门埋了个宝藏。"

王华见浮漂有动静，赶紧拉竿。待拽起鱼钩，发现是空的，只好重新捏鱼饵。

王阳明忍不住道："后来呢？"

"后来就行刑了。那日漫天大雪，于谦站在囚车上，押往崇文门外斩首示众。市民沿街围观，咒骂他是汉奸，只有一个义士从人群中冲出，拦车自刎，高呼'天下冤之'。直到那时，男孩儿才知道他叫于谦。"

"那宝藏呢？"

王华抛掷鱼钩，道："去挖了，挖出一块金牌。他年纪小，哪懂那是皇上御赐的免死铁券？跟父亲回乡后才慢慢搞清楚，后怕起来。一日，男孩儿在街上看见几个陌生面孔，身穿飞鱼服，佩戴绣春刀，似乎在查案。他吓坏了，以为是来抓自己的，赶紧跑到家附近的小山上，把免死金牌藏在一棵老槐树下。"

王阳明兴奋道："飞鱼服？锦衣卫？"

王华点头道："没过几天，锦衣卫便离开了，总算是有惊无险。你可知那男孩儿是谁？"

"谁？"

“你爹我。”

王阳明瞪大了眼睛，随即忍不住大笑起来。

王华沉吟道：“你信也好，不信也罢。我给你讲这个故事是想告诉你，儒有儒道，侠有侠道。你行侠仗义，心是好的，但侠之大者，胸怀天下，像于少保那样，文韬武略，为国为民，留一清白在人间。”

鱼上钩了，王华起身拉竿，钓上来一条肥硕的大鱼。王华大喜，将鱼取下，扔到身边的木桶里。又瞅瞅王阳明的鱼竿，讥笑道：“咦？都快一个时辰了，怎么一点动静也没有？”

“爹，我也讲个故事吧！”

“好啊！”

“南朝的宋文帝到天泉池钓鱼，一无所获，尚书仆射王彧说，因为垂钓者清，所以得不到贪饵的鱼。”

王华一愣，反应过来，笑道：“你呀你，就会饶舌！”

这天上午，王阳明在闹市的书摊前翻看一本《司马法》。摊主忍了他好久，终于不耐烦道：“到底买不买啊，上次那本《尉缭子》都被你翻烂了！”

王阳明撇了撇嘴，放下书，发现赌坊前又有人争吵。只见云锦的舅公拉扯着她，要把她作为赌注押给赌棍甲。王阳明正要上前，被一人拍住肩膀，转身一瞧，却是胡世宁。

胡世宁冷冰冰道：“王守仁，你知道你最让人讨厌的地方是什么吗？”

王阳明不耐烦道：“有话快说，我还有事！”

胡世宁气道：“自以为是的家伙！觉得打抱不平很爽是吧？害云锦的不是别人，正是你！”

王阳明愣住了，孙燧、王贵和倪宗正走了过来，胡世宁露怯。

王贵对王阳明道：“理他做什么，我们走！”

王阳明随三人离去，回头扫了眼云锦。只见赌棍甲不收，恶狠狠地说：“我要这赔钱的病秧子做什么？”

孙燧带王阳明三人来到邻县淳安，替抽不开身的王琼看望病重的致仕大学士商辂。

商府，王阳明看见商辂在榻上恹恹斜靠着一块兽皮描金的圆枕，白眉低垂，形容枯槁，显然时日无多。怪诞的是，他居然一丝不苟地穿着一品官服，端端正正地戴着乌纱帽。

孙燧说明来意后，商辂呻吟了一声便不再言语，气氛有些尴尬。

王贵道：“商大人，您是朝廷的股肱之臣，更是我们这些晚辈高山仰止的楷模。我有好多问题想向您请教！”

商辂只是不停地叹气，一言不发。孙燧冲王贵摇摇头，王阳明若有所思。

离开商府后，四个孩子牵着两匹马穿过淳安的闹市，王阳明慨叹道："商大人连中三元，位极人臣，士林公认'我朝贤佐，商公第一'，怎么一个劲地叹气，看上去憾事连连？你们说说，如果咱们科举登第，仕途得意，甚至入阁拜相，临终时会不会叹气？"

四人都不说话。

孙燧打破沉默："恐怕也免不了。"

王阳明目光炯炯道："既如此，我辈须寻个不叹气的事做。"

王贵思忖道："不叹气的事？我知道了！像沈万三那样，富可敌国！"

倪宗正高声道："再富有什么用？朱元璋一句话，他差点掉脑袋。要我看，还是当诗人好，敢凭诗酒论湖山！"

孙燧摇头道："诗人？你写到胡子都白了，也写不过李杜苏辛！男儿何不带吴钩，收取关山五十州？要当就当岳武穆，驰骋沙场，建功立业！"

一个算命先生注意到四人，跟了上来。

孙燧问道："王阳明，你想当什么人？"

王阳明思虑片刻，道："文武全才的圣人。"

三个孩子齐声道："圣人？"

算命先生闪了出来，念念有词道："天灵灵，地灵灵，太上老君没我灵。来一卦？"

孙燧鄙夷急走，王贵和倪宗正也加快了脚步，没想到王阳明驻足道："好啊！你看我成不成得了圣人？"

算命先生仔细端详片刻，又闭眼掐指一算，忽然睁眼道："你记住我的话。当你的胡子长到衣领时，就入了圣境；长到心窝时，就结了圣胎；长到肚脐眼时，就圣果圆满了。"

王阳明一愣，哈哈大笑，给了他一块碎银子，翻身上马，绝尘而去。

王贵喊道："嘿，等等我啊！"

孙燧和倪宗正也跳上马，追了上去。

算命先生意味深长地看着王阳明的背影……

紫禁城的上空，乌云蔽月。

乾清宫的暖阁无比凄冷，李荣犹豫不决地走到龙床前，对着帷幔轻唤道："皇上。"

过了良久，里面才传来朱见深疲惫的声音："什么事？"

李荣拿捏措辞。

朱见深见状道："有什么事，你直说吧。"

李荣柔声道："万贵妃她，她玉殒了。"

半晌无言，李荣紧张地盯着地面。

帷幔突然被拨开，朱见深探出脑袋，道："你说什么？！"

李荣的声音愈发低了："万贵妃，殁了。"

朱见深愣住，嘴角抽搐。

史载万贵妃死后，朱见深对左右凄凉道："贵妃一去，朕亦不久于人世了！"他亲自主持万贞儿的葬礼，一如皇后之例，并辍朝七日。几个月后，郁郁寡欢的朱见深果然也得了重病，追随爱妃于地下。

太子朱祐樘即皇帝位，改元"弘治"。

奉天殿，登基大典。

弘治一步步迈向龙椅，也迈向权力的顶峰。

万安忐忑不安。

李荣高声道："兴——"

百官行三拜九叩的大礼。

李荣再道："礼成！"

百官起身。

弘治沉稳道："朕今日御极，决心继承皇考遗志，以仁孝治国。即日起，大赦天下，为期十日。"

群臣齐呼："皇上圣明！"

弘治给李荣使眼色，李荣将御案上的匣子拿到万安跟前交给他，道："皇上口谕，这岂是大臣所为？"

百官全部望向万安，只见他哆哆嗦嗦打开匣子，一本署有"臣安进"字样的书出现在眼前。

万安翻开一看，见是春宫图，当场晕倒在地。

李荣朗声道："宣旨——内阁首辅万安，年迈多病，允其致仕；东厂提督汪直，念其眷顾先帝，改任茂陵司香。刘健迁内阁大学士兼吏部尚书，李东阳迁礼部尚书，谢迁迁礼部侍郎兼翰林院掌院学士。钦此！"

李荣的声音还在空中回响，钱能已背着包袱，孤身一人走出城门。他回望了京城一眼，叹息离去。

道旁有一茶铺，钱能找了个位子坐下，道："小二，点菜。"

老板指着一个人的背影，道："那位客人帮您点好啦！"

钱能诧异。

小二来来回回，很快摆满一桌丰盛的菜肴。"背影"起身走了过来，并不坐下。钱能定睛一看，原来是刘瑾。

刘瑾躬身道："钱总管。"

钱能端起架子："已经没有钱总管了。"说着一声不吭地吃将起来，不再理他。

刘瑾殷勤地斟茶倒水，耐心伺候。钱能酒足饭饱，心满意足地将杯中酒一饮而尽。

钱能道："结账！"

刘瑾抢先把银子塞给老板，示意他走开，然后拿出一包银子，道：“干爹，儿子这些年一直没机会孝敬您老人家——”

钱能冷笑打断：“好了好了，我知道你为什么来。”

刘瑾赶紧跪下：“儿子来给干爹送行！”

钱能叹了口气，道：“起来吧！这几年没少打你。”

刘瑾起身。

钱能瞥了眼那包银子，道：“有诚意就都拿出来吧。”

刘瑾一愣，赶紧摸遍全身，把所有的银子都摆到桌上。钱能一笑，以手蘸茶，写了个“照”字，道：“路，我指给你了。剩下的，就看你自个儿的造化了。”

说完，拿起银子扬长而去。

刘瑾喃喃自语：“照？朱厚照？”忽然，他兴奋不已，冲钱能的背影不停地鞠躬：“谢谢干爹，谢谢干爹！”

第八章　大家风范

常言道：三十年河东，三十年河西。

不用三十年，仅仅三年光景，王家就发生了翻天覆地的变化。而这一切，都源于王华考中了状元。

王氓坐在自家书房的太师椅上，双目紧闭，似乎正在进行剧烈的思想斗争。

屋子中间摆着一张凳子，正上方的房梁上系着一根绳子。王氓蓦地睁开眼睛，冲过去跳上凳子，把脖子伸进绳套，果断地踢了凳子。

王氓的妻子端茶过来，忽闻“哎哟”一声惨叫，赶紧推开了房门。只见王氓摔倒在地，痛苦不堪，绳套已解开，耷拉在房梁上。

王氓妻毫无同情之色，刺激他道：“你要真不想活了，倒是系个死结呀。要不我帮你？”

王氓吼道：“出去！”

王氓妻冷哼一声道：“死要面子活受罪！你就低一回头，大不了把族长的位子还给他，我就不信那王伦还能吃了你？”

王氓道：“你以为是还钱呢？他被我压了这么多年，孙子差点因我而死。现在王华中了状元，入朝为官，岂能善罢甘休？我算是看明白了，他就是不接手，就是要看着我四面楚歌，骑虎难下。”

王氓妻讥讽道：“外加寻死觅活？”

王氓丧气道：“死了倒好，省得连累你跟儿子。”

王氓妻神秘道：“我有个主意，你听不听？”

王氓心中一动道：“什么主意？”

王家大门口，鞭炮齐鸣，舞狮队正在卖力地表演。

花厅里坐满了人，站满了人，院子里面挤满了人，王伦乐不可支地接受四方道贺。

钱希宠抹了把泪，道：“没想到老朽有生之年还能躬逢这样的盛事，当真是死而无憾了。”

“犬子有今日，端赖先生栽培有方。请受老夫一拜！”王伦起身鞠躬，钱希宠赶紧搀扶，惶恐道：“使不得，使不得！”

王喜扯着嗓门的声音传来：“浙江按察使蒙大人赠礼——”

族人乙赞叹道：“王华夺魁，也是意料中事。想当年薛文清公路过咱们余姚，在中天阁跟王华聊了一整天，出来便对人说，昔闻‘五经笥’，今乃见之。薛瑄多大的学问，能得他如此称赞，岂是常人？”

王伦微微一笑，并不接话。

“浙江布政使宁大人赠礼——”

族人甲绘声绘色道：“我是看着王华长大的。有一年开春，孩子们都出去玩耍，唯独他大门不出二门不迈，安心读书。岑夫人问他‘大家都在踏青迎春，你也去看看吧’。你们道他怎么回答？”

他故意卖了个关子，见吸引了所有来宾的注意，方才续道：“呵呵！他说，观春何若观书？”

众人点头称许。

“浙江巡抚梅大人赠礼——”

来宾早已见惯不惊，兀自说着王华的奇闻逸事。忽然，人群一阵骚动，向两边分开一条道。王伦正感诧异，只见王氓赤裸上身、背负荆条，将一把剑举过头顶，膝行而入，族人甲与族人乙对视了一眼。

族人乙小声道：“那是卧冰剑吗？”

族人甲点头道：“没错，见卧冰剑如见祖先。”

王伦不悦道：“族长，您这是唱的哪出啊？”

王氓大声道：“王家祖训，凡我子孙，不孝不悌，至于极者，当以卧冰剑斩之。我王氓听信谣言，这些年多有不敬，陷老哥于险境。今日视之，追悔莫及。特来请罪，听候发落！”

王伦漠然道：“哼！你快起来吧，我受不起！”

“王氓愧怍交加，只求一死。请老哥行使家法！”

王伦看着王氓，忽然站了起来，走到他跟前，接过卧冰剑，仔细端详。四周鸦雀无声，所有人都屏息凝视。

王伦蓦地劈出，王氓闭上眼睛，众人惊呼。

只见一缕头发落地，王伦收起了剑，道：“我族奉王羲之为始祖。再往前数，还有王祥、王览兄弟。王览处处回护其兄，王祥更是为了让继母吃到鲜鱼，不惜卧冰求鲤。祖宗传下这把卧冰剑，不是要我等杀人，而是告诫后世子孙，兄友弟恭，父慈子孝。”

众人点头称是。

王氓低头道：“老哥说得在理。王氓干了不少糊涂事，已难堪族长大任。今日来，一是想与您冰释前嫌，二是请老哥重新执掌我族，光大余姚王氏。”

王伦拒绝道：“老夫即将带孙子入京，恐难当此重任。”

族人乙道：“可以遥领嘛！”

族人甲道："此事非你莫属，责无旁贷。"

王氓亦道："老哥若不答应，王氓便长跪不起。"

王伦环视众人，沉思良久，方道："也罢，老夫便晚两日动身。王喜！"

王喜入内。

王伦道："把守仁叫过来。"

"老爷，小少爷一大早就出去了。"

"哦？去哪啦？"

龙泉山祭忠台，王琼携孙燧、王阳明抚今追昔。

王琼语重心长道："守仁，这座祭忠台祭的是正统年间被宦官王振害死的朝廷忠良。此去京城，天宽地阔，乱花迷人，你只要记住'忠孝'二字，做人上便能大节不亏。"

王阳明发问道："忠孝？可为什么那么多忠臣，最后都饮恨而终，只留下一个虚名？"

王琼摇头道："留下的不是虚名，是气节。泱泱华夏，最重气节。秦桧的字写得极好，但没有流传，因为无人愿意收藏奸臣的笔迹；文天祥居官时，南宋已回天乏术。他并无多少作为，但一句'人生自古谁无死，留取丹心照汗青'却传诵百代。"

王阳明俯瞰余姚，心事浩渺，王琼将一本《吴子兵法》交给他，道："去吧，天高任鸟飞。"

孙燧也将一枚刻着"象"字的玉棋交给王阳明。

王阳明冲他笑了笑。

当晚，岑氏一边帮王伦收拾行李一边道："这两天家里的门槛都快被踏平了。"

王伦冷笑道："王氓厉害啊，将了我一军。以后有一万双眼睛盯着我看，看我会不会挟私报复。"

岑氏提醒道："你还是想想到时候怎么走吧！小心被送行的给困死在余姚。"

"那只好半夜走喽！"

隔壁屋，肚子微微隆起的郑青莲坐在床上叠衣服。她瞥了一眼正在翻看《吴子兵法》的王阳明，道："守仁，娘再给你生个弟弟，好不好？"

王阳明偏着脑袋道："不要！"

"为什么？"

"弟弟太调皮了，我怕忍不住打他。还是妹妹好。"

郑青莲笑道："弟弟也好，妹妹也罢，跟你一样，都是我的心头肉。你知道我生你的时候有多难吗？"

王阳明认真翻书："知道。"

郑青莲正色道："你不知道。"

王阳明抬头，吐了吐舌头。

"那一年余姚大旱，你在我肚子里不想出来，你爹想尽了办法也没辙，流言慢慢便传开了，说娘怀了你，招来了天灾，要把咱娘儿俩推到火坑里去……"

郑青莲落泪，王阳明上前替她擦拭。

"那段日子真难熬，熬不下去的时候娘就想你。想你的眼睛、鼻子和嘴，一想就挺过来了。"说着擦了把泪，笑道："唉，没想到一转眼你都这么大了。京城天凉，千万别再穿着单衣到处乱跑了。"

王阳明扑到郑青莲怀里，撒娇道："娘，你也要多保重啊！"

郑青莲抚摸儿子脑袋，道："好。"

明制考中状元者，立即授予从六品的翰林修撰一职，掌修国史。

这天，王华到翰林院报到，老远便听见掌院学士谢迁在训斥一个官员。待进入屋子，只见同僚围观，噤若寒蝉。

谢迁大声道："崔大人，皇上仁慈，冬夜觉得天冷，便问左右'现在还有外出办事，尚在回家路上的臣工吗'，左右说有。皇上感慨道'天又黑又冷，那些廉洁清贫的官员归途中若无灯火照明，何其不便'，乃下旨规定今后京官夜归，无论官职高低，一律由巡逻京军执灯护送。"

两个官员交头接耳。

官员甲小声道："呵呵，非要当《宪宗实录》的总裁，这会估计肠子都悔青了。"

官员乙低声道："是啊，有那么好修的吗？这都训了快半个时辰了。"

谢迁续道："皇上勤政，打算除早朝、晚朝外，每日于平台召见阁臣和六部九卿的堂官两次。"

崔姓官员胆怯道："掌院，下官斗胆插一句，其实……其实实录已经修好了。"

众人皆惊，谢迁更惊。

崔姓官员转身打开一个匣子，从中抱出一大摞册子交给谢迁。

谢迁翻看，展露笑容道："怎么不早说？"

崔姓官员小声道："杨廷和执笔的，不到一个月便写完了。我拿不准，打算再改改。"

谢迁道："原来是他啊……这样的文字，恐怕不是你我所能删改的。"

众皆不语，谢迁一抬头，看见王华。

王华拱手道："修撰王华，前来报到。"

谢迁亲切道："德辉？来之前也不跟我说一声！"

王华笑道："跟掌院说了，焉能一睹今日之风采？"

谢迁不解道："风采？"

王华笑道："李公谋，刘公断，谢公尤侃侃。"

谢迁咂摸道：“李公谋，刘公断，谢公尤侃侃？”

众官员窃笑，崔姓官员道：“此乃坊间戏言，说的是当朝的李东阳、刘健和您三位大人。李大人善于谋划，刘大人长于决断，而您……”

谢迁道：“我怎么样？”

王华道：“舌灿莲花。”

谢迁一愣，哈哈大笑，众官员都放松下来。

“走，去里面！”

王华随谢迁进到书房，看他坐下，站着不动。

谢迁指着椅子道：“咱俩不用拘着，快坐快坐！”

王华落座。

谢迁笑道：“你来得正好。明君在上，朝野气象一新哪。”

王华点头道：“坊间都说今上纳谏如流，敬贤礼士。”

“不错。就是年轻了点，容易冲动。前日竟想御驾亲征，扫平漠北，遭到几位阁老的反对。于是私下征询李东阳，说‘太宗频出塞，今何不可？’李大人机智应对，说‘陛下神武固不亚于太宗，但将士们却远不及当年，故还是以守为攻得好’。”

“朝廷刀枪入库几十年，李大人婉言规劝，说的却是实情啊！”

谢迁点头，话锋一转：“你总算熬出来了，什么时候把弟妹和孩子接到北京享享福啊？”

王华接着话头道：“正想请教。我家那个小祖宗顽劣异常，京城可有什么管束严格的学堂？”

“管束严格？那非国子监祭酒丘浚主持的慎独书院莫属。”

“丘大师是理学泰斗，名满天下，恐怕未必肯收犬子。”

“这倒不假。当年万安炙手可热，想把侄子送到慎独书院读书，结果丘浚愣是不买账，还把游说之人劈头盖脸地骂跑了。这老头儿脾气很怪，看不上的人，任你权势熏天，金山银山，他瞧都不瞧；看上的人，分文不取，也要收为弟子。”

王华思忖道：“这样啊……”

“其实，翰林院倒是有个人能跟他说得上话。”

“哦，什么人？”

“杨廷和，侍讲学士，丘浚的忘年之交。不过此人恃才傲物，不提也罢！”

王伦船过镇江，上岸透气。

王喜欢喜道：“老爷英明！天不亮就启程，果然走得清静。”

“呵呵。走，去金山寺转转。”王伦携阳明来到金山寺，发现空无一人，大感讶异。

穿过大雄宝殿，王喜刚刚迈出后门，便一个踉跄坐到了地上，惊呼道：“我的妈呀！”

王伦跨过门槛，发现黑压压一院子人，个个手捧贺礼，为首的是张孟宁、族人甲和族人乙。

张孟宁大声道："此去京城，路途遥远，我等特意包下金山寺，为竹轩翁饯行！"

众人齐声道："为竹轩翁饯行。"

王伦尴尬道："好好好，谢谢大家。"

王阳明冲张孟宁微笑，张孟宁不解其意，假笑了一番。

当晚，众人无视佛门清规，于院中欢饮。

附近的酒铺里，伙计将一坛酒装进竹篓，交给王阳明。他提着竹篓，回到寺庙，躲在佛像旁，把一包巴豆倒进酒坛。封好后，抱着摇了摇，拎起往后院走去。

露天的筵席热闹非凡，王伦被灌得晕晕乎乎。酒坛很沉，王阳明晃晃悠悠走来，被一个衣着暴露的美女瞧见。

美女笑道："哟，怎么能让小神童干力气活？快来个人搭把手哇！"

说完轻佻地摸了摸王阳明的脸。王阳明脸红，把脑袋扭到一边。

美女调笑道："呵呵，还害羞了！"

张孟宁瞥见王阳明，端着酒碗起身，朗声道："诸位！在下忝为人师，无以教神童，今日趁给竹轩翁送行，敬王守仁一杯！"

言讫，一饮而尽。

王伦赶忙道："小孩子，小孩子，张先生客气了！"

王阳明跑过来，打开酒坛给张孟宁等人斟满，恭敬道："这是镇江的百花酒，孝敬各位叔叔伯伯、爷爷奶奶。"

族人甲激赏道："守仁资质非凡，金榜题名也是早晚的事！"

族人乙提议道："可惜以后见面的机会就少了，大家想不想再考考神童啊？"

众人起哄。

张孟宁指着不远处的金山，道："以此破题，如何？"

王阳明想了想，道："好！如果我三步之内作成，大家就各罚三碗，怎么样？"

张孟宁击掌道："一言为定！"

王阳明思虑片刻，跨出第一步，道："金山一点大如拳，打破维扬水底天。"

众人叫好。

王阳明又迈出两步，道："醉倚妙高台上月，玉萧吹彻洞龙眠。"

鸦雀无声，张孟宁首先鼓掌，掌声顿时四起。

张孟宁豪爽道："喝！"

众人大口喝酒，王阳明狡黠一笑……

月落乌啼，满地狼藉。

张孟宁已然喝高，却还要来敬王伦。忽然，他眉头紧锁，表情狰狞，捂着肚子瘫坐下来。像是被传染一般，众人陆续起了反应，哼哼唧唧地呻吟开来。

张孟宁走到王伦身边，忍痛行了一个几乎变形的礼，道："鄙人身体不适，先行告退，竹轩翁请慢用。”

王伦已醉，含混地点了点头。张孟宁忙不迭地跑了。

族人乙扶着族人甲走来，躬身道：“肚中翻江倒海，还望族长恕罪。”

二人离去，众宾客纷纷散去。王伦大惑不解，滴酒未沾的王喜走到王阳明近前，道：“小少爷，又是你搞的鬼吧？”

王阳明笑道：“此时不走，更待何时？”

王喜点头道：“好，我去扶老爷。”

闲言免叙，几日后，王伦爷孙在京城东便门码头下船。

王阳明抬头望去，目之所及，尽是鳞次栉比的房屋和高低错落的牌楼，远处的紫禁城若隐若现，不禁发出“哇”的惊呼。

一辆崭新的马车拉着爷孙俩和王喜进入闹市。此起彼伏的吆喝声吸引了王阳明，他掀开帘子，东张西望，只见吹糖人的、顶宝塔碗的、打糖锣的和焊水烟袋的，各种从未见过的新鲜事儿直看得他目不暇接。

马车停了下来，车夫报告说：“前面堵得水泄不通，只能等等了。”王伦点头，一转身却不见了王阳明。

原来，早已按捺不住的王阳明趁王喜不备，偷偷跳下车，看热闹去了。

人群中，王阳明钻来钻去，被挤变了形。随着一阵“来了、来了”的骚动声，人流向前涌动。

王阳明什么也看不到，只好问身边的大个子道：“大叔，你们在看什么？”

大叔讶异道：“这你都不知道？国子监祭酒丘浚一年一度的公开讲会！”

身边一个女子一脸花痴状，尖声道：“没想到丘大师这么俊！唉，可惜了。”

王阳明不解道：“可惜什么？”

女子耐心解释：“丘大师不但博古通今，还是道德楷模。夫人去世后，不再续弦纳妾，每年亡妻的忌日都斋戒七日，传为美谈。”

王阳明又奋力往前挤了挤，终于扒拉出一条人缝，看清了“丘浚”的“真容”。只见他峨冠博带，气度非凡，一时间竟看呆了。

在王华斥资买的一所小宅子里安顿下来后，王阳明打听到慎独书院就在国子监边上，于是往观。

但见大门异常雄伟，官员士子，进进出出。

王阳明坐在对面的茶铺里，目不转睛地观察。直到夕阳西下，也没见着丘浚。正失望间，六个少年从国子监走出，到茶铺落座，却是后来被誉为明代文学史“前七子”之中的李梦阳、何景明、王九思、王廷相、康海和边贡。

王九思赞道：“百闻不如一见。丘大师果然光风霁月，气象万千。”

王阳明竖起了耳朵。

王廷相点头道：“纯粹如金，温润如玉。”

何景明摇头道："这只是表面。当年万安把持朝政，丘浚大白天打着灯笼走路。旁人不解，拦住他问，他说'天昏地暗，豺狼当道，不掌灯何以行路？'所以，纯粹归纯粹，却未必温润。"

康海哈哈一笑道："还有更奇的呢。丘浚的大弟子戴铣写了本新书，交给他指正。丘浚看也不看，斥责说'你拿书给我干什么？你应该看我的书！就算不看我的，也应该看圣贤书。你的狗屁东西算什么'。"

群孩哄笑。

边贡道："听说这个戴铣是个倒霉鬼。有一回去丘浚家吃饭，一口气吃了三十个饺子，痛苦不堪。见碗里还剩两个，怕丘浚不高兴，勉为其难硬吞了一个，却再也吃不动了。丘浚不乐意，猛拍桌子，大喝道'这点东西都吃不了，还谈什么做学问、图事功？'戴铣一害怕，赶紧把最后一个饺子吃了。"

康海补充道："这也不奇，谁叫丘浚本人便食量惊人呢？据说他一顿能吃五个鸡蛋和一整只鸭，还谨遵孔夫子'割不正不食'之教，肉块切得不规整绝对不吃。有一次，他借住在朋友家，吃饭时盘里的甲鱼肉只剩下一块，被他与友人的筷子同时夹住。丘浚毫不客气地抢了肉，说'我负有传道之责，不可不吃'。过了几天，丘浚告别友人，逗他四岁的小儿子，问'喜不喜欢我住你家'，小孩儿说'不喜欢'。又问为什么，说'你把我家的好东西都吃光了'。"

群孩大笑，唯独坐在当中的李梦阳闷闷不乐，起身离开，碰倒了王阳明的茶碗也未道歉。

边贡小声道："李梦阳怎么了，一言不发？"

何景明低声道："他想进慎独书院读书，结果没成。"

边贡惊道："想不到李梦阳也会失手，那我们几个岂不是更没戏了？"

何景明沉吟道："未必。丘浚眼光独特，论人并不唯才。"

听了何景明等人的话，王阳明愈发心动，于是轮到王华发愁了。

这天，王伦路过花厅，见他长吁短叹，忍不住进去道："再找找人，我就不信一点办法都没有。"

王华郁闷道："不是找人的事！我试试明经书院和鹿鸣书院吧，据说也不错。"

王阳明冲了进来，大声道："除了慎独书院，我哪也不去！"

王华火冒三丈："你以为你是谁？皇亲国戚吗？连《近思录》都背不下来，人家凭什么要你？"

王阳明赌气道："谁说我背不下来？哼！"气呼呼地离开。

从此，王阳明跟《近思录》杠上了，手不释卷。吃饭时背《近思录》，出恭时背《近思录》。睡觉时，《近思录》就摊开盖在脸上。王华看在眼里，五味杂陈。

终于有一天，王阳明把《近思录》翻开交给王华，立定开背："濂溪先生曰，无极而太极……”

王华“啪”地合上书，王阳明诧异。

“跟我出去转转吧。”

“去哪？”

“打猎。”

王阳明眼前一亮。

马车经过闹市。

车上，王华闭目养神。王阳明背着张弓，倚窗张望。忽然，一个熟悉的身影经过，竟是“丘浚”。王阳明立刻让车夫停车，跳了下去。

王华睁眼道：“你去哪儿？”

“去去就回！”王阳明一路跟踪，发现“丘浚”站在一个书摊前看书，于是鼓足勇气，走了过去。突然，人声鼎沸，惊呼连连。王阳明转身望去，只见一辆没有车夫控制的马车疯狂地冲撞过来，路人纷纷避让。

“丘浚”放下书，但见一男两女三个孩童瘫坐在地号啕大哭，眼看就要死于马蹄之下。再一张望，孩童侧面不远处是一个酒行的伙计，正使劲将一辆装满酒坛的推车推出泥泞。

“丘浚”抓起手边的砚台，照准马头扔了过去。马被砸中，嘶鸣了一声，朝酒行伙计奔去。

伙计的同伴大惊，劝他放弃推车，逃命要紧。

王阳明摆好蹲姿，张弓搭箭，对准马车的车轮射去。两箭射出，均被车轮折断，只好瞄准马腿射箭，总算将之逼停，马车侧翻。

儿童的家长闻讯赶来，将之抱走。酒行伙计则与其同伴怒气冲冲地走来，将“丘浚”围住。

酒行伙计怒道：“你想害死老子吗？”

“丘浚”拱手道：“权宜之计，幸勿见怪。”

酒行伙计举拳道：“我揍你一顿，也说是权宜之计，怎么样？”

围观的人越来越多，不知谁说了一句“那不是丘大师吗”。

酒行伙计一愣，惊道：“丘大师？”

书摊老板笑道：“嘿嘿，国子监祭酒丘浚，你也敢打？”

酒行伙计认怂，愤愤不平地离去。

王华跑来，大呼：“王守仁！”

众人转头望去，“丘浚”趁机溜走。王阳明赶紧跟了上去，众人反应过来，高喊“丘大师，别走啊”，纷纷去追。

“丘浚”疾走，逃到一处僻巷，没想到王阳明从对面闪了出来。

王阳明下跪道：“丘先生，请收我为徒。”

“丘浚”一愣，道：“我不是丘浚。”

王阳明奇怪道：“那你是？”

“丘浚”反问道：“你是何人？”

王阳明如实相告：“翰林院修撰王华之子王阳明。”

“哦？王华……”思忖片刻，道：“三日后你直接去慎独书院应考吧！”

言毕，转身离去。

王阳明惊喜交加，随即反应过来：“谢谢！敢问先生名讳？”

“丘浚”头也不回地道：“杨廷和。”

当晚，王华听王阳明转述此事，简直不敢相信自己的耳朵。

三日后，王阳明起了个大早，对镜整理衣冠，并作揖道：“末学王守仁，拜见丘先生。”

说着，跪下来叩首。想了想觉得不对，起身。

这回先跪下来叩首，再说“末学王守仁，拜见丘先生”。

王华敲门，催促道：“都什么时辰了，还不走？”

王阳明慌乱出门。

慎独书院。

书童将王华父子引入院中，但见古木参天，殿宇恢宏。

书童施礼道：“二位在此稍候。”

王华还礼道：“好，有劳。”

书童离去，王阳明好奇环顾。只见门廊上贴有“入门但凭真才，说者免开尊口”的对联，从大厅出来之人不乏身着二、三品官服的，却一个个面色凝重，似乎吃了闭门羹。王华与王阳明愈发紧张起来。

銮铃响过，书童出，对王华道：“请随我来。”

王华帮王阳明整理了一遍衣冠，跟书童进到空旷的大厅。书童关门，声如洪钟。

眼前是两排双人合抱的红漆大柱。极目远眺，只见丘浚坐在彼端的蒲团之上，身前是两座香烟缭绕的铜炉。隐约可见其双目闭合，法相庄严。

王华叩拜道：“末学翰林修撰王华，拜见丘先生。”

王阳明也扑通一声跪倒在地，不敢直视。

良久，对面才传来一个威严的声音：“你是成化十七年的状元？”

王华毕恭毕敬道：“是！”

丘浚道：“老夫听说王状元是浙江人。浙江好啊，出了个于谦。”

王华谨慎道：“于少保忠君爱国，丘先生学贯古今，皆为我辈之楷模。”

丘浚忽道：“孩子，你怎么看？”

王阳明愣了愣，鼓起勇气道：“于少保忠的不是君，是社稷。否则，英宗被瓦刺人俘虏后还打什么北京保卫战？举国投降便是了。”

王华心惊肉跳。

丘浚有些不快：“这么说，不该忠君了？”

王阳明道：“不该愚忠。当年，宋恭帝作了蒙古人的俘虏，公开劝说文天祥投降蒙元。文丞相拒不从命，敌将问他‘你不听你们皇帝的话，自己另立一个皇帝，还敢说自己是忠臣？’文丞相说‘我的皇帝已经作了俘虏，社稷为重君为轻，我另立皇帝为的是江山社稷’。”

“照你的说法，‘事君以忠’可有可无了？”

“守仁不才，但记得《论语》有言，‘为人谋而不忠乎’，可见‘忠’的本意是替人办事，尽心竭力。孔子认为，君使臣以礼，臣事君以忠。尽忠死节不是无条件的，否则乐毅也不会出走燕国，并在《报燕惠王书》中埋怨燕王听信谗言，不仁不义。再比如孟子所言，君之视臣如手足，则臣视君如腹心；君之视臣如土芥，则臣视君如寇仇——”

王华小声打断道：“住嘴！”

王阳明不理会：“总之，守仁以为，一个人忠不忠不能只看他在人前说了什么或做了什么，霍光、王莽即是前车之鉴。”

丘浚道：“嗯，倒不是个死读书的。说吧，来慎独书院想学什么？”

王阳明叩首道：“学心性之学。当今之世，道德沦丧，法度凌夷，皆因道学不兴，物欲横流，人人欲改造世界，无人愿改变自身。长此以往，上下交征利，伪学遍地起，风雨如晦，邪说纷呈，不复有尧舜之世。”

丘浚微微点头：“言人之所言，很容易；言人之所欲言，也不难；言人之所不敢言，就没有几个人能做到了。王守仁，你敢吗？”

王阳明昂首道：“敢！居天下之广居，立天下之正位，行天下之大道。得志，与民由之。不得志，独行其道。”

“唔……”丘浚沉默片刻，道：“你且下去吧。”

王华的额上涔出了汗。

回到家，王华快步走入，愁眉不展。王阳明紧随其后。

王华蓦地转身，作势欲打，道：“你……”

王伦从屋里出来，见状道：“怎么回事？情况如何？”

王华把手缓缓放下，叹了口气道：“不知道。”

王伦忧从中来。

一眨眼十天过去了，书院没有任何消息。这日清早，王华路过王阳明的房间，发现儿子正坐在窗边发呆，摇头离去。

步入花厅，只见王伦给他的古琴调好了音，默不作声地出去。

王伦抱着琴在院子里的石桌旁坐下，弹奏《落雁平沙》。一曲抚毕，王喜引一书童入，道："老爷，这位是丘大师的书童一页书。"

一页书道："见过王老爷。"

王伦一惊起身，做了个邀请的手势："快请，快请！"

"不了，我就是过来传个话。丘先生请王守仁明日到慎独书院报到。"

王伦愣了愣，道："哦，好，好好好！"

一页书转身离去，王伦向屋里冲去……

丘浚收王阳明为徒，在喝拜师茶时告诫他说："做学问，绝不能甘居下游，而要像在战场上拼杀一样，义无反顾。功名利禄不能坠其志，妻子儿女不能动其心。"

王阳明小鸡啄米般连连点头，结果当天就吃了个下马威。

那是他入学后的第一堂课，王阳明惊讶地发现除了他和另外两名新生，其他弟子均坐在远离丘浚位置的蒲团上。

不一会儿，丘浚走了进来，大弟子戴铣替他端着壶茶，拿着一根两尺来长的竹制旱烟袋。丘浚入坐，对着壶嘴啜了口茶，猛吸一口烟，缓缓道："前人讲过的，我不讲；今人讲过的，我不讲。但有一句，不可不讲。"

王阳明聚精会神。

丘浚起身道："人心惟危，道心惟微。惟精惟一，允执厥中。这句《尚书》里的治国十六字心传，说的是人心难易其诡——"他走到一名新生旁边，用力在他肩上一拍。新生惊呼，老生们纷纷窃笑。王阳明终于明白为什么他们躲得老远。丘浚续道："道心难得其真——"又走到另一名新生旁边，将其拍得龇牙咧嘴。

"求真总须精纯专一，治世贵在守中固善。"丘浚踱到王阳明身后，拍他脑袋。王阳明头晕目眩，丘浚坦然落座，道："王守仁有何高见？"

王阳明一愣，起身道："弟子愚钝，听说这句话是尧舜禅让的传位心法。不过，古人云'尽信《书》不如无《书》'，依守仁陋见，此句不像是从上古流传下来，倒像是后人杜撰混入《尚书》的。"

丘浚一言不发，众生则等着看好戏。

丘浚忽道："你过来。"

王阳明走了过去。

"伸手。"

王阳明伸出手掌。

丘浚从桌下拿出一把戒尺，狠命抽打。

"混账，难道我错了？"

王阳明道："《尚书》有误。"

丘浚怒道："你是个什么东西，竟敢臧否经典？去，把《尚书》顶在脑袋上，跪到院子里思过！"

王阳明依言而去。

“要是书掉下来，你就打道回府吧！”

…………

下学了，学生们鱼贯而出，见王阳明满头大汗地跪在院子中央，头顶《尚书》，纷纷停止了嬉闹，侧过脸去。

丘濬路过王阳明身边时停下道：“服不服？”

王阳明大声道：“不服！”

丘濬离开。

一宿过去，清晨的第一缕光洒向书院。大门开启，学生们欢快地涌入，发现王阳明已早早地跪在原地。

丘濬路过，再次停下道：“服不服？”

“不服！”

…………

太阳瞪着独眼，火辣辣地灼烧着大地。王阳明汗流浃背，意识模糊。蒙眬中，他看见一人走入，不断朝自己这边打望，依稀可辨是杨廷和。

又过了不知多久，王阳明虚脱得快要倒下，就在眼前一黑的瞬间，忽然传来戴铣的声音：“师父让你去他房间。”

拖着灌了铅一般的脚，王阳明来到丘濬屋外。犹豫片刻，敲了三下门。

房间里传出丘濬的声音：“请进。”

王阳明推门而入，透过一面纱质的屏风，隐约可见丘濬赤身坐在一口大澡盆里沐浴，不禁面红耳赤。

丘濬不以为意道：“坐吧。”

王阳明落座。

丘濬平静道：“待人要在有疑处不疑，但做学问要在不疑处有疑。我像你这么大的时候，比你还狂，作诗张口就是‘举头天外望，无我这般人’。”

王阳明不敢接话。

“知道为什么让你跪吗？”

“非议《尚书》。”

“看来你还没跪明白。学问学问，终归是要学一套不受人惑的方法。多问问自己，少被人牵着鼻子走。你能言人之所不敢言，这一点很好，但我要让你知道，坚持真理有时候要付出巨大的代价。”

王阳明一惊。

“你去藏经阁，进门右手第五列第三排找一本《古文尚书考》，那里面有你想要的答案。”

王阳明依言来到藏经阁，按照丘濬提供的线索，果然找到一本署有丘濬大名的

《古文尚书考》，赶紧翻阅起来，喃喃道：“人心惟危，道心惟微。惟精惟一，允执厥中”系王肃伪作！”

王阳明恍然大悟，放下书跑了回去。

丘浚的房中已空无一人，一页书见王阳明敲不开门，告诉他说：“先生叫你去书房。”

来到书房外，王阳明听见屋里传出人声，手停在了半空。

丘浚念白道：“这三纲五伦，人人皆有，家家都备。只是人在世间，被那物欲牵引，私意遮蔽了，所以为子有不孝的，为臣有不忠的——”

他顿了顿，道：“是王守仁吧？”

王阳明一愣，推门而入，只见丘浚穿着戏服，正在排练一出戏。见王阳明好奇地盯着自己，他回过神来，坐下指着桌上的盘子道：“来，尝尝这‘四而楼’的猪脚。”

王阳明坐下，道：“为什么叫‘四而楼’？”

丘浚道：“有一回钱没带够，又食指大动，老板就说给题个店名吧，分文不取。我便给他写了‘四而楼’三个字。”

王阳明拿起一个猪蹄，道：“这‘四而’有什么讲究吗？”

丘浚笑道：“典故？《三字经》啊！一而十，十而百，百而千，千而万。一本万利！”

王阳明哈哈大笑，丘浚也呵呵直乐。

王阳明道：“师父，您刚才唱的什么戏啊？”

“《五伦全备记》。”

“《五伦全备记》？”

丘浚得意道：“为师新近写的一个杂剧。欲劝化世人，必先打动人心。这方面，经书说上一万句，不如诗词曲赋说一句。”

王阳明默默点头，忽道：“《古文尚书考》看了。弟子班门弄斧，实在是太浅薄了。”

丘浚微微一笑，道：“我给你讲个故事吧。有个年轻人读《尚书》时发现《尧典》中有‘光被四表’四个字，越读越觉得不对劲，凭直觉判断‘光被’二字有误，应为‘横被’。‘横’字在汉代被简写为‘桄’（音同‘光’），所以很有可能是汉人传抄时的讹误。于是，他花了四年时间考证，先是发现班固的《西都赋》里有‘横被六合’一词，又在《汉书·王莽传》中找到‘昔唐尧横被四表’一句，证实了自己的猜想。可惜，因为他不顾一切地考据，导致家贫日甚，妻子病亡。”

丘浚似乎陷入了回忆，叹息道：“人生不满百，常怀千岁忧。清醒未必就好，糊涂也未必就坏。”

说着，啃完了最后一根猪脚，笑道：“不过，你还年轻，喜欢就去做。”丘浚用猪蹄指指王阳明道：“以后我给你开小灶，你吃不吃？”

王阳明赶紧点头：“吃！”

在丘浚的倾囊相授下，王阳明突飞猛进，于顺天府院试中一举中了秀才。放榜之日，人头攒动。王阳明挤进人群，紧张地盯着名单，看了半天才找到自己的名字，兴奋地指给丘浚看。

丘浚站在远处，点头微笑。

与此同时，王华也升任侍读学士，思乡心切的王伦终于放下心来，离京返乡。

这日，听说优贡的名额下来了，一众弟子簇拥着戴铣往丘浚的书房走去。

弟子甲谄媚道："优贡名额，朝廷每三年才给咱们慎独书院一个，此番肯定是大师兄。"

戴铣笑着摆摆手。

另一个叫尹宏的胖弟子道："大师兄成了贡生，就不用参加秋闱了，直接进国子监读书，前程似锦。到时候可不要忘了我们呀！"

戴铣不悦道："什么话？我戴铣是那样的人吗？"

众人走到书房门口，只见一页书推门出来。

戴铣忙道："一页书，师父呢？"

"师父正在午休，让我告诉大家，优贡的人选已经定了。"

戴铣搓手憨笑，尹宏道："谁啊？"

一页书道："王守仁。"

众人惊诧，戴铣的笑容凝固了，一把抓住一页书的衣领，道："你说什么？"

一页书镇静道："我说优贡的人选是王守仁。"

戴铣怒火中烧道："王、守、仁！"

放学后，戴铣带人在一处僻巷围堵了王阳明。

王阳明心虚道："你们……你们要干吗？"

戴铣脸色铁青道："你心里清楚。"

左右接到他的示意，冲了上去。

王阳明假装张望戴铣身后，叫道："师父！"

众人大惊回望，发现空无一人，方知上当。再转身时，王阳明已经逃跑。戴铣追了上去，紧咬不放，将王阳明逼到一个死胡同。

王阳明一边后退一边道："再过来别怪我不客气！"

戴铣冷笑道："你什么时候客气过？上！"

王阳明操起墙边的一把铁铲，使开棍法，把众人打得鼻青脸肿。

戴铣下令道："尹宏，摁住他！"

尹宏肥硕的身体压了过去，王阳明挥铲，打断了他的鼻梁骨。戴铣还没反应过来，自己的门牙也被王阳明敲掉。两人连滚带爬地逃走。

当晚，尹宏的父亲尹直牵着抽泣不止的尹宏到慎独书院讨说法，指着自己的胖儿子道："看看，鼻子都折了。我也不求别的，你把那个王守仁赶走吧，他太危险啦！"

丘浚道："这里面的是非曲直还没弄清楚，老夫恕难从命。"

"丘浚，你铁了心要护着那个兔崽子吗？"

"一页书，送客！"

"你……你给我等着！"

尹直拉着尹宏愤然离去。

翌日，王阳明跪在自家院里，被王华用竹棍狠抽。

"年纪不大，本事不小！你知道那是谁家的孩子吗？"

"右都御史尹直。"

"知道你还打？走，跟我登门谢罪去。"

"我不去。"

王华咆哮道："你敢？"

王阳明不吱声，随王华出门而去。

父子二人穿过闹市，王华拿着竹棍在前面疾走，王阳明在后面磨叽。王华回过头来催他，王阳明察觉到被一大帮打手跟踪。对方隐身在人群里，个个手持凶器，蓄势待发。

王阳明眼珠一转，从王华手中夺过竹棍，发足狂奔。

跟踪之人立刻追了上去。

王华气急败坏道："你给我站住！唉，王家怎么出了你这么个混世魔王！"

经过一番夺命狂奔，王阳明累得气喘吁吁。抬头一看，只见打手从两边合围过来。王阳明扫视四周，发现街旁有家青楼，牌匾上写着"庆园春"，便一头钻了进去。

打手会合，没发现王阳明，朝错误的方向追去。

王阳明找了当中的位子，大大咧咧一坐，老鸨满脸堆笑地迎了上来，道："哟，这位小哥是头一回来吧？想找个什么样的？"

王阳明故作老成道："渴死我了，先来壶茶。"

"好嘞！"

老鸨离去，王阳明瞥见两个大汉正在对一个弹琵琶的女孩动手动脚。女孩脸红耳赤，惊慌失措。定睛一看，竟是云锦。

王阳明自言自语道："是她？"

老鸨劝道："二位爷，这是琴姬，卖艺不卖身。咱去楼上成吗？"

大汉甲回头道："老大！"

王阳明循声望去，只见被唤作老大之人正自斟自饮。他放下酒壶，走到老鸨跟前，冷不防地扇了她一耳光。

"哎哟！"

老鸨被打翻在地，滑到王阳明跟前。老大抓住云锦的手腕，强行拉着她上楼。

王阳明低声问道：“那人是谁？”

老鸨捂着脸道：“菜刀门的帮主张黑五，京城所有的菜市都归他管。”

王阳明道：“如此霸道，就没人制得了他吗？”

“唉！还不是官府有人撑腰？这京城上下也只有会友镖局的梁万伦敢跟他叫板。”

王阳明若有所思。

客房，云锦缩在床上瑟瑟发抖，张黑五宽衣解带。

敲门声响起。

张黑五不耐烦道：“谁呀！”

门外传来王阳明的声音：“来壶庆园春特酿的药酒吧，喝了威猛无边。”

张黑五想了想，走过去开门，结果眼前一黑，吃了王阳明一拳。

二人打将起来，张黑五不敌，左眼被王阳明的竹棍戳中。两个大汉冲进来帮忙，也被打得人仰马翻。

张黑五气急败坏道：“你是谁？”

王阳明道：“会友镖局的梁掌柜让我告诉你，以后招子放亮点，不该管的别管！”

张黑五恨声道：“梁、万、伦！我们走！”

三人愤愤离去。

王阳明冲到床前：“云锦，你怎么到京城来了？”

云锦云鬓纷乱道：“舅公把我卖给了人贩子。”

王阳明想起胡世宁的话“害云锦的不是别人，正是你”，沉默不语，半晌方道：“你有什么打算？”

云锦泪眼婆娑道：“张黑五这么一闹，庆园春必然容不下我。只有到别家看看，走一步算一步。”

“要不我让我爹帮你找份差事？”

“谢谢！你已经为我做了那么多，我不想再连累你了。”

云锦抱起琵琶，道：“就此别过。”

王阳明望着他的背影，忽然心生一计。

会友镖局的字号，整个黄河以北，端的是谁人不知，哪个不晓！

这天，镖局掌柜梁万伦下了马车，同两个镖师往大门走去。突然，背后传来一个声音：“梁万伦！”

回头望去，只见王阳明手持竹棍走近。

镖师警戒。

梁万伦声如洪钟道：“你是……”

王阳明道：“打狗还要看主人！菜刀门的弟子没事不惹事，可从来没怕过谁！”

“张黑五派你来的？”

“少废话，看招！”

王阳明一棍刺出，梁万伦接过手下递来的大环刀，打斗起来，吸引了众多路人围观。

很快，梁万伦败下阵来，脸上被打得青一块紫一块。

“承让！”

王阳明转身离去。围观之人指指点点，嘲笑梁万伦。

梁万伦羞愤道：“张、黑、五！”

会友镖局向菜刀门下了战书。五日后，城北野湖的冰面上，两拨人马手持刀剑，离着十丈远对峙。

胳膊绑着绷带的张黑五道：“梁万伦，我操你奶奶！”

脸上贴着纱布的梁万伦道：“张黑五，我干你祖宗！”

张黑五高呼道：“弟兄们，杀啊！”

梁万伦大喊道：“弄死他！”

两方冲到一起，砍杀起来。

与此同时，王阳明迈着轻快的步伐走出顺天府衙。原来，就会友镖局与菜刀门约架一事，他报了官。

顺天府尹大怒，要派人去城北把这两股黑恶势力一网打尽。

师爷劝道：“大人，张黑五的后台据说是都察院右都御史尹直。当真要动？”

顺天府尹不满道：“我管他什么背景！天子脚下，忍他们已经很久了！趁此机会，斩草除根！”

野湖，双方精疲力尽，伤者遍地。

张黑五趴在冰面上，气喘如牛道：“梁万伦你个浑蛋，竟敢派人来打我？”

梁万伦也趴着，眼睛肿得跟馒头似的，道：“你才浑蛋，你的人到镖局挑事——等等，打你的人是不是拿个竹棍？”

张黑五意外道：“是啊！”

梁万伦醒悟道：“嗐！”

张黑五还没反应过来：“怎么了？”

一个镖师惊呼道：“官兵来啦，快跑啊！”

张黑五、梁万伦抬头望去，只见一群衙役包抄过来，大惊失色。

两人在手下的搀扶下，各自逃命……

几日后，养好伤的张黑五带着那两个在庆园春调戏云锦的喽啰去菜市场收保护费。这俩人一个是菜刀门的二当家，另一个绰号“刀疤脸”。

二当家道：“老大，查出来了，打你的人叫王阳明，是慎独书院的一个学生。”

张黑五道：“妈的，老子现在被顺天府通缉，收完这笔就得去避避风头，只有靠你们给我报仇了。”

刀疤脸道：“老大，你看，那不就是他吗？”

张黑五顺着他指的方向，果见王阳明在一个水果摊前驻足。

张黑五小声道：“把弟兄们都叫过来。”

二当家离去，刀疤脸随张黑五摸了过去，被王阳明察觉。就在张黑五用手拍他肩膀的一瞬间，王阳明突然转身，将一个切开的西瓜砸到他脑袋上。

张黑五满脸西瓜汁，咬牙切齿道：“王、阳、明！给我追！”

菜刀门的弟子倾巢出动，在菜市上演了一场热闹的追逐戏。王阳明夺了一匹马，飞驰而过，打翻许多摊位。张黑五也抢了匹马，穷追不舍。

梁万伦与一群镖师骑马经过。

镖师甲指着前方道：“掌柜的，那不是来咱镖局闹事的浑小子吗？”

梁万伦定睛一瞧，一振缰绳道：“追！”

王阳明见追他的人越来越多，却被自己一一甩脱，大笑不止，引得路人纷纷侧目……

第九章　塞外浪子

三年后，王华升任正五品的詹事府左庶子，成为太子师的后备人选。王阳明则因除暴安良，名扬京师。

一天，他路过一家珠宝店，远远瞧见云锦穿金戴银地从店中走出。许久不见，云锦出落得愈发漂亮了，提着华丽的丝质包裹。

王阳明缀了上去，来到一处朱门高墙的豪宅，只见云锦开锁进入，深感诧异。他走到门口，想要砸响门环，却又迟疑起来。

王阳明转身离去，走出老远，忽然听见门开了。他转身一瞧，但见一个老者从豪宅中走出，张望了片刻，匆匆离去。仔细一看，竟是丘浚！

王阳明重新走到门口，敲开了门。

一街之隔，菜刀门的刀疤脸目睹了这一切……

云锦用上好的龙井招待阳明，王阳明环顾四周，发现屋里的陈设富丽堂皇。

云锦沏好了茶，坐下道："我遇到了一个好人。"

王阳明道："刚才出门的老先生？"

云锦点头道："他是个颇有名望的正人君子，能给我想要的归宿。"

王阳明试探道："你确定？"

云锦抚摸挂在胸前的祥云玉佩，一脸幸福道："我信他，就如信你一样。除了死去的哥哥，再没有人像你们这般真心待我。"

"要是他不能给你名分呢？"

"有真情在，名分算什么？做一辈子外宅又如何？里子和面子，几人占得全？只要他需要，我甚至可以为了他去死。"

王阳明无言以对。

同一时间，一所幽暗的秘宅内，张黑五收拾好细软，留恋地看了看屋子。

二当家道："老大，当真没有别的办法了？关外可不好混啊！"

张黑五怨恨道："整整三年，这顺天府尹油盐不进，一直不肯撤销通缉令，难不成我还在这躲一辈子？"

刀疤脸急入，道：“老大，好消息，天大的好消息！”

“怎么了？”

刀疤脸俯近耳语。

“你没看错？”

刀疤脸：“错不了，就是他！”

张黑五思虑道：“有意思。丘浚自诩清高，却养了个外宅，还是被王阳明在庆园春救下的歌伎。京察就快到了，主持京官考核的是尹大人。尹大人跟丘浚不对付，三年前就把儿子从慎独书院转去了别的学堂。呵呵，王阳明，你让我不好过，就别怪我让你过不好！”

六年一度的京察到了，京官人人自危，丘浚却泰然自若，照常给弟子们上课。

丘浚道：“学者须革尽人欲，复尽天理，方始为学。”

王阳明神情恍惚，被丘浚察觉。

突然，教室外人声鼎沸，一页书阻拦不及，尹直带着一帮身穿獬豸官服的官员闯了进来。

戴铣倏然起身道：“国子监重地，岂容你等乱闯！”

尹直直视丘浚，道：“丘先生，在下奉命纠察百官风纪，还望你配合。”

丘浚镇定自若道：“纠风你来我这书院做什么？”

尹直冷笑道：“有人举报你私通青楼女子，养作外宅。”

众弟子大怒，“胡说八道”“血口喷人”之声不绝于耳。

丘浚拍案而起：“一派胡言！”

尹直眼露寒芒：“你敢跟我去对质吗？”

“有何不敢？”

“好！”

丘浚随尹直离去。

戴铣道：“保护师父，大伙同去！”

众弟子蜂拥而出，王阳明跟了上去。

众人来到云锦居住的豪宅，只见宅子已被五城兵马司的士卒包围，王阳明不由得暗自心惊。尹直示意一个士卒敲门，士卒砸响门环。

王阳明屏息凝神，紧张得手心冒汗。瞥了眼丘浚，却见他气定神闲。

无人开门。

尹直再次示意，四个士卒搬来撞木，撞开大门。

众人走进花厅，发现云锦已然上吊自杀，脖子上还挂着一枚镂空祥云的玉佩。

王阳明倒吸一口冷气，尹直震惊不已。

丘浚直视尹直道：“尹大人，你这是唱的哪出啊？”

尹直羞愤交加道："叫顺天府的人来！我们走！"

尹直带着御史离去，丘浚面无表情。王阳明望着恩师，突然觉得他像个陌生人。

当晚，慎独书院书房，丘浚正在打坐，戴铣敲门入："师父。"

丘浚睁眼道："查清了吗？"

"嗯。尹宏说前日菜刀门的张黑五造访，告诉他爹尹直一件事。"

"什么事？"

"您和王守仁都去过那座宅子，找过那名死者。"

丘浚惊讶道："王守仁？"

戴铣点头道："我向一个菜刀门的弟子打听了一下，原来死者和王守仁早就认识。

"不可能。"

"起初我也不信，可他说'不信你去庆园春打听打听'。我就到那问了老鸨，结果还真是。"

丘浚一脸疑虑。

戴铣斩钉截铁道："师父，王守仁出卖了您。"

丘浚走到桌前，望着一本摊开的功过本，只见上面画着一个功过格。今日之得失都以"正"字的形式体现在格子里。丘浚提笔犹豫了一会儿，搁笔叹息。

次日，王华经过王阳明的房间，见他正坐着发呆，便道："怎么还不去书院？"

王阳明有气无力道："不想去。"

王华登时火大："不想去？你对得起丘先生吗？"

"我怎么对不起他了？"

"三年前你把尹宏打伤，他爹从中作梗，搅得你没评上贡生。今年的优贡，人丘先生还打算报你！"

"我不稀罕！"

"你再给我嘴硬！还不快去！"

王阳明不情不愿地出门，漫步到了云锦生前居住的豪宅，只见门口挂着"二百两"的牌子。王阳明愣愣地看着，门突然开了，房东走出道："你？"

王阳明假意询价："二百两是租是卖？"

房东道："唉！自从死了人，哪还租得起这个价哟，当然是卖啦！"

王阳明想了想，道："那个女人为什么上吊啊？"

"谁知道呢？好像跟一男的秉烛谈了一宿，第二天便想不开了。"

"那男的你认识吗？"

"不认识，房子是那女的租的。唉，无穷名利无穷恨，有限光阴有限身。来的时候高高兴兴，一副生活揭开了新篇章的样子，没想到竟是这样的结局。人生还真是一场虚空大梦啊！"

王阳明默默离去。

路过四而楼时，他停了下来。

小二道：“热腾腾的猪脚，来一个？”

王阳明掏钱……

他来到一条小河边，坐下啃猪蹄。啃着啃着，思绪飘向了远方，想起同丘浚在一起的点点滴滴。王阳明痛苦不堪，起身将猪蹄用力扔到河心，声嘶力竭地大喊大叫……

这么一折腾，也就迟到了。众目睽睽之下，王阳明走到自己的座位上落座。

丘浚目光复杂地望着他，半晌方道：“今日，为师想问你们一个问题。读书究竟为了什么？戴铣，你先说。”

戴铣道：“通晓事理，齐家治国。”

丘浚捋须道：“嗯。”

弟子甲道：“考取功名，光宗耀祖。”

丘浚还是不表态：“嗯。”

弟子乙道：“黄金屋、颜如玉。”

众弟子哄笑。

丘浚凝重道：“你们说的都没错，但第一要义是做君子。”

王阳明蓦地起身，众弟子惊讶。

丘浚道：“王守仁，你有话要说？”

王阳明大声道：“请问先生，如何才算是君子？”

丘浚不紧不慢道：“慎独。人前什么样，人后也是什么样。”

王阳明点头道：“原来如此。那么，先生您做到慎独了吗？”

众生哗然。

丘浚不快道：“你到底想问什么？”

王阳明高声道：“弟子想知道先生做到慎独了吗？”

丘浚怒道：“是非自有公论！”

王阳明豁出去道：“公论可能是谬论，君子也难保不是伪君子！”

丘浚大怒道：“王守仁！你太自以为是了！”

“我只是不能苟同您的观点！”

“好、好、好。那你来告诉大家，读书为了什么？”

王阳明环顾众人，一字一顿道：“学做圣贤！”

空气凝滞了。

丘浚冷笑道：“好一个学做圣贤。外面就有个圣贤，你去跪下！”

王阳明纹丝不动，戴铣见丘浚使眼色，带两个弟子把他押了出去，摁跪到朱熹像前。王阳明死命挣扎，但闻丘浚骂声不绝：“狂悖竖子！老夫且看你此生做不做得到朱圣人的一半！”

“我不跪！这算哪门子的圣人！”王阳明挣脱众人，夺门而逃。

王华在家同李东阳、谢迁喝茶。

李东阳道：“想不到丘浚如此看重守仁，竟两次推他做优贡。”

谢迁道：“这是把守仁看作衣钵传人了。”

王华谦和道：“于乔兄说笑啦。若果真如此，丘大师恐怕是所托非人喽。”

话音刚落，王阳明急入，匆匆往里走去。

王华喝道：“慢着！”

王阳明停下。

王华道：“见了长辈竟然不叫，你真是有辱我王家的门风！”

王阳明作揖道：“见过李大人、谢大人。”

李东阳、谢迁颔首。

王华道：“今日下学怎么这么早？”

“跟丘浚吵架了。往后，我不去了。”王阳明说完，径自进屋。

李东阳、谢迁面面相觑，王华尴尬不已。

片刻，王阳明背着弓箭出来，往外走。

王华脸色阴沉道：“你去哪？”

“打猎。”

“站住！”

王阳明置若罔闻，王华追了出去。李东阳和谢迁对视了一眼，也起身出门。

王华怒不可遏：“你发什么疯？”

王阳明转身道：“丘浚是个伪君子，不配当我师父。”

王华惊怒交加，左右看了看，一把抽出李东阳侍卫的剑，咆哮道：“大逆不道的畜生！”

谢迁赶紧拉住他，王阳明翻身上马。

谢迁劝道：“德辉，冷静、冷静。先把事情搞清楚嘛！”

王华浑身颤抖道：“于乔兄你别拦我，这孽畜无法无天惯了，今日敢欺师，明日就敢灭祖！”

王华挣脱谢迁，冲了过去，道：“我废了你！”

王阳明挽弓道：“你、你别逼我，我箭法很准的。”

王华一愣，狞笑道：“好好好，来，射死你爹，让大伙都瞧瞧你的本事！”

王阳明进退两难，忽然瞥见李东阳给他使眼色，于是策马而去，从德胜门出城……

王华送走了谢迁和李东阳，扭头就到掌管京城治安的五城兵马司报案。

关外的官道上，一白衣少年骑马呼啸而过。

道旁草丛中，原菜刀门的二当家带着手下的强人抻长脖子张望——听说王阳明出城了，他喜上眉梢，早早地设好了埋伏，打算给张黑五一个惊喜。

烈马长嘶。

二当家对左右道："走！"

众人奔了过去。

只见白马咴咴直叫，白衣少年痛苦地趴在地上。

二当家抽出一把精致的蒙古刀，从容地走到白衣人身后，把刀架在他的脖子上，道："兄弟！"

白衣人回头，二当家一愣，发现此人面目清秀，并非王阳明。不待他回过神来，白衣人已将其撂倒。左右上前相救，也被白衣人放倒。

别看"他"武艺高强，其实这白衣人是个女扮男装的主儿，唤作娄素珍。跟王阳明一样，同父亲闹翻了，离家出走，跑出了居庸关。

此刻，娄素珍坐在宽板凳上喝酒，把二当家踩在脚下道："我佛慈悲为怀。"

二当家胸口有刀伤，强颜欢笑。

"但也要看对人还是对鬼！"言毕，一口酒吐在二当家的伤口上，痛得他嗷嗷直叫。娄素珍将其踢开，缓缓起身，手持二当家的蒙古刀，与一众被揍得鼻青脸肿的强人对峙。

娄素珍上前一步，众人便后退一步。她轻蔑一笑，把酒一饮而尽，摔了碗。

二当家夺路而逃，众强人亦作鸟兽散。

娄素珍端详手中的蒙古刀，王阳明从不远处的树后一瘸一拐地走过来，躬身一礼，道："多谢少侠相救。哎哟——这帮浑蛋，就会使阴招，摔死我了！"

王阳明揉屁股，娄素珍不理会，扔给他一只水囊。

王阳明抱拳道："多谢。在下王守仁，敢问高姓大名？"

娄素珍还是不答话，王阳明定了定神，拧开水囊猛喝一口，呛得直咳嗽。

"这……这是酒啊？"

娄素珍鄙视道："大丈夫吃不了酒？"

王阳明猛灌起来："你才吃不了。佳人不可唐突，好酒不可辜负。"

娄素珍听到"佳人"二字，眉毛一挑。王阳明斜眼瞧"他"，忽又呛得眼泪直流，扔了水囊。娄素珍的脸上露出讥讽的表情。

王阳明定了定神，道："方才那伙人是……"

娄素珍道："乞丐、流民、强盗——关外不比京城，只要能活下去，乞丐可以是流民，流民也可以是强盗，总之不是什么好人。"

王阳明一脸后怕状："原来如此。"

娄素珍冷笑道："也包括我！"

抽刀架在他脖子上。

王阳明大惊道："一念成佛，一念成魔。少侠济困扶危，不要因一念之差铸成大错——”

“住嘴！”

一条血痕出现在王阳明的脖子上，他赶紧拿出碎银子。

娄素珍皱眉，下手更重。

王阳明急道：“少侠息怒，少侠息怒。”他指了指马，道：“我那坐骑乌骊红鬃，巨眼重瞳。瘦骨傲群驽，奇技越险峰。火性不思水，渴饮酒千盅……”

娄素珍懒得听他啰唆，一言不发地翻身上鞍，打马而去。

王阳明追了两步，屁股吃疼，不得不停下来，气愤道：“哼，道貌岸然的家伙！虺蜴为心，豺狼为性……”

这时，一群流民走过，王阳明摸了摸咕咕直叫的肚子，加入队伍。

众流民来到一所驿站，在外面蹲点。不久，一支商队走来，流民冲上去乞讨，被镖师驱赶。

流民甲愤然道：“神气什么？！”

他拿出一本《孟子》，摇头晃脑地读了起来：“孟子曰，人皆有恻隐、羞恶、辞让、是非之心……看来是谬矣。”

王阳明奇道：“想不到兄弟有此雅好。”

流民甲叹息道：“我也是读书人。”

“哦？为何沦落至此？”

“三次落榜，无颜归乡。没钱度日，一步步便走到了今天。”

驿卒出来倒剩饭，流民蜂拥而上争抢食物。流民甲不甘人后，满载而归，大喜道：“嘿！居然有烤肉……”一番朵颐品味后眉头紧蹙道：“唉，世风日下，人心不古，竟然用馊肉滥竽充数。”

王阳明眼珠一转，道：“照你这要法，当然要不到好肉了。”

流民甲不快道：“我这要法怎么了？”

王阳明解释道：“常人看见乞丐，心里都不痛快。心软之人要受同情之苦，心硬之人要受厌恶之苦。自然赶紧打发了事。”

群丐围了上来。

流民甲不服气：“那你说怎么要？”

王阳明道：“跟我走。”

群丐面面相觑。

官道上，一个身着正五品官服的官员端坐马上，看手下兵丁盘问二当家。只见士兵甲拿出一张通缉令，上面画着娄素珍的头像。

二当家激动道：“对！就是他。”

官员动容，翻身下马，急问：“人在何处？”

二当家摇头道：“不知道。”

官员思忖道：“应该走不远。前面驿站换乘！”

士兵甲大声道：“是！”

王阳明瞧见一队官员由远及近而来，带众流民迎了上去。

士兵甲驱逐道：“闪开，到别处要去！”

王阳明一副很有骨气的样子：“我等不是乞丐。”

五品官员发现王阳明拿着一本《易经》，众流民手上也都有书，好奇道：“不是乞丐，难不成还是读书人？”

王阳明道：“大人慧眼如炬。我等时刻不忘报效朝廷，还请赏些进京的盘缠吧！”

官员想了想，拿出银子，众流民大喜。

“多谢大人。”王阳明接过银子，转身欲走。

这时，道旁一店招上写着“来喜客栈”的屋子里出来一人，看样子是掌柜。他走到官员的马前，满脸堆笑道：“娄大人稀客，稀客娄大人。”

娄姓官员道：“我不打尖。”

掌柜忙道：“娄大人，您上回说给‘来喜客栈’题个对联——”

“下次吧，本官有要事在身。”

“您是天神下凡，好不容易逮着一回，润笔费我都备好了。”

娄姓官员不耐烦道：“驾！”

掌柜挡在马前，娄往左他往左，娄往右他往右。

娄姓官员大怒：“起开！”

士兵甲带人上前擒拿，掌柜一跃而起，死死抱住马头。路人纷纷侧目，娄姓官员下不来台。

王阳明走近，道：“掌柜的，我送你一联，如何？”

掌柜死死地攥着马鬃，头也不抬，道：“说来听听。”

王阳明看着“来喜客栈”四个字，凝神道：“居安来客喜，喜客来安居。”

众人想了想，啧啧称叹，掌柜被士兵甲拉扯下来。

娄姓官员喜道：“好一个回文联——你叫什么？”

王阳明道：“回大人，王伯安。”

“王伯安，祝你早日蟾宫折桂。”

“多谢大人。”

娄姓官员对掌柜道：“回头写好，差人给你送来。”

士兵甲当众出示通缉令：“有见过此人的，向官府禀报，赏银三百两。”

言讫，随娄姓官员去往驿站。

众人窃窃私语，流民甲道：“那人是谁？”

掌柜望着娄姓官员的背影道：“兵部郎中娄忱！”

王阳明手拿银子，众流民佩服之至。

流民甲奉承道："王兄大才！以后大伙就跟着王兄弟要饭好了，吃穿不愁。"

众人齐声道："对，吃穿不愁。"

王阳明摆手道："此非长久之计，还是找棵大树乘凉才好。"

一流民举手道："我知道哪有大树。"

在他的带领下，众人来到一处破庙，只见二当家和几个强人正在庙里休整。

强人甲道："二当家，你怎么样？"

二当家手一扬，道："这点儿伤不算什么，只是恶气难出！"

强人甲道："这还不好办？召集弟兄，这便给你报仇去！"

二当家抽了他一耳光，道："你想害死老子吗？"

强人甲委屈道："我，你——这是何意呀？"

二当家朝右上方恭敬地拱了拱手，道："此事必先禀告老大，由他老人家拿主意。一点规矩都不懂！"

强人甲恍然大悟："是是是，小的知错了。"

王阳明隐身于群丐之中，压低头颅。

二当家注意到群丐，问道："你们干什么？"

流民甲一脸谄媚道："听闻张黑五张大侠为人仗义，兄弟们特来相投。"

"投？拿什么投？"

"呃……"

"你们帮我找个人，我帮你们去请老大。"

"什么人？"

二当家说出王阳明的名字后离去，留下一头雾水的众流民。王阳明灵机一动，告诉他们自己知道去哪找王阳明。

于是，众流民随他而去，回到"来喜客栈"。

王阳明道："咱们就在这儿等那人出现。大伙放开了吃，我请客！"

流民甲高兴道："王兄弟真是活菩萨。"

很快，一队人马赶到，为首的正是二当家。他指了指一众流民，道："老大你看！就是他们要入伙。"

张黑五道："好，你立功了。"

二当家赶紧道："全靠老大统率有方。"

张黑五扫视众流民，王阳明急忙别过脸去，心道："冤家路窄。伤还没好，只有走为上策了。"

二当家高声道："都傻愣着干什么？还不过来拜见大当家？"

众流民躬身道："拜见大当家。"

张黑五下马，做了个平身的手势，道："免礼。以后就是一家人了，跟着我张黑五大口吃肉，大碗喝酒，亏不了你们！"

二当家也跳下马，道："要我说，各位还真是有眼光。张五爷的名号，京城谁人不知，哪个不晓。"

张黑五得意非凡。

流民乙道："那为何跑到关外来了？"

二当家尴尬。

张黑五恨声道："因为被一个叫王阳明的畜生给害了。要是让我抓到他，非把他碎尸万段不可！"

王阳明撇了撇嘴。

流民甲振臂道："大当家的仇人就是我们的仇人。抓住王阳明，碎尸万段！"

众流民高呼："抓住王阳明，碎尸万段！"

张黑五见王阳明背对着他，好奇道："这位兄弟怎么了？"

王阳明往怀里揣了两个馒头。

张黑五拍了拍他的肩膀，道："兄弟！"

王阳明转过头来做了个鬼脸，把张黑五吓了一跳。

王阳明粗着嗓子道："大当家，我有麻风病。"

张黑五吓得退后两步，自知失态，定了定神道："呃……有麻风病的兄弟，我们……也不嫌弃。"

王阳明道："多谢大当家，只是在下不愿连累大伙。"

挡着脸往外走。

张黑五觉得蹊跷，定睛一看，发现背影很熟悉。

王阳明走到马前。

张黑五终于醒悟，大喝道："王阳明——站住！"

王阳明翻身上马，打马狂奔。

张黑五声嘶力竭道："给我追——"

众人上马，紧追不舍……

官道旁的一个茶点摊上，狼目鹰鼻的鞑靼小王子巴图蒙克正带着几个手下喝茶。

娄素珍揽辔而来，下马道："掌柜的，半斤牛肉，一斤好酒。"

掌柜道："好嘞。"

娄素珍把从二当家手中抢来的蒙古刀放到桌上，巴图瞥见，心中一动，走过去坐下。

酒肉上桌。

娄素珍冷冷道："有何指教？"

巴图用生硬的汉语道："这把刀是你的吗？"

"在我手里，当然是我的。"

"从何而来？"

“阁下未免管得太宽了吧？”

“你们汉人有句话叫‘完璧归赵’。”

“听你的口气，莫非是你的？”

巴图伸手道：“正是。”

娄素珍一边把玩蒙古刀一边道：“可我甚是喜爱，你说怎么办？”

巴图猛然去夺，娄素珍迅速缩手，鞑靼人围了过来。

“不必紧张，做个游戏怎么样？”娄素珍从容倒上酒，喝了一口。

巴图面无表情道：“什么游戏？”

娄素珍用刀挑起一颗石子，道：“你若猜到在哪只手里，刀便归你。”

巴图道：“好！”

巴图猜右手，结果石子在她左手。

娄素珍道：“再给你一次机会。”

巴图猜左手，娄素珍摊开，左手空空。

巴图怒道：“右手！”

娄素珍摊开右手，也没有。

不待巴图发作，娄素珍轻盈地跳开，飞身上马。

巴图大怒：“敢耍我！”

娄素珍打马而去，巴图带人急追。

旷野中，娄素珍发现迎面奔来一匹快马，却是被张黑五追杀的王阳明。

两人相向而驰，擦肩而过，娄素珍冲进了张黑五的队伍里。

二当家指着娄素珍，狂呼道：“就是他，就是他！别让他跑了。”

张黑五的手下刀疤脸奋力将娄素珍扑下马，打作一团。

王阳明见巴图蒙克率鞑靼骑兵杀来，掉转马头，与张黑五错身而过。

张黑五须发皆张道：“站住！”

娄素珍瞟了眼张黑五，又瞄了眼巴图，计上心来。她对张黑五吼了声“帮我断后”，跳上马背，追赶王阳明而去。

张黑五一愣，巴图只道他和娄素珍是一伙的，向手下示意。鞑靼骑兵与张黑五一方混战，巴图带着两骑继续追赶娄素珍。

天色渐黑，娄素珍尾随王阳明来到一个杂草丛生的山坡，下马歇息。

她打量了一番王阳明，道：“那些人为何追你？”

王阳明反问道：“鞑靼人又为何追你？”

娄素珍拿出蒙古刀，道：“为了这把刀。”

“我是你就扔了它。”

“扔了？我喜欢的东西，为什么要扔？”

“又是抢的吧？”

“关你什么事！”

王阳明看了看她的坐骑，道：“我的马呢？”

娄素珍轻描淡写道：“丢了。”

“粗鄙！”

“浑蛋！”

“浑蛋骂谁？”

“浑蛋骂你。”

王阳明一脸嘲讽，娄素珍反应过来，将之扑倒，挥拳要揍。

王阳明断喝道：“男女授受不亲！”

娄素珍起身，错愕道：“你怎么知道我是女的？”

王阳明别过脸去：“一个女孩竟如此野蛮，不可理喻！好了，省点儿力气对付鞑靼人吧！你有吃的吗？”

“没有！”

王阳明拿出两只馒头，递给娄素珍一个。谁知她头一扬，爱答不理。于是王阳明自个儿吃了起来，故意发出美滋滋的声音，像吃山珍海味一般。娄素珍咽了下口水，被王阳明察觉。

王阳明慢条斯理道：“在下王守仁。”

“你已经说过了。”

“啊？说过了？嘿嘿……我外号阳明子，江湖人称王阳明。”

“王阳明？”

“嗯。还未请教姑娘芳名。”

“没必要告诉一个胆小鬼。”

“你……”

远处出现三支火把，王阳明惊呼一声，钻进了草丛里。

娄素珍露出嘲讽的神情。

王阳明小声道：“过来，过来！快躲起来！”

娄素珍见有人走近，犹豫片刻，过去躲藏。

夜空下，巴图蒙克和两个鞑靼骑兵东张西望，发现王阳明与娄素珍的马。

巴图以蒙语道：“戒备！”

三人组成作战队形。弓箭手端坐马上，巴图与另一人抽刀搜查。

草丛里，娄素珍暗暗搭弓，被王阳明制止。

王阳明低声道：“敌方实力，未知深浅，还是智取为上。”

“智取？”

王阳明笃定地点点头，娄素珍迟疑片刻，把弓箭交给他。王阳明做了个手势，娄素珍会意，小心离去。

巴图手持火把，点燃草丛，一时间火势大起。忽然，草丛一侧有人影晃动，鞑鞑弓箭手搭箭欲射。这时，王阳明的箭飞至，将其射落。

王阳明发足狂奔。

巴图大怒，交代手下救人，自己去追王阳明。

王阳明撵上娄素珍，回射巴图。巴图被箭擦破脸皮，满面血污。他大喝一声，脚下发力。娄素珍回望，看见巴图张牙舞爪的样子，暗自心惊，没留意脚下，从山坡滚落。

王阳明大骇，没收住脚，也跌了下去。

巴图走到坡边张望，但见伸手不见五指，恼得他发狠踢下去几块碎石……

翌日，阳光打在山谷中，照亮了一座坟茔前的墓碑，只见上面写着四个遒劲的大字：云锦之墓。

墓旁跪着一人，将连衣帽压得低低的，看不清脸。那人抹了抹泪，颤颤巍巍地起身，竟是乔装打扮的丘浚。

远处，苏醒过来的王阳明爬了起来，望着身边昏迷的娄素珍，推搡道："喂……醒醒……醒醒啊……"

没有反应。

王阳明四处张望，发现墓碑，走了过去。待看清碑上的字，震惊不已，四下打探，瞧见丘浚的背影。他追了一段距离，大概猜到了背影是谁，停下脚步。

五城兵马司隶属于兵部，负责京师地界的救火和捕盗。王华报案后日思夜盼，实在忍不住，前去催问。

都指挥宽慰他道："还没消息。您就放心吧，这五城兵马司是兵部郎中娄忱娄大人分管的。他已亲自带队去关外搜捕了。"

"既如此，拜托了。"王华离去，路过慎独书院，在大门口看见一页书。

"丘先生回来了吗？"

"还没有。"

"那我在这儿等吧！"

言毕跪下。

一页书错愕道："王大人，先生不知何时才能回来呢。"

王华倔强道："一天不回便等一天，一月不回就等一月。"

一页书撇嘴。

关外的山谷中，王阳明满腹心事地坐着。娄素珍悠悠转醒，挣扎着坐起，惊呼了一声，发现左腿有伤。王阳明回过神来，撕开衣服为她包扎。

"我自己来！"

"你下不去手。"

娄素珍看着他认真忙活的样子，脸微微一红。包扎完毕，王阳明擦了把汗道：“饿了吧？这个馒头一直给你留着呢！”

拿出馒头，发现已碎。

“这……”

娄素珍会心一笑，接过碎馒头边吃边道：“我姓娄，名素珍。”

“素珍？素衣朱绣，希世之珍，好名字。”

娄素珍轻轻一笑，王阳明的脸上泛起一片绯红。

娄素珍道：“你在想什么？”

王阳明回过神来：“啊？哦，我们去哪？”

娄素珍道：“就此别过。”

“什么？”

娄素珍一瘸一拐地向前走，王阳明愣了愣，跟了上去。

娄素珍道：“你跟着我干吗？”

王阳明正色道：“鞑靼人、张黑五，现如今你把他们都得罪了，这关外之地，多个人手多份力量。”

娄素珍笑道：“那可未必，有的人搞不好是累赘。”

“不必担心。虽然你受伤了，但是江湖道义，我绝不会把你当累赘的。”

“你……走吧！”

一些土块掉落下来，娄素珍警惕四望，山上的三名强人赶紧把头缩了回去。

刀疤脸向强人甲示意，看着他猫腰离去。

强人甲跑到一个山坳，向隐藏在此处的张黑五汇报：“老大，看见王阳明了，还有那小子，就在前面的山谷里……”

二当家激动道：“兄弟们，一起上，为老大报仇！”

言罢，率众疾走。

张黑五喝止道：“站住！”

二当家回身道：“老大，有何吩咐？”

张黑五脸色阴沉道：“你好像很喜欢发号施令？”

二当家反应过来，跪地告饶：“老大饶命，小的这不是报仇心切嘛！下次不敢了，不敢了……”

“行了，起来吧！”张黑五问强人甲道，“他们有没有马？”

“没有。”

“好，前面有个黑市，咱们就在那等着。”

二当家赶忙道：“老大英明。”

张黑五等人启程。

远处，两个潜伏多时的蒙古兵也悄悄离去。

王、娄二人来到谷口，王阳明问道：“官府为何悬赏捉拿你？”

娄素珍惊道：“捉拿？悬赏？多少银子？”

“三百两。”

“够下血本的。要不，你把我交给官府？”

“我是想交，可交了你，我找谁要我的马去？”

“呵呵……前面有个黑市，买一匹赔你。”

“黑市人多眼杂，你就不怕遇到鞑靼人？”

“那也比在这当缩头乌龟强！”

冷风呼啸。

黑市热闹非凡，汉蒙商人交易，激烈砍价。

娄素珍在人群中发现张黑五以及随行的二当家、流民甲和强人甲。张黑五也看见了娄素珍，盯着她的眼睛径直走来。

“上好的西湖龙井，都来看看哪！”一商贩冲王阳明吆喝道，“这位小兄弟，来一斤？”

张黑五等人亮刀。

远处，一高鼻深目、穿双翻领栗色短袍的中年男子带着一队骑兵，凝望黑市的方向，却是鞑靼太师加思兰。他大手一挥，骑兵饿狼扑食般冲了过去。

客商惊呼道：“鞑靼来啦！”

张黑五停手，转头望去，只见鞑靼骑兵风尘仆仆地杀将过来。众商贩乱作一团，卖龙井的茶商手忙脚乱地收摊，正准备上马，一人冲了过来，抢了他的马就跑。

茶商一边追赶一边道：“老熊，我操你大爷！”

盗马者回敬道：“老齐，我操你大爷！我卖丝绸，你卖丝绸；我卖茶叶，你也卖茶叶。你他妈就不能卖点别的，让大伙都有钱赚？”

齐姓茶商还欲争辩，一鞑靼骑兵追至，一刀结果了他。

张黑五环顾四周，只见王阳明和娄素珍正在逃命，指着二人的背影道：“在那儿！给我追！”

王阳明和娄素珍跑上一个草坡，停了下来。张黑五追至，谨慎地挪步，低声道：“小心有诈！”

二当家眼尖，指着远处道：“老大你看！”

只见巴图蒙克率领大军包围了众人，四周全是张弓搭箭的鞑靼骑兵。

黑市。

加思兰坐在马上，望着几个被押到近前惊恐万状的汉族商贩。他大手一扬，商贩人头落地。

一骑从远处奔来，停下道：“报告太师，是巴图蒙克。”

加思兰望着远方，目光凶狠，半晌方道：“回营。”

王阳明、娄素珍、张黑五、二当家、强人甲、流民甲以及抢齐姓茶商马匹的老熊等人被鞑靼骑兵驱赶着向北走去。

王阳明小声道：“把刀给我。”

娄素珍犹豫片刻，将那把蒙古刀递给他。

王阳明四下瞧瞧，趁人不备，把刀扔进了草丛里。

娄素珍瞪了他一眼，王阳明道：“我在救你。”

夕阳西下，慎独书院的门口来了一辆马车，一页书对跪在地上的王华道：“王大人，先生回来了。”

一页书过去扶丘浚下车，低声道：“詹事府的王大人等您回来，已跪了一整天了。”

丘浚望去，只见王华叩首道：“丘先生，王华代逆子王守仁向您赔罪。请先生责罚。”

丘浚不发一言，走到门口，凝视“慎独书院”的牌匾良久，缓缓道：“王华。”

王华抬头道：“学生在。”

“王守仁为何不来？”

“他……他跑了。”

“跑了？跑去哪儿了？”

“不知道。学生已向五城兵马司报案，待这畜生归案后，一定亲自扭送到您府上，听凭发落。”

丘浚叹息道：“人都是很固执的，尤其在选择要走哪条路时，更是半点不能强求。”

王华喃喃道：“先生……”

“王守仁没有错，他想做圣贤，就去做圣贤，那是他自己的道。五百年必有王者兴，我倒想看看他能走多远，奈何苍天不许无疆寿。”

王华无言以对，丘浚拿出一张纸，道：“去吧，我没什么可教他的了。优贡的人选非他莫属，老夫已报到礼部了。”

王华用颤抖的双手接过纸，铭感五内道：“这……先生高风亮节，真是周公再世！”

丘浚沿阶而上，自言自语道：“五百年必有王者兴，可惜不是我，可惜不是我……”

第十章　死里逃生

一阵急骤的马蹄声，撕碎了鞑靼军营的寂静。

巴图勒缰，盛气凌人地看着王阳明等人道："你们中间有人伤了我的弓箭手，如果他能站出来，我就放了你们。"

众皆不语，王阳明与娄素珍对视了一眼。

老熊猥琐道："赶快承认吧，免得连累大家。"

无人回应。

巴图道："既如此，我给你们找个乐子。五人一组，每组只有一个人能活着离开。"

流民甲与包括老熊在内的四个客商分在一组。五把刀扔到面前，五个人面面相觑，没人动手。

巴图挥手，骑兵张弓。

流民甲凛然道："士可杀不可辱！大伙团结一心——"捡起刀："杀出去！"

"对，拼了！"其他四人先后捡刀。

流民甲大喊道："冲啊！"

三人冲了上去，被乱箭射杀，流民甲则一刀捅死了剩下的那名客商。

众人惊骇不已。

巴图拍手道："识时务者为俊杰，你可以走了。"

"多谢大人！"流民甲跑远。

巴图接过手下递来的弓，将之射杀。

王阳明愤怒起身。

巴图轻描淡写道："这等奸诈之徒，留在世上只会害人。"

第二组是张黑五、二当家、强人甲、王阳明和娄素珍，二当家惊恐地看着张黑五。

张黑五底气不足道："看我干吗？你们俩解决他！"说着指了指娄素珍。

二当家发狠冲了上去，与强人甲联手，同娄素珍打斗起来。

王阳明正欲帮忙，被张黑五堵住去路："王阳明，明年今日，就是你的忌日！"

"你以为杀了我，你便能活吗？"

"你害得我家破人亡，此仇不共戴天！"

张黑五提刀走近，王阳明冷冷逼视，厉喝道：“都住手！弓箭手是我伤的！”

老熊如释重负道：“早说呀你，害死那么多人！”

众客商亦道：“有没有良心，太自私了！”

王阳明迈着铿锵有力的步伐走到巴图面前，与之对视。

巴图对众人道：“凶手既已找到，你们自己说怎么处置？”

张黑五落井下石道：“这有何难？杀人偿命，砍了便是。”

众人附和道：“砍了！”

娄素珍愤慨不已，王阳明却淡定地盯着巴图。

巴图目光如炬道：“你不怕死？”

王阳明笑道：“怕得要命。”

巴图怒道：“你笑什么？”

“笑你孔武有力，却只知道拿屠刀吓唬手无缚鸡之力的人。”

巴图大怒抽刀：“信不信我一刀杀了你？”

娄素珍大惊。

王阳明冷笑道：“好啊！”

巴图向王阳明心口猛刺，娄素珍吓得闭上了眼睛。王阳明出手握住刀刃，巴图轻蔑一笑。

王阳明不紧不慢道：“你不想知道你的宝刀在哪吗？”

巴图一愣道：“什么？”

王阳明瞥了眼娄素珍，道：“被她抢去的那把。”

巴图罢手道：“在你手上？”

“没错。”

巴图犹豫片刻，大叫了一声，劈砍王阳明。

王阳明高声道：“你想清楚了，这一刀下去，不计其数的蒙古人将给我陪葬。”

“呵呵，死到临头了，还想危言耸听，大言欺世？”

“是不是危言、大言，每个人心里都有杆秤。”王阳明对巴图道，“你等游牧民族以羊肉为食，离了南方的茶叶，恐怕寝食难安。”

“不劳你操心，我自有办法弄到。”

“你当然有办法，因为你不是普通人。可那些一贫如洗的蒙古人呢？谁给他们茶叶？”

巴图沉默。

王阳明续道：“我知道你为何派人扫荡黑市。”

巴图惊讶，似乎并不知情。一卫兵凑近小声道：“太师干的。”

巴图盯着王阳明道：“为什么？”

王阳明朗声道：“因为汉人的客商只需带一口铁锅到关外，就能在黑市上换到五匹骏马。把马牵回关内，转手卖给朝廷，大明的铁骑只会越来越强，到时候你们的屠刀还能吓唬谁？”

“笑话！你以为有马就有铁骑吗？”

“当然不是，但能让你们的优势化为乌有。”

巴图色变。

王阳明侃侃而谈：“蒙古骑兵，胜在灵活，一人三匹马，一匹驼辎重，两匹换着骑，抢不到吃的，就地把马杀了。而明军一个士兵的口粮，需要两到三个人转运，自然不是你们的对手。但要是我们的马越来越多。”

“那又能怎样？明军出边一次，岁入的四分之一便报销了，战果则不值一提，斩杀数十人便敢称大捷。这一切，都因为我们的骑兵你们永远也追不上！”

“哈哈哈哈！若果真如此，是谁把你等赶出了中原？捕鱼儿海之战、飞云山之战，蒙古骑兵丢盔弃甲，莫非你忘了？”

“不敢忘！可我也记得四十年前也先率部在土木堡歼灭明军二十余万，生擒你们的皇帝朱祁镇，继而长驱直入，围困北京七天七夜。难道你忘了？”

“忘不了，我还记得大明兵部尚书于谦临危受命，击退了也先。”

“那又如何？蒙古骑兵其疾如风。”

“我承认。”

“侵略如火。”

“我知道。”

“知道就好。”

“那请问，为何你等还住在这茫茫草原之上？”

娄素珍忍俊不禁。

巴图恼羞成怒道：“哼，蒙古长于野战，明廷工于自守。这有什么好奇怪的？”

王阳明摇头道：“如果你只看到这一层，恕我直言，尔等的命运堪忧啊。”

“哼，死到临头，故弄玄虚！”

“看到了你们蒙古人的缺陷就叫故弄玄虚，也罢，也罢！”

巴图紧张道：“什么缺陷？”

王阳明直言道：“靠天吃饭。”

“靠天吃饭？”

“你应该比我清楚。严冬时节，一场雪灾下来，牲畜死掉大半，只能南下去抢，否则没有活路。但抢掠毕竟不稳定，你能抢人抢羊，却抢不到茶叶丝绸。因为携带方便，我们的百姓早就把这些值钱的家当带走了。久而久之，其实谁也占不到便宜，不过如矛攻盾，两败俱伤而已。”

“你到底想说什么？”

“明与蒙古，各有所需，长远来看，‘互市’势不可免。”

“互市？”

“黑市之所以存在，皆因两边百姓都不希望打仗，皆因底层民众比你我更明白真正需要什么。你捣毁黑市，抓我客商，无异于自掘坟墓。你若一刀杀了我，也就听不到这些肺腑之言，雪灾降临时，自会有成千上万的蒙古人给我陪葬。”

“可我已然听到了！”说着，巴图一刀捅出，却又在半空中停了下来。

王阳明握住刀尖，抵在心口，面不改色道：“那你为何犹豫？”

巴图心虚，抽回刀道：“我们蒙古人从不乘人之危，你敢不敢和我比试比试？”

“为什么要和你比？”

“看来是不敢了。我道是何等人物，原来只是个逞口舌之快的懦夫！”

众鞑靼哄笑。

王阳明道：“名不正则言不顺。我以什么身份与你比？”

“我代表蒙古，你代表明。”

“那便不是比试。”

“是什么？”

“决斗！”

巴图看着毫无惧色的王阳明，暗自钦佩，下马走到辕门外。

王阳明跟了上去，娄素珍挣脱押解她的鞑靼士兵，走到阳明跟前，小声道：“他肯定与你比骑射，看准机会就跑吧！”

王阳明道：“那你呢？”

“我自有办法。”

“那他们呢？”王阳明望向张黑五和众客商。

娄素珍道：“他们巴不得你死，你还管他们干什么？你以为一盏灯能照亮整个黑夜吗？”

“不能！但多一点光明，便少一些黑暗。总要有人点燃第一盏灯，才能引燃所有的灯。”

娄素珍一愣。

王阳明道：“我打算光明正大地一战。”

娄素珍担忧道：“可是……你行吗？”

“行不行，总要试过才知道。”王阳明走出军营，在离巴图三丈远的地方站定。

巴图双手交叉，抱在胸前道：“文斗还是武斗？”

“文斗怎么讲？武斗又怎么讲？”

“文斗，按你们的惯例，吟诗作对。”

王阳明笑道：“你？吟诗作对？”

巴图自信满满道：“略通汉学。”

“武斗呢？”

“自然是按我们的习惯，弓马刀箭。”

“吟诗作对，你不是我的对手。”

“那可未必。”

“我家祖上自汉至唐，有九十二人做过宰相，英才辈出，号称华夏第一望族。”

“琅琊王氏？”

“没错。家父乃成化十七年的状元。”

巴图不说话了。

王阳明道：“不过，我不会恃强凌弱的，就按你们的规矩来！”

巴图心下赞许，道：“有种！你听好了，三局两胜。第一场骑射，第二场比刀，第三场——你根本活不到第三场。你若输了，他们统统都得死。”

一众汉人大惊失色。

“鹿死谁手尚未可知。我若赢了怎么办？”

“你赢不了！”

比试开始，王阳明翻身上马，往反方向跑去。巴图打马追赶，射出一箭，王阳明躲过。王阳明回身一箭，巴图驳马闪避。

两人反复对射，直到箭壶中都只剩下最后一支箭。又沿着悬崖边迎面对冲，各自射出羽箭。两箭呼啸飞去，撞到一起，跌落在地。

众鞑靼用蒙语叫好，娄素珍等人亦高声喝彩。

巴图翻身下马，拔刀叫喊着冲过来。王阳明不甘示弱，也抽刀冲上去。两人互砍，各自中刀，鲜血飞溅，看得众人心惊胆战。一刀势大力沉劈来，王阳明格挡，震得虎口作痛，青筋暴露。他忽然一卸力，翻身把巴图摁在下面。

王阳明的刀抵近巴图的脖子。远处，一鞑靼卫兵搭弓射箭。

“小心！”娄素珍冲过去扑倒王阳明，箭射到了地上。卫兵上前扶起巴图，结果挨了一记耳光。

巴图用蒙语呵斥道：“谁让你放箭的？丢人！”

说着，看了王阳明一眼，向营帐走去。

众汉人围拢过来。

老熊谄媚道：“小兄弟，你怎么样？”

王阳明拍了拍手，起身道：“没事儿。”

张黑五道：“王阳明——”

王阳明侧脸望去。

张黑五嘟囔道：“算你有种。”

“过奖。”

“可是咱们的仇——没完！”

“随时奉陪！”

老熊劝道：“仇什么仇？他是你的救命恩人！”

王阳明环顾众人，道：“汉人怯于公战，勇于私斗，但只要大伙团结一心，世上便没有人是我们的对手！”

众客商点头称是。
鞑靼弓箭手围了上来，众人惧怕。
王阳明朗声道："不能让他们看扁了！"
众人鼓起勇气，目光坚毅。
巴图抱着坛酒走出军帐，大喝道："闪开！"
弓箭手退下。
巴图望着王阳明，道："前两场一平一胜！第三场，请！"
王阳明惊愕道："吃酒？！"
巴图轻蔑道："哼！吃不了？"
娄素珍自告奋勇："我来！"
巴图道："我二人决斗，与你何干？闪开！"
王阳明撸起袖子道："谁怕谁？来啊！"
两条长凳上摆满两排酒碗，王阳明端起一只，一饮而尽，强忍未呛。
娄素珍一脸担忧。
王阳明憋红了脸道："这酒没啥劲儿，兑水了吧？"
巴图也端起一碗。
酒碗一个接一个地空了，两人摔倒，娄素珍热泪盈眶，众客商亦大为感动。
卫兵把王阳明和巴图背回营帐……

当晚，王阳明醉卧在床，样子非常狼狈，娄素珍替他擦脸。
"来……再来呀……"王阳明一手打到娄素珍胸上。
娄素珍嗔怒道："你……"
"三十碗了，我厉害吧……哈哈哈……"
娄素珍一脸不忍。
王阳明高声道："住手！放开她，冲我来……来呀，我不怕你！"
娄素珍心旌摇曳。
另一边厢，巴图醒酒，用含混不清的蒙语道："水……"
护卫递上水，巴图大喝起来，直呛得咳嗽了两声，方道："那人怎么样了？"
护卫道："还在昏睡。"
"没想到一个文弱书生，骨头这么硬，跟文天祥倒有几分相似。"
"文天祥是谁？"
"宋朝的丞相。薛禅汗忽必烈征宋时，文天祥奋起反抗，兵败被俘。薛禅汗多次劝降都被他拒绝，并作诗明志'人生自古谁无死，留取丹心照汗青'。"
"留取丹心照汗青……"
巴图凝视帐外，道："汉人这种视死如归的品质，是很难用武力征服的。"

翌晨，巴图出帐，王阳明也在娄素珍的搀扶下从营帐里走出。

二人四目相投，巴图道：“还能吃酒吗？”

王阳明推开娄素珍，道：“只怕你不行。”

两人哈哈大笑，巴图向他行蒙古礼，王阳明作揖还礼。

“鄙人巴图蒙克。”

“在下王阳明。”

巴图热情道：“我已摆下酒宴，二位务必赏脸。”

“可是他们……”王阳明指了指囚栅里的众客商。

“我们蒙古人承君一诺，必守此生。”巴图对护卫道：“把货物还给客商，放人！”

王阳明抱拳道：“多谢。”

众汉人得释，老熊拔腿就跑。张黑五看了眼王阳明，心有不甘地离去。

巴图设宴，与王阳明相谈甚欢。

巴图感慨道：“从王兄身上，我懂得了一个道理。光有武力是不够的，如你这般文武兼修，才算真正的强者。”

王阳明谦让道：“惭愧！”

“你的话我也想了很久，果然是真知灼见。”

“什么话？”

“互市。”

“巴图兄明鉴。”

巴图拿出一把佩刀，道：“我想与你结为安答，王兄意下如何？”

王阳明拿出本书，道：“好！我们就结为异族兄弟！这本《易经》送给你，华夏智慧尽在此书。”

“哈哈哈哈！今日真是痛快！”巴图将杯中酒饮尽，道：“王兄且回营帐歇息，明日我替二位送行！”

月牙如钩，高悬长天。

太师加思兰走进军营，下马进帐，发现一个心口上插着支箭的鞑靼骑兵正在接受军医的检查，问道：“谁干的？”

军医道：“一个汉人。”

“人在哪？”

“就在军营里。”

加思兰闻言，震惊不已。

王阳明和娄素珍收拾好行李走出营帐，伏兵出现，绑架了二人。

娄素珍急道：“你们干什么？这是巴图的待客之道吗？”

王阳明沉稳道：“想必不是巴图，他应该不知此事。”

“我看就是他设下的圈套，摆明了要杀我们。”

“想杀早就杀了，何必大费周章？”

二人被押到两根木桩前，刀架在脖子上。

娄素珍流泪道：“是我连累了你。”

王阳明笑道：“原来你这么怕死。还说我是胆小鬼？”

“都什么时候了，你还笑得出来？”

“你听说过庄子的‘齐生死’吗，我给你讲一遍，你就不怕死了。”

娄素珍破涕为笑道：“就会饶舌。庄子用‘鼓盆而歌’悼念亡妻，若是我先死了，你是不是要手舞足蹈？”

王阳明坏笑道：“手舞足蹈？为什么？啊，我明白了，人生三大幸事，升官发财死老婆。不对啊，那我得先娶你，这个可要好好考虑一下。”

娄素珍脸红道：“你……”

王阳明打趣道：“好了好了，你先下去给阎王爷打个招呼，说还有很多伟大的事等着我去做，再宽限些时日。”

娄素珍“扑哧”笑出了声。

鞑靼兵将二人反手绑缚到木桩上。

娄素珍含情脉脉地看着王阳明，道：“谢谢你……如果还有来世，我们……”

王阳明坚定道：“我们就在一起！”

娄素珍脸上泛起一片绯红。

屠刀斩下，王阳明闭上眼睛。忽闻“哐”的一声，屠刀落地。王阳明睁眼，只见巴图冷峻地站在木桩前，手持佩刀……

巴图快步走进营帐，加思兰向他行礼。

巴图还礼，道：“太师，他们是我的朋友。”

加思兰不悦道：“你竟然和敌人做朋友？”

“那个书生是英雄，是我的安答。”

“你身上流着黄金家族的血，这么做不觉得有愧吗？”

“正因为我是铁木真的后人，才更要捍卫家族的尊严。太师难道要让巴图做一个不讲信义之人？”

“好，我姑且相信你，但他们射伤了我们的人，这笔账怎么算？”

巴图走到受伤的骑兵跟前，查看伤势。

加思兰道：“你为人仗义，我很钦佩。但手下负伤，你若不能为他出头，今后如何服众？”

巴图盯着骑兵。

加思兰续道：“巴图，不要儿女情长，我们与朱明是死敌。”

巴图突然拔下骑兵身上的箭，惨叫声响彻整个营帐。

加思兰怒道："巴图！"

巴图把箭插进自己的右胸，登时血流如注。他强忍剧痛道："他让我明白了一个关乎蒙古命运的道理，这份恩情若不还，不仅不能服众，连我自己都说服不了自己。"

巴图目光坚毅地望着怒容满面的加思兰。

与此同时，关外的山沟里，娄忱带兵席地休整。他一夜未眠，疲惫不堪地看着娄素珍的画像和王阳明的通缉令，蓦地起身道："弟兄们，起来了！"

众士兵惺忪而起。

娄忱鼓舞士气道："不远了。大家加把劲，今日肯定能抓到。"

晨曦初露，旭日普照，巴图送王阳明、娄素珍离营。

巴图笑道："王兄，现在能告诉我刀在哪了吧？"

王阳明走过去耳语。

巴图指着他道："你……哈哈哈哈！"

双方各自行礼，王阳明携娄素珍离去。

为免再遭变故，二人拍马急行，不一会儿便看见被释放的那伙客商正愁眉苦脸地坐在道旁。

王阳明翻身下马，道："各位在此作甚？"

客商甲上前一脚踹倒王阳明，老熊也换了副面孔，不再感激涕霖。

娄素珍大惊道："你们干什么？"

客商甲硬邦邦道："干什么？问他自己好了。"

王阳明爬起来道："哪得罪你了，还请明示。"

老熊道："要不是你，我们的货也不会被张黑五给劫了。"

娄素珍气道："岂有此理，你们的货被劫与他有何干系？做人要讲良心，他可是你们的救命恩人！"

客商甲道："恩人？他不过是在救自己。别忘了是谁射伤鞑靼骑兵，连累大伙的？害死同胞不说，还跟敌人称兄道弟。呸，汉奸！"

娄素珍急道："你们……你们讲不讲理？"

"是啊，做人一定要讲良心。"张黑五等人拍马过来，众客商惊散，王阳明和娄素珍被包围。

娄素珍道："张黑五，你若真讲良心，就该想想怎么报恩。没有王阳明，你们早就死在鞑靼手上了！"

张黑五冷笑道："报恩？等我先报了仇再说吧！"

娄素珍道："王阳明，看到了吧！你豁出性命搭救的是条中山狼！"

张黑五道："少废话，动手！"

娄素珍拔刀挡在王阳明身前，厉声道："谁敢！"

二当家打马而来，高呼道："官兵来啦！"

只见娄忱率队驰来。

张黑五瞥了眼娄素珍，道："听说官府正在悬赏捉拿你，也好，省得我亲自动手——把刀收起来。"

众强人得令，纷纷收刀。

王阳明对娄素珍道："我与这位大人有一面之缘。我来应付他，你快走。"

娄素珍平静道："不必了！"

王阳明不解其意。

娄忱赶到，翻身下马，道："混账东西，看你还往哪逃？"

士兵包围众人，马腿林立，长刀高擎。

娄素珍反唇相讥道："逃？我哪逃了？到关外感受一下春游之趣，骑射之美。"

娄忱斥道："胡闹！这是你该来的地方吗？快跟我回去完婚。"

张黑五惊惧交加，王阳明亦惊诧莫名。

娄素珍指着张黑五道："爹，他们是强盗！"

娄忱下令道："绑了！"

众强人束手就擒。

娄素珍道："你不取消婚约，女儿誓死不回。"

娄忱道："父母之命，媒妁之言。一并绑了！"

士兵拿着麻绳上前，娄素珍忽然从王阳明的箭壶中抽出一箭，抵住脖子。

"爹，你要把女儿往绝路上逼吗？"

士兵止步，娄忱挥手让他们继续上前，并道："我娄忱从不受人威胁，女儿也不行。"

娄素珍倔强地将箭刺了下去，王阳明大惊，冲上去夺箭，却不慎把娄素珍扑倒在地。

王阳明道："才捡了条命，这么快又活腻了？"

娄素珍脸红起身，道："为什么拦着我？"

王阳明柔声道："人活着，不是为了迎合任何人的期待。如果因为庸人的偏见就要寻死，那岂不是比庸人还蠢？"

娄忱不满道："你说谁是庸人？"细瞧之下，认出王阳明，道："是你？你怎么也在这儿？"

王阳明尴尬道："呃……人生何处不相逢，真巧啊！见过娄大人。"

娄忱看了看娄素珍，看出了两人的关系，道："好你个王伯安。"

"爹，他叫王阳明。"

娄忱惊讶道："你是王阳明？"

王阳明道："呃……正是。"

"给我绑了！"

士兵绑缚王阳明。

娄素珍急道："爹！你干什么？"

娄忱拿出王阳明的通缉令。

娄素珍惊道："原来你才是朝廷的通缉犯！"

王阳明摸摸后脑勺道："这……这里面一定有误会！"

娄忱威严道："少废话，全部带走！"

众人被押着往关内走去……

第十一章　情为何物

娄忱拽着娄素珍的头发回到家，一把将她扔进书房。娄素珍披头散发地跪着，娄忱胸口起伏地坐在一旁的椅子上，脸色煞白道：“你知不知道羞耻两个字怎么写？我怎么生了你这么个丢人现眼的玩意儿？”

娄素珍昂首道：“女儿追求终身幸福，丢什么人现什么眼了？”

“还敢顶嘴？你祖父是理学名宿，一辈子堂堂正正做人，勤勤恳恳治学，好不容易攒下些名望，全让你毁了！”

“人死如灯灭，名有什么用？”

“你干的那些蠢事就有用？”

“我只想认真活好每一天，到老不遗憾。”

娄忱讥讽道：“就你，还认真？”又缓了口气，道：“你好好跟爹讲讲，刚才说的是不是气话？”

娄素珍道：“不是气话，是事实。”

娄忱坐直了：“是真的？”

“是真的！我喜欢王阳明，他搂过我亲过我，我非他不嫁！”

娄忱左右看了看，压低声音道：“你给我小点儿声，刘府的管家就在门口！”

“刘府管家怎么了？刘府管家还能强抢民女不成？”

“人家是内阁大学士刘健的堂侄，多少人想嫁，就你不识好歹！”

“他便是个王爷，我不喜欢，照样不嫁！”

娄忱冷笑道：“哼，哪个王爷瞎了狗眼，会看上你？”

家仆在门外道：“老爷，刘府管家已恭候多时。”

“知道了，这便过去。”娄忱扭头对娄素珍道：“你是不是认定了那个王阳明？”

娄素珍道：“是！与其齐大非偶，不如门当户对。王阳明的爹是詹事府的左庶子，跟您一样正五品！”

娄忱一拍扶手，道：“唉！女大不中留，也罢！”

娄素珍喜出望外道：“多谢爹爹成全！”

娄忱起身出门。

王阳明被王华从五城兵马司一脚踹了出来。

“爹，我那是去考察山川形胜，好给朝廷出谋划策。”王阳明拿出一封信函，只见上面写着“平安策”三个字，交给王华。王华扫了一眼，把纸揉成一团扔了，不屑道：“纸上谈兵！”继而交给他一封邸报，道：“看看你自己干的好事！”

王阳明展读道：“丘先生——自缢？怎么会！”

“怎么不会？我都被你气得差点吐血！”

王阳明转身离去。

王华道：“你去哪？”

“书院。”

“你还好意思去？”

王阳明头也不回道：“这件事我必须面对！”

他前脚刚走，王喜便从远处跑来。

王华道：“怎么了？”

王喜上气不接下气道：“兵部娄大人找您，在家等了好一阵了。”

王华回到家，快步走入，王喜一边紧跟一边道：“刚刚接信，夫人已到沧州，估计明日便能到京。”

王华点头道：“嗯。王欢去南昌这么久了，怎么还没回？”

“今日便能回。”

“好！让那孽畜赶紧去成亲，眼不见心不烦。”

来到花厅，王华向娄忱行礼道：“对不住啊娄大人，让您久等了！”

娄忱还礼道：“哪里，娄某冒昧造访，还望勿怪。令郎接出来了？”

“是啊。多亏您亲自出马，身犯险境，不然他那条贱命肯定交代在关外了。请受王华一拜。”

王华欲拜，娄忱赶紧起身搀扶，道：“王大人不必客气。娄某有一事，正不知如何启齿。”

王华落座，道：“但说无妨。”

娄忱犹豫片刻，道：“那……好，我就直说了！”

王华点头。

“拙荆死得早，娄某膝下就一个女儿，待字闺中。虽无倾国倾城之貌，亦是出水芙蓉之姿。她与令郎相识于关外，一见倾心。我这个做父亲的没什么能耐，只盼着她高兴就好。所以斗胆请教王兄，想看看两个孩子有没有缘分结为连理？”

“这……”

“兹事体大，不必急于答复。”

“娄大人，您听说丘先生的事了吗？”

“丘浚？”

王华正色道："正是。"

慎独书院的大门两旁挂着白布，一派肃杀之气。杨廷和出门，看见王阳明心情沉重地在门外徘徊，上前道："王守仁。"

王阳明道："杨先生？"

"进去拜拜吧。"杨廷和把一封信和一本书交给他，只见信封上写着"王守仁亲启，丘浚"。

王阳明问道："丘先生为何自缢？"

杨廷和道："尹直。"

"尹直？"

"京察时他没能得逞，这些年让御史捏造了许多不堪入耳的流言……不提也罢，你去吧。"

杨廷和离去，王阳明拆信，丘浚的笔迹浮现在眼前：

王守仁，你得阅此信，说明我们师徒之缘未尽，但已阴阳相隔。每个人都有逃避别人的时刻，可是任何人都无法逃避自己。是你，让我明白了这个道理。

我一生求道，毁誉加身，徒负无数虚名与骂名。生前，我不欲自辩；身后，唯愿世间能有哪怕一人解我隐衷。

云锦性情刚烈，只因我的一席话，便为了我去死。我读了一辈子圣贤书，到头来却不如一个弱女子有情有义。

在她墓前，为师真正理解了生命的可贵。再不朽的声名，百代后亦化作空洞的符号，而生命，哪怕是蝼蚁，也只能活上一次——无法更改，永不重来。

可惜，人这一生如雾里看花，层峦叠嶂，要参透是非、成败、荣辱、生死，何其难矣！归根结底，放不下的还是一个"我"字。

输了，就想赢；赢了，想一直赢下去。若是没有，就不择手段去争；已经有了，就想方设法攥住——人心自古如此，深不可测，永不餍足，在欲望里迷醉，在欲望里煎熬。直到大限将至，仍如痴猿捉月，渴鹿逐焰，心有不甘，可悲可叹。

一代人做一代事，为师的使命已然完成，道统上的"丘浚"早就死了。五百年必有王者兴，可惜不是我，或许会是你？此生诸多遗憾，离俯仰无愧差之千里，但为师决定坦然撒手。遗著《大学衍义补》由宋儒之《大学衍义》生发而来，吾毕生心血，尽在此书，你替我保管好它。

生命至为珍贵，万望敬之畏之，切莫虚掷一日。

师丘浚。

王阳明泪眼蒙眬，诸多往事涌上心头。

一次，书院失火，众人四散奔逃，王阳明去找丘浚，只见他不慌不忙地从卧室出来，面对如丧考妣的众弟子，哈哈大笑道：“怕什么？我是死不了的，我死了，圣学怎么办？”

还有一次，王阳明因为把尹宏打伤，跟王华闹掰，在外游荡多日。再回到书院时，丘浚劈头大骂他是“懒虫”“没出息”“朽木不可雕”“打了人不敢面对”。王阳明忍无可忍，正要怒目反击，忽见丘浚用力一拍桌子，高声道：“我把你当作我吹牛的本钱，你不理解我的苦心，你忍心叫我绝望吗？”说着竟哽咽起来，王阳明感动不已，赶紧倒茶赔罪。

泪水滴在信纸上，王阳明的思绪飘了回来……

下马石前，王欢跳下马鞍。

花厅里，娄忱还在与王华磋磨：“丘先生为名节所累，怨不得令郎。”

王华叹息道：“老兄雅量，只是这逆子顽劣异常。”

王欢快步走入，道：“老爷，给您道喜啦。”

娄忱高兴道：“哈哈，你看你看，这么快就有人道喜，还犹豫什么？”

王华给王欢使了个眼色，岂料他会错了意，道：“是呀老爷，诸老爷非常高兴，已经大操大办，开始准备小少爷和芸玉小姐的婚事了。”

娄忱色变。

王华斥道：“下去！”

王欢莫名其妙，依言退下。

王华尴尬道：“娄兄，犬子其实已有婚约在身。”

娄忱强作镇定道：“哦，是吗？哪家的闺女这么有福？”

“江西布政司参议诸养和。”

“布政司参议？呵呵。既如此，打扰了！”

娄忱负气而去，王华无奈摇头。

慎独书院里站满了人，顺着两排人墙望去，甬道尽头是丘浚的灵柩。

见王阳明出现，人群骚动。

戴铣快步走近，道：“王守仁，这里不欢迎你，马上给我滚！”

王阳明难过道：“我想上炷香。”

“你已经不是书院的人了，没资格上香。”

“一日为师，终生为父，先生教会我很多做人的道理。望戴兄通融通融，我上完香立刻就走。”

“少在这猫哭耗子！先生就是被你给气死的！”

王阳明跪下，哽咽道：“如果不能祭拜先生的英灵，到死的那一天我都不会原谅自己。求戴兄给我一个机会。”

众人动容，戴铣一时也不好再说什么，便道：“你若真有悔过之心，就跪着过去吧！”

王阳明小声道：“谢谢！”

他深吸一口气，朝丘浚的棺椁膝行而去。戴铣使了个眼色，一个弟子冲着王阳明的脑袋猛拍一掌。后面的弟子纷纷效仿，一人一掌。但王阳明不屈的神情让他们又敬又怕，后面的弟子越拍越轻。

终于来到棺前，一人把香递给了他。

王阳明泣不成声道：“弟子无能，今生无以为报。倘有来世，愿结草衔环……”

大脑一片空白的王阳明已记不清自己是怎么走回家的。

看见失魂落魄的儿子，王华放下茶碗，道：“拜完丘先生了？”

“嗯。”

“好，你赶快收拾一下，去南昌。”

王阳明一愣，大惊道：“去南昌做什么？”

“完婚。”

“完婚？”

“男大当婚，有什么好惊讶的？你表舅诸养和的女儿诸芸玉跟你订有娃娃亲。这便成亲去吧！”

“爹！我都没见过那个女的。这桩婚事，我不同意！”

“我的话你听过几回？成天上蹿下跳不让父母省心，把你娘急得从老家赶过来，卧病在床——”

“什么，娘来了？”

王阳明急忙入内。王华吐了口茶叶，闭目养神起来。

卧房里，郑青莲倚在床上，咳嗽不止。

王阳明推门而入，道：“娘！”

郑青莲虚弱道：“守仁。”

王阳明跪下道：“孩儿叩见母亲。”

“快起来，让娘看看。”

王阳明跪地前行。

郑青莲抚摸着儿子的脸，感慨道：“一晃这么多年，我儿已长大成人了。”

“娘，您哪里不舒服？”

“没事，好着呢……咳咳……”

“您想孩儿，写信叫我回去便是，何苦长途跋涉来北京？”

“你爹说京城名医多，接我过来瞧瞧。”

“都要看大夫了，还说没事？”

“有没有事，娘自己心里清楚。再说了，心愿未了，哪能就这么走了？”

“什么心愿？”

郑青莲摸着他的脑袋，道：“傻孩子，看着你成亲啊！”

王阳明的脸微微一红。

郑青莲续道：“再生个大胖小子，跟你当年一样——想当初你在鬼门关走了好几遭，最险的一回差点被野猪给吃了。娘那个时候也不知哪来的力气，跟它死命地斗，总算把它赶走了。”

王阳明感动道：“娘……”

“命运无常，人要惜福啊。年轻的时候总觉得光阴无限，什么事都由着性子来，久而久之便可能铸下追悔莫及的大错。娘不知道你有没有意中人，但古人说得好，娶妻娶德，娶妾娶色。找到一个合适的妻子，不仅可以成就一个男人，还能兴旺一个家族。就像阴丽华之于汉光武，马皇后之于明太祖。”

“合适固然重要，可要是不喜欢呢？”

“喜欢有乍见之欢，有久处不厌。前者未必能与你共患难，就像汉代的朱买臣妻；而后者，经久不衰，愈久弥香。”

王阳明低头不语。

郑青莲接着道：“诸芸玉那孩子娘见过，知书达理，落落大方，是个好姑娘。”

王阳明不以为然。

“守仁，你觉得丘大师更爱他的发妻还是后来自尽的那个姑娘？”

王阳明一惊抬头。

“相爱相杀，不如相知相守。太过炙热的爱，焉知不是欲？烧掉理智，烧尽琼楼玉宇，烧毁成汤六百年江山。守仁，男人和女人走到最后靠的不是廉价的喜欢，而是情义。”

见王阳明若有所思，郑青莲拿出一副玉镯，道：“这是你爹当年送给我的，替我把它交给芸玉吧。”

王阳明接过镯子，五味杂陈……

次日，王阳明路过一家医馆，驻足观望，想给郑青莲抓些药。忽然，人声喧哗，伴着“来了个神医，去看看”的声音，路人往一个方向拥去。

王阳明随人流来到一个墙角，只见一术士坐在一太师椅上闭目养神，身前一个案几，上面摆着一尊太上老君的铜像。铜像面前是个盛满药丸的盘子，“太上老君”的一只手前伸做取物状。术士的身旁立着副对联，上联是“医有秘方，可使万民增寿”，下联是“药无凡草，能教百病回春”。

百姓甲问道：“你卖的什么药？”

术士睁眼，缓缓道：“生生造化丹。”

“能治啥病啊？”

“包治百病。”

人群耸动。

百姓甲质疑道：“哄谁呢你？”

术士不慌不忙道：“童叟无欺，试试便知。只是，有一个条件。”

“什么条件？”

“交了钱先向老君像祷告，说明症状，再把药盘捧近。如果病可治愈，药丸就会跳到老君手中；如果治不好，便静止不动，钱财如数奉还。”

众人啧啧称奇，一太婆摸出银子，见术士伸出两根手指，递给他二两。

太婆按术士的方法试验，说：“家里的老头子得了中风，两年都没下过床了。”药丸纹丝不动。太婆大失所望，术士把钱还给了她。

“我来试试！”百姓甲交钱后跪下陈述病情：“太上老君显灵。我儿子得了伤寒，浑身发热，什么也吃不下，喝进去的药全吐了。”

奇迹出现，药丸“啪”的一声被老君的手“吸”了上去。

百姓甲兴奋地跳了起来，众人大奇，马上有人跃跃欲试。

王阳明冷笑着走出人群，转身拦住众人：“这么拙劣的把戏你们也信？”

术士不满道：“你说什么？！”

王阳明拿过百姓甲的药丸，掰开。术士登时脸色惨白。

王阳明解释道：“盘子里的药丸，有一半掺了铁屑，另一半没掺；铜像的手也是磁石做的，只不过表面镀了层银。”

众人恍然大悟，义愤填膺。

百姓甲怒道：“好你个死骗子！”

术士掀了摊位，落荒而逃，王阳明带几个百姓追了上去。术士发足狂奔，众百姓体力不支，最后只剩王阳明一人穷追不舍。

俩人跑进一条死胡同，术士累得气喘吁吁。王阳明一把抓住他的衣领，挥拳要打，结果弄掉了他的假发和假胡子。这才看清真面目，却是一个十四五岁的男孩儿。

男孩儿气喘吁吁道：“你……你……你太能跑了。”

王阳明作势欲打，道：“小小年纪，装神弄鬼，长大还得了？”

“大侠饶命！我娘没了，我来北京投奔我爹，结果盘缠被人偷了，只好出此下策。”

王阳明听到“我娘没了”，拳头停在了半空，道：“滚吧！以后别再骗人了。”

男孩儿一愣，忙道：“不敢，不敢了。谢谢大侠！”

言讫，一溜烟跑了。

豫章故郡，洪都新府。南昌乃一省繁华之所在，山水旖旎，人文富丽。

这日，诸府张灯结彩，上下忙作一团。诸养和背着手东瞧西看，满意而出。

两个挑夫挑着四只木桶走到院落中央，被一大家闺秀叫停，却是诸芸玉。

她揭开桶盖看了看，皱眉摇头道：“这鱼怎么都不一般大呀？”

挑夫面面相觑，负责采买的管家赶紧过来，道：“小姐，您的意思是……”

诸芸玉挽起衣袖，挑拣起来，把过小或过大的鱼转移到其中一个木桶。

管家赶紧帮忙，道：“小姐，这种粗活让我来就好了。”

另外两个下人看见，也过来帮忙。

诸芸玉道：“不用你们。去看看蜡烛，都锯成一般长。”

下人面面相觑，管家使眼色。

下人小声嘀咕道：“有一百来根呢。”

管家提高声音道：“还不快去！”

下人撇嘴离去。

京城。

王华望着厅中的背篓，道：“收拾妥了？”

王阳明烦躁道：“收拾妥了。”

“我告诉你，要是敢半道溜回来——”

“这么不信任我，派人跟着好了！”

“我正有此意。王喜走不开，让他儿子王畿随你去南昌。”

“王畿？”

王华大声道：“王畿——”

王畿走了出来，竟是那日卖假药的少年。

王阳明惊讶道：“是你？”

王畿暗自叫苦。

王华疑惑道：“怎么，你们见过？”

王阳明想了想，道：“没，认错人了。”

“既如此，船已帮你们备好，赶紧去东便门码头吧！”

大门口，马车正在等候，王阳明盯着王畿看了半天，直看得他心里发毛。

“你先去码头等我。”王阳明把行李交给王畿，转身离去。

王畿正莫名其妙，王喜出门，道：“怎么不跟上去？”

王畿愁眉苦脸道：“爹，我不要跟着他！”

“你不想跟，有的是人想。要不是你爹这张老脸，你以为你能给小少爷当书童？”

“王欢叔说他是混世魔王。”

“他就是个疯子，你也给我跟着！什么时候你考个秀才回来，再谈别的。”

“我想做买卖！”

王喜叹息道：“做买卖也得有平台啊！老爷最喜欢的诗是余姚大诗人虞世南的‘居高声自远，非是藉秋风’。你跟着小少爷多听多看，慢慢悟吧。爹年纪大了，快干不动活了，以后得靠你自己。”

王畿的脸上写满了“不服”二字……

王阳明来到娄府，奋力拍打门环，道：“我要见娄小姐，为何不开门？”

娄府花厅，娄忱脸色阴沉地坐着，门卫胆战心惊地站着。娄素珍忽然跑了出来，奔向大门。

娄忱一拍桌子，道：“你敢！”

娄素珍转身道：“他爹得罪了您，您有必要把气撒他头上吗？”

娄忱冷笑道：“倒成我的不是了？你还想门当户对，人家根本就不想与你门当户对，找了布政司参议的女儿。了不得，正四品。”

娄素珍扭头就走，结果被几个大汉堵住去路。娄素珍摆开架势，准备开打。

娄忱起身道：“反了你！”

“爹，你不要逼我！”

娄府门口，王阳明搔首踟蹰。他快步走到门前，打算再次砸响门环，手却停在了半空。

终于，一张落寞的脸消融在夕阳之中。

与此同时，大门推开，娄素珍闯了出来。她向左张望，那正是王阳明离去的方向。可惜，一辆马车经过，挡在了她的视线和王阳明的背影之间。娄素珍向右跑去，两人朝着相反的方向，渐行渐远……

在王畿的陪同下，王阳明恋恋不舍地上船，回望了一眼娄府的方向。

另一边厢，娄素珍敲开了王宅的大门，得知王阳明去了南昌。

月光下，船舱中，王阳明半躺在床上，闷闷不乐地玩着郑青莲给他的镯子。王畿打开窗户，用一柄箭撑着，兴奋不已道：“今晚的月亮真圆。”

回身发现王阳明仍在发呆，王畿不禁嘴欠道：“唉，从此无心爱良夜，任他明月下西楼啊下西楼。”

镯子不慎滑落，滚到王畿身前。

王阳明回过神来，道：“你说什么？”

王畿道：“我说不想结就别结了呗，免得耽误两个人。”

“你怎么知道我不想结？”

王畿把箭收了回来，挑起手镯，递给王阳明，道：“一路上冷得跟冰块似的，傻子都看出来了。心里还藏着一个吧？”

王阳明望着箭，忽然想起在关外时娄素珍曾用一柄箭威胁娄忱要自杀，自己制止了她，还以一句“活着，不是为了迎合别人的期待”劝解。

见王阳明又开始发愣，王畿取下手镯，放在他身边，道：“总之呢，没有什么事，比认真活过更重要。”

“你年纪轻轻，哪来的那么多感慨？”

“年轻才会感慨，上了岁数就麻木了。唉，扯这些也没用，做人嘛，能瞎蒙就瞎蒙，生活尽量放轻松，你要实在不想结，办法有很多种——”

“时辰不早了，我要歇息了。”王阳明吹灭了蜡烛。

王畿忙道：“哎，我还没说完呢！”

南昌诸府，一众乡绅走入，在诸养和的示意下落座，其中一人被请到上座。

员外甲奉承道：“诸翁啊，听说城里的贺联和临川贡都被你买空了，宁王府办喜事也没这么大的声势啊！”

众人大笑。

诸养和摆手道：“哎，还不是各位捧场？在座都是江西的大贤，整庵先生更是一代儒宗。”

上座之人微微颔首，却是名动天下的罗钦顺。

罗钦顺稳如泰山道：“诸大人谬赞了。”

诸养和对众人道：“今晚小婿船到，有劳各位跟诸某去码头走一趟了。他虽是京城下来的，但咱们南昌英杰荟萃，名士如云，不比他北京的玉带乌纱、冠盖车马差。”

员外甲递话道：“听说大人的这位乘龙快婿是詹事府王德辉先生的公子？”

诸养和得意道：“正是。”

员外甲看了看左右，道：“哎哟，这王德辉可是成化辛丑科的状元，现在虽只是个左庶子，比大人还差着一品，但那是辅导东宫太子的近臣，前途不可限量啊！”

众人频频点头，诸养和心满意足。

当晚，南昌码头人头攒动，灯火照亮了半个夜空，诸养和、罗钦顺和员外甲立于岸边，翘首以待。

随着一声“来了、来了”，众人拼命往前挤，只见一艘挂着“王”字旗的船缓缓靠近。

船舱里，王畿刚把窗户推开一条缝，立刻惊道：“我的妈呀，怎么这么多人？”

王阳明起身道：“你先出去，我换个衣服。”

王畿提着灯笼走到门口。

王阳明忽道：“等等。就站那吧，别让外面的人进来。”

王畿应道：“哦。”

此举导致码头上的人看见一只灯笼从船舱里伸出，却无人出舱，顿时面面相觑。

罗钦顺灵机一动道：“大人，不会是出哑谜考咱们吧？”

诸养和思忖道：“这个王守仁，从小行事便出人意表，有可能。”

员外甲号召道：“这有何难，大伙都来想想。”

众人附和道：“对，一起想想。”

船舱里，王阳明更衣，却发现礼服不合身，怎么穿都穿不上去。

王畿开始打哈欠。

船夫的声音传入："王公子、王公子。"

王阳明抬头道："什么事？"

"岸上的人让我把这个篮子交给您。"

王阳明示意，王畿出去把篮子拿了进来，只见其中装满了红包。王畿兴奋地打开一个，只见里面是张字条，上面用小楷写着工整的词句，不禁嘟囔道："还以为是银票呢！"

王阳明一使劲，把袖窝给扯破了，烦闷地坐了下来，望着字条发呆。

上面都是好词佳句，比如"暗室一炬，烛照古今""漫漫长夜，一灯如豆""圣人之光，日月同辉"。王阳明恍惚起来，尤其看到"圣人"二字时，眼前又浮现出他告诉丘浚读书是为了学做圣贤的情景；浮现出算命先生说"等你胡须长到肚脐眼时，就修成圣果了"的情景。

"王畿。"

"哎！"

"你长大想做什么？"

"做买卖。小少爷呢？肯定想做官吧？"

王阳明摇头道："做官有什么意思！"

"那什么有意思？"

王阳明自言自语："什么有意思？"忽然莞尔道："让船家开船。"

王畿一愣，道："啊？去哪？"

王阳明神秘道："问道。"

码头上，众人眼睁睁地看着船起锚离去，无不瞠目结舌。

员外甲结巴道："这、这……这是怎么一回事啊！"

罗钦顺瞧了眼诸养和，只见他脸色惨白……

翌日，诸养和快步回府，将一张邸报狠狠地摔到桌上，道："关门！"

大门重重地关上，诸芸玉讶异地走了出来。

诸养和愤怒道："退婚！"

诸芸玉震惊道："爹，你说什么？"

"你自己看吧。"

诸芸玉拿起邸报，念道："国子监祭酒丘浚自尽，这跟表哥有什么关系？"诸养和吹胡子瞪眼道："王守仁是丘浚的弟子，坊间传言，就是他把自己的老师给气死的！"

"传言您也信？"

“我还没瞎！王守仁的船就从我眼皮子底下开走的。”
“他没下船？”
“哼！上赶着的不是买卖！”
诸芸玉转身离去。
诸养和道：“你去哪？”
“打听表哥的下落。”
“他要是不回来呢？”
“他会回来的！”
诸养和叹了口气，将邸报撕得粉碎。

九华山的山道上，两个蚂蚁大小的人影正在向上攀爬。山道尽头是一座巍峨的寺庙。

王畿大口喘气道：“你想拜佛，南昌就有庙啊，干吗费这么大劲爬九华山？”
王阳明平静道：“我不想拜佛。”
“那你来化城寺做什么？”
“剃度。”
王畿惊得差点摔了个跟头，道：“你、你……你疯啦？”
王阳明埋头疾走，王畿无奈追赶。

一炷香后，大雄宝殿中，方丈与王阳明对坐。王畿东张西望，忐忑不安。
方丈终于开口道：“施主尘缘未了，为何出家？”
王阳明道：“修习佛法。”
“习佛所为何事？”
“成圣。”
“佛门清净地，一破法执，二破我执。见诸相非相，方见如来。施主欲成圣，还是到周敦颐和程明道那里寻吧。”
“望大师指点一二。”
“饥来则食，困来即眠。应无所住，而生其心。既知万法唯识，三千世界便是无方道场，何不对境起修？”方丈起身，双手合十道：“阿弥陀佛。”
径自离去。

小沙弥送客，把王阳明和王畿带到山门处，忽道：“听施主口音，似乎是浙江来的？”
王畿道：“对啊，绍兴府的。”
小沙弥眉毛一挑，道：“哦？小僧有一事相求，不知二位方便与否？”
王阳明停步……

小沙弥带二人去往禅房，路上道：“两年前来了个乞丐，自称绍兴人，想出家。被方丈拒绝后，他自己剃了发，走进禅房，终日枯坐。方丈怕出事，每天派人送饭。他倒也不挑，给什么吃什么，就是一言不发。”

小沙弥推开禅房的门，王阳明入内。只见一“小和尚”双目紧闭，纹丝不动地坐在蒲团上打坐。

王阳明微微一笑，道：“你们先出去吧。”

小沙弥迟疑了一下，同王畿出门。

王阳明绕着“小和尚”走了三圈，步态夸张，像是道士捉鬼前的作法。忽然，他拔了一根头发，挠“小和尚”的脚心。“小和尚”憋得满脸通红，神色痛苦。王阳明一笑，计上心来。

他冷不防地凑近，大喝道：“这和尚要嘴来做什么？要眼来做什么！”

“小和尚”受惊，下意识地叫唤了一声。见王阳明笑盈盈地望着自己，“小和尚”重新正襟危坐，但心绪已乱。

王阳明不声不响地出去了。

“小和尚”偷偷睁眼，只见屋里空空荡荡。正大惑不解，王阳明又进来了，拿着把火钳，朝他头上戳去。

“小和尚”大惊躲避，道：“你、你要干什么？”

“你不是想出家吗？我替你点个戒疤。”

“我、我还没想好。”

“想了两年还没想好？”王阳明又举起嘶嘶冒烟的火钳。

“小和尚”急道：“等等，我家里还有亲人呢！”

“胡说！”

“真的！爹娘俱在。只是，只是关系不大好。”

王阳明放下火钳，换了副温和的口吻道：“离家这么久，想他们吗？”

“小和尚”半晌无语，长吁了口气，眼眶湿润道：“怎能不想啊？亲情与生俱来，如果真能抛弃，就是断灭种性，槁木死灰了。”

王阳明点头道：“你这么想就对了。既然亲情割不断，何苦硬要割舍？好比走路，人人都要找平路走，直到平路走尽了，不得不爬山时，才往山上走。如果有平路不走，偏要爬山，那就是把路走错了。眼下你似乎还没到非要爬山的地步，却急于求成，选一条险路来走。这样强迫自己，再打坐个三五年可能也不会有什么进展。”

“小和尚”双手合十道：“一语惊醒梦中人。谢谢你，我该回家看看了。”

言罢，离去。

王阳明自言自语道：“执着于相，执着于空，看来都是一边之见。”

寺院里，王畿瞧见几个男人从山门进来，为首一人（诸府管家）拿着张似像非像的画像向小沙弥打听王阳明的下落。王畿大惊，正好看见“小和尚”向山门走去，机智道：“王守仁，你去哪？”

诸府管家一愣，瞧了瞧“小和尚”，又瞧了瞧画像，越看越像，乃道：“王公子，对不住了，等到了南昌再向你赔罪。”

他使了个眼色，众人用头罩蒙住“小和尚”，火速扛走。

“小和尚”疾呼：“你们干什么？我不是王守仁啊！”

小沙弥呆若木鸡。

王阳明走出，道：“王畿，你搞什么鬼？”

王畿转头，道：“你仇家来寻仇，我把他们打发了。”

“怎么还扛着个人？”

“哦，他们把禅房那个呆子当成你了。”

王阳明想了想，道：“不好！肯定是诸府的人！”

第十二章　洞房之夜

南昌诸府。

诸养和盯着“小和尚”看了半天，扯掉他口中的布。

“小和尚”破口大骂道：“你们这帮浑蛋，光天化日之下胡乱抓人，我要告官！”

诸妻皱眉道：“老爷，是他吗？”

“小时候见过一回，看着挺像。”诸养和出门，找到管家，道：“你们是不是抓错人了？”

管家信誓旦旦道：“错不了，我亲耳听见有人叫他‘王守仁’。”

诸养和点头道：“此事先不要让芸玉知道。”

“是。”

诸养和入内，走到“小和尚”近前，道：“守仁啊，你娘的病你不要有压力。舟车劳顿，先休息一下。”

“小和尚”气道：“我不是王守仁！”

诸养和迟疑道：“你是哪里人？”

“绍兴人。”

“这就对了嘛——”

“不对！”

下人进屋，禀告道：“老爷，外面有个自称‘王守仁’的求见。”

诸养和傻眼了，同妻子对视。待回过神来，问道：“你叫什么？”

“小和尚”没好气道：“钱德洪！”

夜里，诸养和设宴招待王阳明，举杯道：“闹了个大误会，守仁勿怪。”

王阳明与其碰杯，道：“舅舅见外了。”

管家入内禀报：“老爷，那个钱德洪走了。”

诸养和道：“银子给了？”

“死活不收。”

诸养和感叹道：“江浙多才俊，此言不谬啊！”

王阳明闷头吃菜……

夜深人静，诸府客房。

王畿端了盆水进来，供王阳明洗脸。

敲门声响起。

王阳明道："哪位？"

诸养和道："守仁啊，还没睡吧？后天便是婚礼了，舅舅想跟你碰一下当天的环节，看看哪些地方你不满意。"

"你们定就行，我没有异议。"

"那哪成？我在书房等你。"诸养和离去。

王阳明苦笑道："你见过舅舅对外甥这么客气的吗？"

王畿想了想，道："虽是表的，却也不多见。为什么呀？"

"因为权力——你过来。"

王畿走近，王阳明耳语。

半炷香后，书房响起了敲门声。

诸养和起身道："请进。"

王畿推门而入，诸养和一愣。

王畿道："婚礼的事小少爷说了算？"

"他想怎么操办？别的地方不敢说，在这江西的地界上，还没有我诸养和办不成的事。"

"好。小少爷说了，他想要的婚礼是'大漠孤烟直，长河落日圆'。"

诸养和呆住："大漠？长河？这……"

王畿续道："小少爷还说了，能做到他就结，不然……"

"不然怎么样？"

"打道回府。"

"啊？"

房门突然推开，诸芸玉出现在门口，凌厉道："好大的口气！我诸芸玉是嫁不出去了吗？"

王畿被她的气场镇住。

诸芸玉道："你回去告诉王守仁，五日之后见分晓。希望到时候他不要自食其言。"

王畿心虚道："哦。"

次日，南昌城外的一个驿站，驿丞慵懒地靠着椅子，看驿卒们征收号草。一老翁缴纳的号草过完称后，驿卒开始报数。

"二十斤。"

老翁急道："明明有六十斤的！大爷，烦劳再给过一次吧，可能称错啦！"

驿卒掌掴老翁，道："混账，老糊涂了吧你！"

一披朱佩紫，贵气冲天的公子路过，看见老翁被打倒在地，白发飘萧，心下不忍，问身旁的随从道："刘养正，这是……"

"回世子，驿站征收号草，就是给马食用的草料。"

刘养正口中的世子，乃宁王朱觐钧之子朱宸濠。

朱宸濠道："哦？我听说朝廷拨有专款，由官府统一向民间采购号草，一文钱一斤。"

"世子明察。上面的钱根本到不了下面，这些百姓不但要无偿向驿站提供号草，有时还不得不贿赂驿卒，以免对方不收。"

"咄咄怪事！他强征别人的，还拿不收来要挟？"

"世子有所不知，如果谁敢不按时按量地缴纳号草，驿站就会打张欠条盖个印，卖给地痞无赖。真到了那一步，才叫永无宁日呢。"

驿卒仍在殴打老翁，朱宸濠义愤填膺地上前制止，刘养正阻拦不及。

朱宸濠呵斥道："住手！你们眼里还有没有王法！"

驿丞蛮横道："老子就是王法，怎么，你不服？"

众驿卒将朱宸濠团团围住，刘养正大惊。

突然，驿丞的左脸被石子击中，怪叫道："哎哟，哪个不长眼的浑蛋？"

话音刚落，右脸也被石子击中。只见一女子身披翻领碧色长衣，足蹬红云靴，持剑走来，却是娄素珍。

娄素珍飒爽道："《大明会典》明文规定，驿站经费，从州县田赋中拨给。为了你们这帮吸血虫，他们早就掏过一次钱了。而你们，打着号草的名义，从朝廷骗了第二笔钱，现在还想再捞第三笔，这算盘未免打得也太精了吧！"

驿丞怒道："驿站事关国朝安危，还轮不到你饶舌。把她给我抓起来！"

众驿卒一拥而上，被娄素珍打得抱头鼠窜。

娄素珍的剑架在了驿丞的脖子上，把他吓得求饶道："女……女侠饶命啊！"

娄素珍威胁道："今日之事……"

"一笔勾销，一笔勾销！乡亲们，都回去吧！"

众百姓散去。

娄素珍轻蔑道："算你识相！"

朱宸濠上前一步，道："多谢襄助，请问——"

娄素珍打断道："你知道布政司参议诸养和家怎么走吗？"

朱宸濠点头道："知道，就在滕王阁的西边。"

"多谢！"

娄素珍远去，朱宸濠望着她的背影，目光久久不离。

这日，王阳明在书房提笔凝视，纹丝不动地盯着一张白纸。

王畿双手托腮道：“小少爷，你都快把那张纸看穿了。有你这么练字的吗？”

王阳明认真道：“化城寺的方丈让我去学程明道，你知道学什么吗？”

“学什么？”

“明道先生说他写字的时候非常恭敬。不是为了字好，而因这是一种心法。古人做什么事都只在心上学，此心精明，字好亦在其中矣。”

王畿打哈欠。

王阳明搁笔，道：“我刚开始练字时，对着古帖临摹，却只能学到字形，收效甚微。后来便再也不肯轻易下笔，而是凝思静虑，拟形于心，直到贯通其法，才提笔落纸，于是乎如有神助。”

门外传来管家的声音：“王公子，老爷让您去前面一趟。”

“好，这就来。”

王阳明出门，来到花厅，发现空无一人。正纳闷间，眼前一黑，被罩上了头套。

几个大汉三下五除二地绑了他，扔上马车……

王阳明暗中记忆路线，感觉马车驶出了城，颠簸良久，方才停下。

他被推下车，松了绑，摘了头套。几个大汉只是看着他笑，示意他爬上面前的一座小山坡。王阳明依言而行，上到坡顶，登时被眼前的景象惊呆了。

只见一片沙漠的中央被围栏围了起来，里面有座新建的木屋，张灯结彩。沙漠东边是奔涌不息的赣江，在夕阳的照射下金光闪闪。

“表哥。”

王阳明转身，只见一个美女正巧笑倩兮地看着自己，煞是好看。

“你是……芸玉？”

诸芸玉笑道：“南昌有豫章十景之说，分别是滕阁秋风、西山积翠、南浦飞云、赣江晓渡、龙沙夕照、东湖夜月、苏圃春蔬、徐亭烟树、洪崖丹井和铁柱仙踪，这厚田沙漠不在其中，鲜为人知，却是江南的一大奇景，相传因沙龙在此驻足而成。好看吗？”

王阳明脸红道：“好……好看。”

诸芸玉嫣然一笑……

第二天，厚田沙漠鞭炮齐鸣，热闹非凡。环绕木屋的，是几十桌丰盛的筵席。诸养和头戴四方巾，身穿重紫苏绸圆领的大袖袍，一张胖脸笑得像朵菊花，立在围栏门口迎客，接受来宾道喜。

管家高声道：“南昌知府黎大人到——”

已经入座的宾客交头接耳，诸养和谦逊地迎接。

“江西布政使顾大人到——”

宾客们啧啧称叹，诸养和的态度更为谦和。

管家愈加大声："宁王世子朱宸濠到——"

宾客们一阵骚动，诸养和谦恭到了极点，亲自将朱宸濠引入上座。嘈杂声中，管家扯着嗓子喊了句"应天府解元唐伯虎到"。喧闹立刻停止，女宾们疯了般朝门口拥去。

只见唐伯虎身背长剑，揽辔缓缓而来。他一抬头，看见一群如狼似虎的女人高呼自己的名字争先恐后地冲过来，吓得从马背上跌落。

诸养和端着酒杯，走到正中，咳嗽了两声，道："小女今日出阁，仰赖各位捧场，诸某真是三生有幸啊！"

木屋里，王阳明吃力地将一件胸前绣着鹌鹑补子的九品官服往身上套。这是新郎官穿的喜服，由于很多人一辈子都当不了官，民间能穿官服也就新婚这么一遭，故男子娶亲亦称"小登科"。

王阳明穿不上喜服，急得满头大汗，王畿过来帮忙。

屋外传来员外甲溜须拍马的声音："诸翁真是别出心裁啊。厚田沙漠壮美如斯，怎么就没人想过在这举办婚礼？反正我是等不及了，快把令坦请出来让大伙瞧瞧吧！"

众人起哄。

王阳明紧张地望着木门，手忙脚乱。

门外，诸养和笑而不语。

罗钦顺起身道："有美玉于斯，韫椟而藏诸。诸翁的这位贤婿，据说是成化辛丑科状元王德辉先生的公子。今日宾客雅集，还是快快让我等一睹风采，开开眼界！"

"赶紧的""快点啊"的声音此起彼伏，诸养和满意地朝管家点点头。

管家走到木门前，拿出钥匙开锁。

门推开了，却空无一人。众人正感奇怪，王阳明尴尬地出现，僵硬地笑了笑。

喜服紧绷，缝线处几乎快被撕裂。

众人热烈鼓掌，王阳明小心翼翼地往外走去，每走一步都胆战心惊。王畿站在门后，担忧地望着王阳明的背影。

另一边，只见唐伯虎一手端着酒壶，一手持剑，在一个小山坡上作沙画。众女宾围观，如痴如醉。

唐伯虎潇洒道："侠客重功名，西北请专征。惯战弓刀捷，酬知性命轻。孟公好惊坐，郭能始横行。将相李都尉，一夜出平城。"

唐伯虎边喝酒边作画，一幅《湖山一览图》逐渐呈现在眼前。只见他仰首灌酒，动作潇洒，引得众女宾尖叫连连。

木屋前，诸养和拉着王阳明的手逐一敬酒。王阳明喝晕了，眼前的景象模糊不清，只隐隐感觉到宾客们对自己极尽逢迎，耳边不断回响着"成化辛丑科状元王德辉先生的公子"。

敬到某桌时，一个熟悉的身影出现在眼前，竟是娄素珍。王阳明以为自己出现幻觉，瞪大了眼睛。

诸养和觉察到异样：“这位是……”

管家凑近小声道：“兵部郎中娄忱之女、理学大师娄谅的孙女，娄素珍。”

诸养和笑道：“原来是名门之后。幸会，幸会。”

娄素珍与王阳明四目相对，眼波流转，其他人似乎都成了空气。诸养和有些尴尬，隔壁桌的朱宸濠看在眼里。

娄素珍道：“看你的样子不胜酒力。这一桌我替你敬！”

娄素珍夺过王阳明的酒壶，一饮而尽。她斜眼看着王阳明，眼眶里噙着泪。王阳明黯然神伤，诸养和大窘。

“不愧是喜酒，味道不错。你们慢慢喝。”娄素珍离席泪奔而去。

王阳明惆怅万千，朱宸濠则目不转睛地盯着娄素珍。

员外甲手指木屋道：“快看，新娘出来了！”

众人循声望去，娄素珍也站住了。只见木屋二楼的阳台上，诸芸玉戴着盖头缓缓而出，手持一枚宝玉。

诸养和大声道：“各位！这‘抛玉’是诸家祖传的节目，新娘将手里的‘奇魄古玉’扔向人群，新郎则必须戴着金丝手套接住，暗合‘金玉良缘’之意。”

管家将金丝手套交给王阳明，众人屏息凝视。

诸芸玉将玉扔了出去，王阳明踏出一步，却听见“哧”的一声，喜服被扯开了一道口子。

一阵大风吹过，“奇魄古玉”竟冲着娄素珍而去。娄素珍下意识地接住了玉，愣在原地。

四周鸦雀无声。

众目睽睽之下，娄素珍赌气般转身就跑。

管家反应过来，大声道：“快回来！”

几个家丁追了上去，娄素珍路过唐伯虎的沙画，小心翼翼地看着脚下，尽量不去破坏。众女宾破口大骂，见家丁拥来，更是自发组成人墙，将他们拦下，死命捶打。

娄素珍飞奔到围栏门口，翻身上马。

刘养正提醒道：“世子，那不是您的马吗？”

朱宸濠不接话，只静静地看着娄素珍在夕阳下策马狂奔。众人乱作一团，王阳明回过神来，奔至门口，上马去追。

诸芸玉蒙着盖头，一动不动地站在原地，也不知是何表情……

长河落日，沙漠里只剩下王阳明和娄素珍一前一后两个身影。

娄素珍回首一笑，打马加速。眼看来到赣江边，王阳明用力一蹬，飞身跳到了娄素珍的马上。娄素珍翻身下马，往江边跑去。王阳明也跳下马，追了上去。二人扭打争抢“奇魄古玉”，双双跌倒，竟搂在一起滚到了江边。

停下来后，两人看着对方，不知该说什么。娄素珍冷不防地亲了王阳明一口，然后一把将他推开。

她起身跑到水里，拿出玉，作势欲扔。王阳明大惊，追上前去。

娄素珍恫吓道："你再上前一步，我就把你的宝贝扔到江里。"

王阳明急停，道："有话好好说，你想怎么样？"

"问你一句话。"

"什么话？"

"敢不敢像我一样逃婚？"

王阳明不语。

"回答我！"

王阳明撕了喜服，随手一扔。

娄素珍脸红道："你……你干什么？"

王阳明冲了上去，一把搂住她，尽情地吻起来。末了，在她耳边轻语道："你想去哪？我陪你去。"

娄素珍欣喜道："庐山！"

庐山花径。

王阳明和娄素珍站在白居易手书的"花径"石碑前，观赏漫山遍野的桃花。

娄素珍嗅着花香，欢快不已，道："人间四月芳菲尽，山寺桃花始盛开。长恨春归无觅处，不知转入此中来。白乐天的这首诗，真是道尽了眼前的美景。"

王阳明含情脉脉地望着娄素珍灵动的背影。

夜里，东林寺外，两人来到一口井前，只见唐太宗题刻的"聪明泉"三个字下方有首诗。

王阳明念道："一勺如琼液，将愚拟圣贤。哈哈，难道喝了这里的水，就能当圣贤？"

"别光想着当圣贤了，怎么不念后两句？"

"欲知心不变，还似饮贪泉？"

娄素珍笑道："要想知道一个人会不会变心，就看他能不能多喝这的泉水。"

王阳明看了看娄素珍，只见她俏皮地眨了眨眼，于是一把捞起井中的木勺，喝了起来。木勺很深，王阳明喝了一半停下喘气，只见娄素珍笑吟吟地望着自己，便又铆足了劲把剩下的喝光。

他把木勺递给她，娄素珍二话不说也舀了一满勺。她喝得很急，呛得直咳嗽。王阳明笑她狼狈，娄素珍不服气，又舀了一满勺，一饮而尽。

山里阴晴不定，第二天下午忽降阵雨，王阳明与娄素珍跑到御碑亭躲雨。

娄素珍好奇地抚摸石碑，道："这是……"

王阳明仰观石碑，道："当年朱元璋和陈友谅在鄱阳湖争天下，得到庐山一个叫周颠的赤脚和尚的帮助。等朱元璋坐了天下，便立了这个御碑亭，表彰周颠的功德。”

娄素珍笑道：“朱元璋心眼那么小，还懂得知恩图报。我在关外救过你，你说，该怎么报答？”

王阳明从怀中摸出一支短箭，递给娄素珍，道：“一命还一命，早就报答过了。”

娄素珍想起自己在关外遭娄忱逼迫，情急之下从王阳明的箭壶中抽出一支箭抵住脖子自杀，被他救下的场景。

王阳明道：“走，我们去含鄱口看日落。”

含鄱口是庐山的最佳观日点，含鄱亭被云海包围，宛若仙境。娄素珍冻得搓手哈气，王阳明拉过她的手，放到自己嘴边吹气，两人相视一笑。

忽然，云朵散去。远而望之，夕阳把鄱阳湖染成了赤色，水面波光粼粼，半壁河山都成了一幅绚丽的画卷。

王阳明赞叹道：“好一幅‘渔舟唱晚，响穷彭蠡之滨’。”

娄素珍动情道：“鄱阳湖真美，什么时候我们去那泛舟吧！”

“好啊！”

落日给这对璧人的背影镶上了一道金边，娄素珍情不自禁地把头倚在王阳明的肩上。

那一刻，王阳明觉得非常幸福，却又隐然感到这幸福会转瞬即逝。

半夜，娄素珍睡下了，脸上兀自带着笑意。王阳明给她添了床被子，一转身，一副玉镯掉落在地，滚到门口。

王阳明捡起玉镯，念及病重的母亲对自己说“这是你爹当年送给我的，替我把它交给芸玉”，不禁惆怅万分。

他看了看娄素珍，悄然走出东林寺。

月下，枕流石边坐着一个男子，似在打坐。

王阳明路过，驻足瞧了片刻。没想到男子蓦地发出一声长啸，惊得树林里的乌鸦一阵乱叫。

男子机警道：“什么人？！”

王阳明躲避不及，只好走了过去。

“王守仁？”

王阳明定睛一看，竟是王琼，不禁道：“王大人，您怎么会在这？”

王琼起身道：“朝廷调我到池州当知府，我就多走两步，来庐山看看白鹿洞书院。”

“孙燧还好吗？”

“他还在余姚，准备乡试。”

“哦。”

王琼正色道：“我路过南昌时，听人说你逃婚，把布政司参议的女儿晾在一边。是真是假？”

王阳明低头，小声道："嗯。"

"唉！你怎么能做出这么荒谬的事？心里有别人？"

王阳明点头。

王琼看了看周遭，低声道："私奔？"

王阳明又点了点头。

"你呀你，你害了两个人！你的妻子就不用说了，那个女人你也不可能明媒正娶，难不成这么躲一辈子，父母都不要了？"

王阳明一惊，抬头看着王琼，喃喃道："我、我……"

"你什么你？还不快回去？！"

回到东林寺，王阳明发现娄素珍仍在熟睡。他收拾好行李，看了看爱人的脸，凑过去轻吻了一下，泪水夺眶而出，滴在枕头上，发出"滴答"的声音。

他把那支短箭放在枕边，夺门而去……

王阳明躺在马背上，信马由缰地望着月亮发呆，不知不觉来到南昌城里的一所道观，只见门额上题写着"铁柱延真宫"五个大字。

王阳明下马入，穿过大殿，但见一个不大的水池被石栏杆围着，里面戳着根锈迹斑斑的铁柱。水池前摆着一座半人多高的香炉，旁边立有一石碑，上书"镇蛟铁柱"四个大字。

整个道观只有一间静室亮着灯，王阳明走到门口，正待敲门，一个熟悉的声音传出："一晃二十年，伯安都做了新郎官了。"

王阳明大惊，推门而入。

诸府早已炸开了锅。

诸养和拍案而起道："大婚之日，合卺之时，新郎官居然不见了，当真是古今未有的奇谈！继续找！掘地三尺也要给我找出来！"

管家还从未见诸养和发过这么大的火，俯首道："是，老爷！"

洞房里，喜帐高挑，锦衾绣枕，两根小碗口粗的龙凤泥金大红蜡烛已经燃掉半截，烛泪淋漓。诸芸玉戴着盖头坐在喜床边，纹丝不动。

诸妻入内，看了眼铺着鸳鸯红锦台面的花梨木圆桌，只见上面摆着的和合面都凉透了，糊成一团，不禁叹气道："芸玉啊，你爹已经派人去找了。把盖头揭了，先吃饭。"

诸芸玉一言不发，诸妻摇头离去。

铁柱宫的静室里，王阳明与无极道长相视而坐。

王阳明感叹道："没想到时隔多年，竟在这里与道长重逢。"

无极道："伯安气色不好，莫非身体有恙？"

"道长神通广大，能否算出我阳寿几何？"

无极掐指一算，平静道："不到六十。"

王阳明沉默半晌，叹息道："人生忽然而已，太短太短，什么事都干不成，倒不如学道家的养生术，做个不死神仙。"

"不死？呵呵，路再长，也有走完的时候。"

"敢问道长贵庚？"

"惭愧，九十有六。"

"啧啧啧，何愧之有？这岁数都够短命鬼活两回了。"

"生死修短，岂能强求？再说，人这一世，苦多乐少，活得太久未必不是一种惩罚。"

王阳明长吁道："是啊，人世虚无，虽有点滴美好之事，终不免化作焦土。昔日碧山苍翠，如今荒岭鬼哭。多少繁华都成过眼云烟，多少爱恨掩埋于断井残垣。盛极而衰，荣枯轮转，此乃天道。"

"伯安有心事？怎么生出这么多感慨？"

"我……我想追随道长云游四海。"

无极大笑道："你虽一时消沉，终究一副官相。"

"官相？官场有什么意思？名利一夕间也许会消逝，权力不可能任你主宰，还是当名士好。名士无冠，王者尊之。"

"世事无常，穷通莫测。你现在这么想，将来怎样还不好说。不过，这养生秘法嘛，贫道倒是可以教你一套导引术。"

王阳明眼前一亮，道："多谢道长！"

无极用左手虎口拖住右手四指，右手虎口拖住左手拇指，两只手在虎口处正好形成一个太极图。又翻过手来让王阳明看，只见两手拇指正放在手掌心的劳宫穴上。

王阳明依样画瓢。

无极道："你听好了。手抱太极，脚分阴阳。闭口藏舌，二目垂帘。意守祖窍，气沉丹田。"

王阳明随无极打起坐来……

不知过了多久，王阳明周身酸痛，有些倦怠，不由得睁开了眼。

无极闭目沉吟："着于心，不着于形；固于本，不固于体；身无为，而意有为。如江岸苇，似炉中香。"

王阳明放松肢体，收束精神，继续打坐……

东曦既驾，绳金塔沐浴在清晨的第一缕光中，南昌城在悠远的钟声里苏醒过来。

铁柱宫的静室香烟缭绕，王阳明仍在打坐，无极却已不见了踪影。

王畿推门而入，大惊道："哎呀小少爷，你怎么在这呀！赶紧走吧，再不回去要出大事了！"

王阳明睁眼，恍惚道："江岸之苇随风而曳，不动其根；炉中之香似有若无，不着其痕——王畿？"

王阳明起身，却因坐得太久，两腿酸麻，栽倒在地……

回到诸府，只见诸养和的胖脸气得鼓鼓的，挤眉瞪眼地坐在前厅。王阳明快步上前，下跪道："爹。"

诸养和强忍怒火道："你上哪去了？"

"我、我……"

管家凑近耳语，诸养和色变道："什么？铁柱宫？"

他看了眼众人，担心问多了都是话柄，传出去脸上无光，只好把气撒到下人头上，道："一帮吃干饭的东西，连个大活人都看不住！"

说完，转身离去。

管家对王阳明道："姑爷，去看看大小姐吧。"

王阳明回过神来，起身往洞房走去。

来到门口，他迟疑片刻，推门而入。

只见诸芸玉戴着盖头，硬邦邦地坐在床边。全身上下只有左手露在外面，春笋般细长的手指紧紧地握成一个粉拳。

王阳明心里发怵，瞥见桌上放着一根紫檀木的秤杆。这是用来挑盖头的，取"称心如意"之意。王阳明拿它挑开了盖头。

但见诸芸玉双目闭合，脸色惨白，右手死死地握着一把剪子，顶住下巴。

王阳明大惊道："芸玉！"

诸芸玉缓缓睁眼，有气无力道："表哥……"

王阳明一把夺过剪子，道："你这是做什么？"

"我怕坚持不住晕过去，丢人现眼，倒不如一死以全名节。"

王阳明五味杂陈道："芸玉……"

窗外，诸养和正小心翼翼地偷听。诸妻走了过来，往里瞧了瞧，低声道："我看守仁这回彻底被咱闺女给降服了。"

诸养和皱眉道："但愿如此吧。让他们赶紧回乡省亲。"

三日后的南昌码头，王畿把行李扛上客船，王阳明与诸芸玉辞别诸养和夫妇。

诸妻抹泪，诸养和挥手催女儿上船。

诸芸玉依依不舍地离去……

客舱宽敞，分为里间和外间。

诸芸玉在里间的床上熟睡，王阳明趴在桌上，面前摆着一本摊开的书。夜里，他悠悠转醒，四下里看了看，唤道："王畿！"

王畿的声音从外间传入："小少爷，您醒了？"

"到哪儿了？"

"快到广信了。"

王阳明起身，来到外间。

王畿神色慌张，低声道："大事不妙。"

王阳明道："怎么了？"

"刚才我从甲板回来，看见有人在门外偷窥。我暗中跟踪那厮，结果发现这船上有贼人。"

"几个人？"

"五个。看样子都藏着凶器。"

"在哪？"

"船尾。"

"走，去瞧瞧。"

"啊？"

船尾的甲板上坐着一堆旅客，王畿给王阳明使了个眼色，只见四个贼人缩成一团，贼眉鼠眼。

王阳明佯装观赏风景，背着手走到船舷边。

王畿跟了上去。

王阳明故意道："今人不见古时月，今月曾经照古人。江西人杰地灵，物华天宝，皇上还有什么不放心的？"

四个贼人警觉。

王畿反应过来，道："小少爷，出来走走也好！久居京城，几时见过这等美景？再说了，江西一巡，何等风光！"

"这倒不假，抚台大人与我称兄道弟，还特意派人快马赶到广信，预作安排。呵呵，想必那广信知府已在码头恭候多时了。"

"说不定还带着兵丁呢！您要是有个什么闪失，他的仕途也便到头了。"

贼人面面相觑，贼人甲小声道："看样子不好惹，还是瞧瞧老五那边吧。"

众贼人点头，相继离去。

王阳明与王畿对视一眼，若无其事地跟了上去。

另一间船舱，贼人老五在窗外察看，四个贼人走近。

贼人甲问道："怎么样？"

老五点头。

贼人甲下令道："动手！"

五个贼人各自摸出竹管，戳进窗纸，凑近去吹。

王阳明大喝道："大胆贼人！"

贼人甲惊得掉了竹管。老五回头，二话不说，抽刀便砍。

贼人甲制止道："老五，他是……"

王阳明空手夺了老五的刀，架在他脖子上。

贼人甲豁出去道："不管了！弟兄们，上！"

王阳明以一敌五，把贼人揍得鬼哭狼嚎，贼人甲还被踢到了河里。

众贼人狼狈而逃，一人推门而出，竟是唐伯虎。

唐伯虎惊讶道："这是……"

王畿道："还不见过救命恩人？要不是我家小少爷，你早就被贼人迷晕了！"

唐伯虎回忆道："你……你不是那日结婚的王阳明吗？"

王阳明笑道："你好，唐解元。"

唐伯虎将二人请入，王阳明这才发现朱宸濠也在。

朱宸濠亲自倒茶，见王畿站得远远的，做了个邀请的手势，道："过来坐呀。"

王畿摆手道："没事，你们聊，我站着就好。"

朱宸濠道："过来吧！拘谨什么？"

王畿看了眼王阳明，见他冲自己点了点头，方才过去坐下。

朱宸濠道："多谢王兄！我还真带着不少金银细软，险些让贼人暗算。"

"世子不必客气。你们这是要去哪？"

"就在广信下，去芸阁。"

"芸阁？"

唐伯虎插言道："世子要拜访娄大师。王兄若没有紧要的事，不如与我们同去？"

王阳明眼前一亮，道："娄谅娄一斋？"

唐伯虎点头道："正是。"

王阳明喜形于色道："方便吗？"

朱宸濠道："方便！王兄肯去，再好不过。"

王畿嘀咕道："小少爷，你又乱跑……"

王阳明笑道："王畿，你当年卖假药的时候不是凭着一个老君像就敢断言对方的病能不能治吗？"

王畿脸红道："过去的事，还提它做什么？"

王阳明道："这娄谅能预测福祸，你不想一探究竟？"

王畿一脸怀疑道："真的假的？"

王阳明道："比你真多了。早年他去考进士，走到一半便折返回乡，家人都很生气，他却说'我这次应试，非但中不了，还会遭遇奇祸。所以最好不要去'。"

王畿追问道："那后来呢？"

王阳明道：“后来考场失火，考生被烧死者不计其数。”

王畿咋舌道：“既然这么神，那就听你的。不过，以后能不能别说我卖假药？很多病不吃药也能好，我那是给病人家属一个善意的安慰。”

朱宸濠与唐伯虎大笑……

第十三章　格物致知

芸阁依山而建，美轮美奂。

大厅里坐满了人，一书童端着木盘挨个收字条。字条上写着问题，装进一只小木塞，由书童转交给娄谅。如果认为值得一见，便会被引入内室详谈。

另一个书童负责告知结果，由远及近而来。朱宸濠见其连续拒绝了十几个，不由得紧张起来。

书童叫道："唐寅。"

唐伯虎赶紧起身。

书童躬身道："让您白跑一趟，失礼了。"

唐伯虎色变。

书童叫道："朱宸濠。"

朱宸濠起身。

书童躬身道："让您白跑一趟，失礼了。"

朱宸濠失望。

书童叫道："王守仁。"

王阳明起身。

书童道："请随我来。"

唐伯虎和朱宸濠对视了一眼，书童转身。

王阳明道："且慢。"

书童回头，只见王阳明指了指唐伯虎、朱宸濠、诸芸玉和王畿，道："他们跟我一道来的，可否同往？"

书童扫视了一眼众人，道："最多三个人。"

王阳明道："好。"

王阳明、朱宸濠和唐伯虎随书童来到后院，只见一老翁头戴笠帽，正在菜地锄草，却是娄谅。

娄谅头也不抬道："王守仁。"

王阳明上前一步道："见过娄大师。"

“你想成圣？”

“上下求索，不得其法。还望先生指点迷津。”

娄谅停了下来，撑着锄头望着王阳明，道：“圣人必可学而至。”

王阳明心中一动，道：“怎么学？‘为万世开太平’算不算？”

娄谅摘帽摇头道：“只有‘内圣’了才能‘外王’，锻造好自己方能做圣人做的事。”

王阳明忙道：“既如此，如何‘内圣’？”

娄谅往竹林边的亭子走去，道：“格物致知。”

王阳明跟了上去，斗胆道：“太空。”

娄谅微微一笑道：“空？呵呵，无非‘借物参禅’罢了。”

三人来到匾额上题写着“君子亭”的凉亭，在娄谅的示意下围着石桌入座。

娄谅指着竹子，道：“这是毛竹。播种后，前五年看不见幼苗生长，但在土壤里，它的根系不断蔓延壮大，蓄势待发。等到了第六年的雨季，几乎是一夜之间，竹苗周围便蹿出许多竹笋，以每天一人高的速度向上生长，旋即超过所有高大的林木。”

王阳明想了想，道：“先生的意思是，人要像毛竹一样，沉得住底气，耐得住寂寞，俯下身子，站稳马步？”

“不错，这就是‘毛竹气度’。雪压千层犹奋直，风来四面又何妨？世人从竹子中领悟了德、操、实、容四道。虚怀若谷乃君子之德，刚正秉直乃君子之操；春生夏伏乃君子之实，动则超逸潇洒、静则傲骨挺立乃君子之容。不格物，何以致此之知？”

唐伯虎道：“先生，唐寅有一事不解，还望赐教。”

“请讲。”

“古来圣贤皆寂寞，常人何苦非要做圣人？”

娄谅把问题抛了出去：“王守仁，你说呢？”

王阳明思量道：“为了成为更好的自己，不枉此生。”

娄谅颔首道：“圣学乃为己之学，是你内心深处的真切需要。通过破除小我，回归大我；摒弃假我，证得真我，此即儒者所谓诚意。”

众人点头。

这时，娄素珍端着茶盘走来。王阳明一愣，朱宸濠目不转睛。

娄谅介绍道：“这是老夫的孙女娄素珍。”

娄素珍行礼，继而沏茶。在将茶碗递给王阳明时，她故意用指尖碰了一下他的手指，惊得其打翻了茶碗。

茶水泼了王阳明一身，茶叶沾满手背。

娄素珍故作惊慌道：“对不起啊公子。”

王阳明道：“无妨。”

娄素珍道：“请随我盥涤。”

王阳明犹豫片刻，起身。

娄素珍带王阳明来到盥洗室外，忽然转身，道：“你在逃避什么？”

王阳明一愣，道：“我是为了大家好。”

“自欺欺人。”

“已经错过的岁月和已经动过的心，都如东逝之水，你又何必执着到这种地步？”

“我知道，我知道天意从来高难问，人定胜天只是凡人的奢望。可就算如此，就算世间有那么多我无法战胜的东西，至少我还可以做到不妥协。”

“何苦呢？强极则辱，情深不寿。”

娄素珍半晌无语，泪水在眼眶中打转。她死死地盯着王阳明，道：“看着我。”

王阳明目光闪躲。

娄素珍高声道：“看着我！”

王阳明与她对视，眼神慌乱。

娄素珍满脸挑衅道：“说你心里没有我。”

王阳明嗫嚅不言。

“不敢说？那就是有了？”

“有又能如何？覆水难收。”

娄素珍伤心欲绝道：“胆小鬼！”

转身离去。

君子亭。

朱宸濠想了想，道：“娄先生，其实这次来在下有个不情之请。”

“世子请说。”

“父王久仰先生大名，想请您出山，到王府讲经。”

“宁王抬爱，老夫心领了。只是芸阁事务繁杂，须臾不可离，且娄某年事已高，宿疾缠身，实在是不便远行，还望世子谅解。”

“这样啊……既如此，请恕在下冒昧，可否……可否让您的孙女代走一趟？”

娄谅讶异，唐伯虎也不解地看着朱宸濠。

朱宸濠脸红道：“只想着怎么向父王交差，冒昧了。”

没想到娄素珍走了过来，大大咧咧道：“好啊，我就替家祖走一趟。什么时候动身？”

娄谅疑惑地瞧了瞧娄素珍和她身后的王阳明。

朱宸濠惊喜道：“娄姑娘准备好了即可启程。先生——”

娄谅道：“我没有异议。珍儿，这世上的书分为两种，一种是有字的，一种是无字的。你去开开眼界也好，省得像你父亲一样，念成个书呆子。”

娄素珍失神道：“是。”

紫禁城文华殿，时已深夜，万籁无声。

十个宦官鱼贯而入，一字排开。刘瑾身在其中，机警四望。李荣立于庭院当中，不怒自威道："太子出阁读书，增选近侍，今日比试最后一场。各位领题吧。"

一宦官托着木盘依次经过那十人，由他们抓取盘中的字条。

刘瑾打开自己抽取的字条，只见上面赫然写着"不孝"二字，不由得一惊。

李荣注意到这一细节，小声垂询身边的一个秉笔太监道："那是谁？"

秉笔太监想了想，道："刘瑾。以前永宁宫的。"

李荣道："刘瑾？初试时把《皇明祖训》倒背如流的那个？"

"正是。"

李荣点头，望向刘瑾，道："刘瑾。"

刘瑾赶忙道："奴婢在。"

李荣问道："你抽的什么题啊？"

刘瑾犹豫片刻，道："不孝。"

众宦官暗笑。

李荣不悦道："有什么好笑的！"

众人敛容。

李荣正色道："不孝有三，无后为大。真论起理来，咱们这些人个个不孝。刘瑾，这道题你怎么答？"

刘瑾想了想，道："自古忠孝难两全。奴婢想当太子的忠犬，孝子只好下辈子再做了。"

李荣满意道："你是个明白人，好好辅佐太子吧。"

刘瑾一愣，跪下磕头道："谢谢老祖宗，谢谢老祖宗！"

刘瑾的额上磕出了血印，眼角闪现着泪光。

余姚王宅，王欢出门，正好撞见一辆马车在门口停下。

见下车之人乃是王阳明，王欢兴奋地转身喊道："老爷！"

王阳明做了个噤声的手势，王欢会意，轻手轻脚地带他和诸芸玉、王畿入。

走到后院，只见王伦正坐在亭子里抚琴。三个中年族人分别身穿白衣、黑衣和红衣站在不远处，白衣谄媚地望着王伦，黑衣低头盯着脚尖，红衣则仰观竹王。

一曲奏毕，白衣立刻鼓掌。黑衣愣了愣，也跟着鼓掌。红衣的脸上掠过一丝鄙夷，不情不愿地轻拍了一下。

这时，岑氏的声音从远处传来："守仁！"

王伦一惊，循声望去。王阳明躲藏不及，被岑氏抓了个"现行"。

"守仁！"王伦跳了起来，冲过去一把抱住王阳明，狂喜道："臭小子，回来也不提前打声招呼！"

王阳明笑道："不打招呼才能见识您'昆山玉碎凤凰叫，芙蓉泣露香兰笑'的琴艺啊！"

王伦拉起王阳明的手，道："走，去屋里。"

诸芸玉远眺亭子，只见白衣东张西望，时不时瞥向这边。黑衣依旧低着头，红衣仍然仰视竹王。

岑氏试探道："是芸玉吧？"

诸芸玉行礼道："祖母。"

岑氏喜道："走，咱们也过去。"

花厅里，王伦端碗喝了口药，道："老了，身子骨不行了，得赶紧物色一个能接任族长的。那三个算小一辈里还不错的，各有所长，一时间倒把我给难住了，不知道该用谁——芸玉啊。"

诸芸玉应道："太公。"

"早就听说你有'女诸葛'之称，帮我拿个主意怎么样？"

"太公说笑了。不过方才那三个人芸玉确实有所留意，既然您垂询——"

"快快说来，知无不言。"

"好。白衣男子巧言令色，在您走后左顾右盼，必是阳奉阴违之人，断不可用；黑衣男子低着头不敢直视您，规规矩矩，老实本分，可令其管账；红衣男子目不斜视，始终如一，且对阿谀之举不屑一顾，定能担当重任。"

王伦捋须思忖，露出笑容，道："这三个人还真如你所说。守仁，你可找了个贤内助啊！"

诸芸玉脸红，与王阳明对视。

京城，朔风劲吹。

一个门匾上写着"焦府"二字的小宅子里传出一对夫妻的对话。

焦妻不容置喙道："去，必须得去！"

焦芳的蚕眉拧成一团，道："那可是教坊司，你不介意？"

"你只喝酒不想别的，谁还能吃了你不成？"

"我又不是柳下惠，还是别去了。"

"焦芳啊焦芳，你好不容易东山再起，熬回了北京，可千万别再犯倔。旁人请你不去也就罢了，这是刑部尚书尹直，听说马上要提吏部尚书。你得罪得起吗？"

焦芳踱来踱去，叹了口气，拂袖而去。

夜色里的教坊司灯红酒绿，莺歌燕舞。焦芳身穿常服，站在门口犹豫不决。

一乞丐走了过来，道："大爷行行好，给点买饭钱吧。"

焦芳掏出十文钱递给他。

"谢谢大爷！"

乞丐没走多远便被另一群乞丐围住，为首一乞丐伸出手掌，道："给我。"

乞丐哀求道："我三天没吃饭了。"

丐首抽了他一耳光，群丐冲上去围殴，把十文钱抢走了。

丐首撂下狠话："不想入伙就别在京城要饭，以后见一次打一次。"

乞丐痛苦呻吟，丐首接过手下递来的钱，扬长而去，临走前还瞪了焦芳一眼。

焦芳抬眼看了看教坊司的门匾，下定决心般迈入。

包厢里，尹直与三个官员身着常服，左拥右抱，推杯换盏。

敲门声响起。

尹直道："请进。"

焦芳推门而入。

尹直不快道："怎么才来？罚酒三杯！"

尹直怀中一女起身倒酒，将酒杯端给焦芳。

尹直笑道："采薇，这位是礼部侍郎焦大人，你们教坊司大使的顶头上司。今晚他要是喝不尽兴，我保证你们个个都没好果子吃。"

杜采薇尖声尖气道："哎哟焦大人，您不喝酒，倒要责罚到我们头上。您忍心叫姐妹们受罪吗？"

焦芳脸红，在众人的起哄下连干了三杯，随杜采薇入座。

觥筹交错间，红烛渐渐虚化，就像焦芳的意识一样。杜采薇不住劝酒，焦芳眉头紧皱，脸色越来越差。终于，他忍无可忍，拒绝再喝。杜采薇不依不饶，软磨硬泡，焦芳火冒三丈，情急之下将她一把推开。

杜采薇撞到了桌角，下巴被划开一道口子。众人愣住，焦芳的酒也醒了一半。

尹直生气道："杜采薇你怎么搞的？劝个酒都不会！"

杜采薇赔笑道："我跟焦大人闹着玩的。各位大人接着喝，我去去就来。"

她回到自己的卧房，对着铜镜端详片刻，杏目圆睁，一把扔了镜子。

余姚王宅，王阳明与王伦在竹林的亭子里对弈。

王阳明心道："没想到祖父的棋力这么深，怎么从来没见他下过？"

王伦察觉到王阳明的诧异，淡淡一笑，道："棋道即人道，进退得失都要把握时机。我像你这么大的时候，痴迷手谈，杀遍两江无敌手，却也因此荒废了进学。等明白过来时，年纪已经大了。"

王阳明沉默片刻，道："孙儿明白您的意思。只是，孙儿不想再考科举了。"

"科举乃读书人的必经之路。你天资聪颖，远在你爹之上，将来肯定大有作为。"

"建功立业不一定非要做官。中了进士便随波逐流、泯然众人者亦多如过江之鲫。"

王伦想了想，笑道："也不能说错。来来来，我给你摆个我参了一辈子也没参透的局。"

"什么局？"

王伦摆棋道："刘仲甫在骊山被老妪杀得大败的《呕血谱》，王质在烂柯山遇仙所见之局——加到一块也没它难，咳咳……”

王阳明担忧道：“起风了，要不咱们回屋里吧？

王伦摆手，放好了最后一枚棋子，疲惫道：“守仁啊，你还记不记得小时候你喜欢坐在爷爷怀里观星？”

王阳明目不转睛地盯着棋局，苦思冥想，随口道：“记得。”

王伦陷入回忆道：“有一回，你害怕地哭了起来，指着夜空中的星辰，说‘我们的存在，对它毫无意义’。我说是啊，所以人才要找到他自己的意义，这样到死都不怕了……”

夕阳西下，将竹王的影子拉得很长。

王阳明蓦地跳了起来，重重落子，大叫道：“破了！”

他抬头一瞧，愣住了。只见王伦双目闭合，已溘然长逝……

灵堂很快搭了起来。

岑氏号啕大哭，诸芸玉披麻戴孝，接引来宾。

王欢入内，凑近小声道：“少奶奶，孙燧来了，要见少爷。”

诸芸玉皱眉道：“他现在这个样子，怎么见客？”

王欢道：“少奶奶，孙燧是少爷的发小，他舅舅王琼之前做过余姚知县，也跟少爷颇有渊源。”

诸芸玉想了想，道：“我去吧。”

来到侧厅，推门而入，只见孙燧起身道：“嫂夫人。”

诸芸玉道：“孙先生执意要见夫君？”

“暌违多年，实在想念。”

“不是我不通情理，只是自打太公仙逝，夫君便举止异常，已在后院竹林呆坐了三日，谁的话都不听。”

“竟有这等事？”

诸芸玉点头道：“听王欢说，您与夫君是总角之交，不知可否替我劝劝他？这么多来宾，我一个也不认识，还指着他助我一臂之力。”

“嫂嫂放心，包在我身上。”

诸芸玉欠身道：“多谢孙先生。”

孙燧来到后院，发现王阳明对着竹王正襟危坐。另外两个来宾尾随而至，探头探脑。孙燧走近，道：“守仁兄，别来无恙？”

王阳明眼皮都不抬一下。

孙燧道：“你这个样子，嫂夫人很担心。”

王阳明岿然不动。

孙燧摇了摇头，学他的模样盘腿而坐。那两个尾随的来宾，一个蹑手蹑脚地走过来盘坐，另一个悄然离去。不一会儿，一大帮人被带了进来，窃窃私语。

“看什么呢？”

“谁知道啊！”

“不知道干吗都往那一坐？”

“因为神童啊。”

“神童？”

“前面那个是王守仁，你忘啦？”

越来越多的人在王阳明身后坐下，盯着竹林发呆。再后来的人宛若进到了庄严殿堂，无不敛容屏息。

时已薄暮，却没有一个人离开。诸芸玉经过后院，忧心忡忡……

一夜过去，太阳从山的另一头升了起来。

一来宾起身道：“我受不了了，我要走了！”

话音刚落，没想到王阳明忽然起身，往门外走去。孙燧一愣，赶紧跟了上去。

一支浩浩荡荡的队伍跟着王阳明穿街过巷，在一家竹器店门口停了下来。

王阳明盯着店里的竹椅、竹篓发愣。

“客官，来点——”掌柜刚踏出店门，便一屁股跌倒，因为乌泱泱一大群人正一言不发地注视着他。

不久，王阳明又路过一间青楼，隔着高墙只见院子里茂林修竹。

他驻足观看片刻，毅然走入。

老鸨出来迎客道：“大爷今天想找个什么样的？”

王阳明面无表情，径直朝竹林走去。后面的人鱼贯而入，老鸨一开始还喜笑颜开，逐一招呼。随着人越进越多，脸色逐渐惨白。

王阳明在竹林前坐下，所有人都步调一致地席地而坐。妓女们闻风而出，指手画脚，浪荡嗤笑。

王畿回家报信。

诸芸玉急道：“去哪了？”

王畿胆怯道：“去，他去……”

诸芸玉厉色道：“快说！”

“青楼……”

诸芸玉沉默片刻，道：“老爷快回来了，不能再由着他胡闹。”

王阳明顶着烈日，爬到龙泉山顶，一帮人累得怨声载道。

“王守仁，你到底在看什么？！”

“别卖关子了，快告诉大伙吧！”

王阳明往一片野生的竹林前一坐，不动如山。

孙燧凑近道：“伯安，你究竟在干什么？！”

王阳明缓缓道：“把竹子的道理格出来。”

众人面面相觑。

“疯了，肯定是疯了！”

“爷孙情深，看来刺激不轻。”

众人纷纷散去，孙燧无奈坐下。

突然，狂风大作，天地变色，下起了倾盆大雨。

孙燧蓦地起身，指着王阳明道：“王守仁！我知道你心里难过，可你倒是哭出来呀！”

王阳明岿然不动。

孙燧道：“你这样折磨自己，给谁看？！”

王阳明道：“天。”

孙燧一愣。

王阳明解释道：“孔子的好友蘧瑗从竹子百年常青和竹节顺滑悟出做人要不断克服缺点，方能挺拔、高立、长寿。他以竹为师，行年五十，而知前四十九年之非。后来果然活了一百多岁，朝野仰重。格竹致知，为什么古人可以，我却做不到！”

“你不要发狂了，跟我一起准备来年的会试吧！”

“要考你考，我没兴趣。”

“这是凭兴趣来的吗？你不考进士，那么多年的书岂不是枉读了？”

王阳明奇怪地看着孙燧，道：“你什么时候变得这么迂腐？不科举不做官书就枉读了？我自己读一乐呵不行吗？林冲一身好武艺便非得做禁军教头？当不了还不活了？”

“你……不可理喻！”

孙燧愤然离去。

电闪雷鸣，王阳明浑身湿透，已分不清哪一滴是泪、哪一滴是雨。

他大喊道：“为什么我格不出竹子的道理？为什么，为什么啊？！”

一把伞出现在头顶。王阳明转头望去，却是诸芸玉。

诸芸玉递给他一根竹棍——王阳明小时候用来习武的那支，道：“竹子哪有什么道理？你用它遮雨，它便是竹伞；你用它打人，它便是竹棍。”

王阳明的眼前浮现出当年用竹棍教训赌棍的画面，喃喃道：“芸玉……”

体力不支的他一头栽倒在妻子怀中。

不知过了多久，王阳明悠悠转醒，只见王华正怒容满面地坐在一旁盯着他看。王阳明吓了一跳，起身下床。结果腿一软，跪倒在地。

“爹。”

“让我看看你脑子烧坏没。夫君子之居丧，下文是什么？”

“夫君子之居丧，食旨不甘，闻乐不乐，居处不安——”

王华起身指着王阳明，厉声道：“看看你是怎么做的？！”

他背着手气呼呼地踱步，忽然站定道：“你带着一帮人跑到青楼干什么？！”

王阳明小声道：“格物。”

“格物？”

“娄先生说圣人必可学而至，方法是格物。”

王华冷笑道：“你格出什么来了？”

王阳明丧气道：“没有。所以我觉得朱子之说有误。”

“混账！是你没读懂！朱子让人多读书，多做学问，有什么错？你的道理是从书里看来的，天下的读书人也是从书里看来的。这样每个人说的话其他人都懂，大家就可以坐下来讨论，一起办事，好比下棋有个‘直车跳马架子炮’的规矩。朝廷就是按规矩办事的地方，只有通过读书明白了规矩，读书人才能凑到一块把国事办好。”

“可要是书上写错了呢？”

“有本事你写一本把他驳倒啊？写不出来就闭嘴！从今天起，我陪着你读书。等考上了进士，再跟我谈别的！”

王阳明愁眉不展……

晨曦初露，王华路过书房，见王阳明正背对着他看书，略感欣慰。

待往前走了几步，突然意识到哪里不对，折返回书房，推门而入。王华走到“王阳明”跟前，一把将之扭过，却是王畿。

王畿胆战心惊，跪下道：“老爷饶命！”

“他去哪了？”

“我也不知道。少爷只说他要去看看大好河山，很快便回，让您不用担心。”

王华气得扬起了手，作势欲拍，却定在半空。最后叹了口气，默默离开。

王阳明来到九华山，用力拍打化城寺的山门，引得一个路过的樵夫驻足。

樵夫劝阻道：“别敲了，没人。”

王阳明奇道：“没人？”

“前些日子来了伙山贼，化城寺被洗劫一空，和尚全跑啦！”

王阳明喃喃自语：“什么样的贼，连寺庙都不放过？”

拖着病体下山，王阳明每走两步便要停下来擦把汗。就在他用手撑着大腿喘气时，一把刀架在了脖子上。

“慢慢转过来，别耍花招！”

王阳明转身，只见一个大汉目露凶光地盯着自己，冲背篓努嘴道：“扔给我！”王阳明慢慢解下背篓，忽然冲大汉身后道：“好汉救命！”

大汉吃惊回身，只见空无一人。王阳明趁机夺刀，却因体力不支倒地。他胸口起伏，剧烈地咳嗽起来。大汉轻蔑一笑，提起背篓扬长而去。

九华山在青阳县的辖区内。

这日，县署门口人山人海，一个临时架设的棚子前排起了长队。

户房书吏傲慢地坐在长桌后面，监督百姓纳粮。

沉重的击鼓声响起，书吏使了个眼色，衙役过去查看情况。只见鸣冤鼓前，王阳明挥舞木槌，拼命击鼓。

衙役制止道：“别敲了别敲了！什么事？”

王阳明喘气道：“盘缠被人抢了。”

“知县大人去九华山招安土匪，你过几日再来吧！”

“哼！”王阳明一把将木槌扔到衙役怀里，负气而去。

衙役瞪眼道：“嘿！”

王阳明走到长队旁边，人群突然爆发骚乱，踩踏起来。他救起一个命悬一线的老翁，将之扶到一边，问道：“他们为何这么激动？”

老翁愁云惨淡道：“时间快到了，一多半人还没交上粮，当然慌了。”

“这不还早吗？”

“一看你就没交过粮。这户房书吏每回日上三竿才来收粮，就待一个时辰，不往前挤呀，你根本就交不上。拖个十天半月的，农活都耽误了。”

队首又传来一阵骚动。

书吏拍案道：“冀元亨，就你事多！”

王阳明循声望去，只见那个被唤作“冀元亨”的正是在山道上打劫自己的大汉——他直接提着王阳明的背篓来纳粮。

冀元亨怒道：“你“勒折”，大米市价明明是每石一两！”

书吏冷笑道：“没人逼你交现银，不服你拿粮食来啊！”

“交粮你一样会‘浮收’！这里的人，哪一个没被你们‘淋尖’‘踢斛’过？”

众人望着转过身来的冀元亨，面无表情。

一百姓道：“赶紧交吧，啰唆什么呢？”

另一百姓道：“不交滚蛋，别耽误大伙时间！”

书吏轻蔑一笑，满脸嘲讽。冀元亨憋屈愤恨，粗暴地将银子扔到桌上。

“活腻歪了你！”书吏对众衙役道，“给我打！”

衙役们一拥而上，却不是冀元亨的对手。但很明显他不想把事闹大，打了一阵便转身逃跑，撞了王阳明一个满怀。

冀元亨抬头，见是王阳明，满脸通红，跑得更快了。

王阳明一路追赶，冀元亨不胜其烦，停了下来，道：“你也看到了，钱都交了，我现在是一文不名。”

说着抖了抖衣袖，结果掉出一文钱来。

冀元亨尴尬不已。

王阳明道：“我没有盘缠，哪也去不了。要么你还我钱，要么我住你家，写信让家里人来接我。”

冀元亨仿佛没听见，捡起那一文钱，道：“只有赌一把了！”

冀元亨来到一个赌坊，王阳明赶紧跟上去拦住他，道：“千万别沾赌啊。十赌九输，危害猛于虎！”

“哼！”冀元亨不睬王阳明，径直迈入。他环顾了一下场子，气运丹田，声如洪钟道：“谁是局头？给我出来！”

众人一愣，一男子气定神闲地走出，道：“我是，有何见教？”

冀元亨道：“把赌局让给我干几天！”

“那得看看你有没有这本事了！”局头击掌，五个打手提着木棍从里间冲了出来。冀元亨见状，立刻拦门横躺，道：“放马过来吧！”

王阳明大感诧异，见身边一赌客正津津有味地看热闹，便凑近询问道：“这是在做什么？”

赌客解释道：“赌局抽头，日进斗金，羡慕者自然大有人在。但若想从中染指，也不是容易的事，得像眼前这位，插上两手，抱住后脑，胳膊肘护住太阳穴，两条腿剪子股一拧，夹好肾囊，侧身倒下。倒时拦门横倒，不得顺倒，为的是志在必打，不能让出路来替赌局留道。如果一时失神躺错，主人借此自找台阶，诬赖他安心让路，不是真挨打来的，奚落几句不打了。这一来便成僵局，空闹一场无法出门，结果是丢脸却达不到目的，碰一鼻子灰。”

打手们拳打脚踢，冀元亨伤痕累累却毫无惧色，一声不哼。

局头撇了撇嘴，道：“擎手吧！够样儿了。”

打手们住手。

“上‘挂钱’！”

一人捧着个托盘走到冀元亨近前，盘里放着十两银子。另有两人抬来一扇门板，上面铺着大红棉被。冀元亨拒绝了二人的搀扶，拿着钱离开。

王阳明摇摇头，跟了上去。

冀元亨来到一家酒馆，点好菜后把九两银子推到王阳明跟前，只给自己留了一两。

王阳明不好意思道：“你以命相搏挣来的，还是自个儿留着吧。”

冀元亨豪放道：“说什么呢？本来就是你的钱，物归原主而已。”

四个举着“查牌”、差役模样的人走了进来，掌柜赶紧趋前迎接。

为首之人道：“天旱缺粮，知县大人下令禁酒，你竟敢抗命不遵？”

掌柜小心翼翼道：“大爷明鉴，这些都是以前贮存的，确实不曾煮新酒。”

“还敢狡辩？”

言毕，砸碎一个酒缸，用木勺敲着老板的脑袋，让他给钱。

冀元亨恨恨道：“又是那帮不农不商、非官非民的查牌役！”

说着，拍案而起，与四人交手，把他们打了个落花流水。

“你……你等着！”

四人狼狈而逃。

冀元亨重新入座，道：“掌柜的，把你的好酒都给我们满上！”

掌柜惊魂未定道：“哦，好！”

王阳明问道：“什么是查牌役？”

冀元亨愤慨道：“这县衙有一个正役便有十个白役。正役俸禄微薄，便雇白役打着他的旗号帮忙赚钱，查牌役便是其中的一种，敲诈勒索，无恶不作。”

“他们就不怕事情闹大，上面查下来？”

“官官相护，查有什么用？无非把罪推到白役头上，辞退了事。等风声一过，该怎样还怎样。”

“看来你没少吃他们的苦头。”

冀元亨将掌柜端上来的酒一饮而尽，道：“实不相瞒，我本是九华山下永宁村的一个农夫，母亲早亡，从小与父亲相依为命。家父租赁地主的土地，因灾荒欠了租，地主把他抓了去，让我拿钱赎人。我想了一宿也没想出法子，就在这时，官差来收税了。”

王阳明凝思道：“我听说永宁村是自然村落，不该收税的呀。”

“没错。永宁村本来与世隔绝，自给自足。谁知青阳县换了个新知县后，立刻派饿虎过来吃食。衙役见门就踹，见人就打，每家每户的值钱东西都被抢走，装上大车。”

冀元亨陷入回忆……

永宁村一片狼藉，冀元亨跳上一张桌子，道：“乡亲们，抢咱们的东西也就罢了，还强迫我们的人给他们拉车。是可忍，孰不可忍？”

众百姓道：“对！是可忍，孰不可忍！”

冀元亨鼓动道：“趁他们没走远，咱们把东西抢回来！”

没人吱声。

一个叫陈曰能的青年道：“怎么抢？所有的铁器都被他们拿走了！”

冀元亨挥拳道：“用拳头！”

思绪回到现实，冀元亨边喝闷酒边道：“我带着八个青壮年把东西夺了回来，村民却不敢要，还把我们撵走了，以免官府日后报复。陈曰能说不如落草为寇，我没答应，于是他带着另外七个人上山做了匪。”

王阳明皱眉道：“看来化城寺就是被他们劫的。”

“我去找地主算账，发现陈曰能已先行一步，把宅子烧了。可怜家父被软禁，也葬身于一片火海之中。”言毕，冀元亨黯然神伤。王阳明拍了拍他的肩膀，以示安慰。

冀元亨续道：“陈曰能越走越远，后来居然六亲不认到抢掠永宁村。没过多久，村民们死的死，逃的逃，只剩下三个父母双亡的孩子。我收养了他们，还住村子里。只可惜能养不能教。我一个没读过书的粗汉，倒把他们耽误了。”

王阳明把银子推到冀元亨跟前，道：“这笔钱，你比我更需要。”

冀元亨推了回去，道：“这怎么行？没有盘缠，你如何回家？”

王阳明回过神来，道：“也是……嗯，不如这样，在下略通文墨，你若不嫌弃，我可以走一趟，带孩子们读书，这钱权当是束脩了。”

冀元亨大喜过望道：“真的吗？那、那太好了！”

王阳明笑道：“这便走吧！”

青阳县衙，马鸣图身穿七品官服，百无聊赖地翻看一本《荣枯鉴》，漫不经心道：“他少交钱了吗？”

户房书吏摇头道：“这倒没有。”

“那你跟他较什么劲？和气生财，只要不触及咱们的根本利益，冲撞一下又何妨？你都不应该打他，那么多人看着，正是摆姿态、得民心的好时机！”

“可是堂尊，冀元亨他已经伤到您的利益啦！”

马鸣图敛容道：“哦？”

户房书吏凑近耳语。

马鸣图色变道：“有这等事？快叫他们进来。”

“是。”户房书吏转身出门，旋即带入一个衙役和被冀元亨打得鼻青脸肿的查牌役。

马鸣图严肃道：“冀元亨打的？”

查牌役委屈道：“嗯。堂尊，小的挨打没什么，可他坏了规矩，以后这钱就不好收了呀！”

衙役补充道：“堂尊，早些时候一男的击鼓，说盘缠被人抢了，小的打发了他。后来他看到冀元亨拔腿便追，似乎抢他的人正是冀元亨。”

马鸣图捋须道：“陈曰能一伙原本就是冀元亨带出来的。他要养那么多孤儿，哪来的钱？想必早已通匪。”

户房书吏赶紧道：“堂尊英明。”

马鸣图吩咐道：“告诉姜典史，多带些人，把冀元亨给我抓回来！”

户房书吏挺胸道：“是！”

永宁村的一个茅屋里，三个名叫邹守益、栾提炽和拓跋渊的孩子齐声朗诵道：

“人之初，如玉璞。性与情，俱可塑——”

王阳明打断道：“等等。你们念的是什么？”

邹守益不解道：“《三字经》啊！”

王阳明走到跟前，拿起他的书翻看了一下，皱眉道：“这书在哪买的？”

冀元亨道：“书摊上。”

王阳明摇头道：“这不是《三字经》。”

冀元亨惊道：“啊？”

王阳明看着邹守益道：“来，跟我念。人之初，性本善。性相近，习相远。”

三子齐声道：“人之初，性本善。性相近，习相远。”

一个中年男子的声音传入：“冀元亨，你给我出来！”

冀元亨大惊出门，只见几十个衙役前后左右包围了茅屋，个个张弓搭箭——火箭。

冀元亨紧张道：“我跟你们走，别放箭！”

为首的姜典史道：“还有他。”

冀元亨转头，只见王阳明走了出来。

冀元亨道：“一人做事一人当。”

王阳明坦然道：“我随你去。”

邹守益拿着一件衣服出来，乖巧地交给冀元亨。冀元亨摸了摸他的头，一脸不舍，轻声道：“我去去就回。”

王阳明也蹲下来道：“等叔叔回来了，再教你们念书好不好？”

邹守益点头。

第十四章　风云际会

青阳县衙，马鸣图一拍惊堂木，道："王阳明！冀元亨都认了，你还不从实招来？"

王阳明一脸委屈道："马大人，我实得不能再实了，可您不信呀。丢钱的是我，我肯定不会胡乱攀诬对不对？你们抓错了人，我的盘缠找谁要去？那可是我多年的积蓄！"

马鸣图再拍惊堂木，道："你以为就你一个人被抢吗？冀元亨勾结山贼，为害一方，已惊动府台。你自己掂量掂量，是同流合污，还是勇敢揭发。带下去！"

王阳明被打入大牢，交给一个狱卒看管。那狱卒乃当日在酒馆被冀元亨暴打的查牌役，眼睛兀自肿着。王阳明尴尬地冲他笑了笑，狱卒面若冰霜，用链子把王阳明锁在一个尿缸旁。

那链子一头套在王阳明的脖子上，一头绕在栅栏上，收得很紧，使他无法坐下。

王阳明愤慨道："喂！我又不是犯人，快放了我！"

狱卒不理，王阳明只好捏着鼻子，痛苦地把脸扭到一边。

就这么拘了大半天，直到掌灯时分，狱卒才又过来，道："你想舒服，却也容易，里屋有高铺、有桌子，想吃什么有什么。"

他把链子解下来，拿在手里，指着北首那个小门。王阳明好奇地走过去，推开了门。只见里面摆着十几张床，犯人们有的睡觉，有的看书，过得很滋润。

王阳明羡慕道："这屋不错。"

狱卒笑道："是不错，可也不容易住。"

"怎么个不易法？"

"先花五十吊，方许进屋；再花三十吊，去掉链子；打地铺二十吊，睡床铺三十吊。其余吃菜吃饭，都有价钱，长包也好，吃一顿算一顿也行。"

"这样啊。可是我只有——"

狱卒满脸期待。

王阳明道："一吊钱。"

狱卒勃然色变，迅速关门，拉扯着链子将王阳明赶进一间逼仄的牢房，"哐"的一声关了门。

王阳明环顾室内，只见三个犯人靠墙坐着，呆滞地盯着他。其中一人奄奄一息，另一人遍体鳞伤，只有一人气色尚可。

王阳明冲三人笑着点了点头，算是打了个招呼。

气色尚可之人道："让你家里人快点准备银子吧。"

王阳明不以为然道："我来体验一下坐牢的滋味，那屋不住也罢。"

气色尚可之人笑道："你可想简单了。凡是进到这，都得先过一道鬼门关（指了指奄奄一息之人）。他送了三十两银子，总算把命保住了，但吃够了苦头（又指了指遍体鳞伤之人）。他送了六十两，只挨了些鞭子，受了点疼。我掏了一百二十两，毫发无伤。"

王阳明奇道："索贿还要分多寡？都给钱不就行了？"

气色尚可之人道："你懂什么？没有差别，谁肯多掏钱？"

王阳明恍然大悟："原来如此。这个方法很接地气。"

两日后再审，马鸣图将一张伪造的口供扔到王阳明面前。

王阳明戴着镣铐，跪在地上，脸上青一块紫一块。他艰难地拿起口供看了看，忽然放声大笑。

马鸣图恶狠狠道："识相的赶紧签字，免得再受皮肉之苦！"

王阳明无畏道："好假的口供！谁不知道冀元亨与陈曰能有杀父之仇，还勾结起来谋反？拿笔来，我替你编一个。"

马鸣图冷笑道："你以为衙门是什么地方？说你反你就反不反也反，说你不反你就不反反也不反。"

"大人直言不讳，我竟无言以对。佩服，佩服。"说着，王阳明拱了拱手。

"给你两天时间，要死要活，你自己选！"

马鸣图刚说完，姜典史提着一个血淋淋的包裹走入，禀告道："堂尊，陈曰能的探子已经砍了。"

见其准备呈上包裹，马鸣图赶紧挥手道："我不看了，下去吧！"

"是。"

姜典史转身离去，包裹上的血飞溅到王阳明脸上。见他下意识地往后一缩，马鸣图冷笑不语。

夜晚，京城教坊司的门口车水马龙，红男绿女进进出出。

大堂里，戴铣一边喝闷酒一边向二楼张望。

忽然，房门推开，杜采薇陪着一个土豪出来，目送他离去。楼下的客人沸腾了，呼喊着杜采薇的名字，戴铣的眼睛也直了。

然而，见土豪走远后，杜采薇立刻收起脸上的假笑，转身进屋，果断关门。

客人们不满，纷纷骂娘。老鸨走到二楼，一脸讪笑道："对不住大家，采薇已经被包了，这个月暂不接客。”

客人们嘟嘟囔囔，继续喝酒，只有戴铣还目不转睛地盯着杜采薇的房间。

室内，杜采薇对镜补妆，老鸨推门而入。

杜采薇道：“妈妈，带他上来吧。”

老鸨鄙夷道：“理那个穷鬼做什么？我看他身上连十两银子都没有。”

杜采薇转身道：“两个月了，天天如此，不喝到打烊不肯离去。我倒好奇了，想问问他图什么。”

“图色呗，还能图啥？这世道我也愈发看不懂了，听人说他是个什么礼科给事中，从七品的官，穷得叮当响。倒是包你的那个户部书吏挥金如土，在京城有好几处宅子。这么下去还有人考科举吗？十年寒窗读成一个榆木脑袋，挣的还不如人家的零头多。”

“妈妈，给事中虽然品级不高，但能稽查百官，参与廷议，权力很大。劳您把他叫上来，我有件事要问他一问。”

“好好好，我的小祖宗。”老鸨不情不愿地离去，杜采薇对着镜子抿了一下胭脂纸。

戴铣被带到，手足无措。老鸨出门，杜采薇冲戴铣嫣然一笑，道：“公子怎么称呼？”

戴铣脸红道：“戴铣。”

“戴公子为何每日盯着奴家的房间看？”

戴铣低头道：“我……我喜欢姑娘。”

“呵呵，既如此，能帮奴家做件事吗？”

“什么事？”

杜采薇目露凶光道：“你知道焦芳这个人吧？”

戴铣惊讶抬头。

青阳县大牢，阳光从一个狭小的窗口挤进来，把空气里的粉尘照得颗粒毕现。

一阵声响惊醒了熟睡的王阳明。狱卒打开牢门，将一托盘美酒佳肴放在王阳明身前，转身离去。

王阳明叹息道：“看来这是断头酒了。来，咱们一醉方休！”

王阳明倒酒，三个狱友围了上来。

气色尚可之人接过王阳明掰给他的鸡腿，道：“王公子，你还年轻，就这么白白送了性命，实在太可惜了！”

王阳明饮酒道：“你也认为我该签字？”

“马鸣图卑鄙无耻，犯不着与他硬碰硬。”

王阳明搁下酒杯，道：“其实，我不是在跟他赌气，也并非为了我那蒙冤的兄弟。”

“那是……”

王阳明起身道：“如果一个人屈服于命运，那么即便他活着，其实已经死了。”说着，他仰头看窗，神色坚定。

王阳明转身道：“你不安排命运，命运就会安排你。各位慢用，我去了！”言讫，大步流星地出门而去。

遍体鳞伤之人大口吃肉，道：“读书人的想法真奇怪，搞不懂。”

狱卒将王阳明带到县署后花园，解开镣铐。

见其一脸疑惑，狱卒指了指正对着的一个房间，道：“你进去就知道了。”

王阳明满腹狐疑地走了过去，推开门。只见一个女子转过身来，竟是诸芸玉。

“芸玉？”

诸芸玉眼眶湿润，走到王阳明跟前，摸他脸庞，心疼不已。

王阳明道：“脸，脏……”

诸芸玉一把搂住王阳明，抽泣道：“急死我了你！”

王阳明感动地抱住妻子，轻抚她的秀发。忽然，他想起了什么，从身上摸出一个手镯，替诸芸玉戴上，道：“这是我爹当年送给我娘的，一直忘了给你。”

诸芸玉爱不释手。

“你怎么找到的这里？”

诸芸玉松手，道：“我问王畿，他说你去过九华山，还差点在化城寺出家。我就到九华山碰碰运气，结果发现寺庙已经空了，便来青阳县打听，又一路辗转到永宁村，一个孩子告诉我你被衙役抓了。”

“于是你就找到了这？”

诸芸玉点头。

王阳明又道：“可是马鸣图他怎么会……”

诸芸玉道：“池州知府是我爹的旧部，我向他讨了封公函，马鸣图不敢不遵。但更关键的，是你爹。”

“我爹？”

“我告诉马鸣图，你爹是詹事府的少詹事王华，他脸都白了，不敢来见你，还非要送你一箱金银珠宝。”说着，指了指墙角的一个大箱子。

王阳明不悦道：“我不要！”

诸芸玉埋怨道：“你也是，明明是朝廷的贡生，早点告诉他，也不至于吃这么多苦头。”

“你不说我都忘了还有这身皮。”

“咱们回去就安心备考，别再让你爹操心了，好吗？”

“不好。”

诸芸玉皱眉道：“为什么？”

王阳明叹气道：“文官的官服上绣着禽，武官的官服上绣着兽。满朝文武，那么多衣冠禽兽，我不想与之为伍。”

诸芸玉正色道：“正因为朝纲紊乱，才更需要有识之士去改变呀！什么都不做，局面只会越来越差。你知道吗，要是你肯早一点向马鸣图表明身份，也许那两个孩子就不会死。”

王阳明震惊道：“你说什么？”

“永宁村不是有三个孩子吗？你和那个冀元亨被带走后，两个大一些的去山上找吃的，不慎跌落山崖。”

“不可能！”

“此事已经传遍整个青阳县。”

王阳明一阵眩晕，颓丧地坐了下来，懊悔不已。

敲门声响起。

诸芸玉道：“请进。”

衙役开门，冀元亨满面哀容，快步走入。

王阳明起身，抓住他的手道：“我对不起你。”

冀元亨悲戚地摇了摇头，道：“都是我的错。”

王阳明忽然想起了什么，道：“邹守益呢？”

冀元亨道：“马鸣图把他接到县学念书去了。”

王阳明奇道：“马鸣图？”

冀元亨点头道：“他向我保证，说县署会出资，供养守益成人。”

王阳明若有所思。

冀元亨扭头，看见诸芸玉鼓励的眼神，下定决心般蓦地跪下。

王阳明道：“你这是做什么？”

“请允许我叫您一声‘先生’！”

“什么？”

“收我为徒吧！我冀元亨没服过谁，但对您，心服口服。我想追随您、服侍您、向您学。”冀元亨磕头。

诸芸玉帮腔道：“他把这里的人都得罪了，青阳县已经容不下他。”

王阳明道：“你先起来吧。”

“您不成全，我就不起来。”

王阳明无奈道：“好吧，我答应你。”

冀元亨大喜……

回余姚的路上，王阳明和诸芸玉坐在马车里，冀元亨骑着高头大马走在前面，满面春风。

王阳明语带责备道："你给他出的主意？"

诸芸玉解释道："他身手不错，又讲义气，正好可以保护你。"

"保护我？拳脚功夫嘛，我也会啊。"

"等你真穿了官服，难不成还要动手打人？而且上回你病倒，大夫说染了肺疾，叮嘱我不可再由着你舞枪弄棒。"

回到家，王阳明方知母亲归来。

郑青莲望着跪在床前的王阳明，道："去看看你爹吧，他在坟头给你爷爷烧纸。"

"是。"

王阳明起身离去。

"守仁。"

王阳明转身道："娘？"

郑青莲问道："你刚刚说那个青阳知县叫马什么？"

"马鸣图。"

郑青莲沉默片刻，叹气道："造化弄人啊！"

王阳明疑惑地看着她。

"还记得我跟你讲过，那个差点害死你爹和我的马县丞吗？"

王阳明瞪大了眼睛。

郑青莲缓缓道："就是他。"

京城市集，熙熙攘攘，刘瑾、张永、魏彬和谷大用四个宦官慌张四望，似乎在找什么人。

突然，一个九岁的男孩儿从菜摊下探出脑袋，却是当今太子朱厚照。

朱厚照坏笑着朝刘瑾扔了个鸡蛋。一时间，蛋清挂满了刘瑾的脑袋，朱厚照拍掌大笑，快步跑开。

谷大用指着朱厚照，道："在那！"

张永大叫道："太子——"

刘瑾赶忙捂住他的嘴，紧张道："小声点！"

四人追了上去。

朱厚照穿梭于大街小巷，把刘瑾等人累得气喘吁吁。

烈日当空，一个老汉举着一摞厚厚的材料跪在通政使司的大门外。他闭着眼睛，满头大汗。

朱厚照停下脚步，钻进围观的人群，好奇地望着老汉。

忽然，三个锦衣卫杀气腾腾地走来，为首一人目光凶狠，乃锦衣卫百户钱宁。

人群自觉让出一条道，锦衣卫二话不说，架起老汉就走。

老汉挣扎道："我是皇亲国戚，你们谁敢抓我！"

刘瑾等人赶到，不敢声张，远远地望着朱厚照。

百姓议论纷纷。

“那老爷子是不是疯了？”

“可不是吗？自称郑旺，说当今太子是他外孙。”

朱厚照闻言，震惊抬头，刘瑾看在眼里。

余姚城外的墓地，王华跪在坟前烧纸，碑上刻着“先父王天叙之墓”。王阳明缓缓走近，望着王华的背影，五味杂陈。

王华唏嘘道：“当年您让我考秀才我不乐意，跟您闹，没想到这么快报应就来了。”他苦笑了两声，续道：“这祖宗，比我那会可倔多了。唉，人哪，懂再多的道理也没用，不把那弯路都走上一遍，怎么甘心回到正路上来？”

王阳明：“爹。”

王华一愣，擦了擦泪痕，转身道：“兔崽子你还知道回来？（冲上去欲打）你怎么不……”

王阳明：“我想通了，考进士。”

王华呆住。

纸钱随风飘舞，父子立于墓碑两侧，相顾无言。

天外天乃京城最为奢华之酒楼，门槛高悬，非普通人所能问津。

这日，楼内的一间包厢，敲门声响起。

刘瑾正了正衣冠，毕恭毕敬地起立，道：“请进。”

钱宁推门而入，刘瑾鞠躬道：“钱大人。”

钱宁拱了拱手，走到上座坐下。

刘瑾击掌道：“上菜！”

小二抱着一个大托盘入内，报菜名道：“三鲜过桥、青鱼划水、生爆鳝片、清汤燕菜、鹿茸三珍、黄焖鱼翅……”

摆了满满一桌。

钱宁微微一笑，道：“刘公公有什么事大可直说，你我不用走文官那些过场。”

刘瑾诚恳道：“钱大人，我刘瑾最佩服也最感激的人就是你义父钱能。当年要不是他一席话点醒了我，我哪有福气陪伴太子左右？”

“话不能这么说，主要还是刘公公精明能干，老祖宗赏识。嗯，让我猜猜，刘公公是想打听昨日通政司门口的那个疯汉吧？”

“呵呵，什么事都逃不过锦衣卫的眼睛。”

“其实也不是什么大不了的事。一个妄人，不知怎的跟乾清宫的宦官搭上了线，听了些宫闱秘闻便上了天，硬说当今太子的生母不是张皇后，而是一个名叫郑施的宫女。更可笑的是，他说郑施是他被拐失散多年的女儿，算起来太子倒成他外孙了。

这不是找死吗？”

“那宫里究竟有没有郑施这号人？”

“没有，我们已经排查过了。”

刘瑾凝神道：“哎呀，活得久了，真是什么奇事都能见着啊！”

钱宁一边擦嘴一边道：“可不是吗？公公，衙门里还有事，我得赶回去。”

刘瑾赶紧拿出一张银票塞给钱宁。

钱宁用手挡回，道：“这是何意？”

“你们办差辛苦，留着以备不时之需。”

“已经让你破费，怎好意思再——”

“你就收着吧。”刘瑾凑近，小声道：“这是太子的心意。”

钱宁一愣，道：“既如此，多谢公公！”

钱宁起身离去，刘瑾走到门口左右张望了一下，回来把门锁好，轻声道：“太子爷，太子爷。”

墙角一个柜子的门被推开，朱厚照爬了出来。

刘瑾道：“这下您死心了吧？”

朱厚照起身道：“我听说犯了错的宫女都会被发配到浣衣局，你来带路。”

“主子，咱还是回宫吧。您千金之躯，实在不宜去那种地方。让皇上知道了，非打死我不可。”

“大伴！宫里宫外我就信你，你可不要让我失望啊！”

刘瑾犹豫再三，最后下定决心道：“好！不管前面是刀山火海还是万丈深渊，刘瑾都替主子蹚出一条路来！”

余姚。

王喜驾着马车，准备出发。王阳明、诸芸玉、冀元亨和王畿站在车边，等待王华与郑青莲告别。

王华依依不舍道：“本想趁丁忧多陪陪你，谁知道皇上夺我的情，让我回去帮他管管太子。唉，我自己的儿子还管不好呢！”

郑青莲道：“安心去吧。春闱马上开始了，你守着儿子备考，我也放心。”

“你好好将养——王欢。”

“老爷。”

“照顾好夫人。”

“是。”

“娘，我走了，你多保重。”王华上车，挥手向岑氏告别。

京城浣衣局。

管事太监把一本名册从头到尾翻了一遍，朱厚照翘首以待。

半晌，管事太监合上名册道：“没有。”

朱厚照失望不已，茫然地走到院中，看见十几个女人正坐在小板凳上搓衣服。

刘瑾道：“没看漏吧？再翻一遍。”见管事太监起疑，刘瑾靠近他小声道：“我哥的孩子，吵着闹着要找他当年的奶娘。”

管事太监为难道：“刘公公，好多宫女进宫时改一回名儿，送到这来再改一回。您说的这个‘郑施’，至少我这里查不到。”

朱厚照忽然大声道：“郑施！”

刘瑾大惊，所有浣女都停了下来，呆呆地望着朱厚照，只有一个女人仍旧埋头搓衣，神色凄楚。

朱厚照向她走去，刘瑾赶紧冲上来阻拦，压低声音道：“主子，千万不能认啊，改明儿——”

“闪开！”朱厚照推开刘瑾，快步走了过去。那女人嘴角抽搐，抬头看了看朱厚照，眼泪夺眶而出。

她蓦地起身，刘瑾暗道不妙。谁知那女人往相反的方向跑去，奔到一口枯井边，看了眼朱厚照，跳了下去。

朱厚照失魂落魄地跪了下来，泪流满面。刘瑾松了口气，管事太监莫名其妙地望着二人，好一会儿才回过神来，对一众浣女道：“还愣着干什么？捞人啊！”

与此同时，京城码头。

王阳明一行下船，发现偌大的广场空空荡荡。

王畿道：“槐花黄，举子忙。倒把老百姓闲下来了。”

好不容易看见一个车夫洗完马准备离去，冀元亨冲上去拦住他，道：“请问，人都到哪去了？”

“天外天。”

王畿道：“天外天？”

“京城最大的酒楼。听说来了个叫唐伯虎的，就住那。”

王阳明眼前一亮。

天外天的大厅被围得水泄不通。所有桌子都撤去了，只留下两张八仙桌，遥遥对立。一边坐着唐伯虎、娄素珍和刘养正，另一边坐着六个书生，却是当年考慎独书院失败的李梦阳、康海、边贡、何景明、王廷相和王九思。此六人后来与徐祯卿一道，并称明代文学史上的“前七子”。

门口，天外天的掌柜带着四个大汉维持秩序并售卖门票。

掌柜道：“五两银子一位。”

一百姓道：“你怎么不去抢啊！走闺女，爹带你去吃烤鸭。”

他女儿手里拿着一只唐伯虎造型的泥人，道：“我不去！我要看唐伯虎！”

掌柜正不耐烦，忽然手上多了五两银子。抬头一看，却是王阳明。

室内，“前七子”中的王廷相起身，道：“唐伯虎，趁着春闱全国举子齐集京城，你们吴门派和我们复古派的恩怨，今日就做个了断！”

唐伯虎自斟自饮道：“我唐寅群而不党，听不懂你在说什么。”

六人桌坐在上首之人死死地盯着唐伯虎，却是李梦阳。

他身边的康海起身，朗声道：“有人看见你一进京就跟吴门的徐祯卿到吏部侍郎吴宽的府上做客。怎么，敢做不敢认？”

围观人群嘘声一片，康海被一只茄子砸中，羞愤不已。

李梦阳道：“康海！”

众人安静下来，唐伯虎抬眼望去。

李梦阳续道：“人家是江南第一才子，岂可无礼？”

康海缓缓坐下。

李梦阳上前，道：“唐伯虎，大家都是读书人，以文会友，比试比试怎么样？”

娄素珍起身道：“杀鸡焉用牛刀，先赢了我再说。”

人群中的戴铣发现了王阳明。

王阳明注目于娄素珍，没有察觉戴铣。

李梦阳一脸嘲讽道：“你？”

娄素珍道：“我是唐先生的婢女，平日耳濡目染，略懂诗词格律，还望阁下不吝赐教。”

五人面面相觑，李梦阳强忍怒火。

娄素珍道：“黄河水绕汉宫墙，河上秋风雁几行。小女子初读这首《秋望》时，只觉深得唐韵，颇似王昌龄的边塞诗。（李梦阳微微得意）但又读了您的几篇作品后，发现都是同样的风格，顿时索然无味。后来听人说您是文坛复古派的旗手，写诗以跟古人写得像为荣，方才恍然大悟。（众人窃笑）唉！人人都爱西施，可没见谁喜欢西施的影子。”

一人拍案而起，却是何景明。

何景明道：“秦无经，汉无骚，唐无赋，宋无诗。盛唐之后，诗的格调每况愈下。不跟古人学，难不成跟你学？”

娄素珍道：“这位莫非就是《东门赋》的作者何先生？”

“正是在下。”

“死为王侯，不如生为奴虏；朱棺而葬，不如生处蓬户。生尚有期，死即长腐。潜寐黄泉，美谥何补！写得真好。可是何先生，你真的不在意美谥吗？那还参加会试做什么？息影林泉不就好了？”

“你——”

娄素珍快速道：“到底是感时忧世，大声疾呼呢，还是故作惊人之语，以求终南捷径？”

何景明身旁的边贡起身道："是不是李东阳派你来的？！"

娄素珍道："你怎么不说是皇上派我来的？"

众人哄笑。

边贡厉声道："还想狡辩？李东阳的台阁体已是强弩之末，他怕复古派抢了他文坛领袖的位子，所以——"

一个声音从人群中传出："'复古'虽好，不过二十年后，大概也就俗了。"

边贡四望道："谁？"

王阳明走到两桌中间，娄素珍惊喜。

唐伯虎起身道："王兄！"

王阳明向他拱了拱手，又看了看娄素珍。只见她眼波流转，含情脉脉，赶紧移开了目光。

何景明凑到李梦阳跟前，小声道："丘浚的弟子，王阳明。"

李梦阳高声道："魏晋风骨，盛唐气象，再过一千年也不会俗。"

王阳明不紧不慢道："风骨气象，自然不会俗。可今人写的诗，再怎么样也不会变成唐诗。台阁体陈陈相因至今，华而不实，无病呻吟，已走入了死胡同，李东阳也在思变。复古诗是新潮流，脱俗去陈言，一泻成大川。然而物极必反，太过强调古风古韵，泥古不化，便又落入了另一套窠臼，照样是拘束人心的东西。好比匠人伪造的古董，就算同真品一模一样，又有什么价值？"

李梦阳板着脸道："那依你之见，什么样的诗风才算不落俗套？"

王阳明道："辞藻不妨简单些，意思不妨直白些，关键是找到一个'我'字，直抒胸臆。"

李梦阳不屑道："哼，我以为有什么惊世骇俗之论呢！"

王阳明谦恭道："卑之无甚高论。"

康海直捣黄龙道："唐伯虎！你到底敢不敢接招？"

唐伯虎微微一笑，道："也罢，那就按王兄的直抒胸臆论，献丑了。"

围观之人无不期待地望着他。

唐伯虎想了想，道："一上一上又一上，一直上到高山上。"

众人有些失望，李梦阳等人也满脸嘲讽之色。

唐伯虎走了几步，道："举头红日白云低，四海五湖皆一望。"

众人愣住了，掌声随即响起，渐成山呼海啸之势，不少女子开始尖叫。

李梦阳等人脸色铁青。

边贡眼珠一转，道："唐伯虎，在下有一事不解，想向你求证。"

"请讲。"

"当年你在应天府参加乡试，主考是梁储。他对你的文章爱不释手，誊抄后寄给了时任绍兴知府的焦芳。是也不是？"

唐伯虎一愣，道："确有此事，那又如何？"

边贡冷笑道："诸位！焦芳是今科会试的副总裁，我听人说，他早已认唐伯虎做'约定门生'！"

众人大哗，戴铣惊讶。

娄素珍道："血口喷人！先生入京已有十日，连焦府在哪都不知道。有工夫说三道四，不如去考场上一决雌雄！"

唐伯虎气得浑身发抖，撂下一句"无耻谰言"，拂袖而去。

娄素珍看了眼王阳明，跟着唐伯虎上楼。

围观人群又激动起来，高呼唐伯虎的名字，向前拥挤。

唐伯虎背对众人，放言道："今科会元，舍我更有其谁？！"

人群痴狂，戴铣的脸上弥漫着阴谋的气息。

月色里的乾清宫静谧安详。

弘治帝朱祐樘缓缓放下奏章，叹了口气道："这个薄彦徽，长了一只狗鼻子。"

一旁的张皇后拿起奏章看了看，皱眉道："彻查浣衣局女子投井之事，这是他个人的意思，还是都察院在背后捣鬼？"

"不知道。没想到解决了疯汉郑旺，郑施又来添乱。唉——按下葫芦浮起瓢。"

"千万不能让太子知道，找个借口把这个薄彦徽赶走。"

"此人一向奉公守法，怕是不好找。"

张皇后又细看了一遍奏章，眼前一亮，指着一处道："你看这里。"

京城市集，夜色撩人。王阳明把一摞书交给王畿，道："你和惟乾先回去，我再到那边的书摊看看。"

冀元亨道："先生，我跟着您吧。"

王阳明笑道："你还是帮他拿书吧。"

王畿一脸痛苦道："好沉啊，快快快！"

冀元亨帮王畿分担了一多半，二人离去。

王阳明走到一个书画摊前，注意到悬挂着的一幅怨女图。

老板机敏道："唐伯虎的真迹，便宜卖你，一百两拿走。"

书画摊对面，一个女子正在挑选面具，却是娄素珍。

她挑了一张古蜀国青铜造型的面具，开心地戴上。一转身，瞧见了王阳明。

王阳明喃喃道："画虽不错，但配上这首诗倒显不出意境了。"

老板不快道："那你认为该配何诗？"

娄素珍悄悄走到王阳明背后。

王阳明沉思道："顾琼之的那首——"

娄素珍与他异口同声道："《诉衷情》。"

王阳明转身，被狰狞的面具吓了一跳。

“永夜抛人何处去？绝来音。香阁掩，眉敛，月将沉。争忍不相寻？怨孤衾。”娄素珍缓缓摘掉面具，续道：“换我心，为你心，始知相忆深。”

王阳明动容。

同一时间，紫禁城内，朱祐樘牵着朱厚照的手穿过端门，来到六科廊。

朱祐樘和颜悦色道：“杨先生和王先生，更喜欢哪一个啊？”

朱厚照想了想，道：“都不喜欢。”

“都不喜欢？为什么？”

“凶巴巴的。”

“哈哈哈哈，凶就对啦！”

朱厚照路过一个亮灯的屋子，好奇驻足，道：“这是什么地方？”

朱祐樘赶紧摆手道：“小点声，里面有人值班。这是六科言官办公的地方，不要惊动他们。”

“怕什么？言官也是父皇的臣子啊！”

“日后你就懂了。总之一句话，千万别惹科道官员。”

朱厚照撅嘴，不以为然。朱祐樘拉着他走远，道：“当年太皇太后薨逝，举办丧礼。那天刚下过雨，我见地上满是泥水，下令臣工免予磕头。结果第二天一道言辞激烈的奏章就递了上来，一个御史引经据典跟我辩论孝道。父皇那时刚即位，沉不住气，当庭与他对质，结果群臣没有一个站出来支持我，最后只好不了了之。那个御史呢，反倒名扬四海，成了英雄。”

“父皇，那您说，薄彦徽算英雄还是狗熊？”

朱祐樘一愣，停下脚步道：“你说什么？”

“宫里有人说儿臣是都人（宫女）之子。”

朱祐樘勃然大怒道：“胡说八道！谁造的谣？”

朱厚照害怕。

朱祐樘猛摇儿子的肩膀，道：“你听谁说的？！”

朱厚照被吓哭。

朱祐樘冷静下来，叹了口气道：“你的母亲，就是朕的皇后，史官清清楚楚地写在起居注里，毋庸置疑。往后谁要敢再乱嚼舌头，朕定不轻饶！你听明白了吗？”

朱厚照不情不愿地点了点头。

朱祐樘望向六科值房，目光阴冷。

河畔的亭子里，娄素珍凭栏遥望对岸通明的灯火。

王阳明道：“没想到唐伯虎成了世子的老师。他身边那人是……”

娄素珍转身，倩笑道：“你怎么老关心男人？”

“你怎么老冤枉我？我白天可刚帮一个女人救过场。”

“哦，想起来了。”娄素珍踱步做老学究状，道：“学如韩、柳，不过为文人；辞如李、杜，不过为诗人。果有志于心性之学，方为第一等德业。”

王阳明道：“干吗背我文章里的话？”

“此等佳句，在天外天为何不说？给李梦阳留个面子？还是你已经想通了，成圣并没有走仕途重要？”

“学文乃余事，不值得耗费太多精神。至于功名嘛，未妨适意山水间，浮名于我亦何有？”

“那就别考了，跟我回广信。我让祖父把他的衣钵都传给你。”

“多谢好意，只是佛说‘青青翠竹，尽是法身；郁郁黄花，无非般若’。官场虽然黑暗，但我不入地狱，谁入地狱？阿弥陀佛。”

娄素珍笑道：“高僧大德，你敢不敢跟我打赌？”

王阳明饶有兴趣道：“赌什么？”

“你不是问唐伯虎身边那人是谁吗？他是我祖父的大弟子娄襄，也来赶考。今科如果你的名次排在他前面，那我无话可说；如果你技不如人，排在他后面，那就乖乖跟我回广信。如何？”

“你可真是兰心蕙质，尽出损招。”

“怕了？”

“哈！我会怕他？一言为定！”

娄素珍嫣然一笑。

这时，对岸的教坊传来琴声，悠扬婉转。娄素珍兴起，跑到河边的浅水区，发现水刚刚没过脚踝，于是随着调子跳起舞来。

水面倒映着月光，与近处的石拱桥构成了一幅美丽的画面，王阳明一时间看呆了。

娄素珍回眸道：“在想什么？”

王阳明痴痴道：“我在想……曹子建的《洛神赋》。”

娄素珍笑道：“我有甄宓美吗？”

王阳明喃喃自语：“其形也，翩若惊鸿，婉若游龙。荣曜秋菊，华茂春松。仿佛兮若轻云之蔽月，飘摇兮若流风之回雪。远而望之，皎若太阳升朝霞；迫而察之，灼若芙蕖出渌波。”

娄素珍舞姿曼妙，体态婀娜。

次日早朝，御案前的朱祐樘一边埋头写字，一边漫不经心道：“谢迁，你是都察院左都御史，你说怎么处理？”

谢迁出列道：“启奏陛下，臣以为仅仅因为书写上的格式错误，便把薄彦徽贬到南京都察院，恐怕难以服众。”

朱祐樘在写一个“忍”字，漫不经心道：“刘阁老，你的意思呢？”

刘健道：“回陛下，臣也认为还是不处理的好，免得折损言官的士气，不敢再畅所欲言。”

朱祐樘强压怒火道：“李大人觉得呢？”

李东阳出列道：“陛下，臣觉得虽是纤毫之误，但也可以略施薄惩，比如罚俸三个月。”

朱祐樘停笔，“忍”字刀上的那一点还没点上。他环视众臣，嘴角抽搐，终于拍案而起道：“你们以为朕不敢杀人吗？”负气而去。

刘健与谢迁面面相觑，李东阳神色忧虑。

第十五章　惊天大案

春闱开始了。贡院外，士子们排成长队，等待检查后进入考棚。

王阳明、唐伯虎、李梦阳、何景明、边贡、康海、王九思和王廷相奋笔疾书，认真答题……

礼部仪制司。

焦芳提着一盒糕点入内，道："来来来！各位，这是李部堂犒劳大伙的。"

众阅卷官抬头，围过来分食糕点。

"焦大人，这回的题是您出的吧？水平实在是高啊！"

"可不是吗？锁院五日了，一张看得过眼的卷子都没有，全被难住啦！"

"我看看！"焦芳走到上座坐下，翻看考卷。

连看了五篇都是大摇其头，直到第六篇吸引了他的目光。再往下看，焦芳开始面露喜色，频频颔首，直至拊掌激赏，情不自禁地念道："观志士之所为，而天下无志者可以愧矣；观仁人之所为，而天下不仁者可以思矣。好啊！此卷必为唐伯虎所做！我看可取为会元！"

众人凑了上去，面面相觑，目光意味深长。

这晚，李梦阳、何景明、边贡、康海、王九思和王廷相在天外天围坐喝酒。

何景明道："你们怎么样？"

众皆埋头不语。

康海气馁道："题太偏了，我心里没底。"

小二下楼，兴奋道："唐会元下来啦！"

边贡不满道："唐会元？哼！"

刘养正扶着醉醺醺的唐伯虎出现在楼梯上，外门的人潮涌了进来，场面几近失控。

"唐会元，我家小姐年方二八，尚未婚配，与你做个妻室如何？偏房也行。我家老爷是城东的周大官人，有五座七进的大宅子。"

"唐会元，新店开张，求赐墨宝。您说多少钱就是多少钱，我绝不还价！"

唐伯虎挥手致意。

边贡起身道："一帮趋炎附势的小人！气死我了！"

"同是科考，人家什么都有了，可咱们呢？还得打道回府，继续苦读。"

边贡循声望去，只见一士子青衫白巾，神色淡然，却是戴铣。

边贡道："你是？"

戴铣道："鄙人戴冲峰，江西籍的举子。"

边贡拱手道："冲峰兄方才说的可是唐伯虎？"

"正是。你们听说了吗？会试副总裁焦芳鬻题给他。"

六人面面相觑。

边贡愤然道："这有什么奇怪的！人家早拜过山头了，不然说话怎么那么硬气？"

康海道："泱泱华夏，有才的人多了去了。当年韩愈考进士，也考了四次才中，他唐伯虎凭什么夸下这样的海口？"

戴铣诚挚道："诸位，实不相瞒，在下一直仰慕复古派尤其是李梦阳的诗才，虽然我连李兄是你们当中的哪一位都不知道。"

李梦阳拱手道："戴兄，你好。"

戴铣还礼道："李兄。唉！此次春闱，太不正常了。"

"怎么说？"

"家兄在礼部当差，据他讲，焦芳阅卷时对着其中一张自言自语，说此卷为唐伯虎所做，可取为会元。"

李梦阳震惊道："此话当真？"

"这件事在礼部已经传遍了，李东阳下命不准外传。要我看，他是心虚，自己藏在幕后，让焦芳出面，把唐伯虎收入囊中，联合吴门派打压其他各派。"

边贡拍桌道："欺人太甚！我们去通政司联名上疏！"

康海附和道："对！会试竟然存在如此严重的舞弊，这样下去，谁还读书？"

何景明分析道："只靠咱们几个，恐怕声势不够。"

戴铣鼓劲道："家兄和礼科的几个给事中是拜把兄弟，各位若下定决心替天下士子讨个公道，咱们可以分头行动。"

李梦阳布置道："好！说干就干！何景明，你去联合河南的士子。"

"是！"

"王廷相，山西的交给你。"

"没问题。"

"边贡，山东的靠你了。"

"包在我身上。"

"陕西的我跟王九思和康海来。唐伯虎，我看你还怎么狂！"李梦阳斗志昂扬。

戴铣的脸上掠过一丝不易察觉的冷笑。

接下来的几天，众人分头行动。

何景明被河南举子围在圆心，侃侃而谈，在场之人无不惊怒交加；王廷相和边贡站在两张离得很远的桌子上演讲，台下义愤填膺；王九思与康海散发传单，一个士子看完后气得将帽子摔到地上；戴铣奋笔写劾疏；李梦阳则带着一大帮士子围堵通政司，递交请愿书。

奉天殿，朱祐樘一把将戴铣的劾疏扔到台下，怒道："把焦芳还有那个唐寅给我抓起来！"

李东阳劝道："陛下息怒。此事尚无旁证，仅凭戴铣的一封劾疏便抓人，未免……不如派人复核考卷，待姓名启封后，真相自然大白。"

朱祐樘道："还复核什么？焦芳素有清名，没想到表里不一，竟敢泄题。朕还能相信谁？你这个会试总裁怎么当的？渎职！"

谢迁道："陛下——"

"别说了！刘健，拟旨！"

锦衣卫冲到焦府抓人，焦芳的耳边回响着圣旨中凌厉的措辞："查礼部侍郎焦芳，勾结应天府举人唐寅，私相授受，会试考题……"

焦妻大哭。

天外天。

锦衣卫拨开人群，闯进房间，将正在作画的唐伯虎抓走。刘养正与娄素珍大惊，李梦阳等人志得意满。

圣旨里的话也在唐伯虎耳畔回荡："致使物议沸腾，群情激愤，朝廷蒙羞，士子寒心。速将二犯捉拿归案，择日审理，以昭天道，以正法纪。"

会试泄题案震惊天下，谢迁夜访王宅，谈及此事。

王华不解道："没想到皇上如此强硬，莫非真的因为薄彦徽的事记了仇？"

谢迁摇头道："不至于呀，格式出了点纰漏，搁以前根本不算个事儿。"

王阳明从里屋出来，问道："谢叔，薄彦徽的奏疏您事先知晓吗？"

王华怫然道："关你什么事？进去！"

谢迁道："德辉，这件事还真跟守仁有关。他也是这一科的考生嘛！来，坐下。"

王阳明落座。

谢迁续道："都察院一百多号人，就属这薄彦徽独来独往，举止诡异，经常把街谈巷议、捕风捉影的事写到奏疏里。那日我问他，说浣衣局死个宫女，跟你有什么关系？他神神叨叨，说浣衣局有他的眼线，那女人死的时候太子在场，在找人。"

王华一惊。

王阳明道："上个月有个疯汉自称太子的外公，在通政司门口叫嚣。这两件事，莫非有关联？”

王华斥道：“牵强附会！”

王阳明提醒道：“什么样的人会让太子屈尊到浣衣局那种地方去？”

王华不耐烦道：“你想说什么？”

王阳明条分缕析道：“帝后恩爱，广为人知，但当年张皇后一直没能生子，宫里宫外谣言四起，刘健、李东阳几位大人纷纷请求皇上选妃以广储嗣。皇上不从，但也心急如焚，在宫中斋醮求子，一连数月。忽然，几乎是一夜之间，宫中便传出喜讯，张皇后得子——此事谢叔叔应该比我更清楚。”

谢迁闻言，起身道：“德辉，我去找李东阳！”

紫禁城的上空，一朵黑云渐渐遮蔽了明月。

乾清宫，朱祐樘抓了把花生递给谢迁，道：“谢迁啊，你能顾全大局，朕没看错你。这几年吏治渐渐废弛了，薄彦徽的错虽小，但绝不能放过，千里之堤毁于蚁穴。希望他在南京好好反省。李东阳——”

“陛下。”

“科场舞弊案，你们抓紧复核吧。”

李东阳垂首道：“是。”

翌日，几辆马车停在一座门匾上写着“刘府”的宅院门口。

刘健坐在上座，身边是李东阳。左右依次为谢迁、杨廷和与王华。

李东阳道：“只能委屈一下薄彦徽了，也算给他一个教训。有的娄子不能捅，捅了对谁都不好。”

刘健不快道：“杨廷和，你这个詹事府詹事怎么当的？太子去浣衣局，你竟然不知道？”

杨廷和道：“下官失察，阁老息怒。”

刘健扭头对李东阳道：“复核的结果怎么样？”

李东阳道：“焦芳称颂的那张卷子，署名不是唐寅，而是‘娄襄’。”

刘健一拍扶手，道：“哈哈，真相大白，可以公之于众了。”

杨廷和赶紧道：“阁老，万万不可啊！”

李东阳点头道：“先禀告皇上，看他怎么定夺。”

刘健起身踱步道：“我知道你们的想法，顾全他老人家的面子嘛！可是，由皇上定夺，这案子就翻不了了。他不可能自己打自己的脸，告诉世人我昏庸，我受人蒙蔽。”

杨廷和婉言相劝道：“阁老，为什么一定要翻案呢？‘科场舞弊案’早已路人皆知，覆水难收。老百姓不了解实情，只愿相信吾皇圣明，又办了个贪官。现在翻案，不但会伤了莘莘士子的心，且将损害朝廷的颜面。何况围堵通政司的那帮人还没散，万不可再激怒他们。因此，不毁这两人的前程，天下人就不相信‘公正’；不污这两人的清白，天下人就不相信‘清廉’。”

王华不悦道：“照杨大人这么说，真相便弃之不顾了？”

杨廷和笃定道：“老百姓不需要真相，只需要符合他们想象的真相。”

刘健问道：“你们也是这么想的？”

谢迁点头，李东阳不语。

刘健叹了口气道：“杨廷和，或许你是对的，但我并不喜欢。这件事你们看着办，就一条，那个胡乱诬告的戴铣，不能让他留在京城。始作俑者，其无后乎！”

被围堵多日的通政使司终于开启了大门，两个官差拿着一张巨大的告示走到布告栏前贴上。

众士子赶紧围了上去。

边贡挤进人群，定睛一看，回顾李梦阳等，高喊：“有结果啦！（细读布告）唐寅终身禁考，焦芳贬为西安知府。所有考卷，一律作废，来科再试？”

众人目瞪口呆。

是夜，戴铣在教坊司独自喝着闷酒，瞥见杜采薇卖笑接客，愈发惆怅。他将杯中酒一饮而尽，提起行李出门，被杜采薇瞅见。

戴铣走到一条巷子，觉察有人跟踪，躲进暗处。见人影闪过，他突然出现，把那人吓了一跳。仔细一看，却是杜采薇。

戴铣慌乱道：“是你？”

杜采薇感动道：“谢谢你。这些钱——”

“你知道我不是为了钱。”

“就当是盘缠吧。听说你要去南京？”

“哼，他们以为这样就能打压我！却没料到，我还有后招！”

与此同时，焦府的庭院中，焦芳蹲在一个火盆前，麻木地摊开一本《焦氏家训》。

这是一本折子般的画册，第一页是孔子像，左下角竖排写了“克己复礼，万世师表”八个字，右侧是一段批语；第二页是孟子像，八个字是“舍身取义，信善性善”；然后是屈原，“忠而见逐，情何以堪”。

后面还有很多页，焦芳却盯着屈原的画像看了半天，蓦地将画册扔进火盆，起身往门外走去。

焦妻从房里出来，道：“刚回来又要走。这么晚了，你去哪啊？”

焦芳头也不回，重重地带上了门。火盆里烈焰熊熊，宛若他此刻的心情。

次日，李东阳府上，王华和谢迁在座。

李东阳哈哈大笑道：“世以不得第为耻，我以不得第动心为耻。说得好！王守仁，胸怀如此宽广，看来这来科状元非你莫属了。作一篇《来科状元赋》怎么样？”

王阳明打趣道：“好啊！不过是用台阁体还是复古风呢？”

众人一愣，全都乐了。

门房入内，道：“老爷，兵部侍郎娄忱求见。”

李东阳疑惑道：“娄忱？叫他进来。”

“是。”门房转身出。

谢迁道：“他来做什么？”

王阳明思忖。

娄忱快步走入，跪下道：“李大人救命，救命啊李大人！

李东阳起身搀扶道：“出什么事了？”

娄忱道：“那个戴铣，参了小女一本。”

谢迁道：“戴铣参你女儿？为什么呀！”

娄忱带着哭腔道：“我娄忱教女无方，教出这么个顽劣的扫把星！她……她居然女扮男装，参加了今科会试。那个娄襄，就是她。现在已经让刑部的人给抓了！”

王阳明呆若木鸡。

南昌码头，一艘小船缓缓靠岸。岸边，朱宸濠翘首以待。

刘养正先行下船，冲朱宸濠点了点头，掀开帘子。唐伯虎钻了出来，一脸憔悴。

朱宸濠赶忙迎了上去，道：“先生。”

唐伯虎望着空空荡荡的码头，感慨道：“世味年来薄似纱，谁令骑马客京华。”

朱宸濠看了看刘养正，道：“先生，咱们回府吧。”

唐伯虎摇头道：“戴罪之人，还是不要连累世子了。”

“先生什么话？！”

“从此癫狂随性，歌哭无端，土木形骸，呵佛骂祖。倒也落个自由。告辞。”

唐伯虎径直离去，放声道：“自古圣贤皆贫贱，何况我辈孤且直。”朱宸濠望着他的背影，皱眉摇头。

刘养正低声道：“世子，娄姑娘出事了。”

朱宸濠大惊……

藩邸校场，宁王朱觐钧一箭射出，正中靶心。他满意地笑了笑，回头发现朱宸濠跪在地上，不禁一愣，道：“起来吧！”

朱宸濠倔强道：“父王不答应，孩儿便长跪不起。”

“你真的那么喜欢她？”

朱宸濠满脸通红。

朱觐钧道：“唉，倒也是个名门之后。不过朝廷最忌讳的就是藩王妄议朝政，她现在身处风口浪尖，你让为父怎么开口？”

“皇上不是号召各藩节流无人响应吗？要是父王率先表态——”

“凭什么？凭什么为父要带头当冤大头？”

“父王，您不是一直想让我学弓马骑射吗？只要能救娄姑娘，我保证天天跟您学。”

见朱宸濠一脸诚挚，朱觐钧叹息离去。

京城，王华宅邸。

王阳明强迫自己看书，却一个字也看不进去，唉声叹气。

诸芸玉铺好了床，坐着看了会他，道：“想到法子救心上人了吗？”

王阳明吓了一跳，道：“你说什么？”

诸芸玉道：“我都知道了，你就别装了。”

王阳明脸红道：“这是掉脑袋的罪，我能有什么办法？”

诸芸玉提醒道：“你知道皇上的生母纪淑妃怎么死的吗？”

“你有主意？”

“过来，我告诉你。”

王阳明乖乖过去，诸芸玉吹灭了蜡烛。

三日后的早朝，朱祐樘览毕朱觐钧的奏章，道：“天下之大，无奇不有。只是这怪事怎么全让朕给碰上了？娄忱。”

群臣窃笑。

娄忱捧着三尺白薄宽绫，出班跪下。

朱祐樘奇道：“你这是唱的哪出啊？”

娄忱悲怆道：“养不教，父之过。闹出这等荒唐事，微臣无言以对，只求皇上能赐她一个体面的死法。”

朱祐樘望着白绫，想起自己冤死的生母，心潮起伏，半晌方道：“娄素珍无法无天，但确有才情。姑念其乃名门之后，罚她闭门思过，抄写《女诫》。娄忱管教不严，左迁工部郎中。”

娄忱惊喜交加，叩谢天恩……

当晚，娄忱抱着一堆礼品，携磨磨蹭蹭的娄素珍往王华家走去。

娄忱教训道：“你有什么不服气的？人家那才叫大智慧，女诸葛，知道当年纪淑妃被万贵妃用三尺白绫赐死，一个绕指柔就帮你把百炼钢给化解了。快走！”

王家的门开了，诸芸玉走出，道：“娄大人？真不巧，老爷出门了。”

娄忱满脸堆笑道：“没事，没事。我就是来看你的，呵呵。”

诸芸玉接过礼品，道：“您太客气了，请随我来。”

娄忱道：“好，好。珍儿。”

一转身，发现娄素珍早已走远。诸芸玉望着她的背影，若有所思。

娄素珍逆着人流，在闹市失神地走着，跟擦肩而过的人撞上也没有反应。她走到一个书画摊前，看见之前吸引王阳明的那幅画的题诗已被老板改成《诉衷情》。

娄素珍不由自主地用手去摸画中人，潸然泪下……

第十六章　牛刀小试

时光荏苒，一晃三年过去了。

这天，王华在家里的书房心不在焉地默写《心经》。王阳明忽然进来，不声不响地跪下。

王华停笔，看着他，声音颤抖道："看过榜了？"

王阳明点头。

"怎么样？"

王阳明摇头。

王华搁笔，颓丧地坐下。王畿和冀元亨走到门口，躲在窗外。

王华失望道："上回落榜是受泄题案的牵连，可这次——人生有几个三年？（敲桌子）你马上三十啦！"

王畿学他口形，步调一致地说了句无声的"你马上三十啦"。

冀元亨忍俊不禁，诸芸玉走了过来。

王阳明哭丧着脸道："孩儿不孝，愧对列祖列宗！我，我这就找块豆腐撞死。不对，找面墙。"

诸芸玉的声音传入："爹，守仁考中了。你别听他瞎闹。"

王华一愣，再看王阳明，只见他憋着一脸坏笑。

王华惊喜道："好小子，敢骗你爹！多少名？"

王畿跳了出来，道："老爷，二甲第七名！"

"哈哈哈哈！"王华大笑，忽然敛容，道："还是没考过你爹！"

王阳明抱怨道："爹，你的人生追求就是考试吗？那孩儿确实自愧不如。"

王华忍俊不禁道："你——哈哈，走，今儿个咱们去吃天外天！"

报到的日子到了。

王华看了看院子里的日晷，往王阳明的卧室走去，大声道："这都什么时辰了？"

王阳明在诸芸玉的帮助下，手忙脚乱地将一身六品官服套上。

王华训斥道："第一天就想迟到吗？！"

王阳明忙道："好了好了！"

工部屯田司。

娄忱坐在正首，双目微闭，一脸不快。两侧一字排开的两个员外郎和六个主事沉默不语。

员外郎甲清了清嗓门，道："娄大人，卑职家里那口子快生了，实在走不开啊。"

员外郎乙忙不迭道："卑职——"

娄忱阴沉道："你们家也生孩子？"

"不不不，是我娘。她病重得下不了床，身边没人，我得端汤送药。"

娄忱道："威宁伯戍边三十载，身经十余战，收复河套，威震蒙古，是我大明首屈一指的英雄。我原以为督造他的坟茔你们会抢着去，没想到——哼！"

"卑职愿往！"

娄忱抬眼，只见王阳明昂首阔步地走了进来。

娄忱道："王守仁，你是来观政的，先熟悉熟悉环境，不要急着出风头。"

王阳明抱拳道："大人，实不相瞒，卑职昨晚做了个梦，梦见威宁伯把他的三星宝剑送给我，告诉我此剑乃英宗皇帝御赐，文官得之可封伯。"

众人面面相觑。

员外郎甲眼睛一转，道："大人，此乃天意，逆天不祥。我看就让王守仁走一趟吧。"

员外郎乙帮腔道："是啊，王守仁年富力强，确属不二人选。"

娄忱环视众人，最后忧虑地看着王阳明，道："你知道坟址在哪吗？"

王阳明点头道："居庸关外。壮哉威宁伯，英灵守边关！"

"蒙古人随时会寻衅滋扰。"

"卑职去过关外，和蒙古人交过手，请大人放心。"

娄忱皱眉。

当晚，诸芸玉辗转反侧。

直到实在忍不住了，对王阳明道："你到底怎么想的，揽这么危险的活？"

王阳明道："做官的危险比这大多了。仕途漫漫，皓首而无成者比比皆是。幸而有成，能当盛年者有几人？这几人中想做点事却功败垂成者又往往有之。每每思及，不敢不扬鞭奋蹄呀！"

"可是——"

王阳明一把抱住她。

诸芸玉缓缓道："我懂了。你多保重，不要逞能。"

王阳明亲吻妻子的额头，道："你放心。"

三日后，王阳明、冀元亨和王畿骑着高头大马，带着一支三十多人的民夫队伍，浩浩荡荡地从德胜门出城而去。

很快，众人来到坟址。王阳明下马，环视四周，冀元亨指挥民夫安营寨扎。

王阳明称叹道："真是一块风水宝地！"

王畿笑道："没梦见这里？"

"什么梦？"

"哈哈，我就知道，娄大人被你骗了！"

王阳明目测地形，道："话不能这么说，你知道王将军早年殿试时发生了一件怪事吗？"

"什么事？"

"他的卷子让风给吹到天上去了，只好再要一张，把题答完。"

"这也没什么奇的。"

王阳明检查搭建中的工棚，道："奇的是当年秋天朝鲜使节来京觐见，呈上了那张卷子，说他们国王视朝时发现一物从天而降，仔细一瞧，却是王将军的考卷。（停下来望着王畿）你说这是真是假？反正认识王越的，都说确凿无疑。有些事啊，只有你自己先信了，它才有可能发生。"

冷月如钩。

王阳明睡在工棚里，被乌鸦的叫声惊醒。

鸦群受惊般扑腾而去，王阳明警觉地竖起耳朵，结果只听到王畿的一声喷嚏和呢喃。他调整姿势，正欲睡去，忽然传来两声狼嚎。

王阳明愣了愣，皱眉聆听，却再也听不见任何动静，终于昏昏睡去。

第二天，烈日当空，工人们热火朝天地干活，王阳明也抡起袖子上阵。

王畿满头大汗，不时瞥那临时搭设的简易日晷。见终于到点，立刻走到王阳明跟前，道："少爷你看！"

王阳明顺着他手指的方向，瞅了眼日晷，道："让大家原地休息。"

王畿兴奋地跑到民夫中间，挥舞双手道："原地休息！"

民夫们如释重负，坐下喘气，冀元亨递给王阳明一个水囊。

王阳明一边喝水一边道："告诉大伙，一炷香后，操练阵法。"

紫禁城文华殿，一炷香即将烧完。

王华脸色铁青地看着门口。

朱厚照上气不接下气地跑入，后面跟着刘瑾和张永。

朱厚照胆怯道："先，先生。"

王华严厉道："晚了整整一炷香。去哪了？"

朱厚照慌乱道："去给父皇请安。"

王华目光如炬地瞥了眼刘瑾和张永，二人心虚低头。

“坐吧！”

朱厚照入座。

王华道：“今日我们讲汉末十常侍之乱。宦官祸国，史不绝书，远有唐代甘露之变，近有王振酿成的土木堡之变。太祖有感于此，特铸铁牌一块，悬于宫门，上书‘内臣不得干预政事，犯者斩’！”

王华一字一顿，势如千钧，把刘瑾和张永吓得瑟瑟发抖。

关外工地。

众民夫议论纷纷，一个工头模样的人将手中把玩的土块一扔，起身走到冀元亨身前，道：“我们是来修墓的，不是来演练什么‘八阵图’的！大伙累了一整天，早点歇着才是正经！”

众人纷纷附和，冀元亨下不来台。

王阳明走了过来，道：“你们之中，谁到过关外？”

众皆不语。

王阳明道：“我到过，还差点死在这。”

气氛霎时严肃起来。

“我知道大家很累，我也很累。但要是现在松懈下来，一旦遭遇蒙古骑兵，仓促间不能应对，此行我们便是自掘坟墓！”

民夫们陷入沉默，工头也归位坐了下来。

王阳明给冀元亨使了个眼色。

冀元亨大声道：“听我号令！”

众人慵懒起身，开始在冀元亨的指挥下变换阵形。

“八阵者，天覆、地载、风扬、云垂、龙飞、虎翼、鸟翔、蛇蟠……”

当晚，工头站在一片开阔地，等以民夫甲为首的八个蹑手蹑脚、东张西望的民夫聚拢过来，低声道：“大伙都是聪明人。咱们是来挣钱不是来送命的，犯不着跟他一块发疯！”

众人点头称是。

“明天是关饷的日子，你们拿到钱后看我指示……”

墓地已初具规模。

民夫们排成长队，逐一领饷。王阳明亲自把饷银交到每个人手中，且不忘都说一句“辛苦了”。

蹲在不远处的工头见自己的人都领到了钱，蓦地起身，吹了个长长的口哨。于是昨晚那八个人迅速朝他跑去，会合后发足狂奔。

众人错愕不已，乱作一团，冀元亨飞身上马去追。

王阳明高声道：“大家不要乱！留下的人饷银翻倍！”

工头一边跑一边回望冀元亨，眼见距离越来越近，大吼道：“散开！”

逃跑众人散成三拨，往不同的方向奔去。冀元亨犹豫片刻，咬准工头不放。

民夫们跑到一个坡顶，纷纷停了下来。冀元亨正纳闷间，马也奔至坡顶。

放眼望去，他不禁倒吸一口冷气——远处，鞑靼骑兵排成一排，足有一百多骑。

冀元亨回过神来，掉转马头疾呼：“快跑！”

工头如梦初醒，转身往回跑。

王阳明见冀元亨快马加鞭地回来，大惑不解。

冀元亨声嘶力竭道：“鞑靼！”

民夫们方寸大乱，有收拾行李准备开溜的，有跪下冲王越的墓碑磕头以求保佑的。

王阳明大声道：“临阵脱逃者，以军法论处！”

王畿拉住一个逃跑的，问道：“你跑得过骑兵吗？”

那人反应过来，一屁股坐下，号啕大哭。

王阳明下令道：“留在原地，听我指挥。列阵！”

民夫们冷静下来，排成阵形。

王阳明道：“王畿！”

王畿点头，带三个民夫从工棚里抱出麻扎刀，分发给众人。

王阳明给王畿做了个手势，指指太阳，又指指排水沟渠。王畿会意，带那三个民夫抄起铁铲，埋伏在沟渠之中，严阵以待。

王阳明一跃上马，策马到冀元亨跟前，下马并解除马鞍，取出弓箭坐下。

冀元亨也下马侍立。

工头等人出现，紧随其后的是鞑靼骑兵。眼看工头就要被一个骑兵斩首，但听“嗖”的一声，那骑兵被王阳明射中，应声而落。

工头感激地望着王阳明。

鞑靼主将用蒙语道：“停下！”

鞑靼骑兵纷纷勒紧缰绳，王阳明把弓箭对准主将，虎视眈眈。

主将眺望了一下摆成阵形的“麻扎刀民兵团”，又注意到他们身后的沟渠里明光闪闪，心下起疑。

骑兵甲下马查看被王阳明射死的战友，咬牙切齿道：“跟他们拼了！”

“不得浪战！”主将用马鞭指着沟渠道，“彼处白光闪耀，必定埋有伏兵。明人狡诈，我偏不上他当！撤退！”

骑兵甲愤恨不已，将同伴的尸体扶上马，随众骑兵离去。

王阳明松了口气，返回工地。众民夫抱头痛哭，工头歉疚地走到王阳明跟前，听候发落。

王阳明正色道：“撤到居庸关，再作计较！”

鞑靼主将回到军营，向巴图蒙克汇报了此事。

巴图合上王阳明送他的《易经》，道："哦？竟有这等事？"

"属下无能，请责罚！"

"先不谈这些，带我去看看。"

主将将巴图带到王越的墓地，巴图绕着坟包走了一圈，托腮沉思。

主将问道："这是谁的墓？"

巴图道："三边总制王越。"

主将激动道："原来是他！刨了吧？"

"不可。"

"为什么？"

"此人虽是我们的世仇，但也是个英雄。掘了他的墓对我们没有任何好处，却会激怒汉人，使其同仇敌忾，朝野一心。明廷故意将王越的坟修在此处，我们不能中了他们的圈套。"

巴图拜了三拜，查看施工细节，突然脸色一变，道："你们中计了，根本没有伏兵。"

主将不明所以。

巴图指着一处道："这里的土还没填，可见是匆忙离去。好在都是民夫，走不远。我倒要看看此人是何方神圣。追！"

众人翻身上马，绝尘而去。

巴图来到一个三岔口，下马查看，发现官道与小道两条路上，前者有车辙、马蹄印和大片的脚印，后者则只有零星的几个脚印。

主将道："这是疑兵之计，让我们以为大部队在官道，其实都在小路。"

巴图摇头道："不对。官道可能有明军出没，所以对方故意摆出一副请君入瓮的假象，让我等不敢孤军深入。走官道！"

官道上，因缺少马匹，王阳明的队伍行进得非常缓慢。

忽然，马蹄声声。王阳明示意队伍停下，掉转马头，只见巴图带着三十多骑迎面而来。

巴图意外道："王阳明？"

王阳明一愣，笑道："巴图兄别来无恙？"

"无恙无恙。只是你送我的书像天书，看不大懂！"

两人开怀大笑。

巴图忽然收声，道："王阳明！你杀了我的人，还不束手就擒？乖乖带他们跟我回去！"

王阳明冷峻道："那要问他们手上的刀答不答应了！"

话音刚落，民夫们整齐地亮出麻扎刀，一众鞑靼骑兵轻蔑地哄笑起来。

王畿持钲，敲打了一下，民夫们做好进攻的姿势，齐声道：“岂曰无衣，与子同袍！”

主将给了一个手势，鞑靼骑兵准备冲锋。

王畿又敲打了两下，民夫们全部转身后撤。鞑靼骑兵得令，冲将过来。

冀元亨估测距离，适时道：“铁蒺藜！”

民夫们突然站定转身，抛撒铁蒺藜，并道：“王于兴师，修我戈矛！”

马蹄被刺，鞑靼骑兵纷纷坠落。

冀元亨赶忙道：“搊蹄！”

工头和民夫甲拉起一条缀满倒刺、寒光闪闪的绊马索，又撂倒一批骑兵。侥幸冲过来的只剩下五六骑，他们气疯了，挥舞着长刀，一副要同归于尽的架势。

王畿再次敲钲，所有的民夫都摸出一个竹筒，向敌人掷去，道：“与子同仇！”

竹筒滚到马前，筒中煮熟的豆子散落一地。马儿闻到豆香，止步不前，低头吃了起来。马蹄踩到竹筒，因滚动而打滑，人仰马翻。

主将抽刀，欲带剩下的十骑冲锋，被巴图制止。

巴图道：“弓箭！”

鞑靼骑兵全部拉满了弓，对准王阳明等人。

巴图道：“王兄，多年不见，一定要刀剑相向吗？”

王阳明坦然道：“放了他们，我随你去浮一大白。”

巴图指了指冀元亨和王畿，道：“加上他俩。”

“两个下人而已，巴图兄也感兴趣？”

冀元亨道：“先生，我随你去！长这么大，还没尝过蒙古人的马奶酒！”

王畿道：“还有烤全羊！”

“好！与子同袍！”王阳明下马，走到工头跟前，指着众民夫道：“把他们带回关内。”

工头眼眶湿润，王阳明小声道：“威宁伯在关外挖了很多藏兵洞，紧急关头可带大伙躲进洞里。”继而环顾众人，提高嗓门道：“威宁伯是英雄，大家也可以是。今日之事，便是明证。”

众人神色悲戚。

王阳明抱拳道：“跟各位一起战斗过，我王阳明深以为荣！后会有期！”向巴图走去。

工头跪下，失声道：“先生！”

民夫们齐刷刷地跪下，抽泣。

王阳明动容转身，道：“回去吧，你们的家人在等你们。快回去吧！”

巴图感佩……

是夜，蒙古军营，巴图与王阳明豪饮叙旧，似乎忘记了白天的剑拔弩张。王畿大口吃肉，冀元亨警觉地查看四周。

夜已深，巴图与王阳明互相搀扶着进入营帐。

巴图放下王阳明，醉醺醺地离去。

王阳明醉眼蒙眬，隐约看见一人又来搀扶自己，于是含混不清道："王畿，去哪啊？"

他跌跌撞撞地走到一个木桩前，双手被反绑，脸上被浇了一盆冷水。

王阳明清醒过来，只见王畿和冀元亨一左一右也被反绑在木桩上。

王畿道："少爷！"

冀元亨道："先生！"

定睛一看，只见在主将的监督下，一个刽子手正拿着砍刀走向自己。

王阳明大声道："这就是你们的待客之道吗？"

主将冷冷道："待客我们有马奶酒。对敌人，我们有鸣镝箭。你是我们的敌人！"

王畿急道："我们少爷是巴图蒙克的安答。"

主将杀气腾腾道："军营里没有安答，只有军规！"

刽子手举刀，冀元亨大惊失色道："有本事冲我来！"

刀落，王阳明闭眼。但听"啊"的一声，再睁眼时发现刽子手正捂着血流如注的手嗷嗷直叫。侧脸望去，只见巴图拉着一张满弦的弓立在远处。

巴图收弓，走到主将跟前，鼻尖近得快要贴到他的脸，冷冷逼视。

主将低眉顺眼道："太师来了。"

巴图愣住。

大帐里，加思兰随手翻了翻《易经》，轻蔑地扔到一旁。

巴图快步走入，道："王阳明是大英雄，我会劝他归顺蒙古。"

加思兰强硬道："明与蒙古，势不两立。此人决不可用，更不可纵虎归山。"

"知己知彼，百战不殆。武力只能逞一时之威，文化才是明比蒙古强盛的根源。就像王阳明的文章里所说的那样——种树者必培其根，种德者必养其心。"

"你怎么能长他人志气？这个王阳明，上次伤我族人，这次杀我族人，必须血债血偿！来人！"

主将入内，道："太师。"

加思兰下令道："把那三个人砍了！"

巴图道："把他们放了！"

主将左右为难，看着两人。

加思兰抽刀，道："巴图蒙克！就算满都海夫人护着你，今天我也要杀了王阳明！"正待走出，探子跑了进来，跪下道："报告太师，瓦剌五万大军即将抵达双泉海，预计明日会洗劫粮仓！"

加思兰惊道："什么？他们怎么绕过我军防线的？"

探子的声音细弱蚊蚋：“阿罗忽将军，投敌了。”

巴图震惊。

主将道：“太师，双泉海粮仓贮存着我部近半的给养，赶紧发兵去救吧！”

“怎么救？这里的人倾巢而出不过三百骑，通知满都海夫人派兵也来不及了。看来只有——烧仓。”

“烧仓？”

“你领人快马加鞭赶到粮仓点火，保不住给养至少不要资敌。”

巴图道：“不可。这一仓可供全军吃一年，损失太大了！”

加思兰不满道：“那你有何良策？”

“我——暂时没有。”

加思兰冷笑。

巴图眼前一亮道：“王阳明说不定有。”

“让我信他？还不如信兔子跑得过鹰！”

巴图威胁道：“太师！阿罗忽是你一手带出来的，现在临阵倒戈。你不思亡羊补牢，却想着烧仓。满都海夫人怪罪下来，你担得起吗？”

加思兰沉默不语。

巴图给主将使眼色，主将会意出帐。

“如果王阳明真能保住粮仓，太师可以放他一条生路吧？”

加思兰道：“巴图！你身上流着成吉思汗的血，迟早要率领我部与明对抗，不要站错了立场！”

“你只说放不放？”

加思兰犹豫道：“你能劝降他吗？”

“当然。”

“哼！”

王阳明随主将入。

加思兰道：“你都告诉他了？”

主将点头。

加思兰道：“王阳明，你能破此难题，我便饶你三人不死。”

王阳明道：“这有何难？我大明随随便便一个秀才就能破。”

加思兰不悦道：“大言不惭！”

王阳明道：“这里有三百人对吧？”

主将点头。

王阳明道：“传令下去，预付三个月的军粮，全部到双泉海粮仓领取。超过三个月的，拿多少，奖多少。时限为天亮之前，先到先得，多拿多得。”

巴图大喜，加思兰半信半疑。

主将想了想，道：“妙计！”

巴图道："还不快去？"

"是！"

主将传令下去，整个军营沸腾了，骑兵们飞身上马，大呼小叫地奔涌而出……

次日，巴图盛情招待王阳明，主将陪客，独不见加思兰。

王畿望着冒油的烤全羊垂涎欲滴，待侍女端来一盘，立刻狼吞虎咽起来。冀元亨则如愿以偿地喝到了马奶酒，却因喝不惯吐了一身。

巴图笑道："这就叫'一言可以兴邦'。三百个骑兵，居然一夜之间就把草原第一粮仓给搬空了，瓦剌人这会一定气得直骂娘。"

王畿道："他们会不会打过来？"

巴图道："打过来也不怕。满都海夫人已率部开拔，不日将与我会师。"

王阳明警觉。

巴图道："小兄弟，肉怎么样？"

王畿舔了舔嘴唇，道："鲜美！"

巴图又冲冀元亨道："酒呢？"

冀元亨道："呃——浓烈。"

巴图哈哈大笑，对王阳明道："王兄，这次多待些时日吧？"

王阳明冲王畿、冀元亨道："巴图兄不想让咱们走了。"

巴图凝重道："实不相瞒，我跟太师打赌，赌我可以说服你归顺蒙古。"

王阳明正色道："要是我不答应呢？"

"那就只好委屈你在军营长住了。"

"意思是让我当苏武喽？可惜我不会牧羊。"

"我知道这是一个艰难的决定。如果你首肯，我让你统领一万户。"

王畿惊得合不拢嘴。

王阳明憧憬道："唉——一万户。生不用封万户侯，但愿一识韩荆州。韩荆州哪比得上万户侯？"

"王兄？"

"也罢！只要你答应我两个条件——"

"请讲！"

"第一，我不领兵；第二，我必须先回北京拜别父亲，辞去官差。"

巴图疑虑。

王阳明佯怒道："你不信我？"

巴图歉然道："王兄误会了。这第一条嘛，没问题。只是第二条——"

"你怕我跑了？我抛家舍业，背叛朝廷，已是不忠不孝，你却不让我见父亲最后一面，这是要陷我于不仁不义吗？！"

巴图触动。

王阳明凛然道："巴图蒙克！诚者，天之道，此乃《易经》之本。天无诚，则无四时交替，万物生长；人无诚，则诸事不利。你若怀疑我，现在便把我推出去砍了吧！"

巴图端着酒走到王阳明跟前，一饮而尽，道："就依你言。"

王阳明也起身干杯。

巴图归位，主将凑近，小声道："要不要把那两人扣下——"

巴图打断道："别说了！人而无信，不知其可。我相信王兄。备马！"

居庸关城楼上，守备打着哈欠，不耐烦地听工头叙述死里逃生的经过，终于忍不住道："都让人活捉了，肯定死了呗！蒙古人吃人肉你不知道吗？"

工头急道："不会的！王主事神机妙算，定能逢凶化吉。"

众民夫纷纷称是。

一士兵指着远处道："大人你看！"

守备起身，眯着眼睛顺他手指的方向，看见三个小点向城楼移来。

工头激动道："王主事！"

民夫们欢声雷动。

王阳明、王畿和冀元亨打马而来，王畿不时回身张望，忽见尘土飞扬，惊恐道："不好，追来啦！"

尘烟散去，只见巴图带着几十骑飞驰而来。

城楼上，工头道："快开城门啊！"

众民夫纷纷道："快开城门！"

守备喝止道："开个鸟！把蒙古人放进来了算谁的？"

王阳明三人已至居庸关下。

王畿扯着嗓门大喊道："开门啊！"

冀元亨也高声道："快开门！"

一士兵看见他们，把脑袋缩了回去，询问守备道："大人，要放他们进来吗？"

守备道："放屁！"

工头以迅雷不及掩耳之势将一把麻扎刀架在守备脖子上，粗声道："开门！"

守备惊道："你知道自己在干什么吗？"

工头面无表情道："岂曰无衣？与子同泽。"

众民夫齐声道："王于兴师，修我矛戟。与子偕作！"

响彻云霄。

守备慌道："你，你们要干什么？"

城下，蒙古骑兵已近在咫尺，冀元亨急得团团转。

王畿气道："自己人坑自己人。要我看，跟巴图回去得了。"

王阳明斥道："胡言乱语！"

巴图在一百米开外勒马停下，道："为何走得如此之急？不等我给你送行？"

王阳明朗声道："离家多日，归心似箭，焉能不急？"

"王兄是打算一去不复返了吧？"

"你猜对了！"

巴图怒不可遏，搭箭挽弓，道："思诚者，人之道。你莫非忘了圣人之教？"

王阳明亦搭箭挽弓，道："圣人有常经，也有权变。"

巴图大怒射箭，王阳明侧身躲过，继而反击。两人互相射箭，弓箭几度在空中对撞。

"王阳明，你这不仁不义的骗子！"

"战场上只有敌我，讲仁义的是宋襄公。"

"你言而无信！"

"忠信忠信，忠在信前。我岂能因个人的小我情谊而危害大明的苍生社稷？"

巴图发现箭壶已空，冲上来将王阳明扑下马，于是两人又摔起跤来。王阳明肺疾缠身，体力不支，渐落下风。冀元亨欲上前襄助，被他制止。

王阳明被击倒，巴图锁住他的喉咙。

王畿惊道："少爷！"

冀元亨急道："先生！"

王阳明只觉天旋地转，脸涨得通红，命悬一线。突然，只听"吱呀"一声巨响，城门开启。民夫们列队而出，身后跟着上百个士兵，皆手持劲弩。

工头一声令下，众人立刻半蹲，瞄准巴图。

工头大声道："岂曰无衣？与子同裳。"

众人发出山呼海啸的声音："王于兴师，修我甲兵。与子偕行！"

巴图气急败坏，无奈松手，道："好！看来我还没学透。你走吧！"

巴图转身离去，冀元亨和王畿赶紧跑过来搀扶。

王阳明揉了揉脖子，咳嗽道："喝马奶长大的，手上就是有劲。"

工头也带着一众民夫围了过来，争相拥抱王阳明。

王阳明道："我以为你们早到家了呢！"

工头道："威宁伯墓还没填土，我们又回去了一趟。"

王阳明笑道："嘿！你不怕蒙古人了？"

工头不好意思地挠头道："干活的时候不怕，平时还是怕。"

众人哈哈大笑。

夕阳西下，巴图手握缰绳，迟迟不肯离去。

他远眺王阳明，不甘心道："为什么我们蒙古没有这样的人？"

半晌，方揽辔而去……

第十七章　暗查盐法

市集喧嚣，一间店招上写着“德云茶社”的茶馆却鸦雀无声。

室内，说书人一拍醒木，眉飞色舞道：“说时迟，那时快！只见青光闪动，一柄长剑倏地刺出，指向巴图蒙克的左肩。王阳明不等招式用老，腕抖剑斜，剑锋已削向那巴图的右颈！”

众人齐声叫好。角落里，工头与几个茶客喝茶。

一茶客道：“听说跟王阳明去关外修墓的就是你？”

民夫甲吹嘘道：“嘿，那算什么？我们老大还救过他的命呢！”

工头得意。

那茶客惊讶道：“此话当真？”

民夫甲不满道：“不信你去居庸关打听打听！”

茶客起身作揖道：“哎呀，请恕在下无礼。你们知道吗？皇上过两天要接见王阳明，二位这回可算是为国立功啦！”

工头与民夫甲对视了一眼，道：“此话当真？”

茶客坐下倒水，道：“不信你去宫里打听打听。”

两日后的奉天殿，李荣拉长了嗓音道：“宣王守仁进殿——”

殿外的宦官重复道：“宣王守仁进殿——”

王阳明阔步走入，跪拜道：“臣王守仁参见陛下。”

朱祐樘高兴道：“起来吧。”

王阳明起身。

“王守仁，此行你圆满完成任务，壮我国威，不愧是状元之子。”

王华面露喜色。

朱祐樘道：“你知道跟你交手的那个巴图蒙克是什么人吗？”

王阳明如实道：“臣不知。”

“他是鞑靼首领满都海的丈夫，人称‘小王子’。”

王阳明一惊。

朱祐樘又指指不远处一手捧宝剑的男子，道：“你知道他是谁吗？”

王阳明又道："臣不知。"

朱祐樘乐道："哈哈，你怎么什么都不知道？他是威宁伯的次子王时，要将这把王越生前的佩剑送给你。"

王时把三星宝剑交给王阳明，娄忱惊讶不已——王阳明的梦居然应验了。

王阳明道："多谢！"

王时感激道："道谢的人应该是我。"

朱祐樘道："你们别客套了。王守仁，此番深入敌境，有何见闻哪？"

王阳明从袖中取出一道奏章，举过头顶，道："刍尧之见，皆在疏中，请陛下御览。"

李荣拿走奏章，交给朱祐樘。

"《陈言边务疏》？"朱祐樘交给李荣道，"你来念。"

李荣道："是。臣愚以为今之大患，在于为大臣者外托慎重老成之名，而内为固禄希宠之计；为左右者内挟交蟠蔽壅之资，而外肆招权纳贿之恶。习以成俗，互相为奸……"

李荣的声音越来越小，直至为难地看着朱祐樘。

群臣不安，王华胆战心惊。

朱祐樘道："接着念！"

李荣只好道："忧世者谓之迂狂，进言者目以浮躁，沮抑正大刚直之气，而养成怯懦因循之风。故其衰耗颓塌，将至于不可支持而不自觉。"

王华忍无可忍，出班道："启奏陛下，王守仁妄议朝政，请治臣管教不严之罪。"

朱祐樘不以为然道："朝政就是议出来的嘛，不然你们起个大早跑到宫里来做什么？王守仁，你说了一大堆病灶，有什么药方吗？"

王阳明剀切道："臣有八策，一曰蓄材以备急，二曰舍短以用长，三曰简师以省费，四曰屯田以给食，五曰行法以振威，六曰敷恩以激怒，七曰捐小以全大，八曰严守以乘弊。疏中皆有详论，请陛下圣裁。"

朱祐樘赞赏道："好——"

一个稚嫩的声音传来："不好！"

群臣一惊，只见朱厚照不顾刘瑾的阻拦，跑了进来。

"照儿，父皇在议事，你先出去。"朱祐樘给刘瑾使眼色。

刘瑾抱住朱厚照，却被他挣脱。

朱厚照冲到御案旁，大声道："你的奏疏不好。依我看，应当犁庭扫穴，开疆拓土！"

群臣惊呆，王阳明也愣住了。

朱祐樘打哈哈道："王守仁，太子也是你爹教出来的。你们一个认为严守，一个主张出击，（看了看群臣）到底谁对啊？"

王阳明耐心道："回太子。长城以外，地域辽阔，我军出塞后打谁、往哪开进、粮秣如何供应都是问题。加之不晓地形，敌人在暗，我们在明。派去的兵少，蒙古人瞅准机会便集结数倍人马来攻；派去的兵多，他们一看不敌即四散而去，留下我军在草原上空转，徒耗粮草。待将士们疲了，露出空子，又聚集起来，呼啸而至。你说这仗该怎么打？”

朱祐樘满意点头。

朱厚照不服道：“那也不能老躲在长城里当缩头乌龟呀，太没出息了！”

“其实，凭借长城固守，恰恰是最凌厉的攻势。”

“为什么？”

“长城各关隘，守军遥相呼应。白天放烟，夜间举火，兵马调动非常迅速。不管哪一点遇袭，烽烟一起，援兵顷刻便至，使之难以得手。关外的蒙古人分为很多部族，长城突不破，没有大仗可打，就不会轻易抱团。加上许多部族之间还有世仇，相互杀来杀去，也算帮了我们一个大忙。他们抢不到就只能贸易，用牛、羊、马换粮食、棉布、茶叶，这么一来便是咱们说了算，买卖跟谁做不跟谁做，合纵也好连横也罢，那就运用之妙，存乎一心了。”

朱厚照似懂非懂。

朱祐樘喜形于色道：“照儿啊，天外有天，好好学着点！王守仁，我看你也不必在工部观政了，朕授你刑部主事，你愿不愿意呀？”

王阳明道：“谢陛下！”

回到家，王华快步走入，王阳明紧随其后。

王华忽然止步转身，王阳明差点撞到他身上。

王华一扬手，道：“你——”

王阳明一惊。

王华缓和了一下，道：“好好干，别翘尾巴！”

王阳明松了口气，道：“爹，我出生入死就换来一句‘别翘尾巴’，当您的儿子真是——”

王华吹胡子瞪眼道：“嗯？”

王阳明连道：“大有可为，大有可为……”

“哼！”

王畿与冀元亨暗笑。

这日，王阳明到刑部报到，发现一帮秀才围在门口，振臂高呼道：“查盐案，放卢珂；查盐案，放卢珂！”

王阳明正欲拉住一人询问，大门开启，一刑部主事出，指挥两队衙役将秀才们驱散，快步走到王阳明跟前，道：“是王主事吧？”

王阳明点头道：“是我。”

“请随我来。”

王阳明回望了一眼，随他入内，被带到一个房间。只见一个身着三品官服的老者正埋首在一堆卷宗之中。

刑部主事道：“大人。”

老者抬头。

此人名叫李士实，乃刑部侍郎，是一个心细如发、兢兢业业的技术型官僚。

李士实起身道：“王守仁吧？部堂进宫去了，今日见不了你。来来来，你先看看这些卷宗，把有疑点的都挑出来。”

王阳明过去坐下，李士实带着那个主事离去，低声讨论门口请愿之事。

夕阳下，刑部安静得就像一座寺庙。

王阳明伸了个懒腰，百无聊赖地起身出门。

他漫步来到刑部大牢，隐约听见里面传出几声惨叫声。一个在门口打盹儿的老狱卒醒来，看见驻足观望的王阳明，大惊下跪，道：“属下该死。”

王阳明不以为意道：“起来吧。你叫什么？”

“他们都叫我老吴。”

“带我进去看看。”

“哦！”

进入大牢，只见迎面一堵高墙，上书“民胞物与，严禁刑讯”八个大字。转过墙，经过长长的通道，便来到了另一个世界。

只见一个狱卒正在审问奄奄一息的犯人，刑具是一把钉满钉子的狼牙棒；另一个狱卒也在刑讯，他把烧得通红的烙铁戳到犯人的胸口。一时间吱吱冒烟，空气里都是烤肉的气味，王阳明不由得皱眉。

还有一个牢房里，一蓬头垢面的犯人趴在地上找吃的。他抓住一只蟑螂，毫不犹豫地放入嘴中。

王阳明皱眉道：“他的饭呢？”

老吴指了指前面，但见一个狱卒抬着一只大桶，绕到大牢的后院。王阳明悄悄跟了上去，发现他走到一个猪圈旁，把桶里的食物倒进猪槽。

王阳明生气道：“你把牢饭都喂了猪，犯人吃什么？”

狱卒没抬头，专心致志地搅拌食槽，道：“他们少吃点，又饿不死。再说那些都是死囚，迟早——”狱卒似乎察觉到异样，转过身来，吓得双腿一软，跪将下来——他虽然没有见过王阳明，但那身六品官服还是认识的。

“大，大人。”

“把话说完，迟早什么呀？”

狱卒磕头道：“小的罪该万死！”

老吴低声道：“这猪圈不是他的，他也是在替各司的几位大人打理。”

王阳明指着狱卒道：“哼！我告诉你，犯人活一天，就要保证他一天的伙食。

这牢里要是饿死一个人，我拿你是问！”

狱卒大汗淋漓道：“是是是！”

王阳明转身离去，正好瞧见一个刽子手在狱卒的牵引下从最里面的牢房走出来，于是止步道：“还不到秋决的日子吧？”

老吴解释道：“哦，这是来‘斯罗’的。”

“斯罗？”

“就是索贿。”

“将死之人，还行什么贿？”

老吴叹道：“猫有猫道，鼠有鼠道呗。”

王阳明走到最里面的牢房，让狱卒打开牢门，只见一个犯人身上缠满了锁链，坐在角落里发呆，便问道：“你判的什么？”

犯人漠然道：“凌迟。”

王阳明沉默片刻，道：“刚才那人对你说什么了？”

“给他钱，就先刺心，否则把我胳膊腿都卸光了，心还不死。”

王阳明久久不语，半晌方道：“你叫什么？”

“卢珂。”

王阳明想起那些秀才的口号“查盐案，放卢珂”，眼前一亮道：“你就是卢珂？你犯了什么罪？”

卢珂终于抬头，看了眼王阳明，道：“此事说来话长。我本是广东龙川县的乡绅，去福建漳州走亲访友，见当地盐法不合理，民心思变，于是上书知府，希望他顺应民意，改变盐法。知府说盐法是省上定的，他无权更改。我想了想也只好作罢，谁知漳州的士子不干，一定要我牵头，联名上书。正巧福建巡抚张彩到镇海卫招降海盗，途经漳州，于是我们一百多号人拦轿请愿，结果触怒了他，当场爆发冲突。我担心流血，主动投降，揽下所有罪责。谁知张彩诬我‘通匪’，把我的名字写入海盗的名单，上报朝廷……”

卢珂吃力地叩首，失声道：“草民蒙受不白之冤，还请大人替我做主啊！”

王阳明神色忧虑。

次日早朝，朱祐樘对李东阳道：“李大人辛苦。此去山东，替朕祭孔，一路上都有什么奇闻逸事啊？”

李东阳捧着一个卷轴出班，道：“臣将沿途所见画成了一幅图，恭请陛下御览。”

朱祐樘使了个眼色，李荣带着一个宦官过去展开画卷。

朱祐樘一惊道：“《千里流民图》？”

“不错。陛下，臣此行赶上大旱，天津一路，田地干涸，人畜都没有水喝。种下去的麦苗全部枯死，颗粒无收。运河里的纤夫多少天都没吃过一顿饱饭，衣不蔽体，十几个人拉不动一条船。山东的情况更糟，很多地方饿死了人，青州附近盗贼蜂起，乱象纷呈。再这么下去，臣恐将有难以预测之事发生。”

只见画卷上饿殍遍地，百姓流离失所。

群臣无不动容。

朱祐樘皱眉道：“为什么会这样？”

“回陛下，贪官酷吏肆虐为奸，民力困穷怨咨交作，皆因老百姓的情况郡县不够了解，郡县的情况朝廷不够了解，朝廷的情况皇上不够了解。”

“你的意思是朕被下面的人蒙蔽了？”

“臣不敢。”

“什么叫不敢？你以为朕不知道吗？天子生杀予夺，看上去权力很大，但在一级级官吏的遮蔽下，根本不清楚民间发生了什么，就是个聋子、瞎子！尹直，你说是不是？”

尹直吓坏了，赶紧出班跪下，道：“陛下天聪，垂听四海，怎么会是——”

朱祐樘厉声道：“好——那你说说看，卢珂是怎么一回事？围堵你们刑部衙门的那些福建秀才又是怎么一回事？”

尹直悚惧不能答，朱祐樘将一封奏疏扔到他面前，道：“一个新上任的主事，都比你这个堂官清醒。”

尹直拿起奏疏，只见署名为“王守仁”，不禁咬牙切齿。

朱祐樘怒道：“不闹到告御状的地步，老百姓就看不见朗朗乾坤吗？刘健！”

“臣在。”

“拟旨。任命王守仁为都察院福建道监察御史，下去查清查透，看看到底哪个环节出了问题！”

“是。”

漳州府的龙溪县是闽西南的政治和文化中心。

这天夜里，夜色浓得像稠密的墨汁。一条火龙蜿蜒前行，却是一支举着火把的队伍。

“火龙”每经过一家就停下来，等里面的壮丁举火把推门而出，一言不发地加入到队尾。

人越来越多，队伍也走到一所大宅子门口。

队首之人冲身后喊道：“温火烧！”

温火烧端着一个托盘，里面摆满了美酒佳肴，疑虑道：“谢志珊功名在身，恐怕——”

队首那人唤作詹师富，一句话便给他怼回去了：“秀才就不吃盐了？”

温火烧只好敲门。

与此同时，漳州府衙，门卫拿着一封信走到书房门口，道：“老爷，四百里加急。”

屋里，刚从池州调到福建任漳州知府的马鸣图正在整理衣冠。

马鸣图头也不回道："放桌上，我回来再看。"

门卫把信搁在桌上，马鸣图匆匆离去。

房间里空无一人。

门忽然开了，一个男孩儿悄悄走入，拿起信，却是邹守益。

只见信封上写着"镇海卫指挥使江彬亲启"，邹守益将之撕开。

府衙摆下了丰盛的筵席，马鸣图快步走入，只见一军官傲慢地坐在上座，满脸不悦，却是镇海卫指挥使江彬。

"失礼了，江将军。我自罚三杯。"马鸣图入座，干了三杯酒。

"马知府，我是个粗人，不会绕弯子，就直说了吧。你新官上任，可能不太了解这边的情况。镇海卫的军费一向由漳州府筹措供应，近来海盗肆虐，开支剧增，可你们还欠我一个月的粮饷——马知府，你这不是前方吃紧，后方紧吃吗？"江彬言罢，指着满桌的佳肴。

马鸣图愁眉苦脸道："江将军，你的难处我理解，可我这里也是左支右绌啊！私盐现在查得紧，统一由省上专营，各县这块的收入就少了一大笔。再加上抚台大人新近招安的海盗，也交给漳州府安置。我是脚掌上钉钉子，寸步难行啊！"

江彬道："听你这么说，是抚台大人的错了？"

马鸣图摆手道："不不不。哎呀，还请将军再宽限半个月，容我想想办法嘛。"

"哼！"江彬将杯中酒一饮而尽，重重地放在桌上。

一魁梧大汉也重重地将酒杯放到桌上，大声道："你们这么说，是看不起我谢志珊吗？"

詹师富赔笑道："岂敢岂敢！方圆百里，谁不知道谢兄是最讲义气的。"

温火烧帮腔道："可不是吗，平日里便急公好义，值此龙溪县的百姓水深火热之际，谢兄，你可不能袖手旁观啊！"

谢志珊环视众人，只见个个充满期待，无奈道："也罢！不过要我牵头，就得听我的。"

詹、温二人相视一笑。

詹师富道："这是自然。"

谢志珊爽利道："好，咱们先去土地庙！"

漳州府衙外，见江彬和他的护卫上马而去，马鸣图收起笑容，心事重重地回到书房，发现桌上的信已被撕开。

他拿起一看，大惊失色，道："来人！"

拂晓，詹师富等人来到土地庙。

谢志珊焚香祷告并抽签。细细一看，高声道："上上签！"

众人激动不已。

谢志珊鼓动道："此事可为！各位要是下定了决心，今晚我们便歃血为盟，同进同退！"

众人纷纷叫好。温火烧杀了一只鸡，把血滴在酒里。

一堆碗碰到了一起。

日上三竿，龙溪县衙。

知县陆完打着哈欠步入正堂，不耐烦地望着跪了一地的百姓，道："都有什么冤情啊？"

一百姓道："大人，盐价这么高，实在是吃不起了啊！"

声音此起彼伏："活不下去了呀！"

陆完一拍惊堂木，道："这都是省上定的，本县说了不算。你们各回各家，各自想想办法吧。"

堂下又是一阵哀号。

这时，县丞赵日天匆忙入，凑近耳语。

陆完色变道："没说来做什么？"

赵日天递给陆完一包茶和一包盐，道："府署的人没多说，只让我把这两样东西交给您。"

陆完眯着眼睛想了会，对堂下道："今日放告就到这里，都散了吧！"

百姓不依不饶，赵日天使了个眼色，衙役用大棒将他们轰出。

陆完叹气道："茶盐茶盐，这是要查盐案啊！"

赵日天点头道："堂尊英明。会不会跟卢珂有关？"

"卢珂？那应该到府上查呀，来咱们县做什么？"陆完起身，踱来踱去，始终想不透，只好道："总之不能掉以轻心。吩咐下去，盐场、灶丁全部布置妥当，哪个环节出了问题，相关人等就地罢免。"

"是！"

漳州府衙，邹守益站在厨房外偷看，待厨师离去后迅速进入，往布兜里塞了十个大馒头，慌忙出门。马鸣图从房中闪出，姜典史也跟了上来。

姜典史欲喊，被马鸣图制止。

姜典史埋怨道："您越来越惯着邹守益了。听说他把五军都督府寄给江彬的信都拆了？"

马鸣图笑道："也许，这就叫羁绊吧。"

"羁绊？"

“收留守益，一开始只是为了应付那个王阳明，怕他报复。没想到现在还真有点视如己出的感觉。”

姜典史被提醒，道：“对了。王阳明直接去了龙溪县，不会出什么岔子吧？”

“我正准备下去看看。你交代大牢，务必看紧卢珂。刑部把这棵烫手的山芋打回来重审，抚台让我先压着不办。”马鸣图叹气道：“两边都惹不起啊！”

街角，邹守益朝一堆乞丐走去，将馒头交给中间的一个女孩。女孩只得到一个，剩下的都被其他乞丐抢走了。

邹守益问道：“你爹娘呢？”

女孩狼吞虎咽道：“被海盗打死了。”

邹守益想起自己的父母，满脸同情。

陆完带着赵日天和一大帮衙役顶着毒日头在县城的城门外恭候。陆完汗流浃背，却迟迟不见王阳明的影子。赵日天帮他扇扇子，被烦躁不安的陆完一把推开。

一个衙役上气不接下气地跑来，道：“堂尊，王御史已经到县衙了！”

陆完震惊道：“什么？”

一顶轿子停在县衙门口，陆完气喘吁吁地跑过来，腰弓成了九十度道：“不知上差驾临，下官有失远迎。还望恕罪，恕罪啊！”

见毫无动静，陆完看了眼赵日天，满脸疑惧。突然，轿帘掀开，身穿獬豸官服的王畿走了下来，道：“陆知县多礼了，进去说话吧。”

原来，王阳明让王畿假扮自己，合唱了一出声东击西。

田地荒芜，禾苗枯死。

王阳明与冀元亨一副平民打扮，走到田埂边，只见百姓慵懒地坐成一排晒太阳。

冀元亨走到一个老农跟前，道：“老人家，为何田地撂荒，无人耕种？”

老农苦着脸道：“吃不上盐，没劲儿，哪来的力气干活？”

“为什么吃不上盐？”

“外地来的吧？官盐价格高得离谱，吃不起！”

冀元亨看了眼王阳明，只见他正凝神思索。此时，谢志珊正带着詹师富那支浩浩荡荡的队伍经过，停下来冲这边喊话道：“我等要去县衙请命，有愿同往的吗？”

百姓麻木地看着他，一言不发。

王阳明望着谢志珊道：“我随你去。”

满桌珍馐。

陆完用公筷给王畿夹了一块鲍鱼，热情道：“这东山鲍是福建有名的水产，王御史尝尝。”

王畿吃了一口，陆完期待地看着他，不意王畿竟皱眉道："肉质不错，就是太咸了。"

陆完敛容，赶紧夹了一块品尝。赵日天也试吃了一块，觉得味道没问题，正欲发表意见，被陆完制止："是咸了，来人！"

下人入内。

陆完吩咐道："让后厨再做一盘，少放盐。"

"是。"

陆完举杯道："下官敬大人一杯。"

队伍在乡间行进，王阳明与谢志珊攀谈道："在下有一事不解，还望指教。"

谢志珊道："什么事？"

"《大明律》规定，盐铁禁榷，官府垄断，民间不得买卖，大家吃的盐都是盐商到官府购买盐引后去指定的'引岸'销售的官盐。各地皆是如此，为何偏偏在此地闹出这么多事端？"

"盐引稀缺，官盐价格昂贵。而私盐，因为质优价廉深受民间欢迎，这也不是什么秘密了。盐法在内地是铁律，都挡不住私盐猖獗，龙溪县邻海，自古就有贫民靠晒海盐、背装手提来维持生计，俗称'肩引'，官府一直默许存在，直至殷其雷来到福建。"

"殷其雷？"

"一个山西的盐商。朝廷改'开中法'为'折色法'后，买卖做不下去，来我们这跟新上任的巡抚张彩勾结一气，官督商办，做起了官盐生意。"

詹师富插嘴道："他们的买卖一开张，张彩便以整治盐法为借口，四处缉捕，抓了一批盐贩。漳州府这地界更严，食私盐都要治罪，搞得人心惶惶。那殷其雷则趁机跑马圈地，兼并盐田。拒不出让的，便派地痞无赖去闹事。除了家底殷实的，现在哪家哪户不为吃盐的事发愁？"

冀元亨低声道："先生神机妙算，这龙溪县果然是暴风眼，只是不知道王畿那边——"

王阳明笑道："龙溪大事不糊涂，等着看好戏吧。王龙溪来到了龙溪县，有意思。"

县衙，一盘新做的鲍鱼被端了上来。

陆完满脸堆笑道："大人再尝尝？"

王畿又吃了一块，仍旧皱眉，道："还咸。"

陆完与赵日天面面相觑。

王畿一语双关道："该不会是盐有问题吧？"

陆完赔笑道："大人说笑了。龙溪县的盐晶莹剔透，远销各省，也不知道今天这厨子怎么了——"

王畿搁筷道："算了，下去看看吧。"

陆完如释重负道："大人不先休息休息？"

"不了，公事要紧。"

"好，那下官这就带您去本县最大的盐场视察。"

"不去盐场，去平籴仓。"

陆完傻眼。

王畿故意不坐轿子，骑马来到平籴仓。陆完骑马跟在后面，表情像霜打的茄子。

王畿下马，仓场大使赶紧带人奔过来跪迎，道："仓场大使——"

王畿压根不理他，径直走了进去。仓场大使愣住，见陆完使劲指王畿的背影，反应过来，赶忙跟了上去。

王畿在一个粮仓前停下，仓场大使接过手下递来的梭具，交给王畿。王畿将之扎进草席编织的仓壁，带出一些米来，闻了闻，尝了两粒，点头道："不错，龙溪县的百姓有福了。"

陆完放下心来，与仓场大使相视一笑。

谁知王畿忽然拔出身旁一衙役的长刀，刺入粮仓。众人大惊，只见这回带出不少沙子。

王畿笑道："哈哈，夹心仓！"

仓场大使吓得跪了下来。

王畿厉声道："朝廷设平籴仓，为的是丰收时买粮，防止谷贱伤农；歉收时卖粮，防止谷贵伤民。没想到到头来却肥了你们这帮硕鼠！"

陆完灵机一动，指着仓场大使道："监守自盗，蚕食鲸吞，你对得起朝廷，对得起百姓，对得起你自己的良心吗？来人！把他押入县牢，听候发落！"

仓场大使被拖走，哀号道："堂尊，堂尊，你可不能过河拆桥啊！"

陆完尴尬，王畿冷笑。这时，衙役甲跑了进来，凑在陆完身边耳语。

王畿见陆完变色，道："陆大人怎么了，身体不舒服？"

"呃，衙门有点事，得赶紧回去处理。"

"好啊！我也累了，一起走。"

陆完暗自叫苦不迭。

谢志珊等人围在县衙门口，王阳明和冀元亨混迹其中。衙役拉成人墙，赵日天立于其后，严阵以待。

谢志珊朗声道："听说朝廷派了巡按御史，我们要见御史大人！"

"要见御史大人"的声音不绝于耳。

赵日天怒斥道："笑话！朝廷的钦差岂是你们说见就见的？速速退下，否则一并抓了！"

衙役们拔刀出鞘，谢志珊等人也挽起了衣袖。双方虎视眈眈，一触即发。

一片杂乱的马蹄声传来。

王阳明抬眼望去，只见一队人马赶至，为首之人身穿四品红色官服。

冀元亨惊呼道："马鸣图！"

马鸣图下马，赵日天趋迎，鞠躬道："参见府尊。"

马鸣图板着脸道："王御史呢？"

"跟堂尊视察平籴仓去了。"

马鸣图沉思片刻，指着谢志珊等，道："怎么回事？"

赵日天谨慎道："他们要求变盐法。"

"我看是想变天吧？乱棍驱散！"说完，马鸣图转身进了县衙。

赵日天对左右道："还愣着干什么？动手！"

衙役挥刀驱赶，官民爆发冲突，冀元亨护着王阳明离开危险地带。

谢志珊以一当十，豪气干云，打得衙役不敢近身，王阳明不由得心生佩服。

赵日天忽道："谢志珊，你不顾他的死活吗？"

谢志珊转头望去，只见詹师富被衙役活捉，颈上架着刀。正没奈何间，谢志珊被一衙役暗算，腿上挨了一刀。

他怒目而视，温火烧凑近低声道："好汉不吃眼前亏，先撤吧！"

赵日天指挥众衙役退入县署，谢志珊悻悻而去。

县衙大堂，马鸣图走来走去，焦躁不安。

衙役押着詹师富入内。

赵日天报喜道："府尊，拿获了詹师富。"

马鸣图不耐烦地挥挥手，示意押走。

须臾，陆完陪同王畿打道回府，见到马鸣图，行礼道："参见府尊。"

马鸣图盯着王畿，直看得他后背发凉，忽道："来人！把他给我拿下！"

陆完大惊道："大人，他……他是王御史。"

马鸣图冷笑道："他是御史？本官还左都御史呢！假扮钦差，你可知该当何罪？"

"那侵吞公粮，又当何罪？"王阳明与冀元亨入内。

陆完道："放肆！你们什么人？！"

冀元亨取出官印，道："都察院福建道监察御史王守仁！"

陆完看了看马鸣图，只见他低头不语，跺脚道："这……这是哪跟哪啊！"

王阳明道："马知府，你打算怎么处理詹师富？是关在这里还是带回漳州啊？"

马鸣图俯首道："听候大人差遣。"

"好！仰赖诸位齐心协力，现已成功地把詹师富变成了官民冲突的焦点。"

马鸣图脸红，王畿窃笑。

王阳明续道："此人搁在哪，哪就是火药桶。不如把他交给我，我亲自送还给谢志珊。”

陆完摆手道：“使不得使不得，不能让大人以身犯险。”

王阳明笑道：“又不是龙潭虎穴。莫非龙溪县治安不好，豺狼遍地？”

陆完无奈道：“不不不，大人说怎样便怎样吧。”

土地庙内，众人围着谢志珊，听他指示。

谢志珊豪情万丈道：“弟兄们，我谢志珊跟詹师富是喝过血酒的，绝不会坐视他被官府欺凌。明日我会再去县衙请愿，哪怕跟他们干到底，也要把自家兄弟救出来！”

众人叫好，温火烧入内，道：“你们看谁来了！”

詹师富出现在众人面前。

谢志珊惊道：“这……这是怎么回事？”

王阳明、冀元亨和王畿走了进来。谢志珊见王阳明穿着獬豸官服，愈发惊讶，道：“你——”

王阳明笑道：“你不是要见巡按御史吗？”

谢志珊反应过来，冲到近前跪下，道：“御史大人，您可一定要替我们做主啊！”

众人纷纷下跪。

王阳明道：“朝廷派我来巡盐，大伙如果信得过我，信得过皇上，就把解决盐法的事交给我，怎么样？”

众人不语，詹师富一脸怀疑。

谢志珊下定决心道：“好！我谢志珊就代表弟兄们向王御史承诺，盐法解决之前，不再到县衙生事！”

王阳明扶起谢志珊，道：“此事如果能圆满解决，我一定向皇上奏表你的功劳。”

詹师富不服气。

谢志珊道：“只求大伙能吃得起盐，其他的谢某并不在意。”

王阳明道：“好！有你这番话，我可以放心离开了。”

谢志珊道：“温火烧，送送王御史。”

“是。”

四人离去。

谢志珊对詹师富道：“你受苦了。”

詹师富叹气道：“我苦不苦无所谓，关键是下一步怎么走？”

谢志珊道：“各自回家，等王御史的消息。”

“不行！”

“那你的意思是？”

“听说卢珂已经押回来了，就关在漳州大牢。咱们去劫狱，把他救出来！”

谢志珊不解道：“你疯了吗？”

詹师富道：“我没疯！卢珂一个外乡人，都能抱打不平，仗义执言。咱们本地人，反倒要做缩头乌龟吗？”

众人附和，“对，不能袖手旁观”“跟他们拼了”的声音一浪高过一浪。

谢志珊为难道：“我刚向王御史保证不再闹事，这么做岂不是打他的脸？”

詹师富不依不饶道：“你答应的是不在龙溪县闹事，可没说漳州府。怎么？平日里急公好义，关键时刻却要退缩了吗？”

众目睽睽之下，谢志珊不好再说什么，却忧心忡忡。

次日，王阳明、马鸣图、冀元亨、王畿与一干随行人员上马，陆完率赵日天等人送行。

官道上，目之所及，都是荒田。

无所事事的农夫坐在路边，眼神空洞地望着王阳明一行。

马鸣图看见一对男女年纪轻轻却已白头，脸上掠过一丝同情。王阳明察觉到这一细节，故意道：“王畿，人陆知县好心请你吃鲍鱼，你嫌菜做得咸了。你这是身在福中不知福啊，让你没盐吃得了少年白，看你还挑不挑三拣四？”

王畿吐了吐舌头。

王阳明问道：“马知府有心事？”

“啊？没有。”

“是想起了青阳还是余姚的往事啊？”

马鸣图一惊，紧张得说不出话来。

王阳明宽慰他道：“我王守仁公私分明，以前的事你不必挂怀，我们就说一说眼下的事。卢珂的案子被发回重审，前因后果你最清楚。我希望你能和我联名上疏，澄清事实，还他一个清白。”

马鸣图发愁道：“大人，卑职与卢珂无冤无仇，想害他的人不是我。我巴不得漳州家家户户都吃得起盐，可我说了不算啊。我也被困在一张大网里，动弹不了。”

“好，那我就帮你撕开这张大网。咱们一步一步走，你说，眼下的难处在哪？”

马鸣图迟疑。

王阳明道：“我奉旨办案，有朝廷撑腰，你怕什么？”

马鸣图豁出去道：“好！大人，你还记得邹守益吗？”

王阳明与冀元亨同时一惊。

夜里，土地庙里的众人均已睡下，詹师富与温火烧小声计议。

温火烧急道：“你这不是唯恐天下不乱吗？！”

詹师富冷笑道：“你吃的盐还是太少。不趁着钦差在把事闹大，等他吃饱喝足了一走，不仅盐法变不了，你我还会被秋后算账！”

“可你这么做，不是陷谢志珊于不义吗？”

“你懂什么？咱们是贩盐的，说灭就被灭了。他功名在身，官府多少有些忌惮。不用新的议题把他拴住，弟兄们就都散了。你有工夫跟我在这扯闲篇，不如想想怎么劝他。”

温火烧叹了口气，忧从中来。

第十八章　善恶之间

漳州府衙，明月当空。

宾主欢饮，王阳明坐在上座，两边是江彬和马鸣图。

江彬道："上差驾临，末将本不该煞风景。只是马大人，这军饷要是再拖欠下去，兵营里的那帮生瓜蛋子怕是要哗变了！"

王阳明道："哎——江将军，说好不聊公事的，罚酒！"

"大人恕罪，我心里急呀！"

"再急饭也要一口一口吃嘛！江将军，等我办完卢珂的案子，亲自替你筹集军饷，如何？"

"那就多谢大人了。"

王畿扮成信差的模样，拿着一封信走入，道："大人，四百里加急。"

王阳明拆信便读，随即色变，道："这，这是给江将军的啊！"说着，暗中摸出被邹守益撕开的信封悄悄换上，再走到江彬跟前，把信交给他，道："失礼了。"

随后，扭头冲王畿咆哮道："你不识字吗？来人！"

江彬起身道："哎，算了算了，大人，咱们喝酒，犯不着为了这点小事坏了雅兴。"

马鸣图对王畿道："还不滚出去？等着领赏吗？"

同一时间，龙溪县的土地庙，谢志珊正对着土地公公的神像发呆。

温火烧走近，劝道："詹师富的话也有几分道理，官府就是打定一个主意——拖。拖走御史，拖疲咱们，拖得朝廷忘了卢珂，万事大吉。"

谢志珊皱眉道："开弓没有回头箭，你们真的想好了？"

"由你牵头，总比詹师富强。你不去，局面恐怕会更糟。"

谢志珊走来走去，内心挣扎。终于，他一拳砸到案几上，下定决心道："衰世科名，不要也罢！走！"

翌日，马鸣图带着王阳明、冀元亨和王畿来到一条巷陌。

放眼望去，只见邹守益又在用馒头接济小女孩和乞丐。冀元亨激动不已。

马鸣图道："守益。"

邹守益转身，看见马鸣图，胆怯地低下头。又瞧见冀元亨和王阳明，大喜过望道："冀叔父、王先生！"

他欢快地扑到冀元亨怀里。

“好小子，沉了不老少！”

王阳明笑道：“《三字经》会背了吗？”

邹守益得意道：“早会了。《百家姓》《千字文》，还有——还有《万年历》，都会背！”

“这么厉害？一会儿考考你。”

邹守益跟冀元亨、王畿玩耍。

马鸣图低声道：“大人，看到了吧？像那样的丐群还有几十处，遍布漳州的大街小巷。乞讨的人越来越多，好多懒汉也混迹其中。”

王阳明忧虑道：“知道他们打哪来的吗？”

“沿海的难民，房子被海盗烧了。”

王阳明望着小女孩儿，只见她吃得噎住了，心下不忍，道：“此事官府责无旁贷。”

邹守益赶紧道：“就是就是！”

王阳明道：“辟一所救济院，收留他们。”

邹守益拍手叫好。

马鸣图苦笑道：“大人，我现在连给镇海卫发饷的钱都拿不出来，哪有余力养这么多张嘴？”

王阳明笑道：“不需要你养，让他们自食其力。”

“自食其力？”

“养蚕、砍柴、洗衣服，乞丐可以在救济院劳作，支付其生活所需嘛。官府要做的，只是派人到商家那接活。”

“这倒是一条好办法，但乞丐分散各处，也未必愿意去救济院下苦，如之奈何？”

“容易。告谕百姓，有扭送乞丐至救济院者，按人头发放奖励。钱嘛，也记在乞丐劳作所得的账上。”

马鸣图想了想，道：“哈哈，不错！我这就布置下去！”

救济院挂牌开张了。

百姓驻足围观，阅读贴在门口告示栏的“条例”。

“有将乞丐交送救济院者，每人赏银五两？”

众人窃窃私语。

远处，温火烧戴着斗笠，跟两个同伙暗中观察。

这日，几个百姓带着一群乞丐排队登记，马鸣图喜上眉梢。

姜典史走过来道：“老爷，一个上午就登记了六十个人。照这速度，用不了多久漳州就看不见乞丐啦。”

马鸣图颔首。

王阳明走入，看见冀元亨也领了两个乞丐登记，但衙役给他发钱时，被他拒绝了。

邹守益拉着乞丐女孩的手经过。

王阳明道："守益，叫你冀叔父过来一下。"

"哦。"

邹守益把冀元亨叫了过来，又拉着女孩的手排队去了。

王阳明语重心长道："惟乾啊，领取报酬并不损害你的私德。但不领，时间长了便可能影响政令的实施。人做善事，不应该只看一时的得失，而要着眼于长久的流弊和全局的利害。"

"可是，我记得先生曾经告诉我'正其义不谋其利，明其道不计其功'的道理……"

王阳明笑道："看你记性不错，给你讲个子路的故事吧，你跟他挺像。当年，子路救了一个溺水之人，那人用一头牛答谢，子路欣然接受。孔子得知后非常高兴，说以后必定会有更多的鲁国人见义勇为了。"

冀元亨想了想，抬头道："先生，我懂了！"

王阳明望向登记处，只见邹守益帮女孩完成了登记造册的手续，领了五两银子。他把钱都交给了女孩儿，拥抱了她一下，脸羞得通红，飞奔而去。

女孩儿傻傻地站在原地。

马鸣图走了过来，朝王阳明拱手道："王大人真是我漳州的大救星啊！"

王阳明适时道："马知府想通了吗，要不要与我合作？"

马鸣图一愣。

是夜，皎洁的月光洒满了整个漳州城。

马鸣图在府衙提笔濡墨，记叙卢珂一案的真相。

纠结烦闷的他写一张撕一张，最后揉了纸，扔了笔，起身离去。

月光铺满了池塘。马鸣图望了眼当空的明月，又看了看池中自己的倒影，出门而去。姜典史瞧见，带着身旁的四个侍卫跟了上去，暗中保护。

几个埋伏在暗处的绑匪蠢蠢欲动。

马鸣图来到漳州大牢，发现狱卒正在睡觉。他抬眼望去，只见卢珂青衫磊落，正借着高墙上的窗口透进来的月光看书。

狱卒转醒，怯声道："府……府尊。"

马鸣图示意他噤声，指了指桌上的灯，又指了指卢珂。

狱卒会意，端着灯过去。

监狱外，詹师富带着几个人观察动向，发现马鸣图走出。

马鸣图在空荡荡的大街上走着，忽觉被人跟踪，停了下来，转身道："出来吧！"

姜典史与四个侍卫出现，道："老爷。"

马鸣图笑道："怎么，怕我被人暗算？"

突然，远处响起了敲锣声。马鸣图抬眼望去，隐约可见火光。

姜典史道："好像是救济院的方向。"

"你们过去看看。"

"是！"姜典史带人离去。

马鸣图看了一会儿，转身往府衙走去。忽然，四面八方围上来一群人，将他挟持。

马鸣图呵斥道："大胆狂徒，你们干什么！"

谢志珊从暗处走出，道："为民除害！"言毕，点燃一个"窜天猴"给詹师富发信号。

漳州大牢外，詹师富看到夜空中的信号，道："上！"

一群人冲了上去，后面跟着两个抬梯子的。

狱卒警觉道："什么人？"

詹师富道："你大爷。"

狱卒大喊："有人劫狱！"

詹师富用刀把将之击晕，从其身上搜出钥匙。

一队狱卒赶来，詹师富使了个眼色，温火烧点头，对左右道："注意分寸。咱们是来救人，不是来杀人的。"

率众冲上去与之打作一团，詹师富趁机带两个人钻进牢房。

卢珂惊讶道："你是？"

詹师富道："龙溪县贩盐的，来救你。跟我走吧！"

"我不走。我的案子马上就能解决了。"

"官官相护，谁帮你解决？别做梦了！"

卢珂眼一闭，不再理他。

詹师富示意左右将之抬走，卢珂大呼小叫，死命捶打那两人……

谢志珊命人敲锣打鼓，押着马鸣图游街。

百姓纷纷出来围观，随之来到一处广场。两个绑匪搬出一个虎头铡，马鸣图被谢志珊一脚踹跪到铡前。

谢志珊朗声道："乡亲们，马鸣图助纣为虐，欺压良善，今日我谢志珊要替天行道，还大家一个公道！"

百姓纷纷叫好，"狗官""杀了他"的呼声连绵不绝。马鸣图环视众人，只见每张脸上都洋溢着兴奋的表情。忽然，他在人群中发现了错愕的邹守益，不由得羞愧难当。

谢志珊厉声道："你还有什么遗言吗？"

马鸣图冷冷道：“你到底想怎么样？”

谢志珊高声道：“变盐法。以前怎么卖盐，现在还怎么卖。”

众人纷纷附和：“对！以前怎么卖，现在还怎么卖！”

“本府也知道盐法弊窦丛生，可这是抚台大人定的，漳州只是奉命行事。”

“哦？呵呵，那你跟大伙说说，为什么张彩一到福建，就没日没夜地打击私盐？”

“这我哪知道？要不你到省上问问？”

“那多麻烦？闸刀可以替我问。”

谢志珊示意左右提起闸刀，马鸣图的脑袋被摁了下去，惊恐道：“我说，我说！”

谢志珊逼道：“快说！”

马鸣图急道：“为了帮盐商殷其雷扫清生意上的障碍。”

围观群众交头接耳，义愤填膺。

谢志珊愤慨道：“大伙知道盐为什么越来越贵了吧？”

“砍了他”的声音不绝于耳。

突然，邹守益冲了出去，拦在马鸣图身前，大声道：“不能砍，他是个好官！”

马鸣图感动道：“守益……”

“谢志珊，你怎么答应我的，为何出尔反尔？”

马鸣图循声望去，只见王阳明身穿官服，纵马而来，不禁松了口气。

谢志珊自知理亏，强辩道：“对贪官讲什么江湖道义！”

王阳明下马，道：“道义还要分人，看来你内心也不是很相信道义。”

谢志珊面红耳赤，躲开王阳明的目光，对手下道：“带上马鸣图，去大帽山！”

众人离去。

王阳明高声道：“绑架朝廷命官，你考虑过后果吗？现在回头还来得及，这一步行差踏错，没人救得了你！”

谢志珊停了下来。

王阳明上前一步道：“你想清楚了，要变盐法还是逞一时之气？如果是前者，我跟你走，放了他。”

谢志珊转身，犹豫不决。王阳明目光犀利地盯着他。终于，谢志珊示意左右放人。王阳明走了过去，马鸣图眼眶湿润。

邹守益道：“王先生。”

王阳明俯下身子摸他脑袋，道：“你是个男子汉，要照顾好救济院的小朋友。”

“嗯！”

王阳明随谢志珊等人离去。

马鸣图追了两步，道：“王大人！”

王阳明转身，但见马鸣图满脸悲戚。于是微微一笑，对他抱拳示意。

翌日一早，冀元亨心急火燎地冲到王畿的房间，大叫道：“睡睡睡，就知道睡。

先生被抓了你不知道吗？！”

推开门，只见床铺齐整，空无一人……

冀元亨赶到府衙，只见王畿跪在地上，姜典史无可奈何地看着他，道：“你走吧。老爷特意交代了，闭门谢客，谁也不见。”

冀元亨默默地走到王畿身边，陪他一起跪。

衙门内，马鸣图坐立不安，看见邹守益又抱着一袋吃的往外走，一股无名之火噌地蹿了上来，道：“你去哪？”

邹守益怯道：“帮助需要的人。”

马鸣图烦躁道：“你好好给我念书，不要瞎晃悠！”

“念书不是为了明理吗？”

“这跟明理有什么关系？”

“把馒头发给乞丐，就能劝说更多的乞丐到救济院干活。”

“这不是你该操的心，自有人去想办法。”

“可是王先生说过，人能弘道，非道能弘人。”

“人能弘道，非道能弘人？”

“对呀！如果大家都不愿意从我做起，都等着天上掉下个大救星，那这个世界就永远也好不起来。”

马鸣图沉思片刻，挥手道：“你去吧。”

望着邹守益的背影，马鸣图喃喃道：“人能弘道？”

子夜，府衙仍旧大门紧闭，冀元亨起身道：“这厮果然还是不可靠！”

王畿道：“你去哪？”

“大帽山！”

“大帽山？”

冀元亨离去，王畿叹了口气，也准备离开。

“请留步。”

王畿转身，只见姜典史走出，道：“老爷有请，请随我来。”

王畿一愣，赶忙跟上。

府衙书房，马鸣图将一封信交到王畿手中，叮嘱道：“这是卢珂一案的真相始末和涉案官员名单。你把它收好，务必亲自交到王阳明手里。这段日子就不要抛头露面了，姜典史会暗中保护你。”

王畿见他拿起另一封一模一样的信，好奇道：“那您呢？”

马鸣图望向窗外，忧思道：“去做我该做的事。”

马鸣图星夜赶到省城。

走下马车，他抬眼看了看巡抚衙门的匾额，目光坚毅。

衙门书房，福建巡抚张彩品了口茶，陶醉道：“武夷山的大红袍果然名不虚传，沁人心脾。”

一商人立在他身前，毕恭毕敬，却是谢志珊口中的殷其雷。

殷其雷谦卑道：“老大，我那还有十斤，都给您带来了。”

“你小子，这可是贡茶！你想折煞我吗？”张彩说着，哈哈大笑起来，并瞥了眼站在一旁赔笑的江彬。

敲门声响起。

张彩道：“进。”

下人入内禀告：“老爷，漳州知府马鸣图求见。”

“带他进来吧。”

“是。”

下人离去。

张彩道：“江彬啊，我绕过都指挥使司把你叫到这，实在是因为事态很严重。绑架钦差，这是要造反啊！”

江彬赶紧道:“大人您放心,那大帽山没人比我更熟。只要您一句话,我指哪打哪,保证把他们一锅端。”

“好——要的就是你这句话！”

敲门声再次响起。

“进。”

下人推门，马鸣图入内，行礼道：“参见抚台大人。”

张彩起身搀扶,道:“那帮刁民,竟敢逞凶殴官！委屈你啦,本院一定为你做主！”

马鸣图道：“多谢大人。”

“不过这坏事嘛，有时候也是好事。他们这么一闹，卢珂更脱不了干系。公然对抗朝廷，我看那个御史也不敢帮着他们说话喽！江彬，看你的了。围剿大帽山！”

江彬高声道：“末将领命！”

马鸣图忽道：“慢着！”

三人一愣，只见马鸣图从怀中拿出一封信。

张彩疑惑道：“马知府有话要说？”

马鸣图把信呈上,张彩才读了两行便勃然色变,起身道:“马鸣图,你想干什么！”

江彬与殷其雷面面相觑。

马鸣图不卑不亢道：“不干什么。读了几十年圣贤书，也想当一回好官。”

张彩冷笑道：“好官？我看你越当越回去了，倒不如当初在青阳做知县。”

马鸣图道：“悟以往之不谏，觉今是而昨非。”

张彩强压怒火道：“你考虑过这么做的后果吗？”

“只要大人变更盐法，大伙都相安无事。否则——”

殷其雷紧张。

张彩踱来踱去，忽然眼珠一转，坐下来喝茶，平复情绪道："你呀你，竟然要挟本院。此风一开，成何体统？福建官场还讲不讲王法了？"

马鸣图绵里藏针道："但愿苍生俱饱暖。别的，下官没想太多。"

"嗬，还真把自己当于谦了？好，本院今日就成全你。只此一次，下不为例！"

马鸣图激动抬头，道："大，大人此话当真？"

张彩佯怒道："你敢怀疑本院？"

"不不不——"

"盐政归布政司管，你且回去，代本院跑一趟，告诉大帽山那伙人，只要交出钦差和卢珂，十日之内，藩司必定颁行新法。不管官盐私盐，能让老百姓吃得舒坦、吃得高兴，就是好盐。"

马鸣图大喜道："大人英明！"

张彩指着脸色阴沉的殷其雷道："几家欢乐几家愁。马大人，你看看你把他气的，胡子都翘起来啦！"

殷其雷苦笑，张彩哈哈大笑。

江彬回到镇海卫，一军官立于辕门迎接，却是镇海卫指挥同知许泰。江彬下马，气呼呼道："马鸣图这个铁公鸡，欠我那么多饷，护送个鸟！"

许泰问道："上头怎么说？"

江彬边走边道："马鸣图要去大帽山谈判，抚台让咱出兵护卫。"

许泰一愣，道："还说什么了？"

江彬想了想，道："说什么留意险要，勘察地势。"

许泰沉吟道："这是要您为端掉谢志珊的老巢做打算啊。"

"怎么打算？当着他的面，胸口当然得往响了拍，可你也明白，大帽山大大小小的山洞有好几十个，我连他们躲在哪我都不知道！"

"将军，有人知道，他正等着见您。"

江彬一惊，道："谁？"

许泰缓缓道："冀元亨。"

一座开阔的大山洞里，谢志珊坐在上首，左右分别是詹师富和温火烧。

谢志珊严峻道："带上来！"

王阳明随两个喽啰出，站在十米开外的地方，冲谢志珊笑。

谢志珊面无表情道："你笑什么？"

王阳明笑盈盈道："过来，我告诉你。"

谢志珊犹豫了一下，起身过去。王阳明待他走到近前，冷不防地抽了谢志珊一耳光。谢志珊惊呆，结果又挨了一耳光。

詹师富与温火烧同时起身，同时拔刀。

谢志珊制止道："且慢！"

王、谢二人四目相对，像是要喷出火来。

"为何打我？"

"打你的不是我。第一下是孔圣人打你，第二下是你父母打你。"

"你算哪根葱，敢教训我？"

"你躲在这里又算哪根葱？你是秀才，圣贤书何时教你去做贼？做贼也就罢了，还连累父母。他们风烛残年，走在大街上被人戳脊梁骨——看啊，那是贼人谢志珊的爹娘。你让他们怎么活？"

谢志珊大声道："这里没有贼！贼是那些躲在石狮子背后的朱门里偷民脂民膏的衣冠禽兽！"

众人叫好。

洞外进来一卫兵，道："报告！"

谢志珊的目光始终不离王阳明，道："讲！"

"马鸣图带着一队官兵到访。"

众人议论纷纷，詹师富看着温火烧，道："他怎么会找到这？"

温火烧凝思。

谢志珊道："多少人？"

"大概，二十个。"

"让他们进来！"

"是！"

众人如临大敌，王阳明笑而不语。

马鸣图等人入内，冀元亨看见王阳明，道："先生！"

王阳明暗中给他竖了个大拇哥。

马鸣图正色道："谢志珊，为你的事我专门跑了趟省城，抚台大人亲口向我保证，十日之内，颁行新盐法，不禁私盐。"

众多贼人面露喜色。

马鸣图续道："条件是，立即释放王御史、卢珂。"

詹师富起身道："不行！张彩的保证，一文不值，我信不过！"

王阳明道："我也信不过！"

马鸣图与冀元亨一惊。

王阳明话锋一转道："可你想过没有，他们能找到这里，说明官府早就准备妥当，搞不好已布下天罗地网，随时可以剿灭你们。"

温火烧道："那就更不能放你跟卢珂了。有你们在，张彩多少还有些顾忌。"

王阳明哈哈大笑。

谢志珊皱眉道："你又笑什么？"

王阳明敛容道："我笑你们把张彩想简单了。"

"什么意思？"

"张彩要是担心你们手上有人质，又岂会再白送一个来？"王阳明一指马鸣图，接着道："真要跟你们刀兵相向了，那才叫打死敌人平外乱，打死自己除内患。借刀杀人，杀人灭口。"

谢志珊道："怎么讲？"

"如果卢珂死在这大帽山，那他通匪的罪名就坐实了；如果我死在这，那就没人彻查盐案和卢珂的冤案了。你们与张彩鱼死网破，正中了他一石三鸟之计。"

"既如此，他又何必派人来谈判？"

"戏都是演给外人看的。你等拒不合作，负隅顽抗，于是他壮士断腕，调兵强攻，把自己摘得干干净净。而各位，就只能在这大帽山当孤魂野鬼了。"

众人色变，窃窃私语。

王阳明道："诸位！咱们是要讨公道，不是要谋反！如果盐法变不了，却白白牺牲那么多无辜的人，岂不是叫亲者痛，仇者快？"

谢志珊犹豫不决。

温火烧见众人多被说服，只有詹师富不服气，起身道："王阳明，我们三个要商量商量，还要问问卢珂的意思。"

王阳明道："好，希望三位能顾全大局，相信在下，相信朝廷。"

谢志珊三人步入后厅。

半个时辰过去了，不见出来，冀元亨焦躁道："先生，你说会是什么结果？"

王阳明道："放我，留卢珂。"

冀元亨不解道："为什么？"

马鸣图道："不放王大人，谁替他们斡旋，谁为他们正名？"

谢志珊携詹师富、温火烧走出，道："王阳明，我可以放了你，但你必须答应我一件事。"

王阳明笑而不语。

冀元亨道："什么事？"

谢志珊道："平红白封。"

"平红白封？"

谢志珊对马鸣图道："马知府，这都是你该解决的问题，反倒要我来帮你操心。你跟大伙说说呗？"

马鸣图摇头道："红白封由来已久，要平也不是一两日的事，本府——"

谢志珊不满道："你们这些当官的怎么老爱把黑锅往前任身上推？从来治世民为天，食君之禄，就要为民做主！"

马鸣图急赤白脸。

王阳明道：“马大人，什么是红白封？”

马鸣图解释道：“漳州百姓纳税，要用不同颜色的纸封钱。贫民碎户用白封，缙绅大户用红封。红封是特权，衙役不敢勒索陋规。但短了的这笔油水，那帮皂隶会从白封小民头上找补。时间一长，小民虽不满，却也无可奈何，习以为常。”

王阳明冲谢志珊道：“所以你想取消红白封的差别，一体征缴？”

谢志珊道：“没错。白封现在是三千文，红封两千文——这不是荒谬吗？按此收法，只会富者愈富，贫者愈贫。”

“那依你之见该当如何？”

“统一到一两银子，即两千六百文。如此一来，官府收入增加，小民拍手称快，皆大欢喜，何乐不为？”

马鸣图插言道：“哼！你想让缙绅大户出血？他们哪个没有省上乃至京城的后台？”

谢志珊道：“所以没指望你啊！”

“你——”

谢志珊道：“王御史，你从京城来，代表朝廷。如果连这点小事都解决不了，那我凭什么相信你能还卢珂一个清白？”

王阳明道：“好，我答应你。那卢珂呢，什么时候放？”

“只要你平了红白封，新盐法也颁行了，立刻放人。”

“行，希望这回你不要再自食其言。”

詹师富表情阴冷。

第十九章　一念成佛

漳州府衙，在大门口恭候的王畿见王阳明归来，热泪盈眶道："少爷！"

王阳明道："龙溪。"

王畿拿出马鸣图的那封举报信，交给王阳明，道："这是马知府——"

王阳明点头道："惟乾都告诉我了。你先收好，此事还没完。"

马鸣图走了过来。

王阳明问道："马大人，缙绅大户里，可有牵头之人？"

马鸣图点头道："有，曹员外。此人开当铺，是漳州首富。但论起抠门来，也是首屈一指。"

"好，把曹员外他们召集起来，我先探探口风。"

马鸣图皱眉道："大人，你真的打算得罪这帮豪强？谢志珊这是把你往火坑里推啊！"

王阳明正色道："禹思天下有溺者，犹己溺也；稷思天下有饥者，犹己饥也。这件事我考虑过了，就算没有谢志珊，做成了也是利国利民的好事。"

"可是——"

"天命叵测，凡事但问该不该做。只要心安理得，即便没成，也不会后悔。可万一成了呢？"

"唉……"

这天夜里，马鸣图在王阳明的指示下于府衙后院张罗了一场"鸿门宴"。

缙绅们给王阳明带的礼物堆满了半个院子。

五张大桌，缙绅团团围坐。王阳明坐在主桌正中，两旁分别是马鸣图和肥头大耳的曹员外。

曹员外起身敬酒道："曹某真是三生有幸，居然能跟钦差大人推杯换盏。这都是托了咱们马大人的福啊！"

众人附和。

曹员外续道："王钦差，在座各位的名帖都附在外面的那些孝敬上。宴后我会派人送到您的住处，还望笑纳。"

王阳明起身举杯道："谢谢捧场。在下初来乍到，还得仰仗大家多多帮助。"

曹员外道："大人言重。我等虽人微言轻，叨陪末座，但只要您一句话，不管前面是刀山火海还是险滩暗流，按他们广东人的说法，必须'顶硬上'！"

王阳明高兴道："好——"

两人干杯。

王阳明忧愁道："其实，今日劳烦诸位跑一趟，实是有要事相商。镇海卫的粮草由漳州供应，近日盗匪横行，开支浩繁，指挥使江彬已向马知府催饷多次。奈何府库空虚，无力承担，各位可否解囊相助啊？"

众皆不语，等着曹员外发话。曹员外盯着菜，一言不发。

王阳明微微一笑，道："本来这是你们漳州的事，轮不到我一个外人插手，但马知府助我办案，鞍马劳顿，我也希望能替他分些忧解些难。都是为国尽忠，便不分彼此了。"

曹员外道："镇海卫保护沿海一体官民，也包括我们这些做买卖的，理应襄助。只是不知需要多少银两？"

王阳明伸出三根手指，道："三万。"

曹员外色变，众人窃窃私语。

员外甲道："大人，我是做海产的，自从海盗猖獗，不敢到外海打渔以来，生意就一落千丈，现在是囊中羞涩啊！"

员外乙道："大人，我是做粗盐提纯的，自打私盐被禁绝，就没开过张。再这么下去，全家老少都得喝西北风！"

王阳明冷笑。

曹员外貌似公允道："王钦差，请容曹某说句公道话。他们这些人，表面上看都略有薄产，但哪家的钱不是押在货上？押在人情往来上？工人受了气可以换一家再干，可他们，再累也没有回头路走。那真的是叫骑虎难下，苦熬待变啊。"

王阳明道："曹员外说得好，各有各的难处。可你们难，你们知道自己奔的是什么。我呢？朝廷每月给我七两银子的俸禄，为了这点钱，我得不远千里来查案，得罪人，甚至有性命之忧。试问我王阳明又图什么？"

马鸣图感佩，众人面有惭色。

王阳明续道："大帽山有谢志珊，漳州城有尚未安置的归降海盗，镇海卫是三千个被拖欠了军饷的士兵。一旦有变，各位的家产，打算孝敬给谁？不谋全局者，不足以谋一隅，还望诸公放下一己之私，雪中送炭。"

王阳明作揖，曹员外皱眉叹息，割肉般摸出银票，道："王钦差所言极是。白银一百两，不成敬意。"

他走到那堆礼物前，把银票搁在一个托盘里。余者纷纷效仿，员外甲捐了五十两，员外乙捐了三十两。后面的人更少，甚至有拿碎银子的，统共凑了不到五百两。

王阳明走到托盘跟前，盯着银票看了半天，忽然一把抓起来，指着礼品道："这些，是你们给我王阳明的。”又举起手中的银票，道：“这些，是你们给大明的！”

众人面面相觑。

王阳明怒道：“大明如果亡了，你们给我王阳明送礼有什么用！”

言毕，将银票摔到地上，愤然而去。

四周鸦雀无声。

曹员外不慎打翻了酒壶，慌忙将之扶起。

翌日，乐善当铺的掌柜走到门口瞧了瞧，确认安全后把门关上。室内，冀元亨正坐着喝茶。掌柜走到他跟前，拿起桌上的红包，道：“我们这位大老爷，把钱看得比命还重，也该让他吃吃苦头了。三日后，他公子大婚……”

掌柜俯身耳语。

另一边厢，王畿站在救济院的院子中央，邹守益和一帮乞丐围成一圈。

王畿指示道：“到时候，我击掌为号，你们就……”

三日后，曹府张灯结彩，宾客络绎不绝。曹员外站在门口迎客，笑容满面。

王畿走来。

曹员外问道：“阁下是？”

“王钦差让我来的，他公务缠身，走不开。”

“理解，理解。快快有请。”

“曹员外，你真的不打算帮王钦差一把？”

曹员外色变道：“今日犬子大喜，如果你是来吃喜酒的，曹某欢迎之至。如果——”

王畿坦然道：“我是来闹事的。”

“什么？”

王畿拍手，上百个乞丐从四面八方涌出，把曹府围了个水泄不通。

邹守益带头道：“曹员外好人！”

群丐齐声道：“曹员外好人，曹员外好人，曹员外乐善好施大好人！”

说着，一拥而入，坐在宾客旁边，大口吃肉，大碗喝酒。宾客们吓坏了，纷纷避让。曹员外见来宾一个个落荒而逃，大惊失色道：“你……你到底要干什么！”

王畿不慌不忙地拿出一份公告，曹员外一把夺过，念道：“少东家大喜，东家惠泽乡邻，吉日后三十日内赎当者免息，乐善当铺——这……这是假的！”

王畿道：“真的。”

“假的！”

“你没看到那下面有戳吗？”

曹员外瞥见色泽鲜艳的戳，估摸着应该刚盖上去不久。

王畿摇头道：“唉——民不与官斗，你手下的人都比你识大体！”

曹员外意识到大事不妙，匆匆离去。

漳州府衙，王阳明与马鸣图下棋，姜典史急入，道：“曹员外求见。”

王阳明落子，道：“让他进来吧。”

姜典史出门，曹员外旋即入，哭丧着脸下跪道：“大人，大人我错了。我交还不行吗？”

王阳明不动声色道：“交多少？”

“五百两。”

王阳明不语，继续下棋。

曹员外忍痛割爱道：“一……一千两！”

王阳明还是置之不理。

曹员外紧闭双眼，痛不欲生道：“一千五！”

王阳明依然无动于衷。

曹员外崩溃了，如丧考妣道：“我，我交两千两还不行吗？我倾家荡产了我！”

王阳明起身走到门口，道：“你一两都不用交。”

曹员外惊愕。

王阳明转身道：“只要你助我平红白封。”

曹员外一愣，道：“怎么平？”

马鸣图插言道：“红封和白封统一到一两银子。”

曹员外扳着手指头算了算，松了口气，笑道：“大人早说嘛，瞧把我给吓的。”

王阳明道：“好，你按我说的去做。事成之后，官府绝不亏待你。”

府衙外的布告栏前围着黑压压一片人，员外甲和员外乙经过。

两人挤不进去，员外甲拉住往外走的一人，道：“出什么事了？”

那人兴高采烈道：“红白封没啦！往后统一交一两银子。”

员外乙惊道：“那咱们不是得多交六百文？”

员外甲慌道：“走，找老曹去！”

曹府。

曹员外坐着喝茶，屋子里坐满了缙绅。

员外甲和员外乙快步走入。

员外甲嚷嚷道：“老曹，怎么搞的，这不明摆着欺负咱们吗？”

员外乙亦道：“劫富济贫也不是这么个劫法，咱们跟他抗争到底！”

“抗争个屁！你自己看！”曹员外把桌上的一张纸递给员外乙。

员外乙细览，喃喃道：“盐法变回去了？”

“布政使司下的文，你的生意马上又能做啦。”

曹员外又指着员外甲道："还有你，瞎起什么哄？一年多个六百文，要了你命还是怎么着了？官府收入增加，镇海卫欠饷补齐，海盗不敢作乱，你才能放心大胆地去深海捕鱼嘛！人家说的没错，要有大局观，做买卖不能老盯着自己那一亩三分地。做不大！"

员外甲和员外乙低头不语。

王阳明、冀元亨和王畿骑马穿过漳州城门。

王阳明道："东西带好了？"

"你就放心吧。"王畿从怀中取出马鸣图的举报信，扬了扬。

王阳明道："好。以信鸽为号，到了北京等我消息。去吧。"

王畿策马扬鞭而去。

王阳明与冀元亨继续前行，忽然发现马鸣图带着一队衙役在城门外恭候。

马鸣图道："大人这是要去大帽山吧？"

王阳明道："嗯。谢志珊该履行他的承诺了。"

"下官护送您。"

"不必了。你还是在府衙坐镇为好。"

"衙门里有姜典史看着，出不了岔子。大帽山的事是我漳州府的事，谢志珊是我马鸣图的子民，我不能作壁上观，让您只身犯险。"

王阳明想了想，觉得有理，便道："走吧。"

一行人离去，邹守益从树后探出脑袋，悄悄跟了上去。

大帽山。

王阳明等人经过一个三岔口时走了右边的岔路。一炷香后，邹守益气喘吁吁地追到。他东张西望，犹豫不决，却选了左边的路。

大帽山山洞，卫兵入内禀报："王阳明和马鸣图已到洞口。"

谢志珊道："带他们进来！"

"是！"

卫兵转身离去。

温火烧担忧地看了眼詹师富，只见他目光阴鸷。

王阳明等人步入，马鸣图拿出两张公文，道："谢志珊，红白封取缔了，盐法也变了，快放人吧！"

温火烧走近接过公文一看，冲谢志珊点头了点头。

谢志珊道："带卢珂！"

詹师富眯起了眼睛。

卢珂被带了出来，走到王阳明身边。

谢志珊道："你们走吧！"

詹师富起身道："不能走！"

众人均是一惊，王阳明冷静地观察形势。

谢志珊道："詹师富！"

詹师富道："他们一走了之，官府对咱们秋后算账怎么办？王阳明留下！"

谢志珊道："不留！"

詹师富道："留下！"

"我，说，不，留！"

"我，说，留，下！"

两人怒目而视，相距不过半米。温火烧焦急，思考对策。

詹师富忽然哈哈大笑，道："好，好——"

他击掌三下，一群喽啰手持砍刀冲了出来，将王阳明等人围住。外面一圈的喽啰则张弓搭箭，对准了谢志珊。

温火烧大惊。

谢志珊道："你想干什么？"

詹师富道："谢志珊，慈不掌兵，义不掌财，你爱惜自己的羽毛，可弟兄们也要活命！"

卢珂道："詹师富，你不要蛊惑人心了。想活命的趁早下山回家，继续窝在这对抗朝廷就是死路一条。"

众喽啰你看着我，我看着你，显然被卢珂的话说动。

谢志珊冷笑道："你怕了？"

詹师富道："我有什么好怕的？"

"你怕官府首恶必办，胁从不问，所以要拉大伙给你陪葬。"

"哼，笑话！张彩何许人？杀降对他来说都是家常便饭，还分什么首恶、胁从？你不必摇唇鼓舌了，我数到三，要么王阳明留下，要么你们都尝尝万箭穿心的滋味。一，二——"

弓箭手拉紧了箭。

王阳明上前一步道："留下可以，伙食得给我开好。"

冀元亨急道："先生！"

马鸣图道："詹师富，我留下，让王御史走。他还要办案。"

詹师富看看马鸣图，又看看王阳明，道："也对。回去把案子查清楚，让皇帝老儿收拾张彩那狗日的！马鸣图，你留下吧！"

王阳明冲马鸣图道："你留下做什么？新税马上开征了，你得在场督办！"

马鸣图默默地走到王阳明跟前，蓦地跪下。

众人一惊。

王阳明诧异道："你这是干什么？"

马鸣图道：“请受我一拜。”

马鸣图磕头，王阳明错愕。

“马某宦海沉浮几十载，一度认为朝政已无药可救。满目所见，一盘散沙，尽皆遇事推诿之人。若是私事，那尚肯为力；若是公事，则非营私便是舞弊。我认为没有办法，你认为没有办法，他也认为没有办法。普天之下，大家都这么认为。漫漫长夜，希望在哪？”

众人触动。

马鸣图续道：“是你，王阳明，让我明白了希望在我。只要心灯不灭，哪怕只有芥豆之微，也能刺穿伪善，照亮虚无，引燃众生。所以，请务必让我做一回自己，代你留下。”

王阳明思虑片刻，叹了口气，扶起马鸣图道：“好一个希望在我。好一个心中有光，不惧黑暗。马大人，我成全你。保重。”

王阳明抱拳。

詹师富道：“押下去！”

喽啰过来押解马鸣图。

詹师富又给另两名喽啰使眼色，他们心虚地走到谢志珊近前，准备动手押解。

谢志珊咆哮道：“放肆！”

两人触电般停了下来。

谢志珊轻蔑地瞧了詹师富一眼，昂首阔步地往牢房走去，喽啰们赶忙跟上，紧张兮兮。

与此同时，邹守益在大帽山的群山之中迷了路，鬼打墙般绕着一个地方转圈。他又累又渴，靠着一块石头坐下，睡眼惺忪地进入梦乡。

太阳落山了。

一道闪电划破夜空，山里下起了瓢泼大雨。

邹守益被惊醒，起身寻找避雨之处。他发现一座小山洞，但黑黢黢的伸手不见五指。邹守益试探性地靠近，发现洞并不深后才放心躺下，蜷缩着成一团。

王阳明回到漳州府衙，只见姜典史正带着一队衙役心急火燎地往外走，问道：“怎么了？”

姜典史道：“邹守益不见了。”

冀元亨大惊道：“什么？”

福建巡抚衙门，张彩绕着一棵六尺高的珊瑚树走来走去，细细观察，慢条斯理道：“心里苦就说出来，又没有外人。”

殷其雷欲言又止。

张彩道：“这个月少了多少？”

殷其雷小声道：“十万两。”

下人入内禀告：“老爷，江将军来了。”

“让他进来。”

“是。”

下人转身出。

张彩道：“飓风过岗，伏草唯存。再忍忍吧。”

殷其雷道：“我明白。这世上的事，好便是了，了便是好。花无百日红，谁也占不全。”

张彩笑道：“这么想就对啦！”

江彬入内，道：“参见抚台。”

张彩道：“嗯。听说马鸣图把漳州的红白封给取消了？”

“是。按新办法，府衙收入大增，百姓交口称赞。”

“这是有高人在背后指点啊。我看弄不好就是那个钦差。”

“王阳明？”江彬陷入回忆，想起在漳州府衙的筵席上，王阳明把被邹守益拆开的信封掉包，骗过了自己，顿时觉得此人深不可测。

张彩提醒道：“马鸣图的钱袋子鼓了，你还不赶紧催他还钱？”

殷其雷忍俊不禁。

江彬道：“哦，对了大人，马鸣图让谢志珊那伙人扣在了大帽山。”

张彩严肃道：“他们想干什么？”

“据说是让您给正名，免得下山后被清算。”

张彩踱步思忖，忽然停步道：“你马上回去，选拔精锐，领兵向大帽山进发。”

江彬一愣，道：“做什么？”

张彩道：“剿匪啊！”

“可……可马鸣图还在他们手上，贸然出兵——”

张彩叹了口气，从书柜里取出马鸣图的揭发信，交给江彬。

江彬览信，大惊道：“这——”

张彩凶狠道：“看到了吧？能讲的不能讲的，全抖出来了。还说你吃空饷！马鸣图这样的害群之马，就是福建官场最大的隐患！”

江彬试探道：“那大人的意思是？”

“我会给都司下个文，你这次是名正言顺地平乱。赌桌上的钱不是钱，战场上的命不是命。刀剑无眼，伤及无辜也是在所难免的。”

江彬倒吸一口冷气。

张彩狠毒道：“不是我不容他，是他不容大家。这样的人，走到哪都是火药桶，炸死别人，也炸死自己。去吧，都指挥使一职即将出缺，事成之后，我保你。”

“是！”江彬大喜，转身离去。

殷其雷道：“老大，北京那边——”

张彩指着珊瑚，道：“你亲自带人押运，一定要完好无损地送到国舅府上。”

“您就放心吧，这株可是百年一遇的极品，别说张鹤龄，张皇后只怕也没见过。再加上您跟国舅爷的关系，谅那个王阳明本事再大，这回也翻不了天。”

张彩笑着端详珊瑚，道：“我跟国舅爷啥关系？你可别到处瞎说啊！”

京城。

鸽哨鸣叫，王畿伸手接过一只降落的鸽子，从它腿上取下拴着的小竹管，拿出里面的字条。

按照之前的约定，王畿把马鸣图的举报信交给了王华。

骄阳似火，蝉鸣恼人。邹守益用裤带把自己绑在树上熟睡。

突然，他被一阵马蹄声吵醒，揉了揉眼睛，看见远处江彬正率队行进。

邹守益赶紧解开裤带滑下树，小心翼翼地跟了上去。

大帽山山洞，喽啰走到詹师富近前，道：“谢志珊还是不吃饭。”

詹师富生气道：“哼！又臭又硬！”

温火烧一脸忧虑。

另一个喽啰从洞外慌张跑入，道：“杀……杀过来啦！”

詹师富道：“谁杀过来了？”

“官军！”

詹师富蓦地起身。

洞外，官兵大开杀戒，叛匪节节败退。詹师富出洞，率众冲了上去，一通砍杀，形势逆转。许泰抽刀欲战，被江彬拦住。

江彬道：“你去找马鸣图，这里交给我。”

“好。”许泰从马鞍旁的布袋里取出弓与箭壶，迅速离去。

江彬拔刀，冲将上去，砍翻了十几个叛匪，与詹师富战至一处。

温火烧带五六个心腹进入牢房。

看守起身道：“温头领。”

温火烧道：“开门。”

“这——”

心腹们纷纷抽刀，看守只好依言打开牢门。温火烧入内，只见谢志珊正襟危坐，身前的饭菜丝毫未动。

温火烧道：“官兵攻上来了。”

谢志珊道："带弟兄们走吧，詹师富守不住的。"
"你带他们走，我要留下来。"温火烧转身离去。
谢志珊不解道："为什么？"
温火烧停步，道："詹师富救过我的命。"
谢志珊触动。
温火烧来到隔壁牢房，只见马鸣图疑惑地望着他。
"张彩果然不顾自己人的死活。留着你也没用，滚吧！"言毕，温火烧离去。
马鸣图愣了愣，迅速起身，脱了官服跑出去。
洞外，詹师富渐落下风，且战且退。
叛贼退守洞中。

马鸣图东躲西藏，避开人群，从一条小路钻出山洞。回头一看，才发现这洞口是一个"后门"。
他慌不择路地逃命，没发现悄悄跟踪上来的许泰。

谢志珊见招拆招，分开了一对对短兵相接的兵匪，道："住手，都住手！想活命的跟我走！"
谢志珊的身后逐渐聚拢起罢手的叛匪。詹师富眼看形势不妙，暗中逃跑。温火烧率心腹抵抗了一阵，也匆匆离去。

马鸣图在山林里发足狂奔，没留神脚下，摔了一跤。
灌木丛中，许泰的箭已经对准了他。
邹守益看见马鸣图，喊道："亚父！"
马鸣图抬头道："守益。"
眼见邹守益朝马鸣图奔去，许泰匆忙射箭。邹守益跑到马鸣图近前，箭也飞到了他脸边。
"小心！"马鸣图拼劲全力扑倒邹守益，箭插进了他的背心。
邹守益惊呼："亚父！"
第二支箭也搭上了弦。许泰瞄准邹守益，挽弓。
姜典史高声道："老爷！"
许泰一惊，转眼望去，只见姜典史和冀元亨带着一队衙役赶来。
姜典史扑到马鸣图跟前，道："老爷，怎么回事，谁干的！"
马鸣图有气无力道："你们来这做什么？"
姜典史道："找守益。"
邹守益泣不成声。
马鸣图虚弱道："守益啊，救济院就交给你了，你要替亚父把它办好啊。记住，人能弘道。”

“走，咱们下山！”姜典史欲背马鸣图。

马鸣图摆手道：“不成啦！冀兄弟。”

冀元亨走到跟前。

马鸣图道：“往日我以为这人哪，面具越多，吃亏就越少。看见那些不戴面具栽了跟头的，还会幸灾乐祸。面具戴得久了，也便摘不下来了，直到遇见王阳明。仔细想想，演一辈子戏和随心所欲地活，到底哪个划算，还真不好说。要是能再来一次，我宁可想哭就哭，想笑就笑，想死也便无怨无悔地去死……”

马鸣图的声音越来越小，终于合上了双眼。

邹守益大哭，姜典史悲痛欲绝。冀元亨暗自神伤，猛然发觉灌木丛有动静。

“谁？”冀元亨快步追了上去。

许泰飞奔，冀元亨穷追不舍。直至跑到匪巢，许泰一头钻进了洞里。冀元亨停了下来，若有所思道：“是他？”

乾清宫笼罩在一片苍茫的夜色之中。

朱祐樘从堆积如山的劾疏里拿起一封，扔到跪在不远处的一名年轻男子头上，道：“户部员外郎李梦阳！”

男子战战兢兢，却是张皇后的亲弟弟寿宁伯张鹤龄。

朱祐樘又拿起一封砸他脑袋，道：“中书舍人何景明。”

“兵科给事中边贡。”

“翰林修撰康海。”

朱祐樘说一句扔一封，直至张皇后入内，一不留神把一封奏疏砸到了她胸口。

“南京都察院御史蒋钦。”

张皇后道：“皇上。”

朱祐樘一愣，旋即怒容满面道：“看看你弟弟干的好事！私开皇店，与民争利；豢养凶徒，聚众斗殴。都打出人命了！这是天子脚下！”

张鹤龄见姐姐来了，登时有了底气，狡辩道：“皇上，这些捕风捉影的指控无凭无据，臣愿与他们对质！”

“你还好意思对质？朕的脸都被你丢尽了！”朱祐樘说着，剧烈地咳嗽起来，瘫坐在龙椅上，胸口起伏。

张皇后劝道：“皇上，鹤龄虽不懂事，但毕竟是自家亲戚。他犯了错，您要打要骂都行，可千万别气坏了身子，让外人看笑话。”

朱祐樘气愤道：“你兄弟要死，朕也拦不住他——还杵在这干什么？我要是你，就自个儿找面枷戴上，到诏狱去服刑。”

张皇后踢了张鹤龄一脚，嗔怪道：“年纪不大，本事不小，看把你姐夫气的！还不回去闭门思过！”

张鹤龄反应过来，磕了个响头退下。

张皇后捡起奏疏，放到案上，漫不经心地翻看起来，道："这都谁呀？敢诋毁皇上的声誉，搬弄皇家的是非。"

朱祐樘怼道："人家有一说一，搬弄什么是非了？"

张皇后忽然眉毛一挑，把一封奏疏递到朱祐樘跟前，道："你看看这个李梦阳！'陛下厚待张氏'——我是皇后，他竟敢直呼'张氏'！"

朱祐樘不耐烦道："哎呀他说的是张鹤龄！"

张皇后嘟着嘴，继续翻看，忽道："怎么还有漳州知府的奏疏？"

"刘健代王华转呈的！"

张皇后念道："福建巡抚张彩，认张鹤龄为干爹，内外勾结，上下其手？这不瞎掰吗？合着他有千里眼啊，我在京城都不知道还有这档子事！"

"人家在说盐案的事，顺带着扯了你弟弟两句。"

张皇后放下奏疏，道："皇上，这是要逼宫吗？六部的，南京的，还有福建的，到底是谁在内外勾结？"

朱祐樘一愣，仿佛被说中心事。

张皇后火上浇油道："先是逼你裁织造太监，你裁了；再逼你裁监军太监，没成功。这会该不会是又想借题发挥搞什么名堂吧？干脆把东厂、司礼监都撤了，朝政就让刘健他们几个管得了呗！"

"你住口！"朱祐樘拍案而起，拂袖而去。

奉天殿广场，朱祐樘和朱厚照踏着月色散步。

朱祐樘道："今天杨先生都讲什么了？"

朱厚照道："《盐铁论》。"

"哦？上回王先生不是讲过了吗？"

"他俩讲的不一样。"

"怎么个不一样法？"

"王先生认为那些儒生说得对，杨先生认为桑弘羊说得对。"

"儒生为什么说得对？"

朱厚照挠挠头，道："儒生反对盐铁官营，是担心官商勾结，与民争利，导致民间物价沸腾，工商萧条。"

朱祐樘道："王先生怎么说？"

朱厚照想了想，道："他说利归权家，就是利归一小撮人。以煮盐为例，私人贩卖，灵活多变，官营却死板僵化，人浮于事。偏远地区，人烟稀少，官盐不愿前往。即便去了，也可能骚扰地方甚至强行摊派。私盐则不存在这些问题。"

"可是不实行官营，国帑从哪来？军费从哪出？每年巨额的宗室开支谁来解决？"

"哈哈，杨先生也是这么说的。"

“是吗？他还说什么了？”

朱厚照偏着脑袋回忆道：“他说盐铁为国家根本大计，不可不察。七国之乱，殷鉴不远。”

朱祐樘一愣，自言自语道：“是啊。春秋时管仲就说过，只要把山上的铁和海里的盐管起来，就不愁国家没钱。这就叫‘取之无形使人不怒，民不加赋而国用饶’。”

漳州城郊。

马鸣图出殡的日子到了，王阳明亲自扛棺，走在队伍最前面。冀元亨与姜典史扶棺，后面还有四个精壮汉子，均着丧服。邹守益披麻戴孝，抛撒纸钱。

夹道送别的，是救济院里的“乞丐”和曾经的“白封小民”。他们都受过马鸣图的恩泽，自发前来悼念。

王阳明道：“惟乾，你确定凶手是许泰？”

冀元亨道：“确定。”

王阳明神色笃定。

回到府衙，王阳明边脱丧服边快步走入。冀元亨、姜典史紧随其后。

王阳明道：“姜典史，替我备两匹快马。”

姜典史道：“是。大人，您要去哪？”

“镇海卫。”

话音刚落，只见六个锦衣卫在院中一字排开，当中一名宦官背对着王阳明。他缓缓转过身来，道：“王守仁接旨。”

王阳明愣了愣，跪下。冀元亨和姜典史也随之而跪。

宦官道：“奉天承运，皇帝诏曰。都察院福建道监察御史王守仁夙兴夜寐，查案有功，擢任刑部福建司员外郎，即日启程，不得有误。罪囚卢珂，移交福建按察使司审理。钦此！”

王阳明呆若木鸡。

宦官道：“接旨吧王大人。”

王阳明纹丝不动。

冀元亨小声道：“先生。”

忽然，王阳明放声大笑起来，像是在宣泄憋了很久的怨气。宦官正毛骨悚然，王阳明又收声敛容，重重地叩首道：“隆恩浩荡，谢主隆恩！”

马车停在救济院外，王阳明和冀元亨站在门外探视，只见邹守益拿着本《论语》走来走去，教众人念书。

邹守益道：“子曰‘人能弘道，非道弘人’。”

众人齐声道：“子曰‘人能弘道，非道弘人’。”

王阳明转身离去，冀元亨眼含泪光，也默默离开。
马车驶离漳州城。
俯瞰城门，只见姜典史骑马带着一队衙役，押着站在囚车里的卢珂往另一个方向而去。

官道旁的草丛里，谢志珊等人警觉观望。姜典史的押解队由远及近而来，谢志珊一挥手，众人立刻蒙上面巾。再一挥手，冲了出去。
姜典史抽刀，率领衙役跟谢志珊等人打了起来，结果寡不敌众，缴械投降。
谢志珊救下卢珂。
卢珂："你是谢——"
谢志珊把一块布塞进他口中，让人押着离开。

王阳明一路北上，来到邹县驿站。冀元亨下车，将马牌交给驿卒，道："劳烦换匹马。"
驿卒看了看马牌，道："漳州来的？听说那边出事了？"
冀元亨道："唉，一言难尽啊。"
驿丞插嘴道："山高皇帝远，钦差下去也没辙。"
冀元亨一愣，王阳明掀开帘子。
驿丞道："乱得很哪！刚一福建的路过，说那盐案的主犯卢啥来着的，押往福州的路上让人给劫了。"
冀元亨惊讶道："什么人干的？"
驿丞道："这我哪知道？"
驿卒牵了匹马过来，把缰绳交给冀元亨。
冀元亨走回马车边，发现王阳明不见了踪影，四处张望。
王阳明漫无目的地走着，不经意间路过一座亚圣庙。
他望着牌匾出神，一记闷雷响过，豆大的雨点落了下来，渐成倾盆之势。
王阳明走了进去，一尊灰头土脸挂满蛛网的孟子像映入眼帘。因年久失修，孟子像的嘴没了，瞪着双眼望着门外的世界。
王阳明的肚子"咕咕咕"地叫了起来。他摸了摸肚皮，才想起来已经一天没吃东西。于是望着祭台上摆着的冷猪头，咽了咽口水，一把拿起来，自我安慰道："你没嘴了，就让给我吃吧！"
他一边啃猪头，一边瞧着孟子像，道："先秦诸子，你最善辩，可惜你现在哑巴了。有恒产者有恒心，无恒产者无恒心——你说不出来啦；民为贵，社稷次之，君为轻——你说不出来啦！"
阵雨突然停了，王阳明也啃完了猪头，叹了口气，盯着"孟子"。
"如欲平治天下，当今之世，舍我其谁——狂是狂了些，不过我喜欢。谢谢你的冷猪肉，有什么委屈就托梦告诉我吧。告辞！”王阳明转身离去。

“孟子”的“眼睛”炯炯有神……

紫禁夕照，暮色苍茫。

奉天殿里，朱祐樘接见王阳明。

朱祐樘道：“平身吧。”

王阳明起身道：“谢陛下。”

“下去了一趟，再回刑部，办起案子来就更得手了。”

“陛下恕罪，请允许臣留任原职。”

王华抬头看了眼儿子。

朱祐樘道：“你立了大功，理应封赏。”

王阳明鼓起勇气道：“臣斗胆请陛下赏罚分明！”

“何出此言？”

“臣闻户部员外郎李梦阳因参劾寿宁伯而获罪，廷杖三十；臣又见漳州知府马鸣图因公殉职，却无任何抚恤。”

“李梦阳空穴来风，诽谤皇亲国戚，打他都算轻的。马鸣图朕同礼部商量过了，追封他为南京兵部侍郎。朕向来一秉大公，你还有什么可说的？”

“皇上，您知道卢珂被人劫了吗？您知道劫他的是什么人吗？”

“你想说什么？”

王阳明跪下道：“臣冒死直言！天下民穷财尽，吏治崩坏，再不振作朝纲，恐怕将有肘腋之变。”

刘健、谢迁、李东阳等人均是一惊，王华的额上早已涔出汗来。

朱祐樘皱眉道：“听你的意思，朕是个昏君？”

“臣不敢。只是这几年北旱南涝，地震山崩，实是大明百余年所罕见！”

朱祐樘似乎身体不适，脸色煞白。

王阳明续道：“陛下也说这是‘天人感应’，多次命大小臣工‘修省’，兴利除弊，建言献策。可奏章真递了上去，陛下又听从了几条？那些涉及藩王、贵戚和宦官的，一条都不肯采纳！”

朱祐樘捂住胸口，汗流浃背。李荣察觉到异样，想给王阳明使眼色让他停下，奈何王阳明埋着头，看不见。

“民间都在传言，说陛下这叫‘三不动’。臣想，既然陛下如此打算，又何必‘修省’。”

李荣惊呼：“皇上！”

王阳明震惊抬头，发现朱祐樘晕了过去，被李荣扶住。

群臣乱作一团，刘健高喊：“快传太医！”

乾清宫，夜深沉。

太医提着药箱出，李荣走到床边，轻声道：“皇上，刘阁老他们在外面候了多时了，要请他们进来吗？”

朱祐樘疲惫地摇摇头。

李荣又道：“皇后娘娘刚刚也来过，要不请她过来？”

朱祐樘还是摇头。

朱祐樘疲弱道：“朕口述，你来写，把遗旨敲定了，再见他们。”

李荣跪下，惊惶道：“皇上，您说什么呢！”

“朕的身子，朕自个儿知道。快去！”

李荣老泪纵横，起身去取纸笔和玉玺。

烛台上，烛光飘忽不定。

李荣拿来黄绢与玺盒，匍匐于地。

朱祐樘道：“李荣啊。”

李荣抬头道：“皇上。”

“太子不是皇后亲生的，这事你知道吧？”

李荣大惊道：“奴才不知。”

“呵呵，你呀！总是那么小心谨慎。不过也不能怪你，司礼监掌印太监的位子不好坐啊，里里外外多少人盯着。”

“奴才不管谁盯着，头上只有皇上这一片天。”

“先帝没有看错人。朕想让李东阳和谢迁入阁，和刘健一道辅佐太子，你觉得如何？”

“皇上圣明。主少国疑，是该有几个股肱重臣鼎力相助，让那些个心怀野心之人知难而退。”

“是啊。太子顽劣，这些年杨廷和与王华也不容易，就让他们去管礼部吧，一个尚书，一个侍郎。”

李荣埋头疾书，道：“是。那——王守仁呢？”

朱祐樘道：“王守仁？”

“物议沸腾，一些官员请求皇上治他谤君之罪。”

朱祐樘沉默半晌，叹了口气道：“为君难，为臣不易。他也没有什么私心，罚俸三个月，留任原职吧。朕累了，你先下去。”

“是。”李荣起身将黄绢交给朱祐樘，离去。

朱祐樘看了看，取出玉玺，艰难地盖章，按下去后手却停住了。

一阵冷风吹过，烛火熄灭，只余一缕青烟……

霞光从乌云的罅隙里穿出，銮驾仪卫在奉天殿前鸣鞭三响，候在金水桥畔的四品以上京官为之一振，整理衣冠，齐刷刷地望向远处的大殿。

一个宦官声嘶力竭地喊了声：“上朝——”百官从东西两侧鱼贯而入。

时维公元一五〇五年，明弘治十八年，朱祐樘驾崩。太子朱厚照即位，改元正德。

奉天殿。

百官左等右等也不见朱厚照出现。刘健、谢迁、李东阳、杨廷和以及王华等一干官员无不纳闷，李荣也焦虑不已。

刘瑾的声音传入：“皇上您慢点，帽子。”

群臣抬头，只见朱厚照跑了进来，大大咧咧往龙椅上一坐。刘瑾拿着一顶乌纱冠随后而入，立刻被朝堂上的阵势镇住。他慢慢走到龙案旁，将乌纱冠往桌子上一放，倒退而出。

朱厚照道：“慢着！”

刘瑾一愣，停下脚步。

朱厚照指了指李荣旁边的位置，道：“你就站在那吧！”

刘瑾紧张地看了看李荣，又看了看朱厚照。

刘瑾小声道：“是。”

朱厚照道：“宣旨吧！”

李荣不无忧虑地打开圣旨，朗声道：“大明孝宗敬皇帝遗诏。”

群臣下跪。

“朕躬不豫，奄弃臣民。志愿未竟，憾赴九泉。特颁遗训，望尔列位臣工——”

谢迁小声道：“太不像话了！”

刘健也不满地看了看朱厚照跟刘瑾。

“皇后张氏，素有懿德，尊奉为皇太后。其弟张鹤龄，赐爵寿宁侯。礼部尚书李东阳、都察院左都御史谢迁，公忠体国，深孚众望，擢升内阁大学士。詹事府詹事杨廷和迁礼部尚书，少詹师王华迁礼部侍郎。简拔太子伴读刘瑾为司礼监秉笔太监，钦此——”

群臣窃窃私语，互相打听这刘瑾到底是什么人。

刘瑾看着他们，嘴角微微上扬。

第二十章　人欲滔滔

五匹高头大马缓缓经过京城的闹市，王阳明一骑当先，后面分别是冀元亨、王畿和两个护卫。

王畿热得满头大汗，焦躁不安地嘀咕道："新皇帝登基，别人都升官，少爷可好，主动要求当这劳什子的巡城御史。"

冀元亨道："没人逼你来，受不了你可以回去啊。"

王畿道："我算是看明白了，少爷喜欢穷折腾。当初在工部就是，人人都避之不及的活，他上赶着往自己身上揽。后来在刑部也一样，放着六品的主事不干，偏要去当七品的御史，没油水不说还得罪人。"

"你懂什么？这叫以退为进！"

"嘁！"

忽然，一顶轿子疯狂地朝这边冲来，后面跟着发足狂奔的李梦阳和一堆看热闹的百姓。

李梦阳狂呼道："张鹤龄，有种害老子，没种打一架？滚出来！"

围观百姓起哄道："打死他！"

轿帘掀开，张鹤龄探出一颗脑袋。他看见王阳明，如获救星，急道："停轿！停轿！"

轿子停下，张鹤龄跑到王阳明跟前，惊恐道："救我，我是寿宁侯张鹤龄！"

李梦阳追至，冷冷地看着王阳明。

王阳明淡然道："龙溪啊，我渴了，去弄个西瓜来。"

"是。"王畿策马而去。

王阳明下马，走进街边的一茶摊，坐下悠闲地喝起了茶。

李梦阳反应过来，抡起拳头就往张鹤龄脸上招呼，直打得他抱头求饶。

轿夫们上前拉扯，控制了李梦阳。

李梦阳恶狠狠道："狗日的张鹤龄，把你欺男霸女的本事拿出来啊！"

边贡的声音从远处传来："在那！"

王阳明抬眼望去，只见何景明、康海、边贡、王廷相以及王九思跑了过来，同轿夫们扭打起来。李梦阳趁机挣脱，冲到张鹤龄跟前拳打脚踢，百姓纷纷叫好。

张鹤龄哭求道：“别打了，我错了，我错了还不行吗？”
李梦阳狠踹道：“哪错了？”
张鹤龄自黑道：“我，我纵奴行凶，陷害忠良，罪不可恕！”
李梦阳打累了，见张鹤龄鼻青脸肿，涕泗横流，渐渐罢了手，警告道：“王八蛋！以后再让我看见你为非作歹——”
张鹤龄摆手道：“不敢了不敢了！”
“滚！”
张鹤龄忙不迭地跑了，轿子也不敢坐。百姓鼓掌，李梦阳走到王阳明跟前，抱拳道：“多谢王御史。五日后我等在八达岭雅集，欢迎你来。”
王阳明起身，打趣道：“你这是‘上马击狂胡，下马草军书’吗？”
众人哈哈大笑。
王畿抱着个西瓜回来，莫名其妙。

王阳明别过李梦阳，继续巡视。
在城墙的拐角处，他发现一个士兵奄奄一息地坐着，于是下马上前查看。
冀元亨道：“应该是中暑了。”
“你看！”冀元亨顺着王畿手指的方向，发现士兵怀里有三只鼓鼓的水囊。
王阳明道：“龙溪，把西瓜打开。”
王畿从布袋里取出西瓜，往膝盖上狠狠一撞，登时裂成两半，递给王阳明。
王阳明端给士兵，道：“来，解解渴。”
士兵感激地看了他一眼，接过瓜狼吞虎咽起来。
王阳明道：“你是边军还是地方卫所的？”
士兵道：“我是黄河汛兵。”
王阳明好奇地盯着水囊，汛兵察觉，道：“这都是我跟弟兄们冒死取来的黄河水，六百里加急送到北京，给工部测定水情用。”
“那为何会——”
汛兵叹了口气道：“没给门房塞红包，连续三日都见不到都水司的长官。我一个穷当兵的，哪有钱行贿？只是汛情紧急，再见不着人恐怕要误大事。”
王阳明沉思片刻，道：“走，我带你去见工部侍郎娄大人。”
汛兵难以置信道：“真，真的？”
王阳明点头道：“事不宜迟，这就走吧。”
“好！”

娄府。
娄忱用特制的金瓶和银称测验黄河水。
王畿小声道：“这是做什么？”

王阳明道：“称水卜天象，轻重论丰歉。”

“不错，所谓‘水重年景好，雨多粮丰茂。水轻火龙飞，赤地皆焦草’。”娄忱停手摇头道：“比去年重了二两三钱。”

王畿道：“那今年是个好年景了？”

娄忱道：“好什么好？重了这么多，八成有洪灾。”

王阳明皱眉。

娄忱将王阳明送到院中，抱歉道：“我要赶写奏疏，恕不远送了。”

“大人请留步。”王阳明拱手道别，走到大门口，忽见娄素珍入。二人四目相对，一时间都愣住了。

王畿拉扯了一下冀元亨，先行离去。

娄素珍挤出一丝笑容，道：“一切可好？”

王阳明轻声道：“都好。”

“那就好。”娄素珍欠身行了个礼，往里走去。王阳明呆立片刻，出门而去。

三日后，奉天殿。

李荣道：“今个儿是皇上御极以来的首次早朝，各位大人是否有本要奏？”

无人应答，朱厚照打哈欠。

娄忱出班道：“臣有本。”

朱厚照道：“说吧！”

“臣于三日前奏陈黄河汛情，迄今毫无回音。先帝在时，这样的事是绝不可能发生的。”

朱厚照瞧了瞧刘瑾，只见他神色慌乱，便道：“什么汛情啊？”

闻听此言，刘健、李东阳和谢迁三位内阁大学士脸上都浮现出不满的表情。

“称验黄河水，比往年重了二两三钱。洪涝之灾，近在眼前。皇上，臣有一事不解，到底是哪个宵小之徒蒙蔽了天听，阻碍了言路？”

朱厚照尴尬道：“这——”

刘瑾脸上浮现杀机……

好不容易熬过了早朝，朱厚照与张永、魏彬以及谷大用等宦官到御花园捉迷藏。

张永在亭子里蒙着眼睛数数，朱厚照东张西望，最后兴奋地躲进一座假山的山洞里。

刘瑾抱着一摞奏疏走来，道：“皇上。”

朱厚照紧张地看着他，把食指放到嘴唇边。

刘瑾小声道：“都是军机大事，耽误不得。”

朱厚照探出脑袋张望了一下张永，压低声音道：“要你做什么？看完向我汇报！”

刘瑾哭丧着脸道："奴才可不敢再这么干了。您看今天娄大人那架势，恨不得把我给生吞喽。"

张永的声音传来："都藏好了？我来啦！"

朱厚照道："把他撤了！"

刘瑾暗喜，道："您确定？"

"嘿！我说你现在怎么变得这么磨叽？快去！"

"是。"

刘瑾离去，朱厚照赶忙躲好。

次日，王阳明来到八达岭长城，登上烽火台，发现李梦阳等人正在远眺山川形胜。

李梦阳道："哈，王兄到了。"

王阳明抱拳道："空同兄，各位。"

"'我才不救时，匡扶志空大'。王兄的诗一向豪气干云，配上眼前这'念天地之悠悠'的景色，即兴一首如何啊？"

众人起哄。

王阳明摇头道："唉，朝政日非，哪还有什么豪情？只剩'怆然而涕下'了！"

李梦阳一愣，道："你是说娄大人的事？"

王阳明点头道："不经过内阁，直接罢免侍郎。永乐之后，还是头一遭。"

"娄大人可敬，也可惜了。"

"可惜倒未必。"

"王兄莫非知道什么内幕？"

王阳明望着远方，道："一切到雨季，自然见分晓。"

一语成谶。

黄河的一处河堤，电闪雷鸣，大有天怒人怨之势。

暴雨注入黄河，让本就汹涌的河水更加澎湃。

农民们手忙脚乱地收晾晒的麦子，忽然有人大喊："决口啦！"众人惊恐望去，只见大水咆哮着压来，瞬间便吞没了逃命之人。众人躲避不及，悉数被吞噬。

子夜，马蹄声声，急如星火。

骑兵高呼"八百里加急"，穿过城门。

翌日，娄府书房。

娄忱端着茶壶端详挂在墙上的《大明河道图》。

管家入内禀报："老爷，李公公来了。"

"知道了。"

花厅里，李荣正在喝茶，见娄忱快步走入，赶紧起身。

娄忱抱拳道：“什么风把您老人家给吹来了？”
李荣皱眉道：“唉，不幸让你说中了。”
娄忱正色道：“真的决口了？让我猜猜，西安府段？”
李荣错愕道：“不愧是娄大人，怪不得刘阁老、李阁老和谢阁老联名保荐你。”
“莫非您是来宣旨的？”
李荣笑着点头。
娄忱道：“娄某何德何能，竟让李公公屈尊枉顾，亲自跑一趟？”
“咱家有什么好屈的，你受委屈啦！皇上让你官复原职，加河道总督衔，下去治水赈灾。工部都水司郎中李坤先行一步，这会估摸着已经到西安了。”

马车在京城偏僻处的一家客店门口停下，魏彬带着两个宦官赶忙迎了上来，掀开帘子。
刘瑾趾高气扬地下车，一脸不耐烦道：“到底什么人啊？”
魏彬凑近耳语。
刘瑾色变道：“胡扯！咱家没爹，不见！”
魏彬道：“干爹，儿子知道您英明神武，可，可毕竟不是石头缝里蹦出来的呀！”
“你怎么知道他是我爹？”
“他把您的生辰八字说得一清二楚，错不了。干爹，儿子知道您恨他，但当初要不是他把您送进宫，您也没有福气伺候万岁爷不是吗？于情于理还是见一见吧。”
“不见不见！”刘瑾转身就要上车。
魏彬眼珠一转，道：“干爹，您不认爹，总该认娘吧？”
刘瑾止步。
没过多久，刘瑾随魏彬进入客店的一间客房，一对老夫妇起身。
老妇激动得老泪纵横，道：“阿瑾，阿瑾啊……”
刘瑾动容道：“娘，你怎么来了？”
“你爹听说你当了大官，非要来看你。”
一旁的老头儿名叫谈虎，不好意思道：“阿瑾……你还好吧？”
刘瑾眉毛一挑，道：“阿瑾是你该叫的吗？”
魏彬神气道：“老祖宗是皇上钦点的司礼监秉笔太监。内阁大学士见了，也要礼让三分。”
谈虎道：“我儿出息了。”
刘瑾道：“这都是拜你当年所赐！”
“阿瑾……不，刘公公，爹知错了。”
“我没你这个爹！”
刘母劝道：“阿瑾啊……这么多年了，你怎么还记恨你爹呢？”
刘瑾愤愤不平道：“娘，当初是谁一喝酒就打你？是谁拿着你为我请教书先生攒下的私蓄去赌？输了钱便把我往宫里一送。天下有这样的父亲吗？现如今见我飞黄腾达了，恬不知耻地找上门来。好，既然你敢来，那我们就算算旧账！来人，给我打！”

两个宦官放倒谈虎开打，打得他嗷嗷直叫。

刘母劝阻道：“阿瑾，他是你爹。你打老子，会遭报应的啊……”

“我没他这个爹！”

刘母下跪道：“阿瑾，娘求你了，娘给你跪下了……”

刘瑾搀扶其母，示意左右停手，道：“娘！你可知我在宫里受了多少苦才有今天？我被人欺负时，你们谁来看过我？”

“都是爹的错，爹给你赔不是了……”谈虎重重磕头。

刘瑾恻然道：“如果我有书念，没准中个进士，还能衣锦还乡，承欢膝下，总比被那些文官骂作阉竖强！”

魏彬感同身受，面有戚色。

刘母道：“阿瑾啊，你爹已给你赔不是了，你就原谅他吧！”

刘瑾掏出一沓银票，扔到地上，道：“去赌吧！娘，我们走。”

刘母忧虑地看看谈虎，但见他挥手让她走，只好跟刘瑾出门而去。

千里之外的西安，一个身穿红色官服的太监立于府衙门口的台阶正中，神态桀骜，却是陕西镇守太监张忠。

张忠的左侧是一个神色忧虑的文官，乃西安知府陈有光。二十多年前，他曾是余姚县的父母官。

张忠的右侧则是着深蓝色官服、满脸狡黠的工部都水司郎中李坤。

一顶轿子由远及近而来，三人为之一振，走下台阶。

轿子停下，娄忱下轿。

张忠热情道：“陕西风沙大，娄大人可还习惯？”

娄忱打趣道：“北京的风沙也不小啊，只不过颜色跟你们这黄土高原不太一样。”

众人哈哈大笑。

张忠邀请道：“请。”

四人进入府衙，娄忱坐在上座，张忠坐在他旁边。

两侧分别是陈有光和李坤。

娄忱道：“三位在一线，熟悉情况。怎么样，有何高见？”

张忠道：“此番治洪，娄大人是总办，我们是会办、帮办、协办，当然得听您的安排。”

娄忱道：“张公公这么说就见外了。都是替皇上分忧，为百姓解难，何分你我？谁有理就听谁的嘛。”

李坤道：“依卑职之见，若要治本，还需修缮大堤。”

娄忱眯起眼睛，道：“陈知府以为如何？”

陈有光道：“李大人所言极是，只是筑堤的钱，西安府恐无力承担。”

娄忱道：“嗯。堤固然要修，但是耗资不菲，非一日之功，解不了燃眉之急。”

李坤与陈有光对视。

张忠道：“那娄大人的意思是？”

娄忱起身走到一面地图前，道：“顺势泄洪。”他指着地图上标注为“朝邑”的区域，道：“泄洪区就定在这里。”

朝邑县西靠朝坂，东临黄河。

谈虎穿着锦衣，骑着高头大马回到了谈家村，引来众人侧目。

一百姓道：“哟，谈虎，真寻着你儿子了？”

谈虎扬扬得意道：“是啊！兔崽子混得不错，家里光厨子就有几十来号人。”

“那你咋回来了呢？老伴呢？”

谈虎道：“让她住去，我不习惯，还是咱谈家村好。”

“你就可劲吹吧！”

众人哄笑，谈虎急赤白脸地扯着衣袖，道：“这是吹出来的吗？”又拍拍马头，道：“这是吹出来的吗？哼！”

西安府衙，夜深人静。

陈有光坐在椅子上转铜钱，李坤踱来踱去，忽然击掌道：“有了！”

陈有光抬头。

李坤道：“把水泄到谈家村去。”

陈有光道：“谈家村是在朝邑县，但离黄河不近啊！”

李坤神秘一笑道：“可它离皇上近啊。”

陈有光疑惑地望着他。

李坤压低声音道：“司礼监秉笔太监刘公公，皇上身边的大红人。你知道他入宫前姓什么吗？”

陈有光不可思议道：“难不成姓谈？”

李坤盯着陈有光，点了点头。

陈有光道：“不行不行，谈家村一百多户人呢，这不伤天害理吗？”

李坤道：“只要让水经过谈家村，让刘公公知道就成了，死不了人。到时候等刘公公动了怒，咱们再和张公公联名上疏，提加固堤坝的方案。这款，不就拨下来了嘛！”

“你不怕被查出来？”

“洪水又没长眼睛，改道再正常不过。况且，陈大人应该担心的是另一件事会不会被查出来吧。”

陈有光紧张道："你说什么？"

"府库亏空如此严重，不捞上一把堵住窟窿——你真的打算帮前任背黑锅？"

陈有光沉默不语，抛掷硬币。

"过了这村没这店，你考虑考虑吧。"李坤离去。

陈有光没抓稳钱币，掉到了地上，一直滚到门口才停下。

次日黄昏，大雁塔矗立于夕阳之下，法相庄严。

陈有光站在"二圣三绝碑"前，情不自禁地用手在空中比画，临摹碑文。

李坤走了过来，道："陈大人想通了？"

陈有光闭眼道："得找个可靠之人，放多少，拿捏好，千万不能伤及无辜。"

李坤道："已经有人选了。"

陈有光转身，只见当年京城菜刀门的掌门张黑五从不远处的台阶走了上来，抱拳道："草民张黑五，见过陈大人。"

一场阴谋，就此拉开序幕。

谈家村，谈虎仔细地数着刘瑾给他的银票。虽然早已数过许多遍，但他仍然两眼放光。

数完钱，他想将之放回原处——一件衣服的夹层。转念一想，觉得不太安全，于是打量起四周来，直到目光停留在衣柜上方的一个盒子。

谈虎搬来凳子，踩上去取下盒子，将银票小心翼翼地放了进去。

正在这时，一个凄厉的声音传来："发水啦，快跑啊！"

谈虎一愣，出门观望。

他眼睁睁地看着滔天的洪水向自己扑来，淹没了整座房屋。

百姓四散奔逃，哭爹喊娘，一片末日景象……

京城。

刘母拿着行李在大门口和几个下人起了争执。

刘瑾从院里走出，问道："怎么了？"

下人道："奶奶说她要回陕西去。"

刘母不满道："阿瑾啊，老家被淹了，村里人都在骂你，你知道吗？"

刘瑾一愣，魏彬跑了过来，递上一封信，道："干爹，陕西镇守太监张忠给您的。"

刘瑾赶紧拆开阅读，面容愈发冷峻……

谈虎失魂落魄地回到自己的屋子，寻找盒子。他四处翻检，终于在一堆破烂下面找到，却发现空空如也，登时瘫坐在地……

王阳明获悉了陕西之事，在自家书房与李梦阳商议。

李梦阳道："老费被叫到御前骂了一通，逼着签了字。这会估计想死的心都有了。"

王阳明道："拨了多少？"

"四十万两。修堤三十万，赈灾十万。得嘞，年底铁定赤字。你说那刘瑾怎么对这事如此上心？老费拖着不办，他直接冲到户部来催，碰了个软钉子就去皇上那告状。"

王阳明展开一张《陕西承宣布政使司全图》，用笔在上面画了个圈，又在旁边的"谈家村"三个字上也画了个圈，然后看着李梦阳，笑而不语。

李梦阳思忖道："你的意思是谈家村不在泄洪范围内？"

王阳明点头道："刘瑾本姓谈，你的陕西老乡哩。"

李梦阳恍然大悟道："原来谈家村被淹是人祸。"

王阳明凝重道："是人欲。"

"人欲？"

"人欲泛滥时，就像洪水猛兽一样挡不住。"

西安府衙，娄忱、张忠、李坤和陈有光在座，厅堂里摆着十个大箱子，均贴着户部的封条。

娄忱沉痛道："泄洪出了意外，责任在我。好在没有人员伤亡，不然娄某真是无颜以对关中父老。"

李坤与陈有光各怀鬼胎，张忠依旧傲慢。

娄忱道："朝廷拨了银子，十万两给布政使司，用来赈灾；三十万两给咱们，用来修堤。李坤，采买、雇人、施工，你就和陈知府商量着办，抓紧落实吧。"

李坤面露喜色道："是。"

陈有光满脸忧虑……

拂晓，张忠宅邸外。两个贼人靠墙搭好梯子。一个贼人由远及近而来，带着谈虎。

贼人甲迟疑道："以前没干过？"

谈虎点点头。

带谈虎来的贼人道："让他试试吧，家里被淹了，怪可怜的。"

贼人甲道："我们先上，你们留在这等我暗号。"

三人点头，贼人甲和贼人乙爬梯子翻入。院内空无一人，两人蹑手蹑脚地朝里走去。

突然，张忠的声音传来："什么人！"

贼人甲大惊转身，还未看清张忠的模样，剑光已至，只好抽刀格挡，打斗起来。院外两人听见声响，吓得瑟瑟发抖。

贼人甲躲闪不及，被张忠一剑封喉。贼人乙见状不妙，早已爬树逃跑。

张忠冷笑着走到墙边，高声道："尸首还给你们，下回招子放亮点，别闯错了！"

墙外三贼面面相觑。

张忠的声音从墙内传出："扔个绳子进来，我把它绑上。"

贼人乙犹豫片刻，把绳子抛了进去。

须臾，墙里又传出声音："系好了，滚吧！"

贼人乙拽了拽，示意同伙和谈虎。三人一齐使力，拉上来一个人影，定睛一看，却是张忠。

张忠从墙上跳下，不由分说地结果了三人。

侍卫听见动静，从正门赶来。

张忠道："几个毛贼，被我料理了，拖出城去埋了吧。"

侍卫道："是！"

城郊，李坤与陈有光走进一个凉亭。

李坤四下打望，发现开阔空旷，放下心来。

陈有光对随从道："你去那边看着，别让闲杂人等靠近。"

"是。"

李坤摸出一沓银票，递给陈有光，道："采办和雇工花了十万两，剩下的二十万兑成银票，你我各五万，给张公公十万。"

陈有光道："娄大人呢？"

"他？他从来就不收钱，给他送钱那叫自作多情，自投罗网。"

"我无须这么多，两万即可。"

"你就收下吧，当我求个心安。"

车轮碾过石板路的声音传来，二人放眼望去，只见一个侍卫指挥两个下人推着推车走来。

李坤道："走吧，咱们去找张公公。"

两人离开，与推车擦肩而过。陈有光注意到车上用席子盖着四具尸体，警觉道："慢着！怎么回事？"

侍卫道："回大人，昨晚府上来了四个贼人，被张公公手刃。"

陈有光挥手让他们离去，随从盯着谈虎的脸发愣，犹豫片刻小声道："大人，那具尸体好像是谈虎。"

陈有光道："哪个谈虎？"

随从道："谈家村的谈虎，司礼监秉笔太监刘瑾的生父。"

李坤疑心道："刘公公的生父怎么可能做贼？"

随从道："大人有所不知，这谈虎是个赌棍，卖儿鬻女的事没少干。估计父子嫌隙很深，刘公公不认他也是有可能的。"

李坤想了想，道："陈大人，工地上还有件急事，耽误不得。张公公那边，择日再去吧。”

陈有光道：“好，那你先忙，我回府衙清点救灾物资。”

李坤抱拳道：“告辞。”

陈有光望着李坤的背影，神色冷峻。

五日后，黄河决口之处，大堤筑毕。民夫拆除工棚，准备解散。

张忠、陈有光和李坤陪同娄忱沿河视察，走到一个工棚前。

两个民夫准备下跪，娄忱将其拦住，道：“你们辛苦了。感觉如何？”

二人对视了一眼，再看看李坤，欲言又止。

娄忱道：“但说无妨。”

民夫甲道：“工期紧，任务重，居然能圆满完成，不容易。”

民夫乙道：“是啊，多亏大人们调度得当，指挥有方。”

娄忱满意点头，一行人走到到轿子旁。娄忱回首眺望大堤，感慨道：“希望水患就此终结。”

上轿离去。

李坤神色轻松，张忠阴沉地望着他。

半道上，娄忱不时掀开轿帘张望，发现已看不见张忠等人的身影，立刻道：“停轿！”

娄忱钻出轿子，让轿夫抬着空轿先行离去。

大堤。

之前回答问题的两个民夫准备去打水，娄忱闪了出来，吓了俩人一跳。

娄忱问道：“你们怎么不走？”

民夫甲道：“回大人，堤上要留人查白蚁穴。”

娄忱道：“哦。刚才你说的不是真心话吧？”

民夫甲大惊道：“啊？不不不——”

“我是河道总督，你不对我说实话，可就没人听你说了。”

二人对望，恍然大悟，赶紧跪下。

民夫甲道：“大人，这次的工程报酬少、伙食差也就不说了，毕竟造好了堤，保护的是大伙。可问题是这用料明显缩水，再来一次洪灾，只怕挡不住啊。”

娄忱怫然不悦。

第二十一章　杀机重重

天外天酒楼。

魏彬带着刘瑾走向包间。

刘瑾不满道："魏彬你成天在外面瞎晃悠什么？一会儿让我见这个，一会儿让我见那个，你小子该不会是打着我的旗号到处招摇撞骗吧？"

魏彬道："我哪敢呀干爹？旁人不见也就罢了，此人无论如何也得一见。"

魏彬推开门，请入刘瑾，只见李坤毕恭毕敬地站在一桌丰盛的菜肴后。

刘瑾一愣，魏彬已悄悄出去。

李坤搓着手道："刘公公，卑职工部都水司郎中李坤。"

刘瑾倨傲道："你就是李坤？"

"正是下官。"

"好你个李坤，敢水淹谈家村。"

李坤下跪道："刘公公，这都是娄大人安排我和陈知府干的，说是为了分洪，减少每个村子的损失。"

刘瑾气道："你们瞎搞一气，害得我被乡亲们骂了个狗血淋头。"

"公公勿忧，下官已经以您的名义，捐了一万两银子给谈家村。"

"哦？"

李坤起身，递上银票，道："这八万两不成敬意，还望公公笑纳。"

刘瑾道："无功不受禄，再说这钱也不是你自个儿的吧？"

"不是，不是。可天底下哪一样，还不都是万岁爷的？这些钱要是能帮公公伺候好皇上，那就是社稷之幸，苍生之福了。"

"嗯，在理。李坤啊，这办差是第一位的，差要是办不好，你送咱家再多，也没用。"

"公公请放心，西安府的大堤业已竣工，娄大人也验收通过了。"

"好——办得漂亮！"刘瑾接过银票，小声道："以后可以直接来我府上。那个魏彬，宰了你有这个数吧？"

刘瑾竖起食指。

李坤讪笑道："公公真乃神人也，什么事都瞒不过您。"

夜里，黄河大堤，暴雨如注。

河水奔腾，将大堤撕开了一道口子。

民夫甲最先发现，急忙跑进工棚，大叫道："别睡了，溃堤啦！"

众民夫起床，慌乱出门。

民夫甲指挥道："放沙袋！"

众人手忙脚乱地去抬沙袋，往决口处抛掷，可惜就像一把撒进沸锅的盐，立刻被激流冲得无影无踪。

民夫们愣了。

民夫甲怒道："妈的，不行老子跳下去堵！"

众人赶紧拦住他。正在这时，洪水掀开了一道更大的口子，将在场之人吞噬。

西安府衙。

娄忱怒容满面地坐在大堂正中，左右两边分别是张忠和陈有光，地上摆着十具民夫的尸体，皆盖以白布。

衙役入内，对陈有光道："府尊，没找着。"

张忠道："接着找，掘地三尺也要给我找出来！"

"是。"衙役出门，正巧碰见李坤快步走入，愕然道："李，李大人。"

李坤瞧见地上的尸体，愣在原地。

娄忱板着脸道："你去哪了？"

李坤心虚道："调配了些沙袋，堤上的怕不够用。一会儿运过去。"

"哼！昨晚溃堤了，你知道吗？"

李坤目瞪口呆。

"十条人命，沉冤待雪！你们先自查自纠吧，我要上疏请朝廷彻查此事，看看这堤到底是溃于蚁穴还是蠹虫！"娄忱起身离去。

李坤魂飞魄散。

张忠阴阳怪气道："李大人这招暗度陈仓用得好啊，可谓出新意于法度之中，寄妙理于豪放之外。"

李坤瞥了眼陈有光，只见他一副事不关己，高高挂起的样子……

夕阳给紫禁城镶上了一道金边。

内阁签押房里，三个阁老等了一天，满脸倦容，首辅刘健更是怒火中烧。

谢迁起身道："整天架鹰驭犬，不理朝政，这样下去怎么得了！还有经筵日讲，已经停了大半年了！"

李荣入内，道："三位阁老，皇上有请。"

刘健问道："李公公，皇上去哪了？"

"昨儿个在南海子猎苑玩了一天，睡了一宿，中午才起，刚刚赶回来。"

刘健的脸色更难看了。

乾清宫。

朱厚照走到正殿，身后跟着刘瑾。刘健怒目而视，直看得刘瑾心里打鼓。

刘健开门见山道：“皇上，那些未经科举和吏部选拔，直接由天子下诏任命的‘传奉官’，怎么一个也没见裁汰啊？”

朱厚照望着刘瑾，向他求救。

刘瑾鼓起勇气道：“传奉官大多和宫里有盘根错节的关系，牵一发而动全身——”

刘健毫不留情地打断道：“我看是与你刘公公有关系吧！”

尴尬的静默。

李东阳打圆场道：“传奉官由来已久，流毒无穷，故先帝痛下决心裁撤。奈何天不假年，只好在遗诏中写明此事，望皇上继承遗志，革故鼎新。”

朱厚照道：“朕没说不撤，可你们也要给朕一些时间啊。”

谢迁词锋滔滔道：“皇上，您即位这大半年，各处地震、山崩、雷火和水害已接连发生了一百多起，臣请皇上屏退奸谀之徒，节省宫中用度，以使万民宾服，去凶改吉。”

刘瑾一脸不快。

朱厚照质疑道：“有那么多天灾？”

谢迁适时道：“远的不说，黄河西安府段决口就导致成千上万的百姓流离失所。”

朱厚照道：“不是已经拨款修堤了吗？”

刘健道：“人心不足蛇吞象，溃堤了。河道总督娄忱怀疑有贪腐情事，请求朝廷彻查。”

朱厚照惊讶道：“啊？竟有这等事？”

刘健道：“被淹河工的家眷来京城告御状，闹得不成样子。皇上，这打的可都是你的脸啊。”

朱厚照道：“查，必须得查，只是谁去呢？”

李东阳道：“都察院御史王守仁主动请缨。臣以为此人在工部、刑部都历练过，又曾查办福建盐案，当属合适人选。”

朱厚照想了想，道：“王守仁？我知道这个人，他懂得挺多的，还懂打仗，是条汉子。就让他去吧！”

刘瑾陷入沉思。

西安大雁塔。

李坤在塔前走来走去，脑海中不断回响起娄忱的“我要上疏请朝廷彻查此事，看看这堤到底是溃于蚁穴还是蠹虫”和张忠的“李大人这招暗度陈仓用得好啊，可谓出新意于法度之中，寄妙理于豪放之外”。

最让他紧张的则是陈有光那副看上去故作镇静的神态，似乎自己所有的秘密均已被他告诉了张忠。

张黑五走了过来，道："大人。"

李坤低声道："先给你一千两。事成之后，再付一千两。"

"什么人？"

"陈有光。"

张黑五冷笑道："一个四品知府就值两千两？"

李坤不满道："你要多少？"

张黑五伸出四根指头。

李坤咬了咬牙，道："好。如果走漏了风声——"

"你把心放到肚子里。我张黑五的名号，江湖上谁人不知谁人不晓？你只需要给我两个时辰。"

李坤递上银票，道："好，等你佳音。"

夜里，陈有光心神不宁，在府衙烦躁地抛着铜钱。

他一把抓住铜钱，慢慢摊开来看，继而嘴角抽搐，似乎做了一个艰难的决定。

大雁塔。

李坤走来走去，屡屡张望，焦虑不安。

"李大人。"

李坤觉得声音很熟悉，一转身吓了个半死，道："怎，怎么是你？"

陈有光气喘吁吁道："堤上又出事了，快随我去吧！"

"啊？哦。"

李坤随陈有光来到黄河大堤，只见决口处暂时被沙袋堵上了，回身道："陈大人，到底什么事啊？"

陈有光怆然道："今日是那十个民夫的头七，我来祭奠祭奠他们。"

李坤警觉。

陈有光摸出三根香，插在岸边，自说自话道："我年少时看官就好像看神仙，想象不出的无限光景。可真等自己当上了知县，呵呵，那滋味还不如当个书生，劳苦折辱又百倍于书生。"言罢，用火折子点燃了香，续道："有人说想干好一任知县，得有奴才般的贱皮骨，妓女般的笑嘴脸，媒婆般的巧言语，搜刮百姓的狠心肠。总之一日之间，乍阴乍阳，人间恶趣，一身尝尽。李大人久在京城，恐怕难以体会。"

李坤顺着他的话说："部曹的活也不好干，但跟你们还是没法比。我听过一句话，钱谷多如牛毛，人情茫如风影；过客积如蚊虫，官长尊如阎老。七尺之躯，疲于奔命。说的就是七品县令。"

陈有光苦笑道："就这样，想落个好官声，留个纸上清名，也不容易。图什么呢？

婴儿看见蜡糖人，啼哭不已非要吃，但若真咬了一口，又唯恐唾之不尽。也许这就是做官的滋味吧。”

李坤不知他葫芦里卖的什么药，沉默不语。

这时，一个黑影从他背后靠近，冷不防地用麻布包裹着的钝器重击李坤的头部，使其当场毙命。

黑影闪出，却是张黑五。

陈有光望着李坤的尸体，五味杂陈道：“人生有很多道理，只有当人透不过气来时才会真正懂得。可惜往往此时，一切都晚了。”

张黑五检查了一下尸体，确认没有伤痕后，将之推入河中。

陈有光面无表情道：“钱已经给你备好了，在岱祠楼的地窖里，八千两分文不少。”

张黑五高兴道：“还是陈大人豪爽，下次有什么事儿，小的定当效劳。”

“你还想有下次？”

张黑五讪笑道：“大人不必多虑，我会消失得无影无踪。”

与此同时，京城王宅。

王华放下茶碗，不满道：“你还是太操切，沉不住气。这事为什么不提前和我商量一下？知道陕西那边情况多复杂吗，就往上冲？”

王阳明不服道：“再没人冲，复杂的就不只是陕西了。”

“你什么意思？”

“死了十个民夫，不是天灾，是人祸。我记得弘治十六年，朝廷把吉王、兴王、歧王和雍王封到湖广，益王、寿王封到江西，衡王封到山东。光是给这七位王爷搬迁、修建王府，就征用民夫一百多万。爹，您知道哪来的这么多民夫吗？”

“哪来的？徭役呗！”

“一次性征发那么多徭役，孝宗岂不成了隋炀帝？我在民间走访得知，大部分都是流民。”

“胡说，哪来那么多流民？”

“逼出来的。依旧例，田赋最高只能抽三成。可现在很多地方已经抽到了四成、五成。各级衙门从上到下层层加码，最后落到百姓头上的杂役之多，赋税之重，早已触目惊心。一年打的庄稼交租都不够，只好扔下田地全家逃亡。要么到人烟稀少的地方去垦荒，要么到城里讨生活。久而久之，便成了流民。”

王华皱眉道：“这样的事历朝历代都有，还是要从刷新吏治上入手，才能去根。”

王阳明摇头道：“肃贪只能治标。即使今上有意整顿，他还能比太祖强硬不成？事实上这些年之所以贪墨横行，愈演愈烈，皆因大小蛀虫发现在他们之上还有更为豪奢之人。”

“什么人？”

“大明开国至今，皇室宗亲遍天下。祖制一个亲王每年要供米五万石，钞两万五千贯，锦缎四十匹，丝绸三百匹，绢五百匹，纱一千匹，冬布一千匹，夏布又一千匹，其余各项开支不胜繁举。一个亲王耗费国帑便如此之巨，那么多宗亲加起来呢？且皇室、官吏以及宫中大太监的田庄占天下之半而皆不纳赋，升斗小民能耕之田不及天下之半却要缴天下之税。长此以往，平民不堪重负，只能将地卖给藩王或官绅。兼并日甚，总有一天国库会一空如洗，百姓将一贫如洗。此制不改，就等着改朝换代吧！”

“你——唉！你自己小心吧。陕西风沙大，让你媳妇给你多备几件衣服。”

张黑五鬼鬼祟祟地到岱祠楼取钱。谁知刚刚推开门，就被一个布袋蒙住了头。

他拼命反抗，奈何对方人多势众，将他捆绑带走……

三日后，张忠来到府衙。

陈有光起身道：“张公公。”

张忠点头入座。

陈有光道：“看茶！”

下人端茶入内。

张忠道：“李坤失踪了，外面那些谣言越传越离谱，说什么的都有，竟然还有说畏罪自杀的！你说好笑不好笑？”

陈有光道：“下官已派人去找，相信很快便能打听到下落。”

张忠瞥了他一眼，道：“要是——真的死了呢？”

陈有光紧张道：“李大人鞠躬尽瘁，要真是那样，只能说命运无常。”

“鞠躬尽瘁不假，但不是为了朝廷。”

“那是？”

张忠拿出一锭银子，轻轻放在桌上，道：“可惜呀！很多人费尽心机弄来，却没有命花，只不过在给别人攒钱。”

陈有光装糊涂道：“下官不明白公公的意思。”

“咱家的意思是说，这年头的钱可不是那么好赚的。”

陈有光愣了愣，起身走到张忠跟前，从怀里摸出一万两银票，躬身递上，道：“公公明察秋毫，下官心服口服。李坤贪墨了筑堤款，分给在下两万两。这一万孝敬公公买茶吃。”

张忠看也不看，道：“李坤冤是冤，终归还是咎由自取。”

陈有光不明所以道：“公公……请明示。”

“都水司，多好的衙门，好好干呀，动啥心思？（把玩银子）话又说回来，不动心思哪来的银子？不淹了谈家村，哪儿来的拨款？没有拨款，怎么修堤？没有堤也就不会在视察的时候失足落水了。”

张忠把重音放在“失足落水”四个字上，陈有光脸色煞白。

张忠续道："李坤这是走了一步险棋呀！陈大人，你说险吗？"

"啊？险……险啊！"

"险就对了。名利危中来，富贵险中求嘛。"

陈有光冷汗涔流。

张忠微微一笑，道："陈大人不必紧张，咱家不过是感慨而已，随便说说。真相如何，还得等朝廷的钦差下来查过以后才知道。"

陈有光忽然诡异地笑了起来。张忠莫名其妙，问道："你笑什么？"

陈有光敛容道："张公公……你杀了四个贼人。"

张忠回忆片刻，道："为民除害而已，不值一提。"

"这话要分两头说。张公公可知那四人里有一个姓'谈'？"

张忠双眉一锁。

陈有光续道："名叫谈虎，朝邑县谈家村人。"

张忠似乎意识到了什么，微微色变。

"下官特意查了谈虎的户册，确认无疑，乃司礼监刘公公的生父。"

张忠倒吸一口冷气。

陈有光心下暗笑，道："公公一定纳闷，为何李坤贪墨了公款却不孝敬您？因为他有恃无恐。可是一个武馆的师傅曾经告诉在下，最强的武者心里一定都有恐惧，因为不会害怕的人，不可能保护好自已，一般都活不到功力大成的那一天。"

张忠叹了口气，收起银票，道："钱虽然不会说话，却比任何人说八百句都管用。"他起身离去，在门口站定，道："与人方便，与己方便。陈大人是聪明人，这个道理应该懂。"

张忠出门，陈有光瘫倒在座位上，后怕不已地擦拭汗水……

半个月后的一个黄昏。

陈有光率西安府的大小官员在衙门外恭候，只见一顶轿子由远及近而来，两边跟着冀元亨和王畿，后面是一支十人的卫队。

陈有光迎了上去。

轿子停稳后，王阳明下轿。

陈有光趋迎道："卑职西安知府陈有光，见过王钦差。"

王阳明笑道："陈大人不记得我了？你可是我的父母官啊。"

"忘了谁也不能忘了咱们余姚的神童啊！人言'小时了了，大未必佳'，今以钦差观之，此言谬矣。"

"陈大人说笑了。娄大人和张公公呢？"

"城郊一个粥棚出了点事，前去处理了。"

"哦？"

一处隐秘的地牢，张黑五被锁在木桩上。

他悠悠转醒，望着从头顶射下来的一缕阳光，眯上了眼睛。

府衙早已设好了筵席，陈有光将王阳明请入上座。

王阳明环视众人道："都坐吧！"

众人落座，王阳明一言不发。

半晌，在座之人大眼瞪小眼，有的肚子已咕咕叫，王阳明却一动不动。

陈有光小声道："大人？"

王阳明道："还有几位友人未到，烦请各位稍候。"

"哦？好。"

冀元亨入内，道："启禀钦差，人到了。"

王阳明道："好。大家赈灾辛苦，今日我们换个吃法。叫他们进来吧！"

"是！"

大门一开，涌进一群灾民。冀元亨维持秩序，灾民们有条不紊地把桌上的饭菜都吃光了。

众官一脸厌恶，陈有光皱眉。

这时，王畿用板车推着一个大桶进来。冀元亨协助他挨个给官员们盛粥——赈济灾民的稀粥。

王阳明手一摊，道："诸位，请。"

众官尴尬，但见王阳明和陈有光都端起碗来喝了，只好照猫画虎。一时间，喝粥的声音此起彼伏。

但闻"啪"的一声，众官惊愕抬头，只见王阳明把碗重重地砸在案上，厉声道："我大明赈灾，向来'筷子浮起，人头落地'。这粥稀得像水一样，谁来给本官解释一下？"

众官噤若寒蝉。

陈有光小心翼翼道："呃，大人有所不知，朝廷的赈款是划给布政使司的。省上拨下来什么，西安府就发给灾民什么。"

"强词夺理！"说完，拂袖而去，只留下面面相觑的一众官员……

娄忱在王阳明下榻的官邸外下轿，径直往里冲。

王畿阻拦道："娄大人，娄大人，钦差病重，特意嘱咐了，谁都不见。"

娄忱一把推开王畿，道："这些鬼话，骗骗陈有光就好了。让开！"

王阳明在书房练字，娄忱的呼喊声传了进来。

很快，娄忱推门而入，气道："泄洪，洪水出事；修堤，大堤出事。现在李坤干脆来一失踪，坊间谣言四起，你还有心思在这练字儿？！"

王阳明停笔，道："泄洪有问题，修堤有问题，最后李坤下落不明，说明还是人有问题。"

娄忱一愣，道："对呀，是人祸。你倒是抓紧啊，等对方销毁证据，我看你查什么！"

"既是人祸，就该先解决人的问题。这两天每天都能看见饿殍。当务之急是救人。"

"怎么救？灾民云集，米价暴涨，我和张公公那日去城郊，六个粥棚，全被洗劫一空。"

王阳明笑道："娄大人少安毋躁，给我一点时间嘛。"

娄忱哼了一声，扬长而去。

府衙寝室，陈有光关好门，插上门闩，郑重其事地从床下拉出一个箱子，打开后取出两幅字帖。

他在桌上铺了张绸子，小心翼翼地将字帖展开，只见均是王羲之的真迹，一张是《平安帖》，一张是《快雪时晴帖》。

陈有光在床边坐下，叹了口气，掷起铜钱来。

忽然，他一把抓住铜钱，下定决心般走到桌边，拿起《快雪时晴帖》。然而，他越看越不忍，终于将之放下，心一横，把《平安帖》卷了起来，出门而去。

耐不住陈有光的软磨硬泡，王畿把他放进了官邸。

王阳明走出，假装咳嗽。

陈有光起身。

王阳明皱眉道："陈大人，你们怎么都喜欢硬闯嘛！我这肺疾大夫说会传染的，喀喀！"

"大人勿忧，下官给您带了一剂良药，保证药到病除！"陈有光递给他一本书，王阳明定睛一瞧，只见书名是《书海一楫——阳明先生翰墨集》。

陈有光逢迎道："下官别无他好，只对历代书家的墨宝兴致不减。晋书重韵，唐书重法，宋书重意，那么我朝呢？陈某百思不解，直到看到您的字，才灵光一现，得出'明书重情'的结论。"

"重情？"

陈有光点头道："陈某收集先生的翰墨，集结成册，发现雄健奔放，骨骼清奇，有开风气之先的大格局。"

王阳明笑道："人言良药苦口，陈大人的这味药却入口回甘啊。"

"在下班门弄斧，贻笑大方了。总之，先生笔墨飞腾，有鹰击长空之态，龙翔凤翥之势。若非要作比，则唐代的李北海差可比拟。"

"李邕？"

"不错。李邕初法王羲之，后自成一家，笔势纵逸。先生乃王右军之后，还请务必收下这幅《平安帖》。"

王阳明又笑道："陈大人这是在向我行贿吗？"

"物归原主而已。何况不是白送，还想请先生用墨宝来换。"

“那你也是亏本买卖啊。”
“未必。来日方长，先生的成就或许远在王羲之之上。”
“哈哈，陈大人真是才比丁谓啊。龙溪——”
王畿入内。
王阳明道：“拿笔墨。”
“是。”
王阳明正色道：“陈大人，咱们言归正传。省上能靠多少是多少，关键还得自力更生。眼下最紧迫的是稳定米价，筹款赈灾。”
陈有光苦笑道：“榜文早就贴出去了，严禁哄抬米价，违者重罚，可是屡禁不止啊。”
王阳明道：“把榜文都揭了，换成‘鼓励卖米，自行定价’。”
陈有光不解道：“这是为何？”
“你把这八个字的榜文一贴，不仅城里贴，周边府县也贴，规定来省城卖米的，免除关税。等把陕西甚至山西的米商都吸引过来，米价自然就降下去了。”
陈有光点点头，道:“不错！不过免税的话，就又少了一大笔收入。府库更没钱了，如何赈灾？”
王阳明笑道：“没钱不怕，有别的东西吗？”
“倒是积压了不少帛。本来这东西金贵，寻常百姓也用不起，但前任知府推行‘缴税以帛代钱’后，民间纺织大为流行，帛价一降再降，堆满了府库。”
王阳明来回踱步，道：“帛的原料是丝，本地养蚕缫丝的都是大户，就让他们出点血好了。对丝课以重税，丝价涨一倍，帛价能涨十倍。一旦帛价大涨，立刻将府库的存货抛售。”
陈有光抚掌大喜道：“妙啊！大人真是一语道破天机。”
王畿拿着笔墨纸砚入，在桌上摆放好。王阳明提笔凝思片刻，写下四个苍劲有力的大字：道不远人。
陈有光凑近，赞道：“道不远人。好！”
王阳明道：“事不宜迟，你快去吧。”
王畿将字卷好交给陈有光。
“多谢大人。”陈有光离去。
王畿指着《平安帖》道：“裱起来？”
王阳明淡淡道：“卖了。”
王畿目瞪口呆道：“啊？不是王羲之的字吗？这可是无价之宝啊！”
“这世上只有人命是无价的，再好的字画也有价。”
王畿不以为然道：“那那些达官贵人为什么要收藏字画？”
“龙溪啊，不要以为你占有了它，其实是它占有了你。快去吧，用钱的地方还多。”
王畿卷好《平安帖》离开，冀元亨入内。

王阳明问道："怎么样？"

冀元亨叹息道："富者田连阡陌，贫者无立锥之地。照这速度兼并下去，只怕民变在即。"

王阳明想了想，道："嗯。你找龙溪要银票，去利民票号，按我说的办。"

冀元亨来到利民票号。

掌柜道："你要存多少？"

冀元亨摸出一厚沓银票，掌柜两眼放光。

冀元亨故作神秘道："这只是十分之一。实话告诉你吧，我东家是王守仁。"

掌柜小声道："钦差王守仁？"

冀元亨左右看了看，点头。掌柜肃然起敬。

冀元亨道："你可别往外说。"

掌柜道："您放一百个心。咱做生意，就讲究个'信'字儿。"

"好。全存你这的话，年息算几分？"

掌柜想了想，伸出四根手指。

冀元亨摇头道："不行，太低了！"

掌柜赶紧道："你尽可打听去。西安统共三家钱庄，利民最大。这个数，那两家你打死他他都给不了。"

冀元亨作势欲走。

"且慢！"掌柜进屋取出一本账册，翻给冀元亨看，道："这本子，一般人我压根不给他看。（指着上面的数字）你瞧，这是沈同知的，三分利；这是年通判的，两分利。都是多年的老主顾，上万两银子存在咱这，妥妥当当，一点问题没出过。"

冀元亨沉吟道："既如此，可否劳烦带着账册跟我跑一趟？我做不了主，还得东家拍板。"

"好说。"

冀元亨比画手指，暗示道："事成之后——"

掌柜笑道："放心吧，有您回扣！"

冀元亨露出满意的笑容。

府衙。

王阳明翻看田册，陈有光心里打鼓，立于堂中的一众官员更是大气也不敢出一口。

须臾，王阳明放下田册道："陈大人，这田册上的数字没错吧？"

陈有光道："没错。"

王阳明道："好。关中近来流传一首民谣，诸位可曾听说？"

众官疑惑。

陈有光道："愿闻其详。"

王阳明起身道："叫《老天爷，你年纪大》，我给各位念念。"

众官忍俊不禁。

王阳明走到堂中，道："老天爷，你年纪大，耳又聋来眼又花。你看不见人，听不见话，杀人放火的享着荣华，吃素念经的活活饿杀！"

众官的笑容僵住了，陈有光眉头紧锁。

"老天爷，你不会做天，你塌了吧！"王阳明冲着陈有光道，"你不会做天，你塌了吧！"

陈有光尴尬地笑了笑。

王阳明道："如果田册无误，怎么听上去民怨很大，都开始骂天骂地了？要不我让我的卫队去田间地头丈量一下？"

陈有光沉默片刻，道："大人，不用丈量了。登记造册的数字和实际的田亩数，确实存在差额。"

王阳明道："哦？那好办，《大明律》禁止侵占民田，你们申报的田产和实际拥有的田产，差多少，折合成价银，交一半作赈款，不过分吧？"

沈同知为难道："大人，田都被淹了，拿不出钱啊！"

年通判叫苦道："是啊。年景不好，没有现银啊！"

众官纷纷附和，王阳明冷笑两声，道："冀元亨！"

冀元亨带利民票号的掌柜入内，掌柜见到这阵仗，顿时傻眼，手中的账册掉落在地。

王阳明笑道："掌柜的，你把什么弄掉了？该不会是各位大人的把柄吧？"沈同知和年通判面色苍白。

王阳明厉声道："三日内交齐，逾期不交者杖四十！"

陈有光神色忧虑。

沈同知不满道："钦差大人，朝廷派你来是查案的，我等有多少田产似乎与你无关。你凭什么在这件事上指手画脚？"

王阳明道："凭什么？好，本官就告诉你凭什么。"

卫队上前将沈同知摁倒。

王阳明道："给我打！"

陈有光劝道："大人手下留情！沈同知，这钱是给咱关中父老救命用的，又不是落到哪个私人的口袋里，你怎么这么不识大体？"

沈同知愤愤不平。

陈有光道："大人，仓促之间，勘察起来有难度，你看先自报实交怎么样？"

王阳明道："好！就给陈大人一个面子。希望大伙也给本官面子，否则王某只有唯陈大人是问了。"

陈有光暗自叫苦不迭。

次日，王阳明视察朝邑县，冀元亨和王畿跟在他身后，揽辔而行。

冀元亨小声道："先生为何要跟陈有光翻脸？"

王畿道："这你都看不出来？李坤多半已因分赃不均被灭口了。谁的嫌疑最大？陈有光呗！"

冀元亨不解道："那就更不应该打草惊蛇了呀？"

王阳明听到他二人的对话，道："不是打草惊蛇，是引蛇出洞。陈有光为人谨慎，要想抓住破绽，只有先打乱其阵脚。"

突然，人群熙熙攘攘地往河边涌去。王阳明拍马上前，只见堤旁一个身着深蓝色官服的尸体已被泡烂，全身浮肿。另一个身穿红色官服、鬓已微霜的官员蹲在一旁，仔细查看，却是陕西按察使焦芳。

围观人群中有在堤上当过民夫的，盯着尸体的脸看了半天，道："那不是李坤李大人吗？"

旁人道："那脸都那样了，你咋知道？"

民夫道："我在堤上干过，肯定是他。"

王阳明若有所思。

焦芳起身拍拍手，看着左右的官差，道："仵作验过后，直接运往臬司衙门。"

"是！"

王畿低声道："少爷，那人是谁，怎么看着那么眼熟？"

王阳明道："不该管的别管。我让你打听的事有眉目了吗？"

王畿点头道："都不用打听，全在打听我。"

王阳明疑惑道："打听你？"

王畿笑道："少爷，你现在在民间的形象就是横扫西安官场的打虎将，老百姓排着长队给我送情报呢！"

王阳明皱眉道："回去吧。"

府衙书房，陈有光气定神闲地练字，沈同知和年通判如坐针毡。

沈同知道："您倒是说句话呀，总不能任由他这样胡闹下去吧！"

陈有光置若罔闻，沈同知看了眼年通判。

年通判道："昨儿个谷月轩主人给我看了幅珍品，我一瞧吓了一跳，竟然是府尊的私藏《平安帖》！"

陈有光停笔。

年通判续道："我问他哪来的，他说是一个外地口音的男子卖给他的。"

陈有光搁笔。

沈同知道："老大——"

陈有光打断道："别说了，让我静一静。你们先回去吧。"

沈同知和年通判对视，下人入内禀报："老爷。"

“什么事？”

下人看了眼沈同知与年通判，二人识趣地告辞。

下人小声道：“李坤找着了。”

陈有光惊惧。

焦芳在自家院中练习投壶，屡投不中。

管家入内道：“老爷。”

焦芳气定神闲道：“打好了？”

“打好了。那金光，闪得人眼睛都睁不开。”

“包好，跟我去趟京城。”

管家迟疑道：“要告诉夫人吗？”

焦芳停手，转头盯着管家，不快道：“她有必要知道吗？”

“是。”管家转身离去。

焦芳继续投壶，一击命中。

午夜，陈有光暗中来到地牢。

张黑五狞笑道：“果然是你。好好好，赐我个痛快吧！”

陈有光冷冷道：“不要动不动就求死。死了，谁替你报仇？”

“报仇？”

“你好端端在京城当着菜刀门的老大，是谁把你逼到这步田地？

“与你无关！”

陈有光凑近小声道：“你的仇家王阳明，眼下就在西安府。”

张黑五瞪大眼睛道：“不可能！”

陈有光的嘴角露出一丝不易察觉的微笑，道：“朝廷派他来查案，刚到不久。至于什么时候走，就说不准了。”

张黑五想起往事，两眼喷火道：“放我出去！”

“我可不敢。你知道的太多了。”

“不敢？不敢你对我用什么激将法？你是想借刀杀人吧？”

“一派胡言！”陈有光转身离去。

张黑五道大声道：“慢着！”

陈有光回身。

张黑五狡黠道：“你不想知道李坤把贪墨的脏银都藏在哪吗？”

陈有光眼前一亮。

翌日，陈有光亲自带队，张黑五指路，来到城郊一处隐蔽的宅院。

谁知门口有卫兵站岗，张黑五正纳闷间，只见冀元亨与王畿走了出来，身后跟着四个卫兵，抬出两个大箱子。

陈有光讶异道：“你们？”

王畿冷冰冰道：“奉王钦差之命，查抄李坤私宅。”

陈有光恼羞成怒。

官邸。

娄忱道：“抄出多少？”

王阳明道：“银票五万两，加上古玩字画，统共不下十万。”

“这帮蝇营狗苟的东西，官不大，胃口不小。陈有光已经急了吧？”

“他插翅难逃，我担心的倒是那个焦芳。李坤的尸体现在在他手上。”

“焦芳？此人宦海沉浮，几起几落，已年届七十。不出意外，应该在按察使的位子上‘乞骸骨’了。”

王阳明摇头道：“我看他心劲很大，未必甘心就此终老。”

第二十二章　你死我活

这日，张忠在自家院子里喂鹦鹉吃花生米，陈有光随下人走了进来。

张忠漫不经心道："东汉的祢衡写过一篇《鹦鹉赋》，陈大人可还记得？"

陈有光愣了愣，道："记得。祢衡大才，作此赋时号称'笔不停缀，文不加点'。"

张忠拍拍手，转身道："可惜木强则折，不到三十岁就让人给杀了。"

陈有光不知张忠葫芦里卖的什么药，佯装观赏鹦鹉。

张忠续道："你看这鹦鹉像不像一个人？"

陈有光认真道："张公公莫非是指王阳明？"

张忠大笑道："陈大人真会说笑。鹦鹉的羽毛，好看；鹦鹉的声音，动听。这人养鹦鹉啊，就像朝廷养御史，该你说话的时候你不张口，该你闭嘴的时候你偏要乱说，那就离死不远啦。"

"公公所言极是，有的人确实不识抬举。"

"是有些人。他这么狂，背后能没人撑腰？压根就不是冲你我来的。"

"那他图什么？"

"老祖宗。"

"刘公公？"

张忠点头道："之前李坤消失过一阵子，是到北京送钱去了。"

陈有光恍然大悟道："刘公公也被他拉下水了？"

"呵呵，老祖宗何等聪明之人，转手就把钱献给皇上修行宫了。"

陈有光叹服。

张忠正色道："陈大人，只要心里装着皇上，装着老祖宗，就清楚到底在替谁办差，怎么个办法儿。这一劫，也就不难过了。"

"多谢公公提醒。"

鹦鹉学舌道："多谢公公！多谢公公！"

京城，一座高墙苍瓦的宅邸里，焦芳陪刘瑾欣赏纯金打造的"郑和宝船"。

刘瑾喜道："焦大人谬赞了，咱家怎么能跟三宝太监比？有他千分之一的事功，也算不枉此生了。"

焦芳逢迎道："三宝太监功绩再大，那也是盖棺定论的往事了。刘公公圣眷优渥，众望所归，他日德业无可限量。"

"别提什么众望了，李坤他们在陕西瞎搞一气，我被老家人骂得抬不起头啊。"刘瑾入座，示意焦芳也坐。

焦芳叹了口气，刘瑾问他何故，焦芳道："不瞒公公，我正是为李坤的事来找您拿主意的。"

刘瑾凝神道："都说李坤是投河自尽，到底怎么回事？"

"若是投河自尽，落水后会下意识地挣扎，指甲、口鼻中必有泥沙。而下官验尸时发现，李坤的指甲、口鼻一干二净，身上也无明显伤痕，因此很有可能是被人以钝器击打致死后抛尸的。"

"哦？凶手会是谁？"

"人证物证，暂付阙如，还好尸身在下官手上。目前看来，陈有光的嫌疑最大。"

"怎么讲？"

"试问那么大一笔款子，谁见了不心动？"

"张忠我是知道的，办事有分寸。"

"娄忱也素有清名，剩下的只有陈有光和李坤了。至于两人是分赃不均还是杀人灭口，暂时还不得而知。"

刘瑾感慨道："生死疲劳，皆由贪欲起啊。"

焦芳压低声音道："公公，那个王阳明现在闹得满城风雨，表面看在查案，实际上没安好心哪。"

"张忠也这么说。王阳明就是杆枪，内阁指哪他打哪。"

"依下官之见，与其等他出手，不如先发制人。"

刘瑾思忖道："你先回去，告诉张忠，陈有光该舍就舍。人命关天，别把自己装进去了。"

焦芳认真道："公公英明。"

乾清宫。

朱厚照、李荣、刘瑾、刘健、李东阳和谢迁尴尬地沉默着。

刘健不满道："王阳明查案有功，搜获脏银、赃物合计十万余两。不嘉奖也就罢了，反而要换人，恐怕人心不服。"

刘瑾曲解道："人心是不服。陈有光转呈的西安官员的联名上疏里就说了，王阳明胡作非为，搅得当地鸡犬不宁。"

谢迁道："鸡犬不宁，百姓方能宁；鸡犬升天，苍生何以安？"

刘瑾道："你——"

朱厚照道："好了好了！听说籍没的赃款运到北京了？"

李东阳道："回陛下，户部尚书费宏已经签收入库了。"

朱厚照寻思道：“哦——其实，内承运库近来也很紧张……”

众皆不语。

李荣瞧瞧刘健，又看看李东阳。

刘健正色道：“内承运库上半年从国库提取了五十万两白银，已经超支。公帑私帑不分，乃为君之大忌，望皇上明察。”

朱厚照无言以对。

西安府衙。

陈有光宴请王阳明与娄忱，张忠在座。

张忠举杯道：“都说‘圣人出，黄河清’，其实这世上哪有什么圣人？水灾能镇住，多亏了王钦差和娄大人。来，我敬二位一杯。”

娄忱举杯的同时瞥了眼王阳明，只见他趴在桌上，酩酊大醉，呢喃道：“千年难见黄河清。张公公，你知道为什么吗？”

张忠放下酒杯，道：“愿闻其详。”

王阳明摇摇晃晃地起身，举杯离开座位，嘟囔道：“北宋水患严重，专事治河的都水监权力很大，却人浮于事。不但不能预报汛期，开支还与日俱增。与之遥相呼应的，是沿岸各州的河堤判官。他们向朝廷哭穷，向民间加税，弄到手的钱却几乎不用于治水。为了争取更多的拨款，他们甚至会故意让堤坝垮得更快，塌得更快。张公公，你说这些人该不该杀？”

张忠道：“这还用问？当然该杀。”

王阳明一甩手，道：“可杀他的应该是国法！”

张忠一愣，陈有光忐忑不安。

王阳明走到陈有光跟前，道：“比起那些被洪水冲走的河工，李坤死得不冤。但他死得不明不白！本官想要验尸，一查究竟，却被臬司衙门拒绝。坊间盛传他是遭人杀害的，果真如此，那可真是比窦娥还冤。陈大人，你说呢？”

陈有光端起酒杯，道：“呃——祝大人早日揪出真凶，以雪李坤之冤。”

“你不怪我越俎代庖？”

“凶手越早伏法，越是大快人心。利国利民的好事，何分彼此呢？”

王阳明笑着跟他碰杯，一饮而尽，道：“陈大人真是人如其名，心里有光啊。”

陈有光笑得很勉强。

子夜，京城李府。

李东阳入内，发现王华以手撑脸，睡得正香。下人正要叫醒他，被李东阳制止。他挥了挥手，让下人出去，然后默默坐下，望着王华。

王华悠悠转醒，看见李东阳，下意识地起身，道：“阁老。”

李东阳示意王华坐下，道：“可怜天下父母心。你让我想起了先父。”

王华不好意思道："在下教出一个目无尊长的不肖子，怎么能跟李老先生相比？我听人说，阁老四岁时就能写径尺大字，景帝召见你们父子，将您抱在怀里。见李老先生还站在殿中，景帝故意出了个'子坐父立，礼乎'的上联考您，没想到阁老脱口而出'嫂溺叔援，权也'。"

李东阳笑道："这都是谁传的，我怎么不记得？"

"您日理万机，一时想不起来也很正常。"

"别给我戴高帽子了。你呀你，明明早就急坏了，还跟我东拉西扯。"

"唉！我急有什么用，逆子不知深浅，步子迈得太大，已成了陕西官场的公敌，只怕最后怎么死的都不知道。"

"我漏夜入宫，为的就是此事。皇上虽然停了经筵日讲，但毕竟不忘你这个恩师，已命锦衣卫抽调一百精锐，开赴西安，护卫守仁。"

王华惊喜道："好啊，太好了！皇上此举，倒是恢恢有明君之度啊。"

李东阳摇头道："你别高兴得太早，这是交换的结果。我唇焦舌敝说了一整天，总算说服老刘让户部把李坤赃款的一半划给了内承运库。"

王华皱眉道："皇上到底在干什么，银子花得跟水似的止不住？"

"还能干什么？盖行宫呗。"

"此事我一直不解，刚即位盖什么行宫？"

"呵呵，这么着急搬出去住，也不全是因为贪玩，可能后宫有他厌恶之人。到底什么人能让天子也避之唯恐不及呢？"

"张太后？"

"德辉慎言。总之将士相，棋一盘，山雨欲来啊。"

"秦轩"乃西安最大的酒楼。这日，陈有光随王畿上楼，走进一个包房，只见满桌好菜。

王畿出门而去，王阳明起身道："来来来，陈大人，快请坐。"

陈有光入座，王阳明敬酒道："该死陈大人，陈大人该死。"

陈有光皱眉。

王阳明掩嘴道："哦，我是说昨日酒后失态，让你见笑了。"

陈有光道："无妨。案子棘手，朝野瞩目，你的担子比谁都大，千万保重。"

王阳明叹息道："我刚到西安时，听到很多关于李坤的传言。大家提及此人，都是一副'李坤可恨'的口吻。但当你问他'为什么可恨'时，除了'贪赃枉法'又说不出更多的理由。我和他们一样，与李坤素昧平生。初次见面，他已是一具不能视听言动的尸体了。不知为什么，那一刻我竟动了恻隐之心。"

陈有光一愣。

王阳明续道："这恻隐之心吧，其实就如孟子所说，人皆有之。当初要不是陈大人一念为善，我早就死在自己族人手上了，哪有机会在这跟你喝酒？"

“三十年前的旧事，不提啦。你不是那个时候的你，我也早就不是那个时候的我了！但我有我的底线，主政西安这么多年，要说分文不取，绝无可能，也没人会信。但像李坤那个贪法，借我一百个胆子，也决计不敢。”

王阳明笑了笑，替陈有光和自己斟满酒，举杯道：“陈大人，给你添堵了，我先干为敬。”

说着，一饮而尽，陈有光也干了。

王阳明揩嘴道：“明人不说暗话。我知道，你和你的同僚，早就想赶我走了。”

陈有光忙道：“这是什么话——”

王阳明摆了摆手道：“没想到朝廷不但不调我走，反而派锦衣卫到西安给我壮胆。让你失望了。”

“王大人，你这么说可就冤枉我了。”

“你还记得我祖父吗？”

“竹轩翁？当然记得。”

“我家往上数，几代人都是林泉隐士。到我爹这，才算正式入朝为官，我也迟至而立之年方入仕途。没想到朝局如此，唉！倒不如悬节东门，息影林下算了！”

“大人圣眷方殷，正当壮年。说笑了！”

王阳明一把抓住陈有光的手，道：“我说的都是真话。不如咱们去爬终南山？”

陈有光愣了愣，强笑道：“好，就陪大人‘悠然见南山’。”

两人攀登终南山，欣赏楼观台的碑刻，饮用上善池的神水。

王阳明左手端着空瓢，右手擦了擦嘴，只见陈有光呛得直咳嗽。

王阳明道：“你喝那么多，不怕醉吗？”

陈有光奇道：“又不是酒，怎么会醉？”

“不是酒，胜似酒。这是能治时疫的仙露，据说没病的人喝了会出现幻觉。”

陈有光又舀了一瓢，道：“不管了，口渴得紧。”

王阳明神秘一笑……

二人来到老子墓，陈有光走到墓碑前感叹道：“常德不离，复归于婴儿。”

他一转身，忽然眼前一黑，失去了知觉。

深夜，灵官殿。

陈有光转醒，发现四周一片漆黑。转头望去，只见一尊怒目圆睁的“王灵官”像正凶狠地盯着他看，顿时吓倒在地。

陈有光小声道：“王大人，王大人。”

四周静得落针可闻。

突然，殿门吱吱呀呀地开了，陈有光发怵地望着门外，只见一个身穿白衣之人提着灯笼飘然而至。

陈有光浑身发抖，鼓足勇气瞧了瞧那人的脸，发现竟是李坤！

“李坤”凄然道：“我死得好惨，你还我命来！”

陈有光恐慌道：“我，我错了！我不杀伯仁，伯仁因我而死。你不要怪我，我也不容易啊！战战兢兢，如履薄冰，这么多年，哪一天不是看人脸色活着？太能干了，同僚不满意；不能干吧，上上下下又觉得你好欺负——”

“住口！你不杀伯仁？明明就是你杀的我！”

“我不杀你，你就会杀我——”

“李坤”靠近，道：“纳命来！”

陈有光发狠道：“不是你死，就是我亡！”他蓦地起身，踹向“李坤”。“李坤”应声倒地，发出惨叫。陈有光冷静下来，扯下“李坤”的白衣和面具，发现竟是王畿。

正在这时，火把通明，人声嘈杂，王阳明在冀元亨和锦衣卫的护卫下走了进来。

陈有光傻眼了，面具从手中滑落。

王阳明笑道：“陈大人，这出‘鬼魂对质’可和你意？”

陈有光如梦初醒，恨声道：“王——阳——明！”

“带走！”

“慢着！你用这种下三烂的手段对付朝廷命官，就不怕传出去惹人非议？”

“穷猿奔林，岂暇择木？你杀李坤时，不也没考虑后果吗？”王阳明使眼色，锦衣卫带走陈有光。

冀元亨把王畿从地上拉起来。

王畿吐了吐舌头，道：“我扮鬼，结果被他吓个半死！”

王阳明笑道：“演得不错，学两句秦腔，可以去唱戏了！”

王畿摇头道：“还是算了吧，戏子再能演，跟官场老油条终究没法比。”

旭日初升，古城沐浴在一片柔光之中。

沈同知和年通判心急火燎地拜访张忠，谁知他不紧不慢地啜了口茶，道：“都回去吧！有工夫在我这喝茶，你们倒是联合起来给他施压呀！陈有光是四品命官，他王阳明凭什么说抓就抓？”

侍卫入内禀报：“焦芳求见。”

张忠坐直了，道：“快请！”

沈同知与年通判对视了一眼，起身告辞。

府衙大牢，陈有光被锦衣卫摘去眼罩。只见牢房中央有个水缸，角落里坐着两个血肉模糊的犯人，眼神涣散。隔壁传来鞭打声与惨叫声。

王阳明入内，对陈有光道：“眼熟吧？你的地盘审你，这就叫明人不做暗事。”

“哼！”

王阳明扬了扬手中的纸，道：“陈大人，你既已供认不讳，何不爽快点，在这张口供上签个字，免受皮肉之苦。”

陈有光振振有词道：“《大明律》禁止对在职官员用刑，王大人当过刑部主事，不会不知道吧？”

“知道，所以我打算把你交给锦衣卫的上差。这几个兄弟都在北镇抚司干过，比你大的官，比你横的官，见得多了，要不你们切磋一下？”

陈有光慌道：“王阳明，我要有个什么三长两短，你便是有通天的本事也难逃干系！”

王阳明道：“听你的意思，是打算顽抗到底了。有一种皮肉不留外伤，却让人生不如死的刑罚，陈大人可曾试过？”

“要杀要剐——”

两个锦衣卫把陈有光推到水缸前，将其脑袋摁入水中。陈有光死命挣扎，却动弹不得。过了许久，才被拉出水缸，奄奄一息。

王阳明正色道：“好歹你也当过我的父母官，签了吧，我不想把事情做绝。”

陈有光含混不清道：“有种你就杀了我……”

王阳明摇头出门，锦衣卫再次将陈有光摁进水缸。

与此同时，张忠在自宅放下信，凝重地望着焦芳，道：“让他闹？”

焦芳点头道：“让他闹。刘公公说了，真到了万不得已的地步，陈有光可以放弃。”

“刘公公不怕他供出赃款的去向？”

“去向？去向就是行宫的一砖一瓦，谁敢刨根问底？”

“问题是这个王阳明根本就不按常理出牌。”

“那又如何？他折腾来折腾去，搞的都是花架子，目的只有一个，让咱们自乱阵脚。兵法有云，善战者致人而不致于人。公公切勿轻举妄动，就让他跳。跳得越高，摔得越惨。”

“好啊。刘公公果然没看错人。”

“公公过奖。陈有光也不是傻子，咱们静观其变即可。”

夜晚，王阳明站在官邸的院子里，举头望月，陷入回忆。

二十多年前的余姚县衙……

陈有光厉声道：“倪宗正！王守仁说的可是实话？”

倪宗正哆嗦道：“我不是故意的……”

家长们像霜打的茄子，顿时蔫了。

陈有光一拍惊堂木，高声道：“养不教，父之过。胡世宁、倪宗正、王贵，还有你们几个，今日尔等的父亲都在场，本县宣判，所有参与此案者，均摊大胖的丧葬费以及云锦的抚恤费，具体数额，另行合议。云锦——”

“大人。”

陈有光询问道："你可还有亲人在世？"

"有一个舅公在萧山行乞。"

"县署出面，替你找到舅公，由他抚养你成年。你可愿意？"

"多谢大人主持公道。"

…………

思绪回到现实，王阳明叹了口气转身。忽然一把尖刀砍将过来，好在他反应快，及时闪避。

对方是个黑衣人，再次扑了上来。王阳明左躲右闪，险象环生，衣服也被刺破。

眼看不支，冀元亨冲了进来，与刺客缠斗。庭院大乱，卫队闻声赶到，刺客的左臂被冀元亨砍伤，且战且退，跳出墙外。

冀元亨也跳墙而出，穷追不舍。

空荡荡的大街上，张忠的轿子一路疾行，侍卫伴其左右。

轿中，张忠闭目养神，慢条斯理道："到哪了？"

轿外侍卫道："快了。公公，焦大人不是让您以静制动吗？"

张忠道："他隔岸观火，站着说话不腰疼。我置身其中，不会一会王阳明，怎知是深是浅？"

其实，张忠是想起了陈有光威胁他的话，对自己误杀了刘瑾之父谈虎的事七上八下，想会一会王阳明，摸摸虚实。

忽然，一阵大呼小叫的声音传来。

张忠道："停轿。"

轿子停下，张忠掀起轿帘问道："什么人？"

侍卫道："好像是王阳明的卫队在抓刺客。"

"哦？"

正在这时，刺客由远及近地跑来，不时回首张望。当他看见张忠的轿子，一时间愣住了……

冀元亨指挥卫兵左右包抄，自己带着两人猛追，遇见官轿。

冀元亨断喝道："什么人？"

侍卫扬手，轿子停了下来。侍卫倨傲道："镇守太监张公公。"

轿中传出张忠的声音："什么事？"

冀元亨抱拳道："张公公，我等在抓刺客，您是否看见一个黑衣人经过？"

张忠打了个哈欠道："我在轿子里打盹儿呢，你问他们吧。"

侍卫手指一个方向，道："好像是有个人，往那边跑了。"

"多谢！"冀元亨带人离去。

侍卫立刻道："起轿！"

冀元亨下意识回望，发现轿夫抬脚吃力，于是折返回去，道："且慢！"

张忠怫然道："又怎么了？"

冀元亨狐疑道："公公的轿子似乎有些沉。"

张忠大怒道："你什么意思？怀疑堂堂的陕西镇守中官窝藏刺客吗？"

冀元亨犹豫不决，同行的卫兵冲他微微摇头，暗示此人不可得罪。

"冒犯了。追！"冀元亨向北而去。

侍卫轻声道："公公？"

"回府。"

"是！"

回到府邸，张忠快步走入，刺客紧随其后，大门在他身后重重地关上。

刺客抱拳道："多谢恩公。"

张忠拿腔拿调道："怎么，还信不过我？"

刺客一愣，摘下口罩，却是张黑五。

张忠的手指猛磕身前的松木案几，道："胆子不小啊，敢刺杀朝廷钦差。受谁指使？"

张黑五平静道："无人指使，报仇而已。"

冀元亨带着卫兵垂头丧气地回到官邸，道："先生，他跑了。"

王阳明轻松道："不要紧，我有一个打算。你们过来。"

众人凑近……

张忠替张黑五绑上绷带，道："原来如此，这么说你我是同仇敌忾了。"

张黑五问道："恩公也被王阳明坑过？"

张忠摇头道："没有。不过他已经挖好了坑，正准备把我推下去。"

"那您不能坐以待毙呀！"

"是不能坐以待毙。陈有光要是坐以待毙，死的就不是李坤而是他了。"

"什么意思？"

"你不用藏着掖着了。这西安的城墙上有多少块砖我都一清二楚，什么事儿瞒得过我？李坤，是你杀的吧？"

张黑五低头不语。

张忠恐吓道："草民杀官，逮住了就是个活剐。幸亏你落到我的手里，不然——"

"恩公，如果你能指条明路，在下感激不尽。如果不能，也无所谓，我张黑五惹的人命官司多了去了，虱多不痒。"

"哎，人要求生，干吗求死？有个办法可替你解套，还能助你报仇。"

"什么办法？"

"王阳明抓了陈有光，严刑拷打，闹得沸沸扬扬。稍有良知的官员，都不齿于这等行径。在此节骨眼上，如果你能潜入大牢，神不知鬼不觉地——”张忠做了个抹脖子的动作，道：“王阳明逼死朝廷命官的消息不胫而走，早就天怒人怨的他能有好果子吃？这比杀了他都难受。而陈有光一死，李坤那桩案子从此石沉大海，你还担心什么？”

张黑五诡秘一笑，道：“石沉大海？呵呵，这不还有您知晓此事吗？”

“你放心，我的目标是王阳明。只要你不跟人说来过我这，我自会替你守口如瓶。”

“好！我便信你一回！”

张忠颔首。

次日，娄忱造访，开门见山道：“知道什么人干的吗？”

王阳明摇头道：“不清楚。”

“你呀你，迟早把小命交待到这！陈有光张嘴了吗？”

“没有。”

“赶紧放了吧，外面都传疯了，说你刑讯在职官员，要把西安官场一网打尽。还有人准备进京告御状，我看你怎么收场！”

“放，今晚就放。”

王阳明答应得这么干脆，娄忱反倒一愣。

当晚，张黑五一身狱卒打扮，蹑手蹑脚地来到府衙一处低矮的墙角。见四下无人，跳了进去。他避开一个又一个守卫，从酣睡的狱卒身上偷取钥匙，进入到牢区。犯人们多在熟睡，张黑五逐一检查监舍，找到陈有光的牢房。

陈有光也在睡梦之中，张黑五挨个试验钥匙。正在这时，外间忽然传来“走水啦”以及敲锣打鼓的声音。陈有光被惊醒，张黑五赶紧转过身去，一脸不甘地往外走去。

从空中向下望去，只见府衙大牢火势凶猛，浓烟滚滚。众人手忙脚乱地救火，张黑五逆着人流径直走出，将钥匙随手扔进了一个花盆……

张忠家的门环被砸响，声音急促。

侍卫快步走向大门，抬起门闩。门开了，侍卫一脸惊愕。

后院，张忠踱来踱去，心神不宁。

一声呼唤传来，张忠转身，看见焦芳，疑惑道：“焦大人，这么晚了，有事？”

焦芳急道：“府衙大牢失火了。”

“什么？”

“公公不知道？”

张忠微愠道：“我怎么会知道！”

焦芳略一思忖，猛然抬头，道：“王阳明诡计多端，陈有光可能已经失踪。”

张忠震惊。

府衙大牢满目狼藉。犯人都被带出牢房，卫兵把他们围在中间。看管钥匙的狱卒被押到王阳明跟前，摁跪下来。

王阳明将一串钥匙扔到他眼前，疾言厉色道：“知道你们为什么中了调虎离山之计吗？因为有人玩忽职守。”

狱卒磕头道：“大人饶命，大人饶命啊！”

沈同知和年通判对视了一眼，不知王阳明在搞什么鬼。

冀元亨入内，道：“大人，张公公来了。”

张忠带着侍卫入，急切道：“怎么回事？”

王阳明板着脸道：“有人劫狱，陈有光跑了。”

张忠怒道：“反了！什么人这么大胆？”

“不清楚。本官正要起草海捕公文，公公有何建议？”

张忠看了看沈同知和年通判，只见二人一脸茫然，便道：“到底什么人，敢把火烧到西安府衙？这等恶性事件，必须一查到底。王大人，你放手去查，咱家全力支持！”

王阳明故意大声道：“好！”

第二天，王畿带着卫兵张贴告示，上面画着陈有光的头像，吸引了众多路人驻足围观。

王畿吆喝道：“都瞧好了啊！有人劫了西安大牢，掳走了陈有光。提供线索的，赏银五十两；逮住了，镇守太监张公公再追赏五百两。”

众人议论纷纷……

张忠一把将告示拍到桌上，胸口起伏道：“这是什么意思？陈有光成了通缉犯？还让我出钱！”

焦芳分析道：“他审不出个所以然，舆论压力越来越大，迟早要放人。可这么个放法，既抹黑了陈有光，也使人浮想联翩，猜测陈有光的后台到底是谁，竟然敢劫西安大牢。”

“这么说，陈有光是被王阳明的人绑走的？”

焦芳点头。

张忠请教道：“那下一步我们怎么办？”

“见机行事。陈有光会自己回来的。”

“自己回来？”

“准确讲，是被王阳明‘送’回来。他要用这只脏了的诱饵诱使你犯错，激化你和陈有光的矛盾。一旦内讧产生，他便能浑水摸鱼。”

张忠恨声道：“好一个歹毒的王阳明！”

第二十三章 图穷匕见

月黑风高，狗吠深巷。

衣冠不整的陈有光狼狈地跑到一所宅子的大门口，用力砸响门环。

大门开启，侍卫走出。

陈有光有气无力道："我要见张公……"

还没说完，昏死过去……

大雁塔的钟声唤醒了古城，焦芳一大早便被张忠府上的来人叫去。

张忠急道："被你言中了。"

焦芳啜了口茶，笑而不语。

张忠道："他一会儿就过来，咱们怎么说？"

"让他招供。"

张忠惊道："招供？"

焦芳掏出一张纸，递给张忠，道："陈有光活不了了，但他还有利用价值。"

张忠看过后放下，陷入沉思。

须臾，陈有光身着常服入被带到，拱手道："张公公、焦大人。"

焦芳点点头，张忠起身走到陈有光跟前，握住他的手道："你受委屈了。"

陈有光眼角闪着泪光，嘴角抽搐道："进去得不明不白，出来得糊里糊涂。王阳明这是要彻底搅乱陕西官场！任由他这么胡作非为下去，迟早会出大事！"

张忠与焦芳对视了一眼，走到桌前拿起那张纸，道："你在狱中没有招供？"

陈有光激动道："公公放心，自绝于同僚的事，他王阳明干得出来，我陈有光却是宁死也不会做的。"

张忠叹服道："陈大人真是铁骨铮铮。大明多一些你这样的官员，就有希望了。不过——该招的时候还是得招，不要硬撑。"

陈有光急道："公公信不过在下？我在狱中没有只言片语——"

张忠打断道："哎，你误会了。看看这个吧。"

陈有光接过张忠递来的纸，看了看，错愕抬头。

张忠阴狠道："最好的防御是攻击。把他们供出来，你就安全了。"

陈有光冷笑道："刘健、谢迁、李东阳。攀诬他们，这不是自杀吗？"

焦芳起身道："陈有光，当年你献计于本官，把王阳明树作神童典型，我照你的话去做了。现在看来，咱们这是作茧自缚。解铃还须系铃人，你想度过此劫，这回就得听我的。"

陈有光讽刺道："听你的以卵击石吗？"

焦芳不以为意，道："是声东击西。只要你一口咬定钱送给了他们，李坤是娄忱杀的，那么保举了娄忱的刘健、谢迁、李东阳自会投鼠忌器，不敢再深究下去。"

陈有光道："可我的仕途也完蛋了。"

张忠道："仕途？陈大人真是晴天打伞，想多了吧。眼前的坎迈不过去，就只剩下穷途了。"

焦芳帮腔道："钱是你收的，人是你杀的，我们给你开的保命良方你不用，那谁也没辙。"

陈有光陷入激烈的思想斗争，蓦地抬头道："我要先见见家人。"

张忠与焦芳对视……

城郊长亭，陈有光与妻子话别，低声道："到我说的地方，拿到银票就走，再也不要回陕西。"

陈妻坐在马车上，依依不舍地拉着陈有光的手。陈有光摸了摸儿子的头，狠心离去。

陈妻悲鸣道："你要有个三长两短，我就进京告御状！"

陈有光转身厉声道："不许去！"

"神仙打架，凡人遭殃。凭什么上面的人斗来斗去，要你当替罪羊？"

"照顾好孩子，你就是我陈家的恩人！"

陈妻流泪。

陈有光大吼："答应我！"

陈妻泣不成声道："那你答应我，一定要活着。"

陈有光走近，搂住妻子，凝重道："好。"

陈有光换上官服，在张忠侍卫的护送下昂首阔步地走入西安府衙。观者如堵，指指点点……

王阳明放下陈有光的供状，双眼射出两道利芒，道："你说娄忱杀了李坤，可有证据？"

陈有光立于堂中，桀骜不驯道："大人说我杀了李坤，可有证据？"

王阳明拍案道："是谁指使你诬告娄忱的？"

陈有光胡搅蛮缠道："我和娄忱、李坤一起抗洪，李坤死了，为何单抓我一个？

难道娄忱就没有嫌疑吗？还是说因为你们都是京官，常有走动？”

王阳明想了想，道：“带下去！”

左右将陈有光押走。

王阳明道：“惟乾，那晚你可看清了？”

冀元亨回忆道：“张公公的轿子确实有问题，异乎寻常的重。现在回想起来，口气也怪怪的。”

“陪我走一趟。”

“去哪？”

王阳明缓缓道：“抓刺客。”

王阳明与冀元亨骑马来到张忠府邸，身后跟着卫队。

冀元亨下马，上前敲门。

门卫出门，道：“你是？”

冀元亨道：“张公公可在府上？王钦差求见。”

门卫瞧了瞧王阳明和他身后的卫兵，道：“不好意思，公公抱恙，暂不见客。”

言毕关门，被冀元亨拉住。

“有刺客遁入贵府，为公公安全计，得罪了！”说着，冀元亨转身使了个眼色，卫兵们蜂拥而入。

门卫慌道：“大胆狂徒，竟敢擅闯——”

王阳明下马，厉声道：“谁是狂徒？”

门卫哑口无言，王阳明大步流星地迈入。

卫兵分成两队，小跑进入院子，却见张忠正领着沈同知和年通判等一干官员给流民发放米粥。

见王阳明和冀元亨入，张忠给其中一个“流民”使了个眼色。他立刻发狂般摔了碗，带流民一拥而上，高喊着“凭什么不让我们吃饭”，要打王阳明。

冀元亨指挥卫兵保护王阳明，与流民发生冲突。混乱中，多人受伤。

张忠大喝道：“住手！”

众流民罢手。

张忠理直气壮道：“王阳明，你看这是什么？”

王阳明顺着他手指的方向，只见一张写有“皇恩浩荡”的旗立在不远处。

张忠正气凛然道：“大灾之年，咱家想为皇上收些民心。这下可好，全让你搅了！”

沈同知趁势道：“王阳明，你横行无忌，破坏赈灾，我要参你！”

年通判挑拨道：“我原以为你是冲吃皇粮的来的，现在看来，你是想活活饿死我们关中的父老乡亲！”

群情激愤，喊杀震天。张忠自鸣得意，王阳明默然不语……

王阳明想了条反制之计，约娄忱在长乐门城楼见面。

娄忱皱眉道："看来张忠背后有高人指点。"

王阳明点头道："我本想会会此人，看看究竟是何方神圣，没想到着了他的道儿。"

娄忱转身，忧虑地看着王阳明，道："你说的那件事，真的想好了？"

王阳明笃定道："想好了。眼下最紧要的是让陈有光招供。不抢在张忠利用昨日之事大做文章、逼朝廷换人前定谳，则大事去矣。"

娄忱摇头叹息，拿出封信交给王阳明，道："这是我离京前张忠汇报灾情写给我的。你大可以模仿他的笔迹，但我对你有一句忠告。"

"大人请讲。"

"与野兽搏斗的人，要小心自己也变成野兽。"

娄忱离去，王阳明一脸严肃。

当晚，陈有光被冀元亨从大牢带到府衙后院的一座凉亭。只见满桌好菜，王阳明一边倒酒一边道："难得今夜星月皎洁，来来来，陈大人，陪我喝一盅。"

陈有光迟疑片刻，入座。

王阳明与他干了一杯，替他夹菜道："陈大人，你还记得当年你救了一个叫云锦的女孩吗？"

陈有光愣了愣，道："记得。谈不上救，秉公判案而已。"

王阳明摇头道："要不是你一秉大公，判给她一笔钱，她可能早就饿死了。"

陈有光心不在焉道："哦。那会一天要断几十件案子，你不提，我都忘记此事了。她后来怎么样？"

"死了。"

陈有光陷入沉默。

王阳明回忆道："前几天我在城外粥棚看见一个男孩儿举着两只空碗费力地挤进人群去打粥。他接了满满两碗粥，高兴地往远处跑去，结果没留意脚下，摔倒了，打翻了其中一碗。男孩儿懊恼地捡起空碗，返回去想再打一次，遭到拒绝。于是他只好端着仅剩的那碗，走到一棵大树前，对双目失明的妹妹说自己已经吃过，哄她喝下了那碗粥。不知道为什么，当时我就想起了大胖和云锦。"

陈有光闷声吃菜。

王阳明续道："其实每个人小时候，身边都不乏那么几个可爱之人，可敬之人。有的善良淳朴，有的志比天高；有的勇气十足，有的无所不能。你说，长大后，他们都去哪了？"

陈有光心中一动，搁筷喝酒，道："弃我去者，昨日之日不可留。逆来顺受也好，随波逐流也罢，无论你选择哪一条路，现实的轨迹永远只有一条。"

"不错。可总有一些我们所坚守的东西，恰恰是我们没被命运打败的证据。"

“大人请我喝酒，不会只是为了跟我感慨人生吧？”

王阳明起身，走到亭边望月，半晌方道：“张忠为什么要你招供，还供出三位阁老？”

“我不懂你在说什么。”

“刘健、谢迁、李东阳是先帝任命的托孤重臣，什么大风大浪没见过？别说刘瑾，便是皇上也要礼让三分，你敢诬陷他们？张忠这不是在救你，而是借刀杀人，把你往火坑里推。”

陈有光自斟自饮，不置可否。王阳明从怀中摸出一封信，交给陈有光，只见信封上写着“刘公公亲启”。

王阳明盯着陈有光道：“这是锦衣卫的上差截获的张忠写给刘瑾的密信。”

陈有光取信阅读，惊慌失措。

“张忠如果真想救你，为什么把你送回来？你是文官，和他毕竟不是一路人，终难见信。”

陈有光缓缓放下信纸。

“能救你和你家人的，只有你自己。张忠既已打算弃卒保车，为了灭口，难保不会对你的妻儿下手。”

陈有光大惊，握紧了拳头。

“悬崖勒马还来得及。与其把内阁得罪得干干净净，让自己腹背受敌，孤掌难鸣，不如公布真相，赢得人心。这样一来，朝中大佬自会给你撑腰，张忠也不敢轻举妄动。”

陈有光脸色苍白，不慎碰倒了酒杯。他闭目良久，终于下定决心般睁眼道：“招，我招！”

王阳明点点头，道：“去书房写下来吧。”

陈有光起身离去，走进书房。

王阳明来到池边，望着月亮和自己的倒影。忽然，书房传来凳子倒地的声音。王阳明暗叫“不好”，快步走了过去。

推开房门，只见陈有光已上吊自尽。一枚铜钱从他身上滑落，转了半天终于倒地。

王阳明走到桌边，只见一张纸铺展开来，上面写着“万般皆是命，半点不由人”。

王阳明鼻子一酸，眼眶湿润……

晌午，张黑五走进一间挂满各式兵器的武器铺，仔细查看。铁匠停下手头的活，迎上来道：“客官想要什么？”

张黑五道：“有什么独门暗器吗？”

铁匠热情道：“找暗器？那您可来对地方了！看看这支梅花镖。”

张黑五接过梅花镖瞧了瞧，不满意。

“您再瞧瞧这个飞蝗石。”

张黑五看了看，也不感兴趣。

“您是行家，旁的我也拿不出手了。”铁匠走进里屋，取出一个盒子，打开来给张黑五看。只见里面一个机括，旁边摆着六根银针。

铁匠得意道：“流云针，祖传的，可于三十丈外取人性命。针头有剧毒，中者立毙。”

张黑五两眼放光道：“怎么卖？”

“看您懂货，给您算一百两吧。”

张黑五摸出银票，交给铁匠，接过盒子，出门而去。谁知门外围了一圈官差，张黑五心知不妙，刚要转身，脖子一凉，一柄刀已架在他肩上。

官差冷冷道：“张黑五，臬司衙门办案，跟我们走一趟！”

乾清宫。

案头的奏疏堆积如山，朱厚照面容冷峻地望着站在不远处的刘健、谢迁、李东阳，李荣、刘瑾侍立左右。

朱厚照拍桌道：“破坏张忠放赈，逼死陈有光。王阳明到底想干什么！”

谢迁道：“皇上，山高水远，先派个人过去调查清楚再做决断不迟。”

“还调查什么？朱厚照指着奏疏道：“难不成陕西的官员会合起伙来骗朕？换人！”

众人沉默。

李东阳劝道：“换人也未尝不可，但至少先问问王阳明到底怎么回事吧？哪怕是申斥呢。”

刘瑾阴冷道：“不用问了，王华已经替他儿子做了选择。”

三位内阁大学士同时抬头。

刘健回府，健步如飞，看见王华站在厅中也没有理会，径自在正中的座位就座。谢迁、李东阳与杨廷和随之而入，分别坐下。

王华自责道：“王华罪该万死。”

众皆不语，刘健兀自生气。

谢迁忍不住道：“舐犊情深，可以理解。问题是你想把守仁调回北京，先跟大伙说一声嘛！直接上疏，搞得这次很被动。”

王华脸红道：“阁老教训的是。”

刘健皱眉道：“哎，算了算了，坐吧！”

王华落座。

刘健转入正题道：“没想到刘瑾保举了咱们的一个老熟人做河道案的主审。”

杨廷和好奇道：“敢问阁老，是什么人？”

刘健道：“陕西按察使焦芳。”

杨廷和的心里“咯噔”了一下。

渭水之滨，王阳明、娄忱、冀元亨和王畿揽辔而行，卫队远远地跟在后面。

王阳明停马，道："娄大人，回去吧，再送就到函谷关了。"
娄忱望着渭河，感慨万千道："文王梦熊，渭水泱泱。今上不会用人啊！"
王阳明看着水面发呆。
娄忱道："还在想陈有光？"
王阳明叹息道："毕竟是一条活生生的命。"
"人在官场，身不由己。"
"身不由己，还无处言说，这才是最大的悲哀。娄大人，万望保重，小心焦芳。"
娄忱抱拳道："一路保重。"

府衙设了个灵堂，沈同知和年通判等一众官员身着白衣，凭吊陈有光的灵位。
焦芳转身，环视众人，悲壮道："王阳明走了，可案子还没结。他们想鱼死网破，咱们就奉陪到底！"
众官激愤道："对！奉陪到底！"

焦芳回到臬司衙门，发现张忠已恭候多时。
张忠心里没底道："你打算抓娄忱？拿什么给他定罪？"
焦芳神秘一笑道："拿人。"
张忠疑惑不解。
焦芳解释道："张黑五现正关押在臬司大牢，该张公公出马，演一出好戏了。"
张忠不可思议地望着焦芳，只觉此人深不可测……

张黑五被狱卒绑在木桩上，死命抽打。
狱卒凶神恶煞道："叫你嘴硬！"
突然，一人抓住他的手臂。狱卒大怒转身，咆哮道："去你妈的！"
作势欲打。
侍卫喝道："大胆！镇守太监张公公在上，还不跪下！"
狱卒吓傻了，赶紧跪下，张黑五也艰难地睁开被血渍覆盖的双眼。
张忠道："你下去吧。"
狱卒赶紧起身离去，侍卫替张黑五松了绑。
张黑五虚弱道："恩公。"
张忠关切道："到那边喝两杯吧。"
张黑五随张忠走到一个木桌旁，侍卫提来食盒，从中端出好酒好菜。
张忠替张黑五斟满酒，道："你的仇人已经回京了。"
张黑五默不作声地喝了酒，突然毫无征兆地笑了起来。笑声狰狞，逐渐转为呜咽，继而痛苦道："此仇只能来世再报了！"
张忠劝道："匹夫见辱，拔剑而起，非勇也。"

张黑五激昂道：“匹夫之怒，也能血溅五步。奈何身不自由。”

张忠摆手道：“报仇，有时候不需要亲自动手。”

张黑五坐直了身体。

张忠续道：“我虽救不了你，但可以给你支个招，保证让王阳明生不如死。”

张黑五急切道：“愿闻其详。”

张忠勾了勾手指，道：“你过来。”

王阳明回到京城。

这日，他穿过花厅，快步往外走，被坐在太师椅上的王华叫住：“刚回来，又去哪？”

王阳明转身道：“见李梦阳。”

“你现在是留职察看，不宜太过张扬。能不见的人就不见，免得授人以柄。”

王阳明一脸不爽的表情。

王华续道：“秋闱马上开始了，山东学道梁储向朝廷推荐你去当乡试主考。任命不日便会下达，你准备准备。”

王阳明奇道：“梁储怎么会知道我？”

“可能是唐伯虎推荐的吧，他是唐伯虎的座师。”

“你打算瞒我到什么时候？”

“你说什么？”

“科场舞弊案后，唐伯虎息交绝游，行踪不定，早就同官场中人没有任何联系。又是你安排的吧？”

“安排什么？你的事我根本就懒得管！”

“懒得管你让皇上把我调回来？”

王华一愣，大怒道：“我是不想看你送死！你不要命，我还想多活几年！”

王阳明梗着脖子道：“我行得正坐得直，你怕什么？”

“迂阔！官场上没有是非对错，只有利弊得失！”

“哈哈！想不到大明的礼部侍郎竟是如此为官的！”说罢，拂袖而去，气得王华青筋暴露……

西安。

家丁站了一排，娄忱挨个给他们发银票。众人无不悲怆，只有家丁甲神色不安。

官差冲了进来，正准备抓捕娄忱，看见这个阵势，不禁愣住。

娄忱对众家丁道：“娄某无能，不知还有没有机会再见。今日就此别过！”

众家丁哭喊：“老爷……”

当天夜里，马车驶近娄忱的住所。家丁左右张望了一下，确认无人后小跑过去。马车停了下来，一人探出脑袋，与家丁甲对视了一眼，互相点点头。

那人缩了回去，小声道：“手脚利索点。”马车的后门被打开，几个壮汉在家丁甲的指引下将四口箱子搬入娄宅。

次日，娄忱被带入臬司衙门大堂受审。只见焦芳坐于正中，张黑五跪在堂下。

焦芳道：“娄大人，你可识得此人？”

娄忱瞧了瞧张黑五，道：“没见过。”

焦芳道：“他叫张黑五，杀害李坤的凶手。受你指使。”

娄忱道：“胡说八道！”

“娄大人，河道案牵涉多条人命，有河工也有朝廷命官，臬司衙门无权审理，必须上报刑部。但在此之前，本官也要查出个所以然来，还望理解，多多担待。”

“有国法在，说什么担待？”

“好！那你讲讲看，为什么有人举报贵府私藏了一万两户部官银？”

娄忱惊道：“你说什么？”

京城。

行宫即将竣工，朱厚照远远眺望，喜不自禁。

刘瑾察言观色，试探道：“皇上，进去感受一下？”

朱厚照兴奋道：“走！”

行宫前有一条宽大的街道，道旁的商贩皆是宦官扮演，见刘瑾陪着朱厚照走入，纷纷打起了精神。

朱厚照走到一间杂货铺前，驻足观望，只见里面的金银玉器琳琅满目。

刘瑾道：“皇上，这店里杂样玩意儿不少，您看喜欢什么就买什么吧！”

朱厚照进去转了一圈，把玩了几个宝贝，皆不满意，最后在一只鹰面前停了下来，问道：“掌柜的，这是什么？”

“掌柜”走近，道：“这是辽东的极品海东青，好玩意儿！”

朱厚照瞧了瞧“掌柜”，觉得眼熟，道：“你不是——”

“掌柜”看了看刘瑾，神色紧张。

朱厚照摆摆手道：“算了，认错人了。好在哪啊？”

“掌柜”来了精神，道：“这位爷，有道是雕出辽东，最俊者谓之‘海东青’，意为天下飞得最高最快的鹰隼。小的看您隆准而龙颜，定非常人。这只鹰啊，配您！”

朱厚照满意道：“怎么卖？”

“白银五百两。”

朱厚照对刘瑾小声道：“朕该怎么着？”

刘瑾低声道：“皇上，您得压价。”

朱厚照犹豫道：“那——给他三百两？”

刘瑾使了个眼色，“掌柜”赶忙道：“哎哟喂，不带这么砍价的，您好歹再给加点！”

朱厚照又不知道如何是好，瞪眼看着刘瑾。刘瑾摇摇头，朱厚照顿时明白了，砍价道："不加，就三百两，不卖拉倒！"

"得，赔就赔吧，让您捡个头彩！""掌柜"假模假式地把鹰装进一个大笼子，递给刘瑾。

朱厚照心满意足，忽闻店外人声嘈杂，走了出去。只见谷大用一马当先，领着两辆大车由远及近而来，车里装着两头豹子。

朱厚照拍手道："谷大用这家伙，手脚还挺麻利。"

刘瑾道："皇上，您弄两头豹子来做什么呀？"

"呵呵，你也以为朕修行宫是为了玩乐吧？"

刘瑾不知怎么回答。

朱厚照续道："朕要练兵。大明文恬武嬉那么多年，卫所的兵都不能用了。如果能练出一万个豹子头林冲（比画拳脚），还怕什么蒙古人？"

刘瑾道："皇上圣明。"

"所以这座行宫朕叫它'豹房'。"

谷大用来到朱厚照近前，下马跪拜，道："皇上。"

"好样的！"朱厚照走到车前，把手伸进去摸豹子的屁股。

谷大用大惊，刘瑾惶恐道："皇上，使不得呀！"

没想到豹子并不发威，只盯着朱厚照看。

朱厚照淡定道："刘瑾，焦芳那边怎么样，查出什么了吗？"

刘瑾道："查清了，是娄忱。"

"娄忱？"

"娄忱与李坤、陈有光瓜分了河款，指使李坤在修堤时偷工减料，导致大堤被洪水冲毁，造成多人伤亡。为了掩盖罪行，娄忱对李坤痛下杀手并栽赃给陈有光，致使其遭到王阳明的严刑拷打，含恨自杀。"

朱厚照皱眉道："这些都是娄忱招供的？"

刘瑾道："他没招，但是人证物证俱全，卷宗已上报到刑部。焦芳准备亲自带队，押解娄忱进京。"

豹子突然怒吼了一声，朱厚照赶紧把手缩了回来，道："还凶得很！先摘了那个娄忱的乌纱帽！"

刘瑾暗喜道："是。"

落霞孤鹜，秋水长天。滕王阁沐浴在夕阳洒下的一片金光之中。

宁王府。

大夫从卧房走出，朱宸濠急入，只见朱觐钧躺在床上，形容枯槁。

朱宸濠急道："父王！"

朱觐钧缓缓睁眼，道："你来了？"

朱宸濠语带哭腔道："父王……"

"为父不成了，有些事再不告诉你就来不及了。就藩这么多年以来，朝中大臣里数李士实与乃父关系最厚。"

"李士实？"

朱觐钧点头道："当年，他父亲李三思在三边总制王越手下当参将。有一回，李三思率小股部队奇袭蒙古大营，烧掉了他们的粮草，被敌军追杀。回程途中，队伍里暴发瘟疫，拖慢了行军速度，还造成大量减员。李三思权衡之后，命人将二十多个病号当场砍杀，以免留下活口向蒙古人泄露他的行军路线和军事机密。"

朱宸濠吃惊。

朱觐钧续道："后来此事被人告发，李三思下狱论罪。若非为父派人奔走，从中斡旋，他必死无疑。李士实欠咱这么大个人情，现在又官至刑部尚书。你有什么解决不了的困难，可以找他。"

"是。"

"唉！小子，你知道为父为什么千叮万嘱，要你留意军事，熟悉弓马？"

朱宸濠摇头。

"一将无能，三军受累。正德正德，德行操守，他哪一点比得上你？你是他爷爷辈，天下无事也就罢了，安安分分当个太平王爷。若有事，你可一定要替咱家讨个公道啊！"朱觐钧情绪激动，咳嗽不已。

朱宸濠不解道："讨个公道？"

朱觐钧定了定神，道："靖难之变时，你高祖朱权的封地在大宁。当时，朱棣的军队节节败退，一直退到大宁城，向你高祖摇尾乞怜。你高祖不愿看到骨肉相残，因此允许他带卫队进城，打算替他向建文帝求情。可那朱棣就是条养不熟的中山狼，他假称要解散部队，找个荒无人烟的地方隐居起来。你高祖一时心软，毫无戒备地给他送行，结果一出城就被中山狼事先安排的刀斧手绑架。朱棣哄骗你高祖，说只要跟他联手对付建文帝，事成之后平分天下。你高祖身不由己，唯有答应，任由他接管了自己的兵马钱粮。后来，朱棣果然夺取了天下，你高祖也不指望他能兑现承诺，只希望找个山清水秀之地养老。起先选了苏州，朱棣不答应，说苏州非边陲，没有设藩的必要；又想去杭州，还是不同意，理由是杭州乃国家税赋重地，不宜设藩。最后只能来南昌，继续顶着'宁王'的帽子，含恨而终。"

朱宸濠触动。

"春秋时，齐襄公为了给九世祖报仇，兴兵讨伐纪国，'九世复仇'由此传为佳话。为父无能，愧对先人，有机会你一定要问问那个篡位权奸的后人，'平分天下'那笔账，到底怎么算！"朱觐钧又是一阵猛烈的咳嗽，声音却戛然而止。

朱宸濠惊愕抬头，发现朱觐钧已经断气，死不瞑目。朱宸濠伸手将他的眼皮合上，两行清泪忍不住淌了下来。

京城。

焦芳一马当先，带着载有娄忱和张黑五的囚车来到刑部大门外。

围观者众，两个妇人突然从人群中冲了出来，跑到囚车旁，猛捶娄忱的腿。

卫兵过来将其拉开，妇人喋喋不休地怒骂：“淹死好人，不得好死！”

娄忱痛苦地闭上眼睛。

与此同时，群臣聚在刘府激烈讨论。

刘健怒道：“焦芳这厮，一肚子坏水，以前还真是错看他了。”

李东阳冷静道：“人心没有极点，只要推力足够，既能高到天上去，也能低到地底下。他有今日，咱们多少要负些责任。”

始作俑者杨廷和默默地低下头。

刘健道：“负什么责？你我被万安打压了这么多年，不也没有助纣为虐吗？不提他了，说回到刘瑾。这个宦竖居然想结党营私？我看快刀斩乱麻，不用跟他客气了！”

谢迁道：“对！汪直、钱能那么嚣张，最后还不是身败名裂？区区一个刘瑾，有何惧哉？”

王华不语，杨廷和深思。

李东阳道：“可如今天已经变了，不再是先帝爷的时候了！”

杨廷和道：“对，天已经变了，变成了咱们的敌人。”

谢迁道：“此话怎讲？”

杨廷和道：“咱们的对手恐怕不是刘瑾，而是皇上。河道案的关键在于李坤贪墨的银子去哪了？从行宫竣工的速度来看，应该是被刘瑾献给了皇上。”

众人面面相觑。

杨廷和续道：“站在皇上的立场，他一定会把娄忱的贪污案坐实。否则银子要不要吐出来？面子往哪搁？而刘瑾利用娄忱大做文章，一来可以立威，二来可以搅动文官站队。所以，此事尚需从长计议，谋个万全之策。”

众皆沉默……

第二十四章　弃卒保车

李士实饶有兴致地在自家鱼缸前喂鱼，一副物我两忘的表情。

管家走近，道："老爷，娄忱的女儿在外面跪了一整天了。"

李士实不咸不淡道："不见。"

"她说想去刑部大牢看看父亲。"

"不许。"

"老爷，刘公公派来的人您不见，刘阁老派来的人您也不见。大家都急疯了，您却跟没事儿人似的。"

李士实转身，道："什么时候轮到你教训起我来了？"

管家神秘一笑，道："我哪敢教训您啊？娄忱的女儿不见也就罢了，但还有一位正在外面候着，您肯定想见。"

"谁？"

"陈有光的遗孀。"

李士实一惊。

南昌宁王府。

灵堂里，几个女眷已经哭得泣不成声。朱宸濠跪在堂中，望着朱觐钧的牌位，心潮起伏。

刘养正入内，走到朱宸濠跟前，道："王爷。"

朱宸濠平复了一下情绪，起身道："你回来了？京师近来怎么样？"

刘养正道："出了件大案子，工部侍郎娄忱被抓了。"

朱宸濠色变，道："娄忱被抓了？为什么？"

"听说事涉河道案，贪污。"

"那娄姑娘呢？"

"不清楚，没见到她。"

"备马，你再跟我去趟北京。"

刘养正为难道："王爷，您现在是王府之主，擅离封地可是掉脑袋的大罪呀！"

朱宸濠不耐烦道："我这不还没就藩呢吗？快去！"

刘养正无奈离去。

夜深人静，刘瑾把焦芳召到家里问话。

焦芳叹服道：“好一个别出心裁的‘豹房’。”

刘瑾不动声色道：“你怎么看？”

焦芳起身道：“本朝自从太祖废相以来，文官和宦官便进入到一场永无休止的角逐之中，角逐事实上的相位。宦官只有一个‘天’，那便是皇上。皇上想紧握大权，也只能依靠忠心耿耿的宦官。今上年幼，势单力薄，更是如此。”

“年幼是年幼，可主意正得很啊，豹房说建就建了。焦大人，下一步咱家该怎么走？”

“皇上既然热衷军事，公公何不助他将兵权从外廷收拢回来？兵部有调兵权而无统兵权，五军都督府有统兵权而无调兵权，互相节制，互不统属，安全是安全，但都成了私人的一亩三分地，没有战斗力，统御不便。”

“话虽如此，怎么收？你要动他的权力，他还不得跟你拼命？”

“鲸吞不如蚕食，饭要一口一口吃。从兵权到财权再到六部九卿的任免权，公公只需要记住一条。”

“什么？”

“公公只有皇上，皇上只有公公。”

刘瑾若有所思。

焦芳续道：“与外廷迟早有一战，但眼下不宜轻举妄动，当以拉拢为主。投靠过来的文官要用，还要重用，把咱们的人搞得多多的，把他们的人搞得少少的。就以娄忱为突破口，一面顺藤摸瓜，打击内阁，另一面看看百官在这件案子上到底跟谁走。”

“你说的都对，可刑部尚书李士实现在稳坐钓鱼台，不偏不倚，拿不准是个什么态度。如之奈何？”

“无妨，咱们不动，让他们先动。”

同一时间，王阳明在庭院中抚琴，一曲《阳关三叠》奏毕，忽闻有人鼓掌，转眼望去，却是诸芸玉。

芸玉走近，笑盈盈道：“劝君更尽一杯酒，西出阳关无故人。一曲《阳关三叠》被你弹奏得如此幽怨，夫君是要送别哪位故人吗？”

王阳明笑了笑，道：“你只知曲名，可知这把琴叫什么？”

诸芸玉仔细端详道：“这不是祖父的那把吗？”

王阳明点头道：“它唤作‘秋声’，正和眼下草木飘零的时节。”

“秋声？”

“秋者，刑官也。杀人在秋天，古代征伐也多在秋天，莫非因为万物生长过盛而当杀？”

诸芸玉想了想，道：“琴乃圣人之制。治身怡情，禁邪归正，以和人心——夫君是在为娄大人鸣不平吧？”

王阳明起身走到月下，道：“要是这样的忠良都活不过今秋，试问朝廷还有什么希望！”

“朝堂上的那些事我不懂，但有时候国事即家事，家事即国事。”

王阳明转身，望着芸玉。

诸芸玉续道：“你看皇上和三位阁老的关系像不像你跟你父亲？”

王阳明略一沉思，点头道：“内阁越使力，皇上越逆反。本来老爷子说的话指不定他还能听上两句，可惜——”

诸芸玉笑道：“可惜咱爹只想让你远离此事，根本不听你的。你呀，与其僵在这，不如给他一个台阶下，去山东主持乡试。你不是想当圣人吗？圣人大多桃李满门，说不定此行能发现几个好苗子。”

“可是娄大人身陷缧绁，我岂能一走了之？”

“你自己都在风口浪尖上，留下能做什么？只会帮倒忙。放心去吧，咱爹让我来劝。”

“你劝？”

“怎么，你不相信？我可救过你的心上人，再救她爹一命，也不是什么难事。”

王阳明笑道：“夫人深明大义，小生自愧不如。”

诸芸玉做了个鬼脸，王阳明搂住妻子，道：“这些年聚少离多，让你操持家务，还让你担惊受怕。我——我对不住你。”

诸芸玉幸福道：“男儿何不带吴钩，收取关山五十州？你在外面闯荡，只要心里有我，我就很开心了。”

王阳明轻吻妻子的额头，道：“我把陕西的情况写下来，你替我交给老爷子。”

诸芸玉娇羞道：“嗯。”

金乌东升，北京城醒来了。

王阳明收拾妥当，往外走去。经过王华的房间时，他驻足犹豫，打算敲门，结果手指停在半空中，放弃了。

一辆马车停在门口，冀元亨与王畿立于其旁，看着王阳明走了出来。

王畿道：“少爷。”

冀元亨道：“先生。”

王阳明点头，示意二人上车。

马车向远方驶去，经过一个市集，只见朱宸濠打扮成一个算命先生的模样，摆了个卦摊。

四个衙役大摇大摆地走了过来，挨个摊位收钱。

商贩甲嘀咕道："前日已经收过，今日又来，真是不让人活了！"
衙役听到抱怨，径直走到商贩甲的摊位前，道："你说什么？"
商贩甲慌乱道："没，没什么。"
衙役甲伸出手掌，道："交钱。"
商贩甲极不情愿地将一些碎银子放到他手中，朱宸濠冷眼旁观。
衙役甲收了钱，来到朱宸濠跟前，摊开手掌道："你！"
朱宸濠平静道："小可今日才来此。"
衙役甲的声音高了八度："哪天来的都得交税！"
"多少？"
"二十两。"
"这么多？"
"天子脚下，车水马龙，要你二十两算便宜你了。不想摆就滚，有的是人要这位子。"
朱宸濠怒道："商税三十税一是太祖开国时便定下的规矩，你们凭什么多收乱收？"
商贩们震惊，齐齐望向朱宸濠。四个衙役面面相觑，既而捧腹大笑。
衙役甲道："还太祖皇帝，宋太祖还是元太祖啊？"
朱宸濠一把推倒卦摊，环视众人。
衙役甲厉声道："你想干什么？！"
朱宸濠朗声道："京师一行，大开眼界。上下交征利，苛政猛于虎，此亡国之兆一也；富者坐拥数十处乃至上百处宅邸，不事生产，靠收租便能锦衣玉食，而贫者上无片瓦，下无立足之地，心力交瘁，仅能糊口，此亡国之兆二也；官吏不知有国，亦不知有民。不知稼穑之艰难，不恤征戍之劳苦。唯汲汲于高爵厚禄，逞一己之私，此亡国之兆三也。有此三兆，欲国不亡，难矣！"
衙役们目瞪口呆，像看怪物一样看着朱宸濠。衙役甲见围观之人越来越多，道："大清早遇到个疯子！滚滚滚，别影响大伙做生意！"
衙役们上前拉扯朱宸濠，扭打起来。刘养正从远处走来，目睹这一幕，赶紧上前解围道："大爷，大爷，不好意思，我们刚打外地来，不懂咱这的规矩。"
说着，掏出银子交给衙役甲。
衙役甲掂量了一下分量，觉得尚可，于是道："走！有病！"
四个衙役离去，刘养正弯腰赔笑。
朱宸濠不满道："干吗给他们钱？"
刘养正小声道："王爷，咱们是来救人的，没必要跟阉人一般见识。"
"阉人？"
商贩甲解释道："向行商征税，是刘瑾给皇上出的主意。刚才那四个人，是宫里派出来的宦官。"

“荒谬！”朱宸濠念及娄素珍，平复了一下情绪，道：“打听到了？”

刘养正点头道：“离这不远。而且这位李大人跟您有同样的雅号，据说《溪山旅行图》就在他手上。”

朱宸濠一愣，忽然大笑起来。

刘养正不解道：“王爷何故发笑？”

“天下有名的丹青，下落何处，我一清二楚。李士实若果真藏有《溪山旅行图》，必为赝品。”

“那真品在哪？”

“跟我走吧。此行还好带足了银子，咱们去把它搞到手。”

朱宸濠快步离去，刘养正哭笑不得道：“幽王裂帛，千金买笑。”

当晚，李士实看完一张供状，叹了口气，把它拿到烛边，准备烧掉。忽然，他良心发现般停了下来，犹豫不决。

终于，又下定决心将供状点着。

敲门声响起，管家在门外道：“老爷，有人求见。”

李士实道：“大晚上的谁这么不识相？不见！”

“老爷，他说是故人之子，有十万火急的大事。”

李士实愣了愣，把火扑灭。他看了看供状，似乎不放心将之搁在桌上，于是折好揣起来，披上外衣推门而出。

来到花厅，李士实示意朱宸濠坐下，刘养正与管家侍立。

李士实悲哀道：“本以为还能再见上一面，没想到病来如山倒。唉——”

朱宸濠鼻子一酸，声音就有些呜咽：“父王说与您是至交，我在京城也不认识旁的人，只好来叨扰您了。”

李士实道：“世子——不，王爷，您这叫什么话？不管什么时候来，李府的大门永远都为您敞开。只是王爷私自进京，传出去只怕——”

刘养正道：“王爷对娄姑娘一往情深，听说娄大人出事，心急如焚。”

李士实点头道：“原来如此，王爷真是性情中人啊。”

朱宸濠岔开话题道：“听说大人雅好丹青，藏有范宽的《溪山行旅图》？不知本王是否有幸一饱眼福？”

“这有何难？”李士实给管家使了个眼色。须臾，管家拿着一个红绸子包好的卷轴入，交给李士实。

李士实解开红绸，将之置于桌上，再小心翼翼地打开卷轴，铺展开来。

管家端来两个烛台，一个交给李士实，一个交给朱宸濠。二人凑近，细细端详。

李士实爱不释手，却见朱宸濠连连摇头，不住叹息，最后冷不防地用烛火点燃了画。李士实和管家大惊，赶忙扑救。

“你，你这是做什么？！”

朱宸濠淡定道：“大人莫激动，此画乃是伪作。”

李士实惊诧道：“伪作？不可能！”

“大人，范宽的山水画讲求气势，喜用重墨，构图虽是平易之境，却有非凡之力，一草一木，一石一山，皆有鲜活之感。但眼前这幅，墨却过于浓重，画卷呈压抑之态，嶙峋山石亦有添墨之嫌，并非一气呵成。”

“这……”

刘养正帮腔道：“大人，王爷看画从未看走过眼。单论眼力，唐伯虎、文徵明亦甘拜下风。”

朱宸濠笃定道：“此画是南宋的仿作，大人不信可以再找行家鉴定。”

李士实可惜道：“唉！就算是南宋的仿品，也不易求啊。”

朱宸濠哈哈大笑道：“刘养正！”

刘养正打开包袱，取出一个卷轴，在桌上展开。

朱宸濠得意道：“大人请看，这才是货真价实的《溪山旅行图》！”

李士实赶紧细看，发觉果然不同凡响，惊愕地盯着朱宸濠，道：“确是真迹，王爷从何得来？”

朱宸濠道：“实不相瞒，此乃高祖宁献王就藩大宁时，太祖赏赐给他的，是我宁王府的传家之宝。名画配名臣，今日就将它献给大人。”

“不不不，这么贵重的东西，老夫不能收。”

“请大人务必收下。”

“不敢夺人所爱。”

朱宸濠跪下道：“大人，其实本王有一事相求！”

李士实赶忙搀扶，道：“王爷快快请起，你要折煞老夫吗？”

“大人不答应，我便不起来。”

“好好好！不就是娄忱的事吗？咱们坐下来说。”

朱宸濠大喜，起身落座。

李士实拿出一份供状，交给朱宸濠，道：“陕西河道案的真相，都在这张纸上，写它的人是西安知府陈有光的遗孀。人命关天，老夫相信她不敢乱讲。”

朱宸濠看完供状，缓缓将之放下，道：“娄忱无罪。大人，您可要秉公执法啊！”

李士实为难道：“你以为我不想吗？无事时都是君子，有事时难倒了多少英雄。娄忱得罪了皇上身边的大红人刘瑾，我纵然想保，也是有心无力啊。”

朱宸濠愁眉苦脸。

李士实宽慰道：“不过你放心，老夫一定尽力而为。人活到我这个岁数，还有什么可怕的？”

朱宸濠感激道：“既如此，本王先谢过了，大人量力而行即可。”

次日，诸芸玉亲自下厨，做了满满一桌佳肴。

“爹，您尝尝这道鄱阳湖狮子头，女儿的拿手好菜，守仁我都没给他烧过。”

王华道：“好了好了，你也坐下吃吧，别忙活了。”

诸芸玉落座，替王华和自己斟满酒，举杯道：“爹，女儿敬您。”

王华与她碰杯，一饮而尽，道：“你给我的东西，我看了。那个浑小子傻乎乎的，娄忱的为人，我还不清楚？只是此案牵涉皇上，颇为棘手，操切不得。我去找刘阁老他们合计合计，有那么多正色立朝的大臣在，他以为就他一个人是英雄？！”

诸芸玉笑着给王华夹了个狮子头，道：“对，邪不压正！”

刑部大牢，娄忱靠着墙角昏睡。

曾带王阳明参观大牢的狱卒老吴呼唤道：“娄忱！娄忱！”

娄忱微微睁眼，隐约瞧见牢房外有两个身影。

“你女儿来看你了！”说着，老吴打开牢门。娄忱反应过来，蓦地坐了起来。

娄素珍扑到他跟前，道：“爹！”

“你怎么来了？这里不是你该来的地方！”

“刑部尚书李大人让我来的。”

娄忱愣住了。

牢房外，李士实站在暗处倾听。

娄忱道：“回老家去吧。你祖父身体不好，替我照顾好他。”

娄素珍流泪道：“说的好像您不出来了似的。您是被冤枉的啊！”

娄忱摇头道：“权力场上，只论成败，不问因由。荣枯轮转，天道循环，有什么冤不冤的？天子长在深宫里，死在高墙中，冤不冤？宦官无天伦之乐，无男女之欢，冤不冤？好好过你的日子，你爹纵是死了，也不要去怪罪任何人。这世间虽然少有公平，但我希望你永远保持这颗赤子之心。只要看得清对错，辨得出真假，就没有什么难关熬不过去。”

李士实动容……

回到李府，娄素珍欠身行礼，道：“多谢大人。”

李士实道：“你应该感谢的人是宁王。虽然他叮嘱过我不要告诉你，但你们俩一个有情有义，一个蒙在鼓里，我看不下去。”

“宁王？朱宸濠？”

李士实点头道：“你先去吧，此案我会秉公办理。我老了，无所谓了。你们还年轻，来日方长。”

“大人如天之德，小女子没齿难忘。”娄素珍拜别。

李士实走到书桌前，略一思索，提笔濡墨写奏疏。

豹房。

朱厚照赤裸上身，汗流浃背，全神贯注地跟一个铁匠学习打剑。

刘瑾入内，道：“皇上，皇上。”

朱厚照并不停手，道：“什么事？”

“刑部尚书李士实上奏。”

“拣要紧的说。”

“是。”

刘瑾览疏，归纳了一下，道：“娄忱一案，疑点颇多，请皇上下令三法司会审，付诸公议。”

朱厚照停手，望着刘瑾，道：“他查了那么久，就搞出这么个结果？”

刘瑾火上添油道：“可不是吗？会审？他想审谁呀？摆明跟您对着干！”

“拖拖拉拉！拟旨，让锦衣卫北镇抚司提审娄忱。”

“是。”

夜里，清流重臣又聚在首辅家计议。

刘健道：“皇上要动真格了，你们怎么看？”

谢迁道：“娄忱是咱们保举的，于情于理都不能弃之不顾。王守仁写的那个条陈德辉也给大家看了，真相一清二楚。没什么可说的，联名上疏，据理力争！”

“好！西涯，你的意思呢？”

杨廷和瞥了眼李东阳，只见他忧虑道：“山岳崩颓，风云变色。这么快就摊牌，以后怎么办？”

刘健道：“以后？以后他得听咱们的！再这么胡闹下去，迟早得亡国！德辉，你说呢？”

王华道：“我同意，据理力争。”

杨廷和心生一计，道：“理要争，但是不是先找李士实商量商量？他既然敢请皇上命三法司会审，弄不好手上有对娄忱有利的证据，所以不怕将案件公之于众。”

李东阳道：“有道理。”

刘健道：“嗯。既如此，你跑一趟，看看他是个什么意思。”

杨廷和夜访李士实，对方将陈妻所写的供状拿给他看。

杨廷和道：“人在何处？”

李士实道：“走了。怪我大意，当场就该把她扣下。不过，她带着孩子，显然不想卷入过深。”

“单凭这张供状，很难翻案啊。”

“所以我才请皇上下旨公审嘛，本以为这样一来她又会现身，没想到把有的人惹急了。”

“急的不是别人，正是皇上。”

“此话怎讲？”

"都说群小祸国，可古往今来的群小，哪个不是希旨承颜在办差？"

李士实想了想，点头道："那阁老们什么态度？"

杨廷和郑重道："联名上疏，放手一搏。"

李士实惊愕。

杨廷和续道："李大人，明日锦衣卫就要到刑部大牢拿人了。我有几句话要当面对娄忱说，可否行个方便？"

"好说。"

半个时辰后，李士实的管家带杨廷和进入大牢，向狱卒老吴出示手谕。

杨廷和拿着一壶酒与两个瓷碗，随老吴走到娄忱的牢房前。老吴打开牢门，杨廷和弓身入内。

娄忱惊道："杨大人？"

杨廷和盘腿坐下，把两个瓷碗斟满，推给娄忱一个。

两人碰碗，各自干掉。

杨廷和道："明日你便要去诏狱，过一遭鬼门关了。我受三位阁老之托，来看看你。"

娄忱感慨道："阁老们宅心仁厚。娄忱无能，办砸了差事，他们还想着我。惭愧，惭愧啊！"

"娄大人不必自责，大家正在想办法救你出去。"

"呵呵，怎么救？用焦芳的话说，我是人赃并获，插翅难逃。"

"王阳明倒是写了张条陈，替你洗冤。可他自己身上的脏水还没擦干净，拿出来也没人信。"

娄忱无语。

杨廷和续道："娄大人勿忧，阁老们打算联名上疏，为你鸣冤，只要你明日挺住——"

娄忱摇头道："不要再为我以身犯险了。刘瑾想用我来打击内阁，挑拨皇上和外廷的关系，我偏不让他得逞。"

"你的意思是？"

"招供。一切罪责，我一个人扛。"

"那可是死罪！"

"生死早已置之度外。"

"此话当真？"

娄忱怒道："你以为我是贪生怕死之徒？"

"好！"杨廷和蓦地起身，娄忱疑惑地望着他。

杨廷和道："娄大人视死如归，在下佩服。可是你万万不能招供，否则阁老们还没起手，就已满盘皆输。"

娄忱不解道："怎么讲？"

“文官斗文官，杀人不过头点地；宦官斗文官，赶尽杀绝，斩草除根。一旦你的罪名坐实了，刘瑾就会大兴刑狱，广事株连，利用此案铲除异己，威逼利诱，好让朝中的那些软骨头都倒向他。”

“不可能。皇上不会坐视不顾，任由他一家独大的。”

杨廷和靠近，道：“要是这些事就是皇上想做而不敢做的呢？”

娄忱瞪大了眼睛。

杨廷和续道：“内有太后，外有文官。根基不稳，羽翼未丰。换了是你，你会怎么干？”

“杀人立威？”

杨廷和点头道：“刘瑾不过是皇上的夜壶。用完，扔了就是了。”

“如此说来，我不能招了？”

“不招，锦衣卫的那些手段你受得了？”

“你想说什么？”

杨廷和给两个空碗倒满酒，叹了口气，道：“文官与宦官，迟早有一战，但文官尚不齐心。仓促发难，只怕玉石俱焚。除非——”

娄忱望着杨廷和，似乎明白了。

杨廷和续道：“有人以他的死激起了朝野公愤。那时，阁老们的劾疏才能一呼百应，星火燎原。”

娄忱震惊，杨廷和不慌不忙地喝完了酒，盯着他看……

杨廷和走了，娄忱望着牢房外的虚空发呆，忽闻一阵沉重的脚镣声。遍体鳞伤的张黑五被两个锦衣卫押着，在狱卒老吴的带领下来到娄忱牢房的对面。老吴打开门，张黑五被扔了进去。

锦衣卫离开前，恶狠狠地瞪了娄忱一眼，引得张黑五狞笑起来。

老吴斥道：“笑什么笑？闭嘴！”

笑声戛然而止，老吴离去。

张黑五爬到牢门口，狞笑道：“刺激！不急，明日就到你。”笑声逐渐变为悲鸣，最后竟抽泣起来，道：“张忠你个骗子，我做鬼也饶不了你！”

说着，一头撞到墙上，也不知道是昏死过去还是咽了气。

娄忱皱眉，低头望着碗中酒倒映出的自己的脸庞……

王阳明的马车进入到山东地界。

秋老虎发威，身着常服的他热得满头大汗，不禁掀开窗帘，发现一个茅草屋矗立于一片菜地中央，于是道：“惟乾，停一下。”

马车停下，王阳明、冀元亨、王畿下车，走到柴扉前。

王阳明询问道：“有人吗？”

一男子声音传出："谁啊？"

"过路的，讨碗水喝。"

片刻，门"吱呀"一声开了，一个比王阳明大不了几岁的农夫走了出来，在柴门前停下。

他抽了抽鼻子，皱眉道："怎么一身贼味，当官的？"

王畿挽起袖子，道："嘿，我说你——"

王阳明制止道："龙溪，不得无礼！"

农夫不屑一顾道："哼！"

王阳明微微一笑，道："为什么说当官的有贼味？"

农夫道："满腹心机，算天算地。着急上火，发怒使气。白天不安心，晚上睡不着。把心思都用尽了，以为算计的是别人，其实最后全算到了自己头上。不但是贼，还是笨贼。"

王阳明笑道："难道就没有一心为国为民的？"

"为国为民的不叫官，叫'苦虫儿'。"说着，农夫打开柴门，转身进屋去了。

王阳明迟疑了一下，走了进去，只见院中有一个小桌。农夫提着瓷水壶和四个陶碗出来，走到桌前，将碗摆开倒满，自顾自地喝起来。

他喝了一半，放下碗，诧异地看着三人，道："愣着干什么？喝呀！"

王阳明微笑道："多谢。"

三人拿起碗，一饮而尽。

农夫乜斜着眼睛打量王阳明，待他喝完后摇了摇自己的碗，道："这碗水我喝不完，想明年再喝。怎么办？"

王阳明一愣，笑着端起他的碗，走到菜地边上，将水倒掉，道："明年吃菜就行了。"

农夫刁难道："那要是明年我不在这了呢？"

王阳明想了想，忽见屋旁有一个口井，道："那就把水倒回井里去，反正天下的水都一样。"

农夫笑道："既然天下的水都一样，又何必倒来倒去？就让它摆在这，不管明年身在何处，要喝水时，自然是它。"

王畿与冀元亨面面相觑。

农夫起身道："你们走吧，我要浇菜了。"

王阳明抱拳道："叨扰了。"

农夫望着马车绝尘而去，若有所思。

马车上，王畿感叹道："不愧是齐鲁之地，一个种菜的说话都跟打机锋似的。"

王阳明道："你真以为他是个农夫？"

"不是吗？"

"当然不是，他那双手比你的都细。"

“那他是什么人？”

王阳明默然不语。三个时辰后，马车驶入济南城。

山东学道梁储在家会见一位衣冠楚楚的士子。

若不细看，很难发现这名士子竟是之前的那个农夫，唤作湛若水。

梁储捋须道：“这么说来，谈吐还算不俗？”

湛若水点头道：“师兄，关于此人的流言是很多，但你忘了师父生前怎么教咱们的？总之，凭我的直觉判断，他和平常的官宦子弟不一样。”

梁储思忖道：“嗯，本来是给王华一个面子，听你这么一说，我倒想看看他究竟有何能耐。”

下人入内禀报：“大人，外面一个自称王阳明的人求见。”

湛若水起身道：“我回避一下。”

梁储点头，湛若水离去。片刻，下人带王阳明三人入内。

王阳明作揖道：“晚辈见过梁大人。”

梁储起身，走到王阳明跟前上下打量，道：“贤侄一表人才，果然虎父无犬子啊。”

“大人过奖。您千金买骨，提携后进不遗余力，才是我辈之楷模。”

“呵呵，为国取士，这次看你的了。题都想好了？”

王阳明点头道：“尚须大人斧正。”

梁储摆手道：“‘会试泄题案’殷鉴不远，你我可不能再重蹈覆辙啊！想好了就行，不要跟任何人讲。住的地方已经安排好了，白沙书院，清静。我这就让人带你们过去。”

“多谢大人。”

夜色微茫，刑部大牢。

老吴与一狱卒喝酒，桌上摆着咸菜和爆炒花生。

老吴道：“要我说这娄忱还真是条汉子。昨儿个张黑五去了趟诏狱回来，整个人直接疯了。”

狱卒道：“这人真逗。寻死吧，没死成，自个儿把自个儿给撞晕了，醒来又疯疯癫癫的。”

老吴道：“所以见过世面的就是不一样。你看今日娄忱被押回来时，浑身上下血肉模糊，可依旧面不改色，还是三品大员的范儿。”

牢房传来张黑五撕心裂肺地尖叫。

老吴和狱卒一愣，立刻起身，跑进牢区，只见张黑五惊恐万状地指着对面。老吴和狱卒甲缓缓转身，发现娄忱的牢房已变成一幅恐怖的画面：娄忱赤裸上身，咬舌自尽，脱下来的衣服上写着血淋淋的四个大字——义无再辱。

次日一早，李东阳和谢迁在内阁签押房坐着，面容冷峻。

刘健走来走去，怒不可遏道：“昏君！昏君！！昏君！！！”

他一把推开门，冲了出去。谢迁愣了愣，起身去追，李东阳也跟了上去。

乾清门。

李东阳远远看见刘健被一帮宦官拦住，起了争执，赶紧加快脚步。

“让开！我要见皇上！”刘健力大如牛，一把推开了四个宦官。已升任司礼监秉笔太监的张永站在不远处，一脸为难道：“刘阁老您怎么就不信呢？皇上真的不在宫里。”

谢迁和李东阳赶至，拉住往里冲的刘健。

李东阳劝道：“老刘，你冷静冷静，擅闯宫闱可是死罪！”

刘健情绪激动道：“死就死！我去下面陪娄忱，让他刘瑾一手遮天好了！”

忽然，乾清门发出“吱呀”的声音，向两侧打开，将众人的目光都吸引了过去。

两个宦官陪着李荣出门，张永等人赶紧闪出一条道。

李荣温和道：“刘阁老，皇上确实不在。”

李东阳道：“公公可知他去哪了？”

“豹房。”

“豹房？”

“就是行宫。”李荣摇头叹气，无奈离去。

李东阳皱眉道：“老刘，死无对证，先忍下这口气，咱们再徐图良策。”

刘健仰面，一行老泪渗了出来。

是夜，刑部的大堂中放着一口棺材，娄素珍难以置信地走到跟前。

李士实向四个差役使了个眼色。

四人打开棺盖，娄忱的尸体映入娄素珍的眼帘。

李士实沉重道:“仵作验过了,是咬舌自尽。老夫无能,愧对于你,还请节哀顺变。”

娄素珍闭上双眼，道：“不怪大人……”

李士实将血衣交给娄素珍，她展开来悲戚道：“义无再辱？”

霎时间，眼泪夺眶而出。

李士实道：“没想到刚强如娄大人，亦不堪凌辱，诏狱真是人间炼狱。”

“我想一个人静静。多谢大人。”娄素珍施礼，转身离去。

管家入内，道：“老爷。”

李士实道：“带他们把娄大人的遗体送回娄府。”

“是。”管家凑近，小声道：“老爷。”

“干什么？”

“我听下人们说，您打算辞官？”

“关你什么事？”

“我得提前张罗呀。”

李士实看着棺材，道：“唉。邦有道则仕，无道则隐吧。”

娄素珍回到家，发现一个绿衣女子坐在门口，趴在膝盖上睡得正香，却是从小陪伴她的丫鬟。

“夏柔？”

夏柔抬头，脸上挂着泪痕。

娄素珍预感不祥，道：“怎么了？是不是祖父出事了？”

夏柔小声道：“他，他去了。”

娄素珍震惊，缓缓转过身去。

夏柔急道：“小姐，小姐你去哪啊？！”

暴雨肆虐，雷电交加。娄素珍麻木地走到通惠河畔，望着怒波翻滚的河水，分不清脸上哪一颗是雨，哪一颗是泪。

突然，她闭上眼睛，决绝地跳了下去。

几乎与此同时，一个声音传来：“傻瓜！”

娄素珍意识模糊，只听见“扑通”一声，似乎有人也跳了下来。河水汹涌，那人拼尽全力才把她拖上岸，累得气喘吁吁。

娄素珍睁眼，一个模糊的人影出现在面前，却是朱宸濠。娄素珍有气无力道：“为什么要救我？”

朱宸濠脸红道：“因为，因为我有话要对你说。”

“什么话？”

朱宸濠鼓起勇气抓住娄素珍的手，道：“就算全天下的人都抛弃了你，你还有我！”

娄素珍错愕地望着他。

朱宸濠续道：“我替你报仇！不就是个刘瑾吗？我宰了他！”

娄素珍摇头道：“王爷慎言。”

“怕什么？无非把朱棣当年干过的事再干一遍，清君侧。”

娄素珍愣住。

“王爷！”

娄素珍赶紧把手缩了回去。朱宸濠抬眼望去，只见刘养正一手撑伞一手拿着把伞跑来。

朱宸濠起身接过伞，替娄素珍挡雨。他伸出一只手去，娄素珍迟疑片刻，抓住他的手，站了起来。

两个身影互相依偎，栉风沐雨地向前走去。

第二十五章　功亏一篑

济南的白沙书院得名于梁储和湛若水的老师大儒陈白沙。这日，冀元亨与王畿瞧见王阳明坐在书院池边的一块大石头上看信。

王畿道："少爷。"

王阳明没有回应，二人走近。

冀元亨道："先生。"

王阳明还是没有反应，过了好一会儿才缓缓起身，木然地朝两人身后走去，手中的信纸随风飘落。

王畿看了冀元亨一眼，小跑两步，抓住那张纸，细读起来，惊道："娄忱自杀了？"

冀元亨急切道："还说什么？"

"焦芳晋升工部尚书，张忠调任御马监掌印太监。"王畿将信纸揉成一团，狠命扔到水池里，冀元亨也气得将地面踢得尘土飞扬。

济南贡院，考生们接受检查，鱼贯而入，个个兴奋之中透着一丝紧张。

见考生都在各自的考棚里坐好，考官开始挨个发卷子。

拿到卷子的考生无不瞠目结舌，发出难以置信的惊叹，似乎卷子上写的是天书。考生甲捶胸顿足，考生乙趴在案上哭了起来。

考官过来制止，谁知哭声传染了一大片，考场一时间成了法场……

考官拿着卷子，急如星火地穿梭于梁府的门廊之间，大呼道："梁大人，梁大人！"

他来到花厅，只见梁储正在与湛若水喝茶，赶忙道："梁大人，出事了！"

说着，把卷子交给梁储。

梁储看罢，皱眉起身，踱到门口。

湛若水拿起卷子。

"所谓大臣者以道事君，不可则止；圣人诛少正卯。"湛若水哑然失笑道："第一题太偏，第二题更是不在四书五经之中。难怪。"

梁储转身道："王阳明现在何处？"

考官道："还在书院。书院已经被愤怒的考生给围了。"

湛若水道：“师兄，你不方便出面，我去看看吧。”

梁储略一思忖，道：“也好，注意安全。”

考生包围了白沙书院，静坐示威，在考生甲和考生乙的带领下齐齐喊口号“王阳明，滚出来！王阳明，滚出来”。

湛若水戴着个斗笠赶至，在最后一排找了个位置坐下。

门开了，冀元亨与王畿走出。

考生甲示意众人停下，道：“王阳明呢？”

“找我什么事？”王阳明阔步而出，湛若水坐直了身体。

考生甲质问道：“为什么要害我们？”

王畿道：“根本就不认识你，谁要害你？”

考生乙道：“那你说说，为什么出那样的题？”

王阳明道：“题怎么了？”

考生乙道：“所谓大臣者以道事君，不可则止。你什么意思？”

王阳明道：“什么意思？你不会没读过《论语》吧？孔子说，事君当以正道，不合于道，宁可不做臣子。”

考生甲道：“我们什么都不干，专攻举业，就是为了学成文武艺，货与帝王家。你出这样的题，哪里是为国求贤，根本就是在对抗朝廷！”

众生纷纷附和，湛若水饶有兴致地望着王阳明。

王阳明冷笑道：“对抗朝廷？如果这就叫对抗朝廷，那孟子的‘君有大过则谏，反覆之而不听，则易位’岂不是大逆不道，要诛九族了？”

考生甲不能答，忽闻后排传来掌声，众人齐齐望去，只见湛若水不紧不慢地起身，道：“好一个‘君有大过则谏，反覆之而不听，则易位’！”

冀元亨道：“你是谁，为何不以真面目示人？”

湛若水道：“王阳明都可以玩虚的，咱们凭什么不能？”

众生附和。

王阳明冷静道：“敢问阁下，虚在哪？”

湛若水一字一顿道：“圣人诛少正卯。”

众生皆道：“对！就是它。”

湛若水道：“孔子就任鲁国大司寇不久诛杀了有‘五恶’之称的少正卯，此事既不见于《春秋》，也不见于《左传》，不过是荀子提过一句，后人便以讹传讹。然《荀子》一书并不在考试范围内，朱熹也早就考证过‘诛卯’之说是流言。请问王大人，你出这样的题，是想告诉大家今日之庙堂也有少正卯吗？”

众生哄笑。

王阳明微笑着走下台阶，环视众人，大声道：“我要是说有呢？”

四周顿时安静下来。

王阳明道："不要以为背熟了圣贤书的就是圣人，朝堂之上有的是披着理学外衣的禽兽！"

冀元亨与王畿对视，众生愕然。

王阳明续道："他们欲壑难填，追名逐利；欺上瞒下，祸国殃民。记诵之广不过用来长其傲，知识之多不过用来行其恶；见闻之博不过用来肆其辩，辞章之富不过用来饰其伪。而这些人，哪一个当初不是伴着青灯黄卷苦读经典考上来的？谁能告诉我，到底为什么？！"

湛若水震撼。

王阳明道："明经取士，为国求才。何以最后取上来那么多庸才、奴才？八股代圣人立言，付诸笔端的必须是四书五经里说过的话，讲过的道理，而非考生的真情实感。久之，各位被外在的大道理困住，却不相信内心的直觉判断，到头来可能连是非善恶都分不清、辨不明，还谈什么齐家治国？"

湛若水缓缓摘掉斗笠，王畿一眼就认出了他："是你？"

湛若水抱拳道："在下湛若水，山东学道梁大人的幕僚。"

王阳明拱了拱手道："湛兄的水可以解渴，不知道能不能救火？"

湛若水道："适才所言，有如醍醐灌顶。不过，乡试非儿戏，大人恐怕得给大伙一个交代，我也好回禀梁大人。"

王阳明点头道："你们之中，也有直抒胸臆的佳作，比如'求古人之志者，必将先自求其志，而后能辨其出处之是非。论古人之学者，必先自论其学，而后能识其造诣之深浅'。穆孔晖的这两句，我看就写得很好嘛！"

众生齐齐望向穆孔晖，直看得他脸红耳赤。

王阳明道："像这样的考卷，还有好几张。但是话又说回来，有人中举就有人落榜，自然之理。我也落过榜，为了自勉，当时还写了一句话贴在床头——天下之事，其得之不难，则其失之必易；其积之不久，则其发之必不宏。与诸君共勉！"

湛若水带头鼓掌，穆孔晖等人也拍起了手，掌声渐成山呼海啸之势。王畿得意地看了看考生甲和考生乙，只见二人虽不情愿，却也不由自主地鼓起了掌……

娄府的花厅被布置成了灵堂，娄素珍披麻戴孝。

院子里站满了身穿白衣的官员，包括李梦阳、何景明、康海、边贡、王廷相和王九思。李东阳带着王华与杨廷和入，上香祭拜，娄素珍一一还礼。

李东阳道："我跟刘阁老、谢阁老商量了一下，我们三个要是都来，动静太大，对你反而不利。所以由我出面，转达他们对你父亲的哀思。"

娄素珍道："多谢大人。"

三人出，李士实入内。

娄素珍道："李大人。"

李士实摆手道："以后没有李大人了。老夫已经辞官，并且答应了宁王的邀请，去他府上开个家塾。”

娄素珍一愣，道：“既如此，有件事想向您请教一二。”

“请讲。”

“家父去世前，可曾说过什么话，见过什么人？”

李士实想了想，道：“礼部尚书杨廷和头天晚上倒是去看了看他，别的就没有了。”

娄素珍喃喃道：“杨廷和？”

李士实给娄忱上香，道：“娄大人，你睁眼看看，今天来了多少人？要知道刘瑾是放了话的，说你畏罪自杀，不许百官凭吊。可是公道自在人心哪！”

李东阳三人走到大门口，李梦阳忽然转身，道：“娄忱冤死，草木同悲！阁老，只要您说句话，我等立刻放下门户之见，跟着您与他们拼了！”

“对，跟他们拼了”的声音此起彼伏。

李东阳停下脚步，沉默片刻，道：“他们指谁？”

李梦阳道：“他们——”

何景明赶紧拉住李梦阳，小声道：“小心隔墙有耳。”

李梦阳犹豫，李东阳抬脚。

李梦阳急道：“八虎！”

众人一愣，杨廷和注意到李东阳的脚停在了半空。

李东阳转身道：“何谓八虎？”

李梦阳道：“八头蒙蔽天听，专咬忠良的恶虎！”

“想打虎，你可以去景阳冈。”李东阳转身离去，杨廷和微微一笑，也离开了。

李士实看着院中这一幕，感慨道：“士气可用啊。”

娄素珍远眺门外，只见杨廷和的背影消失在大门口……

泰山十八盘。

王阳明和湛若水累得气喘吁吁，放慢了脚步。

王阳明笑道：“这么说你和梁大人都是陈白沙的弟子？”

湛若水点头道：“白沙书院就是师兄为了纪念师父，出资修建的。”

“我曾向娄谅求教，他和陈白沙是同门师兄弟。嗬，天下说大也大，说小也小。”

“哈哈，是同门，却南辕北辙。一个近朱，一个近陆。王兄，听你昨日所言，对朱熹理学颇有微词，见解主张倒更像是陆九渊的心学。”

“说来惭愧，人言陆学近禅，故始终未曾下力气钻研。”

“近禅？呵呵，我给王兄讲一段公案吧！”

“好！”

“说的是北宋大儒程颢、程颐两兄弟一日去友人家赴宴。宴会上，哥哥程颢对主人送到怀里的歌女温存备至，而弟弟程颐则对怀里的美女视若无睹，甚至厌恶鄙夷。回家后，程颐指责哥哥有失体统，程颢大吃一惊，说我在宴会上，怀里有美女，心中就有美女。现在回家了，怀里没有美女，心里也没有。可你为什么直到现在，心中还念念不忘美女？”

“哈哈哈哈，湛兄这是跟朱熹有仇啊？谁不知道朱熹继承了程颐的衣钵，而陆九渊是程颢的传人？”

湛若水笑而不语，继而抬头道：“还有一百多级。怎么样，比试比试？”

“好！我数‘一二三’。一，二——”王阳明抢先跑了出去，湛若水大喊“滑头”，追了上去。

泰山之巅，一轮红日出现在眼前，王阳明和湛若水静静地欣赏这“造化钟神秀”的自然美景。

湛若水忽道：“在想什么？”

王阳明出神道：“举目见日，不见长安。”

“王兄想回京城了？”

“朝廷调我回去任兵部主事。”

两人陷入沉默。

王阳明打破尴尬，道：“不如你与我同去？以甘泉兄之才，考个进士还不易如反掌？”

湛若水摇头道：“我不去。官场是个烂泥潭，身在其中，百忧感其心，万事劳其形，岂非自讨苦吃？我倒是觉得，王兄把大才浪费在无涯的宦海之中，可惜了，不如执掌白沙书院，与我共倡陆学。”

“那你说说看，陆九渊到底比朱熹高在哪？”

湛若水想了想，道：“朱熹以为天理存在于万事万物之中，人要寻求真理，只需向外去学。问题是我生有涯，世事无穷，今日格一物，明日格一物，何时是个头？而即便看了再多的书，听了再多的道理，也很难内化于心。反观陆九渊，他认为我心即宇宙，宇宙即我心。欲明天理，不必到一草一木上去求，只需向内体悟，与知识多寡、学问深浅并无太大关系，是真正的安身立命之学。”

王阳明兴奋地点了点头，道：“一者‘为学’，一者‘为道’，甘泉兄总结得好！我王阳明从小想当圣人，后来慢慢明白，圣人因为拯救了天下人的心，方成其圣。再后来，又意识到救民于水火与挽救世道人心并不矛盾，这才一头扎进官场。今日听君一席话，真如大海潮音，当头棒喝，若非尚有一笔账未了，便是就地结庐，在此与你终日论学，亦不失为人生一大快事！”

湛若水猜测道：“王兄所说的账，莫非指刘瑾？”

王阳明敛容，望着红日道：“正是。”

“那好，我就在济南等你！”

“一言为定！”

京城闹市，“前七子”中的康海身着六品官服，在六个官差的陪同下视察。

“大人，你看那边！”康海顺着官差甲手指的方向，看见一家店铺私搭的排棚侵占了半个街道，来往人流极为不便，于是快步过去。

走到近前发现棚上贴着黄纸，上书“司设监堆设上用钱粮公署”。

官差甲畏缩道：“大人，要不算了？”

“他说存放御用物资你就信啊？眼见为实！”康海大步走入。

环顾四周，只见这是一家烧酒店，不少客人正坐着饮酒。

小二迎上来道：“大人，喝烧酒？”

康海问道：“店主呢？”

店主注意到了康海，走过来道：“我是店主。大人有何指教？”

康海严厉道：“祭天大典就在下个月，本官奉命拆除御驾所经之处占道经营的接檐、排棚，以肃观瞻。动手！”

店主急道：“慢着！你没看见外面那张黄纸？”

康海冷笑道：“雕虫小技，想唬本官？”

“你说谁雕虫小技？”一个宦官从后堂走出，盛气凌人地望着康海。

店主恭敬道：“彭公公。”

康海嘲讽道：“新鲜，宫里的公公都做起买卖来了！不如咱们也凑钱开家店，补贴补贴家用。”

众官差哄笑，官差甲笑道：“可惜咱没他那张虎皮！”

彭姓宦官大怒道：“我是司设监的彭二，你想怎么样？”

康海强硬道：“司礼监又如何？把这违规私搭的排棚给我拆了！”

酒客们闻言，赶紧撤离。官差们拿出工具，拆除排棚。

店主大惊道：“不能拆，不能拆呀！”

彭二怒目而视道：“骑驴看唱本，咱们走着瞧！”

康海毫不示弱道：“我等着！”

司设监。

彭二哭得梨花带雨，跪在谷大用跟前，道：“干爹，那家店可是有您分红的呀！”

谷大用虽气，但也知道下面这些人的话不能全信。

彭二眼珠一转，道：“要是任凭康海欺负咱们，那以后司设监的牌子就不值钱了，没人挂了，到时候儿子拿什么孝敬干爹您呀！”

谷大用被击中痛点，拍案而起道：“给他点颜色看看！”

天坛。

祭天大典的现场已布置得初具规模，焦芳正带着一众工部的官员检查细节，工部主事康海也在其中。

张永在两个宦官的陪同下由远及近而来。焦芳看见，迎了上去，抱拳道：“张公公。”

张永道：“焦大人，工部今儿个是倾巢而出了吗？”

焦芳谦卑道：“祭天大典一年就一回，不敢马虎呀。请——”

康海站在队尾，看见张永登上台阶，焦芳接过属下递来的图纸，向他比画说明。忽然，彭二领着八个宦官斜刺里杀将出来，径直走到康海跟前，将他拖离人群。

康海恐慌道：“你们干什么！”

彭二尖声尖气道：“干什么？干你！给我打！”

宦官们拳脚相向，康海抱头倒地。焦芳听到动静，抬眼望去，张永也看了过去。由于距离较远，只依稀可见有人被群殴。

焦芳并不制止，又把图纸拿到张永眼前，道：“公公，你看这里……”

张永只好继续听他讲。

康海被打得鲜血淋漓，同僚们却看客般远远观望，无人制止。张永终于忍不住又瞧了一眼，向身边的两个宦官使眼色，道：“过去看看。”

那两个宦官快步过去。彭二见状，让众人罢手。康海躺在地上，昏迷不醒，官服被撕扯得破破烂烂。彭二朝他脸上吐了口唾沫，带着手下扬长而去……

马车风驰电掣，在一张“回春医馆”的店招前停下。两个宦官抬着担架下车，张永紧随其后，吩咐道：“安置好后通知他的家人。”

“是。”

张永上车，奄奄一息的康海被抬进了医馆……

两个时辰后，康海转醒，极度虚弱。其妻坐在床边，抽泣不已。

屋子里，何景明、边贡、王廷相和王九思或坐或立，无不愤慨。

边贡道：“天坛重地，宦竖殴官，真是闻所未闻的奇观！”

王廷相道：“更奇的是工部那么多人，居然没有一个出手相救！”

何景明看了看康海和他妻子，冲王廷相使眼色，道：“都少说两句吧！”

李梦阳一直走来走去，忽然一拳砸在桌子上，道：“李东阳不敢出头，咱们自己干！”

何景明道：“怎么干？”

李梦阳道：“弹劾那八个死太监！”

王廷相、王九思、边贡异口同声：“好！”

李梦阳望向何景明，只见他也点点头。

康海虚弱道：“还有我。”

康妻赶紧道：“你都这样了——”

康海费力地抬起手，示意她闭嘴。

一个声音传入：“也算我一个！”

众人齐齐望去，但见门帘被掀开，王阳明出现在眼前。

李梦阳激动道："王阳明？"

王阳明道："这里不是说话的地方，去我家吧！"

当夜，首辅家里也召开了一场"控诉大会"。

刘健道："老费，你再给他俩讲讲！"

坐在下首的一个二品官哭丧着脸，却是户部尚书费宏，他依言道："尚衣监掌印太监魏彬以到江南督造龙袍为由，奏请向户部支取一万引盐引。我知道这里面的猫儿腻，因此只批了五千引，另一半折合成价银拨给魏彬。"

谢迁奇道："什么猫儿腻？"

费宏解释道："盐引可以夹带，手脚做得好，一张能变出好多张来。具体经办人要是想巴结魏彬或吃回扣，就会给他这样的盐引。先帝在时，明令禁止太监乞请盐引，魏彬仗着皇上撑腰开了先例。我为给朝廷省钱，出此下策，没想到被皇上叫过去劈头盖脸地骂了一顿。我挨骂倒没什么，只是魏彬要是得逞，恐怕将来长芦、两淮盐场的盐被这帮人领光了都不够！"

刘健忍无可忍道："看到了吧？你想退，人家还嫌你让得不够！"

谢迁亦道："此等宵小一日不除，国朝一日不宁！不用跟刘瑾他们客气了！"

刘健不满道："老李，你也表个态啊！"

李东阳思虑道："李梦阳称他们'八虎'。八虎飞扬跋扈，天下民穷盗起。为国除奸，在此一举。咱们分头行动，立刻联合六部九卿，争取一击命中。"

刘健拍桌道："好！"

与此同时，李梦阳等人聚在王家书房磋磨劾疏。

一句"潜消祸乱之阶，永保灵长之祚"写毕，王阳明搁笔，浏览了一遍，递给李梦阳。

众人围过来阅看。

李梦阳连连点头道："好！咱们每人都改过一遍，也算万无一失了。"

王九思道："只是没署康海的名字，他会不会不高兴？"

何景明凝神道："此疏递上去，轻则丢官，重则坐牢。他现在那个样子，还是不要再受任何刺激了。"

众人点头。

边贡意气风发道："我提议，去天外天痛饮一番。"

王廷相附和道："好主意，算是咱们的出征酒。"

李梦阳道："走！"

王阳明随众人离去。

奏疏放在桌上，墨迹未干。

王宅大门，王阳明等人往一个方向走去。一黄发男子从墙角闪出，目露凶光，跟了上去。

须臾，王华回家，路过书房，发现灯没有灭，走了进去。

他看见桌上的奏疏，细细一瞧，大惊失色。

王华定了定神，提笔濡墨，把署名处的“王守仁”三个字涂黑。然后卷好奏疏，匆匆离去。

同一时间，除了工部尚书焦芳外，各部尚书以及都察院左、右都御史、大理寺卿和通政使都云集到了首辅家。

刘健询问道：“明日早朝，老夫与李阁老、谢阁老牵头，大伙一起面折廷争，铲除八虎。各位可有异议？”

官员甲道：“做梦都盼着这一天。阁老，我们与你同进同退！”

官员乙道：“对，只要咱们伏阙力谏，百官就会闻风而动，交章弹劾。诸阉，指日可除！”

杨廷和道：“只是眼下尚需一篇好文字。”

“好文字在此！”王华走入，将奏疏呈给刘健，道：“这道劾疏已有李梦阳等一干官员的联署，三位阁老如果觉得没有问题，大家也都愿意名列其中，就是一篇好檄文。”

刘健念疏：“臣等伏睹近日朝政日非，号令失当。中外皆言刘瑾、魏彬、谷大用等八人造作巧伪，荧惑上心，击球走马，放鹰逐犬，俳优杂剧，错陈于前……嗯，不错。你看看。”

李东阳接疏细看，颔首道：“嗯，确是如刀之笔，刚凛之言。”递给谢迁，道：“只是，疏中要求将八虎明正典刑。骤然之间，恐怕不易。”

刘健道道：“不易就死谏。总之有他没我，有我没他！”

众官点头附和。

李东阳谋划道：“既如此，咱们不能一股脑儿都往前冲。万一局面一发不可收拾，得留人善后——王华、杨廷和，你们两个就不要署名了。”

王华道：“阁老，我是皇上的发蒙之师，岂能袖手旁观？”

李东阳道：“正因为你们俩是帝师，回旋的余地更大，才让你们留下。杨廷和，你说呢？”

杨廷和道：“阁老所言极是。只是愚见以为，为求万全，还当联手司礼监掌印太监李荣。若论同皇上的亲疏，李公公固不及刘瑾，但毕竟比咱们这些人近得多，又是三朝元老，公忠体国。要是连他说的话皇上都不听，那咱们再奋起一搏也不迟。”

李东阳略一沉思，道：“嗯，有道理。不过这么晚了，宫门已经下钥，你如何见他？”

杨廷和道：“无妨，我日间约李公公子时在天外天相见，想必他已请了穿宫牙牌。”

谢迁笑道：“哈哈，好你个杨廷和，算无遗策呀。”

刘健道："事不宜迟，你誊抄一份，这就去吧！"

天外天包厢，众人喝得酩酊大醉，伏案昏睡。
李梦阳含混不清道："醉卧沙场君莫笑，古来征战几人回？"
王阳明喃喃自语："风萧萧兮易水寒，壮士一去兮不复还。"
酒楼外，轿子落地，杨廷和下轿，快步走入。远处，跟踪王阳明的黄发男子闪出，一脸疑惑。
另一间包厢，杨廷和关门转身。
李荣道："杨大人。"
杨廷和道："公公，你看。"
李荣接过杨廷和递来的劾疏，仔细阅读，频频颔首。他收好劾疏，道："作孽啊。当年太子出阁读书，增选近侍，我做主挑了刘瑾，没想到造成今日之局面。"
"公公力挽狂澜还来得及，再晚就真的回天乏术了。"
"我这便进宫。"

焦府。
焦芳身体前倾道："你没看错？"
黄发男子摇头。
焦芳思忖道："我去找刘公公。李梦阳不用盯了，你马上去刘健的宅子，在外面守着，看看都有什么人出入。"

朱厚照在乾清宫喂鹰吃肉，一旁的李荣朗读奏疏："此辈细人，惟知蛊惑君上，自便其私，而不知昊天眷命，祖宗大业，皆在陛下一身。万一游宴损神，起居失节，虽齑粉若辈，何补于事——"
朱厚照走到端盆宫女前洗手，不耐烦道："好了好了，就说想让朕干什么吧？"
李荣收起奏疏，道："捉拿刘瑾等八人，明正典刑。"
朱厚照擦了擦手，转身道："你刚才说这奏疏是谁写的？"
"内阁三位大学士以及六部九卿联名上的。"
朱厚照一惊，手帕落地，口气登时软了："朕……朕下罪己诏，让他们放过刘瑾，行吗？"
李荣皱眉道："恐怕——诸位大人义愤填膺，说不除这八个人，他们就集体请辞。"
朱厚照瘫坐在龙椅上，六神无主……

刘瑾披着衣服来到花厅，焦芳起身。
刘瑾道："这么晚了，什么事？"
焦芳焦急道："李荣星夜出宫，密会杨廷和。李梦阳那边也蠢蠢欲动。如果我没猜错，明日必有大事发生。”

“好不容易皇上回宫，可以休沐两天。这帮人，太不让人省心了！明天一早，我进宫面圣。”

“明天就晚了！马上入宫，和其他几位公公一起。”

刘瑾色变道：“有那么严重？”

焦芳点头道：“娄忱自杀以来，外廷对您一直憋着股气。我有预感，他们憋不住了。”

李荣造访刘健府邸，对众人道：“各位大人，皇上说他知错了。八虎侍奉他多年，不忍处死，愿将八人发配至南京给太祖守陵。”

刘健坚决道：“不行。这分明是缓兵之计，不能姑息养奸！”

谢迁亦道：“对！等哪天皇上又想起他们了，再召回北京，岂不是死灰复燃？”

李荣为难道：“两位阁老的心情我理解，但是不是也给皇上留点面子？”

刘健不满道：“他要面子，大明的体面往哪搁？”

众人沉默。

李东阳缓和道：“过激恐将生变。万一把皇上逼恼了，只怕适得其反。”

杨廷和附和道：“不错。皇上素来任性，这次能服软估计是真的着了慌。不如先借他的话头儿把八虎撵出北京，等老虎下了山，收拾起来就容易了。德辉，你说呢？”

王华点头道：“君无戏言。实在不放心，可以让皇上在圣旨里加一句‘永不召回’。”

谢迁道：“圣旨是死的，人是活的。这个险，不能冒。”

刘健道：“上下相猜，中外不协。八虎不死，国无宁日。老夫记得先帝临终的时候，握住我的手，托付以大事。现今陵土未干，这些奸宦便如此猖狂。老夫日后有何面目见先帝于地下啊！”说着，竟老泪纵横。众官也跟着抹眼泪。

谢迁一锤定音道：“夜长梦多，烦请公公再走一趟。”

李荣叹气出门，李东阳、杨廷和、王华神色忧虑。

八虎披星戴月，一路狂奔。

魏彬上气不接下气道：“干爹，到底怎么啦？”

刘瑾严肃道：“内阁要对咱们下手了！一会见了皇上可劲儿哭，哭哑了嗓子也比脑袋搬家强。”

八虎奔至西华门，奋力拍门：“开门，快开门呀！”

城楼上，一卫兵探出脑袋，道：“宫门已下钥，没有牙牌，禁止通行。”

刘瑾高呼：“我是刘瑾，有十万火急的事要见皇上。误了大事，你人头不保！”

阒然无声。

刘瑾下令道：“继续敲！”

八虎疯狂砸门。

一个熟悉的声音传来："是司礼监的刘公公吗？"

刘瑾一愣，制止众人，道："是我。你是？"

钱宁高声道："锦衣卫千户钱宁。遇到我，算您走运！"

片刻，大门开启，八虎一拥而入。

刘瑾想了想，转身冲城门上喊道："钱宁，好样的。我记住你了！"

乾清宫。

李荣无奈地摇摇头，朱厚照软绵绵地陷在龙椅里，目光呆滞，半晌方道："朕准了，明日早朝宣旨。你下去吧。"

"是。"

李荣不放心地看了眼朱厚照，缓缓退下。

朱厚照望着门外的一片漆黑，思绪飘回到小时候同父亲散步时的情景。那时，朱祐樘苦笑着对他说："日后你就懂了。总之一句话，千万别惹科道官。"

今日，朱厚照总算明白了父皇为什么要那么说，不服不忿的他一把将劾疏扔到了地上。

他又想起朱祐樘曾坚定不移地对自己说："你的母亲就是朕的皇后，史官清清楚楚地写在起居注里，无可置疑。往后谁要敢再乱嚼舌头，朕定不轻饶！你听明白了吗？"

一阵哀号把朱厚照拉回了现实。

只见八虎跪在地上，捧着奏疏，显然已经看过，清楚大祸临头。

刘瑾哭诉道："皇上，您要是不说句公道话，我们几个就只能下辈子再服侍您了！"

朱厚照无奈道："他们逼人太甚，朕也没有办法。要是这些人都撂挑子不干了，朝政怎么办？太后也不会放过朕的。"

"也罢，奴才们贱命一条，死不足惜。只是明日就要上路了，有几句肺腑之言想跟皇上说。"

"你说，朕听着。"

"刘健、谢迁、李东阳想杀奴才不奇怪。他们倚老卖老惯了，见不得奴才们陪着您玩。可让您高兴，本来就是我们这些人的本分。把您侍奉好了，您才有精力处理国事呀。"

六虎随声附和，张永冷眼旁观。

刘瑾续道："但是李荣不一样。"

朱厚照好奇道："怎么不一样？"

刘瑾挑拨道："他是内廷之首，皇上这么信任他、器重他，没想到关键时刻他竟然跟文官合起伙来欺负您。"

朱厚照脸色阴沉。

刘瑾喋喋不休："只要杀了我们这几个东宫的老人儿，李荣就可以跟文官内外联手，操控朝局了！内阁票拟，司礼监批红，您完全被架空啦！奴才一想到皇上以后身边没一个亲近的人，睡觉都睡不踏实，真是死不瞑目啊！"

朱厚照的拳头越握越紧，张永深感刘瑾之可怕。

"《大明律》载有明文，若在朝官员，交结朋党，紊乱朝政者，皆斩；凡诸衙门官吏，若与内官及近侍人员交通，泄露事情，夤缘作弊者，皆斩。皇上圣明烛照，到底是我们该杀，还是他们该死啊皇上！"说着，刘瑾以头抢地，痛哭失声。

朱厚照拍案而起，道："岂有此理！"又缓缓坐下，软绵绵道："可是他们来势汹汹，如之奈何？"

刘瑾毅然抬头，道："天下乃陛下所有，陛下所决，谁敢不从！"

朱厚照目光坚毅地望向鹰。从它眼中，他看到一张乾纲独断的脸。

寅时已过，在首辅家等候消息的官员或坐或立，疲态尽显。

李荣入内。

王华精神为之一振道："李公公！"

众人闻言，立刻抖擞起来。

李荣冲刘健点点头，道："皇上应允了。"

刘健惊喜，众官亦喜笑颜开。

谢迁振奋道："大明有救了！"

只有李东阳与杨廷和脸上掠过一丝疑虑。

第二十六章　舍我其谁

百官跪在奉天殿广场的金水桥畔。

一宦官扯着嗓门道："上朝——"

群臣起身往前走去。刘健目光刚毅，谢迁踌躇满志。李东阳忐忑不安，王华也微微皱眉。杨廷和倒是异常冷静，似乎早已洞穿了一切……

奉天殿里，百官分班站好。

但见龙椅上空空如也，刘健隐隐感到不安。

这时，张永捧着圣旨出，站定后环视众人，道："宣旨——"

群臣下跪。

张永朗声道："奉天承运，皇帝诏曰。查司礼监掌印太监李荣，专权擅政，怙恶不悛，致使纪纲颓坠，法度凌夷。姑念其久事先帝，尚算尽心竭力，着令回籍闲住，不许停留。户部郎中李梦阳、中书舍人何景明、太常寺丞边贡、吏部主事王九思、兵科给事中王廷相交结内臣，朋党为奸，挟私妄议，渎乱宸听，着即捉拿归案，以儆效尤……"

伴随着张永的声音，一队身穿飞鱼服、腰佩绣春刀的锦衣卫冲进天外天。宾客四散而逃，小二全部吓傻。锦衣卫跑上二楼，挨个踹门，终于找到王阳明等人所在的包厢。众人被惊醒，锦衣卫照着画像抓人，把李梦阳等人带走。

王阳明如坠云雾……

奉天殿里的声音还在持续。

"司礼监秉笔太监刘瑾，才德俱佳，可堪大用，擢升掌印太监。张忠迁东厂提督，魏彬迁司礼监秉笔太监，谷大用迁御马监掌印太监，钱宁迁锦衣卫都指挥使。望尔列位臣工，洗心涤虑，精忠报国，钦此！"

刘健等人的表情早就随着张永的宣读变为不解、惊讶、愤怒和不甘。

费宏大哭道："弘治盛世没了，完了，全完了！"

刘健霍然起身，道："让刘瑾那个奸贼出来！"

群臣义愤填膺道："对！让他出来！"

张永惶恐，落荒而逃。

谢迁道：“眼下怎么办？”

刘健愤然道：“时局糜烂至此，我要上疏致仕。你们呢？”

谢迁道：“我也不想尸位素餐，敷衍刘瑾。”

刘健望着李东阳，只见他点头道：“请辞是底牌。如果皇上还顾念先帝的托孤之情，把这件事重新捋一捋，或许尚有转机。若一意孤行，我等留在朝中也没有意义了。”

王阳明走出天外天，发现光天化日之下，一切如昨，还是一副车水马龙、太平盛世的样子。他回到家，跑进书房，发现奏疏不翼而飞，大惊失色，转身出门时正好撞见王喜，便道：“老爷呢？”

王喜道：“上朝去了，还没回来。”

王阳明一愣，快步离去。

“少爷，少爷，你去哪呀？”

王华失魂落魄地在什刹海边漫步。

他注意到一群放风筝的孩子正在进行一场激烈的空中厮杀。他们以风筝为武器，互相切割。其中，一只吊睛白额、猛虎造型的风筝渐占上风，相继割断了“仙鹤”“孔雀”和“云燕”的线，三只风筝迅速坠落。

“猛虎”的小主人拍手叫好道：“哈哈，我赢啦！都归我了！”

另外三个孩子垂头丧气。

王华来到银锭桥边，登上台阶。走到正中时，一抬头忽见桥头站着一个熟悉的身影，却是王阳明。

王华一愣，停下脚步。

王阳明质问道：“为什么拿我的奏疏？”

王华不语。

王阳明又道：“为什么李梦阳他们被抓了，我没事？”

“你根本不懂朝堂上的险恶！”王华快步走下桥。

王阳明冲着王华的背影咆哮道：“可我有我的信念，我的坚持。你呢？”

王华停步，缓缓转身，冷笑道：“信念？坚持？恐怕只有先活下去，谈这些才有意义吧？”

“哪怕活得像个禽兽？”

王华怒道：“青史只论成败，不问因由！”

“所以改写历史的人，都不怕弄脏自己的手？可要是有一天醒来，他发现连自己的初心也变了呢？”

“哼，不知所云！”王华扬长而去。

当晚，刘瑾的宅子里，三只酒杯碰在一起。刘瑾、张忠和焦芳围着铜炉吃涮羊肉。

“初战告捷，多亏了二位。先干为敬！”刘瑾一饮而尽，张忠、焦芳亦干杯。

张忠道：“听说刘健、谢迁、李东阳又唱了出联名乞休的苦情戏？”

刘瑾吃肉道：“是啊，奏疏写得挺长，我都有点看不懂。焦芳，你还记得吗？”

焦芳想了想道：“我给你们背一段。夫人君之于小人，若不知而误用，其失犹小，天下尚望其能知而去之。若既知而不治，则人人狎玩，愈肆奸邪，正人危疑，被其离间，天下之事无可复为！必至乱亡而后已——就这腔调，难怪皇上不高兴。”

张忠道：“皇上怎么说？”

刘瑾道：“他们还想玩三辞三留的老把戏，皇上哪，打算直接让他们滚蛋。”

焦芳道：“还真不能都赶走。我看，把李东阳留下吧。”

刘瑾搁筷道：“为什么？”

焦芳分析道：“三条。第一，李东阳善于审时度势，不像刘健、谢迁那么硬，非得跟咱们拼命；第二，此人门生故吏太多，在诗坛影响力也很大，撵走了只怕舆论对咱们不利；第三，区别对待，可以分化瓦解这三个人，也能暗示百官顺昌逆亡，倒向咱们。总之，李东阳留下，朝局才稳，否则刘公公您将直接面对外廷的惊涛骇浪。”

刘瑾点头道：“嗯，有道理。我去找皇上说道说道。”

天刚蒙蒙亮，李荣背着行李来到码头。

他看上去更老了，白发苍苍，转身望了眼紫禁城，鼻子一酸，叹了口气，准备上船。

张永从船舱中走出，抱拳道：“李公公。”

李荣眯眼一瞧，道：“是张永啊。唉，我故意起了个大早，就是不想让人送行，没想到你这么有心。”

张永悲戚道：“朝廷——对不住您。”

李荣平静道：“人事有代谢，往来成古今。不说这些了，说说你吧。”

“我？”

“你跟他们不一样，你有恻隐之心，我看得出来。皇宫是座大染缸，把多少人变成了鬼。你能不忘善念，这一点很难，也很宝贵。”

“可是现在群魔乱舞，好人难做……”

李荣摇头道：“持身不正，持心不纯，则权势富贵皆如云烟。刘瑾之所以得势，盖因皇上要利用他削弱外廷，加强君权。他扮演的是汉代酷吏的角色，一旦皇上站稳了脚跟，势必弃之如敝屣。如果彼时轮到你上台，切记平衡好内外的均势，既不要当王振、汪直，也要避免文官对皇上压制过甚，激起反弹，君臣离心。”

张永认真道：“公公剀切之言，张永受教。”

李荣点点头，登船而去。

豹房公廨。

朱厚照津津有味地观看戏班子表演。只见一条大汉把三张方桌叠起，只用自己的额头顶住桌角，让一个童子在桌顶高处翻跟头耍把势。

刘瑾入内，凑到朱厚照身边耳语。

朱厚照转过头去，道："为什么？"

刘瑾俯首道："皇上，全赶走了，面儿上不好看，好像您没有容人之量似的。再说，留下李东阳，你和百官之间也有个缓冲不是吗？"

朱厚照瞥了眼台上，只见演员已换成一个色艺双绝的女子，用双腿把一口大水缸踩得轮转如飞。

"好！"朱厚照对刘瑾道，"就按你说的来。"

"是。"

狱卒老吴还是头一遭进天外天。

他缩手缩脚地走上二楼，敲开了一间包厢的门。

王阳明已点了一桌好菜，恭候大驾。见老吴进来，王阳明热情道："老吴，快坐。今天没别人，咱俩喝个痛快。"

老吴受宠若惊地入座，道："王大人，干吗请我喝酒啊？"

王阳明斟酒道："你还记得有一年带我查看刑部大牢吗？"

老吴点头道："记得，就是那回您发现了卢珂的冤案。"

王阳明与他碰杯道："听说你调到北镇抚司狱去当差了？"

"唉，别提了。娄忱死在了刑部大牢，上面兴师问罪，我跟另一个伙计被拉出来背锅。说是平调，可吃咱这碗饭的，谁愿意去诏狱啊？干的都不是人事儿。"

"老吴，其实我想求你一件事。"

"您是大官儿，我能帮得上您什么忙？"

"我想进去看看新近关押的李梦阳。"

老吴闷声吃菜，不说话。王阳明拿出一锭银子，放在他眼前。

老吴搁筷，有些不悦道："这事要冒点险，但是能办。王大人，您把银子收起来吧。我虽然不识字，却看得出谁好谁坏。我家孩子有一回问我，说监狱里关的都是坏人吗？我说不是，有的只是因为太正直了。"

王阳明笑道："老吴，你这句话比识多少字都有用哩！"

是夜，诏狱的狱卒们喝得酩酊大醉，趴在桌上睡觉。

老吴带王阳明悄悄走入。

这里的监舍不像刑部那样每间都用十几根木桩与通道相隔，而是实墙。要想看清里面的状况，只有拉开铁门中间的小窗。

走了一会儿，老吴止步道："到了。"他敲了敲铁门，打开小窗："李梦阳，有人看你来了。"

王阳明凑近，透过小窗看见李梦阳披头散发，四肢被四条锁链拴着，整个人呈“大”字形站立。

李梦阳睁眼抬头，看见王阳明。

王阳明唤道：“空同兄。”

李梦阳两眼无神。

“是我呀，王阳明。”

李梦阳小声道：“滚。”

王阳明一愣，道：“你说什么？”

李梦阳高声道：“滚！”

王阳明错愕不已。

李梦阳发起狂来，挥舞四肢，把锁链弄得“哐啷”作响。

老吴不住张望，担心不已。王阳明痛苦地闭上眼睛。

老吴道：“王大人？王大人？”

王阳明睁眼，缓缓地关上窗。

次日，大雪漫天飞舞。京郊长亭，李东阳携杨廷和、王华等人给刘健、谢迁送行。

马车停在长亭外，一边是十几个身穿红色官服的高级官员，一边是身着素衣的刘健与谢迁。白雪皑皑，形成强烈的色彩对比。

众官愁眉苦脸，李东阳拭泪。

刘健不耐烦道：“有什么好哭的？你态度坚决一点，今日就可以跟我们一块走了！”

王华打圆场道：“刘阁老，李阁老接到圣旨时，当场又写了一道辞疏。可皇上只批复了两句话——自陈休致，臣下职也；黜陟人才，朝廷公论。卿勿再辞！”

谢迁皱眉道：“去官易，留守难。刘瑾要收拾这么大一个摊子，必然借重各位。还望诸君爱惜名节，勿为小人所用。”

两人上车离去，众人目送。

费宏跺脚道：“太憋屈了！大伙一起上奏，交章挽留！”

众人附和。

杨廷和道：“大家冷静一点！刘瑾已对两位阁老恨之入骨，我们再去火上浇油，这不是救人，是害人。”

费宏道：“联名上的疏，阁老丢了官，李梦阳他们被抓进了诏狱，剩下咱们这些人安然无恙，天下人会怎么看？反正让我作壁上观，我做不到！”

众人纷纷道：“对，做不到！”

费宏等人吵嚷着离去，只剩下李东阳、杨廷和与王华三人伫立在白茫茫的雪地里……

刘瑾把费宏等人的奏疏扔到地上，怒道：“还有完没完？全抓了！”

焦芳冷静道："公公息怒。这几个人都是各部的堂官，不比李梦阳。抓了会引发剧烈的冲突，难以收场。"

"那你说怎么办？"

"罚俸。"

"罚俸？岂不是便宜他们了吗？"

焦芳阴鸷道："每人罚一万两，还便宜吗？"

刘瑾一愣，笑道："罚得他们倾家荡产，知难而退。好主意！"

半个月后，南京通政司。

一帮御史、给事中在衙门外围看公告，窃窃私语。南京礼科给事中戴铣忽然冲了出来，迈上台阶，转身对众人大声疾呼："我是戴铣！各位，朝廷出事了，出大事了！不到一个月的时间，官员被抓，阁老遭黜，四个尚书要承担每人一万两的重罚。费宏费大人卖了宅子也交不起罚款，只好自请辞职。为什么会这样？为什么？因为皇上身边出了奸贼！他，就是刘瑾！"

众人振臂高呼："打到刘瑾，打到刘瑾！"

戴铣鼓动道："咱们一人一口唾沫，淹也要把刘瑾淹死！"

"对，淹死他！"的声音响彻云霄。

桌上的奏章堆积如山。刘瑾放下奏疏，缓缓坐下，道："儒以文乱法。不用重典，这股歪风看来是刹不住了。"

焦芳道："公公打算怎么做？"

"张忠，东厂派人，去南京将为首的——"刘瑾看了看奏疏，道："戴铣、蒋钦、薄彦徽等十五人押来北京。廷杖！"

张忠道："是！"

三十多骑东厂缇骑呼啸着穿入南京神策门，为首一人高喊"东厂办案，挡道者死"。

市民惊恐万状，四散奔逃。

御史蒋钦从家中被缇骑绑走，其妻抱着小孩，拿着棉衣追出，凄然道："夫君！"

蒋钦叮嘱道："照顾好孩子！"

蒋妻追近，想把棉衣交给他。谁知一缇骑在马上挥舞长鞭，把她脸上抽出一道血痕。

蒋妻倒地，大哭不止。

蒋钦回头又望了一眼，泪流满面。

冰天雪地，狂风呼啸。

戴铣、蒋钦和薄彦徽等十五人手上套着绳索，像羊群一样被东厂缇骑赶着走。

戴铣踉跄了一下，栽倒在地，气喘如牛。

但闻清脆的一声，身上已挨一鞭。戴铣艰难起身，继续前行。

京城。

北风如刀，满地冰霜。马车飞驰，驾车人乃刘养正。

经过一个红薯摊时，马车停了下来，朱宸濠跳下车，问道："怎么卖？"

卖薯翁道："十文钱一个。"

朱宸濠给了他一锭银子，道："来两个，不找了！"

"好嘞！"卖薯翁把两个冒着热气的红薯交给他。

朱宸濠上车，只见车厢里坐着娄素珍和夏柔。

马车启动，朱宸濠把红薯递给娄素珍，道："暖暖手。"

娄素珍接过红薯，心事重重。

朱宸濠道："夏柔，你也来一个。"

夏柔道："王爷，你吃吧，我不饿。"

朱宸濠硬塞给她，道："客气什么？"

路过一个亭子时，娄素珍下意识地掀起窗帘。她忽然想起自己曾在这里给王阳明跳舞，眉间不禁掠过一丝惆怅。

正要放下帘子，却见亭子的长凳上躺着一个人，手里拎着酒壶。定睛一看，竟是王阳明！

娄素珍赶忙道："停车！"

马车停下，娄素珍下车，走进亭子。

朱宸濠掀帘观望。

王阳明睁眼，挣扎着坐了起来，疑惑道："娄姑娘？"

"你怎么睡在这？会冻坏的。"娄素珍把貂绒披风给他盖上，王阳明看了看身边的空酒壶，道："我——"忽觉头痛欲裂，摸了摸脑袋，发出一声惊呼。

娄素珍关切道："你怎么了？"

"我没事。"王阳明看了看她身后的马车，道："你这是要去哪？"

朱宸濠见王阳明向这边张望，赶紧放下帘子，神色凝重。

娄素珍幽幽道："南昌。"

王阳明一脸不解。

娄素珍环视四周，道："你还记得这吗？"

王阳明茫然四顾。

娄素珍苦笑道："事已至此，我又何必再自作多情？最后问你一个问题。"

王阳明仰面看着她，娄素珍欲言又止，终于说了声"算了"，转身离去。

王阳明忽道："爱过！"

声音虽小，但对娄素珍而言不啻于五雷轰顶。她停下脚步，闭上眼睛，泪水从眼角渗出。

娄素珍颤抖道："王阳明，权力功业如战场，不要被人利用，步我父亲的后尘。"

王阳明起身，不解道："此话怎讲？"

娄素珍睁眼，目光冷峻道："他是什么样的人，你我都了解，怎么可能因为受不了拷打而自杀？"

王阳明皱眉。

娄素珍续道："李士实告诉我，他自杀前一晚，杨廷和曾去狱中与他长谈。"

王阳明震惊。

"保重。"娄素珍离去。

王阳明麻木地呆立着，无助而愤怒，直到王畿和冀元亨寻来。

王畿道："少爷，你怎么在这啊？"

冀元亨道："家里人都急坏了，快回吧！"

王阳明刚走了两步，又折返回去，捡起貂绒披风，交给王畿。

回到家，王阳明快步走入，与诸芸玉擦肩而过。

诸芸玉道："守仁？"

王畿和冀元亨随之而入，紧随其后，诸芸玉注意到王畿手上的披风。

王阳明经过花厅，只见王华正坐着喝茶。

王华放下茶碗，道："站住！"

王阳明聋了一般，不管不顾地往里冲。

王畿和冀元亨停步，齐声道："老爷。"

王华挥手，两人跟了上去。

只见王阳明走进书房，果断地关了门……

落日余晖把银锭桥染成了金色。

什刹海旁，一个老头儿在玩陀螺，用鞭子把地面抽得"啪啪"直响。原本放风筝的孩子被这新鲜玩意儿吸引，围了一圈，看陀螺飞速旋转……

门开了，王阳明拿着奏章出，经过花厅。

这一次，他不慌不忙。

王华黑着脸道："你又要去哪？"

王阳明站定，道："我要上疏，你不要拦我。拦我也没用。"

"我能看看吗？"

王阳明不语。王华起身走近，去拿奏疏。扯了两下，王阳明才松手。

"《乞宥言官去权奸以彰圣德疏》？"王华静静地看了一遍，道："戴铣不是小时候在慎独书院欺负你的那个孩子吗？我记得他后来还诬告唐伯虎作弊，被李阁老找了个借口赶到南京去了。没想到这次倒挺勇敢。”

王阳明转身道：“所以说这世上既没有绝对的好人，也没有绝对的坏人。只有做了好事的人，和做了坏事的人。有些人平日自诩清流，可一遇事——哼！”

王华愣了愣，把奏章还给他，道：“有所长进。虽然题目里有‘去权奸’，但通篇只劝皇上释放言官，没有多的把柄让他们抓。这样的文字，先帝在时多半一笑而过，可今上——唉！”

王阳明道：“我已经做好了丢官的准备。”

“可能还要下诏狱。”

“不怕。”

“好，好。”王华径直离去，王阳明颇感意外。

王华走到门口时停了下来，声音颤抖道：“让你媳妇给你备条棉裤，多垫几层棉絮。”

王阳明愣住。

王华走出门外，眼眶红润……

刘瑾宅邸。

焦芳下跪，感激涕零道：“公公恩重如山，焦芳虽肝脑涂地，亦难报万一。”

刘瑾将之扶起，道：“哎，你跟李东阳是同年，资历一样老。就是论资排辈，也该你入阁了。”

焦芳擦了擦眼角，道：“可是毕竟没有经过会推，皇上直接下旨任命，公公为我费了不少心。”

张忠笑道：“焦阁老要真想报答刘公公，就想办法解决眼下的难题吧！”

焦芳向刘瑾投去询问的目光，只见他拿出一道奏章，道：“好不容易沉寂了一阵，居然还有人敢跳出来骂咱们。”

焦芳接过奏章，快速浏览，道：“还好，态度不算激烈，也没有指名道姓。”他放下奏疏道：“我跟这个王阳明交过手，此人不过是沽名钓誉之徒，不值一哂。现如今风平浪静了他冒出来，不过是想趁余波未散博取声名罢了。公公如果处罚他，反倒成全了他，切莫中计。”

张忠亦道：“是呀，这局咱们已经胜了，没有必要再兴风浪。”

刘瑾望着眼前的一片虚空，目光阴毒……

王阳明坐在自家房顶，望着空中飞过的一片鸽子发呆。

鸽哨声悠远绵长，冀元亨与王畿来到屋檐下。

冀元亨小声道：“先生这几天怎么了？”

王畿低声道：“你想以身饲虎，可老虎根本不搭理你。你说你郁不郁闷？”

诸芸玉远远地看着王阳明，忧从中来。

夜里，诸芸玉辗转反侧。又翻了个身后，她下意识地睁眼，发现王阳明正盯着她看，吓了一跳，道："怎么还不睡？"

王阳明道："明天我要去干一件事。"

诸芸玉沉默片刻，道："去吧。那只靴子不落下来，你是不会安心的，大家也都安生不了。"

"你不问我什么事？"

"我只想问你，前些日子闹得那么凶，不见你有什么动作。现在胜负已定，却逆势而动。为什么？"

"闹得凶说明有很多正义之士在奋斗，多我一个不多，少我一个不少。而今魔高一丈，死气沉沉，正需要一个声音来唤醒天下的有识之士。此任非我莫属。"

诸芸玉一把搂过丈夫的脑袋。

王阳明满怀歉意道："对不起。"

诸芸诸安慰道："雪再大，终究是会停的。不管你做什么，我都支持你。"

红日冉冉升起。

刘瑾的宅子门口围了黑压压一片人。

"那不是刘瑾家吗？出什么事了？"

"不知道，去看看。"

从空中俯瞰下去，只见人群围成的圆心处有张方桌，王阳明立于其上朗读奏疏："铣等职居谏司，以言为责。其言而善，自宜嘉纳施行；如其未善，亦宜包容隐覆，以开忠谠之路。乃今赫然下令，远事拘囚……"

刘瑾在豹房陪朱厚照看滑稽戏。

只见舞台上站着两个长相丑陋的侏儒，插科打诨，装疯卖傻，一会儿嬉笑逗趣，一会儿又假装恼了，扯作一团，笨手笨脚地在地上乱打，把朱厚照乐得哈哈直笑。

这时，张忠急入，凑到刘瑾耳边低语。

刘瑾变色……

王阳明继续念疏："今在廷之臣，莫不以此举为非宜，然而莫敢为陛下言者，岂其无忧国爱君之心哉？惧陛下复以罪铣等者罪之，则非惟无补于国事，而徒足以增陛下之过举耳。然则自是而后，虽有上关宗社危疑不制之事，陛下孰从而闻之？"

轿夫急奔。

轿子里，刘瑾脸色铁青……

人越聚越多，里三层外三层。

王阳明朗声道："各位，我是兵部主事王阳明。十天前，我上疏劝皇上开释戴铣等因言获罪的诤臣，没想到奏章递上去如泥牛入海，杳无音信。你们说，究竟是天子无道，还是奸人作梗？"

"王主事所说的奸人，可是这间宅子的主人？"

远处，刘瑾下轿，张忠在侧。

王阳明道："问得好！奸者，女字旁一个干。如果说女人干政谓之奸，那不男不女之人干政大家以为该叫什么？"

"权奸！"

众人哄笑，刘瑾气得浑身颤抖。

王阳明继续道："不错！权奸在朝，蠹国害民。忠臣迭遭打压，上下人心震荡。戴铣等人直言敢谏，挽留阁臣，卓然有古君子之风，却被阉贼拿解北京，要打四十大板。我王阳明别无所长，只练过一些童子功，愿自请五十大板，为志士仁人壮威助阵！"

众人叫好，排山倒海的掌声响起。

刘瑾对张忠咬牙切齿道："告诉钱宁，着即抓了，下北镇抚司狱严审！"

当晚，钱宁亲自坐镇，指挥抓捕。

两队锦衣卫冲进王宅，吓得王喜、王畿避让不及，跌倒在地。冀元亨怒目而视，却也不敢造次。

锦衣卫踹开正厅的大门，只见王阳明身穿六品官服，当中坐着喝茶。诸芸玉站在一边，逼视来者。

王阳明放下茶碗，拿起桌上的官帽戴好，起身抱了抱妻子，大步流星地出门而去。

诸芸玉跟了出来，王喜、王畿、冀元亨皆对经过院子的王阳明行注目礼。锦衣卫围着王阳明，不敢近身。

另一个房间，王华站在窗边，目光一直没有离开过王阳明……

翌日，刘瑾把焦芳、张忠召到家里商议。

刘瑾满脸杀机道："他想杀身成仁，咱就让他成仁嘛，夫子的教诲你们忘了？己欲立而立人。"

张忠附和道："对，看看是他的童子功厉害，还是五十棍廷杖厉害？"

焦芳捋须不语。

刘瑾道："你们东厂现在是怎么个打法？"

张忠道："有三种。一是'打着问'，打起来只听板子响，却不伤皮肉；二是'着实打着问'，会打到皮烂血流甚至伤筋动骨，但并不致命；三是'好生着实打着问'，这就是下死手了，看上去没声没响，受刑之人却难逃一死。"

"好，你亲自监刑，给我好生着实打着问。打他六十棍！"

“是。”

焦芳忽道：“何不让张永监刑？”

刘瑾道：“张永？”

焦芳点头道：“张永跟您离心离德，康海就是他救下的。”

张忠一副不吐不快的样子，道：“没错！李荣去职后，咱们的人俱有升迁，唯独他原地不动，还是司礼监秉笔，怎么可能不心生怨恨？我听钱宁说，他的人曾看到张永给李荣送行。”

刘瑾色变道：“他一向与我不亲，没想到是个吃里爬外的主儿！”

焦芳献策道：“这事好办。张公公先跟当天行刑之人打好招呼，往死里打，再请张永来监刑。等打死了王阳明，您固然会受些非议，但舆论会把账算到张永头上，他也就自绝于外廷了。”

张忠赞道：“好一招一石二鸟之计。”

是夜，诸芸玉提着一个篮子来到诏狱，在老吴的带领下走到王阳明的监舍旁。

老吴打开牢门下方的小窗，诸芸玉蹲了下来。

老吴道：“你们谈，时间到了我过来叫你。”

诸芸玉道谢后，透过小窗，看见王阳明的手脚缠着锁链，坐在牢门旁，脸上伤痕累累。

王阳明听到动静，睁开眼睛，微微一惊。诸芸玉默默地拿出一个食盒，揭开盖子，将饭菜递到丈夫跟前。

王阳明开玩笑道：“哎呀，疼死了。我动不了了，你喂我。”

诸芸玉正色道：“好好吃饭！”

王阳明坐直了吃饭。

诸芸玉柔声道：“好吃吗？”

王阳明狼吞虎咽道：“好吃！你再不吃，我可一扫而光了啊！”

诸芸玉微笑，递给他一本书，道：“爹让我把这本《史记》给你。他说文王拘而演《周易》，仲尼厄而做《春秋》，让你以太史公为榜样，不要自暴自弃。”

王阳明不以为然道：“老头子就爱讲大道理，却很少身体力行。从小到大，我做什么事他都要插一杠子。这回估计是良心发现，没有拦我。你知道从李东阳、杨廷和到咱爹，这些笃信朱熹的所谓理学名臣都有一个什么问题吗？”

诸芸玉摇头。

王阳明续道：“无事袖手谈心性，临危啥也做不了，甚至走到自己的反面。焦芳就是活生生的例子。”

“我不懂你们男人的事，只知道他是爱你的。”诸芸玉递给他一盒跌打药，道：“刘瑾让人把京城的跌打药都买空了。你爹为了给你买药，四处奔走，最后跑到天津卫才买到一盒。”

王阳明半晌无语，小声道：“万一，我横着出去了，替我照顾好他。”

诸芸玉正在收拾碗筷，一听这话，蓦地停住了，眼泪滴答滴答地落在食盒上。

王阳明笑道：“没想到坚不可摧的诸芸玉也会哭。今日一见，死而无憾了。哈哈！”

诸芸玉更伤心了，抽泣起来。

“好了好了，我跟你说笑呢！我王阳明乘云而生，天降大任，哪那么容易死？”

老吴走了过来，道：“差不多了。”

诸芸玉擦了擦泪，收好食盒，又看了王阳明一眼，起身离去。

王阳明敛容，望着跌打药，眼睛红了。

忽然，外面传来一阵嘈杂的声音，似乎有人被押了回来，扔回牢房。

“是戴铣，戴铣被打死啦！”

犯人们骚动起来，“戴铣死了”的哭喊声不绝于耳。

王阳明面无表情。

第二十七章　午门廷杖

马车停在梁府外，湛若水向梁储告辞。

梁储忧虑道："师弟，你再好好想想，真的要去蹚这趟浑水？"

湛若水道："若水立世三十年，泛观于四方，从未见过像王阳明这样的奇人。此行就算什么忙也帮不上，我也要伴他左右。"

梁储皱眉道："别人避之唯恐不及，你却——唉，有事及时通信吧，别自己死扛。"

"多谢师兄！"湛若水上车，梁储目送马车离去。

这晚，王阳明被隔壁牢房的撞门声惊醒。

蒋钦的声音传来："瑾忠乎，臣忠乎？瑾忠乎，臣忠乎！忠与不忠，天下皆知，陛下亦洞然知之，何仇于臣，而信任此逆贼？"

蒋钦哭喊不已，声音渐小。

王阳明拉开小窗，轻唤道："是蒋钦蒋大人吗？"

过了好一会儿，蒋钦方道："你是？"

"兵部主事王阳明。"

"原来是你。"

"我听说你接连上了三道奏疏，被打了三次？"

"呵呵，血肉淋漓，涕泗交作，七十二岁老父，不顾养矣。"

"蒋大人，你不要再上疏了，皇上看不到的。白白丢了性命，不值得。"

"我死不足惜，只恨皇上覆国丧家之祸起于旦夕而不自知！要么瑾死，要么我亡。我宁可与龙逄、比干同游于地下，也不愿与此贼并生于世！"

王阳明摇头叹息。

不久，诸芸玉又来探监，带来一个消息。

王阳明奇道："张永监刑？"

诸芸玉点头道："而且当天允许百官观刑。"

"杀鸡给猴看，不奇怪。倒是张永——能救我的恐怕只有他了。"

"怎么讲？"

"我问过康海，他说那日在天坛被打，救他的人正是张永。"

“这么说，张永跟刘瑾不是一条心？”

王阳明沉思道：“不好说，但值得一试。如果两人真有嫌隙，何不让裂痕更大更深一些？”

诸芸玉不解地看着他。王阳明示意妻子靠近，低声道：“你去找张永，就说……”

诸芸玉心存疑虑道：“这……能行吗？”

“刘瑾想借刀杀人，让张永当着百官的面打死我。张永稍有脑子，都不会行此激起公愤的蠢事。”

“好。”

旭日初升，午门的刑场已经布置妥当。

诏狱。

蒋钦道：“为什么要向宦竖求饶，以死明志不好吗？”

王阳明道：“死固然可以明志，但只有生，才能践志。”

“那你又何必上疏、挨打，这不是自讨苦吃吗？”

“那都是做给世人看的，唤醒一个是一个。不负正义，无愧于心。”

蒋钦不语。

开锁声打破了沉默，王阳明睁眼，只见老吴开门入，把他身上的锁链一一解开。

老吴小声道：“张永那边说好了，暗号是‘刘公公圣明’。只要喊出来，便不打了。”

王阳明点头起身，走到门外，早有东厂的太监在等他。

路过蒋钦的监舍时，王阳明下意识地往里看了看，只见蒋钦冲他点了点头。

王阳明笑了笑，鞠了个躬。

接着，每经过一个监舍，只要看见上面的小窗开着，就向里面的人鞠躬。东厂太监不耐烦地催他快走，王阳明依然故我。

来到李梦阳的监舍前，只见李梦阳与他对视了一眼，别过脸去，王阳明仍旧鞠躬。等李梦阳再看时，发现外面已空空如也，不由得叹了口气……

午门。

大门向两边开启，两队东厂太监步伐整齐地鱼贯跑出，在固定的位置站好。张永手持圣旨，阔步走出。

城楼上，刘瑾、张忠、魏彬、谷大用、钱宁等人伫立观看。刘瑾瞥了眼一旁的香案，发现时辰差不多了。

午门广场的两边站满了官员，一个小黑点从下方走到正中央，却是王阳明。

离张永三丈远处，他跪了下来，两侧是四个手持粗圆的朱红色大杖的东厂太监。

张永大声道：“宣旨！兵部主事王守仁妄议朝廷，毁谤圣明，其心奸狡，其罪难赦。着廷杖六十，钦此！”

人群中，王华关切地望着儿子。

张永道："验明正身！"

四个东厂太监回禀道："验明正身！"

张永转身望向城楼，刘瑾点头。张永转回来，中气十足道："行刑！"

四个东厂太监齐齐举起大杖。

王阳明仰头，刺目的阳光把他整张脸都照得金光四射。他忽道："慢着！"

张永一愣，刘瑾伸长了脖子。

张永道："王阳明，你想说什么？"

王阳明高声道："我要求裸身受杖！"

刘瑾一惊，张忠等人面面相觑。百官窃窃私语，王华焦虑不安。

张永道："大明开国以来，从未有人裸身受杖。休要哗众取宠！"

王阳明道："我坦坦荡荡，四体俱全，没什么不可示人的。（冲城楼上）刘公公怕什么？"

刘瑾色变，道："想死还不容易？去，告诉张永，脱了打！"

一宦官下楼传令。

张永道："卸甲！"

王阳明一笑，摘帽脱衣，赤裸上身。

张永道："行刑！"

四根大杖立刻动了，前两根从王阳明的腋下穿过，架起他的上身，后两根朝他的后腿弯处击去。

随着前两根大杖往后一抽，他整个身子趴在了砖地上。

四根大杖猛地击向王阳明的后背，王华惊恐地闭上了眼睛。

沉闷的廷杖声在午门偌大的空坪里回响，王阳明咬牙坚持。

城楼上，刘瑾得意。

"皇上驾到！"

刘瑾等人转身，见朱厚照走来，恭敬道："陛下。"

朱厚照点点头，走到城楼边。

王阳明看见朱厚照，扬起了头，朗声道："刘瑾，小竖耳。陛下亲以腹心，倚以耳目，待以股肱，殊不知瑾悖逆之徒，蠹国之贼也。"

刘瑾勃然色变，朱厚照饶有兴趣。

"贼瑾蓄恶，已非一朝，乘间启衅，乃其本志。陛下日与嬉游，茫不知悟，内外臣庶，懔如冰渊。"

朱厚照道："他在背什么？"

左右不敢答，都看着刘瑾。刘瑾只好道："御史蒋钦骂您的奏疏。"

朱厚照好奇道："哦？"

王阳明继续道："一贼弄权，万民失望，愁叹之声，动彻天地。陛下懵然不闻，纵之使坏天下事，乱祖宗法。陛下尚何以自立乎？”

张忠等人吓坏了，朱厚照却笑嘻嘻的并不生气，指着王阳明对刘瑾道：“呵呵，有种。”

刘瑾讪笑。

张永报数：“三十一、三十二……”

王阳明脸色惨白，嘴唇也被咬出了血。

王华泪流满面。

大杖飞舞，血肉模糊……

同一时间，身在南昌的娄素珍穿着喜服，戴着盖头，在夏柔的搀扶下走出闺房，拜堂成亲。她悄悄拿出一支短箭，却是当年在关外打算用来自杀的那柄。她想起王阳明救自己时的情景，不禁将之贴在胸口，心碎欲绝……

午门，王阳明几欲昏厥……

王家，诸芸玉坐在房顶，担忧地望着紫禁城的方向……

南昌，在李士实的指挥下，诸芸玉与朱宸濠拜天地。朱宸濠欢天喜地，没看出娄素珍满腹心事……

张永道：“四十五、四十六……”

王华暗自道：“喊出来，喊出来呀！”

王阳明在人群中发现一脸关切的王华，心头一热，大喊道：“刘公公圣明！”

众人均是一惊。

张永道：“停！”

行刑人还欲再打。

张永急道：“我说停！”

行刑人罢手。

朱厚照笑道：“哈哈，千古艰难唯一死。”

刘瑾眯起了眼睛。

朱厚照道：“向你求饶了，算了吧。”

刘瑾道：“是，皇上。”

众官散去，王华松了口气。

王阳明昏死过去……

醒来时已身在诏狱。王阳明试着动了动，却钻心地疼，只好倚墙休息。忽然，他像是想到了什么，唤道：“蒋大人，蒋大人？”

小窗打开，老吴朝里看了看，道：“蒋钦死了。”

王阳明震惊道：“什么？”

老吴叹气道：“好人不长命——有人来看你了。”

“谁？”

老吴让开，湛若水凑近，急切道：“王兄，王兄！”

王阳明一愣，道：“甘泉兄，你怎么来了？”

“我听说了你的消息，放心不下，过来看看你。”

“王某戴罪之身，你又何必——”

“这叫什么话？你大难不死，必有后福。我已经决定了，参加来年的会试，留在北京，与你共倡圣学。”

王阳明笑道：“生我者父母，知我者甘泉兄也！”

伴着晨钟与朝霞，紫禁城醒来了。

奉天殿中，只有稀稀拉拉的十几个人，朱厚照的脸沉了下去，不快道：“怎么回事？怎么就来了这点人，其他人呢？”

无人应答。

李东阳看着地面，一言不发。

朱厚照道：“刘瑾！”

刘瑾惶恐道：“有几个，称病告假了。”

朱厚照不满道：“那就等他们病好了再上朝！”说着，拂袖而去，只留下满脸尴尬的刘瑾。

李东阳暗暗冷笑。

下朝后，刘瑾急唤焦芳、张忠至府，道：“跟我玩阴的，拆我的台！”

焦芳道：“公公勿忧。他李东阳搞合纵，咱们可以连横呀。”

“怎么个连横法？”

“内阁不是还差一个人吗，您可以推王华入阁。”

刘瑾怒目圆睁道：“凭什么？”

焦芳解释道：“王华是帝师，也是清流领袖。他接受了您的保举，对百官有垂范之效。再者，王阳明在咱们手上，也由不得他不答应。”

刘瑾想了想，道：“张忠，这件事你来办吧。”

张忠道：“是。”

得知张忠造访，王华脸色铁青。他强忍怒火地来到花厅，为了挤出一丝笑容，嘴角抽搐。

张忠起身道：“久闻实庵先生大名，今日一见，真是三生有幸。”

王华示意他坐，并道：“公公屈尊枉顾，是不是皇上有什么旨意？”

张忠坐下道：“没有。就是到您府上坐坐，叙谈叙谈。”

王华不语，一脸戒备。

“呵呵，咱家就直说了吧，是刘公公让我来的。他一向仰慕先生的才学人品，想和您交个朋友。府中已备下宴席，请先生赏光一叙。”

诸芸玉从门外经过，停下聆听。

张忠续道：“刘公公也清楚，跟令郎之间有些误会。可那都是别有用心的人挑唆的，他已经回过神了，正想法子把王阳明从诏狱里保出来。”

王华还是没有任何表情，隔了半天才缓缓道：“犬子妄议朝政，罪有应得。刘公公一番好意，本官心领了。国家自有法度，就不劳他费神冒险了。”

诸芸玉皱眉。

张忠有些生气道：“先生不要忘了，王阳明重伤在身。”

王华平静道：“廷杖时我在场，都看到了。”

“你觉得打得怎么样？”

“滔天之罪，就算当场打死，也是应该的。”

张忠缓了口气，道：“酒菜都摆好了，当真不给面子？”又凑近小声道：“其实刘公公有意向皇上推举您入阁。”

王华一愣，笑道：“身体不适，难当大任，幸勿见怪。”

张忠冷冷道：“既如此，不打扰先生休息了。告辞！”

王华道：“恕不远送！”

张忠离去，王华呆坐，右手支着额头，闭眼长叹。

诸芸玉入内，在王华跟前跪下。

王华睁眼，道：“你这是——”

“求父亲救守仁一命！”

“你想让我向刘瑾低头？”

“他是您的儿子！”

“自古正邪不并立，弗与共戴天。他选了这条路就是选择了名节，只能玉碎，不能瓦全。”

“名节有那么重要吗，比王阳明的命都重？”

“史鱼历节，舍生取义。这一回，我尊重他的选择。”

“您是为了自己的清名，置亲生儿子的生死于不顾！”

王华咆哮道：“你以为我不想救他吗？！”

诸芸玉一愣。

王华悲怆道：“如果我去求阉党，即使伯安出来了，他也会看不起我，天下人也会看不起我们父子。他的仕途就完了，一辈子也别想抬头做人。”

“可人都死了，要名有什么用？”诸芸玉失声痛哭，王华颤巍巍地起身，走到门口，沧桑道：“他要是命大，自然能活。听天由命吧。”

诸芸玉不信命，他来到李府，犹豫了半天，上前敲门。

门开了一条缝，下人探出脑袋。

诸芸玉道："你好，我是兵部主事王守仁的夫人，想求见李阁老，烦劳您通禀一声。"

下人道："你等着。"

大门关上，诸芸惴惴不安……

王华在书房凝思，忽然起身，走到桌旁，提笔濡墨，写下"乞休疏"三个字……

李府的门又开了，下人探出脑袋，道："阁老不便见客，夫人请回吧。"

门重重地关上。

诸芸玉立了良久，转身走下台阶。忽觉胸口一阵剧痛，两腿发软，失神地坐了下来。

是夜，朱厚照看完王华的辞呈，悒悒不乐地往案上一扔，道："这个月朕已经收到几十封乞休疏了，现在连朕的老师都要走，你说怎么办？"

刘瑾览疏，道："年迈多病，受不了北方的苦寒？"

朱厚照道："你打了人家儿子，人家不高兴啦！"

刘瑾眼珠一转，道："皇上，一日为师终身为父，咱不能让外人说闲话。既然王华耐不住北京的气候，那就去南京好了，离他老家也近。南京兵部尚书一职出缺，若王华补缺，由正三品一跃而成正二品，不正好体现了皇上尊师重道的拳拳之情吗？"

朱厚照想了想，叩桌道："好主意！"

夜已深，李东阳在书房与杨廷和下棋。

下人入内禀告："老爷，兵部王主事的夫人还在门口坐着不走。"

杨廷和瞥了眼李东阳，只见他神色忧虑。

李东阳缓缓起身，走到书案前，裁了两指宽的一张纸条，写了两个字交给下人，道："把这个交给她，别的不用多说。"

"是。"

诸芸玉趴在自己的腿上睡着了。

大门开启下人出，诸芸玉醒来。

对方把字条交给她，只见上面写着"尽力"二字。

次日，刘瑾在家摆了一大桌，在座的却只有焦芳和张忠。

刘瑾叹气道："不等了，咱们自己吃吧。"

焦芳道："公公不必挂怀，等风头一过，那些个文官，自然排着队见您。"

下人入内禀报：“李东阳求见。”

焦芳与张忠一惊，面面相觑。

“我们回避一下。”

刘瑾点头，焦芳和张忠起身离席。刘瑾思虑片刻，道：“来人！”

一婢女入。

刘瑾道：“把多余的碗筷都撤了，只留两副。”

婢女道：“是。”

须臾，李东阳快步入，满面春风道：“刘公公有架子喽！听说这些日子你天天在家摆酒请客，就是不请我。我只好主动上门讨酒吃，不知公公赏不赏这个面子呀？”

刘瑾起身拱手道：“阁老这样的贵客，平日哪敢奢望啊！只盼找个过大寿的日子，再隆重地请您。酒菜都是现成的，请！”

李东阳入座，与刘瑾把酒言欢。

酒过三巡，李东阳放下筷子道：“听说南京的那个礼科给事中戴铣死在牢里了？”

刘瑾道：“我不清楚，回头问问钱宁。”

“言官嘛，发发牢骚也是正常的。戴铣死了就算了，此人当年诬告焦芳泄题给唐伯虎，被我赶去了南京，此际也算罪有应得。剩下的薄彦徽等人，都是闲散小官，不值得计较，索性都放了吧！公公也缓和缓和跟言官的关系。相信此等气度，皇上也会喜欢。”

刘瑾闷声吃菜，半晌方才搁筷，道：“既然阁老都开口了，老奴还有什么可说的？明日就奏明皇上，看能不能把他们放了。”

李东阳敬酒道：“公公雅量，在下佩服。”

两人干杯。

李东阳又道：“前些日子有个兵部主事叫王守仁，因为上奏请求释放言官，也下了诏狱。既然公公把言官都放了，王守仁我看也没有必要再关着了，一并放了如何？”

刘瑾心道：“好你个李东阳，绕这么大个弯子原来是给王阳明当说客。也罢，你既纡尊降贵，我就给你个面子，往后许多事还要靠你弥缝儿抹稀泥。”但口头上仍说：“阁老说得有理，老奴明天一并奏明皇上。只是，您作为群僚之首，这有的人他老不上朝——”

李东阳忙道：“公公放心，我去说服他们，不要再闹情绪。”

“好，好。还有，内阁尚缺一人，阁老可有合适的人选推荐？”

李东阳沉思片刻，道：“公公觉得杨廷和如何？”

“杨廷和？”刘瑾饮酒不语……

刘瑾送别李东阳，看着他上轿离去。

返回屋子时，只见焦芳和张忠已重新入席。

张忠道："就这么放了？"

刘瑾落座，道："不是放，是流放。王阳明公然侮辱咱家，这样的害群之马，必须彻底清除。不过有些事，在京城做总归不方便。"

焦芳赞道："公公英明。娄忱之死，殷鉴不远，不能再让李东阳抓住咱们的把柄。只要选个偏远的地方流放，就能在途中神不知鬼不觉地下手。"

刘瑾道："焦大人莫非已有主意？"

焦芳笑了笑，击掌。仆从入内，将一个卷轴交给他。焦芳走到一张空桌前，将卷轴铺展开来，却是一张《大明坤舆图》。

刘瑾和张忠走了过去，焦芳用手指叩了叩图中的一处。

张忠道："贵州？"

刘瑾道："龙场？"

焦芳点头道："驿丞。"

南昌码头，桅杆林立，船帆蔽空。朱宸濠一副书生打扮，坐在一块上马石上画画。

画纸上，各式各样的船栩栩如生，旁边还备注有文字与数字。

忽然，岸边嘈杂起来。朱宸濠一抬头，只见一帮衙门的胥吏和一群穷酸秀才厮打成一团。

越来越多的人卷入群殴，朱宸濠躲闪不及，被撞倒在地，画也惨遭踩烂。

朱宸濠艰难起身，一个胥吏误以为他和秀才是一伙的，带人过来施暴。朱宸濠百口莫辩，被打得鼻青脸肿。这时，一壮汉走来，跟胥吏们交手，将其击退。壮汉扶起朱宸濠，保护他离开。

朱宸濠抱拳道："多谢壮士相救。"

"好说！"壮汉转身欲走。

朱宸濠忙道："壮士请留步。"

壮汉转身道："怎的？"

朱宸濠诚挚道："可否去那边痛饮一杯？"

壮汉想了想，道："也好！"

两人往远处的酒家走去。

京城刘宅。

刘瑾道："此等机密之事，尚需物色一个妥帖之人去办。"

焦芳想了想，道："我有一个人选。"

"什么人？"

"黄绾。"

"黄绾？"

"就是他发现了杨廷和密会李荣。以前是东厂的探子，现在在我手下办事。"

刘瑾冲张忠笑了笑，道："挖人都挖到你头上去了。听说过这人吗？"

张忠摇头。

焦芳道："张公公不清楚也正常，东厂的老人都不一定知道。这个黄绾给三边总制杨一清当了十几年的侍卫，深受其信任。汪直在的时候就过去了，其实是替朝廷监视杨一清，一直到先帝确信杨一清忠诚可靠、无须怀疑后才召了回来。黄绾觉得愧对杨一清，辞去了东厂的差事。后来机缘巧合，跟了我。"

刘瑾思忖道："久在边关，关系简单。这一点倒是不错。"

焦芳道："而且为人低调冷静，公公可放一百个心。"

刘瑾道："好。再让黄绾到钱宁那挑两个锦衣卫的校尉，要确保万无一失。"

朱宸濠点了一桌好菜，与壮汉对饮。

朱宸濠道："敢问壮士高姓大名？"

壮汉爽快道："我叫凌十一，阁下怎么称呼？"

朱宸濠犹豫片刻，道："朱宸濠。"

见凌十一并未听说过自己的名讳，朱宸濠放下心来，道："凌兄身手了得，不知做什么营生？

凌十一边啃鸡腿边道："说出来只怕吓着你。我是鄱阳湖上的水盗，专门打劫官船，取不义之财。多的，分给穷人；剩下的，跟弟兄们花天酒地。"

"原来是劫富济贫的侠盗，失敬，失敬。"

"唉！要不是走投无路，谁愿意过这刀口上舔血的日子？我原本也是个庄稼汉，有一年收成不好，过不下去，听人说广东那边灯草值钱，便贱卖了田地，买了一船灯草，想运过去贩卖。谁知河道上层层设卡，差役一路盘剥，最后实在没钱打点，对方竟要我以货物抵押。我一怒之下烧了灯草，从此落草为寇。"凌十一郁闷喝酒。

朱宸濠凝神道："这世道，人善被人欺，马善被人骑。"

凌十一重重地放下杯子，道："可不是吗？你道刚才打架的那两拨是什么人？"

"正想问凌兄。"

"一拨是靠水吃水的胥吏，借着漕粮的征收和运输，滋生出一套搜刮沿岸小民的'漕规'。漕规是陋规，不为朝廷承认，但在地方却是一笔隐性的官府收入。由此又寄生出了另一拨人，唤作'漕口'。"

"漕口？"

"就是那帮秀才。他们仗着功名在身，官府不敢任意欺压，加之能文会字，便以检举、上告为要挟，每年都能从漕规中分得一笔可观的'封口费'。方才估计是分赃不均谈崩了，打了起来。"

朱宸濠皱眉道："上下交征利，却没有人关心船什么时候沉。都想着爬得更高，把别人踩在脚下。"

凌十一拍桌道："说得好。也快变天啦！我认识一些江湖上的朋友，有机会介绍你们认识认识。”

“如此甚好！来，喝酒！”

京城钱府。

一头黄发的黄绾和两个锦衣卫的校尉笔直地站在厅堂正中，听锦衣卫都指挥使钱宁训话。

钱宁道：“沈玉、殷计，你们给黄绾打好下手。总之一句话，刘公公不想看见王阳明活着到贵州。”

沈玉、殷计齐声道：“是！”

下人入内，走到钱宁跟前小声道：“宁王府的人来送礼了。”

钱宁嘀咕道：“宁王府？让他进来吧。”

“是。”下人转身出。

钱宁道：“你们先下去吧。”

黄绾三人离去。

钱宁想了想，道：“等等。”

三人转身。

钱宁叮嘱道：“就在沧州动手吧。”

“是。”

黄绾始终不发一言。

与此同时，李士实入内，看到黄绾三人，愣了一愣。钱宁挥手示意黄绾离去，起身走到李士实近前，道：“李大人，什么风把您给吹来了？”

李士实道：“将军现在是皇上身边的红人，执掌锦衣卫，老夫得赶紧过来巴结巴结呀！”

“李大人说笑了，晚辈还要多向您请教呢。”

“哎，我们这些老朽，早就被拍死在沙滩上喽！蒙宁王不弃，帮忙跑跑腿，才有机会跟将军说上话。”李士实击掌，两个随从抬进一口箱子。

李士实道：“马上就是中秋佳节了，白银五千两，不成敬意，王爷特意嘱咐我亲自交到将军手上。”

钱宁道：“宁王太客气了。有什么事您不妨直说。”

“也不是什么紧要的事。过节了，王爷给皇上备了几箱烟火。毕竟是一家人，碍于祖制，不能来京面圣，聊表心意。”

“好说，我替你转交。”

“如此，多谢了。敢问将军，刚才那几个人是？”

“哦，有官员贬到贵州化外之地，刘公公担心其安危，派人暗中保护。”

李士实暗自思忖，表面上却轻描淡写道：“原来如此。”

马车停在家门口的不远处，王阳明留恋地看了看这座已空无一人的宅子。

车边，王畿和冀元亨也感慨万千。

王畿道："老爷到南京上任了，少奶奶也启程回余姚照顾卧病在床的夫人去了。这间宅子，恐怕就此荒在这了。"

冀元亨道："你就不能说点吉利的吗？好像都一去不返了似的。"

王畿努努嘴，王阳明转身上车。

黄绾从墙角闪了出来，望着远去的马车，施展轻功跳进院墙。

他在庭院里漫步，感受王阳明的气息。又走进书房，看见墙上挂着王阳明手书的一句诗"大道即人心，万古未尝改"。

黄绾坐了下来，闭眼凝思。

京郊长亭，马车停下。

王阳明掀开窗帘，只见湛若水坐在亭子里，正在倒酒。他下车朝之走去，冀元亨坐在驾驶位上不动，王畿也没下车。

湛若水道："我要是你，直接辞官回家。"

王阳明落座，笑道："那是因为你还没尝到当官的甜头。"

湛若水将酒杯推给他，忧虑道："你知道那龙场是什么地方吗？"

王阳明道："我不知道，也不想知道。我只知道，如果人人都一走了之，这朝廷，才真是一点希望也没有了。"

湛若水叹气道："你呀。大英雄好做，大学问却不是人人都做得的。"

王阳明一笑，道："乌云蔽日，终不长久。眼下阉党虽然势大，但伏诛之日，必不远矣！湛兄，为了你我之间的约定，我一定会回来的！"

湛若水愁眉不展。

王阳明与他碰杯，道："今日一别，送我首诗可好？"

湛若水想了想，正要开口，王阳明打趣道："不要期期艾艾的。"

湛若水长吁了口气，起身吟哦："天地我一体，宇宙本同家。与君心相通，别离何怨嗟？浮云去不停，游子路转赊。愿言崇明德，浩浩同无涯。"

王阳明笑道："颇有宋诗遗韵，我当和之！"他略一沉思，起身踱步朗诵："君莫歌九章，歌以伤我心。微言破寂寥，重以离别吟。别离悲尚浅，言微感愈深。瓦缶易谐俗，谁辨黄钟音？"

湛若水斟酒举杯道："等兄归来，共奏黄钟大吕！"

王阳明干杯道："这就对了！"

两人相视大笑……

别过湛若水，王阳明继续赶路。

马车猛然停下，吓了王畿一跳。他掀起车帘道："你——"

一眼望去，只见河边一个女子席地而坐，正在抚琴。

“少奶奶？”

正在闭目养神的王阳明闻言睁眼。

下车后，他走到河边，发现琴是“秋声”，不禁笑道：“夫人莫非也想劝我回家？”

诸芸玉认真抚奏道：“你娘病了，回去看看也是人之常情。但你不是常人，否则我也不会弹这曲《阳关三叠》了。”

王阳明欲言，诸芸玉抢白道：“而且你也回不去了，回去只会再给刘瑾加害你的口实。”言罢，她起身道：“龙场驿是水西宣慰使司的辖地，离贵阳不过几十里地。当地以乌江为界，分为水西和水东。水西土司安贵荣为长，是贵州各土司之首，被朝廷封为宣慰使。水东土司宋然为次，受封为宣慰同知。”

王阳明愕然。

诸芸玉走到河边，道：“水西以前出过一位巾帼豪杰，叫奢香，是土司霭翠的夫人。霭翠死后，其子年幼，奢香便代掌了土司之职。洪武十六年，当地的夷人部落反叛，贵州都指挥使马晔以此为由把奢香抓到贵阳，扒了她的衣服当众鞭打，想激她造反，好趁机出兵攻占水西，继而邀功请赏。谁知奢香夫人忍常人所不能忍，孤身一人跋涉到北京，在太祖皇帝面前一状告倒了马晔，传为佳话。为了表明自己归附朝廷的决心，奢香夫人在水西建立了龙场、谷里和归化等九座驿站，使偏远蛮荒之地从此与中原互通声气。”

诸芸玉转身，看着丈夫。

王阳明感慨道：“奢香夫人一介女流都可忍辱负重，我还有什么委屈不能承受的？”

诸芸玉默默地走到琴边，打开包袱，取出一件棉衣，交给王阳明，道：“试试合不合身。”

诸芸玉协助他换衣服，退后两步，上下打量，道：“袖子长了，我再改改。”

上前脱衣，王阳明一把将她搂在怀里，俯首道：“不用改了。贴身，暖和。”

泪水在诸芸玉眼中打转，她缓缓推开王阳明，抱琴离去。走出十步外，又停下道：“你身子弱，不要吃凉食。在那边照顾好自己。”

王阳明郑重地点头道：“嗯！”

诸芸玉走远，泪流满面。

南昌藩邸，娄素珍替朱宸濠换药，揭下额头上的纱布。

朱宸濠佯装痛苦，大叫了一声。

娄素珍赶紧罢手，紧张道：“弄疼你了？”

朱宸濠亲了亲她的手，坏笑。

李士实入内，撞见这一幕，咳嗽了两声。

朱宸濠敛容，娄素珍脸红。

李士实道："王爷，东西已经送到了。"
朱宸濠道："好，辛苦先生了。"
"还有一件事，颇为蹊跷。"
"什么事？"
"钱宁派了三个锦衣卫去沧州，似乎要对某人不利。"
朱宸濠坐了起来，道："对谁不利？"
李士实凝思道："此人谪官到贵州。据我所知，近期遭黜的官员里，只有两个是去贵州。一个是被贬为谷里驿丞的薄彦徽，还有一个是被贬为龙场驿丞的王守仁。"
朱宸濠一愣，娄素珍震惊……

夜里，朱宸濠走来走去，脸色阴沉。
娄素珍道："人命关天，派人去提个醒有什么难的！"
朱宸濠一屁股坐下，不满地看着娄素珍，道："藩王插手朝政，是掉脑袋的大罪！"
娄素珍怼道："你让李士实在京城活动，就不是插手朝政了？"
朱宸濠高声道："那是为了勤王大业，扳倒刘瑾，替你报仇！"
"既如此，王阳明是刘瑾的死敌，为何不救？"
朱宸濠气呼呼道："谁都可以救。唯独他，不救！"
娄素珍盯着朱宸濠看了半天，转身出门，气得朱宸濠一把将桌上的茶碗打翻在地……
东方才现了一些鱼肚白，一身男装打扮的娄素珍已策马出城。

第二十八章　智计脱险

沧州。

沈玉和殷计向路人打听，黄绾站在不远处思索。

高升客栈的二楼只有一桌，王阳明、冀元亨和王畿正在吃饭。

忽然，一支短箭射了进来，直插木柱。冀元亨跑过去将之取下，发现一张纸条，拿给王阳明，只见上面写着“小心刺客”。

王阳明疑惑地拿过短箭，端详片刻，心中一动，道：“是她？”

冀元亨与王畿对视。

楼下传来一个男子的声音：“见过这人吗？”

王阳明的心提到了嗓子眼，透过天井向一楼望去，只见两个身穿飞鱼服的男子正举着一张画像向老板问询。

老板摇头道：“没见过。”

锦衣卫离去。

王阳明细思片刻，道：“小二！”

小二跑了上来，道：“客官。”

“刚才那两个官差在打听什么人？”

小二挠挠头，道：“说是叫什么梁万伦的，一个越狱的死囚。”

冀元亨与王畿松了口气，王畿道：“梁万伦这个名字听着怎么那么耳熟？”

王阳明道：“会友镖局的掌门人，‘老朋友’了——结账。”

小二道：“好嘞。住店加餐饭，一共三两银子。”

王阳明递钱道：“给你五两。若有人问起，就说我等往东门去了。”

小二高兴道：“好。”

王阳明三人起身离去。

桌子收拾到一半，小二停了下来，走到栏杆边张望，只见王阳明三人向西门而去。

一刻钟后，桌子已收拾干净，黄绾、沈玉和殷计上楼。

沈玉道：“小伙计，可有三个操着京腔的人来住店？”

小二不假思索道：“有，已经走了。”

黄绾追问道：“往哪个方向去了？”

“东门。”

黄绾观察小二的表情，递给他一两银子。

“谢谢大爷！”

黄绾下楼，出了客栈，上马往城西门的方向奔去。

沈玉打马跟上，道：“他说是东门！”

黄绾平静道：“他说谎。”

“如何得知？”

“人在说谎话时，眼睛会往右上方看，这表明他不是在回忆而是在编造。方才我给他银子，常人会一边道谢一边露出喜色，而他却是先道谢再显现出高兴的神情。”

沈玉恍然大悟道：“原来如此。城门只有两个，若东门是假的，那便是西门了。”

三人出城，行不多远来到一个码头，只见河边有条客船，刚刚起锚，离岸十丈远。

殷计大叫道：“停下！”

沈玉亦高呼：“靠岸！”

船夫不听，继续摇橹。

黄绾施展轻功，踩着马背“飞”了过去。

船夫吓傻了，黄绾径直走进船舱，却不见王阳明的踪影。

其实，王阳明三人就在码头，只是躲在一片野草丛里。

黄绾跳回岸边，大声道：“王阳明，是我请你出来，还是你自己出来？”

王阳明盯着黄绾，纹丝不动。

黄绾高声道：“走，去东门！”

三人离去，冀元亨准备起身，王阳明一把拉住他，道：“等等！”

冀元亨不解地看了看王阳明，重新蹲好。

片刻，黄绾策马归来，检视四周。确认无人后，悻悻离去。

王畿吹捧道：“少爷，您神机妙算，简直就是刘伯温转世——”

王阳明打断道：“少废话，走吧！”

冀元亨问道：“去哪？”

王阳明看了眼船，道：“杭州。”

王畿不解道：“为什么是杭州？”

王阳明道：“来者不善，硬碰硬咱们肯定吃亏。与其走陆路迟早被追上，不如走运河先甩掉他们。”

黄绾到东门外搜寻了一阵，一无所获。

殷计提议道：“要不直接去贵州？说不定半道就撞上了。”

沈玉摇头道：“不可能。咱们既已暴露，王阳明再走原定路线，岂非自投罗网？”

黄绾冷冷道：“去余姚。”

沈玉不解道：“他想甩掉咱们，没必要回家嘛！圣旨上说‘即刻赴任，不得逗留’，回余姚不是授人以柄吗？”

殷计点头。

“你们不懂人心，更不懂王阳明。”黄绾打马而去。

殷计嘀咕道：“你懂？”

黄绾听见了，大声道：“王阳明是个孝子，他母亲现在躺在病榻上。”

沈玉想了想，道：“是了！此去贵州，九死一生，定然要回家探母一趟！”于是同殷计拍马赶上。

黄绾道：“先去杭州。”

殷计道：“为什么是杭州？”

黄绾不语，似乎对殷计的智商感到不满。

沈玉道：“因为是大运河的终点。王阳明想走水路。”

路边的摊位旁，娄素珍别过脸去，神色严肃……

几日后，王阳明在杭州下船。

冀元亨道：“到底是谁派的刺客？”

王畿道：“除了刘瑾，还能有谁？倒是给咱通风报信的，不知道是什么人？”

王阳明沉默不语。

冀元亨道：“先生在杭州可有亲友？”

王阳明道：“有个妹夫叫徐爱，刚刚中举，在此地教书。”

冀元亨道：“那咱们去寻他？”

王畿笑道：“这样的奇人，还是不找为妙。”

“奇人？”

“是啊，呆头呆脑的，六岁还不会穿裤子，家里人叫他起床，他却说‘妹妹不给我穿裤子呀’。”

冀元亨哑然失笑道：“啊？哈哈哈哈！”

王阳明面无表情道：“走，去虎跑寺。”

路边食摊，一身着襕衫的书生边吃饭边翻书，正是王阳明口中的徐爱。

两个窃贼路过，偷了他挂在腰后的钱袋……

夕阳西下，云霞障天。

徐爱看完了书，起身道：“老板，结账。”

老板走了过来道：“五十文。”

徐爱摸钱袋，惊觉不翼而飞。

老板鼓着两只略凸的眼睛，不快道：“怎么，没带钱？”

徐爱窘迫道："被人偷了。"

老板怒道："少跟我来这套！想吃霸王餐，没门！"

"那，那你说怎么办？"

"你家在哪？我派人去取。"

"我在别人家坐馆。"

"谁家？"

"段员外家。"

"段员外家在哪？"

"我不知道。只记得在一条巷子里，巷口有家炊饼店。"

"敢骗我？"

徐爱急道："不不不，是真的。我怕找不到路，还画了张图，可惜放在了钱袋里……"

一女子走近，看到这一幕，气不打一处来。原来，她是王阳明的妹妹、徐爱的妻子王守让。

王守让骂道："呆子！"

徐爱看见王守让，惊惧交加。

王守让道："多少钱？"

老板道："五十文。"

王守让把钱给他，老板摇头走开。

王守让叉腰道："中举了也不跟家里说一声，还是别人告诉我的！"

徐爱嘟囔道："我根本不想考，你们偏要逼我！"

"不考你能干吗？就你这两下子，还想务农不成？"

"举子学不究竟，不是真学问！说了你也不懂。"

"你懂？你连豆子和麦子都分不清！我给你的帽子呢？"

徐爱胆怯道："丢了。"

王守让尖刻道："怪不得人也丢了，大半年不回家。你说你还能干点啥？杭州到余姚的地图给你缝在帽子里，你把帽子弄丢了。今天要不是我找来，你就给人打长工抵账吧你！"

徐爱低头不语。

王守让气道："还不走？！"

黄绾骑马入杭州，问道："你们说，文人最喜欢去哪？"

殷计道："烟花巷陌。"

黄绾道嘲讽道："那是凡夫俗子去的地方。再说，你要是王阳明，现在还有心思动那种念头？"

殷计汗颜。

黄绾道："文人墨客偏爱寺庙。灵隐寺、净慈寺、虎跑寺，挨个找。"

王阳明果然去了虎跑寺。

知客房里，冀元亨、王畿随他席地而坐。

住持支上茶炉，从茶几旁的木桶里舀了一瓢水，将之烧开。他取过一只紫砂壶，以滚水涮了一遍，用一个罗汉竹刻的茶匙从小盒子里挑了些茶叶倒入。

待滚水稍凉，住持手提茶炉，一气注入，道："狮峰龙井虎跑泉，杭州人的最爱。"

泡了一会儿，倒在四只茶盅里。他手上使了些巧劲儿，但见茶水略高于杯沿，却不外溢。

三人惊奇。

"这就是虎跑泉水与众不同之处了。"住持将茶盅分给三人。王阳明端到鼻尖一嗅，果然清醇甘洌，非同凡品。

王畿好奇道："为什么叫虎跑泉？"

住持往茶炉里添水，道："本寺肇建于唐代元和年间。当时，性空法师看中此地山水清幽，打算建寺修行，只可惜附近没有水源。他正要放弃，忽然从山里跑出两只老虎，以虎爪刨地，半天工夫竟挖了个洞，冒出一眼泉水来。性空法师大喜过望，虎跑寺就此创建。六百年间，虎跑泉从未断流，煮茶最是上品。"

茶炉中的水渐渐沸腾……

品完茗，住持带王阳明来到客房。只见房间里除了三张床，几乎没有别的陈设。

住持歉疚道："佛门清静地，简陋，檀越只好委屈一下了。"

王阳明赶紧道："叨扰住持，已是不安。此屋素雅，甚合我意！"

住持双手合十道："阿弥陀佛。"

当晚，黄绾踩着月色攀爬大慈山。沈玉和殷计跟在后面，气喘吁吁。

殷计不满，低声道："夜以继日地追，这是跟王阳明有血海深仇吗？"

沈玉宽慰他道："别抱怨了，替刘公公干掉王阳明，你我还不捞个百户干干？"

殷计想想也是，埋头疾走。

客房里，王畿辗转反侧睡不着，趴了起来，唤道："少爷，少爷？"

王阳明没睁眼，只轻哼了一声。

王畿道："你说这历朝历代的昏君怎么就那么蠢呢？我去干估计都比他们干得好！"

王阳明沉默片刻，道："你知道皇帝是什么吗？"

"真龙天子？"

"呵呵，你连皇帝是什么都不知道，怎么干？"

王畿不服气道："那你说是什么？"

王阳明睁眼，道："皇帝是全天下最后一个知道要亡国的人。"

王畿思量一番，道："这么笨？那你还有机会回京吗？"

王阳明的脸上掠过一丝惆怅，喃喃道："须行即骑访名山，且放白鹿青崖间。"

王畿道："我才不信。照你这么说，干脆在这出家得了。"

冀元亨醒来，道："出家？谁要出家？"

王阳明双臂交叉，枕着胳膊，望向窗外的明月，道："龙溪我问你，宋太祖和明太祖哪不一样？"

王畿想了想，道："一个姓赵，一个姓朱？"

王阳明笑道："宋太祖颁布遗训，禁止后世子孙杀士大夫及上书言事者。而明太祖，删《孟子》，废宰相，还发扬光大了廷杖。"

"哈哈，此事少爷有切肤之痛。"

"所以宋儒那套通过改造君德来实现与皇帝共治天下的做法在本朝行不通了。我从小立志成圣，近年才想明白，圣人未必要'致君尧舜上'。觉民行道，使每个人成之为人而非颟顸无知的黔首，每个人都负起自己的责任，不虚度、不盲从，则何愁天下不治？"

王畿打哈欠，道："少爷，那你知道圣人是什么吗？"

"是什么？"

"缺心眼儿的怪人。"

王阳明一愣，哈哈大笑，起身道："放个水去。"

出门经过庭院，王阳明忽闻身后有人叫他，一惊转身，只见娄素珍踏着月色走来。

王阳明奇道："是你？你怎么会在这？"

娄素珍笑道："有这么跟救命恩人打招呼的吗？"

王阳明黯然道："王妃千金之躯，何必为我犯险？"

娄素珍敛容道："我愿意！王阳明，你失忆了吗？跟我以前认识的你，判若两人。"

"失忆？"王阳明恍惚地望着月亮，道："小时候，我觉得自己被世界抛弃，心里逆反，想当说了算的那个人。一开始，以为皇帝说了最算，后来渐渐发现，大人喜欢用圣人经典压制和自己不同的言论，这才明白'治统'之上还有'道统'，真正说了算的是圣贤。于是，立志成圣——可笑吗？"

王阳明苦笑着看了看娄素珍，接着道："豪言放出去了，有人当我是疯子，有人当我是傻子。笑我、骂我、诓我、刁难我。可这都不算什么，最难以忍受的是无人诉说的苦闷和一拳打到棉花上的无力！我怕、服了、妥协了，以为走仕途，进入到父亲的那个圈子，爬到最上层，就可以决定自己的命运，甚至影响无数人的命运。"

娄素珍触动道："可惜你错了。不管你委曲求全还是特立独行，官场只会让你的话语权更小，种种黑暗还让你备受煎熬。所以你再一次开口，为了天下苍生，语惊四座。"她叹了口气，道："然而又能如何？只换来亡命天涯，朝不保夕。"

王阳明不语。

娄素珍走近，低声道："那三个刺客，正在来虎跑寺的路上。"

王阳明震惊。

娄素珍握住他的手，道："贵州是个死地。只见去龙场的，从没见过回来的。走吧。"

王阳明凝神道："走？天下虽大，又能去哪呢？"

娄素珍凄然道："不管你去哪，只要让我知道你还活着，心里就有个念想。"

王阳明感动地看着娄素珍，只见她眼波流转，满含爱意，不禁动情道："当然要活着！我们都要好好活着！"

两人越靠越近，终于情不自禁地抱在一起。

娄素珍回过神来，推开王阳明，道："快走吧！"

"那你？"

"出来这么久，我也该回去了。你好好想想，怎么让他们死心，不再追杀你。"

"好。你——多保重。"

娄素珍重重地点了点头，依依不舍地离去……

王阳明回到客房。

王畿道："少爷！"

王阳明压低声音道："小声点！刺客来啦！"

黄绾三人进入寺中，挨个房间搜查，均不见人。待搜到王阳明的房间时，已空空如也，但黄绾明显嗅到了猎物的气息，久久不肯离去。

殷计惊呼："你们看这！"

黄绾掌灯移步，只见光洁的墙上写着首诗，念道："绝笔？学道无成岁月虚，天乎至此欲何如？生曾许国惭无补，死不忘亲恨不余。自信孤忠悬日月，岂论遗骨葬江鱼。百年臣子悲何极，日夜潮声泣子胥。"

沈玉愕然道："葬江鱼？难不成他要跳江？"

黄绾心中一动，道："走，去钱塘江！"

天已蒙蒙亮，黄绾、沈玉、殷计三骑呼啸而来，远远瞧见江边有三个人。

黄绾从怀里摸出一把飞刀，掷了过去。冀元亨眼尖，挡在王阳明身前，左肩中刀。

王阳明大叫道："惟乾！"

冀元亨道："不碍事。"

王阳明抬头看了看黄绾过来的方向，道："要想彻底摆脱一个人，只能让他如愿以偿。"说着，脱下外衣和鞋子。

王畿急道："少爷，你别做傻事啊！"

冀元亨愤怒道："大不了跟他们拼了！"

"我不能连累你们！"王阳明望着滔滔江水，凝神不语……

黄绾快马加鞭，来到江边，只见王畿、冀元亨正跪在地上失声痛哭。

王畿夸张道："苍天无眼，群奸祸国！"

黄绾见王畿怀里抱着王阳明的鞋，心下犯疑。

殷计把刀架在王畿的脖子上，厉声道："说，王阳明在哪？"

王畿冷笑道："在你身后！"

殷计受惊转身，发现上当，当即欲砍，被黄绾制止。

王畿哭道："滔滔江水，每一瓢都有王公的泪！"

黄绾抢夺王阳明的鞋和威宁剑，王畿抱着不放，被他一脚踹倒。

冀元亨起身道："你们干什么？把先生的遗物放下！"说着，上前与黄绾拼命，败下阵来。

"留你们两条狗命报丧！走！"黄绾率沈玉、殷计扬长而去。

冀元亨和王畿奔到江边观望，只见江水澎湃，哪还有王阳明的影子？

冀元亨跪下恸哭道："先生！"

王畿自我安慰道："少爷福大命大，不会有事的！"

"要是有事呢？"

"我们去南京，找老爷，让他派人沿江寻！"

次日，黄绾一行回到杭州城。

沈玉不解道："为何放了他们？"

黄绾拔出威宁剑查看，道："不愧是威宁伯的佩剑。"蓦地将之入鞘，道："王阳明根本就没死。"

沈玉惊讶道："没死？"

黄绾看着手中的鞋，道："真想自杀，哪顾得上脱鞋？"

沈玉大悟道："也是。那……那怎么办？"

黄绾目光犀利道："放出风去，就说王阳明投江自尽了。暗中盯住那俩人，看他们到底在耍什么花样。"

江月皎洁，一艘大船安静地停在水面上。

船夫甲准备收网，船夫乙走了过来，道："留点力气等出海了打大鱼吧！"

船夫甲道："大鱼拿去卖，河鱼咱们自己吃。来，搭把手。"

船夫乙上前帮忙。

船夫甲道："一、二、三，起！哎哟，什么鱼这么沉！"

船夫乙脸涨得通红，道："撑住喽，逮住条大的！"

两人使出吃奶的劲，把渔网拉了上来，直累得坐在甲板上喘个不停。船夫乙忽然发现了什么，朝渔网走去。船夫甲看着他，只见船夫乙吓得一屁股坐了下来，道：

“妈呀！”

“怎么回事？”

“人……人！捞上来个人！”

船舱里，船夫乙坐在凳子上，望着躺在床上不知是死是活的王阳明。他上前探了探鼻息，又默默坐下。

船夫甲带着船老大入，船夫乙起身道：“龙头儿。”

船老大问道：“死的？”

船夫乙点头，船老大上前试探鼻息。谁知王阳明突然醒来，咳嗽不止，吐出好多水。

船老大戒备道：“你是什么人？！”

王阳明环视四周，虚弱道：“这是什么地方？”

船老大目不转睛道：“渔船。你怎么会在江里？”

“我被阉党陷害，遭奸人追杀。”

“这么说你是个官？”

王阳明点头。

船夫甲插言道：“还是个好官。”

船老大瞪了他一眼，船夫甲低头。船老大道：“我不管你好官狗官，想留在船上，就得听我的。”

王阳明想了想，道：“在哪停靠？”

“到深海打完渔去泉州。船上不养闲人，你得干活。”

王阳明轻声道：“但供驱策。”

日出东山，杭州的一家客栈里，王畿敲门道：“走啦！”

无人应答。

王畿继续敲，还是没有回音。他推门而入，只见冀元亨躺在床上说胡话。王畿摸了摸他的额头，发觉滚烫。又脱去他的衣服，只见肩膀上的伤口肿成了碗口大小。

王畿叹了口气，急急出门。

闹市，王守让四下张望，发现徐爱在一个书摊前看书，摇摇头准备过去。这时，一个熟悉的身影从不远处的药铺走了出来，手里提着好几包药。

王守让一愣，道：“王畿？”

徐爱抬头，发现王守让，慌忙放下书，赶紧走过去，顺着妻子的目光望去，道：“谁啊？”

“王畿，你大哥的小厮。”看着徐爱呆头呆脑的样子，王守让的胸中又升起了一股无名之火，道：“走吧！跟段员外也断干净了，莫不是还想找借口赖在杭州？”

徐爱随她离去，频频回首。不看不知道，一看吓一跳，他发现黄绾三人正杀气腾腾地跟踪王畿。

“你跟你大哥还真是一个模子刻出来的，都不让人省心！”王守让正发着牢骚，一回头，发现徐爱不见了……

王阳明站在船首，被壮丽的海景吸引，喜不自禁。

船老大吆喝道：“开工啦！”

王阳明挽起衣袖，加入到撒网的工作中去。船老大脾气暴躁，骂声不止，搞得他手忙脚乱。

歇息时，王阳明发现一个十四五岁的男孩儿坐在桅杆上看书……

海上升明月。

收工了，船老大、船夫甲、船夫乙、男孩儿、王阳明以及另外三个船夫围坐在一起吃饭。

男孩儿时不时地瞅瞅王阳明。

桌上的一盘鱼被吃掉了一半，王阳明和男孩儿的筷子恰巧都夹到最后一块肉，王阳明让给了他，道：“我们把鱼翻一下。”

男孩儿看着王阳明，一动不动。众人也都停箸，齐齐望向王阳明，直看得他莫名其妙。

船老大一边吃菜一边道：“船上忌说翻。”

王阳明道：“原来如此。那该如何说？”

男孩儿道：“要说滑过来。”

“哦。把鱼滑过来。”

男孩儿笑了，跟王阳明一起将鱼翻了一面，道：“与翻同音的，都不能说。比如帆要叫蓬，升帆叫升大蓬，下帆叫落蓬。还有，不能在船上吹口哨，以免招风引浪；不能拍手，拍手意味着‘两手空空，无鱼可得’——”

船老大呵斥道：“够了！哪来那么多废话！”

男孩儿朝王阳明吐了吐舌头，继续吃饭。王阳明笑着摇了摇头。

京城朝阳门。

马车停下，梁储下车，湛若水迎了上来，道：“恭喜师兄，荣升礼部侍郎。”

梁储把湛若水拉到一边，拿出张纸，道：“听说了吗？王阳明跳钱塘江自尽了！”

湛若水大惊失色道：“你听谁说的？”

梁储把纸给他，道：“都在传！这是他写的绝命诗。”

湛若水急看，愁容渐渐消散，最后竟放声大笑。

梁储皱眉道：“你……你没事吧？”

“佯狂避世，英雄欺人。不足为虑！”

“真的？”

“他骗得了别人，骗不了我。”

梁储将信将疑。

王阳明走出船舱吹海风，一抬头发现男孩儿又坐在桅杆上看书，不禁奇道：“怎么在那看书？”

男孩儿合上书，道：“船舱过了亥时，就不让点灯了。”

“这样啊。你叫什么名字？”

“王银。你呢？”

“王阳明。”

“听他们说你是当官的，那你肯定看过不少书喽？”

王阳明笑道：“看过一些。”

王银想了想，滑了下来。王阳明瞥了眼他手中的书，却是《水浒传》。王银道：“你能教我写文章吗？”

王阳明打趣道：“你想当施耐庵？”

王银点头道：“我爹让我学做买卖，他觉得把有限的光阴浪费在举业和官场上，倒不如凭自己的双手踏踏实实赚钱。我也认为赚钱最实在，可是得凭脑子赚。像施耐庵一样，既给大家带来了欢乐，又挣到了钱，何乐不为？”

“好。你既有如此大的志气，去取纸笔来吧。”

王银闻言，立刻跑进船舱，取来纸和笔。

王阳明道：“想下笔如神呢，最好熟读《文选》。《文选》中有一篇《海赋》，是晋人木华的佳作，正应了眼前之景。来，我念，你写。”

“哦。”

王阳明略一思索，道：“昔在帝妫，臣唐之代，天纲浡潏，为凋为瘵；洪涛澜汗，万里无际……”

明月给汪洋中的渔船披上了一层银霜。

“旷哉坎德，卑以自居；弘往纳来，以宗以都；品物类生，何有何无。”

王银奋笔疾书，听他念完，停笔抬头。王阳明拿过纸，边看边点头，指着纸道：“你看，都不用细究，单凭一篇这么多水旁的字，就可令人感到波涛澎湃，瀚海无涯，宛如置身于海上一般。”

王银点头如捣蒜道：“是呀！可是怎么才能写出这样的锦绣文章呢？”

王阳明望着明月，道：“倒也不难。我的老师丘浚总结过五个字——观世音菩萨。”

“观世音菩萨？”

王阳明转身看着他，道：“多观察身边之事，懂得人情世故，讲求音韵，像菩萨一样悲天悯人。”

王银似懂非懂地点头。

杭州客栈，夜深人静。

沈玉道：“病成那样，也不知啥时能好。”

黄绾托腮踱步，下定决心道：“不跟了，直接去南京，以逸待劳。”

房门外，徐爱皱眉。

他一转身，发现一楼只剩下一桌，某人喝得酩酊大醉，趴在那说胡话。

徐爱走下楼梯，看清那人是王畿，想上前拍醒他。

王畿含混不清道：“少爷你可不能死啊，你死了我怎么办啊？”

徐爱的手停在半空，王畿哭得泣不成声。

船舱里，王阳明被一阵动静惊醒。睁眼一看，只见舱里的东西挤成了一团，窗户被狂风吹得噼啪直响。

窗外，暴雨如注，海浪翻滚，渔船像玩具一样被肆意地抛起又扔下。

王阳明穿衣，只听得外面哭爹喊娘。

船老大大声道：“一帮尿蛋！快过来帮把手！”

王阳明起身出门。

狂风吹得人睁不开眼，十多米高的巨浪一个接一个地砸在甲板上。渔船起伏不定，危在旦夕。

王阳明隐约看见几个人影在船上乱跑。船老大伸过一只手来拉住他，大吼：“把舵！把住舵杆！”王阳明踉跄了两步，拦腰撞上一个硬邦邦的东西。定睛一看，却是船上的舵杆子。他左右瞧了瞧，只见船老大、船夫甲和船夫乙正拧着腰、叉着脚，抱着舵杆，于是依样画瓢，用整个身体和狂风暴雨抗击。

风雨愈发猛烈，耳边鬼哭狼嚎。

浊浪排空，撞碎的木片四下横飞，打在王阳明、船老大、船夫甲和船夫乙身上，撞得他们连滚带爬，摔在远处。

船夫甲和船夫乙呻吟不已。船老大方欲起身，发现大腿鲜血直流，已被木片插伤。

船老大对赶来的三个船夫道：“去，快去呀！”

三人畏首畏尾，不敢上前。王阳明吸了口气，冲上去死命抱着舵杆，任凭风吹雨打，也不撒手。

一阵巨浪拍来，瞬间将王阳明吞没。众人看傻了，只道他必死无疑。谁知浪潮退去，王阳明依旧纹丝不动地搂着舵杆。

他艰难地睁开双眼，放声大笑。

众人面面相觑。

王阳明朗声道：“险夷原不滞胸中，何异浮云过太空？夜静海涛三万里，月明飞锡下天风！”

众人惊叹，抱着桅杆瑟瑟发抖的王银一脸佩服……

海日初升，风平浪静。

船上一片狼藉，好歹无人丧命。

船老大在船夫甲的搀扶下走到王阳明跟前，恭敬道：“你救了大伙，请受我一拜。”王阳明扶住船老大，道：“救人便是救己。船沉了，我也活不了。”

船夫乙忽道：“龙头儿，王银不见了！”

船老大阒然色变，转身四望。船夫甲发现海面上有个小点，指了指道：“在那！”

王阳明顺着他指的方向，发现王银边游边伸手去够一个匣子。匣子没够着，却呛了口水，脑袋沉了下去。王阳明快步走到船舷，跳了下去，奋力向王银游去。

众人赶紧上前观望。

王阳明抓住王银，只见他冲自己笑了笑。待要拽着他游回，王银指着匣子说：“等等。”王阳明无奈地叹了口气，帮他捡回了匣子。

两人上船，船老大怒不可遏地朝王银走来，道：“你不要命了？！”

王银打开匣子，望着满满一盒贝壳道：“我攒了好久才攒了这么些，能换不少钱，不比你们打渔差！”

众人相视一笑，王阳明摸了摸王银的脑袋。

船老大气消了大半，道：“哼，不务正业！”

南京官邸。

王华斥道：“胡说！少听外面瞎传，肯定是阉党的阴谋！”

王喜道：“是，老爷。”

“下去吧！”

王喜出门。王华忐忑不安，拿起桌上的佛珠拨弄起来，一不留神掉在了地上。

余姚王家，岑氏跪在一个佛龛前，喃喃道：“不会的，不会的！守仁不会有事的，佛祖保佑啊！”嘴上虽说“不会有事”，声音却分明带着恐惧。

诸芸玉远远望见岑氏的背影，不禁皱眉。

王欢走近，压低声音道：“少奶奶，夫人的病还没好，要不先瞒着她？”

诸芸玉看着王欢的眼睛，道：“瞒什么？”

王欢垂首道：“少爷的死讯……”

诸芸玉平静道：“谁告诉你他死了？”

“外……外头都这么说……”

诸芸玉坚定道：“我不管别人怎么说，就算全天下都以为他死了。没见到尸首之前，我不信。”

渔船在泉州港靠岸，王阳明辞别船老大、王银以及众船夫。

船老大将一个钱袋交给他，王阳明推辞。

船老大道："拿着吧，这是你的工钱。"

王银亦道："对呀！身上没钱，寸步难行。"

王阳明笑了笑，收下道："祝你早日名扬四海。"

王银道："家财万贯！"

众人哄笑。

船老大一拍他的后脑勺，道："财迷！"

王阳明拱手道："天涯一旦成知己，沧海他年见此心。诸位，告辞！"

船老大抱拳道："保重！"

王银看着王阳明的背影远去，依依不舍……

王阳明来到一个靠海的市集，在路边摊吃海蛎煎，忽闻身后吵吵嚷嚷。

转身望去，只见一队官兵走来，为首的一个百户骑在马上，左顾右盼，时不时停下，指着路人让手下上前盘问。

王阳明一惊，起身结账，并低声问道："那是做什么？"

老板道："哦。近日倭寇猖獗，据说都指挥使江彬要来泉州坐镇清剿。下面的人怕有奸细混入民间，就先筛一筛，遇到生面孔便带回去盘查。"

王阳明皱眉，匆匆离去……

一路奔波至武夷山时，日已西沉，天降大雨，王阳明在山道上艰难地行进。

好不容易发现一座道观，上书"琼华观"，立刻上前敲门。

大门被拉开一条缝，里面仍上着锁，一小道士向外张望。

王阳明恭敬道："在下王阳明，特来礼拜三清。"

小道士当即关门，王阳明急道："雨骤风急，可否借宿一宿？在廊子里睡也行，明天一早便走。"

小道士隔着门冷冰冰道："门已落锁，没有观主之命不能开。请到别处去吧。"

"别处？别处还有哪？"

"前面有座野庙。"

王阳明无奈离去，又走了一刻钟，果见一所破庙。

往里瞧了瞧，发现不过五米见方的地儿，屋顶少了一半，雨水落到中间的一尊弥勒佛头上，顺着脸颊淌下来，看上去似哭似笑，非常邪乎。

王阳明走了进去，靠着墙角躺下来。疲惫不堪的他很快进入了梦乡。

也不知过了多久，王阳明被一声虎啸惊醒。蒙眬中，只见一头吊睛白额的猛虎缓缓走来，发出低沉的吼叫。王阳明一个激灵，登时睡意全无。

老虎在他一米远处停了下来。王阳明大脑一片空白，一动不动地与它对视了半天。老虎往前凑了凑，鼻息一阵阵地喷在他脸上。王阳明突然笑了，伸手去摸老虎的胡须，只觉像铁丝一样硬。老虎怒吼了一声，把王阳明的帽子吹掉了，吓得他赶紧缩回了手。老虎的喉咙里蹦出两声怪叫，似乎是在嘲笑，接着转身离去。

王阳明长吁了一口气，以手加额，发现早已冷汗淋漓。

日出东方，琼华观大门开启。一个道长带着四个道士急出，包括昨夜拒绝王阳明的那个小道士。

五人来到破庙，发现王阳明。道长上前探他鼻息。王阳明睁眼，吓了他一跳。

道长和蔼道："施主。"

王阳明问道："你是？"

"贫道清虚，琼华观的观主。"

王阳明不快道："哦？你好。"

道长致歉道："小道童初来乍到不懂事，让施主误睡了虎穴。罪过，罪过！"

小道士羞愧低头。

王阳明起身道："你说什么，这里是虎穴？"

道长点头道："此虎以这间破庙为巢，伤人无数。施主神灵护体，没有遇见，实是万幸。"

"遇见了。"

"啊？"

众道士面面相觑……

清虚把王阳明带回道观，往后院走去，满怀歉意道："施主安心住下，想住多久住多久。"

王阳明停步，转头看了眼身旁的静室。他下意识地推开门，只见一个须发皆白的道长闭目打坐，正对门口，竟是无极。

"英雄自古多磨折，好拂青萍建大勋。"无极缓缓睁眼。

王阳明兴奋道："无极道长！"

清虚知趣离开并掩上门。

无极笑道："一晃又近二十年，不意伯安逢此大难。"

"道长都知道了？"

无极点头。

王阳明叹道："世人只道我死了，也好。移家便住烟霞壑，绿水青山长对吟。"

"你想归隐？"

"我被阉党追杀，九死一生。能活着到此，或许是天意。我也不想去什么龙场驿了，只望遁入山林，出世隐修。"

"呵呵。弘治朝吏治清明，君臣和乐，你便积极入世；眼下宦官弄权，朝纲大乱，你就想逃离尘世，图个逍遥自在了？"

王阳明脸红道："我——"

“令尊在朝，令妻也在家中等你。你不上任，恶宦诬你个北投蒙古，或者南逃交趾，株连你的家人。你躲在深山，于心何忍？”

王阳明想了想，道：“道长言之有理。这几日绷得太紧，有欠考虑。”

“伯安啊，火越拨越旺，水越堰越深。你年少得志，廓然无累，没吃过什么大苦头，故前半生注定一事无成。但你根器不凡，又曾出入佛老。经此挫折，若能动心忍性，加倍奋发，必能成为点化苍生的大哲。”

“人生已过半，道长真的认为我有那么大的德业？”

“实不相瞒，你来之前，我替你占了一卦。”

“得何卦？”

“明夷。”

“坤上离下？”

“不错。太阳沉到了地下，黑暗降临。然卜辞曰‘利坚贞’，如果韬光养晦，持志不改，则终能拨云见日，否极泰来。”

王阳明点头道：“我明白了！”

“去吧！要是世人都做了神仙，天下就真没救了。”无极闭眼，王阳明目光坚毅。

南京官邸，徐爱落座。

王华入座，道：“秋闱告捷，这是喜事，怎么不跟家里说一声？”

徐爱神色慌张道：“岳父，出大事了！”

琼华观，王阳明向门口走去，被清虚道长叫住。

王阳明转身，道：“观主还有吩咐？”

清虚不好意思道：“呃，有个不情之请。请随我来。”

王阳明跟他走到一间书房，只见两个道士已经铺好纸，研好墨，毕恭毕敬地侍立于桌旁。

清虚道：“古有汉钟离飞剑斩虎，今有王阳明履虎尾而不惊。可否请赐墨宝？”

王阳明看了看笔架，又转身瞧了瞧院中的一面白墙，微微一笑，拿起最粗的那支毛笔，蘸饱了墨，走到墙前，挥洒起来。

清虚跟了上去，念道：“泛海？险夷原不滞胸中，何异浮云过太空？夜静海涛三万里，月明飞锡下天风。”

王阳明写毕，落款“王阳明题”。

清虚赞叹道：“好！好诗，好字，好气势！”

“后会有期！”王阳明昂首而去。

南京官邸，王华大惊道：“此话当真？”

徐爱点头道：“我听王畿亲口说的，还有那三个刺客。大哥这次，搞不好真的凶多吉少。”

王华蒙了，缓缓起身，木然离去。

“岳父！”

王华一挥手，示意他噤声。徐爱叹了口气，无奈坐下。

第二十九章　九死一生

秦淮河畔，灯火辉煌，游人如织。

王阳明在路边摊吃完小笼包，起身结账。突然，他发现不远处的卦摊前有个熟悉的身影，便走了过去，唤道："王喜！"

王喜回身，见是王阳明，惊得手中的符纸掉了一地。

"少爷？"

远处，黄绾三人从人群中闪出。

王阳明随王喜回到官邸，穿过走廊。

王喜边走边道："老爷以为你寻了短见，把自己关在房里都三天三夜了。我也没别的法子，就到夫子庙给你请了道平安符。"

来到王华的房间前，王喜正欲敲门，被王阳明制止。他示意王喜离开，自己凑到窗户跟前，看见王华从柜子里拿出一个箱子。

王华打开箱子，只见里面有张泛黄的纸和一根竹棍。他拿起纸，只见上面是王阳明小时候写的打油诗《哭象棋》——象棋在手乐悠悠，苦被严亲一旦丢。兵卒坠河皆不救，将军溺水一齐休。马行千里随波去，士入三川逐浪流。炮响一声天地震，象若心头为人揪。

王华落泪，滴到纸上，模糊了"心头"二字。

王阳明动容，推门而入，道："爹。"

王华的肩膀耸动了一下，缓缓起身，转过来，脸上的表情由悲伤到错愕再到惊喜。

王阳明低头嗫嚅，小声吐出一句："孩儿不孝，愧对列祖列宗。"

王华一个箭步冲上来，双手摁住他的肩膀。又自觉失态，慢慢将手拿开，走到桌旁坐下，定了定神，道："我们只道你自杀了，如今看你活着回来，还有什么可奢望的？平平安安就好，光宗耀祖那都是活给别人看的。"

王阳明一愣，有些不太习惯。

"大哥！"

王阳明转身道："徐爱？"

徐爱喜道："我……我以为再也看不到你了。"

王阳明笑道："怎么会？最起码也要活到阉党覆灭的那一天吧？"

徐爱憨笑，道："哦，对了！那三个刺客之前说他们要来南京！"

王华拍案而起道："欺人太甚！我王华好歹也是堂堂的南京兵部尚书，岂容他们胡作非为？放马过来好了，我倒要看看这帮杂碎有多大能耐！"

朝阳将玄武湖映照得波光粼粼。

孝陵卫，一个千户指挥士兵列队跑出，催促道："快，快点！"

士兵们跑至官邸，鱼贯而入。

千户指挥道："你，在这；你，去那。"

王华出，拱手道："景千户，有劳了。"

景千户抱歉道："大人请放心，有我在，一只苍蝇也别想飞进来！"

王华颔首。

当晚，王阳明经过院子，发现徐爱在月下读书，走了过去，道："在看什么？"

徐爱抬头道："大哥，你来得正好，我在读《资治通鉴》，有个地方不明白。"

"你说。"

"梁元帝萧绎好书，手不释卷，日以继夜，曾对人说'我韬于文士，愧于武夫'。后来魏兵攻陷江陵，萧绎入东阁竹殿，命左右焚烧古今图书十四万卷，还想投火自尽，被宫人拦下。萧绎哀叹'文武之道，今夜尽矣'。有人问他为什么焚书，他说'读书万卷，犹有今日，故焚之'。人言'百无一用是书生'，大哥你觉得呢？"

王阳明笑道："得分人。唐太宗有一回对近臣说，他看《隋炀帝集》，觉得文辞博雅，也是尧舜气象，但观其行事，何以完全反了过来，颇类桀纣？魏徵回答说'口诵尧舜之言而身为桀纣之行，曾不自知，以至覆亡'。所以，书没有错，只是读的人把它读错、读偏、读死了。孔庙里高高在上的夫子其实是世间最寂寞的人，都在学他说过的话，却有几人当真呢？"

徐爱高兴道："我懂了！以我之心读书之心，以书之心释我之心。"

王阳明微笑点头。突然，景千户的断喝传来："什么人？给我追！"

外面乱作一团。

景千户带着六个士兵急入，护住王阳明，道："王公子勿忧，我已派人去抓刺客，量他们插翅难逃。"

"谁要逃？"

众人循声望去，只见黄绾坐在屋顶，弹了弹手中寒光闪闪的威宁剑。

景千户大叫道："调虎离山！"

黄绾冷笑道："就你这脑子，还守孝陵卫？"

"混账！大爷今天就陪你玩玩！"景千户抽刀，摆开阵势。

"蚍蜉撼树，可悲可笑！"黄绾跳了下来，六个士兵立刻举刀冲上去，被他挨个刺死。景千户猱身上前，与黄绾战了五六个回合，也遭一剑封喉。

王阳明朗声道："身手如此了得，却甘当阉党的走狗。威宁剑在你手上，还真是玷污了英雄。"

黄绾用手指夹住剑身，捋去鲜血，道："剑是用来杀人的。此剑已在匣中鸣叫了很久，你听不见吗？"说着，扑了过来，徐爱大惊。

随着一声"去死吧你"，黄绾侧身望去，只见冀元亨双手挥舞着一只巨大的狼牙镐向自己砸来。黄绾跳开，地面被砸裂。

王阳明惊道："惟乾、龙溪？"

冀元亨大声道："先生快走！"

冀元亨与黄绾战至一处，王畿跑到王阳明跟前，道："少爷，再不走就来不及了！"

"你们走，我不走！"王阳明忧心忡忡地看着冀元亨，只见其身上多处被刺伤，血流如注。

冀元亨被黄绾一脚踹翻在地，剑锋冲着他的胸口直刺过去。徐爱惊呼，王畿用手蒙住了眼睛。冀元亨闭眼，听天由命。

还是王华的声音救了他一命："住手！"

剑尖在离冀元亨的心窝不到一寸的地方停了下来。

黄绾转身，只见王华身后站着十来个士兵，皆挽弓搭箭。他一挥手，另外四个士兵押着沈玉和殷计走到前列。二人看见黄绾，羞愧地低下头。

王华厉声道："跟我斗，你还嫩。"

王喜从院子的一侧跑出来，见此阵仗，惊愕不已。

黄绾忽然放声大笑，连道"好，好，好"。他收剑入鞘，却冷不防地从怀里摸出三只飞刀。

冀元亨大惊道："小心！"

话音未落，刀已掷出，分别飞向沈玉、殷计和王华。

"老爷！"王喜扑到王华身前，后心中刀。沈玉和殷计则被飞刀插中喉咙，一命呜呼。

王畿惊道："爹！"

王华扶住王喜，悲愤交加道："放箭！"

乱箭朝黄绾射去，他以未出鞘的威宁剑格挡。趁众兵士换箭的空当，黄绾施展轻功欲逃。王阳明眼疾手快，已奔至一兵旁，夺弓射箭。

黄绾方在房顶落脚，忽听得身后箭响，立刻转身抵挡，却被射穿了右手食指。吃痛之下，威宁剑掉落，滑到屋檐下。黄绾恶狠狠地瞪了王阳明一眼，扭头逃跑。

王畿跑到王喜跟前，抓住他的手，哭道："爹……"

王华抱着王喜，道："我去请大夫，你躺下不要动！"

王喜虚弱道："老爷！老爷，别去。"

王华低头细瞧，只见鲜血染红了王喜的后背，飞刀直没刀柄。

王喜嚅动着惨白的嘴唇，道："我不成了，你……你答应我一件事。"

王华痛苦不堪。

王喜急道："你答应我啊。"

王华颤抖道："你说。"

王喜望向王阳明，道："让少爷收王畿为徒。"

王阳明走了过去，蹲下握住王喜的手。王华看着儿子，王畿号啕大哭。

王阳明认真道："我答应你，一定带好他，教好他，让他成才。"

王喜脸上露出笑容，对王畿道："还不快叫师父。"

王畿看了看王阳明，不好意思道："师父。"

王阳明点头，徐爱一脸羡慕。

王喜撒手人寰。

"爹——"王畿痛不欲生。

冀元亨不忍直视，王华坠泪，王阳明唏嘘……

野外，黄绾快马加鞭。他低头看了看手，只见食指已断，缠着纱布，不禁目露寒光。

次日，装着王喜和景千户等人的八口棺材在官邸的院子里一字排开。

王华与王阳明身穿丧服，站在前排。后面是王畿、徐爱、冀元亨以及一众军士。王华挥了挥手，军士们上前抬棺……

黄绾回京复命，钱宁将跪在地上的他扶了起来，道："你做得对，不必自责。"

钱宁示意黄绾坐下，和颜悦色道："刘公公知道你受了伤，非常痛心，嘱咐我务必给你安排一个好差事。我看就从千户干起怎么样？常人想坐这正五品的位子，至少得熬二十年。"

黄绾道："多谢将军！只是王阳明——"

"不急，第一局棋下完了，该跟他们算算总账了。"

"总账？"

"王华私调孝陵卫守军，致死七人，还包括一个千户。你觉得他能有好果子吃？"

"可要是他查出沈玉和殷计的身份，反将一军，刘公公如之奈何？"

"呵呵，这两个名字已经从籍册上消失了。"

夜里，南京官邸。

王华道："为今之计，你只有尽快去龙场。上任了，刘瑾多少会有所顾忌，不敢轻举妄动。抑或者，也就死心了。"

王阳明道："我想回家看看娘。"

"你别去了，为父不日便致仕，回去照顾她。"

“致仕？”

“不走不行啦。刘瑾一定会借景千户之死大做文章，我不想跟他再费口舌。”

王阳明愧疚道：“都是我的错。”

王华欣慰道：“你从小性子就野，入仕后也不知收敛，干的很多事我都瞧不上。唯独这件，你没做错。范文正公有言，先天下之忧而忧，后天下之乐而乐。正义总要有人匡扶，否则世间将漆黑一片。去吧，无须牵挂家里。”

王阳明默然良久，从王华的书房走出，只见王畿抱膝坐在长廊的凳子上，由冀元亨陪着。

王畿眼神空洞道：“天地浩渺，人处其间，直若尘埃芥子，什么也改变不了。”

冀元亨挠挠头，道：“你说的话，越来越让人听不懂了。”

王畿指着夜空，道：“你看那些星星。”

“星星怎么了？”

“你我出生前，它们就存在了千百万年；你我死后，它们还将继续存在下去。人这一生，连星星一瞬间的光辉都不及。”

王阳明插言道：“可认识到星星的永恒和我生之须臾的是人，不是星星。”

冀元亨与王畿转头，王畿道：“少——师父。”

王阳明续道：“有一种星叫流星。流星的光芒虽然短暂，可天上又有哪一颗星比它更夺目，更灿烂？龙溪，人活一世，生老病死，怨憎会，爱别离，求不得，原是苦多乐少的。但为了那些美好之事，欢乐之时，却也值得认真一活。生命至为灿烂，且永不重来，万望生者敬之惜之。”

王畿点头，徐爱入院，慢慢走到王阳明跟前，跪了下来。

王阳明奇道：“你这是？”

徐爱道：“大哥，请收我为徒。”

王畿与冀元亨面面相觑。

王阳明摇头道：“你是我妹夫，恐怕不妥。”

徐爱着急道：“如何不妥？大哥立志成圣，我亦立志成圣；大哥求取天人性命之学，我亦求取天人性命之学。何必拘泥于世俗之礼？”

“圣人累。”

“何事不累？”

“圣人苦。”

“众生皆苦。”

“圣人随时都有可能死。”

“人固有一死，或重于泰山，或轻于鸿毛。”

王华出门，道：“说得好。你就收下他吧。”

徐爱看着王阳明，道：“前日我做了个梦，梦见去爬武夷山，在半山腰遇见一个老道。他拍着我的背说，小伙子，身子骨不行啊，才爬了这么一段就气喘吁吁。

我见他鹤发童颜，问他高寿。他似乎没听清，对我说‘你与颜回同德，你与颜回同寿’。”

王畿小声嘀咕道：“这不是咒你早夭吗？”

徐爱黯然神伤道：“人死如灯灭，如永恒的黑夜，如从未存在于世一般。数十载光阴，实在太短了。还有那么多事没做，真是不甘。”

王阳明感慨道：“死不可怕，可怕的是没有真正活过，抱憾终生。”

王畿触动道：“师父，你说的这些我都懂，可是夜深人静的时候，一想到死还是会吓得睡不着。”

“那我就教你一个战胜死亡的办法。”

王畿、徐爱和冀元亨洗耳恭听。

王阳明续道：“把生命同世事的演进联系起来。如果你的言行在你死后也能产生影响，活在无数人的记忆里，那你就把自己写入了一个更大的生命，长生不老。”

徐爱点头道：“对！为往圣继绝学，为万世开太平。大哥——不，师父，佛曰彼岸，我不求彼岸的救赎，只望能跟你求道，克服此岸的虚无。”

王阳明看了看王华，只见他微微颔首，便道：“起来吧。你们三个是不是该凑钱请我吃顿拜师宴啊？”

徐爱大喜起身。

冀元亨想了想，道：“我入门虽早，但长幼有序。徐师兄。”

徐爱推辞道：“不不不，还是你当大师兄。”

王阳明道：“你就不要推让了。他俩底子薄，少不了向你讨教，你可不能光顾着自己啊。”

徐爱笑道：“是，师父。”

天还没亮透，王阳明就与王畿、冀元亨登上了渡口的小船。

王华叮嘱道：“到了给家里来封信。”

王阳明点头。小船离岸，王阳明望着鬓已微霜、衰老憔悴的父亲，眼眶湿润。

冀元亨与王畿走进船舱，冀元亨小声道：“师父还是不肯让大师兄跟咱们一块走啊？都没叫他起床。”

王畿道：“他走得了吗？家里有媳妇，马上还要参加会试。”

徐爱的声音远远传来：“师父——”

王畿一愣，与冀元亨出，只见徐爱背着行囊在岸边狂奔。

王阳明大声道：“回去吧！拿我留给你的信，到京城找湛若水。好好备考！”

徐爱呼喊道：“我要跟你去龙场！”

王阳明摇头。

徐爱穷追不舍，没留神摔了一跤。王阳明担忧，上前一步。徐爱爬了起来，脸上又是泥又是伤。他瘸着腿继续追，却与小船的距离越来越远。

王阳明高声道：“回去吧！”

徐爱精疲力竭，脚上像灌了铅一样，再也迈不动。他跪了下来，毕恭毕敬地朝小船的方向磕了个长头。

王阳明感动……

几日后的深夜，船在广信停靠，冀元亨与王畿各自抱着一大袋干粮快步走来。

冀元亨道："师父，尝尝广信的特产，弋阳年糕。"

王阳明走出船舱，看见远处一队官兵举着火把匆匆赶来，阒然变色。王畿和冀元亨察觉到异样，转身一瞧，也愣住了。两人回过神后，赶紧跳上船。

王畿疾呼："船家，快，撑橹！"

"怕什么？又不是土匪。"王阳明淡定地走下船。

官兵跑到渡口，分左右两列站好。一个身穿四品红色官服的官员大步走来，左右跟着两个着深蓝色官服的五品官。王阳明只觉眼熟，却想不起来是谁。

四品官高兴道："王阳明！"

王阳明奇道："大人认识我？"

对方打趣道："怎么，不记得了？"他对左右道："这小子啊，小时候被我揍得屁滚尿流！现在出息了，敢跟阉党斗。"

众人哄笑。

"胡世宁！"王阳明指着他官服上的补子道："混得可以啊你，当知府了！"

胡世宁谦虚道："哎，混口饭吃，不能跟孙燧比。"

王阳明激动道："你有孙燧的消息？"

胡世宁拉着王阳明的手，道："别站在这吹风了！走走走，跟我去喝酒！"

王畿和冀元亨放下干粮，跟了上去……

广信府衙，胡世宁给王阳明倒酒。

胡世宁道："他呀，上个月刚升了河南按察使。论官阶，都赶上他舅舅了。"

王阳明道："王琼？多年前我在庐山见过一回，当时他准备去池州就任知府。"

胡世宁与王阳明碰杯，道："你那是老皇历了，人现在是兵部侍郎。"

"哦。对了，你表弟呢？"

"你说倪宗正？那家伙热衷诗文，早就辞官云游四海去了。"

王阳明想起小时候自己和孙燧、倪宗正以及王贵牵马走过淳安闹市的情景……

王阳明道："既如此，我辈须寻个不叹气的事做。"

王贵道："不叹气的事？我知道了！像沈万三那样，富可敌国！"

倪宗正道："再富有什么用？朱元璋一句话，他差点掉脑袋。要我看，还是当诗人好，敢凭诗酒论湖山！"

思绪回到现实。

王阳明唏嘘道："他总算实现了自己的梦想。勾栏瓦肆，天涯羁旅，倒也逍遥自在。”

胡世宁举杯道：“王阳明，我代大伙敬你一杯！我们这些人，很是佩服你的胆气。不过话说回来，走到这一步，已经足够了，千万不要去龙场。”

众人安静下来，齐齐望着王阳明。王畿也停止了狼吞虎咽，放下筷子。

王阳明微微一笑道：“我不去龙场，就没有俸禄，吃穿用度都成问题。你想饿死我呀？”

胡世宁哈哈大笑道：“你就在这住下！权奸横行不了多久，倒台指日可待，届时你便能复出。”

“胡兄好意，守仁心领。但我实在不想再连累无辜的人。”

“唉！你是有所不知啊。我以前在铜仁府当知县时，遇到过一个卸任龙场驿丞回京复命的官员。此人反应迟钝，书写困难，喜吃生食，睡觉必须躺在地上，否则无法入眠。”

王畿和冀元亨对视，惊愕不已。

王阳明道：“后来呢？”

“后来他发现已经无法适应常人的生活，决定回龙场了此残生。返程时，我还见过一面，再后来便下落不明。”

王畿五味杂陈，低头不语。

王阳明道：“呵呵，不聊这些沉重的事了。明日我想去看看娄大师，虽说当年只是片言之赐，但他的一句‘圣人必可学而至’激励我求索至今。”

胡世宁道：“你说娄谅吗？他前年过世了。”

王阳明惊讶，继而感慨道：“唉！人生弹指芳菲暮，没想到啊。不知他魂归何处？”

“明天一早，我陪你去他坟头上炷香吧。”

“有劳。”

日出灵山。

坟茔的碑上刻着“娄公一斋之墓”。

王阳明拜完起身，身后站着胡世宁、冀元亨和王畿。王阳明环视周围的竹子，道：“先师爱竹，认为竹之中空而静、四季常青、随风摇曳、挺拔直立分别代表了君子的德、操、实、容四道。孔子曾对子夏说，汝为君子儒，勿为小人儒。胡兄，圣贤的教诲不敢忘，龙场我也不能不去。歌女的歌，舞者的舞；侠客的剑，文人的笔。还有英雄的斗志。只要不死，就不能放弃。”

胡世宁皱眉道：“唉。你既心意已决，也罢！我让人给你弄些干粮，你自己保重吧！”

王阳明看着朝阳，道：“期待有朝一日，草色烟光残照里，备下清酒佳肴，与胡兄低吟浅酌。”

渡口，胡世宁率众官相送。

小船远去，王阳明立于船尾，向岸上拱手……

夜晚，船过汨罗江。

舱里，冀元亨与王畿熟睡。

舱外传来王阳明的声音："白壁屡投终自信，朱弦一绝好谁听？扁舟心事沧浪旧，从与渔人笑独醒。"

王畿转醒，走出船舱，只见王阳明立在船首，将一壶酒迎风洒在江里。

"师父。"

"跟屈子喝一杯吧。"王阳明转身，将酒杯递给王畿。

王畿接杯，道："屈子？屈原？到汨罗江了？"

王阳明点头道："当年，屈子遭小人陷害，被楚王放逐。行吟泽畔，形容枯槁。一渔父见而问之，你不是三闾大夫吗，何故至此？屈子说'举世皆浊我独清，众人皆醉我独醒。是以见放'。渔父不以为然，认为圣人不滞于物，而能与世推移，和光同尘。屈子无法苟同，说自己宁赴湘流，葬身鱼腹，也不能以皓皓之白，蒙世俗之尘埃。渔父莞尔一笑，摇桨离去，放歌道'沧浪之水清兮，可以濯吾缨；沧浪之水浊兮，可以濯吾足'。"

王畿道："楚国还真是巫术大国，一个渔父都那么神奇。不过我觉得他说的没错，水清就拿来洗头，水浊就拿来洗脚，这不是小孩都懂的道理吗？"

王阳明笑道："小孩都懂，屈子焉能不懂？他清楚如果自己不能变心而从俗，则必将愁苦而终穷，可依然选择了溘死以流亡，说明这就是他至死不渝的道。孟子说，人之异于禽兽者几希，如果有，也就是那么点'善鸟香草，以配忠贞；恶禽臭物，以比谗佞'的爱憎好恶了吧。"

王阳明伸出手去，豆大的雨点砸在掌心。

"下雨了。"王阳明回舱。

王畿若有所思，把酒洒在江里，缓缓道："路漫漫其修远兮，吾将上下而求索。"

京城梁府，湛若水放下信，打量了徐爱一番，道："没想到王兄已经开始传道授业，太好了。"

徐爱摸着后脑勺笑了笑，道："叨扰师伯了。"

"师伯？呵呵，我虚长你师父几岁，叫师伯也没错。这是我师兄的宅子，你安心住下，咱们共同砥砺，争取金榜题名。"

"嗯！"

王阳明、冀元亨和王畿入城，城门上写着"贵阳"二字。

第一站是府衙，王阳明在一个衙役的带领下进入。院子里左右各三间房，分别写着吏房、兵房、户房、礼房、刑房和工房，衙役冲“吏房”指了指，道：“去吧。”

王阳明道：“多谢！”

王畿给了他一点碎银子，衙役离去。

吏房里，一个书吏正如痴如醉地看书，一脸色眯眯的表情。王阳明进入，等了半天也不见他有抬头的意思，只好道：“请问——”

书吏条件反射般合上书，愕然道：“啊？”

王畿瞥见书的封面上写着：痴婆子传。

书吏恢复威严的神情，拿出公文，道：“去哪啊？”

王阳明把委任书交给他，道：“龙场。”

书吏抬头看了眼他，意味深长道：“哦？”

盖完章，王阳明、冀元亨和王畿就近找了家米粉店就餐。

王畿道：“老板，三碗米粉！”

“好嘞！”老板打了三碗米粉，调好蘸料端上，道：“外地来的？”

王畿道：“嗯。”

“去哪啊？”

“龙场。”

老板色变，一言不发地走了。

王畿和冀元亨觉得奇怪，互相看了看。王阳明吃毕，过去付钱，没想到老板摆手道：“算了吧。”

王阳明奇道：“什么？”

“这是小店的规矩，但凡去龙场的，概不收钱。”

冀元亨和王畿疑惑不解地走了过去。

老板同情道：“看您的相貌，想必是官宦子弟。莫不是在官场上得罪了什么人，发落至此？”

王阳明道：“老板好眼力，确实是到龙场驿就职。”

老板摇头道：“唉！那龙场从来就没有汉人进去还能活着出来的，连收山货的买卖人都敬而远之，只有吃了人命官司的亡命徒才敢往那躲。”

“你是说龙场有毒蛇猛兽？”

“哼，这年头再毒毒得过人心？大山深处，蛮荒之地，住的都是夷人，发起火来便捅人。要命的是他们时时刻刻都在发火，动不动就杀了汉人祭神。又是水西土司的地盘，官府从来都睁一只眼闭一只眼。”

王畿有些害怕，道：“所以你是因为同情，不收我们的钱？”

老板直言道：“小店图吉利，不收将死之人的钱。”

“你——”冀元亨要揍他，被王阳明制止。他收回钱，道：“既如此，多谢了。”

不多时，三人又来到一家腌肉店。

王畿道："称三十斤熏肉。"

老板道："这么多？去哪啊？"

有了前车之鉴，王畿不禁向王阳明投去询问的目光。

王阳明坦然道："龙场。"

老板一愣，道："多送你们十斤吧。"他一边切肉，一边嘀咕道："那可不是人待的地儿哦"。

冀元亨道："怎么不是人待的地儿？"

老板把刀往案板上一插，道："说出来怕吓着你。夷人有种巫术，把毒虫下在酒菜里，不知道的人吃了，毒虫就在他肚子里繁衍生息。等他的心肝脾肺肾被蚕食殆尽，也便七窍流血而亡了。"

王畿脸色苍白。

老板把肉包好交给冀元亨，道："再多来点？"

王畿看着熏肉，恶心得想吐，冲了出去……

王阳明在墙角找到吐完的王畿，把桦皮水壶递给他。王畿喝了口水，定了定神。三人继续前行，路过一个铁匠铺。

冀元亨道："买些装备防身吧？"

王阳明点头，三人走入。

铁匠道："买刀？"

冀元亨道："买刀。"

铁匠道："去哪儿啊？"

三人不语。

冀元亨心里窝火，索性头一扬，道："龙场！"

"哦？那是该买把好刀。不过，光有刀恐怕还不行。"

"怎么讲？"

"深山湿气重，雨水多，热起来能把人闷死，冷的时候又能把人冻死。被褥、雨具，都得带齐喽。当然，这些还不是最可怕的。"

王畿紧张道："什么是最可怕的？"

铁匠道："瘴气。"

王畿道："瘴气？"

铁匠点头道："一早一晚尤其厉害，稍不留神便会中毒。要是恰巧身边没人，那就等着毙命吧。"

王畿魂飞魄散。

冀元亨不快，随便挑了把刀，拿到铁匠面前，问道："多少钱？"

"三两。"

冀元亨交了钱，转身便走。

铁匠多嘴道："听我一句劝，别去了。以前有官员贬至龙场，走到贵阳也就打道回府了。官儿是做不尽的，命只有一条。"

王阳明停步转身，正色道："多谢提醒。可要是人人都置身事外，龙场驿不就荒废了？邮传一旦瘫痪，打起仗来怎么办？"

"那你最好想开点，我的刀快，不要到头来自己抹了脖子。"

"不劳多虑。"

京城，朝霞满天。

湛若水背着包袱，穿过门廊，来到徐爱的房间前，敲门道："徐爱，该走了！"

见无人应答，湛若水继续敲，道："时辰不早了，别误了考试！"

还是没有回音。

湛若水一把推开房门，只见屋子收拾得整整齐齐，空无一人。

黑暗森林。

一条红土小路蜿蜒伸向树林深处。王阳明看了看，毅然步入。冀元亨跟了上去，王畿犹豫了一下，也硬着头皮前行。

奇怪的鸟叫声与沙沙作响的乱草丛让王畿的心提到了嗓子眼。林间，一双双闪着绿光的眼睛不知来自于什么动物。

冀元亨察觉到身后有异动，回头了两次，愈发狐疑，凑到王阳明耳边道："师父，好像有人跟踪。"

王阳明警觉……

不远处，一个男子惊慌四望，似乎跟丢了什么人。

忽然，一把刀架在他的脖子上。

男子一惊，正待转身，冀元亨冷冰冰的声音传来："别动！"

王阳明和王畿闪出。

冀元亨厉声道："鬼鬼祟祟的干什么？！"

男子赶忙道："你等可是去龙场驿赴任的？"

王阳明道："正是。"

"太好了！老天终于开眼了！"男子又要转身，被冀元亨喝止。男子赶紧站好，道："实不相瞒，我是龙场驿丞之子。"

王畿笑道："师父，恭喜你有儿子了！"

"不不不，是前任驿丞之子。我是来接父亲回家的，已在贵阳等了半个多月，总算等到你们了。"

见王阳明冲自己点了点头，冀元亨收刀。男子转身，从包裹中取出一个本子和一块印绶。

王畿道："龙场真有那么可怕？"

男子敷衍道："还好，就是衙门的禄米半年才来一次，需要自己开荒垦田——这是驿站的账册和印信，请过目。"

王阳明接过。

"告辞！"男子一溜烟跑了。

王畿喊道："喂，喂！他跑什么呀？"

王阳明笑道："怕咱们反悔，不去了。"

王畿打退堂鼓，道："师父，要不咱们别去了？"

"你们陪我到此，已是不易，这就回去吧。龙场，我必须去。"

王畿犹豫片刻，放下行李。

冀元亨急道："王畿！"

王阳明道："惟乾，龙溪做得对。你们一块走，相互有个照应。"

冀元亨着急道："师父，我哪都不去。天涯海角我也要跟着你！"

"我命令你走！"

"不走！"

"你敢违抗师命？"

"这是乱命！"

"无可救药！"王阳明转身快步离去，冀元亨急追。王畿脸红，捡起行李，也跟了上去……

王阳明发现一个山洞，在洞口收集了些树枝和干草，搬到洞中，拿出打火石，却怎么也打不燃。冀元亨走近，夺过打火石，一打即燃，生了个火堆。然后他又去搜集枯草打地铺，王阳明无奈地摇了摇头，算是默许……

篝火熄灭，只剩下点点火星。

王阳明突然睁眼，左右瞧了瞧，但见冀元亨与王畿睡得正香。他拿起行李和威宁剑，悄然离去。走前又端详了一下两个徒弟，脸上掠过一丝不舍……

林子里，四下响起瘆人的狼嚎，野猪也在黑暗中哼哼着拱土。王阳明累得满头大汗，靠着一棵大树喘气，结果眼皮愈沉，昏然入睡。

半夜，瘴气升腾起来，将王阳明笼罩其中。王阳明鼻子发痒，抽搐了一下，打了个喷嚏。醒来发现烟气缭绕，赶紧用剑割了一块衣袖，拿出桦皮水壶，将之浸湿，捂住口鼻。王阳明四下张望，发现左边的瘴气有散去的迹象，准备往那边躲避。谁知刚起了一半的身，就发现三米外有条蟒蛇正朝他吐芯子！

王阳明吓得坐倒在地，不住后挪。他抓起威宁剑，与之对峙。

蟒蛇直扑过来，王阳明迅速起身，朝相反的方向狂奔。蛇紧追不舍，他慌不择路，没留意脚下，从一个山坡连滚带爬地滑落，脑袋撞到一块石头上，昏死过去。

不知过了多久，王阳明悠悠转醒。他爬了起来，摸摸后脑勺，疼得直咧嘴。见不远处有棵粗细适中的大树，便走了过去，打算爬树。王阳明摔下来两次，脸上伤痕累累，终于攀至树冠。他用裤带把自己拴好，迷迷糊糊又来了睡意。冷风吹过，王阳明冻得缩成一团，缓缓睡去……

天亮了。

晨露滑落，打在一片树叶上，发出“滴答”的声音。忽然，怪叫声起，王阳明被惊醒，慌张四望，恍惚看见几只“长臂猿”在林间荡着秋千朝自己逼近。王阳明大恐，赶紧解开绑在树枝上的裤带。

直到“长臂猿”飞近，才看清竟是一个文面赤身的夷人！

夷人欲抓王阳明，双方在树上辗转腾挪，王阳明挥舞威宁剑驱赶。情急之中，行李掉下了树。

这时，一队夷人押着冀元亨和王畿从树下经过。走在队尾的夷族青年纹面较为特别，上身也穿着兽皮背心，看上去应该是个头目。

头目接过手下从地上捡起的行李，打开来翻检，发现公文和印绶。他不识汉字，倒拿公文看了片刻，随手一扔，把印绶收好，朝树上看去。

冀元亨呼唤道：“师——”

王畿挺身将他撞倒，小声道：“呆子！”

头目注意到这一细节。

王阳明看见冀元亨，呆若木鸡。一夷人正待扑上去，头目嘟囔了句夷语，树上的夷人立刻停了下来，作鸟兽散。头目又嘟囔了一句，众夷人押着王畿和冀元亨离去。

王阳明关切地望着两个徒弟的背影，没想到头目突然转身冲他龇牙咧嘴地诡秘一笑……

烈日当空，王阳明汗流浃背，饥渴交加，恍恍惚惚地在荒野中走着。突然，他看见道旁有个破败的茶摊，一共三张桌子，外加一个小二，于是赶紧走了过去，舔了舔干燥的嘴唇，道：“小兄弟，能讨口水喝吗？”

小二给他倒了碗水。王阳明迫不及待地一饮而尽，问道：“请问，龙场驿在哪？”

“蜈蚣坡。”

“蜈蚣坡在哪？”

小二指着远处的树林，道：“穿过那片林子，往东走就是。”

王阳明惊呼：“啊？”

小二奇道：“怎么了？”

王阳明瘫坐在长凳上，喃喃道：“我就是打那来的。”

小二怀疑地看了他一眼。

“多谢！”王阳明毅然起身，鼓足勇气向树林走去。

第三十章　黑暗森林

马车尚未停稳，王华就急忙下车。

王欢迎上来道：“老爷。”

王华一脸严肃，只微微点了点头，快步走入……

大夫从房中出来，向王华无奈地摇了摇头。

王华六神无主，冲了进去，只见郑青莲虚弱不堪地躺在床上。诸芸玉拉着她的手，小声抽泣。

郑青莲望着王华，道：“本以为你辞了官可以多陪陪我，没想到我要先走一步了。只可惜不能再看儿子一眼，可惜啊！”

诸芸玉恸哭道：“娘——”

王华强忍泪水。

突然，东西落地的声音从门外传来。王华与诸芸玉循声望去，只见徐爱立于庭中，行李掉在地上……

王阳明气喘如牛，四顾茫然。只见道旁有两间土坯房，其中一间塌了，另一间也垮了一半。一个弯腰驼背、胡子拉碴、绾着发髻的汉人老翁坐在路边的石头上，盯着地面发呆。

王阳明走了过去，发现他在观察地上的蚂蚁，便道：“老哥，请问龙场驿还有多远啊？”

老翁抬头看着王阳明，双眼无神，似乎没听懂他的话。

王阳明凑近道：“龙场驿。”

老翁道：“这里就是龙场驿。”

王阳明震惊，环视了一下四周，难以置信，道：“你是驿卒？”

老翁慢吞吞道：“是。”

“怎么称呼？哦，我是新任驿丞王阳明。”

“老汤。”

“老汤，原来的驿丞去哪了？”

“不知道。”

"公事忙吗？"

"一年来两趟。"

王阳明觉得同他交流很困难，便绕着驿站走了一圈。

从那间垮了一半的房子的侧面看进去，只见三匹羸弱的驿马正无精打采地吃草。房子后面是一间"人"字形的茅草棚，以一根砍倒的小树做梁，四根粗树棍用藤条绑成两个"八"字支起来，上面盖着编成捆的茅草。棚子里铺了堆草，算是张床。床上扔着条露出棉絮的破被子。

草棚的一边是个土坑，一口黑乎乎的破铁锅支在石头上，几个瓦罐陶碗缺边少角，随意散落。草棚的另一边是一块菜地，种着几十株碧绿的青菜。

老汤走了过来，道："不知大人要来……"

说完这没头没脑的半句，他钻进草棚摸索，摸出一把柴刀，一声不吭地朝近处的小树林走去。

王阳明仰视四周，只见连山绝壑，一股"千山鸟飞绝，万径人踪灭"的孤独感油然而生。

老汤扛着几根木头回来，扔在空地上，又转身钻进小树林。王阳明反应过来——这是要给自己搭棚子。

"敢问，这位大人可是去龙场赴任的？"

王阳明转身，只见一个老汉彬彬有礼地望着他，便道："正是，你是？"

老汉兴高采烈道："你真的是去龙场赴任的？"

王阳明一愣，道："是啊。"

"走走走，我带你去！我知道龙场在哪。"老汉不由分说拉着王阳明就走，绕着小树林走了一圈，转回原地，道："就是这，这就是龙场驿。"

王阳明疑惑不解地看着他。这时，老汤又抱着木料回来了，伐木拴桩忙活起来。

王阳明道："我知道啊，我是驿丞。"

老汉一愣，拍掌道："哈哈！好呀，好呀！"手舞足蹈地跑远。

王阳明走到老汤身边，跟他一起编草捆，问道："那人是谁？"

老汤沉默不语……

窝棚搭好了，只有齐肩高。老汤从马房里弄了些干草铺进去，然后开始生火做饭。他拔了两棵青菜，淘了些米，煮了一锅菜粥，舀了满满一碗端给王阳明。

两人相顾无言地吃起来……

夜里，老汤鼾声如雷，马房里的马偶尔打一声鼻响。王阳明想起白天冀元亨和王畿被夷人带走的情景，心下烦闷，睡不着觉。

忽然，耳旁响起"沙沙沙"的声音，王阳明下意识地伸出手去。

下雨了。

山里的雨说来就来，越下越大。窝棚很快漏水，把王阳明的半边身子都打湿了。他在巴掌大的空间里想方设法地避让，可漏洞越来越多，已无处可躲。地面泡成了一摊烂泥，再也待不住。王阳明一咬牙跑了出去，双手抱头钻进那半间马房，在墙角蹲下，冻得直哆嗦。驿马瞪眼看着他，交头接耳，似乎在嘲笑眼前这个惶惶如丧家之犬的失败者……

翌日，艳阳高照。

王阳明醒来起身，走出马房，发现自己的窝棚已经彻底垮塌，而老汤还在呼呼大睡。他摇了摇头，往远处走去。

在附近的龙冈山上，王阳明发现了一处钟乳洞，要猫着腰才能钻入，然而里面的空间却很大。他赶紧跑回驿站，从马房抱了些干草过去打地铺，还把行李也提进了山洞。

搬完“家”，他歇了口气，走下小山，到小溪边洗手，被老汤瞧见。

澄澈的溪水映出了头上的白发，王阳明愕然停手，喟叹道：“年华若流水，一去无回停。悠悠百年内，吾道终何成！”突然，背后传来老汉的声音：“敢问，这位大人可是去龙场赴任的？”

王阳明一愣，转身道：“又是你？”

老汉不解道：“又是我？”

王阳明有些不耐烦道：“在下龙场驿丞王阳明，你到底是什么人？”

老汤走了过来，道：“他是你的前任。”

王阳明大悟道：“老人家，我是来接替你的，你可以回家了。”

老汉震惊道：“我可以走了？”

王阳明诚恳道：“对，你可以走了。”

老汉勃然色变道：“胡说！你这个骗子，我才是龙场驿丞！”

王阳明皱眉道：“你等着。”他快步走回山洞，取来公文。老汉接过去一看，傻眼了，道：“你是龙场驿丞？”又看了看老汤，道：“你是老汤？”

老汤点头。

老汉喃喃自语：“那我是谁？我是谁？我是谁啊！”说着，竟泣不成声。

王阳明摸出些碎银子交给他，道：“回去吧。”

老汉失魂落魄，转身离开。没走两步，瘫倒在地。一男子从远处奔来，却是那日在树林跟踪王阳明之人。

他大喊道：“爹——”抱起老汉，探探鼻息，发现已然断气。

男子流泪道：“我们回家，我们回家……”背起老汉走远。

王阳明愧疚道：“是我害了他。”

老汤道：“不是你。是他得罪了上司，被贬到这里。想退休，上面不同意，说很快有人来接任，结果一等便是十年。”

王阳明摇头道:“他活的是个念想。一口气在，便能支撑下去。我来了，念想没了，人就垮了。”

老汤叹息。

王阳明道：“这里的夷人都住在哪？”

老汤道：“有个寨子，翻过前面的蜈蚣坡就能看到。”

王阳明点头道：“好。”

见王阳明准备前往，老汤急道:“夷人凶残，首领是个吃人的女魔头，莫去招惹！”

“吃人？你亲眼见过？”

“我，我没见过，有人见过。这事，方圆百里，无人不知无人不晓。”

“我自有分寸。”王阳明毅然离去……

王阳明爬到蜈蚣坡坡顶，放眼望去，果见远处有个寨子，土墙环绕，墙角是密密麻麻的尖刺，壕沟深不见底。寨门前，吊桥高高挑起，两侧搭着箭楼，狼兵提着大弩来回巡视，令人胆寒。

忽然，他隐约看见坡底一侧的树林边上有间破破烂烂的草棚，人影闪现其间。

草棚里，一个头戴四方巾、身穿蓝茧绸袍子的老头儿瘦骨嶙峋，有气无力地躺着。两个青年侍奉左右，神色忧虑，脸色青黄。年纪较长的那个一咬牙，起立转身。

老头儿虚弱道：“老大——”

年纪较轻的青年道：“大哥，别去啊！”

“夷人也是人，还能见死不救吗？”老大气血上涌，头晕目眩，差点摔倒。

王阳明的声音传入：“那也得能听懂你说什么。”

老头儿向外望去，惊讶无比。

王阳明拱手道：“在下龙场驿丞王阳明。老先生从哪来啊？”

老头瞪大眼睛，坐了起来，道：“王阳明？你就是王阳明？”

王阳明疑惑道：“你是？”

“老朽叫薄彦徽，因为跟戴铣联名上疏弹劾刘瑾，被贬为谷里驿丞。这是我的两个儿子，不放心我一个人进山，就都跟来了。没想到还是迷了路，断了粮。”

“原来是薄大人，久仰大名。你且等一等，我去弄些吃的来。”

“哦，好，多谢王大人！”

不一会儿，王阳明端来一锅热气腾腾的菜粥，把薄彦徽的两个儿子看得眼冒绿光。他将木勺分给三人，围坐喝粥。

薄彦徽刚吃了两口，突然放下勺子，抽泣起来。

王阳明纳闷道：“薄大人？”

薄彦徽拭泪道：“如今半个朝廷都是刘瑾的爪牙，李东阳也变得唯唯诺诺，没有是非了。”

王阳明皱眉。

薄彦徽续道："暗地里，都叫刘瑾'立皇帝'，当面更是直接称颂'九千岁'——朝政鱼烂，社稷倾颓，没想到大明朝会走到这一步！"

薄彦徽情绪激动，咳嗽不已。

老二劝道："爹，您都这样了，就别管什么朝政、社稷了！"

薄彦徽怒道："混账！千载史册耻无名，一片丹心报天子。我平日怎么教你的？！"

王阳明怕再待下去会刺激到他，起身告辞道："薄大人，你好生将养，我明日再来看你们。"

"吃完再走啊。"

"不了，我那边还多。"

"真是多亏了你呀。"薄彦徽起身欲送，却摇摇晃晃站不稳，被老二扶住。

王阳明道："薄大人请留步。"

薄彦徽道："失礼了。"

王阳明拱手，转身出门的同时瞥了眼老大，但见其眼圈发黑，嘴唇乌青，表情痛苦。

夜里，王阳明枕着交叉的双手，仰望夜空，心中烦闷……

次日一早，王阳明去看薄彦徽，老远便听见草棚中传来哭声。

王阳明色变，冲了过去，只见老大躺在地上，已经咽气。老二伏在他的尸体上哭泣，薄彦徽枯坐一旁，两鬓飘萧。

王阳明急道："这，这是怎么回事？"

老二悲道："大哥吸了瘴气，本以为能扛过去，没想到——"

薄彦徽泪痕未干的脸上又淌下两行清泪，道："青山处处埋忠骨，就把你哥葬在这吧。"

老二哭得更大声了，王阳明无比伤感……

王阳明、薄彦徽和老二拿着铁锹挖坟坑。见薄彦徽累得大汗淋漓，喘个不停，王阳明道："薄大人，你歇会，剩下的我们来。"

薄彦徽缓了口气，道："让你费心了，明日一早我父子二人就上路。"

老二闷头挖掘，一脸不满。

王阳明停手道："我跟驿卒打听过了，谷里驿离龙场还有一百多里的山路，中间隔着一条六广河，水流湍急，路不好走啊。"

薄彦徽倔强道："食君之禄，忠君之事。皇上既然任命我为谷里驿丞，便是刀山火海，我也要蹚过去！"

王阳明顿了顿，道："我是这么想的。龙场驿有三匹驿马，平日没有公事，也用不上。明天我牵两匹来，驮上粮食，送送二位。"

“驿马是替朝廷传递公文的，薄某一介罪臣，无权动用。”

老二忍不住扔了铁锹，不满道：“爹，都什么时候了，你还抱残守缺，食古不化？”

薄彦徽固执道：“我是朝廷官员，岂能自乱法度？”

王阳明劝道：“圣人有常经，亦有权变。此事薄大人不必墨守成规。”

“不可！我以前当御史，纠察风纪；现在做驿丞，职掌驿传。你让我私用驿马，是先乱法纪，再坏驿传，万万不可！”

王阳明叹了口气，道：“好吧。但是你答应我，明日无论如何等我来了再走，可以吗？”

薄彦徽道：“好。”

老二愤愤不平，同王阳明继续挖坟坑……

翌日，薄彦徽在老二的搀扶下站在老大简陋的坟前，一脸悲怆。

“薄大人。”

薄彦徽转身，只见王阳明把一袋米交给老二，道：“这些米应该够你们路上吃了。”薄彦徽泪光闪闪，紧握王阳明的双手，一切尽在不言中。

老二感动道：“王大人，我们走了。”

王阳明点头，目送两人远去后回到驿站，发现老汤正在锄草，便在他身边找了块石头坐下，寒暄道：“老汤，你是哪里人？”

老汤道：“四川的。”

“家里还有什么人吗？”

“莫得啰。”

“你在龙场多久了？”

“整整二十年啰。”

“没想过离开吗？”

老汤沉默半晌，道：“去哪儿嘛？”

与此同时，徐爱背着行囊在烈日下行走，满头大汗，步履蹒跚。他拿出水囊，往嘴里倒了倒，发现涓滴未剩……

夕阳西下。

老汤锄完草，搁下镰刀，发现王阳明正埋头鼓捣什么，走过去一看，只见地上摆着四十九根蓍草，不禁好奇道：“大人在做什么？”

王阳明道：“打卦。”

“哦。”

王阳明抬头望向蜈蚣坡，道：“也不知龙溪和惟乾怎么样了。”

突然，老二心急火燎地往这边跑来。王阳明脸上掠过一丝不祥的预感，迅速起身。

老二上气不接下气道："我爹，我爹不行了！"

王阳明色变……

草棚内，薄彦徽满脸通红，不省人事。王阳明伸手摸他额头，烙铁般滚烫。

老二束手无策道："刚走了几里地就晕倒了。"

王阳明解开薄彦徽的衣服，撕了片布交给老二，道："蘸些水给他敷一敷。"

老二依言而行。

王阳明掐薄彦徽的人中，脱了他的鞋袜替他揉搓脚心。须臾，薄彦徽悠悠转醒，神志不清道："天理何在，道义何存？天理何在，道义何存！"声音越来越大，又渐渐小了下去，直至睡去。

王阳明道："我在这看着，今晚咱们挤一挤。"

老二感激道："麻烦您了。"他简单收拾了一下，在狭小的草棚里给王阳明匀出一块地。

二人各自躺下……

是夜，王阳明梦见自己坐在水池边，背靠一棵大树，闭目养神，愉悦道："人间酷暑避不得，清风都在深山中。池边一坐即三日，忽见岩头碧树红。"

王阳明睁眼，诸芸玉从树后悄悄走近，用手中的狗尾巴草挠他耳朵。王阳明蓦地起身，伸手去抓诸芸玉的胳肢窝，道："叫你使坏！"

诸芸玉边笑边挣扎，道："谁让你每天呆头呆脑地坐在这发呆，跟你大徒弟似的。"

王阳明一把抱住妻子，亲吻她。

诸芸玉闭眼，两人行云雨之事……

穿戴整齐后，王阳明搂着诸芸玉，倚靠大树坐着。

诸芸玉道："龙泉山多美啊。人都是这样，总想去远方看看，怎么也看不够，却忽视了眼前的景色。"

王阳明打趣道："我可不是啊，我一直都'怜取眼前人'。"

诸芸玉掩嘴而笑，突然惊呼："小心！"

王阳明抬头，只见大树倒了下来。与此同时，老二的声音惊醒了王阳明："爹！爹你怎么啦？"

王阳明睁眼，发现老二正在摇薄彦徽的胳膊。王阳明伸手探他鼻息，发现已然断气。他冲老二摇了摇头，用手合上薄彦徽瞪得圆圆的眼睛……

次日，老大的坟旁又多了一个坟包，老二眼神涣散，似乎把三魂七魄都弄丢了。

王阳明担忧道："我们先回龙场驿吧。你休息几天，等养好了身子，我再送你去贵阳。"

老二一言不发，木然走开。

王阳明跟了上去……

老汤远远瞧见老二和王阳明一前一后走来。

锅里的粥已经沸腾。

两人走到近前，王阳明示意老二坐下。老汤舀粥，递给二人。老二吃了两口，呜咽起来。

王阳明起身上前，搂住他的头。老二的哭声越来越大，响彻云霄。王阳明抬头，强忍泪水。

夜里，王阳明把老二带到山洞，抱来一堆干草，替他打好地铺。老二走过去躺下，王阳明也躺了下来。

"王大人，谢谢你。"

"睡吧。一觉醒来，又是新的一天。"

老二出了会神，缓缓闭眼……

清晨的第一缕光照进洞里。

王阳明醒来，发现老二不知去向，出洞去寻。

他四下望了望，朝驿站走去。老汤正在淘米，看见王阳明焦急地走来。

王阳明道："有没有见到他？"

老汤摇头道："是不是不想麻烦你，一个人去贵阳了？"

王阳明想了想，色变道："糟了！"快步离去。

蜈蚣坡顶，王阳明朝树林里的草棚望去，隐约看见一棵树上挂着个东西。

他三步并作两步地跑去，远远瞧见挂在树上的是个人，走近后才看清是老二。王阳明上前把老二放了下来，一探鼻息，发现已死去多时。

他嘴角抽搐，泪水在眼眶里打转。老汤出现在王阳明身后，震惊不已……

山道上，徐爱杵着木棍，艰难前行。忽然，一记闷雷响过，黄豆大的雨点争先恐后地砸了下来，渐成倾盆之势。他躲到路边的一棵大树下，仰面张嘴，接受甘霖的滋润，思绪飘回到几日前的京城梁府。

当时，湛若水递给徐爱一张纸，道："没想到吧？你师父给我的信里，还有一张是写给你的。"

徐爱惊讶看信，小声念道："自程、朱诸大儒没而师友之道遂亡。'六经'分裂于训诂，支离芜蔓于辞章业举之习，圣学几于息矣。"

徐爱抬头，只见湛若水微笑颔首。

一声雷鸣把徐爱拉回了现实。

雷电劈断了一根树枝，徐爱愣了愣神，冲将出去，冒着狂风暴雨踽踽独行。

连日的疲累无处发泄，徐爱大声道："有志之士思起而兴之，然卒徘徊咨嗟，逡巡而不振，弛然自废者，因志之弗立，弗讲于师友之道也。"

徐爱哈哈大笑，酣畅淋漓……

王阳明坐在三座坟茔前烧纸钱，老汤用树枝把灰烬拨到一起，道："大人，我有一事不解。"

王阳明道："你说。"

"你和他们非亲非故，为什么要做这些事？还如此难过？"

王阳明沉默片刻，道："因为我们同他们一样啊。只身在此，随时都有可能倒毙路旁，被世人遗忘。"

"大人的意思是，今天我们料理了他们，日后轮到我们自己时，才能指望别人来料理我们？"

王阳明苦笑道："这荒山野岭的，指望谁？"

"那是为何？"

王阳明看着火苗出神道："为了我还是个人。是人就有感情，就要求个心安。我自己不希望被抛尸荒野，也不希望所爱之人被抛尸荒野。推而广之，只要是人，是我的同胞，我都不希望看到他落得如此下场。此地潮湿多雨，用不了多久坟包就会被冲刷殆尽。可我还要这么做，因为人皆有不忍人之心啊！"

老汤若有所思。

王阳明仰天长叹道："连峰际天兮，飞鸟不通；游子怀乡兮，莫知西东；莫知西东兮，维天则同；异域殊方兮，环海之中；达观随寓兮，奚必予宫；魂兮魂兮，无悲以恫！"

言毕，悲从中来，淌下热泪。

一阵山风吹过，林间哗哗作响，似乎草木同悲，山川呜咽……

龙场驿。

老汤抱着一堆野蕨回来，发现王阳明正在擦拭威宁剑。待老汤放下野蕨，王阳明走了过去，交给他一个袋子，道："我要出趟远门，这些钱你先收着。"言罢，转身离去。

老汤望着他的背影，一脸纳闷道："你出远门，给我钱做什么？"

王阳明登上蜈蚣坡，远眺夷寨，脸上浮现出视死如归的表情……

他走到寨子近前站定，冲箭楼上的狼兵喊话："我是龙场驿丞王阳明，要见你们寨主！"

狼兵疑惑地看着他，不说话。

王阳明重复道："我是龙场驿丞王阳明，要见你们寨主！"

两个狼兵凑到一起，窃窃私语，指指点点。

"我是——"

寨门突然打开，一纹面青年提着个布袋策马而出，却是那日在树林与王阳明相遇的夷人头目，唤作惹巴冲。惹巴冲来到王阳明跟前，绕行几圈，在马背上俯视他，神情倨傲。

王阳明横眉冷对。

惹巴冲龇牙咧嘴地发出一声怪叫，王阳明纹丝不动，只是目不转睛地看着他。惹巴冲觉得无趣，扔下布袋，掉转马头回去了。

王阳明解开袋子，发现竟是两颗烧得面目全非的人头！他吓得跌倒在地，惹得狼兵哈哈大笑。惹巴冲已到门口，回头邪恶地笑了笑，转身入寨。

“龙溪、惟乾……是我害了你们！”王阳明悲痛欲绝地哭了起来，声音越来越大：“是我害了你们，是我害了你们！”

狼兵愕然，不再嬉笑。

这时，树林里闪出三个人影，却是梁万伦和他昔日手下的两个镖师。

镖师甲道：“老大，怎么着？”

梁万伦目光阴狠道：“老子当年在京城风风光光开镖局，全他妈让这厮给毁了。此仇不报非君子！”

镖师乙挥舞大刀道：“对！冤家路窄，这就上去把他宰了！”

梁万伦看了眼夷寨，道：“不可在此下手！惊动了那帮夷人，会误了咱们的正事。看紧他就好。”

王阳明失魂落魄地回到驿站，发现老汤不知所踪。他拿起铁锹，开始挖坑。刚挖了一铲，又悲从中来，泪如雨下，坐在地上失声痛哭。

“师父，可找到你了！”

王阳明一惊抬头，发现是徐爱，起身道：“你来干什么？你不是在京城参加会试吗？”

徐爱语塞道：“我……”

王阳明大怒道：“这不是你该来的地方。立刻回去，马上！”

“你给我的信里说‘有志之士，必求助于师友’。我现在来求助，你却赶我走！”

王阳明举起铁锹，道：“你走不走？”

徐爱头一扬，道：“不走！”

王阳明用铁锹拍打徐爱，恨其不争道：“为什么来送死，为什么？！”

徐爱跪下，任凭他打骂，一言不发。王阳明扔下铁锹，拾起威宁剑，拔剑对准徐爱，道：“走！”

徐爱愣了愣，深吸一口气，道：“岳母，过世了。”

王阳明震惊道：“你说什么？你再说一遍？”

徐爱道：“令堂去世了。”

王阳明愣住了，继而狂笑道：“哈哈哈哈，不可能，你胡说八道！”

“是真的！她老人家真的走了！家里人怕你刚到龙场，受不了刺激，都不敢写信给你。”

王阳明冷笑道：“那你就不怕？”

徐爱凛然道：“我不怕，因为我知道你不是你，你是王阳明！”

“我是王阳明？”

“对，你是为天地立心，为生民立命，替万古长夜点燃明灯的王阳明！”

王阳明闭上眼睛，泪水渗了出来，喃喃道：“娘……”他睁眼仰望苍穹，一脸无助，剧烈地咳嗽起来，似乎要把五脏六腑都咳出来一般，还呕了血。

徐爱起身道：“大哥！”

王阳明离去，徐爱跟随。王阳明突然转身，用剑指着他，道：“不准跟！走！”

徐爱无奈止步，看着他走远……

王阳明跌跌撞撞地走到薄彦徽的坟前。他看了看老二上吊的那棵树，只见绦子还挂在树杈上，长长地垂下来，随风摇摆，于是恍恍惚惚地走过去，举手拉住绦子，闭眼沉思。

突然，一阵瘆人的兽吼传来，王阳明睁眼打望，只见树林深处钻出一只棕熊！熊在三丈远处站定，凝视着这个看上去准备寻死的人。王阳明抽出威宁剑，战意升腾。

熊咆哮了一声，扑将过来。王阳明借着树和草棚，灵活闪避。熊被激怒，攻势越来越猛，拍折了树，拍塌了草棚，在王阳明身上划出一道道血淋淋的口子。王阳明发起反击，见缝插针地刺熊，并嘶吼道：“就凭你也想吃我？看看今日鹿死谁手！”

熊被刺中左眼，痛得嗷嗷直叫，转身跑开了。王阳明追了一段，不见踪影，心气一下子泄了，瘫坐在地，抽泣起来。

委屈、绝望、悲伤，万般情绪都化作泪水，一时间奔涌而出。

终于，一个孤独的身影在树林里号啕大哭……

天机破

长篇小说

王阳明

下

吕峥 作品

中国出版集团 现代出版社

下　册

第三十一章	龙场悟道	411
第三十二章	苗疆风情	426
第三十三章	知行合一	440
第三十四章	运筹帷幄	453
第三十五章	阉党覆灭	464
第三十六章	东山再起	477
第三十七章	息讼安民	486
第三十八章	庐陵血案	498
第三十九章	布道京师	513
第 四 十 章	针锋相对	526
第四十一章	痛失高堂	544
第四十二章	南赣戡乱	558
第四十三章	犁庭扫穴	570
第四十四章	虚与委蛇	582
第四十五章	山贼心贼	598
第四十六章	宁藩野望	610
第四十七章	烽火豫章	627
第四十八章	虚虚实实	642
第四十九章	光复洪都	657

第 五 十 章　鄱阳决战　671
第五十一章　群小祸国　686
第五十二章　正德演义　698
第五十三章　人心向背　712
第五十四章　首辅发力　726
第五十五章　泰州王银　741
第五十六章　良知之教　757
第五十七章　礼本人情　772
第五十八章　再征思田　788
第五十九章　我心光明　802

第三十一章　龙场悟道

龙冈山顶，一口石棺已具雏形。王阳明挥舞铁锤，奋力敲打，一时间碎屑飞溅。

往事浮上心头，一幅幅画面在他脑海中接连闪现……

淳安闹市。

王阳明、倪宗正、王贵和孙燧四个孩子牵马从闹市经过，一算命先生出现在他们面前，道："天灵灵，地灵灵，太上老君没我灵。来一卦？"

孙燧鄙夷急走，王贵和倪宗正也认为遇到了骗子。谁知王阳明却道："好啊！你看我成不成得了圣人。"

算命先生仔细端详片刻，闭眼掐指一算，睁眼道："你记住我的话。当你的胡子长到衣领时，就入了圣境；长到心窝时，就结了圣胎；长到肚脐眼时，就圣果圆满了。"

慎独书院。

丘浚大怒道："王守仁！你太自以为是了！"

"我只是不能苟同您的观点！"

"好，好，好。那你来告诉大家，读书为了什么？"

王阳明环顾众人，一字一顿道："学做圣贤！"

广信芸阁。

王阳明、朱宸濠和唐伯虎随书童来到后院，只见一老翁头戴笠帽，在菜地锄草，却是娄谅。

娄谅头也不抬道："王守仁。"

王阳明上前一步道："见过娄大师。"

"你想成圣？"

"上下求索，不得其法。还望先生指点迷津。"

娄谅停了下来，撑着锄头望着王阳明，道："圣人必可学而至。"

王阳明心中一动，脸上浮现出激动的表情。

余姚王宅。

王伦摆好了一局棋，疲惫道：“守仁啊，你还记不记得小时候你喜欢坐在爷爷怀里观星？”

王阳明目不转睛地盯着棋局，苦思冥想，随口道：“记得。”

王伦陷入回忆道：“有一回，你害怕地哭了起来，指着夜空中的星辰，说‘我们的存在，对它毫无意义’。我说是啊，所以人才要找到他自己的意义，这样到死都不怕了……”

夕阳西下，将竹王的影子拉得很长。

王阳明蓦地跳了起来，重重落子，大叫道：“破了！”

他抬头一瞧，愣住了。只见王伦双目闭合，已溘然长逝……

龙泉山。

电闪雷鸣，王阳明浑身湿透，已分不清哪一滴是泪、哪一滴是雨。

他大喊道：“为什么我格不出竹子的道理？为什么，为什么啊？！”

思绪回到现实，石棺业已打好。王阳明叹了口气，躺了进去，心道：“三十七年，马齿徒增，一事无成，还落到这般田地。莫非这么多年追寻圣贤错了？仗义执言错了？如果没错，上天为什么要夺走我的一切，包括我至亲至爱的人，让我身处绝境？”他愣愣地望着夜空，忽闻一个声音从空中传来，似乎是无极道长。

“不夺走你所拥有的一切，把你逼到山穷水尽，你能摆脱俗世的浮躁与诱惑，心如止水，彻悟天地吗？你不想要富可敌国的财富，不想要号令天下的权势，你想要的更多，想要参破天机，洞悉宇宙的终极奥义。呵呵，仓颉造字还鬼哭神泣，哪有那么便宜的事啊？”

王阳明坐了起来，惊惶四望，道：“是谁？谁在说话？”

“到处学人，学来学去，‘我’在哪里？”

王阳明垂首自问：“我在哪里？”蓦然抬头，大声道：“我在哪里！”

“世人都被捆着手脚——而这第一个被捆住手脚的，就是你！哈哈哈哈……”

王阳明从石棺中走了出去，看看天，又看看四周，心道：“捆着手脚？是啊。老头子笃信圣贤之教，面对阉党却无能为力；蒋钦自己倒是一死以全名节，可所有的努力都是白费工夫。还有焦芳，一个前途无量的饱学之士竟然沦为死太监的狗头军师，只因被仇恨吞噬了灵魂……其实刘瑾，也不是生来便如此恶毒，汪直、王振也一样。命运的荒诞，权力的碾压，个人在波涛汹涌的宦海中犹如一只漂泊无依的木片，日渐坚硬，乃至狰狞。”

王阳明低头看了看自己的双手，喃喃自语：“我呢？我虚度三十多年光阴，历尽千辛万苦，踏遍千山万水，却找不到‘天理’。江湖中没有，庙堂上没有，名山大川里没有；福建没有，陕西没有，贵州也没有！理，到底在哪？”

王阳明癫狂起来，披头散发地跑到一棵碗口粗的树前，用力摇晃，大呼“在哪”，一时间落木萧萧；又捡起一根树枝，跑到河边劈砍水面，高喊“在哪”，水花四溅，浑身湿透，瘫坐在地。

他扯着头发呜咽道：“在哪……”

王阳明把自己折腾得精疲力竭。这时，一阵动物的怪叫响起，他循声走了过去，发现一棵树上站着只猫头鹰，咕咕直叫。

王阳明与猫头鹰对视，心道：“民间传言，猫头鹰叫会死人。莫非我真的大限已到？放下名利不难，割舍亲情的也大有人在。可一谈到‘死’，就连孔子也刻意回避。难道只有超脱了生死，才能看到尽性至命的天理？”

“无极”的声音再次传来：“哈哈哈哈，只差一步，只差一步而已！就看你敢不敢迈出去？”

猫头鹰狞笑了一声，惊起一片乌鸦。

王阳明朝石棺走去，心想：“我已放下了得失荣辱，却还没有超越生死。我已失去了一切，可还没有参悟天理。圣人处此，更有何道？圣人处此，更有何道？！”

王阳明坐进棺材，叹了口气，继续冥想：“圣人也是肉体凡胎，遭遇了磨难，除了咬牙挺过去，恐怕也没有什么更好的办法。可是死亡呢？死亡是永恒的黑暗，谁也挺不过去啊！那些功成名就之人尚且可以说死而无憾，而我籍籍无名，一事无成，死在这荒郊野岭，尸首让野兽叼走，又有什么意义？看来人之惧死，还是因为对生有所眷恋。”

忽然，“噼啪”一声传来。王阳明望去，只见被自己摇晃的那棵树，一根树枝折断掉了下来。

王阳明心中一动，暗道：“树木残损了才有酒器，酒器之成即原木之毁；璞玉残损了才有珪璋，珪璋之成即璞玉之毁。四时轮替，草木变换，死也不过是生的另一种存在形态。庄子参透了‘齐生死’，所以编了个故事让骷髅告诉世人阴间很快乐。”心念及此，苦笑道：“我都要死了，还想这些做什么？”

他躺了下去，伸手去拉石棺的盖子，却因疲惫不堪使不上劲。王阳明一阵猛咳，绝望地望着星空，心道：“明天天还会亮，太阳照常升起，今晚却是我看到的最后一个夜晚了，等等！这求死的意念究竟从何而来？究竟从何而来？”

王阳明眼前一亮，激动道：“原来如此！意念只在心上，世界的样子，取决于我凝望它的目光！即便是圣人，也无法改变外部环境。但人若是久久地凝视着深渊，深渊也将凝视着人。”他兴奋地坐了起来，环顾四周，发现所有的一切竟次第明亮起来，像被打上了金光。

王阳明自言自语道：“我和万物是一体的，都是宇宙不可分割的一部分！宇宙无始终，我亦无始终。而世人无知，在私欲的渐染中有了分别心，把‘我’和外物区隔甚至对立起来，那自然以为死就是彻底的终结、永久的消失，陷入到巨大的恐惧和痛苦之中。”他倏然起身，一股洪荒之力环绕在周身，快速道：“宇宙与我心，感应依存，须臾不离，故人见飞禽走兽悲鸣亦不忍听闻。我就是日月山川，山川日月就是我！我心即天理，天理即我心！”

王阳明激动地跳出石棺，大喊道：“圣人之道，吾性自足，不假外求！圣人之道，吾性自足，不假外求！哈哈哈哈！”

闷雷响过，王阳明披头散发，发出一声长啸。

雨水洗涤了他脸上的污垢，也洗净了他心中的阴霾。王阳明仰面沉醉，喜悦自足道：“寻遍天涯海角，原来答案一直就在身边，如此明了，如此简单，从未离开过我，只是静静地等待着我的醒悟。”他蓦地睁眼，目光锐利道：“理在心中，心即是理！”

眼看就要爬到龙冈山顶，行刺在望，长啸声把镖师甲和镖师乙吓破了胆。

“鬼啊！”两人落荒而逃。

梁万伦气道：“废物！”

他往上看了看，虽不甘心，却也放弃了，向山下走去……

老汤醒来，披着衣服下床走到棚外，朝龙冈山的方向望去。

夷寨附近的宝剑峰。

月光下，天池中，一个香肩裸露的美女背影令人浮想联翩。

她洗了一会，发现岸边有只色彩绚丽的蝴蝶，于是扑了起来。虽看不见脸，但能感觉到她饶有兴致。正在这时，啸声传来，她停止了洗浴，侧耳倾听。

一个夷人冲到池边，远远地望着美女，道：“寨主！”

美女一个激灵，随手抄起岸边一块石头旁的金蛇鞭，头也不回，挥舞过去，击中夷人的双眼，把他打得抱头哀号。

另一个身影接近，却是一衣着不俗的中年男子。他低声道：“谁让你上来的？还不快滚！”

夷人连滚带爬地跑开了，啸声骤歇。

美女继续洗浴，漫不经心道：“古伦德，怎么回事？”

被唤作“古伦德”的男子道：“声音是从龙冈山上传来的，我这就带人去查。”

“慢着！”美女缓缓转身，只见容貌艳丽，光彩夺人，却是夷寨的寨主盖罗娇。

盖罗娇把一枚印绶扔了过去，古伦德一把接住，细看发现是龙场驿丞的官印。盖罗娇出浴，一边擦头一边道：“龙场驿丞是不是来过？”

古伦德点头道：“惹巴冲戏弄了他，把两个烧焦的中土逃犯的人头扔了出去。龙场驿丞大哭了一场，带着人头走了。”

盖罗娇停手，愠道：“放肆！”

“是啊，再怎么说也是朝廷命官。”

“那两个人呢？”

“快不行了……”

盖罗娇目露寒光。

次日，王阳明背着行李回到驿站。他迈着轻快的脚步，看天天蓝，看山山绿。

“老汤！”

老汤从马房出来，挽着衣袖，手上拿着把湿淋淋的刷子。

王阳明笑道：“洗马呢？你还真是闲不住。”

老汤疑惑道：“大人，你不住山洞了？”

“人就应该住房子，怎么能老窝在山洞里呢？老汤我问你，你会不会打土坯？”

“打土坯做什么？”

“盖房啊。窝棚又冷又潮，住久了身子受不了。”

“大人说干，咱们就干。黏土加稻草，洒上水拌起来使劲儿踩，等泥和好了，放在木模子里夯打个几十下，取出来便是一块土坯。盖上稻草放几天，晾干了就能用。”

“好啊，比我当年在工部强。”

“工部？”

王阳明笑道：“分头行动。我去找稻草，黏土交给你。”

老汤憨笑道：“要得！”

半个时辰后，王阳明抱着稻草回来，发现驿站静悄悄的，空无一人。

“老汤，老汤！”

没有回音。

他四下张望，背后传来老汤颤抖的声音：“大人。”

王阳明转身，只见两个汉人押着老汤，把刀架在他脖子上，从马房后面闪出。王阳明扔下稻草道：“你们什么人？”

梁万伦走出，道：“惦记你的人。”

王阳明盯着他的脸看了半天，反应过来：“梁万伦！”

梁万伦走近，道：“王阳明啊王阳明，这么多年过去了，没想到在这遇见你。天道好还，我梁万伦信了。”他冲两个镖师道：“改明儿起咱吃斋念佛！”

镖师相视而笑，王阳明冷冷逼视。

“趁着还能杀生，老子把该报的仇都报了！”梁万伦抽刀劈出，眼看就要砍中王阳明，手背上中了一支短箭。

众人转身望去，只见古伦德将箭筒从唇边拿开——这是夷人特有的口吹毒箭。十几个狼兵环侍其左右。

古伦德厉声道：“全部带走！”

梁万伦惊慌，王阳明面无惧色……

吊桥缓缓放下，狼兵押着王阳明等人进入。

他们被带进一顶兽皮帐篷，只见一张大桌上摆满了切开的竹筒，里面盛放着树枝串起来的活体蜘蛛、蜈蚣、蝎子和蟾蜍，两个镖师面面相觑。

古伦德道："坐！"

众人默默入座。

古伦德随手拿起一串蜘蛛，往嘴里一放，美滋滋地撸了一串。

梁万伦三人目瞪口呆，古伦德不悦，拍桌道："吃！"梁万伦吓傻了，狼兵们齐齐把刀架在他们的脖子上，两个镖师面无人色。

王阳明微微一笑，拿起一串蝎子，在众人的注视下有滋有味地吃起来。

梁万伦脸色铁青地撸起了串，两个镖师也只好依样画瓢，没吃两口便呕吐不止。

空签子越来越多，盘中还剩最后一串蟾蜍，王阳明和梁万伦的手同时伸到。王阳明狡黠一笑，做了个"请"的手势。梁万伦见众人都看着自己，不想露怯，一把抓起来塞进嘴里。

古伦德道："我们夷族的断头菜，味道怎么样？"

梁万伦闻言，大惊失色。

古伦德道："拉出去，砍了！"

狼兵押众人起身，王阳明将之拂开，磊落地站了起来，看着古伦德，道："把官印交出来。"

"官印？"

"既然要杀我，又何必再装傻？"

古伦德一副如梦初醒的样子，道："哦——想起来了，龙场驿丞。多大的官啊？你们想当吗？"

众狼兵哄笑。

王阳明正色道："朝廷派我来此，自然有朝廷的用意。你们想犯上作乱，谁也拦不住。贵地在汉代属于夜郎国，今日方知什么叫'夜郎自大'。"

古伦德冷笑道："驿丞我见得多了，这么横的倒是头一个！"

梁万伦眼珠一转，道："兵部主事王阳明的大名，京城谁人不知，谁人不晓。你们就等着大祸临头吧！"

古伦德笑道："哈，好啊！那我就拿你开刀。"说着，给狼兵使眼色。

梁万伦被推出门外，惊骇不已道："王阳明……你，你见死不救吗？"

古伦德挥手示意，狼兵停止推搡。古伦德注意到王阳明的脸上掠过关切的神色，便走到他面前，恶作剧般道："你们汉人不是喜欢假仁假义吗？来呀，求我啊。求我我就放了他。"

王阳明忽然放声大笑，笑得众人莫名其妙。过了好一会儿，方才止笑，道："此人与我不共戴天，日夜盼着我死。多谢帮忙，有劳了。"

梁万伦恨声道："孬种！"

“有意思。公平起见，还是先杀当官的吧。”古伦德给狼兵使眼色。

“这算哪门子的公平——我自己走！”王阳明大步流星地出帐……

寨子中央的空地上，王阳明站定。狼兵立于其身后，举刀待砍。古伦德冲他点了点头，狼兵的刀落下。

突然，一只金蛇鞭从主帐中飞出，缠住狼兵的手腕。鞭子的主人用力一拉，狼兵摔倒在地。

古伦德道：“寨主！”

盖罗娇的声音传出：“让他进来。”

“是。”

镖师甲胆寒，小声道：“女魔头……”

古伦德瞥了他一眼，道：“押下去，严加看守。”

“是！”狼兵将梁万伦三人押走。

主帐里，一口大锅咕嘟嘟地烧着水，盖罗娇在一旁磨刀。

王阳明不禁愣住。

望着锋利的剐肉刀，盖罗娇道：“在想什么？想我这个女魔头会不会吃了你？”

王阳明不语。

盖罗娇把刀往锅里一涮，走到王阳明面前，用刀刃刮了刮他的脸，道：“那你还真是——想对了。”一刀劈下，却被王阳明抓住其手。盖罗娇大惊，用另一只手打了他一耳光，嗔怒道：“撒手！”

王阳明用力推开她，盖罗娇扔了刀，摸着自己的手，脸上泛起一阵绯红。

王阳明正色道：“奢香夫人是靠吃人立威的吗？”

盖罗娇一愣，道：“我不是奢香，这座寨子也不属于水西！”

王阳明不慌不忙道：“我知道。你们位于乌江以西，区划上却属于水东。”

“那你就该清楚，归水西管的龙场驿丞来到水东，意味着什么！”

王阳明瞟了她一眼，径直走到主位一屁股坐下。

盖罗娇大怒道：“你——”

王阳明冷冷道：“你杀了我两个弟子，可知意味着什么？”

盖罗娇操起鞭子，抡将过去。谁知王阳明一把抓住，两人拔起了河，僵持不下。突然，王阳明微微冷笑，果断松手，盖罗娇摔倒在地。王阳明迅速捡刀，直指其颈。正在这时，古伦德带人冲了进来，制止道：“王阳明！”

王阳明抬头，只见遍体鳞伤的王畿和冀元亨被狼兵押了进来，不禁惊喜交加道：“龙溪、惟乾！”

王畿声若蚊蚋：“师父……”

王阳明大怒，刀锋把盖罗娇的脖子擦出一道口子。

古伦德赶紧道：“误会！一场误会而已！”

王阳明大声道："什么误会？"

"他们被惹巴冲当成阿贾的探子了！"

"阿贾？"

盖罗娇喝止道："古伦德——"

王阳明手上用力，盖罗娇止声。

古伦德忙道："说来话长。水东土司宋然是寨主的养父，和水西土司安贵荣一向不和。上个月，安贵荣宴请宋土司，席间将他灌醉，挑唆他当众责打了手下的两个头目阿贾和阿札。"说着，瞥了盖罗娇一眼，道："阿贾喜欢我们寨主，但多年前被拒绝了，一直不死心。这回因为宋土司的羞辱，与阿札纠集了一万余众，起兵反叛。他放出话说要生擒宋然，抢寨主做夫人。但几次对阵下来，阿贾都没能攻破寨子，于是网罗了许多流亡至此的中土罪犯替他做耳目，一有风吹草动就出兵偷袭，搞得我们防不胜防！"

王阳明气道："所以惹巴冲就可以滥杀无辜了？"

古伦德皱眉道："也不能全怪他。自从阿贾宣布要抢寨主当夫人以来，他就……"看了看盖罗娇，没敢说下去。王阳明留意两人表情，心领神会。

盖罗娇恼恨道："王阳明，有种你就杀了我！"

"杀了你？"王阳明环视众狼兵，道："昨日我求死而未得，今日我要求生。"

盖罗娇冷笑道："你以为你能活着走出去？"

王阳明学她语气道："你以为靠杀几个汉人就能打败阿贾？"

古伦德听出话外之音，道："王阳明，莫非你有什么好法子？"

盖罗娇道："古伦德，我们水东的事，不劳水西插手，何况他是个汉人。"

古伦德劝道："寨主，他是汉人没错，可他之前当过朝廷的兵部主事。"

盖罗娇一愣。

古伦德续道："王阳明！如果你能帮我们打败阿贾，寨主自会放了你们师徒三人。"说着，同王阳明一齐望向盖罗娇。

盖罗娇想了想，兀自不平道："赢了，什么都好说；输了，那口大锅就是为你们准备的。"

王畿不寒而栗。

王阳明笑道："那你现在就可以把它撤了。"

一个声音传入："夜郎自大！"

王阳明循声望去，只见惹巴冲站在门口，一脸严肃……

众人巡视寨子，王阳明指着北边的一座山峰道："那是什么山？"

古伦德道："宝剑峰。"

王阳明沉思片刻，道："寨子不好守，在于敌人往蜈蚣坡一站，这边的情况就尽收眼底。破解之道嘛，也简单，可以派一队人马坐镇宝剑峰。如此一来，蜈蚣坡那头的情况一目了然。峰顶的弟兄既可以给寨子通风报信，等战事胶着时，还可以搭把手扔滚木巨石，一举两得。”

众人频频点头。

盖罗娇讥笑道：“治标不治本，我还以为是什么锦囊妙计！”

王阳明神秘一笑，道：“治本之策也有，可让阿贾自投罗网。只不过，需要寨主做出一点牺牲……”

囚帐，梁万伦和两个镖师被捆绑在柱子上。

镖师甲怯声道：“老大，你说他们知不知道咱们在帮阿贾做事？”

梁万伦斥道：“闭嘴！”

门开了，古伦德带着两个狼兵入内。他抽出一把夷刀，恶狠狠地看着梁万伦。

梁万伦色厉内荏道：“要杀要剐——”古伦德把刀抵住他的喉咙，梁万伦大惊道：“大侠饶命！”

古伦德轻蔑一笑，转身离去，道：“都放了！”

狼兵上前替三人解绑。梁万伦简直不敢相信自己的耳朵，不解道：“为什么放我们？”

古伦德站定，道：“寨主下月初三大婚，不想杀生。”

言毕离去，梁万伦愣住……

夷寨上下张灯结彩，忙作一团。

婢女符殷和宁珂坐在角落里，身前各有一个大盆。她们一个在做鸡辣子，一个在做荞酥，均是夷族美味。

符殷道：“汉人有句话叫‘精诚所至，金石为开’。没想到惹巴冲终于打动了寨主，抱得美人归。”

宁珂道：“不是你想的那样。惹巴冲掌管狼兵，值此非常之时，必须笼络住他。而且，等生米煮成了熟饭，阿贾自然知难而退。”

“也可能迎难而上。”

“咦——你这么懂男人？”

两人嬉闹起来。

宁珂道：“过不了多久，寨主应该就会让惹巴冲当族长了吧。”

“族长不是寨主自己兼任吗？”

“她要两个头衔有什么用？分一个给惹巴冲，让他主内，寨主就可以专注于跟外界打交道了。”

符殷似懂非懂地点了点头。

梁万伦跑回联军大营通风报信，一个凶神恶煞的男子拍案而起，却是阿贾。他冲上前去，一把拎起梁万伦，道："你说的是真的？下月初三？"

梁万伦的头点得像小鸡啄米，连道："千真万确，货真价实！"

阿贾慢慢放下他，胸口起伏。另一个头领模样的男子起身，却是阿札。

阿札道："你打算怎么办？"

阿贾道："我带人打头阵，你率部在蜈蚣坡接应。"

阿札道："好。"

阿贾紧握右拳，道："盖——罗——娇！"

吉日已到，寨门大开，里里外外都洋溢着喜气。

米酒、猪肉堆满了院子，众人饶有兴致地围着一根十丈高的刀竿看一个精壮汉子踩天刀。

随着一声"新娘子出来啦"，众人簇拥到主帐门口，往里张望。

突然，马蹄阵阵，阿贾带着一百来骑冲入寨中，砸碎酒缸，砍倒刀竿，高声道："盖罗娇出来！"

众人抱头鼠窜，一哄而散。

阿贾下马，一脚踹开主帐的门，看见两个新人背对他站着，走了过去。两人转身，却并非惹巴冲与盖罗娇。

阿贾一愣，忽闻外间喊杀震天。他心知不妙，跑了出去。

但见己方已被包围，箭楼上布满了挽弓拉箭的狼兵。盖罗娇与王阳明、冀元亨、古伦德骑马从寨门外进来，勒马停下。

阿贾大怒道："你敢耍我！"

王阳明朗声道："阿贾，再这么闹下去，朝廷不会袖手旁观的。趁早投降，免得牵累无辜。"

"哪冒出来的北侉子，在你爷爷面前乱吼乱叫？"

"在下龙场驿丞王阳明。"

"龙场驿丞？哈哈哈哈！就你那破驿站，老子一个人——"

但听"嗖"的一声，阿贾右眼中箭，倒地毙命。余众大乱，骚动起来。

王阳明一惊，大声道："放下武器，否则格杀勿论！"

盖罗娇转身望去，只见惹巴冲正在收弓。余党缴械，惹巴冲纵马上前，一刀砍下阿贾的人头，提着出寨。

盖罗娇急道："惹巴冲！

蜈蚣坡，阿札忧心忡忡地望着夷寨的方向，忽见惹巴冲骑马出来，手提阿贾人头，向他示意。

阿札震怒，举刀道："冲啊！"

上千骑兵顺着山坡奔涌而下，大有踏平夷寨之势。

梁万伦给他的两个镖师使了个眼色，趁乱开溜……

宝剑峰上，王畿俯视战况，见时机已到，挥了挥右手的黄旗。一众狼兵齐心协力将十来根粗大的滚木推下山去。滚木击中目标，骑兵纷纷坠落，死伤无数。

王畿得意，又挥了挥左手的黑旗。狼兵们搬出巨石，扔下山去。骑兵被乱石砸中，又死了一大片。

盖罗娇策马出寨，身后跟着王阳明、冀元亨以及上百骑。阿札眼见自己只剩几十骑，用刀指着盖罗娇，道："你给我等着！"

阿札离去，盖罗娇蛾眉轻蹙。

回到主帐，盖罗娇一脚将惹巴冲踹翻，用膝盖抵着他的下巴，抽出弯刀往他脖子上砍去。

众人大惊，古伦德赶紧上前阻拦，死死抓住盖罗娇的手。

盖罗娇斥道："走开！我要砍了这个没长脑子的祸害！"

古伦德劝道："寨主，没有阿贾做人质确实美中不足，但咱们今天毕竟打赢了呀！"

"有什么用？阿札手上还有一万多人，要是倾巢而出，如何抵挡？"

王阳明问道："宋然不能出兵相救吗？"

古伦德道："阿贾、阿札就是宋土司的主力。他俩一反，宋土司自身都难保啊！"

王阳明沉吟道："此事的关口看来在始作俑者头上。"

众人齐齐望向王阳明，只听他道："我打算走一趟宣慰府，会会安贵荣。"

冀元亨和王畿大惊。

盖罗娇道："你可想清楚了，那是龙潭虎穴。"

王阳明皱眉道："兵力太过悬殊，除了请安贵荣出面，别无他法。"

冀元亨、王畿齐声道："师父！"

"你们的伤还没好全，在这等我。"

盖罗娇担忧道："既如此，我派人护送你去。"

"不必了，人多反倒不便。"

盖罗娇看着王阳明，眼神里有不解，还有感激，古伦德也投去敬佩的目光。

"此事不解决，黔省势必大乱。你们不用担心，我已经死过一回了，短期内不会有事。"王阳明轻松地笑了笑，冀元亨与王畿却轻松不起来……

水西宣慰府建在罗甸附近的螺蛳塘。

王阳明牵马在山道间行走。远远望去，只见宣慰府背靠云龙山，外有一道深壕，内有两重高墙。望楼耸立，守卫森严，十六座配殿环绕着一栋高大壮丽的石砌碉楼，重檐结顶，规模宏大。

待走近些，但见四个卫兵青布包头，身着藤子甲。披斗篷、挎长刀，不怒自威。

王阳明趋前道："龙场驿丞王阳明，求见土司大人，烦请帮忙通传通传。"

一个卫兵挥手道："走开走开！"

王阳明觉察到身后有动静，知趣地把马牵到一边。

卫兵热情道："少主！"

王阳明转过脸去，只见一面色黝黑、眉目俊秀的青年揽辔而来。他身穿一件金线刺绣的窄袖黑上衣，头裹黑布，耳戴金环，腰里别着一把镶金嵌玉的宝刀，却是安贵荣的公子安国亨。他跳下马，走到王阳明跟前，上下打量，道："见我父亲何事？"

王阳明平静道："救他性命。"

安国亨一愣，哈哈大笑，四个卫兵也乐不可支。

安国亨问道："中原来的？"

王阳明道："京师来的。"

"哦？"安国亨想了想，道："做笔交易如何？"

"请讲。"

"有个问题我搞不明白，如果你能解答，我就带你进去。"

"一言为定。"

"好。黔西有座象祠，是天底下唯一一处祭祀舜的弟弟象的地方。舜仁慈大度，象利欲熏心，屡次图谋不轨加害其兄。这样的恶人，为什么在我们这里会有他的祠堂？"

"县志有无记载？当地可有传说？"

"年代久远，已不可考。若不是因为损毁严重，彝民要求重修，父亲也不会特意让我查明此事。"

王阳明想了想，道："我大概清楚了，请拿纸笔来。"

安国亨给卫兵使眼色。卫兵甲入，旋即端出一张小几，上面搁着笔墨纸砚。王阳明席地而坐，沉思片刻，奋笔疾书，边写边道："象的恶迹刚开始暴露时，舜每每直截了当地指出。结果这反而激发了象的恶性，以至于他千方百计想要谋杀舜。舜意识到自己想让象变好的心太迫切了，适得其反，于是不再怪罪于他，终于用自我克制感化了象。后来，象被舜分封在一个叫'有鼻'的地方，成为贤良的诸侯，学会了以德报怨。由此观之，人性本善，天下无不可化之人。人之不善，即使跟象一样，也能够改正；而君子修身，达到极点，即便遇到如象一般残暴之人，也能够感化。"

王阳明写毕，将纸交给安国亨。

"《象祠记》？"安国亨快速浏览了一遍，不禁暗自称叹，抬头道："随我进去吧。"

王阳明走进碉楼，只见大厅迎面是二十四扇楠木雕花的大窗，每扇窗户上镂饰的花纹各不相同，有飞禽走兽，有奇花异草，无不手工精绝。

等了一会儿，王阳明百无聊赖，推开窗子往外瞧，但见院子里人来人往，热闹非凡。再向远处看，四面山麓满是层层梯田，山坡上羊群如雪，白云青树，好一派世外桃源，神居仙府。

一个浑厚的声音传来："王阳明。"

王阳明转身，只见一个五十多岁、体魄雄壮的男子虎虎生风地走来。他扫帚眉、狮子鼻，眼神凌厉，气势威猛，正是宣慰使安贵荣。

安贵荣在首席坐下，指了指一把云头扶手饕纹透雕的红木太师椅，道："请坐。"

王阳明入座，道："谢土司大人。"

安贵荣赞赏道："先生才思敏捷。"

王阳明心知安国亨已将《象祠记》交与他看了，便道："雕虫小技，让您见笑了。"

"不必过谦，你马上就可以回北京了。"

王阳明愕然。

安贵荣解释道："龙场驿设立至今已逾百年，基本没发挥过作用，一年到头也没几件公事，徒耗人力粮饷。我打算上奏朝廷，把它撤掉。"

王阳明心道："莫非他有不臣之心？"一念及此，微笑道："大人，听少主说，朝廷刚刚封您为贵州布政司参议？"

安贵荣愠道："哼！香炉山一战，水西立了大功，就给了这么一个不咸不淡的鸟官！"

王阳明附和道："岂止如此？布政司参议是流官，一旦就任，您就成了朝廷的正式官吏。到时候，吏部派您去四川或者调您到广西，您去是不去？不去是抗旨不遵，会丢官；去了是龙离沧海，会丢权。依我看，您应该尽快上疏请辞，不妨把话说得谦恭些，功归于人，这样才好踏踏实实地当您的宣慰使。"

安贵荣狐疑道："你一个汉人，怎么倒帮我盘算起来了？"

"我在兵部干过。朝廷一直有一派主张在边疆实施'改土归流'，把世袭的土司变成任命的流官。此举只会导致反叛丛生，兵连祸结。而以彝人守彝土，对所有人来说都一件是好事。我不是替你说话，只是表明自己的立场。"

"这跟裁撤驿站又有什么关系？"

"大人，既然有人想用布政司参议的帽子来套您，说明水西土司的位子已经被人盯上。在这当口上，您提裁驿站的事儿，不是授人以柄吗？好事者会说，您想干什么？切断同朝廷的联系吗？既然驿站能撤，那水西宣慰使司能不能撤？"

"先生金玉良言，安某受教了。"安贵荣起身道，"走，咱们到酒席上边吃边聊。请——"

王阳明起身随他而去……

进得另一间大厅，但见厅中有个火坑，边上支着三块色泽墨绿、温润如玉，被打磨成羊角形的石头。上面架着一只锃光瓦亮的大铜壶，壶口是拧眉露齿的豹头，壶盖上踞着憨态可掬的小象，壶柄则雕着昂颈冲天的仙鹤。壶水还没烧滚，炭火融融，把屋里烤得温暖祥和。

安贵荣注意到王阳明一直盯着火坑看，解释道："这叫锅庄。火塘里的火长年不熄，既能烧饭又能取暖。来，入席！"

安国亨已在倒酒，安贵荣和王阳明落座。

一杯酒下肚，王阳明已想好说辞，道："在下从龙场过来，一路所见，雄关险隘不下百座，皆有精兵把守，可谓猿猴难攀，飞鸟难越！水西方圆千里，军民五十万，被大人治理得井井有条，实在是了不起！"

安贵荣高兴道："先生过奖了，都是祖宗留下的福荫。"

王阳明摇头道："不过可惜了。"

"可惜什么？"

"这么好的地方却惨遭阿贾、阿札荼毒。"

安贵荣色变。

王阳明明知故问道："大人没听说他们叛乱的事？"

安贵荣道："宋然有给我送信，巡抚衙门也来了公文，命我提兵去救，只是——"

王阳明接话道："只是借用夷人的一句话，自家的粪自家担，自家的事自家揽。水西又没吃他宋家一粒米，使他宋家一锭银，凭什么放着太平日子不过，管它水东的事？"

"呃，倒也不能这么说。水西、水东同气连枝，宋然有难，理应去救。只是最近身子不好，等将养个把月，安某一定亲领大军，剿灭叛乱。"

王阳明嘴角露出一丝冷笑。他扫视了一下酒桌，发现一双精致的象牙筷子，饶有兴致地拿了起来，道："这副象牙筷，当值不少钱吧？"

安贵荣不知他葫芦里卖的什么药，只好道："还好，不算什么。我这有从交趾搞到的上好象牙，先生若是喜欢，送你两对。"

王阳明忽然用力，把其中一支筷子掰断了，安贵荣、安国亨同时愣住。

王阳明正色道："水西、水东唇齿相依，就如这副象牙筷，两根并在一起，旁人方才敬重。如今阿贾、阿札反叛，您却作壁上观，一旦乱军得手，夺了水东，官府岂能坐视不顾？到时发兵征剿，叛贼灰飞烟灭，朝廷还肯再设一个水东宣慰同知的职位吗？恐怕不会，而是趁机改土归流。从此乌江沿岸就只有水西，没有水东了。"说着，把剩下的那根筷子递到安贵荣面前，道："筷子要是只剩下一根，还能摆在席面上吗？"

安贵荣望着孤零零的筷子，脸色沉重起来。

王阳明续道："阿札那边最近放出风来，说您暗中派人给他送了一批刀枪弓箭，助他攻打宋然。"

安贵荣怒道："哪有此事？谣传！"

"在下也不信。估计是阿贾刚刚战死，阿札为了给手下壮胆，以振声势，并吓唬宋然。但这些话已在外面传开，您又偏偏不肯发兵。如果这些谣言传到贵阳，试问官府会怎么想？”

安贵荣咬牙切齿道：“阿札这个浑蛋！”

“我这一路走来，还听到另一种传言。”

安贵荣坐直了，紧张地看着王阳明。

“有人说‘水西地险兵多，坚不可摧。就是不听号令，就是不发一卒，看朝廷能把我们怎么样？’”

“谁说的？”

“不清楚。刚才少主告诉我，水西安氏除了您，下面还有十二位大土舍，皆是宗亲。会不会有人动了别的心思，想趁火打劫，所以故意放出话来——”

安贵荣重重搁筷，道：“先生不必说了！国亨！你先点三千精兵，征讨阿札。沿途传我口令，召集各土舍部众随征，声势越大越好！我带罗甸的一万兵马，随后就到！”

王阳明举杯道：“大人英明！”

第三十二章　苗疆风情

不到半个月的时间，安贵荣便犁庭扫穴，一举荡平了阿札之乱。

这晚，夷寨生起了一个火堆，大锅里“咕嘟嘟”地炖着牛肉。夷人们盛装打扮，一边吃着流水席，一边看芦笙舞、斗牯牛。王阳明居上座，频频接受古伦德等人的敬酒。

不远处，冀元亨、王畿和老汤感慨万千。

冀元亨笑道：“师父醉了。”

王畿边啃鸡腿边道：“我也醉了。”

“你？”

“本来要煮咱们的大锅，煮了牛肉，人生还真是变幻无常啊！”

古伦德举杯走到人群中央，高声道：“诸位，诸位！”

待众人安静下来，古伦德续道：“我们今天能在此欢聚，要感谢一个人。他出谋划策，除掉了阿贾。又身犯险境，说服水西土司出兵，平息了阿札之乱。你们说，他是谁？”

众人齐声道：“王阳明！王阳明！王阳明！”

古伦德带人冲到王阳明跟前，把他举过头顶，抬到众目睽睽之处，抛向空中。盖罗娇出现在主帐门口，略感欣慰地看着这一切。

王阳明注意到她，盖罗娇立刻敛容……

午后的京城熙熙攘攘，焦芳和张忠的轿子停在刘瑾的宅邸外。

刘瑾对下人道：“看茶。”

焦芳落座，道：“公公，有句话不知当讲不当讲。”

“焦大人请说。”

“听说张彩为了吏部尚书的位子，给您送了这个数。”焦芳伸出一只手掌。

张忠察言观色，发现刘瑾脸上掠过一丝不快。

刘瑾道：“我也不缺这笔钱。可是你不收，人家心里不安哪。”

焦芳劝道：“唉！该省的常例就省了吧，那些地方官送您的钱都是打着您的旗号征敛来的，烫手啊！”

刘瑾怫然道：“焦大人，这话得分两头说。那些清流倒是不送，可他跟你一条心吗？”

张忠帮腔道：“不错，重点不在钱，而在姿态。一个官员能不顾朝议，不怕清流孤立，主动向咱们示好——呵呵，有手还不打上门客呢。”

刘瑾道：“是啊，钱多钱少，面儿上看就是个数字，底下却探着人心的深浅。有些人，是有忠心没有才干。这个嘛，还可以慢慢让他历练；可有的人，是有才干没忠心。这样的人，咱家是不会留着他的。”

焦芳色变，下人入内，道：“公公，蒋钦的腿治好了。”

刘瑾喜上眉梢道：“好！”

焦芳一愣，心道：“蒋钦？他不是早就死了吗？”于是望向张忠，只见他也是一脸的大惑不解。

龙场驿，老汤亲身示范，教王阳明、冀元亨和王畿打土坯。

王阳明依样画瓢，却总感觉不得劲，没打几块便累得汗如雨下。他把长衫脱了，挽起袖口，卷高裤脚，腰腿肩膀一起使力，彻底抛弃了儒生的架子。

王畿愕然道：“师父你——”

王阳明道：“怎么？”

“脱胎换骨了。”

王阳明停下来看着王畿，笑道：“那是因为为师探寻了三十多年的天理，找到了。”

冀元亨激动，王畿半信半疑，盖罗娇带着古伦德和几个夷人远远走来。

王阳明续道：“心即是理。朱熹认为天理存在于万事万物，错了；世人向外求理的路子，也错了。天理不外于我心，所谓‘格物’，不过是端正意念罢了。心如明镜，只要勤于擦拭，扫除私欲杂念，自然复见天理。”

盖罗娇打趣道：“真厉害，一句都听不懂！”

众人哄笑。

王阳明转身，笑道：“哑子吃苦瓜，与你说不得。你要知此苦，还须你自吃。”

盖罗娇看着土坯，道：“我可不要像你一样自讨苦吃。”

“自讨苦吃？”

“此地闷热，土坯房密不透风，等到了夏天，有你罪受。”

“那你的意思是？”

“搭帐篷。”

“帐篷不防潮，住着对身体不好。”

“你可真讲究！能遮风挡雨不就行了！”

王阳明想了想，灵机一动道：“以前我在工部时设计过干栏木屋，既通风又不接地。不如咱们合作，让寨子里的弟兄都住进木屋。”

古伦德高兴，盖罗娇不苟言笑。古伦德试探道：“寨主？”

盖罗娇环视众夷人，道：“你们都想住木屋？”

夷人们互相看看，笑而不语。

“我可不管，想住自己盖去！”盖罗娇转身离去，众夷人欢呼。

古伦德抱拳道：“王大人，有劳了。”

王阳明微笑点头。

黄昏时分，京城刘瑾府的后院。

一排关着各种小动物的笼子，每个上面都挂着名牌，从“戴铣”“薄彦徽”到“王阳明”。刘瑾在“蒋钦”的笼子前站定，打开后抱出里面的兔子，爱怜地抚摩着它，解开缠在它腿上的纱布，摸出一个瓷瓶，小心翼翼地给“蒋钦”上药，并心疼道：“好了也不能大意。你呀，总是好了伤疤忘了疼。”

下人带着张忠从远处走来，向他解释道：“公公宅心仁厚，只要遇见受伤的小动物，总是让我们收养起来，细心照料。”

刘瑾听见，收敛了慈眉善目，把“蒋钦”放回笼子，转身向张忠走去。

张忠恭敬道：“公公。”

刘瑾点头，下人知趣地走开。刘瑾踱步道：“焦芳今日所言，你怎么看？”

“未必跟您异心，但他宦海浸淫这么多年，肯定嗅到了什么。”

刘瑾想了想道：“你是说钱宁吧？这个过河拆桥的东西，让他杀个王阳明都杀不利索，还敢跟我争宠。”

“可他现在确实是皇上身边的红人啊。夜夜与之笙歌，宿醉同寝。文官都说，想知道皇上起没起，只需派人到豹房瞧瞧。要是钱宁伸着懒腰出来，就可以准备上朝了。”

刘瑾怒道：“我在这里主持编订《见行事例》，为他揽权把上上下下都得罪了个干净，他却——”

张忠道：“公公勿忧，我有一计，可让钱宁失宠。”

刘瑾眉毛一挑，道：“哦？”

次日豹房，朱厚照手持全铜双锏，身着软甲，头戴红巾，虎视眈眈地望着笼子里的黑豹，道：“开！”

两个宦官抽掉锁栓，急忙跑开。豹子跳了出来，扑向朱厚照。一人一兽，搏斗起来。看得一旁的钱宁、魏彬和谷大用心惊肉跳。

忽然，朱厚照脚下不稳，摔倒在地。豹子一步一步朝他走去。

魏彬吓得以手蒙眼，惊呼：“妈呀！”

谷大用小声道：“钱将军，你还不出手？”

钱宁脸色惨白道：“皇上吩咐过了，不许别人插手。”

这时，张忠带着江彬入内，给他使了个眼色。江彬点头，快步走了过去。

豹子一掌拍过。

朱厚照魂飞魄散道："我命休矣！"

突然，眼前闪出一只圆锤。但听"砰"的一声，豹子被打翻在地，口吐血沫。

朱厚照惊魂未定，抬头一看，却是一张陌生的面孔，洋溢着英武之气。

江彬声如洪钟道："末将江彬，护驾来迟，请皇上恕罪！"

钱宁奔了过来，道："皇上！"欲扶朱厚照，被他甩开。

朱厚照起身，把双锏交给钱宁，拍了拍身上的灰，注意到江彬的脸上有个疤，好奇道："怎么回事？"

江彬不好意思地摸摸后脑勺。

钱宁把火撒到江彬头上，道："皇上问你话，照实说就是！"

江彬道："末将以前在镇海卫当指挥使，跟倭寇打仗。有一回身中三箭，其中一支从面颊直穿出耳。当时战况紧急，来不及下场，就没有拔箭，留下了这个伤口。

"好样的！"朱厚照击掌，钱宁的脸上有些挂不住。

朱厚照问道："英雄现居何职？"

江彬道："福建都指挥使。"

"屈才了。愿不愿意到五军都督府当差啊？"

江彬跪下道："愿意！皇上指哪，江彬就打哪。"

朱厚照兴奋道："好！"

张忠得意，钱宁失落……

贵州龙场。

王阳明边看图纸边同古伦德交谈，冀元亨和王畿指挥夷人在工地上忙碌。盖罗娇走近，看着几座崭新的木屋已初具规模，嘴角微微上扬。

古伦德道："寨主。"

盖罗娇道："还需几天？"

王阳明想了想，道："最多三日。"

盖罗娇道："好。老古，跳月节——"

古伦德点头道："没错，正是三天后。"

盖罗娇笑道："到时候一起热闹热闹。"

古伦德会意道："好咧！"

盖罗娇意味深长地看了王阳明一眼。远处，惹巴冲一脸不悦……

京城刘宅。

刘瑾在下人的陪同下走到"王阳明"的笼子前，皱眉道："还不肯吃？"

下人摇头道："不吃不喝。这样下去，恐怕挨不了几天。"

刘瑾盯着笼子里的杜鹃，道："你先下去吧。"

“是。”

刘瑾取出杜鹃，看着它桀骜的眼睛，不禁心生恶念，手上用力。杜鹃窒息，发出凄厉的啼叫。

“是你逼我的！为什么要逼我！”刘瑾愈发使劲，手上青筋暴露。

下人的声音传来：“公公。”

刘瑾松手转身，有些恼怒道：“什么事？”

“江彬求见。”

刘瑾凝神片刻，向花厅走去……

见刘瑾进来，张彩和张忠同时起身，江彬趋前下跪，道：“刘公公对江彬恩同再造，日后唯有马首是瞻，以报涓埃。”

刘瑾笑道：“起来吧。我们合计了一下，五军都督府都督同知应该能帮你拿下。这事儿需吏部、兵部会推，杨一清跟咱们尿不到一个壶里去。张彩，你这个吏部尚书还得多使使力。”

张彩道：“公公放心，下官在福建时就与江将军配合得天衣无缝。”

刘瑾点头道：“你当福建巡抚的时候，手下是不是有个叫陆完的？”

张彩想了想，道：“公公明察秋毫。此人曾任龙溪知县。”

刘瑾有点激动道：“对对对，就是他，现在在贵州当巡抚，也算扶摇直上。”

张忠递话道：“贵州？那不是王阳明待的地儿吗？”

张彩心领神会道：“当年盐案，下官与陆完被这个王阳明给害苦了。我这就去信，问问陆完那边的情况。”

刘瑾满意点头。

龙冈山顶的夜很久没有这么喧闹了。夷人们围着篝火，烤着全羊，载歌载舞。

火光的映照下，王阳明露出幸福的微笑，感慨道：“我刚到龙场时，觉得走投无路，一刻也待不下去，甚至一心求死。可现在我每天跟老汤上山拾柴，铡草喂马，什么活都学着干，干什么都有意思。龙场还是那个龙场，何以在我眼里变化如此之大？”

王畿一边手撕羊肉一边道：“师父，我听人说，除了身体的苦痛，所有的痛苦都是人自个儿想象出来的。是这个意思吗？”

王阳明微微一笑，注意到不远处山壁的石头缝里长出来一朵娇艳欲滴的红花。王畿和冀元亨循着他的目光，也发现了。

王阳明忽道：“心外无物。”

王畿不解道：“心外无物？那就是心里有了？可那朵花在深山中自开自落，与我心又有什么关系？”

王阳明道：“你未看此花时，此花与你心同归于寂；你来看此花时，此花的颜色一时便明白起来。故知此花不在你心之外。”

王畿挠脑袋，费解道：“你说探寻多年的天理找到了，可我越来越听不懂你在说什么。听上去就像……就像我当年卖药时吆喝的那些鬼话。”

夷人们安静下来，盖罗娇盛装打扮，从人群中款款走出，吹奏芦笙，煞是好看。她用夷语唱起了情歌，众人起哄叫好，还有不少人乜斜着眼偷瞧王阳明，笑得意味深长。见王阳明一脸疑惑，古伦德笑着走了过来，在他身边坐下。

王阳明问道：“寨主在唱什么？”

古伦德翻译道：“阿哥有家我无家，无家云雀落孤杈。阿哥有伴我无伴，无伴画眉叹桃花。”

王畿与冀元亨面面相觑，王阳明略惊。盖罗娇眉目传情地看了王阳明一眼，惹巴冲怒不可遏……

半个时辰后，夷人们陆续散去，王阳明与冀元亨、王畿以及老汤也准备下山。

“王大人，有件事想向你请教。”王阳明闻言转身，见盖罗娇正用期待的眼神望着自己。

王畿赶紧道：“师父，我还有事，先走了。”

冀元亨反应过来，道：“我陪他下山。”

老汤不识趣，杵在那，被王畿拉走。

盖罗娇走到一块岩石上坐下。王阳明跟了过去，也默默坐下。盖罗娇看着王畿的背影，感叹道：“有你这样的师父，他们很幸福。”

王阳明摇头道：“跟着我受苦，哪里幸福了？有你这样的寨主，才是全寨之福。”

盖罗娇沉默片刻，道：“其实，我能为族人做的事很少。我们没有自己的文字，只能结绳记事。一些族人到城里卖药材山货，买布匹盐巴。由于不识字，连秤上的星子都不认得，任由商家欺负。所以我想，你能不能教大家认认字？”

“我来龙场，什么都不怕，单怕寂寞。寨主这是给我找了份美差啊，求之不得。”

“既是美差，不如你搬到寨子里来住，住木屋。”盖罗娇眼波流转地看着王阳明，直看得他心跳加速。

王阳明脸红道：“我……我是驿丞，不可擅离职守。”

盖罗娇螓首低垂道：“你那驿站一年也来不了几回人，何必苦着自己？”

“寨主美意，在下心领。但规矩就是规矩，一旦破坏，再想建立可就难了。”

两人陷入尴尬的沉默，王阳明没话找话道：“为什么叫‘跳月节’？月下跳舞的意思吗？”

盖罗娇举头望月道：“这是一个传说。很久以前，本地有两个年轻人，哥哥叫巴卡，弟弟叫巴木。两兄弟无父无母，相依为命。巴卡上山砍柴时，闲来无事便砍根竹管吹着玩，又把几根长短不一的竹管拼到一起，做出了第一把芦笙，用悠扬婉转的曲调吸引了林子里的飞禽走兽。于是，兄弟俩一边吹奏芦笙，一边学着鸟兽的样子跳舞，这便是流传至今的芦笙舞。”

王阳明入神道：“原来如此。”

盖罗娇续道：“有一年暮春的夜晚，巴卡和巴木做完农活回家，看见一个漂亮的女人坐在屋子里吃他们晒的干鱼。巴卡问她‘你是谁？为什么偷吃我们的东西’，那女人蛮不讲理道‘我不但要吃你的东西，还要拉你回去做丈夫’。说着，拖起巴卡就走。女人的力气很大，巴木拽不动她，只能跟在后面追。追着追着，只见女人的裙子下面露出一条黄色的尾巴。原来。她是一头母老虎变的！”

王阳明哑然失笑道：“啊？那后来呢？”

“后来母老虎和巴卡结了亲，越长越美，心灵手巧，既能干农活，又会做刺绣，把日子过得有滋有味，还生了一大堆孩子。从此以后，彝家的少年都想交这样的好运，在每年春末的月圆之夜走出寨子，到林子里‘跳月’，希望遇到一个才貌双全的‘母老虎’，把自己抢回去做男人。”

王阳明不语。

盖罗娇岔开话题道：“我听义父说，孔子是叔梁纥与颜氏野合所生。可有此事？”

“稗官野史，不足为信。”

“我信。你情我愿的事，有什么奇怪的？”

话音刚落，一声断喝从背后传来：“王阳明！”

盖罗娇与王阳明一惊，起立转身，只见惹巴冲怒目而视。

盖罗娇不满道：“你在这做什么？”

惹巴冲大声道：“他是奸细！”

“休得胡言！”

“他就是奸细！安贵荣怎么可能听一个不相干的驿丞说了几句，就发兵去打阿札？我要替水东锄奸！”惹巴冲抽刀，盖罗娇从袖中取出金蛇鞭，挡在王阳明身前，厉声道：“你敢碰他一下试试！”

惹巴冲委屈道：“你宁可信一个外人，也不信我？”

“我信的是自己的心！它告诉我你已经被欲望遮蔽了双眼！”

惹巴冲胸口起伏，恶狠狠地瞪了王阳明一眼，扭头而去。

盖罗娇歉疚道：“对不起，他太鲁莽了。”

王阳明望着惹巴冲的背影，忧心忡忡……

次夜，紫禁城谨身殿西侧。

钱宁与几个锦衣卫簇拥着朱厚照往外走去，忽听得身后传来爆竹的声响。朱厚照转身，但见五光十色的烟花在乾清宫上空次第炸裂，宫殿一角燃起了熊熊烈火。

魏彬急匆匆赶来，道：“皇上，皇上，乾清宫走水啦！”

朱厚照一边欣赏烟火一边拍手道：“哈哈，宁王送给朕好一棚大烟火。”言罢，转身就走，钱宁跟了上去。

朱厚照停步，不悦道：“还不去救火？”

钱宁一愣，怯道：“是。”

魏彬望着钱宁携锦衣卫往乾清门去的背影，自言自语道：“天机算不尽，祸福轮流转。”

李府书房。

李东阳在灯下默写《出师表》，写到“亲贤臣，远小人，此先汉所以兴隆也；亲小人，远贤臣，此后汉所以倾颓也”一句时，不由得搁笔叹息。

管家的声音传入：“老爷！”

“什么事？”

“皇上来了！”

李东阳霍然起身……

花厅里，朱厚照好奇地端详着墙上的一副对联，那是李东阳手书的他自己的一句诗“平沙浅草连天远，落日孤城隔水看”。

李东阳快步走入，在朱厚照跟前跪下，道：“不知陛下驾临，有失远迎——”

朱厚照搀扶道：“哎呀好了好了。你一个首辅，住这么小的宅子，朕也算开了眼，知道什么叫‘表率群伦’了。”

朱厚照落座，李东阳替他倒茶，道：“德不配位，必有余殃。老臣忝居要冲，不敢须臾懈怠。”

朱厚照示意他坐下，道：“德嘛，固然重要，可是朝廷用人，也要看才干。”

李东阳落座，沉默片刻，道：“皇上漏夜出宫，是为了江彬的事吧？”

“呵呵！没有内阁的票拟，朕不好乱来啊。”

“此事请恕老臣难以从命。”

朱厚照色变道：“为什么？”

李东阳解释道：“江彬并无功绩，骤然从正三品的福建都指挥使一跃而成从一品的五军都督府都督同知，恐内外不服。”

“有什么不服的？江彬为国尽忠，脸都被倭寇射穿了。这样的人不提拔，提拔谁？”

二人半晌无语。

李东阳语带不满道：“皇上，不到两个月的时间，刘公公已经保举了十个人，有的甚至连升四级、五级，朝野对此颇有不满。在这个节骨眼上，对江彬过蒙拔擢，其实是害了他。”

朱厚照起身道：“不必说了！你对刘瑾有看法，朕知道；谁忠谁奸，朕也瞧得清清楚楚。上次他不跟朕打招呼，耍了个花招把杨廷和赶到南京去当吏部尚书。朕马上就敲打他了嘛，直接让杨廷和入阁。国家用人之际，阁老就把这些私人恩怨先放一放吧。”

李东阳闭眼叹气，良久方道：“皇上，这次内阁遵旨。日后但有关键职位出缺，简拔官员，得换个公平的办法。”

朱厚照坐下，道：“什么办法？”

“掣签。”

“掣签？哈哈，好，这个办法好，用抽签来定，公平。没想到阁老也有这么多好玩的点子。”

李东阳木然道：“北门之叹，久已上闻。穷猿奔林，岂暇择木？”

贵州夷寨。

夷人们围着篝火跳舞，庆祝新屋落成。古伦德朝王阳明走了过来，道：“怎么样王大人？我们这里有意思吧？”

“别有一番风味。”

“那就多住几日吧！”

王阳明微微一笑，道：“驿站的土坯房刚盖好，我得先回去归拢归拢。”

古伦德想了想，道：“这样啊！那你自己去跟寨主说，她在那间屋子。”

王阳明看了看古伦德，起身顺着他手指的方向走去。木屋外站着个丫头，却是盖罗娇的侍女棠棣。

棠棣恭敬道：“王大人。”

王阳明进门，环视四周，只见灯火通明，一扇虎皮竖屏挡住了他的视线。

环佩叮咚，盖罗娇移着玉步从屏风后面走出来。只见她盛装打扮，脸贴绞银翠钿，头戴凤尾楠木簪。簪子的造型虽然朴素，但那木质纹理如一根根黄金丝线，匀称紧凑，一望便知乃上品的金丝楠木。

这娇媚无限的佳人，把王阳明看呆了。

盖罗娇笑道：“好看吗？像不像你们汉家女子？”

王阳明掩饰道：“还是原来好看。”

“胡说。原来那身打扮被人叫作‘女魔头’，哪里好看了？”

王阳明忍俊不禁道：“哈哈，这‘女魔头’的名号到底怎么打出去的？还吃人——”故作后怕状，道：“我是怎么活到今天的？”

盖罗娇摇摇头，神色渐渐凝重起来，道：“我们不了解汉人，汉人也不了解我们。误会越来越多，传言也越来越盛。”

王阳明感慨道：“若非亲眼所见，我也没想到夷人的赤子之心如此清澈见底。”

盖罗娇暗送秋波道：“既然这么好，把这当作自己家吧。”

“家？”王阳明看着眼前的一片虚空，落寞道：“游子望乡国，泪下心如摧。”

盖罗娇默默地走到屏风边，背对王阳明道：“你们汉人不是有句话叫‘此心安处是吾’吗？有我陪着你，就不要去国怀乡了。”

王阳明一愣，只见盖罗娇走到了屏风后面。不一会儿，她款款出来，褪去外衣，只穿一件内衣，香肩裸露。王阳明面红耳赤，眼睁睁地看她走到近前，一双玉臂钩住自己的脖子。

盖罗娇闭上眼睛，凑近去吻王阳明。

王阳明急道："寨主！"

盖罗娇停下，幽怨地看着王阳明。

"时辰不早了，没有别的事，我先回去歇息了。"

盖罗娇失望地放开他，王阳明转身离去。

盖罗娇不甘道："我知道你有妻子，可你不是说'心即是理'吗？为什么要被那些纲常名教绑住手脚，而不听听自己内心的声音？"

王阳明转身，正色道："我心里只有一个声音，那就是早日与拙荆团聚。寨主的好意在下心领了，只是情之过与偏便是欲。我悟出'心即理'是想告诉世人应该独立自主，既不盲从于外在的权威，也不被内心的私欲牵着走。如果连自己都做不到，又怎么让别人相信呢？"

盖罗娇怅然若失。王阳明拱手，扭头出门……

第二天，阳光透过窗户打在王阳明脸上。他悠悠转醒，听见门外传来争吵声。

屋外，惹巴冲揪着王畿的衣领，一副恨不得将之生吞活剥的表情，冀元亨和古伦德在一旁劝解。众人围观，惹巴冲身后的几十个狼兵杀气腾腾。

王阳明走近，盖罗娇也从屋子里出来。

王畿大呼："师父救我！"

古伦德道："寨主。"

盖罗娇道："怎么回事？"

惹巴冲愤然道："他偷东西！"

王畿急辩道："我没偷！"

惹巴冲高声道："人赃并获，还想抵赖？"

王阳明冷静道："他偷什么了？"

惹巴冲举起一把长约两尺的弯刀，只见纯银的刀鞘上镶满了宝石和珊瑚，精美无比。

"本寨的镇寨之宝巫月神刀，从他行囊里搜出来的！"

王畿一脸冤屈道："我也不知道这把刀怎么就跑到我的包袱里去了。"

盖罗娇想了想，对惹巴冲道："你为什么要搜他的行李？"

惹巴冲道："今早棠棣起来打水，看见库房的门开着，就好奇走了进去，结果发现巫月神刀不翼而飞。她想起昨晚王畿靠近过库房，就向我汇报了此事。"

众人齐刷刷望向棠棣，她胆怯地低下了头。

王畿申辩道："路过，路过库房而已。"

盖罗娇又道："棠棣，你昨晚在我屋外站到什么时候？"

"子时三刻。"

"那么长时间，不会只有王畿一个人靠近库房吧？"

棠棣想了想，道："还有符殷和宁珂。"

盖罗娇冲古伦德道："去把她俩叫来。"

"是。"

惹巴冲眼珠一转,道:"刀是在他的行囊里搜出来的,铁证如山,叫谁来都没用!"

狼兵纷纷附和。

盖罗娇冷峻道："那你的意思是？"

惹巴冲冷漠道："族法处置，砍掉右手！"

王畿惊呼了一声，当场晕倒，被冀元亨扶住。

王阳明察言观色，断定惹巴冲的发难并非盖罗娇授意，于是站了出来，道："诸位！"

众人喧嚣不止。

盖罗娇大声道："安静！"

喧闹声渐小。

王阳明诚恳道："如果王畿真干了鸡鸣狗盗的事，我这个当师父的责无旁贷！可要是我说我信他，你们又会认为我在护短。前一阵我去罗甸，得知宣慰府正在重修象祠，算日子差不多该修好了。象祠里供奉的'象神'能辨善恶真假，这一点你们比我明白。只要咱们去一趟象祠，这里面的是非曲直便一清二楚了。"

惹巴冲道："已经够清楚了，去不去都一样！"

狼兵起哄。

盖罗娇厉声道："本寨素来淳朴，今日却出了这等让祖先蒙羞的事！砍只手便能应付过去吗？"

王阳明微微一笑。

惹巴冲不解道："那寨主的意思是？"

"王畿、棠棣、符殷、宁珂都要到象神面前忏悔！谁不去，就是心里有鬼！"

"这……"

王阳明趁机道："你要给一个人定罪，就得让大伙心服口服。手不是韭菜，砍了便长不回去了。"

符殷和宁珂被带到，符殷坦荡道："我们愿意去，免得日后有人嚼舌头。"

宁珂亦道："对！"

惹巴冲无奈默许。

两个时辰后，众人来到象祠外，齐齐望向王阳明。

王阳明道："你们四个挨个进去，摸着象神的左脚大声说'我问心无愧'。如果有人说的是假话，神像便会发出声响。明白了吗？"

四人点头，逐一进去，依次传出"我问心无愧"的声音。棠棣最后一个入，王阳明注意到她神色慌张，惹巴冲也一脸担忧。

看来四个人都没说谎，因为神像始终不曾发出声响。

王阳明道：“站成一排。把手伸出来，摊开向上。”

四人依言照做。王阳明依次检查，只见除了棠棣，其余三人的手上都有黑漆。

王阳明厉声道：“大胆棠棣，还不如实招来？！”

棠棣惊慌道：“啊？招……招什么？”

王阳明道：“象祠正在重修，神像上的漆还没有干透。他们三个人，掌心都有黑漆，唯独你没有。说明你撒了谎，不敢摸神像！”

盖罗娇恍然大悟道：“贱奴！”

棠棣恐惧万分，跪下道：“寨主饶命，寨主饶命啊！”

盖罗娇朗声道：“诬陷本寨贵客，我的脸都让你丢尽了！来人，把她给我砍了！”

“不要啊寨主，这都是惹巴冲让我干的！”

众人哗然，惹巴冲脸色煞白，道：“你，你不要血口喷人。”

棠棣掏出一锭银子，扔到惹巴冲脚下，道：“还给你！”

盖罗娇怒火中烧道：“古伦德，把惹巴冲给我捆了！”

惹巴冲冲众狼兵道：“你们还愣着干什么？”

盖罗娇疾言厉色道：“我看谁敢作乱！”

众狼兵低头。

眼见古伦德带人走近，惹巴冲突然发力，撞倒了他，又打翻几人，逃进树林。

古伦德欲追，被盖罗娇制止：“让他走吧！”

盖罗娇走到王畿跟前，歉然道：“让你受委屈了。”

王畿憨笑道：“没事了啦。”

盖罗娇对古伦德道：“你们先回去。”

“是。”古伦德带狼兵离去。

盖罗娇看着王阳明，忽然跪了下来。王阳明伸手去扶，疑惑道：“寨主这是做什么？”盖罗娇纹丝不动道：“你听我说。”

“不能起来说吗？”

“不能。”

王畿和冀元亨面面相觑。

盖罗娇道：“原先，我打算把族长的位子让给惹巴冲，自己只当寨主，负责外面的事。现在看来，得重新考虑了。”

王阳明意识到她考虑到自己头上了。

盖罗娇看着王阳明，一字一顿道：“我的意思是，你来当这个寨主，我做族长。”

“我一个汉人，这么做恐怕不妥。”

“当族长，是不妥；可当寨主，没有人比你更合适。”

王阳明皱眉沉思。

盖罗娇续道：“我们夹在水西和水东之间，跟汉人的关系又闹得很僵。要么走出大山，要么有强人统领，否则就只能在那片不毛之地自生自灭了。”

王阳明扶起盖罗娇，道：“我懂了。只是强扭的瓜不甜，我先在心里答应你，把族人当成自己的兄弟姐妹。等大家都认可了我，你再正式宣布，如何？”

盖罗娇高兴道：“好，一言为定！”

午门，骄阳似火。

李东阳看见宫门外的墙角处围了一圈官员，快步走去。众官见李东阳过来，纷纷散去。

康海和另一个御史各自戴着比普通的枷大一倍的铁枷，站在四个锦衣卫中间，低头不语。

李东阳皱眉道：“怎么回事？”

康海和御史瞥了眼李东阳，置之不理。

身后传来梁储的声音：“阁老。”

李东阳转身，道：“老梁，这是？”

梁储解释道：“工部主事康海，都察院御史周钥。被派到地方查案，回来没给刘公公孝敬。这枷得有一百斤吧？”

太阳毒辣地照着二人，汗水沿着其脸颊直往下淌。李东阳对锦衣卫道：“把他们放了。”

锦衣卫为难道：“阁老，我们也是奉命行事——”

“快点！你们回去就说李东阳让放的。”

锦衣卫撇撇嘴，同另外三人给康海和周钥解了锁。谁知二人并不领情，扬长而去，周钥还小声嘀咕道：“伴食宰相！”

李东阳一愣……

回府后，李东阳快步走进花厅，杨廷和起身道：“阁老。”

李东阳瞥见桌上有几封奏疏，道：“都骂我什么了？”

“您自己看吧，刺耳。”

“背两段听听。”

杨廷和略一思索，道：“有首诗。”

李东阳好奇道：“哦？”

“文名应与斗山齐，伴食中书日已西。回首湘江春草绿，鹧鸪啼罢子规啼。”

“啊？呵呵！这是让我卷铺盖回家呀。”

“阁老的用心他们毫不顾念。吏部已为阉党把持，掣签也是没有办法的办法。不如此，用不了多久满朝文武就都是刘瑾的人了！”

李东阳摆手道：“骂得好啊。有人骂，说明还有是非，有正气。”

杨廷和想了想，道：“听说因为江彬上位，钱宁失宠了？”

“未必是坏事啊。钱宁这两年作的恶不比逆瑾少，还干预刑部办案，把一桩板上钉钉的命案给翻了回去，凶手硬是无罪释放。”

“阁老，这是一个信号。刘瑾，或者说皇上，开始动军队了。”

李东阳叹息道：“你说的没错。逆瑾刚刚抛出一个议题，整理军屯，我正在想如何应对。”

杨廷和想了想，道：“无须应对，让他折腾。杀君马者道旁儿，刘瑾定会在此事上翻船。”

李东阳陷入深思。

龙冈山，王畿拉着王阳明赶路。

王阳明道：“到底什么事！神神秘秘的。”

王畿道：“哎呀师父，到了你就知道啦！”

一转弯，一栋简陋的木楼映入眼帘，盖罗娇、古伦德、冀元亨和一帮夷人俱在。

王阳明惊讶道：“这是？”

盖罗娇笑道：“大伙的心意，用的都是你教的法子。当然了，比王大人亲自指导盖的楼，要简陋一些。”

在古伦德的示意下，一个夷人端来托盘，上面放着笔墨纸砚。

古伦德道：“请大人题词！”

王阳明许久没碰笔，拿起来竟看了半天。

盖罗娇鼓励道：“这是我派人花重金在贵阳求购的，试试看吧。”

王阳明濡墨，写下“何陋轩”三个字。

盖罗娇奇道：“何陋轩？”

王阳明解释道:“大家的本心如未琢之璞、未绳之木,虽貌似粗粝,却不可以陋之。当年孔子欲居九夷，人以为陋。子曰，君子居之，何陋之有？今将此楼命名为‘何陋轩’，以为纪念。”

古伦德趁机道：“你们听好了！以后但凡有不认识的字，看不懂的句子，要常来此处向王大人请教。”

盖罗娇笑道：“还叫大人？以后改口叫‘先生’。”

“对对对，先生！”

王阳明谦虚道:“‘请教’太过严肃,把这当作聚会之所吧。谈天说地,讲论切磋！”

众人欢呼，盖罗娇欣喜。

第三十三章　知行合一

月黑风高，江彬下马，快步走入刘瑾的宅邸……

刘瑾缓缓放下奏疏，面有愠色。

江彬肃然道：“皇上很生气，让我转交给您，说听凭处置。”

刘瑾凝重道：“骂我事小，此风绝不可长。谁都能写封匿名疏扔到御道上，跟村妪骂邻、顽童骂学似的，朝廷不就乱套了嘛！”

“公公所言极是。”

刘瑾掂了掂奏疏，道：“谁捡到的？”

“御史周钥。”

刘瑾脸色一沉。

次日，奉天门外。一众官员顶着烈日，跪在丹陛下。刘瑾立于台阶之上，张忠、魏彬侍立左右。

刘瑾痛心疾首道：“在外面搞匿名文书还要定死罪，何况宫里？今天不把此人揪出来，诸君就陪他跪下去吧！”

队首的梁储起身，道：“刘公公，有本事你把宰辅和各部尚书也请来啊，光欺负我们算什么？”

刘瑾言辞稍缓道：“咱家相信六部的堂官不会干这种偷偷摸摸的事。梁大人，你是礼部侍郎，可以不来。凑什么热闹？”

梁储毫不领情道：“我来是想告诉你，此事多半乃新科进士所为。你让大伙跪在这，斯文扫地，丢的是皇上的脸，朝廷的脸！”

“你——愿意跪你就跪吧！”

梁储不紧不慢地跪下。

刘瑾环视百官，道：“怎么，有胆做，没胆认？写得慷慨激昂，一副为国为民的样子，还不是贪生怕死？”

众人不语，个个汗流浃背。刘瑾给张忠使了个眼色，张忠击掌，四个锦衣卫把半死不活的周钥拖了出来。

张忠冷酷道：“廷杖。”

两个锦衣卫拉开架势，当场杖击周钥，可是他早已看不出是死是活。

梁储再次起身，质问道："你打周钥做什么？杀鸡给猴看吗？"

刘瑾抖抖手中的奏疏，道："把这种乌七八糟的玩意儿拿到皇上跟前，打死都算轻的！"

梁储指着刘瑾的鼻子道："刘瑾，你不要欺人太甚！"

张忠看了看另外两个锦衣卫，示意他们将梁储拉走。二人动手，梁储骂不绝口。

周钥看上去是死透了。

"各位好自思量，不查出谁干的，咱家决不罢休。"刘瑾转身，张忠与魏彬随之而去，周钥的尸体也被锦衣卫拖走……

接连三个官员中暑晕倒，张永路过，打望了一下，带着两个抬水果的宦官走了过去。

张永招呼道："各位起来活动活动，吃些瓜果解渴。"

两个宦官分发瓜果，官员们陆续起身，狼吞虎咽地吃了起来。一个垂垂老矣的官员走到张永跟前，感激道："多谢张公公。"

张永不忍道："快点吃吧，一会儿他们该回来了。"

突然，分发瓜果的小宦官拉扯张永的衣袖，指了指奉天门。张永望去，只见刘瑾三人朝这边走来，赶紧道："来了来了！快快跪下！"

众官将果皮扔到筐中，重新跪好。张永带着两个宦官离去。

刘瑾走到奉天门外的台阶上，望着张永的背影，怒容满面。

张忠阴阳怪气道："还挺会借花献佛。你们吃的瓜果，是尚膳监给各宫娘娘准备的。"

刘瑾发狠道："全部拘了，挨个审。"

傍晚，焦芳疯狂地砸响刘瑾家的门环。门开了，下人刚刚探出脑袋，就被焦芳一把推开……

刘瑾正与张忠在花厅喝茶，焦芳的声音传入："刘公公，刘公公！"

焦芳入内，站定后焦急道："刘公公，不能这么干，会激起公愤的！"

刘瑾漫不经心道："我都不怕，你怕什么？"

焦芳劝道："周钥被杖毙闹得满城风雨，西市的商家已经打算联手罢市。旧火未灭，就不要再节外生枝了！"

刘瑾慢条斯理道："焦大人，皇上对御道投疏之事很不满，咱家是奉旨查案，什么雨呀火呀的？"

"好好好，先不说这件事。整理军屯，万万不可！"

"不整理军屯哪来的钱？没有钱，皇上想做的事儿一件也做不了！"

"那也不能饮鸩止渴！地方军头都不是省油的灯，抓两个吃空饷的办了，更多的会销毁账册，串供造假，逼急了甚至暗中煽动军队哗变。真到了那时，一切都晚了！"

与张忠对视了一眼后，刘瑾道："案牍劳形，焦大人是不是累了？不如将养一阵？"

焦芳愕然无语……

贵州龙冈山。

一众夷人在何陋轩中席地而坐，全神贯注。远处的墙上贴着张大纸，上书"质胜文则野，文胜质则史。文质彬彬，然后君子"。王阳明就着这句话口若悬河地讲解，众人专心致志，唯独王畿哈欠连天。

下学了。王阳明正在收拾东西，发现夷人聚集在门口，围观着什么。他走了出去，发现一张竖条木匾挂在门旁，写着"龙冈书院"四个大字。

王阳明左右瞧了瞧，发现王畿和冀元亨站在远处，冲他坏笑。他想将木匾取下来，被盖罗娇拦住。她笑着摇了摇头，众夷人也都向王阳明投去期许的目光。

王阳明犹豫片刻，还是一把摘了木匾，扔到远处。

众人面面相觑。

"这里不是书院，我说的每一句话都可能是错的。"王阳明扬长而去，王畿和冀元亨对视一眼，跟了上去，只留下错愕不已的夷人。

古伦德道："寨主，这……"

盖罗娇凝思片刻，低声道："老古，你带人去贵阳买些书。"

京城，淳安公主府门前，一衣着华丽、体态雍容的女子下轿入府，正是明英宗朱祁镇之女淳安公主。

在两个婢女的伴随下，公主穿过厅廊，下人纷纷避让行礼。来到卧室外，只见房门紧闭，公主问道："驸马呢？"

门口的婢女小声道："还没起。"

"都什么时辰了？衙门还去不去？"公主一把推开房门，只见一男子躺在床上，盯着天花板发呆，却是驸马蔡震。

蔡震翻着白眼道："我去了也是摆设。再说，眼下人心都散了，哪个不在混日子？"

公主怒道："自己不争气，到哪都是摆设。这个通政司参议要再当不好，你就是废人一个！"她走到窗边，把窗户支起来，发现院子里的下人个个慵懒涣散，忍不住骂道："大热天窗户也不开，都干什么吃的？！"

下人们立刻行动起来，去开各个房间的窗户。

蔡震被窗外射进来的光刺得睁不开眼，恼恨道："我还在府哪，你们这帮欺软怕硬的势力小人！"

公主斥道："你闭嘴，废物点心！"

三个婢女窃笑。

蔡震扔枕头道："笑什么笑？都给我滚！"

家里待不下去了，蔡震出门闲逛，路过天外天时，打着哈欠进入。

他想开个包间自斟自饮，却在二楼的一个包厢发现喝闷酒的焦芳。蔡震眼珠一转，走了进去，佯惊道："这不是焦阁老吗？难得在这遇见您。"

焦芳抬头，道："驸马爷？请坐。"

蔡震落座，焦芳一边给他倒酒，一边醉醺醺道："马上就没有焦阁老啦。"

"怎么讲？"

"我已上表请辞。"

蔡震不解道："焦阁老如日中天，为何急流勇退？"

"如日中天？呵呵。日中则昃，月满则亏，驸马可知道做官最重要的是什么？"

"掌权呗。"

焦芳大摇其头。

蔡震好奇道："那是什么？"

焦芳道："知进退。"

"知进退？"

"为官有三思，思危、思退、思变。多少人知进而不知退，一味窃弄权柄，等有朝一日下了狱，方才悔不当初，这就是进退失据，不懂得用行舍藏的道理。"

蔡震点头道："原来如此。道不行，乘桴浮于海。焦大人进退自如，本宫也要去云游四海，方不负这大好光阴。来，敬您。"

两人碰杯。

王阳明坐在龙冈山顶的一块大石上，面向北方，凝神思索。忽然，夷人们人手一本书，围了过来，争先恐后地问问题。

"先生，理和气到底什么关系？"

"还有人心与道心。"

王阳明大吃一惊，古伦德端着一个木盘走近，热情道："来来来，新鲜的野刺梨汁。"

众夷人转身，一人取了一杯。盖罗娇站在何陋轩外，笑吟吟地看着向他眨眼的古伦德。

正在这时，身穿红蓝相间的捕快服的梁万伦带着他的两个镖师和一群衙役走来，梁万伦大声道："王阳明！"

古伦德警戒道："梁万伦？"

众人一愣，转头望去，盖罗娇取出金蛇鞭，道："梁万伦，你又皮痒了吗？"

"啧啧啧，俏美人，你最好放尊重点，爷爷我现在在衙门里当差。"说着，梁万伦扯了扯自己的衣襟。

古伦德厉声道："你想干什么？"

"拆了这座书院。"

"这不是书院！"

梁万伦接过下属递来的木匾，指着"龙冈书院"四个字道："当爷爷跟你一样，不识字儿吗？"

古伦德色变。王阳明起身，镇静地看着梁万伦，道："你想怎么样？"

梁万伦小人得志道："抚台大人有令，本省书院必须在学道衙门登记造册。未经允许，不得开办。"

王阳明笑道："你随便拿块木板，就说这里是书院，恐怕不妥吧？"

"少装蒜！"梁万伦对众衙役道，"给我拆！"

盖罗娇扬鞭道："你敢！"

梁万伦发狠道："拆！"

众衙役得令，朝何陋轩冲去。盖罗娇挥鞭，古伦德带众夷人上前，与梁万伦等打作一团。

梁万伦被盖罗娇打倒在地，众衙役也因寡不敌众且战且退。梁万伦带着哭腔道："还有没有王法了？有种你们别走，在这等着！"

王阳明走到梁万伦跟前，蹲下俯视道："冤有头，债有主。是男人你就冲我来，我在这等着。"

梁万伦恨声道："好，咱们走着瞧！"

夜里，梁万伦带着两个镖师回到贵州巡抚衙门，跪在巡抚陆完脚下，捂着脸痛哭不止。

陆完不耐烦道："这点事都办不好，要你什么用？"

陆完的幕僚赵日天站在一旁，轻蔑地看着梁万伦。

梁万伦挑唆道："大人有所不知，王阳明跟夷人勾结在一起，几十个打我们十个。我，我都被他破相了我——"言毕，又是一阵呜咽。

陆完挥手道："去去去！"

梁万伦退下，赵日天不解道："大人，王阳明已被世人遗忘，捏死他比踩死一只蚂蚁还容易，何必派这些靠不住的人，耽误工夫？"

陆完道："你以为我吃饱了撑的？刘公公盼他死，弄死了王阳明咱们就是刘公公的人了。"

"那为何不下手？"

陆完起身道："唉，这王阳明也不知使了什么妖术，蛊惑了水西土司安贵荣。安贵荣放话说'谁敢动王先生，就是与安某为敌'。我倒不是怕安贵荣，只是涉及汉夷两族，有些事很棘手，不宜挑明，只能暗中去做。"

赵日天眼珠一转，道："大人，硬的不行有软的，武的不行有文的。他王阳明不是给夷人讲学吗，咱们可以……”凑近耳语。

时当正午，何陋轩的厅中挂着一张白纸，上书“立志、勤学、改过、责善”八个大字。王阳明看了看满满当当一屋子的夷人，道：“有人问我，汉人说的修身，到底修什么？修它——”指着白纸道：“立志、勤学、改过、责善。”

一个五十岁上下，体态微胖的男子骑马来到驿站。将马拴好后，他走到何陋轩外，向内打望。

“立志乃头等大事。志不立，天下无可成之事，虽百工技艺，未有不本于志者。立志而圣，则圣矣；立志而贤，则贤矣。志不立，如无舵之舟，无衔之马，终将一无所获。”言讫，王阳明坐下。

微胖男子鼓掌，众人转身，只见他道：“好！先生可否讲一讲‘朱陆异同’？”

王阳明见来者不善，言辞挑衅，微微一笑道：“阁下是？”

“鄙人元山，在贵阳开了个塾馆，教几个学生。听说先生从北京下来，特来求教。”

王阳明不动声色道：“哦？那么，你怎么看？”

元山得意一笑，道：“朱熹向经书和万事万物求取天理，而后实行；陆九渊通过静坐体认天理，而后实行。得到天理的方式虽不同，可二者都认为‘知行’有先后，先知后行。”

王阳明缓缓起身，走到元山面前，示意他坐。元山在蒲团上坐下，发现身前的几案上有一壶一碗。王阳明提起茶壶，替他沏茶。水汽弥漫，茶碗很快就满了。可王阳明视而不见，继续倒水。水溢得满桌都是，元山惊惶跳开。

众人无不惊奇。

元山气急败坏道：“你……”

王阳明徐徐道：“你的心里装满了对朱熹和陆九渊的看法，却来问我二者的异同。”他手一摊，指向茶碗，道：“空碗才能装水。”

王阳明背着手离开，元山尴尬不已……

夜里，借着何陋轩门口火把的光亮，王阳明用木棍在地上写着什么。元山从一棵栎树后面闪了出来，走上前去。

站定后，元山念地上的字：“五经臆说？”

王阳明抬头，神情淡漠道：“你还没走？”

“茶碗还没放空。”

“为何不放空？”

“一些事，一些人，始终放不下。”

王阳明不语，转身进轩。元山一愣，跟了上去。王阳明走到案几前，拿起茶碗，转身塞到尾随而至的元山手中。

元山不明所以，王阳明提起茶壶倒水。水温很高，元山被烫得痛苦不堪。终于，他把持不住，茶碗掉在了地上，摔得粉碎。

王阳明道："世上没有什么事是放不下的。痛了，自然会放下。"

元山不满道："王阳明，你是不是以为自己无所不知？哼，就算你以前威风八面，现在待在这穷山沟里，也就能教夷人认认字儿。"

王阳明不以为意地坐下，沏了两碗茶，缓缓道："我只道席大人会对'五经臆说'四个字感兴趣，没想到——"

元山惊讶道："你说什么？"

王阳明起身做了个长揖，道："龙场驿丞王阳明，参见学道大人。"

元山涨红了脸道："你怎么知道我是席书？"又转念一想，拂袖道："算了算了！你说吧，什么叫'五经臆说'？"

王阳明恭敬道："是。下官在龙场无书可读，闲时无聊便回忆五经，凭直觉将其大意默写下来。前几日夷人到贵阳买了批书回来，我仔细一看，竟大致不差。"

席书冷笑道："你想说什么？自己过目不忘？"

王阳明摇头道："我想说，知和行是一件事，是一枚铜钱的两面，须臾不可离。"

席书疑惑道："知是知，行是行，怎么会是一件事？"

"那请问席大人刚才为何摔了茶碗？"

"因为烫手啊！"

"对啊，就像人见美女，忍不住多看两眼；入鲍鱼之肆，掩嘴皱眉——都是情不自禁的举动，席大人也没有说要考虑考虑，再决定撒不撒手吧？除非有人事先告诉你这茶碗价值连城。"

席书陷入沉思。

王阳明续道："一念发动，便是行。如水之就下，不容间断。没有人说美色当前，容我想一想，要不要心生欢喜；也没有人说恶臭扑鼻，我先考虑考虑，再决定该不该心生厌恶。知之真切笃实处即是行，行之明觉精察处即是知。"

席书思忖片刻，激动道："告辞！"拱手离去。

王阳明望着他的背影，若有所思……

翌日，夷人们在何陋轩外伐树，王阳明坐在不远处的一棵栎树下读书。一个夷人端着一托盘米酒招呼众人去喝。见众夷人远去，躲在暗处的梁万伦带着他的两个镖师蹑手蹑脚地走到那棵锯了一半、摇摇欲坠的大树旁。

梁万伦阴毒地看了看王阳明，给镖师使眼色。两个镖师拉起锯子，三人合力将树往王阳明的方向推去。眼看就要砸中，一声断喝打破了宁静："小心！"

王阳明抬头，只见席书扑了过来，二人滚到一边。梁万伦变色，同手下快快离开。大树砸中栎树，尘烟弥漫。众夷人闻声赶来，七手八脚地扶起王阳明。

放眼望去，只见远处的树丛里人影绰绰。顾不得多想，王阳明转身去扶席书，道："席大人？"

席书起身拍灰道："我没事。"

一个夷人愧疚道："先生，我们……"

王阳明摆摆手，道："你们去忙吧。"

夷人散去。

王阳明抱拳道："多谢席大人。"

席书兴奋道："王阳明，我大概理解为何你认为知与行是同一件事了。"

王阳明饶有兴致地看着他。

席书续道："因为知道做不到，等于不知道！经商的偷奸耍滑，做官的徇私枉法。人前一套，人后一套。这样的人，多如过江之鲫。"

王阳明踱步到附近的一块巨石旁，邀请席书坐下，道："由于知和行割裂成了两件事，所以我经常见到两种人。"

席书洗耳恭听。

"一种皓首穷经，讲习讨论，想等到知得真切了方才去行，殊不知扯来扯去，支离破碎，不过是一场场闲话而已，最后终身不行；还有一种，随波逐流，茫然去行，根本不知道自己想要什么。遇挫也不反思初心，还以为行得不够，行得不好。"

席书想了想，道："知行为什么会割裂？"

王阳明眺望山下，道："私欲。"

"私欲？"

"因为恐惧，不敢去行；因为杂念，行差踏错，忘记了为什么出发。这些都是私欲。"王阳明转身，道："私欲过盛，便无浩然之气，临事瞻前顾后，畏首畏尾，终究难成大事。"

席书大悟。

王阳明续道："席大人方才从看见树倒到推开下官，一气呵成。但凡中途有丝毫转念，我早就一命呜呼喽！这就叫作'知行合一'。"

席书震撼道："知行合一？知行合一。知行合一！哈哈哈哈，好你个王阳明！果然与众不同！"

王阳明朗声道："知行不一，皆是私欲作祟；知行合一，凡事无往不利。"

席书望向不远处，只见众夷人把那棵没砸中王阳明的树七手八脚地运走了。他犹豫片刻，敛容正色道："王阳明，有人想害你，你可知道？"

王阳明猜测道："贵州巡抚陆完？"

席书点头道："他派我过来，名为求教，实则收集你的把柄，好治你的罪。"

"你打算怎么做？"

席书走到悬崖边，凝神良久，道："眼下群奸在朝，海内私欲横行，正需要你这样的有识之士启发群氓。"

王阳明摇头道："我一介驿丞，不想启发谁，也启发不了谁。"

席书转身道："贵阳书院目前由我主持，我给你开个讲坛怎么样？"

“公务在身，颇多不便，还是不劳大人费心了。”

“难道你忍心看士子们埋头于青灯黄卷，学者们沉溺于辞章记诵，不复有身心之学？”

此情此景，让王阳明陷入了回忆。

泰山之巅，湛若水对王阳明说：“官场是个烂泥潭，身在其中，百忧感其心，万事劳其形，岂非自讨苦吃？我倒是觉得，王兄把大才浪费在无涯的宦海之中，可惜了，不如执掌白沙书院，与我共倡陆学！”

思绪回到现实，王阳明道：“下官是得罪过阉党的人，还是不要连累席大人了。”

席书微愠道：“王阳明，你以为就你一个人受委屈吗？几年前，云南地震，死伤无数，我因上疏直陈时弊，被贬到贵州。可我没有放弃，一直在寻找机会出头。宦海沉浮，不都是这么过来的吗？”

王阳明指了指那棵被砸倒的栎树，道：“席大人可知那是什么树？”

席书看了看，道：“栎树？”

王阳明点头道：“这附近的树都被砍光了，唯余这几棵栎树。皆因栎树无法取材，做船船沉，做棺棺朽。然而无用竟成了大用，使其长生不死，枝繁叶茂。”

席书大笑道：“你要跟我打机锋？好啊！鄙人曾经养过两只鹅，一只会叫，一只不叫。有一年过节，后厨问我杀哪只？我说杀不叫的，叫的留着还能报晓。你看，谁说无用的一定能笑到最后？这人哪，还得介于材与不材之间。”

冀元亨和王畿快步走来。

“你考虑好了，就来贵阳找我吧。”席书拱手离开。

冀元亨担忧道：“师父！你没事吧？”

王阳明看着席书的背影道：“没事。”

王畿顺着王阳明的目光，道：“那人到底是谁？”

“贵州学道。”

“啊？他来这做什么？不会是想查封……”

“请为师去贵阳书院讲学。”

王畿兴奋不已道：“好啊好啊！你答应他了吗？”

王阳明摇头，王畿失落。

冀元亨道：“你就想离开龙场！”

王畿道：“说得好像你不想似的。”

冀元亨道：“我无所谓，师父去哪我去哪。”

王阳明默默离开。

“师父！”王畿追了上去……

月色下的夷寨，箭楼上巡逻的狼兵发现黑暗处有动静。

“什么人！”

动静消失，狼兵放松警惕……

林子里。梁万伦和两个镖师鬼鬼祟祟地望着夷寨的一角，只见火光闪耀。

镖师甲疑虑道："老大，咱们擅自行动，上面知道了会不高兴的吧？"

梁万伦训斥道："你懂个屁！上面要的是结果。"

镖师乙心里没底道："那也是把王阳明给结果了呀，烧夷寨做什么？"

梁万伦道："他身边围着那么多人，怎么结果？"

镖师甲大悟道："我懂了。得让夷人把注意力都转移回寨子里。"

梁万伦道："孺子可教。"

火势渐猛，夷寨乱作一团……

晨曦初露，夷寨一片狼藉。

两间木屋被焚毁，地上摆着两具尸体，却是符股和宁珂。盖罗娇、古伦德、王阳明、冀元亨、王畿和众夷人围了一圈，神情肃穆。

古伦德猜测道："会不会是惹巴冲——"

"不是。是冲我来的。"王阳明痛苦地闭上双眼，半晌方才睁开道："龙溪、惟乾。"

二人齐声道："师父。"

王阳明道："跟我去贵阳。"

盖罗娇担忧道："陆完想害你，这么做不是自投罗网吗？"

王阳明解释道："与其待在龙场牵连无辜，不如到贵阳书院造些声势。这样，陆完势必会有所顾忌。"

盖罗娇想了想，道："老古，你带人暗中护卫。"

"不必。最危险的地方反倒最安全，若是你们去了，性质就变了。"

盖罗娇忧心忡忡，道："棠棣。"

"寨主。"

"准备盘缠。"

"是。"

两日后，王阳明来到贵阳书院。席书身着四品官服，立于阶下等候。王阳明不待走近，便即下马，席书赶忙迎了上去。

王阳明拱手道："席大人。"

席书做了个邀请的手势，道："快快有请，士子们都在里面等着呢。"

王阳明随他进入，冀元亨与王畿也跟了上去，只见迎面一堵照壁，上书"恭敬整肃"四个大字。

步入文会堂后，但见一百来人席地而坐，看着王阳明在席书的引导下走到堂中的孔子画像前。

席书朗声道："大家久等了。阳明先生乃名门之后，更是丘浚丘大师的高足。

今日莅临我院，实属难能可贵。在座都是我贵州学子里的精英，难免棱角分明。但今日，你们最好放下胸中成见，听一听阳明先生的新见。”

席书避让，示意王阳明可以开讲了。王阳明环视众人，默默地拿起面前案几上的毛笔，转身走到孔子画像前。他凝神看了看，竟在画上画了起来。

众人面面相觑，席书震惊不已。

王阳明画得很认真，时不时停笔想一想。一名叫聂豹的士子忍无可忍，霍然起身，道：“我等恭候多时，没想到等来一个亵渎圣人的狂徒！”

席书尴尬，王阳明并不停笔，缓缓道：“圣人在哪？”

聂豹道：“在画上。”

王阳明转身，搁笔挪开。众人这才发现，孔子被他修改成了老子的模样。

聂豹急道：“你，你竟敢玷污万世师表的孔夫子！”

王阳明平静道：“你见过孔夫子？”

聂豹一愣。

王阳明又道：“你们见过？”

无人应答。

王阳明道：“画师也没见过，又凭什么说我玷污的是孔夫子？”

另一名叫薛侃的士子起身，道：“你强词夺理！”

王阳明踱步道：“强词我认，至于夺理嘛——你们当真觉得圣人在画里？”

聂豹、薛侃对视了一眼，明显不服。

王阳明道：“在书里？”

聂豹道：“那你说在哪？”

王阳明指指他的胸口，道：“在你心里。”

席书释然，众生托腮凝思。

“人人胸中都有个圣人，只因不自信，不努力，埋没了这个圣人。”言罢，王阳明忽然一指面前的某个士子，道：“你心里有个圣人！”

士子慌张起身，连道：“不敢。”

王阳明示意他坐下，笑了笑道：“众人皆有，你怎么会没有？天下事，事事都可谦虚，唯独此事不可。人人皆能成圣，也意味着人人平等。你不比别人差，也高不到哪去。所以往后读经，须以我心之理验证经书之理，不可盲从轻信。”

聂豹、薛侃沉思。

当晚，巡抚衙门里传出陆完的怒吼：“大胆席书！居然敢跟本抚对着干！”

赵日天劝道：“大人消消气，咱就让他讲，口无遮拦地讲。这跳得越高呀，摔得越惨。更何况，您手头还有张牌没打呢。”

“什么牌？”

“张彩张大人啊。他老人家管着吏部，攥着席书的乌纱帽，只要写封信敲打敲打，还怕他不从？”

陆完心下一动。

与此同时，贵阳书院，席书和王阳明坐在后院亭子里喝茶，王畿、冀元亨站在不远处。

席书赔礼道：“先生勿怪。聂豹、薛侃年少得志，未及弱冠便已中举，所以有些恃才傲物。”

王阳明笑道：“这样的好苗子，不是太多而是太少了。”

席书捋须，得意道：“呵呵。前年布政司衙门失火，亟待重修，可是取土要到城外，耗资不菲。藩台大人无计可施，发榜求策。聂豹、薛侃揭了榜，献上一策。”

王阳明兴趣盎然地看着他，席书微微一笑，起身道：“具体说来，就是挖城中的偏僻道路取土筑房。道路变成了大沟，凿通护城河引水入沟，用木筏运送建材。等房子造好，把拆卸下来的瓦砾灰土填入沟中，又恢复为街道。”

王阳明赞道：“不错，果然是经世致用之才。”

“既然先生不怪他们——”席书击掌，聂豹、薛侃入，作揖道：“先生。”

王阳明奇道：“你们？”

聂豹：“我二人尚有疑问，只是——”

王阳明道：“只是担心顶撞了我，不敢来问。”

两人不好意思地笑了笑。

王阳明道：“我说的每一句话，都未必对。为什么不试试驳倒我？”

薛侃鼓起勇气道：“好，我来说！先生认为人人心中都有个圣人，人人平等。可是，且不论我等凡夫俗子，便是拿孟子与孔子比，亦有‘圣’和‘亚圣’之分，岂能一概而论？”

王阳明道：“龙溪。”

王畿道：“师父。”

“把钱袋给我。”

“哦。”王畿递上一个钱袋。

王阳明从中取出一锭金条和一枚金叶子，放到石桌上，道：“假设金条是孔子，金叶子是孟子，请问孰重孰轻？”

聂豹道：“当然是金条重，金叶子轻。”

王阳明道：“不错。可是将二者熔为一体，得到的仍是纯金，成色不会有任何改变。”

聂豹、薛侃似有所悟。

王阳明续道：“圣人的才力的确有大小之分，就像金条和金叶子有轻重之别。可圣贤之道不在才力大小，而在纯乎天理。很多人修身的路子是从书本上钻研，从名物上考究，从形迹上模仿，岂料知识愈广而人欲愈滋，才力愈多而天理愈蔽。好比羡慕别人有万两精金，却不肯在成色上锻炼自己的金子，而把锡、铅、铜、铁都掺杂进去，妄图增加分量，谁知最后一文不值。”

聂豹道：“先生的意思是关心分量的同时更要关注纯度？”

王阳明点头。

薛侃道：“可怎么提高纯度呢？”

王阳明一字一顿道：“去私欲。”

第三十四章 运筹帷幄

邮差在贵阳书院门口下马。

书房里，席书刚刚写下“去私欲”三个字，下人便拿着封信进入，道：“老爷，吏部派人送来的。”

席书搁笔，道：“是礼部吧？”

“吏部。”

席书一愣，接信拆阅，神色大变。信纸飘落，把桌上“去私欲”三个字中的“去”字盖住了……

蔡震一身士子打扮，背着书篓走到城门下。他擦了把额上的汗，累得愁眉苦脸。抬头看了看“贵阳”二字，走进门洞……

蔡震找了家米粉店吃饭，落座道：“一碗牛肉粉。”

老板道：“好嘞！”

“掌柜的，这贵阳都有什么值得一看的景儿啊？”

“三台峰、来仙洞、狮子岩、铜鼓山。哦，对了，还有象王岭，清幽自在，号称黔南第一奇山秀水。”老板端来米粉，神秘道：“不过这看景啊不如看人，本地人最近都去一个地方。”

“哪？”

“贵阳书院。”

“看谁？”

“龙场驿丞王阳明。”

“一个驿丞有什么好看的？等等，你说他叫什么？”

“王阳明。”

“似乎在哪听过。”

“北京下来的，得罪了什么人，被贬到龙场。一开始还不敢去，我给鼓了把劲儿，才没打道回府。现在了得了，成了咱这的名家，一开讲就万人空巷。”

“哦？”

文会堂，王阳明给士子们讲课。

“学问学问，向先贤学，更要问自己。求之于心而非，虽其言出于孔子，不敢以为是；求之于心而是，虽其言出于庸常，不敢以为非。今天先到这里吧。”

众生收拾书本，纷纷往外走去。

蔡震来到贵阳书院，只见学子们鱼贯而出，有说有笑……

聂豹最后一个起身，走到门口。王阳明忽道：“薛侃怎么没来？”

聂豹转身，道：“病了。”

王阳明疑道：“好好的怎么会病了？”

聂豹迟疑片刻，道：“他家贫寒，父亲常年卧病在床。他又是个孝子，日夜苦读，只盼有朝一日能考上进士，谋个一官半职养活父母。为了省钱，薛侃经常饥一顿饱一顿，身子自然就垮了。”

王阳明皱眉道：“你先去吧。”

聂豹离去，蔡震探头探脑地出现在门口。

王阳明道：“你找哪位？”

蔡震进入，问道：“你就是王阳明？”

“你是？”

“我姓秤。”

“姓秤？”

“对，专称天下学者轻重。你敢让我称称吗？”

王阳明微微一笑，道：“好啊，但请阁下先回答一个问题。”

蔡震道：“请讲。”

王阳明气沉丹田，猛然大喝了一声，把蔡震吓得一屁股坐在了地上。

“敢问秤先生，这一声断喝有多重？”

蔡震坐了起来，道：“失礼了。鄙人蔡雨辰，远道而来，慕名求教。”

“听口音是京师来的吧？我没什么可教你的，请回吧。”

“本宫——本公子不信！你在贵州这么出名，想必有过人之处。”

王阳明盯着蔡震，似乎识破了他的身份，道：“出名有什么大不了的？只要愿意，只要不管不顾，谁都可以出上一阵子。只是，有人出名招来了祸患，有人出名是为了避祸，在下碰巧属于后者罢了。殿下。”

蔡震紧张道：“你说什么？”

“淳安公主的夫婿，论辈分当今皇上见了也要叫一声‘姑老爷’。”王阳明起身作揖，道：“下官见过驸马。”

蔡震尴尬道：“被你看穿了……”

王阳明微笑坐下。

“本宫在京城憋得慌，到处走走，看一看名山大川，寻一寻先贤之道。”

“可曾寻到？”

“嗯。内圣外王！”

“殿下以为，什么是内圣外王？”

“以圣学治天下，建功立业。”

王阳明一言不发。

蔡震有点慌乱道：“先生以为呢？”

王阳明悠悠道：“坐忘。”

“坐忘？”

“我给你讲个故事吧。”

蔡震点头。

王阳明起身踱步道：“有一次，颜回向孔子汇报说，我进步了。孔子问他怎么个进步法，颜回说我忘掉了仁义，没有是非观念了。孔子说，不错，但还不够；过了几天，颜回又来见孔子，汇报说我进步了。孔子又问他怎么回事，颜回说，我忘掉了礼乐，没有什么规范了。孔子说，很好，但还是不够。”

王阳明转身，只见蔡震一脸困惑。

“当然，还有第三回。这一次，颜回告诉孔子，说他进步了，因为他坐忘了。孔子惊讶地问他什么是坐忘，颜回说，忘记自己的容貌、才智和身份，通达于大道，就是坐忘。孔子很高兴，说你已经进入化境，不会去分别好坏，执着恒常，成为一个大贤了。”

蔡震若有所思。

王阳明继续道：“通往外王的路，往往是私欲最少的那条。不以物喜，不以己悲。如果你被‘成王’的欲望操控，患得患失，焦虑不安，就很难活在当下，走好每一步。”

蔡震喃喃道：“我就是太在意别人怎么看我。”

“人人都渴望他人的尊重，但有人把赢得外界的尊重置于至高无上的地位，反而难以获得尊重。只有当你真正放下了‘被人尊重’的欲望，埋头做事，日积月累，才可能慢慢得到尊重。而真到了那时，其实你已经不在乎所谓的‘尊重’了，因为你意识到它只是一种虚无缥缈的感受，生命中有太多的事比它更真切、更宝贵。”

蔡震受到启发，想起当年新婚之夜的情景……

洞房里，妆奁陪嫁贵气十足，蔡震拿起桌上的秤杆，挑开坐在床边的新娘子的盖头。他坐了下来，呆呆地望着淳安公主，道：“那么多世家子弟，为何偏偏是我？”

公主羞涩道：“因为洒脱。”

“洒脱？”

“你能坦然面对得失成败，不纠缠结果。可他们，无论伪装如何巧妙，都因不敢面对真我，被自尊控制得死死的，一有风吹草动便露出破绽，还不自知……”

思绪回到现实，蔡震激动道：“我懂了！与其相信外在的大道理，不如相信自己的直觉！”

王阳明点头道：“很多时候事不能成，不是因为人不懂得如何思考，而是因为不懂得如何停止思考。所以杜甫才说，文章本天成，妙手偶得之。”

蔡震感慨道：“醍醐灌顶啊！要是早些遇见先生，本宫也不至于虚度了年华！”

王阳明道：“汉高祖年届五十方才起兵，苏老泉天命之年还未入仕。岁数不重要，锲而不舍，金石可镂；功不唐捐，玉汝于成。”

蔡震想了想，道：“焦芳也算大器晚成吧？年逾古稀才入阁。”

王阳明警觉道：“殿下为何提起此人？”

“他致仕了。离京前我恰好遇见他。”

“哦？”

“走了也好，堂堂宰辅，饱学之士，竟然因为私人恩怨，搞出一篇《南人不可为相图》，排挤南方籍的官员。”

王阳明摇头道：“学如焦芳，不如童子之不虑不学。”

蔡震道：“不过他说做官的最高境界是‘知进退’，好像有那么几分道理。”

王阳明不以为然道：“这是在混淆是非，不知道做官究竟为了什么。居庙堂之高，则忧其民；处江湖之远，则忧其君。苟利天下，生死以之。这才是做官的最高境界。”

蔡震道：“还是先生看得远。焦芳去职，大快人心。阉党覆灭，相信指日可待。”

王阳明微微一笑，道：“阉党能不能倒台，不在于焦芳，而在另一个人。”

蔡震好奇道：“谁？”

刘瑾步入乾清宫，但见朱厚照坐在龙椅上，殿中只站着一个脸色铁青的张永，不禁愣了愣，道：“皇上。”

朱厚照开门见山道：“张永说有人矫诏害他，你知道吗？”

刘瑾故作惊讶道：“没听说呀！张公公是司礼监秉笔，人缘好，里里外外都喜欢。谁要害他？谁敢害他？”

张永愤愤不平道：“对！我是秉笔，你是掌印。内廷之中除了你，谁还敢干这欺上瞒下，翻云覆雨的事？”

刘瑾不满道：“你说什么？”

朱厚照道：“宫里有人传，说你请了圣旨，要罚张永到南京充净军。”

刘瑾佯装惊恐：“冤枉啊皇上，借奴才一百个胆子，也不敢矫旨啊！”

张永冷笑道：“你不敢？你不敢去年杨廷和被谁摆了一道？”

刘瑾委屈道：“求皇上下旨让东厂彻查，还奴才一个清白！”

张永当即道：“东厂提督张忠是你的人，能查出什么来？”

“张永！东厂是朝廷的，你我都是皇上的，什么叫我的人？”

“你他娘的再给我装蒜！”

“大胆！你敢在皇上面前口出秽言？”

张永忍无可忍，一拳打在刘瑾脸上。刘瑾还没反应过来，又被张永揪翻在地，乱拳雨点般砸了下来。

刘瑾反击，两人疯狂扭打。

朱厚照双手交叉抱住后脑勺，靠在椅背上饶有兴致地观看。殿门口的两个小宦官面面相觑，谁也不敢上去劝架。

谷大用入内，见这阵仗，傻眼了。

朱厚照制止道："够了！"

刘瑾和张永没听见似的，死死地拽着对方。谷大用给那两个小宦官使了个眼色，三人一起，费了吃奶的劲才把这两个打得一塌糊涂的老太监拉扯开。

朱厚照一副过来人的口吻，道："加起来一百多岁了，瞎折腾什么？"

刘瑾和张永怒目而视。

朱厚照继续道："刘瑾，你到底有没有害张永？"

刘瑾捂着脸道："没有。皇上不信可以去查。"

朱厚照想了想，道："看来是场误会。"对小宦官道："取酒来！"

小宦官转身进入暖阁，朱厚照走过来扶起二人，道："一会儿把酒喝了，冰释前嫌。谁还不肯罢休，朕决不轻饶！"

小宦官端着托盘过来，朱厚照倒了两杯酒，递给二人，道："干了！"

刘瑾与张永不情不愿地碰杯，各自一饮而尽。

朱厚照高兴道："哈哈哈哈！谷大用，什么事？"

谷大用严肃道："回陛下，西北有变。"

贵阳书院，王阳明在床上打坐，敲门声响起。

王阳明睁眼道："请进。"

门被推开，却是蔡震。

蔡震道："先生。"

王阳明起身道："殿下是来辞行的吧？"

"嗯，明日启程。先生说倒刘的关键在张永。本宫细思，想起几年前公主提过一句，说刘瑾抢了张永的对食。"

王阳明打趣道："想不到还有夺爱之恨。"

蔡震钦佩道："先生远在千里之外，对朝局却看得如此通透，想来也是无欲则静，静久则明的结果。本宫茅塞顿开，想回京做些有益之事了。"

"殿下打算做什么？"

"倒刘。"

王阳明微笑道："刘瑾树大根深。"

蔡震无畏道："事在人为。"

"恐怕时机未到。"

"做起来就有机会。"

王阳明望着蔡震，只见他目光笃定，于是道："明日我给殿下一封信。"

"先生是要我转交给京城的什么人吗？"

王阳明望着门外，道：“兵部侍郎王琼。”

别过蔡震，王阳明来到一条陋巷，看见四个男孩儿正在踢毽子。其中一个为了接住毽子，与路过的王阳明撞了个满怀。

王阳明扶住他，捏了捏其脑袋上的羊角发髻，笑道：“知道薛侃家怎么走吗？”

男孩儿指路道：“左拐第三户便是。”

王阳明来到一个萧索的小院前，只见破败的木门虚掩着，里面传出剧烈的咳嗽声……

薛侃倚在床头，手里拿着本《文章轨范》，止不住地咳。

门“吱呀”一声开了，薛侃惊讶抬头，只见王阳明跨了进来，赶紧放下书，准备下床：“先生。”

王阳明上前摁住了他，道：“坐着说吧。”

薛侃指了指床头的凳子，道：“失礼了。先生请坐。”

王阳明落座，道：“双亲呢？”

“我娘陪我爹出去走走，顺便替我抓服药。”

“你呀你，虽志在孝亲，可已经陷入不孝了！”

薛侃疑惑地望着王阳明。

王阳明道：“想做官挣钱，赡养父母，这没有错。可你现在这个样子，能考上吗？”

薛侃暗自神伤。

王阳明继续道：“搞垮了身体却没谋到一官半职，反而要父母来照顾你。这不是大不孝吗？”

“那先生以为该当如何？”

王阳明起身道：“世间父母，大多希望儿女平安，锦衣玉食倒在其次。所以将心比心，真正的孝就是让父母心安。为了不让他们担心，做子女的有时候甚至不得不编一些善意的谎言。”

薛侃默然，王阳明摸出一个钱袋，放在床头，道：“好好养病。”

薛侃交还钱袋，道：“使不得啊先生！”

王阳明笑道：“这么快就忘了？赶紧好起来，让他们身心俱安。”

薛侃感动道：“多谢先生！”

席书出现在门外，看见这一幕，五味杂陈，默默离去……

夜色朦胧。

书院后院的角落里放着一张灵位，牌前的地面上画着一个圆圈，王阳明在给郑青莲烧纸。

王畿的声音传来：“师父。”

王阳明并未转身，道："惟乾呢？"

王畿道："席大人找他有点事。"

王阳明一愣，望着火光出神，道："娘走了整整一年了。也不知徐爱怎么样？当初不该冲他发火。"

徐爱的声音从背后传来："师父……"

王阳明一惊，起立转身，只见徐爱正嘴角抽搐地看着自己。他指了徐爱两下，再照着其胸口打了一拳。徐爱"哎哟"一声，退后两步。王阳明忍俊不禁，徐爱也笑了起来。

王阳明道："神出鬼没的家伙！"

"那日龙场一别，我回到京城。可是心一直安定不下来，所以——"徐爱刚说了两句，肚子便"咕咕咕"地叫了起来。

王阳明笑道："所以让龙溪先带你吃点东西。"

徐爱赶紧道："不不不，我不饿，只是有一肚子的问题想请教。"

王畿一脸厌学的神色，道："等等！我先退下。"

徐爱道："师弟——"

王阳明笑道："让他去吧。"

徐爱请教道："我听龙溪说，心外无物，心外无理，一切道理都只从心上去求。"

"亏他还记得两句。"

"可是这样恐怕不能穷尽所有的事理吧？比如事父之孝道、交友之信义、治民之仁爱，还是要向外学习和求索呀？"

王阳明看看地上的牌位，道："如果孝道在父母身上，那父母去世了，是不是就再也不懂得什么是孝了？"

徐爱一愣。

王阳明续道："孔子之前，即有孝子。孔子的出现，只是将这种普遍的情感命名为'孝'。有人向外求取孝道，以为孝就是让父母老有所养，殊不知犬马皆能有养。《二十四孝》里种种荒诞不经的记载，更是把'孝'变成了违背情理的表演，这都是因为不明白'有此心即有此理，无此心则无此理'。"

"虽如此，可是孝敬老人不是还有许多晨昏定省的细节要讲究琢磨吗？"

"那些都是枝叶，根子还在诚孝之心上。有了根，才有枝繁叶茂的可能。有了孝心，自然清楚冬天给父母添衣，夏天替父母摇扇。所以《礼记》说，孝子之有深爱者，必有和气；有和气者，必有愉色；有愉色者，必有婉容。深爱做根，再愚笨的人，不用教也知孝。"

徐爱沉思。

王阳明望着月亮，道："人人自有定盘针，万化根源总在心。却笑从前颠倒见，枝枝叶叶外头寻。"

徐爱喃喃道："枝枝叶叶外头寻？原来如此！我心即是天理，用在事父上就是孝，用在交友上就是信，用在治理百姓上就是仁！”

话音刚落，八个膀大腰圆的壮汉冲了进来，席书随之而入。王畿和冀元亨双手反绑，口塞破布，也被押入。

徐爱大惊，王阳明却像是早有思想准备一般，冲徐爱道：“你待在这，不要动。”言罢，沉着地往书房走去。

席书跟了上去，进到书房里，关门后扔给王阳明一个绳结，道：“你自己来吧。”

王阳明盯着席书，道：“陆完又逼你了？”

席书言不由衷道：“没人逼我！从头到尾都是圈套，把你从夷人身边调开，方便下手！”

王阳明笑了笑，道：“席大人的反应告诉我，我猜得八九不离十。”

席书的脸上掠过一丝慌乱。

王阳明正色道：“让我死个明白吧，你也求个心安，免得我做了鬼再来烦你。”

席书沉默良久，道：“吏部尚书张彩，不容你。”

王阳明打趣道：“席大人也加入阉党了？”

“我岂会加入阉党？”席书恼恨道，“他手上有我把柄。”

“席大人清名在外，也会授人以柄？”

席书陷入痛苦的回忆，道：“十年前，我在户部当郎中。为了一个女人，贪了一大笔银子。此事只有一两个至交知晓，替我掩盖了过去，成为悬案，没想到现在让张彩翻了出来。”席书顿了顿，苦笑道：“更可笑的是，那个女人挥霍完了钱，见我被贬官，跟了京城的一个富商，远走高飞。”

王阳明皱眉道：“怪不得你一直独身，原来有这等隐情。”

席书叹了口气，道：“王阳明，你说的每一句话我都认同，可是有什么用呢？三十岁后，那些圣贤经典上的漂亮句子，我是想信也信不起来了。这世界如此坚硬，就像女人的欲望一样深不可测，不是你我所能改变的！”

王阳明缓缓坐下，席书这才发现桌上有一篇写了一半的文章，不禁道：“你不怕死吗？”

“席大人来之前，在下在给先母烧纸。”

席书一愣。

王阳明续道：“下去与她团聚，也没什么不好。我还在襁褓中时，有一回差点被野猪给吃了。要不是她以命相搏，今日就不劳席大人动手了。”

席书凝神思索。

“天底下最自私的是女人，她可以掏空男人的一切；天底下最无私的也是女人，她可以为了孩子奋不顾身。人心何其复杂，又何等简单。就像席大人可以在龙场救我一命，也可以在贵阳取我性命。”

席书一狠心，道：“王阳明，我不杀你，张彩便会置我于死地。不要怪我，有什么遗言你就写下来吧！”

王阳明看了眼席书，只见他躲闪自己的目光，于是提笔，边写边道：“席大人不必自责。对任何良心未泯之人而言，这都是一个艰难的选择。”

席书好奇道：“你当真不怕？”

王阳明停笔，道：“怕。可是没用啊！年轻时总以为眼前遇到的困难就是绝境，后来发现，人生其实是一场连着一场的绝望。直到死的那一天，最大的痛楚终于降临，一切戛然而止。”

“我还以为你从不说丧气话。”

“人之将死，其言也善。当我看明白了人这辈子从头到尾都没有‘容易’二字后，反倒不再悔恨过去、忧虑将来了，因为毫无意义，不如专注于事。席大人，我有一个遗愿。”

“你说。”

“让我写完这篇文字。”

席书上前两步看了看，震撼不已道：“这是——这是弹劾刘瑾的奏疏？！”

王阳明起身，道：“京师有贵人云游至此，我愿再做一次尝试。”

“看不到结果的事，尝试它又有何意义？”

“不管它能不能成，只要把心思都用到做正确的事上，就不会烦恼、抱怨甚至恐惧死亡了。”

“这就是你说的知行合一？”

王阳明颔首……

院中，王畿和冀元亨焦虑对视，徐爱一脸担忧地望着书房……

王阳明写完最后一个字，满意地看了看，搁笔。

席书心潮起伏：“杀了他，我和阉党又有什么区别？王阳明的死，会不会和她一样，成为我余生的心结？”

王阳明起身，整理好衣冠，看着席书，道：“席大人？”

席书回过神来，道：“王阳明，最后一个问题。”

“请讲。”

“经历了那么多黑暗，为什么你依然可以选择相信光明？还是说，迄今为止，你一直在装！”

王阳明一愣，大笑起来，继而敛容道：“因为相信黑暗很痛苦啊！”

席书触动。

王阳明续道：“人生之初，无善无恶。善恶都是习得的，在一次次的选择中，一方面塑造了自身，一方面形成了自己所处的那个世界。”

“你的意思是，什么样的人，活在什么样的世界里？”

“不错。善良的人、利他的人，世界自会对他好一点；恶毒的人、自私的人，人生多半不顺畅。心里怎么想的，就决定了走什么样的路。强烈的意念，最终都会呈现出来。正所谓‘心不唤物，物不至’。”

“这么说，你是认为善比恶对人更有用？”

王阳明微微一笑，摇了摇头道：“没有用。”

“哦？”

“在这个冷漠的世界上，恶无处不在，从生到死，始终包围着我们。善有时候很无力，根本算不上一种挑战或者回应，但它却是人自身独立的一种证明，是对悲凉而荒诞的命运所做出的反驳。”

席书深思良久，最后推门而出，环视了众人一眼，道：“放人。”

徐爱、王畿、冀元亨惊喜，王阳明缓缓走出……

宁夏府。

士兵们举着火把，聚在城墙下。一身着正四品官服，披头散发的官员被两个刀斧手拖上高台，惊恐万状。

一个武将走了上去，环视众人，却是宁夏都指挥使何锦。

何锦朗声道：“弟兄们！这条狗是刘瑾派来的！吃拿卡要就不说了，还以整理军屯为名，把咱们的屯田数多报了一倍。他不让咱们活，咱们怎么办？”

众兵高举火把，齐声道：“砍了！砍了！”

官员惊恐道：“我是大理寺少卿，你们敢——”

刀斧手动作麻利，不待他说完，便手起刀落，将之结果。

何锦道：“刘瑾专权，祸乱朝政。纳贿自肥，蠹国害民。安化王已同本将联络，决意共同举事，诛刘瑾，清君侧！”

众兵高呼：“诛刘瑾，清君侧！诛刘瑾，清君侧！”

乾清宫，夜已深。

朱厚照双手肘撑在御案上，闭着眼睛揉捏太阳穴。

刘瑾、张永站在第一排，张忠、谷大用和魏彬站在第二排，各怀鬼胎。朱厚照搓了下脸，叹气起身。

刘瑾道：“皇上——”

朱厚照伸手打断他，道：“主帅人选，让李东阳定。张永你去监军。”

张永道：“是。”

刘瑾不服，道：“皇上，叛军来势凶猛，等闲之人恐怕压不住。江彬戎马多年，与倭寇缠斗，平乱当有余力。”

朱厚照若有所思。

刘瑾继续道：“我们五个里，又属谷大用知兵，掌管着御马监。奴才觉得，由他担任监军，可能更合适。”

张永不满。

朱厚照想了想，道："江彬当副帅，监军还是张永！"
张永得意，刘瑾色变。

次日，李府花厅，王琼正襟危坐，目不斜视。李东阳快步走入，王琼起身。
李东阳道："坐。"
待李东阳坐下，王琼方才落座。
李东阳道："最近气象异常，把蓟州、辽东、宣府、大同四镇的总兵给害苦了。"
王琼道："炎天暑热，边军不易。"
李东阳笑着摆手："炎热？这四个地方在飘雪！"
王琼惊道："什么？六月飞雪！难道军中也有冤情？"
李东阳笑道："四城的护城河都结了冰，开凿困难。一旦蒙古人偷袭，在冰面上架设云梯，防不胜防啊！"
王琼想了想，道："阁老，我有个办法，或能奏效。"
"你说。"
"边城多禁止百姓捕捞护城河里的鱼。把这条禁令取消，再由当地官府高价收购河鱼，自然有的是人去凿冰捞鱼。"
李东阳愣了愣，道："嗯，好主意！王琼啊，御道上的那封匿名劾疏是你写的吧？"
王琼低头不语。
李东阳继续道："你不用瞒我。我已向皇上保你，统率三军，即日开拔。安化王之乱，就靠你平定了。"
王琼下跪，道："阁老缪爱，王琼感激涕零。只是平乱非儿戏，兵部尚书杨一清熟悉边事，身经百战，为何——"
李东阳摆手道："平叛只是其一。杨一清岁数大了，有些事干不了。你起来吧。"
王琼起身落座。
李东阳道："你可知叛军打出的旗号是什么？"
"清君侧。"
"是啊，君侧站着一个'立皇帝'，朝纲又如何能振呢？"
王琼想了想，道："我懂了。监军太监是谁？"
"张永。"
王琼感慨道："真是料事如神啊！"
李东阳好奇道："谁？"
"王阳明。"
"王阳明？老夫记得他好像在贵州？"
王琼点头道："昨日聚餐，驸马蔡震在席。他说刚从贵州回来，见过王阳明。散席后下官与他私聊，才知道王阳明曾对他说，扳倒刘瑾的突破口在张永。"
李东阳凝神道："哦？"

第三十五章　阉党覆灭

落霞孤鹜，赣江波光粼粼。

朱宸濠站在滕王阁上，凭栏远眺，刘养正从他身后走来，道：“安化王起事还不到二十天，就被扑灭了。京军连陕西都没进！”

朱宸濠叹气道：“祸起萧墙呗。下面一个叫仇钺的游击将军阳奉阴违，反戈一击，活捉了何锦与安化王。”

刘养正摇头道：“造反这么大的事，他们也太马虎了。”

朱宸濠转身，道：“官军不足恃，只能靠自己。若是能够联络一些江湖势力，就如虎添翼了。”

刘养正想了想，道：“王爷不是结交了一个叫凌十一的好汉吗？”

“不错。此人交游广泛，带我拜访了南赣的谢志珊，广东的池仲容，俱是英雄豪杰。”

“王爷如此尽心，宁康王泉下有知，当能瞑目了。”

朱宸濠极目远望……

月光下，军营里，一堆营帐围成的空地上，士兵们烹羊宰牛，举杯豪饮。

帅帐里，王琼身着常服，坐在正中。张永、江彬分坐两侧，案上摆满了佳肴。

王琼举杯道：“江将军，这一杯再敬你。”

江彬醉眼蒙胧道：“没想到大帅酒量如此了得。这一杯又有什么说道啊？”

王琼端着酒杯走到大帐中央，道：“此次平叛，仇钺主动献俘，兵不血刃。但若非江将军坐镇，整军经武，这一路也不会如此顺利。在下先干为敬！”

王琼干了酒，把杯子倒过来盯着江彬看。

江彬勉为其难地喝光杯中酒，一脸痛苦道：“不行了不行了。许泰！”

“将军。”

“扶我回帐。大帅、公公，你们慢用，失陪了。”

许泰把江彬搀走。

王琼立刻放下酒杯，道：“来人！”

卫兵入内，道：“大帅！”

“站好岗，任何人不得靠近！”

“是！”

王琼走到张永案前，见他正埋头吃菜，默不作声，忽道：“仰赖公公助力，西北总算海晏河清。可惜外乱易平，内贼难防啊。”

张永心中一动，搁筷抬头道：“内贼？谁？”

王琼蘸酒在桌上写了个“瑾”字。

张永警觉道：“大帅称此人为贼，莫非他要图谋不轨？”

王琼从怀中摸出一张纸放到案上，道：“这是逆藩起兵的檄文。”

张永将之拿起，默念道：“刘瑾蛊惑朝廷，变乱祖法，摒弃忠良，括敛民财，数兴大狱，挟持远近……”

张永缓缓放下，眉头紧蹙。

王琼道：“近来京中传闻，逆瑾要在本月十五为他死去的母亲发丧。到时将遍请朝中文武，于葬礼上举事，挟持百官，犯上作乱。”

张永叹了口气，起身道：“此人祸国殃民也不是一日两日了，奈何宠命优渥，党羽众多。没辙。”

“旁人或许没有办法，但公公有。此番讨贼，皇上让您监军，这就是举世无双的信任。而今班师回朝，公公必蒙皇上召见，届时将逆瑾的罪状、安化王之乱的真相以及天下臣民的怨苦和盘托出，则奸贼休矣！”

张永犹豫不决。

王琼继续道：“此贼一除，公公以内监而立盖世奇功，忠义之名昭于天下，必能大权独揽，千古流芳！”

张永动心道：“可要是皇上不信我，该当如何？”

“公公凯旋而归，泣血上陈，皇上为何不信？万一他有所动摇，只要指天誓日，以死相争，绝不后退半步，则必能一击命中！”

“要是我能说服皇上查办刘瑾，你有把握置他于死地吗？”

“公公请放心，剩下的事交给我和内阁即可。”

张永喝了杯酒，下定决心道：“也罢！这把年纪了，有什么好怕的！”说着，拿起檄文，准备收起来，被王琼制止。

王琼从袖中取出另一张纸交给他，道：“用这份吧。”

张永低声念道：“奸宦用事，舞弄国法，残害忠良，阻塞言路。致丧天下之心，几亡神器之重……好文字啊，这是——”

“龙场驿丞王阳明所拟。他断定欲除刘瑾，必得仰仗公公，所以托驸马蔡震将此文转交于我。”

“王阳明？”

张永想起他在午门受杖的情景，不禁道：“好一个命硬的王阳明！”

王琼作揖道：“苍生社稷，端赖公公了。”

张永陷入沉思……

半个月后的午门，朱厚照身着戎装，立于城楼之上，左右分别是刘瑾、张忠、魏彬和谷大用。

城楼下，百官站在门洞两侧，分班侍立。

一支浩浩荡荡的队伍由南向北而来，一骑当先的是身穿铠甲的王琼，张永和江彬分居左右。后面是将士，再后面是俘虏。王琼在离午门尚远之处停马，在他的带领下，马上之人齐齐下马，行三跪九叩的大礼。

朱厚照兴奋道："今晚陪朕喝酒，你们都来啊！"

刘瑾一脸不快。

夜间，乾清宫的暖阁里，一张圆桌，杯盘狼藉。

张永和刘瑾坐在朱厚照左右，张忠、魏彬与谷大用都喝高了。

朱厚照举杯。

张永摇头道："皇上，奴才不行了……真的不行了……"

朱厚照不悦道："这才哪儿到哪儿啊？满上！"

刘瑾给张永倒酒，警惕地看着他。张永也偷瞄刘瑾——其醉态显然是装的。

朱厚照道："这一路都有什么好玩的？"

"有啊！太有了！我跟你说——"张永凑近，抓住朱厚照的手，道："西北的羊肉真好吃。"

刘瑾等人对视，显然觉得太不成体统。

刘瑾大声道："张永，休得放肆！"

张永装糊涂道："说羊肉呢，放啥放？"

朱厚照道："没给朕带回来点儿？"

张永道："怎么没有？厨子都给你绑回来了！"

"好！就凭这，得干一杯！"朱厚照与张永把酒言欢……

张忠、魏彬和谷大用已经伶仃大醉。

张忠痛苦道："皇上，奴才实在扛不住了，先行告退。"

魏彬赶紧道："奴才也熬不动了。"

谷大用含混不清道："奴才……也是。"

朱厚照大手一挥，道："一点用都没有。走吧走吧！"

"谢陛下。"三人起身，逃也似的退下。

张永趴在桌上，刘瑾冷眼旁观。

朱厚照浑浑噩噩道："刘瑾啊，你娘的葬礼不是明天吗？"

刘瑾看了看张永，只见他哼哼唧唧，七荤八素，不像是装的，终于放下心来，道："是的，皇上。您早点歇息，奴才告退了。"

朱厚照“哦”了一声，张永微微睁眼，瞥见刘瑾离去。

须臾，张永蓦地起身，跪在朱厚照身前，道：“皇上，奴才有机密大事奏报！”

朱厚照一愣，打了个嗝儿，道：“有话就说，干吗一惊一乍的？”

“刘瑾激起兵变，企图谋反！这是罪状，请皇上御览。”张永呈上王阳明的文章，朱厚照醉眼迷离地看了看，放到一边，道：“今儿个是大喜的日子，这些事改天再说吧！”

张永一惊，急道：“皇上，宁夏贴满了安化王的告示。这次叛乱，完全是刘瑾一手酿成的！”

朱厚照吃菜，满不在乎。张永的额头上涔出汗来。这时，他想起王琼的话：“万一他有所动摇，只要指天誓日，以死相争，绝不后退半步，则必能一击命中！”

张永心一横，脱帽磕头道：“今日一别，恐再无相见之日。望皇上保重龙体！”

朱厚照搁筷，好奇道：“你到底怎么啦？”

“刘瑾其心可诛，罪不容赦！”

“他有何罪？”

“谋夺陛下江山！”

“随他去夺。”

张永倒吸一口冷气，震惊绝望。眼见朱厚照旁若无人地自斟自饮，张永脸色煞白，拼死一搏道：“天下归了刘瑾，皇上打算去哪？！”

朱厚照一个激灵，酒杯滑落，变色道：“果有此事？”

“千真万确！不诛刘瑾，社稷危矣，陛下危矣！请速决断！”张永磕头如捣蒜。

朱厚照的脸上浮现杀机，道：“捉拿刘瑾，交北镇抚司严审！”

张永大喜，道：“皇上圣明！”

司礼监值房。

刘瑾已然宽衣，坐在床边盯着桌上的烛台发愣，良久方起身过去吹灭烛火，回到床上就寝。

忽然，一阵急促的敲门声响起，刘瑾“噌”地坐了起来，道：“谁？”

一个声音传入：“有旨意。”

刘瑾下床，披上衣服，刚把门拉开一条缝，外面的人就将之撞破。刘瑾一个趔趄，差点摔倒。几个黑影扑了上来，绑住他的双臂。

“大胆——”“胆”字只吐了一半，刘瑾的嘴里已被强行塞上白布。

来人将他押出值房。

月光下，张永得意地望着狼狈的刘瑾……

贵州大牢。

陆完随狱卒往前走，身后跟着赵日天与梁万伦。

赵日天迟疑道："大人，要不再考虑考虑？"

陆完道："考虑什么？京中有变，席书又靠不上，张部堂已经急了。决不能让王阳明活着离开贵州，非常之时必用非常之法。"

牢门被狱卒打开，只见坐在墙角的阿札桀骜不驯。

梁万伦斥道："抚台大人在上，还不跪下！"

陆完摆手道："你们都出去吧。"

赵日天和梁万伦退下。

陆完缓缓道："你知不知道是谁给盖罗娇出的主意？又是谁让安贵荣发兵打你？"

阿札咬牙切齿道："王阳明。"

陆完微微一笑，道："看来没关糊涂。不想报仇吗？"

阿札抬头道："怎么报？"

陆完俯身道："我把你和你的人都放了。一个月内，不管你使什么招，只要除掉王阳明并离开贵州，我就当世上再没有你这号人。否则，便以越狱通缉你。怎么样，敢不敢赌？"

阿札斩钉截铁道："一言为定！"

陆完的脸上露出笑容……

京城李府。

李东阳手里转着文玩核桃，在厅中踱来踱去。王琼焦虑不安地用食指叩着茶几，杨廷和则凝神思索。

王琼道："已经十天了，宫里一点消息都没有。"

杨廷和道："不能让刘瑾待在诏狱，必须交法司议罪。"

下人入内禀报："老爷，张永求见。"

李东阳激动道："快请！"言罢，在主座坐下。

不一会儿，张永入，慌乱道："阁老，出事了！"

李东阳道："公公不急，坐下说。"

张永落座，道："刘瑾在狱中上帖，说夜里天凉，乞赐两件破衣蔽体。皇上一时心软，打算不经审理，把他贬到凤阳闲居。"

王琼皱眉道："这不是给他机会东山再起吗？到时候哪还有咱们的活路？"

李东阳沉思片刻，道："既然刘瑾已被拿下，王阳明也列举了他十七条罪状，怎么不见皇上派人抄家？"

张永道："我从前儿个就开始劝，一直到刚才，终于下旨给东厂，明日去抄刘瑾的宅子。"

王琼眉毛一挑，道："东厂？谁不知道张忠是刘瑾的人，抄得出什么来？"

杨廷和灵机一动，道："张公公，你能不能说动皇上明天到场？"

张永一脸不解。

杨廷和续道："如果他去了，我就有九成的把握让刘瑾翻不了身。"

张永半信半疑道："我尽力而为。"

贵阳。

一个头戴斗笠，半张脸都被遮住的男子走进米粉店，在墙角的位置坐了下来。

老板满脸堆笑地走近，道："客官吃米粉吗？"

男子摘下斗笠，道："龙场驿怎么走？"

那张脸，分明是黄绾。

京城，天外天门庭若市，金字招牌熠熠生辉。

一间包厢的门被拉开，张忠进入。

杨廷和起身道："张公公，请坐。"

张忠看着满桌佳肴，不动声色地入座。

"明人不说暗话，咱们开门见山。"杨廷和压低声音道："是时候站队了。"

张忠不动声色道："杨阁老什么意思？"

杨廷和笑道："张公公是聪明人，此时还不撇清，难道真的要给刘瑾陪葬？"

"咱家单名一个'忠'字，虽不如文官懂得那么多道理，但要我做出卖朋友的事，也是决计不肯的。"

"公公高义，在下佩服。来，敬你一杯。"

两人干杯。

杨廷和一边夹菜一边道："听说当年公公在陕西杀过几个贼子，其中一人名叫谈虎。"

张忠大惊失色，却见杨廷和漫不经心地吃菜，稳如泰山。

杨廷和续道："此事机密，在下也是无意间听人提起，刘瑾看来还不知道。但要是他从牢里出来，就不好说了。父仇不共戴天，张公公，你要是他，你会怎么做？"

张忠怫然道："你想说什么？"

杨廷和搁筷，道："活着的刘瑾和死了的刘瑾，到底哪个对你更有利？"

张忠沉思。

"倒刘，公公若助一臂之力，内阁将永远记下这份情。再与江彬联手，你的荣宠只会增加，不会减少，又何必一辈子看刘瑾的眼色？"

张忠叹了口气，道："需要我做什么？"

杨廷和微微一笑，道："明日抄家，东厂最好能抄出一些有趣的东西。"

张忠疑惑地看着杨廷和，只见他从怀中取出一把折扇，放到桌上……

何陋轩，众夷人安安静静地温习笔记。

一个声音传入："先生回来啦！"

众人一愣，纷纷起身，冲了出去。古伦德也放下书，跑出去看，果见王阳明、冀元亨、王畿和徐爱骑马归来。

王阳明一下马就被夷人围住，古伦德兴高采烈地挤进人群，道："先生，你不在的这段日子，我们未尝一日废学！"

王阳明笑道："老古，学不学，从来都是自己的事，我不可能一辈子陪着大家啊。"

一老年夷人道："先生，我有个疑问。"

"请讲。"

"圣人之心与常人之心有何不同？"

王阳明默默地走到轩外的水缸旁，揭开盖子，舀了瓢水，环视了一眼众人，把瓢交给徐爱，径直入轩。

徐爱一愣，发现所有人都望着自己，不禁低头，看见水瓢里自己的倒影随波浮动，顿悟道："圣人之心如明镜，随感而应，无物不照。所以圣人只怕镜不明，不怕物来不能照；常人之心如昏镜，需先打磨，待镜明了，方可照物。"

众人似懂非懂地点头。

古伦德入轩，道："先生，今晚去寨子畅饮吧！"

王阳明抬头道："哦？有什么议题吗？"

"火把节！"

"好啊，红红火火，去沾沾你们的喜气！"

远处的树林里闪出几个人影，却是阿札和梁万伦……

抄家开始了。

烈日炎炎，刘府的院子里支着一顶黄绸大伞，朱厚照坐于其下，哈欠连天。魏彬躬身立于其侧，不停地替朱厚照扇扇子。

大伞外，张永满头大汗，看着东厂的番子进进出出，清点财物。

朱厚照不耐烦道："张永，这抄家有什么可看的？热死朕了！"

张永赶紧道："皇上，这不是要替刘公公验个清白吗？有您在，若抄不出什么来，旁人也就不敢乱嚼舌头了。"

朱厚照不快。

张忠走近，满脸焦愁道："皇上，财物堆积如山，抄不胜抄。奴才已经加派人手，只是得劳您再等一等。"

张永问道："已点明的有多少？"

张忠掏出一个本，念道："黄金二百五十万两、白银五千万两、宝石两斗、金甲三副、玉带四千一百六十二束——"

朱厚照色变道："等等！黄金二百五十万两，白银五千万两？你确定？"

张忠合上本子，道："奴才刚听到这个数儿时，也不敢信。但赃物俱在后院，眼见为实，不得不信。”

东厂番子走近，向张忠耳语。

张忠连连点头，听完后汇报道：“皇上，后花园发现了一个密室，内多违禁之物。”

朱厚照坐直了，道：“哦？去看看！”

众人来到后花园，只见假山的隐蔽处有个小洞，东厂番子从里搬出一口口大箱子。

张永挨个开箱，取出里面的禁物，惊呼道：“盔甲、伪玺！”

朱厚照脸色阴沉，也打开一个箱子，却是一件龙袍。他将之拎了出来，怒容满面，众人噤若寒蝉。

张忠从一个箱子里取出把折扇，把玩起来。忽然，但听“啪”的一声，左右两根扇骨上各弹出一段三寸长的刀柄。张忠受惊，扇子落地。

张永将之捡起，递给朱厚照，道：“好像是刘瑾的随身之物，奴才见他用过。”

朱厚照捏住弹出的刀柄，抽出两把细长的尖刀，虽不到十寸，但锋利异常。他再也忍不住，咆哮道：“狗奴才果然反了！下旨，三法司会审，给朕审个水落石出！”

夷寨迎来又一个不眠之夜。

干松木和松明子扎成的大火把竖立寨中，夷人们载歌载舞。

王阳明、徐爱、王畿和冀元亨一身夷族打扮，学夷人的样子扭来扭去。

盖罗娇凑到王阳明跟前，教他跳舞；王畿想勾搭棠棣，谁知对方看上的是徐爱，挑逗得徐爱面红耳赤；冀元亨扎在男人堆里，同古伦德等人打成一片。

夜空下的夷寨灯火通明，欢声笑语……

后半夜，众人横七竖八地露天躺着，阿札带着几十号人蹑手蹑脚地走入。

梁万伦发现了王阳明，窃喜抽刀。阿札找到了盖罗娇，也拔刀出鞘。

刀刃朝盖罗娇砍去，但听“哐”的一声，被格挡下来。阿札抬头，却是惹巴冲。

盖罗娇惊醒，夷人们也纷纷醒来。

阿札大声道：“动手！”

双方短兵相接，厮杀起来。冀元亨护着王阳明来到一处角落，徐爱和王畿也跟了过来。

眼见夷人死伤惨重，王阳明痛心疾首道：“阿札！”

跟惹巴冲打得难分难舍的阿札、与古伦德杀红了眼的梁万伦，同时望向这边，冲了过来。

王阳明转身就跑，冀元亨、徐爱和王畿随之而去。

阿札高声道：“给我追！”

众人罢手，随阿札和梁万伦追杀王阳明。

盖罗娇疾呼：“保护先生！”

在她的带领下，众夷人跟了上去。惹巴冲犹豫片刻，也同去。

树林里，王阳明扶住一棵树喘气，身后喊杀连连，王畿和徐爱变色，冀元亨严阵以待。

阿札率人赶到，恶狠狠道："王阳明，受死吧！"

"鹿死谁手还不一定！"盖罗娇带人赶至，双方打作一团。

王畿紧张道："师父，怎么办？"

王阳明缓了口气，转身朝阿札走去。

徐爱、冀元亨齐声道："师父！"

阿札冷笑抽刀，朝王阳明走去。忽然，四下里乱箭齐发，阿札的人接连倒下。阿札大惊道："什么人！"

"手下败将，还不束手就擒？"安国亨骑马从一片黑暗中出现，左右皆是手持弓箭的士兵。

众人纷纷停手，自觉地放下武器。

阿札狞笑起来，忽然转身，朝王阳明奔去。

徐爱、王畿惊呼："师父！"

冀元亨冲了上去。盖罗娇长鞭挥出，缠住阿札的脚，使其跌倒。然而刀已刺出，眼看就要穿透王阳明的喉咙，谁知阿札的动作却突然凝固了。

众人定睛一瞧，只见冀元亨一刀命中他的左胸。

梁万伦大骇，给他的两个镖师使了个眼色，准备潜逃。讵料他刚一转身，便听见一声惨叫。转头一看，但见一把刀插入镖师甲的肚皮，直没刀柄。再一抬头，只见惹巴冲正狰狞地盯着自己。

王阳明抱拳道："多谢少主拔刀相助！"

"是你命大！火把节父亲让我慰问各寨，这不刚挨个送完礼，准备回罗甸，就遇见了你。不多说了，还要回去复命。后会有期！"安国亨对下属道："把他们都带走！"

士兵们押着阿札的人离去。

这时，林子里传来打斗声，众人望去，只见惹巴冲正力战梁万伦二人，并削中梁万伦的脸颊。

梁万伦满脸血污，越战越勇，惹巴冲渐渐不支。盖罗娇挥鞭缠住梁万伦的手，惹巴冲趁机杀死镖师乙。

"不——"梁万伦奋力挣脱，抱住口吐鲜血的镖师乙。

"老大……"

"你给我挺住！"梁万伦恸哭道，"我带你们来贵州，不是让你们长眠于此的！"

惹巴冲欲杀梁万伦。

王阳明高声道："慢着！"

惹巴冲回望王阳明，怒火中烧。他扭头不顾，挥刀劈向梁万伦，手却被盖罗娇的长鞭缠住。惹巴冲惊愕地看着盖罗娇，王阳明则走到梁万伦身前蹲下，道：“我给你指条生路。”

梁万伦一副恨不得吃了王阳明的表情。

王阳明严肃道：“离开这里，不再踏入贵州半步。”

众夷人不解地看着王阳明，梁万伦脱下上衣，撕成两个长布条，分别绑住镖师甲和镖师乙的左右手。

王阳明起身回看众人，道：“今日杀业深重，到此为止吧。”

梁万伦赤裸上身，拉着两具尸体离去，眼含怒火。

王阳明望着阿札的尸体，道：“把他埋了吧。”

惹巴冲大怒挣脱，用滴血的刀指着王阳明。冀元亨大惊，也用刀对准了惹巴冲。

盖罗娇斥道：“惹巴冲！”

惹巴冲不服道：“他害死那么多族人，现在还要替仇人收尸！”

古伦德劝道：“你不要冲动！没有先生，你我早就是阿贾的刀下亡魂了！”

盖罗娇威胁道：“你敢动他，就是我盖罗娇的死敌！”

惹巴冲委屈地看了眼盖罗娇，愤怒地哀号了一声，扔下刀跑了。

王阳明示意冀元亨把阿札的尸体背走。

盖罗娇道：“大伙搭把手，是不是咱们的人，先背回去再说。”

众人扛起地上的尸体，往寨子走去……

途经一个三岔口时，古伦德发现一座坟包，不禁惊奇道：“怪了，来的时候还没有。”

他将火把举近，辨认木牌上的字，念道：“龙场驿丞王守仁之墓？”

众人大骇，忽闻群鸦飞过，发出“嘎嘎嘎”的叫声，不由得毛骨悚然。冀元亨和盖罗娇警戒，但见一团黑影闪过，夷人接连被飞刀放倒。

盖罗娇镇静道：“大家不要乱，围成一圈！”

冀元亨、盖罗娇、古伦德以及剩下的五个夷人把王阳明、徐爱和王畿围在中心。树林深处走出一人，却是黄绾。

王阳明道：“是你？”

黄绾面无表情，径直走近。

王阳明道：“我跟你走，放了他们。”

黄绾沉默不语，拔出双剑。古伦德大喊了一声，带着五个夷人冲了上去。不到十个回合，接连倒地。

盖罗娇凄厉道：“老古！”

“寨主……”古伦德吐血而亡。

盖罗娇挥舞长鞭，与黄绾拼杀。冀元亨上前帮忙，三人打得不可开交。

黄绾不想恋战，瞅准一个空隙，施展轻功跳到王阳明近前。眼看长剑刺出，右臂却被应声而到的金蛇鞭捆住。他挣扎了片刻，用左剑斩断长鞭。只这一眨眼的工夫，冀元亨已折返回来，与黄绾交手，可惜不敌，被削中左肩，一脚踹倒。

长剑再次刺向王阳明。说时迟，那时快，一个人影闪过，替王阳明挡下了这一剑。

众人一愣。

王阳明惊呼："盖罗娇！"

盖罗娇被刺中右胸，冀元亨趁黄绾没回过神，一刀捅入他的左腰。黄绾大怒，抽出右剑，欲与冀元亨拼命，奈何伤口吃疼，站立不稳。徐爱和王畿搬起石头朝他猛砸，黄绾抵挡了一阵，心有不甘地跑了。

冀元亨欲追，被王阳明制止："救人要紧！"

王阳明背起盖罗娇，盖罗娇虚弱却欣喜道："你终于叫我名字了。"

王阳明轻声道："别说话。"

盖罗娇心满意足地靠着他的肩膀，闭上眼睛……

次日，夷医从盖罗娇的屋子里出来。

王阳明赶紧迎了上去，道："怎么样？"

夷医叹气道："命是保住了，但元气大伤。一定要好好静养，不可劳心焦思，否则——"

王阳明皱眉道："否则怎么样？"

夷医摇摇头，离去。王阳明进屋，走到床前坐下。

盖罗娇缓缓睁眼。见她伸手，王阳明主动将之握住，道："是我连累了你。"

盖罗娇微笑道："命中注定的人，命中注定的事，有什么连累不连累的？"

王阳明看着盖罗娇，情不自禁地摸了摸她的额头，道："好好养伤。"

盖罗娇一脸幸福道："嗯。"

京城。

六部九卿的官员齐集于午门外。广场正中架设的高台上坐着三法司的主审官，当中一人是刑部尚书刘璟，都察院左都御史和大理寺卿分居左右。

辚辚的车声让现场更显肃杀，一辆囚车由远及近而来，在"法场"正中停下。四个锦衣卫打开囚笼，把戴着脚镣的刘瑾从车里拖出来，摁跪在百官面前。

刘瑾环视众人，脸上掠过一丝冷笑。他看了看不远处的日晷，望向高台，大声道："刘部堂，天色不早了，快点儿审吧！"

刘璟坐直，清了清嗓子，厉声道："刘瑾，你可知罪？"

刘瑾换了个姿势，让自己跪得舒坦些，坦然道："知罪。正德四年，咱家曾举荐某人任刑部尚书。其后，此人与我过从甚密，献计献策，立下了汗马功劳！"

刘璟慌乱，如坐针毡。左右官员也相继变色，低下了头。人群中，一个三品官站了出来，却是礼部侍郎李逊学。

李逊学斥道："奸贼！上面问什么你就答什么！若敢胡言乱语，国法森严，定不轻饶！"

刘瑾笑道："哟，这位大人看着面熟，让我想想。哦，原来是李大人。正德三年出任太常寺少卿，嫌官儿小，拿了五千两银子到咱家府上行贿。看在钱的分上，我就保了你当礼部侍郎。没想到是条中山狼，得志猖狂，这会居然跳出来落井下石！"

李逊学脸上无光，讪讪地退了回去。

"尔等的皮，都是我给的！谁敢审我！"见群臣无语，刘瑾仰天狂笑。

"我敢！"

笑声戛然而止，刘瑾定睛一看，只见蔡震快步走来，扇了他一耳光，道："我是国戚，没得过你一分好处，看你怎么攀诬！"

刘瑾呆若木鸡，蔡震又扇了他一耳光，道："宦竖！你竟敢私藏铠甲，私刻玉玺。你想谋反吗？"

刘瑾反驳道："谋反？我入宫五十载，兢兢业业，忠心不贰，临老了倒要谋反？真是滑天下之大稽！"

蔡震从怀里摸出一把折扇，扔到刘瑾面前，道："从你府上抄出来的！还有弓弩、龙袍，证据确凿，把皇上气得一宿没合眼。你个狗彘不食的东西！"

刘瑾拾起折扇，发现上面的机关。他轻轻一捏，没想到竟弹出两把尖刀，不禁感到天旋地转。

他怒极反笑，声音越来越大，悲凉绝望。

蔡震高声道："御前伴驾，竟敢身怀暗器。你是要行刺嘛！"

刘瑾一口鲜血喷出，晕倒在地……

何陋轩，旭日初升。

室内尚暗，王阳明掌灯进入，发现徐爱趴在案上，书本摊开。蜡烛燃了半截，烛泪淌得到处都是。

徐爱惊醒，慌忙起身道："师父。"

王阳明关切道："你身子弱，以后不要通宵看书了。"

"哦。"

王阳明拿出封信，道："收拾一下，去北京把它交给湛若水。"

徐爱接信，道："出什么事了？"

王阳明平静道："席书昨日来见我，说刘瑾倒台了。"

徐爱疑虑道："席书说的话——"

"为师与他已经尽释前嫌。"

"这么说是真的……"

"嗯。我打算复出。"

“好啊——”徐爱喜忧参半道，“不过，寨主怎么办？”

“寨主怎么了？”

“她和你——”徐爱一脸坏笑。

“少听王畿瞎掰。我一天不走，陆完就一天不死心。这样下去，寨子里的人永无宁日。”

王阳明的目光投向门外，一脸担忧地望着夷寨的方向。

第三十六章　东山再起

豹房。

一百多名京军士兵被分成两拨，一拨是身穿古高丽国军装的步兵，为首的大将是由钱宁扮演的盖苏文；另一拨是身着唐代军服的骑兵，为首之人是由谷大用饰演的李世民。

朱厚照坐在写有“唐”字的大纛下，饶有兴致地观看。

魏彬大声道：“小秦王大战盖苏文。第一场，谷大用对钱宁。”谷大用见魏彬冲他点了点头，举起宝剑，道：“冲啊！”五十多骑在他的率领下向“高丽军”发起冲锋。

钱宁右手挥舞令旗，士兵们整齐划一地蹲下，将盾牌竖在身前。待敌军冲到近处，钱宁左手挥舞令旗，士兵们又伸出朴刀，斩向马腿。“唐军士兵”纷纷坠马，谷大用也摔了下来，灰头土脸。

朱厚照一脸不悦。

张永走近，道：“皇上。”

朱厚照抬头，张永递上来一张黄绢，道：“刘瑾全招了，供出四十多个京官。法司议了个凌迟，请陛下定夺。”

朱厚照笑道：“嗬，自己掐起来了。剐就剐吧，你们背地里不是都把刘瑾叫‘杀千刀的’吗？”

张永一愣。

朱厚照细看黄绢，道：“还有张彩这样的伪君子，全免了吧。”

张永恭敬道：“是。”

轮到江彬上场了，只见他一身戎装，威风凛凛。谷大用摘下“李世民”的假胡子，递给江彬，被他轻蔑地推开。

魏彬道：“小秦王大战盖苏文。第二场，江彬对钱宁。”

江彬和许泰上马，钱宁虎视眈眈。江彬看了眼朱厚照，但见他眼含期许。江彬转过头来，大喊道：“杀——”

骑兵们呼啸着冲了过去，不待钱宁故技重施，江彬已同许泰对视了一眼，兵分三路。江、许二人各带一队人马从左右包抄。中路虽无人指挥，但奔至“高丽军”前时，骑兵们齐齐勒紧缰绳。群马人立起来，前蹄落下，把盾牌兵砸得稀里哗啦。

军阵被左右两路骑兵冲散，江彬生擒了“盖苏文”。

朱厚照起身鼓掌道：“好！”

钱宁的脸变成了猪肝色，江彬得意非凡。

夜里，诏狱的一间牢房被打开，来人对坐在墙角发呆的刘瑾道：“出来汤沐吧！”

一刻钟后，刘瑾赤身裸体地坐在一个简陋的大木桶里，狱卒老吴戴着麻布手套替他搓背。

见刘瑾一言不发，老吴主动找话道：“想什么呢？”

刘瑾盯着眼前的一片虚空，思绪飞回到几十年前的一个夜晚。

那晚也有一场沐浴，主人公是万贵妃。刘瑾用一块饼跟混堂司的小宦官交换，端着浴具走进了金碧辉煌的御汤宫。那是他第一次看见权力的模样，美轮美奂，光彩夺目。如痴如醉，欲仙欲死。

一声“坐直喽”打断了他的回忆。

刘瑾坐了起来。老吴拨开他的头发，准备搓洗腰部以上的区域，却看见几条骇人的伤疤，不禁停了下来。

刘瑾道：“怎么，怕了？”

老吴避开伤疤，继续搓洗，道：“是你怕吧？别抖！”

老吴按住他颤抖的肩膀，刘瑾脸红。老吴道：“我教你个法子。把想说的话都说出来，就不怕了。”

“说什么？”

“比如你身上的伤，都是怎么来的？”

刘瑾想了想，叹气道：“头一回挨打，是入宫不久在尚膳监当差。那会成化爷刚即位，大宴群臣。上菜时我不小心碎了个碗，下来后被尚膳监掌印太监汪直抽了四十大鞭，光着膀子在雪地里罚跪，不到两个时辰便冻晕过去。醒来时在柴房的火炉边上，一个御膳房的胖厨子喂了我碗鸡汤，把我从阎王爷手上拉了回来。后来我掌了权，派人到处找，终于在护国寺找到了那个胖厨子。他头发花白，还在替人烧菜。我拿出一笔钱，送他回乡安度晚年。”

老吴沉默片刻，道：“要是你对王阳明他们也能动恻隐之心，恐怕不至于此吧。‘

刘瑾不悦道：“都是过去的事了，说它有什么用？”

沉默半晌，刘瑾忽道：“你认识王阳明？”

老吴道：“他也在这待过，你忘了？”

刘瑾回想起来。

老吴道：“这几日，王阳明的一个徒弟来北京了。”

刘瑾竖起耳朵。

老吴继续道：“龙场好像出事了，有人趁乱刺杀王阳明。”

刘瑾惊讶道："凶手得逞了吗？"

"没有，被当地的夷人赶跑了。"

刘瑾松了口气，道："那就好。"

老吴笑道："嘿！你怎么担心起王阳明来了？"

"明儿个就要闭眼了，还有什么放不下的？只要是个人，我现在就盼着他好，没病没灾。"

"你算是看透啦！"

刘瑾凄然道："看透了，也晚了。赤条条来，赤条条走，再大的能耐不过是世间的过客，哪一样真正属于你？"

又是一阵沉默，屋子里静得只有水花的声音……

次日，押送刘瑾的囚车穿过西四牌楼，缓缓驶入刑场，围观百姓争先恐后地朝他扔烂菜。刘瑾被一颗鸡蛋砸中，蛋清淌了一脸。

张永的声音回荡在他耳畔："奉天承运，皇帝诏曰。今查恶宦刘瑾，私制龙衣，伪造玉玺，暗藏凶器，阴谋不轨。着即押赴西市，明正典刑！司礼监秉笔张永，擢掌印太监；东厂提督张忠，兼任司礼监秉笔；杨一清左迁吏部尚书，王琼补缺兵部尚书，梁储晋内阁大学士，江彬升五军都督府左都督。望诸公悉矫前弊，除旧布新。钦此！"

刘瑾被押上刑台，绑缚在一根木桩上，台下百姓纷纷将装有铜钱的碗递给一个刽子手。

刽子手满载而归，不顾身后还有更多的"市场需求"。他走上刑台，用布条蒙住刘瑾的双眼，拿起一把精致的剃刀，蘸了蘸水，撩开刘瑾的乱发，冲他额上割去。

刘瑾忽道："我有话说！"

监刑官有三个，当中者乃魏彬，左右各一文官。三人交头接耳了一阵，吩咐一个锦衣卫百户带人驱散百姓。

魏彬对不远处的一小宦官道："小贵子，你来记。"

"是。"小贵子准备好纸笔。

刽子手看了眼魏彬，只见他点点头，于是开始行刑。

魏彬道："刘瑾，说吧。"

刘瑾诡异地笑了起来，道："魏彬，我知道你们为什么巴不得我死。你们恨我限制你们的权力，反倒重用张彩、焦芳那些文官。"

魏彬略感不安，小贵子奋笔疾书。

"你们说我一手遮天，可我朝不比汉唐，太监再有权也就是皇帝的一条——"刘瑾吃痛，发出一声惨叫，两个监刑官心有余悸。

"说我结党乱政？"刘瑾狞笑道，"整顿屯田叫乱政？查办渎职叫乱政？打击贪腐叫——"刘瑾再次吃痛惨叫，小贵子的额上涔出了汗。

刘瑾继续道："哈哈哈哈，如果提倡火葬和寡妇改嫁也叫乱政，那我无话可说！"

魏彬斥责道："死不悔改！刘瑾，你栽就栽在一个贪字上！"

刘瑾狂笑道："贪？在座的哪个不贪？就算你不贪，你的妻也要贪，妾也要——"又一次疼痛惨叫，两个监刑的文官毛骨悚然。

"你说你不要妻妾，那你就断了香火，眼睁睁看着别人妻妾成群，儿孙满堂。要是一国之人都照你这么想，那就是亡国灭种；要是所有人都这么想，那天下早没人了。哈哈哈哈，这个世界就是这样，旱的旱死，涝的涝死，永远在厮杀，唯一不可战胜的，是欲望。它长在人的肉里，流在人的血里，会聚到一起，就是族群的繁衍，家国的存续。而每个人，都是这局大棋里的一枚棋子儿……"刘瑾声音渐弱，小贵子浑身颤抖，几乎握不住笔了。

魏彬指着刘瑾，色厉内荏道："刘瑾！你死到临头，还不知道权力对你而言只是一场虚空大梦嘛！"

刘瑾冷笑道："魏彬，你都没有体验过大权独揽的滋味，有什么资格教训我？"

魏彬如坐针毡。

"名利？权力？呵呵，繁华就是一场梦，到头来都是个空。可那又怎样？明知是空，还不是义无反顾、一如既往，哪怕头破血流。知道归知道，执着归执着。古往今来，概莫……"刘瑾咽气，小贵子毛骨悚然，几近崩溃。他一把撕了供述，抛向天空。

纸片雪花般落下……

乾清宫。

朱厚照一手托腮，对着御案上的华容道棋皱眉思索。

李东阳入内，道："参见陛下。"

朱厚照欣然起身，离开龙椅，道："逆瑾倒台，人心大喜；拨乱反正，人心大顺！"

李东阳道："皇上乾纲独断，涤荡阴霾。实乃社稷之幸，苍生之福。"

"呵呵，阁老也使力不少啊。"朱厚照走到门口，定了定，转身道："有件紧要之事，耽误不得。"

李东阳心头升起不祥的预感。

朱厚照续道："朕打算从宣府调三千边军入京操习，同时调京军去宣府补足兵员。你意如何？"

"皇上，祖制'京军不能调外，边军不能调内"，为的是防止'边兵弱则夷狄为患，京兵弱则边兵为患'。"

"可是近来北方多变，扑灭安化王和刘六、刘七叛乱的都是边军。京军疲弱，内地的卫所也不堪使用，再不互调操练，朕的安危谁来负责？"

"当然是京军负责。边兵骁悍，又久在边将麾下，不如皇上的亲军可靠。"

"兵都是带出来的！"

“正因为是带出来的，才更不能调。九边九镇如臂使指，上下一心，早就习惯了唇齿相依，彼此策应。骤然打乱，只怕会引来兵祸，给蒙古以可乘之机。”

“可是从长远看，却能练成一支兵精将勇的威武之师！”

李东阳沉默片刻，道：“这是江彬的主意吧？”

朱厚照面红耳赤道：“朕早就想到了，安用他？”

“皇上，此例不能开啊。以不习野战之京军戍边，一旦接敌不利，必坠国威，此其一；京军将官多为勋贵子弟，到边地后若不知收敛，骚扰地方，将难以处置，此其二；京军边军建制不同，粮饷供给也不同，互调只会徒增开支，此其三；军马往来交错，惊扰沿途官民，易生变乱——”

“够了！朕意已决，内阁拟旨就是了！”朱厚照拂袖而去，把目瞪口呆的李东阳扔在殿中……

朱厚照快步走出乾清门。张永瞧见，迎了上来。朱厚照吩咐道:“朕去豹房散散心，你盯着内阁，赶紧把票拟送上来。”

张永得令，径直来到内阁签押房，只见一个书吏正在整理资料，便道:“首辅呢？”

“皇上召见，还没回来。”

“还没回来？”张永愣了愣，转身出门，来到乾清宫。

见李东阳一动不动地站在原地，张永道：“阁老？”

没有回应。

张永走到李东阳身边，见其眼眶红润，不禁劝道：“阁老，皇上这番心思动了很久了，恐怕——”

李东阳打断道：“这是要捅大娄子，内阁决不票拟。还请公公劝劝皇上，收回成命。”

张永摇头叹息……

李东阳回到内阁签押房，径直往太师椅上一坐。书吏暗中瞧了瞧，不敢多问，埋头整理资料。

夕阳西下，书吏已然离去，落日余晖透过窗户把李东阳的影子拉得长长的，无比落寞。

张永推门而入，无可奈何道：“传皇上口谕——李东阳这是要干什么？朕就在乾清门坐等，不见票拟，决不罢休！”

李东阳硬邦邦道：“老夫恕难从命。”

“这——”

“公公照直回复便是。”

“唉！”张永转身离去……

乌飞兔走，转眼已是第二天，李东阳闭目坐了一宿。张永再次入内，劝道：“阁老，您这又是何苦呢？”

李东阳睁眼。

张永道：“皇上已经直接下旨，送到兵部去了。”

李东阳默然良久，缓缓起身，收拾东西。张永心怀不忍地看着他走到门口。李东阳正欲开门，书吏推门而入，道：“阁老，您的管家在宫门外头求见。说是一个叫湛若水的翰林院编修在您府上等了一宿了。”

李东阳疑惑道：“湛若水？”

龙场驿，王畿与冀元亨向何陋轩走去。

冀元亨兴奋道：“师父也太神了！运筹帷幄之中，决胜千里之外。写篇文章，就把刘瑾放倒了。”

王畿故作深沉道：“这就叫心战。”

“心战？”

“陆九渊曾曰，东海有圣人出，此心同也，此理同也。西海有圣人出，此心同也，此理同也；千百年前有圣人出，此心同也，此理同也。千百年后有圣人出，此心同也，此理同也。”王畿指了指冀元亨的胸口，道：“把这搞明白，才能战无不胜攻无不克！”

“你不是不信这套吗？”

王畿一愣，道：“呃……我没你那么教条，有用就不妨信一信喽！”

二人入轩，只见席书、聂豹、薛侃面朝王阳明席地而坐。

王阳明打趣道：“龙溪，你马上就能脱离苦海了。”

王畿不解道：“啊？”

席书解释道：“朝廷任命先生为庐陵知县，即日启程去江西。”

冀元亨激动道：“徐师兄好样的！”

席书道：“先生，此一别不知何日才能再见，我有一事相求。”

王阳明道：“你说。”

“先生之学，振聋发聩，早晚流布天下。席书近水楼台先得月，想拜您为师。”

“你是一省学道，又比我大十岁。拜师，恐怕于理不合。”

“诶，道之所存，师之所存，何分贵贱长少？先生的学说催人奋进，使人自尊无畏，实乃救时之妙药。若能扩之四海，则大地皆红炉，人心无歧路。席书愿做阳明学的马前卒！”

聂豹赶紧道：“还有我们，先生。”

薛侃补充道：“也收我和聂豹为徒吧！”

王阳明起身走到门口，席书三人期待地看着他。不料王阳明转身道：“我从来没有收徒的打算，他们俩和徐爱情况比较特殊。我若言之有理，自会深入人心，用不着立个‘阳明学’的名目；若是无理，说再多也会烟消云散，更不必强求什么。”

席书大失所望……

京城李府。

李东阳倚在书房门口的躺椅上，静静地看着院子里淅淅沥沥的雨。

杨廷和走来，愣了愣，道："不是病了吗？怎么还吹风？"

李东阳摆手道："不碍事。"

杨廷和犹豫片刻，凝重道："真的要走？"

"辞疏已经上了。"

"朝廷不能没有您。"

"皇上都绕过内阁下旨了，我还杵在这，他只会愈发拿内阁不当回事。该你上了。"

"我还差得远。"

"一点都不差，有时候还过了。"

杨廷和闻言，不禁一愣。

李东阳直言道："娄忱是听了你的话才自尽的吧？"

杨廷和心下一沉，辩解道："想要推倒恶贯满盈之徒，难免会伤及无辜。"

李东阳默然半晌，道："我老了。你以帝师之身率领群臣，或可约束皇上一二。"

杨廷和凝思道："今上年纪轻轻，却手段老辣。先用刘瑾清洗百官，暗操权柄。当天下仇怨都集于瑾身，再弃之如敝屣，赢得内外交口称赞。恐怕除了您，谁也压不住他。"

"我压得住他？我顶着骂名在内阁签押房坐了这么多年，心血都熬干了，不过是他用来制衡刘瑾的一枚棋子！"李东阳剧烈咳嗽，杨廷和皱眉不语。

李东阳缓了口气，道："你我之间，不说那些无关痛痒的话。朝局慢慢往正轨上走了，以后你就是文官的主心骨。内阁还缺一人，我的意思是起复费宏。好多被刘瑾打压的官员，年富力强却投闲置散，也应该把他们召回来，比如王阳明和李梦阳。"

"王阳明？您不是安排他到江西去当县令了吗？"

"此人才堪大用，我有意让他再历练历练。剩下的人情，就留给你去做吧。"

"多谢阁老。"

"不用谢我，你担子重着呢！皇上游乐无度，至今没有子嗣。大明的未来，你要早作打算啊，别忘了后宫还住着个张太后。"

"您放心，我明白。"

李东阳看着屋外，无限感慨道："黄鹤一去不复返，白云千载空悠悠。"

贵州，夷寨。

王阳明踟蹰良久，正准备敲门，门却开了。

见棠棣走出，王阳明赶忙道：“寨主起了吗？”

“她身子不舒服，让我转告先生，说不要忘了先前的承诺。”说完，棠棣转身离去。

“请留步。”

棠棣回身看着他。

王阳明郑重道：“你告诉她，安心静养，我一定会回来的。”

室内，只见盖罗娇正黯然神伤地对镜梳妆，镜中的她竟然满头白发……

贵阳码头，王阳明、冀元亨和王畿正准备登船，席书、聂豹、薛侃、老汤以及一众学子和夷人前来送行。

席书道：“先生，你走以后，我要让黔省的士子都学心学。”

王阳明打趣道：“那他们还不得骂死我？”

众人哄笑。

聂豹信心十足道：“先生，来年春闱，咱们京师见！”

薛侃亦道：“您就等我们的捷报吧！”

“好！翘首以待。”王阳明走到老汤面前，动情道：“没有你，我活不下来。”说着，作了个长揖。

老汤抹泪道：“大人……”

王阳明握住他的手，道：“新驿丞我见过了，也是四川人，你们相处起来应该会很融洽。保重。”

老汤点头道：“嗯！”

王阳明环视了一眼众人，转身登船。

“先生请留步！”

王阳明回身，只见安国亨下马走近，递上一幅字：阳明先生遗爱处。

王阳明奇道：“少主这是何意？”

安国亨不好意思道：“得知先生要走，又喜又愁。喜的是先生的大学问终于有了用武之地，愁的是不知该送什么礼物好？若以金银相赠，未免俗气，想来想去，便写了这七个字，命石匠刻在龙冈山先生住过的那间石洞里。”

“遗爱者，仁爱留于后世。少主太抬举我了。”

“先生当得起！只是我这字，您就不要见笑了。”

“哈哈哈哈，好！我就拿它做鞭策。”王阳明将字交给王畿，深情道：“诸位，后会有期！”

王阳明抱拳，众人还礼。

京郊长亭，此刻也有一场送行。

李东阳一身布衣，向前来送行的杨廷和、梁储、王琼和湛若水等寥寥数人抱拳。

众人还礼。

李东阳转身，同牵着毛驴的管家离去……

江风猎猎，王阳明立于船首，忽见另一艘船横在江心。

两艘船缓缓靠近，中间搭了个舢板。几个夷人看着王阳明，神色严肃。

王阳明回头嘱咐道："你们在船上等我。"

冀元亨和王畿止步，一脸担忧。

王阳明走到对方的船舱前，隔着帘子，听见里面传出盖罗娇的声音："先生说一定会回来，几时回来？"

王阳明尴尬道："寨主……"

"不想当寨主你可以直说，没有必要糊弄我。"

王阳明沉默片刻，道："是，我不想当！"

舱内，盖罗娇一惊。王阳明的声音传入："我不合适，还会给寨子带来灾祸。当初之所以答应，是有感于寨主的情义。"

盖罗娇起身，大怒道："王阳明，你浑蛋——"

舱外，王阳明道："但只要寨主发话，我就留下来。"

盖罗娇一愣。

王阳明续道："你是我的救命恩人，古伦德也因我而死。我亏欠你太多。"

盖罗娇不语。

"寨主？"

帘子鼓起，眼看王阳明就要进舱，盖罗娇慌乱道："慢着！"

王阳明停手，盖罗娇侧脸看了看梳妆台上的铜镜，只见自己憔悴不堪，满头银发，不禁悲怆道："你走吧。"

舱外，王阳明一愣，盖罗娇催促道："走啊！趁我还没改变主意！"

王阳明点了点头，道："我懂了。你多保重。"转身离去。

盖罗娇泪流满面地走到帘子前，伸手去摸，喃喃道："凤凰高飞九万里，超越云霞，背负青天，翱翔于茫茫苍穹，不可困在篱笆墙里。"

王阳明停步。

盖罗娇真挚道："你要一展宏图，我会为你祈求神明。"

王阳明闭眼，感慨万千……

当晚，夷寨寨主的房间被布置成洞房的样子，红烛罗帐。

盖罗娇身穿汉人吉服，对着铜镜抿了一下唇脂，缓缓走到床边坐下。她摸了摸枕头上绣着的"王阳明"三个字，俯身将脸贴了上去。

门外，惹巴冲慢慢走近，神情肃穆……

第三十七章　息讼安民

王阳明在吉安码头下船，朝不远处的城门走去。王畿手捧一本县志，边走边看，道："庐陵县，附郭吉安府。七山半水两分田，穷地方。"

冀元亨不满道："乌鸦嘴！"

王畿置之不理，道："但也出了不少人。欧阳修、杨万里、文天祥、解缙，还有闻名遐迩的白鹭洲书院，看来是个诗书礼仪之乡。"

王畿发觉王阳明停步，也收脚抬头，顺着他的目光向不远处的江心小岛望去，只见岛上有间杂草丛生、残破不堪的书院。牌匾歪斜着，"白鹭洲书院"五个大字赫然在目。

王畿吐了吐舌头，收起了县志……

城门口围了群人，王畿挤了进去，只见一名男子直愣愣地站着，额头上纹了"安福火腿"四个字。路人指指点点，窃笑不已。

王畿奇道："囚犯才黥面，你怎么把火腿的名字刺在脑门儿上？"

男子随口道："挣钱养家呗！"

冀元亨和王阳明在人群外观望。

王畿又问："店家给你多少钱？"

男子道："一百两。"

"就为了一百两，你情愿一辈子让人看笑话？"

"看笑话怎么了？这年头笑贫不笑娼，女的没钱可以卖身，男的没钱还不能卖个脸了？"

众人起哄叫好。

王畿急道："身体发肤受之父母，你真是不孝啊！"

但显然，路人并不认可王畿的说法。

"人勤劳致富，豁得出去，你眼红啥？"

"就是！有本事你也刺一个！"

纹身者不屑一顾，王畿讪讪地退了出来，与王阳明目光交错，不好意思道："师父……"

王阳明平静道："走吧。"

三人进城，经过一张写着"大德赌坊"的店招时，一个赌客被人推了出来，摔倒在地。

庄家随即出门，凶狠地看着赌客。

赌客不服气道："凭什么赖账？"

庄家下巴昂得老高，道："我怎么赖账了？"

赌客起身，道："我是不是赢了？"

"不是赌赢的！"

赌客揪住庄家的衣服，道："你管我怎么赢的！赢了就得给钱！"

庄家指着他的手，威胁道："撒手！"

"给钱！"

"去你妈的！"庄家一把将之推倒，喊道："来人！"

四个彪形大汉跑了出来。

庄家道："给我打！"

打手连踢带踹，赌客口吐鲜血。

王阳明制止道："住手！"

打手置若罔闻，王阳明使了个眼色，冀元亨冲将上去，三拳两脚便把四人打趴下。

庄家冲王阳明道："你谁呀你？"

王畿挺身道："庐陵知县在此，还不跪下？！"

庄家大笑道："庐陵知县？老子还吉安知府呢！"

王阳明懒得跟他饶舌，径直走入。庄家欲拦，被冀元亨制服。

赌场热闹非凡，众人的目光都集中在正中的一块大木板上。只见由上到下，写了一列人名，分别是何然、犀衍、辅子彻、檀越之、夏侯仪和殷千炀，右边标注着他们的状态，有"年迈""重伤"和"染疾"三种，最右侧则是笔画不一的"正"字。

一额上染着一撮蓝发的青年一手执笔，一手指着人群中的赌棍，确认无误后替他们下注，给"正"字添上一笔。

王畿拉住一个兴奋不已的赌棍，对方转头，却是个独眼龙。

王畿问道："这是在赌什么呀？"

独眼龙道："赌生死啊！那上面都是咱们县身患重病或岁数大了的人，你只需要下注，赌谁先死。"

"还能这么玩？果然山中才数载，人间已百年。对了，你知道刚才被赶出去的那个客人，为什么挨打吗？"

"他呀？他赌城东的楚西鹄老汉，结果跟庄家扯皮了。"

"为什么？"

"楚西鹄吃了死猪做的火腿，整个人都瘫了。那段时间好多人押他，只道死期近在眼前。没想到愣是让一大夫给救了回来，更没想到的是过了半个月还是死了，暴毙。庄家说有传言楚西鹄是被人谋杀的，意外死亡，不给钱，结果就起了争执。”

王畿回头，只见王阳明惨然不乐……

王阳明三人来到县衙，被门口的衙役阻拦。

衙役甲道：“什么人？”

王畿道：“你们堂尊。”

衙役甲怒道：“胡扯！”

王畿从背篓中取出公文，在他眼前扬了扬。衙役甲欲夺，王畿把手抬高，只准他抻长脖子看。

衙役甲看清，赶紧跪下，身后的衙役乙和衙役丙也随之而跪。

衙役甲惶恐道：“堂尊在上，小的有眼不识泰山——”

王阳明淡然道：“起来吧。”

三名衙役起身，衙役甲道：“堂尊，邢县丞带典史、主簿到西门接您去了。”

王阳明道：“我走的水路，在南门下的船。你去把他们叫回来。”

“是。”

衙役乙带路，王阳明步入大堂，只见两侧各站着四名衙役，手持水火棍。

王阳明在明镜高悬匾下、海水朝日图前落座，冀元亨与王畿侍立左右。王阳明看了看堂下，觉得有点不对劲，道：“你们面朝门外，转过去。”

八个衙役得令转身，背对着王阳明。只见他们每人身后都绣着两到四个不等的大字。

王畿瞪大眼睛瞧了瞧左边，念道：“晏大夫，秘方，风湿丸，别无二处。”又看了看右边，续道：“洪御医，祖传，逍遥散，只此一家。”

王阳明怫然道：“这是怎么回事？”

衙役乙怯声道：“启禀堂尊，县衙经费不足，连置办冬装的钱都——所以出此下策。”

王阳明哭笑不得，外间传来击鼓声。

“传！”

“是。”衙役乙转身出。

王阳明伸手道：“官服。”

王畿从背篓中取出官服和乌纱帽，帮王阳明穿戴整齐。衙役乙带入两名男子，一个满脸悲怆，一个浑身血污，双双跪下。

王阳明一拍惊堂木，道：“堂下何人？为何击鼓？”

满脸悲怆之人道：“小的楚天阔，状告丁阿三。”

王阳明道：“告他什么？”

楚天阔道："杀害我父楚西鹄。"

王阳明瞥了眼浑身血污之人，道："你就是丁阿三？"

"是。"

"楚天阔所言，你认是不认？"

"我认。"

王阳明再拍惊堂木，道："为何杀人，从实招来！"

丁阿三道："我是赣江上的收尸人，打捞一具尸体，家属给一两银子。时间长了，觉得来钱太慢，就动了别的心思。上个月楚西鹄吃了死猪肉，奄奄一息，我见大德赌坊的赌棍都押他必死无疑，就潜入楚家，把他闷死，扔进了赣江，造成自杀的假象。"

楚天阔愤怒道："然后恬不知耻地朝我要打捞费，幸亏仵作发现了疑点！"

正在这时，邢县丞带着典史和主簿入，长揖道："下官庐陵县丞邢珣，不知堂尊驾到，有失远迎——"

王阳明抬手道："先不说那些，这件案子你知道吗？"

邢珣看了眼丁阿三，惊讶道："丁阿三归案了？"

楚天阔不满道："要不是我出钱雇人，靠官差猴年马月能抓着？"

典史斥道："放肆！"

王阳明三拍惊堂木，道："世风日下，怪事咄咄。丁阿三草菅人命，丧心病狂，即日收押，卷宗上报！大德赌坊败坏公序良俗，着即查封！"

"是！"典史领命而去。

楚天阔磕头道："青天大老爷啊——"

王阳明道："别喊了，起来吧。你自个儿成全了自个儿，不用谢任何人。"

衙役将丁阿三押走，楚天阔离去。

击鼓声再次响起。

王阳明正要传唤，邢珣走到他跟前低声道："堂尊，不能再传了。"

王阳明不解道："为什么？"

邢珣愁容满面道："咱们这里情况比较特殊，乃四省交通之地，鱼龙混杂，是非极多，百姓好打官司，家家户户都不是省油的灯。您的前任在本地干了三年，头发全白了，身心俱疲，临走时对下官说，如果这世上真有阿鼻地狱，他宁可去那，也不想再待在庐陵。"

王阳明皱眉道："当官不愿为民做主，也只能去无间地狱了。"

邢珣无奈道："堂尊，您有所不知，这有的时候一天能收几百份状子，看都看不过来，如何审理？之前也曾规定过一事一诉，还抓了几个屡教不改的。谁知那些讼棍挑唆了一帮流浪汉天天告状，为的就是可以坐牢，白吃白喝……"

王畿叹服道："高手在民间啊！"

邢珣苦劝道："您要是不给他们一个下马威，由着他们告，那苦日子还在后头哩！"

王阳明不以为然道："法行故法在！乱告诬告自当严惩，可哪有不让人鸣冤告状的理？传！"

衙役乙出，邢珣摇头轻叹。

不一会儿，一个三十岁左右的女子被带入。只见她衣衫不整，在堂中跪下。

王阳明道："来者何人，有何冤情？"

"奴家姓冷，刚才经过文庙，被一男子拖到附近一间空房，非，非礼了……"女子说着说着梨花带雨地哭了起来，王畿流露出怜爱的神情。

王阳明冷冷逼视，忽然一拍惊堂木，吓得冷氏戛然而止。王阳明高声道："大胆刁民，竟敢欺瞒本官！"

冷氏惊慌失措道："民女没有，民女冤枉啊！"

王阳明目光犀利道："你说被人非礼，可为何衣衫不整而发髻首饰却丝毫不乱？要么此事纯系子虚乌有，要么就不是今日发生之事，还不从速招来！"

冷氏磕头道："大人明鉴，小女子说的都是实话啊！"

王畿与冀元亨面面相觑。

王阳明厉声道："上拶指！"

两个衙役取来夹手指的刑具，走到冷氏身前，王畿一脸不忍。

冷氏花容失色道："不要啊！我招，我全招！"

"敢有半句不实之词，本官定叫你痛不欲生！"

"是。前日我在城墙根下看见一个要饭的姑娘，她说是逃婚来此的，盘缠被偷了，没有路费。我见她模样挺俊，一时动了邪念，假称带她找份活路，把她引到一个人贩子家。正背着她讨价还价，这姑娘说自己还有两个女伴，也想找活干。于是我随她前去，被带到文庙旁的一间破屋子。没想到屋里也有个人贩，把我给捆了。那姑娘从他手中领了五两银子扬长而去，当晚我就被人贩子玷污了。"言罢，冷氏一阵抽泣，呜咽道："我逮着一个机会逃了出来，实在咽不下这口气，就来报官……"

王阳明怒拍惊堂木，道："天理不明而人欲炽。想不到人文荟萃的庐陵竟成了尔虞我诈的虎狼之地。惟乾！"

冀元亨大声道："师父！"

"你带一队衙役，随她前去抓人。"

"是！"

王阳明宣判道："冷氏有心为恶，拘押十日。退堂！"

衙役齐声道："威武——"

典史率衙役包围了赌坊。

"奉庐陵知县之命查封大德赌坊！"

衙役冲上去贴封条，赌棍作鸟兽散，庄家被押了出来。

远处，独眼龙和那个染着一撮蓝发的赌棍在树下旁观。

独眼龙抱怨道：“新官上任三把火，没想到第一把就把咱吃饭的家伙事给烧了。”

蓝发赌棍不屑道：“谁烧谁还不一定呢！”

独眼龙瞥了他一眼，道：“你就吹吧，蓝天凤。”

蓝天凤的声音高了八度：“吹？呵呵。他不是爱管闲事吗？咱就让他管个够！”

夜里，王阳明与王畿在县衙后院散步。只见院中有个菜园子，里面种了几畦青菜，靠墙处还架了一棚丝瓜。

王畿道：“师父，冷氏也是受害者，为什么关她？”

王阳明道：“世间之事，纷纷扰扰，当论迹时论迹，该论心时就要论心。”

“可她毕竟作恶未遂呀！”

“龙溪，你知不知道天顺年间有个大学士叫吕原？”

王畿摇头。

王阳明续道：“吕原当年辞官回乡，德高望重，只有一个酗酒的醉汉对他破口大骂。吕原告诫家人和乡党不要与其计较，结果一年后此人犯了死罪入狱。吕原很后悔，说‘假使当初对他略施薄惩，也不至于此。我只顾念自己宽厚的名声，没想到却姑息纵容了他的恶行’。”

“这么说，你是想让冷氏警醒警醒？”

王阳明点头道：“如果吕原能‘以直报怨’，坚持原则，就不会有后来的杀人犯了。”

邢珣走近，闻言佩服，道：“堂尊。”

王阳明转身，道：“邢县丞，我料前任县尊必定两袖清风。”

邢珣不明所以道：“愿闻其详。”

王阳明解释道：“就看这园子里只种菜不养花，打理得井井有条，便知是个好人。”

邢珣凝神道：“唉！是好人，可这世道宁可要有用的坏人，也不要无用的好人哪！”

王阳明笑道：“那咱们就当有用的好人！说说看，庐陵的健讼之风是从什么时候开始的？”

邢珣追忆道：“虽说历史悠久，但也其来有因。阉党祸国时，刘瑾往江西派了一个织造太监，让吉安各县都上交葛布。庐陵根本不产葛布，可那个死太监不依不饶，非说‘江南各省都出葛布’。最后实在没折，定下一笔‘葛布捐’来，年年都交，摊派到每个百姓头上。这官民对立，就是从那会激化的。”

王畿插言道：“刘瑾不是已经垮台了吗？葛布捐还交？”

邢珣道：“呵呵。历代的赋税，从来只见巧立名目增设的，何时见过既有的被废除？”

冀元亨满头大汗地走了进来，衙役紧随其后，押着人贩。

王阳明道：“怎么这么久？”

冀元亨气喘吁吁道：“这家伙脚底抹油，太能跑了。”

“先押下去。明日我下乡走访，后天开堂审理。”

“是。”

两天后，县衙大堂，王阳明正襟危坐，拿起惊堂木。突然，衙门外传来如丧考妣的哭喊声，鸣冤鼓被敲得像战鼓一样急促。王阳明皱眉，邢珣意识到大事不妙。

衙役甲和衙役乙跑了进来，惊恐万状。

衙役甲急道：“堂尊，他们冲进来了，您先回避一下吧！”

话音刚落，只见在蓝天凤和独眼龙的带领下，黑压压的人群潮水般涌了进来，“不活了”的声音此起彼伏。

邢珣斥道：“蓝天凤！哄堂塞署是杀头的大罪，你活腻了吗？”

蓝天凤振振有词道：“我等是来告状的，哄什么堂，塞什么署了？”

众人附和。

王阳明重拍惊堂木，把人群镇住后微微一笑道：“告状好！告状说明大家相信国法。讲规则的地方，就算仁德不兴也差不到哪去。”

蓝天凤一愣。

王阳明续道：“咱们今天就立个规矩。来，大伙排成一队，把状子交给邢县丞，没有署名的不收。本县新官上任，有的是时间，会一一排查。若发现无中生有，捏造事实的，罚银二百两。”

众皆不语，只有五六个人上前递状子，蓝天凤脸色阴沉。

王阳明起身道：“我知道你们想告什么。捐税即将开征，除了田赋和楠木、烧炭、牲口等各项杂税外，还要交一笔所谓的‘葛布捐’。若是往年，乡亲们也就认了，可今年以来，吉安连遭大旱、大疫，许多人家困窘已极，实在是拿不出那么多钱了。本县深知尔等疾苦，打算向上宪求情，黜免庐陵的‘葛布捐’。”

堂中鸦雀无声，众人的脸上均是半信半疑的表情……

王阳明快步走入后院。

邢珣试探道：“堂尊真的要去求府台大人？”

王阳明的口吻不容置疑：“话都放出去了，岂能食言？”

“堂尊有所不知，咱们这位知府是新上任的，啥也不懂，啥也不管，大事小情都被年同知抓在手里。可这个年同知，是出了名的难缠鬼呀！”

王阳明站定，笑盈盈地着看他，道：“邢县丞也有所不知，江西布政使诸养和是本县的岳父。我不去找他，一是不想越级，二是不想别人说闲话。

邢珣恍然大悟道：“原来如此！”

庐陵乃吉安首县，县衙与府衙同城。

府衙后院，一个粗犷的大胡子身着常服，在院中射箭，正中靶心——此人便是吉安知府伍文定。

一只花猫身上缠着毛线，拖着线球跑了进来，身后跟着一个上气不接下气的婢女。

“花花，别跑！”

花花回头瞧了瞧她，跑得更欢了，线球快速翻滚。

一把刀凌厉地落下，斩断了猫和线球之间的线。

“乱者必斩！”伍文定拿起线球，交给婢女。

猫停了下来，怯生生地叫了一声，用爪子清理缠在身上的毛线。

婢女小声道：“多谢老爷。”

伍文定扬手道：“去吧！”

婢女离去，下人带王阳明入内。

院中有个小桌和一把椅子，伍文定落座，心疼地摸了摸刀刃。

王阳明作揖道：“庐陵知县——”

伍文定头也不抬，直接打断道：“咱们这山多地少，还习惯吧？”

王阳明愣了愣，道：“下官在贵州时每日与山为伴，习惯。只不过这一路走来，眼底都是撂荒的田，焦黄的地，不知道百姓习不习惯。”

伍文定抬头，道：“你想说什么？”

王阳明直言道：“庐陵不产葛布，葛布捐乃是刘瑾在台时强加于民的。还望府尊体恤民情，革除弊政。”

“葛布捐？”伍文定放下刀，道：“不管什么捐，取不取缔，你说了不算，我说了也不算。财政牵一发动全身，少了这笔钱，亏空从哪补？”

王阳明陈情道：“府尊，吉安今年迭遭旱灾、瘟疫，庐陵几乎颗粒无收，乡村之中有阖门尽死的。若再不与民休息，只怕会激起民变。”

伍文定冷笑道：“你倒是会做人！交捐纳粮是百姓的本分，不守本分便是刁民。县衙有皂隶、马快，还有大牢，难不成都是摆设？”

王阳明指着门口的照壁，道：“下官斗胆请问大人，那照壁是不是摆设？”

伍文定顺着他手指的方向，只见照壁上刻着“敬天爱民”四个大字，不禁怒道：“扯淡！不能事上，何以为下？”

正在这时，年同知拿着一封公文走近，道：“府尊，省上下的文。”

王阳明看着年同知，觉得眼熟。他努力回忆，想起来乃当年自己查办陕西河道案时在陈有光手下当通判的那位。

年同知早就听说王阳明来吉安做官了，却故作惊讶道：“哟，这不是王阳明吗？”

王阳明恭敬道：“年大人别来无恙？”

伍文定公函拆了一半，闻言警觉，道：“我看看先，你下去吧。”

“是。”年同知离去。

伍文定道：“跟我来。”

书房里，伍文定落座，道："原来你就是王阳明。"

王阳明颔首。

伍文定笑道："哈哈哈哈！疾风知劲草，国乱显忠臣。当年午门廷杖，刘瑾被你气坏了！可惜那会我在成都，错过了一场好戏！"

王阳明打趣道："大人觉得是好戏，下官可差点喋血午门啊！"

两人相视而笑。

伍文定感慨道："哎呀，总算守得云开见月明了。实不相瞒，葛布捐的事，我是心有余而力不足啊！"

王阳明道："怎么讲？"

"你是正派人，我也没什么好藏着掖着的。问题都出在刚才那个人身上。"

"年同知？"

"就是他。你们认识？"

"当年在西安打过交道。"

伍文定叹息道："此人不简单啊！在吉安经营多年，我到任都三个月了，愣是水泼不进，什么事都插不上手。而且，他省上还有人，跟一个布政司参议沆瀣一气，葛布捐没准就是他们故意给压着的，好中饱私囊。"

王阳明沉思片刻，指了指桌上的公文，道："敢问大人，这是谁下的文？"

伍文定拿起来细细阅览，勃然色变道："欺人太甚！"

王阳明道："府尊？"

伍文定自知失态，定了定神，道："又是姓年的和那个参议搬弄是非，让藩台大人以为我阻挠省上收牛黄。"

"收牛黄？"

"吉安特产牛黄，每年省上都要派人下来收集。"伍文定拿起公文道："这道公文质问我为何要放话说'年岁不好，牛才会生病，进而有牛黄。现在天下太平，风清气正，牛都膘肥体壮，没有牛黄可取'——我根本就没说过这样的话嘛！"

王阳明思忖道："大人若是信得过我，倒是有个法子可以对付他们。"

伍文定心中一动，道："什么办法？"

府衙正堂，年同知靠在一张椅子上，对围着他的官员训话，颇有山中无老虎，猴子称霸王之势。

伍文定怒气冲冲地走了进来，将公文一掌拍在案上，道："这是哪个混账王八蛋在诬陷本府！"

众官皆惊，年同知起身走了过去，道："府尊怎么了？上面怎么说？"

"少给我装蒜，说什么你会不知道？！"

"这是发给您的，又没拆过封，我哪知道？"年同知说着，委屈地看看同僚，只见众人纷纷点头。

伍文定气得胡子乱颤，将公文撕得粉碎，道："昏官！"

年同知假装着急道："使不得呀堂尊，撕了公文您怎么向藩台大人交代啊？"

"交代个屁！"伍文定一把将纸屑扔到年同知脸上，负气而去。年同知一脸无辜状，暗自窃喜……

很快，此事便被报到了江西布政使司。

一个从四品的参议向藩台诸养和耳语了一阵，诸养和大怒道："岂有此理！把伍文定给我叫来！"

伍文定被传唤到藩台衙门。

诸养和的脸像结了层冰，背着手走来走去。伍文定跪在一旁，低头不语。

过了好一会儿，诸养和站定道："你就是这么当官的？你这官是怎么当上来的？"言毕，继续走来走去，良久方才俯到伍文定耳边道："你以为是夫妻间的家信，一言不合就撕了？"

伍文定抬头道："我没撕。"

诸养和一愣，只见伍文定从怀中取出公文。诸养和接过去细细一览，百思不得其解。

"年某人以为我撕了您的公文，殊不知那是封假的。"伍文定取出一封信交给诸养和，道："这是庐陵知县王阳明的亲笔信，可证明下官的为人以及此事的来龙去脉。"

诸养和拆信阅读，如梦初醒。

"老夫错怪你，给你赔礼了。"诸养和长揖，伍文定忙道："大人折煞下官了！那葛布捐——"

诸养和道："你不用管，剩下的事都交给我。"

庐陵县衙外，百姓围观告示。

路人甲欢呼道："葛布捐废除了，真的废除了！"

王阳明走到大门口，身后跟着王畿、冀元亨和邢珣。

路人甲指了指王阳明，道："王青天！"

众人涌到台阶前，纷纷跪下，口呼"青天大老爷"。

王阳明道："大家快快请起！本县只是纠正了官府的错误，这是你们应得的。"

众人起身。

王阳明续道："现在，我与你们平等对话，约法三章。"

百姓不解其意。

"你们打官司，我不反对。但我看你们的状子都是花钱找讼棍写的，又臭又长，不堪卒读。"

众人哄笑。

“以后再要告状，一事一议，不得超过六十个字，否则衙役将拒绝代呈。当然，本县更希望你们能私了就私了，自己顿悟最好。如何？”

路人甲表态道：“好！谁再无理取闹，就是不识好歹，咱们都瞧不起他！”

众人纷纷称是，邢珣简直不敢相信自己的眼睛。

酒楼的包厢里，伍文定给王阳明倒酒，道：“人言‘千万别惹王阳明’。今日一睹，心服口服。”

王阳明笑道：“这话说得好像下官会吃人似的。”

伍文定道：“姓年的被调走了，去按察使司当佥事。”

王阳明微微一笑：“这下大人可以放开手脚，大干一场了。”

“嘿嘿。”伍文定吃了口菜，道：“听说你搞了一套学说，叫‘知行合一’？”

王阳明一愣，道：“王畿这家伙，就会乱嚼舌头……”

“诶，实不相瞒，我是靠战功起家的，长于兵事，短于文字，想跟你学一学。可惜眼下文牍卷宗堆积如山，整日连轴转，一点工夫都抽不出来！”

“大人真想听我的意见？”

“洗耳恭听。”

“其实处理公务与诉讼，本身就是切实的学问。”

“此话怎讲？”

“一些地方官因为案情烦冗而草率结案，因为旁人诋毁而听信谣传。这些都是私欲，找出来省察克治，直到不因对方无礼而恼怒，哀求而枉法，言语婉转而心生好感，就能置我心之天理于万事万物了。”

伍文定若有所思。

王阳明续道：“按照朱熹的说法，没有相关经验，工作就无从下手，因此必先向外‘格’出一套道理来。殊不知当官的道理一直在大人心中，没有显露只因之前身在行伍。现在平台换了，爱民如子的理会自然而然地呈现出来，大人只管专注去做便是。”

敲门声响起。

伍文定道：“请进。”

下人入内，递给他一道公文，道：“老爷，巡抚衙门的公函。”

伍文定拆阅，眉头紧蹙。

王阳明问道：“出什么事了？”

“粤匪池仲容率所部打到了赣州，都堂大人命我调兵前往支援。”

“池仲容？”

“此人祸害南赣多年，人称‘金龙霸王’。他的事我或多或少知道一些。当年，池仲容、池仲安兄弟给乡绅祁员外做工，年底结算时，祁员外见他们干活卖力，于是多给了十两银子，派家丁将工钱送给池仲安。池仲安与来人在酒馆喝得酩酊大醉，回去的路上倒在道旁，摔得鲜血淋漓，身上的钱也被贼给偷了。酒醒后他回到家，向大哥池仲容谎称祁员外不给工钱，还把他打伤。池仲容火冒三丈，纠结了一帮人去找祁员外理论，双方爆发冲突。祁员外被失手杀害，池仲容落荒而逃。事后他细细琢磨，觉得祁员外是远近闻名的善人，不大可能拖欠工钱。逼问之下，池仲安才道出实情。池仲容后悔莫及，但此时县署已下达海捕公文，兄弟俩只好落草。”伍文定喝了口酒，起身走到门口，道：“南赣流寇，日渐猖獗，池仲容只是其一。还有横水的谢志珊，大庾岭的陈曰能，外加福建漳州的詹师富——大乱恐一触即发啊。”

王阳明听到这三个熟悉的名字，皱眉凝思。

第三十八章　庐陵血案

谷月轩是庐陵最大的茶楼，冀元亨与典史以及四个衙役上到二楼，在栏杆边上的位置坐定。从这个角度望去，只见不远处的广场上人头攒动，一个江湖班子正在卖艺。

一八岁的小男孩儿戴着开裂的皮手套拿大顶，另一个长他十岁的女孩变着花样抖空竹，众人连连喝彩。

一四十岁左右的男子见人围拢得差不多了，提着铜锣走到广场中央敲了一下。吆喝道："光说不练嘴把式，光练不说傻把式。在下封无欲，携内人与我儿封胤、小女封寒月初来宝地，给大伙练几招。练不好，各位包涵着瞧；练得好，跟各位要几个钱儿。大把扔钱的，我作个揖；没带钱给站脚助威的，也作个揖。你明理，我沾光！"

封无欲提到封胤和封寒月时，两人停下来向观众抱拳示意。封无欲的妻子祝氏站在远处的一堆箱子和道具旁，朝众人微笑。

蓝天凤和独眼龙路过，独眼龙挑衅道："废什么话，有绝活亮出来啊！"

封无欲微微一笑，回头看了眼妻子。祝氏端来一张桌子，将茶壶摆在上面，再把一枚铜钱置于壶嘴上，最后拿出一颗泥丸，轻轻地放在铜钱上。

封无欲站在三丈外，摸出一把弹弓，瞄准了泥丸。众人屏息凝视，但闻"嗖"的一声，泥丸被击落，铜钱纹丝不动。

众人震惊，雷鸣般的掌声随即响起，封胤趁机端盆接赏。走到蓝天凤跟前时，封胤冷冷地望着他。

蓝天凤避开封胤的目光，独眼龙不耐烦地挥挥手，道："走开走开！没钱！"

封胤气呼呼地离开，独眼龙转身欲走。

封无欲道："这位兄台请留步。"

独眼龙回身道："怎么？"

封无欲正色道："早不走晚不走，要钱你才走，这是脚底不留德。都跟你一样，花钱的也被挤走了。"

众目睽睽之下，独眼龙有点紧张，强辩道："你这功夫我见过，不稀罕。要是有更绝的，我便掏钱。"

封无欲道：“好！那我就给大伙露一手‘弹打弹’！”

众人引颈期盼。

封无欲远离人群，冲着天空猛力拉弓，射出一弹。接着又从兜里取出一弹，眯着左眼，将之射出。第一弹在坠落过程中与第二弹相碰，被撞得粉碎。

叫好之声此起彼伏，掌声久久不息。封无欲朝各个方向抱拳以示感谢，并得意地望着独眼龙。封胤适时走来，满脸通红的独眼龙摸出两枚铜钱，扔了进去。

掌声稍歇，封无欲转身向妻子走去，蓝天凤摸出一锭银子大声道：“班主！”

封寒月与封胤齐齐望向他，封无欲转身。

蓝天凤道：“还有更绝的吗？让大家开开眼，这十两银子就归你。”

封无欲沉默不语。

茶楼上，冀元亨一边嗑瓜子一边饶有兴致地观望……

蓝天凤得意道：“怎么，没有了？”

独眼龙亦道：“咱庐陵可是卧虎藏龙之地，就这两把刷子，还是趁早走人的好！”

封无欲沉默半晌，微微一笑道：“既然话都说到这份上了，在下只好献丑了。封胤，‘刺杀活人’！”

封胤点头。

祝氏一惊，观众充满期待。

冀元亨放眼望去，只见封胤在父亲的指挥下站好。封无欲走到近处的剑架旁，从上层取了把剑。

封无欲耍了一套剑法，赢得阵阵喝彩。他在离儿子两米处站定，祝氏一脸担忧，观众目不转睛。

冀元亨注意到，剑架旁的蓝天凤同一个富态的中年男子起了争执，互相推搡。但很快，随着众人的一声惊呼，他的目光就转移到了封无欲身上。

封无欲长剑刺出，正中儿子咽喉。封胤倒地，血流如注。众人傻眼了，封无欲看着血淋淋的剑，一脸迷惑。封胤痛苦挣扎，伸手求救。封无欲回过神来，扔了剑，俯身抱住儿子。祝氏疯了般跑过去。人群如梦初醒，作鸟兽散。

冀元亨意识到不妙，急道：“快拿人！”

县衙大堂，衙役齐声道：“威武——”

王阳明一拍惊堂木，道：“封无欲！你胆大包天，竟敢在光天化日之下杀人！”

封无欲失神地跪着，身旁是盖着白布的封胤的尸体。祝氏号啕大哭，封寒月木然无语。封无欲泪流满面道：“老爷明鉴！虎毒尚不食子，我怎么会杀阿胤呢？”

王阳明指了指堂外围观的人群，道：“这么多人都看见了，你还想抵赖？”

封无欲分辩道：“剑被掉包了，弹簧剑换成了真剑！”

众人交头接耳。

王阳明问道：“你不是从剑架上取的剑吗？”

“嗯。剑架分两层，上层是弹簧剑，下层是真剑。我在上层拿的剑，没想到——”

“当时，剑架周围可有异样？”

封无欲想了想，道：“柳员外和一个刁难我的人起了争执，差点把剑架撞倒。”

冀元亨俯身低声道：“蓝天凤。”

王阳明又问：“你认识那个柳员外？”

封无欲点头道：“就是他请我来的，两日后在浮生楼给他们夫妇唱一出《梧桐雨》。”

王阳明下令道：“惟乾，你和典史分头行动，将蓝天凤与柳员外带到。”

冀元亨：“是。”

一盏茶的工夫，柳员外和蓝天凤至署。

柳员外走到封无欲身边跪下，看了看封胤的尸首。蓝天凤由两个衙役押着，挣扎不休道：“凭什么抓我？”他瞪了一眼王阳明，道：“你这是公报私仇！”

王阳明注意到封寒月瞅了柳员外一眼。

蓝天凤被冀元亨踹了一脚，不情不愿地跪下，愤愤不平。

王阳明道：“柳员外，封无欲可是你请到庐陵来的？”

柳员外道：“是。拙荆爱听戏。唉！她身患不治之疾，时日无多，本想再看上一场，没想到出了这么档子事。”

“你和蓝天凤在剑架旁吵什么？”

柳员外瞟了蓝天凤一眼，道：“哼！这小子存心砸场，让我教训了两句，不服气，假装被挤，故意踩我。”

蓝天凤道：“自己不长眼，别往我头上赖！”

“你浑蛋！”柳员外扑上去欲打，被衙役扯开。

王阳明再拍惊堂木，道：“放肆！这是命案，你等都有嫌疑！全部带下去，分别关押！”

衙役将堂上五人押离，蓝天凤兀自喋喋不休，连道：“凭什么关我！”

王阳明、冀元亨和邢珣步入县署后院，但见王畿正指挥几个衙役从马车上卸箱子。

王阳明道：“龙溪回来了？”

王畿走近，喜不自禁道：“师父，足足五千两藩银！”

王阳明淡然道：“嗯，辛苦了。”

王畿低声道：“诸老爷说，要是您不忙，可以将夫人接过来。”

“知道了。你先下去歇着吧。”

“是。”

王阳明对邢珣道：“把背后有字儿的衣服都换了，不成体统。”

邢珣道："是，府尊。那些嫌犯——"
王阳明凝神道："挨个审。"

衙役打开牢门，王阳明迈入，封寒月抬头。
王阳明道："你弟弟的死，你似乎不以为意？"
封寒月沉默片刻，道："他不是我弟弟。"
王阳明一惊……
回到大堂，王阳明下命提审祝氏。
邢珣道："封寒月说什么？"
王阳明落座，道："封胤不是封无欲之子，是祝氏捡回来的一个婴儿。"
邢珣与冀元亨对视了一眼，道："祝氏哭得那么惨，不像是养母啊！"
王阳明道："你也觉得蹊跷？一会儿就知道了。"
祝氏被衙役押入，在堂中跪下，道："大人。"
王阳明道："我问你，封胤是不是你亲生的？"
祝氏一愣，道："是啊。"
王阳明的双眼射出两道利芒，道："你说谎。封寒月已经招供，封胤是你捡来的。"
祝氏沉默，泪水滑落。
"你既非封胤亲属，又非我县人士，故此案本县不予审理。你到别处讨公道去吧，退堂！"王阳明猛拍惊堂木。
祝氏急道："大人，大人！我招！"
王阳明目光如炬地盯着她。
祝氏脸红道："封胤是我和别的男人生的。"
众人均是一惊。
祝氏续道："我们家那口子走南闯北，有一年把我一个人留在家，后来就——那个人有家室，是当地的大户。我暗中生下孩子，他不敢要。我不舍得扔，只好等那口子回来告诉他捡了个带茶壶嘴儿的娃。他一直想要个男孩儿接班，便视如己出。"
王阳明疑心道："此事封无欲一直蒙在鼓里？"
祝氏摇头："也不知谁走漏的风声，前两年他知道了。虽然打了我一顿，但也默认了，带着我和封胤一起跑江湖。"
王阳明看着祝氏，眼神深邃。

明月当空，县署书房。
王阳明坐在书案后，邢珣、冀元亨在座。王畿托腮思索，道："说是默认，但哪个男的能咽下这口气？封无欲积怨多年，无处发泄，终于自己偷换了宝剑，刺杀封胤，以泄心头之恨。"
邢珣摇头道："问题是他毕竟养了封胤八年，不可能没有感情。人心都是肉长的呀。”

王畿道：“可人心也是变幻莫测的！隐忍了那么久，跟祝氏一言不合，一怒之下决定杀人，不是没有可能啊！”

王阳明沉吟道：“若是一时冲动，又岂会精心布局，在大庭广众之下杀人？如此大费周章，似乎并不明智。”

王畿无言以对。

王阳明起身，道：“不过，既然龙溪这么说了，就把其他人都放了吧，只留封无欲。”

邢珣惊道：“这是为何？！”

王阳明按住他的肩膀，道：“鸷鸟将击，卑飞敛翼。”

次日，大牢的门口摆了张桌子，典史和两个衙役正在登记嫌犯的随身物品，王阳明、冀元亨、王畿与邢珣走近。

典史道：“堂尊。”

王阳明点点头，看了看桌上的物件，拿起一条琥珀项链，在阳光下细细端详。又放下项链，指了指那堆金戒指、珍珠耳环和翡翠手镯：“这些首饰都是谁的？”

“封寒月。”

“哦？”王阳明沉思片刻，道：“柳员外先不要放。”

“是。”

冀元亨、王畿和邢珣不解，王畿道：“师父，你不会认为柳员外也有嫌疑吧？”

王阳明笑道：“你跟了我这么久，还没学会声东击西？”

王畿疑惑道：“声东击西？”

王阳明解释道：“疑点在封寒月身上。一个萍踪不定的戏班子，维持生计尚且困难，凭什么穿金戴银？”

“戏子一般姿色上佳，肯定有男人撑腰呗！”

“所以轮到你出马，试一试这个男人是不是柳员外。”

“为什么是我？”

“你没露过脸，封寒月不认识你。过来。”

王畿凑近，王阳明面授机宜。

被释放的封寒月路过封无欲的牢房，停了下来。

封无欲道抬眼，道：“浮生楼的戏，接着唱。”

封寒月垂首道：“父亲……”

“咱们跑江湖的，答应了的事就一定要做到。”

“嗯。”

浮生楼的戏开演了。

满院观众，齐齐望着戏台，台边的木牌上写着“梧桐雨”三个字。

王畿挤进人群，只见封寒月饰演的杨玉环引宫娥上台，顾盼生姿。

“杨玉环”朱唇轻启道：“妾身杨氏，弘农人也。父亲杨玄琰，为蜀州司户。开元二十二年，蒙恩选为寿王妃。开元二十八年八月十五日，乃主上圣节，妾身朝贺。”

众人鼓掌叫好。

封寒月眼波流转，物我两忘，一时间竟把王畿给看呆了……

后台，封寒月对镜卸妆，台上容光焕发的神采消失不见，一脸倦容。

王畿入内，道：“小姐。”

封寒月转身，道：“你是？”

“我是柳府的小厮，柳员外让我来找你。”

封寒月一愣，道：“不可能！他在牢里关着呢！”

王畿摸出一枚白玉飞天佩交给封寒月，道：“老爷何许人，谁关得住他？上面已经打招呼了，立刻放人。”

封寒月检查玉佩，确认无误后道：“他说什么？”

“呃——他让你再忍一忍，待机守时。”

封寒月冷笑道：“待机守时？说好了老婆一死就明媒正娶！你回去告诉他，再要失信，我可不等了！”

“哦，好，好的……”王畿出门而去，迎面撞见蓝天凤，两人均是一惊。

蓝天凤努力回想，道：“你——”

“你什么你？”王畿别过脸，匆匆离去。

蓝天凤进到后台，问道：“刚才那人是？”

封寒月漫不经心道：“一个送信的。”

蓝天凤反应过来，道：“不对！他是王阳明的人，我在县衙里见过！”

封寒月大惊。

日落西山，王畿快步朝县署大门走去。一抬头，只见旁边的巷子里封寒月正媚眼如丝地看着自己。王畿的腿登时软了，向巷子走去……

月色朦胧，一座酒楼的窗户里透出暧昧的光。

王畿喝得醉醺醺的，封寒月举止轻佻，笑靥如春道：“这么说，知县大人怀疑的不是柳员外，是我？”

王畿口齿不清道：“我……我可没这么说，是……是你说的。”

封寒月敛容，眼中闪过一道寒光……

王阳明在月下怀想，冀元亨快步走近。

“师父。”

王阳明转身，见冀元亨冲他摇了摇头，皱眉道："不找了，让邢县丞点兵。"

马车飞驰，蓝天凤拼命赶车。

车厢里，封寒月从怀中取出封胤生前拿大顶时戴的皮手套，思绪万千。忽然，车猛地停了下来，封寒月摔倒。

旷野里，柳员外率一众举着火把的家丁堵住了马车的去路，道："蓝天凤，你活腻了！敢玩我的女人！"

封寒月的声音从车里传出："我愿意。"

柳员外一愣。

封寒月款款下车，道："我陪了你那么久，不欠你什么。你要是还顾念旧情，就放我们远走高飞吧。"

柳员外软言道："寒月啊，咱们不是说好了嘛，等——"

"我等不了了！"

"就算你等不了，跟他远走，能高飞吗？"

王阳明的声音传来："高飞不了，也远走不成！"

众人大惊，循声望去，只见冀元亨、邢珣带着一众衙役包围过来，王阳明最后出现，身边跟着冷若冰霜的祝氏。

祝氏快步走到柳员外跟前，把他盯得毛骨悚然。柳员外侧过脸去，避开她的目光，结果冷不防挨了一记耳光。

封寒月疑惑道："娘？"

祝氏情绪失控，对柳员外拳打脚踢起来。

"喂！你发什么疯啊？"柳员外一边躲闪一边冲王阳明道："你们不管吗？"

众人纹丝不动，只有封寒月冲上去拉扯。

祝氏道："你个畜生，骗了我不够，还骗我女儿！"

封寒月急道："娘，你胡言乱语什么！"

祝氏罢手，望着女儿，痛心疾首道："你好糊涂呀！"

封寒月顶撞道："你才糊涂，当着这么多人——"

祝氏环视众人，又看了看衣冠不整的柳员外，气得浑身颤抖，半晌方道："他是封胤的亲爹！作孽啊！"大哭不止。

柳员外羞愧难当，封寒月震惊不已，像丢了魂一般。她直直地走到柳员外跟前，用手指着他，羞愤道："你——"急火攻心，晕了过去。

王阳明厉声道："全部带走！"

一双眼睛缓缓睁开。

牢房里，王阳明坐在两米开外的一张椅子上，缓缓道："事已至此，我劝你还是招了。"

封寒月坐在墙角的一张小床上，暗自神伤，良久无语。王阳明起身离去，封寒月轻声道："大人。"

王阳明站定。

封寒月悲戚道："是我杀了封胤。"

王阳明坐下，盯着她的眼睛道："为什么？"

封寒月陷入回忆……

封胤拿着一支玉钗，经过一个染坊，听见里面传出男女的嬉笑声。他好奇地停下脚步，走了进去，穿过眼花缭乱的染布，看见惊人的一幕——封寒月上身脱得只剩肚兜，正和蓝天凤偷情。

封胤惊呆了，封寒月和蓝天凤听到动静，循声望去，也愣住了……

思绪回到现实，封寒月两眼无神道："剑架上下两层，真剑假剑各五把。父亲平日取哪把，我最清楚。把他常用的假剑换成真剑，再让蓝天凤激他表演刺杀活人。"

王阳明道："就为了灭口？"

封寒月点头。

"怕柳员外知道？"

封寒月再次点头。

"为什么嫁祸给你爹？"

封寒月恨声道："他是个没用的男人！要不是他，我跟我娘也不用过颠沛流离，看不到头的日子！"

王阳明训斥道："封寒月，你在台上演惯了公主千金，就误以为那是自己应得的吗？庄周梦蝶，何为实？何为虚？如果分不清这一点，一辈子都活不明白。"

"活不明白？难道想过好日子也有错？"

"没错。可问题是想过多好的日子，就要有多大的能力。靠别人才能实现的愿望，是妄念。"

封寒月无语。

王阳明交给她一支玉钗，道："封胤身上找到的。你娘说你一直念叨要支翠玉金钗，估计封胤知道了，偷偷攒钱买了下来，想给你一个惊喜。"

封寒月抚摩金钗，眼含热泪。

王阳明起身，道："所有人都只在意你飞得高不高，难得有那么一两个关心你过得好不好。摸摸良心，什么是对，什么是错。"

王阳明走出牢房，身后传来悲凉的哭声："弟弟，姐姐害了你啊！"

县署的院中摆了条长案，上面放着王伦的那把秋声琴，王阳明抚奏《胡笳十八拍》。

冀元亨和邢珣经过，停下脚步。邢珣向冀元亨投去询问的目光，冀元亨道："好久不弹琴了，许是心里不痛快，寻思该怎么判封寒月吧。"

邢珣沉思道："命案要报刑部，是绞是斩得听上面的。唉，便宜了那个姓柳的。糟蹋了人家母女，什么事都没有。听说他老婆是个河东狮，他不敢纳妾，便养了好多外宅——"

嘈杂声起，典史带着几个押解王畿的衙役出现在王阳明身前，琴声骤歇。

王畿衣冠不整，下跪道："师父……"

王阳明面无表情道："国有国法。这一回，我保不了你。"

冀元亨急道："师父——"

王阳明呵斥道："你住嘴！"

王畿脸色煞白。

王阳明起身，道："我在这里告诉过你，吕原后悔以德报怨，你还记不记得？"

王畿小声道："记得。以德报怨，何以报德？"

王阳明疾言厉色道："今日若姑息此事，是害法、害理、害你。你走，以后我没你这个徒弟！"

众人均是一惊，冀元亨劝道："使不得啊师父！"

王畿哽咽道："你打我、骂我、罚我都可以，只求不要赶我走。"

王阳明道："以你之罪，要不是看在你父亲的分上，你以为我会让你一走了之？"

王畿默然无语。

王阳明背过身去，眼中泪光闪烁，狠心道："走！"

王畿伤心欲绝，闭眼长叹，给王阳明磕了三个响头。

"一日为师，终身为父。师父，你多保重。我走了。"王畿深吸一口气，转身离去。

"师弟！"冀元亨追了上去。

王阳明断喝道："惟乾！"

冀元亨站定，苦闷地蹲下捶脑袋。邢珣上前，低声道："你师父这么做肯定有他的道理，咱们就不要再让他为难了。"

冀元亨叹气，王阳明的眼角渗出清泪……

次日，封寒月站在囚车上，神情麻木。祝氏一路追赶，撕心裂肺地哭喊。

围观群众指指点点，"贱人""婊子""有其母必有其女"的骂声不绝于耳。

王阳明走入县衙大牢，典史跟随。蓝天凤见状，坐了起来，道："王阳明！你凭什么关我？我又没杀人！"

王阳明不睬他，典史转身，作势抽刀，道："号什么号？再吵敲断你的狗牙！"

蓝天凤老实了，一脸不忿。

王阳明来到柳员外的牢房，只见对方起身，正了正衣冠，拱手道："多谢大人，还我清白。”

王阳明无动于衷道：“据说吉安的商铺，十之四五都是你的？租户里还有大德赌坊和安福火腿？

柳员外一愣，道：“十之二三吧。大伙给面儿，赏口饭吃。”

“你也不问问他们做什么，给钱就租？”

“这我哪管得过来？在商言商，只认银子，不看人。”

“当真不看？”

柳员外干脆地摇摇头，道：“不看。”

王阳明微微一笑，道：“那我怎么听说江西五品以上的官员，只要是吉安籍的，都收过你的宅子？”

柳员外紧张道：“这，这是谁造的谣？”

王阳明冷峻道：“要当面对质吗？”

柳员外耷拉着脑袋，道：“啧，有那么些吧。可我能咋办？商人低买高卖，自古不受待见，汉武帝还用‘算缗令’明抢商人之财呢！再不跟官府处好，生意没法做嘛！”

“别的地方本官不清楚，也管不了。本官只知道士农工商，各尽其心，异业而同道，从无高下之分。”

“大人此话当真？”

“货殖不易，可芸芸众生，哪一个容易？多问问自己的良心，是不是世间的一切，都可以拿来买卖，拿来交换？”

王阳明离去，柳员外陷入深思。

县衙外，路人围观告示。

前排一老者道：“什么？‘两亭制’要恢复了？”

一个年轻人道：“啥叫‘两亭制’啊？”

“我小时候各村的村口都有，归里正管，后来渐渐荒废了。一个旌善亭，表彰造福一方的善人；一个申明亭，公示被官府定罪的恶人。”

“嘁，这有什么用！”

“聊胜于无吧。官府能拨款做正本清源的事，总强于天天想着怎么与民争利。”

白鹭洲位于赣江的江心，树林茂密，环境清幽。

这日，王阳明巡视至此，看了看年久失修的白鹭洲书院，眉头紧锁道：“藩银还剩多少？”

邢珣道：“三千两。”

“全拨了，重修书院。”

“这——往后用钱的地方还多，恐怕——”

王阳明打断道："书院是做什么的地方？"

邢珣道："做学问。"

"不对。教什么倒在其次，首先是个立志之所。"

"立志之所？"

"志者，木之根，水之源，气之帅，人之命。立志用功，就像种树，不在萌芽时想干叶，开花时想果实，只念念不忘栽培之功，久之必有所得。眼下种种乱象，根子都出在人心上。待书院重整一新，要向所有县民开放。"

"是。"

王阳明望着书院，眼含殷切，道："世运之明晦，人才之盛衰，其表在政，其里在学。"

冀元亨发现王畿站在远处，一身远行的打扮，望着这边。王阳明也瞥见了王畿，神情冷淡地离去。

王畿跪下来，冲王阳明的背影磕了三个响头……

一顶大轿子穿过京城的闹市，杨廷和坐在里面拟写票旨，他的对面是一个叫杨慎的年轻男子。

杨慎几度欲言又止，终于忍不住道："爹，您一宿没睡，好歹也打个盹儿吧？"

杨廷和手不停笔，道："生前何必久睡，死后自会长眠。"

轿外嘈杂不堪，店家的吆喝和路人的争吵交织在一起，令人烦躁。

杨廷和皱眉搁笔，揭开窗帘，一个杂乱无序、乌烟瘴气的市集出现在眼前。

"停轿！"

轿帘掀开，管家道："老爷？"

杨廷和不满道："去把顺天府尹给我叫来。"

"是。"

一炷香后，一个身穿正三品官服的官员在管家的带领下匆匆赶来，在轿前跪下，道："下官顺天府尹侯无心——"

杨廷和隔着轿帘，道："改造西市的专款，工部划给顺天府多久了？"

侯无心胆怯道："半年。"

杨廷和一把掀开轿帘，走了下来，道："半年？为什么还是如此！"说着，指了指那些无序的摊位。

"商贩不愿断了生计，居民也安土重迁。阻力太大，上个月还闹出了人命——"

"款项里包含了异地建房的钱，民有居，商有铺，不过是换个地方。你要是想不出办法，就回家去想吧。朝廷俸禄有限，不养闲人！"

侯无心叩头道："阁老！"

杨廷和上轿，道："走。"

随着管家的一声"起轿"，轿子离去。

侯无心懊恼地抽了自己一耳光。

轿子里，杨慎宽慰父亲道："您消消气。顺天府尹，职居要津，一时也找不到更合适的——"

杨廷和打断道："怎么找不到？耿季安就可以。"

"我听人说，耿季安手脚不干净。"

"水至清则无鱼。我给耿季安一万两，纵使他贪墨一半，然事可立办，总强过那些尸位素餐的。"

杨慎想了想，道："父亲为何如此在意西市？"

杨廷和望着眼前的一片虚空，道："西市疏于治理，已成藏污纳垢之地。且其位于外邦使节、地方官员进宫觐见的要道，有碍观瞻。"

"可拆成一片空地，也不好看啊！"

"寸土寸金之地，岂能空着？我已经想好了，造一座百米高的朱熹像，在朱子四百年诞辰之际落成。"

杨慎掐指一算，道："那不还有十多年吗？"

"要的就是这十多年。"

杨慎不解。

杨廷和释疑道："天下无道久矣，上有汪直、刘瑾，下有奸商、猾吏。富者赚钱，不再靠付出心力，而是靠已有的钱；贫者上升无途，勤劳难以致富。因此，修像不是目的，表明朝廷的立场才是关键。要让世人知道，存天理，灭人欲，以往那些坑蒙拐骗的混法不灵了。"

杨慎若有所思……

钱府花厅。

钱宁引李士实入内，示意他入座，并高声道："看茶！"

下人进来沏茶。

李士实歉意满满道："没想到王爷好心办坏事，把将军牵累了。真是罪过，罪过。"

钱宁摆手道："烟火无眼，不怪宁王。不过这锦衣卫的差事嘛，真的是活儿重不说，还不落好，人人都恨你。唉！又穷又苦，没啥意思，不如先生潇洒自在啊。"

"将军荣宠，无人能及，替天子分忧也是理所应当，旁人想受累，还没这福气呢。"说着，李士实从衣袖中摸出一个檀木盒子，道："老朽这次来，顺便替王爷转交一份薄礼，望将军笑纳。"

盖子揭开，只见盒中并排放着三颗鸽子蛋大小的珠子。一颗墨黑，一颗乳白，还有一颗是鲜亮夺目的孔雀绿。

钱宁两眼放光。

李士实得意道："这三颗珠子是永乐六年渤泥国王进贡给太宗皇帝的，后来被赐予淇国公邱福。谁知他第二年兵败漠北，公爵遭夺，珠子从此流入了市井，下落不明。也是机缘巧合，让王爷遇见了，花大价钱买了下来。他思来想去，只有送给您，才不辱没了这件宝贝。”

钱宁拈起那只孔雀绿珠子，走到门口，对着太阳细看，道：“确是稀世之珍！”继而转身道：“没有一万两，恐怕下不来吧？”

李士实笑道：“将军好眼力，一万二千两。”

“如此贵重，在下受之有愧啊。”钱宁把珠子放回盒中。

“将军不必客气。王爷喜交天下英才，早就听说京中箭法，您排第一，仰慕已久，可惜无缘得见。这点心意，聊表敬重之情，还望不要推辞，老朽回去也好复命啊！”

“既然盛情难却，那我就收下了。宁王是不是有什么紧要之事？请先生直说。”

“呃——还真有一件，不知将军方不方便插手。”

“但说无妨。”

“王府原本有一支卫队，刘瑾在台时以精简冗兵的名义给裁了——”

“嗐，我当什么大不了的事！刘瑾的乱命，理应矫正。包在我身上！”

李士实起身，作揖道：“多谢将军。”

同一时间，梁府书房，梁储与湛若水讨论时局。

湛若水道：“耿季安当顺天府尹？那谁补他的缺？”

梁储沉吟道：“我属意方献夫。首辅应该不反对，费宏自从回朝后就不问政事，内阁的意见很好统一。”

“既如此，方献夫出的缺我给师兄推荐一人呗？”

“谁？”

“王阳明。”

“你老是关心别人，不为自己想想，真打算一辈子待在翰林院？”

“在哪不重要，只要能实现师父的遗愿，发扬陆学。”

“王阳明就能发扬陆学？”

湛若水坚定不移道：“非他莫属。”

梁储沉思片刻，道：“那便试一试吧。”

南昌藩邸，一个信差下马进入……

朱宸濠放下信纸，欣然道：“朱厚照同意了，恢复王府卫队。”

刘养正面露喜色。

朱宸濠略感遗憾道：“可惜只有一千人。想当初鼎盛时，王府卫队兵员过万哪。”

刘养正宽慰道：“人少不怕。只要咱有了，就可以慢慢扩。”

朱宸濠点头道：“嗯。娄妃的贵诞快到了，本王想送她一件不俗之礼，你有什么好主意？”

“王爷对娄妃还真是一片痴情啊，上次的事——”

朱宸濠手一扬，道："过去的事不必说了，娄妃和本王都是重情之人。"

刘养正想了想，道："听夏柔说，夫人最近对一本《南词引正》颇为痴迷，手不释卷。"

"《南词引证》？"

"据说作者叫魏良辅，精通音律。"

"此人现居何处？"

"本地人。"

"好！你携重金前往，一定要请他赴宴。"

刘养正为难道："恐怕很难。这个魏良辅息交绝游，极为孤僻，宣称'十年不下楼'，在家打磨戏曲唱腔。"

朱宸濠眉毛一挑，道："哦？"

庐陵县衙，王阳明接到调他进京的圣旨后走入书房，提笔濡墨。

邢珣喜道："吏部文选司员外郎，这是连升三级呀！还是头部头司。"

冀元亨不平道："这有什么？师父十年前就是正六品，给个从五品也是应该的。"

王阳明埋头疾书，责备道："惟乾，不得无礼！"

冀元亨还对撵走王畿之事耿耿于怀，满脸不屑。

王阳明搁笔道："邢县丞，我向省里推荐你接替我任庐陵知县。"

邢珣惊喜道："堂尊，下官何德何能——"

"你德能兼备，且看到了本原。沿着它使力，治理一县易如反掌。"

"本原？"

"惟天下之大诚，能立天下之大本。一个'诚'字，道尽了万事万物。若能诚心做事，则修桥补路、断案算账的细节都不在话下。"

"下官明白了。堂尊所言，一定谨记于心，不负所托！"

王阳明颔首。

南昌魏府。

小楼的二层房门敞开，一青年走到栏杆前，清了清嗓子，用婉转细腻的水磨腔唱起了《琵琶记》里的一段——此人即后来流芳百世的戏曲家魏良辅。

魏良辅道："朝为田舍郎，暮登天子堂。将相本无种，男儿当自强。"

掌声响起。朱宸濠从藤架下走出，微笑仰视。

"又是你？说了不去，就是不去！"魏良辅转身欲入。

朱宸濠急道："先生请留步，在下有要事相告！"

魏良辅回身，道："什么事？"

朱宸濠故作惊人之语："先生可知，人为什么要听戏？"

"你觉得呢？"

“因为‘情’！”

魏良辅心中一动。

朱宸濠续道：“生如悬崖坠地，死是必然结局。区区数十载阳寿，就像夹在两片无尽的黑暗之间的一道光缝。然而人间有情，更胜天道。老幼相揖，爷孙共戏的亲情；抵足论文，对月小酌的友情；花间偎语，调琴弄瑟的爱情。情之一字，长存世间，哪怕到了天崩地裂之时，依然动人心弦，不会褪色。”

魏良辅沉吟道：“嗯，是有几分道理。”

朱宸濠跪下，道：“魏先生！在下也是为了心爱之人，请务必赏光！”

魏良辅凝思……

娄素珍在夏柔的陪同下穿过走廊，来到厅堂前，推门而入。只见一张摆满佳肴的大圆桌对面坐着个陌生人，朱宸濠与刘养正陪侍左右，与之对饮。

朱宸濠望向娄素珍，道：“你来了？这是魏先生。”

娄素珍疑惑，魏良辅起身，拱手道：“小生魏良辅，见过王妃。”

娄素珍一愣，欢喜道：“久闻先生大名……”又瞥了眼朱宸濠，只见他满含爱意地看着自己，不禁心里一热。

娄素珍向魏良辅行礼，道：“能蒙亲炙，妾身真是三生有幸。”

当晚，朱宸濠躺在床上翻看《南词引正》，娄素珍推门而入。

朱宸濠放下书，道：“谈完了？”

娄素珍轻声道：“嗯。”

“一本教人唱曲的书，有什么意思？真搞不懂你们女人家。”

“你别小看这本册子，它对唱法的总结前无古人，尤其提出了一个‘三绝说’。”

“三绝说？”

“字清为一绝，腔纯为二绝，板正为三绝。”

朱宸濠看着娄素珍认真的模样，心中一动，上前搂住她，柔声道：“你也是一绝，我心中无可替代的一绝。”

娄素珍动情道：“王爷……”

朱宸濠畅想道：“我打算买个戏班子，协助魏先生改曲。而且他答应接受我的资助，以后会常来府上做客。”

娄素珍感动道：“为什么为我做这么多？”

朱宸濠吻了吻她，道：“只要你一心一意对我，我朱宸濠绝不负你，定要你做天底下最幸福的女人。”

两人相拥。

第三十九章　布道京师

京城码头，湛若水率徐爱、聂豹和薛侃恭候，王阳明与冀元亨走下客船。

湛若水挥手道："伯安！"

王阳明循声走了过去。

"问渠那得清如许，为有源头活水来。"王阳明冲冀元亨打趣道，"这个湛甘泉就是为师的活水。"

湛若水笑道："你的意思是，我是水，你是渠？说反了吧？我都帮你把渠挖好了，吏部报完到，就跟我去大兴隆寺。"

"怎么，你要出家？"

"你才要出家！我跟那的方丈熟，开了一个讲坛，请你主讲。看看你在龙场都悟了什么道。"

王阳明笑道："此坑能不跳吗？我还是回去当县太爷吧。"

徐爱劝道："师父，你的学说应该让更多的人知道。"

聂豹亦道："不错。今科会试，咱们三个要让心学一鸣惊人！"

薛侃激动道："对！"

王阳明正色道："京师不比贵州，人才济济。不许胡来！"

聂豹撇了撇嘴。

王阳明道："甘泉兄，我讲不如你讲。你是翰林院侍讲嘛！"

湛若水自嘲道："我讲过啊，把人都讲跑啦！"

众人哈哈大笑。

湛若水真诚道："你能在山东把一帮愤怒的举子说服，大兴隆寺的道场，除了你，没人立得住。"

庐陵县衙，夜色朦胧。

几个黑衣人在墙角下商量着什么。

黑衣人甲比画手势，另外几人点头离去……

邢珣正在熟睡，被一阵"走水啦"的喧嚣惊醒。

他蓦地坐了起来，穿衣推门而出，只见衙役敲锣打鼓，端盆救火，于是拉住一人道："怎么回事？"

"堂尊，大牢失火了！"

邢珣大惊道："啊？"

浓烟滚滚，哀声四起。狱卒在囚犯们的强烈要求下，打开牢门。典史带人入，给每个囚犯都发了只桶，道："去后院打水，别要花样！"

八个囚犯在两个衙役的看押下往后院走去。蓝天凤瞅准一个机会，拔腿就跑。

衙役甲大喝道："站住！"追了上去。

衙役乙拔刀威胁众囚道："都站在原地，不许动！"

蓝天凤慌不择路，跑进一间大门敞开的屋子，只见里面堆满了箱子，便找了一个藏进去。透过缝隙，他看见衙役甲挨个检查。找到自己面前时，正要开箱，却惊呼了一声，软绵绵地瘫倒在地。

原来，黑衣人甲从背后一刀捅死了他。

众黑衣人开始搬箱子，蓝天凤屏住呼吸。

野外，四人一组，抬着三口大箱子，另有三人护卫。

蓝天凤在箱中盘算如何脱身，一个声音响起："梁万伦，你去哪？"

梁万伦道："杀王阳明！"

蓝天凤一愣，没料到箱子被冷不防地搁下，不由得发出一声惊呼。

"什么人！"

蓝天凤大惊，箱盖被打开。他颤颤巍巍起身，赔笑道："各位大侠，一场误会，误会而已。不要生气。"

黑衣人甲疑道："蓝天凤？"

蓝天凤看了看那人，但见他一只眼睛蒙着黑布罩，不禁喜道："独眼龙！"

独眼龙揭下蒙面，对同伴道："自己人。"

众人放下心来。

蓝天凤道："你胆子不小啊，敢劫官银。"

独眼龙道："嗐，刀口上舔血，替人卖命，混口饭吃。本想着干完这一单，凌十一多少能分我们点，可现在——"言下之意是没搬到银子，倒搬了个大活人出来。

蓝天凤心中一动，道："凌十一？你小子是当水盗的料吗？得了，有这两箱银子，我带你们发财！"

众人面面相觑。

独眼龙想了想，道："行！反正回去也是个死。你们呢？"

众人默默点头，梁万伦转身就走。

蓝天凤温言道："请留步。"

梁万伦停下。

蓝天凤劝道："我也想杀王阳明，可庐陵知县已经换人，他不在江西了。"

梁万伦转身，双目喷火。

京城大兴隆寺，王阳明开坛讲学，露天的讲堂里人不算多。

高台上，王阳明口若悬河。后台，薛侃低声道："师兄，先生不是说他不打算立言吗？"

聂豹笑道："这你都看不明白？还湛若水的人情啊！"

薛侃恍然大悟。

王阳明朗声道："天下所有事，都是你心上的事。为学就是拂去纤尘，廓清心体。"

前排一士子举手，道："学生穆孔晖，与先生在济南有过一面之缘。"

王阳明道："我记得你，你的考卷答得不错。"

穆孔晖心头一热，道："多谢先生！学生有一事不解，先生所言，似乎与朱子有所出入？"

所有人的目光都紧盯着王阳明，包括人群中的杨慎和他的同伴舒芬。王阳明环视了众人一眼，缓缓道："不错，我是对朱熹有些微词。"

众人交头接耳，当场有三分之一的人离去。

王阳明不以为意，道："'格物穷理'的路子错了。心即是理，格物不是向外去求，而是向内正心诚意。"

言毕，又走了许多人，"有病""什么人"的骂声不绝于耳。徐爱、冀元亨、聂豹和薛侃无不捏了把汗，湛若水则听得津津有味。

后排一士子道："末学郑一初，请问先生为何要颠倒圣人之言？"

王阳明微微一笑，道："郑一初，你记不记得管仲临死前问了齐桓公哪三个问题？"

"这——还请先生赐教。"

王阳明道："第一个问题，你的宠臣易牙如何？齐桓公说，他曾把亲生儿子烹给我吃，对我很好；第二个问题，你的宠臣竖刁如何？齐桓公说，他主动净身，陪在我身边，是个好人；第三个问题，你的宠臣齐开方如何？齐桓公说，他是个贵族，却主动当我的奴仆，寸步不离，是个忠臣。"

众人窃笑。

王阳明续道："管仲叹了口气，说谁不喜欢自己的儿子？易牙却把他宰了；谁愿意绝后？竖刁却自宫了；谁不爱跟家人待在一起，齐开方却三十年不回家！这三个人都违背了天理人心，不是真的为你好。可齐桓公没听进去。几年后他得了重病，被三个小人软禁，活活饿死，齐国的霸业也就此终结。这便是'格物穷理'的弊端——眼睛总盯着外面，心和理永远是两件事。好比春秋五霸无不宣称'尊王攘夷'，但各个怀有私心甚至包藏祸心——面子做得再好看，与其内心毫不相干！"

众人若有所悟。

王阳明总结道："心犹水，污入之而流浊；心犹镜，垢积之而光昧。故君子之学，不在博乎其外，而在明其本心。"

湛若水颔首，杨慎脸色阴沉……

禅房。

王阳明和湛若水在座，聂豹、薛侃、徐爱、冀元亨立于两侧。

王阳明皱眉道："还是到此为止吧。"

"不要气馁嘛！你知道我登台那次，最后走的只剩几个人吗？"湛若水伸出两根手指，续道："而且我一打听，那俩人还是寺里的俗家弟子！"

众人大笑。

王阳明道："我并不在意有多少人听，只是学问贵乎自得于心，强求恐怕只会适得其反。"

湛若水沉吟道："是这么个理。看来得走上层路线，高举高打——"忽然灵机一动，道："如果你能在翰林院兼个侍讲学士——"

一个声音传入："要我帮忙吗？"

众人循声望去，只见一面容清癯的中年男子走入。

湛若水起身道："方大人？"

来者是王阳明的顶头上司、吏部文选司郎中方献夫。王阳明只是听说，尚未与之谋面。

见王阳明起身，方献夫道："我病了大半个月，大夫不让下床，所以没到部里去。今日听人说你在此讲学，他转述了几句，我立马就赶过来了。好你个王阳明，果然名不虚传！"

王阳明谦虚道："多谢大人抬爱。"

方献夫落座，王阳明和湛若水亦坐。

方献夫道："我这病，是心病。上个月家母去世，悲痛不能自已，走不出来。这样下去肯定不行，想从你这寻个答案。以前他们总说'存天理，灭人欲'，可是心病还得心学医嘛！"

王阳明道："人欲当去，只是何为人欲，尚需界定。"

方献夫饶有兴趣道："哦？怎么讲？"

王阳明起身踱步道："人欲者，情之过与偏。令堂去世，大人伤心，此乃人之常情，非为'偏'，只是过了头。喜怒忧思悲恐惊，是为七情，乃人心固有，当发则发，自然流露，不可郁结。七情若是云，天理便是日。乌云固能一时蔽日，但终究云开见日。所以《中庸》有云，喜怒哀乐之未发谓之中，发而皆中节谓之和。中和之道，就是不逆情、不过度、不执着，情顺万物、不偏不倚、动转得势。"

方献夫喃喃自语："有道理。湛若水说得对，你应该去翰林院兼个差，有机会也给皇上讲讲嘛！我这个文选司郎中助你一臂之力。"

"大人美意，感激不尽。只是我刚到部，太过高调似乎——"

方献夫捋须凝思道："嗯，是会惹人非议。你们商量吧，有什么我能帮的，尽管开口。就这样吧，今日满载而归，哈哈哈哈！"

方献夫告辞，满意离去。

湛若水道："你的顾虑也有道理，我就不强人所难了。不过，脱离于圈子之外可不行。三日后，翰林院的同僚在京郊有一场雅集，一起去吧。"

王阳明道："好啊，看看天底下最聪明的人聚到一块，会是怎样的盛况。不过我有言在先，只喝酒，不说话。"

湛若水对徐爱等人道："你们也同去吧。就他那酒量，醉倒了我一个人可弄不回来。"

崇文门外的集市上，王畿落寞地走到一个茶点摊前坐下。

小二上前道："客官来点什么？"

王畿道："两笼肉包。"

"好咧！"小二转身，发现一流浪狗杵在桌前，于是边踹边道："滚！"

流浪狗哀号了一声跑远。须臾，小二端着两笼包子过来："客官您慢用。"

王畿吃着包子，一抬头发现流浪狗站在不远处，可怜巴巴地望着他。王畿不忍，夹了个包子扔过去。流浪狗狼吞虎咽地吃了起来，王畿顾影自怜，鼻子一酸，淌下两行热泪。

京郊兰亭。

群贤毕至，少长咸集，众翰林雅集，湛若水、王阳明、徐爱、冀元亨、聂豹和薛侃在座，舒芬与杨慎也叨陪末座。

亭中是一座假山水，仿造"曲水流觞"，酒杯在"小溪"中漂过。舒芬拿起面前的一只，起身道："诸位当真都认为这'千古一帝'的称号非唐太宗莫属？"

众人无不点头。

聂豹小声道："这是什么人？"

湛若水道："翰林编修舒芬。按理说属他资历最浅，不过因为旁边那位的关系——"王阳明顺着他的目光，注意到杨慎。

聂豹道："旁边那位是？"

湛若水道："内阁首辅杨廷和的公子杨慎，今科状元的热门人选。"

聂豹不以为然。

舒芬微微一笑，道："既如此，李世民纵囚之事，当作何解？"

冀元亨低声询问道："徐师兄，他说的是什么事啊？"

徐爱解释道："此事争议很大。当年玄武门之变，李世民杀兄幽父。次年春节，他将来年秋后问斩的三百多个死囚放回家过年。令人意想不到的是，这帮亡命徒居然无一逃跑，过完年便按照约定回到刑部大牢。李世民见他们言而有信，一高兴便全部开释，传为一段佳话。史官说，这是用仁爱激发了囚犯的天良。”

舒芬注意到徐爱，不快道：“仁爱激发了天良？呵呵。试问如果全部按国法杀掉，再放一批，还会有人回来吗？”

杨慎起身，道：“没错。大家想一想，这事要干也只能干一次，如果屡次赦免，死囚都不会死了，国法何存？”

有人默默点头，杨慎忽然冲王阳明举起酒杯，道：“末学不才，想听一听阳明先生的高见。”

王阳明微笑以对，并不答话，杨慎有些尴尬。

杨慎不满道：“哼！先生未免有些托大了吧！”

徐爱起身道：“在下徐爱。我等皆非翰林院中人，不过受邀参加雅集。故来此之前，师父说了，只带耳朵，不带嘴巴。”

舒芬道：“你既然是王阳明的弟子，你说也行。”

徐爱道：“我说？我说你们只看到了皮毛。”

杨慎愠道：“什么？”

徐爱续道：“纵囚之事，双方皆是知行不一。法无儿戏，李世民却任意释放死囚，这安的是粉饰太平、宣扬教化的私心；趋利避害乃人之常情，死囚不趁机逃遁山野，反而回去引颈就戮，这安的是通过满足天子的虚荣换取不死的私心。”

杨慎道：“人心大坏，私欲泛滥，所以朱子才要大家格物求理。”

徐爱道：“朱子不确切。”

杨慎色变。

徐爱朗声道：“本心之明，即知；不欺本心之明，即行。知行从来就是一件事，好比洞房花烛夜的新郎喜上眉梢，金榜题名时的士子欢呼雀跃。全是真情流露，自然而发，没有人会问他为什么。”

王阳明微笑颔首。

徐爱继续道：“知是行之始，行是知之成。知而不行，只因私欲阻隔，发生了转念。所以，人要主动去私欲。闲时不放过，忙处有受用。一事当前，浩然之气充塞流行，动容周旋而中礼，从心所欲不逾矩，最后才能不畏艰险，既快又准地解决问题。”

众人信服，杨慎下不来台，强辩道：“好，徐爱。我今日就问一句话——你是不是铁了心要抬陆九渊出来打压朱熹？”

徐爱一愣，众人齐齐望向他，舒芬露出不怀好意的笑容，空气一时间凝滞了。

王阳明开口道：“非陆是朱，非朱是陆，迁延至今，也该有个定论了。”

湛若水满含期许。

王阳明续道：“一直以来，世人都说陆九渊侧重修养，朱熹侧重学问。其实，陆九渊未尝不让人读书穷理，以为他整日静坐，流于枯禅，这是误解；而朱熹也未尝不侧重修养，只是他把大量的工夫都花在了学问上，修养之事被人忽略罢了。朱陆各有可取之处，之所以招致后世非议，也是因为他们都还不够精练纯熟。”

对这个和稀泥的答案，湛若水并不满意。

王阳明笑道：“我辈无须为古人争短长。与其枉费心力，虚度光阴，不如想想怎么把学问和修养结合起来，明体达用。”

杨慎无言以对，忽然瞥向远方。舒芬顺着他的目光看见林子边站着个人，直愣愣地盯着这边，却是王畿……

杨府花厅，杨廷和入内，张永起身。

“什么风把张公公给吹来了？”

张永焦愁道：“阁老，出事了！”

“怎么了？”

张永压低嗓门，道：“皇上带了一个孕妇进豹房。”

杨廷和大惊道：“什么？”

轿子在豹房门口停下。杨廷和下轿，快步走去，只见费宏被几个侍卫拦住，正与钱宁交涉。

杨廷和皱眉道：“怎么回事？”

钱宁恭敬道：“阁老。”

杨廷和望向费宏，只见他满脸通红地指着里面，道：“小女被抓了！”

杨廷和震惊，冷冷地看着钱宁。钱宁怯声道：“阁老，皇上说了，谁也不——”

杨廷和斥道：“让开！”

钱宁无奈闪开。

十六个妖艳的回女在厅中跳西域舞，朱厚照兴致勃勃地观看，魏彬、谷大用在侧，帮忙剥葡萄。

杨廷和长驱直入，朱厚照大惊，击掌两下，示意舞女出去。杨廷和稳定了一下情绪，道：“皇上，前日传闻您把一个寡妇接进了豹房，老臣还不信。结果今日就有人说，您把一个娠妇接了进来。”

朱厚照脸红。

杨廷和激动道：“若那女子真的在豹房生了，皇上打算怎么办？”

朱厚照低下了头，魏彬与谷大用对视。

杨廷和续道：“还有！费宏的闺女怎么回事？”

朱厚照一愣，望向谷大用。

谷大用慌乱道：“费阁老的闺女？”

杨廷和愤慨道：“他现在就在外面！没想到啊没想到，强抢民女都抢到大学士头上了！”

谷大用六神无主道："费家大小姐怎么会自己一个人上街买菜——"

朱厚照拍案而起，道："还不快放人！"

"是……"谷大用急出。

"皇上，楚王好细腰，宫中多饿死。故韩非有言，君无现其所欲。人君若暴露了喜好，就会被奸佞小人利用，祸国殃民。"说着，杨廷和狠狠地瞪了魏彬一眼。

朱厚照垂首道："阁老所言，发人深省，朕这就把她们全都放了。"

当晚，费宏带着女儿到杨府道谢。

杨廷和道："以后尽量不要独自出门，你毕竟不是寻常百姓。"

费宏之女点头道："多谢阁老搭救。"

费宏叹息道："荒谬至极，国将不国啊！"

杨慎见缝插针道："近来外间风气不好，其实跟一个人有关。"

费宏眉毛一挑，道："什么人？"

杨慎道："王阳明。"

"王阳明？"

"他在大兴隆寺开讲坛，说什么'心即是理'。臧否圣贤，否定朱熹，蛊惑了好些士子。"

费宏看了眼杨廷和，道："心即是理？这不是陆九渊的那套心学吗？"

杨慎点头道："没错。王阳明和湛若水沆瀣一气，此人一直不遗余力地复活陆学。等春闱结束，士子们回到各地，恐怕'非朱是陆'就会形成一股风潮。"

杨廷和沉思。

槐花黄，举子忙。正德七年的会试，朝野似乎心照不宣地聚焦于一项新的议题。

贡院外，士子们排成三条队伍，接受检查，参加会试。

考棚里，徐爱放下隔板，从包袱中取出笔墨砚台，静静等待。

监考官走近，大声道："第一场主试策问，请各位举子看清试题。"

另一条长巷里，聂豹也已做好准备，摩拳擦掌。

不一会儿，监考官从长巷的一头走来，在聂豹的号子前停下，发了一份试卷，上面写着考题：心学何以致谬论。

但闻"啪"的一声，聂豹猛拍了一下桌子，引来一个差役。

差役高声道："你干吗？"

聂豹冷冰冰道："打蚊子！"

"瞎掰！二月天哪来的蚊子？"

"是呀，我也奇怪，怎么经过了一个冬天，还没把它们给冻死！"

另一边厢，徐爱皱眉道："心学何以致谬论？"提笔的手哆嗦起来，悬在空中，犹豫不决。突然，他拍案道："士可杀不可辱！"说着，在试卷上写下八个字：幸媚时好，岂有此理！

徐爱起身道："我要交卷！"

监考匆匆过来，不解道："交卷？考试才刚刚开始。"

徐爱递交考卷，道："写完了。"

监考瞧了瞧卷子，像看怪物一样看着徐爱，道："这位举子，可不能拿自己的前程开玩笑啊！"

徐爱斩钉截铁道："本人徐爱，浙江余姚人。不瞒您说，我是王阳明的弟子，信奉心学。"

监考愣了愣，道："不管信奉什么，十年寒窗，就此——"

徐爱打断道："师父说过，俗儒以不登第为耻，真儒以不登第而动心为耻。我不能欺瞒本心，骗取功名，所以不如早些交卷。"

另外两名监考也闻声赶来，其中一个白发冉冉的道："徐举人，你不昧良心，固然忠勇。可因此耽误了前程，未免可惜。实话对你说，这次的题，考官之间也有不同意见，但被当国者压了下来。所以，我劝你不必较真，接着考，我们权当什么也没发生过。"

另外两人点头，徐爱拱了拱手，道："多谢良言，不过我意已决。告辞了！"

言讫，收好东西，打开隔板，大步流星地离去……

放榜之日，士子们齐集在礼部衙门外的杏榜下，焦灼地寻找各自的名字。

薛侃探头探脑，忽然眼前一亮，手指杏榜道："在那！"

聂豹看见自己和薛侃的名字，感慨道："还是徐爱洒脱。论才学，他的名次本该在你我之上。"

薛侃道："古人云'朝闻道，夕死可矣'，今日始信。"

随着一声"会元来啦"，人群一阵骚动。聂豹望去，只见杨慎在舒芬的陪同下走近。众人窃窃私语，聂豹一脸不屑。

士子甲上前，抱拳道："久闻杨会元大名，今日一见，果然丰神俊秀。"

士子乙亦奉承道："会元之才，潘江陆海。拔得头筹，实至名归。"

众人附和，杨慎得意。

聂豹忽道："什么实至名归？无非世胄蹑高位，上品无寒门罢了！"

众人皆惊，杨慎色变。

舒芬怒道："你说什么？"

聂豹冷言道："我说有的人吃相太难看！"

舒芬环视众人道："哼！杨公子三年前就是会试第一，只因考官不慎，打翻烛台，毁了卷子，才又考了一届。此事众人皆知，乡野村夫才不知道！"

薛侃怒道："你说谁是乡野村夫？"

杨慎讥讽道："舒芬，不得无礼。村夫也是人，怎么能侮辱村夫呢？两条王门走狗不自量力地吠日罢了。”

“你浑蛋！”聂豹抡起袖子欲揍杨慎，两人扭打起来。舒芬助战，被薛侃拦下。士子甲和士子乙对视了一眼，上前帮忙。双拳难敌四手，聂豹、薛侃渐落下风。

一旁观战的士子里有穆孔晖和郑一初，眼见聂豹、薛侃不敌，穆孔晖想上前帮忙，被郑一初拉住。

很快，聂豹、薛侃就被打得遍体鳞伤，穆孔晖再也按捺不住，用山东话道：“恁娘里个，拼了！”冲将上去。

郑一初呼吁道：“还愣着干什么？帮忙呀！”带着五个在大兴隆寺听讲的士子加入混战。

杨慎败下阵来，嘴角瘀青，怒气冲冲道：“你们到底什么人？”

穆孔晖道：“王门走狗啊！坐不改姓行不改名，穆孔晖。”

“郑一初。”

“陈九川。”

“季本。”

“朱节。”

“蔡宗兖。”

“王纯甫。”

杨慎气急败坏道：“你……你们等着！”连滚带爬地逃走了……

大兴隆寺禅房，穆孔晖等人扶着聂豹、薛侃入内。冀元亨和湛若水赶紧上前搭手，把二人安顿下来。

湛若水道：“怎么回事？”

穆孔晖道：“杨慎。”

王阳明陷入忧思……

夜里，马车在一家客店停靠，王阳明下车入店。

黑暗中闪出一个人影，却是王畿。

客房里，徐爱借着昏暗的灯光编写《阳明先生集语》。突然，他猛咳起来，不小心打翻了砚台。

徐爱弯腰去捡，不意一只手出现在眼前，替他捡了起来，却是王阳明。徐爱起身道：“师父……”

王阳明把他摁坐下去。

徐爱小声道：“我错了。”

王阳明道：“哪错了？”

“交白卷。”

窗外，只见王畿走到墙根，仰望二楼亮光的房间。

室内，王阳明找了把椅子坐下，望着徐爱道：“你嘴上这么说，可我看到的是，你宁可不顾身子，在那个本子上写下千言万语，也不愿在考卷上写哪怕一个字。”

“师父——”

“我没有怪你。每个人都有他要走的路，那是他自己的道，旁人强求不来的。”

徐爱一愣，点头道：“我懂了。师父，你的道呢？那日雅集，你说朱陆各有可取之处，也都不够精练纯熟，我看湛师伯不太高兴。”

王阳明笑道：“只要有人说陆九渊的不是，他就不乐意。此事暂且不提，这两天最好不要出门。”

“出什么事了？”

王阳明叹了口气，起身走到窗边，道：“山雨欲来风满楼啊。”

室外，王畿倾听。

“你和龙溪是我最放心不下的人。”

王畿一个激灵，眼睛睁大。

王阳明续道：“他资质比你高，可是静不下心来做学问，还犯了严重的过错。你要爱惜自己，我不能再失去你和惟乾了。”

徐爱认真道：“嗯！”

王畿的心里五味杂陈……

日上三竿，杨府门外停着一辆马车。

杨慎步入花厅，只见杨廷和正与一个从三品的官员喝茶。

杨廷和示意杨慎道：“见过毛大人。”

杨慎作揖道：“毛大人。”

毛姓官员乃国子监祭酒毛纪，他笑容可掬道：“真是一表人才啊！”

杨廷和道：“你运气不错，殿试的考卷被皇上点了第一。”

杨慎惊喜。

毛纪溜须道：“会试第一，殿试第一，真是虎父无犬子啊！”

杨廷和道：“我跟毛大人说好了，你就别去翰林院了，到国子监当监丞吧。”

杨慎为难道：“呃……”

杨廷和不悦道：“怎么？”

杨慎赶紧道：“是。”

毛纪眼珠一转，道：“贤侄才高八斗，要当就当司业。”

杨廷和摆手道：“哎，规矩不能乱。状元授从六品的翰林修撰是祖制，监丞也是从六品。我想让他历练历练，才找你商量的，让人说闲话就不好了。”

“品级一样，可翰林毕竟尊贵得多啊。”毛纪说着，看了看杨慎，似乎在试探他的决心。

杨慎表态道：“职位不重要。能跟着大人学，晚辈三生有幸。”

毛纪赞许点头。
杨廷和道："你先下去吧。"
杨慎低头道："是。"

夜色里的天外天灯火辉煌，分外妖娆。舒芬陪杨慎走入。
杨慎道："人到齐了？"
舒芬点头道："都在天字号包厢等你呢。"
"好，今晚不醉不休！"杨慎正欲上楼，舒芬拉了拉他的衣袖，指着厅中一桌。
杨慎望去，只见王畿自斟自饮，已然微醺。
"是他？"杨慎想起那日雅集，王畿躲在远处观望。
舒芬神秘道："你知道他是谁吗？"
见杨慎投去询问的目光，舒芬道："王阳明的弟子王畿，不过已被逐出师门。"
杨慎眼前一亮，道："你先上楼，我去去就来。"
舒芬离开，杨慎走了过去，发现王畿正含混不清地自言自语："师父……你好偏心啊……"
杨慎落座，道："怎么，一个人喝闷酒？"
王畿警觉。
杨慎笑道："不用那样看我。听见你发牢骚，有所感慨罢了。"
王畿好奇道："感慨？"
杨慎自己倒了杯酒，一饮而尽，道："我也不受待见，你师父和我父亲都太强势了。"
"你知道我是谁？"
"京城没有我不知道的事。"
"也是，宰相府里，什么消息探听不到。"
杨慎苦笑道："那又怎么样？一点自由都没有！换了旁人，点了状元就可以去翰林院，可他非要我到国子监。说是为我着想，其实谁不知道，我就是他的一颗棋子！"
王畿道："你去国子监应该有实职吧？总比躺在翰林院的故纸堆里强。"
"呵呵，我朝非翰林不能入阁，甚至当不了六部的堂官。更重要的是，一个人走多远，不由他自己说了算——那种无力感，你不懂。"
"你们公子哥儿的世界，我确实不懂。"王畿继续喝闷酒。
杨慎眼珠一转，道："唉！可惜啊。"
"可惜什么？"
"徐爱狂妄迂腐，你哪一点不如他？"
王畿闻言，闷闷不乐。
杨慎离间道："凭什么让他出尽风头，你却只能在这灌黄汤？"

王畿摇头叹息，道："算了。师父说得对，为学大病在好名，争这些有什么用？"

"你咽得下这口气？反正我咽不下。一个交白卷的，出尽风头，名扬四海，我们这些老实答题的反倒默默无闻。"

"你恨徐爱，是因为雅集时他让你下不来台吧？"

杨慎一愣，道："随你怎么想！不过话说回来，你真的甘心从此在你师父心里只有徐爱，而没有你的位置？"

王畿一脸不快道："就算我不甘心，能怎么办？"

杨慎正色道："好办。我给你找个发声的平台，压过他。"

王畿心中一动。

杨慎凑近，道："你可以来国子监讲心学，发挥得好，保证比他更轰动！"

王畿两眼放光，但仍不放心道："为什么帮我？"

"帮你就是帮我自己。我虽不喜欢国子监，但既然去了，就要站稳脚跟，一鸣惊人。你好好准备一下，争取扬名天下！"

王畿犹豫道："国子监，我真的行吗？"

"世间事有难易乎？为之，则难者亦易矣；不为，则易者亦难矣！"

王畿下定决心，道："好！我去！"

杨慎高兴，斟满两杯酒，道："来，我敬王兄一杯，祝咱们旗开得胜！"

第四十章　针锋相对

朱厚照与江彬、谷大用身穿常服，一人一骑，并辔而行。

谷大用试探道："皇上，要不还是回去吧，让首辅知道了……"

朱厚照不满道："怎么？一朝被蛇咬，十年怕井绳？"

"也没有啦……只是宣府毕竟挨着战场，万一……"

"瞧你那㞞样！连战区都没去过，还好意思跟人说自己执掌御马监？"

江彬附言道："谷公公，此行有两个目的。一是蒙古近来屡屡犯边，皇上亲临前线，整军布武，可以激励将士；二是京军边军换防有些日子了，皇上要看看互调操习的成果。"

谷大用皱眉不语。

三人路过国子监，发现门庭若市。

朱厚照道："咦，那不是蔡震吗？蔡震！"

蔡震回头，走了过来，下跪道："皇——"

朱厚照赶紧制止道："别跪，我在微服私访。"

蔡震起身。

朱厚照问道："里面怎么回事？"

蔡震道："杨阁老的儿子请王阳明的弟子到国子监开讲。"

朱厚照道："杨慎？"

江彬提醒道："杨慎不是皇上钦点的状元吗？"

朱厚照点头道："他文章写得不错，朕圈了个第一，拆封才发现竟是杨阁老之子。走，去看看。"

下马进入。

国子监的讲堂人满为患，黑压压的脑袋一直延伸到门外。

在江彬和谷大用的"开路"下，朱厚照好不容易挤到了窗边，向里张望，只见王畿站在讲台上，有点怯场。杨慎立在不远处，向他投去鼓励的目光。

王畿深吸一口气，道："天地与我同体。"

士子甲质疑道："我与外物，血气不通，如何同体？"

王畿渐入佳境道：“血气不通？猫狗吸入人呼出的气，牛羊宰杀后血肉被人烹食，造化循环，生生不息。而要是从感应的征兆上看，岂止草木禽兽，万物皆是一体。”

“天人感应？”

“人天感应！人是天地之心，我的灵明就是天地鬼神的主宰。天若没有我的灵明，谁去仰它高？地若没有我的灵明，谁去俯它深？鬼神若没有我的灵明，谁去分辨吉凶祸福？离了我的灵明，就不存在天地万物；离了天地万物，也就不存在我的灵明。一气贯通，岂能隔离？”

连续几日，王畿每晚都蹑手蹑脚地翻窗而入，偷看徐爱编纂的《阳明先生集语》。他记忆超群，竟然一字不落地背了下来。

士子甲陷入思考，士子乙道：“春华秋实，夏雷冬雪。从前如此，以后也如此，什么叫没有我的灵明，天地万物便不存在了？”

王畿道：“你看那些死去的人，灵魂消散，他们的天地万物又在何处？”

监生甲忽道：“妖言惑众！”

所幸此人远离讲台，王畿假装没听见，兀自道：“万事以人为本，万物由心而生。心不感，物不应——”

监生乙大声道：“别讲了！堂堂国子监，岂容这等歪理邪说？”

王畿慌乱，朱厚照倒是兴致勃勃。

没想到士子甲开悟了，帮腔道：“你才歪理邪说！阳明先生是想告诉我们，所谓的真实，其实在你内心。不看穿大千世界的虚幻，就会被它蒙蔽、控制，沦丧人之为人的真谛。”

监生甲道：“这不是仙佛之说吗？还阳明先生，阴阳先生差不多！”

众人起哄，王畿直冒冷汗，杨慎暗自得意。

士子乙也倒戈了道：“一阴一阳谓之道。有些人的世界确实阴暗，因为他的心就不光明！”

监生甲勃然色变道：“你说谁阴暗？”

“谁紧张，谁阴暗！”

“你浑蛋！”监生甲扑上去打了起来。士子甲和监生乙分别助阵，现场分成两派，打起了群架。

有人趁乱冲上讲台，袭击王畿，被杨慎拦下。

杨慎护着王畿夺路而逃，谷大用和江彬也保护意犹未尽的朱厚照撤离现场。

众人从屋里打到院中，一片混乱……

出了国子监，朱厚照兴奋道：“看看人家，三言两语就引发了一场战争。文官的舌头比你的刀剑有用！”

谷大用忧郁道：“不过，看这架势，如果不查禁，恐怕会引起大乱啊！”

“让人说话，天塌不下来！再说了，我看那个王畿讲得很有道理嘛！驾——”

朱厚照打马而去，谷大用和江彬面面相觑。

一轮明月挂在居庸关的上空。

看守城门的是一个百总和两个士兵。

百总打了个哈欠，瞥了眼漏壶，道：“下钥吧！”说着往城楼上走去。

两个士兵开始关城门。忽然，不远处的草丛中传出一阵诡异的口哨声。

士兵甲向士兵乙示意，后者有些发怵，鼓起勇气朝草丛走去。士兵甲紧张兮兮地看着，完全没意识到身后一人正在向他靠近。

那人蓦地用布条勒住士兵甲的嘴，把哼哼唧唧的他拖到远处的墙角。这时，马蹄阵阵，士兵乙回望，只见一骑绝尘，穿门而去。

马上，朱厚照得意非凡……

野外，朱厚照一边饮马，一边等待谷大用和江彬与他会合。

“皇上急着赶往何处啊？”

朱厚照大惊回头，只见杨廷和与一队士兵出现在眼前，后面跟着垂头丧气的江彬与谷大用。

谷大用小声嘀咕道：“肯定是张永告的密。”

朱厚照定了定神，道：“去宣府视察军情。”

杨廷和平静道：“皇上悄然离京，用不了多久便会流言四起，人心震荡。还望速速回銮。”

“阁老此言差矣。天子守国门，只会军心稳固，民心安定。”

“我朝没有这样的先例。”

“先例还不都是人开的？朕听人说，知而不行，只是未知！”

杨廷和一愣，道：“知而不行，只是未知？老臣明白了。”拔出身边一个士兵的刀，走到朱厚照跟前，双手捧上，道：“国不可一日无君。陛下若执意出关，就请先杀了老臣吧！”

杨廷和态度坚决，江彬、谷大用志气全无，朱厚照一时间竟无可奈何……

翌日，大兴隆寺禅房，王阳明正在打坐，湛若水急入，道：“出事了出事了，出大事了！”

王阳明睁眼，一脸淡定。

湛若水看着他，狐疑道：“王畿去国子监——是你授意的？”

王阳明反问道：“我为什么要那么做？”

“你知不知道现在京城的书院都分成了两派，吵得不可开交。”

“哪两派？朱陆？”

湛若水正色道：“朱王。”

王阳明疑惑道："朱王？"

"没错，你自成一派了。"

"荒唐！"

湛若水察言观色，道："我且问你，你对陆九渊到底是什么看法？"

王阳明道："想听真话假话？"

湛若水不满道："当然是真话了！"

王阳明坦言道："好。我认为其学失之于粗。"

湛若水生气道："何出此言？"

"陆象山以为，人应当自作主宰，万物皆备于我，这没错。可就此认为当恻隐时自然恻隐，当羞恶时自然羞恶——哪有那么简单的事？陆学忽视在事上磨炼，被人指责'近禅'可谓其来有因。"

"既如此，你为何认可'心即是理'？"

"这是'先立乎其大者'。我提心即理，并不是要人终日枯坐，当个自了汉，更关键的还是'此心在物则为理'。"

"此心在物则为理？那跟朱熹的去万事万物上格天理有什么区别？"

"朱熹的意思是到实践中寻找天理，但我主张天理就在心中，所谓实践，只是为了去验证它，置我心之天理于万事万物。"

"哼！胡搅蛮缠！"

一个声音传入："你才胡搅蛮缠！"

湛若水一惊，只见冀元亨、聂豹和薛侃入内。

聂豹冷冷道："先生立言传道，想怎么讲就怎么讲！"

湛若水脸色难看。

王阳明呵斥道："聂豹！"

聂豹不管不顾道："你师父陈白沙的观点才有问题！什么'静中养出端倪'？什么'万感交集而不动'？说好听点叫涵养心性，依我看就是故弄玄虚！"

王阳明拍案道："住口！"

湛若水叹了口气，起身离去。

王阳明起身道："甘泉兄？"

湛若水也不转身，只抬起手来示意他毋庸赘言，出门而去。

王阳明瞪了聂豹一眼。

薛侃愁道："先生，事情闹大了，外面都以为是你派王畿去国子监挑事的。"

冀元亨自言自语道："到底谁下的套？"

聂豹道："除了杨慎，还能有谁？王畿也真是的，俗话说，渴不饮盗泉水，热不息恶木阴，可他——"

王阳明出门而去，聂豹一愣，同薛侃、冀元亨跟了上去。

京城突降暴雨。

王阳明沿着街边的排棚走到一处广场，只见一群士子围着张桌子，上面站了个狂热分子，疾呼："武王伐纣誓师时也下了大雨，武王说这是'天洗兵'，上天要给替天行道之人洗洗兵器。今日我们也是'天洗兵'，跟那些异端干到底！"

众士子纷纷道："对，干到底！"

狂热分子跳下桌子，带领众人游行。

王阳明忧心忡忡……

豆大的雨粒疯狂地砸向地面。路人四散而逃，家长抱走啼哭的孩子。两伙人从街道两头走近，各自的首领指手画脚地吵了几句，双方旋即爆发大规模的群殴。

国子监。

毛纪在监生甲的带领下，上气不接下气地往院中跑去，身后跟着一众监生。

转了个弯，一幅骇人的画面出现在眼前：某监生在院中的大树上自缢，身上挂着一个条幅，上书"王学振兴，杂说成烟"。

众人默然不语，毛纪走到雨中，震撼不已。

通政使司。

那个要跟异端干到底的狂热分子左手托着一本陈情书，右手举过头顶。只见食指和中指已被切断，鲜血直流。

他的身后，黑压压跪了一片人，皆高举右手，自断两指……

几个重臣在杨府会商，杨廷和将陈情书扔到桌上，对管家道："把杨慎叫来！"

"是。"

毛纪劝道："不怪贤侄，谁能料到王阳明的邪说竟有这么大的魔力？连皇上也被蛊惑了。"

费宏道："皇上？"

毛纪点头道："王畿来国子监当天，有人见到皇上了，看样子是微服出巡。"

费宏与梁储对视。

杨廷和表态道："否定程朱理学的杂音，不能再放任自流。二十人以上的讲会，以后必须报批。国子监作为朝廷最高学府，不但要发正音、走正路，还要坚决回击那些别有用心的歧说谬论。当世的大儒，什么罗钦顺、王廷相，理学造诣都很深，应该把他们请来讲一讲嘛！"

毛纪道："阁老说的是。"

梁储却不以为然。

杨廷和道："王畿诽谤圣贤，荼毒人心，酿成祸乱，抓了。"

杨慎入内，怯声道："爹。"

杨廷和一把将陈情书丢到他脸上，斥道："你吃饱了撑的！"

杨慎捡起来细看。

杨廷和道："明日起给我在家思过，哪都不许去。"

"哦。"杨慎的嘴角露出一丝不易察觉的微笑。

刑部大牢，王畿戴着手铐脚镣，在两个狱卒的看押下，面无表情地朝牢房走去……

大兴隆寺禅房，王阳明对着铜镜将官服官帽穿戴整齐，转身出门。冀元亨迎面入内，道："师父，兵部尚书王琼王大人来了。"

王阳明一愣。

会客室，王琼正在喝茶，王阳明快步走入，道："王部堂？"

王琼打量了他一番，道："二十年没见，毛头小子成中年大叔了。"

王阳明落座，道："二十年没见，中年大叔成大司马了。"

两人大笑。

王琼敛容道："你的心学现在成了显学，闹出这么大动静。我很好奇，想听你讲讲——最好一言以蔽之，两三句话说清楚。"

王阳明微微一笑，道："两个字足矣。"

"哦？"

"诚意。"

"这不是《中庸》的主旨吗？"

"不错，《中庸》要人思诚。因为意若诚，则心自正，身自修，而后能齐家治国平天下。"

"还是比较空，有方便法门吗？"

"无非省察克治去私欲，将好色、好利、好名等私心杂念搜寻出来，拔去病根，永不复起，方始为快。就像猫捉老鼠，一眼看着，一耳听着，一有念头萌发，就立即克制，不可姑息，不可窝藏，不可放它出路，如此方能扫除廓清。到了无私可克的境地，自然从容不迫。"

"嗯，跟兵法倒是殊途同归。常言道，知己知彼，百战不殆。可好多人老想着知彼，以为我自己我还不知道吗？殊不知了然于己，才能了然于人；自己不犯错，别人就无奈你何。相反，千方百计去知彼，可能正着了人家的道儿。"

王阳明点头道："心中无敌，天下无敌。真正的赢家都是战胜了自己的人。"

王琼啜了口茶，道："我来喝茶，没误你的正事吧？"

王阳明心中一动，道："部堂何出此言？"

王琼搁下茶碗，道："你就不必瞒我了。你这是要去见杨廷和，求他放了王畿。"

气氛登时凝重起来。

王琼道："其实，我是不大认可你讲学的。当然，你讲的很有道理，但却把自己置身于风口浪尖，甚至成为有些人的心腹大患。而你，本该去做更重要的事。"

“更重要的事？”

“匡济天下。”

王阳明沉思。

王琼续道：“对杨廷和而言，王畿什么都不是。之所以兴师动众抓他，还不是为了引你出洞？如何应对，你可考虑清楚了。”

王阳明凝重道：“多谢部堂提醒。”

王琼叹了口气，忧虑地看着王阳明……

一炷香后，王阳明被杨府管家带入花厅。

“杨阁老。”王阳明正准备作揖，杨廷和起身快步走近，拉着他的手道：“你是朝廷的功臣。没有你那篇劾疏，阉党现在还在作威作福呢！来。”

二人落座。

杨廷和道：“以你的资历，怎么能屈居员外郎呢？眼下礼部缺个侍郎，我看你比较合适。”

王阳明笑了笑，道：“如此优厚的条件，阁老需要下官做什么？”

杨廷和问道：“我听人说，王畿早就被你逐出师门了？”

“确有此事。”

“那就好办了。你在邸报上登一篇声明，说已与那个王畿断绝了师徒关系。他的所作所为，你概不知晓也概不负责。同时，你要驳斥那些打着你旗号煽惑人心的乱党，说天下正道只有一样，那便是朱熹理学。”言毕，杨廷和目不转睛地盯着他。

王阳明沉默片刻，道：“阁老恕罪，这样的声明下官不能登。”

杨廷和想了想，道：“王阳明，我再告诉你一件事。礼部尚书蒋冕年迈，春官的位子很快就会空出来。”

“阁老的苦心，下官理解。只要能平息动乱，让在下说什么都可以，唯独不能提王畿。”

“为什么？”

“他是故人之子。我答应过他死去的父亲，要让他成才。”

杨廷和冷笑道：“所以你赶走了他？”

王阳明起身作揖，道：“求大人放了王畿。所有的罪愆都因我而起，我愿代他受罚。”

杨廷和一脸冷峻，道：“你受得起吗？”

“无论罢官下狱，还是鼎镬刀锯，绝无怨言。”

“好，我就放了王畿。你自己上一封辞疏吧！”杨廷和拂袖而去……

冀元亨驾车往客店的方向驶去。车里，王阳明、聂豹、薛侃在座。

聂豹愤愤不平道：“岂有此理，凭什么要先生辞职？”

王阳明道：“走个过场罢了，不要激动。”

薛侃不解道：“过场？”

聂豹想了想，恍然大悟道：“没错，值此风起云涌之际，罢了先生的官，只会让天下人都同情先生而唾骂内阁。杨廷和何等聪明，必不肯为。”

薛侃点头道：“对！他更怕先生没了官位的羁绊，四处讲学，响彻宇内。

王阳明笑着摇了摇头。

冀元亨的声音传入：“师父！”

马车停下，王阳明下车，愣在原地。聂豹和薛侃后下，顺着他的目光望去，只见王畿穿着囚服，跪在路中央，泣不成声道：“师父……”

王阳明缓缓朝他走去，行人好奇围观。王阳明走到王畿身边时，王畿的心提到了嗓子眼。然而，王阳明只是略作停留，头也不回地径直离去。

王畿痛苦地闭上眼睛，冀元亨一脸不忍……

客店浓烟滚滚，火光冲天。住客们远远观望，不敢近前。

王阳明走近，大惊失色。聂豹、薛侃随后赶到，亦惊愕不已。

住客甲一脸疑惑道：“怎么会走水？莫名其妙！”

住客乙语带嘲讽道：“城门失火，殃及池鱼。也不想想你跟谁住一块？”

“谁？”

“王阳明的弟子啊！”

聂豹、薛侃对视了一眼，冀元亨一个箭步冲进去，大喊道：“徐师兄！”

王阳明急道：“惟乾小心！”

冀元亨被热浪逼了出来，咳嗽不止。

“师父！”

众人闻声回头，只见徐爱抱着一摞书，无不松了口气。

聂豹道：“你吓死我们了！”

徐爱抬头看了看火灾现场，脸一沉，扔下书一头钻了进去。

薛侃道：“你疯了吗？！”

王阳明道：“徐爱，危险！”

一刻钟后，王阳明焦急张望，只见一人用湿毛巾捂住口鼻逃了出来。王阳明上前两步夺下其毛巾，欲往里冲，被冀元亨和聂豹拉住。

冀元亨道：“师父你别动，我再进去看看。”

话音刚落，一声巨响传来，二楼垮塌了。

王阳明脸色惨白，冀元亨和聂豹面面相觑。正在这时，一个黑影闪过，冲进废墟。

冀元亨道：“师弟！”

聂豹道：“王畿？”

众人目瞪口呆地看着，时间一分一秒地过去。

终于，王畿背着奄奄一息的徐爱走了出来。他灰头土脸，徐爱则死死地攥着那本《阳明先生集语》，虚弱道：“师父……”

王阳明斥道：“你不要命了！”

徐爱憨笑道：“大业未成，弟子不会遽死……”说着，晕了过去。

聂豹、薛侃搀着徐爱走远，王畿看着王阳明，手足无措。见他满面尘灰，王阳明心下不忍道：“去洗洗吧。”

王畿愣在原地，冀元亨拉他，道：“走啊！”

王畿反应过来，道：“哎，好！”

南昌藩邸。校场内，一声巨响，箭靶被打穿。

朱宸濠手持冒着浓烟的火铳，大为满意。

刘养正得意道：“现在每日能造手铳五十支、三眼铳二十支、铳炮十门。”

李士实走入，远远瞧见，暗自摇了摇头。

朱宸濠道：“不错。除了咱们自己用，也可以卖给谢志珊和陈曰能他们。”

刘养正道：“是。还有一事——”

李士实走近，道：“王爷。”

朱宸濠冲他点了点头，刘养正续道：“桶冈最近崛起了一伙势力，为首之人叫蓝天凤。”

朱宸濠道：“让凌十一查查底，看看有无联络的必要。”

“是。”刘养正看了看李士实，转身离去。

朱宸濠对李士实道：“先生在想什么？”

李士实道：“李太白的一首诗。”

“哪首？”

“危楼高百尺，手可摘星辰。不敢高声语，恐惊天上人。”

朱宸濠听出话弦外之音。

李士实规劝道：“火器和贼寇都太烫手了。王爷，动作过大，会让人抓住把柄的，据说布政使诸养和已不止一次在酒席上暗示外省官员您有异志。”

朱宸濠警觉道：“什么？”

李士实道：“还有，钱宁帮咱使力的时候，兵部尚书王琼极力阻挠。本来卫队能恢复到三千，硬生生让他给砍了两千。”

朱宸濠皱眉。

李士实正色道：“小政在朝不在民，大政在民不在朝。万人仰戴，田齐也能取代姜齐。威天下不以兵革之利呀。”

“先生所言，本王何尝不知？只是心里着急啊！刘养正的意思，是等朱厚照宾天，再趁乱举事。可他比我小十几岁，谁先走还不一定呢！”

“此事王爷若无功成不必在我的信念，很难得手。”

“你该不会真的想让我学田齐代姜吧？”

“至少眼下有个机会。朱厚照御极多年，荒淫无度，迄今没有子嗣。百官之中，已有从宗室子弟里挑人候补储位的论调，若世子能入京立嗣——”

“恐怕没那么简单吧？”

“事在人为。再说钱宁引臧贤为奥援，已重获圣眷。”

“臧贤？”

“一个乐师，深受朱厚照喜爱。”

朱宸濠鄙夷道：“哼，难不成这昏君还有断袖之癖？”

杨廷和、费宏和梁储步入乾清门，梁储恳切道：“王阳明毕竟立过大功，阁老还是放他一马吧。”

杨廷和不为所动道：“有功于前，不为损刑；有善于前，不为亏法。”

费宏试探道：“那就依他所请，降为庶民？”

杨廷和反问道：“你认为皇上会答应吗？”

费宏道：“那阁老的意思是……”

杨廷和沉默片刻，道：“南京太仆寺少卿出缺，让他养马去吧。”

梁储忍不住道：“这，未免有些过分吧？”

费宏凝神道：“一跃而成正四品，倒也不过分。”

杨廷和站定，一字一顿道：“王阳明这样的人，不能不用，但绝不可重用。”

三个内阁大学士来到乾清宫议事，张永立于朱厚照之侧。

朱厚照不满道：“凭什么朱熹一定就对，王阳明一定就错？”

杨廷和平静道：“朱熹是圣人，圣人之言是经典，经过了世世代代的检验。王阳明一介狂徒，岂能与之相提并论？”

朱厚照反驳道：“如果南宋的当权者都像阁老一样锱铢必较，这世上根本就不会有朱熹理学。”

“京城大乱，死伤无数，皇上也认为是锱铢小事吗？”

“一种学说刚提出来时，总会引发不少误解。如果一竿子打死，谁还肯致力于学术？”

“现在不是谁要打压他，而是他要抹杀程朱理学！”

“那么容易就被抹杀，肯定也不是什么了不起的学问！”

“这——”

“菜市卖猪肉还分个张屠户、李屠户，学说就要拿出来争鸣嘛，不交锋怎么知道谁对谁错？你不能因为厌恶一个人，就不让人家说话呀！”

“皇上，这不是个人恩怨。王阳明留京，后果不堪设想，无论对朝廷，还是对他本人。”

费宏帮腔道：“没错皇上，王阳明想必也是看清了这里面的利害关系，才自请辞职的。”

朱厚照无言以对。

杨廷和趁势道：“不过话说回来，人才难得。如果将其升任新近出缺的南京太仆寺少卿，则公私两便。”

朱厚照想了想，打算做笔交易，道：“其实——也不是不可以，只不过——”

杨廷和眼前一亮。

朱厚照续道：“要让朕去宣府。”

杨廷和与费宏对视了一眼，梁储微微摇头，暗自窃笑。

京城码头，蔡震、方献夫、郑一初、陈九川、季本、朱节、蔡宗衮和王纯甫送别王阳明、王畿与冀元亨。

徐爱快步走来，道：“师父，湛师伯说他接到紧急任命，出使安南，就不来送你了。”

王阳明皱眉。

远处，王琼望着王阳明的船扬帆起航，心事浩渺……

甲板上，王阳明立于船头，凝视潺潺的流水。

徐爱小声道：“他还说——”

王阳明急道：“说什么？”

徐爱鼓起勇气道：“与君同舟渡，达岸各自归。”

王阳明默然良久，王畿躲在船舱里探头探脑地向外张望。

“龙溪，你过来。”

王畿惊讶于王阳明不用转身便能感知到他，胆战心惊地走了过去。

王阳明缓缓道：“知错了？”

王畿点头道：“嗯！”

“哪错了？”

“受人蛊惑，说错了话。”

王阳明转身，道：“看来你还是不知道自己哪错了。”

王畿一惊抬头。

王阳明续道：“你在国子监讲的那些话是在理的。但在理的话不一定要说出来，即便要说，也得分什么时候、在哪、对谁说。好比你对牛说‘大吉大利’，牛听得懂吗？”

王畿“扑哧”一笑，王阳明也忍俊不禁，道：“你这好名的毛病什么时候才能改？”

王畿挠挠脑袋，道：“有时候争胜好强，有时候爱出风头。还是私欲太重……”

王阳明道：“好名之人往往画地为牢，为了虚名假装什么都懂，知错不改。这其实是自我设限，自己关上了成功之门。”

“师父我懂了。这一年来的教训，实在是太惨痛。离开庐陵后，天下之大，我竟不知道该去哪。”王畿哽咽，王阳明动容。

余姚王宅。

大门上的朱漆锃光瓦亮，门口的上马石是新雕的，有棱有角。

王阳明走下马车，看了看熟悉的宅子，唏嘘不已。

后院，王华须发如雪，正弯着腰给竹子浇水。

王欢跑入，大喜道：“老爷！”

王华转身，只见其老态龙钟。

王欢道：“少爷回来啦！”

水壶从王华手中滑落。

王阳明快步走入花厅，抬头一看，王华坐在厅中，身子有些佝偻。

父子二人四目相对，愣了片刻，泪光闪烁。王华眨了眨眼，望向别处。

王阳明上前跪倒，叩了三个响头，道：“父亲可还安健？”

王华道：“哼！”

王阳明抬头。

王华气呼呼道：“只要你不气我，我比谁都好！”

卧室里，诸芸玉对着铜镜整理发髻，觉得身上的衣服显老，换了一件鲜艳的，满意后紧忙出。

诸芸玉走到花厅外，听见争吵声，放慢了脚步。

王华怒道：“你有什么资格议论朱子？好不容易去了吏部，不知道珍惜，一天到晚胡说八道，你以为你是谁？”

诸芸玉入内，道：“父亲。”

王华有些尴尬，王阳明和妻子眼神一对，爱意无限。

王华稍有缓和道：“先去洗洗吧。”

说着，起身离开。

王阳明和诸芸玉回到卧室，关上门，紧紧搂在一起。诸芸玉把脸藏在丈夫的胸里，情不自禁地哭了出来。

王阳明细细打量，只见妻子的头上夹杂了几根银丝，鱼尾纹清晰可辨。但因心里快活，气色还算红润。

诸芸玉螓首，娇羞道：“老得不成样子了，有什么好看的？”

王阳明抬起衣袖替她擦拭脸上的泪水，忽觉心头火热，忍不住又将之搂在怀里……

室外长廊，岑氏杵着拐棍，在王欢的搀扶下急急走来，连呼："守仁，守仁！"

诸芸玉端进一个铜盆，伺候王阳明洗脸，替他擦手。

岑氏的声音传入，王阳明惊喜道："祖母！"岑氏来到门口，王阳明赶紧上前握住她的手，道："孙儿不孝，未能侍奉膝下……"

岑氏慈爱地抚摩着孙子的脸，道："你是干大事的人，守着我们这些老骨头有啥出息？好好歇歇，抽空去你娘坟头上炷香。"

王阳明点头道："嗯！"

夕阳西下，王阳明到坟头上香。

"娘，我看你来了！没能见你最后一面，孩儿真是不孝啊！"言毕，王阳明落泪。

诸芸玉站在他身后，眼眶湿润。

良久，王阳明擦了擦眼角，起身往回走，低声问道："爹这两天总去县衙，出什么事了？"

诸芸玉道："家里没事，族里有事。"

"族里？他现在是族长？"

诸芸玉点头。

王阳明道："也好，比在家闲着强。"

诸芸玉摇头道："我看还不如闲着。成天都是纠纷，说是族人，倒不如个路人。针尖儿大点事，能争个你死我活。你还记得你有个族叔祖叫王氓吧？"

王阳明点头。

"前两年他走了，留下一块田没分清，两个儿子王贵、王翔争讼不休，咱爹这个族长嘴皮子都磨破了，也调和不了。陆大善人判了个一人一半，两人还是不服，闹得满城风雨。爹为了这事，腿都快跑断了。"

"王贵我知道，陆大善人是？"

"县太爷陆澄。他在咱这当了七年知县，升官都不走，做了好些善事，有口皆碑。"

王阳明沉思……

次日，王阳明来到县衙，只见正堂跪着一人，正在接受审问，赶紧退到门外。

陆澄一拍惊堂木，道："人赃并获，还不招？！"

嫌犯低头不语。

陆澄怒道："来人！给我狠狠地打！"

嫌犯叫屈道："大人冤枉啊，冤枉啊大人！"

衙役甲斥道："闭嘴！还不领罪受罚！"说着，冲上去将之摁倒。

陆澄犯疑，道：“慢着！”

衙役甲一惊，道：“堂尊？”

“尚有几处疑点不明。先放了吧，派人看着。”

“这——”

陆澄瞪了他一眼，道：“嗯？”

衙役甲不情不愿道：“是。”

退堂后，陆澄将王阳明请入书房，长揖道：“卑职陆澄，见过王大人。”

王阳明搀扶道：“我没穿官服，今日是以余姚县民的身份来见父母官的。”

陆澄点头，道：“大人请坐。”

两人落座。

陆澄诚恳道：“大人是余姚的荣光，此次垂翅而归，还望不吝赐教。”

王阳明笑道：“在京城都快被人骂死了，有何荣光可言？赐教不敢当，只是陆大人如此断案，在下还是头一回见。”

陆澄犯愁道：“让您看笑话了。县衙这帮人，一个个精得跟玻璃球似的。说实话，方才那人到底有罪无罪，我也不清楚。虽说人证物证齐全，但伪造证据对现在这帮衙役来说简直易如反掌。您也看见了，我一说用刑，那衙役便如此急迫。这里面多半有内情，嫌犯可能是被冤枉的。”

王阳明微微一笑，道：“呵呵，请恕在下无礼，陆大人可能上当了。”

“什么？”

“咱们暗中跟过去便知。”

县衙附近的一个僻巷，嫌犯掏出一袋钱，交给衙役甲。

衙役甲掂了掂，转身离去。

嫌犯急道：“等等！”

衙役甲回身。

嫌犯不解道：“怎么你一说话，县太爷就把我给放了？”

衙役甲得意道：“呵呵，咱们这位爷，疑心病重。我越是着急打你，他越是怀疑我做了手脚，觉得你无辜。”

衙役甲忽发现嫌犯望向自己身后，脸色大变，不由得紧张转身。只见陆澄和王阳明站在巷口，正冷峻地看着自己。

钱袋落地……

陆澄宴请王阳明，举杯道：“人言大人神机妙算，今日一见，果不其然。”

王阳明道：“过奖了。其实，今日贸然造访，是为了王贵和王翔的事。”

“您听说了？”陆澄一拍脑门，道：“嗐，瞧我这脑袋，你们是同族嘛！我跟您说王大人，此事非得您出马不可，于公于私都得您来断，我是彻底没辙了。”

“这不合适。”

“您不为我着想，也该替您父亲想想吧？他身子不好，经不起这么来来回回折腾呀。”

王阳明沉默半晌，道：“好吧，那我就越俎代庖了。”

陆澄欣喜。

王阳明续道：“你将遗产断为每人一半，有何根据？”

陆澄道：“王氓生前曾立口头遗嘱，遗产全部给王翔。但由于有人证而无文书，所以只能成立一半。王贵是长子，有权继承遗产，这便是均分的依据。”

“可他们各自不服，异议在哪？”

“王翔同意分三成给王贵，而王贵要七成。”

“原来如此，我大概有数了。”

翌日，县衙大堂观者如堵，王华藏在人群里向内张望。王贵和王翔跪在堂中，却不见知县的身影。

众衙役齐声道：“威武——”

王阳明着四品官服走出，在案前坐下。

众人诧异，王华一惊。

王贵奇道：“守仁兄？”

王阳明一拍惊堂木，道：“大胆刁民！这里没有什么守仁兄！本官应陆知县之请，替你俩断一断尔父遗产之事！”

王贵道：“我是长兄，理应得七成！”

王翔道：“你好意思吗？父亲的遗嘱里，压根没提你！”

王阳明冷冷道：“来人，上夹棍！”

王贵、王翔震惊，在场之人纷纷侧目。王华“哼”了一声，满脸不屑。

两个衙役取来夹棍。

王阳明下命道：“把王贵的左腿和王翔的右腿夹到一起。”

夹棍一上，两人惨叫。

王阳明道：“疼不疼？”

二人异口同声道：“疼！”

“现在换王贵的右腿和王翔的左腿。”

“不要啊！”

“为何不要？”

王翔道：“疼。”

王阳明道：“有多疼？”

王贵道：“钻心。”

王阳明道："你们尚且知疼，有没有想过九泉之下的父亲？"

两人一愣。

王阳明道："他好比你们的心，而你们俩则好比左腿和右腿。舍弃哪一条，都会心疼！"

二人低头。

王阳明道："押入大牢，听候发落！退堂！"

百姓议论纷纷。

"王氏一族，尽出怪人。"

"可不是吗？不当官的怪，当官的更怪！"

众人散去，王华脸色铁青……

陆澄与王阳明朝书房走去，冀元亨拿着一副奇怪的枷锁走近，道："师父。"

王阳明道："打好了？"

陆澄细瞧，只见一块长木板上有六个洞，不禁奇道："这是？"

王阳明道："连体枷。"

陆澄愈奇，道："连体枷？做什么？"

王阳明道："让他们兄弟联袂而食，并头而卧。行则同起，居则同止，就算如厕也需齐心协力，才能得偿所愿。"

县衙大牢，冀元亨把枷锁上上，王贵和王翔大眼瞪小眼。

王翔埋怨道："都怪你，争什么争！"

王贵发火道："我是嫡出，你是庶出，给你三成就不错了！"

"你——"王翔挣扎着想要打他，却动弹不得，气得摇头晃脑。

王贵挑衅道："来呀，撞我呀！"

王翔鼻子都快气歪了。

夜里，冀元亨端着托盘走到牢房前。

"吃饭了吃饭了！"冀元亨把两个碗放了进去。

王贵想要起身，王翔纹丝不动。

王贵道："你不吃饭吗？"

王翔道："气饱了，不吃！"

"我要吃啊！"

王翔把头扭到一边，假寐。

王贵怒道："浑蛋！"用力起身，折腾得精疲力竭也够不着碗，只好放弃。

良久，冀元亨走来，道："怎么，想绝食？王大人有令，不吃就断粮三日。"

二人慌乱，狱卒将碗端走……

县衙书房，陆澄忐忑地走来走去，王阳明则气定神闲地坐着喝茶。
陆澄皱眉道："三日已过，也不知道怎么样了？"
冀元亨入内，陆澄急问："如何？"
冀元亨道："好多了。两个人和颜悦色，反省各自的不是。"
王阳明道："好，给饭。"

冀元亨把两只碗放入牢房，王贵、王翔不约而同地冲了过去，不顾一切地吃起来，却因动作不协调，打翻了碗，粥洒了一地。
"急什么！"冀元亨又盛了两碗放入。
王贵犹豫片刻，道："你先来吧。"
王翔谦让道："没事，你先来。"
王贵道："那好，我吃快一点。"
王翔调整姿势，以便王贵喝粥。两人互相配合，把粥喝完。
冀元亨趁势道："早知道手足情深，何必吃这苦头？"
王翔感慨道："看到我们这样，父亲恐怕也不能安息吧。"
王贵不好意思道："是我连累了你，我不配做兄长。"
王翔赶紧道："此言差矣。要是我早退一步，也不至于如此。"
冀元亨微笑……

王阳明提审王贵、王翔，县衙大堂再次围满了人。
"带王贵、王翔！"
王贵、王翔被衙役带入。二人虽戴着连体枷，却同步跪下。
王阳明道："据说你们想通了？说吧，怎么解决？"
王贵抢白道："我的地多，那块田就给王翔吧。"
王翔急道："不不不，还是给大哥吧。我打算做买卖。"
百姓均觉不可思议，王华亦感到难以置信。
王阳明故作怀疑道："肺腑之言？"
王贵、王翔齐道："千真万确。"
王阳明道："既然都不想要，那你们自己拿个主意。"
王华远远望去，只见王贵、王翔交头接耳。
王贵抬头道："大人，我们想好了，把这块田捐给大王庙，积些功德。"
众人议论点头称是，谁知王阳明一拍惊堂木，道："不孝之至，还敢妄谈功德！"
兄弟俩愣住。
王阳明续道："王氓劳苦一生，攒下薄产，你们却拱手让人，对得起他在天之灵吗？"
王贵道："小的愚钝，请大人明断。"

王阳明断道："既是你们父亲的遗产，理当为你二人所有。这样吧，谁也不种，将田地租出去，轮流收租，定下契约，以绝后世子孙再起争端。"

王贵、王翔想了想，彼此点了点头。众百姓窃窃私语，皆以为是个不错的方案。

王贵、王翔磕头道："多谢大人明断！"

陆澄在后堂投来钦佩的目光，王华也微微颔首。

第四十一章　痛失高堂

蒙古军帐围着应州城摆了一圈，旌旗蔽空。一队骑兵赶至城门下，为首之人是巴图蒙克和他的主将。

主将仰望城门，道："听说守城的大同总兵许泰是五军都督府左都督江彬的亲信，能征善战。"

巴图冷笑道："当了一个多月的缩头乌龟，没看出哪里善战。再拖下去，估计该吃人了。"

城中军营，许泰忧思重重。他拿起案上的宝剑，拔剑出鞘，情绪激动。

两个牙将面面相觑，只道他要自杀殉国。

"报——"

信使入内，把信交给许泰，转身出。

"总督军务威武大将军朱寿？什么人？"许泰抬头，望着两个牙将，只见二人和他一样，均是一脸懵懂状。

许泰览信，念道："愿公以汉之臧洪、唐之张巡为楷模，坚守以待？好大的口气！"

营外传来"援军来了"的呼喊声。

许泰和两个牙将震惊，一士兵跑入，激动道："将军，援军来啦！"

许泰急出，来到城楼下，三步并作两步地登上。一个偏将迎了上来，指向远方道："将军你看！"

许泰望去，只见一支打着"朱"字旗的明军杀入敌阵，跟蒙古人打作一团。

战阵中，江彬在马背上挥舞双斧，砍翻两人。四个蒙古骑兵不敢近前，主将大喝一声抽刀冲上来，与之战了十个回合，被斧头劈中天灵盖，坠马而亡。

与此同时，两个蒙古骑兵从背后偷袭，刺中江彬左肩。江彬奋力回身，砍杀二人。明军一拥而上，护卫江彬。

江彬大声道："别管我，保护皇上！"

不远处，只见朱厚照身披黄金甲，内衬窄袖袍，胸前两条五爪金龙升腾飞舞，左右还绣着两只赤金吞肩的神兽。他头戴插着三根天鹅翎的抹金盔，坐跨白马，手持双锏，扭头道：“又说错了，怎么不长记性？”

江彬高声道：“末将知罪！保护威武大将军！”

应州城放下吊桥，士兵一拥而出，与援军夹击敌军。蒙古军全线溃退，朱厚照一马当先，杀得不亦乐乎。

巴图突然掉转马头，突击到朱厚照跟前。

朱厚照一愣，意识到他要单挑。正在这时，江彬带人掩杀上来，道：“护驾！”

朱厚照一挥手，道：“慢着！”

众人止步。

两匹马渐渐靠近，两军的最高统帅四目相对，空气里都是火药的味道。

巴图大喊了一声，拍马上前。朱厚照也龇牙咧嘴地尖叫了一声，打马应敌。

两人大战三十回合，直看得江彬和城楼上的许泰心惊肉跳。

忽然，朱厚照一着不慎被巴图刺中左臂，摔下马来。江彬大惊，夺过身旁一人的弓箭，瞄准巴图，道：“你敢动一下试试！”

巴图停下，两个明军士兵赶忙上前扶起朱厚照。

巴图放声大笑，道：“泱泱大明，除了一个王阳明，余者皆不足道！”掉转马头而去。

朱厚照喃喃道：“王阳明……”

“八百里加急！”

朱厚照循声望去，只见一信使策马而来，飞身下马，连滚带爬地跑到自己跟前，呈上一封信。

朱厚照拆信阅读，喜不自禁。

江彬道：“皇上？”

朱厚照抬头道：“南方有变。”

京城。

一骑呼啸而过，卷起烟尘。

信使举着黄绢高声道：“应州大捷，威武大将军力克蒙古小王子！”

午门，朱厚照率凯旋之师回朝，杨廷和携百官跪迎，道：“臣等谨为陛下贺，吾皇万岁万岁万万岁。”

江彬色变，看着朱厚照，只见他一动不动。

张永小声提醒道：“阁老，威武大将军。”

杨廷和不为所动。

烈日下，双方焦灼地对峙着，汗流浃背。

朱厚照呵呵一笑，道：“都起来吧。”

群臣如释重负地起身，一宦官端着托盘小碎步走到杨廷和跟前。

朱厚照下马，接过杨廷和奉上的酒杯，一饮而尽。

乾清宫。

一边是张永、张忠、魏彬和谷大用四个内臣，另一边是杨廷和、梁储、费宏和王琼四个文官。

朱厚照道："南赣戡乱，可曾派将？"

杨廷和道："正在选将。"

"不用选了，朕御驾亲征。"

"几个毛贼而已，何必劳师动众？"

"毛贼？毛贼能把赣州知府都给杀了？"

众人不语，王琼瞧了瞧杨廷和，只见他正在思考对策。

朱厚照正色道："社稷有难，朕焉能坐视不理？"

王琼忽道："皇上，南赣匪患，已非一日，恐怕很难毕其功于一役。"

杨廷和灵机一动，道："不错。若时间拖得久了，将士不肯用命，难免有损陛下威名。"

朱厚照微愠道："你们凭什么认为朕就不能一战而定？"

王琼认真道："回皇上，江西、福建、广东和湖广四省交界之地山高林密，飞鸟不通，对土匪而言，是再好不过的安乐窝。官兵来时，他们化整为零，官兵一走，又重新聚合，为害南、赣、汀、漳等府多年。之前也组织过围剿，但收效甚微。眼看谢志珊、詹师富、陈曰能以及池仲容这些贼寇羽翼渐丰，已成气候，四省更是互相推诿，不愿实心去剿了。"

朱厚照不耐烦道："你到底想说什么？"

王琼道："不如派人巡抚南赣九府，专督剿匪。此人须耐得住烦，吃得了苦。山路崎岖难行，山贼神出鬼没，劳而无功也是常有的事。如此拉锯磋磨数年，或可平定。"

朱厚照小声嘀咕："这么麻烦……那你觉得这个南赣巡抚用谁合适？"

"王阳明。"

"王阳明？"

杨廷和忙道："皇上，王阳明没有带过兵，讲学倒是不遗余力。让这样的人到遍地悍匪的南赣，不是害了他吗？依臣之见，还是派身经百战的杨一清去更为稳妥。"

王琼坚持道："打仗打的是主帅的意志和决心。王阳明克己修身，私欲极少；触之不动，宠辱不惊。此等不因得失而动心之人，恰恰利于处置南赣纷繁复杂的匪情。"

朱厚照凝思，想起应州战场上巴图曾说"泱泱大明，除了一个王阳明，余者皆不足道"，便道："那就让他试试吧，不行朕再上。"

杨廷和皱眉不语。

龙泉山，王阳明和徐爱、王畿、冀元亨漫步到溪水边，欣赏如画的风景。

徐爱触景生情道：“怪不得孔子当年周游列国，颠沛流离，衣不挡寒，食不果腹，却还有那么多弟子心甘情愿地追随，乐此不疲。原来讲学论道才是世间最快活的事。”

王阳明道：“南京太仆寺的马场在滁州，那是欧阳修写《醉翁亭记》的地方，琅琊山四面环绕，幽静自得。到时一杯清茶，几本古书，为师与你们坐而论道。”

冀元亨道：“对！等聂豹、薛侃他们来了，更热闹！”

“少爷！”

四人齐齐望去，只见王欢上气不接下气地跑上山阶，累得气喘吁吁。

王阳明道：“怎么了？”

王欢道：“有圣旨！”

王阳明颇感意外。

王家花厅，宦官宣读圣旨：“兹命尔王守仁以都察院左佥都御史衔巡抚南、赣、汀、漳等处，钦此！”

“吾皇万岁万岁万万岁。”王阳明叩首，起身接旨，徐爱、王畿、冀元亨亦起。

王阳明道：“上差辛苦，家里备了些薄酒……”

“不了，还要赶回去复命。王都堂的好意，心领了。”宦官拱手离去，王华站在院子里偷看。

王畿高兴道：“品级没变，但一下子成了封疆大吏！师父，恭喜你！”

王阳明沉思。

徐爱疑惑道：“朝廷这是唱的哪出？

王阳明出神道：“南赣盗匪横行，官府束手无策，这是让我去剿匪。”

王华若有所思……

夜里，王阳明盯着桌上的圣旨发呆，诸芸玉坐在床边静静地看着他。

王阳明道：“你的意思是……”

诸芸玉沉默片刻，道：“爹老了，咱俩还没孩子。”

王阳明叹息道：“我明白了。”

乾清宫。

朱厚照看了看案上的辞疏，又看了看不远处的杨廷和与王琼，道：“连南京都不想去了，直接向朕辞官。”

杨廷和趁机道：“夸夸其谈之人，终究扛不起军国大事。请皇上另择贤明。”

王琼急道：“皇上，无端被人暗算，发落到南京去当闲曹散官，是个人多少都会有些怨言。忧谗畏讥，为了试探朝廷的决心，上一封这样的奏疏，也不奇怪。”

杨廷和冷笑道：“照你的意思，他这是坐地起价了？”

王琼道：“用人不疑。如此亲冒矢石，旁人避之唯恐不及的苦差事，给不了钱就要舍得放权啊。”

朱厚照沉默……

宣旨的宦官又来了，站在同样的位置念圣旨：“一应地方贼情、军马、钱粮事宜，小则径自区画，大则奏请定夺。钦此！”

“皇上万岁万岁万万岁。”王阳明起身接旨。

宦官劝道：“王都堂，别再推辞了。我这老胳膊老腿的，经不起折腾啊。”

王华远远观望，突然猛烈地咳嗽起来，慌忙离开。他来到墙角，掏出手帕，咳了一阵，发现全是血……

乾清宫，朱厚照拿着一封奏疏，走离龙椅。

“不想惊动内阁，所以这么晚叫你来。”朱厚照举起奏疏，道：“王阳明到底要干什么？上次说身子不好，这次说祖母年事已高。都给了他提督军务的大权，还不满意？实在不想去，朕可点将啦！”

王琼道：“皇上，王阳明从贬谪龙场至今，离家已近十年。其间他母亲过世，连最后一面都未能得见。”

朱厚照想起自己的生母郑施，心中一动。

王琼续道：“王家父子，均是有功之臣，如果都见弃于朝廷……”

朱厚照感叹道：“唉！朕的恩师王华，也不知近况如何……”

王琼察言观色，试探道：“皇上，不如由兵部给王阳明下一道咨文？”

朱厚照想了想，道：“那就再试试吧。”

龙泉山，王阳明坐在水池边的一棵大树下，手里拿着道公文。诸芸玉走近，在他身旁坐下。

王阳明道：“我在龙场梦见过这个地方，梦里还有你。”

诸芸玉把头靠在他肩上，道：“我爹来信了。”

“说什么？”

“说想多陪陪我娘，所以辞官了。”

王阳明诧异。

诸芸玉看着他手中的公文，道：“又催你了？”

王阳明无语，诸芸玉伸手去夺。王阳明不松手，诸芸玉一把抢过，打开来看。

王阳明道：“兵部的咨文，皇上怒了。除此之外，王部堂还给我写了封语焉不详的信。”

“语焉不详的信？”

王阳明点头道：“他说兵部车驾司在霸州建了一个草料场，里面囤放的马料足够二十万骑兵支用。可是不知什么人在旁边开了间铺子卖炮仗，平时倒也相安无事。但是万一不慎，烧了起来，不独草料场会化为乌有，便是县城百姓，也难逃一劫。”

诸芸玉道：“把它迁走啊！”

“问题就在于炮仗铺后台很硬，迁不走。王部堂问我有没有什么好主意。”

“听着像个暗示。”

王阳明眉毛一动，道：“你爹究竟为何辞官？”

“为了我娘啊。”

王阳明起身，道：“不对。如果草料场是山贼遍地的南赣九府，县民是天下苍生，那炮仗铺——或许是宁王府？”

诸芸玉皱眉道：“宁王府？”

碧霞元君殿因供奉送子娘娘而闻名，殿阁依山而建，步步登高。苍松翠柏环绕其间，气势非凡。

大殿飞檐画栋，十八根两人合抱的楠木圆柱刷着崭新的朱漆。正位上的碧霞元君像唇似金珠，脸如莲萼，面容端庄，神态安详。

张太后跪在神像前持香祷告，嘴中念念有词。朱厚照跪在一边，东张西望，穷极无聊，最后把目光锁定在神像上，只见它头绾九龙飞凤髻，身穿金缕绛绡衣。

张太后上香叩首，朱厚照回过神来，跟着磕头……

两个宫女扶着张太后穿过山门，走下台阶，朱厚照一声不吭地跟在后面。

张太后道：“送子娘娘也拜了，皇上自个儿多使把劲，这事旁人爱莫能助。”

朱厚照小声道：“是。”

钱宁远远瞧着，发现朱厚照一脸不快……

这日，王华主动要求王阳明跟他去钓鱼。父子俩一前一后来到河边，王华背着手，王阳明提着木桶和鱼竿。

一艘小船，用绳子拴在岸边的木桩上。两人登船，王华解开绳子，拿起橹。

忽然，王阳明的手搭到了橹上。王华看了看儿子，松手交橹。

小船离开河岸，向河心驶去……

一刻钟后，两只鱼竿伸出小船，王阳明和王华端坐垂钓，半晌无语。

王华忽道：“还记得你小时候我给你讲过的免死金牌的故事吗？”

王阳明陷入回忆。

“当年于谦临刑前，一个男孩儿机缘巧合在狱中见到了他，得知他在煤山埋了个宝贝。于是按他说的方位去挖，挖出一块金牌。男孩儿不知道这是免死铁券，拿到当铺换钱。掌柜让他等一等，找人过来鉴定。一炷香后，来了两个锦衣卫。男孩儿眼尖，抓起铁券就跑，东躲西藏，甩掉了对方。后来，他跟父亲回乡，偷偷跑到家附近的小山上，把铁券埋在了半山腰一棵最大的老槐树的北边。”王华顿了顿，续道：“你知道那个男孩儿是谁吗？”

王阳明道：“是你。”

王华叹道：“他有免死铁券，为什么不用呢？”

王阳明小声嘀咕，王华道：“你说什么？”

王阳明赶紧道：“因为他觉得求仁得仁，死得其所。”

王华唏嘘道：“慷慨赴死，不愧为一代豪杰。这每个人的命啊，都只有一次，但正因如此，才会迸发出比日月还要耀眼的光芒。”

王阳明不语。

王华转头望着王阳明，道：“你也一样。人世里走一遭，一定有你存在的意义和逃避不了的使命。”

王阳明陷入思考……

太阳渐渐沉到了龙泉山的那头，一阵水花声打破了岑寂。

王阳明钓上来一条大鱼，将之取下，扔入木桶。突然，他像是意识到了什么，侧目瞧了瞧，只见王华闭上眼睛睡着了。

“爹。”

没有回音。

“爹！”

王华身子一歪，倒在了王阳明怀中。

小船静静地泊在河心，落寞而孤独。

王华溘然长逝的那一刻，王阳明就像埋头赶路之人猛然抬头，发现前面的背影消失不见了。而未来宛如一个巨大的黑洞，正在某个路口好整以暇地等着他……

王家的花厅被布置成了灵堂，正中贴着一个大大的“奠”字。王阳明披麻戴孝，跪在灵柩前，身后是王守让、徐爱、王畿和冀元亨。岑氏在王欢的搀扶下走入，老泪纵横。

王阳明面无表情，眼前浮现出小时候王华教自己放风筝、写大字以及扔了他心爱的象棋的画面，浮现出一次次争吵和王华含而不露的父爱的画面。

待思绪回到现实，王阳明已是泪流满面。

诸芸玉在花厅门口接引来宾。王贵、王翔入，磕头上香。陆澄入，亦上香。王阳明一一回礼。

一个白须冉冉的老头儿被人扶了进来，却是谢迁。

众人齐齐望向他。

王阳明赶忙迎上去握住他的手，道：“谢伯伯。”

谢迁点点头，撇开扶他的人，上前敬香，忍不住哭出声来：“德辉……”

众人动容。

王阳明扛着铁铲爬上龙泉山，绕着一棵老槐树走了一圈，杵着铲打量树冠，依旧怀疑父亲的话只是无稽之谈。

多想无益，他挽起袖子，挖了起来。

坑越来越深，土堆越来越高，却一无所获。王阳明停了下来，靠着大树休息，迷迷糊糊睡着了。

突然，他被一阵硬物撞击的声音吵醒。定睛一看，只见一只白头翁在他挖的坑边啄着什么。

王阳明起身走了过去，发现一个锈迹斑斑的铁匣子在土中露出一角，急忙将之刨出。打开来看，一个瓦片状的金牌静静地躺在里面。

王阳明震骇不已，诸芸玉走近，问道："这是？"

王阳明喃喃道："于谦的免死铁券。"

诸芸玉愣了愣，旋即明白了什么，交给他一封信，道："我在爹的枕头下面找到的。"

信封没有署名，王阳明拆阅，只见信纸上只有十个字。

诸芸玉凑近，念道："平定南赣日，家祭告乃翁。"

王华生前的话在耳边回荡："你也一样。人世里走一遭，一定有你存在的意义和逃避不了的使命。"

诸芸玉望着王阳明，道："去吧，家里有我。"

王阳明仰面，以防泪水流出来。他佯笑道："怎么，你想通了？"

诸芸玉道："谢伯伯对我说，将一只遨游天地的凤凰圈养成供人取乐的山鸡，舞姿再高妙，也已失去了最初的翩然仙气——我哪担得起这么大的罪名啊！"

王阳明搂住妻子，道："想陪你，想讲学，可是放不下事功，放不下扶危定乱的念头，想验一验我对徐爱他们说的那些话到底立不立得住。"

诸芸玉一本正经道："那就不要欺瞒本心，循着天理去做。"

王阳明刮她鼻子，道："班门弄斧，从哪学的？"

诸芸玉一把推开他，道："宰相门前还七品官呢，少看不起人。"

"宰相？谢娘子夸奖。不过，你学艺不精，晚上回去我再好好教教你。"

见王阳明冲着自己坏笑，诸芸玉的脸羞得通红……

京城钱府，李士实啜了口茶，放下茶碗，问道："听说应州大捷另有隐情，皇上差点遭了小王子的毒手？"

钱宁道："可不是嘛！"

李士实摇头道："唉！万金之躯，怎么能出关打仗呢？就算御驾亲征，也不该贴身肉搏啊！"

钱宁气鼓鼓道：“都是江彬捣的鬼，几次三番把皇上往虎穴里引。”

“江山社稷，坏就坏在这些人头上。不过话说回来，皇上临朝也十几年了，为何一直没有子嗣？”

“这我可不清楚。皇上不急太后急啊，许久不出宫的人，专门去拜了碧霞元君。”

“这倒奇了，坊间传言陛下和太后——”

“先生慎言。”

“呵呵。此事恐怕外廷更急吧？”

钱宁点头道：“科道官员里是有不少提议从宗室中推举子弟主持内廷祭礼的，皇上没有答应，可能觉得春秋鼎盛，身子还行。”

李士实道：“皇上即使不答应，事关国本，内阁也绝对不会退让，坐视后宫擅权，操弄储位。”

钱宁沉思。

李士实看着钱宁，忽道：“将军，该下注啦。”

钱宁一惊抬头。

李士实直言道：“宁王素有威望，又对您钦慕已久，若朝廷真的公议宗亲世子入太庙司香，还望帮宁府美言几句啊。”

钱宁起身道：“这个自然。只是宁王论‘亲’不占优势，只能从‘贤’上做文章。”

李士实微笑道：“如果能请一道异色龙笺，大功便告成了一半。”

“异色龙笺？”

“大明祖训，天子出巡时应以异色龙笺封写诏命交给监国太子。若皇上能赐给宁府一道异色龙笺，写什么倒不打紧，就等于隐隐告诉世人，将迎取宁王世子入储。彼时自会有更多的人站出来追随王爷，将军居功至伟啊。”

“先生这是把每一步都算好了呀！”

“唉！老朽还有几日可活？还不都是为了子孙计。”

“你大可放心，此事我自当尽力。”

李士实起身拱手，道：“那我就代王爷先行谢过了！”

官船停泊在姚江之滨。船头，卫兵威武。

王阳明、徐爱、王畿和冀元亨准备登船，诸芸玉、陆澄、王贵、王翔与王守让相送。

徐爱与王守让话别，不知说错了什么，被她揪住耳朵。岑氏拄着拐棍，费劲地赶来江边，王欢扶都扶不住。

王阳明立刻迎了上去。祖孙二人相拥，泪满衣襟……

官船起航，王阳明立在船头，思绪纷繁。

徐爱走近，道：“师父，南赣贼寇猖獗，听说各府县自保尚且不足，朝廷又不管军马钱粮，剿匪谈何容易？

王阳明中气十足道："天下事从无容易二字，何况为师与谢志珊、詹师富等人多年前就打过交道，理应挺身而出。"

"只可惜再也不能专注于学问了。"

"人须在事上磨方有益，方能'静亦定，动亦定'。若只好静，遇事便乱，终无长进。此行是在事上练的好机会，为师与你们一道对境起修。"

横水匪巢。

谢志珊坐在主位，客位上是蓝天凤、梁万伦和独眼龙，厅中放着一箱黄金。

蓝天凤满脸堆笑道："谢寨主太客气了，初次见面就送我们桶冈如此厚礼，蓝某无以为报啊。"

谢志珊摆手道："哎，钱财乃身外之物。桶冈、横水同气连枝，日后还要互相照应才是。"

独眼龙插言道："谢寨主说笑了，哪有我们照应您的份啊？"

蓝天凤不满地看了他一眼，独眼龙"呵呵"一笑，掩饰尴尬。

一大汉入内道："寨主。"

谢志珊高兴道："来来来，我给你们介绍一下。这是我的心腹大将萧贵模，赣州知府就是他手刃的。"

蓝天凤起身，抱拳道："久仰英雄大名，今日一见，蓝某回去又有得吹了。"

众人大笑。

谢志珊介绍道："萧贵模，这是桶冈的蓝寨主和他的好兄弟。"

萧贵模微微抱拳，不咸不淡道："蓝寨主。"言讫，冲独眼龙和梁万伦点了点头，然后对谢志珊道："宁王府来人了。"

谢志珊道："哦？那我得出去迎迎。"

蓝天凤识趣道："我等先告辞了。"

谢志珊歉然道："对不住啊兄弟，下回咱们再好好喝上两盅。"

蓝天凤笑道："不急，来日方长。"

寨门口，刘养正身后跟着一支车队，上面装满了箱子。

谢志珊快步走到近前，拱手作揖道："没想到先生亲自押运，有失远迎。罪过，罪过啊！"

刘养正道："点一点？"

谢志珊大手一挥，道："不必了。宁王仗义疏财，光明磊落，我们彼此信得过。"

刘养正把谢志珊拉到一边，小声道："朝廷要对南赣动手了。"

谢志珊皱眉道："主帅敲定了？"

刘养正点了点头，道："王阳明。"

谢志珊震惊不已。

夜里，徐爱掌灯，王阳明在船舱读信，大喜道：“邢珣已经走马上任了。”

徐爱道：“赣州知府？”

王阳明点头。

王畿艳羡道：“哇，直接从知县跳到知府，做梦都会笑醒啊！”

王阳明道：“笑醒？前任赣州知府，迄今尸骨未寒。”

王畿讪笑道：“嘿嘿。师父现在是一言九鼎，推荐谁朝廷就提拔谁。”

王阳明道：“好了，不早了，都歇着吧。”

冀元亨入内，慌张道：“师父，你快来看！”

众人急出，只见卫兵们站在船边指指点点。放眼望去，江边渔火星星，停着三十来条大小不一的船。

岸上篝火连连，人声嘈杂。

徐爱皱眉道：“此处江面狭窄，滩多石乱，莫非他们不敢夜航？”

王阳明想了想，道：“靠岸！”

王阳明登岸，一个商人被卫兵带到跟前，下跪道：“草民见过大人。”

王阳明借着火把的光细细一瞧，发现此人竟是当年在漳州打过交道的曹员外。

“曹员外？”

曹员外抬头，意外道：“王大人？”

王阳明道：“起来说话。”

曹员外起身，王阳明指了指杂乱地横在江面上的船只，道：“怎么回事？”

曹员外一脸愁苦道：“我们一帮福建的过来贩茶，没想到在这遇上了水盗。他们用舟截断江面，在两岸设伏，见人就抢，上下游的船都不敢通过。唉，已经泊了好几天了，不知如何是好。”

王阳明沉吟道：“哪来的水盗，多少人？”

“听说有三四百，不晓得哪来的。”

冀元亨凑近，小声道：“搞不好是凌十一的人。”

王阳明道：“凌十一？”

冀元亨道：“赣江上最大的水盗。”

曹员外色变。

王阳明想了想，道：“没什么好怕的，去把他们叫过来。”

曹员外赶紧道：“哎。”

不一会儿，众商人被带到，欲行跪拜。

王阳明制止道：“不要跪。本官是新任的南赣巡抚，叫你们来是要替你们做主！”

众人齐声道：“谢大人。”

王阳明朗声道：“你们的船就算每艘不到十人，加起来也二三百人了。本官的船上还有几十个军士，区区水盗，不足为虑。”

众人面面相觑。

王阳明信心满满道：“明日一早，都到滩上集合。本官带你们破敌制胜。”

众皆不语。

次日，旭日映照下，江边一片忙碌。

官船的桅杆上升起了“钦命巡抚南赣汀漳都察院左佥都御史”的大旗，几块写着“肃静”和“回避”的木牌举了出来，分发给各船。

王阳明环视众人，道：“你们跟在官船后面，听见号炮和鼓声，就一起呐喊助威。官兵上岸杀贼，也务必跟随。事后论功行赏，必不亏待你等。谁要是敢临阵退缩，本官决不轻饶！”

众人脸色惨白。

王阳明厉声道：“听清了嘛！”

“听清了……”众人没精打采地散去。

王阳明身穿官服，坐在甲板正中的太师椅上，冀元亨和王畿手持长枪一左一右立于身后，两旁一字排开十个卫兵，盔甲鲜明，刀枪耀眼。

商船列成雁行阵，紧随其后。大船在中间，小船在两侧。商人们全部脱了锦衣，打起绑腿，手执棍棒，率领水手严阵以待。

河道最窄之处，水流湍急，七八条破船横亘在江面上。岸边聚集着几百号人，手握挠钩绳索，等着劫掠船只。

眼见船队由远及近而来，水盗们全都站了起来。待看清景象，无不大惊失色……

王阳明大手一挥，四条火铳一齐打响，战鼓也敲了起来，声如雷鸣。

商船上的人高声呐喊，朝那七八条舟撞去。

水盗大惧，划桨向岸边逃窜。眼见屏障已除，王畿凑近俯身道：“师父，就这么冲过去吧？”

王阳明微微一笑，道：“冲过去？此行是来剿匪的，岂能一走了之，任由他们再纠集起来抢别人？”

王畿脸红。

王阳明高声道：“传令，登岸杀贼！”

冀元亨大声道：“都堂有令，登岸杀贼！”

官船向岸边驶去，商船随之转舵。王阳明起身走到船头，威风凛凛。

岸边水盗见此阵势，四散溃逃。

官兵与商船上的水手纷纷跳下船，穷追不舍。

贼人逃到一处乱石岗前，急切间爬不上去，只好扔下刀枪，跪地投降，被官兵水手团团围住。

冀元亨喊话："贼首站出来！"

众贼双手抱头，无人应答。

冀元亨抓起面前一人，作势欲砍，威胁道："说，谁是贼首？"

那人瑟瑟发抖，王阳明与徐爱、王畿、曹员外走近。

"放了他吧冀叔叔，是我。"

一个身穿湖蓝色袍子，头戴青缎四方巾，二十岁上下的文士起身走出。冀元亨一愣，觉得此人非常眼熟，不禁道："守益？"

王畿意外道："邹守益？"

邹守益冲王阳明道："先生。"

王阳明好奇道："你怎么会在这里？"

邹守益垂首道："亚父死后，龙溪知县陆完接任漳州知府，关停了救济院。我带着乞丐四处漂泊，流落到江西。后来考上了秀才，在赣州靠帮人写状子糊口。"

冀元亨一脸不忍。

"那你怎么和他们……"王畿指了指跪在地上的人。

邹守益道："我被他们绑架了。"

众人一惊。

邹守益续道："但这些人好生可怜，家园被山贼焚毁，走投无路成了流民，才出此下策。"

曹员外不满道："哼！你弱你有理？老子也穷过，怎么没见去抢啊。"

见无人接话，曹员外有些尴尬。

王阳明扫视流民，但见一个个面黄肌瘦，破衣烂衫，手中的兵器也多是锄把镰刀。

突然，乱石岗后面传出一片哭声，几十个蓬头垢面的老幼妇孺从林子里跑出，在王阳明面前跪成一片，胡乱磕头，看上去都是家眷。

"大人饶命啊，再也不敢了……"

王阳明朗声道："尔等饥寒交困，实可矜怜。但打劫过往船只，又与山贼有何两样？立行解散，让你们的头目到赣州来见本官，领取救助。如若再敢结党滋事，本院一概视作土匪，悉数剿灭！"

众人解散，曹员外告辞，王阳明登船离去……

甲板上，王阳明望着湍急的江水，忧虑道："比料想的还严重啊！"

邹守益皱眉道："先生，南赣山高谷深，地瘠民贫，大小贼寨多达百余座，聚众不下六万人。唉，不是守益说丧气话，要想在这群贼环伺之地保境安民，我看只有八个字。"

众人看着他，等待下文。

邹守益续道："千头万绪，无所措手。"

王阳明一愣，大笑起来，道："千头万绪我信，至于无所措手——办法总比困难多，剿匪也不过就是两句话。"

邹守益满脸期待道："哪两句？"

王阳明踱步道："他用蛮，我用智；他用奸，我用诚。他若作恶，我便以智剿除，去其恶；他要是改悔，我就以诚招抚，扬其善。除恶务尽，扬善务周，绝不至于无所措手，只要依着胸中至诚的天理去做。"

邹守益佩服道："先生之见，守益俯仰难求。不过还有一点，不可不察。"

王阳明道："你说。"

邹守益低声道："巡抚衙门里的差役、书办不可轻信。之前赣州府严密布防却被贼寇攻破，就是因为衙门里有内奸通风报信。"

王阳明神色凝重。

第四十二章　南赣戡乱

九连山。

当年余姚孤愤学堂的教书先生张孟宁此刻已成教主。

他头戴黑色的莲花帽，身穿黑衣，坐在祭坛之上。教众皆着黑衣黑裤，披头散发，跪在地上，念念有词，其中不乏五六岁的童男童女。

张孟宁忽然睁眼，一个信徒起身，举起火铳瞄准他。教众情绪激昂，高呼“神功护体，刀枪不入”。张孟宁运气吐纳，额上汗珠点点，道：“修到残破自不修，为至尽处且不为！嘿——”

他蓦地站了起来，但听“砰”的一声，众人瞠目结舌，四下落针可闻。硝烟还未散尽，张孟宁已将咬住的弹丸取了出来，高高举起。

教众登时沸反盈天，着了魔般挥舞拳头，狂热道：“神功护体，刀枪不入！神功护体，刀枪不入！”

张孟宁得意非凡。

赣州。

王阳明走下马车，只见伍文定和邢珣率众在城门口迎接。

“伍知府？”

伍文定笑道：“都堂别来无恙？”

王阳明打趣道：“南赣九府，好像没有吉安吧？你不在家守着，出了事可别怪我。”

伍文定豪爽道：“赣省安危，系于都堂一身，岂能作壁上观？再说了，这几个毛贼，我或多或少都交过手，不来供你驱策，那是浪费人才嘛！”

众人大笑……

王阳明入城，在伍文定、邢珣、徐爱、王畿、冀元亨、邹守益以及一众卫兵和衙役的陪同下走在冷清的大街上，只见很多宅邸门口都挂着白幡，送葬的队伍一个接着一个。

王阳明悒悒不乐道：“枉坐公堂，觍食俸禄。我们愧对老百姓啊。”

邢珣微微脸红。

伍文定道：“叛军，人多势众。都堂打算从哪入手？”

王阳明道：“所谓叛军，实则大半都是流民，要把他们同谢志珊、詹师富、陈曰能以及池仲容区隔开来。当抚则抚，该剿则剿。”

伍文定忧虑道：“南赣匪区有三十几个大头领，上百个小头目，巢穴无数。之前官府的策略也是剿抚并用，可所谓的招抚说穿了就是拿府库里的银子买平安。”

邢珣插言道：“是啊。招抚太滥，许多头目假意归顺，拿了钱便复叛。地方官怕担责视而不见，招安沦为空谈。”

王阳明凝神道：“剿为抚之体，抚为剿之用。体都病了，还谈什么用？不懂攻心，不知审势，宽严皆误。”

众人点头。

王阳明续道：“现在的问题是手头没兵，只能从江西、湖广、福建和广东的都司调，却未必管束得住。且因往日屡屡碰壁，这些人估计很多都畏敌如虎，疲于应战。”

伍文定皱眉道：“唉，跑到南赣的地界上打仗，都抱着‘不战不死，少战少死’的念头。想让他们背水一战，难。”

王阳明道：“所以官兵要用，但更重要的是打造一支可堪大用的团练。”

王畿奇道：“团练？”

徐爱解释道：“就是乡间的民兵。”

王阳明道：“叛军嚣张，说到底害的是百姓，对他们恨之入骨的也是百姓。耕田放牧打豺狼，剿寇其实是百姓自己的事，靠谁都不如靠他们。现在南赣各府县都自发练了乡兵，每县抽调一些，要精壮老实的庄稼汉，到赣州来统一操练。”

邢珣点头，道：“古之善用兵者，编民为伍，照样打胜仗。”

众人走到巡抚衙门门口，只见仪门气势恢宏，左右是两座高大的汉白玉透雕獬豸纹大石牌坊，一为“抚安”，一为“镇静”。

王阳明注意到不远处的街上有几个摆摊卖山货的，还有几个算命卜卦的，偷瞧着自己，贼眉鼠眼。

一个八品芝麻官早在门口迎候，看到王阳明一行赶紧趋前。只见他肉墩墩的赤红脸上长着沉甸甸的酒糟鼻，一双金鱼眼满布血丝，眼泡子鼓鼓的，下跪道：“南赣巡抚衙门主簿赵日天参见都堂及各位大人。”

王阳明心道：“是他？”想起当初去龙溪县查盐案时的那个县丞。

“赵县丞？你怎么来这了，没跟陆知县去贵州？”

赵日天脸红道：“回大人，陆完心术不正，刘瑾一倒便被朝廷罢免，下官也早就跟他划清界限了。”

“哦，是吗？”王阳明微微一笑，走入衙门，赵日天起身跟随。

宽大的院子青砖铺地，一尘不染。沿七蹬石阶上去，便是当中摆着一尺多厚楠木帅案的正堂。

帅案的后面有一张铺着虎皮的红木高脚太师椅，左右摆着两排油亮的铁梨木大圈椅，再往后则是金漆彩绘的麒麟吐日影背。

往后院走去，穿过描金绣彩、画栋雕梁的长廊，经过议事堂、赏功所以及一层层火红朱漆的大门，终于来到书房寝所。

王阳明转身道："你们都下去吧，我要跟伍知府、邢知府谈点事。"

赵日天忐忑不安地与众差役、卫兵离去……

众人落座，王畿关好书房的门。

伍文定道："四路大贼，詹师富和陈曰能都是杀人不眨眼的角色，百姓恨不能将其啖肉寝皮；谢志珊最讲义气，是出了名的'及时雨'，周边几十个寨子公推他为首领；最难对付的是池仲容，此人阴险狡诈，野心勃勃，注定是块难啃的骨头。"

邢珣道："我意还是由近及远、从易到难。赣州附近的九连山有个高快马，生性残暴，杀人无算。如果先拿下此人，则替赣州除去了肘腋之患，激励士气，大快人心。"

邹守益道："要是打九连山，可以把天玄教一锅端了。"

邢珣道："天玄教？"

邹守益道："嗯，据说教主叫张孟宁，蛊惑了一帮被土匪欺凌，无家可归的百姓，以修仙为名，骗取他们的钱财。"

王阳明凝思道："张孟宁？"

邹守益道："先生知道此人？"

王阳明不太确定道："余姚当年有个塾师也叫这个名字。徐爱，为师想听听你的意见。"

众人望向徐爱。

徐爱有点紧张，道："我觉得三件事必不可省。一是晓谕百姓，以彰朝廷剿匪之决心；二是告谕群寇，劝天良未泯之人归降。不教而诛，仁者不为；三是切断贼人的耳目。衙门里既然有内应，衙门外肯定也有通了匪的。"

王阳明饶有兴致道："怎么切断？"

徐爱想了想，道："还没想好。"

王阳明微微一笑，从袖中取出一块木牌。众人好奇凑近，只见上面从右到左依次写着"名""户""籍""情"。

王畿奇道："这是什么发明创造？"

王阳明道："十家牌。徐爱的担心不无道理，一些上山入伙的，山下还有亲人，举家都吃他抢来的，用他劫来的，靠什么杜绝他们暗通款曲？"

王畿指着十家牌，道："靠它？"

"此牌只是雏形。凡人聚居之地，每相邻十家编为一'甲'，各家轮值'甲头'之职，掌管'十家牌'。牌上写明这十户的详情，包括户主的年岁、营生、是否残疾，家里男丁几人、女眷几人、有无客人寄宿。甲头早晚各一次，到每家查访，看少了谁，去了哪，做什么，何时归？多了谁，叫什么，从哪来，有何事？询问清楚后，逐一通报，让十家周知。如果来人可疑，却隐瞒不报，出了事十家连坐论罪。”

“这也太烦琐了吧，不好推行啊……”

“万事开头难，好在大部分百姓都思治厌乱。等形成习惯，邻里守望相助，结寨自保，南赣才能指日可定。”

众人点头。

王阳明续道：“邢知府，此事你亲自督办，龙溪、惟乾从旁协助。告诉各县，沿街逐巷，一个月内务必办妥。”

“是！”

王阳明又道：“徐爱、守益，你们带卫兵去九连山，看看天玄教到底什么情况，有没有可能把他们劝下山。”

二人齐声道：“是！”

王阳明对伍文定道：“练兵的事就交给伍知府了。”

伍文定声如洪钟道：“都堂放心，要么不练，练就练出一支虎狼之师！”

半个月后，王阳明到城外的军营视察，伍文定陪他下棋。

伍文定不悦道：“也不知道这赣州卫指挥使余恩怎么带的兵？还没打，跑了快一半。”

王阳明淡然道：“兵无常势，因敌变化。跑一些也好。”

伍文定一愣。

王阳明续道：“乡兵练得怎么样？”

伍文定道：“以负重六十斤，能日行百里而不倒为标准，现已选了八百人。”

赵日天入内，惴惴不安道：“都堂……”

王阳明盯着棋子，道：“怎么了？”

赵日天怯声道：“又跑了一拨，还上了九连山，余将军不敢来见您，让我……”

伍文定怒容满面，王阳明却气定神闲道：“老赵，以后这种事不必再来汇报。这些逃兵里，有很多是本院安插在那边的探子。”

伍文定和赵日天均是一惊。

九连山。

烈日炎炎，邹守益擦了把汗，在溪边把三个水壶接满。他拎着水壶往树林里走，忽见徐爱和四个卫兵被二十几个身穿黑衣的天玄教教众包围，赶紧躲到树后。

教众持矛，卫兵拿刀，紧张对峙。

卫兵甲满头大汗道：“再不退下，格杀勿论！”

教徒甲冷笑道：“来啊，看看谁杀谁！”

徐爱道：“慢着！”

众人齐齐望向他。

徐爱道：“我跟你们走，放了他们。”

卫兵甲道：“徐公子——”

徐爱扬手制止。

教徒甲道：“呵呵，你当我傻啊？全部带走！”

邹守益一惊，水壶落地。

教徒甲警觉道：“什么人？”

众人循声望去，邹守益发足狂奔。

教徒甲跺脚道：“还愣着干什么？追啊！”

两个教徒急追。

邹守益跑到悬崖边，藏身于峭壁的凹洼处，骗过了追踪的教徒……

徐爱五人被押到天玄教的祭坛前，只见张孟宁以手蘸水，慈爱地给一个男孩儿的额上贴符纸。队伍排得很长，教徒个个满怀期待。

教徒甲走过去，凑近耳语，张孟宁转头望向徐爱，道：“胆子不小。官府的人上九连山，从来没有活着回去的。”

众人齐刷刷看着徐爱，看得他胆寒不已。

徐爱鼓起勇气道：“官军要打高快马，不想伤及无辜，派我来知会你等下山。”

张孟宁一愣，放声大笑，教众也纷纷嗤笑。

张孟宁突然敛容，疾言厉色道：“盗贼劫掠，民遭荼毒，官府几时顾及过百姓的生死？若不是天昊大神，他们哪个能活到今日？”

徐爱冷笑道：“天昊大神？你们有谁亲眼见过？”

教徒甲抽刀道：“浑蛋！”

徐爱大声道：“能救你们的，只有你们自己。没有人可以替你思考，更没有人可以为你选择。你们师父要你们拜一尊泥塑的偶像，而我师父帮我找到了我自己，还时刻提醒我不要盲从于任何外在的权威，包括他自己。”

教众咬牙切齿，步步逼近。四个卫兵魂飞魄散，徐爱毫无惧色。

张孟宁好奇道：“你师父是谁？”

徐爱自豪道：“南赣巡抚王阳明。”

张孟宁一惊，旋即恢复平静，道：“押下去！明日宰了祭天。”

一所山寨坐落于九连山的孤云岭。信鸽飞至，一个喽啰取下拴在它爪子上的字条。

议事厅，一虬髯大汉望着跪在地上的十个破衣烂衫的士兵，神色轻蔑道：“看你们身上穿的，还不如我们。”

众人窃笑。

大汉大大咧咧道："好好干，以后跟着我高快马吃香喝辣！"

接收信鸽的喽喽急入，将字条交给高快马。他看了看，霍地站起来道："全部拉出去砍了！"

众兵大惊道："寨主，我们是真心投诚的啊！"

众贼将他们绑缚出门。

高快马恶狠狠道："真心个鸟！想对老子用间，门儿都没有！"

夜里，徐爱和卫兵被关在木笼之中，远远瞧见张孟宁又在装神弄鬼。教众举着火把，围着篝火，手舞足蹈，齐声高呼"天昊兴浪"。

额上贴着符纸的男孩儿路过，被徐爱叫住。

徐爱轻声道："小兄弟，可以帮忙弄些吃的吗？我们一整天没进食了，饿得受不了啦！"

男孩儿看了看他，默默离去，徐爱大失所望。谁知过了一会儿，男孩儿拿着一只烤兔过来，递给徐爱。

香味把四个卫兵都馋醒了。

徐爱感激地看了看男孩儿，只见他冲自己笑了笑。再一低头，注意到穿插烤兔的是一柄短剑……

男孩儿离去后，徐爱一边紧张地望着祭坛的方向，一边快速地用短剑切割笼门上的绳索。突然，一个教徒打着饱嗝过来解手，徐爱赶紧停下，耐着性子等他离去后接着切，终于割断了绳索。

四个卫兵大喜……

树林里，徐爱五人狂奔，时不时仰望星空，判断方位。

在一个岔路口，徐爱停了下来，不知该选哪一条。这时，男孩儿从树后闪出，把徐爱吓了一跳。

男孩儿笑了笑，递给他一幅卷轴，道："没有地图，你们走不出九连山的。"

卫兵面面相觑。

徐爱好奇道："小兄弟，为什么要救我们？"

男孩儿认真道："妈妈说杀人不对。"

徐爱欣慰道："妈妈说得对。她在哪？"

男孩儿黯然道："被山贼杀了。"

徐爱上前搂住他的脑袋。

男孩儿推开他，道："你们快走吧，一会儿他们发现了会追上来的。"

"你跟我们一块走吧。"

"不了，我还要留下来照顾妹妹。"

这时，身后传来嘈杂的人声。

卫兵甲急道："徐公子！"

徐爱不放心道："那你保重，尽快带妹妹下山，此地不宜久留。"

男孩儿点头，徐爱离去。

次日，邹守益回到巡抚衙门，脸上红一道黑一道的，向王阳明汇报匪情。

王阳明道："天玄教的位置也没探明？"

邹守益摇头，王阳明颓然坐下。

王畿急入，焦急道："师父，出事啦！"

王阳明皱眉……

王阳明来到赣州府衙，只见愤怒的百姓包围了大门，"我们要见巡抚大人""什么十家牌，把我们当贼防"的呼声此起彼伏。邢珣立于阶上，百口莫辩，冀元亨率差役拉成一道人墙。

王畿扯着嗓门道："巡抚大人到——"

人群渐渐安静，见王阳明大步走来，自觉让出一条道。

邢珣道："都堂。"

王阳明点点头，回身环视，朗声道："本院奉命巡抚南赣，只有一个愿望，那就是剪除叛军，护国安民。咱们这里山溪峻险，林木茂密，叛军潜处其间，不时出没劫掠，东追则西窜，南捕则北奔。本院才力短浅，虽挟爱民之心，未有爱民之政。你们凡有良策，益于民者，都可以告诉我。只要商度其可，便即施行。至于十家牌法，确实有些烦劳，我也不想猜防大家。但若姑息纵容那些从贼之民，只会让所有人都深受其害。与其这样，倒不如行此非常之举，防奸革弊，望父老乡亲们体察垂怜本院的苦心。"

一揖到底。

众人不语，面无表情……

回到巡抚衙门，王阳明沿廊庑快步往里走，身后跟着邢珣、王畿和冀元亨。

王阳明快速道："要发挥里长的作用。有些事，里长说比官府说有用，乡绅说又比里长说有用。我再撰写一部《南赣乡约》，颁行后十家牌法的阻力或能小些。从来皇权不下乡，要想实现自治，人人都得激发天良才行啊。"

走到书房门口，王阳明看见徐爱的身影，惊喜道："徐爱？"

徐爱激动道："师父！"

随着一声"走，快点"，赵日天被两个卫兵押着，由邹守益拖拽而入。

邹守益一抬头，惊讶道："徐叔？"

"没想到吧？全身而退，还给你们带回了九连山的地图。"徐爱得意地扬了扬手中的卷轴。

"太好了——哦，对了，这厮是奸细，刚刚在放信鸽，被我抓了个现行。"说着，邹守益把一张字条交给王阳明，只见上面写着“捕鱼”二字。

赵日天愁眉苦脸道：“都堂明鉴，小的冤枉啊！”

王阳明冷冷道：“你知不知道你害死了多少人？”

赵日天一愣。

王阳明续道：“因为你告密，高快马把投靠他的官兵全部杀害。不过本院倒要谢谢你，从那以后，再也没有士兵叛逃过。”

赵日天恍然大悟，道：“难道他们不是卧底？”

王阳明厉声道：“皇上许我便宜从事。下辈子你做个好人吧。押到仪门外，斩首示众！”

赵日天被拖走，哭喊道：“都堂饶命啊，小的愿戴罪立功！”

王阳明示意卫兵停下，赵日天跪倒在地。王阳明佯装不耐烦道：“说吧，打算立什么功？”

赵日天眼珠一转，道：“我……我把知道的赣州城里的眼线都供出来。”

王阳明摇头道：“还不够。”

赵日天紧张道：“还不够？”

王阳明道：“你要继续给高快马送情报。”

赵日天大惊磕头，连道：“哎呀小的不敢了，打死我也不敢了！”

“本院马上要打九连山，你只需向孤云岭传递我给你的情报。等拿下了高快马，便算你将功抵罪；等平了南赣，还可论功行赏。你愿不愿意？”

“愿意，愿意！小的唯都堂马首是瞻。”

孤云岭，高快马半躺在垫着虎皮的椅子上打呼噜，叛军甲急入，道：“寨主，寨主！”

高快马醒来，不快道：“怎么了？”

叛军甲哭丧着脸道：“官军打上来啦！”

“胡说！赣州才来过信——”高快马反应过来，道：“不好！”提刀急出。

寨外，官军一路冲杀，叛军且战且退。

一将举刀道：“弟兄们，一鼓作气，杀进去！”却是赣州卫指挥使余恩。

叛军退到寨门口，一道足有半米厚的木门紧闭着，气势凌人。

余恩高声道：“冲车！”

官军让开一条道，两辆冲车推了出来，往寨门撞去。忽然，寨门开了一条缝，四个叛军拿着两张帐幕出，一前一后拉展开来。冲车被其拦住，前进不得。

高快马远远瞧见，正要组织反攻，忽见官军后方射出一片火箭，点燃帐幕。冲车往后退了退，蓄足了力撞将上去，木门应声而破。

叛军一溃千里，高快马在左右的护卫下夺路而逃，跑到一个山谷。

忽听得喊杀声四起。冀元亨在山腰出现，指挥放箭。叛军又死伤无数，叛军甲为高快马挡箭而亡，助其逃出升天。

高快马率众逃到天玄教总坛，二话不说劫持教众。冀元亨带官军尾随而至，把众人团团住围。高快马将刀架在张孟宁的脖子上，紧张对峙。

王阳明走出，身后跟着王畿、徐爱和邹守益。他瞥了张孟宁一眼，对方慌忙躲闪目光。

王阳明大声道："高快马，你已插翅难逃，投降尚有生机，顽抗只能让大伙给你陪葬。"

高快马怒道："被你暗算，老子不服！有本事单打独斗决一架！"

"可惜当年没考武举，否则一定奉陪到底。"

"那还不速速散去，想看他们血溅当场吗？"

教徒甲忽然目露凶光，以迅雷不及掩耳之势摸出符纸贴到额上，高呼"神功护体，刀枪不入"，把挟持他的山贼打翻在地。

教众依样画瓢，纷纷贴上符纸，反抗山贼，双方厮杀起来。

王阳明示意，冀元亨带兵杀入战阵。高快马挟持张孟宁悄悄退下，被那个救过徐爱的小男孩儿察觉。

男孩儿贴好符纸，堵住高快马的去路，指着他的鼻子道："放了教主，饶你不死！"

高快马斥道："小屁孩！滚开！"

男孩儿比画了几下，似乎在运功护体。

"神功护体，刀枪不入！"男孩儿冲了上去。

徐爱惊呼："小心！"

高快马把刀对准男孩儿，谁知他义无反顾地撞了上去，胸膛被刺穿。

男孩儿见胸口一片殷红，露出迷惑的表情。张孟宁趁机撞倒发愣的高快马，逃到祭坛后面，打开一个箱子，手忙脚乱地将里面的金银财宝塞到怀中，溜之大吉。

徐爱跑过去抱住男孩儿，只见他嘴角带血道："原来，人真的会死……"

高快马偷袭徐爱，被冀元亨一刀格开，两人战至一处。

王阳明环视战场，只见教众被鲜血惊醒，均露出难以置信的表情。

王阳明高声道："高快马！"

高快马一愣，发现手下或死或降，已所剩无几，绝望罢手，引刀自裁。

眼见尸体枕藉，王阳明神色凄楚。

徐爱合上男孩儿的双眼，抱着他往回走，没走两步便晕倒在地……

当晚，巡抚衙门举办酒宴。

邢珣举杯道："首战告捷，下官谨为都堂贺。"

"各位辛苦了。"王阳明一饮而尽，闷闷不乐道："明日犒赏三军，诸公人人有份。"

伍文定察言观色，道："要不要等仗全部打完再说？"

王阳明摇头道："赏不逾时，罚不后事。过时而赏，与无赏同；后事而罚，与不罚同。朝廷的赏赐慢一些、少一些咱们管不了，但在我这里，一定要让大家尝到打胜仗的甜头。"

众人默默点头。

"你们慢用，我去看看徐爱。"王阳明起身出门。

伍文定低声道："朝廷不给军费，饷银都紧巴巴的，赏钱从哪出啊？"

邢珣笑道："伍大人有所不知。都堂已经说服朝廷，把淮盐专権取缔了。"

伍文定欣喜道："这是好事啊！江西这几年盐价居高不下，就是因为从两淮运盐，费时费力。"

邢珣点头道："可没有办法嘛，谁让闽广线战事频仍呢？朝廷不得不放弃广盐运抵赣州，再沿赣江行销江西各地的旧例。不过，闽广线毕竟地势平坦，能借水路之便，行盐成本很低，所以许多盐贩子铤而走险，私下通过这条线把盐卖到赣南各府，深受百姓喜爱，官府屡禁不止。现在好了，广盐你可以正大光明地卖，但要统一到赣州交税。如此一来，军费解决了，百姓吃得起盐，商人也心安理得，可谓公私两便，皆大欢喜。"

伍文定叹道："都堂之智，我辈真是望尘莫及啊。"

王阳明路过书房，只见里面亮着灯，传出深沉的咳嗽声。

徐爱脸色苍白，大汗淋漓，一边咳一边奋笔疾书。

门被推开，王阳明入内。

徐爱一惊，道："师父……"

王阳明痛心道："你不要命了吗？大夫怎么说的？"

徐爱黯然低头，道："我一想到天玄教那些人，心里就不好受。"

王阳明一愣。

徐爱激动道："程朱理学日渐式微，师父的心学还没有尽人皆知。除了钱和鬼神，世人还能信什么？"

王阳明看着烛光，道："良知。"

徐爱两眼放光，道："良知？"

王阳明凝神道："我思来想去，只消一个良知，便道尽了万事万物。"

"那天理呢？"

"此心真实无妄，不被私欲遮蔽，即是天理。天理即良知。良知感应神速，一事当前，立刻能辨别对错，明确选择。若人毫不犹豫地执行，便是知行合一，便能提高效率。"

"师父的意思是，良知人人都有？"

王阳明点头道："不学而能，不虑而知，无间圣愚，古今相同。每当人产生意念时，良知马上便判断出何者为是，何者为非。所以即便是无恶不作的小人，见到君子仍会不由自主地掩饰自己的罪行，自我欺骗，自我辩解，不遗余力地将恶美化为善。这，就是他的良知在折磨他。”

徐爱飞速记录，不住咳嗽，王阳明皱眉。

“可他们的良知为什么不能像君子一样表现出来呢？”

“因为长期蒙尘，乌云障日。善念生发时，背道而驰远离它；恶念生发时，当作真理去实践。全然不顾良知的劝告，一味欺心。久而久之，连我是谁，想成为什么人都忘了，只好随波逐流，甚至为祸一方，变成自己曾经厌恶的那种人。”

徐爱兴奋道：“我明白了！所以人要去私欲，明觉良知。怪不得《大学》说‘止于至善’，‘至善’就是良知。对吗，师父？”

王阳明微笑点头。

徐爱续道：“知止而后有定，说的是良知明觉了，才能确定真正的志向；定而后能静，找准了方向，身心才能平静；静而后能安，安时处顺，不因外界的诱惑和打击而动摇；安而后能虑，虑而后能得！师父，果然一个良知，大道至简，声如洪钟。虽千魔万怪，变换于前，自当触之而碎，迎之而解，如太阳一出，魑魅魍魉旋即无所遁形！”

徐爱高兴得手舞足蹈，突然一阵猛咳，鲜血喷到纸上。

王阳明色变……

半炷香后，大夫推门而出，众人赶紧围了上去。

王阳明急切道：“怎么样？”

“药我早就开过了，该说的也已经说了。他不卧床静养，谁也没辙。”大夫叹了口气，摇头离去。

王阳明快步走入，坐在床头，心疼地望着徐爱那张憔悴的脸。

徐爱微微睁眼，虚弱道：“师父……”

王阳明责备道：“再犯傻，就没命了！”

徐爱笑道：“师父，我记得你说过，那些郁郁寡欢的人，都是因为不愿做他自己。过着不属于自个儿的日子，便是长命百岁，又有什么意思？”

“跟着我吃苦，就有意思了？”

“不仅有意思，还有利可图。”

“图什么？”

“百年之后，‘徐爱’两个字写在师父的传记里，青史留名。”

王阳明哑然失笑，道：“你呀你！我让守益看着你，无故不许下床！”

三日后，王阳明视察校场，只见教头率领身穿布衣、手持大刀的乡兵操练，军容整肃，士气高昂。

王阳明满意道：“照此势头，用不了多久，伍知府也能练出一支魏武卒啊！”

伍文定笑道：“诚如都堂所言，他们好多人都跟叛军有血海深仇。一听说是去打叛军，个个摩拳擦掌。”

“嗯。要让大伙吃饱穿暖，饷银按卫所士兵的两倍发。”

“是！”

邢珣问道：“这支劲旅，都堂打算练多少人？”

王阳明思忖道：“兵贵精，不在多，两千四百人足矣。分作两阵，各设偏将一员。每阵辖三营，每营辖两哨。哨下面有队，队下面有伍，每二十五人编作一伍。”

伍文定颔首道：“看来当务之急是选将了。”

“猛将必发于卒伍。福建都指挥副使杨璋和广东都指挥副使顾应祥已接到本院公函，五日后会攻詹师富。至于我军嘛，就看他们的了。”王阳明望着乡兵，寄予厚望。

伍文定与邢珣面面相觑。

伍文定不解道：“都堂，昨日开会不是定了先打谢志珊吗？”

邢珣亦道：“是啊，为何舍近求远？”

王阳明：“战场虚虚实实，哪有一成不变的？以我对这两个人的了解，魏武卒练成前，咱们吃不下来谢志珊。”

王畿立在仪门处，远望巡抚衙门斜对面的卦摊，只见那算命先生贼眉鼠眼，东张西望，便走了过去。

算命先生道：“这位爷，算上一卦？只要十文。”

王畿一脸犹疑道：“准不准啊？”

“放心，不准你可以来这找我！”

“好吧。我是官府的人，马上要打横水了，你看看我是凶是吉，回不回得来。”

算命先生皱眉，装模作样地看了半天，掐指测算道：“看你红光满面，步态稳健，此行必立大功。”

“真的？”

“绝无虚言。”

“借你吉言。”王畿递给他十文钱，满意离去。

算命先生意味深长地看着他的背影。

第四十三章　犁庭扫穴

南昌。

张孟宁走进一家酒楼，道：“小二，两斤临川贡。”

小二也不答话，过了好一会儿才拿来一只酒坛和一个空碗，放到桌上就走。

张孟宁不满地看了看他，自斟自饮起来，并察觉到隔壁桌正小声议论着什么。

“哎，你们知道吗？董杰吃了宁王府的猪瓜，发疯要跳井。”

“瞎扯淡。”

“哪个孙子骗你！我有亲戚在巡抚衙门当差。”

“我不信。借宁王一百个胆子，也不敢对巡抚下手啊！”

“嗐，正德年，怪事多。诸养和干得好好的，不也辞官了吗？新任的布政使更是个奇葩，整日酗酒，不到衙门办公。”

“你说李梦阳吧？也不知朝廷怎么想的，这么重要的位置找个写诗的来。”

“等着瞧吧，早晚要出事。”

张孟宁沉思……

象湖山，温火烧在议事厅外犹豫片刻，毅然走入。

室内，詹师富正在研究地图。

温火烧道：“寨主。”

“哈哈，你来啦！”詹师富把温火烧拉到地图前，用手指叩了叩上面的一处标记，道：“老弟，这回看你的了。在这扎营，长富村。”

温火烧担忧道：“寨主确定王阳明要先打谢志珊？”

“几路消息都证实了，错不了。福建都指挥副使杨璋率军去江西夹击横水，从漳州卫抽调了四千多人。现在漳州城的守军只有一千人，拿下它易如反掌，到时候泉州也指日可破。如此天赐良机，不能白白错过啊！”

“王阳明诡计多端，我不信他会坐视不理。”

“撑死胆大的！不赌一把，你真打算在这象湖山窝一辈子？”

温火烧还欲争辩，被詹师富打断：“不用说了！我带一队人马在龙岩支援你！”

赣州城外的军营里，王阳明掌灯查看地图。

冀元亨入内，道："师父，寅时了。"

"好。"王阳明出帐，在冀元亨的牵引下登上一座高台，只见台下士兵分为两个方阵，一边由伍文定率领，另一边由余恩牵头。

王阳明上前一步，训话道："刚才有人问我，说都堂，马上要出征了，你打算怎么激励大伙的士气？我说，你有什么法子，讲来听听。他的办法很简单，就是奖励军功。校尉杀五人升小旗，小旗杀五人升总旗，总旗杀五人升百户。我一想，这不是秦国的老办法吗？用在边关还可以，用在内地却万万不可。"

一个乡兵问道："为何不可？"

伍文定看了看他，投去责怪的目光。

王阳明不以为意道："欲望驱使的是匹夫之勇。要建不世之功，诸位还需问问自己，到底为何而战？"

众人触动。

"内战行秦法，多属导人为恶。或妄杀平民以冒功，或纵贼养寇以自重。本院誓要荡平赣匪，自会赏罚分明，但决不以首级计功。当然，我知道有人心里会问，那我凭什么卖命？凭什么？"王阳明拍拍胸口，道："凭良知。良知告诉我，要天下太平，所以本院抛下九十岁的祖母不顾，来南赣；良知告诉你，要安居乐业，所以尔等别了妻子父母，来从军。本院将与你们一道，在旷野上战斗，直至射完箭壶里的箭；在山林里战斗，直至手中的刀剑崩成碎片。哪怕被包围，负重伤，用尽最后一丝气力，也要捡起路边的石块，砸向敌人的脑袋；也要高昂着头，将唾沫吐到他们脸上。而我们，决不投降，决不后退！"

众人齐声道："决不投降，决不后退！决不投降，决不后退！"

王阳明大声道："开拔！"

星空下，两个方阵往不同的方向行进。

长富村，晨曦初露，炊烟袅袅。温火烧走出民房，望着已被武装起来的村子，忧心忡忡。

叛军甲下马跑近，道："二当家，杨璋部一直往西北方向移动，看样子是去江西。"

温火烧沉思。

忽然，一个哨兵气喘吁吁地奔来，指着远处大喊："二当家你看！"

温火烧极目远眺，只见地平线上烟尘漫漫，一队骑兵打着"胡"字旗杀将过来。

叛军甲大惊道："怎，怎么会这样？"

温火烧恨声道："王——阳——明。传令下去，应战！"

上杭县的军营里。

一只手握着毛笔在白纸上从右到左竖排书写"失误军机者，斩；临阵退缩者，斩；

违犯号令者，斩”。

王畿道：“师父，我就搞不懂了。既然已经骗过了詹师富，为何还让余恩带赣州卫的兵去打横水？”

王阳明并不停笔，一边继续往下写“搅扰居民及取人一草一木者，斩”一边道：“疑兵罢了。叛军在山上不好剿，既然下了山，就要把他拿住。余恩去横水，一来可以迷惑他们，二来牵制谢志珊，以免其趁我空虚偷袭赣州。”

王畿恍然大悟，冀元亨入内禀告：“都堂，前敌军报。”

王阳明搁笔抬头，只见一个满面血污的信使跟在冀的身后。

信使抱拳道：“禀都堂，杨都司今早突袭长富村，擒杀敌军四百余人。温火烧部与詹师富部合兵一处，败逃至莲花石。待粤兵至，两军齐进，可望一鼓而歼。”

冀元亨与王畿欣喜。

王阳明道：“你回去告诉杨璋，把握战机，我的计划不必全盘照搬。若敌军已成强弩之末，无须等待顾应祥。”

“是！”

京城杨府，三更半夜迎来一名稀客。

杨廷和走入花厅，王琼放下茶碗起身道：“阁老。”

杨廷和示意他坐，道：“这么晚来，为了监军太监的事吧？”

王琼皱眉道：“朝廷没给王阳明一兵一卒，现在却要派个监军太监过去，还是宁王推荐的。这，这于理不合嘛！”

“怎么不合？宁王身在南昌，离匪区一步之遥。他也很紧张，他也想早点靖乱嘛。”

“阁老真不觉得董杰疯得有些蹊跷？”

“下民无知，乱嚼舌头。不要信那些坊间流言。”

王琼摸出张字条，道：“这是董杰写给宁王的一首诗，新任江西巡抚胡世宁抄录给了下官。我给您念念。”

杨廷和不耐烦。

王琼不管不顾道：“故人识我面，未曾熟我心。我心欲铁石，结发养至今。间关出百死，留得此残生。愿言到盖棺，岂肯中途倾。”他收起纸，语重心长道：“阁老，有些话地方官碍于身份，不能点破。可要是再姑息养奸下去，汉王、安化王之乱恐将重演啊。”

杨廷和不语。

官军在龙岩县城外扎营，一片忙碌景象。

王阳明道：“传令下去。龙岩刚遭敌军荼毒，所有人不许进城扰民。”

冀元亨道：“是。”

一将快马加鞭而来，在辕门下马，奔至王阳明跟前，大呼：“王都堂！”

王阳明转身，只见来者满面尘土，气急败坏，左臂缠着块白布，血迹斑斑，却是福建都指挥副使杨璋。

“杨都司？”

杨璋愁眉苦脸道：“詹师富跑了，跑回象湖山了。”

王阳明一惊，道：“怎么回事！”

“本来叛军已被我围在莲花石，谁知入夜后詹师富和温火烧集中兵力朝大伞方向突围。在大伞设伏的广东指挥佥事王大用畏敌如虎，竟引兵退却！害得我连损覃桓、纪镛两员大将，末将要不是命大——唉！”

“顾应祥现在何处？”

“象湖山大营。”

“好，你先歇着，不要急。明日一早，本院与你同去。”

杨璋兀自愤愤不平。

象湖山因山前有一形似大象的湖泊而得名。官军的营地坐落在湖畔，旌旗招展。

王阳明、冀元亨、王畿和杨璋在辕门下马，顾应祥率众迎接。

“王都堂。”

“顾都司，辛苦了。”王阳明往帅帐走去。

顾应祥与杨璋对视了一眼，四目喷火。

帅帐里，王阳明当中坐下，冀元亨与王畿立于两侧。粤军将领和闽军将领分左右站了两排，杨璋与顾应祥居首。

王阳明缓缓道：“此役原本十拿九稳，现在却纵虎归山。咎将谁属？”

顾应祥瞥了杨璋一眼，道：“王大用失职不假，但是杨都司，咱们说好的，覃桓、纪镛到大伞协防，人呢？”

杨璋道：“人已经死了，你还想怎么样！”

顾应祥道：“要是他们按时到大伞，不在路上磨蹭，又岂会被叛军截杀？”

杨璋盯着顾应祥身后的王大用，道：“到底是谁临阵退缩，把叛军放出包围圈的？”又看着顾应祥道：“覃桓、纪镛搏杀时，你部就在附近，为何坐视不救？想保存实力吗？”

顾应祥道：“笑话！自己手下畏畏缩缩，半天的路一天都走不到，还好意思反咬别人！”

闽军将领炸了锅，吵吵起来。粤军将领也不示弱，“除了抢功，还会干吗”“滚回广东去”的声音不绝于耳。

一阵尖锐的拔剑声让众人安静下来。只见王阳明抽出威宁剑，起身走到杨璋和顾应祥跟前。气氛异常紧张，没想到王阳明只是平静道：“去山下看看吧。”

众人骑马来到象湖山山脚。

放眼望去，只见山的三面都是陡峭的石崖，正中一条弯弯曲曲的小路通到半山腰的一块空地，小路上每隔一段便有一座箭楼。

杨璋用马鞭指着那片建有房屋的平地，道："都堂你看，詹师富的老巢。"

王阳明皱眉道："就这一条道？"

"这算宽的了。山后还有一条直上直下的窄道，那才叫一夫当关，万夫莫开。"

此时，远处一棵大树的树冠上，一叛军脸涂绿汁，藏身其中，悄悄拉弓，对准了王阳明。正待射箭，另一叛军摁住他，摇了摇头。

王阳明道："贵州有许多山，你问当地人，他会告诉你山道就那么一两条。其实他的意思是前人走惯了的熟路就那一两条，只要咱们放下架子，不耻下问，多跟猎户、樵夫和采药之人交谈，就能探出鲜为人知的暗道。"

顾应祥不以为然道："象湖天险，剿了多少年，从来没人爬上去过。去年四省联军合围，都没攻下。此番——哼哼。"

杨璋提议道："眼下是春耕大忙的时节，士兵归心似箭。依末将看，不如暂时撤军，让大伙休整休整，再调广西狼兵过来助战。"

众将连连点头，纷纷附和。

王阳明故作无奈道："唉！你等都这么想，遑论下面的官兵了。也罢，本院禀明朝廷，请调狼兵吧。"

众人大喜，树冠上的两叛军对视。

叛军山寨。

之前树冠上的二叛军跪在堂中汇报敌情。

詹师富起身踱来踱去，皱眉思忖，忽然大笑起来，道："四省联军都奈何不了我，王阳明也是人，又没长翅膀。"

众人皆笑，唯独温火烧一脸忧虑道："各个隘口还是要盯牢，官军没撤之前务必严防死守。"

詹师富笑道："好！就听你的。在龙岩着了王阳明的道儿，小心些也好。"

京城杨府。

夜里，杨慎替杨廷和打了盆洗脚水，放到床边，道："爹。"

"嗯？"

"监军太监的事，为何不坚持？任由王阳明在南赣胡来吗？"

杨廷和道："哪里胡来了？人不到半个月，就平了九连山。你有他一半的本事，也算给我长脸了。"

"可是王阳明……"

"可是什么？眼下戡乱是大是大非，个人恩怨先放一边吧。"

杨慎不服气。

杨廷和眯起眼睛自言自语道："宁王还真是把手伸到皇上身边了。用异色龙笺给他回信——"语带嘲讽道："这是要选监国吗？"

杨慎不明所以。

象湖山，日间藏于树冠的两个叛军靠着山道旁的巨石，一个打盹儿，一个望着山下的营地。

忽然，打盹儿的被同伴摇醒，顺着他手指的方向看下去，只见官军装好了辎重，正有条不紊地撤离。

二人急忙起身……

议事厅，詹师富放声大笑，众人弹冠相庆。

"寨主英明神武，官军再次无功而返。"

"象湖山这道天堑，他王阳明一辈子也休想跨过去！"

詹师富兴奋道："走！杀猪宰羊，今晚不醉不休！"

温火烧神色不安，默默离去。

他来到一座箭楼，只见三个手下正全神贯注地盯着山道。

其中一人转身，愣了愣，道："二当家？"

温火烧点头道："不管谁叫你们，不许擅离职守，给我看紧喽！"

"是！"

温火烧不放心地眺望了一下，见官军确实走远，稍稍心安。

寨中生起篝火，烤起全羊，詹师富与众叛军开怀畅饮……

月明如水，四野无声。

四个壮汉身披麻绳，贴着峭壁，正努力攀爬。

伍文定和上百个乡兵焦急仰望，皆口衔枚果，以防喧哗。

四个壮汉爬到一处平台，将麻绳系在一棵粗壮的大树上，使劲拉了拉，扔下山去。

伍文定挥手示意，乡兵们排成四队，扯着绳子攀爬崖壁。

詹师富见温火烧心事重重地走入，朝他招手道："去哪儿了？就你没喝酒！"

"我去后山小道看看。"说完，温火烧径直往后院走去。

詹师富冲左右道："不管他，我们喝！"

见最后一个乡兵也爬了上来，伍文定比画手势，众人散去。

箭楼里，叛军一转身，两个乡兵直愣愣地看着他。
叛军大惊道：“什么——”话音未落，被一刀结果。
另外两个叛军挥刀砍来，也被撂倒。

寨门两旁的岗楼上，哨兵挨个被暗杀，詹师富仍未察觉。

军营中，王阳明远眺象湖山，身后是杨璋和顾应祥等一众将领。忽然，号角长鸣，王阳明转身环视众人，道：“叛军阵脚已乱，下面就看诸公的了。要是畏缩不前，误了战机，山上的弟兄就会命丧黄泉。对这样的懦夫，本院要一参到底，绝不姑息！”
“都堂大可放心，眼下冲上去，就如饿虎擒羊，收割战果，没有人会不乐意。”说着，顾应祥转头对手下道：“你们说是不是？”
粤军将领齐声道：“是！”
杨璋不阴不阳道：“呵呵，看来还得靠闽人守闽土，外人总归是利字当头。”
顾应祥气道：“你——”
王阳明斥责道：“口舌之快有什么好争的？战场上见真章！”
杨璋与顾应祥对视了一眼，各自不服。翻身上马，带领一众骑兵衔枚而去。

山寨里的叛军听见号角声，已然大乱。乡兵们冲进院子，双方打作一团。
“狗日的王阳明！”詹师富抄起家伙，一路砍杀，突围到寨门外，只见外间也是一片乱战。伍文定闪出，两人单挑。
忽然，官军潮水般涌了上来。
杨璋高声道：“詹贼还不束手就擒！”
詹师富大惊，渐落下风，大腿上挨了一刀。正在这时，温火烧率众赶到，抵御官军。
温火烧接招，与伍文定打了起来，并对詹师富道：“寨主快走！”
詹师富愣了愣，夺路而逃。
“追！”杨璋率众追赶。
顾应祥正在杀敌，一看杨璋就要抢得首功，也追了上去。
十几个回合后，利刃穿胸，温火烧死于伍文定刀下。
众叛军傻眼，纷纷跪下，将刀举过头顶。

后山，詹师富在两个叛军的搀扶下沿小路逃命。
好不容易下了山，回望自己的老巢，但见火光冲天。詹师富叹了口气，道：“走吧。”
此时，草丛中传出窸窸窣窣的声音。
“走去哪儿啊？”
詹师富大惊，定睛一瞧，只见冀元亨率领一支官兵走出，不禁懊丧地低下了头……

大军凯旋，詹师富等人双手捆缚，被一根麻绳连着。

杨璋拍马赶到王阳明身边，道："都堂。"

王阳明吩咐道："福建境内还有些叛军，本院无暇一一清剿，有劳杨都司了。"

"都堂放心，疥藓之疾罢了。"

"不可轻敌。最好将漳州卫、汀州卫的官军化整为零，打散了按区域分头进剿。"

"末将明白！"

回到赣州，王阳明瞥见邢珣带兵抓捕了仪门外伪装成摊贩和算命先生的奸细……

徐爱半躺在床上，手不释卷。听见门外传来脚步声，赶紧将书稿藏到枕头下面，假装熟睡。

邹守益推门而入，兴奋不已道："徐叔，你看谁回来了？"

徐爱睁眼，只见王阳明把一包药交给邹守益，快步走到床前坐下。

"感觉怎么样？"

徐爱道："好多了。恭喜师父，再平汀漳。"

王阳明道："这回去福建，遇到一个名医。说了你的病情，他给开了个方子。守益，去把药煎了。"

邹守益看着牛皮纸，啧啧称奇："这么复杂？岗梅、金沙藤、淡竹叶、五指柑、山芝麻、木蝴蝶、火炭母、金钱草……"

徐爱眼含热泪道："师父……"

王阳明动容道："把身子养好，等为师平了南赣之乱，咱们就回余姚，开个书院，什么都不干，专做学问。"

徐爱激动道："嗯！"

南昌城里，街上扎起了一道道拱门，花团锦簇。

锣鼓开道，全副仪仗，朱宸濠身着亲王衮冕，坐在驷马高车上，得意扬扬。李士实和刘养正骑马，一左一右，一喜一愁。

围观人群中伸出一只脑袋，却是张孟宁。他拉住一人道："什么事这么热闹？"

"朝廷内使来了，宁王出城跪迎龙笺。"

张孟宁凝神道："哦？"

一个醉鬼在城门内挡道，车队停下。

路边的茶社，几个官员坐在二楼凭栏俯瞰，居中之人乃江西巡抚胡世宁。

一个官员道："胡都堂，那不是李藩台吗？"

胡世宁沉思。

挡道之人正是李梦阳，他举起酒壶道："凤兮凤兮，何德之衰？往者不可谏，来者犹可追。已而，已而！今之从政者殆矣！"

李士实和刘养正齐望朱宸濠，只见他嘴角抽搐，眼看就要发作。李梦阳狂笑三声，步履蹒跚地离去。

张孟宁赶至城门，看到这一幕，计上心来。

南赣巡抚衙门。

王阳明、邢珣、伍文定和余恩在议事厅开会。

王阳明道："横水什么情况？"

余恩道："都堂料事如神。谢志珊打了十台吕公车，看样子是想主动出击，偷袭赣州。"

伍文定笑道："吕公车？这群山连绵的，亏他想得出来。"

余恩正色道："还有火铳。横水的叛军装备精良，不可小觑啊。"

邢珣思索道："看来下一步还是打桶冈比较稳妥。一来近，二来弱。"

伍文定和余恩点头，三人齐齐望向王阳明。

王阳明起身道："我们能想到的，叛军也想得到。既然大家都这么认为，何不反其道而行之？"

三人面面相觑。

王阳明续道："横水是不好啃，但不管站在湖广还是江西的角度看，它都是腹心，桶冈充其量算个羽翼。以谢志珊的秉性和在叛军中的威望，先打桶冈，他必然提兵去救。倒不如先解决了谢志珊，再放开手脚去打蓝天凤、陈曰能和池仲容。"

伍文定道："那都堂计划怎么走？"

"将欲剿之，必先抚之。"

"哈哈，好主意。先设抚局让叛军放松警惕，再打他们个出其不意。这就叫'兵以诈立'！"

王阳明摇头道："不是用诈，是用诚。"

伍文定奇道："用诚？"

王阳明解释道："我军兵锋正盛，是招抚的大好时机。若叛军愿意归顺，则免了生灵涂炭；若是不愿，也可动摇其死硬到底的决心。我已草就《告谕巢贼书》，只需遣人带上酒、绢和银两去往各寨，让他们看到本院招降的诚意。"

《告谕巢贼书》动之以情，晓之以理："本抚以弭盗安民为职，一到任就有百姓来告，于是决心征讨你等。可平完漳寇，俘获万人，审理后得知，首恶不过四五十，党恶也不过四千多，剩下的都是受人胁迫，并非真心谋反。由此想到你们之中肯定也有被威逼利诱的，不派人抚谕，便兴师围剿，近乎不教而杀，他日我必后悔。因此派人向你们说明——不要以为有险可凭，人多势众。刘六、刘七气焰熏天，还不是被消灭了？若骂你们是贼，你们必会发怒，说明你们也以此为耻，那又何必心恶其名而身蹈其实？若有人抢夺你们的妻子财物，你们也必愤恨报复，那又为何以此强加于人？本抚知道，你们或为官府所逼，或为大户所侵，一时错起念头，误入歧途。此等苦情，甚是可悯。但你们悔悟不彻，不能毅然改邪归正。当初生人寻死路，尚且要去便去；现在弃恶从善，死人寻生路，为何反倒不敢？你们久习恶毒，杀戮惯了，本抚却不忍无故杀一鸡犬。但若有人顽固不化，逼我兴兵去剿，那便不是我要杀你们，而是天杀你们。眼下若说我全无杀你们的心思，那是在诳你们；若说我必欲杀之而后快，那也绝非我的本心。你们还是朝廷赤子，譬如一家十子，两人悖逆，要害那八个。父母不得已除去那两个，好让八个安生。本抚与你们，现下就是如此。只要那两个悔悟向善，父母必哀怜收之，此亦人之常情。你们刀口上舔血，所得也不多，何不把这份辛劳用于农耕商贾，过舒坦日子？像现在这样担惊受怕，忧苦终身，出则畏官避仇，入则防诛惧剿，到底有什么好？我对新抚之民，如对良民，既往不咎。可要是你们负隅顽抗，我就南调两广之狼兵，湖湘之土兵，痛剿不赦。一年不尽剿两年，两年不尽剿三年。你们财力有限，覆灭无可避免。不是我非杀你们不可，是你们使我良民寒无衣、饥无食、居无庐。如果让他们躲避你们，就会失去田业，已无可避之地；如果要他们贿赂你们，家资已被掠夺，早无行贿之财。你们站在我的立场上，替我谋划，恐怕也只有剿尽而后可这一条路吧？本抚已言无不尽，如果你们还是不听，那就是你们辜负了我，而不是我对不起你们，兴兵也可无憾了。”

众人分头行动。

赵日天带队来到桶冈山寨，蓝天凤收下财物，一脸贪婪。梁万伦鄙夷；

邢珣亲自押运，来到横水山寨。谢志珊看完《告谕巢贼书》，耐心地将之撕得粉碎。他指指招安物资，扬了扬手，示意邢珣带走；

王畿带队来到大庾岭，候在山寨外。寨中，一喽啰入内禀报，陈曰能不耐烦地扬了扬手。喽啰出门，摇头回复。王畿无奈，打道回府；

冀元亨在龙川受到礼遇。卢珂亲自将他送到寨门口，依依话别；

邹守益来到三浰山寨。池仲容看看《告谕巢贼书》，又看看邹守益，一脸怀疑。

待邹守益离开后，池仲容环顾一众将领，道：“龚福全，你说说。”

龚福全道：“这是在打心战，大王切莫上当。”

池仲容想了想，道：“高飞甲——嗐，问你也白问，你还要给你哥高快马报仇。”

高飞甲咬牙切齿道：“让我逮住王阳明，非把他碎尸万段不可！”

池仲容趁势道：“那就得想辙，咒是咒不死他的。池仲安。”

池仲安道：“王兄。”

“你带三百人，挑老的残的，去赣州投降。把王阳明的虚实给我摸清楚。”

“是！”

《告谕巢贼书》吸引了三路人马归顺。

巡抚衙门，王阳明坐在正堂，卢珂等三人单膝跪下。

卢珂道：“罪民卢珂——”

身后一人道：“黄金巢——”

身后另一人道：“郑志高——”

三个人齐声道：“拜见抚台大人。”

王阳明不作声，三人紧张，不敢抬头。王阳明厉声道：“来人，各打三十大板！”

冀元亨指挥衙役将三人摁倒，清脆的板子声颇有节奏地响了起来。三人哀号，王阳明不为所动。

好不容易挺了过去，三人已是满头大汗。王阳明走到近前，扶起卢珂。与此同时，赵日天带人抱着三箱金条走入。

王阳明朗声道：“打你们是替百姓伸张正义，赏你们是彰显朝廷招安的决心。望三位弃恶从善，不再反叛。”

卢珂心服口服道：“谨遵大人教诲，我等愿永为朝廷顺民。”

当晚，卢珂收拾停当，准备上床歇息。

敲门声响起。

卢珂道：“请进。”

王阳明推门而入。

卢珂一愣，道：“大人？”

王阳明递给他一个瓷皿，道：“专治跌打。”

卢珂感动道：“多谢大人。”

王阳明诚恳道：“让你受委屈了。广东官军靠不住，你不得已在龙川组织义民自保，抵抗池仲容，跟谢志珊他们不可同日而语。

卢珂感慨道：“唉！没想到谢志珊会走到这一步。当初要不是他出手相救，我必死于张彩之手。”

王阳明沉默半晌，道：“我想让你先回龙川，以解散部队的名义，暗中牵制池仲容，坚持到我打完横水和桶冈。”

卢珂抱拳道：“但凭大人驱策！”

次日，一群老弱病残围在衙门外，却是池仲安带人来投诚。

正堂里，池仲安与两个喽啰单膝跪着，王阳明赶紧上前将之扶起，热情道：“你能来，太好了。”又看了眼两个喽啰，道：“为何不见你大哥？”

池仲安有点尴尬道：“寨子里有些事，走不开。等料理完毕，便快马来降。”

王阳明故意道："呵呵，该不会对本院还有怀疑吧？"

"不不不。大人有所不知，三浰万把号人，来源复杂。贸然解散，恐怕会激起不测之变，我大哥也在想法子。再者——"

"有何隐情，不妨直说。"

"龙川的卢珂与我部不和，上个月才劫了我们的辎重粮草，打死二十多个弟兄。如果三浰解除武装，只怕立马就会成为别人砧板上的肉啊。"

"你多虑了。卢珂已经接受官府招安，即将回龙川安置部下。"

池仲安惊讶。

王阳明续道："本院会约束卢珂，这一点你们大可放心。但池仲容若是迟迟不降，我也不好给卢珂交代。"

池仲安满腹心事道："明白。"

伍文定入内，瞥了眼池仲安，对王阳明道："邢知府回来了。"

"都堂，都堂！"

邢珣急入，道："谢志珊撕了劝降书，自号'征南王'，扬言要跟官军决一死战。"

王阳明笑道："是他的风格。你留守赣州，伍知府。"

伍文定道："都堂。"

王阳明吩咐道："横水正面有所谓的'十八隘'天险。谢志珊苦心经营多年，建起大小山寨几十处。我打算用'铺天盖地，起网捞鱼'的战法，十哨乡兵，分头出击，划定目标，各打各的，不必管别人。你这便去布置吧。"

"是！"

王阳明对池仲安道："你弃暗投明，本该给你将功赎罪的机会。可外面那些人，看上去打不了仗。"

池仲安汗颜。

王阳明微微一笑，道："我给你个差事，随军建造营场，你意下如何？"

池仲安赶紧道："多谢大人提携，罪民赴汤蹈火，在所不辞。"

第四十四章　虚与委蛇

官军对谢志珊发起进攻，南赣山区，硝烟弥漫。

叛军用滚木礌石逼退了乡兵，伍文定远观，皱了皱眉，挥手。两台投石机被推了出来，弹射火石，叛军死伤惨重。

火铳手采取半蹲姿势，齐齐射击。打完后退下装弹，换第二排射击，乡兵死伤无数。忽然，乡兵左右散开，腾出一条道。一排长盾出现并向前移动，子弹打在上面砰砰作响。待走至近前，长盾撤去，一堆长矛刺向火铳手，叛军溃败……

谢志珊背对着门口，萧贵模立于其侧，厅中跪着两个喽啰。

喽啰甲入，单膝跪下道："大王，牛角窟已失。"

喽啰乙入，单膝跪下道："大王，苦竹坑丢了。"

喽啰丙入，单膝跪下道："大王，羊牯脑沦陷。"

喽啰丁入，单膝跪下道："大王，杨家山落入敌手。"

萧贵模担忧地看了眼谢志珊，只见他双肩颤抖，竟然大笑起来，转身道："不愧是王阳明，竟然破了我'满天星'的战法。传令下去，所有人退守横水山寨，没有我令，一律不许出击。浪战者斩！"

众喽啰齐声道："是！"

萧贵模望着门外，眉头紧蹙。

山间雾气蒙蒙，阒然无声，官兵在野林里小心翼翼地向前挪动。

忽然一声惨叫，一个士兵失足坠落山谷；又一声惨叫，另一个士兵掉入陷阱，被密密麻麻的竹签戳死。

众人大惊止步。

池仲安在军营里转悠，检查手下搭建的营帐是否牢固。他走到帅帐前，发现余恩正在里面向王阳明汇报军情。

余恩痛恨道："贼人设阱埋签，我军损失惨重。"

伍文定发愁道："关键是这雾，连着四天了，还不散，根本没办法行军嘛！"

王阳明神色凝重。

夜里，池仲安在灯下写信，向池仲容汇报见闻：“王阳明身在军营，却日夕与弟子讲学论道，分明就是个书呆子。可十八隘战场尸横遍野，历历在目，弟实难将此景象与这个咳嗽不休的病夫联系起来。此人深不可测，难以名状。”

池仲安抬头，望着眼前的一片虚空。

同一时间，王阳明掌灯读书，忽听得帐外传来吵闹声。

两个卫兵押着一个二十来岁的男子，在冀元亨的带领下走入。

冀元亨道：“师父，抓住一个奸细。”

男子急道：“你才奸细！我是吉安府的工匠欧阳德。这位可是阳明先生？”

冀元亨喝道：“放肆！”

王阳明扬手制止道：“我是王阳明。”

欧阳德激动道：“没想到竟能见到真身！”

王阳明不动声色道：“你说你是吉安的工匠，为何出现在这里？”

“因为先生您啊！”

“我？”

“吉安的白鹭洲书院在您手上复活了。晚辈跟那听了一年讲，决定外出游历。途经此地，盘缠用光了，听人说横水招工匠，就报了名，没想到是替反贼造吕公车。我怕极了，却一直没找到机会逃跑。直到最近寨子里涌进一群败退的叛军，乱成一锅粥，才偷跑了出来。”

王阳明盯着他，判断虚实。

欧阳德续道：“先生，我知道一条小路，可以避开山林里的陷阱。”

冀元亨疑虑未消，道：“雾还没散呢！”

欧阳德摇头道：“雾不是障碍，是掩护。”

王阳明起身道：“不错。贼人欺我不熟悉地形，加之起雾，必然放松警惕，正好急行军。”

冀元亨道：“师父——”

王阳明手一扬，道：“欧阳德，我信你。天亮开拔！”

欧阳德点头道：“嗯！”

翌日，横水山寨的寨墙上，两个叛军正在巡逻。

叛军甲打了个哈欠，道：“我打个盹儿，你先看着。”

叛军乙为难道：“这——”

“怎么？差不多就行了，大雾弥天的，见得着官军才有鬼呢！”

叛军乙望着远处，颤声道：“真见鬼了。”

叛军甲顺着他的目光望去，只见旌旗招展，大队人马从浓雾中冲出，大骇不已，扭头就跑。

谢志珊得报，拍案而起道：“好！那就一决雌雄！”提刀出。

萧贵模忧虑……

叛军行动起来，手持火铳，登上寨墙，依次蹲好，眈眈相向。

王阳明勒缰，扬手示意，大军停下。只见叛军山寨依山而建，已有防备。

伍文定意气风发道：“都堂，我军人多势众，一鼓作气把它拿下。”

王阳明冷静道：“兵唯凶器，不得已而后用。扎营。”

“这——好吧。”伍文定掉转马头，大喊道：“扎营！”

王阳明唤道：“欧阳德。”

欧阳德拍马上前，道：“先生。”

王阳明用马鞭指着叛军山寨后方的山腰，道：“山路可熟？”

欧阳德道：“熟。有一阵子见天儿上山伐木。”

王阳明道：“好。余将军。”

余恩道：“都堂。”

王阳明示意余恩和欧阳德靠近，低声道：“山腰处必有叛军，你带人打下来，埋伏好，待官军发起总攻……”

声音渐小，二人点头。

月落乌啼霜满天。

巡抚衙门里，徐爱靠在床头，借着微弱的烛光改稿。

突然，一阵狂风把窗户吹得噼啪作响，稿纸凌空飞舞。徐爱大惊，下床关窗，一张稿纸却已飞了出去。他用砚台抵住窗户，慌忙出门。

院中，徐爱目不转睛地盯着空中的稿纸，穷追不舍。谁知稿纸飘到了后花园，落进了池塘里。徐爱犹豫片刻，跳了下去，艰难地向其进挪，豆大的汗水顺着脸颊直往下淌。终于，他捡到了稿纸。见字迹只是略有模糊，一脸欣喜。

邹守益端着碗药来到徐爱房中，只见满地白纸，空无一人。

他急忙出门去寻，在后花园看见昏迷倒地的徐爱，大惊道：“徐叔！”

与此同时，一支笔杆折断。

王阳明皱眉，放下断笔，起身走到帐外，遥望叛军山寨。

一个黑衣人蹑手蹑脚地从王阳明身后靠近，举起刀，向他劈去。

说时迟，那时快，一刀斜刺里伸出，将之挡下。

冀元亨大喝道：“什么人？！”

王阳明转身，只见冀元亨拦下一个刺客。

冀元亨急道：“师父快走！”

黑衣人与冀元亨大战了十几个回合，屡屡想飞身到王阳明跟前，都被冀元亨阻断。正在这时，伍文定带一队卫兵将二人团团围住，大声道：“想尝尝万箭穿心的滋味吗？”

黑衣人转眼望去，只见卫兵个个拉满了弓。他犹豫片刻，假装扔刀，却蓦地朝自己脖子抹去。冀元亨眼疾手快，掷出手中刀，正中其臂。

黑衣人撒手，心有不甘地望着向自己涌来的卫兵。

黑衣人被押入帅帐，摘掉口罩。

伍文定一愣，道：“萧贵模？”

萧贵模看了看伍文定，目露凶光。

王阳明奇道：“你认识他？”

“横水的二当家。”伍文定冲萧贵模道，“呵呵，谢志珊还真是英雄了得，居然用这种下三烂的手段。”

萧贵模大怒道：“一人做事一人当！行刺是我自己的主意！”

王阳明起身走到萧贵模跟前，道：“你觉得杀了我，朝廷就会放过你们吗？”

萧贵模拱了拱被麻绳绑缚的双手，道：“哼！不用多说。要杀要剐，悉听尊便！”

“好！”王阳明走到帅案前，拔出威宁剑，折返回去。萧贵模面不改色，看着他一剑刺出，闭上双眼。

绳子跌落。

萧贵模睁眼，看了看重获自由的双手。

众人皆惊。

王阳明转身道：“你走吧。”

伍文定、冀元亨同时道：“都堂！师父！”

王阳明道：“能为谢志珊铤而走险，足见你之忠，他之义。我来南赣是化解仇恨的，你死了只会激发谢志珊玉碎的决心，赔上更多的性命。”

萧贵模不屑一顾，转身就走。

王阳明回身，道：“回去告诉谢志珊，接受招安是横水上下唯一的出路。”

萧贵模停了停，大步离去。

次日，山寨外，一面竖立的大鼓敲得咚咚作响。

乡兵列阵以待，伍文定身披铠甲，骑在马上，左右逡巡，高声道：“什么征南王，我看就是缩头王八！”

众乡兵哄笑。

萧贵模陪谢志珊登上箭楼。

叛军甲恭敬道：“寨主。”

谢志珊点点头，向外望去，只见伍文定兀自叫骂不休，乡兵们也跟着大喊：“谢贼出来受死！”

谢志珊强忍怒火，道：“传令下去，不许还口。”

叛军甲道：“是！”

叫骂持续了半个时辰，王畿领着一个车队走来，推车上放满了箱子。伍文定冲他点了点头，王畿指挥车夫把箱子卸下，打开箱盖，一字排开。

伍文定大声道：“寨子里的弟兄听着！从逆是死路一条，现在回头还来得及！王都堂给大伙准备了上好的松江棉布、朝鲜人参、暹罗香料、庐山云雾茶，还有景德镇的青花瓷。只要出降，既往不咎，每人还给三十两银子。这么好的事，上哪去找，啊？”

寨墙上的叛军望着那一箱箱宝物和明灿灿的银子，不由得舔了舔干裂的嘴唇。

谢志珊视察，萧贵模陪同。谢志珊对左右道：“这是王阳明的奸计，本王在福建时领教过。去就是个死！”

夜里，乡兵们枕戈待旦，伍文定靠着跪卧在地上的马，睁一只眼闭一只眼，望着寨门。

突然，他坐直了身体。只见寨门开启，几个叛军探头探脑地跑了出来。

寨中，谢志珊以手撑头打盹儿，萧贵模正襟危坐。

叛军甲慌张走入。

萧贵模小声道：“什么事？”

叛军甲低声到：“跑，跑了二十多个弟兄！”

谢志珊睁眼，道：“什么？！”

叛军甲惊惧不已。

谢志珊切齿道：“王——阳——明！”

第二天，天刚蒙蒙亮，谢志珊便同萧贵模登上寨墙。只见王阳明身穿官服，在乡兵的护卫下，亲手给那二十几个降贼发银子。队伍缓缓移动，他每交一袋钱到降贼手中，都要微笑着向对方说上一句。谢志珊听不清内容，只感觉像是一句咒语，因为领到钱的人无不感激涕霖，一副洗心革面的样子。

寨墙上的叛军显露出羡慕的表情。

萧贵模忧心道：“大王，再不出招，恐怕——”

谢志珊道：“你有办法？”

萧贵模想了想，道：“索性出去抢一把，总比搁在那乱我军心好。”

谢志珊盯着那堆箱子，陷入沉思……

山里的气候变幻无常，乡兵和寨墙上的叛军热得大汗淋漓，焦躁不安。

车队又来了，四个推车上放满了酒坛。

王畿热情道："来来来，临川贡，解解热。"

乡兵们纷纷起身，围着推车袒胸露乳地喝起酒来，酣畅无比，把口干舌燥的贼兵看得眼冒绿光。

此时，一百多叛兵以谢志珊为首，聚集在寨门下。谢志珊冲萧贵模道："看好寨子。"

萧贵模点头道："大王，见好就收。"

谢志珊大声道："开门！"

八个叛军摇动轮滑，寨门缓缓开启。

谢志珊高呼："弟兄们，冲啊！"

叛军蜂拥而出，不一会儿便奔至宝箱旁。他们从怀中取出花布，打包箱中财物。

乡兵们见状，纷纷扔了酒碗，挥舞大刀冲了过去。

双方打作一团。

谢志珊四下一看，见抢得差不多了，道："走！"掉转马头。

然而，叛军还不餍足，继续往怀里揣私货，被乡兵砍杀。

谢志珊刚杀出一条血路，忽闻左右两边的林子里喊杀声大作。伍文定一路，冀元亨一路，两队乡兵包抄而来，堵住了谢志珊的去路。

萧贵模在寨墙上观战，见状大惊，赶紧下楼。

冀元亨率兵朝谢志珊杀去，伍文定率兵往敞开的寨门冲去，迎面遭遇萧贵模的骑兵队。冀元亨与谢志珊单挑，伍文定同萧贵模对打，双方在寨外厮杀起来。

远处的山坡上，王阳明眺望战场。王畿走近，循着他的目光转身望去。

王阳明凝神道："就看余恩的了。"

山寨背后的山上，山腰各处忽然号角齐鸣。众贼回望，只见官旗飘扬，"我等已打下贼巢"的喊声连绵不绝。

叛军大骇，谢志珊脸都白了。

伍文定扔下发愣的萧贵模，带乡兵趁势冲进山寨。谢志珊拍马欲回，只见萧贵模冲他摇了摇头。

二人奋力杀至一处。

谢志珊四望，只见败数已定，想了想道："走，去桶冈！"

冀元亨杀到近前，要与谢志珊交手，被萧贵模拦住。

萧贵模对谢志珊道："你先走！"

谢志珊率众杀出一条生路，萧贵模与冀元亨死战，狂性大发，砍中其臂，报了一刀之仇。冀元亨吃疼，萧贵模趁乱逃走。

叛军兵败如山倒。

余恩部从山上倾泻而下，与伍文定部前后夹击，叛军纷纷投降……

赣州城门，邢珣率邹守益、赵日天以及一众官员恭候。

王阳明、伍文定、余恩、冀元亨、王畿和欧阳德骑马而来，身后跟着一众官兵、乡兵和俘虏。

王阳明下马，邢珣趋迎，道：“都堂兵锋所指，攻无不克。”

王阳明道：“家里怎么样？”

邢珣吞吞吐吐道：“一切安好，只是徐爱——”

王阳明色变……

回到衙门，王阳明在众人的跟随下匆匆朝卧房走去。

他推门而入，邢珣拦下其他人。

王阳明走到走到床前坐下，只见徐爱脸色蜡黄，已到弥留之际。徐爱艰难地睁开双眼，声如蚊蚋道：“师父……弟子恐怕不能陪你……”

王阳明颤抖道：“不许说胡话！”

徐爱虚弱道：“来世我们还做师徒。”

王阳明斥道：“今生的缘今生了。先把病看好！”

徐爱吃力摇头道：“不成啦。师父，以前我怕死，夜深人静的时候尤其怕。自从遇见你，我慢慢明白，死并不可怕，可怕的是死得毫无价值，不被牵挂。比起天玄教那些活得糊里糊涂，死得不明不白的教众，弟子可算是三生有幸了。唯一的遗憾，是不能亲眼目睹师父的学说风行天下……”

王阳明热泪盈眶。

徐爱续道：“小时候，我想成为任何人，除了我自己。是你让我懂得，终其一生，我们要做的不过是摆脱他人的期待，找到真正的自己。找到了才有可能改变，改变了自己才有可能改变家、改变国、改变天下，而不是一开始就想着怎么改造世界……”

徐爱的声音渐不可闻，终于永远地合上了眼睛。王阳明抱着他的脑袋，仰面强忍，泪水还是夺眶而出，疾呼：“天丧予，天丧予！”

他剧烈地咳嗽起来，咳出一口黑血……

灵堂，王阳明率众祭奠徐爱。

一幕幕往事浮现在脑海中，有他去龙场前徐爱追船的画面，有京城客店失火徐爱奋不顾身抢救《阳明先生集语》的画面，还有师徒二人约定等平了南赣之乱就回余姚专注学问的画面……

王阳明潸然泪下。

冀元亨抚摸着一摞文稿，唏嘘不已。那是徐爱托邹守益转交给他的语录遗稿，要他继续整理下去，集结成书……

谢志珊、萧贵模带着残兵逃到桶冈，蓝天凤、梁万伦以及独眼龙在寨门口迎候，双方抱拳施礼。谢志珊注意到寨中堆满了官府的招安物资。

议事厅，众人落座。

蓝天凤忧虑道："没想到王阳明这么能打。高快马、詹师富就不说了，连大哥你——唉！"

谢志珊摆手道："不必灭自家威风，长他人志气。王阳明也没什么大不了的，不过擅长使诈罢了。我且问你，你这桶冈，比我那横水如何？"

蓝天凤得意道："呵呵，我蓝天凤虽不如大哥，但桶冈之险，却远非横水可比。你们来时也看到了，四面万仞绝壁，草木不生，别说人，猿猴都不可能凭一己之力爬上来。而到了山顶呢，又是一片方圆十几里的大好平地，有野菜野果，还有一道山泉。咱自己耕种，养着牲畜，即使官军围而不攻，也不怕他。"

"照你这么说，便是二郎神下凡，也拿桶冈没辙喽？"

"那是自然。"

"好！咱就来个以静制动，不管他要什么花招，我只闭门不出。等粮草用尽，看他王阳明撤不撤兵。"

"大哥高见！"

巡抚衙门书房，王阳明召众人议事。

邢珣道："陈曰能仗着都堂要办丧事，不会动兵，在南安肆意劫掠。百姓告状都告到赣州来了。"

王阳明声音沙哑道："谁说本院不会动兵？"

众人一惊。

王阳明起身，道："只是要先打桶冈。谢志珊和蓝天凤不是一类人，所图不同，但不能给他们磨合的工夫。"

伍文定道："那就兵分两路！"

冀元亨激动道："师父，给我人马，我去解决陈曰能！"

王阳明冷静道："你是想报杀父之仇吧？"

冀元亨愣了愣，道："国仇家恨，不共戴天。弟子一定手刃此贼！"

王阳明犹豫。

冀元亨跪下道："师父！"

邢珣劝道："诚孝之心，可动天地，何况冀兄弟比咱们都了解陈曰能。"

众人点头。

王阳明环视了一圈众人，目光停留在冀元亨身上，道："好吧，让龙溪跟你一起，他毕竟去过大庾岭。"

南昌藩邸，朱宸濠、李士实和刘养正在座，张孟宁一身仙风道骨的打扮，立在不远处。

朱宸濠道："张孟宁？"

张孟宁微微点头。

刘养正吹捧道："张真人曾在龙虎山修道，看相摸骨堪称一绝。最近游历到咱们江西，南昌的达官贵人为了一睹其真容，都快打起来了。"

李士实不以为然。

张孟宁谦虚道："刘居士过奖了。贫道不才，但见南昌东南方有天子气，跟人一打听才知道，这边是宁王府。"

李士实警觉，朱宸濠惊讶不已，走到张孟宁跟前，道："劳烦真人，给本王看看相。"

"那贫道就放肆了。"张孟宁盯着朱宸濠看了半天，闭上眼睛，伸手去摸他的脸。

李士实不悦，刘养正满脸期待。

张孟宁放下手，睁眼断言道："骨相天子。"

朱宸濠一愣，旋即哈哈大笑，道："来人！"

下人入内，道："王爷。"

朱宸濠道："带张真人去领赏。"

"多谢王爷。"张孟宁随下人出，朱宸濠回到座位上。

李士实道："王爷——"

朱宸濠扬手道："戏言而已，本王岂会当真？眼下要紧的是南赣，咱们还是小瞧王阳明了，横水居然被他攻破了。"

刘养正思忖道："剩下的蓝天凤和陈曰能皆不足道，池仲容倒是可以大力支持。"

李士实忍无可忍道："南赣的事，还请王爷不要再掺和了！"

朱宸濠和刘养正一惊。

李士实稳定了一下情绪，道："异色龙笺都请了下来，世子有极大可能成为皇储，此时不宜引火烧身啊！"

刘养正冷笑道："皇储？这中间的变数多了去了。再说，南赣越乱，对咱们越有利，王爷可以名正言顺地向朝廷申请，增加王府卫兵。"

李士实阴阳怪气道："哼！小心玩火自焚！"

刘养正道："你——"

下人入内，道："王爷。"

朱宸濠道："什么事？"

"凌十一的人求见。凌十一好像被巡抚衙门给抓了。"

朱宸濠惊道："什么？"

官军在桶冈附近驻扎下来。

王阳明、伍文定、余恩、邹守益和欧阳德骑马来到山下。只见桶冈宛若一口倒扣的铁桶，四面都是青灰色的石崖，崖壁光滑。

不知什么人用了什么办法，硬是在石头缝里凿出一条两人宽的小径，蜿蜒而上。很多地方近乎九十度垂直，还有很多地方路都断了，用木桩搭一段栈道。

王阳明感慨道："好一座鬼斧神工的叛军老巢！欧阳德。"

欧阳德道："先生。"

"这样的路，就算是叛军也不好走吧？"

"眼前这条叫'锁匙龙'，有两处断崖绝壁，靠木梯上下，俗称'神仙梯'。叛军在山下抢了东西，身手再好，到了神仙梯也送不上去，只能用绳索吊上山。"

众人沉默。

王阳明道："那还有别的路吗？"

欧阳德点头道："有。茶坑、十八磊、葫芦洞、新地，都跟这差不多。新地的路能好些，可最为偏远，守军也最多，反而成了最难攻破的。"

余恩提议道："都堂，不如调杨璋和顾应祥部前来会攻？"

王阳明道："徒费粮饷。他们来了，就有办法吗？"

欧阳德道："先生所言极是。前年湖广官军来了几万人，在这围了三个月，一个人都没上去，一个叛军都没杀死，反倒把附近的老百姓抢了个精光。"

王阳明缓缓道："招抚。"

众人一惊，齐齐望向王阳明。

王阳明道："我给蓝天凤写信，你们派人用长弓射到山上去。"

伍文定嘀咕："要是肯降，上回告谕叛军老巢时就降了。"

王阳明道："此一时，彼一时。一山不容二虎。"

伍文定凝思道："都堂的意思是，让谢志珊和蓝天凤窝里斗？"

王阳明笑道："当年曹操用郭嘉之计，故意放任袁氏兄弟，结果袁谭、袁尚骨肉相残。此二人也一样，逼紧了只会让他们同仇敌忾，不如分而治之。"

山寨议事厅，蓝天凤看信。

独眼龙道："怎么说？"

蓝天凤道："三日之内弃寨归顺，既往不咎，还有封赏。否则，格杀勿论。"

独眼龙变色，梁万伦不屑一顾。

独眼龙试探道："听说龙南的黄金巢和郑志高接受招安后领了一大笔钱去做买卖，过得也挺滋润。"

谢志珊与萧贵模入内，蓝天凤赶紧将信收了起来，被萧贵模察觉。

谢志珊径直入座，道："不愧是奇绝天险！但是兄弟，新地那边的守兵士气不行啊，别最后成了木桶上的短板。"

蓝天凤的脸上掠过一丝不快，道："大哥多虑了。桶冈不是木桶，是铁桶。"

南昌藩邸，朱宸濠摆了一桌丰盛的晚宴。

刘养正入内，摇头道："不来。"

朱宸濠失落道："他没说什么？"

刘养正道："说了。"

娄素珍走到门口，止步倾听。

刘养正缓缓道："古今重道义，所重非生死。"

朱宸濠叹气道："这是要跟本王对抗到底啊。"

刘养正不满道："江西上下，除了李梦阳装疯卖傻，就属胡世宁跟咱们不对付。凌十一的事，多少年了，都司没管，臬司没管，他一上任就亟不可待地抓人，分明是冲您来的。依我看，不如——"做了个抹脖子的手势。

朱宸濠迟疑，娄素珍皱眉。

桶冈山寨，谢志珊关起门来同萧贵模商议。

谢志珊忧虑道："这两日蓝天凤不对劲啊。"

萧贵模直言道："此人地痞出身，靠不住。"

话音刚落，一个下属入内，递上一封信，道："大王，官军射上来的。"

只见信封上写着"蓝天凤亲启"。

谢志珊还给下属，道："不认字儿吗？这是给蓝寨主的。"

"哦。"下属转身欲走。

萧贵模道："慢着！"

下属停步，手中的信被萧贵模夺去撕开。

谢志珊急道："你干什么！"

萧贵模快速浏览，色变道："蓝天凤瞒着咱们，跟王阳明交涉投诚之事。"

谢志珊一把抢过信，看完后缓缓放下，故作轻松道："还没谈妥。"

"等谈妥就晚了！到时候你我的脑袋，都是他的投名状！"

"那你的意思是？"

萧贵模凝重道："反水。"

谢志珊想了想，道："先探探口风吧，毕竟在人家地盘上。除非他实在油盐不进，不肯与我携手对抗官军。"

议事厅，蓝天凤踱来踱去。

独眼龙提醒道："明儿个就是三日之限了。"

梁万伦挥拳道："那又怎样？跟谢志珊联手，干掉王阳明易如反掌！"

蓝天凤斥道："激动啥？干掉他有屁用！你从灭三族的罪变成了灭九族而已。咱当初上山是为了求财，不是求死。"

独眼龙道："对！他谢志珊爱当亡命徒自己当去，别拉咱们垫背。"

梁万伦不满。

蓝天凤分析道："为今之患，不在外，而在内。桶冈眼下一共五千人，谢志珊的残部就有两千。万一他对我动手，来个鸠占鹊巢，怎么办？"

独眼龙低声道："不如摆个鸿门宴，先下手为强。有了谢志珊的项上人头，就有了跟官军谈判的筹码。"

梁万伦立即道："我不同意！"

蓝天凤思忖道："先设宴吧，看看他怎么个意思。"

夜晚，电闪雷鸣，天降暴雨。

王阳明忧心忡忡地走到帅帐门口，差点跟急入的邹守益撞个满怀。

邹守益气喘吁吁道："伍知府、余将军都准备好了，等您训示。"

王阳明平静道："没什么可说的。再跟他们强调一遍，杀降者斩。"

"是。"

王阳明望向门外，一脸不忍。

夜宴。

蓝天凤、谢志珊、萧贵模、梁万伦、独眼龙在座，各怀鬼胎，气氛尴尬。

萧贵模警觉地看了看蓝天凤的卫兵，独眼龙紧张地瞧了瞧谢志珊的侍卫。

蓝天凤举杯道："我说两句——"

喽啰入内，抱拳道："寨主，山下有个自称邹守益的，带着招安物资，说奉了王阳明之命，来见征南王。"

众人蒙了，空气里都是剑拔弩张的味道。

独眼龙率先发难道："谢志珊！寨主待你不薄，你竟敢串通官军出卖我们！"

萧贵模扬了扬信，道："到底是谁出卖谁？"

独眼龙扑过去抢信，萧贵模避开，道："还不动手？"

侍卫一拥而上。

独眼龙急道："保护寨主！"

卫兵们纷纷抽刀，双方厮杀起来。

谢志珊目不转睛地盯着怒容满面的蓝天凤。

新地。

连天大雨中，灰茫茫的羊肠小道上，一支伤病队伍缓慢地行进着，哼哼唧唧，骂声不休。

忽然，雨幕中传出一声断喝："站住！什么人？"

伤病队首领道："横水来的。我家大王可上了桶冈？"

不远处是一道青石条垒起来的关隘，上面开了一扇只容两人并肩通过的小门。

叛军甲小声道：“不会有诈吧？”

叛军乙道：“应该不会，官军从来就没到过新地。而且我听山上的人说，那个王阳明好像要招安咱们。”

“好，我去开门。”叛军甲冒雨走去，道：“征南王都到了好几天了，你们怎么才来？”

伤病队首领走近，抱怨道：“他娘的，满山遍野全是官兵！东躲西藏，好不容易逃出来！”言毕，转身道：“弟兄们，快，进了寨子就有酒肉吃了！”

身披蓑衣的伤病队鱼贯而入。

见最后一人也已进入，伤病队首领突然扔了蓑笠。一道闪电划过夜空，伤病队首领的脸显现出来，竟是伍文定。

伍文定高喊：“动手！”

伤病队队员从蓑衣里亮出明晃晃的刀，叛军甲吓傻了，大叫道：“有——”

当场毙命。

叛军从四座平房里冲了出来，皆被官军砍杀。

伍文定进屋，抓起桌上的一个酒坛，扔到床铺上。再一脚把炭盆踢翻，床铺立时烧了起来。

伍文定出屋，大声道：“都点着，报信！”

山顶，两方叛军在雨中死斗，梁万伦护着蓝天凤逃跑，迎面撞见一群谢志珊的部下。

“寨主快走！”梁万伦同众叛军交手，蓝天凤脱逃。

然而没跑几步，他就撞上了硬物，腹部一凉。低头一看，肚子已被刀刺穿。再一抬头，只见萧贵模正凶狠地看着自己。

萧贵模手刃了蓝天凤，将其脑袋割下，提着跳到一辆板车上，高声道：“桶冈的弟兄听着！蓝天凤背信弃义，勾结官府，已被我杀了。以后大伙跟着征南王，有肉吃，有酒喝！谁若不服，就过来和我萧贵模单挑！”

众叛军相继罢手，梁万伦惊怒交加，夺路而逃。

独眼龙带着五六个叛军气喘吁吁地逃命，遭遇正在上山的伍文定部，跪下投降。

谢志珊站在议事厅训话：“还是那句话，大青藤长在石头缝里——紧紧盘住。只要咱们风来不动雨来不摇，官府就拿桶冈没辙。”

下属急入，道：“大王，官兵杀上来了！”

众人慌乱。

谢志珊脸一沉，提刀便出，萧贵模紧随其后。

雨夜里，官匪大战，“王都堂有令，缴械不杀”的声音此起彼伏。越来越多的人选择投降，谢志珊和萧贵模却以一当十，杀得官兵不敢近前。

伍文定与余恩对视了一眼，分别带人冲了上去。

谢萧二人杀红了眼，面目狰狞，满脸血渍……

朝阳给桶冈染上了一层金光。池仲安指挥手下打扫尸体枕藉的战场，胆寒不已。

王阳明在邹守益和欧阳德的陪同下进入山寨，一言不发。

经过一处山壁时，只见萧贵模直挺挺地靠着石壁，身上插满了刀箭，怒目圆睁，已死去多时。王阳明嘴角抽搐，不忍多看，走到寨子中央，环顾四周，突然猛烈地咳嗽起来。

邹守益担忧道："先生？"

王阳明摆了摆手，在一旁的大石上坐下。

"都堂。"

王阳明望去，只见伍文定带着双手被锁链反绑的谢志珊走到近前。

王阳明冷冷道："这就是你想要的结果？"

谢志珊面无表情道："成王败寇，没什么好说的。"

王阳明扬了扬手，示意带走。

官道上，军队行进，道旁的村庄满目疮痍，十室九空。

马背上的王阳明注意到一个衣衫褴褛的小女孩儿正在一面断壁上画圆圈，于是下马。伍文定等人方欲跟随，被他制止。

王阳明走了过去，静静观看。小女孩儿扭头瞧了瞧他，继续作画。

王阳明好奇道："你在画什么？"

小女孩儿反问道："为什么大人都喜欢说谎？娘明明已经很饿了，还说不饿，把饼让给我吃。"

王阳明一愣，小女孩儿转身，道："叔叔你饿吗？你看，我画了好多饼，上面还有芝麻。"

王阳明道："你娘呢？"

小女孩儿黯然道："村长说，她去了很远很远的地方，要带好多好多饼回来。"

王阳明摸了摸她的脑袋，走回队伍，从马背上的行囊里取出两个炊饼。这时，欧阳德带着一个老翁过来，介绍道："先生，村长。"

"见过大人。"村长欲跪，王阳明将其扶住，道："那个孩子，怎么回事？"

村长看了看小女孩儿，无奈道："唉，作孽啊。家里穷，男人上山做了匪，被官兵剿了。女人把剩下的一点吃的都给了她，结果自己饿死了。她找不见娘，来问我。我能说啥？只能对她说你娘到别的地方给你买饼去了。她信以为真，就天天在这等。"

众人动容，王阳明满脸怆然……

野外的一间农舍，一个农妇端出一碗白米饭，搁在院里的桌上，返回屋子。

满脸血污的梁万伦从篱笆下探出脑袋，一个箭步冲到桌旁，狼吞虎咽地吃完饭，迅速撤离……

王阳明凯旋而归，冀元亨和王畿也带回了捷报。巡抚衙门书房，两个弟子志得意满。

王阳明表扬道："打得不错。"

冀元亨与王畿相视一笑。

王阳明话锋一转道："但也损失惨重。"

二人表情尴尬。

王阳明严肃道："用兵好比做买卖，要精打细算。生意亏了，不过赔钱而已。打仗可就不是闹着玩了，一念之差，多少人命。"

衙门回廊，池仲安和手下潘六远远瞧见赵日天坐在院子里的一张桌子后面，指挥衙役给归顺的叛军发放遣散费。

潘六嘀咕道："与其死在桶冈上，还不如这样……"

池仲安叹服道："剿、抚都不含糊。潘六，学着点吧！"

潘六忧虑道："只剩咱三浰了，也不知大王是何打算。"

池仲安皱眉道："年关将至，王兄让我先回广东——是时候摊牌了。"

赣州大牢。

牢门打开，只见谢志珊戴着手铐脚镣，双目紧闭，昂首而立。

王阳明道："你们先下去吧。"

邢珣和狱卒离开，牢门"哐"的一声关上，谢志珊缓缓睁眼。

王阳明缓缓道："你有胆识，有功名，当年在福建也是条好汉。为何一心做贼，害死那么多无辜之人？"

谢志珊冷笑道："打家劫舍的叫贼，那贪赃枉法、鱼肉百姓的叫什么？这世道，为善的受贫穷更命短，造恶的享富贵又寿延。要么当狼，要么做羊。"

"所以，不想被吃就只能当狼，当更恶的狼？"

"没错。"

"各有各的委屈，都被逼成了狼，狼吃谁去？"

"不劳你操心，这个世界从来如此。狼吃羊，羊吃草。要么吃人，要么被吃。"

"我承认，你说的八九不离十。"

谢志珊一愣。

王阳明续道："只是草吃光了羊就得死，羊死了狼也活不成。到头来，谁都没有出路。"

谢志珊不屑道："呵呵，那就不是我要考虑的了。"

“那我问你，为什么宁可做羊做狼，也不愿当一回人？当一回堂堂正正、有良知的人？”

“哼！”

“羊埋头吃草，见人便跪；狼欺软怕硬，伤天害理。这样过一辈子，就有意思吗？”

谢志珊沉默不语。

王阳明正色道：“朝廷有朝廷的错。当初在漳州反抗盐法，我是站在你们那边的。可你扪心自问，走到今日，是不是早就忘记了为什么出发？到底是救的人多，还是害的人多？是不平则鸣，还是逞一己之私？”

谢志珊动容。

王阳明恳切道：“的确，食色性也，牲畜都有私欲，不然也活不下去。可人之所以是人，在于还有欲望以外的东西。你好好想想吧。”

谢志珊陷入沉思。

第四十五章　山贼心贼

王阳明率邢珣等人给池仲安送行，赵日天带着押运队候在不远处。

池仲安下跪，众叛军也一并跪下。

“大人恩重如山，罪民无以为报。”池仲安叩首。

王阳明将之扶起，道：“实不相瞒，他们都劝我不要放你回去。你知道吗，有人说你大哥还在三浰招兵。”

池仲安故作惊讶道：“竟有此事？”

王阳明点头道：“你回去问问他，既已答应归顺，招兵做什么？若不想归顺，当初又何必派你来，这不是羊入虎口吗？”

池仲安大窘道：“这里面肯定有误会……”

“但愿如此。那些年货，我让赵主簿押运，随你送到三浰。”

“多谢大人！”

南昌藩邸。

一大桌珍馐，席间却只有朱宸濠、唐伯虎和刘养正三人。

朱宸濠指着一盘菜道：“这是江西名菜，烹时不用汤水，只需一杯猪油、一杯酱油和一杯米酒，故曰‘三杯鸡’。先生尝尝。”说着，替唐伯虎夹了一块，感慨道：“哎呀，咱们得有十多年没见了吧？”言毕，看了看刘养正。

刘养正道：“整整二十年。”

朱宸濠唏嘘道：“人生有几个二十年？不容易啊。”

唐伯虎笑道：“殿下还是容光焕发，唐某已成老头子喽。”

朱宸濠打趣道：“老头子？那也是春闺梦里人，越老越风流，多少千金大小姐欲见一面而不可得。啊？哈哈哈哈！”说着，举杯畅饮，欢快道：“早就想把先生接到府中，谈诗论画。又怕你习惯了自由自在，不忍搅扰。”

唐伯虎微微一笑，道：“唐某戴罪之身，殿下高看了。”

刘养正插言道：“先生不必过谦，王爷生平最敬佩之人就是您。”

唐伯虎想了想，道：“既蒙错爱，那唐某就斗胆请教请教。”

朱宸濠坐直了道：“洗耳恭听。”

唐伯虎问道：“殿下以为，天下什么最重？”

朱宸濠斩钉截铁道：“民贵君轻，民为重。”

“既如此，假若江南有变，致使生灵涂炭，还算不算‘以民为重’？”

“生灵涂炭不是一年两年了。大明有流民三百万，或饿死街头，或沦落为盗。先生素怀鲲鹏之志，就没想过做番事业，解黎民于倒悬吗？”

“唐某不才，但尚有自知之明，不敢为了一己之野心，拿天下去赌。”

朱宸濠色变，夏柔急入，道：“殿下！”

朱宸濠不快道：“什么事？”

“王妃不见了。”

众人均是一惊。

向唐伯虎致歉后，朱宸濠快步回到卧房。

夏柔絮絮叨叨：“里里外外都不见人，只留下那首诗，应该是给殿下的。”

朱宸濠拿起桌上的纸，念道：“闲云潭影日悠悠，物换星移几度秋。阁中帝子今何在？槛外长江空自流。”言讫，凝神望向门外……

巡抚衙门。

王阳明缓缓放下信，眉头紧锁，半晌无语。

王畿忍不住道：“师父，杨璋说什么？”

王阳明起身道：“他抄了谢志珊的老家，抄出上万张盐引。”

王畿吐了吐舌头，道：“啧啧啧，这得值多少钱！不愧是巨寇，真能抢。”

王阳明摇头道：“谢志珊的爹是在纲的盐商，不过因为死得早，没什么人知道罢了。”

王畿奇道：“哎？那他可以名正言顺地当个大盐商坐收渔人之利呀，为什么要跟詹师富他们闹事，反对张彩查禁私盐？这不是自己割自己的肉吗？”

王阳明不语。

“先生！”邹守益慌乱跑入。

王阳明道：“什么事？”

邹守益神色凝重道：“谢志珊咬舌自尽了！”

赣州大牢，王阳明在王畿、冀元亨、邹守益和邢珣的陪同下快步走到谢志珊的牢房前，只见门已打开，狱卒垂首站在一旁。

谢志珊瘫坐在墙边，耷拉着脑袋，已死去多时。

墙上题着一首血诗。

邢珣念道：“来生若遂凌云志，敢笑黄巢不丈夫？”

王阳明缓缓走到谢志珊跟前蹲下，替他合上双眼，久久无语，最后叹息道：“破山中贼易，破心中贼难。”

众人无不动容。

朱宸濠登上滕王阁的顶层，发现空无一人。当中的桌上放着一张纸，上面画了个樵夫，题名《采樵图》，侧有一诗。

朱宸濠念道：“妇唤夫兮夫转听，采樵须是担头轻。”

“昨宵雨过苍苔滑，莫向苍苔险处行。”

朱宸濠闻声回身，只见娄素珍端着一个托盘款款走近，盘中放着酒壶和酒杯。

娄素珍道：“夫君请坐。”

二人落座，娄素珍倒好酒，望着窗外道：“一窗风月，十里江流，滕王李元婴真会选地方。”

朱宸濠接过她递来的酒杯，默默无语。

“可惜他太不懂得和光同尘了，先是被唐太宗贬到南昌，又被唐高宗贬到阆中。只留下王勃的一句感叹——阁中帝子今何在？槛外长江空自流。”言罢，娄素珍与朱宸濠碰杯，两人目光交错。

娄素珍旁敲侧击道：“夫君锦衣玉食，享用非常。若能循理奉法，则可世世代代永保富贵。”

朱宸濠不以为然道：“君临天下，玉食万方，才叫富贵。禁令缠身，束手束脚，形同阶下之囚，有何富贵可言？”

娄素珍摇头道：“天子宵衣旰食，劳心焦思，内忧百姓，外愁四夷。太祖有诗为证——百僚未起朕先起，百僚已睡朕未睡。不如江南富足翁，日高丈五犹披被。而藩王，有丰享之俸，无政事之劳，又何必贪恋那虚妄的九五之尊？”

朱宸濠叹了口气，起身走到栏杆旁，道：“你是最懂我的人，可你毕竟不是男人。”

娄素珍疑惑地望着他。

朱宸濠转身，道：“他王阳明建功立业，彪炳史册，我却只能混吃等死，在玉牒上留下一个无足轻重的名字。凭什么？！”

娄素珍沉默。

朱宸濠快步走近，双手摁住她的肩膀，道：“我要让你知道，让天下人知道，只有我，才能救大明！”

娄素珍起身，抚摩他的脸庞道：“你不用证明。在我心中，你就是最好的。”

朱宸濠一把搂住妻子，娄素珍的眼里混杂着感动和担忧……

南赣巡抚衙门的外墙上贴了一张告示。

一百姓念道：“南赣九府战乱已平，三浰新民亦诚心归化，地方自此无虞。民久劳苦，宜暂休为乐。各县乡兵，使归务农。一体官民，共迎新年。”

衙门书房，王阳明撰写奏疏：“今赖朝廷威德，荡平贼巢。若不乘此机会，复建县治以扼其要，将来之事，断未可知。”

“都堂！”

伍文定入内，身后跟着邢珣。

王阳明抬头。

伍文定激动道：“那池仲容分明没想归顺，现在就解散乡兵——这，这也太托大了。”

王阳明沉静道：“南赣乱了这么些年，好不容易太平日子就在眼前，不能再死人了。”

“那也得池仲容不偷奸耍滑才行啊。”

“我用我的诚，唤醒他的诚，奸猾便可不攻自破。”

“可要是他冥顽不灵，继续使诈呢？”

王阳明起身走到门口，道：“龙川和赣州卫的兵，足矣。”

三浰叛军巢穴，寨中蜈蚣旗招展。

四个差役和叛军一块，将货物卸车。池仲容带龚福全、高飞甲迎接池仲安、赵日天一行。

赵日天将一张质地考究的大纸交给池仲容，道：“这是来年的新皇历，王都堂让我交给池寨主，以示朝廷不忘归化之民的心意。”

池仲容开怀道：“山中无日月，寒尽不知年。王大人对咱们真是体贴入微啊，哈哈哈哈。”

池仲安和龚福全赔笑，高飞甲面若冰霜。

夜里，池仲容与弟弟促膝长谈，问道：“这个王阳明，真有你说的那么神？”

池仲安点了点头，道：“而且诚意拳拳，刚刚宣布解散乡兵。大哥，要不咱们——降了吧？”

池仲容起身道：“宁王的人昨日来过，又送了我一批军火。”

池仲安凝思道：“他这算盘打得好啊。自己躲在幕后，让别人当挡箭牌。”

池仲容道：“我再想想吧。”

池仲安忧道：“现在安民告示贴得到处都是，所有人皆知三浰要降。留给咱们的时间不多了。”

池仲容望着门外，细细思量。

龚福全带人急入，道：“大王，出事了！”

池仲容道：“怎么了？”

龚福全道：“高飞甲把那赵日天给杀了！”

池仲安震惊起身。

高飞甲提着赵日天的人头，左右示意。叛军举着火把，把那四个惊慌的差役团团围住，嬉笑怪叫。

池仲容、池仲安和龚福全走来，身后跟着一帮叛军。

池仲容断喝：“拿下！”

高飞甲被一拥而上的叛军绑缚到池仲容身前跪下，池仲容一脚将之踹翻，道：“你想害死大伙嘛！”

高飞甲梗着脖子道：“我想让大王清醒清醒，不要上王阳明的当！这里哪个人不是被官府逼得走投无路才落草为寇的，现在要当顺民了，对得起死去的弟兄吗？”

众叛军动容。

池仲容冷笑道：“少给我装腔作势！你才到三浰几天，有资格说这样的话吗？你就是想给高快马报仇！”

高飞甲一惊。

池仲容续道：“据我所知，这个赵日天给九连山当过眼线，最后却出卖了高快马。”

众叛军交头接耳。

池仲容大手一挥，道：“斩了！”

高飞甲急道：“大王！”

池仲容转身离去。

龚福全对左右道：“还愣着干什么？”

高飞甲被叛军拖走，挣扎道：“池仲容，我操你大爷……”

池仲容回到议事厅，转身对池仲安道：“你安抚安抚那四个差役，明日一早，带队去赣州，一者赔罪，二者还礼。记得把赵日天和高飞甲的首级带上。”

“是。”池仲安转身出门。

龚福全试探道：“大王该不会真的打算归顺吧？”

池仲容笑道：“你们呀，非黑即白，这个样子怎么跟王阳明斗呢？”

龚福全不解。

池仲容解释道：“高飞甲胆大妄为，自作主张，没有今日之事，我也留不得他。当务之急是稳住王阳明，暗中招兵买马。最好能拖到他离任，皆大欢喜。”

龚福全点头道：“大王英明。只是王阳明若再以归降之期逼问，如何应对？”

池仲容微笑道：“我已帮池仲安想好了一套说辞。”

三日后。

王阳明放下信，欣喜道：“朝廷同意了，在漳州和横水设平和、崇义二县。”

伍文定、邢珣、王畿和冀元亨相视而笑。

伍文定高兴道：“往年剿匪，都是平乱。都堂此举，可谓平定。”

邢珣叹道：“是啊，县治不立，剿而复聚，百姓永无宁日。”

邹守益入内，交给王阳明一封信，道：“龙川送来的。”

王阳明拆信，刚看了两行，神色大变……

王阳明快步走入正堂，只见池仲安带着四个喽啰跪在地上，身旁放着两个被血渗透的布囊。

王阳明怒道：“池仲容想干什么！本院仁至义尽，他竟然斩杀朝廷命官！”

池仲安磕头道：“大人息怒，完全是场误会，不然他也不敢派罪民来赣州说明情况。”

伍文定鄙薄地“哼”了一声，邢珣、王畿、冀元亨无不气愤。

“好，本院就听你辩解。若不是误会，我必兴兵痛剿！”

“谢大人。”池仲安解开一个布囊，道：“三浰分浰头、浰中和浰尾，杀害赵主簿的是浰尾首领高飞甲，目的是给其兄高快马报仇。我大哥知道时已经晚了，当场处决了高飞甲。”

王阳明不语。

池仲安续道：“几位官差都曾亲眼目睹，大人不信可以问问他们。”

王阳明瞧了瞧门口立着的四个差役，只见四人默默点头，便道：“此事交由邢知府核查。”

邢珣道：“是。”

王阳明落座，道：“池仲容打算什么时候来降啊？”

池仲安犯难道:“大人也看到了,大小头目,各有各的想法,一味强来,只怕——”

王阳明不满道：“告示都贴出去了，他迟迟不来，这是让本院失信于民啊。”

池仲安叩首道：“大人明察，让官府失信于民的是卢珂！”

王阳明暗自冷笑，道：“此话怎讲？”

池仲安转身，对其中一个喽啰道：“叫乡亲们进来。”

喽啰起身出，不一会带进来十个年龄各异、衣衫褴褛的老百姓。他们跪在池仲安身旁，一边磕头一边念念有词道：“大人为民做主啊。”

王阳明不动声色道：“各位父老乡亲，有何冤情，从实讲来。”

一个老翁陈情道：“小民是龙川县新合岭的。上个月刚收了晚稻，卢珂的部下就进村抢劫，烧了我们十几间房。最可恨的，是把我未出阁的小女儿给糟蹋了，呜呜呜……”

王阳明皱眉。

一个中年大汉哭诉道：“小民是龙川县马头寨的。半个月前，儿子娶亲，摆了十桌酒席，结果卢珂的手下经过，不由分说，一通打砸，把一对刚拜完堂的新人给杀了，好惨哪！大人，快将这魔头绳之以法吧！”

众百姓哭天抢地，伍文定与邢珣面面相觑。

王阳明佯怒：“没想到卢珂降而复叛，竟是个首鼠两端的人。你们先住下，本院这就传他来赣州。”

众百姓磕头道："谢大人。"

池仲安暗自得意，伍文定怒容满面……

回到书房，伍文定再也忍不住，道："都堂——"

王阳明落座，道："你听过卢珂说话吗？"

伍文定一愣。

王阳明续道："那几个百姓的确是龙川口音。池仲安这回有备而来，卢珂要受委屈了。"

邹守益走入，递给王阳明一本册子，道："先生，邸报。"

王阳明刚翻了两页，眉头便蹙了起来。

伍文定试探道："都堂？"

王阳明放下邸报，沉重道："江西巡抚胡世宁醉酒而亡。"

众人震惊。

藩邸校场，一支弓箭正中靶心。

"好！"刘养正从远处走来，拍手喝彩。

朱宸濠心满意足地收弓，接过下人递来的毛巾，擦了擦手，向刘养正走去，道："亏你想得出来，打着唐伯虎的旗号宴请胡世宁。"

刘养正打趣道："谁让他的面子比殿下的大呀。"

"呵呵。唐伯虎怎么样，还把自己关在房里？"

"嗯，一直念叨自己害死了胡世宁。"

朱宸濠忧心道："没什么问题吧？"

刘养正宽慰他道："殿下放心，南昌府的仵作在验尸报告上写明了，系酒食醉饱，腹胀过度，压迫心肺致死。"

三浰贼巢，池仲容放下池仲安的信。

龚福全喜形于色道："看来王阳明已经落入大王的圈套。"

池仲容起身道："言之尚早。且看他如何处置卢珂。"

龚福全自以为是道："大王无须多虑。这些狗官，都是多一事不如少一事的主儿，只求眼前安宁。他王阳明再能打，这一场场下来也疲了，求治心切，想赶紧了结此事当个太平官。咱们咬紧牙关，一定能把他耗走。"

池仲容沉思。

赣州。

卢珂在仪门外下马，匆匆走入巡抚衙门，进入正堂。

"大人。"卢珂行完礼，瞥见池仲安跪在一旁，暗自吃惊。

王阳明给冀元亨使了个眼色，冀元亨立刻道：“拿下！”

四个衙役一拥而上，把卢珂摁倒在地。

王阳明厉声道：“卢珂，龙川县的百姓告你骚扰地方，草菅人命。你有什么话要说？”

“冤枉啊大人，这些人罪民一个都不认识，必是池仲安捏词诬陷！”卢珂望向池仲安，眼含怒火。

王阳明严词道：“即便你不知情，约束不严，也难辞其咎。本院最恨残害百姓之事，来人！重责三十大板！”

卢珂惊愕，池仲安窃喜……

“噼噼啪啪”的声音响了起来，夹杂着卢珂的哀号。冀元亨、伍文定、王畿和邢珣皆是一脸不忍。

王阳明嘴角抽搐，道：“卢珂，你可知罪？”

卢珂委愤愤不平道：“不知。”

“你自归顺以来，居功自傲，纵容下属为祸一方，此罪一；我让你解散部队，你迟迟未动，给池仲容造成困扰，不敢放心来降，此罪二。”

“池仲容这个奸贼，降也是诈降！”

“池仲容遣其弟领兵报效，足见诚心向化。你不要再信口雌黄，诬陷好人了。”

卢珂冷笑道：“好人？他自知罪大恶极，国法难容，根本就不敢来赣州，更不敢与我当面对质！”

王阳明面无表情道：“好，本院便召池仲容来，让你心服口服。押下去，严加看管！”

夜里，赣州大牢传出卢珂痛苦的呻吟声。牢门突然打开，王阳明走入，在卢珂身边蹲下，满怀歉意道：“让你受苦了。”

卢珂虚弱道：“只要南赣匪患……能早日平息，这点苦，不算什么。”

王阳明难受道：“你再坚持一下，事成之日，我替你向朝廷请功。”

卢珂笑道：“能跟大人……救民于水火，比什么封赏都值。认识您，卢珂三生有幸。”

王阳明握着他的手，默默地点了点头……

三浰贼巢，池仲容走离座位，道：“这个王阳明，铁了心要招抚我啊。”

龚福全仰视道：“信上怎么说？”

池仲容看着手中的信纸，道：“卢珂被打得皮开肉绽，关在赣州大牢。王阳明居然让池仲安提醒我，说龙川的部队还没解散，不可大意。”

龚福全笑道：“呵呵，谁叫他风声放得太早，现在骑虎难下，只能求着咱们去降。”

“是啊，这不，又派了规格更高的人来拜早年了。”

“谁？”

“吉安知府伍文定。”

京城。

一骑星夜驰骋，在一座宅子前停了下来。

身穿从二品官服的孙燧下马，上前砸响门环……

王琼的书房，孙燧磕完头，起身落座，道：“舅舅别来无恙？”

王琼道：“连夜进京，有恙的是你吧？”

孙燧欲言又止。

王琼笑道：“怎么，河南布政使的差事干腻了？”

孙燧脱口而出：“我想去江西。”

王琼一愣，道：“江西？江西兵连祸结，两任巡抚一死一疯，人人避之唯恐不及。让你去，你娘还不得骂死我？”

孙燧惆怅道：“没想到胡世宁……小时候他是余姚一霸，三天两头欺负我跟王阳明。现在看来，竟是最有血性的。”

王琼提醒他道：“你再好好想想。江西之患，根子不在南赣。”

“我懂，在藩邸。”

王琼默然无语。

孙燧续道：“正因南赣有王阳明，我才必须去江西，不怕去江西。”

王琼起身走到门口，望着夜空，道：“于公于私，江西巡抚的人选，你可能是最合适的。只是，你真的下定决心了？不管发生什么事，都无怨无悔？”

孙燧坚定道：“袖手旁观，才会后悔一辈子。”

王琼眉头紧锁。

这日，晴空万里，伍文定抵达三浰。

他的身后是池仲安和一队卫兵，以及载着招安物资的车队。池仲容与龚福全在大门口恭候，伍文定下马。

双方行过礼后，寒暄着往里走去……

月光下的赣州灯火通明，年味越来越浓。

王阳明携邢珣、王畿、冀元亨、邹守益和欧阳德走在街上，只见两旁都是贴对联的大人和放鞭炮的童子。

王阳明道：“濂溪书院修复得如何？”

邢珣道：“最多再有半个月，便可完工。”

欧阳德拉住邹守益，小声嘀咕：“先生真的被池仲容给骗啦？”

邹守益疑惑不能答，王畿耳尖听见，低声道：“这你们就不懂了。我诚，则诈者亦诚矣。余将军已经暗中点好兵马，若那池仲容胶柱鼓瑟，不肯变通，便于大年初一直扑三浰，杀他们个措手不及。”

同一时间，三浰山寨。

池仲容、池仲安、龚福全和伍文定围着一张圆桌，把酒言欢。

池仲容惋惜道：“要不是高飞甲横生枝节，唉……”

伍文定宽慰他道：“池寨主勿忧，王都堂了解个中原委后还夸您深明大义呢！”

“真的？”

“当然。若有芥蒂，何必再派我来？扣住池仲安不就得了，啊？哈哈哈哈！”

众人赔笑。

伍文定敛容道：“只是，这归降的日子不能再拖了，否则王都堂也没法跟朝廷交代啊！”

池仲安偷瞧，只见池仲容与龚福全对视了一眼。

池仲容道：“安排好寨子里的事便去。浰尾眼下不稳，有人放话说要给高飞甲报仇，我不敢掉以轻心啊！”

伍文定不以为然道：“哎，只要寨主一句话，谁还敢在三浰翻天不成？今日借着酒劲，在下愿与各位推心置腹，说几句掏心窝子的话。”

“伍知府请讲。”

“王都堂久在地方，心系京师。近日，兵部右侍郎出缺，尚书王琼有意推荐他担任此职。所以才对三浰一再迁就，想尽快了结南赣之事，回京述职。”

“原来如此。”

“说句不好听的，就南赣这穷山恶水，别说王都堂，我都归心似箭，想回吉安了。”

众人大笑。

伍文定正色道：“官场上的机会稍纵即逝，有些人一辈子都等不来一个。这回要是王都堂错过了，转过年来，招安的实惠也将大打折扣啊。”

池仲容沉思……

夜已深，伍文定伶仃大醉，两个卫兵过来扶他起身。

伍文定扬手道：“干什么？再来！”

池仲容试探道：“伍知府鞍马劳顿，不如先歇着，明日咱们继续。”

伍文定看了看他，道：“你说的？一言为定！”

池仲容笑道：“寨子里的好酒多着呢，管够！”

“既如此，那好。”伍文定被卫兵扶走，出门时叽咕道：“桶冈都拿下了，还怕区区一个三浰？要不是急着升官……”

池仲容色变。

池仲安道：“大哥？”

池仲容低声道："临走前，王阳明没吩咐你什么？"

池仲安回忆道："有。王阳明对我说，如果池仲容能到赣州给几位主官拜个年，就说明是一心一意归顺朝廷。这样一来，他对兵部和地方也好有个交代。"

池仲容犹豫道："那我就走一趟？不还礼毕竟说不过去。"

龚福全自告奋勇道："王阳明这厮太狡诈，还是防着点好。要不我代大王去？"

池仲安摇头道："那还不如都不去，省得让人说咱小肚鸡肠。"

池仲容不满道："你怎么帮他们说话？"

池仲安诚恳道："我只是说句公道话。赣州城现在一个兵都没有，校场里也没有。王阳明每日跟一帮弱不禁风的书生坐而论道，最关心的事是重修一个什么书院。"

池仲容与龚福全面面相觑。

池仲安续道："再说，那卢珂日夜呼号，抹黑咱们。万一王阳明真被他蛊惑，大哥你便是降了，恐怕封赏时也没有靠前的交椅可坐了。"

池仲容目露凶光道："这个心腹大患，一日不除，一日不安！你说的在理，大丈夫能屈能伸，为了弟兄们的将来，我就会一会王阳明，面陈卢珂之罪。"

龚福全急道："大王——"

池仲容扬手打断道："不亲入虎穴，怎么知道他到底在耍什么花招。挑六十个力士与我同行。"

池仲安道："是！对了，我帮潘六在赣州大牢谋了个差事，大哥如有需要，到时可以找他。"

京城江府。

江彬端详手上的苗刀，王琼坐在一旁微笑以对。

只见烂银刀鞘上左右各镶着十五颗血红的珊瑚，凑成三朵梅花。抽刀出鞘，刀身亮如秋水，锋芒毕现。江彬把刀横托在眼前，细瞧刀刃。

"这是龙泉工，十五锻。好钢口。"说着，江彬从鬓边拔了根头发，放在刀口上吹气，发丝立刻断为两截。

江彬赞叹道："果然是把好刀。"

王琼道："别人送的，说叫苗刀。估计是从苗疆传过来的。"

江彬摇头道："苗人没有这样的手艺。此刀锋刃修长，如新生之禾苗，所以叫苗刀。这是从汉代的环首刀演变而来的，我手头也有两把，但跟它没法比。"

"不愧是行家。赠予都督，宝刀配英雄。"

江彬收刀入鞘，道："哎，我岂能夺部堂所爱？"

王琼笑道："在下不懂刀剑，搁我那就白白生锈了。都督日后用它杀敌立功，封狼居胥，也算成就了此刀的名节。"

江彬望着苗刀，眼神中露出欣喜之色，道："那——我就却之不恭了。"

王琼点头道："鄙府还有一把倭刀，下次带来给都督把玩。"

“部堂如此豪爽，本督嘴拙，倒不知该说什么了。若是有用得上的地方，尽管开口。”

“都督见外了。这些年天下不靖，兵部和五军都督府理应携手，共克时艰。”

“哈哈，那是公事，衙门里谈就是了。你来我府上，难道没有私事？”

江彬看着王琼，二人忍俊不禁。

王琼摇了摇头，道：“既然瞒不过——唉！江西巡抚出缺，被我那外甥孙燧给盯上了，专程来求我。”

江彬道：“那就内举不避亲，跟几位阁老通通气。”

王琼摆手道：“他们的话没有都督好使——江西现在乱着呢。”

江彬沉思道:“是啊,南昌愈发吊诡了。那董杰怎么说疯就疯,胡世宁说死就死？”

王琼意味深长道：“因为他们得罪了某个王爷啊。”

“部堂莫非指钱宁一天到晚向皇上夸赞的那个人？”

“呵呵。称颂官员是为了帮他升迁，称颂藩王——”

江彬色变。

王琼续道：“我估摸着那异色龙笺也是钱宁帮忙给请的。皇上一直没有子嗣，这下可好，外廷都在传，说将来会让宁王世子入嗣。”

江彬叹息道：“咱们这个锦衣卫都指挥使啊，居然给皇上引荐戏子。再容钱宁这么胡闹下去，大家一块完蛋！”

王琼挑拨道：“他没有都督赤手擒豹的本事，只好走歪门邪道。不过，要是宁王的宝押对了，完蛋的就是咱们，他会像当年刘瑾那样，一飞冲天。”

江彬忧虑道：“听你这么一说，江西还真得派个干才去，孙燧他——”

“我那外甥是棵榆木脑袋，非要身犯险境。他秉性刚正，又跟胡世宁是发小，若论既能查案，又能遏制宁王，倒是个不错的人选。”

江彬想了想,一拍桌子道:“此事包在我身上！为了苍生社稷,决不能让钱宁得逞！”

王琼微微颔首。

三浰。

池仲容和龚福全往寨门走去，身后跟着六十条精壮的汉子。远远望去，只见伍文定率官兵整装待发，同池仲安一齐看向这边。

池仲容低声道：“你是三浰最后一道屏障。”

龚福全小声道：“大王放心，我和池仲安一定帮你看好家。”

“池仲安已被王阳明迷惑，官军要是翻脸，浰头多半守不住。你把精锐都带去浰尾，严防死守。十日之内，我若没有消息传回，说明已经遇害。你要跟王阳明死磕到底，为我报仇。”

“是。”

第四十六章　宁藩野望

两排大旗迎风招展，邢珣亲率赣州各级官员迎接池仲容等，双方互相行礼。

“王都堂已恭候尊驾多时。请——”邢珣侧身做邀请的手势。

池仲容也伸出手掌，道：“请。”

二人往城门走去，谁知那六十个力士竟一动不动。

池仲容转身道：“走啊！”

还是纹丝不动，邢珣看了看伍文定，又望着池仲容，气氛尴尬。

池仲容歉然道：“大人勿怪。山里人，没见过世面，许是吓着了。”

邢珣笑而不语。

池仲容走到力士跟前，生气道：“怎么回事？”

力士甲声如洪钟道：“龚头领吩咐了，必须保护好您的安全，城外要留五十人。”

池仲容怒道：“你——”

邢珣看出他在做戏，走了过来，道：“无妨。日久见人心，王都堂的诚意，大家迟早都会明白的。”

池仲容一脸为难状，不好意思道：“让您见笑了。”

邢珣微笑道：“哪里话，人之常情。”

入城后，十个力士紧跟池仲容，随邢珣、伍文定往巡抚衙门的方向走去。

池仲容东张西望，只见城里张灯结彩，热闹非凡，有踩高跷的、跑旱船的，还有卖艺耍绝活的，把那十人看得眼花缭乱……

行至巡抚衙门，只见王畿率邹守益、欧阳德在仪门迎候。

王畿热情道：“可把池先生盼来了！在下王畿。都堂就在里面，快快有请！”

池仲容抱拳，一脸疑虑道：“我来晚了。王大人没发火吧？”

王畿道：“没有，高兴还来不及呢！”

“那就好。”池仲容指指十个保镖，道：“他们与我寸步不离——”

王畿爽快道：“一起进去吧。”

“好！”池仲容随王畿入，但见一个官员坐在厅中喝茶，抬头看了眼自己。池仲容愣了愣，快步走到近前跪下，十个力士也随之而跪。

池仲容道："三浰罪民池仲容，拜见王大人。"

王阳明有些不满道："池仲容，伍知府说你们一行六十人，怎么才这几个？"

池仲容道："山野村夫，粗鄙无礼，罪民怕他们进城后生事，惹大人不高兴，所以先让在外面候着，随时等您召唤。"

王阳明想了想，放下茶碗，走到池仲容跟前，将他扶起道："你能来，那些谣言便不攻自破了。本院可以回京交差，百姓自此安居乐业。南赣重获太平，你厥功至伟。"

"大人言重了，您才是南赣的救星，对我等恩同再造。"

"都起来吧。本院给各位准备了一点见面礼，待会拿上来分发完毕，就让王畿带你们到下榻的驿馆歇息。"

"多谢大人！"

驿馆。

池仲容等人个个手捧锦囊，在王畿的带领下穿过深邃幽静的走道。

道旁，几条合抱粗的古藤如虬龙出水，左右盘卷，延伸至庭院深处。远远听得丝竹之声，却不知从何而来。道路忽然一转，眼前出现一条回廊。廊下清泉一脉，汇而成池，硕大的锦鲤在池塘里缓缓游动。

客房的门全部敞开着，里面的陈设异常豪华，池仲容的手下啧啧称奇。

王畿道："池先生的房间在二楼，我带您上去。"

池仲容道："有劳。"

二人上楼，走到尽头。王畿推开门，一间宽大的屋子出现在眼前。但见四壁都是两人高的花梨木书架，上面排满了书。正中一张大案，摆着金狮镇纸、白玉墨盒以及楠木雕龙的笔筒，各色毛笔插得跟树林似的。

再往里看，是被珠帘挡住的寝室。虽影影绰绰，亦依稀可见其繁华。

王畿道："您先歇着，有什么需要随时叫我。我就在楼下。"

池仲容道："好，辛苦你了。"

"不客气。"

月上柳梢头。

池仲容辗转反侧，忽然一睁眼，似乎想到了什么……

赣州大牢。

潘六推开大门，左右张望了一下，瞧见街对面的池仲容，快步走了过去，道："大王。"

池仲容道："卢珂怎么样？"

"整日骂骂咧咧，说自己瞎了眼，错投了王阳明。"

池仲容想了想，道："盯紧他。有什么人探视，马上向我汇报。"

"是。"

次日，王畿带着邹守益、欧阳德给池仲容等人送来漂亮的新衣新鞋，看着他们换上。众人乐开了花，池仲容不苟言笑。

王畿三人陪池仲容等逛街，不时指着鳞次栉比的店铺，为他讲解。一支舞龙灯的队伍闹哄哄地走过，人群熙熙攘攘。那十个力士从未见过如此闹腾的景象，兴冲冲地挤进人群中观看。王畿注意到，他们看见美女时眼神直勾勾的，其中一人还被一女的狠狠瞪了一眼。

池仲容看在眼里，忧从中来……

三层高的八镜台依北城墙而立，雕梁画栋，雄伟壮丽。

池仲容登上顶层，只见王阳明正凭栏远望，于是走了过去。其他人都知趣地停下脚步。

"这八镜台始建于北宋，是赣州诸景之首。"王阳明回头，指着远处，向池仲容示意，道："章江贡水会流于此，莽莽荡荡，长天一色。"

池仲容深吸一口气，心旷神怡道："此等胜景，难得一见。"

王阳明趁机道："老百姓的日子不错吧？其实人生在世，不就图个平平安安，睡得踏实吗？有口饱饭吃，我相信他们也不愿意做贼。"说着，瞥了瞥那十个力士，道："眼下只要你一念向善，寨子里的弟兄，还有他们的眷属，立刻便有了安身立命之所。你应该听说过一句话，积善之家，必有余庆。"

"大人教训的是，罪民回去便将原话转告他们。"

"好。那池先生打算什么时候下山？"

池仲容愣了愣，道："还有些人没有劝服，寨子里的房屋田地带不走，也得想办法处置处置。尚需六个月吧。"

王阳明惊讶道："六个月？"

池仲容厚着脸皮道："嗯。"

王阳明失落道："也罢。后天就是年三十，让城外的弟兄们进来团个年吧。"

池仲容道："是。多谢大人体恤。"

王阳明望着池仲容那张奸诈的脸，暗自失望。

当晚，王畿把那十个力士带到烟花之所。望着红男绿女进进出出，力士们紧张而兴奋。

池仲容从远处的人群中闪出，面容冷峻。

巡抚衙门书房，王阳明正在撰写文书，敲门声响起。

王阳明道："请进。"

冀元亨走入，道：“师父，王畿把那些人带去吟月楼了。”

王阳明搁笔皱眉道：“不成体统。卢珂来了吗？”

冀元亨点头道：“嗯。”

“那个潘六——”

“已经控制起来。”

“好。”

卢珂走入，欲拜。王阳明赶紧起身，将之扶住。

卢珂道：“大人。”

王阳明关切道：“伤口还疼吗？”

“不疼，好了。”

“好全了？”

“好全了。”

“能骑马吗？”

“没问题，但凭大人吩咐。”

“好。你立即回龙川，集结本部人马，等我号令。”

卢珂抱拳道：“是！”

除夕之夜，巡抚衙门的院子里摆了十桌，六十个力士全部在席，王畿、冀元亨、邹守益和欧阳德与他们畅饮，王阳明、伍文定和邢珣陪池仲容坐在首席。

夜空中，烟花夺目，声声炮竹宣示着新年的到来。

邢珣端着酒杯起身，扫视了一圈，道：“诸位，诸位！”

现场安静下来。

邢珣续道：“请王都堂给咱们讲两句，怎么样？”

掌声和叫好声响起。

王阳明起身，环视众人，道：“今天是除夕，再过几个时辰虎年就到了。你们的弟兄，我们的袍泽，有些却无法跨年，永远留在了大家的回忆里。这杯酒，咱们一起敬他们。”

众力士动容。见王阳明将杯中酒洒在地上，也依样画瓢。

王阳明望着烟花，道：“生命至为灿烂，却一天都不可能重来，万望敬之畏之。”

众人默默无语。

王阳明笑了笑，斟满酒，举杯道：“本院拟定正月初三在祥福宫举行招安大典，事毕再带你们去各县转转，让老百姓都知道三浰新民的义举。”

池仲容起身道：“叨扰大人多时，心有不安。罪民打算参加完大典，就带他们回去。”

王阳明诚恳道：“也不差这几天。赣州的花灯是一绝，过完元宵节再走吧。”

“大人勿怪，实在是想早点回去团年。”

“你这一回，我也要返京交差，此生恐怕再难相见。这里有酒有肉，何不让大伙多享受几天？”

众力士望着池仲容，眼中满含期待。

池仲容想了想，道：“那就初四走。”

王阳明盯着他道：“初六。”

“初五。”

“好吧。你既归心似箭，我强留倒显得不近人情了。来，喝酒。”

池仲容干杯，王阳明的脸上浮现杀机……

藩邸校场，朱宸濠拿起一只船模，对着太阳细瞧。

刘养正道：“已有百余艘，全部隐蔽在鄱阳湖上的一处据点。”

朱宸濠点点头，把船模放到桌上的一个大水盆里，看着它缓缓漂走。

凌十一带着梁万伦入内，单膝跪下，道：“殿下！”

朱宸濠道：“起来吧。臬司的人没难为你吧？”

凌十一起身，道：“没有。胡世宁一死，他们就把我提走了，好吃好喝供着。这都是殿下的面子。”

朱宸濠点点头，道：“这位是？”

“之前桶冈的二当家，梁万伦。”

“哦？”朱宸濠上下打量，梁万伦抱拳道：“见过王爷。”

朱宸濠道：“你——都有什么本事啊？”

梁万伦四下看了看，走到刀架旁，眼睛依次扫过朴刀和陌刀，最后挑了把眉间刀，走到靶场前。

朱宸濠只道他要耍刀，谁知梁万伦气沉丹田，蓦地将刀掷出，正中箭靶，将之劈为两半。刘养正与朱宸濠惊骇不已，凌十一得意。

梁万伦心里清楚，这是仇恨的力量。为了报仇，他苦练臂力和准头，已今非昔比。

朱宸濠走到梁万伦跟前，诚挚道：“英雄，留下来用膳吧。”

梁万伦看了看凌十一，只见他微笑点头。

祥福宫内，观音像双目微合，笑看人间。

池仲容早已等得不耐烦，走来走去。众力士也松松垮垮，或坐或立。池仲容气呼呼道：“起来！”

席地而坐的力士赶紧起身。

王畿赔笑道：“大伙不要急，东西有点多。王都堂给你们备了一份厚礼。”

忽然，殿外传来嘈杂的声音，池仲容又紧张起来。须臾，只见二十个衙役抬着五口大箱子从观音像背后进来，最后走入的是冀元亨、邹守益、欧阳德和邢珣。箱子一字排开，箱盖依次打开，金光闪闪。池仲容定睛一瞧，竟是满满五箱金元宝。

王畿道："五人一组，上前领赏。拿到赏金的不得逗留，到殿后等待招安仪式。"

众人眼睛都直了，赶紧自觉分为十二组。

王畿道："第一组！"

五人上前，在五个箱子前站定。邢珣居中，左右分别是冀元亨、王畿、邹守益和欧阳德，每人从箱中拿出四个金元宝交给面前的力士。

力士们手捧元宝，欢天喜地地往观音像后走去。谁知刚一出殿，三个官兵便一拥而上。一个捂其嘴，一个将之捅死，还有一个把尸体拖走。金元宝坠地，沾满血渍。

如此循环往复，伍文定从远处闪出。

王畿道："最后一组！"

仅剩的五人上前领了赏金，径自离去。

池仲容满腹狐疑地看着王畿，只见他笑容满面，却不再言语。池仲容愈发不安，突然转身往殿外跑去。谁知奔至门口，一群刀斧手冲了进来，将他逼退。

池仲容大惊失色，回看邢珣，只见他一脸冷笑。池仲容大声道："来人！来人啊！"

观音像后立刻涌进一群官兵，个个手持血刀。

池仲容意识到大势已去，狞笑道："王阳明，算你狠！"

王阳明在伍文定的陪同下走入，冷冷地看着池仲容，道："金龙霸王池仲容，设官僭号，阴图不轨。比之南赣诸贼，除了剽劫掳掠，还有割据之志。本院一再忍让，盼你真心归顺，孰知你桀骜不驯，死硬到底。我若离赣，你必故态复萌。若不斩草除根，无救荼毒之惨，益养奸宄之谋。拉出去，砍了！"

刀斧手将面如死灰的池仲容拖走。

池仲容咒骂道："王阳明，你不得好死！老子做鬼也不饶你！"

斩首声传入。

王阳明悒悒不乐，突然一阵晕眩，站立不稳，被邢珣扶住。

"都堂！"

众人慌乱。

王阳明定了定神，道："没事，没事。让余恩和卢珂立刻开拔。"

夜色如墨，一支官兵队伍推着辎重来到浰头叛军的寨门前。

喽啰入内，单膝跪下道："外面有支辎重队，为首之人自称赣州卫指挥使余恩，说奉了南赣巡抚王阳明之命，来送招安物资，宣读文书。"

池仲安想了想，道："让他们进来。"

"是！"

大门缓缓打开，官兵队伍进入。

突然，马背上的余恩抽刀，直指正前方，大声道："活捉池仲安，赏银两千三！"

众兵掀开盖在辎重上的草席，取出兵器，与还没回过神的叛军打斗起来。

池仲安听见屋外“活捉池仲安，赏银两千三”的声音此起彼伏，急忙提刀出门。他放眼四望，只见官兵大开杀戒，叛军死伤惨重。池仲安气急败坏地跺了跺脚，翻身上马，一队人随他而去……

卢珂率部埋伏于山道旁，眼见池仲安进入了包围圈，用手势向左右下令。

龙川兵鼓噪而上，与池部交战。马儿受惊，池仲安跌落，仓皇逃跑，却与卢珂撞了个正着。池仲安惊惧拔刀，只三回合便被卢珂结果……

次日，浰尾的寨门外，一群叛军抬着池仲安的尸首，哭喊叫门。龚福全走到箭楼上查看，犹豫不决。

“浰头丢啦！快开门呀！”

“我等不想死啊！”

箭楼上的叛军神色不忍。

龚福全终于道：“开门！”

片刻，大门开启，两个叛军出，想要搭把手搬运池仲安的尸体。谁知两支冷箭射来，二人立毙。门外的叛军迅速作鸟兽散，余恩部和卢珂部从左右包抄而来，攻入贼寨。龚福全大怒，提刀下楼，三股人马在寨中厮杀起来。

忽然，一根吊着池仲容头颅的竹竿从寨门外支起，卢珂高声道：“你们大王已身首异处，还不投降？”

众叛军望去，斗志顿失，相继弃刀。龚福全仍不罢休，越挫越勇。余恩快步上前，与之交手。十几个回合后，龚福全死于余恩刀下……

残阳如血。

俯瞰叛军山寨，映入眼帘的全是尸体。

紫禁城，一个宦官举着奏疏在奉天殿广场上狂奔，高呼：“南赣大捷！”

朱厚照览疏，击节叫好。王琼和张永欣喜，梁储与费宏也相视一笑，只有杨廷和面无表情……

南昌，一众官员在码头等候，窃窃私语。

“怎么还不来，别是反悔了吧？”

“有可能。现如今谁还敢来江西当巡抚？布政使都在装疯！”

远处，一袭布衣的孙燧带着个下人闪出，望向码头。

下人道：“老爷，这不妥吧。”

“有何不妥？走，去衙门。”孙燧转身离去，背影隐没在路人当中。

赣州，暮霭沉沉。

邢珣走出城门，看见王畿和冀元亨，赶紧迎了上去。

冀元亨道："朝廷升师父做都察院右副都御史，这是多大的官啊？"

王畿道："正三品，你说大不大？可是跟师父的功劳比起来就——就那样吧。"

邢珣道："你们师父呢？"

冀元亨道："徐师兄的'末七'，烧纸去了。"

王畿补充道："还不让我们跟。"

邢珣问明方向，急急而去。

野外，邢珣看见王阳明坐在一张灵位前烧纸。

王阳明自言自语道："你知我最深，信我最笃。自今往后，谁能启我之昏，警我之惰？我言之，孰听之？我倡之，孰和之？我知之，孰问之？我疑之，孰思之？上天为何要如此对我？"

邢珣动容。

王阳明用衣襟拭了拭泪，起身回头。

邢珣道："都堂，宁王府来人了。"

王阳明一惊。

两炷香后，王阳明回到衙门，刘养正放下茶碗起身道："大人。"

王阳明道："请坐，刘先生。"

二人落座。

刘养正套近乎道："那年我与大人在京城天外天有过一面之缘，不知您还记不记得？"

王阳明想了想，微笑点头："十多年了，刘先生的记性令人佩服。"

刘养正笑着摇头道："实在是当日情形，令人印象太过深刻。大人舌战群英，把李梦阳他们呛得哑口无言。那是我跟王爷头一回进京，完全意想不到，大开眼界啊！"

王阳明摆手道："你说的应该是唐伯虎。李梦阳才高八斗，远在我之上。"

"哦？是吗？呵呵。不管怎么样，当年的盛事真是让人怀念啊。眼下唐伯虎在宁王府，李梦阳也在南昌，王爷仰慕大人久矣，想请您去府上讲学。此行若三位大师能够重聚，那就再好不过了！"

"王爷美意，本院感激不尽。只是我已上奏朝廷，请求致仕，上谕不日即到，此际实在不便离开赣州，还望谅解。"

刘养正皱眉道："这样啊……那大人辞官后可否来南昌？"

王阳明笑而不语。

刘养正续道："在下唐突了。不过王爷对您，那真叫心向往之，恨不能追随左右，日夜请教。"

王阳明诚恳道："实不相瞒，我祖父和父母皆已过世，家里剩下一个耄耋之年的祖母，时日无多，再不回去只怕——如果王爷确实想听我讲学，可以来绍兴。”

刘养正欲言又止。

王阳明假装恍然大悟道：“瞧我说的！王爷奉公守法，又岂会擅离封地？”

见王阳明油盐不进，刘养正只好转换话题，越聊越淡。

天色已暗，王阳明命王畿带刘养正去客房歇息。两人离开后，邢珣、伍文定和冀元亨走来。

邢珣问道：“宁王这唱的是哪一出啊？”

伍文定道：“横水和三浰的叛军山寨里有不少火器，据说都是南昌运过来的。你说他唱的哪出？”

邹守益入内，把一个大纸袋递给王阳明，道：“江西巡抚衙门来人，说他们孙抚台让把这个交给您。”

纸袋上一个字都没有，王阳明将之撕开，取出一本书，却是《文天祥集》。

王阳明皱眉，众人一愣。

邹守益小声道：“冀叔，这孙抚台是什么人啊？”

冀元亨道：“师父的故交孙燧。”

邢珣想了想，道：“都堂，下官斗胆揣测，孙大人此举只怕是担心驿传已被人监控，故不得不以书明志。近日，民间疯传，宁府的人四处收集铜钱——”

邹守益奇道：“收集铜钱做什么？”

伍文定心直口快道：“铸炮呗！”

王阳明斥道：“不要胡乱猜测！”

冀元亨忽然跪下，道：“师父身居要职，不便去见宁王。让弟子代您走一趟，摸清宁府的底细吧！”

王阳明道：“不可，太冒险了。万一有变，你如何脱身？”

冀元亨坚持道：“如果以弟子的身手都无法脱身，其他人——”

邢珣劝道：“都堂，让冀兄弟替你去也好，一来给了宁王面子，二来窥其虚实动向，说不定真能找到蛛丝马迹，防患于未然。”

王阳明想了想，道：“未雨绸缪没有错，但凡事还是该往好的方面使力。惟乾。”

冀元亨起身道：“师父。”

“张载的《西铭》还记得吗？”

冀元亨想了想，点点头。

“你随刘养正到南昌后，若宁王要你讲学，你就用《西铭》里的道理劝他。”

“是！”

王阳明又道：“伍知府。”

伍文定道：“都堂。”

“南赣的事已了，你先回吉安吧。”

“是！”

乾清宫。

香炉里的烟氤氲着，杨廷和、梁储、费宏、王琼和方献夫立于殿中。

杨廷和打破沉默道："王阳明把兵符令箭都上交了，其归隐田园之志可见一斑，何必拂逆他的意思？"

王琼道："南赣新定，贸然撤走王阳明，或有他变。"

朱厚照眼前一亮，道："或有他变？你指什么？"

王琼欲言又止，杨廷和瞥了眼他。

王琼想了想，道："流贼四散，或藏身溪洞，或北窜江西，一俟官府松懈，便即发难……"

杨廷和故意激他道："不是有孙燧在江西吗？而且，王阳明的两个弟子聂豹、薛侃，年纪轻轻，也被你举荐为安庆知府和卫指挥使，扼守长江。你——到底在担心什么？"

王琼嗫嚅道："王阳明不收徒，聂、薛二人不是他的弟子……"

朱厚照道："方献夫，杨一清告病，吏部的事你在主持。你说，王阳明该不该允其致仕？"

方献夫道："启禀陛下，残敌未尽就让王阳明走，局面只怕立马会失控。况且，一时也没有合适的递补人选。"

杨廷和道："王阳明提督四省军马，威震江南，臣恐其成尾大不掉之势，望皇上明察。"

朱厚照望着奏疏，道："朕看他不是揽功自重的人，否则捷报里也不会说'剿寇终成，实由朝廷之上明见万里，洞悉往弊，处置得宜'这样的话。再下旨挽留一回吧，不能让将士们寒了心。"

杨廷和不悦。

南昌藩邸，冀元亨跪拜道："草民冀元亨，叩见宁王。"

朱宸濠看了眼随冀元亨一同回来的刘养正，离座将之扶起，笑容可掬道："阳明先生不能前来，可惜啊！好在你是他的高足，还望知无不言，让本王也感受感受心学的魅力！"

"王爷太客气了！不才资质有限，所学尚浅，只知入门功夫，不敢妄论大道。若蒙不弃，便斗胆班门弄斧，博王爷一笑。"

"诶，冀先生是行家，何必过谦？刘养正。"

刘养正道："殿下。"

"带冀先生洗漱歇息，吩咐后厨准备晚宴。"

"是。"

王阳明和邢珣身着常服，在王畿、邹守益和欧阳德的陪同下在田间走访。

邢珣道：“朝廷的圣旨，南赣的百姓。上上下下都不希望都堂走啊。”

欧阳德道：“可不是吗？往年这么热的天，赣州城里到处都是赤膊上街的。自打您来，个个彬彬有礼，风气为之一变。”

邹守益道：“这都是《南赣乡约》的功劳，我觉得有一条特别好——父母丧葬，衣衾棺椁，但尽诚孝，视家之贫富而行。此外或大作佛事，或盛设宴乐，倾家荡产，俱于死者无益。约长应告谕约内之人，有仍蹈前非者，即视为不孝。”

王畿道：“没错。有些人生前不孝，死后却大办丧事，互相攀比，请一帮和尚道士，纯粹是做给别人看的嘛。”

王阳明道：“南赣的礼让之风，淳厚之俗业已养成。埋骨还需桑梓地，是时候陪徐爱回龙泉山了。”

众皆不语，远处传来嘈杂的人声。

王阳明走近，发现道旁一座小庙，门口围了不少人。邹守益和欧阳德开路，王阳明走了进去，但见一尊官员的塑像，下面有张牌位。

王畿念道：“天谴降魔菩萨、南赣巡抚王公之神位。哎——师父？”

邢珣做了个噤声的手势，王阳明转身离开。

王阳明莫名其妙道：“我还活着，怎么就供上香火了？”

王畿捧腹，邹守益和欧阳德亦笑。

邢珣道：“此事我略有耳闻，但还是头一回见。闽西和粤北的老百姓好多都把您当神灵供了起来，建了生祠。”

王阳明皱眉。

这时，一个老翁在像前拜完起身，面向众人道：“老朽是南康的。前一阵官军凯旋，我和乡亲们箪食壶浆，以迎王师。余恩将军喝了老朽敬的酒，却不肯跟我们进城用膳。他说王都堂有令，不许官兵打扰民间，凡过县城，禁止停留。”

众百姓啧啧称赞。

王阳明道：“老百姓如此信任官府，很难得，不能辜负了他们的期望。”

邢珣点头。

王阳明续道：“其他地方鞭长莫及先不管。传令下去，赣州境内不许再建生祠。”

邢珣道：“是。”

南昌城郊，夜色深沉。

一辆马车疾驰而过，远处跟着三骑，当中一人是蒙面的凌十一。

车内，孙燧似乎察觉到了自己被跟踪，皱眉思索……

凌十一追到一片林子里，兜兜转转，迷失方向。忽然，他发现马车稳稳当当地停在灌木丛旁，纵马过去。

谁知掀开帘子一看，人去车空……

孙燧带着小厮，在一个男子的引领下，急匆匆走向一所僻静的秘宅。

房门推开，孙燧走入，只见人群中一中年男子转身，跪拜道："草民倪宗正，拜见孙大人。"

孙燧将之扶起，沉痛道："你表哥的事，还望节哀顺变。我一定替他讨个公道。"

倪宗正握着孙燧的手，哽咽道："多谢大人。"

孙燧道："要不是你带族人到南昌府衙力争，保全了胡世宁的遗体，我也不敢夸这样的海口。"

倪宗正道："此事还得感谢李梦阳李大人。他派布政使司的卫队，一直暗中协助，从旁围护。"

"哦？"孙燧思索片刻，道："去看看吧。"

点火的声音在地窖里响起，一只火折照亮了眼前的黑暗。一名男子小心翼翼地走下木梯，身后跟着倪宗正、孙燧和他的小厮。

孙燧四望，只见地窖四面都砌着隔热的石板，正中放着一口铜棺。两名男子抬开棺盖，只见胡世宁的尸体安详地躺在里面，周遭都是冰块。

孙燧望着胡世宁，黯然神伤。

倪宗正道："大人？"

孙燧拿过小厮手上的锦囊，将之解开，但见里面装着葱、辣椒、梅子和面团。见倪宗正不解，孙燧释疑道："《洗冤录》里有个古法，叫'梅饼验尸'。来，大伙都搭把手。"

与此同时，藩邸的夜宴上，一只剁椒鱼头被朱宸濠夹起，盛到冀元亨的碗里。

朱宸濠道："看来阳明先生的学问还是劝人向善，当个有良心的人。"

冀元亨不冷不热道："不是良心，是良知。良知知是知非，当机立断，能以最快的速度做出最合理的选择。"

李士实与刘养正对视。

朱宸濠有些不快道："这么说，良知是万能的喽？"

冀元亨道："是！"

"你师父扫平南赣靠的也是良知？"

"没错。"

"那你又说良知人人生而便有，谢志珊、池仲容他们何以不能凭良知自保？"

"无论贤愚，皆有良知。只是贤者的良知如晴空之日，愚者的良知似乌云遮挡之日。叛军被私欲蒙蔽，不肯拨云见日，是自绝于良知。"

李士实插言道："孔曰成仁，孟曰取义，这些不都比'良知'二字更为究竟？"

冀元亨道："仁、义、礼、智、信是各从一个侧面来阐述天理，而良知却道尽了天理，不分古今，只此一个。好比海边的人以为太阳从海上升起，山里的人以为太阳从山后升起，其实太阳就那一个。”

凌十一入内，道：“殿下。”

朱宸濠望着他，凌十一摇了摇头。朱宸濠微微变色，被冀元亨察觉。

秘宅里，胡世宁的尸体上盖了一层白布，放满了蒸熟的梅子饼。

孙燧道：“差不多了。”

众人把梅子饼拿走，揭开白布，只见尸身上被饼覆盖之处显现出斑痕。

孙燧解释道：“这些瘀青说明死者生前曾遭钝器击打。”

倪宗正恍然大悟。

孙燧道：“胡世宁是醉酒之后被人殴打致死的。我会写一道呈文，你把它带到北京，交给兵部尚书王琼。”

倪宗正郑重地点了点头。

朝霞给紫禁城打上了一道柔光。

杨廷和、王琼立于乾清宫的殿中，朱厚照身旁的张永正在朗读奏疏。

“伏愿陛下念四省关系之大，不可委于非人；察病废枯朽之才，不宜付以重任。怜桑榆之短景，而使稍遂乌鸟之私；录犬马之微劳，而使苟延蝼蚁之息。别选贤能，委以兹任，放臣暂归田里，就医调治。倘存余喘，尚有报国之日。臣不胜感恩待罪恳切哀望之至！”

朱厚照望着王琼，道：“你看，不是朕要让他走，是人家身体确实不好，想回乡养病看祖母。”

杨廷和斜眼瞧王琼，只见他抬头道：“启禀陛下，近日福州卫的一个千户所哗变，臣请调王阳明前往平叛，事后再准其所请。”

杨廷和道：“何必如此不近人情？”

王琼道：“人情再大，大不过天理。王阳明立志成圣，‘苟利社稷，生死以之’的道理不会不懂。”

朱厚照道：“好吧，朕就最后依你一回。拟旨。”

藩邸书房，朱宸濠端坐，冀元亨手持一本《西铭》，踱来踱去道：“张载认为，天子是上天的长子，人臣是天子的管家。为臣者要畏服天子，善待子民，敬长者，抚孤幼，视天下贫苦如视手足。”

朱宸濠打哈欠。

冀元亨放下书，道：“若违此道，不尊天子，即为贼。”

朱宸濠发难道：“那请问朱棣夺了建文帝的江山，算不算贼？”

冀元亨一愣，道：“人生在世，当顺乾坤之道……”

朱宸濠起身，道：“冀先生也答不上来了吧？朱棣以下犯上，分明就是国朝最大的奸贼！”

“翻这些旧账有什么用呢？”

“正因旧账未清，所以再添新账。”

“新账？”

“四海之财已竭，百姓之心已寒，也不知当今圣上是假寐还是真的睡着了？”

“今上虽不如孝宗皇帝贤德，但毕竟是名正言顺的一国之君。他在位一日，天下便安定一日。”

“水不厌清，女不厌洁，何况天子？这一点，我同你师父应该更有共识，还是叫他来吧。”

冀元亨无语。

赣州。

王阳明走出仪门，恭送宣旨宦官。

欧阳德嘀咕道：“让先生去平一个千户所的哗变，这不是杀鸡用牛刀吗？”

邹守益道：“对啊，福建不是有杨璋吗？”

王畿笑道：“看不懂了吧？有人不想让师父走，在用‘拖字诀’。”

这时，远处传来人声。只见一名男子揪着其子的耳朵，狠命挥舞棍棒，打他屁股。

“混账东西，叫你逃学！老子今天非打死你不可！”男子下手越发地重，男孩儿撕心裂肺地哭喊。

王阳明走了过去，邢珣跟随。

男子正打得起劲，手突然被王阳明拉住。他转身一瞧，但见两个不知多大的官出现在眼前，登时吓傻，不由自主地跪了下来，并拉男孩儿同跪。

王阳明将两人扶起，看着泪眼婆娑的男孩儿，和颜悦色道：“你叫什么名字？”

男子道：“颜钧。”

王阳明道：“让他自己说。”

男子怯道：“哦，是。”

王阳明又问：“为什么逃学啊？”

颜钧道：“学堂不好玩，成天背书，动不动就打手心，没意思。还不如去河边捉泥鳅。”

男子教训道：“就知道玩，没出息！”

王阳明瞪了他一眼，男子低头止声。

王阳明道：“蒙学很关键！不打下一个好基础，越往后越难教。现在的学堂，整日背诵词章经典，学写八股时文，固然为应付科举做足了准备，但不从自家心地上勘磨出来的道理，又有几分能扎下根呢？长远来看，甚至百害而无一益。”

男子斗胆道：“那，那老爷以为该如何教？”

王阳明道：“儒门有六艺，礼、乐、射、御、书、数。除了那几本经典，更重要的是在实践中体悟，教之以歌、舞、诗以及洒扫应对，活跃其血脉，健强其筋骨，宣泄其精力，散发其郁气，把成德作为目标。”

王畿道：“学堂那些塾师哪懂？他们只会把这些当成不务正业的玩耍。”

王阳明道：“那是因为他们忘记了圣人立教的本意。古之教者，教以人伦。”

男子皱眉道：“可是，都去唱歌跳舞，那不就放羊了嘛！”

王阳明望着颜钧，道：“韩愈有言，学海无涯苦作舟。其实，成功的法门是在正确的时机坚持做了自己喜欢的事，而‘苦’恰恰说明了内心的不情愿，必难持久。童子的习性，原本乐嬉游而厌拘束，若能使之中心喜悦，则其进取之志将如草木萌发，不能自已。”

颜钧似懂非懂。

王阳明道：“此事只能春风化雨，无法一蹴而就。我先起草一份《训蒙大意》，颁行各个学堂。”

众人点头。

南昌。

冀元亨背着行李，走进一间“思孟书坊”。

老板正在算账，抬头瞧见冀元亨，停了下来。

“你的书印好了。”老板转身从里屋抱出一摞新书，交给冀元亨，只见书名是《传习录》。

冀元亨抚摩封面，满意地笑了笑，转身出门。

“等等！”

冀元亨回身。

老板道：“有个读书人，想和你聊聊这本书。”

冀元亨疑惑地看着老板，只见他道：“请随我上楼。”

冀元亨跟他来到二楼的一个房间，只见一男子正背对着他端详墙上的一幅字。老板出去将门关上，男子缓缓转身，微微一笑，却是孙燧……

赣州的学堂悉数换了教材，童子们齐声朗诵王阳明编写的儿歌：“勤读书，要孝悌。学谦恭，循礼义。学谦恭，循礼义。节饮食，戒游戏。毋说谎，毋贪利。毋任情，毋斗气。毋责人，但自治。能下人，是有志。能容人，是大器。凡做人，在心地。心地好，是良士。心地恶，是凶类。譬树果，心是蒂。蒂若坏，果必坠。”

教学方法也改头换面，塾师经常带着群童踏青、射箭、敲编钟……

巡抚衙门书房，邢珣、王畿、邹守益和欧阳德在座，冀元亨风尘仆仆，显然刚从南昌回来。

王阳明起身，道：“赣南见了晴，赣北总是阴？”

冀元亨点头道：“这首民谣，南昌的老百姓无人不知。”

“孙燧怎么说？”

“胡世宁是他杀，其弟倪宗正已进京告御状。”

众人面面相觑。

王阳明又问：“没提宁王？”

冀元亨道：“提了。他说天下的江洋大盗有一半在江西，绝大多数都和宁王府有千丝万缕的联系。朱宸濠蓄志已久，暗中网罗的武夫不下六万。此事路人皆知，唯独皇上不知，盖因江西的官员只有两种，一种上疏称赞宁王贤孝，另一种缄默不言。”

王阳明皱眉，众人凝思。

王阳明用指关节叩了叩桌案，道：“既然宁王和孙燧都盼着我去，那就走一趟吧。守益、欧阳。”

邹守益、欧阳德应声道：“先生。”

“协助邢知府守好赣州。”

“是！”

豹房。

朱厚照与江彬在院中石桌旁下棋，钱宁观战。

江彬落子，道：“将军！”

朱厚照一惊，愣愣地盯着棋盘，发现无解后，伸手悔棋。

江彬摁住他的手，笑道：“皇上，您都悔三回了。这哪里叫下棋，分明是耍赖嘛！”

朱厚照憨笑，钱宁血气上涌道：“江彬，不得无礼！”

江彬一惊撒手，离座下跪，道：“皇上恕罪！”

朱厚照道：“起来吧！钱宁你吼什么？我们在玩，多事！”

江彬重新入座，钱宁哑口无言。

朱厚照续道：“去跟钟鼓司交代一下，晚上朕要听臧贤唱曲儿，先预备着。”

“是。”钱宁转身离去。

两人摆棋，朱厚照摆“兵”，道：“你推荐的那个孙燧，写了封告状信，让胡世宁的表弟带到了北京，住在王琼府上。”

江彬警觉道：“告状信？”

朱厚照摆“马”，道：“江西的奏疏，个个都夸宁王，唯独孙燧说他残害忠良。你说朕该信谁？”

江彬道：“陛下，我是个大老粗，但有一事，自认为还算看得明白。”

朱厚照道：“你说。”

“宁王有文采，知礼仪，这都没错。可那些人整日替他歌功颂德，到底是何居心？

藩王又不是大臣，可以加官晋爵，难不成他们还想让皇上把宁王提拔到北京来？”

“朕懂他们的意思，无非是想抬宁王世子入太庙司香。”

“那应该给宁王世子唱赞歌啊！依我看，这帮人就是在讥讽陛下没有子嗣，不如宁王仁孝。”

朱厚照叹了口气，摆“帅”，道：“这些话谁教你的？”

江彬不好意思道：“什么事都瞒不过皇上，呵呵。王琼。”

“朕就知道！你什么时候有这么缜密的心思！别跟文官学那些花花肠子！”

“是。”

朱厚照皱眉道：“不过，孙燧说的要是真的，那可就麻烦了。”

第四十七章　烽火豫章

王阳明到南昌的第一站便是思孟书坊。他携冀元亨和王畿上楼，见到一袭布衣的孙燧。

孙燧激动道："伯安！"

"德成！"王阳明与之相拥。

孙燧放开王阳明，示意三人坐下。

王阳明落座，道："一晃二十年啦！"

孙燧冲王畿道："可不是？上回见你师父，他还在自家后院格竹子呢！"

冀元亨与王畿相视一笑。

孙燧道："你记不记得小时候有一次咱们去淳安，遇到一个算命先生？"

王阳明点头。

孙燧续道："我说长大了想当岳飞，你说想成圣。现在看，哪那么容易，一个宁王就——唉！"

王阳明道："你让倪宗正进京面圣，怎么说？"

"能怎么说？他是藩王，除非真的树起反旗，不然谁敢妄下定论？只好旁敲侧击，提醒皇上胡世宁之死与他有关。"

王阳明笑道："你不是早就下过定论了吗？我一路走来，听的最多的段子就是孙大人跟关系要好之人喝酒，最后总不忘来一句'不愿当藩王，甘去做盗魁，想必是当王爷的乐趣不如做贼'。"

孙燧一愣，哈哈大笑。

王阳明道："话说回来，南昌看上去很乱啊。"

孙燧皱眉道："岂止南昌。阖省官员，至少一半都成了朱宸濠的亲信！宁府还养着一帮谋士，以李士实、刘养正为首（王阳明听到"李士实"三个字，心里"咯噔"了一下）皆非等闲之辈。鄱阳湖大盗凌十一，带着手下闵廿四、吴十三四处打劫，给宁王筹饷养兵。我估计，他真要举事，几天之内便能聚集十万人马，远可直扑京师，近可攻占南京。"

王阳明愁眉深锁。

孙燧叹了口气道："我只能尽些薄力，把南昌城的兵器库里的军械全部转移，再给九江、抚州添兵，加固广信、南康的城防。好在聂豹、薛侃驻守安庆，你也来了。”

王阳明道：“我应邀明日去宁王府。龙溪、惟乾，留下来协助孙大人。”

冀元亨道：“师父！”

王阳明道：“他还没反，不会轻举妄动。有件更重要的事，需要你们去做。”

孙燧奇道：“什么事？”

王阳明道：“三军未动，粮草先行。若真有那么一天，粮草必是叛军的命门。惟乾，我让你打探宁王的屯粮之处，有眉目吗？”

冀元亨点点头。

王阳明对孙燧道：“带人一把火烧了。”

孙燧大喜道：“高！不战而屈人之兵。”

次日，朱宸濠率李士实、刘养正在王府门口迎候。

李士实道：“炎天酷暑，殿下要不进去等吧？有我们在，不失礼。”

朱宸濠摆手道：“哎，这点薄面还是要给王阳明的。”

一辆马车由远及近而来，在王府门口停下。朱宸濠迎了上去，王阳明下车，趋前作揖，道：“南赣巡抚王阳明，拜见王爷。”

“总算把你盼来了！走，进去叙旧。”朱宸濠拉着王阳明的手进门……

宾主欢宴。

朱宸濠热情道：“先生少时便跃马扬鞭，才情四射，此番剿匪更是犁庭扫穴，远近叹服，南赣百姓无不视若神明。”

王阳明谦虚道：“王爷过奖了，都是将士们的功劳，加上朝廷肯放权。”

朱宸濠举杯道：“本王没有跟先生客气，而是真心想拜你为师，学圣学。”

王阳明与他碰杯，并不接话。

刘养正帮腔道：“整个江西，谁不知道王爷尊师重道？魏良辅、唐伯虎都在王府做着自己喜欢的事，王爷俱不干涉，优待有加。”

朱宸濠道：“哎，多嘴。阳明先生是经天纬地的不世奇才，怎么能跟寻常文人相提并论？”

王阳明微微一笑，道：“王爷抬爱，铭感五内。只是在下早已不收弟子，王爷千金之躯，要拜我为师，更是愧不敢当。”

朱宸濠赶紧道：“当得，当得。宋哲宗天资颖慧，不还有程颐给他当帝师嘛！”话音刚落，便意识到这是自比宋哲宗，有些失态。

李士实与刘养正对视了一眼。

王阳明不以为意道：“在下百病交攻，即将辞官回乡，难不成您愿意舍弃王爵随我而去？”

刘养正道：“王爷从不将荣华富贵放在眼里，弃一爵位如弃敝屣。问题是今上怠政，文恬武嬉，致使权奸外挟边卒，内拥兵权，闹得四海沸腾。如果舍一王爵能让百姓重见天日，又有什么舍不得的呢？”

王阳明和李士实色变，均觉此言太过露骨，一时间气氛尴尬。

突然，娄素珍入内，身后跟着魏良辅和抱琴持剑的夏柔，王阳明一惊。

娄素珍嗔怪道：“故人来访，殿下也不跟贱妾说一声。”

朱宸濠道：“呵呵，本王疏忽了。你这是——”

“光饮酒，未免寡淡，我来舞剑助兴。”

“好！先生好大的面子啊，本王都没见过娄妃舞剑。”

王阳明缓缓起身，向娄素珍作揖。

魏良辅取琴坐下，娄素珍拿剑走到中间的一片空地。琴声一响，夏柔放开歌喉，娄素珍灵动地舞起剑来。

夏柔唱道：“争什么名和利，问什么咱共伊？一霎时转眼故人稀，渐渐地朱颜易改，看看的白发来催，提起时好伤悲。赤紧的可堪，当不住白驹过隙。”

娄素珍时不时与王阳明四目相对，两人都忆起了年少轻狂时的往事。

刘养正捕捉到这一细节。

朱宸濠琢磨歌词，脸色渐渐沉了下去。

一曲舞毕，掌声响起，娄素珍欠身行礼，道：“让各位见笑了。”

朱宸濠道：“不错！只是夏柔的唱词有些伤感，今儿个给先生接风，应该唱点喜庆的嘛。”

娄素珍道：“这首《梧叶儿》是贱妾填的，匆忙之间，的确有欠斟酌。”

朱宸濠笑道：“哈哈，好在有魏先生。此曲只应天上有啊！”

魏良辅起身垂首道：“有此佳人舞剑，本无须丝竹乱耳。”

朱宸濠端着两杯酒走到魏良辅跟前，道：“先生大家风范，本王先干为敬！”

两人干杯。

“诸位慢用，贱妾告退了。”娄素珍又看了王阳明一眼，倒退而出。

室内安静下来，刘养正看着酒杯叹气道：“国事日非，难道当今之世就没有汤武吗？”

王阳明听出话外之音，当即道：“纵然有汤武，也需要伊尹、吕尚来辅佐啊。”

“有汤武就有伊、吕！”

“有伊、吕就有伯夷、叔齐！”

李士实插言道：“可惜他们都饿死了。”

王阳明面无表情道：“但永远活在后人心里。”

空气骤然紧张起来。

朱宸濠讪笑道：“好啦。刘养正，先生是本王的贵客，你太无礼啦。还不敬酒赔罪！”

刘养正端着酒杯走到王阳明跟前，道：“语多冒犯，还望先生勿怪。”

王阳明起身碰杯，道："无妨。"

两人对视，眼含敌意……

客房的门被推开，刘养正扶着喝高了的王阳明蹒跚走入。

王阳明醉醺醺道："王府的酒，果然辛辣！"

刘养正把他放到床上，看了看，转身而出。

回廊上，娄素珍冷眼旁观。

朱宸濠和李士实到书房密商，李士实道："殿下，王阳明绝无被拉拢的可能，还是早作打算为好。"

朱宸濠不满道："怎么打算？他这么精，想必已知我与谢志珊、池仲容有所勾连。要是再和那个孙燧沆瀣一气，麻烦啊！"

刘养正推门而入，道："能用则用之，不能用则杀之。"

李士实惊道："你疯了？"

刘养正低声道："不除王阳明，日后必成大患。只是此人不比胡世宁，可以等他返回南赣，在路上动手。"

朱宸濠沉思。

门外，娄素珍走近窃听。

李士实苦口婆心道："上上下下，对王爷交口称赞。世子入太庙司香之事，眼看就要大功告成，此时横生枝节——"

朱宸濠打断道："休要再提。把宝都压在一个钱宁身上，万一他又失宠了怎么办？"

刘养正趁势道："王阳明的立场再明白不过，殿下切勿因一念之仁，铸成大错。"

朱宸濠起身，走来走去，烦躁不安，最后站定道："今晚宴会，预备刀斧手。我掷酒杯为号，先拿下再说。"

娄素珍大惊。

夜里，王阳明缓缓苏醒，坐了起来。

敲门声响起。

王阳明道："请进。"

娄素珍端着食盒推门而入，王阳明一愣。娄素珍把食盒放到桌上，道："吃点水果，醒醒酒吧。"

王阳明起身，道："多谢王妃。"

两人对望，无语凝噎。

娄素珍黯然道："一定要与他过不去吗？"

王阳明平静道："是他要同国法作对。"

娄素珍缓缓坐下，道："我若说王爷是个重情重义之人，你必不信。"

王阳明不语。

娄素珍回忆道："他母亲原本姓卓，乃建文朝户部侍郎卓敬之后。"

王阳明一愣。

娄素珍续道："当年，燕王朱棣到南京觐见，事后卓敬密奏建文帝，说燕王智虑绝人，酷类先帝。北平又是强干之地，金、元皆龙兴于此，因而建议将燕王迁至南昌，以绝祸本。建文帝说燕王是朕的骨肉至亲，你何出此言？卓敬奏对，说杨广和隋文帝不也是父子吗？建文帝不听，乃有靖难之役。朱棣登基后清算旧账，卓敬穿孝衣入见。朱棣质问其为何离间他们叔侄，卓敬说'若先帝听我劝告，你还有今日？'朱棣大怒，命人割其肉，烤熟后塞入卓敬口中，问他好不好吃？卓敬大笑说，忠臣之肉，甘美无比。最后，他惨遭凌迟，子女都发配到江西教坊司，世代为奴为娼。"

王阳明凝思。

娄素珍起身走到门前，道："王爷的母亲小时候被一个姓冯的人家从教坊司赎了出来，改名换姓。嫁入王府后，她惦记亲人，暗中去看他们，隔三岔五地接济。有一回被王爷发现，大吵了一架，才把身世和盘托出。等她去世后，王爷渐渐明白血缘是割不断的，于是悄悄地跑到教坊司，看见族人饱受欺凌。后来，王爷认识了凌十一，就让他带人劫了教坊司，把族人救出来养在一个庄园——有些事，一旦做了，就回不了头了……"

王阳明道："你还可以回头。"

娄素珍转身，摇头道："他是我的丈夫，我与他荣辱与共。他的命，就是我的命。"

王阳明呆立，娄素珍离去。他默默地打开食盒，但见里面只有一枚枣和一颗梨。

王阳明喃喃道："枣？梨？早离？"

与此同时，一座粮仓外，两个卫兵交叉着走来走去。忽然，一颗石子滚到脚边。

卫兵道："什么人？"

还没反应过来，便听见另一个卫兵发出沉闷的惨叫。他赶忙回身，一棒击来，被打晕在地。

冀元亨挥挥手，十几个黑衣人鱼贯而入。

远处，孙燧凝望……

藩邸，王阳明一脸歉意地步入酒席，道："白天不胜酒力，让王爷扫兴了。"

朱宸濠笑道："哈哈！都不许灌酒了啊，机会难得，本王要跟先生讨教讨教。请！"

四人落座。

朱宸濠愁道："先生这一走，赣省只怕又要乱了。"

王阳明故作惊讶道："王爷何出此言？"

朱宸濠皱眉道："正德七年，东乡县的王钰五纠集一万多人暴乱；正德八年，瑞州府的罗光权召集流民，攻占远近州县；正德九年，贵溪县的王浩八聚众造反，与官军交战时连营十里，声势浩大。江西流贼遍地，按下葫芦浮起瓢啊。”

王阳明道：“听说新任的江西巡抚孙燧是兵部尚书王琼的外甥，胆识过人。王爷不必多虑。”

朱宸濠道：“如果只是江西也就罢了。今上即位以来，四川的蓝廷瑞、鄢本忠，直隶的刘六、刘七，河南的杨虎、赵鐩——大明开国百余年，民变从未如此频繁。”

王阳明微微一笑，道：“所以王爷的意思是，当今天子堪比桀纣？”

朱宸濠一愣，索性道：“假扮商贾，与民争利，酗酒无度，嬖幸娼妇，还给自己胡乱取名，什么‘领吉班丹’‘大庆法王’‘锦堂老人’——这是为君之道吗？”

王阳明道：“不是。只不过兵戈一起，便无义战，受苦的还是老百姓。当年李茂贞挟持唐昭宗，朱温攻之。攻城者斥城上人‘劫天子贼’，守城者谓城下人‘夺天子贼’。是冬大雪，城中食尽，冻馁而死者不可胜数。或卧而未死，肉已为人所剮。市中鬻肉，人肉每斤一百钱，犬肉五百钱。”

朱宸濠一边把玩酒杯一边道：“难不成任由昏君在上，浊乱四海？先生不是讲良知吗？怎么在这件事上没有了是非？”

王阳明正色道：“打天下坐天下，就叫有是非吗？杀人盈野，流血漂杵，你说是为了百姓，他说是为了百姓，其实都是为了统治百姓。”

朱宸濠把酒杯握得越来越紧，李士实与刘养正对视。气氛剑拔弩张，王阳明察觉到了异样。眼看朱宸濠要把酒杯掷出，一个声音传来。

“殿下！”

朱宸濠尴尬收手，恼恨地向门口望去，只见梁万伦正杀气腾腾地望着王阳明。

王阳明暗自心惊：“他怎么会在这？”

朱宸濠道：“怎么了？”

梁万伦回过神来，道：“粮仓失火！”

火把通明，梁万伦带着十几个骑兵，等待朱宸濠调度。

朱宸濠对刘养正道：“看紧王阳明！”

刘养正应道：“是。”

朱宸濠又道：“我们走！”

梁万伦不放心地看了眼刘养正，和李士实一道策马而去……

刘养正返回酒席，发现王阳明不知去向，慌忙去寻。

宁府书房，魏良辅抚琴，唐伯虎在教娄素珍作画，夏柔和两个书童侍立一旁。

敲门声响起。

娄素珍道：“请进。”

一人推门而入，却是王阳明。

刘养正一边走一边大声指挥道："那边，快！"

三队卫兵散开，分别到不同的地方搜人。

刘养正自带一队，路过书房。但见里面亮着灯，传出琴声，于是上前敲门。

室内，两个书童正手忙脚乱地把一个大木箱里的书搬了出来，使其刚好能容王阳明藏身。

娄素珍道："谁？"

刘养正道："殿下，有人纵火，王爷担心刺客趁乱潜入，命我前来保护。"

娄素珍紧张道："辛苦了。唐伯虎在给本宫画像，没听见什么动静，你到别处看看吧。"

刘养正思虑片刻，比画了一下，卫兵分成两队，把书房包围了。

"殿下的安危最重要，我还是在这守着吧。"

魏良辅一曲抚毕，换了一曲。

娄素珍焦虑道："怎么办？"

唐伯虎皱眉道："等王爷和李士实回来，更无法脱身了。"

魏良辅忽道："你们知道这首曲子叫什么？"

唐伯虎和娄素珍转头望向他。

魏良辅续道："刘养正给我讲过一个故事，一个关于杀手的故事。"

娄素珍与唐伯虎对视。

魏良辅陷入回忆，手指不停，道："从前有个杀手，遭仇家暗算，身负重伤，蓬头垢面地倒在南昌城外的关帝庙。路人以为他是个濒死的乞丐，便把残羹冷炙施舍给他。杀手觉得这是对自己的侮辱，拒不接受。一天，一个叫明月的千金小姐路过，像正常人一样对他，给他买吃的，送他辟邪的香囊，还带他回家疗伤。明月出门请大夫时，杀手无意中在铜镜里看到自己满脸脓疮的模样，羞愧无比，偷偷离去。他记下了这份恩情，决定等自己功成名就，就回来娶明月。后来，杀手受托刺杀雇主生意场上的对头，在客栈埋伏了三天三夜，终于等到对方。他冲进房间杀了那人，却被赶回来的明月撞见，这才知道死者是明月的父亲。明月惊惧交加，晕了过去，头撞到桌角，醒来后什么都不记得了。杀手带着失去双亲的明月四处求医，花光了积蓄，还是没能治好她的失忆症。由于官府缉拿得紧，杀手又带明月逃到了云梦泽的月河村，过了三年无忧无虑的日子，结为夫妻。可惜好景不长，明月的舅舅一直带人打听她的下落，终于找到了月河村，擒获了杀手。明月被舅舅唤醒了记忆，痛不欲生，趁众人不备，在水中下药迷倒了他们，然后仰药自尽。临死前，她放了丈夫，要他发誓不得自杀殉情，否则到了黄泉也不相见。杀手痛不欲生，埋葬了妻子后隐姓埋名，回到南昌。"

王阳明道："这个杀手莫非就是刘养正？"

琴声骤歇，魏良辅起身，道："刘养正说王爷一起事，生死便难以逆料了，求我把他的故事编成一出《明月曲》，传之后世。"

娄素珍想了想，计上心头，道：“刘养正可曾向先生描述过明月的容貌？”

魏良辅点点头，道：“他非常上心，甚至画了张草图给我，做了详细的标注。”说着，从袖中摸出一张简单勾勒的画像，交给娄素珍。

娄素珍道：“若能以唐先生的丹青妙手，画一张《明月图》——”

“这有何难！”唐伯虎拿过草图，走到桌边坐下，两个书童过去备纸研磨。

室外，刘养正踱来踱去，百无聊赖。他时不时举头望月，眼神之中掠过一丝伤感。

一刻钟后，唐伯虎停笔，道：“大功告成！”

娄素珍和魏良辅凑了过去，只见一个栩栩如生、眉目含情的美女出现在眼前。魏良辅情不自禁地赞道：“妙！妙哉！”

娄素珍转身点了点头，王阳明跨进箱子。娄素珍忽道：“王阳明！”

王阳明侧目。

娄素珍柔声道：“珍重！”

“你——也多保重。”王阳明躺了进去，箱盖关上……

门开了，两个书童抬着箱子，在唐伯虎的带领下走出。

刘养正警觉地迎了上去。

唐伯虎抱拳道：“刘先生，在下要回苏州了。王爷太忙，请代我转达歉意。”

说着，递上一个卷轴。

刘养正道：“这是？”

唐伯虎道：“今日一别，不知何时才能再会。薄礼一件，送与先生，聊表心意。”

刘养正拉开卷轴，脸上浮现出惊讶的表情，思绪飞回到月河村的茅草房里。

当日，明月的舅舅和八个男丁东倒西歪地躺在地上。明月嘴角带血，躺在刘养正怀里，哀怨地望着他。

明月恨声道：“我看见爹爹死得那么惨……刘养正！你好狠的心肠，好毒的手段！你以为我忘了？我忘不了！”

刘养正泣不成声道：“对不起……你失忆了，我又难过又高兴……好不容易逃到月河村，避开那些江湖纷争，和你做对恩爱夫妻。本以为一辈子都能这么快活下去，没想到……”

明月凄然道：“恩爱夫妻？骗子，你骗得我好苦！”

刘养正痛苦道：“你可以怀疑一切，但我对你的爱绝无半点虚假！”

“那不过是一场梦罢了，如今想来，何其可笑……”明月的声音渐弱。

刘养正恸哭道：“你为什么这么傻？！”

“我就是要让你痛彻心扉。”

“何苦呢？你死了，我也不能独活。我们成亲时，发誓要同年同月同日死！”

“我不许你死，我要你活到阳寿尽时……每当想起今日，就心如刀绞……这……就是我对你最大的报复……”

“好！明月……我答应你不寻死，也不向任何人寻仇，你可满意了？”

“我就要死了，一想到你还留在世间……日夜煎熬……我……”
“你如此决绝，论及心狠，我比不上你……”
“相公。”
“你……你叫我什么？！”
“轮回井边……我会等到你，才去投胎……这一辈子，究竟是恨你多一点，还是爱你多一点……到那个时候……我再说与你听……”明月闭目。
“明月？明月！”刘养正号啕大哭……
回到现实，刘养正已是泪流满面，从怀中摸出当年明月送他的辟邪香囊。
唐伯虎早不知去向，众卫兵面面相觑。

马车疾驰，在章江门被四个卫兵拦下。
卫兵甲道：“知府大人有令，出城车辆，一律接受检查！”
唐伯虎掀起帘子，道：“放肆！我是宁王府的贵客！”
卫兵乙凑近，对卫兵甲低声道：“好像是唐伯虎。”
卫兵甲愣了愣，挥手道：“走吧！”
“慢着！”
卫兵甲抬头，只见凌十一率十骑赶来，把马车团团围住。
凌十一厉声道：“唐先生的车里该不会有什么不可告人的秘密吧？”
唐伯虎不慌不忙地下车，不卑不亢地盯着凌十一，道：“真是咄咄怪事，做贼的操起了当兵的心。”
凌十一怒道：“你——给我搜！”
众骑兵下马，聚拢过去，唐伯虎脸上掠过一丝惊慌，凌十一得意。
“我看谁敢！”
凌十一转身望去，只见一百来号官兵跑步过来，形成一个更大的包围圈，李梦阳昂首骑在马上。
李梦阳大声道：“凌十一，给你两条路。要么跟我回去吃牢饭，要么滚！”
凌十一咬牙切齿，半天才吐出一个字：“走！”
众贼离去，王阳明下车，只见气氛诡异。对唐伯虎而言，李梦阳是导致他当年下狱的罪魁，此恨绵绵无绝期；而对李梦阳来说，这么多年也一直不曾原谅王阳明。
王阳明走了过去，拱手道：“空同兄。”
李梦阳把脸扭到一边。
“走！”李梦阳率众出城而去，只留下尴尬的王阳明。
唐伯虎道：“这种小人，不必理会。”
王阳明道：“他本质不坏。”
“他还不坏？要不是他，当年我也不会含冤下狱！”唐伯虎缓了口气，道：“算了，都是陈年旧事了。你有什么打算？”

王阳明道：“我和孙燧有约，他在赣江边上等我。”

唐伯虎道：“好，我送你一程。”

一记清脆的耳光从朱门高墙的宁王府中传出。

刘养正捂着脸，羞愧不已。朱宸濠怒不可遏地盯着他，身后站着李士实、梁万伦以及一众卫兵。

朱宸濠气道：“粮草没了，王阳明和唐伯虎跑了，要你们有什么用！”

梁万伦恨恨地望着刘养正。

李士实道：“殿下息怒。此事蹊跷，恐怕另有隐情。”

朱宸濠皱眉，凌十一率众走入，单膝跪下，道：“属下无能，请王爷责罚。”

朱宸濠道：“怎么回事？”

凌十一怯声道：“我在章江门拦住了唐伯虎的马车，可惜被李梦阳带兵救走了。”

朱宸濠惊怒交加道：“什么！”

李士实赶紧道：“王阳明必走水路潜逃，现在追还来得及！”

梁万伦上前一步，道：“殿下，我去！”

朱宸濠道：“好！抓住王阳明，本王重重有赏！”

马车在江边停下，王阳明、唐伯虎下车，孙燧、王畿和冀元亨迎了上来。

孙燧道：“唐先生。”

唐伯虎道：“孙大人。”

孙燧对王阳明道：“快上船吧！”

王阳明点头道：“等福州的兵变料理完毕，再来与你会合。切忌跟宁王硬碰硬。”

孙燧点了点头。

王阳明道：“唐兄，多谢。”

唐伯虎微笑道：“有缘再见。”

王阳明抱拳，退后两步，转身上船。

豹房。

一只灵巧的手飞快地拉着二胡，琴声慷慨激昂，热血沸腾。

拉奏者是朱厚照。他闭眼皱眉，物我两忘，完全沉浸在自己的乐声之中。江彬、钱宁、张永、张忠、魏彬和谷大用环立聆听。

一曲拉毕，朱厚照累得满头大汗，睁眼舒了口气。

掌声响起。

张忠阿谀道：“不愧是《杀边乐》，如万马奔腾，似刀枪齐鸣，单论气势，已是独步古今！”

魏彬附和道：“那当然，皇上亲自谱的曲！换个没上过战场的，哪怕他是关汉卿，抓破脑袋也想不出来。”

朱厚照得意地走到桌旁，拿起一只光彩夺目的酒壶一边倒酒一边道：“这只金丝宝壶是臧贤的。”

钱宁警觉。

朱厚照续道：“朕前日到他家听曲儿，看着喜欢，就问他‘皇宫里都没有这样的宝物，你从哪弄来的’，臧贤说是宁王府的人送的。”

钱宁一惊。

朱厚照倒满七杯酒，将其中一杯端给钱宁，道：“你们说，宁王有这么好的东西，为什么不献给朕，而要给一个乐师？”

江彬瞥了眼钱宁，只见他神色慌乱。

朱厚照道：“张永，摆驾回宫。”

张永道：“晚膳这边已经安排妥了。”

朱厚照道：“你们吃吧。江西布政使李梦阳星夜来京，急着见朕。”

赣江。

王阳明走出船舱，看见冀元亨和王畿站在船尾张望。

冀元亨回头道：“师父，我让船家再快些。”

王阳明点头。

王畿烦躁道：“兜了这么多天，真是个甩不掉的狗皮膏药。”

王阳明走了过去，只见七艘快船一字排开，紧咬不放。正中间那艘的船舱里走出一人，却是梁万伦。

梁万伦与王阳明四目相对，邪笑起来。他指了指自己，又指了指王阳明，做了个抹脖子的动作……

乾清宫，夜深人静。

李梦阳跪在殿中，张永立于朱厚照身侧读奏疏，杨廷和、费宏、梁储和王琼在场。

“宁藩屡悖祖训，横夺民产，迫害忠良，招纳亡命，私造兵器，潜谋不轨，致使赣省政命渐不出自朝廷——”

朱厚照打断道：“好了好了！你就直说吧，宁王到底怎么了？”

李梦阳直言道：“宁王牧马上万匹，备船数百艘，又招凌十一、吴十三和闵廿四等匪首作羽翼，酷虐遍于江西，流毒及于他省。如不早制，异日之祸不可胜言。”

朱厚照身子前倾，道：“你说的可是实话？诬告皇亲，该当何罪，你是知道的。”

李梦阳叩首道：“臣泣血上陈，句句属实，望陛下明察。”

朱厚照打了个喷嚏，道：“你们说，怎么办吧？”

王琼道：“南赣有王阳明，无须多虑。让东厂遣人将宁王拿解北京问罪即可。”

杨廷和道：“不妥。宁王毕竟未反，万一此举将他逼反，天下又要再动刀兵。”

王琼道："那阁老的意思是……"

杨廷和道："宣德年间，朝廷对赵王朱高燧有所怀疑，于是派驸马袁泰前去宣读圣谕，责其改过，并撤销王府护卫。朱高燧惊惧不安，从此悔过自新。"

王琼暗自哼了一声。

朱厚照道："阁老的意思是，效仿赵王故事，敲打宁王，让他安分下来？"

杨廷和道："安分自然好，不安分陛下再以雷霆手段击之，亦不为迟。"

朱厚照思忖道："也好，那就让驸马蔡震去吧。拟旨！"

群臣退出，走到乾清门外。

"阁老。"

杨廷和、梁储和费宏转身，只见王琼快步走了过来，道："我跟您打个赌。"

杨廷和淡淡道："赌什么？"

王琼自信道："第一，蔡震进不了江西；第二，宁王出不了江西。"

不到半个时辰，风声便走漏了出去。

钱宁获知消息，焦虑不安地走来走去。

一人快步走入钱府，对钱宁抱拳道："钱大人。"

钱宁道："吴十三，你马上回南昌，告诉宁王，朝廷已经觉察，要派驸马入赣，裁撤王府护卫。"

"是！"

吴十三转身出门，钱宁大为忧虑……

吴十三快马加鞭回到南昌，向朱宸濠示警。

藩邸书房，朱宸濠缓缓道："该来的还是来了。"

李士实道："既然朱厚照已经察觉，一不做二不休，轰轰烈烈地干一场。王爷为了重整乾坤，筹谋多年，现在万事俱备，做起来便是了。"

朱宸濠奇道："怪了。你不是一向反对本王起兵吗？"

李士实分析道："事到如今，已无退路。唐伯虎知道得太多，王阳明也不会善罢甘休，再加上那个孙燧——一旦驸马来到南昌，所有的事，都藏不住。"

朱宸濠看了看刘养正，道："你的意思呢？"

刘养正发愣。

朱宸濠不满道："刘养正？"

刘养正回过神来，道："啊？哦。既然是叫驸马而不是东厂、锦衣卫的人来，说明皇上还把王爷当自家人，像宣宗对赵王那样，申斥几句罢了。"

李士实反驳道："宣宗对赵王？呵呵，怎么不说孝宗对荆王？也是派的驸马，到了朱见潇的封地直接将其拿获处决。你以为是谁告的王爷？李梦阳！他装疯装得好，把咱们都骗过了。”

众人不语。

朱宸濠奇道：“刘养正，你平日不是力主本王用兵吗？怎么事到临头反倒犹豫了？”

刘养正语塞道：“我……唯愿殿下三思而后行。”

李士实果断道：“当断不断，反受其乱。就算把蔡震应付过去了，王府护卫撤是不撤？不撤是抗旨，撤了就再也没有办法恢复了。”

朱宸濠道：“那你说，怎么走？”

李士实快速道：“总归要反，先下手为强。明日王爷五十大寿，各衙门的官员都会赴宴，难得孙燧也答应到场。席间宣布讨逆檄文，识相的跟咱们走，不服的擒而杀之。先定南昌，再派人到各府县收缴印信，调集兵马，挥师北上！”

朱宸濠走来走去，下不了决心。

李士实灵机一动，道：“江西的官，哪个没有片言只字的把柄落在咱们手上？不信他们不从。且老夫这几日夜观天象，见江、汉之间帝星忽明忽暗，乃改元更替之兆。殿下当顺天应时，早登大统。”

朱宸濠拊掌道：“好——檄文就有劳先生起草。吴十三！”

吴十三道：“殿下。”

朱宸濠下命道：“告诉凌十一、闵廿四，把部队连夜开到南昌来，听候调令。”

“是！”

朱宸濠望着眼前的一片虚空，紧张之中透着一丝兴奋。

刘养正心不在焉。

次日一早，刘养正带人在王府门口迎客，众官员鱼贯而入。

一顶轿子在远处停下，孙燧下轿，冷冷地望着宁王府。

藩邸祠堂，朱宸濠手持三炷高香，跪在祖宗的画像前出神，案上的牌位从左到右依次写着“宁康王朱觐钧”“宁献王朱权”和“宁靖王朱奠培”。

室外，娄素珍经过，忧虑地看着朱宸濠的背影。

滚烫的香灰跌落到手上，朱宸濠吃痛撒手。他拍了拍衣袖，想把香捡起来，却愣住了。

只见三根香全部折断。

娄素珍皱眉。

藩邸正厅的墙上贴着一个大大的“寿”字，十桌筵席坐满了窃窃私语的官员。刘养正带入孙燧，把他安排在首席。

李士实出现，环视众人，击掌三下。一群刀斧手在凌十一的带领下冲了进来，将各桌团团围住。众官骚乱，孙燧脸色阴沉。

朱宸濠在吴十三和另一个匪首闵廿四的陪同下出现，扫视了一圈众人，道："各位不要慌。本王借做寿请你们来，是要宣布一件关系国朝命脉的大事！"

在场之人稍稍安定，孙燧冷眼看着朱宸濠。

朱宸濠续道："内官李荣，欺君罔上，从民间抱了个野种养在深宫，孝宗皇帝误认为亲生骨肉。此人篡踞朝堂已达十四年，乱我祖宗血脉，断我皇室香火。本王奉太后密诏，起兵讨逆。诸位都是我大明的忠臣，就随我一道扫除腥膻，澄清宇内吧！"

众官惊慌，朱宸濠暗自观察。

孙燧起身，伸手道："太后诏书何在？"

朱宸濠冷冷道："密旨岂能轻易示人？"

"反贼！你犯上作乱，自求诛戮，不要拉旁人下水！自古天无二日，民无二主，我等决不附逆！"言毕，孙燧看了看四周，只见无人响应。

朱宸濠冷笑道："你以为我不敢杀你？胡世宁的骨头可比你硬多了，又如何？"

孙燧厉声道："你能杀我，天子就能杀你！"

朱宸濠轻描淡写道："拖出去，砍了！"

两个刀斧手上前押解孙燧，众官无不胆寒。

孙燧唾骂道："朱宸濠！我在下面等着，等着看你被千刀万剐！哈哈哈哈……"

刀斧手将之拖了出去。

李士实正色道："大家都是明事理的人。朱厚照窃居大位以来，置社稷于不顾，视百姓如蝼蚁。奸佞横行，天变不穷，虽周幽、隋炀亦无此等昏庸。且其宠幸孕妇，秽乱后宫，这是要重演春秋时'莒人灭郑'的故事啊！"

室外传来斩首的声音，众官默默无语。

李士实续道："愿意追随王爷，同举义旗的，站到右边来。"

官员们陆陆续续站了过去，原地不动的只剩下八个。

朱宸濠道："把他们押下去！"

刀斧手将那八人押走。

李士实跪拜道："吾皇万岁万岁万万岁！"

凌十一、吴十三、闵廿四、刘养正和众刀斧手跪拜道："吾皇万岁万岁万万岁！"

众官员面面相觑，无奈跪下。

朱宸濠双手前伸，道："平身！"

众人道："谢万岁！"

朱宸濠道："李士实。寡人封你为左丞相，赐太师。"

"谢陛下。"

朱宸濠道："刘养正。寡人封你为右丞相，赐国师。"

"谢陛下。"

朱宸濠道："凌十一。寡人封你为总督军务大元帅。"

“谢陛下。”

朱宸濠道：“吴十三。寡人封你为兵马总指挥。”

“谢陛下。”

朱宸濠道：“闵廿四。寡人封你为阵前总兵。”

“谢陛下。”

“其余人等，俱升三级。”言讫，朱宸濠望着自己的伪朝廷，志得意满。

公元一五一九年，正德十四年，宁王朱宸濠举兵谋反，改元顺德。

第四十八章　虚虚实实

王阳明的船被梁万伦的船队围在江心。梁万伦眼冒绿光，王阳明临危不惧。

眼看包围圈越缩越小，王畿惊慌失措道：“师父，怎么办？”

冀元亨愤然道：“跟他们拼了！”

号角声响起。

王畿和冀元亨四望，只见上百艘舢板包围了梁万伦的船队，板上的大汉皆挽弓对准梁万伦。

梁万伦抽刀，怒道：“什么人？”

一艘小船靠近，一个挽着袖子的老者叉腰立在船头，身后站着欧阳德和邹守益。

老者声如洪钟道：“老夫丰城知县许璋，不服来战！”

王阳明惊讶道：“许璋？许典史！”

冀元亨低声道：“许典史？那是什么人？”

王畿挠挠脑袋，道：“听我爹说，以前余姚有个许典史，师父小时候跟他学过武功。”

梁万伦对左右道：“不管他，抓住王阳明再说！”

船继续向前开去。

许璋下令：“放箭！”

箭矢铺天盖地地撒了过去，梁万伦的手下死伤无数。

梁万伦舞刀格挡，左臂中了一箭。舢板队再次挽弓，梁万伦怒火中烧地瞪了王阳明一眼，不甘道：“走！”

江岸，众人下船。

许璋要跪，被王阳明扶住。

王阳明笑道：“没想到万里他乡遇故知，还是失散多年的恩师。”

许璋谦恭道：“都堂说笑了！您才是我们的师父，为官者的榜样。”

王阳明摆手道：“一日为师，终身为父。当年若不是你，我早就被龙泉山上的狼给叼走喽！”

许璋憨笑道：“这么多年了，您还记得呀。”

王阳明打趣道："谁都可以忘，救命恩人不敢忘啊。这不，又救我一回。"

众人皆笑。

王阳明道："你怎么会在这？"

许璋道："老朽一直在丰城当县丞，昨日县尊跑了，才被大伙推为署理知县。"

"跑了？"王阳明看了看邹守益和欧阳德，道："你们俩——"

邹守益道："先生，宁王反了，孙大人被杀害了！邢知府让我们过来接应您。"

王阳明震惊，王畿和冀元亨面面相觑。

"德成兄……"王阳明闭眼，站立不稳。冀元亨欲扶，被他制止。

王阳明睁眼摇头，道："逆藩等不及了，江南又要腥风血雨了。"

许璋指了指一众舢板大汉，道："都堂，我把大伙组织起来自保。您料敌如神，有没有什么御敌的法子？"

王阳明走到江边，凝神思索，道："丰城濒临大江，靠近南昌，易攻难守。不过，逆藩绝不会南下打丰城。"

许璋道："为什么？"

王阳明分析道："朱宸濠有三策。上策杀入湖广，由武昌出，占据开封，闪击京城。即使仓促间不能得手，亦可造成京畿乃至长江以北的大乱之境；中策顺江而下，直扑南京。若其夺取了朝廷的赋税重地，则进可北伐中原，退可划江而治；下策嘛，就是固守南昌，派兵北上，打九江、安庆。古来谋反，利在速战。洪都无险可守，一俟王师齐集，四面夹攻，败亡只是时间问题。"

许璋点头道："是这么个理。那都堂打算怎么办？"

"胡世宁和孙燧皆我故交，均遭朱宸濠毒手。于公于私，这趟浑水我蹚定了。"言罢，王阳明目光坚毅地望着滔滔江水……

南昌藩邸，李士实忍无可忍道："陛下，已经九天了，该发兵了。"

朱宸濠道："凌十一不是去打九江了吗？"

李士实道："臣的意思是，御驾亲征。"

"粮草尚未备足，南昌的城防也还没有布置妥当，岂能一走了之？"

"军情如火，瞬息万变，陛下不必理会南昌。只要一鼓作气打下南京，半壁江山就都是您的了。"

朱宸濠犹豫不决，半晌方才想起一事，问道："刘养正去哪了？"

梅岭。

刘养正来到一间茅草屋外，偷偷向里望去，只见魏良辅坐在书桌旁，左手提笔，右手掐指，时而深思，时而念念有词。

"刘先生。"

刘养正转身，做了个噤声的手势。只见夏柔提着个篮子，里面装着食盒。

刘养正小声道："娘娘叫你来的？"

夏柔低声道："嗯。先生等急了吧？也不知《明月曲》写好了没？"

刘养正看看魏良辅，又看了看手中的一道文书……

几个时辰后，刘养正回到王府，下马时正好遇见闵廿四从门里走出。

闵廿四道："丞相，陛下正派人找你呢。"

"知道了。"刘养正径自入内。

藩邸书房，朱宸濠在座，李士实立于对面，手捧公文，一边读一边抬头察言观色。

"国家优礼藩封，恩德隆重。乃敢辄萌异图，以干宪辟，上逆天道，下犯众怒，灭亡之期，计日可待。本院职任虽非专责，危难安忍坐视？仗顺伐逆，鼓率忠义，豪杰四起，发谋协力。"

朱宸濠起身，道："这个王阳明，真是多管闲事！早知道一刀砍了他！"

吴十三手持公文，带着两个押解邮差的卫兵入内，道："陛下，章江门逮住的，缴获公文一份。"

朱宸濠接过来一看，当场色变。

李士实试探道："陛下？"

朱宸濠将公文交给他，道："王阳明回复兵部的咨文，说为了避免重大伤亡，攻城是下策，建议等我们出城后野战。"

李士实摇头道："假的。"

"假的？"

"这上面说朝廷的二十万大军已经水陆并进，开往南昌，要求各地响应合围。"李士实抬头，道："时间对不上，没那么快。"

一个声音传来："那这道公文呢？"

刘养正入内，交给李士实一封文书。

李士实念道："福建都指挥使杨璋，为机密军务事——本都司率官兵八万人往江西公干，准于七月初一开拔，仰沿途各府县衙门照数预备粮草，以为支应……"李士实抬头看了眼刘养正，道："也是假的。"

说着，揉成一团，扔进纸篓。

刘养正怒道："这是咱们在布政使司的眼线搞到的。"

李士实道："布政使进京告御状去了，难道这个杨璋不知道？这些都是缓兵之计，请陛下立即开拔！"

朱宸濠疑虑道："等几天也无妨，看看到底是真是假。稳扎稳打总没有错。"

李士实一脸恨铁不成钢的表情。

丰城县衙，王阳明、许璋、王畿、冀元亨、邹守益、欧阳德在座。

许璋怀疑道：“听说宁府的高人不少，都堂的疑兵之计真的能——”

王阳明起身道：“且不说能不能，只说宁贼疑不疑？”

许璋想了想，点点头。

王阳明续道：“朱宸濠羊质虎皮，优柔寡断。他一疑，事就成了。当务之急是替集结王师争取时间。”

王畿道：“可毕竟那么多官员投靠他，难不成都看不出来？”

王阳明绕开话题道：“造反不得人心，所谓的投靠只是形势所迫。表面看，逆藩人多势众，其实私底下各怀鬼胎，败亡是迟早的事。不过，叛军所经之处，必定血流成河。咱们拖住朱宸濠一天，江西的百姓就能少受一天的苦。”

众人默默点头。

许璋道：“那下一步怎么走？”

王阳明道：“去吉安。”

赣江之滨，许璋率众送行，王阳明携王畿、冀元亨、邹守益和欧阳德登船。

远处的芦苇荡，梁万伦露出狡黠的神情……

船舱里，王阳明奋笔疾书。

邹守益小声道：“先生在写什么？”

欧阳德道：“《飞报宁王谋反疏》。”

邹守益无奈地叹了口气。

欧阳德道：“怎么了？”

邹守益忧愁道：“南赣的官员也有上疏的，或言南昌有变，或言孙燧遇害，但没有一个敢直陈宁王造反，你知道为什么吗？”

欧阳德想了想，道：“无非给自己留条后路。万一宁贼真的得了天下，来个秋后算账……”

邹守益道：“是啊，人心隔肚皮。虽然他们不敢肯定朱宸濠有帝王之运，但对当今圣上能否守住江山也深表怀疑。”

“师父！”王畿入内。

王阳明抬头，看见他慌乱的神情，似乎明白了什么。

甲板上，王阳明在王畿、邹守益和欧阳德的陪同下走到船尾，顺着冀元亨手指的方向，看见梁万伦的船队又扑了上来。

与此同时，船帆被船工们降下。

冀元亨拉住从旁经过的船老大，急道：“怎么回事？”

船老大道：“风向变了！咱们的船小，借着北风还能跑赢那些人；现在刮南风，靠人划桨，很快就会被撵上！”

王阳明走到船尾，仰观行云，半晌方道：“替我准备香案。”

众人面面相觑……

香案设好，王阳明手持一炷香，恭恭敬敬地向北跪下，磕了三个响头，恭敬道："苍天在上，南赣巡抚王守仁敬告。宁王作乱，社稷倾危。若上天眷佑生灵，请送北风，令我早赴吉安，集结兵马，与叛贼一决雌雄；若天心助逆，民遭涂炭，守仁愿先溺水中，不望余生！"

王阳明插上香，闭眼跪着，一动不动。梁万伦的船队越来越近，王畿脸色苍白，众船工不知所措。

忽然，邹守益被一阵檀香味熏得呛了几声。

欧阳德抬手道："你们看！"

众人定睛一瞧，只见缭绕的香烟向南飘动。

邹守益兴奋道："刮北风了！"

王阳明起身走到船老大跟前，拱手道："拜托了。"

船老大纹丝不动，一脸不快道："这一路心惊肉跳的，加钱！"

王阳明道："你要多少？"

"五百两。"

王畿怒道："你打劫呀——"

王阳明诚恳道："手头现银不够，到吉安后一定如数奉上。"

船老大倨傲道："不行，现在就要，不给不开船！"

王畿等人看了看已近在咫尺的梁万伦船队，心急如焚。

王阳明微微一笑，走进船舱。众人正纳闷间，只见他提着威宁剑走了出来。

船老大盯着王阳明，不知他要作甚。王阳明冷不防地抽剑，只见寒光一闪，船老大惊呼了一声，半边耳朵已被削了下来，血流如注。

众人惊呆，船老大捂着耳朵，惊怒交加。

王阳明厉声道："再敢废话，误了大事，我让你人头落地！"

船老大胆寒，转身望着众船工，道："看什么看？开船！"

众人四散忙活……

梁万伦一路追赶，发现王阳明的船停在临江府的码头，挥手道："快！"

船队围拢。

梁万伦率先跳了上去，船老大和众船工惊恐地站在一边。梁万伦冲进船舱，只见四下无人，桌上搁着张纸，拿起一看，只见上面写着：我在吉安备好酒菜，与君痛饮。

梁万伦快步出去，走到船首极目远眺，但见天边一艘小船即将消失在视线之中，也不知是不是王阳明换乘的新船。

吉安城外，伍文定随吉安通判谈储来到河边。

谈储指着对岸道："府尊你看！"

伍文定放眼望去，只见流民涌向岸边，苦苦哀求，船家却并不开船。个别大胆的下水泅渡，被湍急的河流卷走。

谈储道："应该是临江府逃来的，躲避叛军。"

伍文定道："怎么不开船？"

谈储道："趁机坐地起价呗。"

伍文定想了想，道："你去吉安大牢，提几个死囚过来。"

"是。"

只一盏茶的工夫，五个死囚被拉到了河边，摁跪下来，刽子手上前待命。

伍文定放声道："对岸的船家听着，我是吉安知府伍文定。值此非常之际，莫发不义之财。否则，这便是下场！"

对面诸人齐齐望了过来，伍文定给谈储使了个眼色。

谈储高声道："行刑！"

刽子手手起刀落，五颗头颅落地。众船家吓呆，流民趁机冲上了船……

伍文定在谈储的陪同下快步向府衙走去，交代道："吩咐下去，关闭城门，新来的挨个盘查，严防细作渗透。"

谈储道："是！"

伍文定在大门口站定，转身遥望城门，喃喃道："要是王都堂在……"

进门后，他步入大堂，只见王畿、冀元亨、邹守益和欧阳德一字排开，正中一男子缓缓转身，竟是王阳明。

伍文定惊喜道："都堂！"

王阳明微微一笑。

伍文定将王阳明请进书房，谈储和王畿等人随之而入。

伍文定皱眉道："吉安现在人心惶惶，我手头可用的兵不足千人。一旦叛军打过来——唉！"

王阳明平静道："宁贼不会到赣江上游来。至于兵嘛，我来调。吉安就作为咱们进攻南昌的大本营。"

伍文定愁道："都堂，现在很多人都在观望啊。"

王阳明笃定道："正因为他们举棋不定，计算得失，我辈才更要反其道而行之，凭良知做事。"

伍文定疑虑道："逆藩有十万兵马，与之抗衡至少也要征调好几万人，哪来那么多统兵之才？"

王阳明语带嘲讽道："正德朝，遍地都是人才。"

王畿和邹守益窃笑。

王阳明对伍文定道："你派人把吉安退隐和贬黜的官员开个单子报上来，逐一走访，请他们出山。"

伍文定看了看谈储，谈储点头道："我去。"

王阳明摸出四封信，把其中一封放到桌上，道："这封，派人送到京城，交给兵部尚书王琼，告诉朝廷宁王已反。"

又放了一封到桌上，道："这封，派人送到安庆，交给聂豹。安庆是南京最重要的屏障，不容有失。"

王阳明掂量着最后两封，皱眉凝思。

伍文定道："都堂？"

王阳明道："我在庐陵当知县时，听说李士实的老娘在吉安。"

"没错，九十多了。"

"老人家不容易，接到府衙好生照顾。"

伍文定会意，道："是。"

王阳明又道："前日我路过临江，听说宁贼派了好些人去劝诱临江府的官员。"

伍文定点头道："临江从唐代起，历来都是兵家必争之地。不过，临江知府戴德孺还是靠得住的。"

"既如此，你亲自走一趟，办两件事。第一，令戴德孺派死士潜入南昌，张贴安民告示，就说朝廷已命左都督江彬、福建都指挥使杨璋、广东都指挥使顾应祥，以及南赣巡抚王守仁起兵平叛，让官民各安生业，切勿从逆；第二，找那些跟宁府的说客过从密切的官员，劝他们不要被花言巧语蛊惑，毕竟连李士实和梁万伦都已有意归顺朝廷。"

众人大奇。

伍文定半信半疑道："都堂此话当真？"

王阳明把剩下的两封信交给他，轻叩信封道："玄机都在信里，要想办法遗落在那些官员家，让他们看到。"

伍文定若有所思。

王阳明指着王畿、冀元亨、邹守益和欧阳德道："你们四个，拿我提督军务的令旗，去袁州、抚州、瑞州和饶州调兵，让部队潜行至临江府的樟树镇会合。"

四人齐声道："是！"

夜里，梁万伦回到藩邸复命，刘养正在侧。

朱宸濠强忍怒火道："王阳明素来狡诈，不怪你。下去吧。"

"是。"梁万伦转身出门。

凌十一身穿铠甲入内，抱拳跪下，道："参见陛下！"

朱宸濠大喜起身，扶起他道："爱卿辛苦啦！你为寡人打下九江，这是定策之功啊！"

凌十一道："端赖陛下指挥有方。陛下，末将班师回朝，途中有两个临江府的官员主动投诚，并献上书信两封，让我务必当面交给您。"

"哦？"朱宸濠接过凌十一递上的以蜜蜡密封的信，走到烛台边，用火燎了燎，拆开一封，随手将另一封交给刘养正。

朱宸濠一边踱步一边念道："承手教密示，始知近日之事乃情势所迫，逼不得已。若虚先生（李士实）身虽陷于罗网，心却系于朝廷，令人感佩。"

朱宸濠震惊抬头，愣了片刻，继续读道："今四路大军皆已开拔，只待某公一出，便可下手。然事以密成，语以泄败，先生务须乘时而发，以防某公察觉。阅后即焚，知名不具。"

刘养正道："我这封是写给梁万伦的，大同小异。"

朱宸濠皱眉道："你怎么看？"

刘养正分析道："李士实在朝为官多年，眷恋旧主不是没有可能。且其近日一反常态，力谏陛下发兵；梁万伦带了那么多人都没抓住王阳明，这里面是不是另有隐情，也不好说。依臣之见，不声张，暗中查。"

话音刚落，李士实急急入内，道："陛下，再不走人心就散了！王阳明为了虚张声势，把胡说八道的告示贴得到处都是！据我所知，有些人暗地里已经做好了投降的打算！"

朱宸濠与刘养正对视了一眼。

刘养正道："太师一向勤谨，值此非常之际，还望不要三心二意啊。"

李士实一愣，不悦道："三心二意？刘养正，你把话说清楚！"

"好了好了，你们俩是寡人的左膀右臂，不信太师，寡人还能信谁？"朱宸濠对李士实道："这段时间你太忙了，不妨休息几天。出兵的事，已在挑黄道吉日了。"

李士实瞪了刘养正一眼，拂袖而去。

安庆城楼。

聂豹身着四品官服，远眺城外的民工挖掘陷阱。薛侃身着铠甲，走了过来，道："师兄，先生怎么说？"

聂豹凝神道："北伐路途遥远，辎重粮饷难以为继。因此，叛军一旦兵出南昌，定然沿江而下，直奔南京。届时，安庆必有一场恶战。"

薛侃想了想，道："南京兵部尚书是席书先生，师兄可曾与他联络？"

聂豹点头道："我已派徐阶前往，算日子差不多该回来了。"

薛侃奇道："徐阶？"

"哦，我新收的徒弟，精明强干。"

"哈哈，先生还没收咱俩为徒，你倒开始收起弟子来了。"

"此人材质非凡，异日不可限量。对了，你那边怎么样？"

"水军士气高涨，我已派人在长江沿岸的水下布设了铁钩，又造了几十艘没有船底的假船。"

"假船？做什么？"

薛侃神秘一笑，道："到时候你就知道了。"

一个书生快步上楼，却是徐阶。

徐阶道：“师父。”

聂豹笑道：“哈哈，说曹操，曹操到。如何？”

“席部堂给咱们拨了一批‘神火飞鸦’和‘火龙出水’。”

“好！把‘火龙出水’都交给你薛师叔。”

“是。”

“还有，带人在城内沿城墙挖一圈深沟，再在城墙上打些孔洞。”

“好。”徐阶转身离去，忽然想到了什么，回身道：“对了，我还带回来几桶猛火油。”

聂豹饶有兴趣道：“哦？拿来看看。”

吉安府衙，王阳明和伍文定在座，冀元亨、王畿、邹守益和欧阳德入内。

冀元亨禀报道：“师父，袁州知府徐琏、瑞州通判胡尧元、抚州通判邹琥、宁都知县王天与等各路人马已遵照您的吩咐，开往樟树镇，总计两万人。”

王阳明道：“好！再加上邢珣、余恩和戴德孺，手头就有三万人，可以与叛军一较高下了。”

伍文定道：“我这就去点校兵马，到樟树镇与各路大军会师！”

王阳明道：“不急，叛军毕竟有十万之众，要避免与之正面交锋。先等逆藩离开南昌。”

王畿奇道：“之前千方百计要把他留在南昌，现在又要等他离开南昌。师父的这盘棋下得好大，我们都看不懂了。”

众人笑。

王阳明起身踱步，道：“宁贼再傻，也该知道自己上当了。等他一走，南昌空虚，正好趁势取之。”

伍文定道：“可要是叛军强攻安庆或者直取南京，如之奈何？”

王阳明微微一笑，道：“当年赤壁一战，曹操不过十五万人，却号称八十万大军。逆藩麾下有十万人，对外宣称也是十万，这说明他心虚，或者说太实在了。”

众人又笑。

王阳明续道：“朱宸濠瞻前顾后，好谋无断，易受外界影响。再加上他从小就被困在封地，目光有限，一旦得知老巢被端，必如落叶浮萍，惶恐不安，不惜一切代价回师驰援。彼时咱们以逸待劳，破此军心动摇的疲惫之师，不难。”

众人相顾点头。

王阳明走到门口，抬头望天，悲天悯人道：“也只有这样，才能把刀兵之灾限制在江西一省啊。”

滕王阁，朱宸濠凭栏遥望，忧心忡忡。

李士实携身穿铠甲的闵廿四上楼，道：“陛下。”

朱宸濠转身，看了看满脸血污的闵廿四，从怀中摸出一张丝巾，走过去替他擦了擦脸，道：“凌十一打下了九江，你打下了南康，你们都是寡人的福将。”

闵廿四抱拳道：“陛下，快快发兵吧！朝廷的大军根本就没有影子，福建和广东也风平浪静，咱们中计了！”

朱宸濠转身踱到栏杆旁，闵廿四还欲再说，被李士实用眼神制止。

朱宸濠道：“万事俱备，是该走了。不过，国师还是认为南昌的防务没有到位。”

李士实不满道：“那就让刘养正留下来守城好了。”

朱宸濠凝神道：“嗯。”

赣江上战舰云集，船帆蔽空。

朱宸濠一身戎装，在李士实和凌十一的陪同下向江岸走去，身后跟着闵廿四与梁万伦。两边全是士兵，黑压压得望不到尽头。

朱宸濠低声道：“寡人昨晚做了个梦，梦见起夜照镜子，头发全白了。”

李士实一愣，应对道：“陛下过去是王爷，‘王’字头上一个‘白’，便是‘皇’。此乃大吉之兆。”

朱宸濠稍稍展颜。

岸边立着三人，左右分别是刘养正和吴十三。当中那人衣着华丽，年纪轻轻，却是宁王世子朱拱樤（原为朱宸濠堂侄）。三人身后，百官侍立。

朱拱樤抱拳道：“父皇。”

朱宸濠点点头，面向刘养正，道：“有劳国师，襄助寡人的不肖子，守好南昌。”

刘养正大声道：“陛下放心，臣等静候捷音。”

朱宸濠抬头，只见乌云如墨，不禁面容凝重……

南京兵部衙门，席书在一个武官的陪同下参观院中的三台佛郎机铳。

武官介绍道：“这佛郎机以熟铜铸成，后膛装弹，可射三百步，又快又狠。”

席书将信将疑道：“蕞尔小国，也会造这玩意儿？”

“禀部堂，缴获时倭寇的船队里有葡萄牙人，应该是劫了西洋商船，抢来的。”

席书点点头，一边绕行观察一边道：“西洋火炮，好好好。别说南京了，大明朝只怕也没几个人见过。你亲自押运，送到江西，交给王都堂。”

“是！”

紫禁城，月色冰凉。

乾清宫里，张永展读奏疏，朱厚照正襟危坐，杨廷和、梁储、费宏和王琼站在殿中。

“臣闻多难兴邦，殷忧启圣。陛下在位一十四年，屡经变难，民心骚动。尚尔巡游不已，致宗室谋动干戈，冀窃大宝。且今天下之觊觎，岂特一宁王；天下之奸雄，岂特在宗室？言念及此，懔骨寒心。昔汉武帝有轮台之悔，而天下向治；唐德宗下奉天之诏，而士民感泣。伏望皇上痛自刻责，易辙改弦，罢黜奸谀以回天下豪杰之心，绝迹巡游以杜天下奸雄之望，定立国本，励精求治，则太平尚有可图，群臣不胜幸甚。”

众人沉默。

杨廷和忍无可忍道：“王阳明大胆！”

王琼辩解道：“是披肝沥胆。”

杨廷和冷笑道：“王大人，我且问你。没有一封江西的奏疏说宁王反了，王阳明是怎么先知先觉的？”

王琼情绪激动道：“与其说先知先觉，不如说敢为天下先！孙燧已经遇害，大乱近在眼前。皇上，调兵遣将吧！”

朱厚照想了想，道：“驸马就要回来了，朕先问问他，到底怎么回事。”

与此同时，长江之上。

朱宸濠身穿睡衣，对着船舱里的铜镜出神，时不时拨弄一下头发。

敲门声响起，一个声音传入：“陛下，该洗漱了。”

朱宸濠道：“进来吧。”

一婢女入，将水盆放到朱宸濠脚边，伺候他洗脚。

朱宸濠闭目养神，忽然察觉异样，睁眼一瞧，发现婢女竟是娄素珍。

“你……你怎么跟来了？”

娄素珍替他擦脚，道：“夫为妻纲。你去哪，我就去哪。”

朱宸濠起身道：“这是去打仗，你以为闹着玩的？！”

娄素珍亦起身，道：“打仗怎么了？你要是薛丁山，我就是樊梨花！”

朱宸濠被娄素珍倔强的样子逗乐，刮她鼻子道：“不愧是兵部侍郎的女儿。怎么着，你打算帮我擂鼓吗？”

娄素珍摇头道：“我就看着你。我只要你活着。”

朱宸濠一愣，将娄素珍拥入怀中……

次日，王阳明在吉安府衙伏案写作。默念道：“臣日望天兵之速至，解东南之倒悬。伏望皇上省愆咎己，命将出师。”

冀元亨入内，兴奋道：“师父！”

王阳明抬头。

冀元亨道：“几路大军已齐集樟树镇，叛军也即将抵达安庆。”

王阳明搁笔，道：“好。告诉伍知府，准备开拔。”

长江上，叛军舰船首尾相接，浩浩荡荡，顺江而下。

安庆全城，紧张备战。徐阶对着一群精壮青年训话，旁边的士兵将兵器铠甲分发给他们。

徐阶大声道："江西百姓，久遭宁贼荼毒，破家荡产，控诉无门。今其逆谋昭著，人人得而诛之！府尊大人有令，每户出一成年男丁，每人登城防守至少一个时辰。一个时辰后，没有负伤的歇息一个时辰再来，负伤者重重有赏！安庆就是宁贼的埋骨之地，决不能让他顺流东进！"

青年们穿上了铠甲，目光坚毅。

城墙上。聂豹远远望去，只见千帆竞渡，百舸争流，叛军已然开到。

李士实随朱宸濠走出船舱，凌十一迎了上来，指着远处道："陛下，你看。"

朱宸濠放眼望去，只见一支水军从下游迎面开了过来，船数众多，但大多是小船。

凌十一道："甲板上堆着麻袋，两舷有少量军士，应该是补给船。不如，去抢一把？"

李士实捋须道："先派人试探试探，谨防有诈。"

闵廿四自告奋勇道："我去！"

朱宸濠叮嘱道："见机行事，不要硬来。"

"是！"

闵廿四携八艘小船向补给船队开去。

船队上，薛侃急道："快，转舵！"

水兵们忙活起来，船队掉头。

闵廿四立在船头，高声道："快！围住他们！"

补给船队被包抄，闵廿四带人跳了上去，薛侃和水兵们急忙逃避。

闵廿四东瞧西看，觉得有些诡异。他随手刺穿一个麻袋，没想到淌出来的竟是沙，登时大惊。

"总兵！"

闵廿四顺着一个士兵手指的方向望去，看见薛侃已带人跳上一条小舟，疾驰而去，赶紧道："追！"

话音刚落，船便开始下沉，众人站立不稳，纷纷跌倒。

士兵惊恐道："这船没有底，是假的！"

转眼间，"补给船"全部沉没，闵廿四落水，扑腾着向回游去……

一群落汤鸡狼狈地爬上了船，闵廿四气歪了嘴。

士兵道："还追吗？"

闵廿四恨声道："追！剁了他们！"

八艘船直扑过去。

忽然，但闻几声巨响，江面炸出许多条水柱，六艘船被当场掀翻，木屑横飞。

士兵大呼："有水雷！"

闵廿四气急败坏道："撤！"

剩下的两艘船掉头。

小舟上，薛侃伸出手去探测风向，转头对众水兵道："撒灰！"

水兵纷纷打开早已准备好的麻袋，用木勺舀出白灰，奋力抛撒。铺天盖地的白灰被风吹来，钻进朱宸濠的眼睛。他低头擦脸，听见李士实说"快去打水"。

薛侃张望了一下，从舱中取出一面红旗，朝背后的一支水军举了起来。

那支水军的甲板上，士兵们抬出"火龙出水"，点燃引信，"嗖嗖嗖"的声音顿时响起。火箭激射，朝叛军舰队飞去……

到处都在爆炸，船上燃起了熊熊烈火，惨叫声不绝于耳。

朱宸濠急道："靠岸，靠岸！"

冒着黑烟的叛军舰队驶向岸边。

朱宸濠被左右搀扶着坐下，用湿毛巾擦了擦红通通的眼睛。刚缓了口气，但闻"咚"的一声，座船摇晃，差点没把他从椅子上震下来。

朱宸濠道："怎么回事？！"

凌十一跑了过来，道："陛下，岸边全是倒钩，咱们的船被钩住了！"

朱宸濠扔了毛巾，起身道："上岸！攻城！"

"是！"凌十一转身离去。

朱宸濠又道："慢着！"

凌十一回身。

朱宸濠道："派没子手下去，把铁钩拆了。"

"是！"

李士实忧虑地望着远处的安庆城……

樟树镇。

各路官军如约而至，王阳明在冀元亨、王畿、邹守益和欧阳德的陪同下登上高台，环视众人。

眼前的空地上摆着两排佛郎机铳。

王阳明训示道："咱们不是孤军奋战，南京送来了佛郎机铳，朝廷的大军也即将南下。多余的话本院就不说了。打下南昌，共立不世之勋！"

临江知府戴德孺道："都堂，下官有一事不解，还望赐教。"

"你说。"

"安庆乃长江咽喉，被叛军围攻。为何不救？"

"我们离安庆有多远？"

"大概一千里。"

“几日能到？”

“这……”

王阳明道：“急行军也要十天，何况还有三百多里的山路。要知道九江、南康皆为贼据，一路上危机四伏。”

袁州知府徐琏道：“可以走水路，从鄱阳湖东岸进入饶州，沿昌江北上，出景德镇，打宁贼一个措手不及。”

王阳明道：“你怎么知道逆藩不是在围点打援？”

徐琏语塞。

王阳明续道：“我军兵马，只有叛军的三分之一。不拿下南昌，以静制动，毫无胜算。”

戴德孺道：“都堂凭什么认为宁贼一定会回师南昌？”

王阳明道：“凭我对他的了解。”

众人沉默。

王阳明高声道：“众将听令！我军兵分十三路，吉安知府伍文定，率部攻广润门，留兵防守本门，直入布政司屯兵，分兵把守王府内门。”

伍文定抱拳道：“遵命！”

“赣州知府邢珣，率部攻顺化门，留兵防守本门，直入镇守太监府屯兵。”

“遵命！”

“袁州知府徐琏，率部攻惠民门，留兵防守本门，直入按察司屯兵。”

“遵命！”

“临江知府戴德孺，率部攻永和门，留兵防守本门，直入提学司屯兵。”

“遵命！”

“瑞州通判胡尧元，率部攻章丘门，留兵防守本门，直入南昌卫屯兵。”

“遵命！”

“赣州卫指挥使余恩，率部攻进贤门，留兵防守本门，直入都指挥使司屯兵。”

“遵命！”

“新淦知县李美，率部攻德胜门，留兵防守本门，直入王府东门屯兵。”

“遵命！”

“泰和知县李缉，率部夹攻广润门，直入王府西门屯兵。”

“遵命！”

“宁都知县王天与，率部夹攻进贤门，直入钟楼屯兵。”

“遵命！”

“吉安通判谈储，率部夹攻德胜门，直入南昌卫屯兵。”

“遵命！”

“万安知县王冕，率部夹攻进贤门，直入阳春书院屯兵。”

“遵命！”

“吉安推官王暐，率部夹攻顺化门，直入南昌县衙屯兵。”

“遵命！”

“抚州通判邹琥，率部夹攻德胜门，于城外天宁寺屯兵。”

“遵命！”

“勤王在此一战，诸公义武奋扬！”

第四十九章　光复洪都

梅岭。

刘养正擦了擦眼角的泪痕，缓缓放下稿子，抬头望着魏良辅，忽然跪了下来。

魏良辅慌忙去扶，刘养正伸手拒绝，道："先生妙笔生花，明月跃然纸上。请受刘某一拜。"

刘养正磕头。

魏良辅皱眉摇头，叹了口气，道："明月父母双亡，要说这世上还有谁对她念念不忘，也就是你了。唐伯虎可以画她，我可以写她，但真正的明月也只能到你心里去找了。"

刘养正一愣。

"你能活多久，她便能活多久。保重！"魏良辅离去。

刘养正若有所思。

南昌近郊，伍文定带着两个随从拍马回到军营。

帅帐里，邢珣、徐琏和戴德孺等各路将领等候号令，王阳明环视众人，道："明日卯时，发起总攻，以鼓声为号。一鼓冲锋，再鼓登城，三鼓不克斩队官，四鼓不克我唯你们是问！军法无情，都听明白了吗？"

众人齐声道："听明白了！"

伍文定入内，道："都堂，已照你的吩咐把揭帖射进了南昌城。"

王阳明道："好。进城之后，不得滥杀。告谕百姓，切勿乱跑。闭门者生，开门迎敌者死。"

戴德孺不吐不快道："都堂，下官有一事不解，还望赐教。"

王阳明道："你说。"

戴德孺道："此番是奇袭南昌，投放揭帖，告诉叛军朝廷的二十万大军已到吉安，不是暴露了咱们的动向吗？"

王阳明微微一笑，道："前些日子我让你派死士去南昌张贴告示，上面也说朝廷大军即将入赣。隔了这么久，再看到雷同的揭帖，叛军必然不信。无须担忧。"

"既然不信，投放它又有什么用呢？"

“当然有用。明日我军兵临城下，四面八方猛攻上去，叛军立刻会联想到揭帖，真的以为咱们有二十万大军，不乱了阵脚才怪！”

戴德孺叹服道：“有都堂在，看来宁贼只能做春秋大梦了。”

众人笑，欧阳德入内禀报道：“先生，外面有人要见您。”

王阳明道：“什么人？”

欧阳德为难道：“她说您出去就知道了。”

众人面面相觑……

王阳明率众走到军营门口，只见一队民兵手持长矛，为首的一名女子背对着他，身影熟悉。

女子转身，却是诸芸玉。

王阳明一愣，道：“你……你怎么来了？”

两名男子从人群中站出，却是王贵和王翔。

王贵道：“还有我们哪！”

诸芸玉笑道：“祖母接到你的信，高兴得不得了。正念叨你什么时候到家，宁王谋反的消息传了回来。她说以你的秉性，肯定不会袖手旁观，于是吵着要来给你鼓劲，我们好说歹说才把她劝住。这不，就留了守让和王欢叔在家，大伙全部替她来帮你了。”

王贵道：“我们王氏族人可是自愿前来，每个人都代表他自己。”

王翔道：“对！咱们琅琊王氏的后裔，不能辱没了先人的遗风！”

众人纷纷附和。

王阳明拱手道：“有各位襄助，国难必靖！”

王阳明与诸芸玉对视，眼中满是感动和关切。他走离人群，冲着东方，跪下去叩首道：“祖母深明大义，逆贼指日可破！”

在场之人，无不动容。

深夜，叛军大营，朱宸濠在帐中走来走去，李士实观察其神色。

闵廿四入内，一脸难色。

朱宸濠急切道：“怎么样？”

闵廿四吞吞吐吐道：“潘大人的首级，被聂豹从城墙上扔了下来。”

朱宸濠震惊。

李士实趁机建言：“潘鹏是江西都指挥佥事，聂豹的同乡。他去劝降都没用——陛下，放弃安庆，直奔南京吧。”

朱宸濠不快道：“哼！安庆才几个兵？咱们五打一都绰绰有余。聂豹这个蠢货，不识时务！”

李士实劝：“安庆兵精粮足，城高池深。在此纠缠，没有意义。”

“正因为它府库充实，才要打下来补充给养嘛。如果不拿下安庆，攻打南京又出了岔子，聂豹再断了咱们的后路，就插翅难飞了！”

“安庆易守难攻，在这里耽误过久，让南京方面有了准备，那才叫插翅难飞！”

“已经耽搁这么久了，南京方面肯定早有准备。为今之计只能步步为营，如果真的打不下南京，还能有个退路。”

李士实着急道：“都到这份上了，还要什么退路？攻取南京，在太祖坟前登基——”

朱宸濠不满道：“不必说了！有这工夫，太师还是想想怎么攻城吧！”

李士实愣了愣，终于认清现实，谋划道：“我军利在速战，要想办法诱敌出城。可将全军分为十二队，围住镇海、集贤和枞阳三门，每门四队轮番攻城，每队攻打一个时辰便撤下来换第二队。一旦敌军出城反扑，其余三队立刻包抄合围。”

朱宸濠问道：“正观门为何不攻？”

“正观门在北，而我军主力在南。兵法有云，围师必阙。给他们留条退路，仗打到艰难时就会想着逃命，不至于跟咱们做困兽之斗。”

“好！就按太师说的办。闵廿四！”

闵廿四道：“陛下！”

朱宸濠道：“听明白了吗？”

“听明白了！”

“跟凌十一布置下去。”

“是！”

晨曦初露，月亮还挂在天边，吴十三陪朱拱樤登上南昌惠民门。

朱拱樤忧心忡忡地望去，眼前是一片空荡荡的荒野。再远处，薄雾里依稀可见村落的影子，却听不到鸡鸣犬吠之声。

朱拱樤疑惑道：“官军真的会来吗？”

吴十三打气道：“殿下，那些揭帖是假的。再说，咱们手头好歹也有一万精兵呢！”

朱拱樤叹了口气，道：“城防安排好了吗？”

吴十三点头道：“弓箭、礌石、炮铳和灰瓶均已妥当，就算官军真的来攻，守上十天半个月也不在话下。”

话音刚落，晨雾中忽然响起震天动地的战鼓声。顷刻间，四面八方同时传来呐喊声，无数官兵背着绳索挠钩，提着刀枪火铳铺天卷地地杀出，向南昌城扑来。

朱拱樤大惊失色。

吴十三道：“请殿下暂避！”

朱拱樤深吸一口气，道：“暂避？哪也不去，誓与南昌共存亡！”

吴十三道：“这……”

一队士兵手持盾牌冲了上来。

吴十三道：“保护殿下！”

士兵们将朱拱樤围住，吴十三拉住其中一人，道：“把你的铠甲给殿下换上。”

朱拱樤扬手拒绝，凛然道：“不必了。站在这里，为的就是要让士兵们都看见我。你再去征些兵，每户至少出一男丁。”

吴十三犹豫不决。

朱拱樤催促道：“快去！”

吴十三勉强道：“是。”

南昌城已乱作一团，刘养正恍恍惚惚地朝家的方向走去。

几个兵痞围住一对情侣，纠缠不清。兵痞甲对女人动手动脚，男人愤怒不堪，无奈被兵痞控制，只得破口大骂。

兵痞甲正得意间，淫邪的手被人抓住。转身一瞧，却是刘养正。

兵痞甲怒道：“你他妈想干什么？”

刘养正平静道：“教你做人。”

兵痞甲一把甩开刘养正的手，抽刀架在他脖子上，道：“有种你再说一遍！”

刘养正面无表情道：“有种你就砍。”

兵痞甲正要发力，被兵痞乙拉到一边。

“看着不像普通人，先问问他是谁。”

兵痞甲想了想，桀骜道：“你他妈叫什么？”

“刘养正。”

众兵痞面面相觑。

兵痞乙道：“瞎扯！你是刘养正，我还是李士实呢！”

众人哄笑。

刘养正厉声道：“无知鼠辈！叫你们长官来！”

兵痞甲见他毫无惧色，与兵痞乙对视了一眼，道：“谁来也没用。吴将军有令，年满十八，未及三十岁者，都要上阵御敌。我们浴血奋战，这厮倒好，跟美人儿卿卿我我。带走！”

男人被押走，女人哭哭啼啼地追了上去。

男人道：“兰儿，快走，南昌守不住的！”

女人道：“我不走，我等你！”

“你不懂！战事越来越紧，人会变成鬼的！”

女人一个踉跄瘫坐在地，啼哭不止。

刘养正一脸不忍。

城外，官兵抡起挠钩抛向城墙，搭住垛口，抓着绳索往上攀爬。守军忙到垛口旁放箭，杀退了一波。

王翔左肩中箭，王贵瞧见，奔至近前，替他格挡，要将他带离战场。

“不碍事！”王翔拔箭继续冲锋，王贵跟了上去。

城下，人潮滚滚，蜂拥蚁附……

刘养正回到自己府上，快到书房时忽然听见里面传出两个声音，立刻止步。
“就这么一走了之，不太好吧？”
“废话！二十万大军围城，你以为你是赵子龙啊！”
“唉，也对。听说粮草都被军需处那帮王八蛋倒卖光了，还打个鸟。”
“可不是？留下来就是个死。”
二人到处翻检，刘养正皱眉。
“没想到堂堂一个丞相，家里一件像样的东西都没有！”
“谁说没有？”
“你要那破图干吗？”
刘养正一惊，微微侧身，只见一个流兵边取墙上的《明月图》边道：“你懂什么？这是唐伯虎的真迹！把这宅子卖了，也没它值钱！”
另一个流兵两眼放光道：“真的假的？能卖多少钱？”
盗画的流兵想了想，随口道：“最少五千两！”
另一个流兵贪念大起，趁同伙不备抽刀将之暗杀。刘养正大骇，却见凶手把画草草折好，准备开溜。
刘养正冲了进去，死死抱住凶手，道：“浑蛋！”
对方慌道：“撒手！”
刘养正道：“痴心妄想！”
“滚吧你！”一刀刺出，刘养正的左腿登时血流如注，凶手趁机逃脱。
刘养正坐在地上，灵魂像被抽空了一般……

惠民门上，朱拱㰘端着火铳，一枪一个。
正打得起劲，一个军官登上城墙，匆忙走近，道：“殿下，章江门的守军哗变了！”
朱拱㰘惊道：“怎么回事？！”
军官垂首道：“不清楚。”
朱拱㰘脸色铁青地离去。

官兵们抬着云梯奔向写有“广润门”三个字的城楼下。
云梯竖了起来，步卒争相爬城。守军拼命射箭，还是挡不住奋不顾身的官兵，双方在城墙上肉搏。
刘养正吃力地登上城墙，目睹这血腥的杀戮，惨然不乐。
一个军官发现了他，道：“丞相？”
刘养正道：“开门。”
军官一愣，道：“啊？”
刘养正催道：“去呀！”

军官迟疑。

刘养正不耐烦道："有什么事我担着！"

军官想了想，转身下楼。

朱拱樤拍马赶到章江门，远远望见愤怒的士兵将吴十三围在中央，争吵不休。朱拱樤下马，在两个护卫的陪同下走了过去。

人群立刻安静下来。

吴十三道："殿下。"

朱拱樤环视众人，目光冷峻道："有什么不满，可以跟我说。报上姓名，一一解决。"

众人面面相觑，都不敢出头。

乱兵甲鼓起勇气道："我叫华楠！军粮被人倒卖，连着三顿没吃上。这仗，没法打了！"

乱兵乙接话道："根本不用打！朝廷大军围而不攻，等上个把月，大伙全饿死了！"他停了停，自报家门道："我叫华杉！"

附和之声此起彼伏，朱拱樤示意护卫把自己的马牵了过来。他依依不舍地看了看坐骑的眸子，蓦地抽刀刺向马脖子。众人大惊，马儿哀鸣了两声，倒地断气。

朱拱樤提着血淋淋的刀，道："这匹汗血宝马，乃父皇所赐，伴我多年。值此非常之际，先给大伙果腹吧！"

众人默然不语，华楠和华杉垂首。

朱拱樤续道："只要能守住南昌，我朱拱樤除了妻妾不能给，什么都能给！"

话音刚落，一骑兵飞驰而来，下马后连滚带爬地跑到朱拱樤跟前单膝跪下，上气不接下气道："启禀殿下，敌军从广润门攻进来了！"

朱拱樤的脸白得可怕，吴十三亦惨无人色……

叛军大营，热浪滚滚。

朱宸濠登上一座高台，远眺凌十一的方阵。旁人递来一张湿毛巾，他擦了擦汗，眉头紧皱道："凌十一怎么还不进攻？"

李士实道："应该在等闵廿四和梁万伦。"

徐阶陪聂豹登上城楼，只见士兵们围着一口大锅，边扇扇子边喝绿豆汤解暑。

一个军官舀了两碗递给徐阶与聂豹。

聂豹指着远处站岗的士兵，道："大热天的，就该多喝绿豆汤。把他们都叫过来。"

"是。"

徐阶忍不住笑了笑，望向凌十一的方阵，只见叛军士兵个个满头大汗，嫉妒地看着城楼上凉快的守军。

马背上的凌十一怒火中烧。

裨将试探道："大帅？"

凌十一脸色铁青道："不等了，冲锋！"

"是！"裨将举起令旗，军阵后方的战鼓咚咚作响。士兵发起冲锋，声震云霄。

城楼上的士兵立刻放下碗，各就各位。见聂豹冲自己点了点头，徐阶走到一杆大旗前，将之取下，奋力挥舞，高声道："搅地龙！"

但见城外的一片地面突然塌陷，叛军的先锋部队纷纷掉进一个巨大的陷马坑，被坑里的倒刺刺死。

凌十一猛拉缰绳，掉转马头道："攻城！"

十辆四丈高、两丈宽，共计三层的"吕公车"绕开陷马坑，向城墙开去。下层由百余个军士推动前行；中层是几十个身披重甲、携带标枪的勇士，准备登城厮杀；上层是配备强弓劲弩和单眼火铳的射手，居高临下地与城头守军对射。

眼见士兵死伤无数，徐阶下令道："神火飞鸦！"

五台形似乌鸦的火箭被抬了出来，点燃引线。但闻"嗖嗖嗖"的声音，"飞鸦"相继命中吕公车，将其炸得粉碎，动弹不得。

只有两辆车被推到城下，前导兵把芦苇荆条扎成的草捆扔到护城河里铺路。吕公车正准备等靠近后放吊索活门让二层的勇士冲入垛口，孰料城墙上事先打好的孔洞里突然伸出烧红的铁枪，刺向一层的军士。

推车之人接连倒毙，城上万箭齐发，把二层和三层的叛兵射成了筛子。

远处观战的朱宸濠一脸阴郁，李士实也神色焦虑。

另一边的集贤门外，闵廿四举起佩剑，转头望着身后道："陛下有令，先入城者赏银千两。冲啊！"

叛兵个个将藤牌扣在头顶，向城门涌去。中间一队士兵举着一根巨木，来到门口，用力撞击，发出瘆人的巨响。

城上守军抛掷礌石，可惜叛兵有盾牌和巨木护顶，完全不惧。忽然，一盆盆黏稠的液体浇了下来，叛兵还没回过神，一片火箭便已射到。

液体遇火，立刻燃了起来，烈焰飞腾。

一个叛兵惊恐道："猛火油！"

恐惧蔓延开来，叛兵丢盔弃甲，掉头就跑，烧死踩死者无数。闵廿四极力阻挡，还砍杀了两个，却毫不见效。

枞阳门外，阳光刺目，梁万伦望向身后，只见五个军官正指挥五拨人马奋力挖地道。

见一个军官冲自己点了点头，梁万伦一扬手，众叛兵鱼贯而入。

枞阳门内，城墙根下是一道深壕。

随着一阵"沙沙沙"的声响，五个工兵凿穿了沟壁，叛兵蜂拥而出。然而，当他们发现自己置身于布满了茅草，还有一股刺鼻异味的壕沟里时，全部蒙了。

一工兵抽了抽鼻子，警觉道：“是硫黄！”

众人正不知所措，一排官军已冲到沟边，齐齐将手中的火把扔了进去。茅草被点燃，叛兵葬身于火海之中，哀号连连……

残阳如血。

安庆城外，哀鸿遍野，城池则固若金汤。

是夜，朱宸濠端坐帐中，阴沉不语。凌十一、闵廿四和梁万伦站在远处，满面尘灰。

李士实打破沉默道：“事已至此，唯有舍弃安庆，直趋南京。只要取了留都，便可号令天下。”

众人默不作声，卫兵入内禀报道：“启禀陛下，南昌派人来报。”

“传！”

“是！”

李士实的眉间升起一道不祥的愁云。

一个满脸血污的士兵入内，单膝跪下道：“陛下，南昌失守，于昨日被王阳明率军攻陷。”

众人大惊，朱宸濠呆若木鸡……

南昌，伍文定携谈储带兵包围了宁王府，谈储指着院中的浓烟道：“大人你看！”

伍文定色变，在卫兵的保护下匆匆入内。

来到院中，只见一个两人高的柴火堆已被点燃，朱拱樤手举火把，披头散发地站在一边。

身后，两个衣着华丽、痛哭流涕的女眷绝望地将匕首刺进对方的胸膛，双双倒下。

卫兵迅速包围了狂笑的朱拱樤。

伍文定厉声道：“你就是宁贼之子朱拱樤？”

“放肆！我是皇子！”言罢，朱拱樤大声狞笑。

伍文定给那两个卫兵使了个眼色，二人上前准备拉扯朱拱樤。

朱拱樤高声道：“慢着！”

卫兵止步。

朱拱樤冷笑道：“伤其十指，不如断其一指。王阳明果然好手腕！”

伍文定一愣。

朱拱樤冷不防地跳进火海，众人大惊。

凄厉的声音响彻云霄：“天之历数在尔躬，天之历数在尔躬！哈哈哈哈！”

伍文定急道：“救火！”

卫兵们四散取水，伍文定望着被烧成焦炭的朱拱樤，一言不发。

钟声使得天宁寺更显静谧。

吴十三等人的闯入打破了这种静谧。

刘养正跪在大雄宝殿中，接受剃度。他从怀里取出明月送的辟邪香囊，恍如隔世。

一阵喧嚣传来，吴十三入内，一脚踹开上前盘问的小沙弥，道："刘养正，你这个叛徒！"

刘养正抬头，目光冷峻。见他不转身不回应，吴十三大怒抽刀道："纳命来！"

"佛门清净地，杀生不好吧？"

吴十三一愣，大批官兵涌了进来，最后迈入的是邢珣和余恩。

邢珣道："带走！"

吴十三垂头丧气，被官兵押走。刘养正双手合十，望着佛像。身后，邢珣意味深长地看了看他。

邢珣转身出门，余恩赶紧跟了上去。

刘养正闭目，旁边的僧人替他剪掉最后一缕头发。

刘养正轻声道："华灯一城梦，明月百年心。"

邢珣从山门出来，余恩快步跟上，不解道："就……就这么把刘养正放了？"

邢珣停步，道："哪有什么刘养正？我只看见一个和尚。"

余恩皱眉道："要是都堂怪罪下来……"

邢珣摇了摇头，道："慈悲为怀的正是都堂啊！"

余恩恍然大悟。

江西巡抚衙门，伪官眷属在官兵的监视下于衙门外跪了一地，战战兢兢。

徐琏和戴德孺出门，站在石阶上环视众人。

戴德孺冷冰冰道："王都堂有令，尔等伪官眷属，不逃窜，不问罪。寄信本犯，使之迁善改过，回南昌自首者，还可免其本罪。"

众家属窃窃私语。

南昌古称"隆兴"，故城中有一条隆兴街。

王阳明和诸芸玉并排走着，身后跟着冀元亨、王畿、邹守益、欧阳德以及一队卫兵。

王阳明道："大战之后，必有大疫。我看你还是带王贵他们搞一个防疫之所，专门收治伤员以外的病人。"

诸芸玉笑道："已经在做了，我们请来了名医李言闻。都堂大人。"

见妻子把"都堂大人"四个字说得一板一眼，王阳明忍俊不禁。

这时，只见不远处的一座大宅子门口聚集了一个百总和四个官兵，围着三台箱子，兴奋不已。

百总道："这些贼人的赃物现在是咱们弟兄的战利品了！"

四个官兵相视而笑，脸上洋溢着贪婪的神情。

王阳明走近，看见箱子里全是金元宝，严厉地咳嗽了一声。

百总转身，吓得面无人色。

王阳明道："拿下！"

冀元亨带卫兵上前缴了五个人的兵器，把他们用绳索捆绑起来。此时，宅子里传出女人的哭骂声，王阳明皱眉走了进去，众人和四个卫兵随之而入。

房间里，一个士兵把一名女子摁在床上，另一个士兵欲行不轨。女子奋力挣扎，床下躺着一个男人的尸体，衣着华丽。

门"哐"的一声被踹开，王阳明迈入。

两个士兵回头一看，愣住了。女子赶紧抓起被子，缩到角落里抽泣。

王阳明道："拖出去砍了！"

两个士兵大惊失色，跪地求饶，被卫兵拖走。诸芸玉走到床前坐下，宽慰女子。

王阳明怒容满面。

街上，卫兵手起刀落，两个淫贼的头坠地。

围观群众议论纷纷，那五个打算分赃的官兵站在道旁，五花大绑，瑟瑟发抖。

王阳明出门，扫视了他们一眼，五个人纷纷低头。

王阳明叱问道："你们长官是谁？"

百总小声道："伍知府。"

王阳明对冀元亨道："叫伍文定过来！"

"是！"

不一会儿，伍文定被带到，见此阵势，愕然不已。

一队衙役手持军棍小跑而来。

伍文定道："都堂？"

王阳明厉声道："强抢民女，搜刮民财，这就是你带的兵？"

伍文定震惊不已。他看了看百总，又看了看那三口箱子，跪下来道："卑职失察，请都堂治罪！"

王阳明道："来人！"

众衙役上前。

王阳明道："这五个人，各打四十军棍！伍文定治军不严，杖八十！"

众人大惊，伍文定也骇然不已。

王阳明道："行刑！"

伍文定和那五人被摘了铠甲，摁趴下来。军棍往他们屁股上招呼，声音响亮。

王阳明训斥道："伍文定，你战功卓著，我一直倚为股肱。可是，一支军队战力再强，如果骚扰百姓，那和土匪流寇又有什么区别？"

伍文定忍痛道："都堂教训的是……"

“此事我亦有责，自罚三日口粮。冀元亨、王畿、邹守益、欧阳德。”

四人齐声道：“师父。”

“你们各带一百刀斧手，分东南西北巡查。违犯军纪者抓，奸淫掳掠者斩！”

“是！”

白云苍狗，江水奔腾。朱宸濠站在岸边，愁眉不展。

李士实从他身后走近，道：“陛下。”

朱宸濠不语，背影苍凉。

李士实宽慰他道：“咱们身后还有南康和九江，失一南昌，不打紧，当务之急——”

朱宸濠悲凉道：“也不知世子怎么样了……”

李士实一愣。朱宸濠转身，眼角挂着泪痕，道：“传令三军，撤兵返航。”

李士实急道：“万万不可！回师就完了，彻底完了！”

“怎么着，你还想打南京？南昌沦陷的消息已经传遍，士气全无，军心不稳，拿什么打？”朱宸濠扬长而去。

李士实大声道：“陛下若无放马一战的决心，我等将死无葬身之地！”

朱宸濠停步，缓缓转身，道：“你还有脸说？你的家人让王阳明接到吉安府衙好吃好喝供着，朕的家人却在南昌受苦，生死未卜！”

李士实如坠云里雾中。

朱宸濠摸出一封信，扔到他身上。李士实捡起来一看，脸色大变，道：“这是王阳明的奸计，陛下明察！”

“你一直让朕去留都，为什么？因为南直隶已布下天罗地网！帮王阳明抓了朕，你记首功一件，说不定就能入阁参与机务了——好一个如意算盘！”

“老臣对陛下绝无二心，日月可鉴——”

“不必说了！寡人这就打回南昌，剥了王阳明的皮！”朱宸濠愤愤离去。

李士实仰望苍穹，只见云聚云散，仿佛变幻莫测的天命，不禁绝望地闭上了双眼……

京城杨府，费宏、梁储、方献夫和毛纪等一众高官或坐或立，焦躁不安。

杨慎走入花厅，众人齐齐望向他，满脸期待。

费宏道：“怎么样？”

杨慎摇了摇头，众人失望。

方献夫激将道：“杨慎，那舒芬跟你是拜把之交吧？他也在左顺门外跪了五天了，马上就要挨板子了，你于心何忍？”

杨慎着急道：“我劝不动他呀！要不你去？”

费宏起身道：“我去！”

书房，杨廷和在纸上写下“伊尹”二字。刚刚收笔，便传来敲门声。

杨廷和道：“请进。”

费宏入内，道：“阁老。”

杨廷和应了一声，费宏道：“今儿个一早，金吾卫指挥使张英提着两袋土到乾清宫哭谏。皇上呵斥他，他就拔刀刺向胸口，血流如注。”

杨廷和皱眉道：“人怎么样？”

费宏道：“伤势很重，但总算救过来了。北镇抚司正在审。”

“提土做什么？”

“皇上也这么问，他说自己就没想活着回去，只担心弄脏了大殿，打算撒土掩血。”

杨廷和冷笑道：“古人忠谏，触柱而死，他倒是另辟蹊径。”

费宏劝道：“阁老，您要再不出面，任由皇上胡闹，这锅可该你背啦！”

“我背？你们就没看出来皇上为了给南巡找个冠冕堂皇的理由已经寻思了好些年？眼下总算让他逮着机会了，这都是王琼干的好事！”

“王琼也没乱讲嘛。蔡震回京，说宁藩之乱把江西搞得十室九空，幸亏王阳明——”见杨廷和脸色不快，费宏收声。

杨廷和怫然道：“王琼勾结江彬，一文一武，一里一外，这是要重演朱温、郭威的故事！”

费宏婉言道：“阁老言重啦！昨儿个王琼还力劝皇上不要亲征。说江西有王阳明，平叛指日可待。”

“呵呵，王阳明？就是他的异端邪说，把皇上带坏的！”

“好好好，咱们不提他。就说那一百来号伏阙请愿的官员，您管是不管？不管可都要廷杖了，每人五十，会闹出人命的！”

杨廷和凝神不语。

当晚，杨廷和进宫面圣。朱厚照披衣从暖阁来到大殿，道：“朕已下诏，削去朱宸濠的藩号，向天下宣告其罪。等朕亲率大军开进江西，叛贼还不望风披靡？啊？哈哈哈哈！”

杨廷和沉默片刻，道：“陛下是想巡游江南吧？”

朱厚照的笑脸凝固了，道：“社稷有难，朕安忍坐视不顾？”

杨廷和平静道：“皇上有此雄心，实乃苍生之福。只是您给内阁的旨意，说‘朱宸濠悖逆天道，遣威武大将军朱寿统兵征剿’，这样的圣旨没办法拟。”

“为什么？”

“查无朱寿此人。”

“朱寿就是朕，你难道不知道？”

“如果朱寿是陛下，那就更不对了。”

“怎么不对？”

“陛下是万乘之尊，谁敢言‘遣’？此命出自何人？”

朱厚照愣住了。

杨廷和正色道：“据闻逆藩的檄文里有‘失政’之说，值此危急之秋，若因内阁不慎，拟出乱命，贻人口实，使陛下的圣名蒙受玷污，那臣真是万死莫辞。”

朱厚照坚持道：“措辞可以斟酌，宁贼必须由朕生擒。”

杨廷和默默跪下，叩首不起。

朱厚照的脸上掠过一丝慌乱，道：“你干什么？”

杨廷和不卑不亢道：“臣忝列朝班，枉食俸禄，无力谏阻皇上身犯险境，愧为首揆，请求致仕还乡。”

“你少拿撂挑子威胁人！朱宸濠谋反，内阁难辞其咎！朕是替你们收拾残局！”朱厚照缓了一缓，道：“左顺门外那帮逼宫的，朕看在你的面子上，可以全部宽宥，但这道圣旨，必须拟！”说着，拂袖而去。

杨廷和盯着地面，脸色难看。

江西巡抚衙门。

王阳明与一众官员皆着缟素，追悼孙燧。

王阳明悲戚道：“忠心贯日三台见，心血凝冰六月寒。德成兄……”

众人动容，余恩入内禀报道：“都堂，探马来报，叛军已过九江，正蔽江而下奔袭南昌！”

在场之人闻言，斗志昂扬。

王阳明调度道：“徐琏、戴德孺，你们各带四路人马，去打南康、九江。务必拖住这两地的叛军，使其不能南下增援。”

徐琏、戴德孺齐声道：“是！”

王阳明问道：“各位有何御敌良策？”

邢珣思忖道：“叛军水师有六万之众，我军眼下还不到一万人，相差悬殊。下官以为，当坚壁清野，固守南昌，以待王师。”

余恩附和道：“不错。我们收复了省城，已尽到臣子之责，剩下的事还是交给朝廷大军来办吧。”

王阳明微微一笑，看了看伍文定，道：“伍大人以为呢？”

伍文定臀部的伤还未好，没料到王阳明会垂询自己，愣了愣，道：“卑职……卑职以为，南昌缺粮，还要赈济家破人亡的百姓。一旦粮草告罄，援军又不来，岂不成了瓮中之鳖？所以，应该主动出击。”

王阳明颔首。

余恩不以为然道：“叛军战船硕大，我军则只有临时征调的渔船和快艇。这……这不是以卵击石嘛！”

王阳明摇头道："打仗靠的是人，跟船关系不大。叛军兵力虽数倍于我，却是心不在焉的败军之师。且其士卒，父母妻子多在南昌，方寸已乱，未必肯下死力，只要我先声夺人，迎头痛击，一战而挫其锋锐，余者必将溃散。"

邢珣和余恩被说服，默默点头。邢珣发问道："可是，在哪迎战叛军呢，鄱阳湖还是赣江？"

王阳明分析道："鄱阳湖水面开阔，有利于敌，赣江则不同，河网密布，湖泊纵横，芦苇荡随处可见，适合设伏。即便干流上有一些宽阔之处，也远不如鄱阳湖。只要叛军水师无法展开，兵力再多也首尾不能相顾。"

伍文定道："都堂所言极是，那具体的战场——"

王阳明目光锐利，道："黄家渡。"

第五十章　鄱阳决战

樵舍。

叛军舰队停靠在江边，朱宸濠立于船首，望着水面上的月光。

凌十一走了过来，身后跟着两个士兵，押着一对双手反绑的夫妇。只见他们口中塞着破布，发出哼哼唧唧的声音，却是诸养和与他的妻子。

朱宸濠兴奋道："干得好！押下去，严加看管。"

凌十一道："是！"

诸养和目光冷峻。

凌十一离去后，娄素珍走了过来。

朱宸濠期待道："怎么样？"

娄素珍摇摇头，道："真把人给伤了。七十多岁的老头儿，跟你风里来雨里去，还要被你怀疑。"

朱宸濠不满道："我怎么不怀疑别人？就算王阳明想借刀杀人，为何单单挑他和梁万伦？"

梁万伦从甲板上经过，听到后止步。

娄素珍奇道："梁万伦？"

朱宸濠愤愤道："说是跟王阳明有仇，谁知道安的什么心？毕竟不是自己人！"

梁万伦胸口起伏，委屈愤恨……

黄家渡。

几十艘快船迅速行驶，航道两旁是又高又密的芦苇荡。梁万伦立在船头，神色严肃。

一个军官担忧道："将军，是不是冲得太快了？陛下只让咱探个路……"

梁万伦道："我军士气低迷，急需一场胜仗。咱们打进南昌，摆下酒席给陛下接风如何？"

军官惊讶道："啊？"

梁万伦四下里瞧了瞧，不禁失笑道："王阳明终究不是神。这么险要的地方，若是埋一伏军，你我只怕都要葬身鱼腹。"

话音刚落，芦苇荡中喊杀震天，灯火通明，梁万伦和军官大惊失色。

梁万伦急道：“散开阵型！”

叛军船队四散开来，往芦苇荡放射火箭。一时间火光冲天，官军舰艇被逼了出来。炮火轰鸣，双方对射，几丈高的水柱此起彼伏。

一个时辰后，天开始放亮，江面上硝烟弥漫，烧毁的战船横七竖八地漂着。

梁万伦环视战场，颇为满意。

两个满脸黢黑的士兵被军官带到梁万伦跟前，却是之前在章江门哗变的乱兵华楠与华杉。

军官道：“将军，这两个人自称华楠、华杉，以前驻守章江门。”

二人跪下，痛哭流涕。

华楠悲恸道：“世子死了。”

梁万伦震惊不已。

京城，身穿四品飞鱼服的黄绾在挂有“钱府”牌匾的宅邸前下马。

花厅里，钱宁叮嘱道：“此番南巡，天子安危，系于你身。总之，多加防范吧。”

黄绾慷慨激昂道：“黄绾能有今日，端赖将军大力提携。此行一定不辱使命！”

钱宁微微一笑，坐了下来，道：“我已经过气喽，帮你就是帮我自己。你呢，也忍了这么些年了，是该跟他做个了断了。”

黄绾见钱宁望着自己的断指，不禁想起往事，嘴角抽搐。

正阳门，朱厚照身穿黄金甲，骑着高头大马率军出征，威风凛凛。左边两骑是张永和张忠，右边两骑是江彬与黄绾。

群臣夹道欢送。

杨廷和闭目不言，王琼忧心忡忡，钱宁惴惴不安。

黄家渡。

一群叛兵聚在甲板上，把华楠和华杉围在中间，交头接耳。

华楠道：“你家是哪的？”

叛兵甲道：“乐化。”

华楠道：“很近啊！还待在这不走？”

叛兵甲脸红道：“我……我一个人不敢跑，怕抓住了杀头。”

叛兵乙焦虑道：“南昌现在到底怎么样啊？我媳妇快生了，心里七上八下的。”

叛兵甲打趣道：“你是想女人了吧！”

众人哄笑，叛兵乙捶打他。

军官远远瞧见，走了过去。

华杉感慨道：“官兵军纪严整，入城后秋毫不犯。那王阳明巡城时逮住两个强抢民女的，直接让人拖到大街上给砍了。”

众叛兵啧啧称道。

华楠补充道：“而且告示上说了，被迫附逆的，只要能在亲属的劝说下主动到巡抚衙门投首悔过，便既往不咎。”

众人两眼放光，军官走到近前道：“不好好望风，聚在这嚼什么舌头？！”

叛兵们默默散去……

两个时辰后，桅杆上的一个叛兵四下瞭望，忽然发现二十多艘小船疾驰而去。他愣了愣，大声疾呼“有人逃跑”。

众人纷纷跑到船头眺望，梁万伦也快步走出船舱查看，勃然色变，拔刀道：“全军出击！”

叛军船队起锚追赶。突然，只听锣鼓喧天，两支舰队从芦苇荡中开出，战船密密麻麻地横在江面，挡住叛军的去路。

左翼舰队，伍文定立在船首，脸上掠过一丝微笑；右翼舰队，邢珣也出现在甲板上，笑吟吟地望向叛军。

实力对比太过悬殊，梁万伦大惊失色。这时，背后也传来喊杀声，梁万伦转身走到船尾，只见另一只舰队封锁了他的去路。余恩站在船首，手握腰间佩刀，威风凛凛。

梁万伦傻眼，手中刀跌落……

水军大营。

船舱里，冀元亨、王畿和邹守益站在主座旁，王阳明起身搀扶跪在案前的华楠、华杉。

“两位立下大功，请受王某一拜。”王阳明作了个长揖，华楠、华杉惶恐还礼。

欧阳德入内禀报：“都堂，梁万伦带到。”

王阳明点点头，华楠、华杉退到一旁。欧阳德冲门外招了招手，梁万伦被反绑着押了进来。他看见华楠、华杉二人，眼含怒火。

王阳明道：“梁万伦，这些年你一直活在对我的仇恨里。我很好奇，你不累吗？”

梁万伦激动道：“杀了你，就是我活下去的全部意义！”

“混账！”冀元亨抽刀欲砍。

王阳明制止道：“慢着！”

梁万伦恨声道：“快快动手，让我下去陪我的弟兄！否则我让你一辈子不得安生！”

王阳明淡然道：“你走吧。”

众人不解，纷纷劝告。

王阳明道：“杀一个一心求死的人，没什么意思。”

邹守益道：“先生——”

王阳明挥手制止，拿过冀元亨的刀，替梁万伦松绑，道：“走吧。”

梁万伦一愣，连连冷笑。

“假仁假义！”梁万伦转身离去。

邹守益不平道：“先生，跟那种人客气什么！”

冀元亨挥舞拳头道：“没错，当众斩了，还能给叛军一个下马威！”

王阳明走到门口，凝望远方道：“以我对梁万伦的了解，他必会原路返回。如此一来，便帮了咱们一个大忙。”言毕回身。

冀元亨与王畿对视，不解其意。

王阳明解释道：“梁万伦仅以身免，朱宸濠必定对他更加怀疑。不管杀不杀，军心都会愈发动摇。”

众人深思。

樵舍，叛军帅船。

朱宸濠怒气冲冲地从里间走出，只见梁万伦赤裸上身，背负荆条，正跪着请罪。

“来人！”

两个卫兵入内。

朱宸濠道：“军法从事！”

卫兵上前将梁万伦摁住，梁万伦急道：“陛下！给我一个将功赎罪的机会吧！”

朱宸濠怒不可遏道：“你拿什么赎？你勾结王阳明不是一天两天了，别人都没回来，怎么就把你给放了？”

梁万伦语塞道：“我——”

朱宸濠扬了扬手，卫兵将梁万伦往外拖。

梁万伦连道：“陛下！陛下！”被拽到门口时，李士实忽然出现。

朱宸濠愣了愣，道：“太师？”

李士实规劝道：“陛下，老臣早在刑部时就跟王阳明打过交道。他的把戏，我一清二楚。切莫中其离间之计，铸成亲痛仇快的大错。”

“太师向来一语中的，只是这次——”朱宸濠看了看梁万伦，还是一脸猜疑。

李士实冲卫兵挥了挥手，梁万伦被放开。

李士实道：“你们先出去吧。”

卫兵看了看朱宸濠，见其点头，同梁万伦退下。

李士实温言道：“王阳明故意只放梁万伦，就是想借陛下之手临阵斩将，乱我军心。梁万伦脑子不太灵光，但毕竟还算忠勇。换个人早就溜了，何必回来送死？”

朱宸濠如梦初醒，道：“原来如此。”

“让他戴罪立功吧，知耻而后勇。”

“也好。决战在即，太师有何高见？”

李士实条分缕析道：“王阳明虽有小胜，但我军在兵力上依旧占据着压倒性的优势。且巨舰大炮，利于开阔水面作战。王阳明东拼西凑的破船不堪一击，搞搞偷袭还可以，绝不敢与我正面交锋。因此，只要咱们开进鄱阳湖，一面命南康、九江出兵骚扰南昌，一面以逸待劳，耗尽他们所剩无几的粮草，则不难聚而歼之！”

朱宸濠击掌道：“好！就这么办！”

水军大营，夜色沉沉。

伍文定走进船舱，只见冀元亨、王畿、邹守益和欧阳德都在。王阳明手里拿着一张信纸，望着灯火出神。

伍文定道：“都堂。”

王阳明抬头，道：“叛军已入鄱阳湖，摆开架势，等我一战。我决定顺势而为，由你打头阵。”

伍文定一愣，道：“不是说要避免与敌在开阔水面交战吗？”

王阳明起身道：“王部堂来信，说陛下要亲征，銮驾业已南下。可是江西民穷财尽，再也经不起折腾。咱们必须速战速决，以免朝廷大军过境扰民。”

“问题是叛军船坚炮利，在鄱阳湖打，咱们一点便宜也占不到啊！”

“未必。我军船小不假，但贵在灵活，只要打入敌军舰阵，与之跳帮厮杀，胜算还是很大的。”

王畿插言道：“没错！再说了，他们有大炮，咱们也有佛郎机啊！”

伍文定想了想，抱拳道：“都堂！我一定死战到底，决不退却半步！”

王阳明点头道：“邢珣、余恩会从旁策应，一旦我军占了上风，还有天兵相助。”

伍文定奇道：“天兵？”

众人均是一脸疑惑。

王阳明神秘一笑，邢珣走入禀报：“都堂，一万块木牌已按你的吩咐打造完毕！”

王阳明高兴道：“好！”

众人面面相觑。

公元一五一九年，明正德十四年，王阳明与朱宸濠在鄱阳湖展开了一场决定大明兴废的生死之战。

叛军帆樯如林，左翼是凌十一部，右翼是闵廿四部，前翼是梁万伦部，正中央是朱宸濠的座船。

朱宸濠身穿铠甲，在李士实的陪同下走到船头，极目远眺，只见伍文定、邢珣和余恩各自率领一支船队，摆出锥形阵。

朱宸濠喃喃自语：“怎么不见王阳明？”

船舱里，邹守益、欧阳德、王畿和冀元亨席地而坐。王阳明捧着本书，踱来踱去。

邹守益请教道：“先生，古往今来那些能做出惊天伟业的圣人，是不是事先都有充分的谋划呀？”

王阳明笃定道：“没有。不过光明良知而已，事情来了就随机应变。人生变幻无常，谁也无法预料下一刻会发生什么。自知者知人，砥砺内心才是一生的修行。”

冀元亨小声道：“大战一触即发，师父怎么跟没事儿人似的？”

王畿低声道：“这就叫‘此心不动，随机而行’。”

冀元亨奇道：“此心不动，随机而行？”

鄱阳湖上，叛军率先开火，一时间炮声如雷，水柱冲天。

伍文定站在船头，神色肃穆。他对身旁的谈储道：“打出旗语，许进不许退，违令者斩！”

“是！”谈储离去。

余恩和邢珣指挥船队变阵，使船舷对敌。甲板上，士兵们纷纷抬出佛郎机齐射。炮弹呼啸而去，击中叛军战船，登时桅折帆落，死伤无数。

梁万伦立在船头，抽刀直指前方，大声道：“全速前进！”

船队直奔官军而去，伍文定的座船上也升起了旌旗。

谈储走到船头，道：“大人。”

伍文定下令道：“开上去，冲到第一线！”

谈储大惊道：“帅船当先，不利于指挥全军。”

伍文定拔剑道：“身先士卒就是最好的指挥！一鼓作气，冲散他们！”

“好吧。”谈储转身而去。

从空中俯瞰下去，伍文定的座船一马当先，同敌军遭遇。

梁万伦发现伍文定对他置之不理，直奔朱宸濠的座船而去，赶紧道：“开炮！”

弹落如雨，官军战船登时火焰冲天。如此近的距离，谈储吓得脸色苍白。突然，一颗炮弹命中伍文定的座船。

谈储急道：“大人小心！”

甲板上的士兵纷纷卧倒。

硝烟散尽，只见伍文定屹立不倒，双颊漆黑，胡须烧着了一半。

众人皆惊，待反应过来，急忙冲上去救火。

谈储心有余悸道：“大人？”

伍文定面不改色道：“我没事，继续冲！”

谈储血气上涌道：“是！”

舱外枪炮轰鸣，舱内王阳明泰然自若地讲解。

“天下的学问技艺五花八门，任何人习得一样，都可赖以谋生。但若为了生存而生存，不懂《尚书》里‘惟天地万物之母，惟人万物之灵’的道理，那人也就同鸟兽没什么区别了。”

湖面，伍文定的船队冲入敌阵，双方犬牙交错。

一艘艘船硬邦邦地撞在一起，官兵在伍文定和谈储的带领下跳上敌舰，奋勇砍杀。梁万伦慌了，掉转船头急追，却被余恩的船队咬住，经受着火炮与火箭的洗礼。

邢珣则沉稳调度，用炮火掩护伍文定部。

白刃战愈演愈烈，几个官兵甚至爬上了帅船，朝朱宸濠奔来。幸亏满脸血污的凌十一及时赶到，将其斩杀。

凌十一劝道："陛下，挡不住了，先避一避吧！"

朱宸濠看了看李士实，只见他微微摇头，于是道："成败在此一举，给我挺住！"

船舱里，王阳明合上书，缓缓走到门口，道："惟乾。"

冀元亨起身道："师父。"

"通知邢珣，该请天兵了。"

"是！"

冀元亨乘坐一叶扁舟，来到邢珣的座船旁。两人隔水交谈了几句，邢珣立刻转身去布置。

叛军阵营，伍文定以一当十，杀得对方心惊胆寒。官兵深受鼓舞，叛兵节节败退。

朱宸濠愁眉苦脸。

正在这时，只见相邻的船上，一群叛兵聚在一处，指着江面，嘀嘀咕咕。朱宸濠顺着他们手指的方向，看见水面上漂来不计其数的木牌。

不一会儿，一个叛兵浑身湿漉漉地爬上船，手里拿着木牌。众叛兵赶紧凑了上去，争相察看。

"扑通扑通"的声音接连传来，各船都有跳水去捞木牌的。朱宸濠同李士实对视了一眼，正巧一叛兵手持木牌欢天喜地地路过。

朱宸濠道："站住！"

叛兵抬头，惊惧交加。

朱宸濠指着木牌，道："给我。"

叛兵犹豫片刻，扭头就跑，撞了闵廿四一个满怀。

闵廿四一脚将之踹倒，夺过木牌交给朱宸濠，只见上面写着：免死牌。

朱宸濠念道："宁贼叛逆，罪不容诛。胁从人等，弃暗投明。手持此牌，既往不咎。"

朱宸濠气得直喘粗气，抬头一看，但见叛兵斗志全无，争先恐后地去捞免死牌，甚至大打出手。

闵廿四一脸颓丧，连李士实也失望透顶。

朱宸濠恨声道："鸣金收兵！"

清脆的声音响起，叛军掉转船头撤退。

伍文定四下张望，只见到处都是被击毁和倾覆的战船，江面上衣甲与浮尸混杂在一起，争抢免死牌的叛兵不顾一切。

谈储唤道："大人。"

伍文定回头。

谈储传令道："都堂说别追了。"

夕阳西下，叛军残部逃到一个名叫"八字脑"的江湾休整，朱宸濠在两个卫兵的陪同下走到船头察看地形，凌十一行色匆匆地走来，道："陛下，探马来报，南康、九江失守。"

朱宸濠半晌无语，凌十一偷瞥了一眼，只见他神色平静地指着远处被江水一分为二的小山，问道："彼处唤作何名？"

众人不能答，只有一个放风的哨兵为出风头，积极道："回陛下，黄石矶。"

朱宸濠沉默片刻，冷不防笑了起来，声音越来越大。

众人面面相觑。

"皇失机，皇失机，好一个皇失机！"朱宸濠蓦地拔出身旁卫兵的刀，走到哨兵跟前，将其捅死。

凌十一惊道："陛下！"

朱宸濠望着哨兵的尸体，怒道："你算个什么东西，也敢嘲笑寡人？"

梁万伦走近，看到朱宸濠癫狂的样子，不禁一愣。

朱宸濠瞟了梁万伦一眼，道："什么事？"

梁万伦回过神来，道："铁索准备好了。"

水军大营，王阳明站在船头沉思，余恩走到他身后，道："都堂，探马来报，叛军停靠在八字脑，铁索连舟。"

王阳明抬起右手测风，广袖飘飘，半晌方道："朱宸濠天数已尽。"

当晚，两个叛兵把一口大箱子抬进船舱，放在正中央。舱中站着凌十一、闵廿四、梁万伦和四个军官，李士实在座。

朱宸濠起身走到箱子旁，从里面抓起一把财宝，道："胜败乃兵家常事。当年刘邦与项羽逐鹿中原，大小七十余仗，每战必败。后来垓下一战成功，始有汉室四百年江山。寡人自出师以来，有赖各位浴血奋战，连克九江、南康，势如破竹。如今偶有小挫，不必挂怀。来，把这些都分下去，晓谕三军，明日与王阳明决一死战！"

娄素珍走出，摘下自己的耳环和手镯，放到那堆财宝上，道："也算我一份。"

凌十一道："娘娘高义。将士们知道了，士气必定大振。"

朱宸濠道："大伙累了一天了，早回各船歇息，养精蓄锐。"

众人抱拳，转身离去。

李士实忧道："陛下，战船结为方阵，有利有弊。敌军固然无法再用白天的战术冲垮咱们，可要是风向有变，一旦用火，这样的江湾，逃无可逃。"

朱宸濠不快道："还没开打，何必言逃？"

话音刚落，一声巨响，震得帅船东摇西晃。朱宸濠大惊，闵廿四急入。

朱宸濠道："怎么回事？"

闵廿四恐慌道："敌军偷袭！"

李士实色变。

官军的小船满载燃着熊熊烈火的草捆撞向叛军战船。

近处，伍文定指挥舟队上的官兵放射火箭；远处，由余恩率领的船队用硬弩射出带着火药包的长弩，遇敌即炸。

借着风势，大火蔓延开来。叛兵惊恐万状，丢盔弃甲。有抢夺舢板逃命，慌乱中不慎落水的；有弯腰去解铁索，却被落在身旁的炮弹炸飞的；更多的则直接跳入江中，挣扎着想游上岸去。

王阳明的座船开了出来，灯火通明。一排佛郎机瞄准叛军，其后的士兵手举火把，严阵以待。

官军停止射击，等待王阳明喊话。

王阳明高声道："叛军将士听着！我是南赣巡抚王阳明！给你们最后一次投降的机会，若再执迷不悟，定斩不赦！"

一些水中的叛兵向官军游去。朱宸濠走到船头，火冒三丈道："王阳明！我们朱家的事与你何干？"

王阳明朗声道："天下乃天下人之天下，非一家一姓之天下。你祸国殃民，众叛亲离，再不罢手，休怪本院不客气！"

士兵们齐刷刷伸出火把，对准引线。

朱宸濠放声大笑，凌十一带着两个卫兵把诸养和夫妇押到船头。朱宸濠张狂道："叵耐竖子！先管好你自己的家事吧！"

王阳明大惊道："岳父？"

诸养和的嘴被破布堵住，只能发出含混不清的声音。

朱宸濠冷笑，闵廿四拔刀发令道："放！"

叛军弓箭手齐射，舰炮齐鸣。官军士兵纷纷中箭，船被炸沉了十几艘，伍文定和余恩挥剑格挡。

邢珣焦急地望向王阳明，只见他额上涔出了汗。

叛军疯狂报复，官军损失惨重。

突然，诸芸玉从船舱中跑出，夺过一个士兵的火把，点燃一尊佛郎机，嘶吼道："爹娘已经过世，他们是假的！"

王阳明惊愕转身，但闻"砰"的一声，炮弹向朱宸濠的座船飞去。

“陛下小心！”凌十一一把推开朱宸濠。

爆炸声响过，木屑横飞。待硝烟散尽，只见凌十一和诸养和夫妇当场身亡。朱宸濠坐在甲板上，错愕不已。

诸芸玉扔了火把，泪流满面地跪下，恸哭道：“爹！娘！女儿不孝……”晕厥过去。

王阳明深吸了口气，脸色苍白，用尽所有力气道：“全歼敌军！”

佛郎机喷吐着愤怒的火舌，把叛军轰得七零八落。

伍文定和余恩的船队冲进敌军阵营。

官兵跳上叛军战船，双方打起了白刃战。叛兵斗志全无，作鸟兽散，只有梁万伦带着十几个人死命抵抗。

朱宸濠失魂落魄地望着兵败如山倒的局面，娄素珍远远瞧见，冲了过来，摇他肩膀道：“陛下！陛下！”

朱宸濠看了看娄素珍，回过神来，拉起她就跑。

船舱里，诸芸玉躺在床上，名医李言闻替她号脉，王贵和王翔站在一旁。

王阳明急入，望着妻子憔悴的脸，痛心疾首。

李言闻起身道：“惊厥而已，无大碍。”说着，提起药箱出门，王贵和王翔也知趣地离开。

王阳明在床边坐下，抚摩妻子的脸颊，心疼不已。

诸芸玉缓缓睁眼。

王阳明心疼道：“你来这里做什么？刀剑无眼——”

诸芸玉虚弱道：“我看你心神不宁，只怕迟早会出状况。”

“我心神不宁？”

“你担心敌营里一个女子的安危，又如何做到知行合一？”

王阳明知道她指的是娄素珍，微微脸红。

朱宸濠带着娄素珍夺命狂奔，斩杀了两个上前阻拦的官兵。

逃到船尾时，又有四个官兵追了上来，步步紧逼。千钧一发之际，闵廿四背着把弓赶到，将他们一一撂倒，道：“陛下，跟我来！”

朱宸濠和娄素珍随他来到下层甲板，只见船尾绑着一艘小船。闵廿四揭开油布，砍断绳索，三人跳上了船。

闵廿四奋力撑橹，离开战场。

另一间船舱里，一袭白衣的李士实洗完手，用搭在铜盆上的毛巾擦了擦，转身走到案几前坐下，看了看案上的碗。

碗里黑漆漆的毒药倒映着他心如死灰的脸。

李士实平静地端起碗，一饮而尽……

甲板上，梁万伦浑身是血，被伍文定和余恩率领的两队官兵逼到了船舷。

他左右看了看，突然转身跳江。众人上前打望，不见踪影。

江上，闵廿四拼命划船，一群不会游水的叛卒扑腾过来。

闵廿四挽弓对准他们，警告道："不许靠近！"

叛卒不听，闵廿四射杀了为首之人，却挡不住源源不断的人潮。叛卒们扳住船沿想往上爬，小船左摇右晃，眼看要翻，闵廿四扔了弓，拔刀怒砍。顷刻间，几十根指头被削了下来，惨叫连连。

船舱里，朱宸濠攥着娄素珍的手，悲怆道："商纣因为听信妇人之言而亡，我却因不听妇人之言而亡。"

娄素珍柔声道："事已至此，无须后悔。我都没有后悔嫁给你。"

两人相视一笑。

娄素珍续道："爹爹去的那一年，你把我从通惠河里救上来，对我说——就算全天下的人都抛弃了你，你还有我。现在，我也要对你说——就算全天下的人都抛弃了你，你还有我。"

朱宸濠感动地将她搂入怀中，道："等上了岸，你走吧。"

娄素珍动情道："走去哪？我没有别的亲人了，你就是我最亲的人，死也要死在一起。"

船舱外，闵廿四对着叛卒乱捅，水面上一片殷红。突然，一个叛卒抓住他的脚踝，把他拉下了水。众人蜂拥而上，跟闵廿四扭打起来。

朱宸濠出舱，左右看了看。

"陛下快走——""走"字刚说了一半，闵廿四便被叛卒摁沉下去。

朱宸濠赶紧摇橹驶离……

太阳照常升起。

朱宸濠还在划船，满头大汗。娄素珍替他擦汗，喂他喝水，回船舱放碗。

忽然，水天相接的地方出现了一支船队。朱宸濠大惊，停下四望，才发现已被包围，东西南北分别是由伍文定、余恩、邢珣和王阳明率领的船队。

包围圈越缩越小，王阳明立在船头。

朱宸濠怒目而视，突然瞥见闵廿四遗落的弓。他将之捡起，对准王阳明。冀元亨大惊，挽弓射箭。朱宸濠不躲不闪，亦射箭。

眼看朱宸濠就要中箭，娄素珍忽然从船舱中跑出，挡在他身前。

朱宸濠绝望道："不——"

王阳明大惊。

箭贯穿了她的身体，胸口一片鲜红。朱宸濠抱着妻子，痛不欲生道："为什么要犯傻？为什么——”

娄素珍有气无力道：“画虎屠龙叹旧图，血书才了凤眼枯。迄今十丈鄱湖水，流尽当年泪点无……”说着，手垂了下去。

朱宸濠哭得声嘶力竭，众人默然无语。突然，他痛极反笑，仰望苍穹道：“皇天无亲，惟德是辅？哈哈哈哈！皇天无亲，惟德是辅？世人的哭泣，真的那么好笑吗？你这装聋作哑，颠倒黑白，杀人无算，猪狗不如的天！”

言毕，抱着娄素珍的尸体跳船。

王阳明急道：“快救人！”

天上云卷云舒。

临清行宫。

一道奏疏被扔到地上，标题是：擒获宸濠捷音疏。

朱厚照怒气冲冲道：“王阳明浑蛋！”

张忠捡起奏疏，张永和江彬走近围观。张忠火上添油道：“这个王阳明，真是无法无天，竟敢跟皇上抢功。”

张永婉言劝道：“叛乱既平，再去江西，已师出无名。”

张忠道：“那也不能就这么回去，让百官笑话！”

江彬亦道：“对！才半个月就打赢了，不合常理！应该继续南下，查明真相！”

张永察言观色。

张忠又道：“而且南方经此一役，元气大伤，正需皇上沿途巡幸，安定人心。”

朱厚照点头道：“不错！都到山东了，最起码也要去南京拜谒一下孝陵，给天下人做个榜样嘛！”

张忠、江彬齐声道：“皇上英明。”

张永皱眉。

朱厚照想了想，道：“捷报先不要发往京城。黄绾立即启程，去南昌，让王阳明把朱宸濠交出来！”

张永试探道：“皇上莫非要御审逆藩？”

朱厚照挥舞拳头道：“朕要揍他！当面决斗！”

张忠奉承道：“正好此次起居注官随行，皇上赤手擒贼，必将传为一段佳话。”

江彬愤愤不平道：“没错！上回应州大捷，皇上战功赫赫，结果那帮文官愣是不认！这次写到史册里，看他们怎么说！”

朱厚照满意道：“张永！”

张永应道：“皇上。”

“你先去杭州布置，等朕抓了逆贼，要一览苏杭的美景。”

“是。”

赣江之滨，王阳明拿着一支断箭，只见箭柄上刻着“既见君子”四个字。望着滔滔不息的江水，他皱眉凝思，想起当年在关外娄素珍与娄忱对峙的一幕……

娄素珍道：“你不取消婚约，女儿誓死不回。”

娄忱道：“父母之命，媒妁之言。一并绑了！”

士兵拿着麻绳上前，娄素珍忽然从王阳明的箭壶中抽出一箭，抵住脖子。

“爹，你要把女儿往绝路上逼吗？”

士兵止步，娄忱挥手让他们继续上前，并道：“我娄忱从不受人威胁，女儿也不行。”

娄素珍倔强地将箭刺了下去，王阳明大惊，冲上去夺箭，却不慎把娄素珍扑倒在地。

王阳明道：“才捡了条命，这么快又活腻了？”

娄素珍脸红起身，道：“为什么拦着我？”

王阳明柔声道：“人活着，不是为了迎合任何人的期待。如果因为庸人的偏见就要寻死，那岂不是比庸人还蠢？”

又想起当年在庐山含鄱口看日落的一幕……

当时，含鄱亭被云海包围，宛若仙境。娄素珍冻得搓手哈气，王阳明拉过她的手，放到自己嘴边吹气，两人相视一笑。

忽然，云朵散去。远而望之，夕阳把鄱阳湖染成了赤色，水面波光粼粼，半壁河山都成了一幅绚丽的画卷。

王阳明赞叹道：“好一幅‘渔舟唱晚，响穷彭蠡之滨’。”

娄素珍动情道：“鄱阳湖真美，什么时候我们去那泛舟吧！”

“好啊！”

落日给这对璧人的背影镶上了一道金边，娄素珍情不自禁地把头倚在王阳明的肩上。

邹守益的轻唤把王阳明拉回现实。

“先生，诸养和夫妇已经下葬，娄素珍的灵柩也安置好了。”

王阳明道：“朱宸濠呢？”

邹守益道：“还是不吃不喝，一言不发。”

王阳明皱眉。

邹守益续道：“哦对了，有个人奉旨前来，要见您。”

“什么人？”

“锦衣卫指挥佥事，黄绾。”

王阳明意外道：“他？”

回到巡抚衙门，只见伍文定和邢珣正陪黄绾喝茶，其身后站着四个锦衣卫。

王阳明拱手道：“不知上差到来，有失远迎，罪过罪过！”

黄绾起身拱了拱手，一言不发。

王阳明走到主位坐下，道：“上差此行，有何见教？”

“传威武大将军口谕，王守仁着即交出朱宸濠。”黄绾把一个令牌交给身边的锦衣卫，那人走到王阳明跟前，递给他。

见牌上写着“总督威武大将军”，王阳明微微一笑道：“朱宸濠罪大恶极，余党散落江湖，蠢蠢欲动，请恕本院不敢贸然交人。”

黄绾动怒道：“你想抗旨？”

王阳明不卑不亢道：“圣旨何在？威武大将军何人？”

黄绾拍案而起道：“王阳明！你不要敬酒不吃吃罚酒！”

王阳明面无表情道：“兹事体大，出了差池你我都担待不起，还是谨慎些好。”

黄绾上前两步，道：“你不交人，我就搜城！”

王阳明话里有话道：“黄将军到底想找什么，不如直说，本院帮你一块找。”

黄绾色变道：“你什么意思？”

王阳明起身道：“宁王府搜出不少朝中官员勾结逆藩的书信，黄将军该不会是替什么人来找罪证的吧？”

黄绾难掩慌乱道：“捕风捉影！最后问你一遍，交还是不交？”

王阳明冷冷道：“恕难从命。”

黄绾嘴角抽搐，半晌方道：“算你有种！等着瞧！”带人离去。

邢珣忧虑：“都堂——”

王阳明道：“你们各自回赣州、吉安吧。”

伍文定道：“都堂不用撵我们走，皇上怪罪下来，大伙一起担着就是了。”

王阳明道：“担什么？城里已经断粮，几万张嘴上哪给他们找吃的去？赶紧各回各家，免得给我添乱。”

伍文定与邢珣对视了一眼。

邢珣道：“皇上那边，您打算怎么应对？”

王阳明冷静道：“皇上不顾群臣阻拦，执意南下，为的是亲手捉拿朱宸濠。王部堂在给本院的信中猜测，他为了跟逆藩打一仗，甚至有可能故意纵虎归山。”

伍文定不可思议道：“这，这也太荒谬了！”

王阳明续道：“部堂久在御前，比你我都了解皇上。他的意思是由我亲自带队，将朱宸濠押解进京，以免节外生枝。”

伍文定担忧道：“可是皇上既已派人来过，再这么做只怕天威震怒啊。何况南昌现在危机四伏，还离不开都堂。”

王阳明踱到门口，叹息道：“你说的没错。梁万伦尚未落网，朱宸濠哪也不能去。”

临清行宫，朱厚照紧紧攥住桌上的一封《请止亲征疏》，大为不满道：“公然抗命，还好意思让朕减免江西钱粮。”

黄绾面朝朱厚照站着，张忠和江彬一左一右立在两侧。

张忠添油加醋道：“更可气的是，说什么叛军党羽沿途设伏，谋刺圣驾。这不是无中生有，恐吓天子吗？”

朱厚照拍案道：“他要圣旨，朕这就给他下旨，看他还有什么话说！”

张忠提醒道：“皇上，万万不可！一旦留下字据，后世——”

朱厚照反应过来，道：“嗯——唉！不下旨要人，他要是犯起浑来，押着朱宸濠进京怎么办？不行，你们都去，带着京军，朕随后就到。”

江彬瞥了眼黄绾，道：“皇上，不留人护驾吗？”

黄绾看了看江彬。

朱厚照望着眼前的一片虚空，道：“这么多卫兵，足够了。你们三个要逼他就范，交出朱宸濠！”

王阳明微服私访，身后跟着冀元亨、王畿、邹守益和欧阳德。只见路边架设了几个赈棚，队伍排得很长，灾民衣衫褴褛。

冀元亨道：“福建、广东的米昨儿个到的，安庆也派人运来几十车粮，再从吉安、赣州调拨一批，难关差不多就能过了。”

王阳明忧心道：“难关还在后头，京军不日即到。”言讫，他注意到街边一所被贴上封条的商铺，便道：“把逆藩名下的宅子、商铺和田产卖了，补足欠饷。不能让平叛有功的士兵吃亏受委屈。”

王畿提醒道：“师父，你这一时兴起做了好人，等江彬和张忠来了，捞不着好处，给你安个擅自处置逆产的罪名怎么办？”

王阳明笑道：“怎么办？兵来将挡呗！这两个人，年轻时就不是为师的对手，现在合起伙来，一样没用。”

众人皆笑。

一支送葬队伍经过，气氛顿时又严肃起来。

王阳明正色道：“南昌经不起折腾了。都想一想，怎么送瘟神吧。”

第五十一章　群小祸国

大军停在广润门外。

当先四骑，江彬、张忠居中，左右分别是黄绾和五军营提督许泰。

城门洞开，两个童子正在洒扫，几个百姓进进出出，安静祥和。

江彬与张忠对视了一眼。

忽然，一支推车队跑步出，人人皆戴面巾。车上盖着白布，似乎在运尸体。王阳明最后出，在邹守益和欧阳德的陪同下，快步走到大军前，摘了面巾，抱拳道：“江都督、张公公，南昌新乱之余，突发时疫，两天之内死了一千多人——”说着，猛烈咳嗽起来。

江彬皱眉，张忠下意识地掩鼻。

王阳明续道：“疫情凶猛，下官分身乏术，迎接来迟，还望勿怪。”

张忠不耐烦道：“好了好了，进城吧！”

王阳明做了个邀请的手势，江彬、张忠、黄绾和许泰倨傲地策马向城门走去。

巡抚衙门，主宾步入会客厅，王阳明径直走到主座坐下。

江彬和张忠不满，分左右各自入座。黄绾神色冷淡，同许泰坐在下首。江彬不悦道：“王大人，好歹你也做了这么多年的官，怎么不懂规矩呀？”

王阳明装傻道：“哦？什么规矩？”

“我等远道而来，你作为东道主，居然不设宴接风。”

“都督此言差矣。本官是南赣巡抚，不是江西巡抚。在此迎接各位，实属越俎代庖，情势所迫。”

张忠不快道：“哼，咱家看你连基本的尊卑之礼都忘了。江都督在此，竟敢自居上座。”

王阳明不慌不忙道：“江都督是正一品，在本官之上没错。但国朝祖制，文武不相统属——”

江彬摆手道：“行了行了，不要东拉西扯了！王阳明，本督问你，为什么不交朱宸濠，莫非你想包庇他？”

王阳明道：“不是不交，只是奸党潜布，恐重演博浪沙之故事。”

张忠冷笑道："呵呵，王阳明，你那些伎俩咱家二十年前就一清二楚，不必故弄玄虚。此行有两万京军护送，休要再提什么叛党余孽，乘隙窃发的鬼话。赶紧交人！"

"既如此，请问张公公是奉何人之命前来拿人？"

"威武大将军！"

"闻所未闻。"

江彬插言道："就是皇上！"

王阳明伸手道："圣旨何在？"

江彬语塞。

张忠拍案而起道："王阳明！跟皇上作对，你这是自寻死路！"

王阳明不冷不热道："皇上圣明烛照，不会下此乱命，还请公公慎言。"

张忠怒火中烧道："你——"

王阳明不徐不疾道："公公若实在想提走罪囚，可以写道文书，签字画押。有了字据，本官便能放心大胆地把他交与你。"

黄绾看了看张忠，只见他欲言又止。又瞥了眼江彬，但见其满脸怒气。

江彬和张忠被安排在宁王府下榻。

当晚，江彬刚一回府就气冲冲地把佩刀往桌上一撂，道："早知今日，当年在福建就该一刀结果了他！"

张忠沉思道："听说朱宸濠起兵前，王阳明来过宁王府。"

江彬眼前一亮道："公公有何高见？"

张忠想了想，道："有三策，咱们分头行动……"

四人在灯下密谋。

次日，王阳明在床上打坐，忽听得外间骂声不休。门被推开，王畿、冀元亨和邹守益入内。

冀元亨慌乱道："师父！"

王阳明睁眼。

巡抚衙门的大门口，三十多个京兵站成两排，狂骂王阳明。许泰坐在不远处的树荫下喝茶，旁边一兵替他扇扇子。

"败类，滚出来！"

"伪君子！"

"欺世盗名！"

"缩头乌龟！"

围观者越聚越多，议论纷纷。

“怎么回事？”
“说王大人串通乱党。”
“真的假的？”
“这年头，谁知道呢？”

宁府的门口停着四辆华丽的马车。
王府花厅，四个商人满脸堆笑，交头接耳。
商人甲低声道：“这笔买卖要是能谈成，哥儿几个就可以提前养老了。”
商人乙点头道：“是啊，两万京军的秋衣、布靴，我还没见过这么大的单子。”
张忠在八个锦衣卫的陪同下走入，四人立刻噤声起身。
商人甲满脸堆笑道：“呃……张公公。”
张忠环视四人，目光寒冷，忽道：“全部拿下！”
锦衣卫上前拘拿，四人大惊。
商人甲恐慌道：“公公，这是为何呀？”
张忠厉声道：“有人揭发你们勾结逆藩。带走！”
四人被拖了出去，一路呼号喊冤。

许泰打了个哈欠，起身伸懒腰道：“告诉他们，再骂两个时辰，不许偷懒！”
摇扇士兵道：“是！”
许泰离去。
王畿和冀元亨出门，一个端着盘瓜，一个抱着坛酒。士兵们听了摇扇士兵传达的军令，均有些不耐烦，加之疲惫燥热，声音渐渐小了。
王畿一边递瓜一边道：“来来来，辛苦了，大伙解解渴。”
冀元亨也把碗一字排开，道：“还有酒，润润嗓子。”
士兵们面面相觑，不敢伸手。
王畿热情道：“不要客气嘛！王都堂说了，你们只是奉命行事，却是最苦最累的人。”
围观百姓哄笑鼓动。
“不吃白不吃！”
“当官的回去凉快了，让你们在这洗热水澡呢！”
几个士兵舔了舔嘴唇，冀元亨端着碗走近，还是无人接纳。
王畿道：“大家该吃吃，该喝喝，该骂骂。没做过的事，王都堂不怕被人说。”
终于，一个士兵豁出去拿了块瓜。其他人纷纷效仿，或吃瓜，或喝酒。
摇扇士兵道：“你们，你们还有没有军纪？！”
无人理会。
王畿和冀元亨相视一笑，围观者纷纷散去。

一间黑牢，卫兵开门，黄绾走入。

只见四个商人双手被绑，吊在暗室之中。他们身挨铁鞭，凄惨号叫。

锦衣卫停手，等候黄绾指示。黄绾踱步，瞧了瞧奄奄一息的四人，道："北镇抚司有个教人开口的法子，打太祖爷那传下来的。简单说，就是把嘴硬之人剥光了放在铁床上，以滚水浇其身，再用铁刷刷其肉，直到露骨。"

四人心惊胆战。

"给你们半天时间想一想，不招咱们就试试看。"黄绾转身离去，身后又响起惨烈的拷打声。

王畿和冀元亨兴高采烈地回到书房，只见邹守益与欧阳德愁容满面地站在王阳明身旁。王畿道："怎么回事？"

邹守益道："江彬、张忠派人把南昌的四大商贾抓了，说他们串通宁贼。"

欧阳德道："那四人之前都买过逆产，这是冲着先生来的呀！"

邹守益道："没错，指不定现在关在哪严刑逼供呢！"

王阳明沉思片刻，道："救人要紧。你们过来。"

四人凑了上去，听王阳明指示……

半个时辰后，王畿带着两个士兵，在一座高门大院前同府邸的管家说着什么。管家点了点头，转身入。很快，下人抬着梯子走出，协助士兵将两条白布挂在大门左右。

另一处大宅门前，在冀元亨的监督下，三个士兵和该宅的管家也将两条白布挂到大门左右。

宁王府，张忠、江彬坐在上座，黄绾坐在左侧，许泰立在不远处汇报。

江彬奇道："挂白布？做什么？"

张忠沉吟道："有白布说明家里有疫情，提醒生人勿近，便于官府处置。"

许泰皱眉道："更麻烦的是，抓的那四个商贾里，有两家也挂着白布。"

江彬、张忠面容凝重，审过商贾的黄绾更是后背发凉。

卫兵入内禀报："都督，外面有个自称邹守益的，说巡抚衙门有请您和张公公。"

江彬、张忠对视。

心里忐忑的黄绾从墙角侧身闪出，远眺王畿挂白布的那所宅子。一辆马车在门口停靠，管家下车，掀开帘子。一个大夫提着药箱走出，抬头看了眼白布，瞬间色变，连连摆手，夺路而逃。

管家无奈地望着他的背影，摇了摇头，上前敲门。

黄绾的脸色愈发难看。

管家进门后，发现不远处的王畿冲他微微一笑。

巡抚衙门，江彬、张忠气鼓鼓地坐着，王阳明快步走入，笑容满面地致歉道：“失敬失敬，刚刚安抚了门口的京兵，让二位久等了。”

江彬不耐烦道：“有话快说，没工夫跟你在这瞎耗。”

王阳明落座，道：“好。听说南昌的四大商贾被抓了？”

张忠冷冷道：“他们涉嫌通敌。此事日后再议，王阳明，我且问你，为何私自变卖逆产？”

王阳明耐心道：“逆藩的商铺、田产多属巧取豪夺，理应还之于民。况且，当初平叛，朝廷未拨一兵一饷。如今战乱既平，遣散义军，手头总得有银子给人发放欠饷吧？”

江彬怫然道：“强词夺理！逆藩这些年把江西搜刮殆尽，宁王府是远近闻名的金山银海。抄没的钱都去哪了？”

王阳明道：“朝野上下，都盯着江西，都督该不会以为我敢私吞吧？实不相瞒，宁府的钱，大半都被朱宸濠拿来发饷了。南昌城破时，王府里的金银所剩无几，但都登记在册，有案可查。”

张忠大笑道：“王阳明啊王阳明，你当咱家是三岁小孩吗？真金白银，挖个洞就收起来了，弄条船就运走了，光看账簿能看出什么？”

“公公要这么说，本院不得不自证清白了。”王阳明击掌。

欧阳德抱着一个盒子走入，放到桌上，打开来只见里面全是账册。王阳明随手拿起一本，交给张忠。

张忠略微一翻，立刻色变。

王阳明微微一笑道：“看来宁王和公公私交不错啊，逢年过节，都有孝敬。”

江彬瞥了眼张忠，只见他额上涔出了汗。

张忠故作镇静道：“你以为靠这本假账册就能构陷咱家？”

“公公多虑了！朝廷的差不好办，地方的差也难当，最要紧的是与人方便，相互体谅。账册你大可带走，只求公公放了那四个无辜之人。”王阳明起身作揖。

张忠胸口起伏，蓦地起身出门。江彬错愕地看了看王阳明，也随之而去。

王阳明望着盒子，道：“都烧了吧。”

欧阳德急道：“凭什么要便宜那个浑蛋？！”

王阳明叹了口气，坐下道：“你知不知道从北京到南昌，多少官员收过朱宸濠的钱？”

欧阳德摇头。

王阳明道：“当初李士实搭上钱宁这条线，帮朱宸濠争取异色龙笺，暗示天下要建储，人选是宁王世子。机敏的立刻向宁府献媚，朱宸濠也投桃报李。张忠只是其中之一。”

欧阳德叹服道：“李士实果然老辣。能立储自然好，若不能，一旦朱宸濠起兵，那些有把柄的官员也不敢轻举妄动，即使不追随，也可两不相帮。”

王阳明道：“现在知道了吧？这些账目若被居心叵测之徒拿去兴风作浪，将是一场空前的浩劫。你跟守益亲自去，全部销毁。”

欧阳德叹了口气离去。

四个商贾莫名其妙地被抓，莫名其妙地被放，深感人生无常……

广润门外，赣江之滨，夜色下的京军大营，平静中透着一丝危险的氛围。

一群士兵围在一顶营帐门口，帐中传出剧烈的咳嗽声。

“让开让开，军医来了！”

众兵转头望去，只见一大夫提着药箱，在一名士兵的带领下入帐。门口一兵悄悄道：“这是第四个了，该不会出什么事吧？”

同一时间，宁王府。

江彬道：“没想到王阳明倒是个言出必行的主，把所有的账簿典册都当众烧了。”

张忠道：“这是做给文官看的，喂他们吃定心丸。不把这桶炸药点喽，他就是害群之马，众矢之的。”

江彬道：“既然王阳明手上没牌了，那就轮到咱们出牌了。公公可有妙计？”

张忠想了想，道：“据说冀元亨曾打着讲学的名义出入宁王府，后来又不声不响地走了。没过不久，王阳明便亲赴南昌，与逆藩会晤。”

江彬寻思片刻，大喜道：“这是在给他师父打前哨！从冀元亨下手，保证错不了！只要把他的嘴撬开，王阳明就是砧板上的肉！”

一锦衣卫急入禀报：“报告都督，黄将军病倒了！”

张忠色变。

江彬道：“知道了，把许泰叫过来。”

王阳明携李言闻来到黄绾就住的驿馆。

馆内，两名锦衣卫聚在客房门口，小声嘀咕，只听屋子里传出剧烈的咳嗽声。

锦衣卫甲走近，锦衣卫乙问道：“怎么样？”

锦衣卫甲摇头道：“军医都不敢来，借口推辞，外面的大夫就更不愿登门了。”

室内，黄绾躺在床上，绝望地盯着天花板。

锦衣卫丙低声道：“你俩小声点！”

这时，锦衣卫丁带着王阳明和李言闻由远及近而来，那三个锦衣卫自觉让开。

王阳明推门而入，黄绾瞥见，满脸惊愕。

王阳明道：“黄将军，这位是名医李言闻，特来替你诊治。”

黄绾疑虑地望着王阳明。

王阳明续道："不必顾虑。避疫是本院和李大夫的职守，无分男女老幼。"

黄绾叹了口气，闭眼。王阳明冲李言闻点了点头，李言闻放下药箱，走到床边，坐下号脉。须臾，又走到药箱旁抓药。

黄绾睁眼，看看王阳明，又瞧瞧李言闻。

"眼下的症状是水土不服。"李言闻一边包药一边道："吃了这服再看。"

黄绾松了口气，李言闻包好三包药，提起其中的一包，道："我去煎药。"黄绾挣扎着坐起来，道："多谢李大夫。"

李言闻点点头，出门而去。

王阳明走到桌旁坐下，与黄绾相顾无言，半晌方道："他们都以为我平叛是为了出风头，多管闲事，抢了皇上的滔天之功。可他们不知道，这一场仗打下来，我失去了两个亲人和一个曾经爱过的人。"

黄绾不为所动。

王阳明叹息道："那些傲视天下的人，各有各的立场，却总是煽动老百姓替他们卖命。真要论起来，谁又比谁对多少呢？"

黄绾道："你想说什么？"

王阳明盯着黄绾的双眼，道："所谓的立场，不过是画地为牢。爱恨都会雨打风吹去，我想与你冰释前嫌。"

黄绾把脸扭到一边。

王阳明道："我知道你为何而来，但你可能不知道，大祸近在眼前。"

黄绾疑惑地看着他。

王阳明道："你想抢先一步，在江彬之前替钱宁销毁他和朱宸濠的往来书信。殊不知钱宁大势已去，不管有没有证据，只要御驾回銮，倒台都无可避免。"

黄绾道："既如此，皇上又何必派我来南昌？"

"你真不知道？"

"愿闻其详。"

"皇上认定你是钱宁的人，让你来自然是制衡江彬，免得他跟张忠合起伙来欺君罔上。"王阳明从怀中取出一沓信交给黄绾，道："这些证据，江彬梦寐以求。何去何从，自己选吧。钱宁执掌锦衣卫这么多年，得罪的人没有一千也有八百，一旦失势，就是破鼓万人捶。到时候如果你还没跟他划清界限，必将大祸临头。"

黄绾埋头看信，道："你的意思是……"

王阳明起身道："把它交给皇上，赎你的罪。"

黄绾抬头。

王阳明道："唯其如此，方能证明你和钱宁不在一条船上。将来要是有人对你发难，皇上也可保你，替你做证。"

黄绾陷入沉思，王阳明转身离去。

黄绾忽道："为何帮我？"

王阳明止步，背对他道："为了少一个敌人，多一个朋友。"

京军大营。

形势一发不可控制，越来越多的士兵腹痛呕吐，脸色蜡黄。

宁王府，江彬穿着睡衣急出，一个千总站在花厅门口。

江彬皱眉道："怎么回事？"

千总怯声道："士兵们接连倒下，时疫——好像爆发了。"

"军医怎么说？"

"开了些草药，均不见效，无法断言。"

江彬严峻起来，皱眉思索，道："把染疾的士兵隔离起来，严加看管。"

千总道："是！"

与此同时，冀元亨在路边摊吃完面，把钱放在桌上，起身离去。

眼看就要走到巡抚衙门，眼前突然闪出一队京兵。冀元亨转身，发现身后也是一排京兵。

许泰从黑暗中走出，道："带走！"

翌日，王阳明身穿官服，带着王畿、邹守益和李言闻来到京军大营。穿过辕门，遇见五个戴着面巾的京兵。当先一人拖着铁铲，另外四人扛着两个席筒。王阳明使了个眼色，邹守益上前盘问了一番，折返回来，禀告道："时疫扩散，死了两个，抬出去埋葬。"

王阳明看着他们经过，只见一个尸体的手露了出来，上下摇晃，不由得皱眉，伸手道："龙溪。"

王畿摸出一个钱袋交给他，王阳明从中取出十两银子，走上前去。

扛尸队停下。

拖铲京兵道："王都堂。"

王阳明把银子交给他，道："打两口棺材，好生安葬。将来他们的双亲寻到此处，也有个凭吊之所。"

士兵们低头。

拖铲京兵感动道："都堂大仁大义。萍水相逢，施以援手……"

王阳明摆手道："如果我客死异乡，你们见了也会不忍——恻隐之心罢了。大家在北方待惯了，不适应这里的气候，日常饮食，多多注意。"

"谢都堂关心。"拖铲京兵转身，道："走吧。"

无人动弹。

抱铲京兵走了两步，发觉不对，回头道：“走呀？”

一个京兵道：“王都堂，请您务必跟江都督讲一讲，早日班师回朝吧！不然，弟兄们就全完了！”

另外三人点头附和。

王阳明道：“大伙少安毋躁，我一定把你们的意思带到。快去吧。”

扛尸队离去，王阳明神色凝重。

黑牢。

冷水浇头，遍体鳞伤的冀元亨悠悠转醒。他铁链缠身，被绑缚在一根木桩上。不远处，许泰正襟危坐，左右各站着一名士兵。

许泰厉声道：“再问你一遍，去宁王府做什么？”

冀元亨虚弱道：“讲学。”

许泰给士兵使眼色，两人从火炉上取了烙铁，齐齐摁到冀元亨的胸口。只听“吱”的一声，黑烟弥漫，空气里都是烧焦的味道。

冀元亨咬紧牙关，一声不吭，豆大的汗水顺着通红的脸颊直往下淌。

许泰道：“是条汉子，可惜跟错了人。”

冀元亨喘着粗气道：“你才跟错了人。走狗！”

许泰起身道：“冀元亨！你不怕死吗？”

冀元亨高声道：“你是想帮逆藩报仇吗？来呀！志士仁人，无求生以害仁，有杀身以成仁。”

许泰怒道：“好——我成全你。弹琵琶！”

士兵解开锁链，把冀元亨按倒在地。两人抽出尖刀，往他的肋骨刺去。

许泰出门，身后传来一声沉闷的惨叫。

京军大营，王阳明来到隔离区，只见染病的京兵形销骨立，三三两两地聚拢到栅栏边。头戴面巾的京兵挎着腰刀，围了一圈，负责看守。

一个病号哀求道：“王都堂，救救我们啊！”

话音刚落，“救救我们吧”的声音此起彼伏。昨夜向江彬汇报的千总走近，同样戴着面巾。

千总斥道：“号什么号？退下！”

众病兵不再言语，却无人后退。

千总走到王阳明身边，递给他四张面巾，道：“王都堂。”

王阳明摆了摆手，走到栅栏旁边，朗声道：“大家不要慌。你们长途跋涉，奔波劳苦，如果饮食不洁，难免会感染痢疾，上吐下泻。本院请了李言闻李大夫前来诊断，发放药物，相信你们不久便能康复。”

李言闻打开药箱，在一张面巾上洒了些药水，戴好后走入栅门。

欧阳德小跑过来，上气不接下气道：“先生……”

王阳明道：“什么事？”

欧阳德凑近耳语，王阳明色变……

回到衙门，王阳明快步走入书房，落座沉思。

王畿道：“既然目击者说是京兵带走的，那肯定是江彬指使的喽，冲师父来的。”

邹守益道：“可为什么抓的是冀叔，不是咱们三个？”

王畿道：“废话，他是大弟子，抓你有什么用？”

邹守益无语。

王阳明吩咐道：“欧阳德，你接着打听，有情况立即向我汇报。”

欧阳德道：“是。”

王阳明思忖道：“自打京军来洪，怪事层出不穷。我为了震慑江彬、张忠，让人把战殁的叛兵尸体盖上白布，推出城外，假称染疫而亡，没想到京军大营现在真的暴发了疫情……”

邹守益忍俊不禁，笑出了声。王阳明抬头，发现王畿也在偷笑，似乎意识到了什么，问道：“怎么回事？！”

两人对视了一眼，低头强忍。

王阳明拍案道：“快说！”

邹守益小声道：“巴豆。”

王畿紧张地看着他。

王阳明道：“巴豆？”

邹守益见王畿挤眉弄眼地阻止他，欲言又止。

王阳明大声道：“王龙溪！”

王畿扑哧一笑，道：“好好好，我招。我在京军取水的井里撒了巴豆。”

王阳明一愣，道：“胡闹！”

王畿暗自吐舌，邹守益窃笑。

宁王府，江彬、张忠在座，许泰立在不远处。

江彬皱眉道：“北镇抚司的手段都使上了，还不开口，难不成这王阳明是张角、孙恩，会使妖术？”

张忠道：“此人最擅长蛊惑人心，去了趟京军大营，搅得军心大乱。有病的张嘴闭嘴王都堂，没病的三五成群聚在一起，讨论何时北归。再这么下去，只怕要出逃兵。”

江彬气呼呼道：“哼，一不做二不休！有病的留在城外，没病的全部进城！”

张忠一愣，道：“进城？住哪啊？”

“爱住哪住哪，想怎样怎样！”

“纵兵劫掠？王阳明不是善茬，硬碰硬只怕难以收场。”

江彬冷笑道：“是他王阳明收不了场！本督奉旨南下，剿灭乱党余孽。谁敢跟京军对着干，谁就是自投罗网！”

两日后，京军由广润门鱼贯入城。许泰骑马在侧，时不时转身用佩刀指着队伍后方，催促道：“快，跟上！”

巡抚衙门书房。

邹守益忧道：“京军一万多人，有的住在烧毁的民宅里，有的临街搭建席棚，搞得路面上拥堵不堪。”

王畿皱眉道：“这要是闹起事来，只怕立马血流成河。”

王阳明起身道：“走，去看看。”

王阳明身着常服，带王畿和邹守益巡视，只见商铺民宅全部关门闭户，街上一个百姓也没有。

兵痞们提着刀枪坐在路边，满脸戾气地盯着王阳明看。

曾被锦衣卫拷打的商人甲鼻青脸肿，蹲在一处墙角。左右分别是他的长子和管家，以及一众家丁。跟他一样，靠墙蹲着。

两个兵痞亮着明晃晃的刀，来回巡逻，另外两个兵痞提着水桶从后院走出。一个女人端着盆米，战战兢兢地来到水桶旁，准备淘米。就在她弯腰的一瞬间，兵痞甲坏笑着掐了掐她的屁股。

女人大惊，盆子跌落，米撒了一地。

兵痞甲坏笑道：“江西女人个子不高，奶子和屁股倒是不小。”

众兵痞大笑。

女人羞愧难当，飞跑进屋。商人甲的长子双目喷火，大喊了一声“畜生”，撞倒一个兵痞，夺刀跑到院中，与敌对峙。

“跟他们拼啦！”商人甲边喊边冲上去抱住一个兵痞。

一众家丁面面相觑，也冲了上去，扭打起来。

众人从宅子里打到大街上。家丁们手持茶碗粗的木棍，人多势众，不落下风。

路边的京兵见状，在一个百总的带领下上前帮忙。

这时，一个商铺的门板被取下一块，一双眼睛向外瞧了瞧，寒光一露。

商铺开门，一个男子举着扁担冲了过去。与此同时，无数临街的房屋相继开门，男人们抄着桌椅板凳加入“战场”，跟京兵打作一团。

军民肉搏，互有死伤。

远处，邹守益眼尖，指着“战场”道：“先生你看！”

王阳明定睛一瞧，神色大变，加快脚步。

百姓渐落下风，京兵大开杀戒。

“住手！”

无人理会。

王阳明左右瞧了瞧，见路边竖着面大鼓，径直走了过去。他奋力将鼓推下架子，大鼓向人群滚去。军民罢手，转头望向王阳明。

百总走出人群，王阳明迎了上去。百总狂傲道：“你活腻了吗？”

王畿斥道：“南赣巡抚在上，还不跪下？”

百总一愣，看看众京兵，又看看王阳明，突然大笑起来。

远处，黄绾从一棵树后闪出。

百总嘲讽道：“好一个南赣巡抚。你不在赣州待着，跑南昌来凑什么热闹？”

众兵哄笑。

王阳明不动声色：“为何屠杀百姓？”

百总道：“百姓？呵呵，这些人都是朱宸濠的余党，持械行凶，全砍了也不为过。”

商人甲的长子气不过，挥舞棍棒，被一刀捅死。

“不——”商人甲跪下恸哭。

京兵纷纷把刀架在百姓的脖子上，黄绾皱眉。

百总转身离去。

王阳明道：“要怎样你才肯信？”

百总停下，缓缓回身，道：“听说南赣巡抚王阳明爱民如子，如果你跪下磕三个响头，军爷我就信了。”

王畿怒道：“你也不怕折寿！”

百总一脸坏笑，众人齐齐望向王阳明，黄绾眯起了眼睛，似乎在等着看一场好戏。

王阳明环视了一眼百姓，屈膝跪下。

王畿惊道：“师父！”

邹守益不忍道：“先生！”

王阳明磕了三个响头，起身盯着百总。

百总愕然片刻，转头看了看众人，又回头望着王阳明，道：“算你识相！走！”

京兵们放下刀，散去。王畿和邹守益心疼地看着王阳明，只见他面无表情。

黄绾动容。

第五十二章　正德演义

黑夜，黑牢。

士兵甲从铁门内走出，士兵乙正在吃饭，搁筷望着他。

士兵甲摇头。

士兵乙不解道："肋骨都敲了，还不招。这人是铁打的吗？"

士兵甲矜怜道："估计活不了几天了。"

开锁声响起。

士兵丙带着黄绾和两个锦衣卫入，士兵乙赶紧起身。

锦衣卫道："奉江都督之命，提审罪囚！"

士兵甲赶紧去开牢门，黄绾目不斜视地进入，只见满地血污，惨不忍睹。

黄绾走到不成人形的冀元亨身旁蹲下。冀元亨微微抬头，有气无力地望着他。

巡抚衙门书房。

见欧阳德摇了摇头，王阳明忧心忡忡。

王畿急入，脸色惨白道："师父，大师兄回来了！"

王阳明抬头，惊讶不已。他起身出门，快步穿过回廊。王畿带路，欧阳德紧跟。

来到卧房门口，只听里面传出邹守益的哭声。王阳明推门的手在半空中停了片刻，像是鼓足了莫大的勇气，一把推开。

邹守益和李言闻回头，光看他们的表情已知回天乏术。王阳明缓缓走到床边，望着只剩一口气的爱徒，嘴角抽搐。

冀元亨道："师父……"

王阳明俯身抓住他的手，道："惟乾……"

冀元亨断断续续道："不管他们使什么手段，我自有一个良知在，不怕……"

王阳明望着邹守益，道："知道谁干的吗？"

邹守益道："许泰。"

王阳明双目喷火。

冀元亨虚弱已极道："守益，把我跟你说的东西拿过来。"

邹守益从床尾的柜子里取出一个盒子，交给冀元亨。他颤颤巍巍地打开盒子，拿出一本书，郑重地交给王阳明，却是《传习录》。

冀元亨道："吾日三省吾身——为人谋而不忠乎？与朋友交而不信乎？传不习乎？师父，这本《传习录》是徐师兄的遗愿，我替他完成了。"

王阳明把书放到一旁，道："完成了就想撂挑子？为师还有话要说，你替我完善它。"

冀元亨落寞道："弟子何尝不想？可惜天不假年。"

王阳明斥道："胡说！千难万险都挺过来了，这点挫折，还难不倒你冀元亨！"

冀元亨摇头叹气道："师父，江彬这回是铁了心要害你，不可不防啊！"

王阳明沉思，怒容再次浮现。冀元亨环视众人，声音渐弱："你们要保护好师父，保护好师父……"说着，撒手人寰。

邹守益道："冀叔？冀叔！"

王阳明回过神来，瞪大了眼睛。他转头瞧了瞧李言闻，但见其无奈摇头道："这么重的伤，换个人早就——冀兄弟憋着一口气，应该是为了再见你一面。"

王阳明闭眼，泪水从眼角渗出。王畿转过身去，一拳砸在墙上。邹守益攥紧双拳，额上青筋暴露……

次日，黑云压城，草木同悲。

王阳明身着缟素，亲自与王畿、邹守益、欧阳德抬棺。一众江西官员跟在后面，路旁站满了驻足观望的百姓。

邹守益怒不可遏，王阳明悲痛莫名，想起了同冀元亨从相识到相知再到相互信赖的一桩桩往事。

人群里，梁万伦把斗笠往上抬了抬，露出阴冷的笑容。他不知道的是，远处，黄绾正警觉地望着自己。

月光下，巡抚衙门的大门戒备森严。

梁万伦蹑手蹑脚地来到一处矮墙边，施展轻功跳了进去。

卫队巡逻，在诸芸玉眼前经过。

忽然，她觉得身后刮过阵风，立刻止步转身，却发现空无一人，不禁大感疑惑。

诸芸玉来到后院卧房，从门缝里看了看，只见烛影下，王阳明纹丝不动地坐在床边，望着手中的《传习录》。

"师娘。"

诸芸玉转身，但见王畿匆匆赶来，神色慌乱。

诸芸玉道："什么事？"

王畿道："有人到磨坊暗牢劫狱。"

诸芸玉震惊，门突然被推开。

王阳明道："多少人？"

王畿道："至少三五十，王贵、王翔他们快顶不住了。"
王阳明道："带衙门里的卫兵去！"
王畿为难道："这——"
王阳明发火道："快去！"
"哦。"王畿转身离去。
夫妻四目相对，似有千言万语。
王阳明道："你——"
诸芸玉道："王畿也是担心你的安危。"
王阳明悲戚道："我连最亲近的人都保护不了，倒要你们担心我。"言毕，看着诸芸玉，泪光闪烁，叹气道："我对不起你。"
诸芸玉正色道："对得起良知就好。换了你，也会跟我一样，移孝作忠。"

梁万伦躲在暗处观察，发现卫队被王畿带出衙门……

诸芸玉道："你在南赣戡乱为了什么？在江西平叛又为了什么？不都是为了天下苍生吗？现在山贼没有了，叛军也没有了，百姓安居乐业，你想做的事已经做到了。而冀元亨，还有爹娘，其实跟你一样，也一心想救百姓。你替他们实现了夙愿。"
王阳明静思。
诸芸玉续道："就拿冀元亨来说，他跟在你身边，并不是在学你，而是在学做圣贤，体认天理。他出生入死，践行他所坚信的'道'，至死方休，死得其所，虽然难免有恨，有憾，有未竟之事，有旁人要为他伤心落泪，可他毕竟成为了自己想成为的人。而那些害他的凶手，纵使逃脱了惩罚，多活个二三十年，千秋万代之下，也永远会被钉在耻辱柱上。"
王阳明走到月光下，道："可要是善恶都只能交给历史去审判，那要我们活着的人做什么？"
诸芸玉一愣。
"我今日就来审判你！"
诸芸玉闻言大惊，只见梁万伦从墙上跳了下来，一刀刺向王阳明。
眼看悲剧就要发生，忽然一把飞刀扎中梁万伦的肩膀，凶器落地。
梁万伦四望，道："什么人？！"
"你审错人了。"
梁万伦大怒道："滚出来！"
一个人影从屋顶上跳了下来，却是黄绾。与此同时，一队锦衣卫快步跑入，将梁万伦团团围住。
黄绾瞥了王阳明一眼，走到梁万伦跟前道："好一招调虎离山之计，可惜技不如人。"

梁万伦扑了上去，一堆绣春刀立马架在他的脖子上。

黄绾道："带走！"

众人押走梁万伦，黄绾扭头离去。

王阳明望着黄绾的背影，诸芸玉走近，低声道："磨坊暗牢既已暴露，朱宸濠要尽快转移。"

王阳明沉思。

次日，宁王府。

张忠放下茶碗，茶水摇摇晃晃。

张忠道："没想到黄绾竟敢提走冀元亨，这是公然与都督您作对呀。"

江彬道："哼，钱宁的一条狗，等我收拾了王阳明再教他怎么做人！当务之急是皇上那边。銮驾已到扬州，咱们连着搜了三天的城，却连朱宸濠的影子都没见着！"

"听说昨晚巡抚衙门附近的一座磨坊里，王阳明的族人跟一伙黑衣人打了起来。"

"这事我知道。一大早就派许泰去衙门慰问，打探口风了。"

卫兵入内禀报："都督，许将军回来了。"

江彬点头。

卫兵转身出门，许泰旋即入内，抱拳道："都督、公公。"

江彬道："王阳明怎么说？"

许泰道："王阳明不见了。"

张忠一愣。

江彬道："你说什么？"

许泰道："听衙门里的人说，他下乡视察秋收去了。"

一艘大船从两岸的青山间疾驰而过，王阳明立在船头。

欧阳德从船舱里走出，道："先生，过了玉山，就进入浙江地界了。"

王阳明道："好。让他们再快点！"

"是！"

邹守益站在巡抚衙门外的台阶上，环视了一遍阶下二十多个与他着同样丧服的男子，道："到了之后，席地而坐，听我号令！"

王畿从远处赶来，把邹守益拽进大门，道："你想干什么？"

邹守益愤慨道："冀叔不能白死！"

王畿道："所以就去闹事？"

"不是闹事！是要江彬彻查凶手！"

"得了吧你！跟我走！"

“去哪？”

“师母有请。”

城外，王贵、王翔等王氏族人围着两座坟墓站了半圈。

诸芸玉祭拜完毕，擦了擦眼角的泪水，起立转身，道：“谢谢大家，随我来看先父母。”

说着，欠身行礼。

王畿和邹守益由远及近而来。

王畿道：“师母。”

诸芸玉向王贵和王翔使眼色，二人将两张纸交给王畿与邹守益。

诸芸玉道：“你俩熟悉情况，带大伙把告示贴出去。”

两人看了看，勃然色变，邹守益一把将之扔到地上。

王畿不解道：“为什么要让老百姓忍让京军？师父这不是找骂吗？

诸芸玉道：“你师父难过了一宿，说自己才短智穷，看着百姓受苦却爱莫能助。”

邹守益激动道：“大不了跟他们拼了！”

诸芸玉平静道：“跟谁拼？江彬？张忠？还是京军？告示里说得没错，京军士兵为朝廷之事，抛父母，弃妻子，被风霜，冒寒暑，颠籁劳累，万里远来，经年不得一顾其家，难道他们就愿意待在这吗？”

邹守益不甘道：“那冀叔的仇——”

诸芸玉斩钉截铁道：“不是不报，只是不能中了那帮畜生的圈套！百姓是人，京兵也是人。江彬以为人性本恶，所以挑动军民互恨，好从中取利。咱们反其道而行之，互助互爱，相信人性，偏不让他们的阴谋得逞！”

邹守益蹲下撕扯头发，痛苦不堪道：“咽不下这口气！”

诸芸玉望着墓碑，眼神忧伤道：“我看见朱宸濠时，又何尝咽得下那口气？”

邹守益触动。

诸芸玉续道：“但我不恨，因为有国法在，有天理在！不信抬头看，苍天饶过谁？！”

王畿想了想，道：“师母说得有道理。师兄的死，咱们痛苦、愤怒，都是人之常情，可要是因此恨及京军，用师父的话讲，就是‘情之过与偏’，就是私欲了。毕竟，他们抛家弃子，不由自主，有的还客死异乡——其实也是一帮可怜虫。”

诸芸玉点头道：“你能这么想，就能心生同情。而同情心，是最容易被感知到的。迟早有一天，我们不恨他们，他们也不恨我们，转机就来了。”

邹守益望着诸芸玉，半信半疑……

众人行动起来。

王畿带着王贵、王翔等人张贴告示。邹守益无精打采地拿着一沓告示，机械地跟在王畿身后。

一群京兵围在一张告示前，指指点点，不屑一顾；一群百姓围在另一张告示前，愤愤不平。两群人距离不远，相互敌视，京兵桀骜不驯，百姓愤恨不已。

王畿带人挨家挨户地动之以情，晓之以理，不厌其烦，唇焦舌敝。邹守益看在眼里，颇有所动，也加入了劝解。

夜里，天降暴雪，睡在路边屋檐下的京兵冻得瑟瑟发抖。一老汉起夜小解，透过门缝看见一个新兵蛋子一边跺脚，一边冲着通红的手哈气，还打了个喷嚏。老汉不忍，揭开门板，邀请他进屋。新兵难以置信，老汉热情相邀，把他请了进去。

白天，另一群京兵在街边下棋。一个男童从屋子里跑出来，蹲在旁边观战。京兵乙将了京兵甲一军，京兵甲苦苦思索，不得破解之法。突然，男童的手伸向棋盘，帮他走了一步。男童的母亲恰巧抱着一盆衣服出，看见这一幕，吓了一跳。谁知京兵甲定睛一看，愁眉舒展，高兴地摸了摸男童的脑袋。这时，京兵丙手持三串糖葫芦走来，京兵甲接过糖葫芦，送给了男童。男童的母亲露出欣慰的表情。

一个在王畿劝解时意见很大的男子站在梯子上修补屋瓦。由于地上积雪很厚，梯子一滑，向后倒去，男子眼看就要粉身碎骨。突然，两个京兵跑了过来，扶住梯子，救了他一命。男子跳下梯子，忙不迭地感谢，京兵相视一笑。

不久，三个人扫起了门前的积雪。男子的妻子端着一盘热腾腾的瓦罐汤出来，叫停他们喝汤。那个曾让王阳明给他下跪的百总带着两个京兵路过，瞧见后不禁动容。

南昌上空，似乎隐隐传来王阳明在告示中的谆谆教导："南方潮湿之地，非北人所宜居。尔等念自己不得安宁之苦，亦须念官军久离乡土之苦，务敦主客之情，勿怀怨恨之意。谅事宁之后，凡遭兵困之民，朝廷必有优恤。今军马塞城，有司供应，日不暇给，一应争斗等项词讼，俱宜含忍止息，勿辄告扰。本院心有余而力不足，聊布此苦切之情，于尔百姓，其各体悉，勿怨。"

雷锋夕照，西湖波光粼粼。

浙江织造局门口，一只手急促地拍打兽环。

门开了，一个宦官探出脑袋，不耐烦道："怎么又是你？不跟你说了这是织造局，没有什么张公公嘛！"

敲门之人头戴纱帽，脚蹬官靴，穿着大红孔雀补袍服，正是王阳明。

王阳明道："你诓我。本官早已打听清楚，张公公就在此处。"

宦官关门，道："莫名其妙。"

王阳明大手一挥，把门推开。宦官一个踉跄，差点摔倒。王阳明闯了进去，快步前行，高声道："本官带钦犯到杭州，与张公公商议军国大事。你在这里推三阻四，误了事小心人头不保！"

宦官急了，从后面拉扯王阳明的袖子，道："你好大的胆子，竟敢在司礼监掌印太监门前撒野！”

话音刚落，自知失言，下意识地捂嘴。王阳明转头看了看他，微微一笑道：“近侍之臣，以国事为重，张公公不会怪我的。”言罢，甩开他，大步流星地往正厅走去。

王阳明大声道：“我千辛万苦来此，公公为何躲着不见？！”

宦官急追道：“站住，你给我站住！”

忽然，屏风后面有人咳嗽了一声。

“小六子，不要闹了，退下。”

宦官一惊，停手退出。

王阳明站定，只见一个五十多岁，肩膀宽阔，鬓角微白，穿青蟒袍服的太监从屏风后走出。

王阳明道：“张公公。”

张永道：“王都堂好，进来坐吧。”

一碗龙井随着开水的浇入，浮泛起来。

张永亲自沏茶，王阳明恭立在一旁。待张永回到座位上后，王阳明方才落座。

张永自嘲道：“顺而不谀，忠而巧谏。当年李荣李公公在的时候，以这八个字作为内官的最高境界。现在看来，他老人家能做到七成，咱们这些人做到三四成就不错了。”

王阳明真诚道：“公公此言差矣。当年刘瑾权势熏天，朝野束手无策，若不是您挺身而出，拨乱反正，天下指不定被闹成什么样子。单凭这一件事，公公之功便不在李荣之下。”

张永谦虚道：“你这是在恭维我。明明就是王琼出面，拿着你写的逆瑾罪状找到我。要论功，你们两位居首。”

王阳明笑道：“虽如此，若不是您，我早就在午门被活活打死了，哪有机会写什么罪状？”

张永一愣，哈哈大笑起来，道：“说吧，你丢下江彬、张忠，跑来找我，所为何事？”

王阳明望着张永，突然起身跪下。

张永一愣。

王阳明恳切道：“江南迭遭兵劫，百姓困穷已极。社稷兴废，全在公公一念之间。”

张永凝神道：“你父亲当年在东宫讲学，我陪着今上也听闻了几句教诲。大道理不懂，是非之心还是有的。起来说话吧。”

“谢公公。”王阳明起身入座，单刀直入道：“皇上是不是想跟朱宸濠再打一仗？”

张永皱眉道：“你要做好准备，等皇上玩够了去南昌，保不齐命你把朱宸濠放到鄱阳湖上，让他再抓一回。”

王阳明深吸一口气，道：“公公，不是我想居功。江西先被盗匪蹂躏，再遭逆藩荼毒，且今年无雨达七月之久，禾苗尽枯。现朱宸濠虽擒，可其余党还在各地活动，伺机发难。若皇上执意入赣，只怕他们立马就会煽动流民作乱。届时，天下将成土崩之势啊。”

张永忧虑道：“你说的这些，我何尝不知？皇上非要南巡，我有什么办法？只能由着他，跟着他，让他尽量少受群小蛊惑，不要折腾得太厉害。剩下的事，就不是我能管的了。”

王阳明起身道：“公公能管，必须管，也只有您可以管。”

张永盯着王阳明，只见他那张青黑色的脸憔悴而焦虑，不禁道：“王阳明，你这颗忠君爱民的心我很佩服，可是你就不怕得罪江彬，触怒圣躬吗？”

王阳明直言道：“我已将朱宸濠带来杭州，可谓破釜沉舟。若公公见死不救，那我无话可说，唯有以死报国。”

张永沉默片刻，道：“你想让我把朱宸濠献给皇上？”

王阳明点头道：“并劝御驾回銮。”

张永起身踱到门口，陷入思考，半晌方道：“如果你能重写一封捷报，把功劳归到威武大将军头上，或可一试。”

王阳明喜上眉梢。

张永转身，道：“皇上贪玩，扬州、苏州、杭州、南京，都是好玩的地儿。我交出朱宸濠，你再用捷报让他乐呵乐呵。等玩够了，就劝他回京。”

王阳明作揖道：“多谢公公。”

张永叮嘱道：“快回去吧。南昌那俩人，都不是省油的灯。”

宁王府，江彬把玩着一只金灿灿的铜锤。

张忠看着江彬，道：“王阳明回来了。”

江彬杀气腾腾道：“这铜瓜乃御赐之物，三品以下官员有不法者，可以用它立毙之。”

张忠打趣道：“呵呵，都督难不成想敲死王阳明？”

江彬气呼呼道：“此人委实可恨！也不知使了什么妖术，搞得军民一家亲。那些兵现在倒恨起我来了，好像是我不给他们吃的、穿的，让他们忍冻挨饿。”

张忠思虑道：“既然阴的玩不过他，那就用阳谋！”

“怎么个阳谋法？”

“世人皆以为王阳明无所不能。但只要是人，就有弱点。王阳明的弱点在于能文不能武，咱们给他点颜色瞧瞧，让他威严扫地，神话便不攻自破了。”

江彬似懂非懂，许泰入内禀报：“都督，王阳明来了。”

江彬看了眼张忠，道：“让他进来。”

“是。”

片刻，王阳明走入，拱手道：“江都督、张公公，别来无恙？”

江彬做了个“请坐”的手势，王阳明落座。

江彬不咸不淡道：“托你的福，好着呢。你消失了那么久，我们还以为你回赣州了。”

王阳明道：“岂敢岂敢。南昌之患未除，岂敢一走了之？”

“王都堂呀王都堂，我书读得少，你该不会又在拐弯抹角骂我吧？”

“都督真会说笑。江西今年歉收严重，只怕要闹饥荒。一旦断粮，恐将有不忍言之祸。”

“我管好我的兵，你管好你的民，能有什么祸？谁还敢抢军粮不成？”

“那倒不至于，只是给都督提个醒。过些日子是冬至，南昌今年死了不少人，本官打算请天宁寺的高僧做场法事，祭一祭地藏菩萨，再熬些粥发给百姓，让他们拿回去祭祀亡人。”

“你自去做你的好人，无须向我们汇报。”

“哦，是这样。二位代表皇上，如果当天能同我一道主持，则可使百姓感受到天恩浩荡。”

江彬向张忠投去询问的目光。

张忠道：“若当日无事，就去给你捧场。”

王阳明微笑道：“既如此，先行谢过了。”

张忠盯着王阳明，似乎想洞穿他的真实意图。

扬州行宫，朱厚照览疏，频频点头。张永察言观色，暗自宽心。

朱厚照忍不住击节赞赏道：“这才叫捷音！朕原以为王阳明是头犟驴，牵着不走打着倒退。现在看，他还是懂人臣之道的嘛。”

张永趁机道：“王阳明是憨直了些，但忠君爱国的心还是有的。”

朱厚照又细看捷报，道：“咦，张永，有你的名字呢！嘿，江彬和张忠也在上面。”

张永点头道：“想得周全。江都督走这一趟，没有功劳也有苦劳，总得给人一点好处。至于奴才，此行寸功未立，忝列其间，实在有愧。”

朱厚照抬头道：“你把朱宸濠押来，就是大功一件。朕看王阳明确实是个人才，让他兼任江西巡抚好了。”

张永松了口气，道：“皇上英明。皇上，您驻跸扬州有些日子了，去看琼花观了吗？”

朱厚照坐直了，道：“琼花观？好玩吗？”

张永忙道：“好玩！比扬州瘦马都出名。观中有一座无双亭，亭子里供着一株栽种于汉代的琼花。此花比车轮还大，比霜雪还白，延绵千年，生机盎然。历代帝王骚客，凡过扬州，莫不往观。”

朱厚照兴致勃勃道：“你们不在身边，朕都不知道去哪玩！”

张永趁热打铁道：“还有南京和杭州，好玩的更多呢！奴才都安排妥了。要我说，别去江西了，又穷又乱，听说还在闹瘟疫。”

朱厚照点点头，道："嗯。行程其实挺紧的，回去晚了，那帮文官又该叫唤了。你拟个钧帖，把江彬、张忠召回来吧。朱宸濠既已到手，他们也别在那苦哈哈地挨冻了。"

"是。"

大雪纷飞，哭声震天，素帛纸钱随风飘舞，南昌的百姓在冬至这一天祭奠亲人的亡魂。

贡院之侧搭起了法师坛和粥棚，天宁寺的僧侣齐集坛边，诵经超度亡灵。粥棚里，诸芸玉带着王贵、王翔等人给百姓发粥。

不远处，京兵愣愣地望着眼前的一幕，似乎也想起了远方的亲人。这时，王阳明带着王畿、邹守益、欧阳德和几个卫兵走到他们跟前。

"各位辛苦了。你们为国分忧，远道而来，以至于冬至都无法跟家人团聚吃饺子。本院代表江西一体官民，谢谢你们！"说着，王阳明作了个长揖，邹守益和欧阳德各自端着大木盘上前，只见里面摆满了钱袋。

王阳明恳切道："战乱方息，民穷财尽。多的银子没有，每人十两，大伙将就一下，拿去买酒，暖暖身子吧。"

京兵逐个领银子，轮到一个百总时，只见他表情尴尬。王畿细细一看，正是那个让王阳明给他下跪之人。

王阳明也注意到了，冲他点点头。

百总脸红道："王都堂，我……"

王阳明微微一笑，道："拿着吧。"

百总接过钱袋，愧疚低头。

待京兵全部领了钱袋，王阳明侧脸望去，只见粥棚前的长队业已散去，王贵、王翔手持长勺站在大锅旁四下张望。

王阳明高兴道："走，咱们吃粥去！"

众人随王阳明去往粥棚。远处，江彬和张忠闪出。

江彬不满道："什么时候轮到他犒师了？哼！"

张忠提醒道："皇上不是要让他兼任江西巡抚吗？也算名正言顺。"

江彬震怒，一锤击碎了路边的墙，道："这厮竟敢暗度陈仓，在咱们眼皮子底下送走朱宸濠！现在皇上让你我去南京，如之奈何？"

张忠劝道："也该走了。大军窝在南昌，衣不蔽寒，群情耸动。年关将至，再不撤只怕要出事。"

江彬不甘道："那——就这么便宜他了？你不是说要让王阳明威严扫地吗？"

张忠阴毒地望着粥棚，道："没错。校场已经清理好了。"

京兵在粥棚前排队领粥，兴奋的声音不绝于耳："是赤豆粥！"

百总捧着碗走到一边，看着粥唏嘘不已，喃喃道："红豆生南国，春来发几枝？"

“愿君多采撷，此物最相思。”

百总转头，发现是王畿在接话，不禁一笑。

回到衙门，王阳明忧思重重地撰写《乞宽免税粮急救民困以弭灾变疏》：“百姓窃相商嗟，谓宸濠叛逆，犹知优免租税，以邀人心。我辈朝廷赤子，毁家纾难，不稍加优恤，反要追征，将何以自全？臣窃以为‘抚恤’之虚文，不若蠲免之实惠；赈济之难及，不若免租之易行。今不免租税，不息诛求，而徒曰宽恤赈济，是夺其口中之食，而曰‘吾将疗汝之饥’；刳其腹心之肉，而曰‘吾将救汝之死’……”

文字从笔下流淌出来，微服私访时耳闻目睹的惨状则在脑海里呈现——道旁，有啼饥号寒的灾民，有插标卖首的妇人，有狠心鬻女的父亲……

“师父。”

王阳明闻声抬头。

王畿道：“许泰求见。”

王阳明走到客厅门口，看见许泰正在喝茶，拱手入内，道：“许将军。”

许泰起身抱拳道：“王都堂，我来传个口信。三日后，京军在原宁府校场操演，江都督请您过去阅操。”

王阳明道：“好，届时见。”

许泰拱拱手，转身离去。王阳明看着他的背影，目光深邃……

校场布置一新，北边是看台，京兵军容整肃地排成三个方阵。

门口的士卒弓上弦、刀出鞘，盛气凌人，一片肃杀。身着官服的王阳明左右看了看，微微一笑，径直走入，王畿、邹守益和欧阳德紧跟。

江彬顶盔掼甲，与张忠迎了上来，双方抱拳行礼。

江彬一反常态道：“我军即将班师。久闻王都堂带兵有方，今日观操，还望多多指教。”

王阳明谦和道：“哎，此来只为一睹京军将士的风采，岂敢妄论缪谈？”

江彬笑道：“王都堂过谦了。请——”

众人往看台走去。

落座后，江彬在主位，王阳明与张忠分居左右。王畿、邹守益和欧阳德坐在第二排。

许泰接到江彬的示意，指挥三个方阵操练起来，整齐划一，声震寰宇。

江彬得意地看了看王阳明，只见他流露出赞许的表情。

演练完毕后，许泰转身望向看台。江彬冲他点了点头，许泰指挥三个方阵散开，在东侧、南侧和西侧站定。

王阳明鼓掌道：“有此劲旅，社稷之幸。”

这时，三个士兵冲了出来，将三个箭靶等距放好。

王阳明疑惑地望着江彬。

江彬笑道："今日天高气爽，草软马肥，正是试演骑射的大好时机。王都堂战功赫赫，威震江南，想来于箭法不会陌生。怎么样，露一手给大伙看看？"

王阳明沉默，张忠冷笑。

王阳明道："在下文官出身，岂敢班门弄斧？"

张忠道："有斧可弄，何畏班门？"

江彬赶紧道："就是！统率千军万马的王都堂不懂骑射，说出去谁信呀？难道凭一张嘴，一支笔就能指挥打仗？怪不得在京城，五军都督府三天两头有人争论，说王都堂到底是真的知兵呢还是纸上谈兵？"

张忠语带嘲讽道："可不是嘛。要是摇摇鹅毛扇就算带兵，那普天下的读书人都能当将军了。"

王阳明微笑道："既然二位这么说，在下却之不恭，只好献丑了。"

江彬一拍大腿，道："好——让许泰先给咱们热热场！"

江彬打了个响指，不远处的大鼓被敲响，鼓点越来越急。许泰背着弓，距离箭靶一百步，骑马经过，依次射出三箭，皆中靶心，箭杆震颤不止。

鼓声骤歇。

许泰志得意满地望着看台，江彬带头鼓掌，王阳明也跟着拍手。

三个士兵冲过去换上三个空靶。

江彬伸出手道："王都堂，请——"

王阳明和颜悦色道："不如都督先请，容在下准备准备。"

"呵呵，也好！"江彬走下看台，骑上士兵牵来的马，接过弓箭和箭壶。大鼓敲响，江彬定了定神，策马狂奔。所有人都屏住呼吸，目不转睛地望着他。

经过第一个箭靶时，江彬出人意料地抽出三支箭，搭在弓上。但闻"嗖"的一声，三箭射出，齐中箭靶，一字排开，中间那支正好插在靶心。

众人惊叹，张忠得意地看了看王阳明。

后两个箭靶也是如此，三箭均中。在许泰的指挥下，京军齐呼："江都督！江都督！江都督！"

江彬大步流星地走回座位，满面春风。

王阳明赞叹道："都督神箭，堪比养由基，守仁大开眼界。"

江彬道："呵呵，本督还等着看王都堂的绝技呢！"

王阳明道："好，让他们不必换靶。"

"哦？"江彬想了想，冲那三个准备换靶的士兵打了个响指，三人退下。

王阳明阔步走下看台，接过弓箭和箭壶。他上马的姿势远不如江彬行云流水，王畿、邹守益和欧阳德不无担忧。江彬和张忠相视一笑，一副稳操胜券的表情。

鼓声响起，王阳明眯眼看了看箭靶，打马而去。王畿的心提到了嗓子眼，江彬、张忠满脸幸灾乐祸，等着看他出丑。

王阳明全神贯注，平心静气，左手如托泰山，右手如抱婴儿，射出了第一箭。看台上的人全部坐直了身体，只见雕翎箭快如闪电，已飞到箭靶前，正中插在靶心的那支箭，沿着箭尾将之一劈为二，贯穿到箭镞处方才停下。

京兵震惊，江彬、张忠变色，王畿、邹守益和欧阳德展颜。

转眼间第二箭也射了出去，同第一箭一样，沿着靶心箭的箭尾将其劈开，只是这一箭力道更大，直接把前箭的箭镞挤了出去，从箭靶的背面坠地——第二箭射穿了靶心。

京兵看傻了，江彬、张忠面面相觑，王畿、邹守益和欧阳德相视而笑。

王阳明不给他们思考的时间，射出了第三箭。这一箭力道最大，不仅把前箭的箭镞挤了出去，射穿靶心，还直接推倒了箭靶。

京兵叹为观止，江彬、张忠惨无人色，王畿激动地起身鼓掌，邹守益和欧阳德亦站起来拍手。在那个曾让王阳明下跪的百总的带领下，京兵们陆陆续续喊起了：“王都堂！王都堂！王都堂！”

许泰喝止道：“不许喊！”

声音渐小，但百总并不气馁，继续高喊。在他的感染下，声音又大了起来。

许泰急道：“不准喊，我说不准喊！”

没人听他的，“王都堂”三个字响彻云霄。王阳明走回看台，向江彬抱拳道：“承让。”

江彬涨红了脸，无言以对……

回到衙门，王畿等人喜形于色。

欧阳德兴奋道：“没想到先生弓马娴熟，今日真是大饱眼福。”

邹守益好奇道：“先生，你的腕力怎么那么大？我们以前都不知道！”

王阳明笑道：“拉弓不能靠腕力，而要用心来拉。”

邹守益不解道：“用心拉？”

王阳明站定，回身道：“只要有了拉弓的想法，其实就跟弓对立了起来。如果能舍弃‘我’，以‘无我’的境界消融这种对立，达到‘物我一体’，就不再是由‘我’来拉弓，而是由弓自己来拉。”说着，指了指三人，道：“做到这一点，你们个个都能百步穿杨！”

言讫，王阳明笑了笑，转身离去。欧阳德摸摸后脑勺，邹守益也百思不得其解。

王畿乐道：“这就叫‘至人无己，神人无功，圣人无名’。走吧！”

回廊里，诸芸玉迎了上来，道：“皇上派人来宣旨了。”

王阳明一愣，发现院中一个宦官背朝他站着，左右各立着一个锦衣卫。

待走近了，宦官转身，展开黄绫卷轴道：“王守仁接旨！”

王阳明下跪。

“奉天承运，皇帝诏曰。王守仁前奏江西旱情，今已知闻，着蠲免全省一年赋税。另，王守仁、伍文定、邢珣、余恩、徐琏、戴德孺、聂豹、薛侃、王畿、邹守益、欧阳德等，参与平叛，俱各有功。尽心竭力，殊堪嘉尚。着命王守仁兼任江西巡抚；伍文定迁江西按察使；王畿、邹守益、欧阳德特赐恩贡，准入国子监；聂豹、薛侃……”

宦官的声音渐小，直至不可闻。

王阳明心道：“惟乾……”

“王都堂？王都堂？”

王阳明回过神来，发现所有人都看着自己，方知圣旨已然念完，叩首道：“臣谢主隆恩。”接旨起身。

宦官和锦衣卫离去，王阳明出门相送。

王畿小声道：“从头到尾都是师父的功劳，现在倒好，成了参与平叛了！”

诸芸玉道：“你师父根本不屑于这些虚名。他肯定在想，圣旨为何不提冀元亨。”

邹守益愤然道：“肯定又是江彬捣的鬼！”

三日后，京军开出南昌城，王阳明携王畿、邹守益、欧阳德以及一众江西官员相送。

王阳明率众深揖，江彬没好气地拱了拱手，同张忠、许泰和黄绾上马扬长而去……

京城钱府，钱宁皱眉坐着，一个锦衣卫站在不远处。

钱宁道：“这么说，江彬和张忠什么都没捞着？”

锦衣卫道：“嗯，人财两空。”

“黄绾什么情况？”

“跟王阳明走得挺近，还救了他一命。”

钱宁的眼睛眯成了一条缝。

锦衣卫道：“哦对了，抓到一个朱宸濠的余党，好像叫梁万伦，瞒着江彬送往南京行在了。”

钱宁想了想，道：“你先下去吧。”

“是。”锦衣卫离去。

钱宁呆坐了一会儿，目光移到墙上那把落满灰尘的绣春刀上。

第五十三章　人心向背

南京玄武湖，朱厚照站在一艘小船的船尾摇橹，脸憋得通红。两个宦官诚惶诚恐地立在一边，其中一个是小六子，他小心翼翼道：“皇上，还是我们来吧？”

朱厚照不满道：“坐下！”

两人局促地坐了下来。

朱厚照自言自语道：“没想到这玄武湖比什刹海还大。”

张永快步走到由卫兵把守的湖边，只见一个二品官焦急地望着湖面。他听到声响后转身，却是南京兵部尚书席书。

席书道：“张公公。”

张永道：“席大人。”

张永远眺朱厚照，只见小船慢慢靠近岸边。

朱厚照问道：“什么事？”

张永道：“皇上，江彬和张忠回来了。”

当晚，朱厚照在行宫设宴，江彬、张永、张忠、许泰和黄绾在座。乐师鼓瑟吹笙，美女伴舞助兴。

朱厚照兴致勃勃道：“朕昨夜去了趟秦淮河，恍然大悟。”

江彬道：“皇上悟出了什么？”

朱厚照道：“以前不懂有些文官为何听说自己被贬到南京，兴高采烈，现在懂了。”

众人一愣，哈哈大笑。

“这条大鲤鱼是朕钓上来的。来，都尝尝。”朱厚照夹了一块，众人纷纷动箸品尝，赞不绝口。

朱厚照得意道：“不错吧？朕钓了好多，便宜卖给你们，一两银子三条。”

众人错愕，相顾一笑。

江彬眼珠一转，道：“皇上，臣此去南昌，探得一件大案！”

张永一惊，黄绾警觉。

朱厚照酒杯悬在半空，道：“哦？说来听听。”

江彬道：“王阳明跟朱宸濠其实是一伙的！”

张永冷冷地盯着江彬。

朱厚照放下酒杯，道："怎么可能？乱是他平的，朱宸濠是他抓的——江彬，你该不会是因为没捞到什么油水，诬告别人吧？"

江彬急道："臣不敢！"

张忠帮腔道："皇上，江都督向来一秉大公，这次的捷音疏里也有他的名字，实在没有针对谁的必要，确实是因为探听到一些情报，担心有人欺君罔上。"

朱厚照道："那你说吧！"

江彬道："谢皇上。王阳明自从当上南赣巡抚后，同朱宸濠多有往来，曾派自己的大弟子冀元亨出入王府，逆藩起事前更是赴南昌与之密谋。朱宸濠投桃报李，向朝廷推荐王阳明担任江西巡抚；王阳明则在南赣以招抚之名收罗匪类，为宁贼叛乱做准备。怎奈朱宸濠不争气，起兵后畏首畏尾，贻误战机。王阳明虑事不成，反戈一击，擒了他向朝廷邀功，把自己摘得干干净净。"

朱厚照目瞪口呆，忽然大笑起来，道："江彬，你不去说书真是埋没人才了！"

江彬故作神秘道："皇上，此事江西百姓多有耳闻。您还记不记得'冀元亨'这个名字？"

朱厚照想了想，道："你的密奏里有提到，让朕千万不要封赏此人。"

张永警觉。

江彬道："本来许将军已从他口中审出眉目了，结果有人假传臣的口令，把人提走了。"

黄绾紧张。

朱厚照奇道："什么人？"

江彬、张忠和许泰齐齐望向黄绾。

"皇上，是我。我跟王阳明有一段夙怨未了。"说着，黄绾刻意把手放到桌子上，显露断指，道："只是没想到冀元亨伤势太重，带走没多久便死了。"

朱厚照不耐烦道："好了好了，什么乱七八糟的！说来说去，还是没有实据嘛！"

张忠赶忙道："实在不行，可以审一审朱宸濠。"

张永道："呵呵，朱宸濠是王阳明的手下败将，巴不得拉上他一块死呢。"

朱厚照道："没错，这个坏夙仇视朝廷，不足为信。"

江彬与张忠暗中对视了一眼。

张忠贼心不死道："皇上，防人之心不可无啊。封疆大吏招募乡兵，自办团练，这是开了本朝的先河。眼下王阳明身为两省总宪，手握数万精兵，再加上他网罗的那些巨寇大盗——依奴才看，比朱宸濠的叛军凶险多了。"

江彬附和道："就是！他王阳明为什么要阻挠皇上去江西？臣和张公公到南昌也被他百般刁难，一副'卧榻之侧岂容他人鼾睡'的样子。"

张忠道："王阳明拥兵自重，即使现在不反，任其坐大，也难保他日不生异心。"

朱厚照边摸下巴边思虑，道："那你说怎么办？"

张忠道：“试他一试，召王阳明到南京述职。如果他单骑前来，就说明没有不臣之心，皇上可将之调回京城，委以重任；若不来，则必是有了反心，皇上切勿犹豫，直接将其收押严审，以防不测。”

朱厚照垂询道：“张永你看呢？”

张永眼珠一转，道：“倒也是条法子，只不过王阳明这人啰唆得很，动不动就请旨。要是见了皇上，估计光启奏赈济灾民、兴修水利、劝课农桑、疏通漕运之类的事，就得三天三夜。”

朱厚照皱眉道：“到时候再相机行事吧。张忠，朕写个手谕，你从这次随行的东厂番子里找两个腿脚麻利的，去南昌召王阳明前来。”

张忠道：“是。”

江彬暗自得意，张永思考对策。

朱厚照招呼道：“来来来，喝酒！”

阑夜微凉，朱厚照坐在桌旁看书。

突然，他打了个哈欠，合上书准备就寝，只见书名是《水浒传》。

宦官小六子入内，道：“皇上。”

朱厚照道：“什么事？”

“黄绾求见。”

“让他进来。”

“是。”

须臾，黄绾入内，道：“皇上。”

朱厚照道：“你抓的那个梁万伦，朕审了。他说要不是你出手相救，王阳明已经被他给杀了。可刚才你又说，跟王阳明夙怨未了，到底怎么回事？”

黄绾直言道：“刘瑾祸国时，钱宁曾派臣暗杀王阳明。”

朱厚照一惊。

黄绾续道：“过去他在我眼里就是一个将死之人，而这次去南昌，我终于听到，看到，知道了王阳明何以是王阳明。”

黄绾从怀中取出钱宁的罪证，交给朱厚照。

朱厚照细细浏览，大怒道：“朕顾念旧情，一直没动钱宁，希望他主动认罪悔罪，没想到此人装聋作哑，冥顽不灵！现在证据确凿，朕看他还有什么话说——你干得好！”

黄绾道：“这些都是王阳明交给臣的。”

朱厚照愣了愣，放下罪证，叹气道：“行高于人，众必非之。王阳明兵权过重，招人忌恨也是无可奈何的事。只要他按时前来，江彬便无话可说了。”

室外，小六子哼着小曲从院中经过，跟斜刺里闪出的张永撞了个满怀。

小六子仓皇跪下，道：“奴才该死，老祖宗恕罪！”
张永道：“起来吧！”
小六子起身，低眉顺眼。
张永压低声音道：“我问你，皇上跟黄绾聊什么呢？”
小六子凑近耳语，张永凝思……

远处是气象雄伟的钟山。近处，旭日给南京的城墙披上了一层柔和的金光。

行宫，黄绾在房中吐纳练功，忽闻敲门声。
“请进。”
张永推门入，把门关好。
黄绾起身道：“张公公？”
张永低声道：“南昌那边，你最好亲自跑一趟，知会王阳明立即启程。”
“不是有东厂的人传旨吗？”
“东厂还不都听张忠的？要是他想坑王阳明，暗地里让传旨之人晚走或慢走，你说皇上会怎么想？”
黄绾如梦初醒。
张永叹息道：“这支京军是江彬一手带出来的。要是王阳明被扳倒了，江彬再动了犯上作乱的念头，就没人制得了他了。”
黄绾的神情严肃起来……

五日后，江西巡抚衙门。
王阳明在灯下写奏疏，神色凄楚地默念道：“冀元亨为臣劝说朱宸濠，反为奸人构陷，死于非命。以忠受祸，伤心惨目。抱冤赍恨，实由于臣。虽尽削臣职，移报元亨，亦无以赎此痛！”
王畿走入，看着停笔出神的王阳明，道：“师父。”
王阳明转头。
王畿道：“黄绾那个浑蛋来了。”
王畿显然还惦记着杀父之仇，而王阳明关心的却是，黄绾为何深夜造访？
后院凉亭，黄绾听见脚步声，转身。
王阳明道：“黄将军。”
黄绾道：“王都堂，张永张公公派我来知会你——皇上已下旨召你去南京，请你即刻启程，不要耽误。”
“哦？有圣旨吗？”
“传旨的是两个东厂番子，不知何时能到。”
王阳明疑惑地看着他。

黄绾压低声音："有人进谗，诬你谋反未遂，意图割据。现在皇上降旨召你，以为试探。张公公担心奸人故意拖延，让皇上对你起疑，特命我前来示警。"

王阳明沉默不语。

黄绾续道："公公还说，只有王都堂和江西的兵马能扼制奸人的歹心，保护皇上。"

"奸人？"

"我来之前，皇上失踪了两日。后来在牛首山被人找到，身边只有那个奸人，说是去看当年岳飞大败金军的遗迹。"

王阳明喃喃道："看来席书所言不虚。"

黄绾道："南京兵部席部堂？"

王阳明点头道："他担心京军只知有都督，不知有皇上。"

黄绾想了想，道："先解燃眉之急吧，找好面圣的由头就动身！"

王阳明凝神思索，黄绾离去。

林间空地，阳光斑斑点点地撒在地上。

囚车上，某人的头罩被揭开，却是身穿囚服的朱宸濠。他眯着眼睛适应了一下光线，发现眼前只有一匹马和一个士卒。

士卒用钥匙依次打开马与车之间的锁链、囚车的铁门和朱宸濠身上的镣铐，扭头就走。

朱宸濠急道："喂！"

士卒置之不理，钻进树林。马喷了口气，在原地踏了两步。朱宸濠狐疑地跳下车，发现不远处的地上搁着把剑，于是走过去捡了起来。

这时，一匹雪白的骏马从正前方的林子里奔出。朱宸濠抬头，只见马上一员大将手持双锏，头戴红缨倒挂的飞翼凤翅盔，身穿鱼鳞锁金罩甲，外披五色祥云金龙献爪袍，却是朱厚照。

两人四目相对，分外眼红。

"驾！"朱厚照拍马而来。

朱宸濠翻身上马，拔剑出鞘，打马迎战。

二人以命相搏，难分难舍。然而拳怕少壮，朱宸濠渐居下风，剑被打落。心有不甘的他发狠跳到朱厚照的马上，将其扑下马背，两人又在地上厮杀起来。

林子里，江彬、张忠、许泰、席书和一众京兵紧张观战。朱宸濠打红了眼，朱厚照力不能支，遭到痛扁。

许泰焦急道："都督？"

四个千总齐齐望向江彬，席书也侧脸看了看，只见他迟疑不决。再瞧瞧朱厚照，已是鼻青脸肿。

江彬神色恍惚，目睹朱厚照与死神擦肩而过，亦无动于衷。

席书道："还愣着干什么？快去！"

千总们见许泰点头，带着京兵呐喊冲出。

江彬回过神来，瞥了眼席书，只见他正警惕地看着自己。

树林外，朱宸濠一愣，被双锏击中膝盖，倒地不起。朱厚照喘着粗气，用锏指着他的脑袋。

京兵齐声道："大将军威武！大将军威武！"

朱厚照道："反贼，服不服！"

朱宸濠环视四周，轻蔑一笑。

京兵齐声道："服不服？服不服？"

朱宸濠阴阳怪气道："服服服，大将军威武嘛。"

两个京兵跑出，把朱宸濠押上囚车。江彬、张忠、许泰和席书走了过来，一个起居注官拿着纸笔凑近，边听边记。

江彬吹捧道："皇上身手了得，这下子宁贼心服口服了。"

朱厚照看了看神色倨傲的朱宸濠，气不打一处来，道："这种坏㞞，再来十个朕也不怕！"说着，回身上马，志得意满道："朕诗兴大发，给你们口占一绝。"

江彬、张忠和许泰仰视朱厚照，洗耳恭听。

朱厚照想了想，道："正德英名已播传，南征北剿敢当先。平生威武安天下，永镇江山万万年！"

江彬拍掌道："好！"

张忠赞许点头，席书神色忧虑。

朱厚照瞥了眼起居注官，见他奋笔疾书，满意地笑了……

细雨绵绵。

昔日惊鸿展翼、恢宏奇丽的滕王阁被战乱摧残得只剩下一个空荡荡的台基。

远处停着马车，王阳明携诸芸玉、王畿、邹守益和欧阳德走来。

他在台基旁站定，只见青石土坎间到处都是残砖破瓦和烧焦的木炭，一时间四顾无言。

诸芸玉正琢磨说些什么来打破这阴冷的氛围，王阳明缓缓转身，道："滕王阁高四十二尺，南昌人都见过，府衙也有图样。而且台基没被战火摧毁，重建应该不难。"

王畿道："师父，你这话说的跟要告老还乡似的。"

"还还不了乡。"王阳明顿了顿，道："皇上为了验证我有没有二心，召我去南京。"

邹守益愤慨道："肯定又是江彬挖的坑！"

王阳明吩咐道："龙溪，你马上去吉安、赣州和安庆，趁伍文定、邢珣、聂豹还没有动身赴任新职，告诉他们，以我的名义举行军演，遥谢圣恩。"

众人一愣。

王畿道劝道："师父，这么高调不好吧？贻人口实。"

王阳明笑道："你几时见过奸人没有口实就不去害人？江彬居心叵测，想打皇上的主意，我用军操警告他江南还有忠臣良将，不要轻举妄动。至于其他的事，考虑太多没用。横竖都是被人盯着，何必缩手缩脚？有雷就让它打。"

诸芸玉道："昨日看你写了首《啾啾吟》，原来是为此事。"

王畿道："《啾啾吟》？"

王阳明摆手道："聊以自娱，不提也罢。"

王畿好事道："师母，给我们念念吧！"

邹守益和欧阳德附和，王阳明无奈摇头。诸芸玉笑了笑，踱步背诵道："丈夫落落掀天地，岂顾束缚如穷囚？千金之珠弹鸟雀，掘土何烦用镯镂？君不见东家老翁防虎患，虎夜入室衔其头？西家儿童不识虎，抱竿驱虎如驱牛。痴人因噎遂废食，愚者畏溺先自投。人生达命自洒落，忧谗避毁徒啾啾。"

邹守益三人点头思索。

王畿忽然想到了什么，道："师父，我有一事不解。"

"你说。"

"江彬的荣华富贵都是皇帝给的，皇帝要有个三长两短，他不就没权没势没靠山了吗？"

王阳明点头道："这些恰恰是江彬的良知想要告诉他的，包括感恩、利弊以及人臣的本分。可惜私欲泡烂了他的五脏，蒙蔽了他的双眼，就像那些永不餍足的官员，掌钱粮的还想掌兵马，管礼乐的还想管人事，永远没个头。"

欧阳德喃喃道："还是难以置信，他敢谋害天子？"

邹守益激动道："我信！再软弱的懦夫，面对权力的诱惑，也会变成嗜血的野兽！"

王阳明颔首道："所以李士实那么聪明的人，最后也从了逆。不在其位，就体会不到位子上的痛苦和欲望。"说着，他指了指赣江上的一个江心岛，道："如果告诉你那座岛上有千两黄金，再给你备好船，唯一的风险是暴雨将至，赣江会涨水，你去不去？"

欧阳德沉默。

王阳明续道："周公恐惧流言日，王莽谦恭未篡时。向使当初身便死，一生真伪复谁知？良知伴人终身，私欲也从未远离啊。"

众人深思。

王阳明道："分头准备吧。守益、欧阳，跟我去南京。"

邹守益、欧阳德齐声道："是。"

三人先行离开。

诸芸玉担心道："我陪你去。"

王阳明道："你留下。南昌若有事，得有人给我捎信。"

诸芸玉幽幽道："此行凶险，你叫我如何安枕？"

王阳明看着妻子，道："我非去不可。不为别的，只求替惟乾讨个公道。"

诸芸玉泪光闪烁，道："这些年你在外四处奔波，操劳国事，现在祖母年迈多病，也该顾顾家事了。她不止一次跟我念叨，想抱重孙子……"

诸芸玉低头脸红。

王阳明愣了愣，搂住妻子道："我答应你，等惟乾的事一了，咱们就回家。"

南京。

江彬站在城墙上的一个垛口旁，望着蓝天白云下的京军大营，情不自禁地伸出右手，慢慢握成一个拳头，把军营都包裹在内。

"都督。"

江彬放下手，转身。

许泰道："王阳明已经出发，走到铜陵了！"

江彬冷笑道："张永这只老狐狸，以为通风报信就能救王阳明。这回他打错算盘了！"

"都督的意思是？"

"王阳明手头没有圣旨，身边没有护卫，就这么急急忙忙地往南京赶，指不定路上碰到什么沟沟坎坎，车一翻就摔死了。你说呢？"

许泰惊讶道："都督，这么大的事——"

江彬打断道："你记不记得当年在福建，你杀过一个叫马鸣图的知府？"

许泰心里"咯噔"了一下。

江彬续道："前不久冀元亨又死在你手上——这两个人是跟着王阳明的那个邹守益最亲近的人，你觉得他会放过你吗？"

许泰皱眉。

江彬不容他多想，道："要是王阳明见了皇上，以死相争，把这些事都抖落出来，张永再敲敲边鼓，你我能有好果子吃？"

许泰忧虑道："可刺杀江西巡抚，这是天大的案子，追查起来……"

"去查好了。王阳明在江西杀了那么多人，有的是仇家。匪贼遗类，叛党余孽，哪个不想他死？"

许泰仍在犹豫。

江彬给他吃定心丸道："再说，有张忠张公公的东厂在，你还怕查？"

许泰终于下定决心般深吸了口气。

芜湖。

夕阳西下，王阳明、邹守益和欧阳德穿过繁华的市集，走进一家"有间客栈"。

邹守益上前跟掌柜攀谈，王阳明四望，但见热闹非凡。忽然，他猛烈地咳嗽起来，脸色苍白。

欧阳德见王阳明身体不适，道：“芜湖商贾云集，匠作精细，不如多待两天？反正离南京只有二百多里了。”

王阳明想了想，道：“也好。到得太早，反叫人猜出张公公暗地里通了消息。”

邹守益和一个小二走过来。

小二热情道：“客官，楼上请。”

月黑风高夜。

王阳明熟睡，欧阳德鼾声如雷。

邹守益翻了个身，睁眼醒来。他侧耳细听，感觉门外有响动，轻轻揭开被子，蹑手蹑脚地下床，走到门边。

黑暗中，他隐约看见门闩一点点地挪动，不禁大惊。

邹守益紧张四望，看见桌上的包袱，赶紧过去打开，取出一把短刀，冲着门断喝道：“什么人！”

门外的动静立刻停止，王阳明和欧阳德也被惊醒。见邹守益举刀瞪着房门，两人坐了起来。

欧阳德道：“怎么了？”

邹守益全神贯注，低声道：“外面有人！”

话音刚落，门被人猛地一撞，紧接着又是一下。

邹守益冲过去用肩膀抵住门。欧阳德惊慌失措地张望，上前推桌。

但听“咔嚓”一声，门闩被撞折，眼看就要断开。

邹守益回头急道：“先生快走！”

邹守益瞥了眼斜上方，王阳明顺着他的视线看见一个半人高的窗户。

桌子推到门前，撞击却更加猛烈了，王阳明迅速下床，边推柜子边道：“你们先走！”

邹守益搭手。

王阳明大声道：“快走！”

欧阳德跑到窗边，回头看了看，只见柜子也已推到门边，于是爬上窗台，向下望去。街上漆黑不见五指，看不清有多高。欧阳德闭眼，喃喃自语“老天保佑”，一咬牙跳了下去。

这一蹾，腰杆剧痛，两腿酸麻，一屁股坐到地上，嗷嗷直叫。

屋里，王阳明咆哮道：“你快去！”

邹守益犹豫片刻，跑到窗边。王阳明推到柜子，与此同时，门闩断了。

大街上，欧阳德单手叉腰，紧张地望着窗户。邹守益跳了下来，“哎哟”一声惨叫。欧阳德扶起他，两人齐齐望向窗户。

片刻，王阳明出现，两人终于松了口气……

三人发足狂奔，七个黑衣人提刀穷追不舍。

黑衣人首领打了个手势，其中四人分左右散去，走捷径包抄。

很快，三人被前后包围。邹守益与欧阳德护着王阳明，恐惧地望着紧逼的黑衣人。

黑衣人首领挥刀，三人眼看就要被这帮杀手剁成肉泥。

“赵客缦胡缨，吴钩霜雪明。”

众人一愣，东张西望。但闻一声哀号，一个黑衣人被不知从哪飞出的短矛刺中，一命呜呼。

黑衣人首领大惊，王阳明也是一脸茫然。

“银鞍照白马，飒沓如流星。”

又是一声惨叫，又是一个黑衣人倒地。

黑衣人愈惊，张皇四望。

“十步杀一人，千里不留行。”

第三把短矛闪现，第三个黑衣人毙命。

黑衣人首领环视四周，高声道：“有种的出来单挑，放冷箭算什么本事！”

邹守益讥嘲道：“我等手无寸铁，你们以多欺少，又算什么本事？”

黑衣人首领瞪了他一眼。

“事了拂尘去，深藏身与名。”

一中年男子坐着肩舆从黑暗中出现，却是卢珂。

王阳明意外道：“卢珂？”

一群手持红缨枪的镖师从四面八方涌了出来，形成一个包围圈。

卢珂走下肩舆，上前跪倒，道：“卢珂护驾来迟，请大人恕罪。”

黑衣人首领突然发难，一刀劈向王阳明。不待卢珂发话，众镖师一齐掷出红缨枪，黑衣人首领被扎成了筛子。

剩下的黑衣人对视了一眼，猝然自刎。

众人骇然……

帷幔迎风飘舞，在门口灯笼的映照下依稀可见上面写着“三才镖局”。

卢珂请进王阳明、邹守益和欧阳德，身后的镖师抬着黑衣人的尸体入内。

众人在镖局花厅落座。

王阳明道：“你怎么走起镖来了？”

卢珂道：“生意好啊！大人有所不知，听说天子南巡，几个省的流民都涌向了南直隶。好多人三五成群地打劫，缙绅大户出远门都不敢带贵重财物。不得不带的，就得请咱护镖。”

王阳明皱眉。

卢珂续道：“对了大人，那些刺客莫非是宁王的余党？”

王阳明思忖道："只怕更糟……"

卢珂不解其意。

王阳明看了看邹守益、欧阳德，道："明日一早，我们动身。"

卢珂道："我带几个镖师护送大人。"

王阳明道："好意心领了。只是此行我轻车从简，不想惹人非议。好在南京已近在咫尺。"

"那我派人暗中保护，请大人莫再推辞。"

"好吧。"

"呃——大人，还有一事，想劳您给出个主意——"

"你说。"

"广东都指挥使顾应祥顾大人委托我收集在江西阵亡的广东籍士兵的遗骨，运回粤省。我打算走水路，船上还载着地方士绅给战殁将士的捐款。眼下顾大人只愿出钱，不想出兵。咱镖局这点人，对付几个毛贼不在话下，可要是碰上那见钱不要命的流民，还真没辙。"

王阳明沉思。

邹守益想了想，道："先生，我有一招，只需要您写几个字儿。"

众人齐齐看向他，只见邹守益神秘一笑。

牛首山。

一个男子恍惚睁眼，烈日灼目，却是身穿龙袍躺在野地之中的朱厚照。

他疑惑地爬了起来，举目四望，只见满眼都是青山绿水，不禁道："牛首山？"

"哟，这不是威武大将军吗？"

朱厚照一惊，转身看见一个穿大红金绣过肩四爪云蟒官服、戴阴阳面具的男子站在离他一尺近的地方，吓得差点坐倒在地。

朱厚照惊慌道："你，你是什么人？"

神秘人道："我是天官，来带大将军升天。"

朱厚照纳闷。

神秘人一指群山，眼前的山石树木顿时幻化成一座座巍峨的殿宇，朱厚照瞠目结舌。

神秘人微微一笑，道："走吧，众仙都在凌霄宝殿等着大将军呢。"

言毕，挽住他的手往南天门前的石阶走去。

朱厚照稀里糊涂地跟他爬天梯，却怎么也走不到头，最后累得气喘吁吁，停下来松开手，扶着膝盖痛苦地望着南天门，道："歇歇再走。"

"快到了，走吧！"神秘人蛮横无礼地去拉他的手。

朱厚照火了，大手一挥，不慎打掉了神秘人的面具，发现竟是钱宁！

朱厚照惊怒道："原来是你！狗奴才！"说着，站直了身体，一副要打人的架势。

谁知天梯突然扭曲变形，使他从半空中跌落，摔到一座阴森森的血窟之中，四周全是人骨。

朱厚照心胆俱裂，起身欲逃，腿已不听使唤，软绵绵地栽倒。

突然，对面火光冲天。热浪扑来，火舌袭来，把朱厚照的脸燎得通红。他双手捂脸，龇牙咧嘴，想叫却喊不出声，才发现喉咙已被烤焦。

这时，火海之中钻出一个牛头鬼，遍体红毛，赤裸上身，手里握着一把明晃晃的钢叉猛扑过来，却是朱宸濠的模样。

朱厚照坐在骷髅堆上，除了惊恐地向后挪动，别无他法。

牛头鬼冲到近前，张开血盆大口，露出利齿尖牙，狂暴地嘶吼着。朱厚照绝望地闭上双眼，任凭他把钢叉刺到自己胸口……

朱厚照乱喊乱叫，挥舞着双手醒来。待意识到不过是场噩梦，慢慢平静下来，急道："来人，来人！"

无人应答。

朱厚照侧脸看门，表情瞬间凝固。只见地上一个冒着绿光的东西骨碌碌地乱滚，滚到床边停了下来。他屏息凝视，眼睛瞪得比铜钱还大。这怪东西长着一张长嘴，两只大耳，吐着绿莹莹的舌头，吭哧吭哧地喘气，分明就是一只猪头！

朱厚照攥着被角，恐惧到了极点。

猪头尖叫了一声，又满地乱滚起来，并嗷嗷直叫。朱厚照钻进被子，连呼："来人，快来人呀！"

猪哼哼的声音越来越近，似乎已跳到床上。朱厚照大气不敢出一口，蓦地眼前绿光一闪，猪头钻进了被窝，冲他狞笑。

朱厚照惊声尖叫，猪头朝他撞去……

朱厚照噌地坐了起来，满头大汗。他掀开被子看了看，又瞧遍房间的每一个角落，确认空无一物后意识到自己做了个梦中梦。

敲门声响起。

朱厚照一个激灵，浑身颤抖道："谁？"

"奴才张永。"

朱厚照松了口气，道："进来吧。"

张永入内，见朱厚照脸色苍白，不禁一愣。

朱厚照道："什么事？"

张永道："王阳明到南京了。"

"这么快？他接到圣旨了？"

"没有。传旨的东厂番子听说前儿个才从南京出发。"

朱厚照怒道："张忠这个浑蛋，办事越来越不利索！"

张永看着地面，默不作声。

朱厚照抬头，道："既然没接到旨，跑南京来做什么？"

张永道："似乎有重大机密之事，要向您当面汇报。"

"朕身体不适，这段日子谁都不见，让他回去吧。就说守土有责，他的忠心朕已经知道了。"

"皇上……"

朱厚照躺了下去，看着天花板出神，不再言语……

张永皱眉。

赣江边上横七竖八地停靠着许多小舟。岸上的草丛里，一群手持爪锁的流民贼眉鼠眼地打望着上游。忽然，一艘大船缓缓出现。

流民甲激动道："就是它！"

流民头领严肃道："各就各位！"

大船上，卢珂和一个镖师立在船头，镖师指着远处的那堆小舟，道："掌柜你看！"

卢珂不慌不忙道："升旗。"

"是！"

流民头领瞅准时机，大声道："杀啊！"冲了出去。

众流民鼓噪着跟上，却见大船上升起了一面长条旗，上书"都察院右副都御史巡抚江西南赣王守仁"。

流民头领一愣，在江边停了下来，余众纷纷止步。

流民乙小声道："怎么不抢了？"

流民甲低声道："大明军神的船，谁敢动？"

大船经过，流民头领跪了下来。流民甲和流民乙对视了一眼，亦跪。江边顿时黑压压跪了一片。

流民头领叩首道："王大人一路顺风。"

众流民磕头道："王大人一路顺风。"

大船开出老远，众流民仍未起身。

镖师感慨道："邹守益的招真好使。"

卢珂望着江面，悠悠道："是人望好使，民心可用。"

南京城墙，江彬望着远方，许泰从他身后走近。

江彬道："查到了？"

许泰道："嗯，一个叫卢珂的镖头。"

江彬转身，道："鸡鸣狗盗之徒。把他给我做了！"

许泰为难道："此人现在赣江上押镖，打着王阳明的旗号，沿途府县自发派兵护送，恐怕……”

江彬大怒道：“妖道！王阳明就是个妖道！三教九流他全认识，满朝文武，找不出这样的官员！”

许泰垂首，岔开话题道：“听说他到南京了？”

江彬道：“到了也没用。皇上现在谁都不见，是他也告不成咱，咱也告不成他。”

“咱告他？”

“吉安、赣州、安庆三地同时军演，这是在恐吓皇上，要挟朝廷！”

许泰若有所思。

江彬道：“传令三军，加强作训，不可懈怠，以防江西有变！”

第五十四章　首辅发力

雨花台。

张永远眺南京城，王阳明走近，道：“张公公。”

张永转身，道：“这雨花台上有座二忠祠，为纪念杨邦义和文天祥而修建，王大人去拜过了吗？”

王阳明沉重道：“还没有。等替当世的忠臣洗刷了不白之冤，再去告祭南宋的忠臣吧。”

张永叹息道：“冀元亨的遭遇，咱家也很同情，只是皇上将自己关在行宫，一反常态，你还是把奏疏留下，奉旨回赣吧。”

王阳明失望道：“公公，实不相瞒，我这颗做官的心已经凉透了。之所以还在苦苦支撑，一是銮驾尚未回京，二是冀元亨沉冤待雪。”

“可你待在南京又有什么用？不过留个‘抗旨不遵’的靶子给江彬罢了。我在宫里这么些年，看到的听到的，桩桩件件，无不指向一个理——善，往往斗不过恶。”

“那公公当年扳倒刘瑾，又作何解释？”

张永一愣，道：“世间只有两种人，一种相信王道，一种相信霸道。前者日渐凋零，后者越来越多。”

王阳明盯着张永，道：“那请问公公，这世上是先有王道，还是先有霸道？”

张永沉思片刻，道：“先有王道。尧舜禹汤，尽皆明君圣主；周公制礼，四海亲如一家。而到了春秋，礼崩乐坏，五霸征伐不断，百姓苦不堪言。及至战国，世风日下，始有苏秦、张仪之流，李斯、韩非之辈，除‘功利’二字，眼中再无他物。于是暴秦兵出函谷，六国斯文扫地。”

“公公说得在理，不过仓颉造字之前呢？”

张永疑惑地看着他。

王阳明续道：“彼时的人，口不能言，手不能写，终日所想，无非如何填饱肚子。为了果腹，甚至可以自相残杀，与毒蛇猛兽没有区别。这不是霸道是什么？”

张永深思。

王阳明道：“后来有了孔孟颜曾，有了仁义礼智信，才有了王道。”

张永道：“这么说，你认为霸道在先？”

王阳明点头道：“霸道乃天地之本色。天地不高兴了，三江泛滥，五岳倾颓，何曾问人乐不乐意，能不能活？好比虎吃牛，牛吃草，谁去论个中曲直，是非善恶？”

张永颔首。

王阳明道：“而王道恰恰是人的创造，把人和禽兽区分开来。”

“可为何目之所及，到处都是霸道的信徒？且这些人自己恶毒，于是认为天下人也一样恶毒，干起坏事来毫不手软，绝不悔过。”

“因为作恶能得到眼前之利，为善的回馈却太过漫长，需要不断地付出。很多人看不到头，半道上就放弃了。直至有一天，所有的回报都落到那个坚持到底的人身上。而作恶之人，则永远只能守着他那点蝇头微利过活。”

“好人难做呀！坏人把房子拆了，偷梁换柱，好人却要小心翼翼地捡起碎片，重新搭建一座能替路人遮风挡雨的居所。”

“可即便如此，还是有人不畏命运的摧折，坚守内心的良善。因为他们知道，活在光明而不是黑暗里，本身就是对光明者最大的嘉赏。正如父母爱护子女，发乎真情，有些时候并不希冀报答。”

“呵呵，久闻心学大名，今日一见，果然醍醐灌顶。”

王阳明笑道：“公公过奖了。不管哪派的学说，归根结底其实都跳不出‘良知’二字。”

张永饶有兴致道：“良知？”

“恶人再恶，也难逃良知的折磨。或在夜深人静时，或在面对亲人时，或在临终悔悟时。命运无常，人们不得不置身其中。但无人赞颂分离，因为谁也不想错失挚爱。相反，人们修祠、立碑、著书，仿佛王朝不会轮替，天地不会崩塌，仿佛那些东西能够昔在永在。”王阳明叹了口气，道：“正因为所有人都无可奈何地奔向死亡，所以才更需要一盏明灯，让我们可以不惧天寒地冻，不怕路遥马亡。”

张永点头道：“好一个良知之学。千年暗室，一灯即明，咱家受教了。看来要当一个有用的好人，道阻且长。就说冀元亨这事吧，要把它翻出来就要跟幕后黑手江彬当面对决，但眼下他控制着京军，狗急跳墙只怕对皇上不利。倒不如等御驾回京，再秋后算账。”

王阳明想了想，道：“好吧，那我就暂离南京，避其锋芒，等待天子回京——一切有劳公公了。”

夜里，张永走到寝殿门口，听见里面传出吵闹声。小六子踉跄着跑了出来，紧随其后的是一只枕头和朱厚照的谩骂。

张永赶紧道：“怎么回事？”

小六子委屈道：“皇上做噩梦了，醒来就说要下个什么《禁宰猪令》。”

张永皱眉。

朱厚照坐在床上，缩在墙角，哆哆嗦嗦地把被子攥在身前。

张永进入，走到床边，轻声道："皇上。"

朱厚照两眼空洞地看着前方。

"皇上？"

朱厚照一惊，见是张永，缓和下来，道："朕没事。"

张永问道："皇上打算下旨禁止宰猪？"

"朕姓朱，又属猪。民间天天杀猪，残忍，不吉利！"

"皇上，若天子都以属相而忌食，那属羊的不许食羊肉，属鸡的不许食鸡肉，过些年老百姓吃什么呀？"

朱厚照望着他那张苦大仇深的脸，忍俊不禁。

张永劝道："再说了，'猪'只是'豕'的俗称，跟国姓八竿子打不着。您要真下了这样的旨，太常寺以后可没法祭祀了，老百姓背地里还会骂娘呢！"

朱厚照叹了口气道："朕近来总睡不踏实。

"嗐，这哪能跟豹房比？咱回吧。"

朱厚照看着张永，犹豫不决。

张永从怀中摸出一道奏疏，道："兵部来报，蒙古太师加思兰亲自督战，大举进犯宣府。杨阁老怀疑蒙古人探知皇上南征，京畿空虚，想浑水摸鱼，劝您即刻回銮，主持大局。"

张永把桌上的烛台端了过来，朱厚照览疏。

张永压低声音道："南直隶现在流民遍地，为南巡征发的民夫也困苦已极。再不回，恐将有不忍言之祸。"

朱厚照一惊抬头，想了想道："回京，走水路！"

九华山。

竹杖芒鞋，一蓑烟雨，王阳明带着邹守益和欧阳德在湿滑的山阶上行走。

三人来到一处平台，王阳明上前远眺，指着山下的一座村庄遗址，转头看了看邹守益，道："永宁村。"

邹守益定睛远望，眼眶湿润。

王阳明感慨道："我和惟乾就是在这九华山结缘的，没想到物是人非。"

欧阳德看着唏嘘不已的王阳明，耳畔忽然传来一阵古琴声。他侧脸望去，确认声音来自山路尽头，便道："先生。"

王阳明点头。

三人爬上云雾缭绕的天台峰，只见一棵松树下有间茅草屋，琴声即自其中传出。王阳明走近，但见房门洞开，一俊秀飘逸的书生坐在案前抚琴，却是魏良辅。

魏良辅发现来客，停手抬头。

王阳明道："魏先生。"

魏良辅起身，意外道："王大人？"言毕离案，示意三人进门入座，一边替他们倒水一边道：“大人怎么突然有闲情逸致来爬九华山？”

王阳明笑道：“被先生的天籁之音吸引，情不自禁便走到了这儿。”

魏良辅摆手道：“在下是闲人，哪能跟大人比？这世上，不做事的没罪；做事的有罪；做大事的有大罪；做大事而没做成，更是死罪。幸亏朱宸濠不是大人的敌手，否则咱们都要遭殃。”

“功劳都是大家的，也有你一份。”王阳明环视草屋，道：“先生隐居于此，莫非在打磨什么大作？”

魏良辅两眼放光，得意道：“在下融合了海盐腔、余姚腔以及江南的民歌小调，把昆山腔加工改造为一种新的戏曲唱腔。只是这一变，伴奏也得变，‘定元声’便成了一道难题。”

王阳明沉吟道：“我以前听乐师说过，元声定了，乐器和乐谱的调子才能定下来。”

魏良辅点头道：“不错。可元声迄今尚无定法，乐坊为此，常常争论不休。”

“古法也没有吗？”

“有倒是有，只是颇为复杂。一般认为，应在冬至这一天的子时，于密室中放置十二只律管，以葭灰充塞。待第一缕阳光照进密室，哪只乐管里的葭灰先飞动起来，就说明哪只是黄钟元音，再以此来确定其他音阶。在下还未试过，大人有何高见？”

“愚见以为，到葭灰中求元声，何异于缘木求鱼？先民有感而发，才有了《国风》里古朴动人的歌谣。如果等定了元声再来吟唱，《诗经》便不是今日的模样了。”

魏良辅思索道：“大人的意思是，元声不必求？”

王阳明摇头道：“去心上求。”

魏良辅不解道：“心上如何求？”

王阳明起身道：“我记得《尚书》里说过，歌为音律之本，心志又为歌之本。先贤强调将心志修养得中正平和，纯粹无邪，然后才能作乐歌唱，然后听众才有共鸣，悦然兴起。因此，元声之始，其实是人心。心定了，自然能‘发而皆中节’。”

魏良辅细细一思，兴奋道：“多谢大人指点迷津！看来在下除了调素琴，还要时常涵养心性，方能精进。”

王阳明微笑颔首。

京杭大运河，船帆遮天蔽地，一路北上。

龙舟上，张永进入船舱，只见朱厚照正在擦拭他心爱的金色鱼竿。

“皇上。”

朱厚照漫不经心道：“听说清江浦的河豚很有名。”

张永想了想，道：“河豚好像只在春天出现。”

朱厚照道：“哑巴吃苦瓜，与你说不得。你要知此苦，还需你自吃。知道这是谁的话吗？

张永摇头。

朱厚照道："王阳明。"

张永一愣。

朱厚照续道："朕不亲自体验一把，怎么知道你说的是真是假？告诉他们，备好渔船，不许跟。"

张永只好道："是。"

龙舟驻泊在淮安城边，朱厚照披蓑戴笠，手持鱼竿，在张永、张忠、江彬、许泰的注视下跳上渔舟，划桨而去。

在江彬的暗示下，许泰快步走到船尾。但见四艘小船停在水面上，每艘上面都站着一名百户和五个士兵。许泰做了个手势，百户砍断连在龙舟上的绳索，指挥小船悄悄跟了上去……

渔舟在芦苇丛中穿梭，来到一片空荡荡的水面。朱厚照扭头瞧了瞧，察觉到自己被人跟踪。他诡秘地笑了笑，瞅准一个方向，划进芦苇丛……

四艘小船驶入这片寂静的水面，四个百户面面相觑。其中一人做主，指了四个方向，另外三人点头，朝着芦苇丛散开。

朱厚照在丛中窃笑，动手划桨……

层峦叠嶂怀抱着一汪清水。

朱厚照停船，取下斗笠，上好鱼饵，挥竿。

太阳发出白惨惨的光，朱厚照倚在竹筐上，打了个哈欠。

突然，浮漂一沉，上下抖动起来。朱厚照睁大眼睛，轻手轻脚地起身，猛然举竿，竟然提不动！他登时兴奋起来，站稳马步。等那鱼一逞劲，就放出钓线；待它力量一缓，就急往回收。折腾了好一会儿，大鱼还在水底冲撞，把朱厚照累得满脸通红。

突然，只听"嘭"的一声，钓线断成了两截，朱厚照一屁股摔倒。

鼓掌声响起。

朱厚照四下张望，只见不远处的沙洲上走来一人，戴着黑鬼面具。他施展轻功，跳到渔舟上，俯视朱厚照。

朱厚照不慌不忙地起身，冷冷地盯着他，道："装神弄鬼的狗奴才！"

面具人一愣，抽刀猛砍。朱厚照举手阻挡，但听"铮"的一声，直震得那人退开两步，摸了摸虎口。

朱厚照从袖中取出双锏，同面具人打斗起来。几个回合后，面具人渐落下风，面具也被打掉，露出钱宁目瞪口呆的脸。

朱厚照怒道："钱宁！你忘恩负义，朕今日就替老天收了你！"

二人又打作一团，钱宁的太阳穴被击中，口吐血沫，转身欲逃，结果后心挨了一记，倒地不起，向船尾爬去。

朱厚照用锏指着他，步步紧逼，举锏道："受死吧你！"

钱宁使出仅存的气力，一个兔子蹬鹰，把站立不稳的朱厚照踢下了船。他艰难地翻过身来，气若游丝地挣扎了几下，一命呜呼。

朱厚照死命扑腾，连连呛水，大恐道："快来护驾……朕……朕……不会游水……快……来人哪！"

一艘小船上，百户听见声音，指着一个方向道："那边！快！"

士兵奋力划桨。

朱厚照精疲力竭，意识模糊，虚弱地望着天，隐约听见有人大声疾呼"皇上"。就在即将合上双眼的一瞬间，两只有力的大手把他拉上了船……

当晚，龙舟上，张永、张忠、江彬、许泰透过窗户打望，只见船舱里，太医替昏迷不醒的朱厚照诊完脉，起身。

四人围住推门而出的太医，满脸关切。

太医忧愁道："皇上高烧不退，还吐了红，这是不祥之兆啊！"

四人相互看了看，各怀鬼胎。

张永做主道："许将军，传令各舰，加速航行。"

许泰看了看江彬，只见他思索着什么，便答应张永道："是。"

舱中传出朱厚照惊惧的声音："厉鬼要害朕！厉鬼要害朕！"

张永忧虑……

十日后，京城杨府。

杨廷和、梁储与费宏在座，各自忧心。

费宏皱眉道："御驾停在通州，不往前走，该不会出什么事了吧？"

梁储沉思道："皇上毕竟离京一年多，宫里什么情况，他也摸不准。再说，朝臣多有跟朱宸濠暗通款曲的，难以尽信。不敢贸然进城，也是人之常情。"

杨廷和起身道："不要揣度了，一起去通州行在见驾。"

三位内阁大学士来到通州行在，在辕门下轿，张永、张忠、江彬、许泰迎候。

杨廷和走近御帐，只听里面传来朱厚照微弱的声音："是阁老吗？"

杨廷和激动道："陛下！"

朱厚照小声道："阁老进来，其余人等退下。"

众人知趣地往后退了退。

杨廷和步入，走到床边，只见朱厚照脸色蜡黄。又瞥了眼桌子，但见上面有只碗，盛着满满一碗鹿茸浓汤。

朱厚照打趣道："没想到水里也有皇帝，朕以后叫'水帝'好了。"

杨廷和一愣，笑道："皇上是真龙，龙狎水。"

朱厚照也笑了，随即一阵猛咳。

杨廷和担忧道："皇上——"

朱厚照微微摇头："朱宸濠及其党羽，朕已带回。你召集王公大臣议罪，从重从快。"

"是。"

"钱宁这个反贼，竟敢谋害天子，已被朕处决。朕口授了旨意给张永，你们碰个头，拟旨昭告天下。"

"是。"

"唉！朕是喜欢胡闹，可眼下最要紧的是稳定人心。千万要避免朝野动荡啊。"

"皇上放心，臣一定不负所托。"

朱厚照点了点头，疲惫地闭上双眼。

杨廷和陷入忧思……

月光下，宅邸牌匾上的"杨府"二字清晰可辨。

书房里，杨廷和手捧书卷夜读，杨慎敲门入内，禀告道："父亲，张公公来了。"

杨廷和放下书，起身出门。

花厅里，张永正在喝茶。杨廷和走入，道："张公公。"

张永起身，杨廷和示意他坐。

张永直言道："阁老，实不相瞒，皇上这次——"

杨廷和点头道："明白。他能说出'稳定人心'这样的话，我就知道情况不妙。"

张永叹气。

杨廷和道："方才司礼监秉笔魏彬找过我。"

"哦？"

"他说奉太后之命过来问问——既然皇上的病御医束手无策，莫不如悬赏重金，到民间求访能人。"

张永想了想，大惊失色道："魏彬话里有话！"

杨廷和轻轻一笑，道："我对他说，御医再不济也侍奉皇上多年，经验丰富。譬如伦序，总有个先亲后疏。亲近的人关乎痛痒，自然密切，这是疏远之人万万不能比的。"

"太后关心皇位的继承，是怕自己将来地位不保。可说出'到民间求访'这样的话，也太不讲究了。"

"这是在试探老夫。老夫世受皇恩，只要还有一口气在，谁也别想玩'狸猫换太子'的把戏。"

"阁老忠心，在下感佩。只是此事干系甚大，迟则生变，还是尽早定下来比较好。"

杨廷和沉吟道："新君不宜过小，过小易被后宫控制；也不宜太大，大了谁的话都不听，很难从头学起。倒是有个合适的人选，只要内阁与司礼监达成共识，后面的事就好办了。”

张永心中一动，道：“谁？”

“兴献王世子朱厚熜。”

“朱厚熜？”

“兴献王朱祐杬是宪宗皇帝的第四子，孝宗的亲弟弟，今上的亲叔父。其世子朱厚熜与今上是堂兄弟，年方十五，素有好学之名。宗室子弟，或论亲不及他，或论贤不及他，或年岁太长。兴献王业已过世，只要让朱厚熜继嗣，称孝宗为‘皇考’，则张太后自然成为太皇太后。地位保住了，也就不会兴风作浪了。”

张永默默点头。

同一时间，通州行在。

一阵冷风吹过，吹倒了桌上的烛台。值宿的小六子一个激灵醒来，走进帐中，来到桌旁，将之扶起。

他端起碗，只见浓汤已凝固成一团。又瞥了眼龙床，心生不祥的预感。

小六子走到床边，缓缓将脑袋伸了进去。突然，他触电般缩回，手中的碗掉到地上摔碎……

公元 1521 年，明正德十六年，明武宗朱厚照驾崩，享年三十一岁。

九华山。

王阳明站在天台峰的悬崖边，望着缥缈的云雾，放飞一只信鸽。

奉天殿，张永手捧黄绢，走到宝座旁，环视群臣，道：“大行皇帝遗旨。”

百官下跪。

张永宣旨道：“朕疾弥留，储嗣未建。朕皇考亲弟兴献王之子朱厚熜，德器夙成，伦序当立。尔等当告于宗庙，请于慈寿皇太后，即日遣官迎取来京，嗣皇帝位。期间国事，请太后与内阁定夺。钦此。”

王琼瞥了眼杨廷和，越看越气，终于在群臣起身后爆发，出班道：“拥立大事，为何不让九卿参与？”

杨廷和侧脸道：“莫非王部堂有异议？”

王琼朗声道：“国赖长君。大行皇帝尚有许多叔伯，阁老却偏偏挑了一个虚岁十五的小孩，就不怕主少国疑？”

一些官员点头附和。

杨廷和不满道：“英宗即位时还不过九岁，有何可疑？再说，兄终弟及乃是《皇明祖训》里的规定。”

王琼反驳道：“兄终弟及的‘弟’必须是嫡长子，而朱厚熜是兴献王的次子，于礼不合。”

杨廷和冷笑道："朱祐杬的长子死去多年，到哪请他？"

王琼据理力争道："那也轮不到朱厚熜。益庄王朱厚烨今年二十三岁，也是大行皇帝的堂弟，还是嫡长子，为什么不选他？"

杨廷和声色俱厉道："王琼！朱厚烨的藩邸在抚州，江西刚出了一个朱宸濠，你想干什么？"

王琼语塞。

通州军营，许泰入帐，只见张忠和江彬在座。

许泰道："都督、公公。"

江彬点头道："他怎么说？"

"杨廷和说宣府危殆，请都督率军前往助战。"

"哼，妄想。值此新旧交替之际，本督岂能远离京师，任由他们排座次，分果子？"

张忠想了想，道："你看人事安排上，杨廷和是个什么态度？"

许泰道："他说大学士费宏和驸马蔡震已启程前往安陆迎驾。等朱厚熜即位，再由新君圣裁，内阁这段时间全力以赴，但求平稳过渡。"

江彬放松道："哈哈，好啊，咱们就守在这，保他平稳。"

张忠一脸忧虑。

张永再次夜访杨府，垂询道："江彬拥兵自重，反状毕露，阁老打算怎么处置？"

杨廷和反问道："此贼作恶已久，尾大不掉，必须替新君扫除之。公公有何良策？"

张永沉默片刻，道："昨日收到王阳明的一封信。"

杨廷和色变。

张永婉言道："阁老不要排斥，先听听办法可不可行嘛。"

杨廷和不吱声，张永身子前倾，比画着讲了起来……

朝霞把紫禁城的红墙黄瓦映照得分外柔美。

仁寿宫，张太后在座，魏彬和谷大用分立左右，张永站在下首。

张太后板着脸道："江彬这个恶贼，招引皇帝巡游，搞垮了身子，威胁社稷，不除不足以平民愤。你那个法子哀家看可以，但是有个条件。"

张永毕恭毕敬道："请太后明示。"

见张太后看了眼魏彬，张永已猜到八九分。

张太后直言道："长江后浪推前浪，一朝天子一朝臣。张公公执掌司礼监这么些年，见惯了风风雨雨，就没想过有朝一日功成身退，保全晚节？"

张永一愣，笑了笑。

张太后道："你笑什么？"

张永道："奴才想起一首功臣写的诗。良知即是独知时，此知之外更无知。谁人不有良知在，知得良知却是谁？”

张太后思考，魏彬和谷大用对视。

张永续道：“只要能为国除害，张永决不贪恋权位。待新帝御极，即刻请辞。”

张太后颔首道：“好，哀家这就下旨。谷大用，去安排你们御马监的禁兵。”

“是。”

张永目光坚毅……

傍晚，江彬、张忠和许泰在辕门处恭送魏彬，看着他上轿离去。

许泰奇道：“坤宁宫修葺完毕，安置兽吻，让都督前去观礼？太后怎么突然下一道这样的懿旨？”

江彬不以为意道：“一介女流，身处深宫，也需要奥援嘛。你没听魏彬那意思，内阁擅作主张定了兴献王世子，太后心里其实很不满。”

张忠担忧道：“还是有些蹊跷，都督不可不防啊。”

江彬大大咧咧道：“有什么好怕的！许泰看好家，明日我去去就回。”

次日，江彬身穿祭服，抱着一个锦盒，走下台阶，进入空无一人的奉天殿广场。

“嘎吱——咚！”

奉天门在他身后关上，江彬愣了愣，继续前行，太阳把他的影子拖得长长的。

四周静得可怕，以至于数九寒天他的脸上竟渗出了汗。

待走到奉天殿的丹墀下时，十个禁兵护着张永来到台阶前，俯视江彬。

张永展开卷轴，道：“宣旨。”

江彬愣了愣，跪下接旨。

“五军都督府左都督江彬，外行奸狡，内存险诈。蛊惑圣聪，性如狼虎。谋逆之心，路人皆知！着即革去所有官职，交法司严审！”

江彬双肩耸动，突然放声大笑起来。

张永对左右道：“拿下！”

禁兵冲下丹陛，江彬把锦盒往空中一抛，接住从里面落下来的铜瓜，道：“天子尚未登基，哪来的圣旨？你这是矫诏乱命！”

双方打斗起来，十个围攻一个，仍旧不是敌手。

张永紧张不已，回头看了看，只见谷大用带着六十个禁兵出门。

江彬沿着台阶杀了上去，一挑六十，毫无惧色。张永与谷大用对视了一眼，骇然不已。

禁兵被杀得不敢近前，江彬用铜瓜指着张永道：“敢暗算老子！且看是你脑袋硬，还是先帝赐我的铜瓜硬！”

谷大用高声道：“反贼！你以为你还能狂多久！”

广场两侧突然涌出至少三百个禁兵，朝江彬围去。

江彬转身，大惊失色。又回身看了看谷大用，只见他得意地一笑。江彬拔腿就跑，谷大用急道："追！"

于是，几百人追一人的奇观在紫禁城里上演……

江彬跑到西华门前，但见宫门紧闭，抬头望着城楼上的侍卫，道："快开门，本督有要事！"

侍卫头领拒绝道："奉太后懿旨，午时前严禁任何人出入。"

江彬愤恨不已，一锤砸到宫门上，留下一个坑洼。

"拿反贼！别让他跑了！"

江彬闻声回头，但见禁兵们潮水般涌来，只好继续逃命。

玄武门在望，江彬夺命狂奔，身后拖着长长的"尾巴"。待跑到宫门前，发现又已落锁，江彬惊怒转身。

禁兵狂呼："截住反贼！"

江彬咆哮了一声，挥舞铜瓜杀入敌阵。

虽然杀散了一波，奈何人数实在过多。禁兵一拥而上，抱腰扼颈，折臂绊腿，七手八脚地把江彬摁倒在地，扯他胡子。后面的人也源源不断地叠了上来，使其动弹不得。

张永走近，看着青筋暴露、瞪着死鱼眼的江彬，一脸鄙夷……

与此同时，张忠接到魏彬的邀请，来到天外天酒楼。

他刚推开二楼包厢的门，就被一群潜伏已久的锦衣卫擒拿。

魏彬走出人群，道："奉内阁之命，捉拿反贼张忠。"

张忠嚣张道："笑话！你说谁是反贼？"

魏彬走近，低声道："张公公，你真以为王阳明把朱宸濠向你行贿的证据都烧了？"

张忠色变。

魏彬微微一笑，道："兔子急了还咬人呢！你害死人家徒弟，就该料到早晚有这么一天。带走！"

张忠气得浑身发抖。

通州大营，梁储在黄绾和一队锦衣卫的护卫下走出轿子，恭候多时的许泰率众将上前行礼。

许泰道："梁阁老。"

梁储点点头，环视了一眼众将，道："许将军，江都督被太后请去问话了。"

许泰一愣。

"借一步说话。"言毕，梁储走向远处。黄绾带两个锦衣卫随之而去，许泰也跟了上去。

走了一会儿，梁储停下来，转身瞧着许泰，郑重道："皇上到底怎么死的？"

许泰惊讶道："什么？"

话音刚落，身后的黄绾已抽出绣春刀，以迅雷不及掩耳之势削下了许泰的脑袋。

辕门处的将领目睹此景，无不震动，下意识地去摸腰间刀。

黄绾大声道："我看谁敢动！"

锦衣卫纷纷拔刀出鞘，双方剑拔弩张。

梁储走了回去，眼神凌厉地看着众将。这时，两个锦衣卫带着小六子和曾替朱厚照诊治的太医走了过来。

梁储厉声道："江彬、许泰，谋害圣躬，太后已下密旨，诛此二贼。"

众将难以置信，面面相觑。

一个壮硕魁伟、粗眉环眼的武将低沉着一张黑脸，上前一步道："梁阁老所言，可有依据？"

梁储望向小六子。

小六子正色道："大行皇帝是热补致死的。"

众将一脸茫然。

太医解释道："先帝落水，着凉受惊。体质渐差，目眩耳鸣。这是脾肾亏虚，风火痰上扰的症状，当静卧休养，不宜大补。"

小六子补充道："我谨遵太医之嘱，给先帝熬稀粥喝，没想到被许泰换成了人参鹿茸汤。"

众将惊骇。

太医道："风上加风，火上加火，龙体自然愈发燥热。折腾来折腾去，就……"

一些将领默默地把手从佩刀上移开，黑脸武将兀自不服。

"先帝南巡，有赖各位护驾，一路平安，只是谁能料到会祸起萧墙。当此新旧交替之际，国事纷扰，上下猜疑，内阁如驾漏船于风浪颠沛之中。诸位皆是大明忠良，国之栋梁，万望以社稷为重，助朝廷度过多事之秋。"说着，梁储作了个长揖。

四个锦衣卫抬着两口大箱子走来，放下后打开，但见满满当当，全是银锭。

梁储续道："杨阁老牵头筹了笔银子，没有动用国帑。只为感谢大家护卫先帝，奔波劳碌。眼下边患日甚，各位独当一面，建功立业的机会有的是，他日名望，想必不在韩雍、王越之下。"

众将触动，黑脸武将把脸扭到了一边。

豹房，三队惶恐不安的人在锦衣卫的看押下鱼贯而出，分别是舞女、乐工和番僧。

黄绾策马而来，用马鞭指着这帮"牛鬼蛇神"道："奉内阁之命，悉数遣回原籍。豹房限三日内拆除！"

西市，一个衣着华丽的太监下轿，发现自己的店铺被两个锦衣卫贴上了封条，观者如堵，于是急忙冲过去道：“大胆！这是皇店！”

锦衣卫斥道：“封的就是皇店！内阁首辅杨廷和大人说了，以后没有皇店、皇庄，全部改为义田、义仓。”

太监闻言，气得说不出话。用手指着他，连道“你、你”，晕死过去。

远处，一座巨大的朱熹像已建好下半身，杨廷和听工部尚书介绍施工情况，频频颔首，微笑捋须。梁储、杨慎以及吏部尚书方献夫、礼部尚书毛纪等官员亦在场。

一工部侍郎从工地过来对他的堂官汇报了两句，工部尚书向杨廷和告辞，往石像走去。

毛纪感慨道：“这是利在千秋的大功德呀！”

杨廷和指着石像，喜悦道：“他们说，届时远在保定都能看见。”

毛纪赔笑，梁储和方献夫不以为然。杨廷和忽然想起某事，转身看着梁储，道：“丈量全国田地，户部什么意见？”

梁储皱眉道：“工作量太大，需款浩繁，除非兵部能无条件调兵支持。”

杨廷和指示道：“此事势在必行。无恒产者无恒心，要想彻底解决流民问题，必须让耕者有其田。款嘛，锦衣卫正在查抄江彬、张忠的宅子，豹房里也有不少值钱的东西。至于兵部，我来协调。”

黄绾带着两个锦衣卫走近，道：“阁老。江彬的府上抄出一些证物，请您过去检视。”

杨廷和道：“好。”

黄绾续道：“另外，宣府来报，加思兰已经退兵，达延汗为与我修好，打算来京吊唁大行皇帝。”

杨廷和沉思片刻，道：“达延汗巴图蒙克跟咱们大明的一个官员是老朋友。蒙古人讲感情，得让人叙叙旧。”

众人面面相觑。

江西巡抚衙门，王阳明率诸芸玉、王畿、邹守益和欧阳德听旨。

太监念道：“内阁奉太后懿旨。王阳明安定地方，功勋显著，特命其兼任南京兵部尚书。原任席书，迁刑部尚书。另查池州府青阳县人士冀元亨，剿匪有功，死于非命。王阳明着即来京，向都察院说明情况。”

王阳明面无表情，王畿与诸芸玉深思，邹守益和欧阳德欣喜不已……

衙门外，王阳明目送太监的马车远去，平静道：“龙溪、守益、欧阳，跟我进京。”

三人应道：“是。”

王阳明转身看着妻子，道：“祖母一个人在家我不放心，你先回去。等此事尘埃落定，我即刻辞官。”

诸芸玉点了点头。

寒夜。

王琼整理好书和公文，离开书房。关门时，留恋地看了一眼室内的陈设。

在黄绾的带领下，两队锦衣卫匆匆赶到宅院门口，气氛紧张。

黄绾入府，走进花厅，只见王琼身穿官服，正气定神闲地坐着喝茶。

王琼放下茶碗，道："黄将军星夜造访，有何见教？"

"有人参你厚事江彬。"

"捕风捉影。"

黄绾接过一个锦衣卫递来的苗刀，展示给王琼，道："王部堂可还记得此物？"

王琼定睛一看，暗暗心惊。只见烂银刀鞘上，左右各镶着十五颗血红的珊瑚，凑成三朵梅花，正是自己曾经献给江彬的那把。

黄绾道："带走！"

次日，康陵大雪纷飞，巴图蒙克率领五十个蒙古勇士对停放在陵寝外的朱厚照的棺椁行礼，杨廷和、梁储、毛纪和一帮礼部官员在场。

礼毕，杨廷和陪巴图往外走，甬道两旁是文臣武将的石雕。

杨廷和温言道："达延汗难得来一趟，我已吩咐礼部安排妥当，多住些日子，到处转转。"

巴图婉拒道："好意心领了。只是草原过冬不易，还有很多事等着我回去料理。"

杨廷和想了想，道："也好。不过，有个故人，过两天便到，达延汗是否见上一见？"

"什么人？"

"王阳明。"

巴图呆若木鸡，思绪回到了年少轻狂时……

京城码头，王阳明携王畿、邹守益和欧阳德下船，只见方献夫率领穆孔晖、郑一初、陈九川、季本、朱节、蔡宗兖和王纯甫等一众王门弟子身着便服，迎了上来。

众人齐声道："先生。"

王阳明打趣道："你们搞这么大动静，是不是又想让我被撵出京城？"

方献夫道："先生，内阁亲自过问，冀元亨的案子已经查清了。江彬、张忠残害忠良，罪加一等，拟三日后弃市。"

邹守益大喜，王阳明一脸困惑。

王畿问道："既已查清，为何还召师父来京？"

方献夫道："因为礼部要追封。冀元亨生前的军功，先生最了解，所以请您过来做个旁证。当然，更重要的其实是另一件事。"

王阳明道："什么事？"

方献夫道："达延汗来了。"

王阳明一惊。

锦衣卫封路，把天外天围了起来。杨廷和下轿，一个正四品的文官带着几个礼部官员迎了上来，拱手道："阁老。"

杨廷和点点头走入。

一楼的桌椅摆放得整整齐齐，杨廷和扫视了一眼，转身面对身后的那个四品官，道："此次晤谈，至关重要，光是包下'天外天'就花了大价钱，不容有任何差池。你身为鸿胪寺卿，每道菜都要亲口尝过一遍，方能上席。"

鸿胪寺卿道："下官明白，阁老请放心。"

杨廷和走上二楼，黄绾带着两个锦衣卫迎了上来，抱拳道："阁老。"

杨廷和点点头，走进包厢，在桌旁坐下。

黄绾低声嘱咐那两个锦衣卫"看好了"，关门转身。

杨廷和道："怎么样？"

黄绾点头道："从这里到驿馆，要经过一条干渠，目前积雪有一丈厚。可以在那动手。"

杨廷和道："好。"

黄绾犹豫片刻，疑虑道："阁老，真的要下手吗？那个巴图毕竟跟王阳明——"

杨廷和摆手道："我不管他们什么关系。小我的情谊，岂能同夷夏之防，家国大义相提并论！"

黄绾思索。

杨廷和续道："天予不取，反受其咎。等事办成了，锦衣卫都指挥使的位子就是你的。"

黄绾动心。

天刚蒙蒙亮，布衣打扮的张永背着行囊来到码头。

"张公公。"

张永转身，只见王阳明走近，不由得感叹道："十五年前，我在这送别李公公，他说我有恻隐之心，跟刘瑾他们不一样。没想到今日，替我送行的是你王阳明。"

王阳明惋惜道："公公走得好突然，朝廷从此损失了一员柱国。"

"朝廷离了谁都能转，可大明两京一十三省，只有一个王阳明。否则，达延汗也不会谁都不见，单单要等你来。"

"公公言重了，其实在下今日来是有要事相求。"

"何必言求？尽管直说。"

"听说王部堂被锦衣卫抓了，我想去看看他。本来认识个狱卒叫老吴，可惜他前年走了。"

"好办。我给小六子打声招呼，他跟诏狱的牢头熟。"

王阳明拱手道："多谢公公！"

第五十五章　泰州王银

乌雪纷飞，王畿走下马车，搀扶着王阳明在天外天门口下车。

蒙古力士在一楼闹酒，见王阳明师徒入，立马安静下来。

巴图从二楼包厢跑出，望着王阳明，喜道：“王阳明！”

王阳明抬头，道：“巴图兄别来无恙？”

巴图看着他，哈哈大笑起来。

王阳明也笑了……

二楼包厢，巴图、王阳明、王畿和一个力士在座。

巴图一边倒酒一边道：“我在应州跟正德打过一架，也算有缘，所以过来拜拜他。”

王阳明微笑道：“巴图兄带来这么多马和羊，恐怕不只是为了拜拜故人吧？”

巴图一愣，笑道：“喝酒！”说着，与王阳明干杯。

巴图叹了口气，道：“你当年说，明与蒙古，各有所需，长远来看，‘互市’势不可免。这些年我深有体会，一直在想如何破冰，如何开市。可惜，用你们汉人的话说，家家有本难念的经啊！”

王阳明直言道：“你是指加思兰吧？”

巴图沉吟道：“有的话，只能关起门来对你讲。当初满都海夫人病逝，加思兰想独揽大权，被我打压下去。可是，他树大根深，这么多年一直跟我唱反调。我主和，他就主战，三番四次地阻挠开马市，决意与你们死战到底。”

力士插言道：“这两天一直有传言，说加思兰派了刺客潜入京城，想暗杀大汗，嫁祸给明廷。要不是为了见你——”

巴图伸手打断道：“哎——总之，能见到你，也算不虚此行。明日我就要回草原了。”

王阳明举杯，道：“巴图兄，来日方长，说不定哪天我就出关去看你了。”

巴图与之碰杯道：“哈哈，好！到时候非得把你扣在草原不可。当年让你溜走，乃我部最大的失策！”

两人大笑欢饮，直至夜幕降临……

巴图和王阳明醉眼蒙眬地拼酒，力士担忧道：“大汗！”

巴图摆了摆手，满脸通红道：“你……跟弟兄们先回驿馆。”

力士犹豫不决。
巴图催促道："快去！"
力士起身离去。
王阳明对王畿道："你也回去。"
王畿想了想，道："好吧，反正你这样我也抬不动。"
巴图豪爽道："喝！"
二人又大喝起来。

雪停了，大地披上了一层银装。
万籁俱寂。
包厢里，巴图和王阳明醉得趴在桌上，哼哼唧唧。
巴图摇摇晃晃地起身，看见王阳明醉醺醺的样子，指着他发笑，然后嘟囔了两句蒙语，出门而去，跌跌撞撞地走下楼梯，只见人去楼空，杯盘狼藉。
巴图出门，但见街上空无一人。他认准一个方向，走入黑夜，走到一条干渠旁，左摇右晃。
"巴图蒙克！"
巴图一愣，站定转身。谁知眼前一黑，被打晕过去。
两个黑衣人手持粗棒，等待不远处的另一个黑衣人的示意。见他点了点头，两人将昏迷不醒的巴图拉到道旁，推进事先挖好的雪坑。再捡起铁铲，将之活埋。
不远处的黑衣人目光冷峻，依稀可辨是黄绾……

次日，一个捕头在刑部衙门前停马，飞奔而入……

席书倏然起身，看着单膝跪着的捕头，缓缓坐下，心道："没想到上任伊始，就摊上这么大的案子。"
席书抬头道："备轿——不，备马！"

案发现场，一队捕快拉成人墙，拦着好奇围观的百姓。
一个捕快不满道："别看了别看了！死人有什么好看的！"
一颗脑袋从人群中伸了出来，却是王阳明。他放眼望去，只见雪坑旁躺着巴图蒙克的尸体，大惊失色。

紫禁城，席书上气不接下气地向午门小跑，赶往内阁签押房……
杨廷和道："谁发现的？"
席书道："一帮打雪仗的孩子，无意中挖到的。"
杨廷和面无表情。

驿馆炸了锅，蒙古力士群情激愤，礼部官员耐心解释。

力士甲咆哮道："找不出凶手，我们就杀入紫禁城！"

众力士纷纷道："对，杀入紫禁城！"

毛纪安抚道："大家少安毋躁，内阁已严令刑部十日内找出凶手。"

力士甲不依不饶道："十天人都跑了，三天！"

众力士附和。

毛纪苦着脸道："好好好，本官一定将各位的诉求向上面反映。"

北镇抚司的夜静悄悄，身着常服的王阳明在小六子的斡旋下来到诏狱。

狱卒打开一间牢房，王阳明走入。王琼坐在石床上，放下正在看的书，意外道："守仁？"

王阳明打趣道："部堂好定力，身在诏狱，手不释卷。"

王琼饶有兴致道："你猜我在看什么？"

王阳明猜道："兵书？"

王琼摇头。

"佛经？"

王琼又摇头。

"难不成是唐传奇？"王阳明故作惊讶状，压低声音道："部堂该不会想越狱吧？"

王琼一愣，哈哈大笑，道："《传习录》！"

这次是真的一惊。王琼微微一笑，把书递给王阳明，道："眼下这本书在京城风头无两，立言和立功你算是都做到了。"

王阳明谦虚道："尺寸之功，还是靠部堂提携得来的。"

王琼摆手道："不对，人都是自个儿成全自个儿。只有彻悟了外力靠不住，人生才算是真正开始。"说着，顿了顿道："这都是从《传习录》里学的。"

两人相视一笑。

王阳明敛容道："杨廷和诬陷部堂'交结近侍'。此等行径，实在令人不齿。"

王琼不以为意道："呵呵，我确实结交江彬了，没什么好讳言的。可他杨廷和长袖善舞这么多年，难道不懂'通权达变'的道理？要是真不懂，达延汗怎么死的？"

王阳明一愣，道："你也认为这是他设的局？"

王琼点头道："加思兰派人潜入北京谋刺巴图蒙克的传言甚嚣尘上，如此千载难逢的好时机，杨廷和岂肯放过？不信你等着瞧，用不了几天案子就会告破，然后所谓的'凶手'招供称受加思兰指使杀害了达延汗。

王阳明思虑道："巴图是黄金家族的人，与加思兰不合。此事一出，蒙古只怕要四分五裂。"

“若果真如此，是非功过只有留给后人评说了。”王琼起身，道：“这几日我看你的书，愈发觉得‘良知’二字精妙绝伦，言语简练而意蕴无穷。只要有了分辨是非的能力，天下万事万物、诸般变化都跳不出这个圈子。”

王阳明笑道：“怪不得你气定神闲，原来是找到了定盘针。”

王琼欣慰道：“嗯，看来良知可以让人心生勇气，理直气壮。”

王阳明点头道：“部堂应该听说过孔子和子路‘论勇’的故事吧？”

“子路打死老虎那个？”

“没错。他切下虎尾，揣在怀里，去问孔子‘上士打虎如何？’孔子瞥见虎尾，故意说‘持虎头’；子路又问‘中士打虎如何’，孔子说‘持虎耳’；再问‘下士打虎如何’，孔子说‘持虎尾’。子路愤懑不已，跑到远处扔了虎尾，捡了块石头回来，问‘上士杀人用什么’，答以‘用笔’；‘中士杀人用什么’，答以‘言语’；‘下士杀人用什么’，答以‘石头’。”

王琼微笑。

王阳明续道:“子路垂头丧气,扔了石头。孔子这才说,你已经接近勇士的标准了,因为‘知耻近乎勇’。”

王琼沉吟:“有羞耻之心就是有好恶、明是非,这是良知的作用。可为何只是‘近乎勇’？”

王阳明道:“因为仅仅知道还不够,只有肯主动矫正,才是真正的勇。这就叫作‘致良知’。”

王琼新奇道：“致良知？”

王阳明点头道：“向内去私欲，体认明觉良知；向外经世事，践履扩充良知。是为致良知。”

王琼恍然大悟道：“好一个致良知，不错，不错……你接下来有什么打算？”

王阳明道：“朝廷给冀元亨正了名，诰命封赏。我愿已了，这便辞官回乡。”

王琼高兴道：“好啊，回去开宗立派，传道受业，王阳明的成圣之志终于要结出硕果了。”

王阳明皱眉道:“其实,我更担心部堂的安危。你身陷囹圄,行动不便,要是……”

王琼摆摆手,道:“杨廷和不是刘瑾,害人前会盘算值不值当,要自伤几根羽毛。等熬过这段非常时期，轻则罢官，重则充军，也就是这样了。”

王阳明郑重道：“既如此，部堂千万保重。”

王琼看见王阳明的眼中泪光闪烁，感动不已。

翌日，王畿、邹守益、欧阳德、方献夫、席书、穆孔晖、郑一初、陈九川、季本、朱节、蔡宗兖和王纯甫到码头给王阳明送行。

王阳明指了指王畿、邹守益和欧阳德，道:“你们三个，给我在国子监好好念书。考不上进士，不准回来见我。尤其是你，王龙溪。你爹当年的遗愿，是时候帮他实现了。”

王畿认真地点了点头。

方献夫看着三人，道：“多少人望眼欲穿想捞个贡生当当，而不可得。你们一步到位，更要珍惜，扎扎实实准备来年的会试。”

席书忧虑道：“先生的辞疏内阁还没批，就这么走了——”

方献夫道：“杨廷和心里恐怕早就乐开了花，巴不得先生赶紧走。”

王阳明忧愁道：“等不了了。家里来信，祖母病危。”

气氛一时间严肃起来。

王阳明转换话题道：“巴图的案子有眉目了吗？”

席书道：“锦衣卫抓到一个蒙古人。拷打之下，招了，说是奉加思兰之命入关刺杀了达延汗。”

众人震惊，王阳明叹气摇头——一切都如王琼所逆料的那样……

泰州。

古木参天，殿宇恢宏，门口的牌匾上写着“孔庙”二字。

庙内，游人如织，纷纷跪拜孔子雕像。

不远处，一个衣着夸张的年轻人死死地盯着孔子像，目光如炬。只见他头戴五常冠，身穿连衣裙般的“深衣”，手捧笏板。经过之人，无不侧目。

此人便是王银，当年王阳明在海上救起的小男孩儿。

一个管事的远望纹丝不动的王银，一脸不悦。

太阳渐渐西斜，偌大的孔庙人走空了。

殿内，管事没好气地走到王银跟前，在他眼前挥手，道：“喂！”

谁知毫无反应，眼睛都不带眨一下。管事举起双手，大幅度地挥舞，道：“说你呢，关门啦！”

王银冷不防地开口，声振屋瓦道：“夫子亦人，我亦人！”

管事吓了一跳，差点摔倒在地。王银姿势不变，转身离开，每一步都像精确测量过距离一般。

管事心有余悸道：“有病！”

王银走到菜市，发现一个鱼摊前围了不少人。

鱼贩吆喝道：“来来来，收摊了，全部半价！”

王银走近，向案上的鱼缸投去目光。只见里面有许多鳝鱼，相互纠缠，相互挤压，奄奄一息。忽然，旁边的鱼缸里蹿出来一条泥鳅，落到鳝鱼缸中。

众人都在抢购，只有王银注意到这一幕。他瞪大了眼睛。

泥鳅在鳝鱼群中穿梭，忽上忽下，忽左忽右，宛若神龙，变动不居。这么一搅和，鳝鱼也活了，不再死气沉沉地叠在一起，而是各自欢快地游了起来。

众人买了鱼，纷纷散去，鱼贩打量了一眼王银，指着鱼缸道：“要的话，二两银子全拿走。”

王银喃喃自语：“泥鳅是可怜鳝鱼要死了才那么做的吗？泥鳅是想要鳝鱼报答它的救命之恩才那么做的吗？”

鱼贩道：“你说什么？”

“不是，泥鳅是率性而为。”王银转身离去，步态机械。

鱼贩莫名其妙道：“有病！”

城郊，一座茅屋静静地矗立在夜空下。

屋里，正对大门的墙上挂着尧、舜、禹的画像，案上的炉子兀自氤氲着香烟。床前，只见王银双腿交叉，正襟危坐，正在打坐。

须臾，他进入了梦乡……

王银来到菜市，只见百姓奔号呼救，似乎爆发了什么可怖的天灾。见鱼贩惊慌逃命，经过自己身边，王银一把抓住了他，道：“怎么回事？！”

“天塌了！”鱼贩惊恐万状地跑开。

王银放眼望去，果见天压了下来，月亮和星星都近在咫尺。王银目光笃定，气沉丹田，大喝了一声。

奇迹出现，他的身体越变越大，成了一个巨人。

王银俯瞰大地，只见孔庙已毁，一棵大柏树被连根拔起，倒了下去，眼看就要砸中瘫坐在地的管事。王银伸出一根手指，拦住柏树，把管事提溜到安全地带。

管事抬头一看，惊讶无比，叩首拜谢。

噪声响起，王银扭头，但见天地大碰撞即将上演，于是奋力举臂，托天而起。再抬头一看，只见星星挤作一团，便挨个理了一遍，摆放整齐。

这时，王银的脚下已围了一圈百姓，连连磕头，感恩戴德……

阳光斜射进来，打到王银的脸上，将之惊醒。

王银满头大汗，志得意满。

两个时辰后，他兴奋地挥舞着大笔，在茅屋的外墙上写下“道贯伏羲神农黄帝尧舜禹汤文武周公孔子”后转身，铿锵有力道：“我王银今日开馆收徒，不分老幼贵贱贤愚，凡有志于圣学者，皆传之。”

只要换个角度，就能发现听他说话的不过一男一女两个童子。男童手持风车，女童拿着泥人，好奇地望着他。

片刻，男童摸了摸后脑勺，转身离去，女童亦随之而去……

余姚。

王守让扶着枯瘦衰颓的岑氏，诸芸玉坐在床前侍奉汤药。

岑氏不住抬头张望。

诸芸玉停下，佯怒道：“再不好好吃药，等守仁回来，我可要告你一状。”

岑氏紧张不已，赶快认真喝药。

“回来啦，回来啦！”

一人推门而入，却是白发苍苍的王欢。

岑氏惊愕地看着他，诸芸玉放下碗，只见王阳明飞奔到门口，愣了愣，冲到床前跪下，拉住岑氏的手，道：“祖母！”

两行清泪从岑氏的眼角淌出，她哽咽道：“守仁回来了，守仁回来了……”

王阳明也潸然泪下。

诸芸玉微笑道：“您不是老念叨他什么时候回吗？现在见到本人了，应该高兴才是啊。”

王阳明眼含热泪道：“孙儿哪儿也不去了，以后就在家陪您。”

岑氏半信半疑道：“说话算话？”

王阳明一愣，哭笑不得，诸芸玉和王守让也相视一笑。

王阳明坚定道：“算话！他们三个做证。”

岑氏望向诸芸玉。

诸芸玉哄小孩般道：“放心吧，我帮您看着他。”

岑氏破涕为笑道：“好好好……”

这日，余姚知县陆澄陪王阳明爬龙泉山。

两人累得气喘吁吁，找了块大石头坐下休息。王阳明接过他递来的竹筒，喝了口水，道：“我记得上次回来，你就已在余姚干了七年。眼下又是十年过去了，还在这里当知县，到底图什么？”

“没什么，就是喜欢。”陆澄起身，道：“先生，前面新建了一座中天阁，去瞧瞧吧。”

王阳明兴致勃勃道：“走！”

登上南坡一处蜡梅怒放的清幽地，一座宏大的殿宇出现在眼前，牌匾上大气地写着“中天阁”三个字。

陆澄直接推门，做了个邀请的手势，王阳明一愣走入。

只见院子里站满了人，为首二人竟是聂豹、薛侃。再往后看，王贵、王翔以及一众族人正冲着自己笑。

王阳明意外道：“聂豹、薛侃，你们——”

薛侃道：“我们辞官了，以后常伴先生左右，聆听圣学。”

王阳明不悦道：“胡闹！”

聂豹道：“没胡闹——徐阶！”

徐阶从人群中走出，怯生生地看着王阳明，道：“先生。”

王阳明奇道："这是……"

聂豹不好意思道："我收的弟子。等先生认我这个徒弟了，他就叫您师公！"

陆澄笑道："先生，这座中天阁也是为您修的。开讲吧！"

众人齐声道："开讲吧，先生！"

王阳明环视了一眼众人，只见个个脸上洋溢着真挚的笑容，不由得也笑了，道："好！"

众人相视而笑，激动不已……

王阳明正式在中天阁开讲，吸引了许多百姓好奇观望。后来，他干脆让徐阶把大伙请了进去，一起听讲。

王阳明道："你那一点良知，是你自家的准则。它是便知是，非便知非。你只要不欺它，实实在在依着它去做，良知自然能感觉到一种稳当充实的快乐。这便是涵养的诀窍，致良知的功夫。"

聂豹道："良知乃天命之性，可谓'悟后六经无一字'。我们这些普通人，经历平平，到底怎样才能悟透，才算成圣？"

王阳明笑道："也不难。如同喜欢美女一样喜欢善，讨厌死鱼一样讨厌恶，便是圣人了。"

众人大笑。

这时，中天阁外传来两个路人的争吵声。

"你天理不容！"

"你才天理不容！"

"你良心让狗吃了！"

"你良心才让狗吃了！"

徐阶起身，欲出门制止。

王阳明冲他摆手道："没事。他们也在讲学。"

徐阶不可思议道："啊？"

王阳明道："'天理''良心'不是讲学又是什么？"

徐阶道："可为什么不好好讲，要互相谩骂？"

王阳明道："因为被私欲遮蔽，良知不明。《论语》中尚有'叔孙武叔毁仲尼'的记载，可见就算是圣人也无法让所有人都喜欢，甚至免不了众口铄金。但圣人清楚，毁谤只是与性命无关的外在之物，不必挂怀，按照良知的指引去做便是了。"

众人点头，若有所思……

泰州，五六个扛着锄头的农民站在王银的茅屋前看他演讲。

王银眉飞色舞道："我们每个人都应该像泥鳅一样，化而为龙，投入大海，悠然自得，无限欢快，凭天性去做一番惊天动地的伟业，拯救一切，普度一切。爱日月星辰，爱苍生大地。”

农民看着他夸张的衣冠和动作，乐不可支。恰巧一书生经过，停了下来，道：“你是王阳明的弟子吗？”

王银道：“谁？”

书生道：“绍兴府有个王阳明，你讲的这些和他那套心学很像。”

王银一惊。

中天阁，一场大雪刚刚下完，聂豹、薛侃、徐阶、王贵和王翔陪王阳明站在断崖边欣赏雪景。

薛侃道：“先生，我昨晚打坐，好像体验到了什么。”

王阳明道：“说说看。”

薛侃皱眉道：“很难形容。就像宇宙和自我的界限消失了，空旷宁静之中有那么一点灵光，好似月光，普照在寰宇之内。”

王阳明笑道：“这就叫‘一人之心，千万人之心’，继续涵养吧。”

徐阶指着不远处，道：“你们看！”

众人望去，只见一人头戴斗笠，用拐杖挑着行李，步履蹒跚地朝中天阁登来。

王阳明赶紧道：“是个老人家，你去扶一扶。”

“是。”徐阶快步走去。

王阳明远望，只见徐阶跟那人说了句话，接过他的行礼，搀扶他登山。

王贵打量了一会儿，道：“那不是董萝石吗？”

聂豹奇道：“董萝石？”

王贵解释道：“这些年江湖上冉冉升起的诗坛领袖，快七十了。他来这做什么？”

正说话间，董萝石即将登上南坡，王阳明快步迎了上去。

董萝石摘了斗笠，在王阳明身前跪下，道：“老夫董萝石，见过阳明先生。”

王阳明扶住他道：“老先生快快请起！雪天路滑，您来中天阁莫非有事？”

董萝石艰难起身，道：“我是来拜师的，请先生收我为徒。”

众人面面相觑。

王阳明道：“老先生说笑了，哪有弟子比师父岁数还大的？我愧不敢当。”

董萝石着急道：“怎么不敢当？我看了你的《传习录》，才惊觉自己虽然写了很多诗，其实就是个昏蒙俗物！”

众人不解。

董萝石缓了缓，道：“老夫这辈子见了不少所谓的名宿大家，一个个道貌岸然，以争名夺利为乐。本以为当世已无学问可谈，直至读到你的良知之学。你们别看我年纪大，我现在才刚刚扬帆于渤海，振羽于云霄，要开始人生的下半程，做真正想做之事。总之，不入王门，此生便是虚度，死亦有憾！”

王阳明看了看他的脚，但见为了防滑，布鞋外面套了一层草鞋，不禁感动道：“老先生，我不收徒的，不信你问他们。”

董萝石失望道：“这……”

王阳明忙道：“但你大老远赶来，我怎么忍心让你打道回府？如果你愿意，可以在中天阁住下，我们切磋学问。”

董萝石惊喜道：“好，好！”

王阳明一手拉着他，一手指向中天阁，道：“请！”

泰州，王银峨冠博带，一手提包袱，一手拄着桃木手杖，踏着月色离开茅屋。

他赶了一辆大马车，手持笏板坐在车厢里，闭眼默念着什么。

坐他对面的人，一边看着笏板上的字“非礼勿视，非礼勿听，非礼勿言，非礼勿动”一边窃笑。

坐在王银旁边的女人，怀里抱着个三岁大的熊孩子。熊孩子好奇地伸手去玩王银的冠带，咯咯直笑，被他母亲发现。

女人用力拍了一下儿子的手，凶巴巴地瞪着他。男孩儿委屈不已，忽然放声啼哭。女人急了，凑到他耳边小声训斥，结果男孩儿的哭声越来越大。

王银睁眼，目不斜视。看到笏板上的字，又闭眼默念起来……

中天阁，陆澄引一男子入内。案几后，蒲团上的王阳明将手中书放下。

陆澄介绍道：“先生，这位是绍兴知府——”

男子伸手打断，跪了下去，道：“学生南大吉，见过阳明先生。”

王阳明起身搀扶道：“我现在是布衣之身，你是我的父母官。不能乱了礼数。”

南大吉起身道：“先生可能不记得了。当年您在山东主持乡试，我便是那一年中的举。”

王阳明笑道：“想起来了，当年可真是沸沸扬扬。”

陆澄看着两人，不懂他们在打什么哑谜。

王阳明道：“来，请坐。”

三人就着蒲团坐下。

南大吉歉然道：“公务繁忙，拜谒来迟，还望先生恕罪。”

王阳明微笑道：“南大人筚路蓝缕，政声卓著。会稽山上的大禹庙就是你主持修建的，远近闻名，何罪之有？”

“唉，大禹治水，也就是三过家门而不入。我倒好，为了疏浚河道，都快被人骂死了。”

“哦？这是为何？”

“先生知道，绍兴河网密布，水道纵横，百姓都以舟船代步。可是，那些滨河而居的世家大族在建造宅第时经常侵占河道，还往水里倾倒泥土残渣。日积月累，河流淤塞，雨季积水成患，旱季灌溉又缺水。绍兴乃商旅辐辏之地，河道变窄，船行不畅，便有人为了争夺水道大打出手，闹出人命。学生想解决这一难题，下令征集民夫，治理河患。谁知开工以来，世家大族不肯将违建拆除，还四处运作，抹黑于我。加之疏河工程浩大，许多民夫嫌劳役繁重，就慢慢停了下来。幕僚都劝我罢手，学生也犹豫不决，想请先生给拿个主意。”

“绍兴的世家大族，颇有几个是亲戚在朝为官的。你不怕他们派人到京城造谣，断送了你的前程？”

“说实话，倒退一年，我怕。可看了先生的《传习录》，顿悟了‘致良知’，大吉已无所谓进退出处，只想造福一方。若让我尸位素餐，为官不为，那还不如回家卖红薯。”

王阳明笑道：“既如此，没有停下来的道理。想当年，我在赣州接待过一个下来传旨的公公。要按以往的规矩，至少该给他三百两的例钱。可藩库空虚，实在拿不出那么多，最后只送了他十两银子。”

南大吉瞪大眼睛，道：“他没为难您？”

“他当然不高兴，我就带他在城里转了转。彼时刀兵方止，满街都是无家可归的难民，或坐或躺，枯瘦如柴。一路走下来，竟看不到几处炊烟。我告诉他，赣州全城断粮，衙门里也不过一天两顿稀粥，几粒咸菜。他颇为动容，我趁热打铁，说身无长物，唯于文字有所心得，写了幅字送给您，好让天下人知道公公清廉磊落。”

“先生的攻心战打得好！”

王阳明摇头道：“都是良知的作用。苏东坡曾在《东坡志林》里写到，有些人家的孩子顽劣异常，父母便给钱让他去听人说书。说到三国时，闻刘玄德败，伤心流泪；闻曹孟德败，拍手称快。可见，是人就有良知，就明是非。只不过有的人在污泥里滚得久了，渐渐地把良知给昧了。可昧得再深，毕竟丢不了，还能找回来。”

南大吉沉吟道：“先生的意思是，让我帮那些人找回良知？”

王阳明正色道：“非常之事，必待非常之人。功业越大，阻碍越多。唯有以出世之心来入世，积极进取，虚怀若谷，在困厄中寻出路，在苦斗中求挺直。对不听劝的世家大族，坚决胁之以威，绳之以法；至于民夫，还是应当晓之以理，让老百姓真切感受到治河是为了他自己。”

南大吉想了想，道：“听您这么一说，我心里就有数了。接着干！”

王阳明笑道：“你从一开始就不想半途而废，来我这里无非是印证一下罢了。”

南大吉憨笑道：“其实，学生此行是想请先生出山。稽山书院刚刚修缮完毕，如果您能大驾光临，宣讲心学，激发他们的天良，我这边劝解的阻力不也小一些嘛！”

王阳明大笑，道：“你这弯子绕得可真大！好，我就去给书院热热场！”

王银来到苏州，经过热闹的市集，发现人群聚集在一个摊位前，好奇地走了过去。

只见摊位上摆满了书，书名一模一样，都是《心学经营法》。摊位后面，一个满脸堆笑的商人注意到衣着奇特的王银，道：“心学教你发大财！怎么样？来一本？”

他边拍胸脯边保证："我可是王阳明的得意门生！"

王银木然地看了他一眼，转身离去。

商人一脸不快道："傻了吧唧。"

王银前行，又看到一堆人，凑了过去。

仍旧是一个书摊，上面放满了《心学识人术》。摊后立着一个尖嘴猴腮、术士打扮的男子，正指着架子上悬挂的人脸画像给众人讲解如何相面。

王银继续前行，来到一处被围得水泄不通的高台。台上白幡招展，上书狂放的"阳明实学"四个字。一书生模样的人来回走动，声嘶力竭地演讲，却是张孟宁。

"笨鸟先飞早入林，笨人勤学早成材！黑发不知勤学早，白首方悔读书迟！"张孟宁指着众人道："你们想成功吗？"

众人齐声道："想！"

张孟宁做侧耳倾听状，道："什么？我听不见！"

众人高声道："想！"

"好！光阴宝贵，不要自行其是乱摸索了！问路才不会迷路！问谁？"张孟宁把胸口拍得啪啪响，道："问我！最近老有人自称是王阳明的弟子，真的假的我不知道，也不关心。但我张孟宁可是王阳明的发蒙恩师，如假包换！不信你们去余姚打听打听，没有我他连字儿都认不全！"

众人窃窃私语。

王银一脸不屑，默默离去，身后传来张孟宁的煽动声："阳明实学，助你功成名就。今日只收三十人……"

稽山书院的讲堂比中天阁大了一倍，即使如此，依旧人满为患。来晚的只能挤在门口，摩肩接踵，翘首张望。

王阳明道："谦谨乃善之源，傲慢为恶之首。子女傲慢，则必然不孝；人臣傲慢，则必然不忠；父母傲慢，则必然不慈；朋友傲慢，则必然无信。故人生百般罪恶，皆从'傲'字来。"

王银终于抵达绍兴，瞧见街上五个女孩正在跳绳，其中两人站桩。

女孩甲边跳边道："人人自有定盘针，万化根源总在心。却笑从前颠倒见，枝枝叶叶外头寻。"

女孩乙边跳边道："无声无臭独知时，此是乾坤万有基。抛却自家无尽藏，沿门持钵效贫儿。"

王银走近。

女孩丙边跳边道："知得良知却是谁？自家痛痒自家知……"

王银唤道："小姑娘。"

女孩停下看着他。

王银问道：“请问稽山书院怎么走？”

王阳明道：“志于道德者，功名不足以累其心；志于功名者，富贵不足以累其心。”

王贵拨开人群，跨过满地的学子，走到讲堂中央，道：“先生。”

众人齐齐望向他。

王贵禀报道：“外面有个怪人求见。”

王阳明一愣。

室外，王翔带王银入内。人群自动散开一条道，错愕地看着奇装异服、一板一眼的王银步入讲堂。他走到王贵旁站定，目光盯着笏板，一动不动道：“泰州海滨生，拜见阳明先生。”

王阳明看着他的高帽，不动声色道：“所戴何冠？”

王银面无表情道：“舜帝之冠。”

“所穿何服？”

“老子之服。”

“为何仿其穿戴？”

“因——此二人皆是孝子。”

王阳明冷笑道：“这倒不假。老子为逗双亲一乐，斑衣戏彩，满地打滚。怎么样？是不是也学上一学？”

众人窃笑，王银不服道：“我的孝道贯通昼夜，无时不在！”

王阳明正色道：“若说穿上这身行头就是孝，那么你脱衣就寝时，孝在何处？”

“孝在心里，不在衣冠上！”

“既不在衣冠上，何必如此打扮？你刻意做给谁看？”

王银胸口起伏，忽然转身，大步出门。

众人望向王阳明，只见他微微一笑……

当晚，书院书房，王阳明和南大吉在座，陆澄、聂豹、薛侃和徐阶侍立。

王阳明喃喃自语：“到底在哪见过？”

薛侃不屑道：“先生，那种招摇过市的小丑绝非真心求道之人，不用理会！”

众人点头。

王阳明起身踱步道：“其实，他是一个狂者。狂者不拘一格，狷者清高自守。孔子认为，做人要是达不到中庸的境界，狂狷也不错，总比同流合污、毫无立场的‘乡愿’要强。如果我没看错，他一定没走远，还在绍兴。”

水乡悠然寂静，祥和升平，然而王银的心却并不平静。

这日，王阳明站在桌案前写字，陆澄拿着邸报入内，道：“先生，有信儿了。”

王阳明停笔抬头。

“邸报上说，王琼被判充军，拟发配绥德镇戍边。”

王阳明皱眉，走到窗前，只见聂豹、薛侃和徐阶正在院子里掷银为戏。

“还有什么事？”

陆澄瞟了一眼邸报，道：“蒙古内乱，四分五裂，加思兰被杀。”

王阳明默然不语。

院中的地上画了个圆，两丈远处有道白线，聂豹站在线外向圈里投掷银叶子。

薛侃起哄道：“不中，不中！”

聂豹投了出去，正中圆心，高兴道：“拿钱，拿钱！”

薛侃不爽地摸出一锭银子交给他，徐阶瞥见王银从院门外探出脑袋。四目交错，王银欲躲，徐阶嘴快道：“是你？”

聂豹、薛侃齐齐望去，王银脸一红，走了出来，傲娇道：“腐儒也会玩这种游戏？”

聂豹笑道：“我们既不迂腐，也不枯燥。你心存偏见，所以体会不到其中的乐趣。”

王阳明出门，道：“聂豹。”

聂豹恭敬道：“先生。”

王阳明与王银四目相对……

王银随王阳明步入书房，径直走到主座，大大咧咧地坐下。王阳明愣了愣，微微一笑，在客座上落座。

两人对视良久，王银忍不住，先开口道：“何为良知？何为私欲？”

王阳明道：“良知譬如一家之主，私欲好比豪奴悍婢。主人沉疴在床，奴婢就作威作福；主人服药治病，逐渐痊愈，奴婢也便渐听指挥。正所谓良知昏迷，众欲乱行；良知精明，众欲消化。”

王银沉思。

王阳明续道：“你既然以舜为榜样，应该知道他‘不告而娶’的故事。作为闻名遐迩的孝子，舜居然瞒着父母成亲，似乎大逆不道。但细想不难发现，这恰恰是良知之用。娶妻生子、传宗接代乃人之常情，既不用结给谁看，也不用刻意不结，全然发乎本心，何必矫揉造作？”

徐阶入内禀报：“先生，外面有人找。”

“不好意思，失陪片刻。”王阳明起身出门，王银望着他的空座出神。

王阳明来到书院门口，只见王欢站在马车旁。

王欢看见他，立刻迎了上来，道：“老爷，夫人说您这边要是忙完了，赶紧回去一趟。”

王阳明皱眉道：“家里出事了？”

王欢道：“没事。一切安好。

王阳明回到书房，发现王银转移到了客座上，把主位空了出来，于是微微一笑，走到主座坐下，道：“磁石遇铁即吸引，间不容发，致良知亦是如此。蜂群不懂《营造法式》，却能以最快最省的的方法建造最牢固的巢穴。这一切，全凭直觉。致良知就是一种直觉，迅速判断，恰如其分，直击本质。很多人难成大事，不是因为他们不懂如何思考，而是不懂如何停止思考。因为思考必有一个目标，掺杂着许多私欲。为了自圆其说，人会左右论证，极力辩驳，雕琢出一个看上去很美的东西，以获得成就感。”

王银沉思道：“没错。人活于世，总是不停地折腾，把人世和自己都弄得越来越复杂。在同世界的较量中，人必须绞尽脑汁，反复考量，才能赢得胜算。”

王阳明颔首道：“所以，为学日益，为道日损。世事日渐凌乱，人处其中，想的只是如何适应它、击败它。这些想法最后都成了私欲，日积月累，密不透风，把良知遮挡得严严实实，使其声弱到几不可闻。其人也就麻木懦弱，黯淡无光了。”

王银点头。

王阳明起身，道：“我初入官场时，比你还狂。后来栽了跟头，一度学乖，装聋作哑，谁也不得罪，好多事都一笑而过。”

王银微笑。

王阳明续道：“直到悟出致良知，才算是把大是大非看透了。从此听命于良知，再无犹疑，脱离了乡愿。”

王银激动道：“乡愿最可恨！我以前做买卖，遇到的人里十之七八都是这样。见人说人话，见鬼说鬼话，谁也挑不出他一点毛病来。表面看一团和气，甚至一身正气，其实心里全是算计。这种人已经滑头到周围人看不出他滑头的地步，甚至滑头到连他自己都不知道自己是个滑头的地步。”

王阳明点头道：“官场上这样的人也不少，心思龌龊，把恶人恶事都看成是合理的存在。只要有人站出来声讨，便装作一副老成公允的样子指责对方‘空谈无益’。一边见风使舵抱大腿，一边不忘给自己捞好处。”

王银愤然道：“我要是生了这样的儿子，就一巴掌拍死他！”

王阳明哈哈大笑，王银也笑了。

“我跟他们说，你是个狂者。狂者率性而为，有进取之心，能信此良知忍耐去做，不管人非笑，不惧人毁谤。然而，狂者又常常好高骛远，唯我独尊，故虽具赤手搏龙蛇的气概，但行事时尚有许多不足。因为致良知除了向外发挥良知，更重要的是向内光明良知。良知与生俱来，却也不是现成的。”

王银若有所思道：“良知不是现成的？那要怎样才能光明它？”

“思诚。一句话，静则明心见性，动则事上磨炼。无事时念念去私欲，有事时念念去私欲。把那些枝枝蔓蔓都修剪好，你一定可以超狂入圣。”

王银激动不已，缓缓起身，跪了下来，道：“先生，我是王银，你还记得我吗？”

王阳明一愣，想起当年为逃避锦衣卫追杀而跳江，被一艘渔船救起后的情景……

王阳明走出船舱吹海风，一抬头发现男孩儿又坐在桅杆上看书，不禁奇道：“怎么在那看书？”

男孩儿合上书，道：“船舱过了亥时，就不让点灯了。”

“这样啊。你叫什么名字？”

“王银。你呢？”

“王阳明。”

“听他们说你是当官的，那你肯定看过不少书喽？”

王阳明笑道：“看过一些。”

王银想了想，滑了下来。王阳明瞥了眼他手中的书，却是《水浒传》。王银道：“你能教我写文章吗？”

王阳明打趣道：“你想当施耐庵？”

王银点头道：“我爹让我学做买卖，他觉得把有限的光阴浪费在举业和官场上，倒不如凭自己的双手踏踏实实赚钱。我也认为赚钱最实在，可是得凭脑子赚。像施耐庵一样，既给大家带来了欢乐，又挣到了钱，何乐不为？”

“好。你既有如此大的志气，去取纸笔来吧。”

思绪回到现实，王阳明扶起王银，道：“我说怎么那么面熟，原来是你。怎么不跟你爹做生意了？”

王银自嘲道：“就我这暴虎冯河的性子，做生意还不得跟人打起来！当初，我爹给我起这名字，是想让我将来挣大钱。谁知年岁越长，越对钱提不起兴趣，倒喜欢胡思乱想。想天，想地，想弄懂古往今来的道理，四极八荒的奥秘。可惜没有名师指路，只能空想，到现在还是一事无成。”

王阳明微微一笑，道：“你想不想留在这里？”

王银愣了愣，反应过来，再次跪下，激动道：“师父！”

王阳明走到窗边，凝神思索。

王银看着王阳明，疑惑不解，只见他忽然转身，道：“我给你改个名，‘银’字去掉偏旁。”

“艮？”

王阳明点头道：“这是《周易》里的一卦，象征着山，其义为‘止’。山者，巍然不动，表字就叫‘汝止’吧。希望你能修德敬业，安于本分，止于正道。你看如何？”

“王艮？王艮！”王艮兴奋地磕头，道：“王艮叩见师父！”

第五十六章　良知之教

梁储和魏彬率毛纪、黄绾、席书、方献夫等一干官员在东安门迎候新君。红毯两侧，锦衣卫夹道。

远远望去，只见仪仗队停了下来，一动不动。梁储和魏彬对视了一眼，满脸疑惑。

一个正五品的官员快步走来，向梁储、魏彬行礼道：“下官王府长史袁宗皋，参见梁阁老、魏公公。”

梁储不安道：“怎么回事？怎么不走了？”

袁宗皋理直气壮道：“王爷说，东安门是太子入宫走的，而武宗的遗诏上写得明明白白，他是按‘兄终弟及’继承大统的，不是皇太子。所以，请各位移驾大明门，王爷要从那进宫。”

众官色变。

梁储不卑不亢道：“请你回禀殿下，仪制是太后和首辅定的，不可擅自更改。”

袁宗皋抱拳，往回走去……

太阳西沉，一个官员因体力不支，倒了下去。魏彬看了看梁储，只见他愁眉不展。

又是一个官员走了过来，却是费宏。

梁储急切道：“老费，什么情况？”

费宏皱眉道：“不去大明门了。”

众人面露喜色，梁储也松了口气。

谁知费宏道：“他要回安陆。”

梁储的心再次提到了嗓子眼儿。

费宏摇头叹息道：“你们不了解这位小主。这次是针尖儿对麦芒，硬怼恐怕不行。”

魏彬试探道：“要不请示一下首辅？”

梁储思虑……

费宏回到对面，向袁宗皋耳语了一阵。

袁宗皋走到车辇旁，轻声道：“殿下，太后口谕，说天位不可久虚，同意移驾大明门。”

须臾，一个清脆的男声传出：“知道了。”

余姚，落日余晖，马车停下。聂豹、薛侃和徐阶随王阳明下车。

王阳明走到卧房门口，正巧碰见李言闻出门，不禁一愣，道："李大夫？"

李言闻埋怨道："你呀你，怎么这个当口，还在外面晃悠？"

王阳明紧张道："芸玉她？"

李言闻道："她没事。你快当爹了！"

王阳明瞪大了眼睛，道："你，你说什么？"

王守让端盆出门，哭笑不得地看着哥哥，道："嫂子有喜啦！"

李言闻摇头离去。

王阳明难以置信，聂豹、薛侃面面相觑。

"我要当爹了？我有孩子了？芸玉！"王阳明冲了进去。

薛侃看了看聂豹，欲言又止。

聂豹道："想说就说吧，不就是收了王艮当弟子嘛。"

薛侃委屈道："咱俩认识先生这么多年……"

聂豹自我安慰道："这跟认识多久没关系。先生向来不按常理出牌，你又不是不知道。"

薛侃努了努嘴……

夜色里，王宅的花厅传出欢宴之声。一只脑袋从房顶上探了出来，贼眉鼠眼，东张西望。

聂豹、薛侃、徐阶、陆澄、王艮、王贵和王翔围坐在筵席旁，王阳明端着酒杯，绕席踱步道："老夫聊发少年狂！左牵黄，右擎苍！"

聂豹起身举杯，道："先生经世济民，功德无量。而今苍天有眼，中年得子，聂豹谨为先生贺，满饮此杯！"说着，一饮而尽。

王阳明看着王艮，道："福无双至今日至。"

陆澄奇道："还有一福是？"

王阳明笑道："得天下英才而教之！"

薛侃起身给王艮斟酒，嫉妒道："先生说你是英才！我们跟了他那么久，都没得到过这样的评价。"又冲着众人道："大伙说，他该喝几杯？"

众人起哄，有说"三杯"的，也有说"五杯"的。

"得入圣墙，喜不自禁，五杯就五杯！"王艮豪爽地喝了起来，众人叫好。

王阳明落座，道："来，吃菜！"

众人动筷。

陆澄请教道："先生，这几日思来想去，总觉得良知无相无形，令人难以捉摸，有时候甚至会怀疑它的存在。"

王阳明微微一笑，伸出手掌，道："手，哪一天不见？可问人他有多少掌纹，却说不上来。良知也是如此，说起来简单，具体到事上又精细微妙。”

门外忽然一阵骚乱。王欢带着一帮家丁推门入，押着一个灰头土脸的窃贼。

“老爷，这厮偷到咱家头上了！”

王阳明对陆澄道：“我把他的良知找出来，你就明白了。”言毕，看着窃贼道：“脱衣。”

众人大惑不解，窃贼惊惧不安。

王欢大喝：“叫你脱你就脱！”

窃贼战战兢兢，依言而行，把衣服都脱了，赤裸上身。

王阳明道：“接着脱。”

窃贼犹豫。

王欢斥道：“赶紧的！”

窃贼把裤子也脱了，只剩一个白短裤。

王阳明疾言厉色道：“脱！”

窃贼不动，满头大汗。

王欢催促道：“快脱！”

窃贼鼓起勇气道：“打我也好，杀我也罢，就是不能再脱！”

“嘿！我叫你嘴硬！”王欢抬手欲打。

王阳明制止道：“慢着！”

王欢的手停在半空。

王阳明问道：“为什么不能再脱？”

窃贼支支吾吾道：“不，不知道。反正不能再脱了。”

王阳明看着陆澄，道：“这就是良知。论情，羞耻之心；上升到理，便是是非之心，便是选择。说到底，脱衣尤可。一丝不挂，不可。”

窃贼眼眶红了，给王阳明跪下，道：“生计所迫，干了这行。从来没人正眼瞧过我，自己也看不起自己。做贼这几年，给人逮住只有被打被囚的份儿，您却说我还有良知。谢谢大爷把我当人看，是杀是剐，绝无怨言！”

说着，连连叩头。

王阳明感叹道：“愚不肖者，虽蔽昧已极，良知又何尝不存？苟能致之，即与圣人无异。带下去吧，明日送官。”

“是。”王欢押走窃贼，陆澄若有所思……

夜深了，明月正圆。

杯盘狼藉，众人皆已散去，只剩微醺的王阳明和凝神思索的陆澄。

王阳明道：“他们都走了。你……”

陆澄想了想，下定决心般走到王阳明身前跪下。

王阳明不解道：“你这是做什么？”

陆澄一字一顿道：“其实，我也当过贼。”

王阳明一惊。

陆澄陷入回忆，娓娓道来：

年轻的时候，我不学无术，游手好闲。一日，听说开化县裘老爷家的公子成亲，便混了进去，大快朵颐。

我哪见过那么大的排场，心想要是能过上这样的日子该多好，于是动了邪念，趁新郎与宾客欢饮之际，偷了套吉服，暗中换上，摸进了洞房。新娘与新郎尚未谋面，因此信了我的话，把嫁妆交给我。我拿起盒子就往外走，谁知迎面撞上伶仃大醉的裘公子。他一把抓住我，问我是谁。我慌慌张张推开他，夺路而逃。他一个箭步冲上来抱住我，大喊“捉贼”。我急了，猛力挣脱，岂料把他撞到了假山上，一头撞死了。裘府大乱，家丁抄着家伙涌了出来，我翻墙逃脱。

裘府的人问新娘我长什么样，她说蒙着盖头，没看清，只知道我左手手背上有个半月形的胎记。裘府报了官，恰巧开化有个闻铁匠，祖籍余姚，为人木讷，左手手背上带着半月形的胎记。官府认定是他作的案，抓去逼供。闻铁匠受刑不过，屈打成招，被判了斩。新娘被人说成是“克夫命”，又有传言说她已被闻铁匠玷污。百口莫辩之下，她跳了钱塘江。

那两年，我在绍兴卖黄酒为生。一日，店里来了个开化的行商，闲谈间聊起裘府的命案，他说案子早结了，凶手也伏法了，只是新郎新娘两家从此一蹶不振，搬到外地去了。我心里很难受——没想到因为自己一时的贪念，竟酿成如此惨剧。为了安顿良心，我四处打听闻铁匠的情况，得知他有个一岁的女儿尚在人世，跟着个乞丐生活，朝不保夕。我找到女孩，收养了她，取名“闻过”。

后来，我考取了进士，有机会留在翰林院，但拒绝了，主动要求到余姚当知县。这些年，我如履薄冰，生怕往事被人翻出来，但又舍不得离开余姚，只想在这多行好事，弥补前过。唉！现在看来，我躲过了刑法的制裁，却始终没有躲过良知的审判。

王阳明凝神道：“你一表人才，却至今未婚，还带着个女孩，明眼人应该早就看出了个中蹊跷。”

陆澄点头道：“今日始信，良知会折磨一个人，惩罚一个人，痛苦其实都写在脸上。先生，我打算投案自首。”

王阳明想了想，道：“不妥。那样的话，你倒是如释重负了，闻过呢？她可到了出嫁的年纪。你应该戴罪立功，继续效力，等闻过成亲后再投案。这样，对她的伤害也能小一些。”

陆澄思考片刻，道：“学生明白了。”

王阳明微笑颔首。

乾清宫暖阁，夜深人静。

朱厚熜认真地摆弄着一排编磬，时不时用手里的槌敲击试音，侧耳细听。袁宗皋站在远处，低眉顺眼。

朱厚熜慢条斯理道："绍治？绍续弘治？"说着冷笑道："这算什么年号？"朱厚熜重重地敲了一下磬，道："《尚书》有云，'不敢荒宁，嘉靖殷邦'。孤王以为，年号当取'嘉靖'。原话转告杨廷和。"

"是。"袁宗皋倒退出门。

朱厚熜击磬，闭眼陶醉，物我两忘……

"殿下。"

朱厚熜闻声转身。

袁宗皋道："杨廷和来了。"

朱厚熜来到正殿，只见杨廷和立在殿中。

杨廷和道："殿下。"

朱厚熜站定，道："阁老觉得年号有什么问题？"

杨廷和道："嘉靖邦国，永固江山。是个好年号。"

朱厚熜微微一愣。

杨廷和续道："只是国库吃紧，宦官的人数却逐年增加，至今已达十数万。加上他们豢养的家奴，每年的粮米供给都在百万石以上，百姓实在不堪重负。而且，各省的镇守太监，有些横行不法，四处搜刮。若任由他们这样贪墨下去，恐怕就不是'嘉靖'，而是家家皆净了。"

朱厚熜是聪明人，立即反应过来，道："裁抑，必须裁抑。阁老为孤王谋划，孤王替阁老做主。此事为新朝头等大事。"

杨廷和道："殿下英明。"

红日高照。

朱厚熜身着衮服，头戴冕冠，向宝座走去。

公元一五二二年，明世宗朱厚熜即皇帝位，改元嘉靖。

由于身材短小，龙衣过长，朱厚熜行进不便，小心翼翼。他走到龙椅旁，不断低头，场面尴尬。

杨廷和解围道："陛下垂衣裳而天下治。"

朱厚熜释然一笑，主持大礼的毛纪扫视了一遍序立的百官，威严道："三跪九叩——"

群臣行礼。

朱厚熜朗声道："朕年轻识浅，德薄才疏，只能任贤纳谏，从善如流。望列为臣工知无不言，言无不尽。"

群臣齐声道："皇上万岁万岁万万岁！"

朱厚熜道："请礼部决议兴献王朱祐杬主祀尊号。"

毛纪道："是。"

内阁签押房，杨廷和、梁储、费宏和毛纪在座。

杨廷和道："既是兄终弟及，作为武宗的弟弟继的统，自然该称孝宗为父，改称兴献王为叔父。"

毛纪点头，梁储、费宏皱眉。

费宏为难道："于礼合当如此，只是皇上那边怕是不肯让步。"

杨廷和想了想，道："最多加个'皇'字，称兴献王为'皇叔父'，以全其父子之情。"

费宏点头，梁储仍旧忧思。

毛纪道："好，我这就据此上奏。"

当晚，朱厚熜览疏，忍无可忍，一把将之扔到地上，道："去，把毛纪给我叫来！"

一刻钟后，毛纪被一个宦官带入。

"皇上。"

朱厚熜用指节叩了叩奏疏，道："这是杨廷和的意思吧？"

毛纪有礼有节道："世系攸关国体，牵扯重大，不是一两个人闭门造车就能说了算的。名正言顺，方能天下信服。"

朱厚熜拍案而起道："朕不许你认你的亲爹，看你服不服？"

毛纪愕然良久，道："皇上息怒。您是从武宗手上接过的神器，但因辈分相同，不可言'继'。武宗以上是孝宗，兴献王之兄。故考孝宗为'父'，而称兴献王为'皇叔父'，已格外尊崇。毕竟宁藩之乱，殷鉴不远，若不维护孝宗正统，奸佞小人只怕又要兴风作浪。臣斗胆请陛下以大局为重！"

朱厚熜板着脸道："天子以孝，垂范四海。如果连伦理纲常都不顾了，朕拿什么治理天下？礼部所议不妥，召集各司再议。"

毛纪想了想，道："皇上，春闱开始了，实在抽不出人手。要不等大比结束后，再行审议？"

朱厚熜不语，悒悒不乐……

贡院外，士子们熙熙攘攘，接受检查，参加会试，其中就有王畿、邹守益和欧阳德……

桃花盛开，聂豹、薛侃、徐阶、王贵和王翔陪王阳明在中天阁外赏花，王艮上气不接下气地走来。

王阳明笑道："汝止，又睡懒觉了？"

王艮兴奋道："昨夜看《传习录》，只觉字字珠玑，句句皆理，结果辗转反侧，难以入睡。今早醒来，满脑子都是想法，晕晕乎乎，于是到街上转悠，没想到看见一件稀罕事！”

“什么事？”

“满街都是圣人！”

众人面面相觑。

王阳明轻轻一笑，道：“不足为奇。人人心里都有个‘圣人’。只因人不自信，将他活埋了去。”

王阳明转身，恰与徐阶目光交错，便指了指他道：“徐阶，你是个圣人。”

徐阶见众人望着自己，赶忙摆手，脸红道：“先生说笑了！”

“你推脱也没用，推不掉的！他就在你心里，在我心里——”王阳明指指王艮，道：“在他心里。”

徐阶反应过来，挺直胸膛道：“先生说得对，我心里原是一个圣人！”

王阳明满意：“来，咱们做一堂身上的功课。”说着，示范道：“大家用手摸着胸口，说一个‘我’字拍一下。”

众人依样画瓢，却声如蚊蚋。

王阳明重重一拍，高声道：“我！”

众人还是放不开，声音稀稀拉拉。

王阳明对王艮道：“你来，用力拍，大声说！”

王艮深吸了口气，用力拍胸，谁知“我”字尚未出口，却先咳嗽起来，把众人逗笑。王艮不服气，定了定神，昂首拍胸道：“我！”

这一声中气十足，亮亮堂堂，连王艮自己都愣了。

王阳明笑道：“感觉如何？”

王艮喜道：“刚才这一声，好像把心里的什么东西给打碎了，上下通透，好不快哉！”

王阳明点头道：“块垒一破，良知自现。须知儒生之大患，在愚忠愚孝。只晓得师法古人，叩谢天恩，却把‘真我’埋藏起来，不独立，无自主，没胆气，人云亦云，庸庸碌碌。来！一起。”说着，拍胸道：“我！”

众人像被打了鸡血，争先恐后地仰起脖子喊道：“我！我！我……”

这时，南大吉沿着山阶爬了上来。看到这一幕，不由得一愣……

中天阁书房，王阳明示意南大吉坐。

南大吉佩服道：“先生的教法，不落俗套，令人耳目一新。在下总算知道他们三个为何皆登皇榜了。”

王阳明一愣，道：“你是说王畿、邹守益、欧阳德？”

南大吉点头道：“邹守益还中了探花。”

王阳明大喜道：“好好好，太好了……”

南大吉感慨道：“世间之人，要是个个都能站起身来拍着胸口喊出一个‘我’字——邪，便压不了正了。”

“此言不虚。南大人今日来，所为何事？”

“向先生辞行。”

“去哪？”

“吏部召我进京述职。”南大吉压低声音，面露喜色道：“听说有重用。”

王阳明笑道：“哦？好事啊，恭喜恭喜！”

南大吉不好意思道：“多亏了您指点。河道疏浚，交口称赞，这才引起上面的关注。”

王阳明摇头道：“你要没存那颗治理的心，我说什么都没用。”

南大吉叹息道：“可惜以后无法聆听先生的教诲了。大吉为官一任，多有过失，先生久任封疆，恳请为我指明。”

王阳明道：“我已经告诉过你了。”

南大吉不解道：“没有啊？”

“那你怎么知道自己有过失？”

“良知提醒我的。”

“良知不就是我每天都在讲的吗？”

南大吉如梦初醒道：“要是身边有个像先生这样的人监督我就好了，能少走多少弯路！”

王阳明笑道：“有啊！有一样东西无所不知，无时无刻不在指引你，你只要不去欺瞒它就好了。”

南大吉想了想，道：“还是良知！”

王阳明颔首道：“人生即修行，旁人替代不了，好比婴儿不管借助什么外力，最终也要靠双腿走自己的路，哪怕是条弯路。栽跟头前，就算有人把坑指给他看，他也未必肯听。还是良知的自省自查、自悔自改来得更真切。”

“先生所言极是，大吉醍醐灌顶！”

乾清宫，朱厚熜攥了攥桌上的奏疏，阴郁地看着站在殿中的杨廷和。

袁宗皋立在一旁，察言观色。

杨廷和劝道：“皇上，既然这是礼部上下所有人的意思，臣以为，就准了吧。”

朱厚熜不满道：“父母岂可移易？先父已故，且不说了。朕的母亲尚在人世，你们让朕叫她‘皇叔母’，岂有此理？”

“不是臣等为难皇上。朱子有云，为人后者为人子。继承了谁的皇位，就要称谁为‘父’。这样正统才能明了，天理昭昭，继而万民仰戴，四夷宾服。”

“圣朝以孝治天下，若朕不认父母，成了天字号第一不孝之人，还怎么表率群伦？谁会仰戴，哪个宾服？”

“天子之孝，在于承宗祀，安社稷，不可与常人相提并论。当年汉成帝无后，传位于其弟恭王刘康之子刘欣，是为汉哀帝。哀帝登基后，尊成帝皇后赵飞燕为皇太后；同理，宋仁宗无嗣，濮王赵允之子赵曙继承皇位，是为宋英宗。英宗称仁宗为皇考，而称濮王为皇伯父。是故陛下当以孝宗为皇考，改称兴献王为皇叔父兴献大王，改称王妃蒋氏为皇叔母兴国大妃。”

朱厚熜虽气，却无言以对。见袁宗皋冲自己摇了摇头，朱厚熜强压怒火，换了副表情道：“阁老言之有理。”

杨廷和一愣。

朱厚熜续道：“自朕御极以来，阁老夙兴夜寐，殚精竭虑，为国事操碎了心。朕这几日有个想法，打算封您一个爵位，世袭罔替。梁储、费宏也是有功之臣，一并封赏。”

杨廷和道：“陛下，臣只是尽了该尽的本分，不想坐食俸禄而已。这么大的赏赐，实在愧不敢受。”

“阁老不必推辞。您是比肩‘三杨’的能臣，朕也一心图治。咱们君臣共奋，继往开来，必能传为一段佳话。何必为礼仪之争，而误了天下大事呢？”

“人言可畏，若陛下一定要锡爵，臣只好请求致仕了。”杨廷和跪下叩首。

朱厚熜望向袁宗皋，只见他皱眉凝思……

杨廷和退下后，袁宗皋忽道：“皇上，要不出宫转转？”

天外天，永不眠。

夜里，杨慎、舒芬率一帮官员咋咋呼呼地步入，掌柜赶紧迎了上来。

舒芬道：“去，开个包厢！”

掌柜满脸歉意道：“不好意思大爷，二楼让一个客人给包了。”

舒芬不悦道：“啥意思？让我们坐大堂？”

“大堂就大堂。”杨慎指了指一个僻静的角落，道：“就那吧。”

“哎！”掌柜带杨慎等人过去。

巧合的是，隔壁桌居然坐着王畿、邹守益和欧阳德。

欧阳德小声道：“那不是侍读学士舒芬吗？他旁边那人是谁？”

邹守益低声道：“礼部仪制司郎中杨慎，杨廷和的公子。”

王畿一惊抬头。

杨慎等人开席。

舒芬道：“礼部这次能顶住压力，驳回皇上的无理要求，多亏了杨兄啊。”

众人附和。

杨慎摆手道：“哎，都是毛部堂的功劳，我就一跑腿的。”

翰林院侍讲学士丰熙道：“杨兄过谦了。”

杨慎神秘道："你们呀，别老盯着上面。有时候，乱自下作。"

众人面面相觑。

舒芬想了想，道："没错。这批新科进士里遴选的庶吉士，没想到竟有三个王门弟子！"

丰熙回忆道："好像叫王畿，邹守益，还有欧阳德。"

王畿、邹守益和欧阳德坐直了。

舒芬点头道："那个王畿，以前跟咱打过交道，被杨兄耍得团团转。蠢货一个！"

王畿蓦地起身，走到舒芬跟前，抓起桌上的酒杯，泼了他一脸。

众人震惊，纷纷起身。

丰熙嚷道："你干什么！"

邹守益和欧阳德赶忙过来，双方抡起袖子，紧张对峙。

二楼，身穿布衣的朱厚熜和袁宗皋从包厢里出来，望着楼下的这一幕。

杨慎阴阳怪气道："我当是谁，原来是王门走狗。"

舒芬擦了擦脸，道："以下犯上！我，我要到掌院学士那告你们去！"

邹守益道："可笑！欺君罔上的人倒指责别人以下犯上，真是贼喊捉贼！"

杨慎道："你说谁欺君罔上？"

王畿挑衅道："你爹呀！"

朱厚熜眯起了眼睛。

杨慎拍桌道："竖子！今天不把话说清楚，休想出这个门！"

王畿冷笑道："呵呵，气急败坏了？若皇上继孝宗之嗣，兴献王一支就将绝嗣。你等视而不见，这是欺君；汉哀、宋英，从小便被成帝、仁宗预立为嗣，养在宫中，形同过继，与眼下武宗无嗣迎立皇上不可同日而语。你等还是视而不见，这是罔上。"

朱厚熜动容。

王畿续道："皇上是来治理天下的，不是来给谁当儿子的。你们硬逼着人家低了头，自己倒是沽名钓誉了，后人读史时只会嘲笑说——看，此人为了皇位，连亲爹都不认了。"

丰熙道："笑话！天子乃上天之子，只要敬天爱民，谁敢乱嚼舌头？"

王畿注意到店里的客人全部鸦雀无声地望向这边，掌柜惶恐不安，气氛尴尬，于是淡淡一笑道："那就走着瞧吧！"说着，转身离去。

丰熙大声道："站住！"

王畿三人置若罔闻，出门而去。

朱厚熜若有所思。

与此同时，一个锦衣卫快马加鞭，呼啸而过。他来到黄府，向黄绾汇报道："兴献王妃已过开封。"

黄绾皱眉。

驿馆，灯下的王畿打了个哈欠，合上书。

他起身端盆，出门打水，来到院中井旁。

“王翰林。”

王畿吓了一跳，四下张望，只见袁宗皋向他走来，不禁疑惑道：“你，你什么人？”

袁宗皋道：“中书舍人。”

王畿一愣。

袁宗皋笑道：“在下袁宗皋，给皇上研墨的。”

王畿半信半疑道：“你是袁宗皋？”

“请随我来。”袁宗皋转身离去。

王畿想了想，跟了上去。

空空荡荡的大街上，王畿尾随袁宗皋，满腹狐疑。左拐右拐，来到一座道观，王畿抬头细辨，只见匾额上写着“白云观”。

穿过真君殿和诸仙殿，眼前是一排静室，只有正中的那间亮着。王畿左右瞧了瞧，袁宗皋已不知去向。他走到亮着的静室前，犹豫了一下，推门而入。

但见屋里别无他物，正中的桌上摆着两个烛台、一方砚和一支笔。王畿走近，发现烛台间搁着一张画有祥云瑞鹤的蚕丝绫锦，上面空无一字，不禁心道：“这蚕丝绫锦乃御用之物，莫非——”

“王翰林。”

王畿一惊转身，只见袁宗皋站在门口。

“皇上在安陆时就听说过王阳明的大名，你既是他的高徒——请洒潘江吧。”袁宗皋摊开右手。

王畿顺着他手指的方向，回身看了看蚕丝绫锦，毅然提笔濡墨，写下“大礼问”三个字。

袁宗皋满意点头。

次日，朱厚熜细览蚕丝绫锦上的文字，无比激动，近乎喜极而泣道：“此论一出，我父子之情得以保全了！”又抬头看了看袁宗皋，道：“发下去了吗？”

“已发通政司，四品以上的京官今日都能看到。”

“好！”

“还有，兴献王妃——”

朱厚熜纠正道：“兴国太后。”

袁宗皋赶紧道：“臣失言。兴国太后銮驾已至通州。”

朱厚熜望着门外，一脸势在必得的表情……

杨府花厅，杨廷和、梁储和毛纪在座，杨慎恭立在侧。

毛纪心烦意乱道："又是这个王畿！当年就是他妖言惑众，搅乱了国子监。"

杨慎自知当年之事由他挑起，暗自垂首。

梁储皱眉道："不管当年如何，这次的《大礼问》可是不刊之论，句句在理。一旦公之于众，必定激起连天大浪。"

杨廷和忧思重重。

费宏在管家的带领下走入，焦躁道："阁老。"

杨廷和道："兴献王妃到哪了？"

费宏气呼呼道："停在通州，死活不走。说不给她正名，这皇帝就不做了，带儿子归藩。"

杨廷和不快道："胡闹！"

杨慎小声嘀咕："这一家人还真是——"

杨廷和打断道："你闭嘴！"

梁储中肯道："'子不臣母'是《春秋》大义，皇上到底以何礼接见蒋氏，必须做个决断了。"

杨廷和沉思。

乾清宫暖阁，朱厚熜又在击磬，心情大好。袁宗皋入内禀报："皇上，杨廷和来了。"

朱厚熜停手凝思……

杨廷和站在殿中，朱厚熜拿着《大礼问》快步走出，道："阁老来得正好。这篇《大礼问》干系重大，朕想召集六部九卿廷议。"

杨廷和沉稳道："皇上，写《大礼问》的那个王畿一贯离经叛道，素来哗众取宠。十年前曾在国子监大放厥词，引发京城暴乱，实属名教罪人。"

"哦？朕看他说的挺有道理的嘛。"朱厚熜展读道，"礼非从天降，非从地出，人情而已。圣人因情制礼，定亲疏，决嫌疑，别异同，明是非。"言讫，看着杨廷和，等待他的高见。

"皇上的孝心，朝野周知。只是，按您的意思加封，将置张太后于何地？"

"这有何难？一个母后皇太后，一个圣母皇太后。"

杨廷和沉默不语。

朱厚熜忽道："朕听说这个王畿是王阳明的弟子？"

杨廷和警觉。

朱厚熜续道："近日吏部一再举荐王阳明。朕也奇怪，这么一个能征善战的文武全才，怎么就赋闲在家了？让他来京主持兵部吧！"

杨廷和急道："皇上！王阳明其人不可用，其学不可倡！"

"阁老这话什么意思？此人旬日平叛，对大明有再造之功，投闲置散殊为可惜。"

"王阳明有战功不假，但其邪说抨击理学，动摇皇权。一旦入朝，危害不可胜数。"

“此言未免有些耸人听闻吧！”

“是其伪学骇人听闻。王阳明曾说，满街都是圣人。可谁不知道，普天之下莫非王土，率土之滨莫非王臣。皇帝受命于天，人人皆是子民。可他却说人人皆是圣人，这不是煽动人心，唯恐天下不乱吗？”

朱厚熜不以为然。

杨廷和灵机一动，道：“皇上，王阳明当初上疏辞官，不等圣旨便擅离职守回乡奉养祖母去了，可见心意已决。此刻召他，必不肯来。臣以为，若要表彰其功，莫不如赐爵。”

朱厚熜叹了口气，道:“好吧。一个你口中的异端，都懂得尽孝，朕岂能坐以待毙？廷议！”

杨廷和愣了愣，道：“皇上，廷议是逼文官站队。党争若开，血雨腥风，覆水难收啊！”

朱厚熜不满道：“那你说怎么办？！”

杨廷和为难不已道：“既如此，就尊兴献王为兴献帝吧，但须注明‘本生父’，仍称孝宗‘皇考’。”

朱厚熜暗自窃喜。

余姚，王阳明背着手在院中踱步，不时焦急地看看妻子的卧房。房中传出诸芸玉的呻吟声和产婆“使劲”“快了快了”的催产声。

声音骤歇，门被推开。王阳明大为紧张，站定观望。只见王守让端盆急急而去，盆边搭着的毛巾被血染红……

王阳明把耳朵贴在门上细听，但闻一声婴儿的啼哭传出，不禁大喜。门突然开了，他赶紧站好。

王守让抱了个婴儿出，看着王阳明故作镇静的样子，忍俊不禁，边逗婴儿边道：“看看这大胖小子像谁？”

王阳明欢喜地细瞧胖嘟嘟的儿子，半晌才回过神来，道：“芸玉怎么样？”

王守让道：“没事，放心吧。名儿想好了吗？”

王阳明忙不迭点头，道：“王正聪。”

这日，魏彬来到余姚，在中天阁宣旨。

王阳明跪接。

“奉天承运，皇帝诏曰。王守仁倡义举兵，剿灭叛乱，匡扶社稷，安邦定国，特封爵新建伯，赐丹书铁券。钦此！”

“吾皇万岁万岁万万岁！”王阳明起身接旨……

王阳明率众在门口目送魏彬一行远去。

聂豹高兴道："双喜临门！"

王阳明笑道："是三喜临门。"

众人不解。

王阳明解释道："穆孔晖、郑一初、陈九川、季本、朱节、蔡宗衮和王纯甫到绍兴了，都在稽山书院。难得大家齐集一堂，今日中秋，我们去天泉桥赏月。"

众人叫好。

中秋之夜，皓月当空。碧霞池畔，天泉桥边，王阳明与众弟子投壶聚算，弹琴唱歌，逍遥自在，好不快活。

王贵感慨道："要是王畿、邹守益和欧阳德也在，今夜就圆满了。"

穆孔晖道："他们三个还在观政期，走不开。"

郑一初打趣道："走得开也不能走啊，王畿现在可是京城的风云人物！"

众人安静下来，心照不宣。

王艮鼓起勇气道："师父，朝中议礼，沸沸扬扬，您怎么不表个态啊？"

王艮问出了大家的心声，所有的目光都望向王阳明。王阳明起身望月，道："无端礼乐纷纷起，谁与青天扫宿尘？"说着，环视众人道："父子天伦不可夺，皇上孝心不可遏。王畿的那篇文字，大致不差。"

王艮兴奋。

"不过，朝堂上很多事，观念之争是假的，方向之争也是假的，权力之争却是永恒不变的。杨廷和真的关心一个死人的称号吗？"王阳明笑着摇摇头，道："皇上继了嗣，称孝宗为'皇考'，张太后的地位就能巩固，继而制约皇权。帝后相争，内阁才能放开手脚干事。而如果奉兴献王为正朔，就等于割断了孝宗一脉，另立一个皇族支系。如此一来，等于给了成百上千个朱宸濠以叛乱的借口。"

众人点头。

王阳明笑道："好了，不谈这些扫兴的事了。此情此景，让我想起了曾点。有一回，孔子问他的四个弟子有何志向，子路、冉有、公西华或想强兵，统领千乘之国；或想理政，富足一方百姓；或者仅仅是当一个司仪，管好自己。只有一旁鼓瑟的曾点，被问到时说自己想于暮春时节跟几个朋友到沂河里沐浴，在舞雩台上吹风，最后一路唱着歌回家。孔子否定了子路、冉有和公西华的观点，却赞同曾点的志向。"

薛侃提议道："今晚咱们狂笑高歌，亦有曾点气象。不如让先生赋诗一首，大伙说怎么样？"

众人附和。

王阳明微微一笑，踱上天泉桥。低首沉思，举头望月，灵感忽至，吟哦道："处处中秋此月明，不知何处亦群英？须怜绝学经千载，莫负男儿过一生。影响尚疑朱仲晦，支离羞作郑康成。铿然舍瑟春风里，点也虽狂得我情！"

众人齐声道："好！"

聂豹赞叹道："好一句'点也虽狂得我情'！"

王阳明道："狂者蔑俗轻规，志存高远。一切纷嚣，不累其心。堪比凤凰，翔于千仞。一克私念，即成圣人。"

王艮深思。

薛侃道："先生，有人说佛、老不足学，还有人讥谤心学近于佛、老。然弟子认为，佛、老之学亦是性命之学，当兼收并取，不知师父以为如何？"

王阳明道："圣人之学，尽性至命，无所不备，又何需言'兼收''并取'？佛老之妙用，原本就是儒学之妙用——你能在正心诚意中完养此身，就是道；能不染世俗，就是释。可惜，后世儒者未能窥见圣学全貌，画地为牢，举一废百，以为同释道两家持论不同。其实，圣人与天地万物同体，儒、佛、老、庄皆我之用，这才叫大道。若自私其身，做个自了汉，求个自我解脱，不过是小道而已。"

薛侃高兴道："我懂了。没有谁捆住我的手脚，是我自己把自己给束缚住了。"

王阳明点头道："人只能活一次，不要辜负了这独一无二的生命，骗人骗己，糊涂一生。"

众人沉思。

王阳明月下举杯，道："我心自有光明月，千古团圆永无缺。山河大地拥清辉，赏心何必中秋节！来，大家共饮此杯！"

众人纷纷举杯。

第五十七章　礼本人情

皇宫在晨曦中醒来。

朱厚熜览疏，袁宗皋站在殿中。

朱厚熜感慨道："这个王畿，还真是义胆忠肝。力劝朕独断独行，再议大礼，追认先父为'兴献皇帝'，去掉'本生'二字。找个机会，朕一定要见见他。"

袁宗皋迟疑片刻，道："恐怕暂时见不到了。"

朱厚熜抬头，道："为什么？"

袁宗皋道："翰林院散馆，被分到山东任平原知县去了。"

朱厚熜讶异。

余姚。

风烛残年的岑氏双目微合，形销骨立。王阳明跪在床前侍奉汤药，神色忧虑。

聂豹、薛侃敲门入内，交给王阳明一张纸。

"千载绝学，重昌于今，岂可使天下有不知吾师之学者？"王阳明念完，向聂豹投去询问的目光。

聂豹道："王艮带着季本和朱节上京去了，说是要替先生光大心学。"

"胡闹！一个王畿还不够，合起伙来给我惹事！"王阳明想了想，疑惑地看看聂豹、瞧瞧薛侃，道："他怎么突然想起唱这出？"

二人对视了一眼，薛侃道："昨晚穆孔晖和郑一初抱怨说，本来皇上有意起复先生担任兵部尚书，谁知让杨廷和从中作梗给搅黄了。王艮一听就炸了，鼓动大伙一起进京讨个公道，结果只有季本和朱节响应。"

聂豹道："我们以为他说说罢了，没想到真的走了。"

王阳明忧从中来。

苏州。

季本、朱节推着一辆仿制的招摇车（周天子祭天时乘坐的"蒲轮"）经过市集，车上立着一张大旗。王艮又换上了他那身奇装异服，高声朗诵旗上的文字："入山林求会隐逸，过市井启发愚蒙。遵圣道天地弗违，致良知鬼神莫测。"

百姓都被王艮吸引了过去，跟着招摇车一路走一路笑。

济南的城门外，官民夹道，人山人海，彩旗招展，排场非凡。一个四品官站在道中，不住张望，却是济南知府何景明。

忽然，一匹快马飞奔而来。马上的差役不待停稳便跳了下来，单膝跪在何景明身前，道：“府尊，来了！”

何景明如临大敌，面向百姓训话道：“一会儿都精神点儿！掌声要热烈，要真诚。吹鼓手，要激动，就像见到自己亲爹一样，懂吗？”

众人应声。

人群中，刚刚就任平原知县的王畿一脸鄙视。

何景明远眺，只见一顶八抬大轿向这边靠近，赶紧打手势，道：“吹奏！”

锣鼓喧天，鞭炮齐鸣。

一个中年男子跑了过来，提着个篮子。

何景明不满道：“金续山，你怎么才来？”

王畿觉得男子有些眼熟。

金续山满怀歉意道：“大人恕罪，有两样食材城里断货了，跑了趟邹平才买到。”

何景明打开篮子，拿出一块糕点尝了尝，咀嚼道：“嗯，还不错。一会儿藩台大人来了，你直接献上。”

“是。”

“擦擦你那身臭汗，别给我捅娄子！”

“大人放心，小的只会帮您长脸，决不给您丢脸！”

何景明指了指他的脑门，展颜。

官轿到了，何景明率济南府的同知、通判以及四州二十六县的知州和知县趋前迎接。一个三品官下轿，见此阵仗，笑逐颜开，却是刚到任的山东布政使耿季安。

何景明作揖道：“下官济南知府何景明，参见藩台大人。”

耿季安欣喜道：“好好好！哎呀，不愧是礼乐之乡。”

金续山上前。

何景明道：“大人，咱们济南有个规矩。”

耿季安道：“哦？什么规矩？”

“新官上任都要先吃一口孔府糕，取文章千古，节节高升之意。”

“好呀，入乡随俗。”

“金续山！”

金续山答应了一声，揭开篮子上的红布，只见里面尽是孔府糕。金续山一边伸手取糕点，一边盯着耿季安看，忽然色变道：“耿季安！”

耿季安一愣，众人惊讶万分。

何景明叱道：“放肆！大人的名讳是你叫的嘛！”

耿季安好奇道："你认识本官？"

金续山悲愤道："化成灰都认识！你可还记得萧山的钱文山！"

不待耿季安回答，金续山已从篮中抽出一把利刃，刺进其胸口。

众人大乱，四散开来。耿季安当场毙命，何景明躲得远远的，道："快！抓凶手，别让他跑了！"

众差役一拥而上，金续山遁走。

王畿震惊。

崇文门外。

道旁茶摊，一人跑近，激动道："怪魁来了！"

众人闻言，纷纷起身，随他跑离。

另一边，一群童子正围在一起玩九连环，一男孩儿跑近，道："怪魁来了！"

群孩立即收起玩具，朝同一个跑向去。

从空中俯瞰下去，只见王艮带着招摇车前行，身后跟了一支浩浩荡荡的队伍，道路两旁不断有人向其聚拢。

突然，一队捕快风风火火地奔来，将王艮三人团团围住。人群散开，捕头走了出来，面无表情道："带走！"

王艮毫无惧色……

当晚，刑部大牢，王艮正襟危坐，闭目养神。

牢门打开，捕头走入，朝身后的两个捕快使了个眼色。二人上前用布塞住王艮的嘴，给他戴上头套，将之架走。

眼前一片漆黑，王艮被押着走来走去，在一个门前停下。头套摘去，他被一把推了进去。只见一男子正坐着喝茶，却是席书。

"近日京中传言，有人梦见无首黄龙四处行雨，至崇文门化作人形。"席书抬头道："你知道这意味着什么吗？"

王艮道："阁下是？"

"我姓席。"

"你就是席书席大人？"

"既然知道了，好好待着吧。你师父让我替他管束你。"

"可是——"

"朝中的情况你不了解，就不要再给他添乱了。"

王艮兀自不服，管家入内禀报："老爷，急函，山东送来的。"

席书拆阅，神色大变。

次日一早，席书赴方府计议。

方献夫遗憾道："想不到王畿一上任就摊上这么大的案子。早知如此，我再跟内阁周旋一下，他也不至于被发往平原任用了，唉！"

席书凝思道：“这就叫冥冥之中自有天意。济南四州二十六县，金续山为何单单到平原县投案？王畿在信中附上了他的口供，此案背后，大有文章啊！”

“哦？金续山到底为何杀人？”

“替父报仇。三十年前，耿季安在萧山知县任上冤杀过一个叫钱文山的人，此人是金续山的父亲。”

席书向方献夫转述金续山口供里的内容：

钱文山与其妻庞氏不和，平日争吵时甚至扬言说要杀了她。直到有一天，庞氏忽然失踪，她弟弟庞英怀疑被钱文山给杀了，四处打听。一个姓滕的无赖称，曾亲耳听钱文山说过杀妻的事，庞英遂拉着他赴县衙告状。不过因为没有证据，案不能兴。此时，庞氏其实藏在范秀才家，与之私通。半年后，河滩发现了一具无名死尸，被野狗啃残。范秀才听说后，找到庞英，与之合谋，将尸体认作庞氏，并贿赂仵作，报为女尸。过了几日，尸体腐烂，难以辨认，草草入殓。范秀才和庞英率人哄闹县衙，诬告钱文山杀妻，惊动了路过萧山的浙江按察使，责令知县耿季安迅速破案。刑部明文规定，命案限期必破，耿季安新官上任，立功心切，于是逮捕钱文山，严刑逼供。为了把案子坐实，耿季安弃用河滩残尸，让钱文山指认埋尸之所。钱文山被打得半死，只好胡乱指认。无主之坟前后挖了不下二十座，不是男尸就是年龄不符。每掘一坟，对不上号，钱文山就被拷打一回，命悬一线。钱母哀其子求死不得，剪下自己的头发，去掉白发，编为一束，再找邻人之妻，刺臂出血，染一裤一裙，然后搜集了些人骨，混在一起，埋于河滩，引衙役去挖。终于以此为据，耿季安断钱文山杀妻，上报有司。钱文山被判斩，并赔给庞家一大笔钱。案发时，钱子德洪正在省城备考。待其归家，祖母告知前因后果，钱德洪悲恸不已，去臬司衙门喊冤，无果；又上京赴都察院喊冤，亦无果。钱德洪从此背负着血海深仇，化名“金续山”，暗中调查，发现赔给庞家的钱尽为庞英所得。没过多久，范秀才提出自己也应得一分，跟庞英起了争执，失手将之打死，远遁他乡。一直躲在秘宅的庞氏万念俱灰，悬梁自尽。

席书道：“钱德洪寻访多年，范秀才还是下落不明。直到去年，他得知耿季安可能要去山东做官，便潜伏在济南卖糕点，等待机会。这才就有了眼下的案子。”

方献夫感慨道：“三十年啊，只为手刃仇人，值得吗？”

席书望着眼前的一片虚空，道：“如人饮水，冷暖自知罢了。春秋时，豫让为刺赵襄子，漆身吞炭，不死不休；要离为刺庆忌，用苦肉计自断一臂，假意投奔。常人在世俗中打滚，久之便忘了人是有爱憎，知荣辱的，可以不为名利去做一些事。”

早朝，朱厚熜坐在龙椅上，扫视了一遍百官，高声道：“朕登基还没满两年，一个新上任的布政使就在光天化日之下被草民给杀了！当真是古今罕见的奇闻！”

杨廷和看着地面，皱眉思索。

朱厚熜缓和了情绪，道：“山东按察使司对案子怎么判聚讼不休，未有定论，上报到刑部。”

席书表情淡定。

朱厚熜续道：“平原知县王畿，呈上了案犯的口供，背后隐情着实不少。朕打算御审此案，召王畿进京，把那个钱德洪也一并押来。”

杨廷和出班道：“启奏陛下，无论案犯出于何种动机，谋杀朝廷命官都是十恶不赦的大罪，依律当斩，以儆效尤。”

席书出班道：“皇上，钱德洪的父亲当年冤死于耿季安之手。钱德洪替父报仇，其情可矜。”

毛纪冷冷道：“席大人身为秋官，居然说出徇情枉法的话来。”

方献夫反驳道：“毛大人作为春官，难道忘了《礼记》里‘父之仇，弗与共戴天’的教诲？”

毛纪道：“你——”

朱厚熜打断道：“好了好了，等人犯带到，你们再争个是非曲直吧！”

杨廷和沉默不语。

夜里，京城闹市的一个路边摊，杨慎、舒芬和丰熙找了个位子坐下，小二迎了上来。

杨慎道：“三碗炸酱面！”

小二道：“好嘞！”

丰熙低声道：“绝不能让王畿进宫！”

舒芬附和道：“对！听说这厮赴山东前又上了道《大礼辨》，劝皇上继续力争，去掉‘本生父’，直接称兴献王为‘兴献皇帝’！”

丰熙补充道：“而且钱德洪的案子怎么看怎么不对劲儿，必是有人想借机兴风作浪！”

舒芬点头，杨慎摸着下巴思索，小二端上三碗面。

杨慎灵机一动道：“左顺门。”

舒芬道：“左顺门？”

杨慎一边拌面一边道：“你们忘了？当年权宦王振的三个同党在左顺门被百官乱拳打死，事后景帝并不追究。于是，宫中就有了一块约定俗成、无人追究的‘锄奸圣地’……”

舒芬和丰熙相视一笑。

没想到隔墙有耳，身着便服的湛若水在临桌自斟自饮，若有所思……

钱德洪戴着手铐脚镣，站在济南城外的一辆囚车上。押送的队伍由全副武装的士兵组成，一派肃杀。王畿正要上马，远处一骑赶来，却是薛侃。

薛侃下马走近，道："借一步说话。"

王畿随他走到一边站定，道："师父有指示？"

薛侃道："他不想让你搅和到是非里去。"

王畿皱眉，走开两步，望着天空，道："予岂好辩哉？予不得已也！"说着，转身道："他们打发我也就罢了，关邹守益和欧阳德什么事？一个被发配到广西当知县，一个被发配到云南当知县——根本就是冲着师父来的！"

薛侃皱眉道："先生也不在庙堂了，何必跟他们死磕？你这回进京，千万不要再议礼了，这是先生的意思。他说内阁有内阁的难处，让学问的归学问，权力的归权力吧。"

王畿望向囚车，道："如果这是天意呢？"

"天意？"

王畿回头，认真道："我和师父跟这个钱德洪，曾有一面之缘。"

薛侃一愣。

夕阳西下，聂豹、徐阶陪王阳明在余姚城里散步。

王阳明道："聂豹，你去趟京城，让席书看住王畿，不许他上疏。再把王艮带回来。"

"是。"

"也劝劝方献夫，不要推荐我了，我不想与官场再有任何瓜葛。"

"明白。"

这时，只见远处的大树下，四个男孩儿正围成一圈踢毽子，边踢边吟诗。

男孩儿甲道："良知即是独知时。"

男孩儿乙道："此知之外更无知。"

男孩儿丙道："谁人不有良知在。"

男孩儿丁道："知得良知却是谁？"

徐阶打趣道："想当年凡有井水处，皆能歌柳词。如今柳三变要被先生比下去了。"

三人饶有兴致地观看。

男孩儿甲道："饥来吃饭倦来眠。"

男孩儿乙道："只此修行玄更玄。"

男孩儿丙道："说与世人浑不信。"

男孩儿丁道："却从身外觅神仙。"

王守让慌张跑来，道："大哥。"

三人转身，一片不祥的阴云在王阳明心头升起。

王守让凄凉道："祖母她……走了……"

王阳明只觉天旋地转，站立不稳，眼看就要倒下。

"先生！"聂豹同徐爱搀扶。

王阳明虚弱道："回家……"

次日，王阳明披麻戴孝，跪在岑氏的棺椁前。

诸芸玉、王守让、王欢以及王翔等族人跪在他身后。王贵站在一旁，当白事知宾。

王贵拖长了声音道："家人叩禀！"

王阳明和妻子、妹妹磕头。

王贵又道："孝子上香！"

王阳明起身上香，谁知刚点燃香便猛烈地咳嗽起来，直至咳出了血。众皆担忧，王阳明身子一软，倒了下去……

诸芸玉、王守让和王欢围在床前，李言闻替王阳明诊完了脉，忧虑起身，走出房间。

三人随之而出，只见王贵、王翔、聂豹、徐阶、陆澄、穆孔晖、郑一初、陈九川、蔡宗衮和王纯甫等人围在门口，连董萝石都来了。

李言闻沉重道："肺疾很重，沉疴已久。先开几服药静养，不要让他情绪波动。"

诸芸玉眼眶红润……

日上三竿，杨慎、舒芬和丰熙率领三十多个官员埋伏在左顺门内，时不时向外张望，紧张不已。

随着时间的流逝，众官的表情从不耐烦变为焦躁。

突然，舒芬看见一个身穿蓝色官服的人向这边走来。虽看不清补子，但明制五品至七品官着蓝色官服，王畿的可能性很大。

舒芬激动道："来了来了！"

众人兴奋，摩拳擦掌。

杨慎严阵以待道："等他过来，你们看我手势！"

那人慢慢走近，杨慎愈发疑惑。

丰熙定睛一看，道："好像不是王畿。"

对方走到左顺门，却是湛若水。他看了看众官，微微一愣，随即拱手道："今日不是御审钦犯吗？诸位大人在这里做什么？"

杨慎与舒芬对视了一眼，失望不已……

湛若水离开，走到奉天殿外的丹陛下时，王畿闪出，抱拳道："多谢湛先生示警。"

湛若水冷冰冰道："我自有我的立场，不必谢，也不要和你师父说。"

语毕，扬长而去。

奉天殿内，群臣激辩。

席书道："孔圣有言，父母之仇，枕干不仕，弗与共天下。今日若杀钱德洪，便是扼杀人心，将致礼崩乐坏。皇上，凡忠臣，必出于孝子之门啊！”

毛纪道：“照席大人这么说，以后只要州县官员判错了案，便任凭刁民处置？今日死个知府，明日死个巡抚，保不定哪天就杀到京城，杀到刑部，杀到你席大人头上了！皇上，不把钱德洪明正典刑，才会天下大乱！”

众官点头。

朱厚熜道：“方献夫，你怎么看？”

方献夫道：“回陛下，《公羊传》有云，父不受诛，子复仇可也。也就是说，如果父亲是被冤杀的，儿子可以报仇。钱德洪之举，跟先秦的伍子胥没什么不同。苏东坡论及伍子胥为报父兄之仇，将楚平王挫骨扬灰时说‘生则斩首，死则鞭尸。发其至痛，无所择也’。因此，臣以为，钱德洪即使不嘉奖，也应无罪释放。”

梁储颔首认可。

杨廷和道：“枕干雠敌，固属人子之义；诛罪禁乱，实乃王政之纲。以私义而害公法，仁者不为。眼下若宽宥钱德洪，废国之刑，日后法司定谳，将难上加难。毕竟人必有子，子必有亲。亲亲相雠，其乱谁救？况且，既然诸公把钱德洪比作春秋义士，那就不更该释其罪、夺其德，而当成全他舍身取义的美名，让他与亡父在九泉之下相会。”

席书和方献夫无法反驳，朱厚熜亦无言以对。

“平原知县王畿觐见——”

杨廷和闻言色变，朱厚熜龙颜大悦。

王畿走到阶前跪下叩首道：“臣王畿，叩见陛下。”

朱厚熜道：“平身。”

“谢陛下。”王畿起身道：“皇上，杨阁老所言，微臣不敢苟同。”

杨廷和不满。

朱厚熜笑道：“哦？你有异议？说来听听。”

王畿道：“是。阁老说‘人必有子，子必有亲。亲亲相雠，其乱谁救’？这确实是个问题，但《周礼》有言，‘凡杀人而义者，令勿仇，仇之则死’。意即凡是杀人而合乎道义的，死者的亲属便不许报仇，谁报仇就处死谁。可见今人考虑的问题，先贤早就想到了。东汉的阳球、赵娥亲替父报仇，唐代的康买得救父杀人，官府都网开一面，甚至表彰其孝。类似的案子，史不绝书。”

朱厚熜流露出欣赏的表情。

王畿续道：“如果钱文山真的犯了法，论罪当死，那么耿季安杀他就是执行国法，钱德洪再杀耿季安便是践踏国法，判死也理所应当，这叫‘以罪受诛，人不怨上’。可是，钱文山当年系蒙冤入狱，遭耿季安刑逼惨死，钱德洪奔走呼号却求告无门，合法的路都被堵死了。诸位设身处地想一想，除了以命相搏，还有什么办法？”

众人默然无语。

“血亲复仇乃春秋大义，但为何法条里不写？盖因律法若禁止子报父仇，会伤了孝子的心；若允许，又怕有人趁机钻空子。立法时，谁不怀着良好的初衷？可司法的官员莫不是有七情六欲的凡人。人非圣贤，孰能无过？钱德洪有罪，但罪不至死！请皇上圣裁！”

“朕清楚了，不知道列为爱卿明不明白？这样，同意钱德洪死罪的站那边。”朱厚熜指了指杨廷和、毛纪一侧，道：“认为罪不至死的站这边。”又指了指方献夫、席书一侧。

百官开始站队。

王畿兀自喋喋不休：“很多年前，我和师父在九华山的化城寺见到一个小和尚。据寺里的僧人说，他想出家，被方丈拒绝了，于是自己剃了头，走进禅房打坐，一坐就是两年。我们见到他时，他还在枯坐，师父找了把火钳，假装要替他点戒疤，才把他吓醒。”

两边的人数渐渐持平，杨廷和皱眉。

梁储思想斗争激烈，忍不住想站到方献夫一边。

“在师父的逼问下，小和尚承认家中还有亲人，只是父母的关系不大好。师父又问他，离家这么久，惦记爹娘吗？小和尚想了想，热泪盈眶，说怎能不惦记？亲情与生俱来，如果真的能抛弃，就是断灭种性，槁木死灰了。”

众人触动，梁储下定决心，走到了对面。

杨廷和一惊。

“后来，他被师父说动，痛哭流涕地离开了化城寺。”王畿停了停，道：“这个小和尚，就是钱德洪。”

众人震惊。

王畿激动道：“皇上，先王制礼，皆因人情！请去‘本生’二字，尊兴献帝为兴献皇帝，称孝宗‘皇伯考’！”

此言一出，百官哗然。

毛纪呵斥道：“王畿！你淆乱宸听，是想让皇上贻讥天下，贻羞万古嘛！”

朱厚熜驳道：“毛纪！‘君父’二字乃天理纲常，万古不易！你等眼里无君也就罢了，还想让朕无父吗？！”

杨廷和绵里藏针道：“皇上，考所后以别正统，隆所生以备尊称。礼部的做法公私兼顾，没有错。”

朱厚熜负气道：“你们都没错，是朕错了。朕不该来北京，不该坐在这里，不该和你们争论‘礼本人情’是对是错！”

百官窃窃私语，杨廷和跪了下来，叩首道：“臣有罪。但臣宁愿皇上为尧舜，不愿皇上为桀纣。若事与愿违，臣只有致仕以谢天下！”

朱厚熜无语。

余姚，王艮随聂豹下车，忐忑不安。

二人走进院中，聂豹道：“你稍等。”

王艮站定，聂豹上前推门而入。王艮等来等去，紧张不已。忽然，门被推开，王艮焦急地望着向他走来聂豹。

聂豹道：“先生身子不好，你先歇着吧。”

王艮纹丝不动，聂豹离去……

王艮不紧不慢地跪了下来，这一跪就是五个时辰。院子里人来人往，王艮一动不动。

凌晨时分，王艮半眯着眼，摇摇晃晃。

开门声响起。

王艮惊觉，睁大了眼，只见王阳明披着青衫，站在门口。

王艮急道：“我知错了！”

王阳明目不斜视地从他身旁经过。

王艮想了想，高声道：“孔子不为已甚！”

王阳明停步，缓缓转身，望着王艮的背影，道：“你也知道孔子不做过分的事，那你知不知道‘君子思不出其位’？”

王艮大声道：“弟子虽是匹夫，可兼济天下之心，从来不曾忘记。”

“兼济天下？想当年舜还是平民时，在历山耕作，欣然乐而忘天下。”

“那是因为有圣主尧在上。”

王阳明语塞，走近将之扶起，道：“你和王畿一样，都有颗赤子之心，但你们忽略了一件事。”

王艮道：“什么事？”

王阳明郑重道：“从古至今，都是权力选择思想，思想从来没有获取过权力。”

王艮沉思，王阳明猛咳起来。

王艮担忧道：“师父……”

王阳明摇头，示意他“无妨”，叮嘱道：“你记住，不管儒家还是法家，心学还是理学，古文经还是今文经，只要进入皇权，最后都会变成同一个样子。”

夜色里，一骑呼啸而过，高呼：“八百里加急！”

费宏、梁储站在殿中，袁宗皋在侧。朱厚熜缓缓放下军报，惊慌失措。

费宏小心翼翼道：“皇上？”

朱厚熜喃喃道：“广西田州的岑猛，集结六万人反了。”

费宏、梁储对视了一眼，大为忧虑。

费宏试探道：“皇上，要不找首辅商量商量吧？”

朱厚熜火冒三丈道：“他称病不出，怎么商量？”

梁储劝道："您屈尊枉顾，就走一趟吧。"

朱厚熜思前想后，别无他法……

杨府书房，杨廷和端着烛台，研究墙上的地图。

杨慎敲门入，告诉他朱厚熜带着袁宗皋来了。杨廷和快步来到花厅，杨慎紧随其后。只寒暄了两句，朱厚熜便单刀直入道："军情紧急，朕就不绕弯子了。广西土司岑猛，起兵反叛。"

杨廷和皱眉道："岑猛反了？"

朱厚熜道："阁老知道此人？"

杨廷和点头道："广西土著里，岑家势力最大。当初太祖立国未久，岑家的当家人岑伯颜主动把自己的领地田州献给朝廷，以表忠心。太祖大喜，设置田州府，任命岑伯颜为知府，兼管军事。眼下这岑猛乃岑家的第五代，是次子，本轮不到他继位，却靠谋害父兄掌了权。彼时刘瑾乱政，岑猛贿赂阉党，稳固了位子。朝廷鞭长莫及，久而久之也便默认了。"

朱厚熜期待道："此人如此凶悍，可有应对之策？"

杨廷和想了想，道："无非择人任势。工部侍郎姚镆，常年在广西任职，熟悉地理人情，又曾在泾阳大破蒙古骑兵。以其为主帅，必能平贼荡寇。"

朱厚熜沉思。

公元一五二六年，明嘉靖五年，朱厚熜任命工部侍郎姚镆为都察院右都御史，巡抚两广，提督军务，率八万大军，征剿田州之乱……

余姚，王阳明躺在床上熟睡，面容清癯。王正聪在他身边爬来爬去，用手去摸他的鼻子，咯咯直笑。王阳明被惊醒，看着儿子，童心大发，逗他玩乐起来。

敲门声响起。

"请进。"

邹守益和欧阳德推门而入，道："先生！"

王阳明坐起来道："你们——"

两人相视一笑。

欧阳德道："我们专程回来看看您。"

王阳明道："老毛病了，没事。守益，你不是在广西做官吗？听说那边出事了？"

邹守益点头道："土司岑猛造反，占了思恩，趾高气扬，以为朝廷大军会派人与他和谈。谁知主帅姚镆到了广西，二话不说，以雷霆之势打下思恩和田州。岑猛逃到岳父岑璋的地盘，求他替自己向官军说和。岂料岑璋怕受牵累，被姚镆的说客策反，摆了一桌鸿门宴，鸩杀了岑猛，将其首级献给官军。余党大多投降，被姚镆悉数斩杀，只剩卢苏、王受两个头领，带着一万多人逃入山林。"

王阳明皱眉。

邹守益续道："姚镆铁血治桂，禁止壮族五人以上的聚会。广西现在表面上海晏河清，实则民怨沸腾。"

王阳明忧虑道："饮鸩止渴，终不足以弭异日之祸。

龙辇在杨府门口停下，朱厚熜下轿，满面春风。

杨廷和携杨慎迎了上来，道："皇上。"

朱厚熜兴奋道："广西大捷，阁老真乃相马高手！"

"皇上过奖，请。"

二人进入花厅，主宾落座。

朱厚熜示好道："您病休的这段日子，大事小情堆积如山。朝廷离了阁老，还真不行。"

杨廷和顺势道："臣近日寤寐思之，亦觉钱德洪孝心可悯。又想到皇上为了议礼之事劳心焦思，不禁暗自垂泪。天理不外乎人情，只要皇上给孝宗留个位子，仍尊其'皇考'，则兴献王称'兴献皇帝'，去'本生'二字，亦未尝不可。"

朱厚熜想了想，叹气道："家事国事天下事，从来只是一件事。阁老回来主持大局吧，朕答应你便是了。"

杨廷和起身跪下，道："谢陛下。"

桂林军营，姚镆捧读兵书，一士兵急入，单膝跪下道："都督！"

姚镆抬头。

士兵禀告道："卢苏、王受趁我军回师桂林，夺回田州！"

姚镆大惊道："什么！"

两个壮人头领步入田州土司衙门，却是卢苏和王受。

王受道："姚屠夫也不过如此。"

卢苏道："哼，他做初一，就别怪你我做十五。"

"没错！咱都主动派人讲和，表示愿意归降了，可他非要赶尽杀绝！"

"姚屠的心大着呢，想趁平乱之际，在广西改土归流。"卢苏从怀中摸出一本册子，感慨万千道："幸亏有它。"

王受见封面上写着"阳明兵法"四字，不禁疑惑道："这是什么？"

卢苏道："兵法啊！"

"有那么神？"

"我们卢家分布于两广，广东有一支，族长叫卢珂，和这个王阳明有些渊源。你知道他的外号叫什么吗？"

王受看着卢苏。

卢苏道：“大明军神。”

王受半信半疑……

姚镆亲率大军，策马经过一个山谷。

忽然，喊杀震天，叛军从山腰出现，一边放箭，一边扔礌石。姚镆拔剑指挥，官兵死伤惨重。

山巅，卢苏得意地望着自己的“杰作”。

王受走近，道：“阳明兵法，果然了得。不过，要是下次朝廷派王阳明挂帅，如之奈何？”

卢苏自信满满道：“王阳明早就退隐江湖，成为传说了，不会来这边陲之地的。”

王受望着满坑满谷的尸体，心有余悸道：“但愿如此。”

紫禁城的宫殿倒映着浮动的乌云。

乾清宫里，朱厚熜脸色铁青地望着站在殿中的杨廷和、梁储、费宏和方献夫，怫然道：“姚镆丢盔弃甲，成了败军之将。朕还能倚仗谁？”

杨廷和惴惴不安，闻言道：“杨一清身经百战，可起而用之。”

朱厚熜讥道：“杨一清七十多岁了，还拿得动刀吗？”

杨廷和自知理亏，不再言语。

方献夫道：“启奏陛下。臣以为，平叛人选必须符合三个条件。一来要有征战沙场的经验，能随机应变；二来资历要够，最好做过地方督抚；三嘛，得是忧国忧民的忠臣。这么算下来，此人应该是——”

朱厚熜赶忙道：“是谁？”

方献夫朗声道：“回皇上。生在臣前者见一人，曰杨一清；生在臣后者见一人，曰王守仁。”

杨廷和急道：“皇上——”

朱厚熜置之不理，道：“好，朕就起复王阳明，以济时艰。”

方献夫大喜道：“皇上圣明。”

杨廷和大为不满。

余姚，王阳明坐在花厅的主位上，咳嗽不已，远处的诸芸玉蛾眉紧蹙。

王阳明歇了口气，看着跪在地上的钱德洪。

王艮、聂豹、薛侃、徐阶、陆澄、邹守益、欧阳德、穆孔晖、郑一初、陈九川、季本、朱节、蔡宗兖和王纯甫围了一圈。

王阳明道：“钱德洪，这些年你吃了不少苦，现在总算守得云开见月明。我三十八岁那年，在龙场离死只差一口气。挺过来后，渐渐悟出‘致良知’三个字。如果说我还有一点学问，那都是百死千难中得来的。希望你振作精神，信此良知，切实去做。”

钱德洪道：“是，先生！”

王欢入内禀告：“老爷，宫里来人传旨了。”

王阳明起身，人群散开一条道，只见魏彬在两个锦衣卫的护卫下走了进来。王阳明闪开，魏彬在他的位置上站定，展读圣旨道：“宣旨——”

众人下跪。

魏彬道：“兹尔王守仁，疾患缠身，休养在籍，朕原不忍令尔再扛重任。然广西乱局，日甚一日，非有忠心体国、才干素优之能臣，不足以平之。故特命尔为都察院左都御史，总督两广、江西、湖广四省军务，前往平乱，剿抚随宜，钦此！”

“吾皇万岁万岁万万岁。”王阳明起身接旨，却一阵眩晕，站立不稳，被聂豹、薛侃扶住。

诸芸玉忧心忡忡。

魏彬不好意思道：“王大人，皇上让我问你一句，何时启程？”

王阳明道：“安排一下家事，不会耽搁太久。”

魏彬赞道：“好，不愧是大明的中流砥柱。咱家和皇上静候捷音。”

月明星稀。

王阳明在后院看着竹王出神，诸芸玉从他背后走近，道：“你这病就是当年在龙场被毒瘴熏的。广西山高水恶，潮湿炎热，逞什么强——”说着，哽咽起来。

王阳明并不转身，只道：“你看这些竹子。”

诸芸玉道：“天天看，还没看够吗？”

王阳明回身，道：“祖父走的那年，我坐在这里格竹，后来你们都拿这件事取笑我，我自己也觉得好笑。不过时至今日，我总算看出了一些门道。”

“你看出什么了？”

“竹王之所以是竹王，皆因它一直向上，不偏不倚，每一根竹节都坚定地向阳生长；而周围那些竹子，大多长着长着就蔓延开来，像无头苍蝇一样四处乱窜，成为‘恶竹’，自然不如竹王俊秀挺拔了。”

诸芸玉若有所思。

王阳明道：“广西的事我问了守益，思量已久。如不出山，西南恐将大乱。”

诸芸玉皱眉道：“有那么严重？”

王阳明点头道：“桂省一直实行土司制。岑猛一家世代为田州土司，听从朝廷调遣。后来，朝中有人主张改土归流，在一些州府设立由吏部委派、有任期的知府，土司则改任同知。时间一长，矛盾便浮出水面。”

诸芸玉细思。

王阳明续道：“以往，土司只要每年向朝廷纳贡，再提供一些狼兵，就算完成了任务。改土归流后，则事事听命于流官知府，权力大减，许多土司心怀怨怼。再加上不少流官知府是怀着怨气到广西做官的，贪赃枉法，欺压土著，终于酿成了田州之乱。本来，姚镆假岑璋之手除掉岑猛，事情便算有了了结。可他诛杀太广，不肯放过岑猛的部将。于是，卢苏、王受两个头领被官军赶进了深山老林，欲降而不可得，只好垂死挣扎。”

诸芸玉道：“姚镆为何不肯纳降？”

王阳明凝神不语。

诸芸玉默默点头，道：“我懂了。面子、战功。”

王阳明补充道：“还有全盘改土归流的野望。若能做成这件事，必定名垂青史。”

诸芸玉幽幽道：“原来如此。没有哪个男人能抵御这样的诱惑。所以你不去，自有人去。谁去了，都是一场屠杀。可壮人凶悍，万一他们改了主意，不愿受抚呢？”

王阳明摇头道：“只要能替部族老少找条活路，我料卢苏、王受并不想打仗。”

“别人都在找活路，你却……”诸芸玉背过身去，偷偷抹泪。

王阳明一愣。

诸芸玉转身，眼眶红润道：“我陪你去吧。”

“哪有拖家带口去打仗的？正聪还小，离不开你，安安心心等我回来。”

“你这病，叫我如何安心？”

“让李大夫把药抓好，我带着。总成了吧？”王阳明笑着去刮她鼻子。

诸芸玉幽怨道：“反正命是你自己的，你要是没了，以后家里用餐，我就在桌上给你摆副筷子盛碗饭，跟儿子说，这空位上原本坐的是你父亲，他什么都好，就是不拿自己的命当回事。”

王阳明哑然失笑……

翌日，众弟子和族人在姚江码头送行。王阳明身穿二品锦鸡绯袍，同邹守益、欧阳德站在官船边。邹守益接过李言闻递来的药包，发现诸芸玉正盯着自己，一笑道：“监督先生吃药的事，以后包在我身上！”

诸芸玉正色道：“你要真为他好，就不要由着他。”

人群散开，只见陆澄戴着手铐走了过来，众人惊讶。

陆澄跪下道：“先生，陆澄罪孽深重，请赐我一个为国效力的机会，弥补前过。”言罢磕头。

王阳明扶起他，道：“上船吧。”

陆澄大喜，王阳明环视众弟子，道：“都回去吧。我千言万语，无非教人相信良知。知此者，方谓之知道。虽千魔万怪，变换于前，自当触之而碎，迎之而解，如太阳一出，魑魅魍魉无所遁形。良知二字，实乃千古圣贤相传的一滴骨血。”

王阳明上船。

船起锚离岸，王阳明伫立船头，挥别众人。

突然，钱德洪从人群中钻出，跟着船一路小跑，大声道：“先生，良知到底怎么致，有没有个宗旨啊？”

王阳明默默地看着水面，缓缓道：“无善无恶心之体，有善有恶意之动。知善知恶是良知，为善去恶是格物。”

钱德洪站定，咂摸道：“无善无恶心之体，有善有恶意之动。知善知恶是良知，为善去恶是格物？”

众人纷纷默念，不解其意。

徐阶小声道：“师父，先生这话什么意思啊？”

聂豹不能答。

王艮道：“这‘四句教’师父对我讲过，说利根之人和钝根之人会从里面看到不同的意思，甚至各执一词。记得那晚我们是在天泉桥散步——”

薛侃急道：“哎呀你就别卖关子了，到底什么意思？”

王艮笑道：“我给大家讲个故事吧，是真事。”

众人齐齐望向王艮。

“有一天，一个老农找到师父，称家里亟须用钱，但没有现银了，因此想变卖自己的一块田给他。师父拒绝了，说‘君子应该成人之美，不可趁火打劫。你是农夫，种田是你的生计，我若买了田，你倒是能解眼前之忧，可将来怎么办？于是，师父借了笔钱给他，也没立字据。过了几天，我和师父去爬四明山，在一处风景秀丽之地，他望着山坳间的田地，赞叹说‘面山背水，远看如菩萨莲花宝座，真是块风水宝地’。我试探着问他是不是喜欢那块地，师父说怎能不喜欢？良知知善知恶，好好色，恶恶臭，告诉他眼前的景色是‘善’的。随即又遗憾道，可惜不是我的。我说，它本来可以是，只是你舍弃了。师父不解，我说这就是那天来找你的老农的田，想卖给你，被你拒绝了。师父叹了口气，懊悔不已，但立刻扼腕顿足道，我怎么会有这种想法？他找了个地方坐下来，紧闭双眼，静如枯木，许久才睁眼道，刚才的想法就是私欲啊，可喜的是，被我克掉了。”

薛侃笑道：“你就瞎编吧，这跟‘四句教’有什么关系？”

王艮不紧不慢道：“当然有关系。师父和我在山水间游玩时，心里坦坦荡荡，无牵无挂，这便是‘无善无恶心之体’；当他得知与那片田地失之交臂并懊悔不已时，就说明‘起意动念’了。这意念究竟是对是错？师父扼腕顿足，说明是错的。错就错在他不该有懊悔的想法，因为懊悔证明他想据为己有，是私欲。那他又是怎么知道的呢？是良知告诉他的，因此‘知善知恶是良知’。他一知错，马上静坐，正心诚意，克掉错误的意念，最后如释重负，这便是‘为善去恶是格物’了。”

第五十八章　再征思田

官船上，王阳明正在研究地图，邹守益走入船舱，道："先生，快到南浦码头了，要不要下船到南昌转转？"

王阳明想了想，道："不要靠岸，等过了丰城再说吧。"

"是。"邹守益转身欲出，欧阳德走了进来，道："不停怕是不行啦！"

王阳明出舱，只见江岸一望无际站满了百姓，个个踮着脚尖争睹官船。突然，锣鼓齐鸣，一条小船从岸边撑了过来，停在官船前。

一个三品官立在船头，却是邢珣。他抱拳道："南昌知府邢珣，恭迎王都堂。"

王阳明不满道："邢珣，你怎么知道本督今日到？"

邢珣一愣。

王阳明道："知道也就罢了，为什么惊扰百姓，让这么多人在岸边站着？"

邢珣赶忙道："都堂，邢珣跟您这么久，岂敢故意搞这些排场惹您发怒？百姓都是自发前来的，早几日便打听清楚了，在这候着。您看，连这艘船都不是官府的。"

王阳明细细一看，果见他乘坐的是条渔船。

邢珣续道："大伙知道您公事在身，不敢搅扰，只想请您上岸转一转，看看已恢复元气的南昌城。"

王阳明沉思片刻，点了点头。

下船后，一顶"轿子"被抬了过来，却是两根毛竹竿架着的一把圈椅，披红挂彩。两个老人走来，不由分说地把王阳明扶上轿。他被这一出搞蒙了，回头去瞧邢珣，只见他正冲着自己坏笑。

几个青年来抬轿，却没有上肩，只是平托着向章江门前的人群里走了十几步，立刻有人出来接了轿子，转身又传到下一个人手里。

王阳明被接力传进了城门，惊讶地发现南昌城已拥街蔽巷，目之所及全是人头。

见到王阳明，百姓激动地欢呼："王都堂！"人群中不断伸出手来，接过轿杆，一步步地向前传递。

棕帽巷、凤凰坡、翘步街……放眼望去，只见毁于战火的房屋都一一重建起来，满城皆是新气象。

两个士子远观，感慨万千。

“孔孟之后，从未有过如此气象啊！”

“莫非这就是传说中的圣人？”

士子甲定睛一瞧，但见王阳明如潭般深邃、如电般犀利的丹凤眼中透露着睿智和仁慈。瘦削的脸上，排列着整齐却不稠密的胡须。由于脸色苍白，看上去黑森森的，已至下丹田……

南昌府衙，王阳明坐在案后，邢珣侍立在左，邹守益、欧阳德在右。

堂中跪满了百姓。

王阳明和颜悦色道：“都起来吧，今日只叙家常，跪着说话不方便。”

众人面面相觑，陆续起身。

前排一怀抱酒坛的老翁激动道：“大人，老朽姓涂，是桃花埠涂家村的族长。宁贼作乱那年，我们村发大水，屋子都被淹了，几百口人无以为生。是您派人将粮食送到涂家村，帮我们搭起了窝棚，渡过了难关。听说大人路过南昌，老朽代表全村父老前来拜见。感怀之情，无以言表，一切尽在这杯桃花酒中。”言讫，倒了两碗酒，将其中一碗端给王阳明。

王阳明起身道：“谢谢了，老哥。”一饮而尽。

谁知坐下后猛咳起来，邹守益和欧阳德担心地看着王阳明。

邢珣小声道：“都堂，要不到此为止，去后面歇息歇息？”

王阳明摆摆手，道：“不碍事。邢珣啊，为官一任，我只不过做好了分内之事，为百姓尽了一点绵薄之力，就被他们记了这么多年。可见天下至公至正者，莫过于民心。”

邢珣道：“都堂所言极是。邢珣虽不才，但也筹了笔钱，准备重建滕王阁。届时，还想请您题块匾。”

“好！到时候我一定再来南昌——对了，伍文定现在何处？”

“他迁往广东任布政使去了。”

一个中年男子上前，道：“大人，那年我被宁贼骗进叛军，幸好拾到了您发的免死牌，全身而退。我是家里的独子，要不是您，香火可就断了！”

众人哄笑。

“现在可好，我们一家都在城里做买卖，日子越过越滋润。”中年男子对儿子道：“快给王大人磕头！”

男童欲跪。

王阳明制止道：“不要跪。”

男童犹豫，看着父亲。

王阳明道：“拿到免死牌的人很多，但不是个个都像你爹那样做出了正确的选择。所以，这个头你应该给他磕。”

“该给良知磕！”

众人循声望去，却是之前感慨“孔孟之后无此气象”的士子甲。只见他道：“阳明先生，江西的读书人不敢说全部，但十个里有八个都受过您影响。您给大伙再讲讲吧！”

众士子附和。

王阳明环视众人，徐徐道：“我这一生，说的话已太多太多。讲来讲去，也无非是按照良知实实在在地为人，心无旁骛地工作，这是何等简易之事！但当你把眼前的事真真切切地做明白了，就会感到心安自足，再没有任何纠结和烦恼。”

田州土司衙门，卢苏望着向他汇报的狼兵，一脸难以置信的表情。

王受走入，看见二人，愣了愣，道：“怎么了？”

卢苏一屁股坐到椅子上，喃喃道：“大明军神来了。”

王受惊惧……

一个月后，田州城郊的一处工地，邹守益和欧阳德带头干活。

欧阳德一脸怨容，道：“来广西一个月，天天就在这修工事，修完便撤，等贼人来拆，拆完再来修。有意思吗？”

邹守益道：“先生这么安排，肯定有他的道理。”

欧阳德不以为然。

入夜后，一个壮族将领入步入土司衙门，只见卢苏、王受坐在大堂正中。

将领汇报道：“土舍，我军已准备就绪。”

卢苏点点头，道：“去吧！”

“是！”

王受道：“他们扎营，我们劫营；他们筑城，我们拆城——呵呵，这样的仗我还是头一回打。”

卢苏自言自语：“也许，他根本就没想和我们打。”

王受不解。

翌日，位于南宁的总督衙门书房里传出深沉的咳嗽声。

陆澄走入，见王阳明脸色苍白，不禁皱眉。

王阳明道：“什么事？”

陆澄道：“广东布政使伍文定求见。”

王阳明携陆澄走进客厅，正在喝茶的伍文定赶忙起身，道：“都堂。”

王阳明示意他坐下，道：“怎么，广东条件太好，伍大人不习惯，要来我这讨点苦头吃？”

伍文定笑道："我是怕您身边少一个直言敢谏之人。"

"哦，你想谏什么？"

"全军出击，荡平贼寇。"

"你我都是饱经战火的人，从赣匪到宁贼，一场场打下来，哀鸿遍野，十室九空，苦的还是老百姓。我不想江西的惨况再在广西上演。陆澄！"

陆澄道："都堂。"

王阳明道："带伍大人下去歇息。"

"是。"

伍文定摇摇头，随陆澄离去。

庭院回廊，陆澄给伍文定带路。

伍文定眼珠一转，道："都堂是不是早有用兵方略，跟我保密？"

陆澄微微一笑，道："卢、王二人击溃姚镆，士气正盛，火并起来必定死伤惨重。因此，都堂用骚扰战术先拖延一阵，挫挫他们的锐气。"

伍文定点头。

陆澄续道："然后招抚。"

伍文定愕然。

"实不相瞒，都堂已命我前往田州，试探卢苏、王受的口风。"

"要是那些蛮夷死性不改，你岂不是羊入虎口？"

陆澄摇头道："他二人并非真心反叛，只是当初姚总督诛杀过猛，不留活路，这才以战求和。"

伍文定忧虑道："但愿吧。"

田州。

卢苏缓缓放下招降信，狐疑地看着陆澄。

陆澄泰然自若，王受察言观色。

卢苏道："先带这位客人吃点东西。"

一个壮兵道："是。"

"多谢土舍。"陆澄转身出门。

王受提醒道："广东当年有个池仲容，就是被王阳明以招安的名义诱杀的。"

卢苏踱步沉思道："我听说王阳明只杀十恶不赦和屡教不改之徒。"

"死生事大，仅凭听说，恐怕……"

"咱们举兵，说到底还不是因为姚屠不肯纳降，非要对壮人赶尽杀绝？而且，王阳明在信里说，他要上疏朝廷，终止广西的改土归流，坚持由壮人守壮土。"

王受觉得不可思议……

南宁总督衙门。

陆澄回禀：“卢苏、王受同意归顺，只是——”

王阳明道：“只是什么？”

“他们提了两个条件。”

伍文定不悦。

王阳明道：“说。”

陆澄犹豫片刻，道：“一是要您解散除卫所外广西境内的所有军队；二是受抚时，南宁的防务要换他们的人维持，不能有一个官兵在场。”

伍文定气炸了，道：“那还降个鸟？随时可能反水！”

欧阳德亦道：“没错，不能去南宁，太危险了！”

邹守益沉思道：“前敌之事未明，若遣散军队，一旦有事，仓促之间难以召集啊！”

王阳明起身，道：“陆澄，传我之令，一一照办，不得有误，更不得阳奉阴违！”

伍文定急道：“都堂！”

欧阳德、邹守益齐声道：“先生！”

陆澄转身欲离。

王阳明又道：“还有。”

陆澄回身。

“以我的名义，给卢苏、王受做两块免死牌。”

“是！”

伍文定跺脚道：“嗐！”

欧阳德小声嘀咕：“先生也太迁就他们了！废除改土归流，朝廷怪罪下来怎么办？”

王阳明道：“怪罪下来再说怪罪下来的事。因时制宜、因地制宜，目前而言，广西暂不需要改土归流。”

伍文定道：“都堂为何如此看重卢苏、王受？”

王阳明打趣道：“你要是能像他们一样每年帮朝廷省下一大笔军费，我也看重你。”

“我……”

“思、田二州靠近安南，乃大明与外邦的屏障，土司一直在替朝廷护卫边疆，可现在掉转枪头，此消彼长——光军费这一项，还看不出利弊得失吗？”

伍文定无言以对。

南宁城外，卢苏、王受揽辔而来，身后跟着浩浩荡荡的部队。

卢苏抬眼望去，只见城楼上的哨兵都换成了壮人，其中一个军官还向他施礼。

进城后，只见总督衙门大门洞开，一个老仆正在洒水。卢苏、王受对视了一眼，下马。

两人带着卫兵走入衙门正堂，但见主位空着，四个威严的衙役笔挺地站在两侧，不由得面面相觑。

须臾，人声传来，身着正二品官服的王阳明和身穿从二品官服的伍文定商量着入，后面跟着陆澄。

王阳明对陆澄道："让守益、欧阳继续打探。"

"是。"

瞥见卢苏、王受，王阳明微微一愣，道："来了？"

卢苏、王受也是一愣。卢苏率先反应过来，单膝跪下，王受照猫画虎。

二人抱拳道："罪民卢苏（王受），参拜总督大人。"

王阳明落座，道："自称罪民，可知所犯何罪？"

两人对视，不知王阳明意欲何为。

王阳明道："事已至此，还不知罪吗？"

卢苏道："大人——"

王阳明打断道："岑猛那是谋反，你二人还够不上。"

卢苏又是一愣。

王阳明续道："不过，拥兵自重，惊扰一方。致使朝廷徒耗粮饷，广西军民频遭战乱。死罪可免，活罪难饶。来人！将卢苏、王受各打一百军棍，以彰王法！"

此言一出，壮人大惊。王受怒不可遏，众卫兵摩拳擦掌。局面一触即发，伍文定暗中摸了摸佩剑。

王阳明不动声色地看着卢苏，四个衙役从身后的架子上取了军棍。卢苏注意到军棍是空心的，赶忙摁住意欲发作的王受。

王受惊怒交加，不解地看着卢苏。卢苏给他使眼色，王受这才发现了军棍的秘密。

卢苏利落道："我二人愿意受罚！"

王阳明道："好！"

众人转移到院中，卢苏、王受赤裸上身挨打。听着噼里啪啦直响，实际上衙役早已奉命，打的都是"出头棍"（让出杖头在外面，只用杖身击打身体，大大减轻了打击力度）。

王阳明踱步道："不服可以说出来，本督不是不讲理的人。"

卢苏道："都堂赏罚分明，卢苏心服口服。"

王受道："我王受愿世世代代忠于朝廷，为皇上镇守边疆。"

王阳明示意衙役停手，扶起二人，道："两位深明大义，本督——"

忽然一阵目眩，晕倒过去。

众人惊呼，卢苏、王受赶紧搀扶……

伍文定和陆澄守在床边，陆澄自责道："我真大意！邹守益和欧阳德不在，没人提醒都堂吃药了。"

伍文定严肃道：“情况好像不妙啊！大夫怎么还不来？”

王阳明苏醒，看了看二人。

敲门声响起。陆澄赶忙开门，却是卢苏。

伍文定道：“什么事？”

卢苏瞥了眼王阳明，道：“几个南宁的乡绅求见，说有要事相告。”

伍文定不满道：“跟他们说过两天再来吧。”

王阳明强撑病体坐起来，虚弱不堪道：“不。让他们稍候，我这就过去。”

伍文定、陆澄齐声道：“都堂——”

王阳明摆手道：“不碍事。”

王阳明一脸疲态，官服却非常整洁。在陆澄的陪同下，他步入客厅。四个乡绅赶忙起身，道：“王大人。”

王阳明注意到桌上的贺礼，示意四人坐下。等王阳明入座后，四人方才落座。

乡绅甲道:“大人之德,苍生感恩。自古边陲之乱,未有如思田这般妥善解决的。”

乡绅乙道：“史载‘舜以文德化有苗，有苗七旬来归降’。可大人到广西不足两个月，不费斗米，不伤一卒，兵不血刃就平息了叛乱。若非老夫亲身经历，光听别人讲，恐怕还以为是说书的瞎编呢！”

众乡绅附和，陆澄注意到王阳明神色痛苦，显然身体不支。

王阳明皱眉道：“诸位有什么事，不妨直说。”

乡绅们互相看了看，把目光落在年纪最大的乡绅甲头上。

乡绅甲想了想，道：“大人有所不知，对桂省而言，思田之乱不过是疥藓之疾。真正让百姓苦不堪言的乃是断藤峡和八寨的叛军。他们烧杀抢掠，为祸一方达数十年之久。以前岑猛带人剿过几次，都因为山高林密，谷深百里，回回无功而返，不得不作罢。”

王阳明道：“你说的断藤峡可是位于浔江两岸，原名大藤峡的那座？”

乡绅甲连连点头，道：“没错，都堂知道？”

王阳明疲惫道：“五十年前，大藤峡的山瑶叛乱，朝廷派韩雍率军平定。韩雍发现一根粗藤连接了峡谷两侧，供身手矫捷之人攀附往来。他认为这是不祥之物，命人砍断，大藤峡也从此更名为断藤峡。谁料安定了还不到二十年，断藤峡便复叛，迁延至今。”

众乡绅没想到王阳明对断藤峡的历史如数家珍，无不面露喜色。

王阳明道：“我已派人前往打探，但山势险峻，地形复杂，正需你等出面，为本督募集向导，搜集情报。”

担心王阳明身体的陆澄愁眉不展。

当晚，王阳明换了常服，坐在后院的躺椅上，同陆澄和伍文定夜谈。

陆澄劝道：“您都这样了，还是早点回余姚静养吧。”

王阳明对伍文定道：“陆澄没上过战场，你肯定站在我这边。”

伍文定道：“于私，我当然想捞些军功，不愿空手而归。可你的身体确实不允许，再说，朝廷也没让您管断藤峡和八寨的事，擅作主张，不怕物议沸腾吗？”

“我要是怕人议论，就不会反对改土归流了。事已至此，只要利国惠民，但凭良知去做便是了。”王阳明说完，一阵猛咳。

陆澄忧虑道：“可您的身子——”

王阳明道：“不要紧。顺利的话，一个月足够了。”

伍文定皱眉道：“庙堂上要是多几个都堂这样的人——唉！您下令吧，先打断藤峡还是八寨？”

“八寨是叛军的老巢，断藤峡乃其羽翼。一个是心腹之患，一个是外疾。”

“所以——先除外疾？”

“兵分两路，同时出击。”

伍文定一惊，道：“当年韩雍率十万兵马，强攻了两个月才打下断藤峡，眼下咱们——”

王阳明打断道：“时不我待，事在人为。”

伍文定与陆澄对视。

京城席府，席书、方献夫在座。

席书笑道：“这个王龙溪。捷报刚传回朝廷，奏疏就递上去了。”

方献夫道：“呵呵。先生不让咱们推举他，可这么大的功劳，总得有人出头，荐他入阁吧？”

席书凝神道：“谁荐都一样，你还不了解吗？先生早已不再恋战。”

紫禁城的层层殿宇被夜色笼罩。

朱厚熜望着站在殿中的杨廷和、费宏和方献夫，道：“前日梁储告老还乡，内阁缺了一人。王畿推荐他的老师，朕也觉得王阳明才堪大任。况且，他立下汗马功劳，召其来京入阁，正当其时。”

杨廷和道：“皇上，王阳明入桂是要剿思田之乱的。可他不对叛军用兵，一意招抚，现在又去打断藤峡和八寨，这里面恐怕另有隐情。”

方献夫不平道：“王阳明素来忠直，屡建奇功。可惜从江西平叛开始，就迭遭小人构陷。先是说他与宁王同谋，后又说他霸占了王府的财物，事实证明都是捕风捉影的无耻谰言。此次出征，王阳明再立战功，若不能秉公对待，臣恐日后办事之人心灰意懒，不肯为陛下用命。”

杨廷和道：“物必自腐，而后虫生。那么多功臣，为何唯独王阳明流言缠身？还不是他散布异端邪说，败坏朝纲，惹了众怒。”

“怎么扯到邪说上去了？阁老，姚镆无能——”朱厚熜指了指桌上如山高的奏疏，道：“这些奏疏可都是参你用人不当的啊！”

杨廷和沉默良久，道：“臣有过，臣自请辞职。”

断藤峡，士兵抬着一顶由两根粗竹竿和一把椅子扎成的“太平轿”，上面坐着愈发憔悴的王阳明。时值夏初，潮热异常，加之饮食不调，王阳明受了炎毒，肩膀、大腿和脚踝肿得像桃子一样，痒入骨髓，疼痛难当。

旧疾新病一齐发作，折磨得他大汗淋淋，气喘吁吁。

陆澄走近，道：“都堂，伍大人已按您吩咐，将所部编为四团，每日定时操练，定时归营，严格执行；卢苏、王受也已向八寨进军。”

王阳明点头，欧阳德走来，递上一封信，道：“先生，北京来的。”

王阳明拆信阅读，皱眉思索。

陆澄道：“出什么事了？”

王阳明道：“杨廷和上辞呈，百官交章挽留，皇上骑虎难下。”

邹守益端着一碗热气腾腾的药小跑过来，道：“先生，趁热喝。”

王阳明接过碗，凑近一闻，愁眉紧锁道：“什么味道，这么怪？”

邹守益道：“我问了本地的苗医，你这是炎毒，瘴气入体。所以，多加了两味药。”

王阳明捏着鼻子喝了下去，一脸痛苦道：“要是无效，唯你是问！

众人相视而笑。

京城，朱厚熜夜访杨府。

花厅里，气氛严肃，朱厚熜叹了口气，道：“阁老锄阉党、诛权奸，拨乱反正，居功厥伟。朕能御极，亦端赖阁老之力。你我君臣之间，本可传为佳话，非要闹到不欢而散吗？”

杨廷和道：“皇上，老臣年已古稀，是真心请辞，绝无他念。”

“朕今日来也是真心挽留。你不愿王阳明入阁，依你便是。”

杨廷和沉默良久，忽然跪下。

朱厚熜意外道：“你这是——”

杨廷和道：“皇上天纵之资，老臣愚钝，留下来只会日生嫌隙。而那些别有用心的小人，就等着利用皇上和内阁之间的抵牾兴风作浪。老臣宁可放弃权位，也不愿见他们祸乱朝政。”

朱厚熜忍无可忍，倏然起身，道：“朕就明说了吧！不是朕不让你走，而是那帮吃饱了撑着的御史言官！他们的奏疏，是谁授意写的，你应该比朕更清楚！”

杨廷和叩首道：“臣不敢。”

“朕想明白了。就算你走了，朝堂上也都是你的门生故吏。朕想甩开膀子干事，就只有打倒你、清算你，可那又是一场血雨腥风，朕也要蒙受忘恩负义的千古骂名。

不如这样，我们做笔交易。”

杨廷和一惊抬头。

朱厚熜凑近，低声道：“朕下旨，罢了王阳明的官。你干干净净地走，保证不再插手朝廷的事。”

杨廷和不紧不慢地起身，道：“皇上不必罢他的官。”

朱厚熜一愣。

杨廷和续道：“王阳明既然好战善战，就让他镇守边关好了。安南国最近内乱，国王被权臣莫登庸杀害，朝野动荡。可让王阳明兵出镇南关，效法东汉的伏波将军马援，替我大明开疆拓土。”

朱厚熜闻言大笑，道：“看来阁老也听说了王阳明病入膏肓之事，想把他累死在蛮荒之地。”

杨廷和摇头道：“我与此人相识多年，从无私怨。只是他一旦去官还乡，势必又在江浙一带大谈伪学，扰乱人心，动摇皇上的执政之基。”

“好吧，朕答应你。”朱厚熜走到门口，忽然站定，道：“你当真认为王阳明的心学是伪学？”

杨廷和毫不犹豫道：“是伪学。”

朱厚熜冷笑道：“既是伪学，怕它作甚？”

杨廷和愕然，朱厚熜离去。

杨慎走入，道：“爹？”

杨廷和严厉道：“我走之后，你要夹着尾巴做人，不要再同皇上作对。”

“孩儿不解，您为什么走啊？”

杨廷和呵斥道：“听见了嘛！”

杨慎嘟囔道：“听见了。”

八寨，两个放哨的山瑶百无聊赖。

山瑶甲道：“成天守在这石门岭，官军的影子都没见着！也不知什么时候才能回寨子里喝酒！”

山瑶乙道：“不回去也行，让咱出去抢几票啊，总比坐吃山空强！”

山瑶甲道：“还不是寨主太紧张了！那个王阳明是来平田州之乱的，跟咱没关系。”

正说话间，只见几个瑶族打扮的行商带着两辆推车走来，为首之人却是那日去见王阳明的乡绅乙。

山瑶甲道：“喂！站住！干什么的？”

乡绅乙从车上拿了两块砖茶，满脸堆笑地上前递给二人，道：“到山里做点生意，卖砖茶和花布。”

山瑶甲警惕地看了看这一行人，山瑶乙却颇感兴趣，道：“老头儿，你卖这些东西是不是只收银子？”

乡绅乙道：“如果有成色好的药材，也可以换——”

山瑶乙道：“哈哈，我们寨子里的女人最擅长采药。走，我带你去！”

山瑶甲道：“这……”

山瑶乙道：“没事，最多一个时辰便回来。”

山瑶甲道：“那你快点啊！”

“好了好了，还说寨主紧张，我看你更紧张。照你这样，断藤峡的弟兄都不要活了。”山瑶乙带着乡绅乙离去。

断藤峡，夕阳西下。

箭楼上，两个叛军打探远处的官军营地。只见四支部队操练完毕，整肃地朝位于四个方向的军营散去。

叛军甲伸了个懒腰，道：“走，喝酒去。”

叛军乙道：“你去吧，我再看会。”

“哎呀别看了，连着一个月都这样，准时操练，准时归营。你刚来，过两天就习惯了。”

“可是——”

“前几天有个下操后擅自离营去河里洗澡的，让军官逮住直接给砍了。放心吧，他们只要归营，就不会再出来了。”

叛军乙望着卸甲开饭的官军，疑惑不解道：“那他们在这空耗军饷，图个什么？”

叛军甲道：“嘿嘿，这你就不知道了吧？那个王阳明病得只剩半条命了，一个月前就宣称‘五日后对断藤峡用兵’，结果日子到了，什么动静也没有。一打听，原来他准备回去休养。”

叛军乙指着官军，道：“那他们……”

叛军甲轻蔑道：“吓唬咱的。等王阳明一走，立马便撤。这些个当官的，只求自己任内不出事。”

夜幕降临。

石门岭，山瑶乙带着乡绅乙等人归来，推车上堆满了药材。

乡绅乙向山瑶乙抱拳道：“此行斩获颇丰，多谢小哥了！”

山瑶乙道：“好说。”

乡绅乙离去，山瑶乙扔给山瑶甲一枚金叶子，二人会心一笑。

断藤峡，叛军甲、叛军乙和一众叛军正喝得兴起，寨子外面，口衔树枝的官兵已悄悄摸到寨墙下。伍文定打了个手势，众人呼喊着涌入。

众叛军大惊，抓起梭镖迎战。叛军乙看了叛军甲一眼，只见他恼羞成怒。

石门岭，山瑶甲和山瑶乙正在烧水、掰砖茶，忽见断藤峡的方向火光冲天，不禁对视了一眼。正在这时，喊杀震天。二人受惊，砖茶落地，摔了个七零八落。

壮兵冲杀进来，同瑶兵打成一团。远处，乡绅乙已换回汉人打扮，站在卢苏、王受身旁，替他们讲解自己刚刚绘制的地图。

断藤峡的叛军节节败退，官兵势如破竹。这时，一排弩箭从茅草丛中射出，撂倒了一片官兵。中箭者倒地，挣扎惨叫，伤口立时化脓，发出"哧哧哧"的声音。众人惊恐万状，"有毒"之声不绝于耳。

伍文定大怒，抓起一个叛军的尸体，挡在身前。众官兵依样画瓢，以叛军尸体作盾，步步紧逼，杀退弩手。

旭日初升，叛军被逼退到浔江之畔。他们扔了武器，跪成一圈。伍文定带兵上前纳降，谁知官兵收缴武器时，叛军忽然纷纷从怀中摸出短刀，砍死了几人。伍文定变色，双方又打将起来，以命相搏。

官兵杀红了眼，穷途末路的叛军或抓住一段木头，或赤手空拳，相继跳入江中，动作慢的尽皆死于官兵刀下。

远处的八寨，烽火连天……

大军班师，押着几个八寨首领朝田州城门走去。坐在太平轿上的王阳明突然发现护城河边围着一堆壮族百姓，正冲一块状如乌龟的巨石指指点点。

王阳明示意队伍停下，召卢苏、王受过来。

卢苏道："都堂。"

王阳明道："怎么回事？"

二人对视了一眼，欲言又止。

王阳明道："陆澄。"

"都堂。"

"带个百姓过来。"

"是。"

卢苏急道："且慢。"

陆澄停下，不解地看着面有难色的卢苏。

卢苏皱眉道："唉！是这么回事。田州人认为那块龟石是神石，如果它静卧河边，说明田州太平无事；如果它远离河岸，则说明刀兵将起。老百姓对此深信不疑，以其为治乱的先兆。"

欧阳德笑道："哈哈，有意思。现在断藤峡和八寨都剿平了，二位土舍也归顺多日，神石应该……"

见众人默然垂首，欧阳德意识到自己说了不该说的话。他眺望了一眼，发现龟石远离河岸，这意味着田州还不安宁。

卢苏紧张地看着王阳明，道："都堂，我二人是真心归降。神石之说，荒诞不经，做不得准的。"

王阳明微微一笑，看了看左右，道："本督像是相信怪力乱神的人吗？"

众人释怀。

伍文定道："既如此，砸了它！免得有人借机生事。"

王阳明道："哎，入乡随俗。"

邹守益、欧阳德奇道："入乡随俗？"

王阳明下令道："今夜派人把石头搬回河边，明日咱们做一场法事。"

众人大惑不解……

一夜过去。

第二天，壮人们围着回到河边的龟石，啧啧称奇。

"你看，回去了！"

卢苏、王受带着卫兵开路，人群散开一条道，王阳明身穿官服，腰挎威宁剑，昂首阔步来到龟石边，绕着它走了三圈。

众人屏息凝视，忽见王阳明俯下身子倾听。片刻，跳开半步，拔剑出鞘，指着龟石大喝道："你敢作乱，不怕我毁了你？！"

须臾，龟石竟然缓缓移动，一直移到了河沿。

众人目瞪口呆，窃窃私语。

王阳明又俯下身子听了听。欧阳德和邹守益拿着笔墨纸砚过来，王阳明提笔在卷轴上挥毫，道："田石平，田州宁。"

邹守益和欧阳德向众人展示卷轴。

王阳明朗声道："诸位，我是两广总督王阳明。神石方才有言，思田将大治，百年无战乱。我已上疏朝廷，减免大家三年赋税。"

人群一愣，欢呼雀跃。

欧阳德小声道："这石头为什么会动啊？"

邹守益笑道："你不是当过工匠吗？没听说过磁石？"

欧阳德恍然大悟。

京城码头，梁储即将上船，湛若水送行。

梁储道："他们都走了，你也回吧。"

湛若水不甘道："皇上摒弃理学，首辅告老还乡，正是弘扬陆学的大好时机。师兄，你不该走啊！"

"你把咱们这位皇上想简单喽。就拿王阳明来说吧，平叛有功，于理当赏，却因擅自对八寨和断藤峡用兵，被降旨问罪，要他攻打安南补过。你出使过安南，几成胜算，你最清楚。”

“这么看，皇上才是最大的赢家？”湛若水情不自禁地朝西南方望去，喃喃道：“王阳明……”

南宁总督衙门，魏彬念完冗长的圣旨，王阳明疲惫已极，艰难叩首，道：“吾皇万岁万岁万万岁。”

在邹守益和欧阳德的搀扶下，王阳明起身接旨。魏彬瞥了他一眼，脸上浮现出不忍的表情，匆匆离去。

伍文定和陆澄凑了上来，无不担忧。

王阳明淡淡道：“回家。”

伍文定高兴道：“对，回家！征安南？异想天开！”

陆澄愤愤道：“到底谁挖的坑？这分明是借刀杀人嘛！”

王阳明望向眼前的一片虚空。

是夜，王阳明披着单衣，边咳边写奏疏，默念道：“桂省汉夷杂处，善后不易。臣有刍尧之见，献芹于陛下。一者命南丹卫所徙至八寨，震慑不臣；二者将思恩府城迁往辐辏之地，使百姓脱离闭塞；三者令各地知县下乡，宣扬教化，体察民情。伏愿陛下选贤任能，廓清边疆……”

乾清宫，朱厚熜一把扔了奏疏，勃然大怒道：“他以为他是谁？！巡抚死封疆，他不知道吗？”

袁宗皋还是头一回看朱厚熜发这么大的脾气。

朱厚熜道：“去，让锦衣卫到余姚等着，把王阳明给我押来！朕要当面问问他，谁给他的胆子！”

“是。”袁宗皋倒退两步，出门而去。

朱厚熜道：“慢着！”

袁宗皋转身。

朱厚熜道：“听说那个王畿最近写了篇《大学中庸疑》？”

“嗯，质疑了几条朱熹的旧说。”

“班门弄斧的家伙，竟敢非议朱子！”

袁宗皋一愣。

朱厚熜道：“免官。传我旨意，在职官员及各地书院不得妄议孔孟程朱，违者罪同谤君。”

“是。”袁宗皋离去。

朱厚熜往后一躺，双手摊开，无比惬意地倚着龙椅，放松了一下脖子。

第五十九章　我心光明

阴云低垂，远山失色。

饶是盖着厚厚的裘衣，王阳明还是被冻醒，从竹躺椅上支起身子。

邹守益道：“先生？”

王阳明环顾四周，道：“这是哪？”

邹守益四下瞧瞧，不能答。队首的伍文定看见，策马过来，道：“都堂，马上到梅岭了。你还好吗？”

王阳明刚想说些什么，一阵北风将他呛得咳嗽不已。伍文定见状，脱下自己的披风，替他盖上……

空中飘起了雪花，进山越深，风雪越大。铺天盖地的大雪像扯碎的棉絮萧萧落下，弥漫得人睁不开眼，士兵们哈气成霜，不住搓手。

城堞上写着“梅关”二字的城楼近在眼前，伍文定听见王阳明又深沉地咳了起来，再次打马回去。

欧阳德撑伞，邹守益一脸忧虑。伍文定下马，手伸进“被窝”摸了摸，不禁皱眉道：“这么凉？”

他解开上衣，把王阳明的脚抱到自己胸口焐热。

王阳明道：“文定，你还记得诸葛亮六出祁山前托付姜维的故事吧？”

伍文定一愣，道：“都堂多虑了。翻过梅岭就是一马平川，邢珣特意赶到赣州等着给你接风洗尘呢！”

“送到这就行了，你快回去吧。”

“那怎么成？”

“广西新定，政局不稳。你回南宁坐镇，让陆澄协助你。”

“都堂——”

“我没事，打过卦了，还早着呢！你在南宁，要将心比心，无分壮、苗、侗、瑶，一视同仁，竭诚对待，否则还会生变。”

伍文定犹豫片刻，郑重地点了点头，抱拳道：“都堂珍重！”

王阳明道：“去吧。”

伍文定拍马而去。

欧阳德道："先生什么时候打的卦，我怎么不知道？"

王阳明望着梅关城楼出神。

夜幕下的京城，王畿在客店后院的一角烧纸，小坟包上立着王喜的牌位。

王畿悲凉道："爹，儿子来看你了。官场走了一遭，没啥意思。横竖考上了进士，达成了你的遗愿。"

脚步声从身后传来。

王畿回头，只见黄绾抱着坛酒走近，不禁怒火中烧，起身道："你来做什么？"

黄绾把酒坛放到地上，谁知立马被王畿踢翻。王畿抓起一块碎片，抵住黄绾的脖子，道："钱德洪教会我一件事，父仇不共戴天。今日是我爹的忌日，也是你的死期。"

黄绾一脸藐视，轻巧地制服了王畿，抽出绣春刀指着他。

王畿闭眼，道："来啊！动手啊！匹夫！"

黄绾道："你不想知道我为什么来找你？"

王畿睁眼。

次日，方献夫不待马车停稳，就急匆匆地下车步入席府。

院子里，席书正颇有闲情地给花浇水。

"老席，老席！"

方献夫大呼小叫地冲来，急得直跺脚，道："天要塌啦！"

席书慢条斯理道："不就是哭门嘛！不就是皇上撕破了脸，又提尊兴献王为皇考、改称孝宗皇伯考嘛！"

方献夫指着紫禁城的方向，道："杨慎他们放话说，六部堂官尤应力争，现在正挨家挨户抓人，抓到左顺门跟他们一起闹！"

左顺门，一百来号官员跪在左顺门外的广场上，哭声震天，一副国将不国的样子。

一队锦衣卫赶来，把守在门的两侧，气势汹汹。

杨慎打气道："大伙别慌！只要我们坚持下去，皇上必定收回成命！"

舒芬大声道："没错！当年为慈懿太后下葬事，百官在文华门哭谏，终使宪宗屈从。今日我等为祖宗之法请命，有何惧哉！"

席府。

席书平静道："你知道这是什么花吗？"

方献夫没好气道："锦衣卫已经去余姚抓先生了，半个朝廷的人都在那哭门，我哪有心思管它是什么花？"

席书不徐不疾道："这是唐婆镜花，同葵花相反，背日而开，被人比作诤臣。葵花向日，是忠臣的象征，可无耻小人往往伪装成向日葵，使人难辨忠奸，难分真假。久而久之，诤臣作为正义和勇气的化身，在世人心中的地位反倒高于忠臣。于是，有些人不惜性命，罔顾是非，就为了给自己戴上一顶诤臣的帽子，好青史留名。就像杨慎他们那样。”

门“吱呀”一声开了，魏彬带着两个秉笔太监出，百官停止了哭喊，警惕地望着这位司礼监掌印太监。

魏彬高声道：“传皇上口谕，改尊号的上谕已发往通政司，传抄各省，晓谕四方。都散了吧。”

百官大惊，质疑声四起。

杨慎同身旁的舒芬、丰熙对视了一眼，霍然起身，振臂一呼道：“国家养士久矣，仗节死义，就在今日！”

舒芬亦起，道：“对！大伙一起，进宫请愿！”

丰熙亦起，道：“乱命不撤，誓死不退！”

三人快步朝魏彬走去，众官也起身相随。

魏彬惊惧道：“快！快拦住他们！”

锦衣卫拉成人墙，魏彬夺路而逃，左顺门重重地关上。

杨慎一伙人多势众，冲破了人墙，冲到门前，拼命拍门哭喊，“江山易主，国将不国”“大明要亡啦”的声音此起彼伏。

乾清宫，朱厚熜猛然起身，勃然色变道：“反了！”

魏彬站在殿中，神色忧虑。

朱厚熜道：“黄绾呢？”

魏彬道：“称病好几日了。”

朱厚熜指着袁宗皋，道：“你亲自带队，一个不留，全抓了！”

左顺门再次开启，撞倒了几个官员。锦衣卫倾巢而出，二话不说，开始抓人。

百官激烈反抗，官服被撕烂，脸上也血迹斑斑。

现场一片混乱。

席府。

席书拾掇完花草，擦了擦手。

方献夫道：“哭门之事，必是杨廷和在背后操纵。杨慎动员不了那么多人。”

席书道：“杨廷和是全退，不会干预朝政的。”

方献夫不以为然。

席书续道：“你不信吧？呵呵。一开始我见杨廷和真的离京返乡，也难以置信。直到昨晚王畿找到我，说黄绾告诉了他一件事，才发现没那么简单。”

“什么事？”

“袁宗皋曾奉皇上密令，对锦衣卫百户以上的军官单独问话，调查当年郑旺妖言案的真相。”

方献夫瞪大了眼睛……

王阳明一行路过南安城。邹守益示意队伍停下，请示道：“先生，进城歇息两天吧？”

王阳明虚弱地摇了摇头。

邹守益无奈地发号施令道：“走。”

谁知队伍没走几步，就被一群衙役挡住了去路。

欧阳德斥道：“让开！这是两广总督——”

一个四品官下轿，趋前作揖，却是南大吉。

“南安知府南大吉，恭迎王都堂。”

王阳明一愣，旋即道：“我不认识什么南大吉，启程。”

南大吉迷惑不解，王阳明猛咳起来。他疲弱已极，眼皮耷拉下来，似乎睡了过去。

邹守益和欧阳德对视一眼，心照不宣……

南大吉带路，王阳明被抬到府衙后院的一个房间。邹守益和欧阳德小心翼翼地把他搬到床上，下人们也端来热水和火炉。

南大吉轻声道：“都堂醒了你们可得劝劝他，养好了再走，不然太冒险啦！”

邹守益道：“嗯。谢谢大人。”

南大吉转身出门。

不知过了多久，王阳明悠悠转醒，睁开眼睛，只见欧阳德坐在火炉边拨弄柴火，门外传来南大吉的声音：“我已派出两拨人马。一拨去赣州通知邢大人，另一拨到南昌，把江西排的上号的名医都请过来。”

又传来邹守益的声音：“大人费心了。”

王阳明轻声道：“欧阳德……”

欧阳德一惊，欣喜地看着王阳明，道：“先生。感觉好些了吗？”

王阳明道：“你过来，我有话对你说。”

欧阳德走到床边，俯下身子，听他耳语。片刻，欧阳德直起身子，脸已变色，摆手道：“不行不行，绝对不行。”

王阳明笑道：“我不是说我打过卦了嘛，你想不想知道结果？”

欧阳德一愣。

大雪纷扬，银装素裹。

邹守益推门而入，道：“先生。”

只见房中空无一人……

府衙门口，衙役们分成了三队，整装待发。

南大吉下令道：“你们，去城东；你们，往城西。剩下的一队跟我走。”

左右两队散去，南大吉侧身看着面色凝重的邹守益，宽慰他道：“你别着急，南安不大，肯定能找到。”

章江。

船夫用力撑橹，一艘小船在水面静静地行驶。船夫的蓑衣和蓑笠上沾满了雪花，细细一看，那模样竟神似无极道长。

船舱里，王阳明斜倚舱壁，身上盖着厚厚的裘衣。

“南大吉是被贬到南安的。”

欧阳德不解道：“我记得当初他离开绍兴时，好像说到北京另有重用啊？”

王阳明道：“原本有重用，可南大吉到北京之日恰逢朝廷议礼之时。”

欧阳德想了想，恍然大悟道：“原来如此。他多半因为支持王畿，得罪了当权者。”

“我擅离职守，是戴罪之身，不可再牵累于他。”

“先生，那咱直接回余姚？”

王阳明笑了笑，道：“好啊，你负责把我的遗体送回余姚，不得有误。”

欧阳德大惊失色道：“先生你说什么呢？呸呸呸，不吉利！”

王阳明缓缓道：“我大限已到，所以才来章江，打算在这里告别人世。”

欧阳德见他一脸认真，不禁悲戚道：“先生，你不能走！大家还有那么多疑问，等着问你呢……”说着，泪水夺眶而出。

王阳明道：“可惜我生有涯。”

欧阳德抹泪。

王阳明又道：“好在良知无涯。”

江面，另一艘小船缓缓靠近。

舱内，欧阳德小声抽泣。

王阳明道：“天地有大美而无情。你看外面的山川形胜，飞雪如絮，都是庄严温柔，没有丝毫忧伤。人去了，也不过是同万物化为一体，何悲之有？”

船夫入内，道：“客官，外面来了个人，自称杨廷和，要见您。”

欧阳德紧张起身，道：“是他？不见！”

王阳明道：“让他进来吧。”

“好。”船夫转身出舱。

欧阳德道：“先生！”

王阳明道："你先出去。"

欧阳德犹豫片刻，往外走去，不料与杨廷和撞了个照面。欧阳德警惕地看了看他，只见杨廷和一袭布衣，抱着个酒坛。

欧阳德出去后，杨廷和看了眼王阳明，默默坐下，用身前的一个铁皿煮起酒来。

"到了江西怎么能不喝临川贡？想当年王荆公就是饮了此酒才写出'春风又绿江南岸，明月何时照我还'的诗句。"

王阳明道："荆公北上为相，发思乡之情，写就此等佳句。阁老南归故里，与我这将死之人在此煮酒——难道是想为我送行？"

杨廷和微微一笑，道："将死之人还口若悬河，不愧是丘浚的得意弟子。"

"哈哈哈哈——"王阳明咳嗽了一阵，道："瞧我这记性！阁老不喜欢话多之人，失敬失敬。"

杨廷和一边煮酒一边道："王阳明，你应该清楚，我针对的从来不是你本人。"

"明白。少时入京，头一个见到的就是你。你一向着眼于现实，要说怕，也是怕心学。"

"不管心学理学，只要有害国祚，动摇社稷，就是伪学。即使你说的都对，那也是'芳兰当户，不得不锄'。"杨廷和倒了杯热酒，递给王阳明。

"好一个'芳兰当户，不得不锄'。"

"王阳明，我承认，论济国安邦，扶危救困，寰宇之内，无人能望你项背。可是，朝廷容不下第二个王阳明，要是人人都像你一样想当英雄，想当圣人，谁还去干那些默默无闻甚至背负骂名的累活脏活？官场不需要洁身自好的清流，要的是含羞忍辱、化解难题的循吏。"

王阳明举杯道："为了循吏，满饮此杯。"

杨廷和与他对饮，不知道王阳明葫芦里卖的什么药。

王阳明道："会试泄题案，是谁向李阁老提议牺牲焦芳？娄忱自杀前一晚，是谁星夜到狱中与之长谈？"

杨廷和微微变色。

王阳明又道："查抄刘瑾前，是谁把龙袍、暗器栽赃到他府上？达延汗出使北京，又是谁利用我跟他的交情，将其暗杀？"

杨廷和的脸上笼罩着一团阴云。

王阳明道："阁老不愧为我大明首屈一指的循吏，还乡路上，还不忘来看一看在下。看一看在下是不是有力气回家，接着讲学，危害社稷。"

杨廷和默默喝酒，道："你多虑了，余姚有锦衣卫正等着抓你，老夫并不担心。相比之下，我更好奇你所谓的'知行合一'。我不相信你的事功都是从这四个字中来，你只是善于用兵而又热衷讲学，所以世人将你的学问神化了。"

"没错，本来就不神秘。若论知行合一，阁老才是当世楷模。"

"哦？是吗？"

“皇上为了贬低孝宗、武宗，抬高兴献王，把郑旺妖言案又翻了出来，想昭告天下，武宗非张太后亲生。阁老顾全大局，主动告退，换取皇上罢手，以免朝野震荡。如此苦心，令人钦佩。”

杨廷和不语。

王阳明续道：“只是令郎带人在左顺门发难，逼急了皇上。一百来个官员集体廷杖，也算我朝开国以来未曾有过的奇观。”

杨廷和的脑海中浮现出杨慎等人在午门挨打的画面。

王阳明正色道：“追宗认祖，皇上势在必行。为了名正言顺地称兴献王为‘皇考’，可以不惜一切代价，甚至再拿郑旺的案子做文章。”

杨廷和佯装若无其事，道：“老夫已非局中人，不再关心局中事。”

王阳明一笑，道：“真不关心？”

“不关心。”

“如果我说有应对之法呢？”

杨廷和心中一动，但看上去还是漫不经心：“你要愿意讲，说说也无妨。”

王阳明喝了口酒，道：“当年郑旺到通政司上书，被时任锦衣卫百户的钱宁带走，下了诏狱，屈打致死。皇上据此认为在北镇抚司可以找到郑旺当年的口供，证明武宗乃其外孙。殊不知郑旺根本就受不了诏狱里的拷打，招的话都是上面想让他说的假话。真正能证明武宗身世的口供，其实在刑部。”

“为何在刑部？”

“席书在刑部的卷宗里找到了当年的记录。原来郑旺在去通政司前，先是到顺天府陈情。顺天府尹以妖言惑众的罪名，派人将其扭送刑部。谁知具体经办的官员审讯之后，认为郑旺是个疯汉，把他给放了。”

杨廷和略惊。

王阳明道：“我建议席书把郑旺的供述烧了，他应该已经照办。”

杨廷和愈惊，道：“烧了？你的心学不是鼓励世人听从内心，认亲爹亲娘吗？”

王阳明摇摇头，道：“死去的人早已死去，活着的人还要活着。我与阁老一样，都不忍见天下大乱。”

杨廷和有所感佩，道：“难道你就没想过让席书把它交给皇上，等议礼结束，心学登堂入室，你的门人权倾朝野？”

王阳明笑道：“或许王畿做过那样的梦，那也是因为他不懂得什么是君主。君主拥有至高无上的权力，既要在治统上说一不二，又要当道统里的王。管住你的嘴还不够，一定要管住你的心。阁老总担心我入阁拜相，事实上在下早已厌倦不堪，世人的评价也懒得理会。是非功过，留给后人去说吧。”

杨廷和沉默良久，感慨道：“王阳明，你的确让人看不透。就像你的心学，从江西到广西，老夫见识了它的厉害，却还是不懂何以那么多人为之痴狂。”

王阳明咳嗽道：“卑之无甚高论。”

“不管高论、低论还是谬论，今日你我以布衣相见，定要听你说个明白。”

王阳明出了会神，道：“从前有个喇嘛，一天夜里走山路，四周漆黑一片。忽然，他看见一户人家，窗户里透出耀眼的光芒。喇嘛很好奇，认定屋子里有得道高人。岂料进去一看，只有一个寡居多年的老大娘。老大娘年轻时，有人教她念六字大明咒‘嗡嘛呢叭咪吽’。那人误把‘吽’读成了‘牛’，老大娘也就一直这么错着念了几十年。喇嘛替她纠正了错误，欣然上路。过了些时日，喇嘛走夜路又经过那间屋子，一看老太婆按照正确的发音在那念，周围的光芒却没有了。喇嘛想了想，推门而入，对她说，其实你没有念错，上次来我只是想测一测你的信心。喇嘛转身离去，听见老大娘恢复到最初的念法。他回头一看，只见整个屋子再次光芒万丈……”

王阳明的声音越来越微弱，近乎睡去。

杨廷和唤道：“王阳明？王阳明！”

王阳明睁眼，道：“人生几十载，与天地长久相较，如梦又似幻。凡人皆有一死，王朝终有尽时，离了‘相信’二字，怕是一天也活不下去。”

杨廷和有所触动，道：“相信？”

王阳明气若游丝道：“每个人都想改变命运，为此一头扎进红尘。有的人选择当禽兽，臣服于欲望，最后成了命运的奴隶；有的人选择相信良知，不屈不挠，最后获得了自由，走出了自己的路。”说着剧烈咳嗽起来，杨廷和皱眉。

王阳明望着眼前的一片虚空，道：“小时候我看着夜空，会想天的外面是什么。后来渐渐明白，也许是广阔无边的黑暗。人啊，实在太过渺小，还不如沧海里的一粟。人生又遍布荆棘，充满痛楚。过程何其悲凉，结局何等幻灭，所以才有那么多人选择相信黑暗，才有那么多人想改变黑暗却被黑暗改变。可我一想到在这样一个千疮百孔、令人绝望的世界上，依然有真实的笑、真切的泪、真诚的爱、真挚的情，依然有那么多鲜活生动、无处不在的光亮与芬芳，是再黑的黑暗也遮蔽不了的。即使它们终将烟消云散，即使宇宙的意义就是毫无意义，可那些珍贵的东西毕竟实实在在地存在过，是我走完这一生的全部意义。所以我的选择是，心向光明。”

王阳明边说边回忆，眼前出现了王华教王云放风筝的画面；王云打伤倪宗正，半夜躲在龙泉山的大石后，王华和王伦打着灯笼着急寻找的画面；王守仁开口说话，全家惊喜的画面；丘濬和王阳明师徒情长，教学相长的画面；王阳明跪在郑青莲的病床前，听她劝自己结婚的画面；王阳明在赣江边拥吻娄素珍的画面；王阳明赴龙场前诸芸玉送行，替他穿上自己缝制的衣服的画面；王畿从火场中背出徐爱，王阳明发现他只为挽救自己语录的画面……

杨廷和泪光闪烁，王阳明命悬一线。

杨廷和着急道：“王阳明！你不能死。你还有未竟之言，要讲给世人听！”

王阳明笑道：“这话从阁老的嘴里说出来，我都要怀疑自己的耳朵了。”

杨廷和一愣，道：“你挺住，我这就让船家回南安。”

杨廷和急忙出舱，王阳明咳出一口鲜血，晕死过去。

舱外，杨廷和对船夫道：“快！往回划！”

欧阳德一惊，急入船舱，扑到王阳明跟前，摇晃他的肩膀，道：“先生，醒醒啊先生！”

王阳明悠悠转醒，只见欧阳德泣不成声，不禁笑了：“你该替我感到高兴啊。”

欧阳德不解道：“先生……”

王阳明打趣道：“王阳明死了，王阳明胡说八道的那些话指不定就活了。”

欧阳德悲戚道：“先生的心学，注定不朽。”

王阳明声如蚊蚋道：“没有什么事是不朽的，包括思想本身。唯一不朽的，是思想所传递出来的对人和世界的理解。”

欧阳德恸哭道：“先生若有遗言，就说出来吧！”

王阳明望着舱外的雪花，久久不言。

欧阳德唤道：“先生？”

“此心光明，亦复何言？”说完，王阳明撒手人寰。

“先生！先生！”欧阳德大哭。

杨廷和入舱，骇然不已。

山川呜咽，大地悲鸣。

公元一五二九年，明嘉靖八年，王阳明病逝于江西南安，享年五十七岁。同年，杨廷和去世。

乾清宫。

朱厚熜难以置信道：“死了？”

魏彬道：“没错。灵柩已运到浙江境内，沿途都是自发送行的百姓。”

朱厚熜怒道：“荒谬！王阳明犯了死罪，他们全都不明真相吗？”

魏彬一愣。

朱厚熜道：“朕记得王阳明有个遗孀。让锦衣卫把她抓来，朕要亲自审问！”

魏彬站着不动。

朱厚熜催促道：“去啊！”

魏彬勉强道：“是。”

余姚王家。

大堂中央挂着一个“奠”字，其下是王阳明的棺椁。厅内，王艮、聂豹、薛侃、徐阶、邹守益、欧阳德、穆孔晖、郑一初、陈九川、季本、朱节、蔡宗衮、王纯甫、王贵和王翔满面哀容，凭吊他们此生最尊敬的人。

诸芸玉把手伸进棺材，去摸王阳明的脸。她忍不住泪如雨下，凑上去轻吻。

门外，一群锦衣卫在一个千户的率领下包围了灵堂。诸芸玉看了看屋外，目光坚毅地移步。众人担忧地望着她，王守让抱着王正聪急出，道：“大姐！”

诸芸玉看见儿子正在吃手，憨态可掬，顿时泪流满面。她抓过王正聪的手，狠狠地亲了一口，决然向外走去。

众锦衣卫屏息凝视，诸芸玉一把推开了门，环视众人，朗声道：“我夫自入仕以来，心存良知，匡正天下。而今欲加之罪，何患无辞？我一介女流，无足轻重，却不容你等污他清名！”

诸芸玉咬舌，千户大惊：“快，她要自杀！”

两个锦衣卫冲了上去，屋里的人也跑出来扶住诸芸玉。

王守让道：“大姐！”

王艮道：“欺人太甚！”

千户道：“你什么人？”

王艮道：“王门弟子！”

聂豹站出来，道：“还有我！”

薛侃上前一步，道：“我也是！”

邹守益道：“王门弟子邹守益！”

欧阳德道：“王门弟子欧阳德！”

穆孔晖等人也纷纷自认王门弟子，场面感人。

千户道：“活要拿人，死要拿尸。动手！”

王艮紧握双拳，忍无可忍，同上前的锦衣卫扭打起来。众人被激怒，双方打作一团。然而一帮秀才又岂是锦衣卫的对手？

王门弟子相继被制服。

千户大怒道：“全部带走！”

“慢着！”

众人循声望去，只见黄绾阔步走入。

黄绾道：“放了。”

千户震惊道：“将军！”

黄绾冷冷道：“你聋了吗？”

千户愤愤不平，示意手下放人。黄绾看了看在场之人，转身出……

消息传回北京，朱厚熜大怒道：“这是造反！把黄绾给我撤了！”

魏彬不语。

朱厚熜又道：“还有！在任官员，一律不许吊念，违者罢免！”

圣旨一下，前去凭吊的人反而更多了。

王家宅门前，百姓络绎不绝，皆着缟素。锦衣卫守在门口，如临大敌。

这天，王畿冲进灵堂，愣了愣神，跪在棺前，痛哭流涕道：“师父，弟子来晚了！

你醒醒，醒醒！再看我一眼啊！”

在场之人无不动容。

与此同时，邢珣、南大吉、余恩、顾应祥、杨璋、徐琏、谈储和戴德孺等随王阳明战斗过的文武官员毫不忌讳地穿着官服前来拜祭，被锦衣卫拦下。

余恩骂道：“闪开！老子平生最恨你们这帮走狗！”

千户走近，道：“奉谕旨，官员不得祭拜。”

顾应祥和杨璋同余恩一样，也是武官，一听这话就炸了，道：“哪有这么混账的谕旨？滚！”

“别跟他们废话，走！”杨璋说完，径自往里挤。

众锦衣卫立马抽刀，现场剑拔弩张。

这时，一个鹤发童颜的老人身穿蟒服，坐着轮椅，被仆人推来。

老人高声道：“住手！”

众人齐齐望向他。

轮椅来到门前，老人愤怒地看着千户，指着众人道：“你知道这是什么吗？是人心。无法无天！”

千户道：“你是何人？敢妨碍锦衣卫执法！”

老人冷笑道：“执法？好啊，有种你把老夫也抓起来。”

千户疑虑，邢珣暗笑。

这时，李梦阳由远及近走来，道：“你敢动他一下，天王老子也保不了你。”

千户愈发犹疑，道：“你到底是谁？”

南大吉道：“说出来只怕吓着你。三朝元老，太傅谢迁。”

千户心虚，示意众锦衣卫收刀。

众官员趁机入内。

天宁寺，僧人刘养正用力撞钟，庄严的钟声传遍了神州大地。

京城席府，席书设了个灵位，率方献夫和一众官员遥祭；

南宁官署，伍文定设了个灵位，率陆澄、卢苏和王受以及众多壮人遥祭；

龙场夷寨，盖罗娇设了个灵位，率一众夷人遥祭。惹巴冲步入，众人齐齐望向他。盖罗娇递给他一束香，惹巴冲犹豫片刻，上前祭奠；

芜湖镖局，卢珂设了个灵位，率众镖师遥祭；

九华山，魏良辅远眺片刻，回屋坐下，抚琴遥祭；

绥德，身穿破衣，修建工事的王琼停手，望着钟声传来的方向，热泪盈眶；

长江之畔，湛若水临风把酒，遥祭故友。这时，江上驶来一艘小船，撑橹的却是那个神似无极道长的船夫。

杨慎、舒芬和丰熙坐在船头煮酒。船夫把船停在江心，看着杨慎，道：“客官，到了。”

舒芬奇道："到了？到哪了？"

杨慎起身，道："这是我爹走的地方。"

舒芬、丰熙立刻严肃起来。杨慎环视四周，只见山高水长。

丰熙叹道："老一辈都走了，哥几个被罢官了。所谓世事无常，也不过如此了。"

舒芬起身，拍了拍杨慎的肩膀，道："你看这四周的景色，像不像你前日填的那首《临江仙》？"

杨慎一愣，情不自禁地吟诵起来："滚滚长江东逝水，浪花淘尽英雄。是非成败转头空。青山依旧在，几度夕阳红。白发渔樵江渚上，惯看秋月春风。一壶浊酒喜相逢。古今多少事，都付笑谈中。"

夕阳西下，江面波光粼粼。船夫笑吟吟地看着杨慎，只见他将一杯酒倒入了江中……

六年后，泰州。

众人闻风而动，朝一个方向跑去。

书摊旁，年轻的胡宗宪放下书，拉住一个路人，问道："怎么回事？"

"王阳明的弟子，开坛讲学！"

胡宗宪笑道："人人自称王门弟子。这年头骗子太多，傻子都不够用了。"

"这回是真的！"路人急急跑开。

胡宗宪狐疑地望向远方。

一座露天的讲坛，盛况空前。

王艮在台上演讲，左右站着新收的两个弟子颜山农与何心隐。

王艮朗声道："先师的学问简易明快，就是不欺本心，真诚地凭你的良知去视、听、言、动。"

人群中一人出列，道："先生，我叫罗洪先，江西吉安人。请收我为徒！"言毕下跪。

又有一人出列，道："我叫赵贞吉，四川内江人。请收我为徒。"言毕下跪。

众人七嘴八舌，纷纷自报家门，跪求收徒。不远处，胡宗宪见此奇景，不由得驻足观看。

"还有我们！"

只见三个童子从人群中走出。

王艮兴致盎然道："你们不去学堂念书，来这做什么？"

其中一个童子昂头道："学心学，做圣贤！"

王艮笑道："哦？你叫什么名字？"

"徐渭。"

王艮冲另一个童子道："你呢？"

“李贽。”

剩下一个童子躲在李贽身后。

王艮和蔼道：“还有你。”

他怯生生地走出来，慌乱地看着王艮。

王艮笑道：“你叫什么名字？”

“张居正。”

王艮意味深长地笑了。

（全书完）